海史密斯日记与笔记
1941–1995

PATRICIA HIGHSMITH
Her Diaries and Notebooks
1941–1995

[美]帕特里夏·海史密斯 著
安娜·冯·普兰塔 编
吴杨 译

上海译文出版社

Patricia Highsmith
HER DIARIES AND NOTEBOOKS: 1941 – 1995
Edited by Anna von Planta
With a preface by n. n. and an afterword by Joan Schenkar
Copyright © 2021 by Diogenes Verlag AG Zürich
For the afterward: Copyright © 2021 by Joan Schenkar
Published by arrangement with Diogenes Verlag AG Zürich
Simplified Chinese edition copyright © 2024
by SHANGHAI TRANSLATION PUBLISHING HOUSE (STPH)
All rights reserved

图字：09 - 2024 - 0163 号

图书在版编目（CIP）数据

海史密斯日记与笔记：1941—1995 /（美）帕特里夏·
海史密斯（Patricia Highsmith）著；吴杨译. —上海：
上海译文出版社，2024.3
书名原文：Patricia Highsmith：Her Diaries and Notebooks：1941 - 1995
ISBN 978 - 7 - 5327 - 9050 - 0

Ⅰ.①海… Ⅱ.①帕…②吴… Ⅲ.①纪实文学—美
国—现代 Ⅳ.①I712.55

中国国家版本馆 CIP 数据核字（2024）第 034345 号

海史密斯日记与笔记：1941—1995
[美] 帕特里夏·海史密斯 著 吴杨 译
责任编辑／杨懿晶 装帧设计／胡枫 陈晓菡

上海译文出版社有限公司出版、发行
网址：www.yiwen.com.cn
201101 上海市闵行区号景路 159 弄 B 座
浙江新华数码印务有限公司印刷

开本 720×1000 1/16 印张 62 插页 6 字数 730,000
2024 年 3 月第 1 版 2024 年 3 月第 1 次印刷
印数：0,001—5,000 册

ISBN 978 - 7 - 5327 - 9050 - 0/I · 5626
定价：198.00 元

本书中文简体字专有出版权归本社独家所有，非经本社同意不得转载、摘编或复制
如有严重质量问题，请与承印厂质量科联系。T：0571 - 85155604

海史密斯日记内页

瑞士文学档案馆,帕特里夏·海史密斯文件档案。摄影:西蒙·施密特/NB(下同)

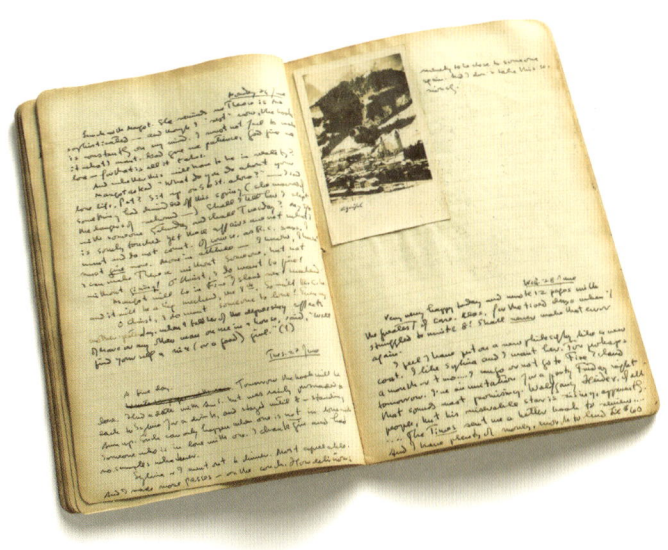

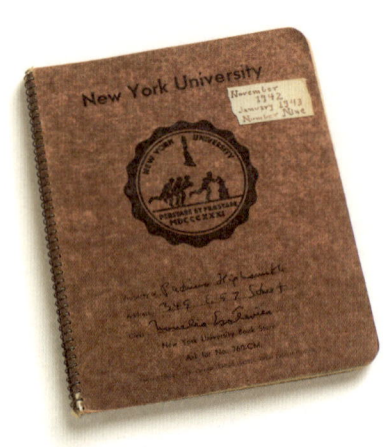

海史密斯日记本（1942年11月至1943年1月）
瑞士文学档案馆，帕特里夏·海史密斯文件档案。摄影：西蒙·施密特/NB （下同）

海史密斯使用过的日记本（部分）

谨以此书献给

格洛丽亚·凯特·金斯利·斯卡特波尔

与

丹尼尔·基尔

愿我永远都如现在一样贪婪，

永远——不为财富，不为知识，不为爱情，

如一匹高头大马，只臣服于残忍的主人——艺术，

撒欢狂奔，直到主人让它心碎。

——第 12 本笔记，1945 年 6 月 20 日

写作于我，当然是不能过、无法过的那种生活的替代。

——第 19 本笔记，1950 年 5 月 17 日

需要两面镜子才能照出自己正确的形象。

——第 29 本笔记，1968 年 2 月 23 日

目录

前言 / 001

1921—1940 年：早年生活 / 001

1941—1950 年：纽约的青春，以及不同的写作方式 / 005

1951—1962 年：往返于美国和欧洲之间 / 503

1963—1966 年：英格兰，定居的诱惑 / 747

1967—1980 年：回到法国 / 789

1981—1995 年：在瑞士的暮年 / 895

帕特·海史密斯的社会大学：国际女性密友圈 / 951

致谢 / 958

海史密斯生活和创作大事年表 / 961

语种说明 / 963

日记编纂说明 / 967

书目索引 / 972

参考书目 / 975

图片权利 / 980

前 言

本书缘起

帕特住过的最后一所房子从外观上看就像一座堡垒，阴森而简陋，只有两扇极小的窗户对着街道，如同堡垒上的射箭孔。在仅有的几次采访中，她往往只用一个单词作答，令人望而生畏。她生前拒绝任何人为她作传。多年来，帕特里夏·海史密斯的作品是人们了解她的唯一途径。令人深感意外的是，在她去世后，人们在她放毛巾床单的橱柜深处发现了56册厚厚的记事本，排列整齐，包括18本私人日记和38本笔记，共计8000多页关于她个人经历的手稿。

终于，书迷和学者们得以从帕特里夏·海史密斯的私人记录中了解她对自己的看法。帕特很早就开始用笔记录自己的经历，表达自己的情感，这一习惯几乎贯穿了她的整个人生。

帕特里夏·海史密斯似乎早有计划，要将这些笔记结集出版。她坚持使用哥伦比亚大学的线圈笔记本的习惯似乎说明了这一点，而她每次重读时都会做评论、删减以及日期修改，更可见她的出版意图。最重要的是，笔记中还有书面指示。第19本笔记中的一张纸条上写着，帕特的大学友人格洛丽亚·凯特·金斯利·斯卡特波尔首先受邀帮她出版一本选集。这张纸条贴在1950年4月2日的笔记上，上面写道："重读所有笔记后的按语——只是浏览一下而已，谁会有可能读到它们呢？——（金斯利有一些品味，至少和我1950年的品味相近，能够筛选出哪些是以前写的，哪些是最近写的）。"有时，帕特还考虑要烧掉这些笔记，或者把它们交给布鲁克林女同性恋历史档案馆。最后，她委任丹尼尔·基尔作为自己文学遗产的执行人，由他来决定这些文稿的未来。

1967 年，瑞士第欧根尼出版社接手了帕特作品的德语版权。出版社创始人丹尼尔·基尔年轻时看过希区柯克改编的《列车上的陌生人》，正片结束后，他一直留在影院的座位上，直到看见作者的名字在银幕上滑过。他决意出版她的作品的精装本，因为他认为它们是文学，而不仅仅是类型小说。1978 年，帕特的非心理惊悚小说《伊迪丝日记》入选了《明镜周刊》畅销书排行榜，帕特委任基尔为她的全球代理人。1983 年，与帕特长期合作的美国出版商哈珀与罗出版公司退回了她的两部书稿，帕特意识到自己的作品在美国的出版前景并不明朗，终于决定把全部作品的国际版权转交给第欧根尼出版社。

我第一次见到帕特是在 1984 年。丹尼尔·基尔把《寻迹街头》的手稿放在我的桌子上，告诉我他已经安排好几天后在附近的一家酒店与作者见面——我就这样成了她的编辑。帕特冷淡地接待了我，完全无视我伸出的手。随后她点了杯啤酒，就再不说话。我努力了半个小时才让她开口聊起了手稿，这个故事设置在现代的纽约城，但总让我觉得那是 20 世纪 50 年代的纽约。会谈临近尾声时，她还笑了起来。回到办公室，我向老板汇报了我们刚见面时的尴尬。令我惊讶的是，基尔热情地祝贺我旗开得胜，说他花了好几年时间百般劝诱，才能从她口中套出比"是"或"否"更多几个字的回答。

海史密斯去世前曾和基尔一起审阅她的遗嘱，将这些日记、笔记和她那些未出版的长篇小说、尚未结集成书的短篇小说一同明确地列入她的文学遗产清单。基尔认为这是一座文学宝库，应该作为一个统一的整体呈现出来，他把这个任务交给我，委任我为帕特里夏·海史密斯的专属编辑和她《作品全集》（30 卷）[1] 的合作编者。

编辑手记

把大约 8000 页的笔记压缩成一卷，还要恰如其分地做出取舍，最大限度地呈现原稿的价值，这是一项巨大的挑战。首先，把一页页手稿转录下来就要耗时数年。格洛丽亚·凯特·金斯利·斯卡特波尔核对了转录版和原文手稿，还做了有益的注释。其次，原文的体量太大，必须经过大量删改，才能提炼出这一"幕后"作品的精华。

---

[1]《全集》由第欧根尼出版社于 2002—2006 年间出版。

正如作者本人的意见，如果将日记和笔记中的内容原封不动地出版，将会铸成大错，因为很多地方都言语冗杂，要么闲话家常，要么言行不检，要么散播流言；尤其是她二十多岁时的记录，那一时期的记录比后期要丰富得多，后来她在日记和笔记中的风格倒逐渐统一起来。我们是根据帕特自己的关注焦点来摘选文稿的。

本书按照时间顺序、根据帕特的居住地点划分为五个时期，从最初的美国时期，到辗转欧洲各地的中年岁月，再到她在瑞士的暮年。

帕特从1941年开始记日记，尽管她在那之前就写过一些笔记，但本书选择了她的第一本日记作为起点。从那时起，帕特基本上一直用两种叙事记录自己的生活：日记详细描述了她紧张的、时而痛苦的个人经历，笔记则帮助她对这些经历进行理性加工，并构思自己的写作。帕特的笔记是她的工作手册，是她想象力驰骋的天地。笔记中有她尝试各种风格的练习，有对艺术、写作和绘画的深刻见解，还有被帕特称为"Keime"（德语，意思是"胚芽"）[1]的创作灵感、想法和大段文字，其中一些被她拓展成了小说。帕特的日记能帮助我们更好地理解她的笔记；日记将笔记置于真实的时间框架和个人背景中。日记和笔记的条目相互交织、紧密相连，日记的日期采用年、月、日的形式，笔记则采用数字形式（用斜线间隔开），这就是帕特的风格。笔记和日记各成一体，分开阅读也不成问题，但对应起来阅读，才能获得对她全面的认识——用帕特自己的话来说——如果一个作者，终其一生都在隐藏故事中取材自她个人经历的部分，那么她的小说会更容易让我们远离作者，而不是引领我们走近她。

不同于用全英文书写的笔记，帕特在1952年的日记中使用了多达五种语言。原因似乎不止一个。帕特对不同语言都很热衷，还喜欢自学，再加上她还向往到世界各地旅行，去培养自己对不同城市的敏感度，自然就会在日记中练习新语言。她的法语、德语、西班牙语和意大利语主要都是自学的，她把这些日记称为"陌生语言的练习簿"。她野心勃勃地学习外语，迫切地在日记中使用和尝试所学的语言，享受着每一种新语言带给她的新颖的表达方式和看待世界的视角。有很多证据表明，这种做法也能使一些更为私密的细节变得隐晦，保护它们不受人们猎奇的目光的侵扰。

帕特的法语和德语日记最引人注目——充满了好奇、时有错误，又有触动人心的文学气息。我们在本书结尾处给出了几段未经翻译的原文作为例子。日记中的外语段

---

[1] 帕特在大学期间曾选修过动物学的课程，故而使用了这个单词作为生物学术语的含义，它也有"病菌"的意思，在帕特后期的文本中逐渐出现类似的用法。

落均已被译成英文，但都做了上标字母处理，表明原文是哪种语言： G/GG 表示德语， F/FF 表示法语， IT/ITIT 表示意大利语， SP/SPSP 表示西班牙语。一些常见的外国短语就按照原样保留下来[1]。

在编辑这部作品选集时，我们争论过要不要标出对原文的省略。最终决定不那样做，省得频繁使用省略号，令读者困扰。然而，读者也必须牢记，在这本书中，我们仅仅印出了帕特里夏·海史密斯日记和笔记中的一小部分。例如，我们没有收录帕特最终放弃的某些作品的构思过程。帕特写作中的遗漏和细小的疏忽已经纠正过来，并在括号内补充了一些帮助读者理解的细节。脚注提供了更为详尽的解释，包括书中所提到的人名；如果对其中提到的人物了解不足，我们尽量不增加注释，避免重复她在文中已经给出的信息。尤其在 20 世纪 40 年代，帕特遇到的人很繁杂；相关度高的人物，很快读者就熟悉了，相关度不高的，也就提到一两次而已。

对书中提到的大多数人，我们仅仅保留了名字，省去了姓氏，除非海史密斯的传记作者们已经给出了全名和详细介绍。他们大多与海史密斯年龄相仿，或者比她年长，如今大多已经过世，但我们依然做了匿名处理。有些重要的人物，传记作家使用了假名，比如安德鲁·威尔逊把帕特 20 世纪 60 年代初长期交往的英国恋人称作 X，而琼·申卡叫她卡罗琳·贝斯特曼；申卡还用卡米拉·巴特菲尔德指代帕特同时期的一位朋友。两人均已过世，但我们还是保留了申卡使用的假名。她们家人的姓名也都被隐去了；卡罗琳·贝斯特曼的丈夫就只称作"她丈夫"，她儿子也就叫"她儿子"。我们还删去了脚注里的一些信息，以免泄露他们的真实身份。相反，如果帕特介绍的是知名的公众人物，却只用缩写来指代他们时，我们就在必要时用中括号给出他们的全名。

由于这是帕特里夏·海史密斯的私人日记和笔记，她对人对事的观点自然带有个人色彩，既有个人的偏见，也有写作所处时代的偏见。帕特的观点常常前后不一致，也多有错处，她的一些轻蔑言论会让读者感觉不适，比如她常常攻击那些长期被边缘化的美国黑人和犹太人。早期的日记里，问题还只停留在语言层面，帕特会使用当时

---

[1] 中文版沿用了英语版的体例格式，以上标标注原文语种，［德］表示德语，［法］表示法语，等等。而常见的外国短语则以仿宋体标识，并注明原文语种。此外，帕特对数字的用法十分随意，为尽量还原手稿原貌，本版中也沿用了英文原版的格式，并不额外修正统一。

很常见而后来被视作贬损和伤人的字眼。帕特自己也意识到了这一点，1990 年《卡罗尔》重版时，她就要求把"黑鬼"一词换成了"黑人"。

然而，随着年龄的增长，帕特的言语和思想变得越发无礼、恶毒和厌世。我们力求真实再现这一切。只有几处极端的言论，身为她的编辑，我们自觉有责任不把帕特的这些观点公之于众，一如她还健在的时候。我们很难追踪到这些观点的准确来源，尤其是她越来越强烈的反犹太倾向。在这本书里，我们看到有很多犹太人都被她珍重地视为知己、恋人和最喜爱的艺术家，因此她的这一观点就越发难以理解了。

像大多数日记作者一样，帕特在自觉艰难的时刻写得更多，其结果就是她对自己的生活的描述有失偏颇。其他信息来源证实，实际上帕特的生活并不像她的日记里描述得那般黑暗。此外，就像任何自画像一样，我们在日记与笔记中读到的那个人，不一定就是"真正的"帕特，而更有可能是她自以为的样子，或是她希望自己成为的样子。无论是她自己还是其中出现的人物，回忆的过程也是诠释的过程。那个阴郁、刻薄的帕特，是她留给许多人的刻板印象，而在这本书里，读者将会首次见到一个年轻开朗、对未来积极乐观又充满抱负的女性形象。

我们并不希望读者把这部汇编而成的作品当做一本自传来读。相反，我们把这些日记与笔记分享给读者，是为了让他们看到——用作者自己的话来说——帕特里夏·海史密斯是如何成为帕特里夏·海史密斯的。

安娜·冯·普兰塔
与卡蒂·赫茨希、马里恩·赫特尔、
玛丽·黑塞和弗里德里克·科尔密切协作，合力完成
苏黎世， 2020 年

1921—1940年

早年生活

1921年，玛丽·帕特里夏·普朗格曼（一般都叫她帕特）在得克萨斯州沃斯堡出生，她是家中的独生女，成长过程中一直不太合群。她的父母，杰伊·伯纳德·普朗格曼和玛丽·科茨，在她出生之前就已离婚。玛丽是一名插画家，因为她工作的缘故，年幼的帕特就和外婆住在一起，慈爱的外婆是个虔诚的加尔文教徒，开了一家膳食公寓。1924年，玛丽·科茨嫁给了摄影师兼平面设计师斯坦利·海史密斯，在帕特眼中，继父是个外来入侵者。

三岁时，帕特就能阅读，到了九岁，狄更斯、陀思妥耶夫斯基和柯南·道尔成了她最喜欢的作家。她仔细阅读母亲工作时用到的那本有插图的解剖学参考书，还有卡尔·门宁格的《人类心智》，这是一本对人类变态行为的科普研究纲要："在我看来，最能激发想象力的运转、构思和创作的，莫过于这个观点——也是事实——路上与你擦肩而过的每个人都可能是虐待狂、强迫偷盗犯甚至杀人犯。"[1]

1927年，一家三口搬到纽约，但遭遇了财务、情感和婚姻的多重危机，帕特只好在新家和外婆的膳食公寓之间来回奔波。她曾一度和外婆一起生活了15个月，那是"我一生中最悲哀的一年"[2]。帕特自觉被母亲抛弃了，这是她一辈子都无法原谅的，尤其是玛丽曾向女儿承诺过会和斯坦利离婚。1933年，帕特在纽约西点军校附近参加了一个为期一月的女生夏令营，这段经历也没有给她的生活带来多少变化。帕特每天从营地往家里寄信，两年后，这些往来的信件以一篇文章的形式发表在《女性世界》杂志上——这是帕特发表的第一篇作品，她得到了25美元的稿酬。同年，她第一次见到了自己的生父：一位有德国血统的平面设计师，这也是她决定学习德语的原因之一。

回到纽约后，帕特进入了朱莉娅·里奇曼高中，这所女子中学有8000名学生，

---

[1] 引自1989年4月8日，帕特里夏·海史密斯写给卡尔·门宁格的信。
[2] 引自帕特里夏·海史密斯1972年3月9日写给妮妮·威尔斯的信。

大多是天主教徒或犹太人。在此期间，她的阅读名单有了新的变化：埃德加·爱伦·坡（她和他同一天生日）和约瑟夫·康拉德。在个人创作方面，帕特深深地为犯罪主题所吸引。此时的帕特刚满十五岁，每天在厚厚的作文本上写着文学小品和对周围人的观察笔记。同一时期，她写出了自己最初的几个短篇小说，有些登在了学校的文学杂志《蓝鸟》上。帕特聪明睿智，雄心勃勃，富有想象力，但由于隐秘的同性恋倾向，她背负着沉重的羞耻感，她给别人留下的印象是严肃、孤僻的。此时萌芽的恋爱行为成为她后来爱情生活的典型范式。例如，她第一次尝试与另外两个女人的（柏拉图式的）三角恋，其中一个是朱迪·图维姆，也就是后来的托尼奖和奥斯卡奖得主、女演员兼喜剧演员朱迪·霍利迪。

作为学生，她展现出极为勤奋的一面，1938 年，帕特进入巴纳德学院[1]。在这所精英学院就读本科时，她学习了动物学、英语、写作、拉丁语、古希腊语、德语和逻辑学。从第一学期开始，帕特就积极地动笔写日记。她的第一本笔记也是这个时候诞生的，她把它称为"记事本"[2]，上面这样写道："一个慵懒的女孩，白色幽灵般的身影伴着柴可夫斯基的华尔兹起舞。"

这些早期的日记包含了各种杂七杂八的观察笔记，对所读书籍的评论，对大学授课内容的思考，还有对简练行文的想法。她经常用笔记本来记作业安排，或者为自己尊敬的英语系教授埃塞尔·斯特蒂文特写一些短篇小说，也写写打油诗练手，还为最初几段恋爱在笔记里尝试过十四行诗。几乎有一半的日记条目没有注明日期，而且也只能让读者粗浅地了解作为大学新生的帕特里夏·海史密斯的生活，因此我们删除了这部分内容。

---

1 巴纳德学院（Barnard College），美国纽约市的一所私立女子本科学院，七姐妹学院之一，创办于 1889 年，于 1900 年成为哥伦比亚大学的附属学院，但巴纳德学院在法律上和财政上都完全独立。
2 原文为"cahier"，一个从法语衍生而来的单词，帕特觉得比起"notebook"，这个词更有文学性。

1941—1950年

纽约的青春,以及不同的写作方式

1941年

帕特里夏·海史密斯的这一系列日记与笔记始于1941年，这一年她动笔写下第一本日记——日记本1a，同时还有一本笔记用来记录工作的内容。1941年4月14日，她写道："我的欲望由两部分组成：我渴望爱情，也渴望灵感。[1]"她自问需要多少经验才能把它付之笔端？生活与工作在多大程度上相互依存？帕特的日记与笔记之间的界限几近模糊，彼此经常互为对应。她在1941年写了两本日记（用英文、法文和德文）和三本笔记（英文），共450页。帕特通常习惯在当晚或第二天凌晨上床睡觉前，记下这一天的活动。

她在巴纳德学院的功课非常繁重，除了自己雄心勃勃列下的阅读书单外，还有堆积如山的作业。她在美国青年共产主义者联盟和美国学生联合会都很活跃[2]。可是渐渐地，没完没了的会议对她灵动无常的性情造成了负担，于是她逐渐淡出了政治活动。对她而言，她在学生文学杂志《巴纳德季刊》担任的主编一职更重要得多；她为杂志创作了一些短篇小说，包括《圣佛瑟林盖修道院传奇》，读起来像是她对宗教、性别和作家这一职业的个人宣言。小说讲述了一个被修女们找到的孤儿，他被伪装成女孩抚养成人。这个男孩坚信自己是个天才，十八岁时，为了能以男性的身份生活，他炸毁了修道院。他没有宗教信仰，自以为命中注定要成就一番伟业而追逐不休。

在诸多事务和写作的负担之下，她的成绩不可避免地开始下滑。不过，造成她成绩不佳的主要原因是她的社交生活。海史密斯夫妇住在一个一居室的公寓里，帕特就

---

1 原文为法语。
2 美国青年共产主义者联盟（Young Communist League），后文中缩写为YCL。美国学生联合会（American Student Union）是一个成立于1935年的美国左翼学生团体，于1941年解散，后文简称"美联会"。

睡在客厅里的一张折叠沙发床上。公寓位于格林威治村中心地段的格罗夫街48号，每天放学后，帕特就外出探险。此时的格林威治村早已成为著名的波希米亚中心，克洛德·列维-施特劳斯、艾瑞克·弗洛姆和汉娜·阿伦特等欧洲流亡者的到来使这里越发声名远扬（其中很多人都是文化名流，但美国社会并没有张开双臂欢迎这些新公民。这里有严格的配额，反犹主义猖獗，上流社会也不例外）。这里的夜生活充满活力，有相对开放的同性恋氛围，穿裤子的女人可以在酒吧和俱乐部里来去自如，肆意张扬自己的情感。当然，同性恋在法律上仍然是一种犯罪行为，警察对同性恋者的骚扰和对（通常是受黑手党"保护的"）酒吧的突袭也很常见。当时才二十岁的帕特对此竟毫不在意，在麦克道格尔街上彻夜狂欢。

在那里，她遇到的群体让她激动万分：一个关系紧密的、封闭的圈子，她们都是艺术圈和新闻界的成功人士，多为女同性恋者。在青少年时期，她总是因为自己的性取向而心生负罪感，并受到排挤，在这里，她第一次找到了一个积极的榜样，一个安全的空间，鼓励她成长为她向往的那种人。通过在华尔道夫阿斯托利亚酒店开书店的玛丽·沙利文，这名二十岁的大学生得以结识了一些人物，例如美国摄影师贝伦尼斯·阿博特和画家巴菲·约翰逊，她们又把她介绍给英国记者罗莎琳德·康斯特布尔（《时代》和《生活》杂志的创始人，杂志大亨亨利·卢斯的得力女助手），当时罗莎琳德是艺术家和艺术品商人贝蒂·帕森斯的情人。帕特这些新结交的朋友至少比她年长十岁，她们对她的影响很大，为此她和母亲经常发生冲突，因为母亲强烈反对帕特喝酒熬夜。她的父母斥责她的新生活方式过于极端，甚至威胁说，如果她再不悔改，就不再替她支付大学学费了。

"最痛苦的是感觉到自己的软弱；正如英国的弥尔顿所说，软弱才是真正的痛苦。然而，你的力量，除了通过你的成就和你做的事情来判断，不会有任何感觉，也不可能有什么明确的概念。在模糊的、不确定的能力和无可置疑的表现之间，有多么大的差异啊！"[1]

这是我的日记，包含着全部——

---

[1] 出自托马斯·卡莱尔的《拼凑的裁缝》。

1941年1月6日

[法]开学第一天。+斯奈德[1]：一部关于一个女人的戏剧，我在剧中扮演男人。海伦[2]是我的女朋友。真是完美。+[3] 早上收到罗杰［·F］[4] 来信。他说他爱我！太嫩了点，不是吗？？+今晚在埃尔温[5]家聚会。只有五个女孩在场。我们会有成就的！+我现在是美联会的财政秘书，我向上帝祈祷别被发现了！+妈妈现在对我很有敌意。尤其是因为我不够女性化。[法]

1941/1/6

今天有了一个无耻、狂妄、颓废、卑鄙、倒退的想法：我迷失在一个毫无依据的梦想中，梦见生活停摆了，栩栩如生，梦见朋友们——他们的人和脸都难以形容，就只是充数而已——每一个人如预料的那样各司其职——那画面——我们称之为"生活"或"经验"的画面是完整的——我还看到自己——就在我该在的地方——没有谁的外形或行为和我完全一样。在这一小群人（绝不是全世界）中，我最喜欢我自己，我想，如果我不在那里，将会是多么可怕的损失啊。

1941年1月7日

[法]我读了［斯大林的］《列宁主义的基础》。非常重要，还包括了战术。[法]

1941年1月9日

[法]昨晚读了莎士比亚的《驯悍记》。贝利夫人[6]迟到了很久，也很迷人。我想把语法书上的每一节课都做好，在考试中夺冠。+《圣佛瑟林盖传奇》将在［《巴纳德季刊》的］下一期上发表。乔治亚·S[7]今天说这是我们多年来最好的一期！斯特蒂文

---

1 斯奈德，和帕特一起上戏剧课的巴纳德学院女孩。
2 海伦，帕特在巴纳德密友圈中的一员。
3 在帕特的第一本日记中，她常用"＋"符号来分隔同一篇日记中的不同内容，这个习惯在1942年后逐渐消失。
4 罗杰·F，帕特的崇拜者之一。
5 埃尔温，一个共产主义者。帕特在YCL和美国学生联合会都很活跃。
6 海伦·贝利，巴纳德学院法语讲师。
7 乔治亚·S，同学，也是《季刊》的编辑成员。

特[1]不喜欢我去年写的故事《电影约会》[2]。这个月她要来编辑《季刊》的评论！+今晚和亚瑟[3]在一起。我和他之间要画一条曼纳海姆线[4]。妈妈连正眼都不看他！亚瑟告诉我，凯勒读了我的《莫顿街上的房子》[5]，觉得不太让人信服。这正是我最担心的。让凯勒知道是一个女大学生写的。会很难堪吧。[法]

1941年1月10日

[法]维奥莱特9:30来了我家。母亲问她对共产主义有什么看法——维奥莱特犹豫了一下说："所有的年轻人都对共产主义感兴趣——这很好——能让他们有点事做。"（！）像颗重磅炸弹！是吗？+排球课太好玩了！我想写一个像《[圣佛瑟林盖]传奇》一样的关于这门课的故事。这些人可真棒！+帮助芬妮·B学逻辑。她对自己的功课不太在意。她想嫁给"泰德"，他要当教授。芬妮妈妈没钱，所以她明年就不上学了。但她非常幸福！[法]

1941年1月11日

[法]我买了两张周一晚上在麦迪逊广场花园举办的列宁纪念大会的门票[6]。给我和亚瑟。昨天那家工人商店很有趣。布鲁尔妈妈[7]在那里为党派中坚分子签名售书。一群人排队买门票，每个人都在笑，好像在拍宣传照一样。+9点贝莉来了。她说她喜欢我的故事，嘲笑斯特蒂文特写的批评文章。也许一年后我不喜欢这个故事了——但现在我并不以它为耻。+7:30 Va.[弗吉尼亚][8]打电话给我。我很开心。9点在罗科餐厅[9]与她见面，在座的还有同性恋男孩杰克，两个同性恋女孩柯蒂斯和琼。去

1　埃塞尔·斯特蒂文特，巴纳德学院英语系助理教授，创意写作课讲师。
2　《电影约会》发表在1940年冬季的《巴纳德季刊》上。
3　亚瑟·R，共产主义者，帕特的崇拜者。
4　曼纳海姆线是1939年11月苏联-芬兰战争开始时，用来阻止苏联红军前进的防御工事线。
5　《莫顿街上的房子》是帕特的一个小说，被《纽约客》退稿。
6　1941年1月13日，第十七届列宁纪念大会在麦迪逊广场花园举行。时任美国共产党（CPUSA）总书记的厄尔·罗素·布劳德发表演讲《帝国主义战争的出路》。
7　艾拉·里夫·布鲁尔（1862－1951），美国社会主义领袖、作家和工会组织者。"布鲁尔妈妈"是同伴们对她的昵称。
8　帕特的好感对象，持续了一段时间。后文多用Va.表示，不再特别加注。
9　格林威治村汤普森街181号的意大利餐馆。

了"杂货店"[1]等地方。啤酒和马提尼酒把我喝醉了。但是Va.吻了我！！我在饭店的女厕里吻了她二——三——四——五次，甚至在人行道上吻她！！人行道啊！杰克很可爱，Va.想和他睡一觉——但首先她想在周末和我一起去旅行。她爱我。她将永远爱我。这是她告诉我的，她的行动也证实了这一点。[法]

1941年1月12日

[法]巨大的惊喜！母亲和S.[斯坦利][2]说服了约翰和格蕾丝[3]明晚来列宁纪念大会！一开始斯坦利都不想让妈妈去，因为怕被人在那里看到！后来他们说要一起去的时候，约翰也跟着好奇起来！+ 我读了《第七次代表大会的工作》[4]，对我帮助很大。还读了《无事生非》[5]，很不错。开始阅读［詹姆斯·乔伊斯的］《芬尼根守灵夜》。[法]

1941年1月13日

[法]噢——昨晚甜蜜的吻啊——如在天堂般幸福！难得的喜悦骤然盈满心怀。莎士比亚，你是对的！+ 与莱瑟姆[6]讨论。她不喜欢我（剧本中）对西班牙局势的解决办法："你的戏剧性情节非常完美——你却给出了这么一套党派的废话！"（我只是写了革命党人战胜了贵族！）她建议我继续加工（"猛踩油门！"），还布置任务让我再写一部剧本。我还有那么多功课要做！+ 布劳德今晚表现非常出色，令人叹服。我们唱了《国际歌》。[法]

1941年1月14日

[法]天呐——詹姆斯·乔伊斯死了。我昨天早上听到了这个消息！+《先驱论坛报》刊登了一篇精彩的讣告！布劳德获得了20分钟的鼓掌欢呼。2万份礼物等等。大

---

1 "杂货店"是一家位于纽约西8街28号的餐厅，起初是一家古董商店，开业于1922年，改为餐厅后，是当时女性喜爱结伴同行的场所。它的常客包括作家福特·马克多斯·福特、托马斯·沃尔夫、舞蹈家玛莎·葛莱姆、画家阿希尔·戈尔基、威廉·德·库宁、李·克拉斯纳等。这里是帕特最喜欢去的地方之一。

2 帕特的继父斯坦利，后文多用缩写S.表示，不再特别加注。

3 约翰·科茨是玛丽·海史密斯的哥哥。格蕾丝是他的妻子。

4 第七届共产国际代表大会于1935年在莫斯科举行。

5 莎士比亚的戏剧。

6 迈纳·怀特·莱瑟姆教授，英语系的副教授。

卫·埃尔温说那是因为他们讨厌罗斯福！＋创作剧本。完成了第一幕的第二稿。B. B.[1]也喜欢我的剧本和故事，她的意见比全校师生的意见更有意义！＋路德维希·比梅尔曼[2]出版了一本新书：《内心的驴子》。才华横溢，他所有的书都很好。我不知道他是否会读我在《季刊》上的故事。[法]

1941年1月15日

[法]我本想开始读托尔斯泰的《安娜·卡列尼娜》，但一本［休利特·约翰逊的］新书《苏维埃政权》摆在我的桌子上，又漂亮又整洁：在这样的时代，怎么会有人读《安娜·卡列尼娜》？！——哦，我在做梦！我想和［巴布斯·］B一起去俄罗斯旅行。这样的日子再也不会来了。我就像个1917年的美国人一样。应该读些什么书？除了战争的东西之外什么都别读。其他一切都是逃避。[法]

1941年1月16日

[法]我很高兴——欢天喜地！原因有很多！首先，斯特蒂文特喜欢我的故事（《阿莱娜》[3]）。今晚完成了我的剧本。妈妈很喜欢它，说它不像我写的其他戏剧和故事那么冷酷。＋收到让诺[4] 11月24日的来信。他刚收到我9月17日的信！爆炸发生时他正在波士顿听阿蒂·肖[5]的演出！

＋外婆给我寄了2美元做生日礼物。[法]

1941年1月17日

[法]星期六晚上我要去见恩斯特[6]的时候会有个聚会！倒霉的恩斯特！＋［玛里亚

---

1 巴布斯·B.，帕特高中时期的朋友，共产党人。
2 路德维希·比梅尔曼，出生在奥地利，美国作家，儿童图书插画家。他的妻子玛德琳·比梅尔曼是巴纳德学院1941级的学生，也是帕特的朋友。
3 帕特的故事《阿莱娜》已经失传。
4 琼·"让诺"·大卫，来自马赛的年轻法国漫画艺术家，也是玛丽·海史密斯的笔友。
5 阿蒂·肖（1910—2004），美国爵士乐单簧管演奏家，20世纪30年代末著名的摇摆乐队领袖。
6 恩斯特·豪瑟，摄影记者、《星期六晚报》的战后通讯记者。《上海：售卖之城》和《意大利：一部文化指南》的作者。帕特高中毕业后在去得克萨斯的船上第一次见到他。

恩·]K好像特别喜欢我。和她班上的其他同学一样喜欢我——至少可以这么说。要是她更喜欢我就好了！我的剧本写得很好。我不会不好意思把它拿给别人看的：无论是巴布斯·B、朱迪[1]还是莱瑟姆！＋坎特伯雷教长[2]的《苏维埃政权》一书。主要是俄罗斯经济增长数据的汇编。会很有影响力的——很重要。我希望外婆在她去世之前能领悟到这些道理。＋10点和约翰、格蕾丝及父母到了先锋俱乐部[3]。朱迪也在那儿，但我没有把她介绍给我们这一桌人，为此，母亲严厉地批评了我。我喜欢朱迪。（艾迪是共产党员，也是警察！）[法]

1941年1月18日

[法]我和妈妈去购物了。最后给我买了一条连衣裙——非常漂亮——还有一件夹克和一条灰色短裙。＋我的工作一点进展都没有。今天早上，约翰寄给我一本反共产主义书籍的评论。一个脱党者写的，报纸就和这些脱党者一样，就爱宣扬这些。＋希尔达今晚也在。所有的中坚分子都在——还有玛丽·H和露丝。她很迷人！很真实的一个人。今天因遇见她而变得十分重要。玛丽·H告诉露丝，我是这群人中最聪明的一个，我收到了许多正派礼貌的人的邀请。我想把这些都告诉妈妈，但我只会告诉她玛丽·H的事，还是别全告诉她吧。[法]

1941年1月19日

[法]我二十岁了！太棒了！早餐后收到礼物。和圣诞节时收到的一样多。有一个偏光灯，还有一个供学习用的三角垫。＋我今晚应该和恩斯特一起吃饭的，但我不得不学习。5点在第五大道酒店[4]与约翰和格蕾丝喝鸡尾酒。然后我和妈妈还喝了香槟。非常开心。[法]

1　朱迪·图维姆，帕特在朱莉娅·里奇曼高中的同学。她后来成为著名的电影明星朱迪·霍利迪。

2　指前文提到的休利特·约翰逊。他是英国国教的高级牧师，因支持左翼事业而被称为坎特伯雷的"红衣主教"，因反对英国介入朝鲜战争而闻名。

3　乡村先锋是一个爵士乐俱乐部，位于格林威治村第七大道南178号，成立于1935年。除了泰罗尼乌斯·蒙克、迪西·吉莱斯皮、迈尔斯·戴维斯和阿特·布莱克等人的爵士乐表演之外，这个场地还举办诗歌朗诵、喜剧表演和音乐会。

4　第五大道酒店，位于第五大道和第9街的交汇口。

1941年1月20日

［法］大卫·让诺昨天给我寄来一台收音电唱机。生日快乐！［法］+［德］我昨天突然想到，虽然英国现在不缺兵力，但如果他们要在法国打仗，那么他们就会请求美国出兵。［德］［法］莎士比亚搞得我精疲力竭！我不知道的事太多了！+没有任何创意工作的日子就是虚度光阴。一个艺术家，一个真正的艺术家，就必须创作。［法］

1941年1月21日

［法］不去想莎士比亚的时候是多么轻松愉快啊！我想到了玛丽·H，或是未来美好的夜晚，或是未来的岁月，或是要见的人。+［读了威廉·萨洛扬的］《我叫阿拉木》和［威拉·凯瑟的］《萨菲拉与女奴》——一些文章——一整天都在读莎士比亚的作品。我现在再也不想读莎士比亚了！［法］

1941年1月22日

［法］收到一封R.R.[1]的信，我还没有读。他挺烦人的。+我构思了一个重要但简单的短篇小说的完整情节，我想快快把它写出来。它就像一个孕育在我体内未出生的孩子。+我的天！重大新闻！我竟然是希腊语课平均成绩最高的！还是赫斯特[2]亲自宣布的！可惜我日记写得不够多。夏天的时候，我每天都写。闲暇之时，思绪如水奔流不息。［法］

1941年1月25日

［法］天降横祸！莱瑟姆给了我一个C+的成绩！我不明白。说实话，得个F都比C+强！至少不及格也算是与众不同吧。太可怕了——比全裸着站在全班同学面前还难受！因为这个成绩，整个下午都很难过。弗吉尼亚打电话给我。晚上想和我一起，还告诉我她爱我。我们下周要去滑雪。+7点和彼得[3]去了"杂货店"。我喝了三杯（三杯太多了）。彼得很聪明。无所不知，很快就与人熟络起来。熟知莎士比亚、舞蹈等，但没有什么作品。她比我大四岁。我想四年后我会像她一样成熟。希望比她更

---

1 罗杰·R，帕特长期的仰慕者。
2 格特鲁德·赫斯特，1903－1941年间在巴纳德学院担任古典文学教师。
3 帕特巴纳德朋友圈里的一员。这个小圈子里还有海伦、巴布斯·B和黛博拉（黛比）·B。

成熟一些。[法]

1941年1月27日

[法]这是我第一次带着自信弹钢琴。很鼓舞人心。+我在想，如果我没有读那么多当代文学作品，如果我把剧本读给莱瑟姆听，我是否会有更好的成绩？莱瑟姆给了我C档的成绩，有两个原因[1]：一，他不喜欢负面描写南方的戏剧。二，他认为我是共产主义者。三，因为大家对我交口称赞。玛丽亚恩·K——她会说什么？！哦，我的天呐！[法]

1941年1月29日

[法]今天早上有法语考试。很难，我想我猜错了所有的题。太可怕了！我现在只希望能拿到B+。我和莱瑟姆谈了谈，他很友好。他告诉我我的剧本很好，但需要慢慢来，正是因为我写了太多的小说，所以我在戏剧方面不会得心应手，等等。但我会继续写的。+今晚和恩斯特在一起。在"杂货店"喝了香槟，吃了晚餐。打电话给M.H.（露丝）[2]。她告诉我玛丽上星期六在观察我们，她想把我俩画到一起。她觉得我俩是鲜明的对比。我很荣幸。[法]

1941年1月30日

[法]病得不轻。毫无疑问，是考试造成的。我学习很努力，今天是我第一天休息。每一块肌肉都痛。+我的病情——今天和昨天——给了我一点不真实的感觉，普鲁斯特对此最熟悉不过。我按照自己的喜好写了一两段。这是不一样的——流畅，不为实现任何目的，只是随性而写。看着时间，发现两个小时过去了，你就会很高兴，就好像有一个固定的时刻，一到点就又会生龙活虎一样。普鲁斯特已经说过这些话了吗？可能吧，但这就是我今天的感受。[法]

1941/1/30

从我见继父的第一眼起我就不喜欢他。刚见他时我大约四岁，那时我已经读了一年多的书了。我记得那天我正在读一本童话书。"那是什么字？"我继父边说边用一

---

1 此处原文为"二"，但后文中列了三点，疑为笔误。
2 括号里的露丝是为了让读者了解M.H.的性别使用的假名。

根细长、弯曲、毛茸茸的食指指着我认识的那个最有魔力的词。

"机麻开门!"我叫道。

"芝——麻!"我继父强硬地纠正我。

"芝——麻。"我轻声回应。

他宠溺地低头笑着看我,红红的厚嘴唇紧抿着,在黑色的髭须下显得很宽。我知道他是对的,恨的就是他是对的,因为大人总是对的,从来没有错,也因为他从此毁掉了我的魔法"机麻开门",因为现在的这个新词对我不会再有任何意义,我心中的美景已经毁了,变成了一个奇怪、可恶而又陌生的词。

1941年1月31日

[法]好多了,但还在病着。我读了[乔治·萧伯纳的]《苹果车》,[保罗·文森特·卡罗尔的]《影子和物质》和一本戏剧书。我沉浸在戏剧之中!我会写好的,很好,很好!!!我会所向披靡的!+我买了万达·兰多斯卡的《意大利协奏曲》[1]。妈妈在等着听呢。她有点生气。这也难怪。她告诉我 S. 有时会在晚上说出最讨厌的话来。大部分只是情绪化的话,但太奇怪了,她怀疑他和我们是完全不同的物种。[法]

1941年2月1日

[法]买了(男士!)白袜子,终于足够长了——好吧,到我膝盖以下,我现在穿得像个男人。(我一点也不担心。)+外公病了:一种肾病。他们得用管子把尿导出来,有时他自己做不到。真艰难。[法]

1941年2月2日

[法]11点到了[玛丽·]H家。我按门铃时,他们还在睡着,很快就起床了。玛丽(我希望她叫别的名字而不是"玛丽"!)怎么样都好看。她已经做好了一切准备。用炭笔。巨大的画布。画上的我们都是真人大小,我把手放在身前,露丝在我左边读[手稿]。我们采用了坐姿。玛丽工作时全神贯注。忘记了周遭的一切。我们星期六或星期天再来当一次模特。

不幸的是,我穿着夹克和衬衫,而且我的姿势很男性化。妈妈看到了会怎么说?

---

1 万达·兰多斯卡(1879—1959),著名的波兰大键琴师,录制了巴赫的《意大利协奏曲》。

肯定会说我点什么的，我敢肯定！[法]

1941年2月3日

[法]我法语得了A。班上只有两个人得了A。我很高兴新学期开始了。对写作仍然充满希望。我有很多灵感！二十岁了，我有点内疚。人生已经过去这么长时间了，我才写了这么点东西。[法]

1941年2月5日

[法]斯特蒂文特来上法语课。长得就像烹调书上的女人。哦——贝利夫人——！她多鼓舞人心啊！但这个女人！就像我祖母一样！《季刊》有很多工作要做。丽塔·R[1]在医务室。5点我和乔治亚·S去看望她。我给她带了花。我喜欢乔治亚·S。希望她能邀请我去她家（她一个人住）。她告诉我她写同性恋故事只是为了让斯特蒂文特给她几个A！我读了[尤金·奥尼尔]的《琼斯皇帝》。[法]

1941年2月6日

[法]开心得手舞足蹈！我可以转去上贝利夫人的课了！米丽亚姆·G也在那个班，至少我们俩都得了A。如果我比她分低的话，我是不可能和她坐在同一个教室里的！+我读完了[多萝西·米勒]理查德森的《尖形屋顶》。这些书只能是女人写出来的。我觉得它们很无聊。它们非常"活泼"、活跃，就像女人们互相做客时一样。+[凯瑟琳·]曼斯菲尔德和[弗吉尼亚·]伍尔夫是同样风格的。[法]

1941年2月7日

[法]真是个惊喜！布鲁斯特在考试中给了我一个B！玛丽亚恩·K得了个C，就在蒂尔森商店请她所有的朋友喝汽水！逻辑课的分数还是惨不忍睹啊。+我看见海伦在雨中散步。"你愿意和我一起参加一场爱情戏的表演吗？"好啊！"——但我想说的是，愿意为我参加吗。我最近经常想到海伦。不知道我是否爱上她了。可能不只是爱上了！她是个千娇百媚的女人。我开始读[帕特·斯隆的]《俄罗斯没有幻想》和塞缪尔·巴特勒[2]的传记。他是同性恋，露丝·L告诉我的。[法]

---

1 丽塔·R，同在《巴纳德季刊》的编委会工作。
2 塞缪尔·巴特勒（1835—1902），英国作家，代表作《众生之路》。

1941—1950 年：纽约的青春，以及不同的写作方式

1941 年 2 月 12 日

[法] 贝利在《巴纳德公报》上发表了一封信，要求把未经官方许可可以代表身份参加政治会议的女孩称为"观察员"。多丽丝·B 可能向当局报告了我们！＋听了露丝的建议，我把《女英雄》[1] 寄给了《第欧根尼》[2] 杂志社。[法]

1941/2/12

当我开始买大卷边的衣服；当我一眼就能看出公寓的问题（或潜力？算了吧）所在；当我吃了该吃的东西后，就不再吃我爱吃的东西；当我因为别人不够优秀就不爱他；当我开始按时睡觉以保证第二天工作全力以赴；当我开始说反自由主义有点偏激；当我想起你时，没有欲望，不抱希望，没有渴求——那么我就知道我正在变老。知道我已经老了。

1941 年 2 月 13 日

[法] 我 4 点把《季刊》带到印刷厂。玛丽·T 帮了我一点忙。老实说——她画得很差劲！我可以画得更好！也许我要从现在开始画画了。＋我的时间简直不够用。写小说，刻雕塑，交友，阅书，约会，构思，各种项目——千头万绪！就算我是基督教科学派的[3] 也好不到哪儿去！肯定的。不然我早就加入了。[法]

1941 年 2 月 14 日

[法] 8 点去科里家参加联盟会议。有一个非常出众的女孩：玛塞拉，巴布斯·B 跟我提过她。她说话时魅力无穷。我只是看着她就仰慕不已了！＋我给母亲买了一小瓶沐浴液当情人节礼物。[法]

1941 年 2 月 15 日

[法] 玛丽只画好了我的手。但 R. 的头像周三就完成了，毫无神采——整幅画都很单薄——人像上用了太多的蓝色调。[法]

1　《女英雄》于 1945 年在《时尚芭莎》发表，并被收录在《1946 年欧·亨利奖短篇小说选》中。
2　美国的文学杂志。
3　基督教科学派是一套信仰，起源于创始人玛丽·贝克·艾迪（1821 — 1910），它的核心思想是祈祷可以治愈疾病。帕特的母亲是一个信徒。

1941年2月17日

[法]到了这个年龄，我应该更有创意，更有新意。一想到我二十岁了，我就感到一阵颤栗。除了混乱的情绪，再无其他。我连爱情都没有！我必须抛掉旧有的想法。然后新的想法才会像河流一样奔涌过来。[法]

1941/2/17

我不再像以前那样满足于单纯的"情节"和刺激的故事。我开始认真思考我的写作，结果是我写得少了。也更倾向于更长的篇幅——长篇小说。我发现即使在最好的短篇小说里也很难看出真正的"价值"。不知道我会走向何方。

1941年2月19日

[法]情况正在好转。+玛德琳·比梅尔曼在课堂上跟我聊天，看着非常友好。她告诉我路德维希在床上看书，笑得也很大声！她（开车）送我回家。玛德琳告诉我，她认为自己的婚姻很糟糕——至少对她来说是这样。但我觉得她在学校里这样告诉过很多人。她真是管不住自己的嘴。也许她改天会邀请我去他们家喝一杯。[法]

1941年2月20日

[法]今天晚上去学校帮丽塔·R编辑《季刊》。我和丽塔·R都信心满满。丽塔告诉我，当我还是大一新生的时候，就是公认的独立女性，非常自信。听了这话感觉很好笑，因为我一点也不独立，更不自信。她接着说，然后我完全变了。还说我是明年主编的不二人选。今天早上我读了一些托马斯·沃尔夫[1]的书。我这一天都因此而发生了变化。[法]

1941年2月21日

[法]我远远地看了B夫人一会儿，没有和她说话——我觉得自己一不小心就会爱上她。（注意：妈妈昨天说伯纳德[·普朗格曼][2]曾经说过他不需要女人。我不知道我是不是也这样？时间会证明一切。）[法]

---

1 托马斯·克莱顿·沃尔夫（1900 – 1938），美国小说家，被认为是他那一代最伟大的代表之一。多年来，帕特不断地重读他的作品。
2 帕特的生父。

1941 年 2 月 22 日

[法] 玛丽和露丝来家里喝达基里斯酒。玛丽看了看整个公寓。母亲仔细地打量着她，告诉我她永远都猜不出她是同性恋。妈妈很喜欢玛丽和露丝。我们喝了很多酒，听着唱片，跳舞。露丝跳舞跳得最好。但在晚餐时，她突然冒出一句："你不喜欢我，对吗，帕特？"我有一个坏毛病，就是让人一眼就看透了——必须彻底改掉它。[法]

1941/2/22

我想写下我在俗世的觉悟中最珍贵的一笔：被爱时的激动震颤，那种无法言说的幸福感。单恋是一种特权。梦想着，期待着天堂也无法比拟的喜悦——然后峰回路转——得知自己被爱着，从别人口中得知。这就是天堂了！（如果这还不是天堂，你说，那就滚回你的旧天堂去死吧。）

1941 年 2 月 24 日

[法] 我取消了和恩斯特的约会。9 点去了朱迪家。Va. 事先打电话给我说她有点不舒服——真让人失望。我想去看她。海伦、保拉、露丝、玛丽和露丝这一对，艾迪、索尔·B。大家都有点醉了。朱迪很迷人。玛丽说个不停。我们都知道。她有点傻里傻气。但我们还是很爱她。+ 我非常渴望得到 Va.——没有比她更漂亮的人！我给她写了封短信。我们得好好相处。[法]

1941/2/24

我们每个人想要的，大多是被奉承、被欣赏，至少能被快速认可。如果没有别的追求的话。我们应该聆听自己内心的忠告。是的，我们心中一直有一个忠告——告诉我们一切的追求都在我们心里——我们可依赖的一切——一切的奇迹、价值、美丽、爱情、信仰和天赋——快乐与悲伤、希望、激情、理解——所有这些都在我们自己的内心和脑海中。不在外边。我们徒然环顾四周，没有人愿意付出。没有人相互信赖。

1941/2/24

我们必须把自己看作一块待耕的沃土。如果不耕耘，我们就会腐烂，就像一头母牛没人挤奶一样。如果潜力不开发，它会被埋没而消失。充分调动所有的力量以开发出最大的潜力，孜孜不倦——才是活着的唯一方式，才是"活着"这个词的本来意义。

1941 年 2 月 25 日

[法] 海伦收到伊妮德·F寄来的一张乔·卡斯塔尔斯[1]的照片。这些女孩可真会拐弯抹角啊！她们都像树上的熟苹果一样，随时可以摘——但我可不想摘！＋我和尼娜·D谈过减少我的社会活动的事。我没办法。一周即便是两个晚上都占用了我太多的时间。＋S. 巴特勒的笔记写得很迷人。也很蠢，跟我有时候写的差不多。

1941/2/26

前几天晚上，我感到很孤独，也很无聊，去了J.家里，P. & J.演奏的时候，我就站在钢琴旁边。P.想出基本曲调，然后转过身来问我："对吗？——对吗，帕特？"好喜欢听她叫我的名字。在这样的时刻听别人叫我的名字。在这样小的篇幅里，我无法表达出这件小事带给我的温暖和感动。

1941 年 2 月 27 日

[法] 我听了埃尔默·赖斯[2]在剧院里的演讲。他无情地批评了美国戏剧，也批评了我们的精神。他讲话好像自己是在共产主义集会上一样！太精彩了！＋今晚和Va.待在一起。我们看了《费城故事》[3]。电影不再让我开心了。然后，在最喜欢的咖啡馆喝啤酒。现在她要去麦克道格尔街的大篷车酒吧[4]，那里会聚着最优秀的同性恋者。她要找一个比我大的女人。但不管遇到谁，她都最爱我。我知道，她告诉我：我们会偶然地去某个地方，然后再不期然遇见对方。这事交给我来！[法]

1941 年 2 月 28 日

[法] 我把《苏维埃政权》卖给了弗朗西斯·B。只有确信有人会买的时候我才把书带到学校。[法]

---

1 玛丽昂·芭芭拉（"乔"）·卡斯塔尔斯（1900－1993），是英国的女继承人和汽艇赛手，与许多女人有过婚外情，最著名的是多莉·王尔德（奥斯卡·王尔德的侄女）、葛丽泰·嘉宝和玛琳·黛德丽。
2 埃尔默·赖斯（1892－1967），美国剧作家，普利策奖获得者。
3 《费城故事》是菲利普·巴里1939年的一部戏剧。
4 大篷车是一家女同性恋酒吧和夜总会，位于格林威治村的麦克道格尔街。

1941/2/28

在我们的一生中，保持严肃的基调是很重要的，但用轻松的一面来调和这一点同样重要。否则我们就毫无生气，缺乏想象力，也无法进步。另一方面，完全严肃的人是很可笑的，所以我很好奇，这种态度，说到底，不就是最轻松的一面吗？相应地，思想轻松活跃的人——拥有良好的基本智力——也是最严肃、最富哲学性和最有思想的人。嘲笑那些应该被嘲笑的事情，这需要观察、判断和独立思考的能力。不过，我会在比较有影响力的位置上保持严肃的一面，因为我就是这样的人。我不需要考虑这个问题，如果我考虑了，对我也没什么好处。在我看来这一点很重要也很有洞见。以后再看吧。不知道我是否会像塞缪尔·巴特勒那样，把这些笔记编辑起来并归档？这样的话，多年以后会重新拾起这些青少年时期的思考。

1941年3月1日

[法] 好日子！好日子！我一上午都在写作，完成了《莫顿街的故事》。故事已经完全不同了。同学们都喜欢。+ 我经常想起玛德琳。我不知道星期四我能否邀请她去 98 街上的度假牧场骑马。开始读 [约翰·考珀·] 鲍伊斯的《沃尔夫·索伦特》。这本书是玛丽·H 的。她有许多书我都想借。+ 哦，我真想和玛德琳 [·比梅尔曼] 一起去乡下！如果她星期一不带我回家，我会很难过的！+ 我满脑子计划！[法]

1941年3月2日

[法] 这是最后一天。画我的那部分已经完成了。我不喜欢那条裙子。露丝穿着晨服走进浴室——只穿着内裤！——想调杯鸡尾酒，这德行。玛丽建议她穿点衣服时，她还生气了！私下里和露丝聊了聊，很有趣。聊聊是否应该和自己所爱的人在一起，如果他（或她）已经或正在和别人有外遇。我会离开的。露丝会留下来。毫无疑问，这种情况会毁了我的爱情。+ 我有很多有趣的想法——都是零碎的想法，但都很好。很令我满意。+ 我的剧本明天就上演了。哦，我可怜的心！我精力充沛。想做些惊人之举，身体上或精神上的都行。+ 晚安！晚安，玛德琳！你真漂亮！[法]

1941年3月3日

[法] 美好的一天。但我的希腊语考试只得了 89 分。真差劲！+ 玛德琳没怎么说话。我不知道我下一步该怎么办。春意盎然时，我总感觉自己更加振奋——精力旺盛，斗志昂扬。毫无疑问，今年春天会有爱情来临。谁呢？一个新面孔。H.M. 或

者——我也不知道。玛德琳！对，就是她。+ 我不知道，随着时间的流逝，随着生命的消逝，这种充满活力和希望的感觉会变成什么样。现在的感觉是如此强烈而美好。[法]

1941/3/3

我想不起来有哪个伟大的作家、思想家或发明家是臭名昭著的酒鬼。爱伦·坡，当然是他。但醉酒的粉红迷雾十分无益，一开始看起来好处很多，但把你的想法付诸具体实践，它们就会像肥皂泡一样消失。

1941年3月4日

[法]演我的戏剧的女孩们不想在11点后留在舞台上排练。她们表现得很不好。我真想干掉其中几个！我很喜欢[让·萨门特的]《影子罪人》。+ 我的《莫顿街的故事》只有6页，很精彩，我很自豪。+ 罗丝·M让我今晚到美联会办公室去。我没有时间。+ 10:30 恩斯特打电话给我。他正和福吉及其女朋友开一瓶海格苏格兰威士忌。我不明白他怎么那么喜欢酒，确切说是苏格兰威士忌。香槟，还差不多。[法]

1941年3月5日

[法]逃了法语课去排练我的剧本。排演得很糟糕！我不介意。士兵的形象很模糊。共产党人话太多了。彩排的时候我看过一次，但都没注意到。+ 我和海伦同演一部戏。我可以爱她！她也可以爱我，或许吧。我会努力的。+ 玛德琳不在那里。这样反而更好！+ 今晚在弗洛拉家聚会。科里批评我，因为我的报告不够详细。她说得对。她很雷厉风行。那样最好。我很懒。下次会做得更好。[法]

1941/3/5

艺术家的生活应该很艰苦，充满了血汗、泪水和失望、奋斗和疲惫，这已经成为一种陈词滥调。我认为这场战斗应该体现在他对世界的态度上：他的困难总是在于如何理智又创造性地保持自己的独立性，参与社会的同时能保持自己的个性。但在自己的创作中，就不会有这种痛苦。他之所以创造了一样东西，是因为他已经掌握了它并且对其了如指掌。他成竹在胸，轻而易举地将其创造出来。如果从他的作品中可以清楚地看出构思上的巨大斗争，就说明这不仅是一种人为的、外来的东西，更是软弱且不确定的东西。伟大的作品都是一挥而就的：不是说流畅，而是指轻松，来自大师的气度，后期还可以在闲暇时愉快地进行必要的润色和改变。

1941/3/5

我不知道和别人出去和独自待在家，哪种情况会让更多的想法落到笔记本上。社交有时能激发灵感，有时令人头脑昏沉。我和别人在一起的夜晚，如果能写出好东西，我都会很高兴；独处的夜晚一个字也写不出来时，我会感觉很难受。但我说不出来在哪一种晚上最有写作灵感。

1941年3月6日

[法] 我在去学校的路上遇见了玛丽亚恩·K，我们一边唱着《阿鲁埃特》[1]，一边跑去上莎士比亚课。这件事无足轻重，但我把它写下来，因为几年后这样的情形就不会再发生了。即使无产阶级革命来了。当我一天没做什么重要的事时，我也会很生气。我至少可以坐在椅子上思考。+ 今晚去了芬兰大厅[2]。共青团。他们在楼梯间里演奏《曼纳海姆防线》。吵死人了！[法]

1941年3月7日

[法] 这一天过的！先是希腊语考试（考得很好！），我自己偷偷傻乐着！+ 在最后一刻，我写了一篇论文交给勒杜克[3]。他们说贝利夫人的丈夫疯了。我开始写关于学校的短篇小说[4]。今晚来了三位评委。很好！+ 然后彼得和海伦喝得酩酊大醉。海伦频频挑逗我。我们去了大篷车。我和海伦跳舞，我们在桌下偷偷牵手。柯蒂斯注意到了我们，让我们去她的桌子那儿。她对海伦颇为喜欢：当然，她以为她是我的女朋友。柯蒂斯说我很"可爱"。我说："我是作陪的。"柯蒂斯会告诉 Va. 的。那就有意思了！黛比·B 特别严厉，让大家早早就散了。海伦今晚在那里留宿。我的天啊，她今晚很想在我怀里入睡。柯蒂斯问我有海伦在一旁，我还能"完成学业"吗！我们拭目以待吧。[法]

---

1 《阿鲁埃特》是一首法国儿歌。
2 位于西 126 街 13 号的芬兰移民聚会场所。
3 阿尔玛·勒杜克，巴纳德学院法语助理教授。
4 指帕特发表在《巴纳德季刊》（1941 年春季）上的小说《贾斯特小姐和绿色背带裤》，后收在《无迹可寻：帕特里夏·海史密斯未发表故事集》（纽约，2002）中。

1941 年 3 月 9 日

[法] 我在思念海伦。感觉很幸福。想起那些个夜晚,坐在桌子旁——喝酒,跳舞。各种各样的事情。+ 完成了我的木雕头像。我砍掉了太多。没关系。是木头不好。+ 今晚我和父母讨论了宗教问题,当然,并没有任何结论。妈妈说这个世界是一个虚幻的世界之类的。没法和她讨论,她总说我还没有仔细思考明白。[法]

1941 年 3 月 10 日

[法] 我的第一个想法是去见海伦。当我说出我精心准备好的致歉词时,她说:"哦,我喜欢。""既然如此,"我说,"改天再来一次吧。"+《季刊》来了。[法]

1941 年 3 月 12 日

[法] 昨天,玛德琳拒绝接受《季刊》:她不想看自己的故事[1]。我想让她读我的故事!+ 海伦对我很冷淡,这让我很难过。她不再叫我"亲爱的",她会这样叫彼得。我只能怪我自己。下次她会变得小心翼翼,很难接近。哦,我想和塞西莉亚·E来一次。她是个有经验的女人。+ 我们昨晚在这里开会。只有七个人到场。我们的热情都在不断消退。本周六在哥伦比亚大学将有一个和平会议,我将在会上发言。[法]

1941 年 3 月 13 日

[法] 我在 8:30—9 点分发小册子。他们当面叫我"赤色分子"!麦克奎尔[2] 走过来了(!)她看见我就笑了。管他呢?她会告诉其他教授的。+ 报纸上的一篇重要文章[《世界电报》],反对美国学生联合会,说它被赤色分子控制,等等。还列举了我们的战略战术,好像这是非法的一样!+ 今晚太累了——累得不能再写了,真的,我坐在沙发上抽烟,思索着一个剧本。——柯蒂斯打电话给我,邀请我参加明晚的聚会。一个在大篷车的叫"玛丽"的爱慕者发出的邀请。我明天邀请海伦和我一起去。我还在想她——我希望她明天没有约会。她可以来我这里过夜![法]

1941 年 3 月 14 日

[法] 海伦今晚有约会,否则她会和我一起去的,她问我是否会收到更多的邀请!

---

1 玛德琳·弗罗因德的短篇小说《真正的哈里斯粗花呢》发表在 1941 年的《巴纳德季刊》春季版上。
2 洛娜·麦克奎尔,巴纳德学院英语副教授,新生导师。

当然会！彼得笑话我了！（我的希腊语考试考得不好！）+ 这场派对之所以精彩，有两个原因：女主人（玛丽·S[1]）非常迷人——很像贝利。还有一个叫比利·B的，比斯特兰[2]更有魅力！天哪！我们一起在沙发上坐了一会儿，都喝醉了，手牵着手。没干别的了。她很成熟（大概三十五岁？）、得体、漂亮——非常漂亮，穿着像斯特兰。比利·B小声说我今天应该给她打电话。（5:30到家）哦！好像我不会打电话似的！［法］

1941年3月15日

［法］我满脑子除了比利·B什么都没有。这是个什么样的女人！玛丽昨天告诉我，比利说她喜欢我。我们俩和玛丽是最佳拍档。+ 我睡了三个小时。我做了一点工作，但没有去参加和平会议！我1点给比利·B打电话。她不在家。然后——！！！！！！她4点打电话给我。还打电话给玛丽问我的名字！天呐，这是个什么样的女人，为了我不辞劳苦！不，不，我这态度不对！啊，我好开心，我心心念念的都是她！！——晚上写作，然后10点去了蓝碗[3]。比利穿着一套黑色西装在那里等我。我们在酒馆旁边喝杜松子酒。她三十或三十一岁了。她丈夫（！）是个记者。她和玛丽·R住在一起。我喝得太多了。我不知道我是怎么决定和她一起回家的。也许是她决定的。坐出租车去的。然后我就恶心呕吐。我吐了很多。喝了点咖啡，然后——上床睡觉。穿的玛丽的睡衣！我的天呐！［法］

1941年3月16日

［法］［比利］和我不太对味。留有遗憾。她温柔、热情、甜美、有女人味（！）这些事不和她睡觉永远不会知道！她给我的看似真爱。但我确定她就是个绣花枕头。明天我会告诉彼得："我遇到了一个漂亮的绣花枕头。" 12:30回到家。学习了一会儿。比利对我说了两次她今晚9点回家。她在等我给她打电话。我不会打的。我会让她等我！我所有的兴奋都消失了，就像孩子手中气球里的空气：她没有保持足够的距离。要么她真的爱我，要么她一攻即破，浅薄直白——而且有点蠢。她不像我想的那

---

1 即玛丽·沙利文，在华尔道夫酒店经营书店。
2 马里昂·斯特兰，巴纳德学院体育助理教授。
3 蓝碗是一家位于格林威治村西8街211号的餐厅。

么蕙质兰心。她出生于德国。身高 5′8″[1]。[法]

1941年3月17日

[法]彼得对我的周末印象非常深刻。+洛娜·M今天告诉我她喜欢我的故事——写得很好。但是有两个女孩来到她的办公室，想给《公告》写一封信，因为我的短篇小说是违反教育制度的！+我没按照比利的暗示在9点给她打电话。12点才打。她仍然很迷人。她什么时候能见到我？星期五，我说。她不想去大篷车。但是柯蒂斯打电话给我，告诉我我们星期五要去：玛丽、柯蒂斯等等一帮人都去。也许还有 Va.。她会怎么看比利？！？！[法]

1941年3月18日

[法]我今天很紧张，不能学习了。海伦请我抽了支烟——想打听比利的事。我回家时，比利给我留了信息。母亲记下了她的电话号码。"我怀疑你和这个女人的关系"——（我的心跳停止了）"她在纠缠我们。""天哪，才不是呢。"她只是想知道我星期天是怎么回家的，等等。妈妈走后我给 B. 打了个电话。她今晚想做点什么（但是丽塔·R 会跟着来）。我告诉她不要再给我打电话了。她努力保持冷静。她要是再巧妙一点，再聪明一点就好了！然后——8:30 丽塔·R来了。和我的宝贝打了招呼。我们一起跳舞了。她跳舞跳得很好。林迪舞。然后我带她去了巴纳德。但首先，我在12:15给比利打电话。我说她是个绣花枕头，最好的那种。她笑了。没别的了。[法]

1941年3月19日

[法]玛德琳送我回家。她在和亚瑟上床。（也许是路德维希的朋友。）玛德琳是我声名显赫的朋友中最引人注目的一个。恩斯特得到了格拉梅西一家报纸的重要版面。我也告诉他星期五晚上的事了。"你在哪里找到这些人的？"[法]

1941年3月20日

[法]我认真学习。荷马。我和海伦还有彼得一起抽烟。她们整天游手好闲！她们

---

1 5英尺8英寸，约等于1米72。

希望我星期二一起去金轨酒吧[1]吃午饭。我们吃午饭时喝了酒。我穿了件条纹夹克，Va. 不喜欢。但海伦很喜欢！上周五以来，她第一次叫我"亲爱的"，是的，当我想起海伦时，我会很开心。+ 美联会会议。我没有发言。我洗了头发。写完了那篇关于体育课的故事！ [法]

1941 年 3 月 21 日

[法]我在［洛德 & 泰勒］百货商店跟妈妈碰头，我们买了一件红色灯芯绒夹克。光彩夺目。妈妈很喜欢，这倒不寻常。+ 在世博会咖啡馆[2]见了比利，我们喝了一点酒。她穿着一条灰色的连衣裙，很漂亮。然后回她家喝了咖啡。她一直在喝酒。我们在长沙发上坐了好几个小时——直到凌晨 2:30。感觉很不错。她非常客气地邀请我过夜。玛丽不在家。[法]

1941 年 3 月 23 日

[法]我在去比利家的时候遇到了一个讨厌的年轻女子，她要去伊曼纽尔神庙[3]参加一个年轻同性恋者的聚会。星期天聚什么会啊！我的守护天使告诉我这样会更好——但是天啊！我还是选魔鬼算了！比利很甜蜜——吻了我。她告诉我她很喜欢我。她想和我在一起。我觉得她很吸引我。但我告诉她我爱上了我的同学海伦。因为我不允许比利碰我，所以她很伤心——于是我们决定一个月不见面。她送了我一条小金手链。我不会戴的——除了一分钱，我什么也没给她。[法]

1941 年 3 月 24 日

[法]夜里很不开心：在床上。思考，写诗，诗很糟糕。直到 1:30，迫不得已去写戏剧课作业时才发现一无所获。我给比利写了一封长信。一封不错的信，但措辞很谨慎。我没有爱上她。要是她高不可攀就好了——那样我会特别爱她！[法]

1941 年 3 月 26 日

[法]塞西莉亚打电话给我。我们在"杂货店"喝了杯酒。她告诉我从她第一次见

---

1 金轨酒吧位于上西区 110 街到 111 街之间的百老汇 2850 号，是同性恋顾客的休闲中心。
2 世博会咖啡馆是一家位于第三大道 798 号的餐馆和酒吧。
3 伊曼纽尔神庙是一座犹太改革会堂，位于第五大道 840 号，在东 65 街东北角。

到我的那天晚上开始我就变了。说她和米奇都认为我是"一个真正的小姐"。现在我好像可以和人上床了：我想这不丢人。塞西莉亚告诉我她喜欢我的诗。是的，那些诗确实不错。这正是我现在需要的那种诗。使我平静、深思、反省——敏感——内心的宁静让我写出好诗。[法]

1941/3/26

爱飞驰而过。

1941 年 3 月 28 日

[法]感觉非常自信：每一天都充满自信。我觉得这样不好。乔治亚·S 喜欢《贾斯特小姐和绿色背带裤》。3:30 我给 YCL 买了报纸。今晚我没法去 126 街[1] 了，还有更重要的事情，琼 9 点在"杂货店"。Va. 跟往常一样迟到了。柯蒂斯和杰克后来也来了。喝酒（够了！）然后去麦克道格尔酒馆[2] 和大篷车。比利不在那里。但我看到弗朗西斯·B、玛丽·S 和康妮、约翰和马克等等。玛丽·S 非常迷人。康妮告诉我，玛丽自从参加聚会以后就迷上了我。我希望玛丽喜欢我。她很聪明。康妮说："玛丽喜欢你是因为你很聪明——她说你有头脑。"然后去了城市垃圾场[3]。Va. 和我去了先锋酒吧，然后去了朱迪家，我们在那里过夜：从 2:30 睡到 6:00。我很自然地睡在 Va. 旁边。床又窄又冷。朱迪 5 点回到家。漂亮、温暖、迷人，上楼来！我回到家时父母都没注意到我一夜未归。[法]

1941/3/28

此时的经验世界似乎比我刚走出的书本世界更有吸引力。我还没关上门。我只是离开一个房间去了另一个房间。我对自己有了新的信心。我终于变成一个人了。

1941 年 3 月 30 日

[法]我感觉更放松了——毫无疑问这是爱情的缘故——我的爱情。然后 4 点见格

---

1 位于 126 街的芬兰大厅。
2 这可能是指位于麦克道格尔街 113 号的米尼塔酒馆，E.E. 卡明斯、欧内斯特·海明威、尤金·奥尼尔和埃兹拉·庞德等名人经常光顾的地方。
3 纽约市垃圾场餐厅，位于格林威治村布里克街 145 号，"公园大道和波希米亚区交汇的地方"。

雷厄姆·R。在彼得家，喝戴基里斯酒——不知道喝了多少杯。格雷厄姆开始觉得越来越自在了——他的恭维话很下流——太下流了。伊妮德·F和一个年轻可爱的男孩在一起。格雷厄姆充满活力——活力无穷——我们一起跳舞。然后我们在长沙发上拥抱。不知道怎么回事，但喝酒会让人变傻。我们留下来喝汤。我和格雷厄姆离开，去他住的酒店喝利默里克[1]（我在楼下等他，因为去他房间不安全）。打车到一家罗马尼亚餐馆。他说我的肉体和智慧都在召唤他。在我告诉他我爱一个叫比利的男人后，他就想和我上床。[法]

1941年3月31日

[法]海伦在学校很温柔。她说，她发生了变化。说我也一样，但我可不爱做梦。我们的成绩每况愈下。她的成绩下降最明显。她一直在抽烟，也不吃饭。我想是我的缘故。在莱瑟姆的课上，我们非常温柔地握手。好甜蜜，非常胆怯和害羞。我被任命为《季刊》的新主编。丽塔给我送上非洲雏菊。巴拉基安被打败了[2]。[法]

1941年4月2日

[法]海伦来和我一起喝咖啡。我正在写我的主编宣言——纯文学的时代结束了等等。海伦给我讲了一些有趣的事情。她在等待战争爆发，因为那时，每个人都会拒绝生活的枷锁，她想随心所欲地与人恣意享乐，随便什么人都好。老天啊！反正现在我很开心。[法]

1941/4/2

最近我一直在浪费时间。我一直做着我十六岁时很是不屑的事情。但这件事却为我做到了一点：它让我明白没有书本的生活会是多么无用。它还告诉我在刻板的青春期所汲取的一切可以用来过更正常的生活。奇怪的是，从某种意义上说，它使书籍变得更加重要，即看书不为文化、背景或学问，而是为了丰富正常生活。这些听起来很老套，至多也就算老生常谈。但对我来说意义重大，仿佛拨云见日。在我愚昧的一生中，我第一次看到现实世界并活在其中。

1　利默里克，又叫柠檬杜松子酒，是一种由杜松子酒、苏打水和酸橙汁制成的威士忌苏打酒。

2　帕特击败同为《巴纳德季刊》编辑委员会成员的诺娜·巴拉基安，当选《巴纳德季刊》主编。巴拉基安后来成为一名文学评论家和《纽约时报书评》编辑。

1941 年 4 月 4 日

[法]在家待到 11:45。克拉里克[1]和格雷厄姆来了。喝得很尽兴，杰瓦·C看了我的作品。很灵动，精神上很丰富，但主体部分发展不够！我们一起跳了舞——杰瓦·C和我。我离开家时已经酩酊大醉。去比利家的时候我正在读1940年的《最佳独幕剧》——作者珀西瓦尔·王尔德（多好的名字！）。这些天我必须完成一些有价值的事情！比利穿着她的蓝色长裤。酒随便喝。我很痛苦。我喝得太多了。比利告诉我，她喝醉的时候不想让我留宿。[法]

1941 年 4 月 7 日

[法]在弗洛拉·W家召开了美联会[常务会议]。我非常厌烦。早知如此，我不知道当初还会不会加入？我只是支持而已。格雷厄姆昨天来吃早饭。他在我这里待了一整天，今天晚上也在写他的书。+ 罗杰·F来信，要我去他那里过复活节。看看再说吧！我喝酒花了太多钱。我想买戏票——或者每周看一场吧。[法]

1941 年 4 月 9 日

[法]我太累了，差点病倒。迪克[2]寄来一封信，他想重新开始我们每周四晚上的会议。共产主义读书圈。+ 严重宿醉。今天都没法思考了。这不健康。9:30回家就直接上床睡觉了！一直睡到10点。起床后感觉好多了。我想明天早上写点东西。灵感？灵感已经出现一段时间了。我希望这灵感能产生重要作品。我觉得我在南方的生活给了我一个取之不尽的故事宝库——怎样的财富啊！[法]

1941 年 4 月 10 日

[法]日安！假期的第一天。我开始写南方女孩的故事[3]。和男孩 D. W.[4] 的故事。我会写得很好的。+ 步行去梅西百货买睡衣。没有什么比新睡衣更让我高兴的了！[法]

1　杰瓦·克拉里克，帕特母亲的密友。下文写作杰瓦·C。
2　迪克，YCL主席。
3　这个故事已经失传。
4　可能是指她表哥丹的儿子丹·沃尔特·科茨。

1941—1950年：纽约的青春，以及不同的写作方式

1941 年 4 月 11 日

［法］今天上午写了 5 页。+ 7:30 赫伯特·L[1] 到了，没穿制服。他现在对女人很有经验。他不再是原来的那个男孩了。但他仍然喜欢巴赫。很开心看到他坐在钢琴前。我们喝了两杯柯林斯酒，口感不错。想一起睡觉——在某家酒店。我突然想到——我不知道怎么回事——我今晚应该去见比利的。她邀请我来着，但我和赫伯特在一起，我想去看电影。比利寄来一只粉红色的小兔子：小小的，很可爱。赫伯特想明天晚上在沃尔格林药店[2] 见我——但我一点也不想见他——否则我会去的——我没什么可顾忌的。跟这没有任何关系。［法］

1941 年 4 月 12 日

［法］在科里家开会。什么结果也没有。真恶心。我仍然没有热情。玛塞拉也在那儿。她是同性恋？不知道。她从不把工作和娱乐混为一谈。然后我给妈妈买了一盒香烟，画着棕蓝色的河马。给比利买了一罐果冻。精美但没有激情。+ 我喜欢［埃尔默·赖斯］《飞往西部的航班》。写得特别好。是一部发人深省的戏剧。比利明天从乡下回市里，就为了来看我。［法］

1941/4/12

我可以如蛆虫一般钻研一个想法——一个故事——意识到其中有些东西很重要。然后经过几天的发散——这件事始终在我脑海深处，这些想法总是挥之不去——我终于领悟到其中的真谛，拨云见日，豁然开朗。明白了其中的真意后，我终于可以再次坐下来写作了。年轻人生活大于工作，这不可避免。应该如此。必须如此。再次开始工作就像换了一个大脑，涤净尘垢，却更加睿智。

1941/4/12

我常常在想我想要的是爱还是支配的快感——准确来说，不是快感而是满足。因为这往往比爱本身更令人愉快；只是我无法想象没有爱的支配，或者没有支配的爱。都是假的[3]。

1　赫伯特·L，一个老朋友。
2　沃尔格林是一个连锁药店。
3　最后这句话可能是后来加上的。

1941 年 4 月 13 日

［法］我和妈妈一起散步的时候总是很愉快——无论是在事情发生之前还是之后。我今晚写了一点。然后［去比利家］。她刚从乡下来。我们坐在沙发上。比利碎碎念着家常，就像我的家人一样。让我感觉很烦。我连留宿的心情都没有了！凌晨 2:30 回家了。我又忘带钥匙了！只得叫醒斯坦利。真是无事生非！妈妈凌晨 3 点大发雷霆。说一只老鼠钻进了他们的被窝里，还有对自己的工作也很失望。她让我打扫客厅。［法］

1941 年 4 月 14 日

［法］我渴望文学，渴望书籍，就像前两个月我的身体欲求一样。我的欲望由两部分组成：我渴望爱情，也渴望灵感。 这两样东西可以带我去任何地方，你知道的[1]。我为此写了一首诗。［法］

1941/4/14

记录肉体和精神的对立。我现在的精神饥渴、贪婪，和四个月前——一个月前的肉体饥渴一样！太神奇了。它们的机制是南辕北辙的。就像一根井绳上的两个桶。一个必须填满，另一个才能清空！

1941/4/14

刚刚结束和 B. 的恋情——当没有了好奇、怀疑和争斗，还有什么能更好地证明爱情已经消失了呢？遇到 B. 后，我的爱经历了四十八小时便消散了。我想这便是证明。

1941 年 4 月 16 日

［法］昨天我在华盛顿广场公园遇到了卡特。他来自得克萨斯州。他似乎很哀伤，告诉我一个朋友给他带来鼠尾草（我一开始误以为他说的是"同性恋"）——意思是大麻：他在十几年里大概尝试了 8 次。+ 费利西亚跟我谈话，说我卖出去的《苏维埃政权》越来越少了，我也没再去参加他们的会议，等等。我对这些东西感到厌烦。尤其是政治

---

1 这句话是用不太正确的法语写的，也可能是"爱情和灵感，无论我去到哪里，总被它们撕扯"，或者"我总在寻找其中一样"。

方面的东西。+我看完了［詹姆斯·布兰奇·］坎贝尔的《玩笑的精华》。充满了讽刺。一定要对知名作家和不知名作家都有所了解：每个人都有自己的价值。［法］

1941年4月17日

［法］昨天下午全然忘记给YCL买书的事了。无意中暴露了自己的潜意识。我想摆脱他们。我想获得片刻的安静平和。都是我的错。我最近表现很差。但我想退出战斗，等我做出了值得骄傲的事再说。+读了［普希金的］《叶普盖尼·奥涅金》。糟糕的（打油诗）。［法］

1941年4月18日

［法］和比利一起吃晚饭，吃的鱼。我照她的喜好穿了黑裙子。德莱尼[1]的夜酒喝个没完。比利很伤心，话不多。执拗地想待在家里。在大篷车喝了三四杯，我不想喝的。然后B.和我就在8街的一个路边摊两个人吃饭。比利说——"咱们把事情说清楚吧。"她告诉我她占有欲很强，嫉妒心也强，想要的东西很多。问我是否还爱Va.。有很多事我们无法用言语表达，她告诉我。她很累。很难过。她的汉堡也没吃。我们5点走的。她拿走了我最后一美元。她就不能表达得更清楚些吗？？我爱她因为她表达不清自己。［法］

1941年4月19日

［法］很不巧，今晚罗杰来时我出去了。在公交车上睡着了——他想去夜总会喝酒。+我完成了那个关于男孩和女孩一起在车里的故事[2]。它不够连贯，意义也不大？写得缺乏灵感，我的很多故事都这样。但我有两个重要的想法（我确信）。一个是小说的核心。［法］

1941年4月20日

［法］10:30比利给我打电话。妈妈接的。然后她不怀好意地说："她想要你吗？告诉她你归她了！"我很冷淡地接了电话，因为妈妈在听。和亚瑟一起看《大独裁者》。然后回家吃馅饼和蛋糕。在我所有的男性朋友中，妈妈仍然最喜欢他。他也是

1　杰克·德莱尼是格林威治村一家颇受欢迎的牛排店，位于谢里登广场格罗夫街72号。
2　这个故事指示不明。

共产主义者，这一点我很喜欢，因为妈妈反对。"你不是共产主义者。你只有一把粉红色的牙刷。[1]"她告诉我。我心里充满远大志向。我想读字典，想读完我所有的书。在考试前我得把日程安排得很紧。[法]

1941/4/21

人们过于看重被爱的价值——甚至超过了爱的欢乐——我以前在什么地方说过的——他们非常渴望被爱，都没有意识到自己在做什么，一看到别人对自己感兴趣，就会不遗余力地去争取对方的爱：即使那人激不起心中丝毫爱的火花。人们突然意识到——意识到我们被爱的渴望，意识到自己实际上是在使出浑身解数争取爱。人们突然感到震惊——震惊于自己的诚实——怎样的诚实啊——还有随之而来的罪恶感，感受到自己的虚伪、浅薄、欺骗、颓废和扭曲的不健康的爱。

1941 年 4 月 23 日

[法] J.B.[2] 给我寄了 1 美元（给玛丽·S 买礼物用的），但对《圣佛瑟林盖》未做任何点评。好累啊。海伦在莱瑟姆的班上很迷人。但从一个月前那个可爱的星期一后我就没碰过她。唉，好吧——我努力培养对戏剧的兴趣，但根本提不起劲来。每个人写的剧本都比我的更丰满。我不在乎。这不重要！我在构思我的第一部小说[3]——关于我的同龄人的故事。故事围绕着一个聪明的女人展开，她和他们一样，却被迫背叛他们——这样她才能谋生。这会是我的写作永恒的主题。[法]

1941 年 4 月 24 日

[法]我们必须选好明年的课程。我要选霍华德的课[4]：高级写作，再选一学期斯特蒂文特的课。那两门课会给我很多写作训练，直到我毕业。[法]

1941 年 4 月 25 日

[法]莱瑟姆问我为什么花这么长时间写剧本。她说："你太挑剔了。"+打电话给

---

1 她母亲的言下之意是帕特的倾向不过是表面的。
2 可能是帕特的生父杰伊·伯纳德·普朗格曼。
3 受大学朋友们的启发，帕特开始构思小说《咔哒一声关上》，后来她将其称为"青少年小说"。
4 克莱尔·霍华德，英语系助理教授。

[比利]。她想在 9 点到罗科餐厅见柯蒂斯和琼。然后去麦克道格尔街喝酒，我在那儿看到康妮、玛丽·S、艾迪和海伦·R。比利和柯蒂斯在酒吧里喝得越来越醉。然后我们去了大篷车。比利坐在那里，跟着音乐唱歌，努力想显得年轻快乐。我很反感。后来我在丛林营地和大街附近把手提包弄丢了。碰见多萝西·P。喝了 5 杯酒，花掉了我所有的钱，只剩了 1 美元。我的包里有钥匙、口红和粉饼——幸亏没把钱包弄丢了。摁了门铃，爸妈没来开门。只好回到主街，最后到多萝西·P 那里过了一夜。[法]

1941 年 4 月 26 日

[法] 爸妈没听见门铃声。我担心他们会生气。我没告诉妈妈我丢了钱包。我们去看了一个展览：鲁奥和保罗·克莱[1]。今晚和 Va. 一起去溜冰了。同行的还有两个男孩——李·M 和弗兰克·B。他们是军人，纯真而善良！溜冰场上有很多水手。与昨晚相比，今天多了这些年轻而新鲜的面孔。今天早上我学得很好。我感到精力充沛，尽管我知道我并没有很多精力。[法]

1941 年 4 月 27 日

[法] 今晚去了玛乔丽·汤普森[2]家。拉里·M 和他妈妈也在。拉里绝对是同性恋。他妈妈解释着希特勒所说的关于民主混乱的话。她混淆了双方——黑白颠倒——还相信林德伯格[3]（今天辞职了）。拉里比较圆滑。他妈妈是个南方人，挺笨的。[法]

1941 年 4 月 28 日

[法] 在学校，有人告诉我，我不再参加会议真是太糟了（今晚有一个）。但对我个人来说，我的学习更重要。[法]

1941/4/28

拥有汽车就像拥有自己的女人。这是一笔可怕的开支，给你带来很多烦恼，但一

---

1 可能是在现代艺术博物馆的展览预览《了解现代艺术》，还有毕加索、马蒂斯、布拉克和塞尚的作品。
2 玛乔丽·汤普森，帕特母亲的密友。
3 小查尔斯·林德伯格（1902—1974）是第一个独自飞越大西洋的人，他强烈反对美国加入第二次世界大战。当罗斯福总统谴责他是"失败主义者和妥协主义者"时，林德伯格辞去了空军预备队的职务。

且你有了，你就永远不想失去。

1941年4月30日

[法]我们在课上演的戏剧几乎是专业的。尽管如此，我还是要写一个更好的剧本。朱迪6点来了。妈妈也去看了公寓。朱迪行事一如既往。她每说一句话都在发挥想象力。有时很有趣，有时无聊又恶心。但这是她的工作需要。我在那儿的时候，Va. 打电话来。想让我星期六和她们一起去野餐。即使我不写剧本，我也有书要读——时光飞逝，我的阅读量根本不够。看看[巴布斯·]B！她每周都去郊游吗？Va. 很生气！[法]

1941年5月1日

[法]我终于把日程安排好了。我的心不在焉在登记处都出名了。斯特蒂文特也问我是不是在恋爱。+我想写一个爱上假伯爵的女人的故事。我会写得很好的[1]。+给比利打电话。日子一天天过去，我没有想她。我们明天会谈一谈，但我不打算花很多钱！！[法]

1941年5月2日

[法]今晚10点和比利待在一起。我们本来应该去看《望乡》，但已经很晚了。无论如何，我想和她谈谈。她没说她和M. 沙利文的谈话，但我毫不怀疑M.S. 肯定会告诉她我的所作所为：在她的朋友面前我觉得自己年轻又愚蠢。好吧。[法]

1941年5月3日

[法]比利邀请我今晚和她一起去10街的梅洛家[2]。+昨天的考试我本来可以考得更好的。考的东西我都会。但脑子就好像木了，根本没法调动知识答题。这有点失败主义。+我们在花园里照相。我穿着宽松便裤[3]——我要是告诉朋友们拍照的是

---

1 可能是指帕特的短篇小说《银色的丰饶之角》，发表在《巴纳德季刊》1941年冬季刊上。
2 20世纪30年代末和40年代初，吉恩·哈伍德和布鲁斯·梅洛组建了"核心俱乐部"，一个由男女同性恋朋友组成的小团体，定期在格林威治村的家中聚会。他们小心地拉下百叶窗，离开公寓时让男女搭配着走。
3 帕特往往会专门指出穿着裤子的时刻。当时女性穿着裤装仍不多见，被认为是不得体的。

我妈妈，他们会很惊讶的！+ 我感到很沮丧，对我的工作感到气馁。我发育不够，我经常认为是性的缘故。不知道。如果这四年都蹉跎了怎么办！荒废了！我觉得我无力做到真正的勇敢，找不回十六岁时的勇气了——甚至十四岁都不如！那时多好啊！我不知道真爱是不是慢慢袭上心头——细致微妙地——不是在愤怒中！但我喜欢愤怒！[法]

1941 年 5 月 5 日

[法]我开始准备考试。很高兴。我今晚应该[和比利]一起去看电影的。但我必须努力工作。越来越好了（我好像整个学期都这么说的？）每门课我都要学习，读完[T. H. 怀特的]《石头里的剑》后就要开始学习了。我经常在图书馆看书，想着我大一的日子——我多么想在四年里读完每一本书啊。我会都读一遍的。我知道，当我有时间、有灵感时，一切就会水到渠成。要定期写一些东西。没什么好害怕的。[法]

1941 年 5 月 8 日

[法]明晚要开会，所以我不能去比利家。她想要我留宿。我愿意待一会儿，然后回家。只要我住在家里就很难干点别的。+ 今晚读了《哈姆雷特》！背诵了一些。现在正在工作。睡足了，我上大学以来就一直没有睡够过。[法]

1941 年 5 月 9 日，星期五

[法]我特别需要平和与宁静。自从那晚跟彼得和海伦出去之后，这是我在家度过的第一个星期五。[法]

1941 年 5 月 10 日

[法]一整天我都没打开书。上午都用来找宽松便裤。它们都不适合我——都是女人穿的。+ 然后火速去找 Va.。她把她的裤子给了我！和弗兰克、李一起去了北边的某个地方。很有趣，但我和那些男孩在一起是浪费时间。要不是他们有车，连 Va. 都不会理会他们的。他们对我们来说过于年轻、过于愚蠢、也过于平庸。[法]

1941 年 5 月 11 日——[德]母亲节[德]

[法]我的裤子很不错！有点短，要的就是这样的。我现在有很多东西要学习。另

外，[保罗·]克劳德尔的戏剧《玛丽的宣言》非常好看。+克拉里克热切地告诉我，以我的绘画水平可以在《时尚》杂志谋个职位。我相信。我相信一切。最重要的是，我相信自己。我什么都能做到！[法]

1941年5月15日

[法]海伦今天很漂亮。我从图书馆去给她送书。我喜欢看Va.为此生气的样子。+写信给R.邀请他们来跟Va.和我一起度过扫墓日[1]。我们想坐车去北方——坐他们的车。+和弗朗西丝·F打网球很开心。然后洗了个澡——我们两个都赤裸着——让人感觉很好。——然后筋疲力尽。生活真美好。无忧无虑。+我写完了剧本。《吻别》——女主角当然叫海伦。[法]

1941年5月16日

[法]我交给贝利的论文得了A-。+李今天晚上给我打电话。我在读莎士比亚的《暴风雨》。然后Va.来了——他们坐车在兜风。她一个人来到我的房间。我抱着她，抚摸她，没有丝毫的欲望和快乐。我不知道我会变成什么样子。+10:30[珍妮特·]M也来了。玛丽对我真是太（啊，非常！）友好了。珍妮特金发碧眼，个子很高，和比利很像。公寓可真大。如此富裕之家啊！但是有点庸俗，就像她本人一样。玛丽告诉我比利和[珍妮特]在谈恋爱。珍妮特有一辆车——比利上周告诉我，为了买一辆车她连灵魂都可以出卖。[法]

1941年5月17日

[法]一直在写作。10点比利打电话给我。她对昨晚的事很抱歉（但为什么道歉呢！）。说那些女孩都是婊子——比利总来这一套——她要是觉得需要用些手段来掌控我，那她就错了。我们俩本来就没认真过。我是努力学习的。当年住在莫顿街[2]的时候，我比现在纯真得多了。我是一个阳光快乐的孩子——还很自信。现在我却夜夜觥筹交错。[法]

---

1 阵亡纪念日，旧称为扫墓日。又称先烈纪念日。美国大多数州将5月最后一个星期一定为法定纪念日，纪念所有在战争中阵亡的将士。
2 1940年夏天，帕特为了离开父母，在莫顿街35号短租了一阵——后来还把这里写进了她的短篇小说《一条狗的赎金》。

1941 年 5 月 18 日

[法]没有足够的时间学习。恩斯特昨天打电话给我。想在两周后雇用我[1]。十有八九吧。+唉，要是我还能有十六岁时对爱的感受就好了！我太高兴了！现在我像个老太婆了！[法]

1941 年 5 月 19 日

[法]工作！工作！我甚至不看报纸。一艘船沉没了。190 名美国人死了[2]。也许是希特勒干的。每个人都在谈论德国的胜利。我们刚刚参战[3]。+我读了莎士比亚的《尤利乌斯·恺撒》《一报还一报》等等。像这样整天学习很令人兴奋！还有别的男人的想法。[法]

1941/5/19

我这会儿喝醉了——在一屋子的酒鬼中间，个个都在忙着诉说。

1941/5/19

这可能是我的世界观[4]的基础。童真永远不会消失，但成年后就像披上了一层粉饰。我们内心像孩子一样思考、反应、产生孩子的欲望。外在的礼节是一缕荒谬的自负。以后再想这个问题吧。

1941 年 5 月 22 日

[法]我在比利身上浪费了两个月。我不后悔。但浪费就是浪费，至少工作上是这样。我只写了一个短篇《贾斯特小姐》和两个剧本。现在我想分手了。我想明天我们（弗吉尼亚和我）会去大篷车。和比利相比，她年轻又可爱。噢，比利，你骗了

---

1 恩斯特将雇用她一段时间来帮助他写作。
2 这里指意不明：帕特可能是指 5 月 21 日载有 48 人的罗宾·摩尔号货船被德国潜水艇在巴西海岸截获这一事件。罗宾·摩尔号事件后，富兰克林·D. 罗斯福总统在 5 月 27 日发布公告，宣布进入无限制的国家紧急状态。这一记录再次证实，帕特经常在事件发生后的几天里写日记（并倒填日期）。
3 不是字面意思。美国在 1941 年 12 月 8 日，也就是日本偷袭珍珠港的第二天，加入了对日战争。
4 原文为德语。

我！！你是个十足的酒鬼，十足的自私自利的情人。一个胆小鬼——一个懒骨头——一个空有激情的女人，一无是处。[法]

1941 年 5 月 23 日

[法]我不在乎未来的六个月里看不到 V.S.［弗吉尼亚］。我有很多事情要做。每一科都要复习一遍。＋我和 Va. 的问题是我们对彼此没什么欲望。我们都不需要对方。[法]

1941 年 5 月 23 日

[法]今晚，我和 Va. 吵架了。我们不会共度阵亡将士纪念日了。我是随着感觉走的，不是让精神引导我。我已经依赖它很久了。很无聊且没有什么结果。我喜欢一个人时，我会不假思索地做我该做的事。[法]

1941 年 5 月 24 日

[法]天气真好。我新生活的第一天。我完成了剧本《战争与小矮星》（现在叫《小矮星战争》），共 21 页。＋今天早上和妈妈待在一起。我们一起散步，然后去了奥巴赫[1]。有时候我喜欢置身人群中。但今天我很反感。有时我碰到谁的身体，感觉很恶心，令我怒火中烧。＋在图书馆度过了一个晚上。书海畅游，我对书依然如饥似渴。恩斯特·H 来喝茶。想每周付我 20 美元。我会赚这个钱的，因为我需要。＋我昨晚读了《埋葬死者》（欧文·肖的）。我觉得写得很好，但共产主义风格太明显了。他竟然在百老汇走红了这么久，真令人惊讶。＋Va. 周五告诉我，舒尔伯格[2]（或托马斯·沃尔夫）写道，一个人之所以写日记是因为他不敢把写的东西公之于众。我就是这样的。不管怎样，我喜欢记录我的进步和退步。[法]

1941/5/24

那晚在派对上，我挨着你坐在沙发上，当我们开始交谈时，你平平无奇，只是那晚房间里和我聊天的其中一个人。我还说不出来到底是什么让你突然变得与众不同。但那时我是爱你的，因为你与众不同。当你向我道晚安时，我爱着你，第二天我还爱

---

1 奥巴赫是一家百货商店。
2 布德·舒尔伯格（1914－2009），美国作家、电视制片人。

着你，可我辗转反侧，茶饭不思，无心读书，甚至无法理性地看待你。当我真的见到你的时候，我觉得自己很傻，或者我觉得你会认为我很傻，因为我总是忍不住看你。我第一次来的时候，你是如此随性而美好。我们走到人行道上，来到一家酒吧，坐在一个摊位上。就在那时，有样东西从你身上脱落，就像披风从肩膀上滑落一样——也许我应该说，是像一块屏风被撤走，露出了一些不太美好的东西。我希望我能说出那是什么。因为如果我知道——如果它能很容易被发现，我可能就不会在乎了。我至少能知道该怎么努力，是什么让我们分开。也许我很震惊，因为你似乎很在意我。也许我很傻，竟然不想得到我真正想要的人。我不知道。但我知道，经历了那美妙的夜晚，虽然你几乎没有和我说话，经历了那个不眠之夜和那心旌摇动的一天后，还有我度日如年地急切想见到你——如此种种之后，你（或我）的变化就像是从一个美妙的梦中突然不情愿地醒来。如同星期一的早晨，所有的城堡、云彩和银光闪闪的大海都消失了，又被打回到暗淡的房间里，这才意识到得起床了，在寒冷的暗夜中快速穿好衣服，艰难跋涉在一天的苦旅中。

1941 年 5 月 25 日

[法] 烦人的一天。工作不够努力，享乐也不尽兴。两样都没专心，结果浪费了好多时间。我想画一幅粉彩画。太难了。钢笔画才是我的真爱。+ 今晚 8 点我们在"杂货店"吃了晚饭。玛丽带着两男一女进来了。谢天谢地，他们是异性恋。其中一个是她的丈夫。我介绍了我的父母，她介绍了她的丈夫。她的头发不好看，我倒是不在乎，我只是想让她给我父母留下好印象。她又漂亮又可爱！也许我可以爱她。谁知道呢。如果可以的话我为什么不去争取呢？因为我做什么事都优柔寡断。我一无是处。我的心脏停止跳动了。[法]

1941/5/25

人们——尤其是年轻人，活着的时候最好写写诗歌，这很重要。即使是蹩脚的诗。即使自己不喜欢诗，没有写诗的天赋，但只要内心真诚，就应该写，哪怕写得很差，真正真诚的诗，即使形式不完美，也很少是烂诗。但是诗歌打开了一个新世界的大门。与其说我们看到了新事物，不如说我们对旧事物的看法有了新的认知。而这种经历可谓弥足珍贵。它如同爱情体验一样震慑灵魂。它使人变得高贵。它造就了许多哲学家和国王。

1941/5/26

每一个人都在自己的生活中做出各种决断，他们的情感体验堪比最伟大的小说和戏剧中的人物感受。然而，世界上能表达清楚的人却少之又少——只有屈指可数的几位"作家"，无一例外地从观察他人之中间接获得自己的素材。有了这些作品，无论何种形式，经历岁月长河中一个又一个人的贡献，我们现在还有什么不知道的？

1941 年 5 月 28 日

［法］上午写作。12:30 去 N.Y.U.[1]。巴布斯·B在那里。还有一位来自美国作家代表大会[2]的人。一周后会召开大会。我要参加。+莱瑟姆也给了我一个B。希腊语也得了个B。体育课得了C。今晚和亚瑟在一起。他似乎爱上了我。想全身心投入爱的世界。激情的世界。+我在《医生的困境》中看到了凯瑟琳·康奈尔[3]。很好。她不漂亮。声音有点尖利。白皙清透的肤色。观众基本都是女性，幕布落下时都没有鼓掌，因为她们都在忙着：戴帽子和手套。太恶心了！［法］

1941/5/28

我们来到世上，犹如一张白纸，身边的人都在上边写下自己的信息。一个值得钦佩的君子，我们就去模仿，一个人人憎厌的小人，我们就逆其道而努力。这个因素比遗传或环境因素（指周遭环境和特定环境）更重要。

杂感：如何摆脱穷追不舍的男朋友。我要不要故意搞出头皮屑来？

1941 年 5 月 29 日

［法］与恩斯特共事的第一天。他的对白可以改进。我也尽我所能提出意见。他的角色说话太正式了。4:45 回家。感觉不错。［法］

1941 年 5 月 30 日

［法］在"杂货店"和赫伯特共进晚餐。有时候他说话很蠢，尤其是喝酒的时候。

1　纽约大学。
2　第一届美国作家代表大会成立了美国作家联盟，一个与美国共产党有着密切联系的协会。加入该联盟的作家包括托马斯·曼、莉莲·海尔曼、约翰·斯坦贝克和欧内斯特·海明威。该协会1943年解散。
3　凯瑟琳·康奈尔（1893—1974），女演员，被称为"美国戏剧第一夫人"。

这是一个很大的缺陷。他很容易就会变成法西斯分子。(他们昨天打电话给我，问我是否会来参加大会。我当然撒谎了。受不了再浪费一个晚上和一群假正经在一起。)赫伯特和我想来一段激情时光。我还不如和外婆在一起呢。+ 现在想一个人待着。想写首诗，关于我上一段爱情之类的。[法]

1941 年 5 月 31 日

[法] 日子过得很快。我在下午会感到疲倦——后背很累。也不喝咖啡。恩斯特穿着宽松便裤和白色夹克，太舒服了。不打领带。他四处走动，抽烟，吃咖啡糖。我从他那里学到了很多。我想像他一样写作。我马上就要成功了：先写定稿，再用笔修改。我想在黄色的长纸上写我的第一部长篇小说。我觉得恩斯特现在没和哪个女孩在恋爱。但他的事谁也说不准。他的所作所为……我想知道[比利]现在在做什么。她在乡下，我猜，我希望。她在那里的时候不喝酒。噢，我和她一起度过的那些个星期六！上次我们在一起的时候她吻了我。可惜她不记得了。哦，这有什么关系！有一次，我在日记里写道，当我变得小心翼翼的时候，因为她不够"好"而让我失去兴趣的时候，我就会变得了无生趣，而现在这一切都发生了。我想爱一个人，不渴望对方的回应。[法]

1941 年 6 月 1 日

[法] 鬼气阴森——街上没有人，因为大家都离开了这座城市。我想知道 Va. 在干什么？+ 我现在想得越来越多了——不想写愚蠢、无用的人的故事。毕竟有那么多东西等待着书写。+ 10 点格雷厄姆来了。我们轻声交谈。营地的情况令人难以置信。[1] 一个哨兵射杀了两个服从他命令的人！我们一起听唱片。他穿着我的拖鞋，穿在他的脚上很好看。我很高兴。[法]

1941 年 6 月 2 日

[法] 和恩斯特搞得很不愉快。睡了 3½ 小时！好吧！但他花钱是雇我来工作的！+ 我开始写那个女孩丢失钱包的故事[2]，会很好的。+ S. 的生日到了。他四十岁了。看

1　这里提到的集中营无法确认。最早的关于犹太人大屠杀的传言也是在那年年底才开始传开的。拘留日裔美国人是 1942 年才开始的。她可能指的是美国自己的"新兵训练营"。

2　无法确定是哪个故事，也可能遗失了。

起来却像三十五岁！我害怕看到我的成绩。我不在意这学期做了什么，但还是想要拿A。拿到B或C是很轻松的。然后——你就是一个平庸的学生！但明年我一定要取得优异的成绩。今年我什么都不后悔。我学到了很多东西。[法]

1941年6月3日

[法]我法语课得了A——莎士比亚课得了C。我不知道为什么！班上只有5个人得了C！我还期待着能得A呢！逻辑课还没有出成绩。+我写了长达6页关于宿醉的好文章。取得进展。我想在夏天接下来的时间里读书写作。在过去的几个月——两个月里，我什么都没做，只是试着去感受。除了烟和酒以外，其他都以失败告终。[法]

1941年6月6日

[法]要去看医生了，我特别紧张。恩斯特问我为什么——两年来我从来没有这么焦躁过。5:15见了简宁斯医生，她是个同性恋——四十五岁了。要检查我身上所有的部位；检查了我半个小时！我体重107磅，真受不了——还检查阴道等，除了腺体，完全正常。星期三要检查我的基础代谢。这要花很多钱的。可能要花掉今年夏天所有收入的¾。好烦呐，但我没有办法。始终处在失望当中，因为我没有恋爱！人们可以为此自杀。+和亚瑟看了《好友乔伊》[1]，没有我想象得那么好。歌曲不错。亚瑟爱上了我，而且变得认真起来。这很麻烦。我没法告诉他我的感觉——因为我没有感觉——无爱亦无恨。我多么想告诉他——甚至告诉我自己——我爱上的是海伦、比利、巴布斯这一类人！！！！！！！！[法]

1941年6月7日

[法]我没有夏天的衣服。当每个人都穿着轻薄的衣服走在街上时，我感到很难过。我很容易难过！也很容易快乐！+买了一条项链——珍珠的。5股缠绕的那种。比利会喜欢的。没有她的消息。我星期一可能会给她打电话。今晚去了准将酒店[2]，我

---

1 《好友乔伊》是一部1940年的音乐剧，又名《花红柳绿》，由理查德·罗杰斯作曲，洛伦茨·哈特作词。这部由乔治·阿伯特执导，薇薇恩·西格尔和吉恩·凯利主演的百老汇原创剧目上演了10个月。

2 准将酒店是一家位于列克星敦大道和42街之间的酒店。后来，它被凯悦大酒店取代。

1941—1950年：纽约的青春，以及不同的写作方式

们听了米伦·布兰德[1]和乔伊·戴维曼[2]的演讲。他们说，现在都不许斯坦贝克再出版他的小说《愤怒的葡萄》了。这证明战争已经近在咫尺。＋我想写些胡诌诗——我会写的。[法]

1941年6月8日

[法]妈妈在家不太开心。也许她更年期到了——谁知道呢——但一旦更年期到来，情况会更糟。她哭着——说我没良心。特别想让我按时睡觉。今晚9点我们在河边散步。"我长大了，这里没有什么让我留恋的。"在这个家里，我看到母亲和斯坦利每况愈下——他们的作品平淡无奇——这所房子不堪入目，因为我们没有精心维护——我的房间最漂亮也最干净，尽管我和他们一样工作。他们的时间大部分都浪费了——这让我很难过——我不同情他们。（我并不是天生如此。孩子不会一出生就很残忍。在这里简单说明一下）我毕业后想离开家。当我的内分泌腺开始发挥作用时，我不知道我会变成什么样的人，会有什么感觉——我爱的会是什么样的人或事。我希望成为什么样的人。我将成为一个不一样的人，我必须去了解未来的我。拭目以待吧。这将是我一生中最有趣的变化！[法]

1941年6月9日

[法]我的外婆的故事[3]最终要以第三人称书写。否则要介绍的时间线太长了。我希望有一天我会重读这些——这本［日记］中记录的一切。我的秘密——每个人都有的秘密——都在这里，白纸黑字。[法]

1941年6月10日

[法]今晚很难过，因为妈妈跟我说了很多话。我有时真的搞不懂她。然后，比利找到了我——问我能去看电影吗？我不敢去。但是妈妈让我去了。我们在谢

---

1 美国诗人、小说家米伦·布兰德是美国艺术家联盟的成员。在麦卡锡时代，公共图书馆禁止借阅他的书。
2 海伦·乔伊·戴维曼·格雷沙姆（1915－1960），美国诗人、作家，1938年加入美国共产党，后来改信基督教。她最著名的作品是《山上的烟：十诫的诠释》。
3 这可能指的是她的第三人称短篇小说《外婆家的星期天》。1938年，帕特上大学前去了沃斯堡，在写笔记本1时突然想到了这个故事。

尔顿角[1]喝了一杯酒，非常高兴。当然，回家很晚。妈妈在厨房里堵住我。说我傲慢无礼。说斯坦利的行为有大家风范——其实斯坦利多半是害怕惹麻烦。那可比保持冷静更需要勇气。[法]

1941/6/10

我们恋爱要么为了支配对方，要么为了获得支持。没有哪种爱不掺杂恨的因素在里边：在我们爱的每个人身上，总能找到我们特别恨的品质。

1941年6月11日

[法]8:30去15街做新陈代谢测试。一个年轻女人也在——非常漂亮。还没有出结果。然后拍X光，他们差点给我灌肠！差2分钟我就没能逃出来！！+妈妈很严肃。时不时就要哭出来。明年（上学或不上学）的决定权都在斯坦利手里。+比利昨晚很难过，我告诉了她一点我的问题——我的腺体需要调整——没告诉她别的。我告诉她我不相信我现在的任何情绪。她似乎很感兴趣。那还用说。[法]

1941年6月12日

[法]我把家里发生的事告诉了恩斯特。他生气了，因为我要把所有的钱都花在买衣服和看病上。他一向不怎么喜欢我妈妈。但他认为明年他们会让我上学的。说我妈妈太幼稚了。+布德·舒尔伯格的《是什么让萨米奔跑》很有独创性。生活乐趣多多！这是一本年轻人的书。[法]

1941年6月13日

[法]医生说：我的脑垂体小——太小了——前结（第一个）不够。因此，甲状腺素不足。她给我在臀大肌上注射了一点甲状腺素。否则我得给脑袋照X光才能治好。+今晚麦克·托马斯开派对。在顶楼。西95街15号。比利、丽塔·G、罗斯·M、珍妮特·M、约翰·M、比利·利文斯顿（陆军）、玛丽·S、柯蒂斯、琼、维妮西娅（一身绿色西装——非常引人注目——有点轻浮，但每个人都想泡她）。玛丽跟我聊天——似乎告诉了男人们我是最完美的。派对结束后我应该去比利家。可比利喝醉

---

1 位于列克星敦大道和49街交汇处的谢尔顿酒店的鸡尾酒餐厅，因其"独特的玻璃舞池"而受欢迎。

了，1:30 和珍妮特走了。琼告诉我我的身体是她见过最漂亮的。换句话说，她还在疗伤期。伯恩哈德[1]也在派对上。没什么吸引力。+ 我和玛丽·S说了很多话，她整晚都在到处转悠。男孩们爱她！但最后，玛丽和我离开派对去儿童餐厅[2]吃点东西。我们一直聊到4:30。然后她邀请我留宿。她的公寓在58街。她在沙发上睡了半个小时，盖着两条毯子。我躺在她的床上，衣服不伦不类。最后，我建议她睡在我旁边，因为床足够大，她立马同意了！毫不犹豫！然后——嗯，我们没怎么睡觉，但又有什么关系呢！她太棒了！[法]

1941年6月14日

[法] 与恩斯特在帕克赛德[3]，玛丽·S送来两朵栀子花。恩斯特很好奇，但我没给他看卡片。对他撒了谎。花儿很漂亮，很香。卡片上只写着："玛丽。"[法]

1941年6月15日

[法] 昨晚和比利在一起。她打电话给我，说她很抱歉没考虑到我就走了。昨天在世界博览会看到了丽塔·G。她很漂亮，但不聪明。星期五晚上她喝醉了，在浴室吻了我两次。星期二晚上见了玛丽。她喜欢我。我希望我也能喜欢她。我们周六早上8点在施拉夫特连锁店[4]吃了早餐。爸妈竟然没有生气。为什么呢？恩斯特很紧张，因为美国正在没收外国人的钱：他可能会少赚500美元。他让我想办法让他神经放松下来！[法]

1941年6月16日

[法] 格雷厄姆昨晚和沃尔特·马洛来拜访。他是犹太人。非常聪明。我们一起跳舞，谈论各种事情，包括恩斯特的小说（他不让我说的）。+ 因为玛丽我很累但又很

---

1 露丝·伯恩哈德（1905—2006），德国出生的美国摄影师，被安塞尔·亚当斯称为"最伟大的裸体摄影师"。她将为帕特里夏·海史密斯拍裸照。
2 时代广场的儿童餐厅有"女孩下午茶舞会。这里总是挤满了人，每个人都穿着时髦的衣服，打扮得漂漂亮亮，甚至有些老成世故。有一支乐队演奏着那时代最好的曲子。每个人都跳舞"（玛格蕾塔·米切尔、露丝·伯恩哈德：《艺术与生活之间》，旧金山，2000年，第57页）。
3 帕特和恩斯特在帕克赛德酒店工作。
4 施拉夫特是一家连锁餐厅，女性可以在那里单独享用午餐和晚餐。在格林威治村第13街和第五大道交汇处就有一家。

紧张。我希望她能写一封信给我。我还是太敏感了！最后我给她打了个电话："帕特，我对你有点生气。"（我不知道该说什么。）"我打电话给你妈妈，把我们星期二的约会取消了。"我吓坏了！因为她送花我却没有任何反馈！我真心实意地向她道歉。她告诉我她听说我星期六晚上和比利在一起。再加上，我对她送的花一句感谢的话也没有——好吧，我们礼貌地说了再见——无疑，今晚我俩都能更加愉快了。[法]

1941 年 6 月 17 日

[法] 昨晚 YCL 的孩子们都在这里。玛塞拉也在。安在书店工作，她喜欢玛丽·沙利文，所以星期六晚上我给玛丽留言时她没转达。于是玛丽·沙利文愤怒不已——确切说不是愤怒，而是怀疑！安从上周五起就嫉妒我。+ 11:30 我去见了玛丽·沙利文。她像欣赏一幅画一样仰慕我，她说——她不想成为比利的情敌："我不想公开跟她抢你。"但最重要的是：她只需仰慕我，不占有我，也一样高兴。她想告诉我她的要求。她坐出租车送我回了家。[法]

1941 年 6 月 17 日

[法] 人始终都在寻找另一颗爱自己的心。人总是乐于听到褒奖自己的话。玛丽·S 玲珑睿智——比比利强千万倍！她对 B. 的描述恰到好处：B. 想让我成为她的漂亮宝贝，可以拿出来炫耀的那种。拿一幅马克斯韦尔·帕里什[1]当作德加[2]的作品给比利，她也一样会很高兴。比利，我已经说了好几个月了，无法激发我的全部潜力。但 M. 不同。她是整个世界——她拥有整个世界——她身上有整个世界和全世界的所有能量。她自己也很清楚。[法]

1941 年 6 月 18 日

写了一上午，难度很大——也不是很满意。我正在写阿斯托利亚的隧道故事[3]——从社会视角写操场。+ 下午去了学校，遭遇了生命中的巨大冲击：逻辑学得了个

---

1 可能指的是美国画家马克斯菲尔德·帕里什（1870—1966），他最著名的作品是一幅流行艺术版画《黎明》。
2 埃德加·德加（1834—1917），法国著名画家和雕塑家，以描绘芭蕾舞女演员而闻名。
3 大概是指她不久要发表的一篇题为《开往阿斯托利亚的火车》的小说。

D。我人生中的第一个 D。优秀毕业生[1]，永远说再见了！我非常难过，比我想象的还难过。我刚刚获得了《季刊》的编委资格——勉强通过。

1941 年 6 月 18 日

我在地铁里独自流泪。一时无法读书。但我想还是得正确看待这个问题，逻辑学，作为数学的分支，我永远无法学好。同样的道理，它也永远不懂我。我非常非常难过，但也不能说我上学期接连不断的社交活动就是罪魁祸首。

1941 年 6 月 18 日

克拉里克今晚来了。她胡乱摆弄我的头发——把它梳起来。说我的宽下巴像爪哇人。说我可以很容易找到一份模特或者更好的工作。我十五岁时就知道，这是一个仪态和生活品味的问题。这需要闲暇，我觉得上学时不可能有的。也许我毕业后可以做。我的生命将是漫长的。一切都表明了这一点。周五晚上阿博特[2]的聚会上我想打扮得漂亮大方。

1941 年 6 月 19 日

苦不堪言，因为我一直纠结于逻辑学考试的 D。这成绩属于"差等"——不知道我是否得在暑期学校补考？不知道《季刊》的编委资格是指从上学期开始还是包括全年？因为我这学期缺席了 1/10。那可真是颜面扫地！+ 今晚我想就这么难过着，我也确实难过。写了一首还不错的诗，叫《妈妈咪呀，在人间什么是我的？》，来自灵魂深处！是的，对玛丽·S 的感情里有着强烈的母性因素。毫无疑问，她也是。在我看来，完全正常的女人，因为以前的某些怪癖：对生育的恐惧、支配欲、热爱独立（很少见 & 一般只在男人婆中出现），而远离了男人，现在会因此过上逍遥的日子。+ 父母应该是彻底断了我的生活费了吧。都停了两个星期了！+（他们今天早上给了我 5 块钱）。

---

1 美国大学优秀生学术荣誉学会给予的认证。
2 贝伦尼斯·阿博特（1898－1991），美国雕塑家、摄影师。1923 年，她在巴黎开始了自己的摄影生涯，当时她是美国超现实主义摄影师曼·雷（Man Ray）的暗房助理。阿博特最著名的是她的黑白系列作品《改变纽约》，记录下大萧条时期纽约的建筑和不断变化的社会景观。

1941年6月20日

在恩斯特家玩得很开心，虽然他2点时不知道是有点中暑还是怎么了。我想是心理原因。然后冒着酷暑回家洗了个澡，写了一个小时——似乎少得可怜，但我最好的两个故事就是这样写出来的。托马斯·沃尔夫的书在我心中留下了深刻的印象。妈妈说他是个自大狂 & 我在这方面很像他。自大狂，没错，但也是个天才。无论是她还是斯坦利，都没法理解也没有勇气说"我第一次意识到，艺术家和普通人之间有天壤之别！"[1]

+在阿博特工作室下面遇到了玛丽·S。聚会没什么意思。玛丽 & 我单独进了浴室。她太有魅力了。总有人不停地打断我们。阿博特把窗帘拉下来。我们是最后两个离开的。

1941/6/21

我们喜欢说毕生追求的是爱，也有人说是名利。但其实都不是。而是理解。我们永远都在寻找另一颗能彼此触摸到的心。我们像饥饿的动物一样孜孜不倦地寻找。因为我们的心永远是孤独的。永远独自跳动。在哪里能感到这种理解，我们就会去哪里，无论对方是一个小女孩，还是小男孩，蹒跚老者，还是干瘪老妇，醉汉或是妓女，疯子或是幼童，世上没有任何东西能阻止我们。

1941/6/21

我从未像现在这样有写作的欲望。我经历了一个地狱，那里充满了谎言、眼泪、嘲弄、虚假的幸福、梦想、欲望和幻灭；那里美丽的外表掩盖丑陋，丑陋的外表掩盖美丽，那里有娼妓的亲吻和拥抱，有吸毒和逃避。所以我想写作。我必须写作。因为我是一个在洪水中挣扎的游泳者，通过写作寻求一块落脚的石头。如果我的脚踩滑了，我就掉下去了。

1941/6/21

我们不知道创意从何而来。我发现当满脑子想着别的事情时，创意就会出现。编织、弹琴、看书，太无聊了，于是思维开始溜号——这正是创意出现的最佳时机。即使我们说自己是有意识地创造，难道不是通过这种方式获得了某种灵感吗？潜意识，

1　这句话可能是受到沃尔夫作品《天使，望故乡》的启发。

或者说不自觉的思维,是创造的唯一且必然的手段。

1941 年 6 月 22 日

苏联和德国开战了!!!极度沮丧 & 疲惫。我还是用哭来释放情绪。独自哭泣不算是软弱的表现。现在最让我感动的是被爱。这个人要的不仅仅是名和利:还有被爱,被理解。所以我现在哭了,因为幸福是如此近在咫尺——几乎就要成真。

1941/6/22

有些人我们第一眼就有相见恨晚的感觉,他们都无需恭维我们(这是对喜欢一个人最大的鼓励),因为他们有一种特质,能在我们身上看到我们未来的梦想,看到我们努力的方向,又会忽略我们当下的不成功。我们感觉到他们懂我们,于是我们开始感觉自己已经梦想成真,因此获得满心的喜悦,所以我们怎么会不喜欢这些能给我们这种感觉的人。

1941 年 6 月 23 日

我觉得自己充满奇思妙想。今年夏天,我一定要把握好自己——认识自己,再次达到自律与荒谬的完美平衡,这是我的独特准则。我想读很多像堂吉诃德、但丁、弥尔顿这样的大部头。

1941/6/24

在我的毕业论文中阐述了基督教科学派:从宗教的起源、它的逐渐明晰和日益具体化、仪式化开始,论证了人类是如何在自己的头脑中构建起上帝的概念,宗教完完全全是人类思想的产物。更重要的是,既然人类被赋予了最崇高的天赋:智力天赋,他又如何能够当之无愧呢?他也无非就是把自己的命运合理化、理性化而已!人类只依靠人类自己又能高贵多少!

1941 年 6 月 25 日

今天早上写得不错。写了 5 页的隧道故事。今天我一有空就琢磨我也许可以写"异性恋"小说,特别是我应该为我的漫画选用什么媒介。

1941 年 6 月 26 日

非常难过 & 沮丧,觉得我无论做什么都不重要——或者永远都不重要——我总有这样的时刻。惭愧的是我竟然因为在《纽约客》上看到的一句废话而振作起来了——总有一天我会豁然开朗。下一本书有了个特别好的灵感。[皮埃尔·冯·派森的]《我们的岁月》——读起来很美。成熟，缓慢，文采熠熠。斯坦利 & 我吃饭时讨论战争的起源：他认为人类"与生俱来的邪恶"是战争的罪魁祸首，而不是牟取暴利的阴谋（这是现在公认的事实，甚至不再被谴责为马克思主义！）。+ 今晚和[比利]一起。看了《公民凯恩》。[奥森·]韦尔斯的表演惊人地成熟！

1941 年 6 月 27 日

在去比利家之前，我独自度过了一个美好的夜晚。阅读，给我的故事加了一个非常好的开头，然后去马乔里·沃尔夫[1] 那里待了一会儿。她周末和巴布斯·B一起过的（巴布斯刚刚丢了在阿特曼百货商店[2] 的工作，因为她在学校净搞政治，没学习）。马乔里身边有个可爱的女孩叫迈克尔。她怎么认识她们的？！她画画。然后11点去了B.B.[3] 家。S.、B.、露丝·W、玛丽·R随后也来了。聚会真不错。（我一直这么想）令我惊讶的是，玛丽·R把M.S. 争取到自己身边了，离开了她亲爱的露丝·W——这一切都是因为露丝出于某些原因，斥责了M.R. 的离开。这一切是多么的琐碎和女性化啊！+ 我和玛丽一起坐出租车回家。为免出错，她没有熨烫她的睡衣 & 我也没有留宿。

1941 年 6 月 28 日

我不需要记下昨晚发生的事情。我永远不会忘记。+ 然而——为什么我总是站在一旁，看着自己和别人，好像我们是在舞台上呢？我永远不会成为生活的一部分。我还不属于它——现在不。花是下午4点送来的。我向恩斯特保证，他不会被怀疑，因为谁会整天和一个女孩泡在酒店房间里，还费尽心思送栀子花向她求爱呢？恩斯特当然认为花是迈克·托马斯[4] 送的——我父母也这样认为。玛丽写道："我知道如此完美的时刻都是有代价的。"

1　帕特和巴布斯的高中朋友。
2　阿特曼是纽约市著名的百货公司，位于第五大道和34街交界处，如今已经不复存在了。
3　巴布斯·B的缩写。
4　玛丽送花的时候，用了朋友迈克·托马斯的名字作掩护，这样就不会给帕特带来麻烦了。

1941年6月29日

　　一整天脑子里都在琢磨我的推理小说的情节。估计现在已经无懈可击了。最近恩斯特问我能不能写出一个像他那样的故事情节，因为他觉得自己再也做不到了。我说可以啊。一个情节从一个渺小的想法发展而来，就像一朵硕大的花从一颗弱小的种子长起来的一样。你不知道它是从哪里来的，但它自然而然地来了，像为丰饶的土地而来的造化之选一样：大脑也很肥沃。烟吸得多了点：可能有十五支。我为什么要限制自己？我至少可以不吸进去。但是，限制自己是那套糟糕的约束制度的一部分，它使我过去的六年成为一种禁锢——这真的毁了我。+ 我最近跟罗杰很亲近。我想我们会融洽相处的。+ 德国人宣告胜利，苏联人也宣告胜利。我认为，苏联人会坚持己见，可好像没人会信他们。

1941年6月30日

　　又是美好的一天。美好的夏天就在前方——美好的生活就在前方。尽管学业受挫，但我很高兴三月七日的信心又回来了。

1941年7月2日

　　天气热得难受，积极性全然消失。写作和阅读得过且过——我所做的就是冲凉 & 像市中心那些时髦女孩一样穿衣打扮 & 把头发扎起来。（恩斯特喜欢我把头发扎起来！）+ 我经常想，等我出了校门，我要怎么烧毁这座城市。闪电战的内容随处可见——漫画、广告 & 一大堆标语。

1941/7/2

　　一本关于二十岁青年的小说。刚从高中毕业，刚上大学，或刚出校门。困惑，气馁，摸索，怀疑，希望，对一切永恒事物都不确定。这对整个时代——经济、政治、战争和知识——都具有重大意义，潜在的、尚未察觉的意义，即因为我们自己没管好自己，所以就只能任人摆布。

1941年7月3日

　　天气凉爽。回到家 4 点了。7:30 比利打电话来问我要不要喝一杯。8:30 到 10:30

在贝弗利酒吧[1]，已经到了三四个人，聊的都是些不重要的事。玛丽家人满为患，玛丽对我和比利的到来很冷淡。但也很生气。说［比利］是故意的等等。我们进来的时候每个人都大吃一惊！昨晚有一个叫巴菲·约翰逊[2]的女画家。她很可爱 & 我们聊得很开心。还给了我她的联系方式。好累啊！

1941 年 7 月 4 日

6:30 弗吉尼亚打电话过来了。在"杂货店"跟她见面，又去了小酒馆、家里、先锋俱乐部。她是一个美丽的孩子，聪明、睿智，很有魅力，重要的是，还爱我。永远爱我。11 点去了朱迪家。演出更加精彩了。周围来了新人。+ 我打电话告诉玛丽。我很高兴。还在凌晨 1 点把巴菲从床上叫起来。她约我明天去喝鸡尾酒。

1941 年 7 月 5 日

与豪瑟共事。聊起了昨晚艾迪 & 我的对话，特别不愉快。我说他在写作中持观望态度，他认为我这么说对他造成了无法弥补的伤害，而我认为在这种情况下这算是最仁慈的话了。5:30 去了巴菲家。在东 46 街 159 号，一个玲珑别致的地方。她就像一个东方玩具娃娃——波斯人，我猜。她的作品满墙都是。我很惊喜。都是些模仿作品——仿塞尚、达利、基里科·劳伦辛、雷诺阿派，但有些肖像画也有些内容。我们坐在沙发上喝着苏格兰威士忌 & 杜松子酒，离得至少有 12 英寸远，（她一个人的时候多小心啊！）聊着艺术。巴菲先提醒我伯恩哈德 7 点来。因为［玛丽·］S 的暗示，我立即起身告辞，但又改了主意，打算用这事试试她。伯恩哈德当然很惊讶，说她出于忠诚必须告诉 S. 等等。 但后来冷静下来 & 同意不提此事了。巴菲当然很开心。她一进来就拉着我的手，我原本还期待更多发展的，很快她问我星期一晚上要不要见她。所以我去了华尔道夫。与 S. & 迈克、琼·C 和约翰在勒莫尔[3]吃了晚饭。回到 98 号已经筋疲力尽。我告诉玛丽下周末我要和弗吉尼亚一起出去，我俩这一晚还是很愉快的。然后，大约凌晨 2 点，玛丽点了支烟，对我说我们最好不要再见面

---

[1] 贝弗利酒吧，位于东 50 街 125 号。
[2] 巴菲·约翰逊（1912—2006），美国超现实主义和抽象表现主义画家。她在巴黎的朱利安学院学习（在那里，她还单独师从卡米尔·皮萨罗和弗朗西斯·皮卡比亚，并结识了娜塔莉·巴尼、格特鲁德·斯泰因和爱丽丝·B. 托克拉斯），还在纽约的艺术学生联盟学习。
[3] 勒莫尔，位于 56 街和第三大道之间的法国餐厅。

了。她主要是恨我不想让别人知道我们的亲密关系——但实际上我想保护她和我都不丢脸。

1941年7月6日

在这个时候，我实在说不出我只爱玛丽，以至于保证我再也不跟别人交往了。晚上她一直在哭。她说这种感觉就像她小时候买不到她想要的小马。所以她哭了。但仅仅是因为她气疯了。整个世界都对她顶礼膜拜，她说，可她只想要那一个不臣服于她的东西。我希望在这混乱之时，伯恩哈德不要告诉玛丽我周五去了巴菲那里，这对她会是致命一击。我不觉得我在过去的几个月里堕落了。每个人都有一时放纵的时候。认真的人会因此受到伤害。另一部分人，比如我自己，如果对方恰巧很有魅力，不管她认真（或不认真），我都会从她那里得到很多关注和乐趣。我已经尽可能温柔地对待玛丽了。她以前对我很好。让我火冒三丈的是，她现在已经准备好和其他人私奔了。我应该嫉妒，是的。因为我也想要我的爱人 & 也想和她比翼双飞。我非常渴望我能做到一心一意，始终不渝，而不是见异思迁——但我做不到。

1941年7月6日

我终于看懂玛丽了。"若是没那么爱你，我可以接受这些条件。但事实是我不能和他人分享你。"我不怪她。我没爱上她。但我知道在智力、忠诚、可信度和热烈的程度上，玛丽都比弗吉尼亚强。也许我一辈子都会后悔和她分手。我把我对玛丽的感受告诉了她。"但光这样是不够的。"不够。我还不满足。当我准备把所有的细节拼接起来时，也许不会凑成一个完整的人。我愿意冒这个险。回家时已经很晚了，看到豪瑟亲自送来的一封信。他说我周一不必来了。既然我一直在散布他的谣言，我们最好不要再见面了。我礼貌地回了信。我得说这事并没有让我心烦。我的心彻底碎了，但是为了别的事。

1941年7月7日

整个上午都在工作。这几天是发挥"潜质"的日子。+ 今天读了冯·派森的《时间就是现在》。他支持立即参与［战争］。我也是。尽管我一直从共产主义的角度来忽悠。如果美国想要维持现状，我们就应该参战。

6:30 去了巴菲家。我们喝了杜松子酒 & 威士忌。她家里有只猫。还有卢梭笔下的那种花园。我把我所有的烦恼都告诉了她。跟玛丽还有恩斯特·豪瑟有关的。巴菲天真可爱——几番迟疑后我才在沙发上吻了她。她做爱时像个法国人，会在你耳边低语着激情的话。喃喃着她如何在聚会上第一次见到我。我不得不说她记得很清楚。但我很快就告诉她，我不想搞一夜情。巴菲非常失望，但她之后会给我打电话的。她也会一直待在城里！就这样，我们喝得酩酊大醉，去托尼店里买了一个龙虾雪茄盒。那时已经很晚了。去了斯皮维[1]过夜。巴菲，就像她那腐朽的法西斯贵族身份一样，是一个时代的结束。是一个家族的终结。她只不过是给自己的怪异追求又增加了一个乐子而已。

1941/7/8

没有什么比有情敌更能让一个女人或男人在意自己的外表了。她永远不知道何时何地会遇到情敌，但她必须始终处于最佳状态。

1941 年 7 月 10 日

巴菲应该会给我寄张明信片。希望她寄。我一直在想她。我现在手足无措，我还是承认了吧。我哪怕有一个像样的、我能察觉出来的讨厌的反抗冲动也好啊！！！但是没有——连这都没有！至少我可以证明自己很体面。今晚和亚瑟在一起。我们坐了一艘史坦顿岛的渡轮 & 乱走一通。他说，当我拒绝吻他时，就说明我心理上还没做好准备，只做好了身体上的准备。真是个善于观察的小伙子——要是他现在再主动一点就好了！——

1941 年 7 月 13 日

我不习惯太多的海滩和房子，但弗吉尼亚喜欢。昨晚有人敲门——弗吉尼亚彻底失控了 & 像紫葡萄藤一样缠在我身上。完全像个孩子。我还以为是那种调查呢——"为什么某某已经死了五年了！"我们来了一次漫长的徒步旅行。在山坡上画了一两张素描，然后就地吃了午饭。今天过得很愉快。我没向弗吉尼亚展开攻势。就是喝了酒也不会的，我想是因为，坦白说，除了巴菲我脑子里容不下别人了。

1941 年 7 月 14 日

我一个人的时候很开心。我什么书都读，获得奇思妙想。我认清我自己。不知道

---

[1] 斯皮维（原名伯莎·莱文，1906—1971），美国艺人、演员，是东 57 街"斯皮维的屋顶"的老板，这家夜总会以其对同性恋表演者和顾客的宽容而闻名。

是额外的睡眠还是詹宁的烈酒的原因，总之我觉得充满了活力 & 灵感。我想写一本小说。当然是很精彩的那种。有两个思路可以用，需要扩展 & 打磨。现在［托马斯·］曼的《死于威尼斯》被认为是精彩绝伦的。只要有奇思妙想和流畅写作的能力，任何人都可以做到。小说的体量对我很有吸引力。不过，尽管我以前一直是做批判性阅读，我还得多多打磨情节 & 动作。+9 点回家。看招聘广告找工作。坦白说，我需要钱，但今年夏天我不再想工作。在家里能写更多东西。+ 弗吉尼亚认为我会出名的。"帕特，你成名后还会和我在一起吗？"我说，有可能，如果她能吃胖 20 磅，并改掉坏毛病的话。

1941 年 7 月 15 日

今天晚上打电话约玛丽·S。吃了很多东西 & 最后如我所愿和她一起回家了。我只想躺在床上，聊天 & 什么也不干。但是伯恩哈德，在玛丽的温柔暗示下，下来 & 给我们让出了她的房间。所以全套服务一件不落。她一直想改变我的行为习惯。用她奇怪的方式激怒我，她说我可能和她一样，是个充当男性角色的女同性恋，享受做爱的快感。玛丽受不了别人碰触自己。我们昨晚谈话比以往都更坦率。因为这是最后一次。毕竟我现在满脑子都是巴菲。这对我来说并不重要。我依然没有感觉到不同。随着一切的发生，仍然只有"我"。

1941 年 7 月 16 日

将《空地》和《开往阿斯托利亚的火车》寄给《故事》［杂志］，也寄给《纽约客》。+ 玛丽送来了花。在 D. 医生的牙医诊所痛不欲生。他治牙疼得要命！我不知道我是爱上了巴菲还是爱上了她的画。我对她那样有才华的人都无比崇拜。+ 开始有条不紊地阅读。《战争 & 和平》[1]，《圣米歇尔山 & 沙特尔》。纵览 17 世纪的英国文学。+ 巴布斯·B 周一晚上告诉我露丝·M 说她知道我的"女朋友们"。这似乎已经尽人皆知了。

1941 年 7 月 17 日

我真的很开心——也很愉快地抵制着那种失控——当我和像巴菲这样的人约会时产生的精神错乱。今天想给玛丽·S 打电话的。我想告诉她我明天会和巴菲在一起，

---

[1] 《战争与和平》，帕特习惯用类似的缩写符号。下文同样情况不再特别加注。

这样我们走进大篷车时她就不会心脏衰竭了。还要告诉她别送花来。+ 下午和妈妈一起看了一些优秀的展览,沃尔多·皮尔斯的《阿尔兹拉和安娜》[1],美轮美奂!但很像雷诺阿的风格。还有毕加索的一幅佳作,价格抵得上其他所有的作品。我想知道我们是否总是不欣赏自己做的最贴近自我本质的事情?

1941/7/17

为什么我总是不由自主地写些病态的主题!

1941 年 7 月 18 日

今天有一件事意义重大:巴菲不再是我关注的重心了。我们一直坐到 10:30。非常愉快温馨。但为什么我一旦得到就失去了兴趣呢?我到底想要什么?我觉得是想要一个比我年轻的人,但一定是一个尊重我的工作的人。我现在明白这一点的重要性了。它一直都发挥着作用。否则我还不如跟男人上床呢。我必须是伴侣关系中的主角。我认为巴菲是很认真的。她一定有三十三岁了。那只该死的猫总是鬼鬼祟祟地走来走去。

1941 年 7 月 19 日

昨天 4:30 我决定在 31 号之前和约翰·科茨一起去加利福尼亚[2]。+ 上午改稿。工作热情不大,不过对"如何流畅写作"倒是有些得意。1 点在皮埃尔[饭店]的午餐会上见到了巴菲。异常优雅。然后去找芬妮·M,一个和我同龄的画家。喝酒。然后去洛拉·P[3]家里,享受了我一生中最美好的夜晚和聚会。非常安静。只有洛拉·P、巴菲、罗莎琳德·康斯特布尔 & 我自己。草草吃了一顿晚餐,然后喝了白葡萄酒,起初有点无聊,后来就酣畅淋漓了。与罗莎琳德相谈甚欢。她是《时尚 & 财富》杂志的编辑。金色长发 & 英国口音,但看起来像挪威人,她 & 洛拉·P非常热心地要把我介绍给编辑等等。洛拉·P——为什么要描述她们? ——我希望以后会和她们经常见面。我拿到了罗莎琳德的电话号码 & 出发之前会给她打电话。我们杂志很有名气。一堆废话,都登在杂志上。要有影响力和个性,她说。她二者都有,从口音就能

---

1 沃尔多·皮尔斯,美国画家,有"美国的雷诺阿"之称。
2 那年夏天,帕特和舅舅约翰、舅妈格蕾丝一起开车横跨美国去了加利福尼亚。
3 罗莎琳德的朋友。

1941—1950年：纽约的青春，以及不同的写作方式

看出来！

1941年7月21日

杂乱地、不开心地读了些东西。6:30打扮得漂漂亮亮地去康斯特布尔家。昨晚半夜12:30我在派对上给她打了电话。她很高兴，表面上是如此。她住在麦迪逊街667号。她的室友娜塔莎［·H］去了露丝·W在新墨西哥州的农场。我们喝着酒&听唱片。最后去了萨米家。+然后去了小巴黎[1]。饭菜不错&我一度很嗨。罗莎琳德能说会道，长得干净又年轻，看起来很爱笑，她也确实如此。2点我打算离开，这时离开也很容易，她却说这个时候了我还是别走了。那天晚上她像个谨慎的母亲。而她也确实如此。她非常体贴周到。我睡在她室友的床上。她和我待了几分钟。我们相互开玩笑&笑个不停。然后她走了&我们睡了几个小时。她的房间里挂着一幅漂亮的自画像，出自纳尔逊[2]之手。有点像莫迪利阿尼。

1941年7月22日

7:45我们醒来&躺在床上聊天。非常随意，一切都超级享受。她认为我肯定比她年长，而且我可能是一个早熟&胆大的孩子。除了弗吉尼亚·伍尔夫外，我还没见过谁有她这样聪明的长相。吃过早饭&我打电话给巴菲&聊了很久。然后带着罗莎琳德去了音乐厅。"你这就要走了——我不知道能在哪里再找到你。"我向她保证。她动心了，同时又有些游戏的意味。我想她和一个"9月要来这里住"的画家正打得火热。

1941年7月23日

今晚和巴菲在一起，如我所愿。大约5点到达，她给了我一对漂亮的袖扣——镶有褐砂石的黄金袖扣。非常大。然后我们接上欧文·D&比利什么的&去参加斯皮维的周年纪念晚会。然后回家了。我没有恋爱。连渴望恋爱都说不上。康斯特布尔描述得真对，巴菲始终"衣冠楚楚"，真该死。

1941年7月24日

在家&心神不定。长时间散步。沃尔特·马洛6点来的。我们想去的游泳馆

---

[1] 里昂·格贝尔，曾是巴黎丽兹酒店的糕点师。他在1939年买下了老麦迪逊酒馆，1945年将其更名为小巴黎，重新开业。
[2] 可能是乔治·纳尔逊，和《财富》杂志有业务往来的建筑师。

没法游泳。在北边有点偏僻。在鸢尾餐厅用餐。他住的地方很漂亮。他为此付出了很多。是个了不起的人。因为他的身高 & 头发，他在女人面前有点自卑。但他是我想嫁的那种人。+ 吃晚饭时打电话给罗莎琳德。她以为我走了 & 感到很惊喜。她说我离开是件好事，因为她太"狂热"了。我真的很喜欢她。不像我对比利的爱。康斯特布尔是个令人钦佩的人。可敬又聪明。我想知道她是不是快要变成异性恋了？

1941 年 7 月 24 日

　　昨晚和沃尔特·马洛在一起很开心。他实在是太体贴了——他让我觉得懒洋洋的，不想思考。因为他的想法特别丰富。世界上最有趣的莫过于搞懂一个想法或找到一个答案。而他是我最需要的——一种灵感：因为我对人的选择全部基于——有意无意地——他是否能帮助我实现抱负。

1941 年 7 月 24 日

　　今天我应该有很多感受，但我没有。要付出怎样的代价 & 什么时候才会来？我处在一种转折阶段——因为我工作不规律 & 抽烟太多。巴菲说她很喜欢我。我相信她。如果我突然发现自己已经移情别恋了，那该多么可怕！？她对我那么好，那么体贴。而我在她身边什么话也说不出来。我想好的甜言蜜语——我可以说的——可是就说不出来。我觉得很害臊。不知道为什么——也许没法冲口而出。但真该一口气说出来。

1941 年 7 月 25 日

　　5:30 到康斯特布尔那儿去。在 30 楼打给她公司的接待。她在 26 楼。她对我很好。我们打车去了她的住处 & 喝了两杯酒就结束了。我们笑得很开心 & 聊得很深。我确定我爱上她了——毫无疑问，但我知道必然会朝着这个方向发展的——因为现在我不再会被一张愚蠢漂亮的脸蛋蛊惑了。亲了我好几次。我不愿意把自己当成一只聪明的小猴子，卖弄着讨好她。这种事太多了。

1941 年 7 月 26 日

　　昨晚赶上 10:50 的公共汽车。格雷厄姆来给我送行。又热又累的旅行。我觉得很忧伤。一直想着罗莎琳德 & 根本想不起巴菲。我是个忘恩负义，三心二意的小混蛋。坐车行进非常开心，任由大脑像建筑模型一样构建起思想，一路前行，一个人静静地享受着香烟 & 咖啡，构思着故事，想着罗莎琳德和未来忙碌、活跃、有趣和狂野的生活——不仅指下学期我要拼命工作，还指所有的未来。我的伟大命运就摆在眼前——一个充满快乐和成就、美和爱的世界。

1941 年 7 月 27 日

今天早上去看了"芝加哥"。这是芝加哥艺术博物馆的一个精彩展览。卡尔·米尔斯[1] & 国际水彩展。我还是老想着罗莎琳德。巴菲对我来说太年轻了——没有弗吉尼亚那样年轻好控制，又太过轻浮，太过温柔，无法控制我。于是我趴在公园里，等待博物馆开放 & 给罗莎琳德写信。告诉她，我觉得我爱上了她，但我很快就停笔了 & 不想去打扰她。（见鬼，她才不会觉得打扰呢！）希望她能在苏福尔斯给我写信。她最好会给我写！

1941 年 7 月 28 日

我们每遇到小镇就会停下驻足——人们吃饭都津津有味的。有些恶心。但更有趣。在看过几个地方之后，我就搞不懂了，人们为什么要住在纽约市以外的地方。见到一些人之后，我很开心，他们没住在纽约。

在苏城待了五个小时。去了图书馆 & 读鲍伊斯的《文化的意义》，写得非常好 & 让人心情平缓。终于在 3:45 到达苏福尔斯，那时我也到极限了，又脏又臭的。约翰一心想着他的学业 & 格蕾丝依旧很蠢。我住一间小房间里，只有一扇窗户 & 没有一丝风。气温接近 38 度。这个镇子可真小。+ 一点也不想给巴菲写信。不知道我该怎么分手——她会不会猜到我移情的是罗莎琳德？如果她猜到了，我会和她彻底闹掰吗？我估计，罗莎琳德不可避免地被卷了进来，我不管——反正我崇拜她。天哪，多希望她给我写信 & 而不担心我叔叔会偷看！+ S. 在我走的那天给我送了栀子花。比以前的更好看。

1941/7/29

让我最欣赏一个人的是一种活动——一种精神或身体或两者兼而有之的活力——只有这样才能保证我所喜欢的性格得到发展。我相信生动活泼和动物性能量是必不可

---

[1] 卡尔·米尔斯（1875－1955），瑞典雕塑家，以其喷泉雕塑而闻名。

少的条件。

1941 年 7 月 30 日

整日阅读好的散文能激发人的想象力。连思考时都会用很好的语言。和格蕾丝就社会主义问题进行了一次愚蠢的谈话。她什么书都没读过，即使读过，也没有脑子吸收。吃了一个汉堡包 & 散步回来 & 发现了一封罗莎琳德寄来的航空邮件。我飞快上楼。只有薄薄的一页纸——但她的唇印是多么美妙啊。"亲爱的"却没有诚意。一篇肤浅的、知识分子风格的精彩文字。很像她的谈话。过多的奇特词汇。我很庄重地给她写信——一小时前写了 4 页——之后我又写了一封。我想我恋爱了，是那种理智的、没有激情的爱，我会无私给予的。

1941/7/30

人性的反常在性爱中达到了顶峰。如果一个人的恋情进展顺利时出现了一个新的对象，就会导致一大堆麻烦、感情破裂、耽搁和痛苦，人们会去争取这个新的对象，就像一个在沙漠上徘徊的人会努力奔向他刚刚窥见的远处的房子一样。

1941 年 7 月 31 日

在图书馆度过了愉快的最后一天。罗莎琳德可能已经写了信，但我还没有收到。激动之下，（今晚离开时）我又写信给她——这一次我说我崇拜她，崇拜得要死。我思索着我该采取什么策略——做冷漠疏远状——不给她打电话就走，消失一个夏天，然后回来发现她爱上了我。这个方法绝对值得一试。但是我怕我会输。我必须说出我的一切感受，同时安慰自己，不管结果如何，我就是我，我一直是我。上帝保佑，罗莎琳德，好像喜欢这样的我。今天下午买了一双很棒的蓝色运动鞋。穿着这双鞋和我的灰色法兰绒裤，我们从苏福尔斯出发了。

1941 年 8 月 1 日

今晚 10:35 分。一路辉煌，一路狂奔，一路快马加鞭，向西行驶 40 英里，一路直行。穿过黑夜，在半月下。只有收音机里播放着难听的爵士乐，破坏了浪漫氛围。那是一次美妙的经历。充满希望、期待、幸福。还有即将到来的——爱、狂喜与成功、回报与浓情。我只梦想着得到罗莎琳德，其他什么都不要。

1941 年 8 月 1 日

早上我和约翰起床，下去吃顿丰盛的早餐，然后出发。今天下午看到了拉什莫尔（博格勒姆）纪念碑[1]。无法把它看作艺术品——看作纪念碑，又是对雄伟高山的一种侮辱。早早就在怀俄明州的吉列公司停了下来，在大草原上走了很远，只感到害怕，不怕被强奸而是怕被抢劫，因为我带着钱包呢。

1941 年 8 月 2 日

昨天穿过了荒地，今天越过了落基山脉——黄石公园周围什么也没有，所以 5 点我们在怀俄明州的科迪落脚。看了晚上的牛仔比赛。当地一个小伙子在裸背骑术中被马匹踩踏。帕特·亨利的绳索技术真的很能招揽看客。我花了 1 小时精心挑选了一条戴夫·琼斯产的 1.95 美元的棕褐色牛仔皮带。不过，这东西竟产自得克萨斯州的沃斯堡。这一天真美妙。科迪山有 5000 英尺高。夜晚凉爽，我走进山里，在约翰和格蕾丝上床后，独自一人在牛仔咖啡馆吃晚饭。到处都是牛仔。7.5 美元的衬衫和 7.5 美元的牛仔帽。在这幸福时刻，我一定得写信给罗莎琳德。我们星期二会到旧金山。

1941 年 8 月 3 日

疲惫地开了一天车。睡眠都不足了。峡谷和山脉的景色十分优美。"笑猪"和"象头"。越游览山川、越经历人众，我越明白我心中有一个家、一个人。其实没有家，因为家是爱人的心，根本不在地球上。晚饭后，我们到了内华达州的埃尔科，在 10 点到凌晨 1 点之间，我们一直聊了很久，叫人毕生难忘。从社会主义聊起。约翰毫不顾忌地称布劳德为狗娘养的，我可不会这么说富兰克林·罗斯福，但格蕾丝说着说着就跑题了，批判我的共产主义作风等等。说我怎么把脚放在仪表盘上，投票决定我想去的地方，暖水瓶也不管，等等。我很难与他们争辩。每个人都很固执，很无知。而且好像都是在对我进行人身攻击，让人超级不爽。

1941 年 8 月 4 日

格蕾丝昨晚说约翰为了不让我对这次旅行感到失望而放弃了生意。为什么要这样，我不知道，因为我在决定之前很巧妙地试探过他的想法。昨晚那次谈话让约翰心

---

[1] 位于南达科他州的拉什莫尔山国家纪念馆是由博格勒姆在 1927 年至 1941 年间建造的。

里很不舒服。他们当然是对的。我有一种摆脱不掉的傲慢——我也不想彻底改掉。我应该试着更有礼貌一点，但这坚硬的"壁垒"源自我天生的粗鲁，在我看来，那是保护着果仁的外壳。

今天开了一会儿车；超过 100 英里。我不像大多数女人那样猛拽方向盘。约翰也挺开心的。很快就进入了内华达州（里诺）。宽阔的城镇。由于牲畜和矿产价格上涨，这里生意兴隆。每个人都在赌博。喝了两杯杜松子酒，很开心。我想起了罗莎琳德——我能看到她在黑暗中微笑着。在轮盘赌中输了 1 美元。

1941 年 8 月 5 日

今天从里诺到萨克拉门托由我开车。一路争取时间，2:30 到达旧金山。城市向四处蔓延 & 多山——西部城市发展时向四处蔓延，而不是像纽约那样只能向北发展——所以这些郊区有 5 英里远，需要一匹马才能到达。我们在吉尔里街安顿下来，我打电话给丽塔。我乘 6 点的公交出去了。他们住在一幢有 25 个房间的房子里，部分房间出租。我们吃了晚饭 & 然后四处闲逛。丽塔是一个聪明的孩子，有着纽约特有的紧张情绪，这紧张是这个地方的该死的传统——让后代们不得安息。

1941 年 8 月 6 日

丽塔是犹太人，因此她很难在杂志社找到一份工作。或许，如果我也是［她或者］巴布斯·B 这样的长相，也会深受其苦的。但是现在的生活太愉快了。+ 所有的同性恋者，似乎都聚集在洛杉矶——旧金山则极端保守。一定要到那里去看看。丽塔和她姐姐都说过，说我一定会"成为一名作家"。主要是因为我的"干劲"吧。

1941 年 8 月 7 日

没有信，没有信，还是没有信！世界上还有什么比这更孤寂的吗——明天肯定会有的！我想知道她在想什么。她是否会经常想起我，又是什么样的感觉。

1941/8/7

性对我来说应该是一种宗教，没有别的信仰了。我没有其他想要献身于某事的冲动，除了我们自己，除了我们最崇高的抱负之外，我们都需要献身于一些东西。即使没有实现，我也可以感到满足。也许这样安排对我更好些。

1941/8/7

女人永远不会，或者很少会无可救药地爱上一个男人。她可以在富人和穷人之间，好父亲和坏却帅的父亲之间做出冷静的选择。因为，主要是因为女人没有想象力，所以她没有激情。她给予的少，索取的也少。

1941 年 8 月 8 日

约翰可能星期二动身去丹佛，所以决定直接去洛杉矶。本打算今晚出发，但给丽塔打了电话，她说有一封我的信——当然是罗莎琳德寄来的——拿不到信的话八匹马也别想把我拉走。晚饭后，出去喝了点杜松子酒，读了信。直到最后一页才吐露真心。"我能给你什么，让你留在我的生命里？你会去很多地方。我只希望当你累了的时候会来找我。或许吧。"当然，我给她写信一直写到 2 点。她能给我什么？她的一切。她愿意给我什么？要么给我一切。要么什么都不给。我不介意。

1941 年 8 月 9 日

早上 8 点登上火车。向约翰借了 15 美元。火车开得不快，但我们 5:30 就到洛杉矶了。我在伯莎旅馆安顿下来 & 马上给母亲写了封信，说请不要逼我去科罗拉多州的丹佛。我想在星期一晚上前收到一份确认电报。我在唐人街看到了中秋节。

1941 年 8 月 10 日

昨晚很孤独。但一想到罗莎琳德就觉得很美妙。穿得漂漂亮亮地去见女伯爵。她很高兴见到康斯特布尔的朋友，但她要搬家了。明天早上 6 点搬。女伯爵（玛尔塔）大约四十五岁，金发已经变灰，身材魁梧，生活艰难 & 嗜酒如命。我们在布朗德比[1]匆匆吃了顿晚饭，伯爵夫人付了钱。后来我给罗莎琳德写信，这已经成为我每天的习惯。玛尔塔说罗莎琳德十六岁的时候出版了她的第一本书，她希望自己能找到一个男人结婚，因为她认为这是她想要的——（但我不想结婚。）伯爵夫人直截了当地问我是不是爱上了罗莎琳德，态度愉悦而宽容，她的感觉真敏锐。她对贵妇生活没什么兴趣——嗯，我猜她已经没落了。买了《查泰莱夫人的情人》。75 美分。

---

[1] 布朗德比是一家著名的好莱坞餐厅，顾客大多是名人。

1941年8月11日

在唐人街散步 & 吃了一些美味的玉米饼 & 牛奶（6美元！）。+ 赶中午从洛杉矶出发的日间火车，晚点了40分钟。我可以一边旅行一边整理美妙的思绪——不是专门去想，只是好主意总在这时从潜意识中浮现出来。10:45到达。烟很难抽；但至少还能抽。母亲来信了。我需要钱 & 只有10美元了，人生真是惊喜不断。等他们看了我昨天早上的那封要30美元的信再说吧！我还欠约翰5美元 & 真是一穷二白了。约翰打算周三离开。天哪，我非走不可！

1941年8月12日

我们花一天时间去了双子峰，站在峰顶，有那么一会儿我是旧金山最高的人。然后去红杉林，3点去圣拉斐尔吃了丰盛的鱼宴。我不想去丹佛。但我必须去，因为没有理由不去。我为某事焦躁不安。——我在纽约就心满意足吗？我对此深表怀疑。我应该去见罗莎琳德，但那只会进一步提醒我我不能拥有她。我还是回到我的舒适生活中去吧。没错，那样我会快活些。

1941年8月13日

内华达州，尤里卡。

8点离开旧金山。不知道下次再来会是什么情况。会是和谁一起。+ 今天约翰让我开了大约70英里的路，非常开心。公路连绵，没有城镇。周围都是矿山。今晚的星星很亮。我一直在想怎么出人头地——一份好工作和体面的生活还在其次。做什么能让［罗莎琳德］尊敬我，注意到我，让她觉得我不只是一个迷人的早熟的孩子。事实上，和她相比，我不是孩子。因此，女性一直是，也将永远是世界上最好的灵感来源。一个男人走近自己的灵魂，走向宏大宇宙，创造和建造，发明和发现，无非是要把成果献给某个女人。

1941年8月15日

好奇怪，我竟然不记得巴菲的电话号码了，但我能记得罗莎琳德的两个。有待弗洛伊德先生来解读。我在小图书馆读了一个小时左右的书。［詹姆斯·］琼斯［爵士］，［欧文·］埃德曼，评论文章。然后回到美丽的城外。非常非常高兴，越挫越勇——我想独自坐在房间里的打字机前。我需要很多天来思考我的所见所闻，用静默的时间来构思故事，在最初情节的设计上就要像吐出的烟圈一样微妙。和罗莎琳德在一起的夜晚也会越来越少了。不过，有时候和一群人在一起会更好，我常常有这感受。那样我们会更喜欢彼此。+ 今天早上和动物们玩。两只活泼蹦跳的狗，轻巧灵活。站在小溪里的马群，一只黑猫和两只小牛。+ 给伯爵夫人写了一封信。相当逞能的信，说如果她敢提布朗德比的女服务员的事，我就给她寄一个定时炸弹。

1941 年 8 月 16 日

11 点进入科罗拉多州，丹佛市。非常漂亮的小镇。由于海拔高度，肺结核病蔓延。今天下午读了 T.S. 艾略特的书。他是一位杰出的诗人，也是一位优秀的评论家。

1941/8/16

科罗拉多州，丹佛。

和你在一起的那几个小时——唯一和你在一起的时光——我至少可以快乐地一次又一次地重温，就像一本最喜欢的书，读了十几遍，每次重读都会产生一种新的情感，一种不一样的悸动。书中的文字总是一样的，就像我们所做的事情总是一样的。但在无形无字的想象空间，在我们短暂相聚的时间里，我可以润色、修改、投射。在我的窗外，某个地方，他们在唱［海因里希·海涅的］《罗蕾莱》：我不知道如此悲伤意味着什么——[1]

1941 年 8 月 17 日

难得的一天。和约翰一起吃早餐。他是那种管着自己女人什么时候坐下什么时候走的男人。非常不礼貌。+ 在城市里四处游荡，参观博物馆等。看到一些来自梅萨维德遗址的好东西。比如化石、木乃伊和头骨。读了司汤达的《红与黑》第一卷。在蓝鹦鹉酒店享用丰盛的早餐、午餐和晚餐的汉堡包。很明显我把热量都消耗掉了。每天晚上都饿着肚子上床，醒来时跟饿狼似的。我希望此刻已经是明天了。我想收到信。

1941 年 8 月 18 日

早饭前快步跑到邮局。但没有邮件。让人感觉多么孤单，多么冷落！想趁着在这里读《神曲》。然而最重要的是浏览。下午 3:30 又去了邮局。有妈妈的来信，里边有

---

[1] 原文为德语。

30美元，还有杰克·B和罗杰等人的信。+如果爱一个女人（她甜美、不负责任的部分）是美妙的，那么爱一个像罗莎琳德一样有权有势又有决心意志的女人就更美妙了。她是多么具有挑战性啊。

1941 年 8 月 19 日

倒霉透顶的一天。每日都忙于看风景！无比无聊！最无聊的就是我们不得不在接近埃文斯峰顶的地方等了1½小时。我无法想象还有比这更愚蠢、更烦人的毁坏汽车的方式。日子就这样过去了，没有任何收获——脑海中连一个算得上灵感的想法都没有。我多么希望我是在图书馆里，读完［马尔科姆·考利的］《沿袭上流社会传统》。

1941 年 8 月 20 日

感觉好一些了，因为我们提前回家了。看到了诸神的花园，一堆破烂。风蚀柱最好。拍了一些照片。要把所有的山峰和"美丽的峡谷"都看个遍，是一种轻微的精神错乱。约翰和格蕾丝每看到一座山，就要往上爬至少½。最"美丽的峡谷"是他们坐在饭店里看的图片。

1941 年 8 月 21 日

我们星期六早上离开。我很高兴！先去芝加哥——然后回家！与约翰和格蕾丝共进早餐。10:30去图书馆。典型的丹佛生活。1点去拿邮件。收到巴菲的一封信。害怕打开它看到她写的东西。她是否还在乎我。希望她在乎是为了我的自尊，为了心中永远的渴望——被爱——但主要还是希望她不在乎。因为会很难收场。说"我爱你"时多开心。说"我不爱你。从未爱过你"又是多么痛苦。给巴菲买了有机玻璃和金叶石，花了5.5美元。跟她喜欢的很多东西一样没用。

1941/8/21

这个夏天，我向上爬着，像一只甲虫沿着电线杆的凹槽向上挣扎，爬上了一根更高的横梁。那是一种更高的标准，但最重要的是一种新的希望和信心。我打算保持住。保持住，然后走得更远。

1941/8/22

奇怪的是，我年纪越大，就越对所谓逻辑思维提不起敬意。思考是创造性的，我们在潜意识里创作——灵光乍现。当有问题要解决时——自己与他人的关系问题,哪有人会汇总"大量事实"得出解决方案的。也许放下这件事之后——几分钟之后,就会茅塞顿开,通常是凭想象推测出一种可能会发生的情形——而你永远不会比这一瞬间更接近真相。你想让这灵光远离真相都难。

1941 年 8 月 23 日

上午收拾行李。赶 1 点从丹佛出发的快车。在坐火车的时候,我想着 R.[1],同时漫不经心地读着[埃米尔·左拉的]《娜娜》。也想到了巴菲。但丁暗恋比阿特丽斯,他也有妻子。我只要我的比阿特丽斯。她美丽、善良、睿智。她是男人在世上奋斗的目标。她是我幸运得见的天堂。我怎么可能离开她呢?还有什么不愿意为她放弃的!我要放弃丑陋,投身美好。远离邪恶,追求纯真。如果我认为这是一种奢侈的话,我就该死!

1941/8/23

只有极少数的人能意识到自己的个性,活着时一直发扬个性,卓尔不群。绝大多数人拼尽全力、百般尝试,就是要说明他们和别人完全一样。这给了他们一种安全感、自信心和满足感。

1941 年 8 月 26 日

很想回家。累了,当然很累,但也很开心。 回家多美好啊![2] "你知道柠檬树开花的那片土地吗……"[3] 坐着聊天。我几乎把所有的事都说了。很高兴看到几个睿智的面孔。然后我 11 点左右给 R. 打电话。她刚从华盛顿飞回来,正躺在床上织毛衣。她听出了我的声音。她的笑声还是那样——只是比我想象的要美妙得多。在见到 R. 之前我不会告诉巴菲我回家了。和 B.[4] 说话时应该保持冷静。虽然并不容易做到。
+我想做的事情太多了。有一瞬间的灰心和怀疑,随后看到所有的旧书,想到自己把这些书全读完了,可是所知依然是沧海一粟,看到未完成的手稿,想到未来辛苦的工作,所有这些就再次被抛诸脑后了。我比以往任何时候都志向高远。上帝啊,请赐予

---

1 罗莎琳德的首字母缩写。下文不再加注。
2 原文为德语。
3 此处为德语,节选自歌德的诗《情人》,是帕特复述的。
4 巴菲的首字母缩写。

1941年

我勇气和力量!

1941 年 8 月 27 日

　　R. 对我（一直）有非常好的影响。我不想和［巴菲］或玛丽·S 或［比利］那样的人混在一起。我喜欢晚上待在家里。我不知道这会持续多久？但我不再像以前那样冷血了。从认识弗吉尼亚开始。

1941/8/27

　　我希望我能在二十岁到三十岁时创作音乐，在三十岁到四十岁时写书，在五十岁到六十岁时画画，在四十岁到五十岁——趁我还挥得动锤子时——雕刻。

1941/8/27

　　我们生活在一个个瞬间，就像我们靠灵感的闪现思考和创造一样。也许唯一的例外就是我们还生活在期待中。这里所说的生活，是指获得欢愉。在我的加州之行中，除了被动的兴奋之外，我很少获得欢愉。但有一些瞬间我将永远珍视，包括晚上从南达科他州的苏福尔斯出发西行，以及同一天晚上的散步，晚上在沙漠中听到贝多芬的《第五交响曲》，在南达科他州接到罗莎琳德美妙的来信——读着它，想着它入睡。在丹佛，当我看着那些佩尔什马拖拽着（又黑又重的镶金的皮革）轭具时瞬间感受到的赛马精神。一路艰辛跋涉才看到峡谷与山脉时，或者从双子峰上看到旧金山时，反倒没有更强烈的喜悦之情。其余不那么快乐的时刻，同样，也是千金不换的。是因为奇特还是单纯的对情感的喜爱，我不知道。世界上最深沉的悲痛莫过于没收到爱人的信。我深有感触。深有感触的还有收到你不再想见的人的信时那种特别的不安和恐惧。但是，恋爱与其他所有的体验都不同，无论是视觉上，身体上还是精神上，都是一种持续的快乐。在一起还是不在一起，两个相爱的人都是幸福的。从某种意义上说，他们始终温暖相依，也始终各自独立。爱是随身的东西。

1941 年 8 月 28 日

　　上午工作。收到巴菲的信，她反对我 31 号来。妈妈喜欢她的字体。她的字很稳重。但我就是不喜欢她了。+ 卖了几本书 & 和妈妈一起去买东西，特别紧张。+ 我自己先喝了杯酒，7:07 到了罗莎琳德家。比利·A 也在。把冷冻机和唱片送给 R.，她几乎没有看，因为明晚的截稿日让她很紧张。我在想，我要不要对她的这种工作安排表现出厌倦呢，还是我已经变得清心寡欲了，她的控制让我觉得振奋和鼓舞？最好是这样吧。我看到一张画家贝蒂·帕森斯[1]的照片，她要来和 R. 住在一起。非常可爱、年轻、漂亮的额头。"我选的。" R. 说。她不受任何强迫。我没有吻她。我们或躺或坐在沙发上，然后开车去尼诺 & 内拉家吃晚饭。然后去"杂货店"。不顾 R. 的抗议，和她一起开车回家。我只是享受和她呼吸一会儿同样的空气。正如我所说的，我无法想象对她变心。不会是她！

1941 年 8 月 29 日

写《季刊》的小册子。写得还不错。我希望还有点疯狂。看来大家都出城了。+ 读了 [卡森·麦卡勒斯[2] 的]《黄金眼里的倒影》。一点也不好看。+ 看了罗杰斯（·金杰）的照片，丑死了。+ 给罗莎琳德打电话，11:05 她不在家，11:45 已经上床了。娜塔莎接的电话，从她房间里挂断电话。罗莎琳德对我很好。她给了我很多时间。我知道，这种事是很讨人喜欢的，只是不要穷追猛打，那样会很无聊的，我永远也不会这样做。我会怎么办？我会让自己尽可能地有趣，然后拼命地工作，出名。

1941/8/30

我反对性爱和酒精：作为一种习惯性的快乐和灵感来源，酒精是不值那个价钱的。性爱是个骗局。像科尼岛杂耍一样大的骗局。像派克峰旅游一样被夸大了。婚姻就像看了两次同样的杂耍，当然是白痴才干的事。对女人来说，甚至更糟，因为她们是处于劣势的一方。

1941 年 9 月 1 日

把文件夹寄给了彗星出版社[3]。用一上午的工夫改写初稿。用三个上午写了 10 页的作品，还算不错。我想到我可怜的罗莎琳德可能整天都在工作。我想知道她丈夫是

---

[1] 贝蒂·帕森斯在巴黎学习绘画，她的朋友圈包括曼·雷、亚历山大·考尔德以及格特鲁德·斯泰因和西尔维娅·毕奇。她的同学有阿尔贝托·贾科梅蒂。1948 年，她在 57 街开了自己的画廊。由于她早期支持抽象表现主义，她被认为是"抽象表现主义之母"。她展出的艺术家包括杰克逊·波洛克、马克·罗斯科、克莱福德·斯蒂尔、巴内特·纽曼、汉斯·霍夫曼和阿德·莱因哈特。

[2] 卡森·麦卡勒斯（1917 — 1967），20 世纪美国作家，著有《心是孤独的猎手》《伤心咖啡馆之歌》等。

[3] 彗星出版社，位于布鲁克林，《巴纳德季刊》在那里印刷。

否还爱着她。是否曾经爱过？可能不爱吧。如果他不是同性恋就真该死。明天要给巴菲打电话。也许明天晚上能见她。我不喜欢回忆从前，曾经给她打电话——甚至期待打电话给她——都是一种享受。现在我变得疑神疑鬼，不管爱上谁我都会去挑毛病——罗莎琳德的缺点可能只是言语尖刻。至少不是 B.［比利］的愚蠢或 B.［巴菲］的大惊小怪——想起来都让人皱眉头。不，我想我是睁着一双慧眼的。+ 普鲁斯特的作品令人愉快，启迪心灵。也许应该每三年重读一次。

1941 年 9 月 2 日

罗莎琳德今天叫我亲爱的，所以这个周二已经完美了。我写完了故事，10 点给巴菲打电话（这件事疯狂折磨着我）。给玛丽·S打电话，晚上见了她。我们在罗尚博饭店[1]喝了几杯。我告诉了玛丽我对 R. 的感受，还有珍妮特·弗兰纳[2] & 贝蒂·P & 这帮人都是同性恋，而且她们都刚风流完，所以现在都相当"体面"，因为她们都已经体力透支了。如果我有更多的时间，我会说得更精彩。

1941 年 9 月 4 日

早晨以收到退稿通知开始，晚上以四岁儿童的饮食说教结束，人生真是不堪重负。至少我是生无可恋的。我总是说，有一段时间你再也不想住在家里，这种情况似乎都发生在二十岁。真正的独立似乎特别吸引人。同时妈妈说我从来没有这么幼稚过。这相当令人困惑。我从未对家这么紧张不安过。现在 S.L. 医生又说我缺钙，给我增加了新的烦恼。需要镶牙，会很贵。+ 我正在写灰色法兰绒裤子的故事。写了 7 页。应该不错。我今天把所有的手稿都分类整理了。我的写作的问题在于没有动作性。我最好的故事动作性都很强，因此创作也毫不费力。这是我的教训。

1941 年 9 月 5 日

母亲非常沮丧，就差骂我是混蛋了，考虑让我退学。+ 和弗吉尼亚约会 & 美好的夜晚。乘公共汽车去的。我们在"杂货店"喝了酒，经过深思熟虑后，我冷静清醒地告诉她关于罗莎琳德的一切，甚至还把信给她看。然后去了大篷车。+ 然后我给罗莎

---

1 罗尚博饭店位于西 11 街 28 号。
2 珍妮特·弗兰纳，驻巴黎的著名自由撰稿人和记者，多年来以笔名吉奈特为《纽约客》撰稿。

1941—1950 年：纽约的青春，以及不同的写作方式

琳德打了个电话，她戏称我这是谈里沃利街的法国爱马仕男装店的商务电话。她很喜欢我的信 & 说那幅素描很"迷人"，虽然没把她画漂亮些，还说她还会和我多见面，下周哪天晚上去见贝蒂 & 娜塔莎怎么样？

1941 年 9 月 6 日

和 S.L. 医生谈话。上午和妈妈谈过了。镶牙每颗 15 美元，共 3 颗。每次我想起［罗莎琳德］都很高兴。但斯坦利和母亲总把我现在的朋友与我过去及现在的激进行为联系在一起。说我没有踏实下来等等，这件事又会引发很多很多讨论。也许在他们看来，我永远不会脚踏实地。这不是我，也不是我的个性天赋。我们是两种人。+ 晚上开始看［格特鲁德·斯泰因写的］爱丽丝·B. 托克拉斯的自传。文笔超群。我在写作上已经翻开了新的一页。从此以后，只写真实的人物 & 故事 & 情节。我外出散步时想出了一个真实情节来自娱自乐。结果后来，连街上的人看起来都不一样了。我的感受更强烈了。我的作品中有太多的反讽和嘲弄。

1941 年 9 月 8 日

在某种程度上，我对 B. & R. 并不感到难过。和你爱的人一起生活是如此的幻灭。而变化的因素——每个人心中的不安——至少我是有的。+《纽约客》会接受赫尔曼[1]的休闲裤那个故事。真希望再有一个这样的市场，但是没有。大声弹钢琴，弹得很好。+ 今天晚上和联盟开会。我觉得和他们在一起很不自在，也没什么用，因为现在我们都应该去筹钱。我不知道我是否应该告诉他们我是个堕落的人 & 被开除？之后 12 点整打电话给巴菲。对话很短 & 很甜蜜 & 我明天能见到她吗？能。我不会告诉她另一个人的事。但我怎么知道我会说什么呢？

1941 年 9 月 9 日

苏联 & 英国轮流夜间轰炸柏林。人们都疯了，因为戈林告诉他们柏林坚不可摧！+ 巴菲给我打了两次电话。我们约好见面。在去［大］提契诺饭店[2] 约会前喝了三杯杜松子酒。（在那之前，我还去看了 S.L. 医生，服用了麻醉剂。独自在"杂货店"里读一本令人愉快的比梅尔［的书］。他是他那类人里的天才。）巴菲迟到了。

1　莉莉安·赫尔曼（1905－1984），美国剧作家、传记作家。
2　大提契诺饭店，一个西村饭店，后来被用作电影《月色撩人》的场景。

我喝多了。她不愿意在提契诺吃东西，只喝酒，也不抽烟。于是去了布雷沃特[1] & 吃了一顿又臭又贵的晚餐，最后我把实话告诉了她。她很安静，一点也不吃惊，我想有节制的人都会这样。我告诉她我恋爱了，但没有提名字。然后坐出租车去她家，我把她放在床上，给她装了热水瓶。她现在在做一种丝网印刷的东西，我不喜欢。她还是和以前一样。希望我很快给她打电话。

1941年9月10日

很可怕的一天，因为妈妈大惊小怪的。她是如此痛苦 & 如此茫然——而我又是如此的自以为是 & 同样茫然——她把我的一切都揽到了自己身上——我作为个体没什么成就。我认为，儿童和青少年的情绪是有建设性的、乐观的。任何偏离都是有条件的。+ 我的故事有了进展 & 7点到了罗莎琳德家。贝蒂·帕森斯夫人也在 & 她是另一个我很害怕的人，后来我看她在谈论艺术，明白了她什么都不懂。贝蒂比罗莎琳德年长。迷人、热情、严肃 & 精瘦。现在正在管理一家艺术画廊。她的水彩画很大胆，相当好。我们跳跳舞，狂饮酒。我想罗莎琳德和贝蒂在一起会很快乐，不会有什么麻烦。看了罗莎琳德·韦伯斯特[2] 的书：《划桨》。写得很聪明。节奏快。对于1927年是相当大胆的。但作品表现出写作很不成熟。对英国上流社会的模仿相当风趣。

1941年9月11日

除了罗莎琳德，我的眼里再没有别人。正如我以前说过的，我会和很多人一起前进，只是为了不让自己停滞不前——以我三十岁的年龄面对她四十四岁的心态而不让她感到枯燥。但我很喜欢她。而我会把余生一口饮尽，捏着鼻子，像喝一剂蓖麻油一样。我应该保持和一两个人的长期交往，但做不到。+ 7:30到哈勒姆区。和里舒一起挨家挨户地敲门。最年轻的人最适合一起合作。F. D. R.[3] 就海上暴行发表了讲话。以及全面参战的必要性。妈妈早上不跟我喝咖啡，也不让我送她生日礼物。我们正处于一个恶性循环中，我们俩都有一半原因。都是循环的起因和结果。我们都不能改变方向。我想到的解决方案不过是一些小伎俩，它们会像火花一样飞溅消亡。

---

1 布雷沃特酒店位于第五大道和第8街之间，多年来一直是一个传说中的聚集地，直到1956年，它才被一座同样命名为布雷沃特的公寓楼所取代。
2 韦伯斯特是罗莎琳德·康斯特布尔的婚前姓。
3 罗斯福总统。

1941 年 9 月 12 日

一周中第一个宁静的日子。+ 看了看《时尚》杂志大奖赛[1]的事。初赛时间是 11 月 20 日。第一次测验。我可以整晚写作，写出些好文章。我确实懂艺术 & 可能还有文学。+ 今晚画了水彩画。画的不是我原来的目标，而是哈林区的一幅色彩绚丽的画。爱而不得比被爱却不爱对方要快乐得多。谢天谢地，付出的喜悦和奉献的幸福，比被奉承得到的始终短暂的快乐更多。

1941 年 9 月 13 日

相当不错的一天。秋意渐浓，冰寒入骨。收到让诺的信和素描。多好的小伙子啊，朴实风趣。他在琢磨写一本书，但到底是写迷茫法国人的苦苦挣扎，还是写巴黎同性恋咖啡馆的生活，他也不知道！非常高兴，今晚有很多酒水，杰瓦 & 马乔里也在。沃尔特有生意应酬。在 12:40 把 R. 接来了。她说我那天晚上大获成功。我觉得我没有。她说，有时候一个人在自然状态下表现得更好。

1941 年 9 月 14 日

斯坦利说，事情已经走向危急关头。妈妈很紧张，又提起要让我辍学的事。我会迷失自我的。我想做的工作都需要学士学位。她嫉妒我的朋友。经常拿自己 & 他们比较，也嫉妒杰瓦 & 马乔里过来时我对她们的礼貌态度。我怎么可能会爱上我自己的母亲呢？也许是那种伟大的爱。而我们身上都有着反抗的特点，表现在我对母亲过分热心地讨好我、为我做事的不知感恩上。这是一个特别简单的老故事——我们都不愿意把爱交给最轻松、最该给的、最合理的对象。

1941 年 9 月 16 日

读完了《潘登尼斯》。小小的道德故事！不朽、谦恭、安静而又智慧的萨克雷先生多么自鸣得意！+ 打电话给罗莎琳德，我们聊得很开心。她至少叫了我两次亲爱的。她宿醉得难受，2:30 马提尼酒和醒酒药都还在体内。她说如果这个星期不能来见我，那就太久没能见我了！至少有 30 秒我说不出话来。只是喘息着，我站在那里一动不动，吹着 [J. S. 巴赫]《勃兰登堡第二协奏曲》的口哨，心里感觉到对 R. 的强烈

---

[1]《时尚》杂志大奖赛，可能是寻找新的写作天才的活动，帕特的投稿作品一直写到 1942 年。

的爱，一种安全感，一种幸福。我等了这么久，终于等到了。

1941/9/16

吃着一天中最后一顿饭，营养均衡，香味诱人，我想到，这世界上有那么多的人辛苦劳作了一天，兜里是否有钱买一块像样的肉；把黄油原封不动地送回的同时，我又想，在德国、意大利、被占领的法国，以及在欧洲和亚洲许多我甚至叫不出名字的地方，有多少人已经好几个月没见过黄油甚至肮脏的油脂了。我在美国坐着，把没吃完的肉扔进垃圾桶里，掸掉腿上的面包屑，吃了一半端来的奶油，优雅地婉拒了奶油蘑菇汤，要了蔬菜维他命鸡尾酒。我有什么权利这么做呢？我们应该怎么办？我们要思考多少，允许自己思考多少，敢于思考多少，才能在想到这其中的荒谬和不人道时不失去理智呢！

1941 年 9 月 17 日

妈妈觉得我写不了黑鬼[1]故事。《欢乐之爱》。+ 早上工作了一小会儿，然后去杰瓦家吃午餐，然后和母亲、玛乔丽、纳尔逊、杰瓦（她付的账）去了爱丽丝·福特[2]。大杯马提尼酒，杰瓦看起来很优雅。头发笔直地向后吊起。拼命抽烟，但我还是爱她。这是她对这个场合的极大热情的表现。我们讲了各种各样的笑话。

1941 年 9 月 18 日

昨晚和沃尔特［·马洛］在一起。他说妈妈和斯坦利都是非常保守的人，而我则是个奇怪的产物 & 我应该尽一切努力去争取和解。我想知道为什么所有最好的男人（沃尔特 & 亚瑟）都是性感型的，求欢型的。这是一种慷慨，一种对快乐的欣赏。我们昨晚差点就做了。

美好的一天适合看新书。沃尔特强烈推荐的［托马斯·卡莱尔的］《衣裳哲学》&［斯蒂芬·］斯宾德的《毁灭元素》。

1941 年 9 月 19 日

周五是相当美好的一天。在学校付了我的账单。《季度》公告看起来不错。看到了海伦。晒得好黑啊！多好的女孩啊！今天下午做了我的超现实主义作品。当然是写

---

1 从 18 世纪到 20 世纪 60 年代末，"negro"（黑鬼）一词经常被用来形容非洲黑人血统的人，但现在在英式英语和美式英语中这个词都带有冒犯性。
2 爱丽丝·福特是彼得·施托伊弗桑特酒店中的一个饭店，位于西 86 街 2 号。

作。我想我会先重写《女英雄》，但如果能在第一期就把法西斯的事情写出来就好了。明天要给罗莎琳德看的东西太多了！有太多的理由让我们高兴！我在巴纳德——历史悠久的巴纳德大厅给她打电话。明天 6 点见她！！！！该死的，我总能得到我想要的东西，而且还想拥有它。

1941 年 9 月 20 日

星期六：昨天买了［凯·博伊尔的］《决定》。非常鼓舞人心，富有诗意。还有［西里尔·］康诺利和［斯蒂芬·］斯宾德的英国杂志《地平线》。工作了一会儿，看了会儿书，但主要是为见罗莎琳德做准备。喝了杯酒，然后 6 点去了她的办公室。她不在那里。一直等到 6:30 & 打电话。我应该去她家里见她！我们终于在谢尔顿［旅馆］联系上了 & 见到了玛丽·S，像往常一样紧张不安。简不知道她 & 海伦的事，但她坐在海伦的家门口 & 赶都赶不走。后来去了尼诺 & 内拉家，喝了一杯很好的葡萄酒，终于让这事完美收官。我们去了艾伯特酒店[1]（我在女厕所吻了她！告诉她我从没想过会再发生这种事。）我们遇到了来自基韦斯特的美利奴、弗洛伊、布奇。和他们一起去见国吉夫人[2] & 然后是先锋俱乐部。牵着罗莎琳德的手在村里的街道上穿行，感觉醉醺醺的，很自豪。在她的朋友面前，她叫我宝贝。"我得把宝贝带回家了。"（坐在出租车里，我坐在她腿上。）本地的杜松子酒加葡萄酒是极好的鸡尾酒。

1941 年 9 月 21 日

巴菲要我和她一起吃早午餐。但是妈妈 & 我去了布鲁克林博物馆。也给罗莎琳德打了电话。（她说我有电话癖）。［恩斯特·］豪瑟也打电话约我星期二一起晚餐。我想再过几年，我也不介意每周出去 5 次了。

1941 年 9 月 23 日

把《女英雄》寄给了《口音》[3] 和《新视野》[4]，并附上信件。去学校修改课程。

---

1 艾伯特酒店，位于格林威治村大学广场 65 号，已被改造成一栋公寓楼。
2 可能是指日本旅美画家国吉康雄（1892—1953）的首任妻子凯瑟琳·施密特，当时他们已离婚，但人们仍习惯这样称呼她。也可能是指他的第二任妻子萨拉·玛佐·国吉。
3 《口音》，一家新文学季刊。
4 可能是指《新视野》杂志，泛美世界航空公司出版。

看到爱丽丝·G & 丽塔·R 英国口音的女友们。她们认为《季刊》杂志正合口味，等等。在提契诺饭店和豪瑟共进晚餐，喝了很多白葡萄酒。8:30 打电话给罗莎琳德。贝蒂也在同一个房间，天呐！那一天会来的，不幸的是，那天到来时我们都不会是清醒的。

1941 年 9 月 25 日

精彩的一天！课程上的困难都解决了。我选了美国文学 & 退了霍华德的课等等。+ 在做图腾柱，想送给玛乔丽。+ 这是我试图思考的第一年。也许是上半年吧。看完了［朱利安·格林的］《梦想家》，非常普鲁斯特风。一部优秀的小说。我认为是逃避主义，但宽恕逃避已成为眼下的时尚。

1941 年 9 月 26 日

在街上遇见亚瑟。他在考虑买套公寓，这样我们就可以继续我们不存在的爱情了。+ 在［艾米莉·]贡宁家参加政治委员会讨论。痛苦又短暂。除了集体意淫我们沉睡的政治觉悟外，屁用没有。+ 写故事。我喜欢精简，但我必须每天花几个小时写作。一个小时已经不够了。我想找个时间把所有的日记和笔记本通读一遍。和读《圣经》的时间一样长，但此刻对我来说意义更大。

1941 年 9 月 27 日

从 9 点到 6 点和恩斯特在一起。去了火焰岛。不该说我从不感到无聊。海滩让我无聊到无法用言语表达。旅行也让我烦恼。太多的时间闲着，还有个人在你身边闲逛，你既不能看书，也不能一直愉快地交谈。我们拍了照。他有一套有趣的连体泳衣。+ 今晚在梅洛家和比利·B 一起。她喝茶，我们跳舞，就像一对漂浮的海上浮标。与布鲁斯跳康茄舞。他和吉恩很想邀我入会。

1941 年 9 月 28 日

我的故事写完了，斯坦利读了一遍，令我欣喜的是，他非常喜欢它！只是结尾需要高潮。"安静的事件"太多了。尽管如此，故事也写得很好。我确实想在第一期《季刊》上刊登一些特别的东西。我今天对斯坦利有一种特别的好感。他读我的故事对我们俩都有帮助。对我们双方来说，这将是一个缓慢而痛苦的刻意的过程。但他可能没想到我能写出那样的故事来。和过去一样，我喜欢这种和斯坦利团结一心的感觉。

1941年9月29日

读［托马斯·］莫尔的《乌托邦》，第一部和第二部。写小樵夫的故事。我的快乐所需不多。一本书，还有你——甚至不是活生生的你，太遗憾了。我有时会梦见她，白日梦，梦中看到她在餐厅的那一边，或在一个房间里，周围还有别人，我们看着对方，知道对方知道，知道别人也知道：我们属于彼此，不属于别人。这就是我想要的！

1941年9月30日

今天冷得刺骨——秋天已经来临。送我幻想曲的金斯利是一个有英国口音的女孩，她的父母都是英国人。巴布斯·P告诉我，她在《季刊》上看到她的"评论"，还说，"他们当然会把它印出来！"工作——工作——继续工作！阅读量如山一般！我不开心是因为我的头发！我本来打算把它扎起来的，但还得处理一下别住的那些头发。罗杰寄给我一条很漂亮的项链，上面有热带水果花纹。我想见罗莎琳德！无论我走到哪里，无论我看向哪方，我都想见罗莎琳德！

1941年10月1日

天气不错。哲学课跟蒙塔古[1]学习，但我想他已经忘了我那个D的分数。希望如此。今天下午读历史。像读故事一样读，让笔记见鬼去吧，以后再说。海伦真好 & 请我喝咖啡，但我得学习。如果我现在开始的话，还有很多时间。+［迈纳·］莱瑟姆问金斯利她一生最重要的是什么，金斯利回答说"长生不老"。她让我感兴趣是因为她的自信。不知道罗莎琳德想不想见见她？+ 写完了《斯科特先生不在船上》，差不多有8750字。文笔优雅！我要把它寄到《邮报》[2]先过过目，然后再精简成个像样的作品。打字真是一种折磨。这个周末我想写那个法西斯小孩的故事。笔记近来写得不够。那需要漫漫长夜，坐在沙发上阅读和沉思。

---

[1] 威廉·P. 蒙塔古，巴纳德学院约翰逊派哲学教授。他也教逻辑。
[2] 《星期六晚间邮报》，恩斯特·豪瑟工作的地方。《邮报》的封面是由洛克威尔在20世纪40年代设计的。它报道政治和国家新闻，但也出版一些年轻作家的短篇小说，如F. 斯科特·菲茨杰拉德、约翰·斯坦贝克、威廉·索罗因和雷·布拉德伯里。

1941年10月3日

我正准备去"满嘴坚果咖啡馆"[1]喝一杯不加酒的咖啡时，被海伦拖进了蒂尔森咖啡馆。彼得 & 托妮也在那儿。彼得说："你朋友罗莎琳德不会是姓康斯特布尔吧？"她俩好像是今年夏天在 68 街的英国汽车公司认识的。我们自由地交谈，相互介绍认识的朋友。海伦说："这算什么？"然后她去学习了 & 彼得 & 我在金轨喝醉了。我给罗莎琳德打了个电话 & 约好下星期五我们三个一起吃午饭。"这样你整整一周都自由了。"我说。"你以为我想要摆脱你享受自由吗？"（？）彼得似乎很想见见 R.（她怎么会不想？！）不幸的是，全镇的人都对罗莎琳德着迷！

1941年10月4日

把我的《斯科特先生》删去了 13 页。妙极了！比利·B［和我］去拜访了玛丽·S，玛丽说巴菲很无聊，但天哪，她的滑稽举止也一样无聊啊。我们一杯接一杯地喝酒，一遍一遍地感慨着喝酒的坏处。如果我们一直在外面鬼混，不去构建内心的个性，我们所有人都会枯燥乏味。

1941年10月7日

我希望海伦星期五晚上能待在城里，好好享受一个晚上。+ 沃尔特打电话来。他之前在华盛顿。想约这个周末聚聚——但我不想。+ 看了一些《季刊》的排版样。令人失望透顶。不由得纳闷是什么样的内向性格和自负让这些孩子提笔写作的！

1941年10月11日

今天好多了，虽然有些宿醉。上午在写剧本。和母亲聊了一会儿。实在没什么可谈的。我们思想上的对话很快就会陷入僵局。她的大脑本身没什么问题，只是对抽象的东西不感兴趣而已。读了［爱德蒙·威尔逊的］《创伤与弓》。

1941年10月12日

罗杰打来电话，所以我取消了和巴菲的约会（！）& 和他开车去了北边。我试着理解他内心的愤怒。对这些无法接受自己所处世界的年轻人，我要问："你做过什么——你能做什么？"回答通常是什么都做不了。尽管如此，我还是强烈地喜欢上了

1　当时流行的一个咖啡、三明治连锁柜台。

罗杰。跟亚瑟相比，更倾向于身体的欲望——对亚瑟的则更多是思想上的。

1941 年 10 月 13 日

莱瑟姆小姐询问海伦·M，是不是可以让我当对空观察员。她说："H. 小姐是我的英雄。"而莱瑟姆说："哦是吗！"+ 今天我的衣服让我很郁闷。糟糕的鞋子 & 头发 & 毛衣。可以毁了我的身心。男人多幸运啊，固定的衣服一成不变！把《斯科特先生》寄给《周刊》。母亲写了一些关于女佣的诗，第一部分写得很烂。第二部分还不差。

1941 年 10 月 14 日

还没给罗莎琳德打电话，我想这会慢慢把我逼疯的。她晚上从不在家。她还会想到我吗？天哪，多么悲惨的生活啊！每当我听到美妙的音乐时就会想起她。每当我有片刻的宁静时，我都会想起她，幸亏这不常发生，对神经不好。+ 我工作起来很疯狂。我一直写到 9:30，身体受不了了才停下——写我的剧本，然后休息 5 分钟 & 再重新开始。读了［理查德·布林斯莱·谢里丹的］《丑闻学校》。

1941 年 10 月 15 日

和沃尔特约会。晚餐时，当他播放《勃兰登堡［协奏曲］》和［理查德·瓦格纳斯的《特里斯坦与伊索尔德》］《爱之死》时，他哼着歌，拉着我的手，而我当时却宁愿我在思念罗莎琳德——这就是我对他唯一不满意的地方。也希望有一天他会把《爱之死》用在恰当的场合里！我敢说他喜欢淋了冰淇淋的蛋糕！对我来说，这会亵渎音乐——音乐的创作是对行为的一种模仿、综合和升华——一种行为的艺术浓缩。他那是一种感官上的贪欲——类似奥萨山在珀利翁山上[1] 的贪念吧。我只想把头枕在罗莎琳德的大腿上——她枕我也行。

1941 年 10 月 16 日

又读了一遍 [C.G. 荣格的]《[寻求灵魂的] 现代人》。斯坦利比以前更清醒了：因为压抑的冲动导致中毒。在纽约，他对任何外在的东西都不感兴趣。即使是他的摄影工作——一个内心的隐秘的爱好——他也无法与外面的经济世界建立联系。一

1　帕特颠倒了典故中的两座山的顺序：在希腊神话中，泰坦巨神们把奥萨山堆在奥林匹斯山上，然后又把珀利翁山堆在奥萨山上，徒劳地试图到达天堂。

直生活在电影和书籍中。

1941 年 10 月 17 日

与罗莎琳德和巴布斯一起吃午饭。罗莎琳德 2:30 就得走,彼得 & 海伦打电话来 & 说 2:45 要来。德尔佩佐餐厅[1]。我喝得太多了。海伦也是,我在厕所里吻了她。她非常急切。

1941 年 10 月 18 日

拼命工作。六个小时守在打字机前。今天上午写完了剧本。我还记得 [19] 38 年常常给朱迪·图维姆写信。参观了现代艺术博物馆的家具展,一些精美的作品出自德国的乔治·格罗茨[2]之手。回家写了评论,有点沮丧地发现丽塔·R 在 1940 年也说过同样的话,只是不那么风趣。除此之外,我还宣布了一项"少讥讽,多诗意"的政策,这就免除了我的责任。+ 今天晚上《白猴》[3] 写得很好。+ 早上巴布斯·P 来信说罗莎琳德配得上我(!)。无法联系到巴菲。我发现沉思很枯燥。

1941 年 10 月 19 日

格雷厄姆·R 即将坐船前往菲律宾。又拼命工作。为周三的演出写了第一幕 & 接着要写第二幕。斯坦利认为我的素材"超乎我的理解",但也不能因为最了解学校生活就总写学校啊。我为我的评论感到骄傲。今晚和格雷厄姆玩得很开心。他很担心他要去的地方书太少了!

1941 年 10 月 20 日

帕尔玛拿来了她的诗。我想选用关于黑暗中的床上之爱的那首,但她却临阵退缩了。巴布斯今晚在研究这些诗。帕尔玛请我明天吃午饭。"我爱看你的侧影,皱着眉的样子。"她说——当然是开玩笑!

---

1 德尔佩佐餐厅,常客包括《生活》杂志的员工,还有包括恩里科·卡鲁索在内的大都会歌剧院的歌手。
2 乔治·格罗茨(1893 – 1959),德国画家,1933 年移民美国。后来他在纽约艺术学生联盟任教,帕特也将在那里上课。
3 《白猴》是一个帕特正在写的短篇小说,已遗失。

1941—1950 年：纽约的青春，以及不同的写作方式

1941 年 10 月 21 日

胡乱排练了剧本的 1—2 幕。海伦 & 我坐在一起，一边看排练一边碰触对方的胳膊——最后我俩偷偷摸摸地手指交缠。之后发生的就不提了。没有看对方——没有遗憾——只是吊起了我的胃口，让我激动不已，让我兴奋。我想，在杂志寄出之前，我都会很紧张的。《季刊》真的要诞生了，我夏天的梦要实现了。一如既往，钱是一切的前提。

1941 年 10 月 23 日

星期四：重写了我的评论 & 7 点在时代 & 生活大厦[1]见到了巴布斯。罗莎琳德在《艺术 & 日常生活》忙得不可开交。在德尔佩佐吃饭。我把我的评论给她看。她很喜欢 & 建议做一点修改。后来和巴布斯一起看了牛仔竞技表演。朱迪之前打电话给我，确认我们的约会 & 因为罗莎琳德必须工作，所以和巴布斯一起去了。这孩子难免有些紧张，但朱迪很好。喝朗姆酒，之后艾迪来了，她看上去状态差极了。我们在圣莫里茨继续喝酒，朱迪还要了意大利面。5:10 回家 & 睡觉！

1941 年 10 月 25 日

丰硕华美的一天。写剧本。看了大都会博物馆的水彩画展。今天下午在喝咖啡时我告诉母亲，具有社会意义（即工人阶级）的小说时代随着辛克莱 & 诺里斯[2]的青春消逝了。[T. S.] 艾略特知道什么是真正的悲剧——精神悲剧。是一个有产阶级在二十世纪产生的精神的变态和扭曲。是的，精神上的荒原。此外，还有堕落，至少共产主义青年最严重的问题是他们刻板的观念。他们不考虑自己精神上的成长（如果他们还有精神的话），也不考虑使人成熟的情感变化。

1941 年 10 月 26 日

周五晚上写了一首关于补牙材料的不朽的诗。可能会登在《季刊》上。写剧本，现在差一点就写完了。打电话给巴布斯·P，她约我 5:30 喝酒 & 我放下历史书就去了。我们播放了［艾迪·］杜钦的唱片。和巴布斯坐在一起听好听的音乐真是太好

---

1 时代生活大厦，位于美洲大道 1271 号，是《时代》、《生活》、《财富》杂志的总部。
2 厄普顿·辛克莱（1878－1968），美国作家，以其社会主义观点和对美国社会和政治问题的关注而闻名于世。弗兰克·诺里斯（1870－1902），美国小说家，以其对美国生活的自然主义描写而闻名。

了。但我知道我 & 她之间不可能有任何亲密关系。巴布斯说我有一种精神上的丰饶，彼得就没有。她后悔没能早点认识我，她早早就听说我了。

1941 年 10 月 28 日

巴布斯昨天叫我周五去度周末。我会去的。应该很重要。还说她不总是一个正经的小姑娘。冷得要死。在阿诺德·康斯特布尔[1]看到一件很棒的西装，就买了下来。原价 45 美元降到 29 美元！周四我会穿上它——为了罗莎琳德，还买了一张康茄舞唱片——为了罗莎琳德，展现出我最好的样子——为了罗莎琳德。

1941 年 10 月 29 日

欣喜若狂——参加了一个历史测验，但估计是得了 B。排练剧本，海伦、威利、罗玛（很棒的孩子！），还有麦考密克 & 莱顿都参加了。最后在 3 点到 4 点的时候上演了，非常成功。没有掌声，但观众都受到极大的震动。玛丽亚恩·K 也来看了。第三幕的时候，每个人都坐直了。连莱瑟姆都说这是很好的专业水准。我 & 海伦几乎没法适当地保持距离。我们互相递上假枪，我们的手紧紧相扣。好丢人！这下可都传开了。金斯利为我四处讨好谄媚。她与她的母亲（那个女人！）住在一个房间里 12 年。所以她才会在学校里胡闹。

1941 年 10 月 31 日

遇见了巴布斯 & 她父亲：在中央火车站 & 乘车——（4 点去科德角。普罗温斯敦。）。巴布斯很拘谨 & 严肃。她很迟钝，很体贴。与纽特一起驱车前往他们的家——奢华的大房子——古老 & 显赫——有 15—20 个房间！美味的食物。+ 我 & 巴布斯到处跑，散步，坐在火炉边 & 喝酒。这是一个特别的夜晚，躺在两张单人床上聊天。我俩都说自己很冷，但也只是穿上毛衣 & 袜子，再无其余动作——现在的人多害羞啊！我告诉她，如果她愿意的话，她可以和我睡一张床——我睡觉老实 & 我的床本来就是她的。但她没有这么做。

1941 年 11 月 1 日

今晚我们打扑克，我一直赢。牛排还没煎好我就玩儿疯了。我们做南瓜，我徒手

---

[1] 阿诺德·康斯特布尔是一个百货商店。

就把啤酒罐撕成两半。+ 我 & 巴布斯 1:30 到 4 点一直在床上聊天。巴布斯的月经问题和我的几乎一样。我不知道它是否会降低性欲？我现在还会被某人的身体强烈吸引，比如海伦——我前几年也和那些异性恋一样疯狂地爱着她。巴布斯·P 说她也被海伦吸引了——她想离她越远越好之类的。我却是想接近她！+ 我感到焦躁不安 & 无法如愿戒烟。现在，我并不讨厌闲聊，只是感到厌倦，这显示出我的一个方面：一点也不真诚，感觉我在浪费自己和别人的时间。

1941 年 11 月 2 日

读了［亚历山大·蒲柏的］《人论》。巴布斯告诉我，她妈妈说有我在身边真是太好了，有魅力！好吧。和巴布斯一起从普罗温斯敦开车到纽约。我们从 4 点一直开到 11:30。途中吃了汉堡。我们一直聊天。她说，她很高兴现在有一个可以说话的人——以前没有。她说她不喜欢身体"闲置"的状态。我想她宁愿信任我和她谈恋爱，也不会选择别人的。她仍然觉得我很真诚，名声很好。

1941 年 11 月 3 日

我想我真正的学习生涯已经结束了。S.［塞缪尔］约翰逊也是这么说的。谢天谢地，我曾经孜孜矻矻，辛苦劳作，求知若渴，严于律己！！！我现在得过且过，从此开始吃老本了！+ 海伦很欣喜！见面时向我眨眼，在莱瑟姆的课上握着我的手，用手指偷偷地摩挲我的袖子，让自己全身惹火。+ 7:30 在尼诺 & 内拉餐厅与梅斯波莱特[1]（颇似伏尔泰）和爱丽丝·K（像一个老木乃伊）一起用餐。喝得太多了。梅斯波莱特只跟我一个人讲话，但我的发言不太精彩，她的谈话也很无趣。谈论战争是徒劳的！真的是这样！每个人都有不同的观点——这和宗教一样没有结论！希特勒最终的灭亡是源于叛乱还是军事失败，等等。

1941 年 11 月 4 日

睡觉、学习、写作——写了一封措辞得体的书信，退出了 YCL。+ 罗杰寄来了 10 块钱，让我来波士顿一趟。信里还有他抱着一个好莱坞美女的照片。+ 给罗莎琳德买了一张布伍吉舞曲的唱片——［艾伯特·阿蒙斯］《顿足爵士舞》，然后 8:10 到了那里。娜塔莎、贝蒂、罗莎琳德在吃晚饭。因为眼睛的问题我的脸肿了，我觉得比

---

[1] 玛格丽特·梅斯波莱特，是巴纳德学院的法语副教授。

以往任何时候都像一个孩子！我们听了大选投票结果。当然，她们都支持拉瓜迪亚[1]。聊着书籍和男人。非常开心，非常有意思——罗莎琳德在给德尔·P[2]织一双绿色圣诞袜——整个晚上。

1941 年 11 月 5 日

美好的一天。穿着我的西装去学校，反响很好。一周前的历史测验得了 A-。我敢肯定，没几个人得。在巴菲家喝茶。在座的还有霍华德、休斯夫人[3]、格林小姐（糟糕透顶 & 我猜是赞助人）和弗洛伦斯·科德曼，他是个出版商，昨晚我在那里的时候他和 B·帕森斯说过话。巴菲把我介绍给大家 & 听科德曼说"你是罗莎琳德·康斯特布尔一直跟我说的那个海史密斯小姐吗？我一直想见你"，等等。我给人留下了不错的印象。+ 巴布斯打电话来，带来了"千载难逢的机会"——弄到了周二晚上和海伦一起看《麦克白》的票！她真好。我们今天还把她的戏搞砸了。她很可爱——从不刻薄，从不急躁。邀请她星期一晚上加入我们——麦迪逊大道帮[4]。

1941 年 11 月 6 日

收到《口音》杂志的一张卡片，上面写着他们在为我的故事争论不休，等等。我们要火速付印！我给罗莎琳德打了电话 & 贝蒂接的。我们昨天谈了关于茶的配额问题。不幸的是，就像诺埃尔·科沃德[5]一样，我很喜欢她！

1941 年 11 月 7 日

感谢上天我又小有收获。一个多星期以来在家的第一晚。写了 11 页（讽刺故事）《丰饶之角》[6]。金斯利归还了［安德烈·纪德的］《伪币制造者》[7]，问我为什么

---

1 菲奥雷洛·拉瓜迪亚，1934－1945 年担任纽约市市长。
2 帕特朋友洛拉·P 的丈夫。
3 托妮·休斯（1907－?），美国雕塑家，作品曾于 20 世纪 40 年代和 50 年代在现代艺术博物馆展出。
4 麦迪逊大道帮，很可能包括罗莎琳德·康斯特布尔、娜塔莎·H 和贝蒂·帕森斯。
5 诺埃尔·科沃德（1899－1973），英国剧作家、作曲家、导演、演员和歌手。二战期间，他为情报局工作，同时在欧洲、亚洲和非洲参与军队慰问演出。
6 帕特后来把这个故事改名为《银色的丰饶之角》。
7 《伪币制造者》是安德烈·纪德的小说，突出描写了青少年（同性恋）的问题。帕特读了好几遍，然后开始构思她的第一部小说《咔哒一声关上》。

要借给她？不知道她是否知道我是同性恋，是否迷恋上了我？+ 见到了海伦——天呐，她的名字就是我的克星。爱上海伦是多么简单又多么幼稚啊！就像喜欢巧克力汽水胜过浓汁烧田鸡一样！

1941/11/7

金斯利喜欢我的字体！很快她就会连我的烟头都稀罕了。她可能怀疑我和海伦。我想知道她是不是也喜欢海伦？

1941 年 11 月 7 日

我很乐意下周一和巴布斯聊天。一定会让她觉得很奇怪的，介绍她认识这么一屋子的人——都是同性恋——都是妙人——可能都令人迷惘、恐惧——却又全都预示着远大前程。昨晚我在罗丝·M家里感到恶心透了。[她和比利] 就是性机器——就像弗洛伊德的理论一样失去平衡——上帝啊，给我像罗莎琳德 & 贝蒂和娜塔莎这样的人吧（她们根本不会提到西尔维亚！）。给我力量像她们一样！

1941 年 11 月 8 日

睡得很晚 & 极其缺觉。上午做了些零碎的事情，感觉非常好，一种难得的舒适感。我真是个休闲天才！+ 去参观了韦克菲尔德画廊[1]。把我母亲介绍给贝蒂·帕森斯。她说巴菲刚才来过。我想起了海伦 & 想到握着她的手，偶尔想起——非常偶尔。

1941 年 11 月 10 日

海伦说她周末也抽了很多烟。我不知道是不是因为同样的原因。她用一种仰慕 & 诱惑的眼神看着我。4:30 回家，接到罗莎琳德得了流感的可怕消息。尽管如此，在巴菲家见到了巴布斯。+ 简单吃了晚餐 & 去巴纳德看海伦，在那过的夜。她很高兴见到我们，一向圆滑的巴布斯去了约翰家 & 我们拥抱在一起。我在床上吻了她。天哪，发生了什么事！海伦真让人销魂！

1941 年 11 月 11 日

睡了三个小时 & 早上很早就学习 & 我认为我考得很好。今天下午读了½《傲慢与偏见》& 写了6页《丰饶之角》的定稿。金斯利昨天和巴布斯谈过了。巴布斯告

---

[1] 位于东 55 街 64 号的韦克菲尔德书店的小画廊，由贝蒂·帕森斯经营到 1944 年。

诉她，她知道金斯利对我的爱——"有那么明显吗？她觉得我是真诚的——真诚的灵魂。"我常常觉得自己不如巴布斯和黛比·B对理想那么执着。我想知道我是否在滥交中失去了太多？我太受肉体欲望的支配了——片刻的刺激。最近感觉自己更有男子气概了，自信心越来越强。和莫雷特[1]谈了很久。她谈到了有创造力的思想家 & 职业女性 & 精神生活中持久的乐趣。让我再给她打电话。

1941 年 11 月 12 日

周二给海伦写了一张便条，说昨晚相当美妙，但如果我们在莱瑟姆家分开坐，舆论会有所改善。落款是一句经验教训的诗。她给我回了信（为了等信，5 点的约会差点迟到，因为我知道她会回我的。）。给谨慎的帕特。"我觉得你的便条是天赐的，真可惜我们两个人必须分开，才能保住公共形象。"哦，初始阶段的乐趣！我的快乐[2]与日俱增，必须采取措施来补救。我深受古板的清教背景之苦：此时它又在发挥作用影响我。

1941 年 11 月 14 日

从来没有——像今天上午这样——忧郁。体育课真是折磨人。金斯利一点钟来了，向我坦白了她对我的好感。（还有［巴布斯·］P & 海伦。）然后是彼得。我们喝了几杯，我喝了 4 杯马提尼酒。在洛德泰勒百货店买了一条蓝 & 红的围巾（喝醉了），回到家里，杰瓦 & 妈妈 & 我又接着喝酒。我喝多了。也不太高兴。我今晚想和海伦 & 巴布斯见面，碰巧他们 10:30 打电话来。如果我早知道的话，我就不喝这么醉了。她们过来 & 我们去了酒馆和大篷车，遇到了莱斯利·S，不幸的是，剩下的时间她一直和我们在一起。赌场里有更多的同性恋。但是海伦很可爱——曼妙。她看着我，眼里满是爱意。我真他妈是个幸运儿。她说我很可爱。在女厕所里把口红全蹭到海伦的衣领上了，但是值得的——对她来说。对我当然也是如此，我们到处做爱，事实上我们也没干别的。

1941 年 11 月 15 日

有点宿醉，但 12 点突然就清醒了。没有抽烟。读了大半本［詹姆斯·库柏的］《最后的莫希干人》。去布鲁克林的彗星杂志社。校样看起来不错。必须写一些免费

---

[1] 夏洛特·莫雷特，巴纳德学院历史系准学士。
[2] 原文 gay 也有同性恋的意思。

广告来填补[《季刊》上的]空缺。我一直在想海伦——她不断地侵入我的思绪。我有一种强烈的生理渴望——我从未感受过异性恋者对我有这么大的吸引力。

1941 年 11 月 16 日

读校样，写广告。学习英语文学。今天对海伦没那么牵肠挂肚了——我的心还在跳动，但她只是一个令人愉快的想法——一个让人在学校里很有面子的人。+ 加工《银色的丰饶之角》。该死的，它本该已经被哪里接受了，那是我最想卖出去的短篇——一个很好的展示，虽然我并没有全身心投入。

1941 年 11 月 17 日

今天运气不好。排练了一整天——《口音》退回了《女英雄》，附有旁注和一封长信：挺好，但还不够好。一篇好文章——不是公文。欢迎继续投稿。之后，莫雷特夫人把我关于马基雅维利的论文还给我，给了个 C+，还说她非常喜欢我写的故事！金斯利偷偷跟着我，以为我要去《季刊》杂志社，其实我就是去喝咖啡。皮特 & 海伦都觉得好笑。海伦用饥渴的眼神看着我。天呐！那小东西有多性感啊！

1941 年 11 月 19 日

美好的一天。我把头发扎上去 & 穿件白衬衫，是海伦喜欢的领尖有纽扣的那种。出奇地平静，所以"心满意足地"读哲学。海伦 & 巴布斯都迷迷糊糊的——尤其是巴布斯。海伦有烦心事。似乎她们昨晚谈了很久，主要是谈现在事情多么不靠谱 & 等厄尔如期归来后得对她多好等等。海伦显然同意巴布斯的意见，但今天又觉出了她和以前一样的魅力。唉，她的身材越来越好啊！她说如果我星期五去宿舍她会很高兴的。+ 我妈妈说了一些奇怪的话：说我对待我最喜欢的（女孩子）总是随机应变，但在其他方面个性却很强。还说纽约的社会生活孕育了女同性恋，说我和女孩们一起出去时总是兴高采烈 & 和男人则百无聊赖。说我的女朋友们都住在一起 & 对男人都不感兴趣，等等。这些都是些零碎的东西，培根[1]把它们拼凑在一起！

1941 年 11 月 21 日

今晚读夏夫兹博里。没去大篷车，10:35 去巴纳德找海伦。没有人知道，也不会

---

1 弗朗西斯·培根（1561－1626），英国哲学家、散文家和政治家。

有人知道。她吻得让人浮想联翩，她的脸颊是我从未感觉到的柔软。奇怪的是，我大部分时间都情绪低落——总之就是很累——她没敢有进一步的举动。我说我可能会坠入爱河时，她停住了，因为牵扯到其他人。否则她会有进一步行动的。我永远不会忘记这个夜晚——我们接吻的时候就像做梦一样——感觉到她的脸颊贴在我的脸颊上时——如此缠绵又有质感。我感觉不到身体的存在——全都是激情——也没有思想的存在，整个人漂浮在香水和白花的海洋里，没有时间，又超越时间。

1941 年 11 月 22 日

星期六：在 57 街碰到了罗莎琳德 & 娜塔莎。我和 M. & S.[1] 在一起，没有介绍她们认识。罗莎琳德像傻子一样咧嘴笑 & 都是一副呆相。这会是一场灾难——娜塔莎！

1941 年 11 月 24 日

《季刊》出来了，看起来棒极了！彼得喜欢那首诗 & 海伦喜欢编辑手记。一切都很完美！会让麦克格里写一篇评论文章。回想起初入大学的时候，一切都很糟糕——身体、灵魂和心（还有头脑）。这让我很难过——也很不快。我已经走过了这么久！我在过去的几周里感觉美滋滋的——闲适的快乐对我来说是陌生的，令我兴奋不已——几乎达到了满足的地步，但还不彻底，那些不彻底的地方就是我的救赎。我需要多写 & 多读。海伦认为我能和分手的女人保持友谊是很了不起的。我认为原因在于，相比男女关系，我更需要精神恋爱。

1941 年 11 月 25 日

和海伦一起去德尔佩佐餐厅吃午饭。12:50 见到了罗莎琳德 & 娜塔莎。很高兴娜塔莎来了。我非常喜欢她。她是最不做作的人。罗莎琳德兴致很高。+ 后来我和海伦喝了咖啡，此举相当不明智，让海伦的自尊心很受伤，感觉当着罗莎琳德的面自己被排除在外，于是数落起我的轻浮来。海伦说她期待着星期五晚上会有什么事发生。说我是唯一一个令她倾倒的女孩 & 到年底的日子会很糟糕。但我觉得她很享受呢。

---

[1] 妈妈和斯坦利。

1941—1950年：纽约的青春，以及不同的写作方式

1941 年 11 月 28 日

愉快的一天。许多历史都很令人心醉——让你想继续找些传记 & 详细的历史来读——这就是历史课的目的。海伦因心悸而缺课。可能是吸烟的原因。12 点到 3 点读了［爱德蒙·罗斯坦德］《大鼻子情圣》。买了件衬衫，然后 6:30 去了康斯特布尔家。贝蒂叫我周四下午去参加派对。我猜巴菲也会去。不过肯定都是她们那个小圈子的人。罗莎琳德喜欢我的短篇《银色的丰饶之角》。她说"太好了"，只有两个词组可以改正。+ 我心力枯竭。就在一周前的这一刻，我和海伦在一起——在海底的紫色百合花海中——就是此刻。+ 但还是没有人能像罗莎琳德一样，就连我也不行。

1941 年 11 月 30 日

这段贫瘠的日子实际上标志着我的进步。新的想法——好的或坏的，主要是坏的——不再像以前那样突然涌现。现在当我写一个故事的时候，我喜欢这样想——它肯定会发表在某处。它不再是理想化的练习。这样反而更好。

1941 年 12 月 2 日

海伦不再提厄尔这个人了。说她所做的一切都和我无关。她差点哭了。其实她真的哭了。她仍然愿意重新开始。我们互相吸引。我没理由到处胡闹。除了罗莎琳德，没有人会令我疯狂地爱慕。我为什么要降低自己的要求？海伦对我的态度是让我很受用。浴室里的吻，对我来说是种痛苦，但对她来说意义更大。一个吻是缠绵的——是无形的翅膀震动的瞬间永恒。无论是在浴室里还是在田园藤架下，我都明白的。我低估了她。我以为她是玩玩而已。我从她的眼睛里看到了一种热望，使我羞愧。但我也不觉得这是我的错。这只是一场误会。我现在可以接受她——却无法使灵魂受到触动——所以我根本不该那样做。我感到一丝心痛——有多少次我爱过，却得不到爱啊。

1941 年 12 月 3 日

疲惫、缓慢、悲伤。和戈登［·史密斯］共进午餐——我们边吃边讨论了道德问题。他相信自由的爱——他是一个悲观主义者，很高兴我也是。我只是普遍意义上的悲观主义者，而在具体问题上，我是一个乐观主义者。和海伦一起排练。剧中的有些三角关系听起来像是量身定制的。海伦精力很充沛，完全不受个人情绪影响——很优秀。不过，我非常想念她。我喜欢她的灰色裙子。它让我想起了在宿舍里的那晚——温暖的，毛茸茸的。为什么我不能爱她？我会的。只是罗莎琳德像个巨人一样站在我

们中间。海伦还没那么兴奋。给她写了一封长长的信（5页）。阅读［华盛顿·］欧文的《阿尔罕布拉宫》。

1941 年 12 月 4 日

在学校事事都很糟糕。给海伦写了便条。她看起来很累。她在河边读了 & 11 点 & 12 点的时候回复了我。也以"亲爱的"相称，讲了她总会"在最奇怪的时刻哭泣，总是因为你——因为我太爱你了——"+5 点去看贝蒂的展览——接着又去了韦克菲尔德（看奥索里奥）[1]，然后和她一起去市中心。霍普·威廉姆斯[2] 也在，还有巴菲、哈珀、雅顿、休斯、娜塔莎、洛拉、罗莎琳德（穿的黑西装太紧了），但我觉得很漂亮。大量的酒水。巴菲马上就走了（6点），洛拉请我明天去喝鸡尾酒。期待明晚玩得开心点！

1941 年 12 月 4 日

3:50 和海伦喝了杯啤酒。我俩都知道现在一切都不可能了。她说她一直都在等待这样的事情发生在她身上。她很高兴真的发生了。只是人们不跟我纠缠 & 匆忙就把这事抛诸脑后了。 不幸的是[3]，我不会很快忘记的。

1941 年 12 月 5 日

星期五：阴天。在学校待了没多久。6点去了洛拉家。在座的还有吉莱斯皮、［托妮·］休斯、巴菲（我很少和她说话）、吉米·斯特恩 & 好多法国人。还有梅尔卡斯[4]。之后去了巴纳德。玛丽·S（也在）说海伦是她多年来见过的最可爱的人。说我的品味是在嘴里。我不知道她是什么意思。海伦最是温暖——她穿着她的灰色紧身西装，因为她知道我喜欢它——整个晚上我们都一直看着对方或牵着对方的手，这一切都非常美好。她爱我——站在户外冰天雪地中，她如是说。她是认真的。我为什么

---

1 阿方索·奥索里奥，美裔菲律宾艺术家，以他的抽象表现主义绘画和独特的教会会众的雕塑系列而闻名。
2 霍普·威廉姆斯（1897－1990），美国女演员，因饰演诺埃尔·考沃德和奥斯卡·王尔德的戏剧角色而著名。
3 原文为法语。
4 爱德华·梅尔卡斯（1914－1973），美国抽象派画家，佩吉·古根海姆是他的资助人之一。他为她设计了标志性的蝙蝠太阳镜。

要撒谎？我很想念她，离开一个小时我就受不了了。我第一次坠入爱河——身体上的魅力加上我对她的爱——天哪，这是多么危险的组合啊！

1941 年 12 月 6 日

+8 点在莱瑟姆家给海伦打电话。她马上就接了。我希望她是一直在等我。我们俩一开口就话不投机。但我还是告诉她我花了 2 个小时读了 20 页的 ［伯纳德·］德·曼德维尔[1]，其间我意识到昨晚无论谁在场，我都会有一样的表现。"无论谁？"她说。是的，无论谁。然后她说了些什么，但她哭了，我知道。这就是最直击心灵的方式。她说："天啊，我喜欢你！"坐在莱瑟姆的办公室，能听到这个对我来说就足够了。我爱上她了。我无法想象如果她不来找我，我该怎么办。她太好了——其余在她周围的都是假的。我爱她。但我还没告诉过她。后来我就告诉了她——（我知道我不该继续说下去）我不知道我为什么哭了——这是我最甜蜜的眼泪。如果我能洗去我所有的羞愧！

1941 年 12 月 6 日

用海伦的话说，今天真是苦乐参半的一天。她的信多优美啊。这种未来的不确定性是多么美好又悲哀啊！她不能放弃我！我敢肯定。上帝保佑我，我是个幸运的混蛋。今晚我看着月亮在一缕乌云中来回穿梭——一轮满月，小小的，悬挂于高空。他们在播放"美好星期五"[2]。眼泪流了出来，痛楚而细腻——两分钟里我从最可怕的未来转变到了最美好的未来，然后又回到了原点。我还是不知道怎么办，我不知道。但我相信，我确信，这太罕见了，太美妙了。

1941 年 12 月 8 日

日本向美国宣战了。[3]

在学校苦苦熬到 1:30，和海伦谈话了才感觉好点。我们在河边散步，然后去西区酒吧[4]喝啤酒。我告诉她她对我意义多么重大，上天保佑我，我哭了，尽管我不想

---

1 伯纳德·德·曼德维尔（1670 — 1733），哲学家、政治经济学家和讽刺作家。他出生于荷兰鹿特丹，一生大部分时间生活在英国，大部分出版作品都使用英语。
2 出自理查德·瓦格纳的歌剧《帕西法尔》。
3 1941 年 12 月 7 日，日本袭击了珍珠港。
4 西区酒吧位于百老汇大街 2911 号。

让她看到的。她说:"你想让我做什么,帕特?"她说她不能在送厄尔上战场时告诉他这个。我说她必须做她该做的事。我爱她的诚实。她问了我两次"你想让我做什么,帕特?"天啊,就好像什么美好的东西在震撼我!她说,她是在星期五(那个星期五)才意识到,在过去一个月的狂热里,她所有的忧郁情绪都在上升。我爱慕她。我配不上她。她真漂亮 & 从里到外——我不知道这有多罕见吗!我今天是发自内心的。她逼我这么做——我身上每一处优点。天啊,就这么回事!就这么回事!

1800人在珍珠港被杀。也许有格雷厄姆——

1941年12月9日

和乔·P[1]一起坐车,她付的钱。那座房子像个陵墓。5层楼 & 两个女仆。她坐车回学校 & 和海伦、巴布斯还有皮特一起喝咖啡。她们都喜欢乔·P。和罗莎琳德一起吃午饭。她对战争不甚在意[2]。她跟我说话时老气横秋的。

1941年12月9日

罗莎琳德谈了很久她父母和她自己的事。她的母亲是一个著名的反犹太主义者(纳粹),并且她们之间的裂缝因罗莎琳德的犹太朋友而起。她母亲愤怒地斥责她,她就站在窗边。然后她说:"如果我告诉你这一切都是真的,你会怎么说?"她母亲说:"我宁愿看到你死在我的脚边。"

1941年12月11日

我把信交给海伦——我优美的信。她给我回了一封信,边交给我边说:"你会恨我的——"当我读的时候,发现信里写满悔恨,写她必须做她该做的事,心里却恨自己。她想怎样留住我,她会跟着我走的。各种矛盾。这封信写得很仓促,源于突然的恐惧。所以我整个下午都在哭——和金斯利 & 然后又和海伦一起哭。她也不太明白,最大的问题是:她最近这几周在纠结什么?她和我在一起想要什么?(除了女性征服的喜悦外——仅此而已。)

---

1 帕特新近通过 Va. 认识的新朋友,两人计划一同去骑马。
2 原文为法语。帕特的本意可能是"心烦意乱"。

1941 年 12 月 12 日

和海伦一起喝咖啡。她恢复得多么好，她对我的误解有多严重。我问她为什么不高兴——因为她认为我不在乎——她想要我做什么？——要我爱她。真是的！这么疯狂。是的，也许我很快就会恨她了。她像流星一样击碎了我的美好生活。卖弄风情的女人——经典的定义。所以我午饭和爱丽丝·T & 彼得一起吃的，然后和彼得一起逃到了新迦南。从科蒂尔打电话给罗莎琳德。"你情绪不太正常。"我哭了。我说我正被人威逼着 & 她要不要马上过来看看？我不知道她是否考虑了十分钟？在厨房里和黛比·B哭了起来 & 总的来说是愁云惨淡，对彼得说海伦爱她，有点儿苦中作乐。原来如此，彼得说，雄性的自豪感膨胀。《大鼻子情圣》那一套。1:30 又回家了，母亲走了 & 我更加沉闷。我现在应该写作了——我能否再次捕捉到过去几天的所有感觉？不由开始质疑人类情感的价值：我已经最大限度地控制自己了，依然还会被撕个粉碎，那么人类的情感有什么价值呢？

1941 年 12 月 13 日

星期四下午，金斯利四处寻找答案。有一次她问我爱的是不是罗莎琳德，然后问："你没有爱上海伦，是吗？"我想她现在恨罗莎琳德了，当然我对这个问题支支吾吾。金斯利告诉我她只爱我一个人，如果我是个男人，她就别无所求了。海伦在西区酒吧对我说，她再也不会爱上别的男人了（除了厄尔）。自动唱机播放的是《你逼我爱你》，气氛很悲伤。

1941 年 12 月 14 日

一切都变了。读了［亨利·菲尔丁的］《大拇指汤姆大帝》和《基督》[1]。弹钢琴，散步。这一天值得纪念，因为我的两个剧本已经设计好了 & 迫不及待地要开工呢。这一天也是我悔恨的日子：我爱罗莎琳德。我真的从未离开过她。上个星期就像一场鸦片梦——我倒希望明天能见到海伦，她眼下满是黑眼圈。她需要休息一下。我也联想到上个星期，我自己的身体出现了少有的特殊现象——月经。天知道女人都是疯癫的，天知道其原因何在！+5点金斯利来了。［和我一起做了《季刊》的］校对工作。她告诉我我是多么地神。学校里所有认识我的人都把我看成是另一个世界的产

---

[1] 这可能是指欧内斯特·勒南的《基督的一生》。

物，颇怀敬畏——连巴布斯、海伦 & 彼得都是。这对我有很多好处。金斯利说她希望我永远不会爱一个男人，她不想看到过度沉迷肉欲的我。多可爱的孩子。比利打电话邀请我喝香槟。不行，我要工作。总体而言是美好的一天。亚瑟来了——温柔地告诉他我爱着另一个人——天呐，这个男人自负得令人震惊！+明天我要以什么样的眼光看着罗莎琳德呢！好像我与她素昧平生的眼光！

1941 年 12 月 15 日

和罗莎琳德一起度过了美好的夜晚。和贝蒂 & 伊斯曼先生一起进了电梯。罗莎琳德喝醉了，告诉我她的"责任义务"让她束手束脚，但周围有太多黑发的美人。天啊，对我来说她好可爱呀。在萨米家吃饭。正是她让我去的。她真厉害，我想给她买票去看《麦克白》。她说贝蒂有 89 个朋友，而她只有 13 个。她说她每年喜欢一个人（& 今年喜欢我），而贝蒂每天晚上要挑选 6 个人。

1941 年 12 月 16 日

我抽太多烟了，常常一天抽一包，但从中得到的享受也无与伦比。做每件事都要从中得到最大化的乐趣。海伦 & 彼得昨天喝了 13 杯酒。两个人看起来像两件易碎的旧瓷器。她今天没和我说话。毫无疑问，她现在的境况比以往任何时候都要差——因为她近在咫尺——她赢得了某种胜利，收藏着我写来的所有信以便反复咀嚼——可是——我走了。这些天我觉得自己意气风发。1 点回家。买东西。写了 8 页哲学论文。读了 D. H. 劳伦斯的《杂文》，这本书很烂。3:10 给罗莎琳德打电话。她起初很好 & 喝了 3 杯马提尼酒后，就变得讨厌了。我问她是否觉得好玩（因为我觉得好玩——像一朵云——像旧瓷器），她说"是——的"总是这一个回答——像一块发霉的奶酪。所以我请她周六和我一起去看《麦克白》。每张票要 3.30 美元，——但我的生活里除了她还有谁这么艳光四射！！！

1941/12/17

没有男人真的喜欢女人。他不是处于热恋她的阶段就是已经让她惹烦了的阶段。

1941/12/17

上帝知道，爱就在此时这个房间里，和我们在一起，它不是亲吻、拥抱或触摸。更不是眼神或一种感觉。爱是隔在我们之间的怪兽，我俩都被它握在手心里了。

1941—1950年：纽约的青春，以及不同的写作方式

1941/12/17

今天晚上经历了我第一次想要自杀的时刻。面对工作，满地的纸上一个字也没有，头脑中满是羞愧和迷茫，在一片挥之不去的混乱中，各种碎片分崩离析，于是就想自杀了。从中可以看出，人类的每一种伟大的情感，本质上都是老套、普遍和永恒的。这是一种伟大的人类情感。当我度过了这个危机，我在想是否将来我真会自杀，而真正的问题是，如果将来生活中遇到同样重要的危机，我是否会让自己和他人失望？生活就是在适当的时候自我克制。展望未来行不通时，我们可以编出一个美好甜蜜的未来。成功地活着就是不怨天不尤人的自我克制。

1941年12月18日

很早就起来了。给海伦写最后一封信（？），用了脏话——卖弄风情——还写了我为什么告诉彼得我的所作所为。还把这件事告诉了巴布斯，还有彼得得知后的评语。巴布斯可能也知道这一切。从小说家的角度来看非常有趣。

+我们的银行存款降到最低点：就剩100美元了。真是不敢相信！斯坦利真的很担心。又是一个濯足节。彼得几乎不说话，巴布斯告诉我海伦 & 她周一晚上喝了13杯苏格兰威士忌，边喝边对了一下笔记。彼得告诉海伦，我说她爱上了她——所以彼得很生气——如果我了解彼得的话，就会知道她再也不会理我了。我因失去朋友油然而生出遗憾。海伦冷若冰霜。这下是达到了让她死心的目的。但她说我还没让她对我产生恨意。我真不该那么说的。巴布斯保持了一贯的中立。我能理解海伦的怨恨，但不理解彼得的情绪。我不知道我为什么这么说。我没想到会被反噬。我应该想到海伦会把我的信拿给彼得看的。遇到危机的人才会喝醉！——我倒要看看她在我的信里能不能找到一句假话——我倒要看看她能不能找到和我一样体贴的同性恋女孩了。我倒要看看——

1941年12月19日

一个月前的那个晚上——两周前的另一个晚上——一周前的另一个晚上。今晚只有我。+早起 & 学习历史。我觉得我做得很好。莫雷特特意祝我圣诞快乐。巴布斯说的很有道理。海伦还说："你好，帕特里夏！"天啊，我现在没法把她当朋友了，除非她道歉。+给罗杰买了袜子，给我妈妈买了一款精巧的粉饼和一些吊袜带。写了一首好诗。"我太能控制自己了。"（下午6点）读完了里尔克的书。他的作品时而琐

碎，时而异常奇妙精致，如《恋爱中的女孩》。译本有时比德语版好。

1941/12/19

一个人创意很多时就不会孤独，这与是否独自一人无关，我没有思路时，就特别地孤独！

1941/12/20

也许我以前说过，但应该写在每个笔记本上：一个短篇小说（或一个小说的萌芽）一定是来自一个灵感，在它第一次出现时，似乎更适合写成一首诗。只有在灵感中古怪、兴奋或奇异的元素被发挥出来时才会成功地产生创作行为。而作家，就像一个刚刚开始恋爱的男人一样，要把天地当作自己的引诱者，被动地接受她带来的灵感。她和他玩爱情游戏，强迫他接受自己，直到他意识到她的存在。他从不刻意去寻找她。灵感在很多时候以很多方式出现，但我最喜欢灵感面带微笑、身体放松的样子。这样的灵感是健康而强烈的。

1941年12月21日

呵气成冰。很难步行走远。在第一主教区听到[亨德尔的]弥赛亚。今晚和弗吉尼亚在一起。今天除了认真阅读外，什么也没干。不过，我不喜欢感觉自己像海绵一样。去杂货店买马提尼酒。像往常一样给 R. 打电话。接电话的娜塔莎心情很愉快——西尔维娅·M来了。罗莎琳德让我周二8点去克里伦[1]的派对接她。之后还要去斯皮维饭店吃饭，谢天谢地。+ 弗吉尼亚穿着一件海狸毛大衣，真漂亮！她向我求欢。我的道德标准变得和我的床一样低了。除了罗莎琳德我宁缺毋滥。

1941/12/21

性行为应该在最热烈的或者最幽默的气氛中进行。技巧是一个想象力的问题，是只为对方考虑的问题，这是男人从来没有的天赋。

1941年12月22日

天气真好。剧本写完了。读完了[托马斯·哈代的]《君主》。给玛乔丽的人物上

---

[1] 克里伦是位于派克大街277号的一家餐馆。

色 & 把画 & 艾略特的书还给杰瓦。她喜出望外 & 在曼斯菲尔德[1]给我买了两杯马提尼酒。我问杰瓦有没有过暴力的时候,[她]说没有。喝酒的时候,我有一个想法,我觉得女人不够硬气——太容易说出自己的弱点,而男人会很明智地藏在心里。我觉得最近对杰瓦很直率,很迟钝,也很诚实。她警告我不要只和女孩子交往——她们最终都会离开的——你需要一个年轻男人来分担开销,简言之,就是买单。金斯利是6点来的。我们忙着装饰圣诞树。我有点紧张 & 打电话给罗莎琳德(她请我在圣诞节那天吃早午餐)。阅读弗吉尼亚·伍尔夫的《幕间》。彗星出版社的杰克·伯格请我吃饭(!)。早知道他会开口的。

1941/12/22

当这种美好的成熟来临时,V. W. & J. S.[2]这样的人会怎样面对他们年轻时的暴力和放纵呢?没有这个过程,(之后的)宁静就只能是一潭死水(但这个过程中,奇怪的是,除了脆弱细小的外壳碎片和具有伟大意义的细碎果仁之外,什么也没有出现)。他们是如何使作品如此精美又强大的呢?背后隐藏的秘密激情是什么?

1941/12/22

巴布斯给人的感觉是她周身有两英尺长的柔软绒毛,期待着你的温柔触摸,带给你温暖舒适的感觉。而我像钢针一样扎人。

1941/12/22

你还记不记得不久前我们笑着说,我们是多么幸运,能成为我们认识的人里最漂亮的那个,我们(差不多)是最聪明的,当然也是最幽默的。现在,我们体内的魔法药水已经被吸收、稀释(几乎可以说是被排泄掉了),当我们四目相对时,只看到对方的缺点,而且我们更恨对方,因为我们记得那美丽的束缚,也因此更恐惧。

1941年12月23日

又是一天——总的来说是愉快的一天。但是充满了情绪起伏,这种情况现在很

---

[1] 曼斯菲尔德宾馆位于西44街12号。
[2] 这两个缩写可能是指弗吉尼亚·伍尔夫和约翰·斯坦贝克。

常见了，一个人独处时，更加容易感知到。写了七页《阿方斯·T.布朗恩的去世》[1]。还得不断修改。我画了几幅水彩画，有所收获。总有一天我会画好的。一切都会好起来的。从好到最佳是我的目标。+杰克·B给我寄来了莱诺排字机印的新年贺词 & 一块俄罗斯头巾。我们在范达姆街的里科托家吃饭，他才二十四岁 & 看着像三十四岁。8点在克里伦接罗莎琳德。喝得醉醺醺的。《财富》聚会。去看了《麦克白》，才第一幕她就开始频频点头。之后她就恶心难受，没法去斯皮维饭店了。没有喝醉，只是喉咙痛。她说我像天使一样照顾她。

1941年12月24日

写故事。给巴布斯写信 & 给家里弄了一瓶可可托。我亲自送去的。给罗莎琳德买了埃里克·科茨的《又见伦敦组曲》。也许她能听懂英国音乐。我倒不怎么看好这音乐。巴菲昨晚打电话说今晚晚宴的事。醉醺醺的 & 精疲力尽，喝了马提尼 & 香槟后偷偷给海伦打电话。她很高兴听到我的声音——我爱她 & 告诉她这话——她说忘了吧。巴菲知道了。至少现在她知道那个人不是罗莎琳德。

1941年12月25日

最奇怪的圣诞节。今天早上眼睛像高尔夫球一样肿。吃了早餐然后拆礼物，是一些蛋奶酒。收到睡衣裤——莫扎特的《A大调23钢琴协奏曲K488》！我三年来的梦想。2:15去罗莎琳德家。大家都很快乐，一打一打的礼物。戴尔·P非常英俊。洛拉，娜塔莎，妮可[2]，贝蒂，西尔维亚，西蒙 & 盖伊·M都来了。派对非常成功，还有威士忌酸酒 & 豆汤。进门时娜塔莎吻了我三次。罗莎琳德还没打开我的礼物。他们都转移到娜塔莎家去了。也邀请我去，但斯坦利一个人在家吃晚饭，所以我没去。晚餐很丰盛——可能我们之间的隔阂太大了。现在没心思去消除它。我改变了关于钱的看法。我曾经认为它钝化了欣赏力，但它实际上强化了欣赏力，它让你得到你需要的东西，并给你闲暇和安全感去慢慢体味。

---

1 正在创作的一个短篇小说，没有留存下来。
2 妮可斯·卡拉马里斯的笔名，她是生于希腊的美国诗人，1940年作为第一批流亡超现实主义诗人之一来到纽约。

1941—1950 年：纽约的青春，以及不同的写作方式

1941 年 12 月 26 日

  第七个工作的上午——感觉还不错。+ 玛丽·S 和玛乔丽·T 今晚在我这。玛丽慈爱地直接帮我解决问题，［S.］建议我与罗莎琳德继续游戏 & 海伦就会自己跟过来了。然而，不管欺骗是多么无辜和有技巧，都是令人不快的。弗吉尼亚本来要来的，但她听说玛丽·S 也在。我不喜欢她问我是谁来了。粗鲁 & 幼稚得很。她还没长大 & 我也不会等她长大。

1941 年 12 月 27 日

  罗莎琳德打电话来了！真好 & 我们聊了很久。她想去第五大道看谷克多的超现实主义电影。她喝了第 5 杯威士忌酸酒 & 在去戴尔的乡村居所的路上。今天我突然想起，贝蒂·帕森斯很紧张 & 也很警觉。我不知道她到底有多自信？罗莎琳德又有多了解她？有多爱她 & 又为什么爱她？

1941 年 12 月 28 日

  1:30 杰克·B 来了。去看《恰帕耶夫》[1] 了！现代艺术博物馆。俄罗斯的所有展品最终都让人失去兴趣。把他留在那里 & 遇到了刚进来的罗杰。我们在这喝了马提尼酒。7 点接到妈妈的电报说外公今天早上去世了。我没有因此感觉好些。罗杰彬彬有礼，但却跟我吻别，那种情况下是令人不悦的。

1941 年 12 月 29 日

  《去世》已完稿，但罗杰今晚说［故事］节奏不够快。太微妙了。他晚上写了个故事，马上就写好了，结果还得了 A。他和我不同。他不自信。今晚他想去吃法国餐馆，所以我们就去了（小巴黎）& 然后坐双轮马车穿过公园。但他不喜欢 T. S. 艾略特。我已经到了停止改变品味的年龄：我接受我的发现——在内心里——不为此感到羞愧。+ 12 点时很难过地给罗莎琳德打电话，4 点时又很开心地给她打电话！（在家里做了很多家务。斯坦利根本没帮忙。）戴尔·P 说要是他去乡下居所过新年的话，也邀请我去。读了［斯蒂芬·克莱恩的］《红色英勇徽章》，写得太精彩了。+ 看了《小飞象和罗杰》。不怎么好看，但在同类电影中算很不错了。电影都很烂。我今年去看

---

[1] 《恰帕耶夫》是一部苏联战争电影，根据一位红军指挥官、俄罗斯内战英雄的小说传记改编。

了六次了。

1941 年 12 月 30 日

　　把《阿方斯·T. 布朗恩的去世》寄给了《纽约客》《矩阵》 &《口音》。读了《唐璜》。有时候写作比读书有趣得多——有时则相反。玛丽·H 打电话来，要我 4 点过去，于是我就去了。公寓更小了。她很沮丧，在她的画展上只卖出了一幅素描。我们的油画的照片：坦白讲都不好。她说她开始感觉到年龄的增长了——缺乏战胜困难的精神。+ 没有妈妈的消息。我开始觉得我写给她的信不够悲伤 & 斯坦利不喜欢我的电报。不过，我俩都觉得花儿不适合我们。开始创作约翰和犹太男孩的故事。

1942 年

帕特里夏·海史密斯在1942年经历了两个重要的里程碑：她二十一岁了，从大学毕业，纵然就业前景渺茫，但帕特确信她想以作家的身份谋生。她自然是实现了以写作为生的愿望，即便最初只是为了自己。这一年里，她共写了750页的日记和笔记，使用了英语、西班牙语、法语和德语，包含了她的生活点滴和创作思路。

帕特一个接一个地换情人，但很少有人能在身心两方面同时征服她。她的成功熟女圈子里又新添了一位德国流亡摄影师露丝·伯恩哈德。露丝把她介绍给另一位德国摄影师，罗尔夫·蒂特根斯，帕特很快就和他们建立了紧密的联系。

美国在1941年12月加入了盟军，尽管帕特学习了急救，还被海军招去学习了破译和飞行观测，但她似乎总是与第二次世界大战擦身而过。而她的男性情人和友人却都应征入伍了。作为女性，帕特可以随时抽身而去，而她也确实这样做了，因为缺乏爱国精神和令人满意的薪酬。

玛丽和斯坦利·海史密斯终于在5月搬到了纽约上东区一间更大的公寓里，而此时帕特却在为自己的住处四处奔波。他们的关系恶化了：帕特的父母看不起她所谓的势利的朋友，尤其是玛丽，惊恐地看着女儿变得越来越"男性化"，与自己逐渐疏远。

帕特在6月获得了英语学士学位。尽管有朋友罗莎琳德·康斯特布尔写的推荐信，帕特向往的知名杂志社，比如《纽约客》，还是把她拒之门外。她只好被迫做临时工，先是在F.F.F.出版公司——一家为全国犹太报刊撰写时事文章的公司，然后在《现代婴儿》杂志做打字员，还为一家除臭剂制造商做街头促销员。12月中旬，帕特终于时来运转，在漫画行业有了一份撰写文案的工作。有了固定薪水，这一年便在乐观的调子中结束了，帕特对自己的天分和潜力依然坚信不疑。

前 言

向前看，向后看，

还有时间改变主意；

没有时间平息背信弃义；

翻动这些书页者必受诅咒。

——摘自 1942/5/2

1942/1/1

新年旧话：我们的快乐、喜好、享乐、恶习和激情是我们的脆弱之处。它们是我们堤坝上的裂缝，盔甲上的瑕疵，面具上的破洞，木腿上的白蚁。而整个世界都在陷入悲伤，越来越悲伤，因为阳光普照，空气和光线一如既往地美好，只有人类被自己的悲伤压迫着。它源自内心，由他发散到四周。我们每个人生来都有一定数量的眼泪吗？还是流不尽的？我常常想知道，让我们前进的纯粹的能量从何而来？但问了也没有用，为什么？因为我们停不下来。

1942 年 1 月 1 日

我记忆中第一次真正的新年宿醉。今年我真的成年了[1]。在极度的忧郁中把圣诞树拆下来，然后小心翼翼地沿着第 8 街散步。碰到一个男人，他说他昨晚在比利家见过我。蒂伯·柯夫斯[2]。我什么都不记得了。他对我谈起他今天开始写的小说。晚上 6:30 罗莎琳德打电话来。我去了她那里。戴尔、洛拉、贝蒂 & 比利都在。都很关心我的健康。我们喝了酒。我觉得很无聊，主要是［因为］我一个人生活没有规律。今年我不仅要做作业，还要在晚上写作。我在压力下工作得更好，更出色。

---

1 在美国，十八岁是法定成人年龄，但有很多针对二十一岁以下公民的法令，如不得购买烟酒，不得进入成人场所和某些俱乐部。
2 蒂伯·柯夫斯（1903－1953），匈牙利裔犹太记者和作家。

1941—1950 年：纽约的青春，以及不同的写作方式

1942 年 1 月 2 日

去了比利·A家。我的衣服都留在那儿了，但找不到口红。她家真是个好地方。她正在让人打扫。烟头到处都是，花盆里还有三明治……和沃尔特·马洛在一起。在"艺术家 & 作家"[1]吃晚餐。聊得很开心。应该记下来。

1942/1/2

为什么搞创作的人都忧郁？因为他们没有普通人那种坚实的行为框架。他们如风中的野草，被吹得东倒西歪，有时还会被打倒在地。搞创作的人一开始会理智地认为这代价太大。而最可怕的是，他意识到，这场战斗（这场战斗的故事）根本无法实现他的文学目标。

1942 年 1 月 3 日

妈妈明天早上动身回家。她在信中说，外公走得很平静，就在前一天还和孩子们开玩笑呢。外婆继续住在这所房子里。他们把镇静剂放在牛奶里帮助她入睡。见到妈妈的喜悦无以言表。但是我不能把自己所有的问题都告诉她，她象征着我生活的稳定、温柔、慰藉和温暖。周五得带她去"阿门角"[2]喝香槟鸡尾酒，好好聊聊。+ 和蒂伯共进晚餐。告诉了他我家里的困难，我们一致认为，那种控制才是我情感问题的症结，也是这次焦虑的根源。他把同性恋因素排除在外。这次与海伦的事是我第一次献出我的灵魂——看见我的灵魂，也就是，我可以奉献出我的灵魂。我一生追求的就是给予和接受温暖。我一直在身心两方面都感到寒冷。

1942 年 1 月 4 日

日上三竿才起床: 11点了！比新年那天还晚。写完了故事——我的第一次"自我写作"。也许写得不错，但需要高潮的渲染。我一贯掩盖高潮: 文学写作和真实报道

---

1 "艺术家和作家"是记者们的热门去处，尤其是附近的《先驱论坛报》，还有《纽约客》和《纽约时报》的记者，他们都爱在下午聚集在西40街215号的这个餐馆。以前作为非法卖酒的饭店，这里是不准妇女进入的，如今已经开放了。但是这里的环境很吵闹，顾客主要是男性。

2 "阿门角"是第五大道酒店楼下的一间大厅（位于第五大道和第23街的西北角），之所以这样命名是因为19世纪末，共和党参议员托马斯·普拉特在这里对他的追随者发号施令。

都一样。读［沃尔特·］惠特曼，两天来爱不释手。走在街上差点出事故。为什么呢？与尼采不同，我最好的思想不是在大自然中酝酿的。我越来越渴望改变。上帝啊，如果我们4月不搬家，我会很难过的。我们需要两三间大小合适的房间，让人可以舒展双腿，过上有尊严的生活——当母亲来的时候，我会施展我无敌的说服力鼓动她。

1942年1月6日

今晚太阳从西边出来了：8:20罗莎琳德打电话来。斥责我在比利家里不苟言笑。"对你不认识的人相当粗鲁——"反正是让我整个晚上都很不舒服。但她又问什么时候能和我见一面（好接着批判）& 我们约好星期五一起午餐。

1942年1月7日

剧本获得了空前的成功。莱瑟姆问我它"合宜"吗。她一开始很震惊，然后和其他人一起大声笑了起来。海伦还在装傻。我对她不置可否。身体的感觉像过境的龙卷风一样消失了。

1942年1月8日

好日子。桑伯里[1]说没有暴力的小说谈不上伟大。4:30回家和母亲喝茶。她还是慌慌张张的，我不能说太多。说我办事利落，约会时能让对方说个不停。我被数学系的老师叫去了，被选去学习情报工作——破译。正合我意。只有15—20个大四的学生被选中。学校放假时也许会去华盛顿。我应该很在行。

1942年1月10日

玛乔丽［·汤普森］家，7点。我感到对母亲一贯的敌意。事情是这样的：如果我说了算，我就高兴。就像昨天，我给她点烟，凡事占据主动。她和玛乔丽谈话的样子——在人群中显得轻率、冲动、琐碎和傲慢——让我恶心。我觉得自己没法跟他们相处。他们的小家子气开始让我恼火——他们的轻浮浅薄——（也许我看到的也是我的浅薄。）

---

[1] 埃塞尔·桑伯里，1940年至1943年担任巴纳德大学英语教授。帕特在她的课上写了《美国文学的传统》。

1942 年 1 月 11 日

与母亲共进早餐。然后告诉她我对斯坦利的感觉：我俩单独在一起可以和蔼友善，但他的存在是横插进来的。我也告诉她改变的办法，我必须试着纠正这一切，而不是让他们通过讨论解决。纯粹是一时冲动。我希望她不要告诉斯坦利。

1942 年 1 月 12 日

只有旅行者 & 情人才算是活在当下：这周四晚上有可能会和 R. & K.[1] 一起度过。当然还有周五的午餐！

1942/1/12

我想知道，情感的额度预算是要长期使用，还是像连发手枪一样一次性射完？

1942/1/12

当我在写小说的时候：D. P. 说不该写以那些无聊的人为主题的小说。就连托尔斯泰对社会的重要意义也要通过高尚的头脑体现。斯坦贝克很快就会被人遗忘，每个人都那样说。不会的。我要书写我自己的阶层，写得克萨斯——纽约。我为什么老想着那些绝望的英雄主题呢？为什么是狂野的青年，而不是像我这样的人：好奇、精力充沛、上下求索、忍受困苦和信心不断、排除万难和精于思考、发现又失去、失败再成功。虚伪的人和少数诚实的人。但必须是在纽约。事实上，纽约就是主角，一个多面的、强大的、能够被用来写出许多故事的主角，也许吧。高于其他值得的形象。（值得一写的。）

1942 年 1 月 13 日

桑伯里把论文都发回来了。得了大约 3 个 A 和 4 个 B。和 [巴布斯·] B 共进愉快的午餐。午餐很理想——马提尼酒，煎蛋卷，四季豆 & 菠菜——还有愉快的谈话。她说，她讨厌对家人保密——总有一天她会越瞒越多的。我问她瞒了什么。她说，她希望有一天，她会爱上一个女人。和斯图特文特谈了谈。她说她读了两遍我的《银色之角》& 觉得它很精彩。

---

[1] K. 是金斯利的缩写，帕特的巴纳德同学，也是她的终生好友。

1942/1/15

我对人不感兴趣,也不想了解他们。但是我被门口那个女人深深吸引住了,她站在黑洞洞的 11 街上,借着火柴的光吃力地读着门牌上的名字。这样的场景让我想到了所有的历史、所有的疆域和前生来世的种种际遇。这是真实的吗?我们唯一的真实只存在于书本中:从肮脏的现实中提炼出来的纯粹虚构的精华。我感觉,门口的这个女人,便是这混浊长河中凝固的瞬间真实。这一幕很完美。我不在乎个体的人性。我不想闻他们的口臭。

1942 年 1 月 20 日

金斯利惹恼了我。今天看见她了 & 她后来打电话来,只是想告诉我我看起来有多伤心。那又怎么样?她长得太不好看了!她为什么不减肥呢? + 罗莎琳德不知道昨天是我的生日——也没指望她会知道,但她要是知道就太好了。也许她根本不在乎。

1942/1/20

我喜欢恋爱的感觉。它使我脚踏大地,又使我在云端畅游。我觉得自己像棵树,双脚扎根地下,双臂伸展至天际,浑身绽放着蓓蕾。

1942 年 1 月 21 日

像 18 世纪的人一样早早起床。9 点到了学校。考试很顺利,我想我考得很好,如果赶上桑伯里心情好的话。我本来应该很累的,但一想到要和罗莎琳德共进午餐,我就兴高采烈。整场考试都在想着这事,考完了向所有人微笑,才离开考场。+ 罗莎琳德的宿醉都已经成了一种习惯。给她看了我的海军部考卷。她笑话我的回答。非常有趣。"没有一天缺课。""生理缺陷:无。"你为什么不写上"我非常漂亮"? + 然后她突然说,贝蒂这个周末会出去 & 她会很空闲——我的天老爷!太幸福了!

1942 年 1 月 22 日

读了威拉·凯瑟的《不满四十》和 [弗兰兹·] 鲍亚士的《原始人的思维》 & 拿破仑写给玛丽·露易丝的信。+ 明天开始写一个令我兴奋的故事。+ 用水彩画了 [雷诺阿的]《出浴》。可以画得更好些,但已经挺符合我的要求了。对于未来,我感觉好极了——非常自信和快乐。至于 R.,我就不知道了。很多事情都是可能的。我想她不会解除和贝蒂的契约。我可能会嫁给恩斯特。我最喜欢他了。这纯粹是一个理性的决定。我不想再醒来。我曾醒来过，我已瞥见了［性世界（无论是否完全探索过）］珍珠般的大门。

1942/1/22

我只有在背景声中才能思考，人声构成的音乐、演讲；我只有在无意识的情况下才能创造性地思考，思绪中断时才意识到自己的思绪是连贯的；我对烟和酒非常上瘾；对任何情感都很害羞，情感的表露会让我不安烦乱；写些滑稽的（相当不错的）打油诗、画画素描、写写书，拿自己潜在的天赋寻开心，专门写漫画、纯粹的奇幻作品；对人很挑剔，但朋友圈却像北回归线那么广；主要以柑橘类水果为生；除了听巴赫和亨德尔的音乐，很少走进教堂的门；喜欢18世纪的文学与音乐；涉猎水彩，也尝试过雕塑；胸怀大志，相信自己有能力做大事。越来越容易地坠入爱河，而且"无可救药"。最孤独的时候反而更快乐。

1942 年 1 月 25 日

母亲肯定会搬家的。她谈起了这件事。我一边走，一边愉快地回想着我那个当主管的女孩的短篇[1]。那故事听起来真有可能发生，合乎逻辑，"真实"，就像科夫斯说的那样。重要的是把它写出来。我必须写作。表达出来对我很重要。+ 和母亲一起听了巴赫的《B 小调弥撒曲》。"上主垂怜"是最动人的部分。除了几行外，除了我闭上眼睛的地方，其余的对我来说都很冰冷。巴赫是丰富的。+ 母亲 & 我喝了杯啤酒。我谈到了婚姻，这么做是明智的行为，也是大家关心的问题。母亲说，音乐响起的时候，她想起了外公，就像他在身边一样。

1942/1/28

我相信灵感，来自奇妙幻境的疯狂的、不可理喻的灵感。我一定要有创意，它从潜意识里跳出水面，就像一条闪闪发光的欢腾的鱼瞬间跃出海面。我一定要记住那一瞬间；记录和展开也许是后期的乏味的工作——这是我唯一愿意认可的工作。我的角色都是凭空想象出来的，因为我很少能够借助认识的人物进行创作。像许多年轻人一样，我有强烈的对邪恶的偏好。但不是藏在面具后面的恶，也不是那种口口相传的普遍的恶。我恨复杂的关系，真的让我很心烦，就作家而言（这种恨）是因为人类之间

---

[1] 这个故事的指代不详。

的关系永远是复杂的。只要我沾染上了真实的人际纠葛，或者仅仅是看到别人之间的纠葛，我就会烦躁不安。听到那样的情况发生时，我又会轻易地忘掉。想要变成一个不依赖直觉行事的人，我必须多跟人接触，各种各样的人，不值得交往的人，无足轻重的人。有时我的朋友觉得很难理解。

1942年1月30日

我的笔记本在这样的刺激下快速增厚。我在这里不断写着心里的废话。我想告诉罗莎琳德关于我自己的一切——不是为了讨好她——而是因为她睿智，同时又年轻 & 有和我一样的理解力。罗莎琳德有着"向上情结"——积极、健康、乐观的情结。她说"亲爱的"这个词，比她说任何词都要动听，可我最近都没听到。而且她说"好的"比世界上任何人都悦耳。

1942年2月1日

愉快的一天，但一点也不令人兴奋。在家里连续待好几个晚上和连续外出一样糟糕。母亲说［斯坦利］对她的爱是完全没有灵感的——他故意扼杀了她所有的创造力。这话部分是真的，部分是托词——但不管怎么说，这正是我两年前和四年前在他们分手时说的。我希望这件事能很快有个结果，为了母亲，即便要我改变住公寓的宝贵计划也行。

1942年2月3日

金斯利电话里带来一个好消息：她去过韦克菲尔德［画廊］，［贝蒂·］帕森斯让她填写登记表，问是谁派她来的，她说："哦，是帕特！是的，罗莎琳德总是把她挂在嘴边！夸她要多聪明有多聪明。事实上，我已经听腻了她的事，等等。"——（毫无疑问，贝蒂很清楚这段对话会准确地传达给我。）金斯利这样介绍："我有可靠的证据，罗莎琳德·康斯特布尔是你的奴隶！"

1942/2/5

只要人们允许我像陈年美酒一样，渐变醇厚，他们就会相信岁月的作用。可他们把手指伸进了瓶底。我被沉淀物弄得浑浊不清，最好别来打扰我。

1942年2月6日

和豪瑟共进晚餐，我们随随便便地做饭，从准备食材做起。酒酣耳热。但没有火花——没有激动，没有美感——没有想象，没有狂喜的当下，现在举起一杯酒或一支烟，就像我和罗莎琳德在一起时的感觉，太完美了！我只是坐在那里，想着接下来该说什么，边埋头痛饮，边琢磨用哪个人的个人高见。他什么都很好。我懂他，也真的很喜欢他——但他对我来说普通得就像浴垫一样。

1942年2月9日

金斯利 & 我拜访了罗莎琳德，给她带了葡萄干 & 拿走我的书，但她 & 娜塔莎在49街的诺曼底火场[1]。我们走了过去。没有看到他们。这艘船烧毁了。破坏者。给了我创作一个关于战争的独幕剧的灵感。《破坏者》——很可能会写出来吧。愉快的夜晚，又活过来了。

1942/2/9

如果我现在是一个男孩，在军队里，我就会写战争故事，新背景下的故事——这种写作要求的权威性是我无法纯粹通过想象力获得的。因此，男人们被强行送到异国他乡，他们应对新环境的能力还不如女人。妇女被留在家里，观察这源远流长的人类关系，一方面，她们了解这种关系，而且因为曾大力促成这种关系，所以她们的理解不够审慎，另一方面，她们也不如男人处理微妙问题时那么游刃有余。

1942/2/9

我亲爱的，亲爱的。亲爱的——不，我不会和你一起去滑雪，脸上也不会挂着极度快乐的微笑——因为我他妈的太冷了！不过亲爱的，如果你让我在这种严寒的天气里游过哈德逊河，那我会答应的。当然这只是一时兴起：如果你确定这只是一时兴起的话。

1942年2月10日

[和罗莎琳德]一起午餐并不开心，因为1）我打扮得特别花哨，她和我感觉都不舒服；2）她有工作要做 & 不能多喝酒；3）我们俩都感冒了；4）反正我最近也见过她。她问我工作 & 写作的事：我说我可以二者兼顾，而且也需要同时做这两件事。

---

[1] 诺曼底油轮是二战期间被美国扣押的一艘法国豪华油轮，在纽约的一个码头被改造为军舰时着火并倾覆。尽管有人怀疑是蓄意破坏，但从未得到证实。当局最后认定是工人的疏忽大意造成的。

她说，从来没有人工作时写作。那就等着瞧吧。和巴菲去了［费尔南德·］莱热[1]的疯人院鸡尾酒会。休斯先到了——和她聊起来。她读了我的故事&很喜欢（《银色之角》），又遇见了斯图尔特·钱尼[2]和［亚瑟·］库斯勒[3]（非常好）。［巴菲］送我一朵情人节玫瑰。现在我又觉得自己社交太多了。我现在想一个人待着。有很多东西要读要做。这种社交是必要的，就像在胳膊上打一针毒品，针扎进去时有点疼，但能让我坚持得更久。

1942/2/11

莫扎特协奏曲！十六岁时，在万班克街的我自己的房间里，门关着。钢琴独自歌唱，我放下书本，闭上眼睛。缓慢的第二乐章中有一个乐句，用轻柔的指尖触碰着我，像一个吻——我之前没有注意到双音符，三度音跃动的音节，这是一个启示——就像一个吻也是一个启示一样，吻的人是从前认识的，但他的吻是新的未知。十六岁时，我躺在床上，问自己，世界上是否还有比这首莫扎特协奏曲更美妙、更完美的曲子吗？答案是没有，肯定没有——只是某人或许会成为一首协奏曲。

1942/2/14

今晚，坐着和R.说话时，我有一种强烈的感觉，觉得自己像一个玻璃球，或苍蝇的眼睛，是多面的。一面是真正的自己，让光透进来，没有折射。其他面会折射，产生假象。我必须把它们都试过，才能找到正确的那一面。我还没有找到真实的一面，找到了才能源源不断地释放我的能量。我明白正确的一面就在我心里。当人们和我交谈时，当他们因为某种原因把我区别对待、说我前途一片光明时，他们看到的正是我的这一面。我会赫赫有名。我将前途无量。他们对此都很肯定。有时比我还坚信不疑，当然那是不可能的。总有一天我会找到那一面。这也没那么难，不会永远找不到的。

1942年2月17日

我认真地思考写作。我已经写了那么多美丽、新颖的片段。问题是怎样让它们围

---

[1] 费尔南德. 莱热（1885－1955），法国画家，是最早的立体主义运动领袖之一。
[2] 斯图尔特·钱尼（1910－1969），美国舞台和布景设计师。
[3] 亚瑟·库斯勒（1905－1983），生于匈牙利，英国作家、记者、政治活动家，在奥地利接受教育。1931年加入德国共产党，1938年辞职，1940年创作了小说《正午的黑暗》，该书使他蜚声国际文坛。

绕着一个主题。正如斯特蒂文特多年前所说，只要有东西可写，我就能写出来。母亲担心商业艺术会彻底消失。有道理——除了战争商品外，所有的艺术作品都变得可有可无。

1942 年 2 月 18 日

金斯利一开始说她觉得（我昨天给她带来的）笔记太棒了。[然后]说对这本书缺乏独创性感到失望。（她到底想要什么？）伟大的云朵已经永远远离我了。啧啧！啧啧！这样对我们俩都好。我们听说在 57 街还有个地方，有 4½ 房间，明天去看看。斯坦利被房租吓坏了！说我们的收入明年征税会很高。妈妈还是想要一个大一点的客厅，而我想要一个体面的房子。永远不要低估一个女人的力量。

1942 年 2 月 19 日

看到了我们未来的公寓：东 57 街 345 号。今天和妈妈一起去的。唯一的缺点是视野不好：后面的院子太多了，一眼望不到边。不坏。壁炉也不是真的，但这社区！还有这房子！最后一个下午的密码课。莱瑟姆反对，认为这是浪费时间。我确实认为报酬太少，不公平。爱国动机是另外一回事。但我可没那个时间。我还得为尚未开始的事情做准备呢！

1942 年 2 月 21 日

罗杰·F 来了。给我带来了栀子花。我们喝了马提尼酒 & 在"杂货店"吃了晚饭。他让我觉得无聊。他说我太以自我为中心了，不会爱上别人的。不过，我告诉他，我更讨厌他话里的双重标准，还有对性的高估。好像他对真正的帕特多了解似的！

1942 年 2 月 22 日

写剧本。进展缓慢。但我咬紧牙关，继续推进。金斯利来了 & 我们做了点杂志的工作。她让我紧张。而且看到光裸的打印件总是让我不快，里面还有我自己的小说！就像霍桑说的，光裸着站在市场上[1]。如果我现在要写一部小说，选择我最深切的感受的话，那会是，人类可以用自己的爱创造一个天堂，前提是他们知道方法——

---

[1] 霍桑天性内向，几乎到了病态的地步。但帕特引用的这句话其实出自亨利·詹姆斯对乔治·桑的评价，她把自己和缪塞的恋情写到了作品里。

如果他们只需知道自己拥有什么。但这个主题当然也来自我的过去——还有现在。我不介意先写个女同性恋小说。只是没有必要。写其他主题也不错。这是没办法的。希望可以很快创作出伟大的作品。我的情感和精神都很富足，有足够的广度、成长和力量。我应该写奉献的主题，这会是我写过的最不悲观、最理想主义的作品。

1942/2/23

利维坦！我想这样为我的第一本书命名。它应该有长度、深度和高度。还要厚重而丰富，像美国一样。我可不要那种在卧室里腻歪24小时的浅薄东西。我的阐述要简洁扼要。阅读可慢可快，写作可快可慢，因为小说不需要统一节奏。

1942/2/23

不真诚：从逻辑上讲，艺术家是最不真诚的人。他们创作什么自己就会暂时成为什么。杀人犯、诗人、花花公子、叛徒、探险家、孩子、学者。他们可以成为所有人，却没有一个真实的身份。他们是自己的画布，是创作的所有作品的翻版，不在工作时，他们就是粗布上的一个污点，这不是他们的错。

1942/3/2

我的第一个短篇是《犯罪开始了》[1]。我偏爱犯罪故事，悬疑也写得很好。恐怖的，残忍的，变态的，都让我着迷。

1942年3月3日

日本人在爪哇大获全胜，并拿下了缅甸仰光。午餐时就不太好，非常不好。当我的头发不对劲又穿着深色的衣服时，我就会感到沮丧。罗莎琳德身着灰色法兰绒细条纹米色衬衫，配珍珠项链，看上去美极了——金发女郎的绝配。我们在金角餐厅[2]吃饭。罗莎琳德突然大笑起来，说："我要一杯马提尼酒，可是喝了它我就完蛋了！"她说："我的情报人员告诉我，你给《时尚》写的文章相当不错。"但他们已经找到了一个理想的姑娘。我觉得自己没有任何进步。但罗莎琳德总是说"你就是个职业女性"，或者"你会和我们一样的"。

---

[1] 这个短篇没有留存下来。
[2] 位于时代广场附近的百老汇，是当时曼哈顿最优雅的美式餐厅，吸引了大量戏剧界和体育界名流。

1942 年 3 月 7 日

美好的一天——虽然还不完美，要是完全掌握在我的手中，它就该是完美的。我哪里出错了？早上开始写独幕剧《破坏者》时有点气馁——倒也不错，但我确实觉得我应该做得更好。可是有些东西我只能暂时先放一放。悬而未决时，我没法深度思考。写完后，我还有心情修改。女式套装越来越司空见惯了。我觉得没必要打领带。

1942 年 3 月 9 日

报名飞机侦察课。一个温和的年轻老师。很重要也很有趣。

1942 年 3 月 12 日

妈妈现在的收入不如斯坦利多。奇怪的是两人都不成功——也算不上失败。有一点——我决不会把工作和婚姻 & 孩子混在一起。只能选一个，不能两个都要——除非我很有钱，否则孩子 & 房子都得弄丢。在第五大道剧场遇见了伯杰。[法]《罪与罚》[1] 和《卡拉马佐夫兄弟》。第一个太棒了！哈利·鲍尔。每一幕都是杰作！像这样的小说是真正的艺术。死亡——小说中的刺杀让我着迷。[法]

1942 年 3 月 14 日

我们回家时，伯杰送花来了。6 点在这里喝酒。他直言不讳，言语动人，和家里人相处的方式格外成熟老练——畅所欲言 & 毫不作伪。不幸的是，他越来越喜欢我了。在皇家咖啡馆吃饭，然后又去看了《皇冠咖啡馆》[2]。相当不错。他想教我希伯来字母，因为我很感兴趣。他 12 点回家，恋恋不舍地走了。不错的小伙子。在《季刊》担任一份有趣的工作，周五我还读来着。我不知道要不要给罗莎琳德看。伯杰说我的作品中缺乏爱情故事。当然，目前什么故事都没写完。

1942 年 3 月 17 日

和罗莎琳德共进午餐。一位海军先生来拜访她，谈谈我的"工作申请"，特别是问了美联会的事。罗莎琳德充分发挥了她英国人的天分，回答得既诚实又谨慎。她很

---

[1]《罪与罚》，1935 年法国电影，根据陀思妥耶夫斯基的同名小说改编，由皮埃尔·切纳尔执导，由皮埃尔·布兰查尔（饰演拉斯柯尔尼科夫）、哈利·鲍尔和玛德琳·奥泽雷主演。

[2] 美国剧作家海曼·所罗门·克拉夫特的喜剧作品，首演于 1942 年 1 月 23 日。

高兴来参加希腊运动会[1]——实际上，贝蒂也很高兴，还有另外一位西西里亚诺夫人，她的名字取自希腊传说中的一个地名。至少得弄到四张票！罗莎琳德给我一本朱娜·巴恩斯的《夜木》，我要留到复活节假期的某个珍贵日子再看。

读了［威廉·］蒙塔古的《十字路口的民主》。文笔比他的口才要好。开始读［爱德华·］吉本的《［罗马帝国］衰亡史》。绝妙好书！又一本堪比［詹姆斯·］博斯韦尔的［《塞缪尔·约翰逊传》］伟大作品，我带着克制 & 谨慎的热情拜读着——算得上是一种狂喜。

1942/3/18

本世纪最显著的特点是个人的渺小，我们大家都意识到个人的渺小，没有了对伟大、高贵和命运的应有的梦想。

1942 年 3 月 19 日

麦克阿瑟[2]到了澳大利亚，乘汽艇，然后坐飞机。美国人行动迅速。我真想去看看！罗莎琳德 & 贝蒂对让诺最近的来信津津乐道。长达 8 页的信，都在讲大奖赛[3]和漫画的事。罗莎琳德说《生活》［杂志］可能会用到它，但我认为这是德国的宣传。我必须多睡一会儿。我一直都死气沉沉。对什么事都不感兴趣。就让它成为我前进的动力吧。

1942 年 3 月 21 日

如今是二十一岁的人了，我当然会感到一种巨大的责任，要把创造性的工作做出些成绩来。不成熟不再是不完美的理由。杰克·伯杰今晚要来，母亲一整天都在焦虑不安。真希望我没有请他来吃晚饭，但我更希望母亲能更从容一些。她说，她有一种受虐情结，要承受沉重的负担，结果使她无法从事艺术工作。我读了一会儿书，吃晚饭时她就紧张起来了。她对我们今晚讨论的黑人问题没什么明确的观点 & 毫无原则，还很情绪化。她拒绝思考或辩论。伯杰说他爱上了我。我相当同情他。我们到处追着别人跑，却永远也追不到，不是吗？他用了 15 分钟看完我的剧本，阅读时间正正好好。他非常喜欢，喜欢里边的对话、想法。鬼魂。这比全班同学的赞扬都重要！

---

1 希腊运动会，在巴纳德的赛事。1942 年，希腊第四十届运动会在其体育馆举行。
2 道格拉斯·麦克阿瑟（1880－1964），美国军事家、政治家。
3 可能是在巴黎万塞讷跑马场举办的驾车赛马，每年 1 月的最后一个星期日举行。

1942年3月23日

就在这一刻,我发现了写日记的必要性。这是唯一我还活在今天的时间,虽然只有几分钟。它让我得以安静片刻,还澄清了那些在脑中纷乱的思绪。

1942年3月24日

9:30 又开始工作 & 罗莎琳德打电话来。她问我星期四晚上要不要来,我都在做什么?然后她突然冒出一句:"你愿意来时代公司做女职员吗?"我说好啊。原来娜塔莎把我推荐给了人事部,可能会有人来面试我。她能推荐我真是太好了。妈妈说这是想都不敢想的。薪水不算太高。罗莎琳德说,她们的女职员都不会留太久。男孩们都被征兵走了,现在他们招到的高中傻女生什么也不会干。

1942/3/25

也许女性成为总统最严重的障碍就是她的着装。试想一下,要取悦全国形形色色、各行各业人等!

1942年3月26日

罗莎琳德相当冷酷。告诉我不该做什么——即,不要请朋友上楼,不要打电话聊天——就等于是在告诉我不要在大厅举办鸡尾酒会!她一定认为我不检点!她说她和娜塔莎都认为我是个祸害!

1942年3月28日

上午读了[亨利·詹姆斯的]《使节》。非常高兴。想要工作——想要书写——以某种方式表达我对 R. 那种激动、曼妙却不现实的爱。

1942/3/28

酗酒和时间的问题。(后人永远无法得知——都在酩酊大醉里忘得一干二净了。)

1942年3月29日

天气晴朗。我仍然是新蚌壳里的一颗老珍珠。这所房子一定是装修过,我现在可以在这里写作了。今晚我感觉好多了——也许就这会儿——比以往任何时候都要好。妈妈刚才很痛苦。我很惊讶(窃喜)地看到斯坦利大力支持我。他说母亲"夸大其词"——说我不是不可救药。妈妈当然说我没有人性,说我把她当条狗一样对待,我在家里什么也不做——这些话都是因为（a）妒忌（b）自卑 （c）没有性生活，导致她整晚在电梯里物色可以勾搭的家伙。在教堂遇见了［佛洛伦斯·］帕尔玛，一起听《马太受难曲》。这音乐对我产生了奇效。它使我内心平静，让我独立地思考眼前的问题——然而也让我想到了自己，一边流了几滴神圣的眼泪，一边却思想溜号到了最肮脏的角落。这就是人类的思想，无力掌控前进的方向。

1942 年 3 月 30 日

妈妈越来越难相处了。如果战争继续下去，广告业肯定会败下阵来。正如伯杰昨晚所说，许多男人都说战争会持续 5 到 10 年，学校课程是不会缩短的。在我看来，除非你能登顶并一直保持高度，否则艺术行业是回报最低的一个。战争至少带来了暂时的高薪，所以为什么不好好利用呢？我见到几个月以来斯坦利彻底改变了创作内容，人也变得更快乐了。

1942 年 3 月 31 日

伯杰打来电话，我已经忘了周五和玛丽·沙利文的约会。他有票。改换一下对他有好处。

1942/3/31

没在恋爱时读情书是一种羞辱。就像是隔靴搔痒。

1942 年 4 月 1 日

不知道我明天是否要出去？我不能放松，该死。我需要一段美好的恋情。我只是在保持自己完美的身材——为了什么？为了谁？

1942 年 4 月 2 日

微小的进步。写故事，之后和罗莎琳德一起吃午饭——我们喝了一杯半马提尼酒，她允许我多喝，我估计是因为我把家里的悲惨情况告诉了她。她很想见见我母亲。晚上与豪瑟在一起。他非常热情好客。我们在皮特酒馆[1]喝了马提尼酒，吃了饭。他仍然想要结婚，想要见见罗莎琳德，想要写一部出色的非虚构作品，然后先去中国。今天感

---

1 据说是纽约最古老的酒馆，位于东 18 街 129 号。欧·亨利曾在短篇小说《遗失的配方》中提到这个地方。

觉像个成年人——就像一个更有适应能力的人——对写作有益吗？也不总是。

1942 年 4 月 3 日

伍尔西·泰勒[1] 1 点的时候在这里。悲哀的是，他一整天无事可做。他可真是个让人无法忍受的废话专家！他十分紧张又多愁善感。离别时他吻了我。这是我能给他的最起码的补偿，回报他的烤牛排午餐。步行到 36 街去献血。那地方好过头了。但我差点昏过去。我现在感到孤独。对我的进步和生活中唯一的快乐毫无信心。唯一能给我慰藉的就是躲在罗莎琳德的怀里。

1942/4/3

世界需要注入一剂天真。试着找份工作，你会发现这一点。动脉很硬，人们自以为清楚地知道自己想要什么。别的办法都不行。即使是逃避现实者、侦探小说读者和电影迷，也制定了高得让希腊美学家无地自容的标准。变动是不行的。框架必须定在那里，人们就在框架内不惜一切代价地求新求异。人们寻来帮助自己逃避无聊的事物，很容易又被世人厌倦了，因为那种看似吸引人的新奇感很快就被发现存在于旧框架中，没有旧框架，这种新奇感根本就不会走进伟大的存在之中：消费性的、雇佣关系的、逃避现实的公众。

1942 年 4 月 4 日

将为《季刊》的下一期写一篇同性恋的文章。写他们精彩的怪异。2:10 打电话给罗莎琳德。叫我亲爱的——我差点把电话扔掉。

1942 年 4 月 7 日

很棒的一天。朱迪［·图维姆］& 我玩得很开心。她说了我越长越漂亮之类的话，说我在过去几个月里增加了很多魅力。我知道其中一个原因。她非常想见罗莎琳德。

1942 年 4 月 8 日

我的剧本（《破坏者》）。观众真的是报以阵阵掌声。我就是这种人：把我和几十

---

[1] 伍尔西·泰勒（1890 — 1954），作家、编辑。是一名公开的反犹主义者、白人至上主义者。

个同学的书（或小说）放在一起，巴纳德的校友们还是会选择先读我的。不管是不是真有这样的品质，我都应该好好享受这个特权。

1942年4月9日

罗莎琳德同意我和母亲 & 斯坦利上午辩论《秋千架上的大胆青年》[1]时的观点。他们当然觉得他不尝试写作以外的其他工作，就算不上是一个明智的年轻人。晚上，争论继续升级，演变成了斯坦利对我的缺点的喋喋不休。他说我只选择恭维我的朋友。说我的行为太夸张，总是像个傻瓜。这是老生常谈了。我也能列出他的毛病，以及他犯下的错误和不作为。他们在我面前很自卑。比利邀请我星期六下午5点到8点去参加一个鸡尾酒派对。伯杰先生再见！

1942/4/10

清醒时聪明的头脑在你喝醉时会更管用。

1942年4月11日

1点伯杰来了。和他在一起我感到不自在。说实话，除了罗莎琳德——或者海伦，我和任何人在一起都不舒服，还隐隐有些恼火。我还没有完全适应——纯粹社交。即使是和朱迪、弗吉尼亚、巴布斯或者［马乔里·］沃尔夫在一起，我竟也感到这种烦恼。给海伦写了一封信，那两杯半马提尼的酒劲还没完。告诉她我已经和金斯利分手了，我还像十八岁那年一样爱着她。我感到心烦意乱。（伯杰说我就像盟军一样——战线拖得太长，兵力部署不足。）

1942年4月12日

［露丝·］伯恩哈德在12:30打来电话 & 我们在桥上散步 & 去了福利岛[2]。她挺好。但是我们的（甚至包括我！）谈话没有什么实质性内容。科雷吉多尔岛[3]的战事每

---

1 可能是指威廉·萨洛扬的小说《秋千架上的大胆青年》，写的是一个濒临饿死的年轻作家的故事。
2 旧称布莱克维尔岛，1921年更名为福利岛后，成为关押重罪犯人的州监狱。监狱在1936年迁移到附近的里克斯岛，福利岛自1939年起改为一家慢性病护理医院。
3 科雷吉多尔岛是一个历史悠久的设防岛屿，位于马尼拉湾的入口处。第二次世界大战期间，日本炮击该岛达5个月之久，最终迫使1万名美国和菲律宾士兵在1942年5月投降。科雷吉多尔在1945年被美军重新占领。

况愈下。而且我烟抽得太多，生活总的来说很混乱。

1942 年 4 月 13 日

给罗莎琳德 & 我买了星期四的芭蕾票。她能去，我真是欣喜若狂！她在星期四 7 点差一刻来的，来见见我父母，喝一杯。和伯恩哈德共度了多姿多彩的夜晚。M. & S.[1] 围着她打转。她穿着一套棕色的同性恋衣服。我和杰瓦也一样。否则也没什么意思了。伯恩哈德展示了一些新作品，S. 因为和她同处一室而激动得说不出话来。

1942 年 4 月 14 日

很好的一天。我想——我在想——如果有谁可以排在 R. 之前，那应该是伯恩哈德。我欣赏她，我也欣赏自己对她的欣赏。

1942 年 4 月 15 日

近几天以来，我的脚折磨死我了，我觉得它使我不能思考，不然我会是一个完美的身体样本。啊，快乐的明天！

1942 年 4 月 16 日

罗莎琳德 7:10 到的。我父母表现得很糟糕，我也好不到哪儿去。他们谈起芭蕾舞时小心翼翼的样子，就像初次见面连声音都练习过一样。M. & S. 很快就离开了我们。罗莎琳德却说他们太友好了。我们离开的时候，我差点吻了她，但没真吻上——当时我们站在客厅里准备穿上外套。打车去的。《魔法天鹅》真差，肖斯塔科维奇的编舞也好不到哪儿去。幕间休息时，我们喝了拿破仑酒，（徒劳地）想回敬一个无礼的侍者，但毫无效果。罗莎琳德一句话就在我心头投下一片阴霾："贝蒂 & 我要去我爸爸的庄园住上几周。"她家从大门到房子就有 5 英里远，豪奢。这让我越发为钱疯狂。我发现寒酸的生活是如此面目可憎，连艺术上的满足都没有，我必须要改善我的处境。

1942 年 4 月 17 日

糟糕——为聚会买酒太糟糕了。买了各种各样的东西，接听电话 & 读书消磨时光——第一次世界大战的策略（非常有趣）——直到 9:10 巴布斯来了。事实上，所有

---

1 指母亲（mother）和斯坦利（Stanley）。

的客人都来了——多数是出于好奇，而不是冲我来的。巴布斯悄悄地告诉我，我的名字上了美国大学优等生荣誉学会[1]名单。弗吉尼亚看起来棒极了！我确实为她感到骄傲。清新如雏菊。事实上，今天是她的生日。酒喝得像流水 & 吃的也消耗得很快。Va. & 我窝在客厅里。我懒得顾及罗莎琳德。我要是不在别处找点健康的乐子，她那种阅人无数的主儿会怪我的。艾迪 & 朱迪邀请我下周末去他们乡下的住处。我很想去，不过估计会身无分文，还忙忙碌碌。

1942 年 4 月 18 日

晴朗的一天。早上匆忙赶完了 10 页的英语文学课论文。和妈妈一起去马蒂斯画廊看马塔[2]的画展。母亲整个上午都很暴躁——上帝呀！一个基督教科学派的人要是暴躁起来，那得是什么样啊？她诠释了什么叫失败。悲观和怀疑会挡住爱的道路。马塔的作品很有趣，画得非常用心，色彩艳丽。

1942 年 4 月 19 日

虽然我没做什么工作，但这一天很刺激。伯恩哈德很高兴我打电话给她 & 我们郑重其事地穿上毛衣，去了酒馆 & 吃早餐。贝伦尼斯·阿博特也在那里，但我们没搭话。一个过于心急的年轻人对 B. 说着奉承话。她很不在乎自己的名声。例如，有一次，爱克发[3]被她请求的卑贱工作给吓到了，信里写道，能否想一个她能做的活儿。和沃尔特·马洛度过了美好的夜晚。他对我有好处，就像抽动一根绳子转动起来的舷外发动机一样。我们有很多话要谈。马洛对我的评价：我把我的父母当成人而不是父母对待，可他们不喜欢这样。说他们（妈妈）嫉妒我——因为竞争不过。

---

1 成立于 1776 年，是美国最古老、最有声誉的大学学术精英组织，对在文科和科学方面学术优秀的大学本科生给予荣誉认证。
2 智利画家和建筑师罗伯特·塞巴斯蒂安·安东尼奥·马塔（1911－2002），1933 年在巴黎在柯布西耶手下工作，后来在马德里与萨尔瓦多·达利合作，达利鼓励他向安德烈·布莱顿展示自己的作品，1937 年，达利和布莱顿称马塔为超现实主义画家。1938 年，马塔移民到纽约市，在那里他创作了他最著名的绘画作品，并入了"构成要素"系列。马蒂斯画廊位于东 57 街 41 号，由艺术品商人皮埃尔·马蒂斯创立，一直经营到 1989 年他去世。
3 几十年来，爱克发一直是欧洲主要的照相胶卷和设备制造商之一，仅次于柯达和富士。

1942年4月20日

莱瑟姆在会议上说，我应该着重推销我的《破坏者》&她会努力去卖掉它。今天尤其心不在焉。都快要生病了！丢了口红&钥匙。母亲&我争论不休。我们面对彼此，心中的不同意见早已根深蒂固。现在家里的情况太糟了，我感到心烦意乱——我必须承认。但事实是我俩中间有一个疯了，而疯的不是我。

1942年4月21日

我真希望能有些钱好办事。我已经很久没有新衣服穿了，等我有新衣服穿的时候，我得提醒朋友们好好看看。

1942年4月22日

我很想见见罗莎琳德，只是我最近工作太累，人都不漂亮了。现在不适合创造性的发挥。我指的是考试，不是战争。

1942/4/22

我知道我永远不会书写——从未彻底了解——宽广、深沉的母爱、大地之爱和亲情的纽带。但我却深深地知道爱恋、嫉妒、等待、观望、计划的孤独的喜悦，得到回报时的意乱神迷和惊喜欲狂，独自享受在泥路上穿着好鞋、清晨有干净的袜子、晚上有干净的床单，喉咙干哑时喝下的水如水银流过，从遥远的西部、从海上来到纽约时的喜悦，或者就从北部来，那里桥上的灯火连成一串，在河中闪耀，像一串钻石项链点缀着海岸，高压线塔上的灯光随心所欲地舞动着，像一个浪费的孩子手里拿着软管，时不时地逮住一架飞机，又把它放了，如同小狗扑球；车流都急于进入城市，每个人都只想着自己，进入纽约！车里的收音机播放着好听的乐曲，周围还有年轻的声音——回家！怎样的一个家啊！

1942年4月23日

我为十二月那五天美好的时光而叹息。我给了海伦两个月，她给了我五天——但至少我们都知道，就像生活在浪尖上，不可避免会被拍碎在沙滩上，我们拒绝去想未来。

1942年4月24日

［朱蒂丝·］佩奇写了一首好诗——我们会采用——最近的作品。立意新颖，充

满力量。真希望我也能写出来。4:30 伯恩哈德来了。打车到了皮特家。我认为在偷情这事上她会毫不犹豫的。我们讨论过这个问题，我们都是敏感聪明的人——应该知道这不是一夜情，也不是真爱。去魏德曼[1]演播室看了一场精彩的演奏会。打击乐最棒！看到尼娜了，倒霉。后来找了一个聚会。在弗恩家（西13街228号）。她人很好，只是缺少了——他们所有人都缺少——某种思想的火花，某种自制力和思考。我是大获成功了，因为在这个世界上我只有一件东西可卖：我自己，当我想卖的时候。

1942/4/24

即使是最无聊的人也能给我激励。娱乐他们就像弹钢琴时心里知道肯定没有人在听一样。你可以活得更自由些，尝试更大胆的事情，并且往往会成功。

1942 年 4 月 27 日

在美国大学优等生荣誉学会的典礼上，尼克尔森做了关于"贵族的义务"的精彩演讲。巴布斯没去成。虽然她也在名单上，但我觉得她是学校里知识分子中的贵族：他们有时候选得不对。我们都有 D 的分数。

1942 年 4 月 29 日

很累。昨晚失眠——可能是因为跟斯坦利一起探讨我的论文 & 很开心。母亲花了两个晚上读给他听，用她那死气沉沉 & 催人入眠的声调。他认为这是我写得最好的东西。从学术批评的角度来说，是的。真希望罗莎琳德能读到。妈妈从来没有异议。她打了个呵欠，把它放下，上床睡觉去了。她一贯对任何与人无关的事情都毫无兴趣（很有女人味），而且精力非常不济。我星期五要见罗莎琳德。已经十五天没见面了。我有很多话要对她说。那天，我要把一切都做得优雅至极！写了一首有趣的小诗，关于她将来不得不做出的选择。时间快到了：她想要的是钱，是容貌，还是真心。画素描。读了莎士比亚。我满怀爱意地想着美国大学优等生荣誉学会。如果世界上有正义的话，我本该入选的。如果真有什么通识考试的话，我一定比他们都强。海伦给我一张便条，问我能不能和金斯利谈谈，因为她担心她。我说："亲爱的——我每天和她谈两回。"海伦把便条握在手里很久 & "亲爱的"这个词一直萦绕在我们两人的脑海中。我忘不了她。我也不想忘了她。她是散落人间的天堂一隅。想打电话

---

1 查尔斯·魏德曼（1901－1975），美国现代舞的先驱之一。

给皮特&约她星期五11点见面。

1942 年 4 月 30 日

可爱的一天。[时代公司的]弗雷泽女士寄来一封信，用了 190 个字表达"拒绝"。和罗莎琳德共进午餐，她让我满怀期待地等了一个小时&然后带着娜塔莎来了。

今天和巴布斯说话来着。我把头发梳起来&扎了发带，穿着白衬衫，灰色法兰绒上衣&红色灯芯绒裤子。皮特转过身&说："你昨晚给我打电话了吗？"我说："是的，是的。"她很友好&我敢说，接到我的电话她乐坏了。嗯，我也很高兴。能再次谈起来真是太好了。

1942/5/1

在纽约，过马路是为数不多的需要分两次做的事情之一。等待道路清空是没有用的。准确地讲，最安全的做法是，你一看到中线的白边就开始冲，前提是你到了跟前能刹住车。站在这三英寸宽的安全线之内，你一定会被压掉两个大脚趾或蹭掉一片屁股。因此，据说有人能挨过两辆有轨电车而没死，但这不建议每个人都尝试。当你看到两辆电车驶近时，跳上最近那辆的车前排障板。纽约人在过马路中线时是不相信法律的。即使只过了一半的路，那也是完成了一半。加入到白线上前后左右摇摆的行人行列中，看着他们亲切的微笑，随时准备下一段冲刺，那真是刺激啊。

1942 年 5 月 2 日

仿照舍伍德·安德森写了 4 页的意识流故事，用手写下来的，讲的是一个喝醉酒的年轻人在派对上被人亲吻，这会让所有人都勃起的。除了极大的信心&幸福之外，没有什么可汇报的了，这很奇怪，因为：

a）穷得叮当响&三个星期后是罗莎琳德的生日

b）没去成《时代》杂志

c）没入选 $\phi\beta\kappa$[1]

d）最近没见巴菲&应该去见见，就算为了重新获得社会地位也得去。

为了正常工作，我需要兴奋剂（酒精、尼古丁或新衣服）。我的年龄或性格？我

---

[1] 即前文提到的美国大学生荣誉学会。

才不在乎。一般来说，我不认为我有酗酒的毛病。大多数人要是喝酒，经常就会做过头。我从不宿醉。没有宿醉的生活更有乐趣。妈妈说贝伦尼斯·阿博特长得像个"女同"（她最喜欢的词），所以我告诉她昨晚聚会上还有男人。改变了关于《时尚》的想法。我在做的是更加困难，但有趣得多的艺术评论。夏加尔，布莱顿，米罗，奎特[1]，简·O，奥赞凡特[2]，恩斯特，契蒂尔齐[3]，所有这些我喜欢的艺术家！去马库斯·布莱奇曼[4]家看伯恩哈德。除了朱迪，谁还会走进来！她是通过演出之类的方式认识他的。他看起来好像一步舞都不能跳了（关节炎），但也许能跳。

1942年5月4日

飞行观测的考试很简单。不知道我们要不要参加弗恩的派对？事实是只有巴菲、罗莎琳德、比利·A是正派的同性恋——我讨厌这些不成熟、肮脏、愚蠢的同性恋女孩，她们只是社会的底层。现在这种持久而刻苦的阅读真好。这是写作以外的情感上的解脱，也是急需的背景知识，还是一座象牙塔，我现在知道怎么进去怎么出来了。慢慢成熟就是一个学会按需取材的过程，结果是在厨房或书房里创作出大师级的作品来。

1942年5月5日

跟桑伯里谈了谈。想跟她喝一杯。她在我眼里就是艺术，和亨利·詹姆斯有很多相似之处。今晚有很多奇思妙想。我感到自己在加速成熟。我的进步不太稳定——有些日子，比如昨天，会有过度而令人不安的身体欲望，接下来的日子又异常宁静&满足。这不仅仅是春天。今晚我又读了一遍[威廉·布莱克的]《老虎，老虎》，这是唯一一首让我感动落泪的英文诗。就像所有的艺术都融在了那几行诗里，所有的绘画、

---

1 沃尔特·奎特（1902—1968），美国画家、教师和蚀刻师。
2 阿米迪·奥赞凡特（1886—1966），法国画家和作家。他和勒·柯布西耶一起著书《立体主义之后》，阐明了纯粹主义的学说。这本书的出版正好赶上了1917年在巴黎托马斯画廊举办的第一次纯粹主义展览。1924年，他和费尔南德·莱热在巴黎开了一家免费工作室，与玛丽·洛伦森一起授课。1939年至1955年，他在纽约奥赞凡特美术学院任教。1940年，他在芝加哥艺术俱乐部举办了个人画展。
3 帕维尔·契蒂尔齐（1898—1957），出生于俄罗斯的美国画家。在他最著名的画作《捉迷藏》（1942）中，婴儿图像之间的空间构成了一棵虬结的树，树本身就隐藏了衰老和死亡的图像。
4 马库斯·布莱奇曼（1922—2010），美国摄影师。海史密斯曾为他做裸体模特。

文学、诗歌、爱、挫折和所有的成就。

1942 年 5 月 6 日

和海伦 & 巴布斯喝一杯,然后又引来了皮特,于是又喝了两 & 三杯,& 谈起家 & 钱,& 晚餐,在尼诺餐厅 & 给谁寄了疯狂的明信片,我都不记得了。但最美妙的是海伦。天啊,我爱她!她告诉我,皮特不在的时候,如果她能再来一次,她就会成为一个自由的女人,当然这意味着厄尔的缺席。我是她之前或之后唯一爱过的女人。我说你有一刻爱过我吗?她说她爱我,她仍然爱我。我们在车里手拉手 & 我想吻她,感觉就像是深冬腊月了!我对海伦的感觉就像我以前反复说过的那样。她触动了我内心深处的某种东西,所以我无法独自和她说话,一看着她就想哭。她是我可以爱的人,为了她我可以不顾一切,永远永远地抛开所有人。

1942 年 5 月 7 日

轻微的宿醉。雨天。我很沮丧,为昨晚的事懊悔不已。只有 3 美元,但我可以活下去 & 这周到 21 日时就会有 10 美元了。我总是这样解释:年轻时的节制并不是一种值得称赞的美德,因为它会导致成熟期的完全压抑;而年轻时放纵倒有可能导致节制,如果没有,我也不会太遗憾。皮特 & 海伦穿着干净的衣服,看上去很精致。她们生活在多么不同的世界里啊——有时间和自由,有钱,家庭幸福,衣食无忧。看到巴布斯变得这么男性化,我真的很难过。她走起路来像个男人,常穿衬衫,头发更加邋遢,下巴也在下垂。

［我的］牙齿看起来和以前一样好。太好了。

1942/5/7

可能有女孩在等你,黑暗中的亲吻,低语着爱的承诺,公园里阳光照着湖面上的天鹅,我有工作,他们也有工作,永远大胆而自由地挥舞旗帜,历史不断重复,英俊的男孩遇见可爱的女孩,都追逐着美好的爱情,终成眷属。也许一切都会朝最好的方向发展,自助者,上帝会帮助你,会有一个患难的朋友,银光闪闪地站在一罐黄金里等着我,但我不这么想。我永远不会。我眼里的世界就不是那样。

1942 年 5 月 8 日

看了［萧伯纳的］《坎蒂德》,我喜爱得无以言表。多么精彩的戏剧典范啊。遇见了玛丽·沙利文 & 亨利·斯特莱歇尔（杰西［·格雷格］和简·O 也在）。她们很友好，但伯恩哈德的到来令她们害怕。他们讨厌她的"无聊"，玛丽·沙利文说她还对她用了一些卑鄙的手段。我也对她的故事感到厌烦，但她身上有些真实的东西，我喜欢。我知道，无论出于什么原因，我们都不会有任何的感情纠葛。

1942 年 5 月 10 日

读了一些历史书籍，但最近总是这么焦躁不安：毫无疑问，这是我一生中最不安的一次。我从来没被人珍视过，我现在也不珍惜别人。我不能游手好闲地邀请我的灵魂。内心是对人的爱 & 憎的漩涡，我的艺术努力要么流产要么中断，无论如何完全不能令人满意。杰克打电话来。我羡慕他的平静。对 M. 说，如果她病了，S. 可能会好好待她，但他不了解我！我常想我唯一的朋友就是我的香烟。

1942 年 5 月 11 日

返校时穿了一身体面的黑装。星期五晚上我想做点特别的事。每周一个晚上，我称之为健康的习惯。愉快地阅读布莱克——想到了 D. H. 劳伦斯有关性体验与肉体分离的观点——当然也想到了我和海伦。性该远离身体，因为当我们躺在她的房间里时，我所知道的性的本质之美——我俩都知道。天哪，我要面对的是什么啊。我要像蒸汽机一样向前奔跑，看着它在我面前被碾碎，留下一条平坦坚硬的道路，那才有趣。

1942 年 5 月 13 日

今天——没带什么情绪，我反复思量了很久该怎么说——我告诉海伦无论如何都要相信，我爱她。她说那只会使事情变得更糟。我说，我不指望她会相信爱的长久，但我是爱她的，仅此而已。我从未真正爱过罗莎琳德或 Va.。也许她相信了我（她点烟的时候接过了我的《季刊》上的照片，我以为 K. 偷偷拿走了呢。），她越来越痛苦地后悔把自己托付给了厄尔——不知道，如果她自由了，她还会和我在一起吗？

1942/5/13

是的，也许性是我文学的主题——对我影响最深——也许表现在压抑和消极中，但依然是最深远的影响，因为即使我失败了，也是压抑身 & 心的结果，也就是对性的压抑。

1941—1950 年：纽约的青春，以及不同的写作方式

1942 年 5 月 14 日

今晚去了贝蒂家 & 罗莎琳德家，罗莎琳德 10 点就穿着黄色睡衣要上床睡觉了！我带了啤酒 & 她很有礼貌地喝了一些。问了我关于《时尚》之类的问题。似乎更想谈《时尚芭莎》或《小姐》[1]。贝蒂像座冰山。回到家时心里满是对海伦的爱——美丽的辞藻——不是感伤的——或许更深入一点，几乎就接近正确答案了。我生来就是这样的。我的性格很好，我喜欢很多事情，我对很多事情都感兴趣。然而，事实是，我对罗莎琳德来说还不够成熟。也许再过六个月，也许三个月，当我有了足够的经历，但现在，不够。就是这样。这没有什么可羞愧的，像我这样年纪的人 & 教养很难改变的。

1942/5/14

我不是一条喋喋不休的反叛之河，

而是宽广平静的海洋，有着丰富而诚实的性格。

如果我是绿色的，而其他的海洋是蓝色的，

那我生来就是绿的，生来就是海洋。

1942 年 5 月 15 日

我问她［罗莎琳德］想要什么生日礼物——一个钱包吗？起初，她说不是，然后开始谈论留声机唱片，但我坚决反对。最后她说那个黑色钱包是贝蒂的旧钱包 & 装钱不好用，如果我真买的话，她也许会用的，这等于开了绿灯。我高兴极了！所以我们吃了一顿愉快的午餐。后来，我去了登喜路 & 洛德 & 泰勒店看钱包，但没有哪个能比得上我手里拿着的这款 18.50 美元的马克·克罗斯钱包。漂亮的鸵鸟标志，里面也有鸵鸟标志，两个隔层（没有零钱袋，那样看起来很娘娘腔！）我得在周四午餐前买到手——印上金色的首字母 R. C.，和钱包金色的边角一样。整个纽约也找不到更好的了！！！放假后我特别想和伯恩哈德一起去新罕布什尔州度假——但是我心里清清楚楚，我们之间什么都不会发生——我不能不为海伦 & 康斯特布尔或者我自己打算。这种事会传得满城风雨。那可不行！妈妈 & 斯坦利觉得妈妈才是我出行的最佳伴侣（！）

---

[1] 创立于 1935 年的女性杂志，杜鲁门·卡波蒂和弗兰纳里·奥康纳都曾是它的作者。每年夏天，杂志都会招揽一些有才华的大学生参加实习项目，其中就有琼·狄迪恩和西尔维娅·普拉斯。

1942年5月16日

　　和伯杰的午餐很愉快。《霍夫曼的故事》[1]真差劲！我们谈了很多趣事，笑得像两个小学生。后来他送给我一打罂粟花，很可爱！压力、紧张、兴奋、不快，尽管我本意是好的。

1942年5月17日

　　二十五年以后，我才会有勇气来破译所有这些文字。今天晚上我们读了《圣经》。然后我在卡耐基[音乐厅]遇到了伯恩哈德&埃塞尔、弗恩、黑泽尔等&看卡门·阿玛亚[2]的表演！她真的很有激情——丑陋、粗鲁、令人厌烦，但是充满激情，这是她给人的全部印象。她很苗条，在每一场舞中都倾尽全力。

1942/5/18

　　最好的创作源于最大的需求。如果一个人从未坐在床边彻夜哭泣，清晰地听到内心沉默的声音，渴望那美妙的音调、优美的诗行、温柔的抚摸、给他极致感受的嘴里的余香，他不会知道我现在的煎熬，也永远不会创造。让我去吧，我自己的声音说。让第一个痛苦的孩子自己出生吧。如果你愿意，那就来吧，探查、测试，然后杀死我，但我永远不死。在空穴中，在山巅处，在全人类的衣服中，在大地的岩石和路面的水泥中，在浩瀚的海水中，到处都有我！但我现在不堪重负，让我独处吧。我将在火焰的余烬中淬炼我的声音，深埋在扭曲的灰烬中。它就在那里等着我，和别人的都不一样。那时，我不会去诉说伟大、生命或成长，也不会去诉说家庭的温暖或兄弟友情，而要替那些像我一样却尚未找到自己声音的人发声，诉说他们的诉求，他们可能一辈子都找不到自己的声音，只有我的代言。我的责任甚大，我的担子甚重，但那工作是地上最深切的欢乐。我要创造的不是生命，不是生命，而是<u>至上的真理</u>，因为从来没有人见过它。

1942年5月20日

　　开心、快乐的一天！综合课并不难。我写了观众&舞台对莎士比亚的影响。写

1　法国作曲家雅克·奥芬巴赫根据E. T. A. 霍夫曼的三个短篇创作的魔幻题材歌剧。
2　卡门·阿玛亚（1913－1963），世界知名的西班牙罗曼尼弗拉门戈舞蹈家、歌手和演员。她是第一个敢穿裤子跳弗拉门戈舞的女人。弗雷德·阿斯泰尔钦佩她的才华，罗斯福总统邀请她在白宫表演。阿玛亚于1942年1月在卡耐基音乐厅演出。

得太无聊了，我甚至不能读第二遍，所以它一定很好。9点和伯恩哈德一起去看斯泰肯[1]的现代艺术展。M. & S. 走得太早了。这展览很有美国特色。后来我 & 伯恩哈德去见了［贝伦尼斯·］阿博特、乔治亚·奥基夫、卡尔·桑德堡等人[2]。

1942 年 5 月 21 日

美好、美好的一天又开始了！11:30 哲学考试，非常无聊。回家 & 拿到钱 & 去托尼那里见罗莎琳德、贝蒂 & 娜塔莎。戴尔也在，还有和他完全不同的哥哥菲尔，善良的波士顿人佩吉·古根海姆[3]、巴菲，还带着一个叫贝拉的，布里顿夫人，比利·A等等。虽然时间仓促，但过得非常愉快 & 然后一起去"巴黎之家"吃晚餐。戴尔·P和罗莎琳德 & 我谈了很长时间工作的事。他认为如果我想写作，《财富》杂志不是个好选择。罗莎琳德对我大大褒扬，让人惭愧。"巴黎之家"里全是我们的人。喝喝聊聊，不知怎的，娜塔莎变得让人厌恶至极！不过，她还是很棒的。她非常喜欢西尔维娅。[她]吻了我，替我拉开椅子，举止像一个好教养的俄罗斯人，她说西尔维娅是天堂 & 她会为她战斗到死！问我是否爱上了罗莎琳德 & 我说没有。我们度过了一段美好的时光——娜塔莎 & 我坐在吧台和那些男人一起吃饭。在洛拉家，罗莎琳德说："我的礼物呢？"她在卧室里打开了礼物。她看着很高兴 & 说她一定会用的。

1942 年 5 月 22 日

自然会有宿醉。不知道罗莎琳德和娜塔莎的感受如何！10点到12点学习。很晚才到学校 & 海伦向我挥了挥手，祝我好运。我还穿着昨晚那套为求好运而穿的法兰绒套装。考试难得要命——综合课中第二难的部分。后来通过两个同学得知，莱瑟姆给了我的戏剧写作课一个 A（-）——这是我今年最好的斩获之一！

---

1 爱德华·斯泰肯（1879－1973），出生于卢森堡的艺术家、摄影师和策展人，以其开创性的努力将摄影确立为公认的艺术形式而闻名。这里指的是斯泰肯与卡尔·桑德堡、赫伯特·拜耳于 1942 年在现代艺术博物馆举办的"胜利之路"展览。

2 乔治亚·奥基夫（1887－1986），20 世纪美国艺术大师之一，美国现代艺术的塑造者。卡尔·桑德堡（1878－1967），美国现代诗人兼传记作家，也是"芝加哥文艺复兴"运动中闻名的诗人之一，一生中先后三次荣获普利策文学奖。

3 佩吉·古根海姆（1898－1979），美国收藏家、艺术资助人，被称作"现代艺术的情人"。她于 1938 年和 1942 年先后在伦敦和纽约开办了画廊。1949 年起移居威尼斯，她的房子在她去世后改造为古根海姆艺术馆。

1942/5/22

迄今发现的最重要的事实：人生对感受生活的人是悲剧，对思考人生的人是喜剧，而大多数人既不感受也不思考。

1942 年 5 月 23 日

读［约翰·米灵顿·辛格的］《葬身海底》[1]。一些精彩的演讲——但我依然搞不懂，为什么有些戏剧成为经典而有些则被遗忘。晚上和伯杰在一起。看了《琴弦，我的主人》[2]，差得没边了。伯杰说他爱上了我，这很可能是真的。他说他最终会娶我的。我对男性的任何方面好像都没有感觉。亲吻他们和亲吻烤比目鱼没有什么区别，一张嘴和另一张嘴没有任何区别。我身上有一种独立于大脑的东西——纯粹的生理反应，它在性方面缓慢地发挥着作用，就像定期服用兴奋剂的效果一样。但我从男人那里并没有得到很多乐趣，因此能回报的也不多。

1942 年 5 月 24 日

又一个好天——只是昨晚被伯杰累着了。他打了两次电话——第二次告诉我可以写信去应征招聘男性文案 & 编辑的广告。好主意。反正我今天已经给《小姐》写了一封求职信——写得很不错。读了［帕维尔·］比鲁科夫的《托尔斯泰》，令我心潮起伏。我窃以为自己和他很像——在气质上，在青年时期行为上——但我有宗教朝圣去寻找救赎和幸福吗？我毕生的工作都将凝结为献给一个女人的无名丰碑。我现在的训练内容之一就是，每天晚上一边淋浴一边构思情节。很有趣。

1942 年 5 月 26 日

不幸的是，我的综合课得了 C+。真丢脸。前一晚我喝得太多了，根本没有任何心理准备。

1942 年 5 月 28 日

在萨顿操场上晒太阳。那里的小家伙们真有意思。［收到］《小姐》［杂志］的一

---

[1] 1904 年首演的独幕剧。剧情具有浓重的悲剧气氛。女主人公莫尔耶是阿兰群岛一个渔村的老妇人，丈夫和 4 个儿子接连葬身大海。作者 J. M. 辛格（1871－1909）是爱尔兰剧作家、诗人。
[2] 《琴弦，我的主人，是假的》是一部百老汇戏剧，1942 年由埃利亚·卡赞导演。

封喜讯，说他们喜欢我的作品 & 成就，我进入了"备选"名单，问我要不要来面试。如果我掌握了关键，如果我的综合成绩是 A，如果我在时代公司高就，海伦答应了我，我财大气粗，我现在应该会很幸福！这是乌托邦！事实是我很压抑，很沮丧，但是总的来说对于找工作还是很乐观的。画素描，有的很好，激烈地妄图自我辩护，获得艺术的满足。幸运的是，我的能量，精神上 & 思想上，都是不可抗拒的。今晚为了我的故事去了市区。重新梳理一遍。很好。也推敲了未完成的部分，更好地传达出真正的意义。我的问题是我会沉迷于表达的方式，而不是思想。在吉米·丹尼尔斯[1] 把外婆给我的 20 美元支票兑换成现金。这是她给我的毕业贺礼。有了这笔钱，我要 1) 带罗莎琳德去吃饭 & 2) 买一块木头来做雕塑；3) 带巴菲吃晚餐；4) 出去与海伦 & 彼得 & 巴布斯、黛比·B 一起狂欢；5) 还应该和妈妈一起做些事情；6) 还有伯恩哈德。然后去了一家中国店，和亨利·兰斯顿、格林中士，还有士兵们一起跳舞——粗野的狂蹦乱跳而已。回家已经夜深人静了 & 上床时已是早晨 5:30。

1942 年 5 月 25 日

今天下午有幸为康斯特布尔付了电费，让她家里再次通电。她们一直在用蜡烛。今晚我从容自信地开始写作——或者至少我现在知道该怎么写这个故事了。美妙的感觉。晚上与伯恩哈德 & 吕西安[2] 一起散步、喝咖啡 & 吃巧克力。吕西安很压抑，但也很强大。后来，伯恩哈德 & 我回了家 & 在我这吃了东西。我想她会考虑和我住在一起。我应该能和她相处得很好。

1942 年 5 月 30 日

我总忍不住想象如果得了 A 会怎么样。人人祝贺，证实了大家对我的高度评价。奇怪的是，至今还有这样的想法。令人沮丧的一天。母亲 & 斯坦利在晚饭时透露我们陷入了困境——实际上欠的钱比挣的多。他们估计很快就得回 [得州的] 家，靠外婆

---

1 一个位于哈莱姆区的夜总会，店主詹姆斯·丹尼尔斯是哈莱姆文艺复兴运动中知名的酒吧流行歌手。
2 露丝·伯恩哈德的父亲吕西安·伯恩哈德（原名埃米尔·卡恩，1893 — 1972）是一名德国平面设计师和教授。他帮助开发了一种精简的广告风格，被称为"海报风格"。1928 年，移居纽约后，他与罗克韦尔·肯特、保罗·普瓦雷、布鲁诺·保罗和埃里希·门德尔松共同创办了"当代工作室"。伯恩哈德发明的字体一开始被纳粹用于宣传，后来因为他是犹太人而被禁止使用。

生活，直到战争结束。当然，让我们江河日下的根本原因就是，高所得税，收入减少。因此，我想要尽快找到工作，什么工作都行。这些枯燥、沮丧、烦扰的日子能催生大量艺术成就：我很不满意，我必须创造点什么 & 我热情高涨地创作着。

1942 年 5 月 31 日

不确定的愉快的一天。杰克·B 早上 9 点来了，但是我们错过了去［韦斯特切斯特县］赖伊的船 & 在曼哈顿转了一圈。很有教育意义，环境也很好。我们从 3 点到 8:30 在唐人街的叙利亚市场闲逛。在亚瑟港喝茶 & 吃晚餐，然后去看中国戏剧，很无聊 & 明显粗制滥造。然而，他把我看得很紧，连上厕所都不行。我打电话叫来了伯恩哈德。10:30 她到这儿 & 遇到伯杰；11 点我把他赶走了。在这些短途旅行中，有时我无法忍受和任何人在一起，和人在一起时间一长——10 个小时或更长时间——我就很痛苦。跟伯恩哈德谈过了这事，我和她可以敞开心扉地交谈。伯恩哈德认为我很聪明，应该去当模特，或者为《纽约客》工作。在伯杰的监督下，我写信回复了一则广告，谎话连篇。

1942 年 6 月 1 日

把我的《破坏者》寄给锡达拉皮兹剧团，昨天耗尽了我最后一丝耐心、毅力和精力。在一个寒冷的灰色星期一醒来，没有工作，一无所有，不是一件愉快的事情。我头痛欲裂地加工着巴尼故事，因为主动、反复的润饰，它已经变得越来越没有新意了。在学校里，我发现自己政府考试只得了 B+[1]，这让我有点反感。去《季刊》搜刮一通，用大牛皮纸袋子带回来一堆文具。没见任何人，虽然今天是高年级野餐会 & 明天毕业典礼！

在《哈佛倡导者》上读到朱娜·巴恩斯写的一个古怪故事，肯定是喝醉了写的，构思的时候不知道清不清醒。我和《纽约客》和《［纽约］时报》约定了面试。

1942 年 6 月 2 日

《第欧根尼》［杂志］的亚瑟·布莱尔昨天寄来《银色之角》的空洞评论。我现在要对出版界发起闪电战。甚至对时尚、女性内容也有想法！1:20 海伦打电话来。她也要去参加毕业典礼，跟巴布斯和彼得一样。我说毕业典礼就跟婚礼似的。海伦说她

---

1 可能是之前提到的飞行观测考试。

肯定要在去之前喝几杯（是的，七八杯吧）。这通电话让人沮丧 & 我必须再次说服自己并不想去。［《时尚》的］卡罗琳·艾伯特想在上午10点见我。罗莎琳德也打来电话，说不想告诉我，免得我抱太大希望。显然是她促进了面试的安排。我不认为我的文章会有多大作用。然而，我感到乐观，并且绝对有信心达到他们的要求。为了罗莎琳德、为了海伦、为了我自己——我还会缺少什么激励吗？

1942年6月3日

［《时尚》的］戴夫斯夫人[1]［给我面试］，谈了我能给杂志的贡献——面试中，我显然没能突出表现自己。罗莎琳德8点打来电话。想要晚上9点在我家见面。给我看了她的《时尚》剪贴簿，很糟糕，是那种糟糕、可怕的类型，又糟糕得美妙——我的形容词完全无法表达我对这部毫无希望的文学作品复杂的厌恶和怀疑。读了一些福楼拜的《圣安东尼的宣言》。给海伦写了一封很不错的信。

1942/6/3

我对自己太熟悉了——太老了——而且相当无聊。通往各种目标的途径都在关闭。而无论我在什么地方重新开始这漫长的旅程，我的牙齿和补牙填充物都是一样的，雨天的风湿肿痛也是一样的，前额上都有同样的皱纹。这是我体内某些元素偶然的不幸组合吗？身体上的？还是精神上的？我手指上的伤疤，手臂上的胎记——是否原本是在别的地方，半寸以外？别人如何会有这些，如何能注意到它们，又如何会忘记它们？我感到肩上笼罩着死亡，生命之光变得暗淡，再也不会亮起，我的呼吸变得无力而冰冷。啊，但我的生命还很漫长！而有时是瞬间，或连续几周，甚至整整几年，都不会有坟墓，不会有霉味。但是当睡眠、食物、性交这干燥粗糙的大手使我恢复了体力后，就会出现空歇，此时，我的眼睛仿佛向内望向真实，我看到死亡的空心圆脸，剥落的皮肤如同中世纪的圣徒画像，然后我才知道，生命是一个漫长的死亡过程。

1942年6月4日

去买东西。巴菲打电话来 & 我和她聚了聚 & 5—6点。她告诉我她很担心我——在性方面，她的话语清晰，动听得像律师的双刃剑，告诉我她担心我是否曾经有过性

---

[1] 戴夫斯夫人可能就是杰西卡·戴夫斯，《时尚》杂志未来的主编。

高潮。我没回答。说什么都像是承诺，而其实都与她无关。很多美好的约会即将来临——未来的很多细节都尚未书写。

1942 年 6 月 6 日

我非常担心《时尚》的事情。罗莎琳德告诉我不要写信。今天已经被折磨到要咬人了。伯恩哈德［和我去］看了保罗·克利的精彩展览。他的人物，从抽象模式上讲，竟和布莱克一样令人兴奋。在［中央公园］动物园喝咖啡。相当愉快，但我觉得她想控制我 & 我个人并不喜欢她，因为她不是我喜欢的类型 & 而且她对我也没有什么益处，这些很值得思考，但我恰恰很少正确地思考。

［歌德的］《威廉·迈斯特的学习时代》，连我这样对经典作品有耐心的人，都觉得它乏味得难以忍受。

1942 年 6 月 8 日

罗莎琳德没收到《时尚》杂志的任何消息 & 我也没有。老天没有也好。读［E. M. 福斯特的］《印度之行》。今天感觉真好。画画 & 素描。画得不太好。只是一般般吧。

1942 年 6 月 9 日

乔告诉我她有过四次恋爱，第三次是和一个女孩。她说，她正纠结于"道德 & 同性恋"之间的矛盾，不过她已经说服自己不再纠结了。她说我在努力工作中矫枉过正了，一般说来这暗示的是事实，对此我未置一词。

1942 年 6 月 10 日

美好，灿烂，美丽，难忘的一天！早上 7 点和乔一起骑马。受益良多的经历，不过我没有预想的那样厌烦她。昨晚也没有。她是个特别敏感的孩子——甚至对马都很敏感。

1942 年 6 月 11 日

晴朗的一天。新短篇的创作很顺手——萨顿公园的男人[1]。妈妈今天教训了我几句，却对我造成破坏性的打击，说我在家的行为如何有悖常理 & 以后肯定找不到工

---

1 这个故事没有留存下来。

1941—1950年：纽约的青春，以及不同的写作方式

作或取得成功。我告诉她最主要的原因是性别和我对自己性别的不适应，根源就在于几乎从婴儿时期起就被压抑的家庭关系——而这正是孩子多年来全部的世界。我谈到了一个精神科医生 & 她则谈到 M. B. [玛丽·贝克·] 艾迪！

5点钟给罗莎琳德打电话，但她出去度周末了（！）4:30《时尚》给我发了一封电报，说我赢得了荣誉奖（中奖率 20∶1），并祝我好运。不过，我明白他们会就之前承诺的面试问题联系我。

1942 年 6 月 12 日

今天上午我奋力写作。很不满意。我应该有一个伟大的主题，这样父母的要求 & 逻辑期望 & 我自己都无权介入。但我没有。安心进行写作时，就好像是放一年长假、还有一个摩洛哥皮革装饰的私人书房一样。这就是我对即将到来的新生活的感受。我也觉得它就在眼前。又和《纽约客》的肖恩[1]预约面试了。

1942 年 6 月 13 日

上午写作。我在构思另一个意识流小说，讲一个独立的女孩屈从于一个平凡男人的故事。她对他的真实评价是刻薄而怜悯的，她当面轻侮他，指出他的缺点和不堪，她对他的屈服是不可避免的，那是一种纯粹出于理智的屈服，部分是想维持自己的"正常"，以争取自己那份青春的刺激 & 纽约给予的微薄口粮。她真切的愿望却是保持和弗雷迪的友谊。她渴望离家出走一晚，她渴望在情感匮乏的生活中，感受一点情感上的重要性。读一本讲蘑菇的书，我很喜欢其中的奥秘 & 怪异的主题！4:30 和沃尔特去看望诺玛·林杰，她正处在人工绝经期，动作举止像一只受挫的斑鸠。沃尔特很孤独 & 无人赏识。他认为我欣赏他，我确实欣赏他，甚至可以和他上床。

1942 年 6 月 14 日

8点见到恩斯特。我们喝咖啡，愉快畅谈，像歌德 & 席勒一样探讨着人生 & 世界，政治 & 社会。他帮我给《大西洋月刊》的 [爱德华·] 维克斯写信。问题是他在波士顿。如果能接到面试通知并去那里一趟该多好啊！也许我应该去找找罗杰！愉快的夜晚。一些很好的想法。关于蘑菇，关于一般事物，这让我又生龙活虎起来，虽然

---

[1] 肖恩可能指的是《纽约客》的助理编辑威廉·肖恩，他负责该杂志对二战的报道，后来被提升为编辑。

还有别的状况&条件。啊，罗莎琳德——

1942年6月15日

　　就在这今天——死神，我曾说过，死神将永不降临[1]。这一天的日出应该是镶黑边的，地平线也是黑色的，日落是没有太阳的。今天将是我的幸运日。我一上午工作很顺利。先和M.&S.小酌了一会儿，今天是他们的结婚纪念日。然后7点和巴菲见面。巴菲喝酒非常豪爽&自斟自饮。在餐馆喝了很多酒之后，我们去了"名门"[2]。结果我的钱包丢了。不是钱包的问题，也不是那4美元的问题。那里边有罗莎琳德的信——除了记忆，那是我仅有的属于我的美好的当初，那时我是一个魔法的孩子（我是！），那时罗莎琳德顶着一头金发，是我的天堂。它让我失去了某种东西——我再也找不回来了！事情就这样发生了，在最廉价的夜总会，我喝得头晕眼花，和巴菲·约翰逊在一起——我和她一起回家，然后该死的又重蹈覆辙。巴菲渴望有女伴，我呢？——那是我短暂的职业生涯的最低谷。但现在已经没有什么悔恨了，昨晚我下定决心要学习的时候，我已经反复考虑了所有的有利&不利因素。我们醒来时，浑身上下都干燥得冒火&我很快就起床了&冲了个澡。巴菲很亲昵，我给她做了柠檬汁&煮了咖啡&她借给我4美元。倒霉的"名门"。

1942年6月16日

　　5点与《纽约客》的肖恩见了面，他是个非常坦率、真诚、谦虚的人。想看看我的东西&把我当成帮忙的"菜鸟记者"，而不是男人。生活固然有趣，却像个迷宫一样，充满各种考验和惩罚。唯一的回报就等在最后。是死亡吗？讨厌的象征——！

1942年6月17日

　　也许我应该读些诗。又一个倒霉的日子。它们就像太平洋上看到的海浪般袭来——让人瞠目结舌，因为我一直以为太平洋是平静而美丽的。我七点半给罗莎琳德打电话。她说："你没有得到那份工作。""我知道。""你本来可以得到那份工作的。[你看起来]像刚刚起床似的。夹克很漂亮，但白衬衫不太干净，诸如此类的。"我当然感到羞愧，不是为我自己，而是罗莎琳德那么了解我&这些话却是从她的朋友马塞

1　原文为拉丁语。出自一首13世纪的圣歌《愤怒之日》。
2　曼哈顿的一家爵士俱乐部，

尔嘴里说出来的。她说，我一开始就很蠢，连个帽子也没戴就来了，就应该像她一样拼命捯饬，为了《时尚》一丝不苟装点到脚趾。罗莎琳德狠狠地数落了我一阵，最后说也许《时尚》真的不适合——也许——我会在《纽约客》找到工作，那可是天壤之别。天壤之别也是人人艳羡的位置 & 被一个头发梳得一丝不乱的女士夺得了，这是一个痛苦的事实。他们透过望远镜，硬说我干净的衬衫脏了，这伤害不到我。只是罗莎琳德费了一番周旋才推荐了我。还有，在进去之前，我确实先梳了一下头发——很多很多细节我都记着，永远也忘不了，但为什么要一一列出来呢。总有一天我会超越《时尚》杂志，我会感谢上苍，让我免受了他们堕落的影响。

1942 年 6 月 18 日

下午记下了这些 & 还学了西班牙语，是的，我学西班牙语和英语[1]。啊，为了让口袋里有钱，为了让口袋里有钱包，为了让罗莎琳德入我怀中，为了让《时尚》杂志聘用我。乔来吃晚饭了。对我有点献殷勤，其结果就跟国内局势一样糟。没有思路。我很沮丧，也许我已经沉到了最低谷。英国人现在已经失去了托布鲁克[2] & 中国的情况也很糟糕。日本兵已经入侵了满洲里 & 报纸在淡化我们的不幸。

1942 年 6 月 19 日

罗莎琳德对我极尽友好，我们在克列斯比饭店吃了虾。吃饭过程中，我告诉她面试时我是多么害怕，如果没有她的影响，我根本没机会赢得竞争的，她告诉我后续她是如何推进的，她的一个朋友又是如何因为时髦而被拒绝的。我觉得她 & 娜塔莎都把《时尚》当成了一种堕落的影响。人生，不就是一连串的进攻嘛。成功就取决于你的军事战略有多好。恩斯特·豪瑟来我这里吃晚餐，我做的饭。读了哈瓦那的书。我的西班牙语进步很快。我有很多想法。有些人肯定会付诸实践的。还是得克服掉我的老毛病，总是让大脑过于劳累。真想见见玛德琳，可是在没找到工作之前，也真的不想见人。

1942 年 6 月 20 日

不知道乔下一步有什么打算？她对一切有多认真 & 又有多害怕。这不是第一次

---

[1] 原文为西班牙语。

[2] 托布鲁克是地中海的利比亚港口城市。在第二次世界大战中，英国和德国军队为控制该港口进行了激烈的战斗（1941－1942）。托布鲁克先是被盟军占领，后来被德国人占领，然后又被英国人重新占领。

周四晚上遇到这种情况，所以才有趣。和妈妈一起看了几件平庸的展品&回家的路上遇到了巴菲和一个男人（？）从玛丽公寓出来。她故意避开我们，这就足够了。读了读桑塔亚那的《理性的生活》，整部作品的总体思想毫无新意，但依然令人振奋。杰克·B[法]没打领带就来了。我该杀了他！哦好吧——某些方面我还挺喜欢他的[法]他说我的谈话无趣得都能拿个什么奖了！他应该知道，当我必须走在他身边，听他说教时，我只是哼哈答应&偶尔换个词回答，那时我真的宁愿一个人待着。他要是知道我在想什么，他就不会觉得我言语无趣了！我们看了《艾娥兰斯》[1]，真的很差，但台词很滑稽，念台词的仙女在剧中腰部以上是仙女，但在现实中腰部以下也是。去了蓝洞[2]，伯杰在那里遇到了好几个远房亲戚，无疑很高兴被人见到他跟一个非犹太人在一起。

1942年6月21日

工作了一上午。还是对萨顿广场的故事[3]（商人&女孩的故事）不满意，就像波士顿故事一样，将是一篇辞藻华丽的习作。和伯恩哈德走到布莱奇曼家。我的裸体照片并不怎么让人兴奋，因为我在精神上没有投入。下次我就知道了，因为我相信我能做到。她也是如此。我似乎生活在下一次中，使我绝望&愤怒。伯恩哈德想要我，但是以什么身份呢，我不愿去想，很明显她认为爱情需要某种必须的刺激，而我不是。然而，她恭维我说，我是纽约唯一一个让她完全放松的女人，她可以与之终身相伴的人。回家&发现伯杰送来了花（巨大的长剑兰）。赶紧把上次没清理完的旧花清理掉&妈妈扇了我一嘴巴，因为我说谈话毫无新意&她说我"顶嘴"。她后来很后悔&吃饭时竭力讨好我。斯坦利&她谈起了各种困难。当然，斯坦利的方法是最不理智的&思路&解决方案也是最愚蠢&天真的。母亲坐在那儿&皱着眉头思考，也没什么好主意。他们怎会知道我的愤怒、急躁、挫折、抱负、力量、绝望、爱&恨和我的狂喜！一无所知！&也永远不会知道！愤怒的时候做雕塑很好。今晚见到弗了。她的家很脏&很乱。我比她成熟，发现她很乏味，令人提不起精神来。有时愚蠢，又可怜，因为珍贵的头脑被浪费了。10:10给伯恩哈德打电话，说我有一个非常重要的问题要问她。我本想早点（清醒的时候）问她我是否与她相爱了，但明智地把

---

1 《艾娥兰斯》是1882年的一部喜剧，作者是W. S. 吉尔伯特和亚瑟·沙利文。
2 这可能是指一家位于小意大利的餐馆格罗塔·阿肃拉，创建于1908年，名人如恩里科·卡鲁索和弗兰克·辛纳屈经常光顾。
3 这个故事没有留存下来。

这件事推迟到星期五，至少等她见了罗莎琳德再说。所以我们在哈布斯堡饭店[1]度过了一段非常愉快又难忘的时光，吃了辣椒&喝了马提尼酒，聊着只有我们才能聊的奇妙事情。我需要她&她需要我。我知道，现在没有人为她而激情燃烧。她无疑会保护自己免受未来的伤害。因此才有这些谨慎的行为&两人的谈话。我们很害羞。我们已经很了解彼此了。

1942/6/21

凌晨2点冲了个澡。为了纯粹的鸦片梦、香烟梦，为了未来计划、创造、思想、战役、美好未来的狂欢时刻，甚至只为当下纯粹的动物快感，也可以在凌晨2点冲个澡，然后去厨房喝一杯马提尼酒（就一两杯），就着美味的意大利面包和牛奶。

1942年6月23日

我的头发惨不忍睹。我今天买了点定型剂。［西］我见了乔·P，和她一起吃饭。［西］同样的事情再次发生，乔动作很慢&也很害羞，但她说吻我能让她获得一种难得的平静。她说，她以前从未吻过女孩。奇怪&她吻得太好了！我读了［奥斯卡·］王尔德的《深渊》。学习西班牙语。

1942/6/23

对我来说，过去的残存已经破烂不堪。然而，周三下午去城里一趟仍然让我心醉，穿着纽扣鞋&拉着外婆的手走在高架桥上，俯瞰着生机盎然的墨西哥定居点，那里有流浪狗和衣不蔽体的孩子，还有男人们多彩而神秘的活动，他们要么在棚屋附近走动，要么（穿着白色衣服）带回家大包小裹的食品杂货，把一车车的蔬菜、杂物和报纸送到满怀感激的家人面前。我还记得在加拿大骑警系列电影里看到克莱夫·布鲁克[2]（周三电影票便宜一些），还能闻到祖母出门前放在舌头上的丁香，她用它来清洁口气。她随身带着满满一包丁香，我要是要，总能得到一个，可我从来都不喜欢这味。我总是吃一块好时巧克力，一块巧克力一直吃到电影散场。我把杏仁咬成两半，

---

[1] 哈布斯堡饭店的原主人开了这家餐厅，作为朋友们的私人会所。他们委托儿童作家、插画家路德维希·比梅尔曼绘制了这里的黑白壁画，好莱坞电影《恶棍》（1935）曾在这里取景。

[2] 帕特把她对英国演员克莱夫·布鲁克（1887－1974）的回忆与当时流行的映前短片混淆了，布鲁克是她年少时相当有名的好莱坞影星。

把锡纸剥下来，巧克力就融化在手中，细细地舔干净每一片锡纸，才把它扔到地板上。我还记得去"五分十分"［店］（凯瑟斯，这个店名在我听来，就是廉价商品的代名词——有时被用来指代餐巾纸、安全别针，而有时又被用于表达对金钱和社会的彻底蔑视。）。我记得我刚从镇上回来，穿着纽扣鞋在后院散步时，威莉·梅坐在那里一言不发、毫无热情地欣赏我的冒险和快乐，我给她看我从凯瑟斯买的跳跳蛙，得握住两个手柄才能动，我还记得威莉·梅穿着她那松松垮垮的牛仔工装裤，汗水在她布满雀斑的前额上划出一道道泥痕，她赤着脚，脚指甲脏兮兮的，坐在溅满水泥的独轮车里，膝盖比头还高。她羡慕地看着我吃了一半的爆米花，羡慕我看了系列电影和杂耍表演，这些能让我一直怀念到下周三，但那时我更羡慕她。

这就是1929年的美国——得克萨斯。

1942年6月24日

[西]独自一人在家，[西]非常愉快的夜晚。奇怪的消息。晚上11点，一位叫戈德伯格[1]的先生打来电话，问我明天能不能来参加一个编辑助理的面试，我很久以前写的求职信。有预感我会得到这份工作。他很可能会把周薪压低到18美元，那我就不干了。

1942年6月25日

我想是拿到了这份工作。每周只有20美元。我没有讨价还价，因为我不擅长讨价还价。戈德伯格似乎有些名气——在某些圈子里。F.F.F.是一家犹太出版社，主要服务于犹太报纸。我们要做一份F.D.R.杂志，以报纸的形式出现，以后也可能以书的形式出现（如果我感兴趣的话，他说。）& 我会拿到版税，如果有必要的话，我还要做杂志的工作，可以赚更多的钱。工作时间会很长 & 不规律。大家都觉得比我现在的工作好。

1942/6/25

第二反应：无聊和纳闷，就像一个人走在街上，纳闷是什么激励着这些人以最快的速度奔波着，却和发条娃娃有着相同的必然命运。最终的答案来了：为了让身体 &

---

1 本-锡安·戈德伯格（1895—1972），颇有影响力的犹太语记者。戈德伯格与著名犹太语作家、剧作家肖洛姆·阿莱赫姆的小女儿玛丽结婚。他为日报《服装报》撰写有关心理学和外交政策的文章，并成为该报的执行主编（1924—1940）。音乐剧《屋顶上的小提琴手》系根据他的作品改编。

1941—1950年：纽约的青春，以及不同的写作方式

灵魂分离，主要不是为了赚钱，当然大多数情况下也不是出于特殊的野心和创造的欲望，而是出于一种模仿的感觉和习惯，一种与生俱来的联系，这是最难打破的，也许最善于"思考"的少数人，是为了给纽约这头奶牛挤奶，好趁年轻去抓住她飞起来的乳房。

1942年6月26日

这是一个糟糕的、新闻业的、与学术无关的工作，坦率地说，我觉得很无聊 & 为它感到羞愧。为什么不是研究图坦卡蒙的圣甲虫？为什么不是达赖喇嘛的历史？为什么不是古克里特人的古生物学？为什么不是魔法石的故事呢？！

1942年6月27日

[西]第一天工作。我10:30去了（42街的）图书馆。整天都在读杂志。戈德伯格先生3点才到，说我得写得更丰满些（还要更清晰些！）。他说得没错。[西] 这工作冗长、缓慢 & 无聊，直到落到纸上才知道我们写的是什么。我累得要命。我今天最大的恐惧——这是第一天工作，前一天晚上没睡多少觉——就是我将没有足够的精力去做我想做的一切。今晚读了但丁。学西班牙语，写了一个故事。我有几个很值得玩味的想法。现在这一点不重要。我们这个时代最可怕的感觉，难道不就是害怕失去精力、精疲力竭，为了一台我们毫不关心的机器，消耗掉所有的一切——"我们"，消耗生命像汽油一样？还有什么比这更可怕的？——炼狱和地狱都没法跟它比！

1942/6/29

失败的感觉总会令一个跃动的生命产生：渴望，渴望成为"别人"，这种感觉是，即使有一个全新的、吉利的想法，刽子手还是同一个人，刽子手和艺术家就是那个"我"，我身上必然带着旧的各种错误和旧的束手束脚的计划，自然使人想要一个新的灵魂，一个从里到外全新的人。

1942年6月29日

很晚才到图书馆。我徒劳地给罗莎琳德 & 伯恩哈德打电话，不由自主地感到失落，疯狂地想要和人共进午餐或者晚餐。12:10去看R.。她刚刚和人约好了。在41区查找关于戈德伯格的档案，他曾因高喊"工贼！"而被捕。没有不良记录。回家吃饭。回来的路上看到爱丽丝·T.。我们抽了一支烟。显然她比Va.更喜欢我。好吧，怕什么？顺带说一下，Va.的房间里（钢琴上）还摆着一张我的大照片呢。还有我的

一张素描。所以她还是和我生活在一起。乔寄给我一个（相当）漂亮的鳄鱼皮夹，金色四角。西联快递寄来的。还有一张卡片："一个和解。乔·P"。她真太好了。我想着这钱夹 & 很喜欢，但她没给出任何暗示，我觉得这太尴尬了。

1942 年 6 月 30 日

[西] 在去德尔佩佐的路上见到了贝蒂。她没看见我。然后贝蒂和罗莎琳蒂一起到了。[西] R. 终于向我挥了挥手。她清楚地看到了伯恩哈德。我当然丝毫也不介意，我只希望她不要以为我是来查她的。今天我已经写了几千字了。没看见戈德伯格，把笔记留给他了。其他三个女孩似乎无所事事。其中一个是同性恋。有人向伯恩哈德抛媚眼，使她的自尊心膨胀到了100%。我没怎么对她展开过攻势。午餐时喝的马提尼太棒了。

明天还要见 R.。想去萨克斯百货买一套衣服。还在写罗素拉[1]的故事，差不多完成了 & 目标真的很远大。精力永远充沛是多么美妙啊。埃及战事每况愈下。虽然盟军的增援部队不断集结，但英军正节节败退到亚历山大港。

1942 年 7 月 1 日

罗莎琳德告诉我，我在求职的时候，对自己想做什么没有明确的概念。很有可能，只是现在，有了这个月的经验，我觉得我可以做得更好。过几周后等我在这里或别处有了些经验，我会和弗雷泽再谈一次。我觉得戈德伯格很无聊 & 他要我先把整篇文章写在纸上！巴菲为了明晚的聚会打电话来。疯狂的服装。

1942 年 7 月 2 日

很无聊的一天，查找 S. D. R.［萨拉·德拉诺·罗斯福］[2] 的信息，我不知道她姐姐的婚后姓氏，也不知道是不是她自己让人写的那张讣告，里边谈到了她1862年的中国之行。这次中国之旅，除了航行速度之外，什么信息也找不到了。戈德伯格5:30给我分派任务！吸血鬼！尽管如此，我还是会愉快地工作。注意：我们的目标是让客人满意。之后去了巴菲的派对。巴菲比我想象的还要好——穿粉红色紧身衣、没有袖子，更好看——突然 & 粗暴地停在胯部。黑色渔网丝袜。德·拉·诺克斯也在。托妮·休斯带来一个叫基斯的优雅的年轻人，他认识恩斯特·豪瑟 & 沃尔夫 & 他喜欢

1　这篇小说没有明确所指。
2　美国前总统罗斯福的母亲。

沃尔夫（！），朱利安·列维，瓦茨夫妇（丈夫光着一双美丽的脚 & 自己也知道脚长得好）& 泰迪 & 图什。图什非常无理，令人作呕。泰迪，我喜欢——不过，我从来没见过一个女同性恋身上有这么男性化的动作。她穿着奶油色的紧身衣。马车夫制服或 18 世纪的豪侠风格，还有黑色靴子——都会造成男性化的效果。不管怎样，我们谈了很长时间。最后，图什用他粗壮的手臂搂了每个女人，对所有的事情都给出了同一个轻率的回答。他说我一定要去他的住所看看。德·拉·诺克斯看起来一如既往地可爱。白衬衫，配一条淡紫色的围巾，比不上她牙齿的皓白。想再见见泰迪 & 托妮。

1942 年 7 月 3 日

轻松愉快的一天。带着任务去了 25 街，然后回来找戈德伯格，他和我坐在陋室[餐厅]里谈了一个小时的《投机》[1]。如果我加入这本书的项目，就意味着所有的业余时间（甚至包括晚上）都要拿来读书了。不过戈德伯格的方法是正确的。而且，我个人很喜欢他 & 他一定也喜欢我。我还没有谈薪水问题 & 低于 30 美元我就不写了。他这周末正在看我写的东西 & 如果他能写出提纲，可能会把全书都交给我写。那会很有趣的。

1942/7/3

一个人最顽固的嗜好、最深的爱，如吸烟、喝酒、写作，一开始总是让人感觉不愉快、近乎不自然的事情。证明死亡本能至少"存在"于无家可归的男人身上、在吸烟 & 喝酒的狂喜中；证明艺术源于陌生、迷醉、痛苦 & 缓慢的了解。比如写作，比如绘画，比如作曲。然而，现在，当作家说，我讨厌写作，这是大脑的体力劳动导致的。不想喝水的时候，他可能会讨厌喝水，但是为了健康他就会喝，而且他的身体状况必然会促使他这样做。

1942 年 7 月 5 日

[西]愉快的一天，妈妈和玛乔丽在一起做印刷。我该把我的木刻女人拿给《时尚》杂志的克劳宁希尔德先生[2]看看。他购买此类东西。

---

1 《投机》是戈德伯格的一个写作计划。
2 弗兰克·克劳宁希尔德于 1914－1935 年间担任《名利场》杂志的编辑，使它从一本时尚刊物转型成了美国最顶尖的文学杂志之一。后来他也担任过《时尚》的编辑，这里帕特混淆了。

苏联说德军已经跨过了边境线。战争对他们越发不利……我和妈妈散步，我们在家认真谈了一次。我觉得她现在友好多了。斯坦利还是一成不变。今天一天没开口。[西]

1942 年 7 月 7 日

这些天，我不仅要忍受写作中思绪的涣散，还要忍受全部精力的涣散。我应该爱海伦！也许我是爱她的。我当然爱她，一想到她，我就会发现在她身上有着别人没有的东西 & 和她在一起我会发现别人可能永远无法给予我的东西。我为什么要为罗莎琳德而烦恼？甚至还有伯恩哈德？！如果海伦是一场输掉的战役，那一切对我来说又有什么意义呢！我将输掉一切战役！我将输掉一切爱的理想！[西] 一切都好了起来。[西] 愉快的晚上，一边缝纫沙发套，一边阅读但丁。我记得洛德纳太太的建议："如果你在眼下这个时代都无法成功，那你就是个笨蛋。"戈德伯格问我是否想做《犹太家庭年鉴》中的家庭部分。我说好啊！

1942 年 7 月 7 日

[西]我想把我所有的笔记本都带上，认真通读重要的短语——用上它们。[西] 周末读一遍会很有效果。独自一人，安静。

1942 年 7 月 8 日

[法]我拿到了毕业证！真正的羊皮纸[法]——[西]拉丁文写的，所以我看不懂！我查了字典！它很漂亮，我想送给外婆做纪念。我和罗莎琳德一起吃饭，把让诺寄来的我的杂志送给她。我们看了马尔维纳·霍夫曼[1]的展览。不是很好。我想到罗莎琳德可能很容易厌倦我。我试着告诉她我对和她在一起生活这件事的看法。如果那样不好，如果我没有理由永远和她在一起，还有什么事是好的？没有！[西]

1942/7/8

每个人的内心都有一个充满苦难和未知的可怕地狱。如果他认真去思考，可能很难看到它，但在一生中他也许能看见一两次，就是当他接近死亡或深陷爱河的时候，再者就是当他为音乐、上帝或者突然的恐惧而颤栗之时。它是一个巨大的坑，深入地

---

1 马尔维纳·霍夫曼（1885－1966），著名的美国雕塑家。

球最深的陨石坑底下，或远在月球之外最稀薄的大气层中。但它很可怕，本质上"不像"人们熟悉的自己的模样，于是我们一辈子都生活在自己的对立面。

1942/7/8

如果我能把一对绝对正常、身体健康、性欲旺盛的新婚夫妇的故事写成好小说，那我就很满足了。

1942 年 7 月 9 日

[西]戈德伯格先生给我涨了工资，我不知道涨了多少，大概 23 到 24 美元吧。我想买本西班牙语词典。杰克要在 7 月 29 日参军。他会在这里待到 8 月 14 日。他现在严肃而悲伤。[西] 有了好的思路 & 很开心。妈妈高兴得像只蟋蟀!

1942 年 7 月 12 日

缝着沙发套——非常疯狂。让我非常愤怒，是因为缝纫以一种特别暴力和无可抗拒的形式，代表了所有的力量——所有熟悉的失败的感觉!

1942 年 7 月 13 日

[西]昨天是苏联迄今为止遭遇的最严峻的一天。德军已深入苏联。两军现在几乎被一分为二，北方 & 南方，德军正向油田进发。英国人已经阻止了隆美尔的逼近。

从早到晚工作了一天。我搜集资料准备写这篇关于预算的文章，下午写了出来。收到乔·P 的一封信。[西] "你的信是南方美女沙漠中的绿洲，等等。"她很想念我。[西] 还有一张让诺寄来的卡片。只有法语的"希望"两字。7 点沃尔特·马洛来了。一些书。他说一切都按富人的愿望行事。哇! 在杜波依斯餐厅[1]美餐一顿，聊得很投机。后来我们去了斯皮维酒吧。[西]

1942 年 7 月 14 日

[西]戈德伯格对我的文章做了大量修改。现在读起来好多了。我又为明天的文章做了研究。很累。我打电话给伯恩哈德说我今晚不能赴约了。我没有去剧院，而是在家读但丁，写故事。也很好。[西]

1　位于东 60 街 30 号。

1942/7/14

我们所谓的"地狱"就是由于外在羞耻感产生的想象状态,是真实存在的,总是对内心的"激情燃烧"的羞耻感。

1942 年 7 月 16 日

[西]我想 19 日见见罗莎琳德。那是我们的纪念日。可她不记得了。永远——永远——永远都不记得!《小姐》杂志 11 点打来电话。他们想让我明天 10 点去面试。有一个空缺职位,但他们想要招的是速记员。[西] 我很想去《小姐》工作——主要是因为我想拯救自己和罗莎琳德的关系。我多想周一和她共进午餐时,能告诉她,我真的在那里工作!去那儿挣钱少我都愿意。

1942 年 7 月 17 日

[西]我工作了一整天,根本没法读书或学习。帕迪·菲努凯恩[1]驾机在大西洋上空就义了。德军击中了他的散热器,他飞行高度不够高,无法到达英国。他的飞机触海时,可能已经支离破碎了!还只有二十一岁。昨晚和比利·B 在一起。在科德角饭店喝酒。后来我们去了她家,我在那里过夜!没什么好说的。比利床上功夫很差。我以前听说过。她的床也很窄。我醒得很早,8 点就到家了。父母永远不会知道的。[西]

1942 年 7 月 18 日

[西]我见了戈德伯格先生,他叫我不要去《小姐》杂志社。他对我感兴趣,这是真的。我不知道会去还是留。[西]

1942 年 7 月 19 日

[西]今天是我初遇罗莎琳德·康斯特布尔的日子。今晚我真想和她在一起。我本可以再深入一些,或者为我们的爱少喝一杯。但是她现在离我很远,根本想不起我来。这也是今年以来最热的一天。我在写故事,明天会拿给戈德伯格先生看。我还是想搬家,那样我才会成熟起来!我充满喜悦地又读了一遍但丁和纹章学[2]。我想写一个剧本。写一个离去的士兵的故事。[西]

---

1 帕迪·菲努凯恩(1920－1942),杰出的爱尔兰战斗机飞行员。当时应是二十二岁,可能是帕特写错了。
2 可能是指亨利·瓦尔·佩雷伊拉的著作《论但丁的纹章学知识》。

1942 年 7 月 20 日

[西]日子过得很愉快，但进展很缓慢。今天我怀着年轻时在莫顿街的平静心情工作。上午，我写了一篇关于"时尚趋势"的好文章，中午与伯杰共进午餐，他喝了一杯汤姆·柯林斯酒，还读了这篇文章。我觉得他在桌子对面想的是我。他为了让我高兴什么都肯做。

我学习了，还写了 2 页"曼纽尔"[1] 的精彩故事。真的会很精彩的！英国人正在考虑如果德军占领亚历山大港怎么办。与此同时，苏联军队正在英勇地战斗。他们要输了。我很高兴——我很高兴，为什么呢？我无人陪伴。一个人也没有！[西]

1942 年 7 月 22 日

[西]今天上午我写作，后来戈德伯格先生向我要笔记本。我说可以，但后来又觉得不行。不能给他看不好的东西！伯恩哈德现在有一间工作室了，还有一名摄影师。她想让我明晚和她一起去收拾房间，但我需要工作。我给戈德伯格先生干的活真的不够多。长此以往是不会涨工资的！我考虑自己太多了。[西]

1942 年 7 月 23 日

[西]戈德伯格真好。我们聊着工作，后来又谈了我的故事。我得重写 8 页。伯恩哈德给我打了电话。可我没时间天天晚上玩儿。[西]

1942 年 7 月 24 日

B.Z.[戈德伯格]今晚[2] 脾气特暴躁。如果我在别的地方工作该有多好啊——然而，别异想天开。我很快就会跳槽的。打电话给杰克。他非常高兴，后来还给我发了一封电报。学习西班牙语——但往后我晚上得写作了。

1942/7/26

瓦格纳的音乐——几乎都很适合在做爱的时候听。

（太可怕了！——1950 年[3]）

---

1 帕特开始写的一个新短篇小说，接下来的几个月都在写这篇。这个故事没有留存下来。

2 原文为法语。

3 帕特在重读自己的日记与笔记时，会留下一些评注，后文不再加注。

1942 年 7 月 27 日

[西]我和妈妈去了温斯洛。饭菜都很美味。她问我杰克和马洛的事。你更喜欢谁？等等。事实上我也不知道。她告诉我杰克喜欢我。这是真的。享受一个小资的夜晚——我们在[无线电城的]音乐厅看了《忠勇之家》。妈妈和我吃得一样多——喝得也一样多，结果整场电影她都在打瞌睡。这部电影棒极了。我之前给伯恩哈德打了电话，现在我后悔了，整晚都在后悔怎么没明天再打电话呢。[西]

1942 年 7 月 30 日

一年前的昨晚，罗莎琳德给我写了一封美丽的信，让我爱上了她——我在南达科他州苏福尔斯收到的信——那封我一直读，最后都破损了的信。那封我从未背叛过的信，那封我熟记在心的信，那封我和她都相信的信——那封我宁愿用生命捍卫的信——那封我失去的信。大部分的词句都萦绕在我的脑海里，我不愿看到它们从记忆中消失，但想要再找回来哪怕只是一部分，也显得愚蠢（而枉然）。[西]韦克小姐[1]在写文章，但没有一篇比得上我的有趣。现在完全没有灵感，但至少上完急救课后我的故事《曼纽尔》写作还算顺利。今晚我们看了动脉，等等。我的女伴（和我一起工作的搭档）很漂亮，但块头太大了，我都找不到血管。我们检查了身体，包括脚趾、胸部、乳房、喉咙和背部。我想见罗莎琳德。我想和她一起回家。[西]

1942 年 7 月 31 日

[西]典型的一天，吸烟太多，工作太多。我去了弗诺斯餐厅，点了米饭和鸡肉。[西]戈德伯格说："你的写作中有某种东西让我很感兴趣——节奏&偶尔的新颖措辞。但它更像诗歌。质量不太稳定。"[西]我又加薪了：每周25美元。杰克告诉我他和戈德伯格谈过了。关于业务。他今晚停电的时候给我打过电话[2]。杰克告诉我戈德伯格对我赞不绝口，等星期一再告诉我。[西]

---

1 帕特在 F.F.F 出版社的同事。
2 战时纽约没有持续在夜间停电。但在战争初期经常有停电演习，当时人们担心德军可能会来轰炸纽约。1942年春天，军方认为曼哈顿的城市灯光会映出近海的军舰轮廓，从而成为德军的轰炸目标。当时已有大量英国油轮和货轮被击沉。因此在军方要求下，时代广场的霓虹广告牌被熄灭，商店和酒吧也不会点亮外部招牌，包括街灯和交通灯也调暗了灯光，车头灯都装上了灯罩，自由女神像的火炬也不会亮起。

1942 年 8 月 2 日

给罗莎琳德寄了一封信，里边还夹着"欢迎你，战士！"的性卫生手册。我想她是在度假，所以我已经 24 天 &12 小时 &25 分钟没见她了。

1942/8/2

为什么我写不出人面桃花、情人相会、幔帐旖旎、家的味道？因为这个世界已经乌烟瘴气，旧的方法指不出前路。

1942 年 8 月 3 日

伯杰今晚来了。可爱的夜晚。他给了我一个未抛光的墨西哥银手镯。在普鲁斯特餐厅晚餐，一个可怜的廉价小餐厅。虽然和杰克在一起很有趣，但我还是想要独处的时间。

1942 年 8 月 4 日

［西］和伯恩哈德在图书馆附近碰头。她还是很难过——她没法和蒂特根斯[1]还有达阿拉齐恩[2]合作。后来我写了一篇关于办公室长期和平共处的文章，但戈德伯格不喜欢这种风格。他想明天去波基普西，不过是乘船去，计划写一本关于美国国籍的书。［西］

1942 年 8 月 5 日

我好想罗莎琳德。上百个，是的，上百个人打电话给我，我却只盼着听一声她冷冷的"好吧"。与戈德伯格在一起，一整天都在谈故事情节、人物、可能发生的情节，真让我很开心。顺便一提，戈德伯格说他会从一家报社（？）申请一笔委托金，请我战后去苏联！

1942 年 8 月 6 日

晚上一直在做这个"持久和平"的活儿。（我发现很难写一篇类似以"民主"为

---

1 罗尔夫·蒂特根斯（1911－1984），德国摄影师，1939 年移居美国，在各种期刊上发表摄影作品，包括《流行摄影》《美国照相机》和为 1939 年纽约世界博览会出版的《财富》特刊。此外，他还发表了一些文章，比如《什么是超现实主义？》。1941 年，现代艺术博物馆获得了他的两幅画作为永久收藏。帕特的《蜜月杀机》（1964）的题献就是给他的。

2 亚瑟·达阿拉齐恩（1914－2004），著名的土耳其裔美国工商业摄影师。

题的愉快&主题含混的文章，比如"民主"，也极度尴尬。报纸上除了陈词滥调和共产主义，还能说什么？）结果写出来的东西不妨叫作《如何建造一个耐用的鸡窝》。我要向戈德伯格请星期六的假——伯恩哈德想要离开。急救课后写作相当顺利。又得了一个"优秀"。很喜欢我的搭档玛格丽特·扎瓦达（来自秘鲁的捷克女孩）。她非常温暖，爱抚地抱着我的头，靠在她的膝盖上，摸着我的颈动脉。

1942年8月7日

伯杰很早就打来电话，因为我这个周末不想约会。事实上，[我和]伯恩哈德有约了。写"持久和平"的文章。（完成。）豪瑟一定是走了，被人拽走了，因为我们今晚约好的&我却没有他的消息。也许他今晚坐快船走了，和去伦敦的威廉米娜女王[1]坐同一艘快船。今晚写了2个小时的"曼纽尔"故事——实际上还不止——写得不错。我爱它。希望能写成一部好作品。我不擅长写结语。

1942/8/7

弗吉尼亚·伍尔夫自杀是因为她无法调和艺术与人类屠杀。就个人而言，（正如弗吉尼亚·伍尔夫一直所想）一个人无法调和它们，是因为个人不会出于自己的意愿去上战场。但就集体而言，战争是人类的一种表现，就像谋杀一样。战争是大规模的谋杀，战争是人类性格的一个方面的表现，一个非常古老的方面。如果战争不是自古就"不可避免"，如果普通人愿意违背自己的和平意愿，那么战争就会一直"不可避免"，所以有智慧的国家才会被他们的领导人推向战争。如果人类是反战的，那么他就会沦为谋杀者手中的尸体，谋杀是一种人类行为，或者说，偶尔还是人类的特征，我们中的一部分人就是有谋杀的欲望。

1942年8月8日

[伯恩哈德和我]赶上了去溪谷的火车。J.J.在游泳，所以我们买了午餐&在森林里吃，莫名其妙地生了一堆小篝火，大概是为了烟熏头发吧。J.J.奥古斯丁[2]的年龄不确定，可能在三十七岁到三十八岁之间，他是一个相当平庸的德国人。两层的

---

1 威廉米娜女王（1880－1962），荷兰1890－1948年的女王。二战期间，她在伦敦的电台广播使她成为荷兰抵抗德国占领的象征。
2 约翰内斯·雅各布·奥古斯丁，海因里希·威廉·奥古斯丁的儿子，是J.J.奥古斯丁印刷公司的老板。于1936年初搬到纽约，成立了该公司的海外出版部门。

房子，相当隐蔽，有警犬（希尔弗）和猫（猫咪）。他给我们讲了他与邻居还有联邦调查局的龃龉。邻居们都是怪胎，指责他的一切，说他搞间谍活动 & 同性恋、发无线电报和肛门幻想。他把我们伺候得舒舒服服，给我们做了维也纳炸肉排和土豆沙拉 & 在房子里忙得不亦乐乎，像个真正的家庭主妇[1]。但到了下午，他跟我们讲了他在德国的家人、他每天早上的活动、在家里的活动，以及 FBI 的电话窃听。

他的小客厅以壁炉为中心，两侧摆放着留声机唱片和储存的木材等。对面的墙上是一个德国风格的大书柜，原来有五个书柜——他从德国只弄出来这一个。有很多初版书，都是昂贵的版本，尤其是他自己印刷的或他父亲印刷的。他们喜欢文献学、土著绘画、编织等方面的书籍，J. J. 与巴纳德的格拉迪斯·赖卡德[2] 合作，印刷出版了北美印第安霍皮族 & 纳瓦霍族符号绘画的唯一权威版本。他懂六种印第安语言，能读 & 写。周围的一切都证明了这一点。汉堡和慕尼黑都有托马斯·曼式的存在，每天都吃两顿早餐，长时间有亚麻装订的歌德 & 斯维登伯格书籍陪伴。罗尔夫显然把事情说得很明白，因为他把我们安排在了一个房间，一张床 & 如果我们要求分开住，他可能会感到惊讶。不可避免的事情发生了，B. 在关键时刻撤退了（因为困惑、无能或缺乏信心）。

1942 年 8 月 9 日

因为我讨厌床，所以我总是晚睡早起。

J. J. 是一位艺术家。他一生做了许多事。可惜这门技艺会随着他一起死去。有一个法国犹太女子从戛纳来，他要娶她，但她是一个女同性恋 & 他们甚至不会住在一起，J. J. 是我爱的人，像伯恩哈德，像罗莎琳德、贝蒂、娜塔莎，像巴赫和莫扎特。罗尔夫·蒂特根斯在 12 点左右到达。我们又吃了一顿丰盛的晚餐，不过 J. J. 总是说他的资金有多少，因为要付律师费，而且美国人对他的书也不欣赏，他却有大量的黄油来做饭，手头还有大量的酒 & 香烟。

伯恩哈德 & 我在泥泞的森林里散步，在回家的路上被一只警犬从后面咬了一口。皮肤也破了。最有趣的是，刚一出事，伯恩哈德就浑身颤抖，哭个不停，一路抱着我回家 & 吓得都得去看医生了。伯恩哈德一整天都很开心。昨晚是一年半来的第

---

[1] 原文为德语。
[2] 格拉迪斯·赖卡德是巴纳德学院的人类学副教授。

一次，她说。（一年半以前，我还是个处女。）我燃起了新的渴望，要更多了解巴赫 & 要像 J.J. 一样生活，带着我的书、我的烟、酒、音乐 & 狗。不知道伯恩哈德是不是爱上我了？但我肯定没真的爱上她 & 她也一样：有些疯狂 & 不明智 & 不合逻辑又非常确定地突然发生了。除非在这个休息阶段，她的情色观念发生了改变。不幸的是，她的内心是如此柔软。

1942 年 8 月 10 日

戈德伯格要我 10:30 去设计新书。我想好了标题：**人民创造了美国**。维克，G.[1] & 我一整天都在整理章节。G. 请我吃午饭。在德尔佩佐饭店——饭店里几乎是空的。没有罗莎琳德和娜塔莎，一切都很空虚。她为什么连张卡片都不给我寄呢？没有她，我还是觉得很孤单，无论我看到谁，无论我做什么。我都感到孤独，非常孤独。我到家的时候，杰克·B 来了。妈妈最拿手的炸鸡晚餐。杰克·B & 我登上了帝国大厦 102 层。给让诺写了明信片寄去。我们和汤姆·柯林斯同行 & 谈话非常热烈，我表现得很拘谨，自觉很疲倦 & 无聊，也让别人无聊。我抽筋了，所以我去睡觉了。懒得说话，不健康。可是有这样的人在身边真的不能开口。他劝我不要独身，等等。然后今晚，可怕的熊抱，我忍受着，权当是我的义务，毕竟是送一个人上战场嘛。

1942 年 8 月 11 日

1:45 回去找伯恩哈德，但她已经吃过午饭了。罗尔夫像狼一样盯着我，环顾着画室，总像在做着什么梦。B.[2] & 我去了一家药店，吃午饭时我的身体状况几乎叫人无法忍受。更受不了的是沙拉、咖啡、香烟的价格，我还要给所有人付账。给好几个人买香烟、咖啡和沙拉。伯恩哈德从来不抢着付账，而我从来都是抢着付账的那个。B. 正赶上这个月的麻烦期，再加上非常愤怒于罗尔夫要把我从她身边带走，于是就出现了女人争宠而大打出手的场面。她想告诉罗尔夫，他想都别想，她希望得到我的支持。她说罗尔夫认为这样对她很可怕，显然她让他以为我们在一起了，但这不是真的。罗尔夫应该知道我们没有在一起，如果他想改变这状况，他应该来找我。然而，他想和 B. 谈。我警告她不要老是依赖我。从我今天中午的心情来看，我知道她可能也在琢磨我为什么会爱上罗尔夫。事实上，我最先爱上的就会是罗尔夫。总有一天我

---

1 戈德伯格的缩写。
2 伯恩哈德的缩写。

会嫁给像他这样的人。只不过我觉得他对我的感情来得快去得也快。

和巴菲去吃晚饭。喝马提尼酒 & 严肃认真地讨论到 8:30，然后我们去了夏多布里昂酒店。［玛丽·］卡拉斯——那个吸血鬼，那只穿小丑衣服的绵羊——是洛拉的情人 & 已经一年多了。戴尔下车的地方我没看见。他为什么要容忍呢？他有人了吗？

巴菲今晚很可爱。可爱的头型，可爱的头发，从头到脚散发着最令人兴奋的香水。她像一个强壮的印度人一样在屋子里走来走去，穿行在中国壁橱和蕾丝罩子之间，但她自己的力量控制着整个场面。我喜欢看她这个样子。她让我为某人（尼娜·雅各布森）的肖像画摆姿势，还要半裸着。同时，她吻着我，念动着咒语，让我留下来。我累了——太累了，仅此而已。不然我会留下来的。我觉得她的身体最吸引人。见鬼，很多人都没有吸引力！每次和巴菲约会，最后都演变成整晚做爱。过来喝茶 & 吃完早餐才走。"整晚看着你，然后吻你道晚安，感觉真好。"我说。她却说我淘气 & 嘲笑我的天真。我钦佩和羡慕她的精力。她现在既不喝酒也不抽烟。我得说她看起来状态更好了。

1942/8/11

这个笔记本应该有所变化，区别于其他几本的一个非常重要的变化。我不再为颓废派着迷，更不为他们文学中的色彩、变化和震惊效果所吸引。奇怪的是，正是这场战争导致了这一变化。战争使作家，也许也使每个人，思考自己最喜爱的是什么。面对自己，我思考了很长时间，我最喜欢什么，我想要什么样的生活，什么样的生活节奏，什么样的环境，什么样的目标，什么样的娱乐和什么样的劳动。我喜欢有一间属于我自己的房间，无论是夏天，还是飘雪的冬天、令人振奋的秋天和春天，都有漫长的夜晚。我喜欢读我自己的书，同时收音机里播放着吉尔伯特 & 沙利文的轻歌剧、巴赫的奏鸣曲或波切里尼的协奏曲。是的，我还喜欢陌生人的生活：一位富有的老绅士，每天午后开始粘贴他的集邮册，完成的时候，他的女儿就会在四点钟准时把热巧克力给他送到楼上。我喜欢底特律机械师们的生活，他们在星期天下午阅读狄更斯的作品，因为他们喜欢他，也因为他们自觉地吸收文化。我喜欢那些农家男孩，他们每个月到城里来一次，看个电影，泡个妞，还给自己买 10 分钱一杯的酒。我喜欢艺术家、画家、摄影师、橱窗设计师、广告文案、剧作家、小说家和短篇小说家，他们眼中有温和，笔下有冷静，没人记得早餐吃了什么，更不会去关心晚饭将要吃什么。我喜欢在刘易森体育场[1]里坐在我旁边的那个贫穷的犹太家庭，公共图书馆里在我旁边看书的戴眼镜的水手，给我洗衬衫的善良的中国人。我喜欢星期天早晨有英国果酱吃，门口有报纸送来，下午有交响乐听，晚上有烤棉花糖吃。我最喜欢的是艺术家，无论是自诩的 & 公认的，他们的生活都最接近自己的信仰，即人是世界上最奇妙的生物，最奇妙的动物，比他头脑中创造出的一切都更奇妙。这就是为什么我最喜欢艺术家，因为他们始终张大双眼，开动大脑，因为他们忽然看到、听到、感觉到人的新形象，一旦捕捉到这些，便极大地丰富了奇妙人类的伟大拼图，这拼图永无止境，永无破损。我讨厌什么？我讨厌的东西太多了，比如我不能容忍人们说："我没什么好说的。"可说的多着呢，线条和色彩的丑陋，引导人们购买不想要或不需要的东西的简单残忍，还有出版商的可恨，他们通过广告宣传推销劣质文学，卖给那些买得起或买不起的人，卖给那些寻求文化、逃避、攀比、或买来做生日礼物、或买来讨好某位大人物的人。我讨厌速度、噪音，讨厌没有值钱的东西，讨厌没有闲暇去探亲访友、频繁地长时间学习、熟悉别人家中手工制作的线条优美的家具，讨厌邻里间的冷漠，讨厌机器生产的鞋的粗陋——怎比得上大师们以手来感知脚而做出来的精品，讨厌对艺术、广告、印刷、丝带、衣服各方面的一视同仁，讨厌生活中因为忙碌、经济压力、对匮乏的恐惧、没有闲暇的日子而失去了生活的乐趣。很晚了。我才只列举了一半喜爱和厌恶的东西，而且说得不好。

1942 年 8 月 13 日

今天感觉好多了：妈妈把我的头发盘起来。《小姐》给我寄了一封信，问我是否有兴趣做《魅力》杂志的"专题编辑"。（即写标题 & 专攻难搞作家）1:30 去了一趟伯恩哈德家，但她在斯卡斯代尔。我忘了罗尔夫也在那儿，他带着我的照片。其中两张很好。我喜欢一张非常严肃的。罗尔夫说："我就知道你会喜欢那张。因为你看起来很男孩子气。你是一个男孩。你知道的。"很细心 & 陪我一直走到 57 街，我告诉他 B. & 我没有在一起。罗尔夫星期天想去范·科特兰公园散步，但他担心伯恩哈德会嫉妒他。千万不能告诉她。我想请罗尔夫星期天吃饭。昨天当我心烦意乱的时候，我没想清楚原因。我后来仅凭直觉发现，我不想要 B. 牢牢地控制我。我不想承诺她

---

[1] 五十多年来，直到 1966 年末，刘易森体育场一直是纽约市文化生活的主要场所，每年吸引数十万观众观看夏季交响乐音乐会。

什么。我不知道会不会爱上罗尔夫。我们都不愿承认自己是异性恋，都可以为自己开脱，说当然不是了。巴菲昨晚给我看了她在战后可能要嫁的那个"作家"的照片。他在军队里。她昨晚多可爱啊。（我们两个）要是结婚，继续像以前一样相互信任，和睦相处，那该有多好啊。

1942 年 8 月 14 日

我觉得心情低落。今晚写完了《曼纽尔》& 开始另起一份更好的草稿，这次的风格一定得是这样。去史密斯街见一个小人物，了解专题编辑的工作。一个年轻的女孩和我谈的，我毫不留情地对她散发魅力。她会给我打电话的。

然而，戈德伯格对《人民造就美国》非常满意，它的先期样张已经印出来了。这个时候不太可能走得开啊，必须在最后期限前完成。他甚至想让我在周末加班。今天晚上读完了但丁的《神曲》，背诵了几个精彩的段落。但是在一天的琐事之后，很难回归到自己的世界中。我的笔记本有两三天没动过了。没有孤独 & 自由安静的时间，哪能写出神奇的篇章。没办法。

1942 年 8 月 15 日

和［沃尔特·］马洛共进晚餐。又一朵绚丽的栀子花。我们去了上城的"咖啡公社"[1]。晚上很平静，除了在他房间里聊天时我透漏给他我在性方面的反应。最后，我得以告诉他 a）我不喜欢他或任何人对我有任何关注 b）我也不该这样，我要等到自己做了件自豪的、有价值的事才行。他很同情我，但我不喜欢他拿性行为开玩笑，他轻松的态度（经过他的微妙调整）就好像这只是和一个女孩的普通友谊。"你不认为性会一直存在吗？"等等。不了，谢谢。天啊，我能不能给他点颜色看看？！明天我要跟罗尔夫谈谈这事——不相信粗野商人的问题，以及不相信女人的天才 & 动力的问题。他应该精通这门学科。

1942 年 8 月 16 日

我觉得这是我一生中最奇怪的一天。无论如何，我近乎爱上了——罗尔夫·蒂特根斯。2 点在列克星敦 & 59 街街角与罗尔夫见面。我们坐车来到范·科特兰公园。他

---

[1] "咖啡公社"位于格林尼治村谢里登广场，是第一家不分种族的夜总会。第一家分店于 1940 年开业，位于列克星敦和公园大道之间的第 58 街。

送给我一个木制的墨西哥（印第安）小娃娃，是一个印第安小男孩做的。我首先告诉他，沃尔特 & 我昨晚说的话——我与生俱来的对男人的厌恶 & 不信任。所以他很沮丧。大雨瓢泼 & 我们浑身湿透了。我们耽搁了很久，又采了蘑菇之后才回到家，& 吃了鸡蛋吐司 & 蛋糕 & 喝了咖啡。他决心只要不饿就行，但把东西都吃了。然后我们坐在我的房间里 & 聊天。他翻看了我所有的书。特别喜欢布莱克 & 多恩，他对他们了如指掌。我们沿着57街走到河边，这是今天唯一令他满意的地方。和他站在那里真的很有趣 & 因为有趣所以也很奇怪——原因很简单，他是唯一了解我的人。上帝，他和沃尔特之间简直天差地别啊！——还有杰克！于是我们欣赏着船只、灯火，他给我讲汉堡、吕贝克和沼泽地。然后我们走到空荡荡的铺着鹅卵石的街道 & 在那儿站了一个多小时。他吻了我几次——这次变成了互吻。简直不可思议 & 无与伦比，有好一会儿我能看到天空中写满了幸福，仿佛那是一个从未见过的新词。他说他太高兴了，会有好几个月吃不下 & 睡不着了。说我们千万别告诉伯恩哈德。

所以，今晚——我是新的。我成了一个新的人——谁知道会有什么结果呢？我很想跟他上床。我知道他也想要。所以我想我们会的。在哪儿呢？在他家？还是趁伯恩哈德不在的时候，找个机会到J.J.家去？和他在一起就像读一首美妙的诗——惠特曼、伍尔夫或上帝自己。他把这些读给我听，而在他身边我却静默无言。他是很不切实际的 & 很狂野。他想要通过战争消灭所有人 & 重新开始——连他自己也消灭掉。他的脑子里满是他在得州监狱里遇到的那些悲伤的印第安人。野蛮的好人，被白人的法律囚禁。

希望很快去J.J.家。

1942年8月17日

［西］今天上午我工作特别顺利。我［为戈德伯格］写了《本年度最佳电影〈忠勇之家〉》的文章。［西］写得有趣 & 读起来也有趣。2:30 把它拿到办公室，顺便去了伯恩哈德家，蒂特根斯当然也在那儿。我们表现得很好。伯恩哈德很忙 & 尽管运气不好，她仍在故作乐观。罗尔夫下来了，陪我走到67街。他告诉我，他已经告诉J.J.了一切——昨晚的事——他一上午都在和他讲这事。他说J.J.很高兴 & 一定要我俩单独去，但罗尔夫对伯恩哈德要小心。今晚读《圣经》中的《传道书》 & 太精彩了。罗尔夫曾对着沙漠大喊着这本书的内容。我父母认为他天生就是个乞丐——流浪汉——一个流氓。但是他们对精神方面的事情一无所知。他和《圣经》里的智者一样

挥霍钱财。

1942 年 8 月 19 日

"雕像在我体内自行建造，我应该让这些不朽的篇章千古流芳。"我今晚写道。它以罗尔夫为中心。今晚我和伯恩哈德一起喝酒的时候，她告诉我，她无法理解我会喜欢罗尔夫（虽然我向她保证我不爱他！），如果是罗莎琳德，我已经勾起了她对我的兴趣，她会理解的 & 也不会介意——罗尔夫让她很烦——然而她说她也无权要求我什么 & 这话她也告诉了他。他把我们两人说的每一件事都夸大其词。因此，今后最好什么也不要说。我们在百合花餐馆吃饭，真是个烂地方。然后我们看了《莫斯科反击战》[1]，一部很好的电影。我们愉快地走回家 & 在河边坐了一个小时，我们的谈话像魔法一样神奇。

1942 年 8 月 20 日

[德] 是的，我比以往任何时候都快乐。我不明白，还有，罗尔夫。8:30 我向窗外望去，他像往常一样，没有戴帽子，也没有穿夹克，偷偷摸摸地走了进来。我们很高兴见到彼此。沿着第一大道走，喝了杯啤酒。（罗尔夫喝了两杯。）他因炎热而痛苦不堪。得知我还没有告诉［伯恩哈德］真相，他很沮丧。我们站在河边那条安静的小街上，属于我们的街道，石头之间长着青草，绿色的，柔软的，在风中摇曳，除了偶尔走过的警察，几乎没有人经过。这是最美妙的夜晚。他想和我住在一起，并打算马上为此挣钱。他要我陪他回家，整晚好好谈谈。是的，这也是我想要的。但我担心我会像一个普通的女孩，一个男人会阻止我工作。但相反，他叫我小男孩，我会因此成为一个更好的作家。罗莎琳德，娜塔莎 & 贝蒂 & 巴布斯，彼得 & 海伦会说什么呢？世人会说什么呢？[德]

1942 年 8 月 21 日

[德] 罗尔夫坐在窗边，伯恩哈德不在。[德] 他很高兴 & 说诸神与我们同在。是的，他把我想象成一个男孩，他以前的同性恋倾向源于希腊人对男人优越感的自豪和

---

1 《莫斯科反击战》（1942）是苏联的一部长篇纪录片，由列昂尼德·瓦拉莫夫和伊利亚·科帕林执导，讲述了 1941 年 10 月至 1942 年 1 月的莫斯科战役。这部影片在 1943 年获得了奥斯卡最佳纪录片奖。

对女人的诡计与弱点的不信任。他喜欢我，因为我的身材瘦削 & 结实 & 笔挺，也因为我说话直率。他聊起德国 & 他的家人，而太阳把纪念碑上的尿渍折射成一道黄色的彩虹围绕着我们。什么样的城市啊，连个独处的地方都没有！6:30 伯杰打来电话，听说我周末要"出门"非常失望，又听到我下周全都约了人，气坏了。

1942 年 8 月 22 日

半夜恶心醒了——饥肠辘辘 & 所有的食物又都令人作呕。试着写作。拿到支票了，韦克小姐让我回家。她非常担心我，但也道出了一个真理：每个取得成就的人都会滥用身体健康法则，睡眠对他们来说就是一个神话。[罗尔夫] 7 点钟来了。我们坐在我漆黑的房间里 & 聊着，起初很害羞，因为疾病使我筋疲力尽。他给我带来了汉姆生的《神秘故事》。他感到很尴尬，因为灯都灭了，担心我父母回家。他的头发剪短了，像个犯人，还满头大汗 & 穿一件牛仔衬衫。开电梯的男孩上下打量他，我倒不介意。

过去七天里发生了很多事！难怪我病了。

1942 年 8 月 23 日

一个愉快的星期天。少见。今天早上家人去教堂做礼拜的时候，我写完了《曼纽尔》故事的结局。整天都不出门真让人开心，只有 6:30 去买了些 C&B 橘子酱，纯粹是一时的心血来潮。我读了 W. H. 奥登的《替身》。相当不错。但和他偶尔模仿的艾略特相比，就没那么才华横溢或言辞简洁了。一整天不受电话干扰多好啊！我给 M. & S. 大声朗读《曼纽尔》，他们很喜欢——这可能是第一次。我认为他们是相当公正的批评家。这是多么愉快的感觉啊——一个我并不羞于展示的故事——一个我几乎引以为傲的故事——一个让人觉得超过《银色的丰饶之角》的故事，尽管《曼纽尔》没那么出众。而且我也没那么满意。但情感之类的东西要比简单的仇恨难处理得多，而仇恨对我来说很容易。我渐渐觉得自己能够驾驭曾经很陌生的复杂局势和简单的情感了。我觉得我在成长 & 还会继续成长，这种成长只有在这样悠长的、无人打扰的星期日才会出现。

今晚我开始读 [弗兰兹·] 韦尔弗的《默萨·达的四十天》。写得超棒！比我希望的还要好。

1941—1950 年：纽约的青春，以及不同的写作方式

1942/8/24

从科学家的角度审视任何艺术作品，你就会发现它们都像是疯子扭曲变态的产物。艺术家的贡献是许多小疯狂和小变态的总和，再装饰成一种美丽的力量，一种理智的人早就明智地扔掉的琐碎力量。

1942 年 8 月 25 日

今天早上 9:35 罗莎琳德给我打了电话。我高兴得说不出话来。她叫我和她一起吃午饭。我花了好长时间选衣服，早上工作了大概一个小时。吃了一个半小时的午餐。她看起来很漂亮——手 & 后背都晒成棕褐色，长期喝杜松子酒导致脸色潮红，上嘴唇因晒伤而微微脱皮。

戈德伯格读了《曼纽尔》。他喜欢它，说在一堆故事里，他能一眼就认出这是我写的东西。我感到深深的幸福，对自己的能力充满信心，罗尔夫肯定起到了重要作用。假如我爱上了罗尔夫 & 罗莎琳德。这是一个简单的事实，我该怎么办呢？

1942 年 8 月 26 日

这些天我一直生活在各种情绪的边缘——就像海伦去年 12 月那样。打电话叫罗尔夫来 & 我们轻松地去吃午饭。我饿死了。和他一起吃饭，有阳光洒在餐桌上，多么美妙啊，我觉得永远都看不够他，吃不够饭。然后我们花了一个小时买鞋（F. 西蒙牌，9 美元）。一双红色的。我已经决定告诉 B. 了。她目光太短浅了，限制我只能喜欢女孩。她真的很不得体——& 显然有上进心。

1942 年 8 月 27 日

肯特公爵星期二在英格兰上空因飞机失事丧生。打电话叫罗尔夫来，我在窗子里看到他 & 傻傻地跟他打招呼，然后才看到伯恩哈德也在。从那以后，她就冷若冰霜。[德] 罗尔夫小声对我说，把事情都告诉她吧——B. 和我穿过马路去喝酒。[德] 一杯——两杯——三杯马提尼酒——解释，她流泪——[德] 然后一切都支离破碎。[德] 我的急救课，除了有伯恩哈德在那倾吐心声外，很是可有可无。她爱我。她接受不了。我们无视规矩 & 去了霍博肯的一家蛤蜊店，店里的地板上铺着木屑，扔着牡蛎壳。她说，问题是她付出的和罗尔夫一样多——只是没那么令人兴奋 & 强烈。确实如此。但是，我感觉已经走到了尽头。她对我很好，但我更爱罗尔夫。我既没有耐心，也没有智慧，没能做到温柔收场，最后事态变得很激烈。12 点后才到家，罗尔

夫当然在等我 & 妈妈说他来时一副很不安的样子，把他们吓坏了。

1942 年 8 月 29 日

我不能和任何人产生联系，只能和自己沟通——这也不容易。氛围的逼仄阻止了城市的美丽渗透。使我的头脑迟钝，肠子堵塞。我眼前的颓废！正如罗尔夫所说：这片神奇的大陆被他们用一百年的时间毁掉了！

1942/8/30

加州的美好一天！那承诺——欣喜于朦朦胧胧，半知半解。这段时光永远无法重复——因为那时我二十岁半，而现在我二十一岁半——那天我的爱情那么稚嫩——只有两三面之缘。诗歌怎能充分再现它的美好？因为我能动用的语言，充其量也就能使人联想到那一天，充其量也就只能唤起我那天下午的回忆。我怎么可能传达出那时的感觉呢？

那天在下雨，我不在乎。我得了重感冒，也不在乎。我是一枚随时准备发射的火箭，直直地瞄准了你。

遇到这般令人心旌摇动的经历该怎么办？等着吗？——那太无望了！情绪转瞬即逝，以后再想通过想象或刻意再现当初的情境根本找不回来的。那心境、氛围、触摸不到的情绪连一丝一毫都没有留下，残存的只有一整段时间的回忆，即使回忆起当初的每一句对白、眼前浮现出整幅的画面，也无法完美地昔日重现。在这里，我机械地写着必须写下的一切，想要回忆起必须回忆的东西，与现实相比，文字那么苍白、残缺、无力，但仍然吸引着我，蛊惑着我。我那时那么爱你。我当时坚信不疑。我在快乐的巅峰呼吸着稀薄的空气。你就在我周身萦绕，那两个月一直不散。我享受着对你不切实际的爱。不切实际的爱情最美好，最适合。如果一往情深是人世间最深沉的体验，就应该与其他体验不同，那就让它是最不明智的吧。如果我有一刻想要做计划、用手段、想要投你所好，就咒我下地狱吧。让我永远做那枚等待点火的火箭吧。

1942 年 8 月 31 日

今天早上妈妈 & 我把书架填满——非常好，虽然空间有点大——杂志太多了，权当作书了。7:15 巴菲过来了。喝了一点雪利酒。她这个星期就要结婚了！嫁给一个叫约翰·莱瑟姆的同性恋士兵。喝了几杯马提尼酒之后，我带她到 55 街的哈布斯堡饭店吃饭。迷人的晚餐，但我太紧张了，只吃了½。巴菲主动提出一起付账，但我觉得自己过分优雅了。我们回到她的房子，买了漂亮的葡萄。有两个人来访，这让我很恼火，因为我们在听唱片。我睡在巴菲家。本来可以很愉快的，但我喝多了，困倦得不能自持——下次我可不能喝三四杯马提尼酒了。

1942 年 9 月 1 日

莱瑟姆先生昨晚从加州打电话过来，不早不晚正好半夜 1 点，真扰人清梦。巴菲不得不去那里办婚礼，之后回家继续以前的生活，毫无变化。她甚至对我母亲也随口说起这件事。我给巴菲打电话了——在那样的事情以后，人是没法说再见的——我出去的时候，她也给我打了电话。去摄影棚拜访了［罗尔夫］。看看他在德国出版的书。他想把窗帘拉上，没什么特别的原因。结果 B. 路过时看见了，后来骂他"行为轻浮"。所以我和罗尔夫都不想再去那里了，也不能去了。总之，他从星期六开始租了 50 街带家具的房间。参加了急救课期末口试。之后罗尔夫也去了。步行回家很愉快 & 母亲煮了咖啡，我给他讲了几个故事。包括那个地铁的故事[1]，我想他会喜欢的。希望如此。但愿他能弄到钱 & 穿得好一点。就一点点！

1942 年 9 月 2 日

我几乎被击倒，被压垮，被打败了——被我还要去做，去制造，去思考，去创造，去计划，去品味，去爱，去恨，去享受，去经历的所有美好的事物打垮了。我从没想过我最大的敌人是疲劳，是我最大的美德——勤奋的兄弟。但疲劳总是生理性的，是可以治愈的，不是精神上的或心理上的。和罗莎琳德一起愉快地享受午餐。她正在戒酒，好去掉杜松子酒导致的脸色潮红，也不知道是不是这个原因。我个人倒挺喜欢。我不喜欢 R. 戒酒。都不像她了。她美貌动人，可说得上人见人爱。她能装得很清醒，但没有神秘感。我倒希望看她酩酊大醉的样子——像我这样。我们充分讨论了罗尔夫—伯恩哈德的三角问题。她为我 & 罗尔夫辩护。罗莎琳德说如果她想要倒霉，她就会倒霉。我说 B. 有过 6 个月与自己的白马王子的幸福生活，罗莎琳德说她可真幸运，我们倾其一生都得不到我们想要的人。我不知道她想要谁？为什么不能是我——为什么不能是我？不，我还没准备好要爱罗尔夫，因为只要罗莎琳德有一点点

---

[1] 帕特曾在 7 月的日记里提到过一篇关于人们"在地铁里写作"的小说。这里指的可能是同一个故事，也可能是她在 1943 年卖给《家居 & 食品》杂志的名为《朋友们》的短篇小说。

张开双臂接纳我的意思，我就会立刻跑过去。

1942年9月4日

和罗尔夫在自动售货餐厅[1]吃了午饭。我偶尔会感到自己超然的力量受到威胁，这力量是我在开始写作前就深爱的。必须守护好它，虽然我相信它一定是永远存在的。它只不过是一块坚硬的金属，时时需要抛光而已。今天早上9:30，48街发生了一起可怕的爆炸。自杀式袭击，被女佣按门铃的动作触发引爆。报纸上说，玛丽·沙利文从床上被掀了下来。

1942年9月5日

今晚与罗尔夫在一起。我们先是走到巴菲家。她妈妈在那儿，不让我给花浇水——而永远躲不开的巴菲，把罗尔夫当个奴才一样派去配一把钥匙。除了她母亲，我是唯一一个在纽约有她钥匙的人。她真好。（"你们也可以去度蜜月——"巴菲小声对我说。）还是拉倒吧。我真喜欢偶尔去一趟她那里，好好看看她所有的画，浏览一下她的书。她在发那个疯狂的婚礼的请柬。至少有500张，内里的纸张&外边的信封都是卡地亚文具出品的。我必须把其中½送给约翰·莱瑟姆先生，巴菲昨天才学会拼写他的名字。

罗尔夫&我在公园里散步，他逼着我告诉他海伦的事，以及我们对彼此的感情。男人对我没有魔力，仅此而已。也许我急需的是魔法而不是面包和肉，一如我宁愿要支烟而不是汉堡包。罗尔夫担心我又和哪个女孩私奔了。让他担心吧。如果我真私奔了，他会更容易失望。但是我很喜欢罗尔夫，我看不出自己会很快离开他。我很期待明天。

1942年9月6日

[德]天气很好。早早起了床，和罗尔夫一起去了J.J.家。罗尔夫真的很英俊。他在火炉边的沙发上睡着了。但最终还是进了我的房间——（他一开始很紧张，摆弄着房间里的各种东西。）然后他又很害羞，那么可爱，什么事都想做，又什么事都不想做。我很高兴他什么都没做，否则早上起来我会感到恶心。他大概尝试了三次靠近

---

1 自动售货餐馆是一些自助餐厅，每个顾客的食物都是从玻璃门的小隔间里送出来的。

我。我自己也很害羞。在厨房里吃了一顿很棒的早餐。罗尔夫很累。对于（昨晚）我的表现，他什么也没说——我一向如此，不知道自己要什么。他真的很喜欢我——真心地——那么温柔，那么深情。我告诉了他我对罗莎琳德的感受——一切。他理解我。他只是想让我快乐，做好工作。他想帮助我，也想见见罗莎琳德，因为"她对你的影响太大了！"是的，如果我有钱的话——就星期五一起午餐。我们读过各种各样的德国书，荷尔德林、歌德、摩根斯坦，还有萨洛扬，罗尔夫竟然认识萨洛扬。我很喜欢罗尔夫，但我还没有爱上他。[德]

1942年9月7日

怪异的一天。努力工作。我本想去见罗尔夫的，可是太忙了，几乎想不起他来，结果他就在44街的工作室对面来来回回地走。他说，要是我半夜给他打电话，让他"到西边来"，他会立刻收拾整齐 & 5分钟内就出现。他只需要套上连体衣就行。罗莎琳德让我和她共进晚餐。贝蒂要到星期四才来。她说——要让自己对我比以往任何时候都更加敞开心扉："如果我是你这个年纪，我会觉得自己是个很乏味的伴侣。"真是她的一贯作风。我的内心充满了无法言说的美妙话语。她是那么奇怪、独特、奇妙、天才，人间和天堂都找不到可媲美的，我该说什么呢？甚至我的眼神都无法表达我的情绪——我们都很伤心。我们含糊地谈到了战争。我总是含糊其辞，因为我既不是共产主义者，也不是反动分子。我一定要碰她一次 & 吻她——隔空——在她金发的右边。她说："上帝保佑你！" & 我泪流满面地走出大厅。我不知道是为了什么。

1942年9月8日

[德]罗尔夫5点过来接我。我们看了［弗兰克·威斯巴的］《船夫玛利亚》，一部纳粹德国出品的非常好的电影。后来我们步行到他家。两间小阁楼摆满了画和书。但我无法安定下来。我有很多事要做。我们在床上躺了一分钟。然后我们去了第57街。非常难过。他想躺在阴沟里死去。我很难过没法和他多待一会儿。写了两封信。浮想联翩。阅读［H.G. 威尔斯的］《解放全世界》，不长，算不上伟大，也不特别令人兴奋。但是不错。[德]

1942年9月10日

我得到了电梯男孩们疯狂的赞美——可能面对大楼里的每个女孩，只要不是僵尸，他们就都送上一份。12:20见了罗尔夫。5:30又见了一次。他每天要花20美分打电话，这是不应该的。乔·P来吃晚饭。她总是不长眼色地待到很晚。同样的事情又发生了。我为她感到难过，因为她很孤独。仅此而已。后来我后悔极了 & 我搞不懂为什么允许此事重演。我已经长大了，应该有自己的生活。我不想再尝试了，浪费本就不够用的宝贵时间。我很乐意为此放弃——这个词很可笑——饮酒、聚餐、鸡尾酒、荒唐事！

1942年9月13日

斯大林格勒几乎被攻陷。苏联人以惊人的勇气，摧毁了一切撤退的桥梁 & 道路，死战到底。昨天我把《这些悲哀的栋梁》寄给了《纽约客》的肖恩先生。即使他不记得我了，那故事也会送到文学部。他会写张便条的。把《曼纽尔》寄给了《故事》杂志。一如既往地焦虑——就像在1938年那相当绝望的日子里一样——因为现在我的力量来了。我花了好几个小时翻看我的笔记本，琢磨着下一步——当然还没有成形的故事，只是试图提炼出我内心的阴暗情感。

1942/9/13

最高尚和"美丽"的文学已经被写完了——在《圣经》中，在希腊戏剧中，在哲学中。我们所能达到的至多就是物质的呈现，一种我们的头脑根本无法企及的永恒的拙劣替代品。在我们这个时代，灵性就像一对翅膀或一个光环一样难以获得。

1942年9月14日

（艰难地[1]）写了3页关于圣母的新故事。[2] 今晚是一个愉快的夜晚，因为我独自一人，那些微妙的想法就冒出来了，比起在更令人不安的环境中可能发生的体力活动，这些想法通常是更好的文学材料（对于小说人物而言）。阅读《神秘故事》。

1942年9月18日

晚饭后见到罗尔夫。我本该工作 & 待在家里的，但是因为有了钱，他的心情很好。我们去巴菲家看书。我们终于脱了衣服 & 在床上躺一会儿。我们都没有感到任何

---

[1] 原文为德语。
[2] 可能指的是她档案中题为《杂七杂八》的故事，后收进《无迹可寻：帕特里夏·海史密斯未发表故事集》里（纽约，2002），更名为《空洞的神谕》。

1941—1950 年：纽约的青春，以及不同的写作方式

身体上的兴奋，也不想做什么。这间房子，这张床 & 回忆，一切都让我心神不宁，罗尔夫不理解。我终于断定，我跟人在一起，肯定是精神错乱了。我有忍耐的时间限度。也许这世界上只有罗莎琳德一个人能让我连续几个小时都感到平静。和其他人在一起，我就老想着时间的流逝，想着我还有［多少］工作要做。即使今晚和罗尔夫在一起，情况也相当糟糕。后来我再也无法忍受了，我们就去吃饭。他告诉我，他从来没有找过妓女，从来没有和女孩上过床。

1942/9/18

［听了弗雷德里克·戴留斯[1]的］《漫步在天堂花园》——我痴迷于用文字创造的奇迹，我害怕我永远也做不到，永远也不能用文字创造出来。

1942 年 9 月 19 日

天气很好。我千万遍地思念罗莎琳德。上午工作。勒纳说他会把我放到招聘广告部门，（如果我做得好，可能加薪！）年鉴将于明年 1 月再版——这期间，我希望在时代公司谋个职位。哪怕只是扫扫地也好。

我 & 妈妈在德尔佩佐饭店午餐，很愉快。意大利通心面。她给我买了一件衬衫（价值 1 美元的积压货）& 我们看了一些展览。奇怪的是，我最感兴趣的是［伊芙·］唐古伊。他是未来的预言者，颓废的先驱。灵气中被紧紧锁住的小物体是机械、有机的，其形状暗示着冻结的力量 & 运动。

很开心地写我的基督故事。[2] 我对它有信心。

1942 年 9 月 20 日

阅读不足。我必须改变我的习惯，不然就永远是世界文学方面的笨蛋。2 点罗尔夫来了。得了流感，病歪歪的。给他喝了一杯热朗姆酒 & 然后我们看了大都会博物馆图卢兹-劳特列克[3]的海报展览。和我们现在的杂志封面和香烟广告相比，真的很令人

---

1 弗雷德里克·戴留斯（1862－1934），英国作曲家，祖籍德国。曾就学于莱比锡音乐学院。1888 年后移居巴黎，潜心研究作曲艺术，受德彪西、格里格等人的影响。代表作有交响诗《布里格的集市》《河上的夏夜》《巴黎，伟大城市之歌》等。

2 可能就是海史密斯说的"关于处女母亲"的故事。

3 亨利·玛丽·德·图卢兹-劳特列克-蒙法（1864－1901），法国后印象派画家，因其为法国夜总会红磨坊创作的系列海报而闻名。

兴奋，也很令人沮丧。我们去了他那里，躺在床上，有半个小时一切都很好——也许（毫无疑问）我从他突然的平静＆幸福中得到了一些共鸣。之后——嗯，我变得有点难为情，又或者是想要一些身体上的接触（正常的＆完全是出于本能的由亲密接触产生的兴奋），而罗尔夫却什么感觉也没有。他因为自己无法兴奋而痛苦。多年的不同习惯使然，别指望他能有普通男人的功能了。然而，他咒骂自己＆说除非他能扳正自己，否则他只会让我们渐行渐远。其实这对我来说并不重要，因为我爱罗莎琳德＆在生理上别无所求——我真的无意要她，因为我爱她的方式是如此美丽。事实是，我崇拜她！回家很晚，快快不快。今晚在罗尔夫家读了会儿惠特曼。非常优美。

1942年9月21日

愉快的一天。我懒散了一上午，给时代公司的威廉姆斯小姐写了一封信，自觉很满意。罗尔夫在12点打来电话。我真希望他能接受自己的小问题。否则他就跟我说再见了。当我只是用一种理想主义的方式爱罗莎琳德时，因为某种或真或假的身体缺陷而放弃她，那会是多么可怕啊。我想其他大部分时间（也许是所有时间——除了和海伦那段）我都在恋爱，都是肉体方面的爱欲，这让我感到沮丧。都是罗密欧＆朱丽叶的那种浓情＆虚伪。但对罗莎琳德的情感却经久不衰。去年我告诉她的时候用了那么恰当的词，真是太好了。"我崇拜你——"别的词都不行。今天下午给她打电话了＆虽然她很忙，但她还是定了明天和罗尔夫＆我见面。读了科莱特的《放纵的丈夫》，多年来见过最烂的东西！（今晚在58街的图书馆里见到K.金斯利和她母亲。我们还没熟络到可以攀谈的地步。她看起来还是那样，头发短了，一身火红的外套。我知道她挺想和我说话的。）

1942年9月23日

上午在办公室工作＆去接罗尔夫。12:25在德尔佩佐饭店，但是罗莎琳德直到1点才来。我今天真为她骄傲！她看起来光彩照人，谈吐不凡，令人神往！血腥场面让她非常兴奋，妙语连珠，幽默风趣。我想她喜欢罗尔夫——尽管我希望他能提高他的英语水平。在我的引导下，他能做到＆我的德语，在他的引导下也会进步的。

今晚的凉意很舒适。还有不明飞机的空袭警报。纽约人非常不听话。自制力差到可耻。什么也没读＆世界的摧残我感同身受。当我独自度过了平静的一天，心境纯洁的时候，我工作＆思考的效果都会更好。否则，人的大脑运转得太快＆肤浅。

1942 年 9 月 24 日

银行存款 30.00 美元——从我开始工作攒下来的所有的钱。这也意味着 30 美元的国防债券。战争意味着一年内生活会发生剧烈变化。也许更高的薪水只能维持现有的生活水平。

我该离开罗尔夫·蒂特根斯了。经过努力,我可能会在五分钟内就调整到一个月前的积极心态中,但在这些事情上思考又有什么用呢?真相伴随着无法控制的情绪而来,我已经对别人有了这种感觉。有着"毫不相干的旁观者"那种骇人的睿智。罗尔夫问了我一些有关罗莎琳德的问题。他说"我没有机会",因为她在年龄、造诣、世界观等方面都比他强。她能从别的年长的女性那里得到更多,我能给她什么呢?——只有崇拜,而那能取悦年长的女性,罗尔夫说。我崇拜她——但她带给我的挫折感影响多坏啊!也许,设想没有她的生活将会怎样,会比列举现在生活的积极面要简单得多。

伯纳德写信来说,[祖父] 普朗曼先生住进了疗养院 & 他夫人"精神崩溃"了。

1942 年 9 月 25 日

只有苏联人还在奋战,在被围的第三十二天,苏联人依然坚守着斯大林格勒。他们甚至为一草一木而战斗!

我得了重感冒 & 几乎不能呼吸和说话。罗尔夫传给我的。罗尔夫把他的车以 100 美元的价格卖给了 J. J.——他得到 50 美元,48 美元还债。所以我们在一家匈牙利餐馆享用了一顿奢华的午餐,现在罕见的六道菜大餐,只花了 50 美分!后来我们在现代艺术博物馆看了《锡兰之歌》。美好又难忘的东西。罗尔夫仍然想每天见到我,可是天知道罗莎琳德会劝退他的!

几乎什么书也没读,因为我感觉很糟糕。然而,还是对我的基督故事做了建设性修改。顺便说一下,地铁故事 & 曼纽尔故事今天都被退稿了,我并没有感到气馁。还有,时代公司的威廉姆斯小姐给我写了一封信,说她对我长期从事的事情很感兴趣,想见见我 & 多了解一些,可是他们目前没有扩招培训人员的打算。我要问问罗莎琳德她是指我打印的笔记吗,我想是的。我感到快乐。长久的幸福感。

1942 年 9 月 26 日

天气终于放晴了。9:30 在地铁站跟罗尔夫碰头。到了 J. J. 家后,我读起了《神秘故事》，他觉得我很不礼貌 & 我们散步的时候这样对我说了。事实上，他和我一样难相处 & 对社交礼仪更不会做出让步。我们走在树林里，谈论私密的话题，很是惊喜。不错的午餐 & 然后我们想坐罗尔夫的车去海滩（现在是 J.J. 的车了）。汽油在 5 分钟内耗尽了 & 推着走了一段后，霍夫曼医生把我们送回家了。R. 告诉我，罗尔夫 & J.J. 在厨房用德语交谈，J.J. 说，你还能指望什么？她不爱你。你俩没有可能的。于是我们默默地吃着晚餐——（罗尔夫非常自闭，差点拒绝坐到餐桌前）& 我们冒雨离开了。

1942/9/27

有时我觉得比自己的身体聪明得多：然后我开始觉得比自己的头脑更聪明，最后就开始琢磨是什么东西让我自觉更聪明，这又把我带回到这个无解的问题上：我是什么？我不相信幸福或所谓的正常是人类生活的理想。"理想的幸福"之人就是不切实际状态下的蠢人。因此，我不相信现代精神病医生的补救工作。他们对这个世界和它的子孙后代最大的贡献就是别去打扰不正常的人，让他们追随自己的直觉、星星、磁石、占卜棒、幻想或诸如此类的东西。

这个世界到处是散落的豌豆，它们从纸板的中央滚下来，滚进了最满的隔板里。精神病学家们耗尽心力就是想把这些出格的豌豆推过障碍物，进入到业已拥挤不堪的中庸里，目的就是要把他们变成普通的豌豆，他们真心以此为自豪。我认为人们应该有权为他们的变态、反常、不幸、建设或破坏奋战到底。疯子是唯一积极的一类人。他们建造了世界。疯子，是建设性的天才，只需要一点点正常人的智力，帮助他们摆脱想使他们变得正常的力量。

1942/9/27

我把那么多的书塞进身体里，就像一个塞满柴火的炉子，却没有火柴。

1942 年 9 月 28 日

[德]我那有德国血统的祖父星期五去世了。他住在疗养院里。不知道哪里出了问题。和罗尔夫带着他的东西坐出租车去他家。他拥抱了我，我一点也不喜欢。"这么令人讨厌吗？"他问道。是的，真不幸![德]

1942 年 10 月 3 日

[法]奇怪的一天。我做了很多工作——不是在上午，而是在下午！我们去了印度

商店，我一眼就相中了一顶帽子——9.75美元，我和妈妈各出一半。一顶小帽子，像门童戴的那种。我今天做的每一件事都没超过3小时。只是戈德伯格不擅长做计划，害得我一直待在办公室里。

罗尔夫5点打电话给我。我不想见他。他对我生气了——真的很生气。他再次打来电话，告诉他想见我。7点。回到家时，我又累又伤心，不得不躺了半个小时。后来，他告诉我困扰他的是什么：我变了，我不再关心我的朋友，我和R.C.的这桩事不会有任何结果（即使不会有任何结果我还这样！），如果我们之间的关系不改变的话，他再也不想见到我了。谈了很长时间，出于某种原因，我告诉了他我的身体状况、我的不安全感和我的愿望。他理解。虽然我们似乎永远不会再见面了——但他终于明白了。我想要有所成就——虽然罗尔夫告诉我，我必须首先成为一个好人——一个伟大的灵魂，但我还是想有所成就，而且要独自完成，不要男人，甚至不要女人的扶持。在接下来的几年里，我将不再需要任何人。[法]

1942年10月4日

[法]美好的一天，但不属于我。下午2点去了办公室。今天下午举行了大型波兰游行，但观众寥寥无几。戈德伯格和我去印刷厂看校样。我发现了戈德伯格没有注意到的错误。然后我们在巴尔干餐厅吃饭。烤肉串。戈德伯格是个美食家！他告诉我他想让我写一部小说——一本大部头。我也读《圣经》。这是一本非常好的书，最伟大的一本，真的。自从我昨晚告诉妈妈我需要改善自己的心理状态后，她就一直在思考我的问题。还有我的身体[1]。[法]

1942年10月5日

[法]美好的一天。在办公室。许许多多琐碎的小事要做。下午6点，我在大楼外遇见了罗尔夫，给他买了一杯咖啡，然后我们去了韦克菲尔德[画廊]。罗莎琳德、娜塔莎、尼克拉、洛拉·P、麦肯夫人、贝蒂（头发像扫帚——展览被称为"艺术芭蕾"）。查尔斯、简·O也在那里，罗尔夫喜欢她的画。我认识大多数人，但我内心还是充满了困惑和焦虑。霍华德·普茨也在。欧文·普鲁特曼。罗尔夫不喜欢这群人。不用说：这是一群同性恋者，她们眼里只有彼此，哪管艺术品。确实如此。贝蒂让我

---

1 原文为希腊语。

感到恐惧和不安。罗莎琳德纯洁漂亮，金发碧眼，干净利落！我多么爱她！乔也在这里，该死！我们不得不回到她那里，听唱片。[法]

1942/10/5

在一个蒙蒙细雨的早晨，我走过一条褐砂石铺成的街道。除了一扇窗户外，所有的窗户都是黑洞。那儿站着一个女人，身材苗条，穿着毛衣 & 系着腰带 & 短裙，短短的鬈发用发夹别住。我停在原地，靠在一根台阶扶手上。我的眼睛无法从黄色灯光中的广场上移开。我几乎无法控制地想去找她。我想拥抱她，感受她的热度，闻一闻她身上、发上、衣服上的芬芳，紧贴着她柔软的臂膀，我想感受她在我耳边温暖的气息，我想听她的深情告白。我无法把自己拉开，去做我该做的工作，工作似乎不仅是身体上的痛苦，而且是最彻底的疯狂。为什么？为什么我一定要离开？于是我站在那里，零星几个人从我身边走过，但我并不在乎他们看我的眼光。我突然无法动弹，满心是怀旧、快乐、忧郁、困惑、恐惧、信心、肯定、希望 & 绝望。我望着她在窗口走来走去，心里忐忑不安，害怕她会走开。这样下去我会失望和沮丧得发狂，于是我调转视线，抬脚走开了。

1942 年 10 月 6 日

[法]做了些令人不快的工作。12:30 和罗尔夫见面。在自动售货餐厅花 10 分钟草草吃了午饭，我想到补鞋匠那走一趟，然后去图书馆读《美丽新世界》。"好吧，再见，"分别时他说，"你有空的时候我再来看你！"连妈妈都说我对他态度要坚决。我从来没对一个人这样严厉过！不过我不在乎！晚安。写完了我的疯女人的故事——第一稿。生活本身很精彩！现在，我已经二十一岁了，我知道我的需求。我想要尽量多独处的时间。[法]

1942/10/6

自传体小说对我来说过时了：我的童年 & 青春期是一个倒叙的故事，用鬼火点燃，偶尔露出腐烂的尸体和伤痕累累、充满激情的面孔，在黑夜中匆匆奔向只存在于他们自己心中的某处。这会被称作平淡无奇，但从心理上来说绝不是无趣的。

1942 年 10 月 7 日

[法]3:30 去时代公司见威廉姆斯小姐。我声嘶力竭地喊着我需要在《时代》找一

份工作。"保持联系！"她说，把我从她的办公室赶了出去。[法]

1942 年 10 月 9 日

[法]很高兴，但也很累，我不能想任何重要的事情。在罗莎琳德的办公室里遇到她，她的头发用发夹向后梳。很开心的样子，像女孩一样甜美，也让她看起来更苗条。我想在金角餐厅吃午饭。罗莎琳德穿着她的格子套装，我很高兴，我们现在关系好多了。她认为我（今天早上）收到的肖恩的信很好。他邀请我为10月的《街谈巷议》写点东西。罗莎琳德说，肖恩经营着《纽约客》。午餐很开心。我想日日夜夜和她在一起。一辈子！回到办公室，戈德伯格告诉我明天必须工作。（"你能来上班吗——"）当我告诉他我想要更多的钱时，他告诉我只要我继续工作，弗莱希就会在两周内给我加薪。

罗尔夫打电话给我。明天要吻他。我在公立57中选修了基础课。父母也注册了。非常有趣。我写作。我工作。但我完全没有思考。[法]

1942/10/9

你把你的标准强加在我身上：精神上的爱，甜蜜，诗意，美貌，无政府主义，然而，还有不负责任，辛酸，一些嘲弄，许多傲慢&固执，最重要的是蔑视一切与你意见相左的人。你在大多数情况下都是正确的，这令你痛苦。很难否定你。很难不追随你，直到我意识到这追随已经将我吞没，就像龙卷风卷走的尘埃一样。

但事实是，我对"爱"的标准——（甚至肉体之爱，是的——你竟然能够如此迅速地把它并入普通的爱中）我对真、爱、美的标准与你完全不同。我不想要那个一边读布莱克的诗给我、一边用和谐的音调使我耳目一新的人，我也不想要那个粘着我的爱人，不要他的心与我的心合一，不要他的灵魂永远呼应我的灵魂，即便我们天各一方。不如给我一个爱人（或我爱的人），他和你的平静正相反，让我发狂，他只有在最无情的肉体状态下才做精神上的沟通，他从未听说过布莱克，也不想知道——只给我一个心爱的人吧，她是一个待解的谜题，她瞬息万变，令我目不暇接，她的举手投足、一呼一吸和一举一动都使我感到欣喜若狂，一日不见，我便心神不宁。我打赌你不敢告诉我，我的爱人不如你的爱人更有灵性（对我来说，这才是最重要的）。我已经厌倦了你的哀哭，厌倦了你那男性的狂妄。因为我不恨科学的进步，不恨1942年可耻的混乱，甚至不恨现在来解救我们的男人，你让我觉得自己是一个妥协者，我不是妥协者。也许我会动摇，但我现在决不会向你妥协。

1942年10月10日

筋疲力尽——在连续十三天（&还有几个晚上的）辛劳之后。金斯利在街上跟我搭讪。我们在一家药店里一起喝了咖啡&抽了烟，她还是像往常一样——没问令人尴尬的问题，给我讲了很多学校的事。我进来时罗尔夫打电话来&经过一番（内心）斗争，决定10点钟去见他。我还没有看那封（已送到）他想要回去的信。令人厌恶的青春期写作——我保存它是为了给罗莎琳德看，糟糕的伍尔夫式抒情诗（他说他并不爱我，尽管每一根纤维，等等——）

1942年10月11日

［法］多么美好的一天！我今天长大了！早餐吃得不错。我比过去三个月写作时都更冷静。我把自己的疯女人的故事读给M. & S.听，妈妈能理解。但是S.说像这样的故事"他听不懂！"妈妈认为写得很好。生活多么甜蜜啊！我读完了让·谷克多的《可怕的孩子们》。多令人难忘的书啊！万岁！［法］

1942年10月12日

［法］收到罗尔夫的一封信——他还想要我，没有我他要怎么办？他需要理解，我不想要"被人拥有"。办公室里平凡的一天。这个世界干扰着我，在这个夜晚，我失去了昨天的平静。在杂志上找招聘广告。有一些电台方面的。5:30去献血。感觉很不错。然后读了卡夫卡的《城堡》（罗莎琳德借给我的）。［法］ 很好——很有想象力——我很累。肉体是软弱的。

1942年10月13日

［法］我从来没有如此陶醉于我的生活！这是一种相当客观的感觉。当我独自一人或与某人在一起时，当我在读一本精彩的书，看着一个独具创意的画面，或听着美妙的音乐时，它就会出现。今天午饭时间，我在一家音乐商店里听J. S. 巴赫的《羊儿安心吃草》时，它就出现了，带着一股奇异而持久的力量。当我读到［伊芙琳·］昂德希尔写的《神秘主义［简介］》时，这种感觉就更强烈了。这是我的信仰——这是我的生命。除了艺术什么也没有。

办公室里又一个平凡的日子。韦克女士被调到另一间办公室。我和戈德伯格在一起，这样我就不能随心所欲地抽烟了。我心里充满了难以言喻的幸福。可这也是一种悲哀。这感觉非常强大。我不关心我的个人，只关心我的抱负，我的欲望，我的工作。我关心自己喜欢的事情。[法]

1942 年 10 月 14 日

真的很高兴。在格林威治的老白塔吃过汉堡 & 然后沿着第八大街优哉游哉地走着（罗尔夫事件之后，我的工作开始之后，上个月发现了更多的真相之后），带着全新的思路看世界 & 然后踱到了音乐商店。没有[巴赫的康塔塔]《谁喜欢我》，但却遇到了一个[法] 年轻的犹太男人[法]，他给了我很多帮助。他提出要把他那些现在根本都买不到的高级唱片给我。我们一起看了惠特尼[展览]。一幅菲利普·埃夫古德的杰作，名为《百合花与麻雀》。然后和这位名为路易斯·韦伯的朋友去了西 97 街 9 号的一家留声机店。他想把唱片带过来星期一晚上播放。我要问问马乔里。我爱一切——我收到了幸福的想法。在某种程度上说，如今我与上帝同行。

1942 年 10 月 15 日

艰难的一天。戈德伯格说了很多——都是闲聊——结果我们什么也没做成 & 最后只好在晚上加班。戈德伯格先生和我一起回家——步行——在午夜 12 点，拿着我的书。

1942 年 10 月 16 日

[法] 豪饮的一天。和爱丽丝·T 碰头。1 点。我们在卡斯提尔吃饭——人头攒动，拥挤不堪，挥汗如雨。他们还没有把马提尼酒论升卖。她很惊讶我认识那么多比我年长的"重要"人物。和瓦莱丽·亚当斯在皮埃尔酒店喝了两杯马提尼。她认识巴黎的凯·博伊尔——P. 古根海姆。想带我去见见古根海姆一家。还有一件让我讨厌的事——金斯利告诉她，我（现在）迷恋上了一个女人——"一个比我年长的女人。"这是刚犯的错误——我们在很多事情上都会原谅彼此，但这是不可原谅的罪过——根本不可能。怎么才能让她闭嘴呢？非得给她一枪才行？今晚和比利·B 去看万国博览会。喝了不少。在我看来，无论男女，没有一个人是聪明的，有灵性的，完美的——一个也没有。今年我已经喝够了酒，参加够派对了。

1942 年 10 月 17 日

[法] 糟糕的一天。辛苦工作一整天，没有和妈妈一起去看任何展览，昨晚因为喝

酒连牙都没刷，工作也做不好，因为我没有拿到应得的工资——我加班应该得到 1½ 月的工资。我生气，愤怒！但我是一个学生，无能为力——

8:30 杰瓦给我打电话。很温柔——想和她待在一起——哪里都行。买了一双鞋——花了我所有的钱——下周只剩 4 美元了。向弗莱希要钱会让他备受煎熬！

我买了一棵芋属植物——绿油油的、安静、耐心。和我截然不同。我苦不堪言。[法]

1942 年 10 月 18 日

我花在写作上的时间相对较少，但还是完成了第二稿。接下来我要给戈德伯格看。应该不错。然后我会把上学时写的几个东西改一改 & 之后可能要开始写长篇小说。

雇主的不公压迫着我。我要尽快离开，但首先我要写封信，说弗莱希先生最好只雇用那些不熟悉《瓦格纳法案》[1] 的人。我也想尽快告诉金斯利我对她的看法。

有这么多的美好——我明天就会看到——明天站在那里等待光明，在图书馆读一本随手拿到的书——而今天我却无力睁开疲倦的双眼。

1942 年 10 月 19 日

[法]非常紧张，非常清醒。跟戈德伯格谈了我的任务。我很有自信，也很冷静，他只得默认了——我将得到加班费而不是加薪。

2 点见到罗尔夫·蒂特根斯。在卡鲁索喝咖啡，就像第一次一样。这个白痴告诉伯恩哈德"我们不像以前那么亲密了"。

一个美好的晚上！路易斯·韦伯来得很早，我们播放了他给我的《羊儿安心吃草》。路易斯要了一些我写的故事。我给了他。他尤其喜欢《银色之角》，当场读完了。今晚他近距离观察我，说我很复杂，很重要——我有"内容"。不过他这人很奇怪。一定是一个人住，这一点我敢肯定。

附言：伯恩哈德 9 点打电话给我。要见我——星期四晚上。我一想到要再见她就很紧张——我刚刚才恢复理智。[法]

1942 年 10 月 20 日

今天早上和罗莎琳德谈过了。告诉她我没钱吃午饭了。她说熬到星期五吧——她

---

[1] 1935 年通过的美国劳工法，确认了美国工会享有集体谈判等权利，以最初的发起人参议员瓦格纳命名。

· 177

是不会身无分文的。糟糕的先例，我说——

我的牙齿——去年夏天在加州出问题的那一颗——又疼了起来。因此，我无法再感受到来自迷雾大地的信息，也无法看到在山间温暖的湖水中倒映的画面。我就在这里——牙疼得要命。我想把它拔了——我看到嘴里满是血污和脓液，感到了可怕的幸福的解脱，牙里可怕的大洞，紧绷了几个星期的眉毛终于松弛了下来。

1942 年 10 月 21 日

[法]和妈妈一起在皮特家吃午饭——我一直梦想着有一天有钱了，晚上带妈妈出去玩。看了一场很好的舞蹈表演。我的天啊！琼·厄尔德曼[1]真是个尤物！高挑、苗条（但又不太瘦！），妙语连珠、语笑嫣然。那腿，那腰！我们坐在第一排——只有几步远。我真想去后台告诉她我对她的艺术太有感觉了！但那样太危险了，妈妈可能已经注意到了什么。[法]

1942 年 10 月 22 日

起晚了。在图书馆读书，正赶上第一次日间空袭演习。

3:15 去看牙医——一个叫拉尔夫·米勒的人，三流智商，他钻开了右上方这颗该死的牙 & 告诉我智齿把其他牙挤得里出外进。1 美元，可还疼。虽然很慢，我今晚还是写了一些 & 很需要平静的时光。9:30 去东 56 街 155 号看伯恩哈德——她的新地址。一个房间，相当于苦修。她躺在床上喝加糖裸麦威士忌。穿着睡衣。她还在纠缠着罗尔夫 & 我的"糗事"——我们如何非常下流地"私奔"——没完没了，真折磨人，10 点，11 点了 & 还是同一个话题。于是我说，如果她让我来就是来批评我的，那大可不必，因为在过去的四个月里，不管我到哪里，这件事都已经传得沸沸扬扬了。于是她友好了一些。我打破了她对我糊涂的、主动的信任，但我们可以从头开始。于是——她下周三有一场演出——我得离开了——& 还有晚上。没多少时间了 & 我还在酝酿一个伟大的计划。

1942 年 10 月 23 日

[法]精彩的一天！12:30 和罗莎琳德共进午餐。她建议我改变发型——我得把它剪短了。是的，这回好了。我们讨论了艺术。然后去小法国看超现实主义展览。简直

---

1 琼·厄尔德曼（1916－2020），美国现代舞蹈家和编舞家。

不可思议！坦基、夏加尔、恩斯特、柏里奥提斯、拉米、玛塔都有出色的展品。还有一个女人，利奥诺拉·卡林顿[1]，R. 对她很感兴趣。罗莎琳德把一个安全别针放在毕加索吉他的一根钉子上。我们都笑了！我多爱她啊！她星期五总是这么高兴，因为她每周末都和贝蒂一起出去。真难过——我觉得。但如果她高兴我就高兴。这就是我对她的爱。[法]

1942年10月24日

我很高兴。把45美元存入银行。戈德伯格也在，弗莱希 & 勒纳担心我的工作进度，唯恐我要求更多的钱！见到罗尔夫。恶心的行为，更变态，更神经质，皆因他现在独自生活。找多布罗［医生］补牙。他说话更有智慧了——要是年轻牙医够渊博的话，我还是喜欢年轻的。

杰克7:45到的。毕竟挺不错的。他深爱着我，而且知道该怎么处理自己的感情，这一点罗尔夫就不行。我们在116号看了一场西班牙戏剧杂耍。乘公共汽车。然后回家听巴赫、喝咖啡 & 吃蛋糕。他热烈地吻了我——我不介意和他上床。我有可能会喜欢，心知他定会喜欢的。过去几个月里，他一直在曼哈顿"转来转去"，一副女人相。

我信心满满 & 思路活跃！

1942/10/24

星期天下午，我将独自一人，乘坐金色战车穿过中央公园。人们都是没有固定形状的水下有机生物，悬浮在胶状的深水中，或挂在花茎上轻轻摇摆。我能看到它们的内脏在运作、脉动、颜色由红变绿，再变为黄褐色。博物馆、动物园如同金鱼缸里的城堡，虽然我不会游过它们，但我会坐着战车穿行其间，同时从外面观看它们。公园本身会深深下沉，只有灰蒙蒙的星期天的天空镶嵌在它最远的树梢。我想和谁聊天就和谁聊天，首先是出于礼貌和我的四轮马车交谈，然后和空气分子开开玩笑，再和树木一起哼唱康塔塔，还要与山丘的岩石辩论长生不老的几率和解脱的证明。我要随心所欲地制造颜色和声音，也可以什么都不做，因为我有这力量，能想象出这一切来。

---

1 利奥诺拉·卡林顿（1917—2011），英裔墨西哥超现实主义画家和小说家。

1942年10月25日

[法]重读了一遍我写疯女人的短篇。很好，但还需要24小时——不受打扰的时间。

2点到6:30和罗尔夫在一起。他拍了12张照片——好几张是裸体的。他给了我一些书，我们在第三大道的鱼坊吃饭。现在他对我不抱任何期望了，感觉愉快多了。[法]

1942年10月27日

[德]我很累，很忧郁，很不满意。5:45和罗尔夫碰面。照片都很好。我们边喝咖啡边看照片。后来又去了古根海姆博物馆，那里确实收藏了这座城市最好的照片。各种超现实主义艺术家的作品，尤其是保罗·克利、恩斯特、米罗、德·基里科。然后杰克·B过来取他落下的书。（结果他一待就是好几个小时！）我们听着巴赫、莫扎特、贝多芬的音乐。他借给我《耶稣，你是我的灵魂》。但是我想工作。和以往一样，为了今晚能睡着，我写下一份誓言，发誓现在每周只出去一次。只这一点就能让我振作起来了——保持健康和快乐。要不然我就会一败涂地、压抑沮丧，无心抚慰自己的灵魂。我多么需要罗莎琳德！除了罗莎琳德，我还能在哪里找到美呢！除了罗莎琳德，我还真正爱着谁呢！不想见我的只有罗莎琳德！我真傻，没多陪陪她。她是我的心，是我精神的食粮和水——有时，她是我的罪恶，我的逃避，当然只是在我的脑海里，但在我的灵魂里，她是我唯一的爱和爱人，直到永远！[德]

1942年10月28日

[德]这些没有休息和孤独的夜晚把我逼疯了，我灵魂的羊儿在孤独的山坡上吃草。我的心鼓胀着，裂成两半，美丽的珠宝和幻想像我血管里的毒药。[德]6点去了实验所 & 那里供应茶、咖啡 & 威士忌——我要了威士忌，好酒的男人都喝它。当B.来时，我已经喝了2 & 3杯，然后才离开。伯恩哈德的照片比以前更好看了。我们喝了一杯——我喝得太多了。于是伯恩哈德说我们去她那里待一会儿。（我想不出原因！）很快我就不舒服了。只好留下来。伯恩哈德对我很好，拿这拿那 & 忙前忙后。她一定是狂热地爱着我——这样的热情不完全是肉体上的 & 也还没有完全放手。

1942年10月29日

醒来时有点轻微的头痛。本应该和B.一起吃早餐的。但我8:10就匆忙离开了。

最糟糕的是面对那些电梯操作员，他们已经学会了处变不惊，连睫毛都不眨一下。洗了个澡 & 去上班。我斟酌着那篇青少年小说。我很神经质 & 年轻，完全可以从记忆 & 自传，尤其是爱情中挖掘写作素材！ Liebe! Amor! Amore—amour! [1]

见了《纽约客》的肖恩先生，他非常客气地给了我两个任务，让我准备担任"城中话题"[2]栏目的改稿员——好工作——& 秘书把我的工作列入了项目清单。真是个能拽的家伙。也许找不到跟她一样的人了。今晚读到托马斯·布朗爵士的话——他说：一切都是人造的，因为自然是上帝的艺术。

1942 年 10 月 30 日

[法] 美好的一天。办公室没有太多工作——戈德伯格甚至告诉我可以写我的小说，但他警告我不要读书，因为弗莱希有一次发现了这一点。我穿着红衬衫，梳着直发去探望罗莎琳德。她昨晚见到洛拉·P 了，洛拉和戴尔协议分手了。洛拉现在正在写超现实主义题材的故事。罗莎琳德和我讨论了［多萝西·］理查森[3]作品中的意识流，她不认识这个作家，我们还讨论了卡夫卡和很多话题。我问她对写一本关于 15—18 岁青少年的小说的看法。"嗯，这和问我写婚姻小说怎么样有什么区别？——一定会火的"。但是后来我告诉她我想怎么处理人物时——肯定会比戴莉[4]写得更好——毫无疑问。[法]"应该谈谈年轻一代的想法——"那不是我要写的 & 她知道的。我看着她走进银行，她每周五都会去银行——她看起来很有男子气概，同性恋气质明显。她披散的头发，她眯起眼睛看人的样子，其中蕴藏着某种东西。天啊，她偶尔竟会露出那么灿烂的快乐微笑！我想知道她为什么不约我去她们家？我想知道圣诞节也不会吗？我的生日呢？是不是永远都不会呢？

1942 年 10 月 31 日

[法] 我心情不错，但不是很高兴——就好像我在开阔的天空下睡着了。我满脑子

---

1 这四个词分别是德语、西班牙语、意大利语和希腊语的"爱"。
2 《纽约客》专门发表描绘纽约日常生活事件的短文章，文笔简练幽默。
3 多萝西·理查森（1873—1957），第一批写意识流小说的英国作家之一。她对詹姆斯·乔伊斯和弗吉尼亚·伍尔夫产生了重大影响。
4 莫琳·戴莉（1921—2006），出生在爱尔兰的美国作家，她最著名的作品是 1942 年的小说《第十七个夏天》，这部小说是她十几岁时写的，被认为是第一部青少年小说。

都是我的小说——青少年，但在笔记本上又写不出什么来——我还没有彻底想清楚。有意思。

我想要时间，更多的时间。

我什么都想做，无数想过的和没想过的事都想做。

我踮着脚尖走过一个满是陷阱的世界。[法]

1942/10/31

有时她会一连好几个星期只和女性朋友见面。她会说："我很高兴。这是我的世界。"或者在她看出她们的缺点后，会厌恶地说："这事与我无关。"然后她会好几个星期都只找男性陪伴——她会坐拥一屋子的同性恋男人 & 男孩，个个都比女人更聪明，更迷人，更漂亮，当然也对彼此更坦诚。"这是我的世界。这里的人都是正直的，没有虚荣心。"她会说（因为她认识的同性恋者确实都没有那种虚荣的劣性）。但是这两种情况——厌倦了，换，又厌倦了——她只能得出结论：这两个世界都不是"她的"，而她的是另一个世界。简而言之，她永远也找不到自在的社交环境，刚满二十岁，她就知道自己永远也找不到的。不幸的是，她一点没错。

1942/11/1

晚上写作——当然，所有年轻的作家都应该在夜间写作，因为此时大脑的意识（判断力）已经疲惫。然后潜意识就不受控制了，写作就无拘无束起来。甚至年长的作家也对此略感一二——只不过他们要么不够优秀，无法摆脱（超类型的）自我批评，或者无法释放自己的潜意识，或者在学习写作时曾有过探查尝试的美好记忆。

1942 年 11 月 2 日

[法]太震惊了！韦克女士今天辞职了！她的打字机没法工作，勒纳就说她"蠢货"。好吧——她把这两个月以来的委屈一股脑儿发泄出来——然后辞职了——径直走出办公室扬长而去！整个上午我都在写信封上的地址。戈德伯格邀请我共进午餐。我把我写的疯女人的小说给他看，他告诉我，我是在用最困难的方式写作——分析法——只有大作家才这样写。我当然明白这个道理。这才是我的兴趣点；我又该拿它怎么办呢？这个故事真的很复杂，因为我不想把它写得很简单，简化它。和往常一样——我的注意力会转移的。[法]

182

1942 年 11 月 3 日

[法] 去看多布罗［医生］，他非常粗鲁。我问他问题，他就指责我对他的工作指手画脚！真可笑！我不能再去找他了。我抽着烟离开了。今天上午 10 点第一次投票。伊斯雷尔·阿米特领先，弗林、戴维斯、波莱蒂等候选人。大多是 A.L.P.[1]。

我开始写一个旅馆的故事，要死的人都会去那里。[法]

1942 年 11 月 4 日

[法] 美好的一天。我干自己的活比干 F.F.F. 的多得多。10:30 去了布伦塔诺［书店］。他们会下单购买 J.F.A.［《犹太家庭年鉴》］的。他们认为这是期刊。然后回到办公室，写信封——但没写多久。实在是很累。没收到信。我为《纽约客》写了一篇关于内衣的文章。还没有完成。[法]

1942/11/4

这是《快乐之书》的序言。

我正在写一本关于快乐之事的书，因为我一直深信，一切事物，我是说世上的万事万物，并都不是愉快的。即使有一段时间是愉快的，最终也会变得不愉快，因为我们不得不很快离开它，或者拿它与更好的东西进行烦人的比较。忧郁、悲观，再加上一颗善良、豁达的心，是人类最高尚的美德。它们让他沉沦到自己的谷底，感受到和巅峰时一样的乐趣或华美；当他在凡尘俗事中发现忧郁的影子时，就会体会到天国才有的喜悦。

1942 年 11 月 5 日

[法] 美好的一天——一整天都在想着和罗莎琳德在一起的夜晚。她 7:10 来的。我们喝了点东西——我的是马提尼酒，妈妈给她准备了番茄汁。她是如此美丽。她不喜欢我墙上和浴室里的照片。也不喜欢罗尔夫的照片。她几乎没听巴赫，正如我所预料的——她不听，我在她身边听。我喝得太多了，我本不想再喝多的。你根本注意不到自己喝多了，直到站起来走路时才发现——然后我就走不直了。靠近她，我就禁不住一直看着她。我们在小巴黎吃饭。我付了全部的账，好多钱啊。[法] "你不应该喝

---

1 联邦和纽约州选举于 1942 年 11 月 3 日举行。伊斯雷尔·阿米特、伊丽莎白·格利·弗林、小本杰明·戴维斯都在美国共产党的名义下竞选。

那么多。贝蒂&我都认为你喝得太多了——有点低级——像你这么漂亮的孩子——"我们道了晚安——我竟然吻了她的脸颊——天知道她是否介意。我不知道。

1942 年 11 月 7 日

美好的一天。虽然我点灯熬油地工作，今天 11:25 还是被解雇了。没有任何通知——弗莱希也没有听到消息。我得说我很高兴。戈德伯格很同情我。弗莱希告诉我不需要再写了，等等。我们在曼斯菲尔德［酒店］给玛乔丽·汤普森买了一杯酒，我俩和妈妈一起看了弗朗西斯·培根的展览[1]。优美得无以复加，表现出男人的力量&专注——有些作品。然后去喝茶&又去了古根海姆博物馆，佩吉坐在那里&还有狗。和基斯勒[2]谈了谈，很不错。

1942 年 11 月 8 日

晴朗的一天。我勤劳地为《纽约客》赶稿&明天就可以拿给他们看了。5点钟见到罗尔夫。我们聊着——他说他不再爱我了，可却想吻我。我很冷淡，也懒得去分析他。像往常一样，他又说出了我的关键问题——我必须写我经历的事情，虚构的故事先放一放，等到我强大到可以把它们写活了再说。犹豫不决（这是我们德国人的特点，固执，以自我为中心，性冷淡），最后我们去了小巴黎&吃了里脊牛排&喝了白葡萄酒。

1942 年 11 月 9 日

和伯恩哈德共进午餐，可惜她没钱按说好的付账。我有6美元&本来是要存进银行户头里的，心痛得无法言语。还申请了失业保险。

我又回归到十四&十五&十六岁时的我——生机勃勃&爱得起也输得起。想象力丰富，充满诗情画意，智力刚刚觉醒&尚未达到控制我的地步。"我的感觉如何？"这个问题是一切的根源：它影响我的写作、我的表达、我的快乐，它取决于我的食物摄取、身体习惯等。我应该a）调整月经周期 b）想想正常的事情，不要总做病态甚至没有人情味的反思 c）除了在寻找我的情绪反应和思考表达这种情绪时，

---

[1] 弗朗西斯·培根（1909－1992）将成为帕特最喜爱的画家。
[2] 弗雷德里克·约翰·基斯勒（1890－1965），奥地利裔美国建筑师、戏剧和展览设计师、艺术家和雕塑家。

不要老想着自己 d) 摆脱对罗莎琳德的迷恋，不要把它当成一条必须遵循的既定路线 e) 经常自由地表达对伯恩哈德的各种喜爱 f) 很长一段时间只写抒情的东西 g) 查看我14—20岁的日记，看看是什么情况，又是什么原因——最重要的是，我一定要像现在这样确信，在我这个年纪，性经验不是绝对必要的，许多正常人，甚至是天才，在我这个年纪都没有过性经验，我可以再次迎来我的黄金时代，对自己要有信心。我总感觉有一天乌云会散去，就像一个人长时间学习数学，即便始终懵懵懂懂，终有一天也会豁然开朗的。所以那一天会——也许已经到来了。然后罗莎琳德和伯恩哈德将会根据角色的不同而各就其位——两个人都很优秀——不取决于我，除非我真爱上了她们中的一个。

1942年11月10日

［法］我完成了《纽约客》的任务，终于把它寄了出去。我把《犹太家庭年鉴》寄给了外婆。相当有趣。今天我在雨中散步，唱着歌——我唱的是巴赫。就好像我坠入了爱河。雨水、湿鞋、寒冷、艰难跋涉对我来说都无关紧要。我很快乐。有很多美妙的事情要做。［法］

1942年11月11日

［法］罗莎琳德说她星期五和我一起吃午饭。太好了，因为周五晚上我要出城，在那之前我必须见到她。我不想和R.B.上床。可她们自然会把我们放在同一间卧室。哦！要是罗莎琳德要我就好了！她要是改变主意就好了！她和贝蒂这样的人还要在一起多久啊？今天我只做了一件事，在我的笔记本上写了一个很长的故事，讲述我混乱而困惑的生活，留给某个冷漠的后代。肖恩先生今天收到了我的作品。没人知道我有多害怕——我说明白了吗？妈妈很担心，因为她觉得我给外婆写的信不够"温暖"。外婆每周给我5块钱。我非常需要它。如果《纽约客》也付钱给我，那当然好，但也不会有什么差别。德军正向法国进军。马赛今晚已经被占领了。美军占领了非洲——没有交火，来自土伦港的法国舰队也加入了盟军。一切都还好。还有，我周日写信应聘的地方打电话来约定面试时间。

我读了托马斯·布朗爵士写的《基督教道德》和《给朋友的信》。［法］

1942/11/11

我感到脑子里无数的构思不时地叮当作响，就像锅盖下的水蒸气分子。它们一直喧闹不休。我并不渴望哪个构思大到把盖子崩开。这事我必须自己做。我要是懂工程学就好了。

1942 年 11 月 12 日

[法] 与戈德伯格在拉菲尔咖啡馆共进午餐。我暗示了他一两次我想喝酒，他就要了一杯马提尼酒和一杯老式鸡尾酒——然后吃饭到一半时又要了一轮。不错啊！他说我的小说立意新颖，无论战后还是战争期间都会卖得很好的（！）。很高兴。只是我想工作。我继续在家里写小说。我会拿给《纽约客》看的。会不错。我的年度最佳故事——自《女英雄》和《银色之角》之后我最好的小说。小说的主题算不上了不起或者与众不同，但写得更好。今晚在家里——我在黑暗的房间里思索着那个青少年小说，我特意为这个主题启用了一本新的笔记本[1]。

我今天写得够多了。当我独处时，我的大脑一直在运转，而在外面的世界中我却无事"可做"。[法]

1942 年 11 月 14 日

[法] 伯恩哈德［和我］11:15 离开。位于康州韦斯特波特的房子是比克罗夫特女士的，她独自生活，只有一位随时可能死去的姨妈相伴。姨妈住在楼上的房间里，昏迷不醒地躺在床上。比克罗夫特从来不笑。我们吃了很多，伯恩哈德的胃口大得惊人！

冰冷刺骨！根本不可能在海滩上散步。海水离房子不远。这里有只狗，名叫托比，还有楼上那个将死之人。我越来越讨厌伯恩哈德的自大。之所以忍着，是看她是个艺术家，但 24 小时后，就变得忍无可忍了！上床睡觉时，我不由自主地感到浑身冰凉，无心去吻她。这太不好了，因为她为我付了钱，而我却没有给她任何回报。不管怎么说，太冷了没法做爱——我们穿着衣服睡了！[法]

1942 年 11 月 15 日

[法] 我一整天都很饿。今天早上吃了一个鸡蛋、吐司和代用咖啡。只住了一晚，然后就回家了。我很高兴，虽然我在城里无事可做，也无以为生！我给 R. 康斯特布尔写了一封长信。画作——画着有苹果树的房子、我们的女房东、垂死的姨妈、我们在海滩上的旅行，还有我们平淡夜晚的十个小场景。我希望这些画能逗她开心。[法]

---

1 这本笔记本遗失了。

1942年11月16日

[法]醒来时非常焦虑——无事可做——却也不想去找份工作。3—6点和罗尔夫在一起。几幅摄影作品,没穿衣服,还有我的脸。我把《银色之角》寄给了《弓》杂志社的M. 克拉克女士,她回信建议我把它寄给《游行》[1],我照做了。她对我的作品感兴趣。如同一缕阳光,令我欣喜——作家们工作太辛苦了![法]

1942年11月17日

[法]仍然没有挣钱的渠道。给肖恩打电话,他的秘书告诉我他一定很快就会回电。在家修好了两面镜子。当一个人无事可做时,他就像农民一样工作。2—4点去散步。我没有资格失业——我工作的时间不够长。我在57街的费尔吉尔画廊看到了斯特恩[2]。和我聊了聊。这周我读的书不够多。[法]

1942年11月18日

[法]大日子!写完了《曼纽尔》的又一稿。然后出去散步。伯恩哈德打电话给我说她被[诺曼·]贝尔·格迪斯[3]解雇了。[法]戈德伯格给了我一份兼职工作。一周15美元,可能明天开始。傍晚在家里很愉快。我读了很多布莱克的书,这些书激励我去大展宏图,而这些都与布莱克无缘。

1942/11/18

男同性恋者寻求与他的智力和欣赏能力相匹配的人,或者找一个年轻人把他培养成这样的人。这是理想的、精神上的同性恋。女同性恋,典型的女同性恋,从不寻求匹配的伴侣。她是神话中的瓦拉女神[4],理解力的有形象征,自称为男性,他不指望他的伴侣与他相匹敌,他宁愿把她作为自己俗世的根,这一点他自己永远也做不到。

1942年11月19日

兴奋。10:45在42街。办公室在西55号的那座过分拥挤的大楼里。7层。在724房间里,五个人伏在一张桌子、一台英文打字机 & 一台意第绪语打字机前疯狂地工

---

1 美国共有700多家报纸,《游行》创办于1941年,每周日发行。
2 詹姆斯·斯特恩(1904—1993),英裔爱尔兰作家,写短篇小说和非虚构小说。
3 诺曼·贝尔·格迪斯(1893—1958),美国舞台和工业设计师。
4 德意志神话中的女性萨满和预言家。

作着。我得去见一个鲁德克,他是 11 月 29 日在卡耐基举行的米兰诺夫小姐的项目组成员。疯子!无论如何——我和 R. C. 的午餐得爽约了。但是时代公司的一个叫托德的小姐打电话来——威廉姆斯夫人明天 11 点要见我。一份工作吗?谁知道呢?

昂格尔无缘无故地老在办公室里转悠,他很急于让我留下 & 做英语的宣传工作。我肯定不会再失业了。

1942 年 11 月 20 日

[法] 今天不错——但很累。11:30 去了时代公司。威廉姆斯太太没有给我什么工作,可是她和弗雷泽太太都很想知道那些年轻的女孩子为什么不来时代公司工作。我告诉她,我还为《纽约客》撰稿。然后我打电话给罗莎琳德。她说《时尚芭莎》有份工作。他们给了她,但她不想要。他们要么找两个没有经验的女孩,要么就雇一个天才——罗莎琳德。[法]

1942/11/20

第一次独自喝酒时的罪恶感是很容易克服的。随之而来的是那种宴乐的感觉——与自我宴乐。内向的人说,有社交的所有欢乐,却没有任何丑陋的面孔!在纽约,所有的坏人都很邪恶,所有的好人都是妥协者,人们怎么能快乐呢?

1942 年 11 月 22 日

[法] 很棒的一天。才睡了 5 个小时,真累,但我写了迄今为止《曼纽尔》最好的一稿。然后我读了一点《瓦鲁纳》。他让我快乐——[朱利安·]格林总是写我喜欢的东西,让我自傲起来!M. [马乔里]沃尔夫 3 点来了。跟她一起去圣巴特罗明教堂听[巴赫],但是用英语唱的,歌手都很害羞 & 人数不多。我们在马里奥家喝了两杯马提尼酒,然后回家吃午饭。M. 吃饭时礼貌地与我父母交谈,讨论黑人问题,南方人等等。听她讲话就感觉她很温暖,真的很有心,我非常喜欢她。独自在房间里时,我们在暗影中听着[巴赫的两首康塔塔]《耶稣,你是我的灵魂》和《羊儿安心吃草》,手牵着手,也许还有更多的欲望。太奇怪了!她想和我一起住——想离开她妈妈——如果她妈妈不让她就溜出去。事实上,我想她可能是比伯恩哈德更好的伴侣。但我们必须达成一致,否则我什么也做不了。[法]

1942 年 11 月 24 日

[法] 今天很高兴,因为我和罗莎琳德通了电话。她几乎对我笑了。《时尚芭莎》

的女人想见我——我可以用她的名字。"你不必穿得太花哨。但是要展现你最好的一面。"她还想去市政厅听摇摆音乐会。(我想周五晚上带她去樱桃巷[1]。)今晚我写得很多也很好,然后做了一张小卡片送给弗吉尼亚,庆祝我们的四周年纪念日——感恩节——从我第一眼见到她已经过去四年了!

我在写作时没有花足够的时间思考。我有太多的想法,都是好想法,但从想法到实现还要经过漫长的思考。我必须改变我的生活。[法]

1942 年 11 月 25 日

[法]和伯恩哈德在德尔佩佐玩得很尽兴,克里斯托弗·莫利[2]正在离我们几张桌子远的地方吃饭。然后我们去看那些制作木偶的匠人——牵线木偶。他们很有趣,像所有在纽约夜间表演场所里谋生的人一样,他们把自己的工作变成了一门卓越的艺术。然后去看了《欢乐之子》[3]和《彩虹屋》。它们都是同性恋的作品,当然了。

雨还在轻柔地下,我在图书馆读了几页凯·博伊尔的书后,在街上散步。她怎么写的!如此轻松,却又如此厚重!睿智而单纯的人,在古老的英式宅院里,女人们像男人一样着装,站在壁炉前吃鸡蛋。满是性的狂欢!

我想写得更抒情些,却发现很难——一如我很难把自己的想法告诉罗莎琳德或任何人一样。我太不苟言笑了。11 点时和乔·P 一起回家。我们喝着咖啡,听《羊儿安心吃草》。还有《耶稣》那首。她很欣赏这些音乐,就像我喜欢她的唱片一样。这是真正的友谊。[法]

1942 年 11 月 26 日

[法]非常焦虑。有时我整天都在等待那些难得的心情平静的时刻。我知道,这样会毁了我自己。我想在房间里有一个安静的角落,让我可以慢慢地写作,我倒是有一个!但我一旦拥有了什么东西,它马上就失去了价值。10 点到了办公室。街上空空荡荡,只有无数英国海军陆战队员在闲逛,寻找时代广场,在这样和平的日子里不知该

---

1 樱桃巷是历史最悠久的非百老汇剧院,位于格林威治村,以上演先锋和荒诞戏剧而闻名。
2 克里斯托弗·莫利(1890-1957),美国作家、编辑,《周六评论》的联合创始人。
3 音乐剧《欢乐之子》从 1941 年到 1943 年上演,由喜剧二人组奥尔森和约翰逊主演。

做些什么。拿了几封信送到卡耐尔街的办公大楼里，那些脏兮兮的大楼里有几家报社的总部。真恶心。

7:45 乔·P来"杂货店"和我们共进晚餐。今晚很开心。给家人送了小礼物。晚餐不错。后来，乔和我们一起回家。我想吻她。我和她相处得很和睦，因为她让我活在当下：既不是未来，也不是过去。更重要的是：12点以后写了很多关于小说的笔记。[法]

1942年11月27日

[法]妙趣横生的一天——与罗莎琳德愉快地共进午餐。我们在金角餐厅吃饭，两个人都饿坏了，看见什么都觉得可笑。她对我期望很高。——你在写小说吗？（是的。）罗尔夫给我拍的照片很好。我在8号街和他一直待到10点，每次和罗尔夫的约会都要耗去整个晚上！

11:30 伯恩哈德来了，我告诉她我有罗尔夫给我拍的照片。她很喜欢这些照片。但她认为她可以拍得更好。1:30 我在门口高兴地和她吻别。我更想吻罗莎琳德！今天我对罗莎琳德满怀爱意！[法]

1942年11月28日

[法]又多读了一点我的日记。在写作之前我要大量阅读。不管怎么说，我确信一个人必须首先写出好故事。我看见一件行李落在地铁站台上。我就此写了个故事[1]。明天会寄出去的。我很高兴。伯恩哈德给了我一张她的照片。一张不那么性感的照片，放在我的房间里。[法]

1942年11月29日

[法]写了一个瘫痪者的故事，故事中的人很像佩利[2]。会是个好故事——情节很刺激——他们一起找到行李——今晚我躺在床上手写了故事的前半段。写作时不要反复思考，要始终让故事的血液和肌理自然地进入脑海。然后就下笔有神了。

家里人把我现在和以前的缺点都摆在我面前，斯坦利说我1935年以后就没有什么进步，还有"你对自己不诚实，也没有保持本色"。这正是三年前我警告过自己的

---

1 她开始创作这篇短篇小说，1943年发表时定名为《未知的财富》。
2 佩利是她在F.F.F.工作时的同事，这个公司激励她创作了《未知的财富》。

话！要是他们知道就好了！我得多么违心地伪装自己啊！难怪我感到压抑。

我星期天抽烟太多了。我现在就在抽烟。有什么关系呢？我想不出一个好的理由不抽烟。[法]

1942/11/30

我要把这首《浪漫交响曲》作为圣诞礼物送给她吗？——或者，她会像英国人一样，点燃香烟，又倒上一杯酒，偶尔听到一个乐句，就觉得它太伤感吗——她瞪大聪慧的眼睛，礼貌地听着，还是会错过我所爱的一切？我无法忍受。然而此时此刻我坐着，听到所有的姹紫嫣红、秋叶明黄、橙色如火、金风飒飒，壁炉温暖，这一切我们永远不能共享，我永远都给不了她，只能把它融入这一段音乐中，而她也许都没听到。

1942年12月1日

[法]奇怪。昨天才思泉涌。今天：脑袋空空！上午去图书馆读《时尚芭莎》。1867年就创刊了！3:30去了杂志社。麦克法登让我等着。她反应很快，不太时髦，但一定很聪明。她想看看我的故事。我很高兴，因为都是我最有价值的作品——《女英雄》《超级好男人》[1]《银色之角》等等。《摩登宝贝》杂志的奥尔福德先生这周给了我一份工作（打字的活儿），他女儿要结婚了。他会付给我多少钱？不知道。至少20美元吧，那样我星期五晚上就可以带罗莎琳德出去了。[法]

1942/12/2

如何对待同性恋？改变原材料是完全不可能的——除非改变性格，变态地压抑自己，于是这种转变就遏制了所有的兴奋，以及第一感觉被禁忌带来的刺激。一般来说，这会把一个生龙活虎的人变成一个性软弱者、精神分裂症患者、被压抑压迫者。

1942年12月3日

[法]连续三天睡了8个小时——还是困！不知道该怎么办！我现在的体质足以抗

---

[1] 1940年写的《超级好男人》讲的是一个年轻女孩吸引了一位年长男子的目光，而她时刻警觉的母亲却对他的意图视而不见。它最初发表在《巴纳德季刊》（1940年春季卷）上，后收在帕特死后出版的《无迹可寻：帕特里夏·海史密斯未发表故事集》（诺顿：纽约，2003）中。

风、抗寒，从来不觉得饿。我忙得不可开交，灵感都没那么信手拈来了，而白天我比较镇静的时候才会像真正的艺术家一样文思敏捷。但灵感还是有的。打电话给罗莎琳德。我告诉她我要为《摩登宝贝》工作了，她笑了。"这对你是很好的训练吗？"（是的，但什么不是？）[法]

1942/12/3

睡觉的后果——懒散、平庸、缺乏饥饿带来的激情 & 快感，没有梦想，没有思路，现实变得更加讨厌。不睡觉的后果——虚幻。拖延、做梦、幻想、饥饿，总有某种令自负之人感到愉悦的生理意识。

1942 年 12 月 4 日

[法]在《摩登宝贝》的最后一天，感谢上帝！他们只付给我 10 美元，比工会规定的少 3 美元。工作三天，付了治牙的钱后就剩下两块钱。希望我的圣诞礼物是在《时尚芭莎》有份工作。我想要一份稳定的工作。

我今晚工作很顺利，这照例使我很高兴。欣喜若狂！太棒了！

今晚父母看完电影回家后展开了大讨论。他们不喜欢蒂特根斯拍的照片。珍妮今天发现了一张——妈妈很尴尬——非常尴尬！"太可怕了。不男不女的！不许挂在我的墙上！挂你屋里也不行！"还说她的生活因我在家而糟糕，我要是走了，她才会好过。好吧，我一找到稳定的工作立马就走！[法]

1942 年 12 月 5 日

[法]5 点和妈妈一起看了阿拉亚洛夫[1]的展览。葛丽泰·嘉宝[2]在那里，穿着棕色麂皮鞋，拎着购物袋，戴着一顶大帽子遮住脸。但她还是美得令人惊艳！

我今晚做了一个重大决定：我要给罗莎琳德买一个音乐盒做圣诞节礼物。我必须

---

1 康斯坦丁·阿拉亚洛夫（1900 − 1987），亚美尼亚裔的美国插图画家、画家，曾为著名杂志如《星期六晚邮报》《名利场》《财富》《生活》《时尚芭莎》和《时尚》等设计封面而备受追捧。

2 葛丽泰·嘉宝（1905 − 1990），瑞典籍好莱坞演员。帕特一生对她极为倾慕。在嘉宝去世后，帕特写过一篇悼念她的文章《我与葛丽泰·嘉宝》，1992 年 4 月 3 日发表在英国杂志《老骨头》上。帕特回忆自己在曼哈顿街头尾随她，有次差点在一个街角和她撞个正着。嘉宝是好莱坞"缝纫会"的一员，指代那些因为合同在身无法在银幕及私生活中公开自己同性恋取向的同性恋与双性恋女明星。

给她一些别人不会给她的东西。7:30 巴菲来了，看起来很美。和她一起去了尼诺 & 内拉，彼得和海伦不在那里。宾·克罗斯比也不在，谢天谢地。有两个喝醉的女人，一个女人的儿子死在了非洲。真的很悲哀。我能用这个故事做什么？在第六大道，我们逛书店，买了书、唱片等等！多好的音乐商店啊！午夜过后，男孩和女孩们都聚在那里听美妙而富有激情的午夜场唱片——在 52 街的托尼酒吧[1]（他倒立着唱意大利歌曲），遇到了巴菲的几个朋友，走过来大声说"我上次见你是在巴黎"。这话让我很反感。今晚我和她到处玩儿浪费了太多的钱——5 美元，我现在还没有工作。罗莎琳德的音乐盒要 35 美元。唉，接下来的几周我要过守财奴的生活了！！

金斯利打电话给我——非常平静温顺。她想在星期二 12:30 来吃午饭。叛徒！我想写信给让诺[2]，但又怕会害了他，因为德军现在在那里，正在搜捕盟军的支持者。

四点差一刻！［法］

1942 年 12 月 6 日

［法］吃了很多东西，做了很多工作，写出了也许是我一生中最好的故事。还没想好名字，但我会为它取一个最棒的名字。我一定要把这个故事卖出去——连爸妈都喜欢。今晚去过教堂后我读给他们听，妈妈说这是我最好的作品。是一个关于瘫痪者的故事。想念罗莎琳德。不知道今天我工作时她在干什么。W. 马洛和杰克·B 也打过电话，但我不想跟他们说话。［法］

1942/12/6

你向一个凌乱的顶层抽屉里看去，本以为会看到一个男人或一个女人的倒影，倘若你什么都没看到，或者看到一男一女，都会让你非常不安。

1942 年 12 月 7 日

［法］快乐，快乐（只因为我的未来即将来临）。这是肯定的！这世上我只要钱，别的都不要！今天早上去银行了——现在我只有 63 美元——而我的自尊会逼我给罗莎

---

1 边倒立边唱意大利歌曲是托尼·索玛的招牌动作。在 20 世纪 20 年代，托尼酒吧是作家多萝西·帕克最喜欢的地下酒吧，就在那里，酒保问她："你喝的是什么？"她回答了那句著名的："无聊。"
2 利维·让诺住在马赛。当盟军于 1942 年秋天在北非登陆时，德国和意大利入侵法国维希以图报复。

琳德买那个35美元的礼物。今天下午又在加工那个精彩故事。我很高兴——因为写作在不断推进——终于，我也像K.博伊尔一样用上了许多形容词，许多强烈的、感官的词，引起身体共鸣的词语。

[戈德伯格的]岳母死了。伟大作家阿莱赫姆的妻子肖洛姆·阿莱赫姆夫人。读了另一年的日记（我觉得写得很无聊）。伯恩哈德8点过来。然后是弗吉尼亚，之后是乔。我们在列克星敦的中餐馆吃饭。弗吉尼亚非常漂亮（一张吹弹可破的脸，伯恩哈德说）。然后到了R.B.家，她给我们看了所有的照片。乔躺在床上，什么也不说，吃着坚果，观察着。连弗吉尼亚都觉得伯恩哈德很迷人，"说得过去"。[法]

1942年12月8日

[法]我不太高兴，因为我一想到钱就很痛苦——我没有钱。今天上午10点去美国电气工程师学会和路易斯谈话。他想雇用我，但每周给我的工资不超过25美元。我告诉他一个星期25美元难以维持生计。我们周四再决定。我非常想为在帕特森的威拉德公司工作，那里招2万名女性立即上岗。我太需要挣钱了。

12:30和金斯利在一起。相谈甚欢，直到我提起瓦尔·亚当斯，她又说了些罗莎琳德和我的坏话。当然，她什么都不承认，说她只是提到我们的名字而已，她在撒谎。

今天我的故事写得很好，一天比一天进步。我的祈祷得到了回应：我会给罗莎琳德买礼物的。我不知道她是否会给我一张她的照片。[法]

1942年12月9日

[法]要写信问我父亲要钱。我以前从未干过这事。星期一就有工作了，谢天谢地！今天上午的城市明亮又美丽。我经57街去卡耐基音乐厅买星期天的票。雪花轻轻地飘落，虽然有风胡乱吹着，但每个人都在微笑。每一家花店门前都立起了圣诞树，雪片星星点点地点缀其上，看起来像棉花。我很开心，不去想过去和未来，只考虑现在（真是难得）。

在帕克大街接受雅各布森的面试，他想找一个应届毕业的女孩给他的新杂志做编辑——他的杂志面向普通女性，不像《时尚》。不幸的是，我的打扮就像一个在《时尚》上班的年轻女郎，但他也许会喜欢我。我更喜欢在《时尚》工作。也许会实现的。然后我去看了一个20世纪肖像画的展览，特别棒。巴菲本来受邀去表演，但她此时在加州。有大量贝伦尼斯·阿博特拍摄的照片——乔伊斯、鲁林、劳伦辛[1]的照片，还有利奥诺拉·卡林顿拍的一张。这个女人真了不起！才二十五岁。[法]

1942 年 12 月 10 日

[法]不错的一天——我去《摩登宝贝》那里干了点活，像奴隶一样打字——套用信函。他们只付了我 4 美元——不够支付我明晚的开销——聊胜于无！这太荒谬了，完全违反了工会规定！我不知感恩，妈妈说。伯恩哈德有一些巴菲的裸体照，很漂亮。我想要一张。下午在街上走时倍感痛苦，因为我太缺钱了。又给父亲寄了一封要钱的信，他一分钱也没给过我，真的。

读了很多以前的笔记。1937 年写的。那时我开始和琼斯、佩吉住了一小段时间，离开了杰尼斯，我真应该亲吻她。[法]

1942 年 12 月 11 日

[法]我真想不到一天能如此枯燥乏味。如果做这样的工作，加上喝酒、抽烟、跳舞、搞破坏，疯了也不难理解。买了件外套。钱没了，花了，像往常一样。银行里只有 13 美元了。但是这件外套很漂亮。轻盈温暖，触感柔软。[法]

1942/12/11

有时我有一种奇怪的想法，那就是每一种不适的感觉，无论是身体上的还是精神上的，都有方法治疗。当我长时间口渴后喝水，饥饿后进食，或者每五年吃一次小苏打来治疗消化系统疾病（神经性消化不良），当疼痛感在两三分钟内过去，我体内的钝痛逐渐减轻直至消失，我继续读书，一副健康长大的年轻人永远不知感恩的嘴脸，每次这种事情发生时，我就想人们可以把一生都安排得舒舒服服的。然而，这与我一直以来的信念（我从十四岁左右开始有了些相信的东西）以及与生俱来的信仰正好相反。我相信，接连不断的不适是人类的自然状态，就像商业图表中的正常线一样，起起落落，变化不断。因此，这些快乐的、盲目的、动物般的"洞见"令我困扰。

---

1 玛丽·劳伦辛（1883 或 1885－1956），法国诗人、画家，也是另一位诗人纪尧姆·阿波利奈尔的创作源泉。

1942 年 12 月 12 日

今天早上，我灰头土脸地把三件外套拿到了旧货店：见证了我在巴纳德——还有莫顿街肆意狂欢 & 糟糕过往的立领外套！我的绿色哈里斯牌粗花呢小骑手夹克，穿着它度过了我一生中最骄傲、最快乐的时光——还有一件小小的蓝色双排扣夹克。第一家出价 1.5 美元买这三件，我在第二家报价 4 美元时，那个女人朝我恐怖地大吼。最后我以 2 美元的价格卖了，在十美分店买了一本关于鸟类的书和一些精致的装饰垫。

写完了阿奇的半成稿，就是那个瘫痪的人的故事。晚上，妈妈读了这篇小说，觉得有些地方风格不一致，他的社会地位设定太高等等。她一边说，我不安分的大脑就已经跃跃欲试，琢磨着下一步该怎么办了！哦，上帝，我的面容褪去青涩，我的心灵日渐练达，我的灵魂，一切的一切都急于表达。它们在瞬间的宁静中发出短促的声音。两个月前，我有一份稳定的工作，如果那时的条件如现在一样成熟，我是可以开始写这部惊世之作的。

1942 年 12 月 13 日

[法]今晚，看了卡门·阿玛亚！她真是令人销魂！真的！我［几乎］可以摸到她的身体，感受她在我的嘴唇和舌头上的滋味！她融进了我的血液，灼伤了我！她危险地向我逼近。我能看清她的眼睛，她的嘴唇。母亲仔细地观察我，尤其关注伯恩哈德，她穿着一件真丝外套，看上去像个僵尸。卡门在第二幕出场，穿着黑丝袜，拍着手，指挥那些围着她跳舞的姐妹们。不知道安东尼奥·特里亚诺和她跳舞时怎么能克制住自己！精彩绝伦！我想像气球一样升起来，我想拥抱她！后来去了 B. 家喝雪利酒。看看照片。母亲说不出话来，这使我非常高兴。也许我真的可以爱伯恩哈德——当我努力工作，当我冷静的时候。其他情况下，像卡门·阿玛亚这样的女人会让我很烦恼，甚至更加焦虑，因为她们只能远观而不能亵玩。太荒谬了！B. 和我独处了一会后，我们就握住手，亲吻嘴唇，等等。

很晚了。我柔情百转，不想睡觉。今晚有了小说的重要灵感——奇妙的理智。[法]

1942 年 12 月 14 日

[法]昨天亚瑟告诉我他把一个短篇卖给了《真实浪漫故事》杂志，至少是卖出了这个创意。故事是一位专为杂志的女性读者写稿的女作家写的，而他赚了 75 美元，

很不错了。弹了一会儿钢琴。最近我很焦虑困扰，但状态很好。然后我写完了地铁故事，但还要继续加工：今晚卢·韦伯来了，他说（他说得对）我写进了太多无关紧要的细节（F线[1]之类的）。兴致很高，于是我一直写到凌晨3点。

和伯恩哈德在韦克菲尔德［画廊］。比梅尔曼、盖尔盖伊和昆百丽的展览。我没法和B. 帕森斯说话。她故意冷淡我。我本想告诉她我有多喜欢这个展览，但是她的眼睛、她的嘴唇都在观察我！

11点去了伯恩哈德家。她问我选择情人的标准。首先，我必须有创作的灵感——然后一定要快乐，充满活力，有活跃的性生活。伯恩哈德告诉我，虽然她对性生活已经迫不及待了，但是哪怕完全没有她也可以永远和我生活在一起！她吻了我好几次。她担心我已经痛苦不堪，因为我已经被巴菲、玛丽、比利吓坏了。但她知道我没有。我能感觉到脑海里的各种情绪，就像昨晚对卡门·阿玛亚一样，但身体上感觉不到。

天气很冷。零下4度。［法］

1942/12/14

安全危机：在舒适的传统主义模式下写作和陶醉，同时不可避免地为异国情调所吸引。

1942年12月15日

［法］我在玛德琳［·比梅尔曼］家里调马提尼酒。她正在读歌德，跟我们在学校读的是同一本书。路德维希与［玛丽·］麦克阿瑟[2]合作，以他以前的作品《我与美国的战争》为原型进行创作。不会好的。玛德琳谈到作为女人去油腻小勺[3]、酒吧等地方感到的生理上的不便。有一次她说起曾认真考虑过要和女人交往，但我告诉她这不是一个好主意。午饭后，她紧盯着我看了一会儿。让我非常不安。今天我很好看，也很性感——尽管我的牙疼得要死。我心里想：它们状况还行，但棕色的斑点却越来越多，连门牙都变色了。我不知道该怎么办。［法］

---

1 纽约地铁F线（或F线第六大道快车）是纽约地铁的服务路线，其标志为F并以橘圆为底。
2 这个项目的画稿作为女演员海伦·海耶斯的遗产保存了下来——她的女儿玛丽·麦克阿瑟（1930－1949）十九岁时死于小儿麻痹症。比梅尔曼的《我与美国的战争》于1937年首次出版。
3 指那些又便宜又脏的小餐馆。

1941—1950 年：纽约的青春，以及不同的写作方式

1942 年 12 月 16 日

[法] 今天上午 11:30 去了米歇尔出版社[1]——漫画月刊。一个男人向我介绍了这份工作。我的任务是研究插图故事，尤其是冒险故事。我还要去写！我很高兴。我被分配了写巴尼·罗斯[2]的故事的任务。星期五就能写完。然后去了贝蒂·帕森斯家，但只有西尔维亚在那里。我们在温斯洛饭店吃饭喝酒。妈妈不喜欢我回家时满身杜松子酒味，还花了很多钱。伯恩哈德 & 巴菲打电话来。伯恩哈德和我会在 12 月 29 日去看另类摇滚！！！多么美好的一天啊！

戈德伯格 9 点过来。非常和蔼可亲。他跟我父母谈起了我的写作，说是有内容的，说我表达得不够，我的故事中还有一些粗糙的地方。但他读了瘫痪者的故事后，说这回没有粗糙的地方了，说这也许是（难以置信啊！）我最好的故事！也许我得找个代理来帮我推销。下周开始工作，也许下个月。在 3F [F.F.F.]。但我宁愿跳楼也不想回到那里！[法]

1942 年 12 月 17 日

[法] 哦！昨天西尔维亚告诉我，罗莎琳德不是那种"自我惩罚"的人，而是只做自己想做的事！那是个谎言，因为罗莎琳德是英国人。我得去库珀联盟学院搜集巴尼·罗斯的材料。很有趣，但是耗时长达 3 个小时。我今天工作了将近 9—10 个小时，根本没什么成果！我写了这个故事，但我得重新整理一下。我还在考虑给罗莎琳德买什么。那个音乐盒真的太贵了。我变老了吗？我工作很努力，晚上都睁不开眼睛了，坐在打字机前却很清醒。我已经有一个星期不得安宁了——连一本书都没有打开！总之，人需要工作才能快乐！

家里的情况越来越糟。我找到工作后，妈妈会很高兴打发我走的。我可以软下来，求她让我留在家里，但是为了什么？这与愤怒或骄傲无关：我很久以前就放下它们了——那太奢侈了。是我的朋友们——他们总来拜访。每个人都爱我！（除了那些能给我工作的人！）但我是不会相信会有人不喜欢我的。她也这么认为。但这不是真的。

哦，见鬼！我想找乐子，写作，恋爱，生活，喝酒，大笑，读书，还有——更

---

[1] 米歇尔出版社是美国漫画集团（ACG）的出版商名称，成立于 1939 年。
[2] 巴尼·罗斯（1904－1967），历史上第三位赢得三个重量级别世界冠军的拳击手。在二战期间表现出了非凡的勇气。

糟的！[法]

1942年12月18日

[法]不错的一天！工作，工作，工作！巴尼·罗斯的故事进展顺利。差不多写完了，但现在已经很晚了。打电话给桑格尔先生[1]，他告诉我明天交也行。"我要到下周末才能告诉你进展。"（太糟糕了，一周之后才会雇人！）然后去了卡特的（小舒肝丸）工厂，那里需要研究人员。他们想让我向街上的行人询问他们服用小舒肝丸和止汗剂[2]的体验。谁在乎啊！

这周也许是我人生中最特别的时光——但我几乎每周都这么说。妈妈说她想让我"逃离"伯恩哈德的掌控！但圣诞节已经邀请她来和我们一起喝蛋酒、拆礼物了！[法]

1942年12月19日

[法]（想成为十二岁的孩子。）这一天心里又是乱糟糟的。我感冒了！母亲的情况越来越糟。可能是更年期吧。她总是"要做的事情太多——时间却不够"，我获得了所有的荣耀，却没剩下什么留给父母！今天她来到我的房间（凌晨2:35），告诉我"你一定喜欢这些采访吧！你将成为一个伟大的艺术家！"简言之，我必须离开家了。

惊喜！卡特的小舒肝丸厂让我星期一上午9点去做他们的蠢工作！[法]

1942年12月20日

[法]罗尔夫昨天下午来了，非常活跃，因为妈妈把家里所有的东西都拿给他吃。她把他当作一个过于敏感的男孩，他也确实是。我没什么感觉。我爱他就是因为他很敏感。每个敏感的人都应该彼此相爱。我写完了故事，取名为《未知的宝藏》。对我

---

1 本杰明·威廉·桑格尔（1889—1953），美国企业家和出版商。他和《低俗》杂志出版商内德·派恩一起创立了"桑格尔工作室"，是漫画作家和艺术家的工作室，地址在曼哈顿西45街45号。20世纪40年代被称为美国漫画业的黄金时代。
2 帕特在止汗体香剂公司的"填充"工作是她唯一写到过的大学后的工作，在1993年的《老人》杂志委托撰写的一篇文章中提到过，文中省略了她在F.F.F.出版公司担任本-锡安·戈德伯格编辑助理的六个月时间和她在漫画行业摸爬滚打的七年。

来说这是一座真正未知的宝藏。巴菲［和我］跟西蒙一起吃饭，西蒙绕了一圈亲吻每个人（女性），然后巴菲付了账。她给我讲了她家的事情。他们有很多钱，各个歇斯底里。然后回到她那里，我们躺在床上，读了一会儿书。然后是其他的。我竭尽全力。她和我最少做了四次。甜蜜，轻松、舒服，幸好。［法］

1942 年 12 月 21 日

［德］上班迟到了，因为妈妈 8:10 才叫醒我。她是故意的，我肯定。我得问四十五位年龄在二十岁到六十岁之间的女性："你喜欢这个还是这个？"——关于止汗剂的两句问话，其实都是一个意思。12 点，我们在斯特恩门口站了大概一个半小时后，我给桑格尔先生打电话，讲了讲我的故事。他说："我觉得你挺合适的。我再看看还有没有别人 & 两天之后回复你。"所以我 2 点回了家，尽管我只调查了十五个女人。昨晚我感觉到巴菲的气息在我身上萦绕了好几个小时。我和她在一起太自由了，不知道我对她抱有什么样的爱。3 点给她打电话，她星期三想见我！天哪！就三天！8 点亚瑟来了。一个非常美好的夜晚，他告诉了我他所有的过往，他的爱情，等等。他的灵感特别神奇。总有一天他会成为下一个［约瑟夫·］康拉德的。总有人来拜访！我们听了舒伯特的《美丽的磨坊少女》，就因为它我才用德语写作的。什么都没读。把我的短篇小说《未知的宝藏》寄给了《时尚芭莎》。麦克法登把我寄去的其他几个短篇寄回来了。信上说："谢谢你的故事。很抱歉，《时尚》本期没有版面发表它，但我们会记住你的。"废话。［法］这不重要。桑格尔，爱我吧！［法］明天要见罗莎琳德！想读歌德。想稍稍安定下来。不知道能去哪里。画了两张素描。一张给巴菲，她会很喜欢的：一只八爪鱼——不是我，不是她，但是——只用了钢笔和墨水。Feder 和 Tinte[1]，多美的词啊！让我想起了刚上学的美好日子，想起了我最开始学习德语的时光，还有印着小小孩童图片的课本、帆布背包，等等。那些日子多么美好，多么平静！［德］

1942 年 12 月 22 日

［法］事情越来越糟了：我今天没去招惹任何人！我的配额是 50 人，我假装已经完成了 40 或 41 个！我在中央车站和另外两个年轻女人分手后，去银行取了钱，给伯恩哈德买一套杯子和碟子。我相中了一套：杯子是灰色黑色相间的——雾面的，中国制

---

[1] 钢笔和墨水的德语。

造——只卖3美元。之后在萨瓦林喝了杯马提尼酒，又去德尔佩佐见罗莎琳德。我无法理解这段爱情的宏大意义：她的眼眸从不温柔地凝望我，哪怕只是一秒钟。她圣诞节想见我。她会送我一个特别的生日礼物。

在拉斐尔·马勒[1]家待了3个小时。帮他打字。他妻子很有魅力。2美元。外婆寄给我1美元。现在有12美元，今天从银行取了20美元，现在只剩下30美元了。一定得找工作了。伯恩哈德今晚"承认"她可能会对我产生不良影响，因为我可以"去找"男人，就像以前"找了"罗尔夫那样。但她错了。

我得找份新工作，因为这份工作会使我道德败坏。[法]

1942年12月23日

[法]绝妙的一天，但非常累。桑格尔先生打电话给我：我被录用了。星期一9点开工。周一到周五9点到5:30，周六到下午1点。我每周至少挣30美元。我真是喜出望外。

巴菲在楼下接我。很漂亮，香喷喷的，我们去了她的住处。她把我当国王、王后或公主招待。总之，这让我颇觉快意。她详细地告诉我佩吉·古根海姆在马克斯·恩斯特[2]那里遭到的可怕对待。有点无聊，但我也没有好多少。然后我们做爱了。我们关了灯，躺在一起。我很累，只做了一次。但是哦，太享受了！我在她那儿过了夜。她告诉我："我从来没有在一个爱人身上花了这么多时间。"她告诉我。还说，总有一天我会学会欣赏男人的。这似乎不可能。"你比我第一次见你时要好得多了。"当然。巴菲的皮肤就像精致的液体，在我的皮肤上滑过，就像一块缎子的触觉。我们谈论着过去，就像以前从没谈过似的，我想整晚都不睡。巴菲很乐意让我做她唯一的情人，而不是她的丈夫。也许我们会每周三见面。[法]

1942年12月24日

[法]女孩们听说我的新工作都很兴奋。我星期一有空。我几乎要歇斯底里了，因

---

1 可能是指犹太历史学家拉斐尔·马勒（1899—1977）。他是犹太青年历史学会的创始人之一，这个协会后来隶属于YIVO犹太研究院，他以研究员和编辑的身份积极参与各项活动。

2 马克斯·恩斯特在帮助他当时的妻子佩吉·古根海姆准备她的"31位女性艺术展"，地址就在她新开的艺术馆"本世纪艺术馆"，他爱上了画家多萝西娅·坦宁，后者也参加了展览。

为铜管乐器城的音乐盒还没到货。好吧，我去了一家很棒的精品时装店，那里还卖英国梳子。我花了12.5美元给R.买了一把——背面是金橡木做的，硬挺而微黄的猪鬃，是最贵的那种。我希望她喜欢！否则我会很苦闷的。我希望她能意识到这是一份很好的礼物。我小心翼翼地把它包好，写了一张普通的卡片，11点送到她那里。还有一封信，邀请她明天上午来我家做客，告诉她我找到了新工作。当然，我很自豪。

和［玛乔丽·］汤普森还有父母去教堂，听了一场可怕的弥撒——会让上帝和他的儿子毛骨悚然！我的银行账户里有20.55美元。有了这份工作，我应该可以一周存10美元，付清外套的余款，再时不时看个戏之类的。我给妈妈买了铜和铁做的小狗。小小的，分体的，正是她想要的。它们只花了5美元。我很开心，有太多的事情要考虑，我根本就不去想。［法］

1942年12月24日

［法］美好的一天——这个圣诞节，我觉得自己长大了，因为我送的礼物和收到的一样多，也许更多。我收到了斯坦利送的油画颜料，一套杯碟，等等。大烟灰缸。马乔里送的酒（白兰地）。一瓶杜松子酒。乔·P（她送了我《福雷安魂曲》）和M.沃尔夫也来了。罗莎琳德自然没来。我们喝了蛋奶酒，吃了水果蛋糕。伯恩哈德给家里的每个人都送了照片——给我一枚小银别针——一个情人结。她似乎对她送的礼物不满意。她总是想着自己，最近我发现自己整日梦想着和罗莎琳德还有巴菲在一起最甜蜜的时光。说到这，我想起巴菲在10:20出发去乡下前给我打了个电话："好吧，亲爱的，祝你圣诞快乐 & 事业成功 & 幸福美满 & 有爱相伴——"我还没来得及回应就"再见"了。她很可爱，我今天特别想她。母亲不停地看着伯恩哈德，有时眼泪在眼眶中打转。这让我非常伤心，但我有权选择我的朋友。我不能再这么频繁地跟伯恩哈德约会了。这将是我的新年决心之一。哦！罗莎琳德7点打来电话。她一整天都在梳头。我希望这是真的。她今晚想见我——还有明天晚上，我们一起吃晚饭。"这是一把漂亮的梳子！"我知道她会这么说的。

现在，夜深人静了，我觉得自己好像才开始活得像个人。有那么多事情要做——还有一条坚定的路要走——就像一列动力十足的火车奔驰在铁轨上。［法］

1942年12月26日

［法］又一天节庆——又一天的吃喝。我花了一整天的时间写巴尼·罗斯的故事。

1942 年

花了这么长时间——太久了，我都觉得难堪。结果——什么都没有，我5:30给巴菲打电话。她有客人。但她说："明天或者过会儿打电话给我，好早点儿见到你！"妈妈取消了我欠她买外套的51美元欠款。那是我的圣诞礼物之一，是最大的礼物！

今晚在罗莎琳德家度过了一个美妙的夜晚。她独自一人。我们谈到了达利、卡拉斯、唐古伊，然后是音乐。美好的思想交流的夜晚。她给了我《罗马肖像》，一本大部头，贝蒂推荐的。但没给我她的照片。虽然这本书很好，但还是很遗憾。我们在她家吃饭——她做了肉酱。之后聊起斯库拉·迪巴洛、德彪西、《彼得鲁什卡》[1]、西特韦尔、佩妮·坎迪斯。还有更多关于音乐的讨论。我离开时她想吻我。她累了，否则我会想着干点别的。她会喜欢的。她向我靠过来，我吻了吻她的脸颊。这太理智了。她喜欢我这样吗？只有她自己知道——但这又有什么关系呢？[法]

1942 年 12 月 27 日

[法]3点到了伯恩哈德家。她给[阿玛亚]全家买了礼物。给卡门的是一个蓝色的镶钻别针。卡门一个小时后才来。穿着一件白红相间的夹克，个子很小，很紧张！伯恩哈德处在一种最可怜的盲目崇拜状态中！房子里挤满了家人、朋友、邻居。说西班牙语是绝对必要的，我已经完全忘光了！伯恩哈德握着卡门的手，至少有10分钟。

今晚和巴菲在一起。她一下子把我吓到了——只想做爱，其他什么都不要。我很害羞——（为什么？）也做不了什么。她说了一些真心话。但是她很喜欢我——她为我疯狂了，她喜欢和我做爱，等等。我充满了无用的能量——我今年会有很大成就的。我希望一年后我还能拥有这份工作。最重要的是，我想要一些稳定可靠的东西。[法]

1942 年 12 月 28 日

[法]好天气。休斯[2]这人太好了。我现在正忙着搜集细节，然后就要开始写作

1　一出四幕滑稽芭蕾舞剧。
2　理查德·E.休斯（原名利奥·罗森鲍姆，1909－1974），一位美国作家和漫画作者，他为《黑色恐怖》《与美国佬战斗》《燃烧假人》《突击俱乐部》和《超级鼠小弟》等漫画构思和撰稿。1943年，他成为桑格尔工场出版社的编辑。

.203

了。在办公室跟大家见面。我很高兴下了一整天的雨。我不得不在12点回家,因为连汉堡都要15美元。

没有收到任何12月31日的邀请。谁在乎!我想一个人待在家里。

8:30和伯恩哈德在一起。我们去了彩虹屋[1]。当我听到《白色的圣诞节》时,我梦想着海伦和我——一起跳舞,她凝视着我的眼睛,我凝视着她的眼睛。我是绝对地,无可救药地多愁善感。伯恩哈德哭了——因为看到了她的初恋——她从未拥有过他。很悲哀。她哭得死去活来。这让我心生厌恶。这既不是德国人也不是奥地利人的做派——纯粹的犹太人行为。亚瑟来休息室了,因为我们有约会!可怕!我本想给他买个礼物的,但我的钱有更好的用途。[法]

1942年12月29日

[法] 不错的一天,但太累了,感觉像是一场折磨。R. E. 休斯越发体贴了。我从期刊、杂志上剪下故事,然后拼凑成一幅"坚不可摧的堡垒菲利斯"。我得从头到尾独自写完:他想一步一步地教我。而今,经历了所有的屈辱,经历了漫长的失业之后,《时尚》有了一个职位空缺:坎贝尔小姐今天非常礼貌地给我妈妈打了电话。我在他们的名单上。还没告诉罗莎琳德。我很高兴——值得记下一笔。渴望在新的一年开始我的小说。[法]

1942/12/29

你和我生来就在时间上、思想上、乐趣上,远超别人,哪里能找到与我们匹敌的两个人?你我联手更是所向披靡。我们的天才对你意味着什么,亲爱的?!这种天分对你来说意味着什么?

1942/12/29

为什么她给我星期六晚上

为什么她给我星期六晚上

为什么她给我星期六晚上——

不就是为了和她上床?!

---

1 洛克菲勒广场楼上65层的顶楼酒吧,是纽约市最高的酒吧之一。

1942年12月30日

[法] 休斯让我又写了4页。关于瓜达尔卡纳尔的SBD[1]。"如果你对此感兴趣的话,我毫不怀疑,你会成为一个好作家。"(有人怀疑过吗?)[法]

1942年12月30日

我在12点到达《时尚》杂志社。坎贝尔小姐说我是"他们希望拥有的那种员工"(!)可是她提供的这份35美元的工作很枯燥——给编辑写信,等等。

11:30去了约翰·米夫林家,和伯恩哈德一起参加聚会。见到了那个艳丽的金发女郎,以前她骑自行车经过格罗夫街时,我常常盯着她看。伯恩哈德说,她和康奈尔住在一起,她画得非常好。金发女郎给了我她的电话号码之类的。她认识亚历克斯·戈德法布[2]。大家叫她"特克萨斯"[3]什么的。伯恩哈德美艳绝伦。她的头发是银色的&非常柔顺。后来,我们和比尔·西蒙斯、贝基&玛乔丽一起乘出租车到了村里。寻欢作乐。

---

1 海上轰炸机。
2 亚历克斯·戈德法布,化名约瑟夫·彼得斯,臭名昭著的煽动家和间谍。
3 "艳丽的金发女郎"即麦琪·E,也被称为"特克萨斯"或"特克斯",是画家阿莱拉·康奈尔的情人兼室友。康奈尔曾师从国吉康雄、佐拉赫和亚历山大·布鲁克。她主要是一个肖像画家,同样擅长水彩画和油画。然而,她在商业上没有得到认可,沦落到在纽约人行道上给人画1美元1张的钢笔肖像。特克萨斯、阿莱拉和帕特很快就会陷入一段复杂的三角关系中。

1943 年

帕特在桑格尔工场出版社的全职漫画文案编辑工作当然无法满足她企图调和各方面激情的雄心壮志。在这一年的大部分时间，她被自己的各种欲望撕扯着：她对独立的渴望，她的艺术追求和消耗她大量精力的社交生活。

帕特是这个行业里为数不多的女性，她创作了一些拥有双重身份的漫画主角，还遇到了同样从事这项工作的斯坦·李和米奇·斯皮兰等人。但漫画只是她的谋生手段，她在文学创作方面的雄心从未动摇，这或许解释了她后来对这份收入来源（最终支撑了她整整六年）缄口不言的原因。就当时而言，这份日间工作的薪水足够她在东56 街 353 号租下一间属于自己的公寓。虽然她的新住处和父母家距离很近，但足以让帕特对母亲产生暂时的亲近感。

帕特依然在画画，用（她的左手）绘画，用（她的右手——后天纠正的习惯）近于痴迷地写作。这一年里，她用多语种写成的日记和笔记增加到了 700 页。她一直阅读量惊人，今年又把朱利安·格林、卡夫卡和弗洛伊德列入了她最钟爱的作家名单。帕特还把她的第一个短篇小说《未知的财富》卖给了一本杂志。小说讲述了两个男人互相追杀的故事，这是后来许多海史密斯小说的标志情节。

4 月，帕特遇到了画家阿莱拉·康奈尔，她坠入了爱河，可是她不得不跟另一位年轻女子麦琪·E（别名特克斯）共享这段恋情。阿莱拉更像是帕特的灵魂伴侣，没有那么多激情，但很符合帕特对生活伴侣的幻想，她要和她一起搬到乡下生活——这想法与帕特对自由的渴望和她夜夜笙歌的曼哈顿放纵生活背道而驰。阿莱拉为帕特画了一幅充满预言性又冷峻的油画肖像画，后来帕特每搬一次家都会带着它并挂在墙上。

帕特的生活重心依然以激荡的夜生活为主，她的文学创作因而受到影响。她经常

1943 年

有逃离的冲动。1943 年底，帕特第一次出国旅行；她与来自得克萨斯州的金发时装模特克洛伊一起穿过边境来到墨西哥。20 世纪 40 年代初，墨西哥取代了被纳粹占领的巴黎，成为当时波希米亚文化的聚居地，带给来到这里的冒险家们激情放荡的漫漫长夜，还有廉价的龙舌兰酒。帕特计划一直待到自己囊空如洗。

远离紧张忙碌的城市生活后，帕特终于在创作上取得了进展，完成了《咔哒一声关上》这部"青少年小说"。她于 1942 年起笔创作，但在笔记本中酝酿的时间却已经很久了。这本小说讲的是一个年轻人想摆脱自己的身份，成为像自己朋友那样极其迷人、英俊、富有的男人——这就是她未来的主人公汤姆·雷普利。

1943 年 1 月 1 日

[法]客人们走后，乔留了下来。我们听了《梦醒时分》，乔因此有些忧伤。我也是。但正如乔和爱伦·坡所说，所有的美中都带有悲伤。乔今晚令人兴奋。当我和她在一起的时候，我觉得自己很有活力，像个作家一样。[法]

1943/1/1

生活中，我们恨的人很少，大多是那些我们曾经爱过的人。为何如此呢？因为我们仍然感受得到恋爱时期的脆弱（带来的恐惧）。

1943 年 1 月 2 日

[法]凌晨 12:30 我费尽周折赶到巴菲家。父母一点也没有察觉到。我只是因为无聊才去的——虽然家里有很多事情要做，但我总是在寻找快乐和智慧。巴菲同时拥有这两样东西，我们俩浅尝辄止，其他什么也没做——一点都不尽兴——一朝摧毁了我很久以前所做的重大决定。凌晨 3 点，她丈夫从加州打电话给她，他们聊了一个小时！这期间我一直在吻她，对她为所欲为。什么婚姻啊！我很想见罗莎琳德！我就是那样愚蠢——她不会让我幸福的——但如果我不见她，我会很难过。[法]

1943 年 1 月 3 日

[法]很不安，很烦恼，不离开家 & 出门，我什么也写不出来。我毫不怀疑，故事就在我心里。罗莎琳德有些拘谨和忧伤。她告诉我她也很不安——情绪很别扭，觉得

·207

自己为战争出力不够。我把伯恩哈德的一切都告诉了她，抱怨她行事方式总和我不一样。罗莎琳德说这是犹太人的特征。然后在"杂货店"喝了杯啤酒。我们单独待了一会儿。我抚摸她的手，把它握在手里。她离开时，吻了我的手。［法］

1943 年 1 月 4 日

［法］重读我的笔记本。把它们全部读完要花很长时间——我要先把它们读完，再去写我内心酝酿的伟大小说。（银行储蓄只有 30.55 美元——伤心。）［法］

1943 年 1 月 5 日

［法］美好的一天。我整天都在断断续续地写作，就是我们在故事里必须要有的段落——还不知道会不会有故事呢。伽利略·伽利雷。利文斯顿、西米斯托利斯、爱因斯坦、克伦威尔、牛顿等等。在布莱恩特公园[1]吃了一顿穷人才会吃的午餐，鸟儿们看起来饥寒交迫，我把午餐分给它们一半。和巴菲在一起的晚上很美好。我们没有去剧院，而是去了拉康加，看卡门·阿玛亚表演舞蹈。我给她写了一张满是溢美之词的小纸条（"没见过卡门，便不知世界之美[2]"之类的话），邀请她和我们一起喝杯波尔多。她没有回复。然后我亲自去了后台，谎称我是伯恩哈德，这样才能见到她。她和一个姐妹在一起，穿着一件白色蕾丝连衣裙，纤腰不盈一握。然后去了布伊家。我们美美地睡了一会儿。感觉很幸福。布伊参加了古根海姆的"31 位女性艺术展"[3]。［法］

1943 年 1 月 6 日

［法］休斯写了一篇瑞肯巴克[4]故事的概要——精彩的概要，现在由我来写这个故事。我又给《英勇的美国人》[5]写了一个故事。现在我们播放着巴赫的《你在我身边》。甜美而温柔，让我想起了每天晚上学习的日子，那时候总是有东西可写。现在我总是忙个不停，思路几乎枯竭。我一个人在家——读着 1935 年到 1939 年这本日记

---

1 布莱恩特公园，位于纽约公共图书馆后面，是纽约市最大的靠私人养护的公园。
2 原文为西班牙语。
3 "31 位女性艺术展"是纽约市"佩吉·古根海姆的本世纪艺术画廊"的首批展览之一。展览时间从 1943 年 1 月 5 日到 2 月 6 日。出展的艺术家包括巴菲·约翰逊、朱娜·巴恩斯、弗里达·卡略、利奥诺拉·卡林顿和梅雷特·奥本海姆。
4 埃迪·瑞肯巴克是著名的一战飞行员。
5 1943 年，除了《黑色恐怖》，由电影漫画公司出品的最炙手可热的超级英雄漫画就是《英勇的美国人》。

中最后一年的记录。满纸都是弗吉尼亚。我不知道我们因何不再彼此相爱了！不知道是什么结束了这段从未开始的奇怪的爱恋！罗莎琳德在电话里很贴心，询问我工作的事等。我现在很想摸摸她的头发。[法]

1943年1月7日

[法]罗斯福做了精彩的［国情咨文］演讲，说纳粹不是要战争吗——&他们会如愿以偿的。而本届国会尽全力确保世界的安全。我从拉康加取回了我的套头衫，有那么一会儿，我看到卡门·阿玛亚和她的两个姐妹朝我走来（没看见我），光芒四射，星光闪耀。[法]

1943年1月8日

[法]我越来越熟悉办公室里的男孩子们了。我写完了瑞肯巴克的故事——写得真好，休斯说。他是个好作家，对工作很认真。《时尚芭莎》退回了我的故事《未知的财富》，附带一封文学编辑［玛丽·露易丝·］阿斯韦尔[1]写来的信。"你的写作质量相当高&虽然这个故事不适合我们，但是你能让我看看你的其他作品吗？"这是我最好的作品了。这份工作对我真的很有帮助，逼我快速写作。很多动作情节，但也有着某种真诚——这是必要的。现在我准备写我的小说了——是的——现在可以顺理成章地开始了。它是我朝思暮想的事。[法]

1943年1月9日

[法]不错的上午——我还得写一个关于俄国叶卡捷琳娜大帝[2]的脚本。银行存款40.55美元。增速缓慢。2点去罗莎琳德家。我觉得我们好像有点无聊——我们需要一场激情爆发——一个大事件！[法]

1943年1月10日

[法]［朱利安·格林的］《瓦鲁纳》快读完了。毫无疑问，它让我想到了人类身份的问题，以及人类生活的秘密。我既是男孩也是男人，既是女孩又是女人。有时还

---

1 玛丽·露易丝·阿斯韦尔，《时尚芭莎》杂志的小说编辑。在她任主编的生涯中，《时尚芭莎》发表了杜鲁门·卡波蒂、让·考克多、卡森·麦卡勒斯和W.H.奥登的作品。

2 这是给真实人生漫画公司写的另一个脚本。

是祖父。[法]

1943/1/10

  第一次离家的女孩——二十岁或二十一岁的时候。离家前一天晚上，在回父母家的路上买一杯咖啡，那时她感觉如何？走出瑞克店门时，她想，如果未来的日子里她将有大把独自度过的时光，每日坐在凳子上紧张地进食，无人交谈，眼前只有荧光灯下镜子里自己那张略微发黄的脸，那样用餐将会变得多么沮丧！

1943 年 1 月 11 日

  [法]在家里，他们总是讨论我带什么样的朋友去餐馆、剧院等地。别的少女总是和少男出行。她们还不用花钱，而我却花钱如流水——至少每晚 5 美元。这话没错，但和以往一样，我更喜欢自力更生。在办公室里，我写出了瑞肯巴克的故事。"写得真好。文字熠熠生辉，故事情节连贯。"等等。大部分是休斯的功劳，我也那样告诉他了。[法]

1943/1/20

  这些天，我有一种奇怪的感觉，好像我的精神变得更加充实——就人格健全 & 个性而言——而身体却更加虚弱，更加颓废。我那腐烂而透明的身体的寿命，与宇宙苦难的宏大相比，实在不值一提到令人绝望。我的外表散发着十足的智慧和满足，内里却已溃败不堪，行将就木。

1943/1/27

  一天午夜时分我往家走，烟熏酒醉，睡意蒙眬，沿着人行道的两侧来回晃荡。从第三大道的一家酒吧里走出一对男女，大约十六岁。"注意别感冒！"女孩说着，流露出女性亘古不变的爱意、温暖、牺牲的神奇力量！"你也是。"男孩说道。"我会的！"然后他们就分开了。我跟着女孩走到两个街区外，到了她家，为了能跟上她，我不得不在雪地和泥泞中小跑步追赶。我喜欢这一幕的虚构感。如果是在清醒时听到这话，我肯定不会记得这么清楚。被酒精浸泡的大脑会备好不曾表演过的情绪、风格、氛围和语调，会勾画出大量素描线条，这些都是作家早晚会放进作品中的，以上种种有时又故意隐而不发，作言外之意，就如我想象自己看到、体验到的那些一样。喝酒是对艺术过程的精细模仿。大脑总是直接跳到它追求的目标前：真理、问题的答案、我们是谁、还有哪些我们无法触及的思想、激情与感觉的深穴？因此，每个酒鬼身上都有艺术家的气质，我要说，上帝保佑他们。男醉鬼与零星女醉鬼的比例是与男女艺术家的比例成正比的。也许女酒鬼身上还有同性恋的一面：她们不在乎自己的外表，但肯定已学会了表演。

1943/1/30

我希望了解的事情：

1）地质学——地球过去与未来的成分构成

2）各国——波兰、捷克斯洛伐克、立陶宛、芬兰等，了解每个国家的真正个性——比如我已经透彻了解了英格兰的个性

3）数学——（一直很好奇，同时又不愿意花时间在这样一门我毫无天分的学科上）

4）俄语。

5）希伯来语

6）所有语言的不同手稿。

1943/2/3

写作——"我想成为"

绘画——"我想拥有"——所有创造的目标都是要改变一个人的心理。不是为了娱乐或为艺术而艺术。

1943/2/6

两位艺术家根本不可能成为亲密的朋友。一位艺术家打电话要见另一方，但对方可能正在创作中需要独处的阶段。艺术家们在一起的时候，生活节奏会不同。一般来说，要把自己拉入对方的轨道总是需要花大气力。他们不会融合。很简单，就像两个转速不同的齿轮一样。它们是无法啮合的。

1943/2/12

和你在一起[1]，我很幸福，我希望全世界都与我们无关。靠近你，我感到幸福而满足，我要对你轻声说，这是我旅程的终点。只让星星凝望着我们吧，只让太阳从地

---

1 无法查证这里的"你"是谁。

球的另一边温暖我们的双脚吧，让此情此景永远定格在这一刻！——难过的是，我没法把这些话说给你听，每次提笔书写时喉头哽咽的痛苦又让我痛不欲生！

1943/2/17

独居的体验主要是由很多琐碎的部分构成的[1]。理论上，你很快就习惯了午夜不去翻冰箱找食，习惯了自己洗衣服，至少保证衣服都洗出来。而独居的真正体验是水龙头里的水总是冰冷刺骨或沸腾滚烫，让刺痛感瞬间传遍全身；是为了画画一遍遍上下楼去取一小盘水，最重要的是在楼里遇到陌生人，必须得礼貌地寒暄——而在自己的家里，你尽可以随意吃饭、工作、生活，不用去打断潜意识里一闪即逝的思绪或者创造性思维。

独居最明显的乐趣是，当你情绪别扭、不想社交时，你尽可以一整晚不发一言。

1943/2/22

我们这一代人（也许还有之后的两三代人），女人都忙于把自己变成男人的世界的附属品。男人们被依附惯了，会偶尔离开一段时间。这就导致了女人在事业上一贯缺乏幽默感、想象力和同情心，对自己的事业和私生活，以及手下员工的生活都要去管理操控。

1943/3/5

大多数人都算不上是热情洋溢。热情需要两个因素：像富有闲散的希腊人那般六根清净，或者实实在在地受苦受难，在忍受的过程中，或者在回忆里，悲悯和恐惧都历历在目。

1943/3/20

有一种品质，在所有的文学典籍中都有迹可循，只有当作家恋爱时，这种品质才会出现。是莎士比亚写进罗密欧与朱丽叶浪漫场景中的难以言喻的甜蜜，是我们这个时代年轻的犹太诗人直白地书写拥抱情人的灵感。这是一种男性的品质，因为它源于男性对爱情的渴望、生理上的渴望，但精神都得到了升华，无意识的表达喷薄而出。

---

1 多亏了她的工作，帕特终于可以搬出去住了。2月，她找到了一个临时出租房，然后在5月初搬进了她的第一个公寓，东56街353号的一个工作室，离她父母位于东57街的家只有一步之遥。

没有在恋爱的人读来，觉得这些句子毫无意义、多愁善感，定然会觉得作家软弱无力。当我们也在恋爱的时候，把它们再读一遍，每一个词就有了它恰当的、主观的意义和效果。

1943 年 3 月 30 日

［法］今晚和戈德伯格在安东尼家。第一页很难写，他说得对。他在帮我找间公寓。这很有趣。他真的很有爱。［法］

1943 年 3 月 31 日

［法］工作很累。我想我应该辞去这份工作，到《时尚》杂志找点事干。我还可以同时写故事。把我的两个脚本寄给了福塞特[1]。［法］

1943 年 4 月 1 日

［法］毫无创意、糟糕的一天，直到我给海伦打了电话。明天跟她见面。"好吧，亲爱的。再见。"哦，我会记住那个"亲爱的"！把手稿寄给父母漫画公司真实系列[2]的卡普。我很快就会写出东西来的。一想起海伦我就高兴，她现在肯定躺在床上，明天她会很漂亮。［法］

1943 年 4 月 2 日

［法］一整天过得很好，但没有工作——和海伦在金角吃午饭。喝了两杯伏特加马提尼酒。喝多了，真的。她告诉我金斯利把我的素描本（或一些素描！）拿给梅斯波莱特看，梅斯波莱特说画得很邪恶——可怕又恶心（！）［还说］连我的日记也奇怪地缺乏美感——就连我痴迷于罗莎琳德时写的也是！这让我恶心！海伦想明天晚上跟我走，去哪儿都行，但我这儿没有空房间给她。真可惜！

办公室的工作很无聊。埃弗雷特[3]那么快乐，真让我羡慕。他的世界充满了光明——女人、肉、糖果、各种各样的酒！我没有工作，去 52 街的小酒馆见弗吉尼亚

---

1 福塞特漫画公司以介绍惊奇队长故事而闻名。
2 真实系列是父母漫画公司 1941 年到 1950 年出版的一个教育漫画系列。
3 埃弗雷特·雷蒙德·金斯勒（1926－2019）在 16 岁生日前从曼哈顿工业艺术学院退学，接受了电影漫画公司的全职工作。他后来成为一位著名的肖像画家，画过数百位名人，其中包括八位美国总统。

了。后来，金斯利打电话来，11:35到了这里。她断然否认给梅斯波莱特看过任何东西。不知谁在撒谎——或者是在夸张。[法]

1943年4月3日

[法]我写了5页，然后去了乔·P家。我在乔家待到很晚，她留我过夜。我答应了。两张床，干净漂亮的睡衣。我告诉乔我爱她，很奇怪，但我就是爱她。她喜欢我抱着她的头。放着音乐，氛围很平和。但晚上——什么也没有发生。[法]

1943年4月4日

[法]8点见伯恩哈德。在"杂货店"喝了一杯。然后我想打电话给罗莎琳德。她和其他女人在一起，放松之类的。但我喜欢乔·P，就像喜欢她一样，只是方式不同。[法]

1943年4月5日

[法]福塞特出版公司的斯坦利·考夫曼[1]今早打电话给我，想见我。那意味着工作，也就是说有钱赚了。34街公寓的女士说，我可以签一个一年半的公寓租赁合同，每月40美元。时间可是够长的！几乎是我生命的二十分之一！十分之一！但我想我还是租吧。我再不会因为这间公寓感到抬不起头了，我可以邀请所有的朋友来这里。我还要求加薪，也成功了！休斯将会和桑格尔谈这件事。

今晚待在家里，我写了小说的开头[2]。[法]

1943年4月6日

[法]昨晚很紧张。我必须写得抒情一点，还不能迷失自己。说起来很容易，但当我写作时，我投入了全副身心，全部的自我，尽心竭力，殚精竭虑。以不同的方式开始会更好。

首先——12:30到福塞特。考夫曼告诉我，我的故事对白很好，但情节很无聊！尽管如此，他还是给了我两本《兰斯·奥凯西》[3]，让我写两期。

工作状态很差，因为我最近总是感觉疲惫。7:10到罗莎琳德家。我们在她家吃晚饭。有汤和奶酪，咖啡——还有她，这就是天堂，这就是乐园！我别无所求，即使它

---

[1] 斯坦利·考夫曼（1916－2013），美国作家、编辑、电影和戏剧评论家。
[2] 帕特的第一部长篇小说《咔哒一声关上》，很快她就放弃了。
[3] 《兰斯·奥凯西》是福塞特公司的漫画书名。

很短暂。之后，在萨米家喝啤酒，吃三明治。"梳头。你看起来像宿醉的拜伦。"她给我讲了许多奇妙的隐私和秘密——很多微小、琐碎的事情，但这些事情让我很开心。她像个年长的阿姨一样，轻吻了一下我的脸颊。我要吻她，吻她那聪明、温柔、可爱的嘴唇！总有一天我会吻到的。今晚让我确认了这一点。一个人可以从小事中学到很多东西。[法]

1943 年 4 月 7 日

[法] 平凡的一天。实际上，我忘了给罗莎琳德打电话——告诉她昨晚太美妙了——也许是我一生中尽善尽美的夜晚。休斯只给我涨了 4 美元。我将有 36 美元。他告诉我的时候我有点难过。西摩·克里姆[1]在 9:40 吸食苯扎林。他有时令我厌恶。不是因为他的生活方式，而是因为他的暴力。我开始觉得戴尔·潘恩是对的：我需要一份不要求创造力的工作。[法]

1943 年 4 月 8 日

[法] 非常，非常高兴！今晚写得很好。12:30 和海伦一起去了德尔佩佐。她告诉我她只想要好吃的肉、丰富的性生活、一个情投意合的丈夫、书籍、一份工作。但她漫不经心的，她说，不像我——天真且忧郁。这几乎是完美的一天——甚至找到了雕塑的灵感。但是妈妈对我发了火，说我不听医生的话，以后所有的账单都要我自己付。[法]

1943 年 4 月 9 日

[法] 平常的一天——我没有签租约，因为带烤箱和冰箱的房子每个月要价 50 美元。太荒谬了。我得继续找房子。[法]

1943 年 4 月 10 日

[法] 足足两个半小时，我坐在牙医诊所那可怕的椅子上。我哭着，浑身发抖——但他不紧不慢。他可真蠢！但要价便宜。然后我喝了杯咖啡，去帕尔斯博物馆看了达雷尔·奥斯汀[2]的展览。太棒了！巴菲在那里，对我有点冷淡。我得给她买点东西，

---

1 西摩·克里姆（1922—1989），美国记者、作家、编辑和教育家。
2 达雷尔·奥斯汀（1907—1994），美国商业广告艺术家和画家。

然后带她出去吃饭。我妈妈——我给她买了支笔，还不好用——给我做了牛奶加鸡蛋，然后让我上床。[法]

1943 年 4 月 11 日

[法] 父母很冷漠，不理解我。我得马上离开这里。9:45 在罗莎琳德家，不知为何，她心事重重，很是严肃。在提契诺大饭店吃过饭后去了康奈尔家。罗莎琳德的老朋友们也在。她喜欢这家餐馆。我对她讲述了"拉瓦尔"[1]和偏执狂的故事的想法。特克斯很好相处，我们两个都去了她家，喝啤酒、画画等等。特克斯撩拨我。她知道我在找一个女人同居。罗莎琳德有时看起来很严肃，但她今晚很漂亮，算得上是美人了。她喜欢康奈尔，康奈尔比以前更犀利了！我们坐错了地铁，步行到萨米家喝啤酒，但斯皮维进来了，穿着紫色西装，爆炸头，又一个酒鬼。我感觉那天晚上很平常，和其他酒鬼一样脑子不好用！一点儿也不好玩。凌晨 2:35 到家。[法]

1943 年 4 月 13 日

[法] 今天很好。办公室工作进展缓慢。我最近一直没有按时睡觉。我想等我找到一间公寓就会好了。《大西洋月刊》退回了《山中宝藏》，我把它拿给卡梅拉塔[2]看，他非常喜欢。"偶尔有些粗糙的部分。"但我一笔都不想改动。

我要带父母去看马戏团表演。

到斯坦纳先生办公室送书时，我发现我把三本个人日记落在那里了！他一定笑得很开心！太可怕了。日记记录了一切——绝对是一切——关于巴菲、罗莎琳德、贝蒂等等，总之，过去三年的记录！我毫不怀疑他读了所有的笔记本——至少读了他想读的部分。5 点特克萨斯[3]给我打电话。我在 46 街和莱克斯街交汇的《时尚》杂志社和她见面。她不想要室友。她想要一段恋情。[法]

1943 年 4 月 14 日

[法] 一天过得很愉快，但我对自己很厌恶。我得有固定的时间写作、学习、吃饭

---

1 根据帕特的笔记本，这个遗失的故事讲的是一个人长得非常像法国政治家皮埃尔·拉瓦尔，拉瓦尔与德国人勾结，后来被判叛国罪。这个人因面貌与其相似而受到迫害。
2 阿尔·凯米，或者叫阿尔·卡梅拉塔，是黄金时代的漫画艺术家。他创造了"空中小子"这个漫画角色，一个飞行员英雄形象，这一漫画在 1942 年首次发行。
3 特克斯的另一个别称。

和睡觉。现在，我的生活毫无约束。我只满足了一半，因为我在做我想做的事，但我不快乐！1:30 在德尔佩佐与特克斯共进晚餐。她一直一直听我说话，然后告诉我我所有的想法都很好。毫无疑问，她想要我，但什么时候？在哪里？我不知道我是否会这样做——因为我的健康不允许。约瑟夫·哈默打电话给我。他星期六和星期天想见我，但不可能，因为戈德伯格的一个朋友雇了我，他正在写论文。要写 200 页。我要挣钱买华达呢套装。[法]

1943 年 4 月 15 日

[法] 我的小说进展顺利，我感觉很开心。一开始我会写很多人物——然后放慢速度。我必须描写一天之内发生的变化。我写了一个幽灵[1]。

我抽太多烟了。午饭时很无聊。想到了特克萨斯，我决定去做。5 点左右给她打电话，5:30 和她见面。很奇怪，我异常渴望陌生的嘴唇，对我毫无意义的嘴唇。此刻的我生活在充满好奇的兴奋之中。[法]

1943 年 4 月 17 日

[法] 我太累了，这是罪过！我真的很像我正在写的人物格雷戈里——蓄势待发，却又不知从何下手。1:30 见了罗尔夫。今天下午他几乎算得上粗鲁了，没说几个字。看了桑顿·怀尔德的《九死一生》。伯恩哈德很出色，话剧也很出色。这才是真正的戏剧。

7 点约瑟夫·哈默来了，捧着很多礼物——唱片、书、糖果。约翰·斯坦纳[2] 的《耶稣受难》，[弗兰兹·舒伯特]《死神与少女》，[巴赫]《G 小调小赋格曲》。《幽默精选集》和《纽约客》的故事。我需要这样的书。有趣的是，人们总想给朋友们播放自己最喜欢的唱片，而他们却从不认真听，也都不理解。即使是哈默也不例外。他在古巴和波多黎各之间被鱼雷击中，在一艘木筏上被困了两天，疼痛为他每月换来 500 美元。他不想再见我，因为我爱上了"理查德"——我给罗莎琳德起的假名。真可笑，也很悲哀。因为他爱我，尽他所能地爱我——也许是吧。[法]

---

1 可能是指 1940 年出版的漫画超级英雄《幽灵》。
2 约翰·斯坦纳（1840 — 1901），英国风琴演奏家和作曲家。《耶稣受难的沉思》（1887）是他的代表作。

·217

1941—1950 年：纽约的青春，以及不同的写作方式

1943/4/17

然后作者悄悄地对自己说："我可能会饿死，但我不会为别人工作，浪费我的生命。一个人怎么能白天做妓女，晚上再做个好情人呢？"

1943 年 4 月 18 日

[法] 今天就是我十五岁时梦想的那种日子！一觉睡到 11 点。把提案寄给福塞特。下午 5:30 我们找到了新公寓——东 56 街 353 号，就在蒙德里安[1]家的旁边，我们共用一扇门。有一个房间、厨房、浴室、灯光、油画，每月只要 40 美元。虽然房间很小，但我会租到十月，到时天知道会发生什么！我签了一份五个月的租约。6:30 特克萨斯打电话来。我很兴奋，在街上唱歌。去尼克之家[2]喝了一杯。我打电话给罗莎琳德，她让我注意与特克萨斯的关系。我告诉她，她是我的守护天使。在墨西哥餐厅吃饭，我们几乎整个晚上都腻在一起——晚餐很丰盛，只是我俩握着手，嘴贴着嘴，但不真的接吻。我坐在那里，一点也不在乎别人怎么想。我们打开了自动点唱机。特克萨斯真是太可爱了！她静静地微笑和一言不发都使我开心。我心下明了我会迷恋上这个女人。我告诉特克萨斯，我好想和她单独躺在铺着白床单的大床上啊。这事如此甜蜜而简单，因为她除此别无所求，我也一样——这事至关重要，我俩心知肚明。在她住的地方，在玄关处，她关上灯，吻了我，一个长长的、柔情似水的吻，她和我一样沉溺其中。我们分开了，欲望更强了。5 点才睡。[法]

1943 年 4 月 20 日

[法] 今晚我一个人在家工作的时候，特克萨斯给我打了电话。她用南方人开玩笑的口吻告诉我她爱我，说了两遍。"在内心轻柔低语——"真甜蜜，听着她的声音，我感觉自己轻飘飘的。今天不同寻常。我一年半以来第一次来月经了——上一次是 1941 年 12 月，只有一点点。写了 5 页，但我想先写拉瓦尔的故事。我非常快乐。[法]

---

1 皮特·蒙德里安（1872－1944）在第二次世界大战期间逃离了荷兰。这位著名的画家先是逃到巴黎，然后是伦敦，在 1940 年到达曼哈顿，直到 1944 年逝世一直生活在那里。

2 尼克之家是格林威治村的一家酒馆和爵士乐俱乐部，在 20 世纪 40 年代和 50 年代辉煌一时，当时的音乐家如比尔·萨克斯顿、皮威·拉塞尔、穆格西·斯帕尼尔、米夫·莫尔和乔·格雷索都在那里表演。

1943年4月21日

[法]愉快的一天。工作很简单。约瑟夫·H来了，因为他要去见拉尔夫·柯克帕特里克[1]，想带我一起去。昨天下午他和罗莎琳德喝了一杯，其间他们谈起了我。约瑟夫说："她看上你了！她说你是个天才。"拉尔夫·柯克帕特里克很有礼貌，年轻（36岁），住在62街&莱克斯街交汇处。两个房间都很漂亮，有很多书和一架大键琴。他给我们倒了酒。他们想9:30来我这里，谁能拒绝拉尔夫·柯克帕特里克呢？[法]

1943年4月22日

[法]和罗莎琳德在德尔佩佐一起午餐。她对约瑟夫·哈默很感兴趣。他要是敢打她的主意，我就割开他的喉咙！她不知道他是犹太人。他告诉她我是个音乐天才。（我想明天打电话给阿莱拉，在她家过夜。）我的脑子里总是充满音乐，我听到的每一个音符都清晰明亮[2]。我的小说——现在这是一部沉重严肃的作品，最好把它放几天，才能找回当初我想写它时的强烈情感。我精力充沛，所以他们（每个人）都认为我是天才。到处都能听到这样的评价。[法]

1943年4月24日

[法]今天很好，但我什么都没做，而且越来越没有条理了。下午2点开始喝酒。在韦克菲尔德画廊看了斯坦伯格[3][的精美画展]，他比比梅尔曼更有趣。贝蒂·帕森斯很友好。然后又看了达利（太可怕了！[4]）和蒙德里安的展览——我不喜欢。然后，特克斯[和我]穿街走巷，来到斯通维尔[5]，我喝了两杯啤酒。我坦率地告诉特克斯，我只想和她上床，别的什么都不想。她发誓我是在康奈尔之后她交往的唯一的

---

1 拉尔夫·伦纳德·柯克帕特里克（1911－1984），世界著名的美国大键琴演奏家，曾在萨尔茨堡莫扎特音乐学院和耶鲁大学任教。柯克帕特里克为多梅尼科·斯卡拉蒂写了一本传记，多梅尼科是帕特和业余大键琴演奏家汤姆·雷普利最喜欢的作曲家之一。

2 原文为德语。

3 索尔·斯坦伯格（1914－1999），在罗马尼亚出生的美国漫画家和插画家，主要为《纽约客》担任自由投稿画家。

4 原文为德语。

5 斯通维尔旅馆位于格林威治村中心的克里斯托弗街57号，是1969年7月纽约第一次同性恋权益示威活动的发生地。它被认为是同性恋解放运动的爆发点。

女人。我能相信她吗?我给罗莎琳德打电话——又给康奈尔打电话——告诉康奈尔我爱特克萨斯,仅仅是因为她爱我,我可能以后再也不见她了。康奈尔对我总是很淡定,很温柔。也许特克斯萨说的不是真的——她告诉我,康奈尔和她经常因我争吵。7:10 我告诉罗莎琳德我非常爱她。"我也爱你。"罗莎琳德说。那是她第一次这么说。这话让我非常紧张。"我是你的守护天使。"她说。但今晚,我吻了三个女孩。

我在康奈尔家喝了一杯。特克萨斯躺在床上,我跳到她身上,与她纠缠。她把我拉下来,但没让我继续下去。这也很有趣。她很蠢,在床上也一样。我 10 点去朱迪家一起参加米奇的聚会。我是那里唯一的基督徒。我在阳台上吻了塞西莉亚,她很喜欢我——急切地盼着我有间公寓,这样她就能来看我,单独来。疯狂跳舞,和朱迪·图维姆一起,她穿着黑色的衣服,很漂亮。5 点回家。[法]

1943 年 4 月 26 日

[法]见了博拉克医生,在我 5 月来下一次月经之前,他会给我做两次治疗。我会在罗莎琳德生日之前完成。我想要一套新衣服,但我也想给她生日买份厚礼。我要到 6 月才付房租。几个月过去了,我都没写小说,但我在思索它,独处时,思绪就像在热带海洋上一样。我会写得更快,更好,更多。

4 点约瑟夫打电话告诉我拉尔夫[·柯克帕特里克]爱上我了。我才不相信。他都没给我打电话。5 月 4 日,我要带康奈尔去听巴赫的《约翰受难曲》,柯克帕特里克将演奏大键琴。我今晚在写《兰斯[·奥凯西]》的剧本。我需要钱。[法]

1943 年 4 月 27 日

[法]遇见了赫伯特·L,他现在是海军陆战队的中尉,在苏联过冬!他很帅。英俊潇洒,还抽烟斗。似乎很高兴见到我,但他很害羞,可能是因为上次我们在我家约会时上床了。

打电话给阿莱拉——相谈甚欢,她幽默风趣,而且很聪明,能把无趣的事也说得很有趣。[法]

1943 年 4 月 28 日

[法](终于)在 5:30 给拉尔夫·柯克帕特里克打了电话。他有点害羞,但还是说:"我们哪天晚上聚一聚吧,做点什么。""太好了"——我星期二要去听《约翰受难曲》。

6:30在"杂货店"和彼得还有海伦约会。他们迟到了一个小时,来时已经喝醉了。餐馆里的一个女人给我们看了手相,判断特别准,说我不会结婚,我很有想象力,等等,这话让海伦和彼得嫉妒。

我想提升自己的很多方面。我昨晚和我已经抛弃的女孩们过了一夜。[法]

1943年4月29日

[法]想到昨晚和海伦在一起,我就恶心,她对我失去了意义——彼得也是。我跟妈妈说了很多。我想马上买套西装,把头发扎起来。我今晚打电话给罗莎琳德,告诉她我星期六下午要搬家。[她]今天傍晚想见我,再看看我的公寓。我希望她不会嫌小。够用了,真的。金斯利和乔过来了。金斯利一反常态没怎么说话,于是她不管做什么都让人觉得无聊又难以忍受!乔假装她很快就要开车离开,于是金斯利也走了。11:20,乔又回来了。"你刚才说到咖啡了吗?"我立刻吻了她。我们如飞升天堂,飞上了乐园。我们在沙发上颠鸾倒凤——这是我们的第一次,如果提前计划,可能就没这么好了。我很喜欢她。她表现得好像以前都做过这些。最后,她留宿了一夜——在客厅里。她很可爱,什么都懂,占据了我整颗心——罗莎琳德以外剩下的那部分。[法]

1943年4月30日

[法]美好的一天,我甜蜜地思念着乔。8点她走进我的房间,穿戴整齐,准备离开。她在早餐时和妈妈说话。她看起来很高兴,当然我们没提昨晚。很好。但她以前一定干过这事!她不知道我什么时候高潮的。而她——我觉得她没达到高潮。5:30特克萨斯来看我——她面带微笑,美丽,热情,想读我写的东西。哦,天!哦,特克斯!和她一起在街上漫步是多么甜蜜啊!我们在野猪头[酒馆]喝啤酒,手牵着手,她大声告诉我,她想吻我!哦,天啊!她会和我上床的!《兰斯》几乎写完了。[法]

1943年5月1日

[法]一点乔·P的消息也没有。她怎么了?也许去哪儿开车兜风去了,想清楚到底发生了什么事。我也是。一下午都在忙着安顿。现在画(油画)都挂在墙上了,还差家具,等有钱了就可以买了。[法]

1943年5月4日

这一天也许非常重要。现在是早上5:20。[法]我在办公室很紧张。下午6:45在55街遇到了特克萨斯·E和康奈尔。后来康奈尔和我去了卡耐基音乐厅,有点晚了,我们听了《约翰受难曲》。然后在金费桑[1]喝酒。她邀请我上楼去她家。先来了一杯牛奶,开始聊天,我希望我能把她弄到手——我希望如此,因为我爱她,我已经告诉过她了。她对我说:"我可能会非常爱你。"她还在戒备。我要怎么把她争取到手呢?用谦虚、耐心和胜过她所有朋友的优越天性。最后,我吻了她,虽然第一次不太好,但后面的——让我终生难忘!我爱她,我爱她,我太开心了,我根本不在乎现在是什么时候。我希望能赶紧到早上,这样我就可以和她说话了![法]

1943年5月5日

[德]昨晚康奈尔特别主动,让我今天很开心。我知道她爱我,至少她心里有我。今天我无心工作,最后只好给她打电话(10:30)。一整天我的唇上都留有她亲吻的触感,简而言之,我已经完全拜倒在她的石榴裙下了。爱上罗莎琳德之后我还从未有过这样的感觉。今天我还想到,我们太像了,所以不会长久相爱。只要有她,我就无意于别的"美女"了。[德]

[法]和父母在一起吃晚饭。我昨晚睡了不到三个小时,但还是为福塞特的《金箭侠》[2]写了故事梗概。哦,快乐的一天!

今晚读了德国诗歌。[法]

1943/5/5

与艺术家相比,芸芸众生的生活都很丑陋。最可悲的是,绝大多数人永远不会意识到理想生活与衣食无忧之间的这种令人震惊和沮丧的鸿沟。因此,我们有一小部分人意识到了这一点,至死都很忧郁,另一些人则心满意足地做一个消极的观察者、鉴赏者、享乐主义者,放纵逸乐,只有在模仿他人的热情之泉中才迸发出些许活力。

热情。是艺术家的神,也把艺术家打造成了神。艺术家说:"愿智慧之光普照大地!"[3]于是就有了光。

---

[1] 位于麦迪逊大街和第五大道之间东52街14号的一家餐厅和鸡尾酒酒吧。
[2] 《金箭侠》是福塞特出版的以一位西部英雄为主角的系列漫画。
[3] 原文为拉丁语。

1943年5月6日

[法]今年夏天，康奈尔有许多城市郊区的工作项目，可能持续很长时间。那就太糟糕了！但她在银行里只有4美元，每月却需要15美元。特克萨斯·E现在还没有怀疑，就维持着现状。我渴望漫长而宁静的夜晚，我们一起工作，一起读书，一起躺在床上听音乐。这比世界上任何事都有价值！我钟情于她。我爱她——她的灵魂——还有什么？我确信今晚我能完成小说。这是搬来这间公寓以后的首个作品，我很高兴！[法]

1943年5月7日

[法]我遇到了斯坦[1]，他告诉我，他们期待着我在福塞特大有作为。"我们有比《兰斯》和《金箭侠》更大的项目。"也许是吧，如果我把脚本写好，他们会给我一份工作。我想挣更多的钱。为了我的朋友。不是为我自己。[法] 我想象自己遇到世界上形形色色的人，智力、外形、对人的热情程度各有不同，但我无法想象有［比康奈尔］更优秀的人。她是美德，是神圣，我把自己比作船员，看过了新加坡、香港、长崎和加尔各答的风景。我觉得我们在一起会健康、快乐、富有创造力，我终于找到了宁静——此前从未找到过。我很孤独，我原以为我永远都不会感到孤独的——孤独地等待康奈尔的到来——我从未因罗莎琳德感到孤独，因为我无法想象我们能在一起生活。那是一个迷梦，没有任何实质。［康奈尔和我是］天生一对！星期二晚上她吻我时，好像她是认真的。

"你喝醉了吗？"我问。

"是的。"

"你看我喝醉了吗？"

"是的。你看我喝醉了吗？"

"没有。我也没醉。"

"那我也没醉。"

"我要忘记星期二晚上吗？"

"不用。"

---

[1] 斯坦·李（1922—2018），美国漫画书作者和编辑、演员和电影制片人。十几岁时，李就被聘为时代漫画公司的助理，这家公司就是后来的漫威漫画公司。他是蜘蛛侠的创作者之一。

1943年5月9日

［法］6:45 康奈尔和特克萨斯来到我干净的公寓。我们喝了一品脱松子酒。康奈尔告诉我特克萨斯有点悲伤——因为她以为我爱上了她；我得体贴温柔些。9:30 我们乘公共汽车去她们的住处。我们安顿特克萨斯睡下，然后步行去买牛奶。最后回到她家，在楼下，我把牛奶瓶掉到地上了！我哭啊哭啊——完全无法控制。她吻遍我的全身，我非常想在那儿留宿——和她一起——在门厅里。怎么舍得离开！特克萨斯·E和康奈尔人都很好。她们诚实又温柔。［法］

1943年5月10日

［法］今天直到6:30都在宿醉，然后我与西摩·克里姆和奈特喝了一杯啤酒，奈特是个想在电影界工作的男孩。10:40 康奈尔给我打电话，当时我正在写诗，刚看完卡夫卡的《城堡》。我觉得自己像白色的细细飘雪——轻盈，干净又单薄。她说话很温柔，但她知道我在工作。我爱她，她也爱我；我确信这一点。但今晚我想到了我们和特克萨斯之间会有的问题。特克萨斯就像一个小女孩一样甜美单纯。我可以向她表达一些爱意，这是安全的，因为她绝不会做任何伤害康奈尔的事。我从没见过比她们俩更好的女人。我重读了一会儿我的小说，我觉得写得不错。我想努力工作，我无所畏惧。［法］

1943年5月11日

［法］我亲爱的——特克萨斯——在8:40打电话来，我还在睡觉呢。太可爱了！不知她是不是真的爱上我了——如果她非常爱我就会告诉我了——看来我还是很爱慕虚荣啊！下午5:30在［大都会］博物馆与康奈尔见面。在安东尼家喝了3杯马提尼酒。我很害羞——她谈起她远方的朋友，让我非常嫉妒，嫉妒她早早就认识了那些才华横溢的男女。今晚我很胆小，很怯懦——因为我想问她是否会爱我。因为我觉得我再也禁不起对罗莎琳德那样无望的爱了。但这样的问题对康奈尔来说是不公平的。晚上写小说——一项艰巨的任务。有时候我希望我是个画家。但正如罗莎琳德所说："人要做自己力所能及的事。"［法］

1943/5/11

我的情绪失调——甚至产生情感谴责。当我坠入爱河时，对方完全感受不到，只看到我痛苦的表情。我心里有千言万语，但看着桌子对面的她时，却什么也说不出来。我的梦绚烂多彩。我想毫无嫌隙、毫不迟疑地去爱和得到爱,我想要山风吹拂我的两颊,拂乱我头顶的发丝。我想要思想的交流来来回回,自由而轻松,无需费心琢磨。我想生活在无意识的境界中。我只想要灵感、思想、欲望,我不知晓它们从何而来。我想要佛祖那光洁的面容、光滑的额头和安详的嘴唇,想要光。

1943 年 5 月 12 日

[法]开心的一天!康奈尔、蒂娜和玛格都在家里。特克萨斯为我们大家准备了晚餐。她们非常高兴,康奈尔和特克萨斯先后把我带到浴室,与我拥吻。太棒了。但是与康奈尔接吻感觉更好,让我欣喜若狂。最后,我睡在康奈尔房间的一个角落里。[法]

1943 年 5 月 13 日

[法]今天非常重要,因为我决定做一个艺术家而不是一个作家!睡了大概四五个小时,看到太阳在白屋子里升起——照在圣人的画像上。这是一个新世界——一个我认识,我以前就认识却[德]一直排斥的世界,因为我一直想要写作。它是超越意识的世界,是所有世界中最好的![德] 看到瓦斯拉夫·尼金斯基[1]、埃利斯[2]和歌德,然后特克萨斯醒来,非常高兴。然后是康奈尔——她亲了我——她多可爱啊!对我而言!她几乎爱上了我,但她的生活太乱了!恐怕她得一个人住了!

咖啡和大黄果酱放在我的床上——三人份。后来,特克萨斯走了,康奈尔来到我的床上,我们聊了将近一个小时——大部分时间都是我在讲话。昨晚她的朋友们更喜欢我,而不是特克萨斯——他们喜欢我的脸和手。我们一起躺下,听巴赫的《托卡塔和 C 小调柔板》,波切里尼的《大提琴协奏曲》,莫扎特的《巴黎序曲》。真是令人难忘!然后我就来月经了,真让我恶心。她给我读了一封她朋友的来信,我就走了。公共汽车开走的时候,她正从窗口看着我。那天早上,特克萨斯告诉我,《时尚》非常喜欢我的[德]《写给他心上人的信》[德]——他们或许会发表。太好了![法]

---

1 瓦斯拉夫·尼金斯基(1889/1890－1950),波兰芭蕾舞演员和编舞。
2 帕特指的可能是亨利·哈夫洛克·埃利斯(1859－1939),一位研究人类性行为的英国内科医生、进步知识分子和社会改革家。1879 年,他与人合著了第一本关于同性恋的英文医学教科书,后来出版了关于变性心理学的著作。

1943 年 5 月 14 日

[法]奇妙的一天。我花了两个小时吃午饭！我在列克星敦大道看到了侦探漫画公司的杰克·希夫[1]。他想让我帮他出出主意写个什么角色——不是故事梗概。跟特克斯和康奈尔见面，一起去喝酒。遇到了很多她们的朋友，如塔米里斯[2]等等。在艾迪的曙光[3]吃了晚饭。感觉很好。我整晚都很想吻康奈尔，一有机会我们就拉手。特克萨斯想要熬夜，但还是在 11 点睡着了。康奈尔真的很不安。真让人难过。世界如此美丽！[法]

1943 年 5 月 15 日

[法]我从来没有像今天这样高兴过！在那个短暂的早晨——我口袋里揣着 210 美元（现在是 4 美元）——和凯米喝了杯啤酒（他每周都瞒着他妻子花私房钱，我对这种行为很反感！）——给罗莎琳德买了个披萨，她 2:20 来的，我正在给康奈尔打电话。然后我们去唐人街纹身。我起初有点不自在，但是两杯波旁威士忌下肚后就没事了。纹身是绿色的，几乎和我想要的一样小。我很满意，不是骄傲，而是满意。罗莎琳德喜欢这个下午，她与几个士兵和水手聊着天。在小酒馆里，一个单身女人也没有！[法]

1943 年 5 月 16 日

[法]11:30，康奈尔给我打了电话——依旧很高兴。我说："天啊，我好爱你。"一会儿特克萨斯又打来电话。"你刚才在和谁说话？"我说是罗莎琳德给我打的电话。"你一定很高兴吧。"我给罗莎琳德打了电话。她想早点见我，于是 1:30 我就兴冲冲地过去了。宿醉。罗莎琳德。怎样的惊喜啊！5:30 特克萨斯又给我打电话，4:30 我给康奈尔打了电话。真是太不幸了，因为康奈尔非常严肃，甚至很悲伤。[法]"当心你的咳嗽，"我说，"我可不希望你死。"她笑了。"但愿我也能这么说。"哦，上帝保佑她。她对我意义重大，难以置信。当我死的时候，我希望我的墓碑上写着，生

---

1 杰克·希夫（1909－1999），美国漫画作家和编辑，为侦探漫画公司（后简称为 DC 漫画公司）创作了最著名的超级英雄——蝙蝠侠。
2 海伦·塔米里斯（1905－1966），美国现代舞先驱、编舞和教师。她的作品关注种族主义和战争问题。她最著名的舞蹈是《黑人灵歌》。
3 艾迪的曙光是格林威治村的一家意大利小餐馆，吸引了一群"艺术爱好者"。

于 1943 年的新年夜——还有 1943 年 5 月 4 日。

1943 年 5 月 17 日

[法] 美好的一天。努力工作，但凯米在 11 点来请我喝一杯咖啡。我给他看了我的纹身，还有珍妮特的。5:20 特克萨斯打电话给我，但我不想去见她，也不想在晚餐后去见她的朋友。康奈尔那会儿正在给人上绘画课。特克斯走了以后，我给康奈尔打了电话。她想让我和她们一起去画画。我说不行，但在回家的路上，我抵不住诱惑——我非去不可啊！当我走进房间的时候，我感到很尴尬！但更尴尬的是一位年轻的女士——一个黑人妇女，在给她们做模特——我沉醉其间，浑然忘记了时间。别人都走了，我留了下来。我们亲吻了两次，这时我们听到特克萨斯上楼的声音！她提前回来了，我不想让她知道我在那里！不过——康奈尔上床后，我们就疯狂地亲吻起来——像做梦一样！她告诉我，她也爱特克斯。我说，是的，我也是。"但我也爱你，爱的方式不同。"我希望她是爱和我做爱！[法]

1943 年 5 月 18 日

[法] 美好的一天——因为我几乎整天都在幻想着康奈尔。到罗尔夫家去见他，吃午饭。有一本杂志《家庭与食品》[1]，它的编辑可能会喜欢我的小说。那将是一个奇迹。我想着康奈尔，想着她的舌头在我嘴里的感觉，想我们湿润的嘴唇吻在一起，想她的手在我的身上游走。她浑身有太多的东西等待我去发现和探索，我们下次独处时，我会欲火焚身的。

和罗尔夫在一起很开心。他拿了我的九个故事——给这个女人看，也许我会卖掉一个。我觉得自己好像无所不能。我想以后写作定要一字百炼。我会赚到盆满钵盈，工作安心，和康奈尔幸福地生活在一起，她会与我心有灵犀的。

我信心十足！[法]

1943/5/18

恋爱最初的日子是甜蜜的，那时你一定会接连做梦，视物像失明一样模糊。（为什么在这些爱情的幻梦中，明明没有全神贯注，身体的感觉还是如此愉悦又强烈呢？

---

[1] 罗尔夫·蒂特根斯是《家庭与食品》的艺术总监。该杂志买下了《朋友》，并于 8 月发表了《未知的财富》，后来还买了一些帕特的绘画作品。

也许，大自然把最高的快乐赠予了那些更野蛮、更单纯的人，他们不会把做爱和思考过程混为一谈，思考的过程固然可以增强快感，但一般都会以失败告终。）我就像一个玻璃瓶，狂喜已经漫溢到了瓶口。我心中全是爱，当我梦见这些东西时，我浑身的脉搏都在跳动。我们温和又诚实。

1943年5月19日

[法]我为《黑色恐怖》[1]赶了一天的稿——为休斯省下了12美元——他要是按照"计件工作"付费，得付37美元的稿费。罗尔夫打电话告诉我，编辑喜欢我的小说，他们会买下《朋友》——讲的是两个人隔着地铁门交流的故事！我能赚50美元。也许他们一个月会买一篇小说。这一天我已经等了六年，我现在太累了，已经不重要了。我很高兴，也很自豪——为什么——为我自己吗？不！是因为康奈尔会以我为荣。她会读到这篇小说，也许会更加爱我。我想知道她现在在做什么，我希望她在睡觉。事实上，特克萨斯现在就在我的床上。她把钥匙忘在家里了——她说。然后她睡着了——现在已经凌晨1:10了。我告诉她，"我不想让康奈尔知道这事。"但康奈尔会知道的，特克斯说。除了她在我家过夜之外，没有什么可说的了。

我现在不那么羡慕康奈尔了——我仍然觉得自己情绪不稳定——也许一个星期后我就不会爱她了。在父母家吃晚饭。我跟他们讲了与罗尔夫在霍宁根·华内和霍斯特·B[2]聚会的事。我能告诉他们这么多事情，我自己都很吃惊！接下来，我打算告诉他们罗尔夫是同性恋，估计我也是。

我很高兴。在读夏尔·佩吉[3]的《思想录》，这本书很好。[法]

1943/5/19

破晓前两个小时，雨在酣睡的屋檐处断断续续地缓慢低语，慵懒地滴落在湿润的黑色地面上，落在树篱的湿叶上，落在煤黑色的水泥上。空气并非空气，而是夜的精华，是已经、本该、将要发生的事情的精华，又或者是未出口的话的精华——谁的

---

1 《黑色恐怖》是一本有关超级英雄的漫画书，作者为理查德·休斯。这个角色于1941年1月首次登场。
2 乔治·冯·霍宁根·华内男爵（1900—1968）和他的情人霍斯特·博尔曼是当时最著名的两位时尚摄影师。
3 夏尔·佩吉（1873—1914），法国诗人。

话?是诗人的话,他心中惦念着他的情人,那个怀孕的娇躯温柔而不可方物,如同精致的灰色阴影。伙计——这是关键的时刻。现在就去探寻那些你白天黑夜都不曾找到的东西吧。在锋利的双刃剑之间去寻找吧!这把双刃剑会让你死无葬身之地!

去吧,情人!

1943 年 5 月 22 日

[法]1:30 在温斯洛与母亲见面喝一杯。我现在才意识到,她拥有我现在感受到的一切生活乐趣。她一直都拥有这一切。我们经常讨论同性恋话题,也许过不了多久,我就会告诉她真相。在我看来,我对康奈尔的爱如此伟大、美丽和纯洁,所以我不应该对她保密——然而,当我和母亲在一起时,想象着我已经告诉了她真相,我便会感到困惑、不快、不知所措。我太累了,一周以来的幸福感——那种野性的快乐——几乎消失殆尽。我太疲惫了,没法与康奈尔做爱——那将会是一场灾难![法]

1943/5/22

当然,就连最热情忠实的情人也会有失去欲望的时候——即使是在爱人的怀里,她湿润的吻也有让人不舒服、想要擦去的时候。这样看来,亲吻和拥抱似乎就是人们吃够了的糖果——而必须完成的工作才是面包和肉。第一次经历这些会感到非常害怕。我认为,这更说明何谓真爱,真爱会随着思想和情绪的变化而改变,它不依赖于生理上的刺激,而是源于精神和心理上的需求。

1943 年 5 月 23 日

[法]美好的一天,但我讨厌星期天——因为我什么事也做不完。我只和康奈尔单独待了两分钟。我不会否认——那种欲望——强烈的欲望已经消失了。我不再疯狂,上周也是如此。就像我说的,这些吻就像糖果。我现在需要面包和肉,全在她身上找到了——实在而丰富。[法]

1943 年 5 月 24 日

[法]我和凯米喝了两杯啤酒,聊了很久。"要不是我已经结婚了,我会好好追你的!"8:15 到了康奈尔家。那里有一个身材矮小但很漂亮的年轻女人。就像德加的芭蕾舞女。那里有很多人。我画得比上星期要好。康奈尔坐在我旁边,但我没有给她看我的画。后来——我们坐在沙发上——我向她娓娓道出——我一直以来想要说的话。

特克萨斯对我的胸部大发议论,康奈尔纳闷她怎么会知道这个。出人意料的是——康奈尔竟以为我们都在取笑她——说我和特克萨斯在谈恋爱,等等。真令人难以置信——我想她并不是真的这么想的。"我觉得你们两个对我都很好。"康奈尔更喜欢被爱,被动的状态。她更喜欢女人,因为她不必像和男人恋爱那样贡献全部。但她也可以当双性恋。我吻了她无数回——但和星期天那晚不同——我抽了太多烟,舌头也不舒服。我们在一起的时候,头挨着头,唇吻着唇,手指爱抚着对方的头发,感受到了片刻的安宁。等我们同居后,一定会重拾这样的感觉。

买了 T.S. 艾略特的《四个四重奏》,才 37 页就要 2 美元![法]

1943 年 5 月 25 日

[法]福塞特给我发了四个故事梗概。他们只接受了一个《间谍粉碎者》[1],另外三个被拒:两个《无敌侠》[2]和一个《间谍粉碎者》。我很高兴,因为 10 页意味着赚了 30 美元。累倒在办公室——上星期我耗费了过多精力。阿莱拉在 5:30 路过办公室。不可思议的是,她一本正经地看着这些图片,然后说做一位墨客[3]会很有趣。真讨厌![法]

1943 年 5 月 27 日

[德]美好的一天,若能在家里度过这个晚上的话就更好了。我挣的钱不够多。希望我可以把工作带回家来做,好多挣些钱。[德]

1943 年 5 月 29 日

[德]8:15 见到康奈尔。给她买了 6 瓶可乐,还给她带了一只青蛙——她非常喜欢。我想跟特克萨斯去睡觉,但她跟我们一起去 42 街看电影了。看了《一桶血》,很棒!之后我想和她们一起回家,但明天要上班。我爱康奈尔——爱她的思想,但我不喜欢她的身体。她的手,她的嘴唇还行——但不是她的身体。[德]

1943 年 5 月 30 日

[德]阿莱拉——非常可爱——在 7 点给我打了电话。她想看《沙漠的胜利》,但

---

1 《间谍粉碎者》中的主人公是一个超级英雄,他第一次出现在福塞特出版的《天才漫画2》(1940 年 2 月)中。
2 《无敌侠宜必思》中的主人公是一个漫画超级英雄,首次出现在 1940 年 2 月。
3 在漫画书的制作过程中,"墨客"指的是用墨水重描铅笔画稿的艺术家。

必须要跟我去才行。我在第 8 街找到了她和特克斯还有佩托。观影中途，我满怀激情地牵着她的手，我发觉我真的爱上她了！噢，天哪！她把我的手拽到了她的腿间——两次——我瞬间飞升上了天堂！五年前，这样的小事（？！）一定会让我热血沸腾，幸福无比。而现在我总是不知满足，就像我总是想要存折里能有更多的钱一样。她们想让我去她们家过夜，但今晚我太渴望她了。这会是种折磨。身体是不会懂的。

和特克萨斯比起来，我有时觉得自己不够好。我想知道康奈尔会不会也这么想？我想成为她的一切。如果伯恩哈德知道了，她会不会说我在她和罗尔夫身上耍的把戏，又故伎重演了？[德]

1943 年 6 月 1 日

[德]至关重要的一天：7:30 特克斯来了。她给我端来一杯白兰地，我自然而然地喝光了整杯酒，然后我们就接吻了，如恋人一般，几乎与亲吻康奈尔一样，但缺少了梦幻与柔情的感觉。她流着泪说，她是多么想和我做爱，开始之际，康奈尔打来了电话。真是当场捉奸——真的，我都不敢说实话了。之后，康奈尔 10 点来的时候就全明白了。我完全崩溃了，无法同她讲话。我好恨特克萨斯。我告诉她们，她们这么做只是想让对方嫉妒。事实上，这意味着她们仍然爱着对方。

康奈尔对我说："我现在觉得你就是个婊子，我恨你们所有人！"我仿佛回到了 1941 年 12 月，还有 1 月那个时候。我好想跳窗自杀。最后——"我希望，特克萨斯能给你的，我也能给你。""你可以给我更多。"我的心漏跳了一拍——"这么说我不用跳楼了！"感觉美极了，她的双颊还像以前一样柔软。我配不上她，但我却拥有了她。我深知，我所努力的、所想的、所感受的——一切都是为了她。这一切从来都不是为了罗莎琳德，她不了解我，我也不了解她。康奈尔想从我这里得到更多，实际上她已经从特克萨斯那里得到了很多，但我永远不会忘了自己那句"你可以给我更多"。我们三个人的生活紧密交织在一起，我们彼此相爱。现在会发生什么？[德]

1943 年 6 月 3 日

[德]美好的一天——虽然刚开始阿莱拉很伤心。她昨晚和特克萨斯打了一架，特克萨斯把钟甩到了墙上。阿莱拉说特克斯不希望我们在她背后说三道四，等等。

我今天和凯米谈了谈，他说："如果你和另一个人约会了——那就好好约会。他的朋友没你那么在乎的。"是的——我也许会让她非常嫉妒，但我并不在乎。我一直都希望自己是个正直的人。我做不到。这一切都证明康奈尔是爱我的，我确信这一点。她想伤害自己，折磨自己，甚至可能想让我爱特克斯一段时间，这样她就可以独自黯然神伤。这让我很尴尬，真是浪费了宝贵的时间！！！！生命是短暂的！（创作比尔·金[1]。）[德]

1943年6月6日

[德]星期天——多无聊啊！多么空虚！我明明有大把的时间，却无法静下心来工作！到处找牛奶，该死的布朗克斯区的家庭主妇们——她们把牛奶全买光了！我希望她们冰箱里那些没用的、多余的牛奶都烂掉！一定会的！我在厨房里画了一扇窗户[2]。还有亚当和夏娃——亚当正挂在树枝上吃着苹果。[德]

1943年6月7日

[德]跟菲吉和多莉一起去了艾迪的曙光。[德][法]喝了很多咖啡。我看到了住在格罗夫街的那个黑发女人——就是那个我曾爱慕过的、让我又羞又怕的女人，当时我才20岁！她和丈夫克罗格特·约翰逊一起走进来，克罗格特为PM公司创造了巴纳比这个角色[3]。她看见我，对我微笑。我很累，但很高兴。[法]

1943年6月8日

[德]美妙的一天！在办公室里努力工作。12点丹[4]打来电话，我们一起在德尔佩佐吃饭。不过，我感到非常无聊，所以味同嚼蜡。今晚一个人在家真好。在墙上画了一个白色壁炉[5]，但没有画完。洗漱完毕，读了[弗洛伊德的]《摩西与一神教》。[德][法]我很高兴，于是我问自己，这个夏天真的要出去吗？我可以在城市里

---

1 比尔·金是一个漫画人物，是一个在二战期间在太平洋区域英勇作战的士兵，最早出场于1940年4月的《兴奋漫画》。
2 帕特用错视画法画画，装饰她的公寓。
3 1941年，帕特迷恋上了在社区经常碰到的美女——露丝·克劳斯（1901－1993），一位美国儿童读物作家，她写过像《胡萝卜种子》这样的经典作品，至今仍在出版。1943年，克劳斯与克罗格特·约翰逊（1906－1975）结婚，克罗格特是一位美国作家、儿童读物插画家，创作了很多20世纪最受欢迎的漫画人物，其中就包括巴纳比。
4 帕特的表哥丹·科茨正在纽约参观。
5 又是一幅采用错视画法的画，画的是壁炉。

潇洒快活。[法]

1943 年 6 月 9 日

[德] 打电话给——不对——是康奈尔 8:45 给我打了电话，我在 12 点和 12:30 给她回电。"你会想我吗？""会有一点。""你个婊子！"我的脑子里全是工作，我敢肯定，好几天以后我才能完全接受她离开的事实。今晚我在赶《间谍粉碎者》的稿子，然后克里姆来了，后来特克萨斯也来了！愉快的夜晚，因为我完成了工作。我很高兴——因为卖掉了那个瘸子的故事[1]，赚了 100 美元，现在我终于可以去里诺店里买收音机了。[德]

1943 年 6 月 10 日

[德] 没有阿莱拉的信，但收到了伯恩哈德寄来的卡片。妈妈来了，给我的书柜刷漆，她说我可不能像康奈尔一样，每天晚上都哭，总想变得"漂亮"，却从不为之努力。她还用了女同性恋这个词。尽管太累了，还是给阿莱拉写了信。还是很开心，充满希望。[德]

1943 年 6 月 11 日

[德] 在办公室里让我气恼的是，一整天都乱七八糟的。今天在写《燃烧假人》[2] 的故事梗概，每一个字都是折磨！但是有三个故事被退回来重新修改。我必须要放慢速度，而不去过多在意自己能写出多少故事。回到父母家。斯坦利刚找到一份新工作——工业出版社版面设计，艺术总监。很不错，这个变动对他来说是件好事。

我精力充沛，朝气蓬勃，我"将追求全面发展"。[德]

1943 年 6 月 12 日

[德] 2 点我去见了特克斯，然后我们一起去了莱顿店。我们找到了一些漂亮的真丝衬衫，价格从 5.98 降至 1.29（！）。我们共买了五件衬衫，其中两件条纹的是我的，此外，我们还买了衣领和领结。[德]

1943/6/13

一个人坠入爱河之后，将会经历奇妙的、异常完美的一周：按响院子的门铃似乎

---

1 《未知的财富》。
2 《燃烧假人》是一本有关超级英雄的漫画书，首次出现于 1942 年 12 月。

都是预先安排好的美丽计划；街上行人的排列都是必然的，令人赏心悦目；所有的影子和物质都清晰起来，有各自不同的品质，人像拥有魔力般无所不知，能够理解和感知到具体细节。在这种时候，邪恶的东西又会怎样呢？如果我们碰巧看到或想到它，我们会对它面露微笑，这恰恰说明我们醉了，暂时地，醉了。

1943 年 6 月 15 日

[德] 我在 12:30 认识了芬顿[1]。罗尔夫也在那里。芬顿真是个漂亮的女孩，她还想多看些我的作品。到我父母家，我再也受不了丹了！我写了《金箭侠》，寄给了福塞特，这也许是我最后一部漫画，因为我该开始好好生活了。这意味着我要写作，思考与恋爱。[德]

1943 年 6 月 16 日

[德] 睡眠充足，工作也比较顺利。12:30 在阳光下读卡夫卡的书。《家庭与食品》杂志已经发表了我写的瘸子的故事。5:45 去了罗尔夫家，他拍了好几张照片，然后我们一起翻译了一首荷尔德林的诗，听起来很不错。之后他想和我一起吃饭，因此我什么工作也没做。而且，讨论了古希腊和艺术之后，怎么——怎么会想工作呢？我们谈论了世界上一切的美和丑，我们的思想、心灵和身体是相通的。今晚我非常爱罗尔夫。我们一起翻阅了 J.J.[奥古斯丁]制作的《希腊》，他一直待到凌晨 2:30！

1943/6/16

黑暗中某个地方传来可怕的、野兽般的责骂声。我躺在床上听到这些声音，就会被恐惧、羞耻和纯粹的痛苦所吞噬。这是为什么呢？这有点类似于怜悯之情——就好比我们目击了一场凶杀案，即使没有受到任何伤害，我们也会感同身受。

1943 年 6 月 18 日

[德] 丹昨天总算离开了——谢天谢地！我的心中饱含爱意——是那么渴望得到阿莱拉，就像渴望无尽的安宁——就像渴望得到世界上所有问题的答案。没有收到信，也厌倦了自言自语。今晚给罗尔夫打了电话，但还是很寂寞！休斯出去了，于是今天上午我读了《大英百科全书》，得到很多乐趣。埃及古物学。然后 2 点我去看了牙

---

[1] 可能是《家庭与食品》杂志的总编辑弗勒·芬顿。

医。那里的［笑］气很甜，我想要它，急切地渴求着。产生了各种各样的幻觉，天上飘着无数个圆圈，都蕴含各种自然现象。我寻寻觅觅，发现并了解到，我就是上帝！在所有活在地球上的人中，唯有我活在地球形成之前，创造了地球，并将亲眼见证它的终结。简而言之，我知道了所有哲学家的秘密！如果这是真的就好了！——那我就不会快乐，而是痛苦了！拔了牙。［德］

1943 年 6 月 20 日

［德］11 点回家，彻底打扫了一遍——母亲来了，之后我又独自一人画了壁炉和壁炉架。还有一个金钟，看着金光闪耀的。为此感到骄傲。但我今天一点儿赚钱的事都没做。今晚我画了 4 个小时的画，读了卡夫卡。我亲爱的灵魂，今天是你的专属日！［德］

1943 年 6 月 21 日

［德］美妙的一天。很热。我在办公室飞速赶稿，还给阿莱拉写了一点信。今天晚上特克萨斯很体贴，还大声读了阿莱拉给她的信中的一段，信中说她爱特克萨斯——非常爱她——说阿莱拉希望她能和自己一起去度假。我对阿莱拉的优柔寡断非常反感，我要尽快离开这座房子。［德］

1943 年 6 月 22 日

［德］我给阿莱拉写信，说我要独自出发，可能不会再见她了。我无法容忍她的软弱和犹豫。寄出这封信后，我在想，这个女孩对我来说绝对是不可或缺的，我和她之间早已密不可分，可为什么我没有感到悲伤和压抑呢。现在——回想起她一次次对我说"我爱你"的时候，我既不觉得悲伤，也不觉得绝望，更不觉得我写的东西有什么可耻的。我不想再给她写信了。她会想念我的信，以后她肯定会坚定起来的。毕竟她不能没有爱，而我不能没有她。我写出了很好的篇章，我自己都感到惊讶，尤其是天气如此炎热！然而事实上，我对康奈尔的感觉很好——是拔牙"让一切重新变得美好了"。［德］

1943 年 6 月 23 日

［德］我没有权利给阿莱拉写这样的东西。这些都是真实发生过的，但我不应该将它写出来。我整天都在想今晚该什么时候给她打电话。在我的父母那里吃了饭，他们看起来是那么普通——尤其此刻我和阿莱拉正是情意缠绵的时候。8 点我给远在华盛

顿特区的阿莱拉打了电话。她星期五来，我会去火车站接她。在我听来，她的声音如同天籁，温柔而安静，充满了感情和爱，就像她有时表现出来的那样。是的，我无条件地爱她。重写了《间谍粉碎者》的故事梗概。[德]

1943 年 6 月 24 日

[德]啊，真是快乐的一天！今天早上我吃桃子和奶油的时候还没有来信，但是今天晚上我回家的时候，收到了航空邮件！！！邮票是淡红色的，我把它放在地毯上。然后洗了个澡，掸了掸屋子里的灰尘，倒了些朗姆酒，点了支烟——这才拿起这封信——四页黄色的信笺——全是讲她画猫的事——在最后一页最后一行，她写道：我的真爱帕特——阿莱拉。我的心又一次飞扬起来！当然，我会永远保留好这（四页）信的。[德]

[法]我剪了头发。[法]

1943 年 6 月 25 日

[德]实在太热了，没法工作或睡觉。我想气温得有 96 华氏度[1]。康奈尔今天回来了！

福塞特采纳了《间谍粉碎者》的第二稿和《兰斯》的第二稿。这意味着又有 54 美元的稿费。完成好作品后，长篇就会水到渠成——因为你可以进一步展开情节。读了很多弗洛伊德的书，这给我的心带来了欢愉！宗教精神分析非常有趣！1:30 去看牙医。我最近遭受了各种各样的痛苦！没有什么是不能忍或没见过的了！6 点回家洗了个澡，7:30 到了宾州车站。特克萨斯·E 也在那里，但我先看到了康奈尔。她身穿黑色的裙子，面带微笑。我们在萨瓦林咖啡馆喝了两杯，看到她离我如此之近，感觉此刻非常美好。她对我们俩的爱是一样的。这一切最终会有什么结果呢？什么结果？——我必须振作起来，不能变得太悲伤、绝望，也不能抱太大希望。我必须工作——因为工作才是我想和康奈尔在一起生活的目的。[德]

1943 年 6 月 26 日

[法]在威尔登斯坦看了"世界性"展览[2]——没什么新鲜的，都是克莱、米罗和

---

1 大约 35 摄氏度。
2 威尔登斯坦美术馆举办了第三届现代画家和雕塑家联合会的年度作品展。

达利做过的。见到了费宁格等人。还有一位（大概）叫西文［·谢尔韦］的画家，他的作品被认为是"富有诗意的"，我们俩在这个闷热的画廊里，谈了很多。

家里有很多事要做。对我来说，一个人生活很重要，因为我想探索我所有的情绪，我不希望这时会有一个女人拿着一杯热巧克力来找我！不！在这样的时候，我就消耗自身的精力，我很享受那样做。然后，当我醒来的时候，我依然活蹦乱跳，为此颇感满意。精力旺盛是上帝的恩赐。

晚安！（银行里已经有280.04美元了。）［法］

1943年6月27日

［法］不顺心的一天——没有写出任何有价值的东西。下午3:30和妈妈一起去大都会博物馆看贝奇[1]的藏品展，展品太了不起了，没有绘画。米开朗琪罗的雕塑让我喜出望外，还有《青年索福克勒斯》，不知道是（谁？）创作的。

到家后，克里姆给我打了电话。明知不该去，我还是和他一起去了海曼家[2]，海曼为《纽约客》工作。太可怕了。不过他妻子雪莉·杰克逊[3]还行。我们一起喝了一两杯咖啡，我给她讲了几个我创作的故事。她为所有的杂志撰稿，建议我该找一个经纪人。说得对啊。［法］

1943年6月29日

［德］在办公室普通的一天，但工作太多了——总有这么多工作。女佣没有来，所以我不得不打扫整个房子来迎接罗莎琳德。她来了，我赶紧穿上我的新裙子，用朗姆酒、水、橘子、糖等调制了一种美味的饮料。"这是天堂吧——是天堂！"她躺在我的床上说。罗莎琳德是真实的，笑着，非常漂亮。她慢慢地喝着饮料，望着我画的壁炉，很是欣赏。她走的时候正下着雨，但那是一个美妙又难得的夜晚。［德］

1943年6月30日

［德］今天，休斯先生训斥了我，说我在一篇报道中漏掉了两个错误。他还说我上

---

1 朱尔斯·塞蒙·贝奇（1861—1944），美国银行家、艺术收藏家和慈善家。
2 斯坦利·埃德加·海曼（1919—1970），美国文学评论家，《纽约客》杂志的特约撰稿人。
3 雪莉·哈迪·杰克逊（1916—1965），美国恐怖和悬疑小说作家，作品有《出没的山屋》《古堡惊魂》等两百多篇短篇小说。

班迟到，吃饭时间太长，说我并没把这份工作放在心上。"刚开始的时候，你的精神头多足啊——你得一直保持下去。"是的，我很难过，因为他说得都对，因为我实在厌倦到死了。罗莎琳德说："你不应该在那里待太久！"是的，我当然知道。这个暑假我不能离开——因为我没有钱，而且这里有太多的事情要做——不是说这座城市，而是在我的心里和灵魂里。我得去找份新工作。

6点康奈尔来了。我们坐了很长时间，小口小口地抿着饮料，最后才开始愉快的交谈。我们翻看着《希腊》。然后当我亲吻她、与她躺在床上时，我仿佛看到了天堂。我们的吻是如此美妙，我几乎都要开始和她做爱了。但当我的手正要触碰她时，电话铃响了——它这是算好的吗？她几乎都要哭了，一切本该非常美好。打车到了她家，她吻了我，这可能是未来两个月中的最后一吻了！我飘飘然地回了家。虽然没有钱，但也没关系，毕竟我有这么多钱以外的东西！[德]

1943年7月1日

[法]我觉得我的亢奋期——狂热——到来了。睡了3½小时，我感觉精神抖擞！精力充沛！今天早上，我太想念阿莱拉了，所以我只好去浴室缓解下自己的兴奋。这很恶心吗？我是心理变态吗？当然——毫无疑问。我刚才想到她，几乎就要高潮了！这种情况有可能发生！那些故事依然让我厌烦。今天有两个故事梗概要写。8点给罗莎琳德打了电话。我替她看了房子。我家楼上有一间大的公寓——罗莎琳德可能要搬进去。这一发展让我展开了很多联想。我在想冬天很冷的时候我们可以一起吃早餐，工作累了的时候，我会给她煲点汤之类的。我爱她，而这种相处模式比同居更适合我们。

凯米9点到10:20在我这儿。他就一直夸夸其谈，没有实际行动。[法]

1943年7月4日

[法]8:30巴菲来了。她喜欢我的公寓——一点点而已——喜欢我的壁炉，但对我的画没作评论。明天有很多工作要收尾。巴菲今晚非常愚蠢，她给了我一件漂亮的红色夹克。和父母待在一起——妈妈和我又在黑人[1]的话题上发生了争执——我们已经两年没为这样的事争吵了，这场争执毫无意义，妈妈常常对玛乔丽·汤普森的赘肉说

---

[1] 帕特的母亲玛丽是得克萨斯州人，她对美国黑人持有非常传统的南方人观点，帕特对此并不认同，这导致她经常与母亲发生争执。

三道四,也是不知所云。我不该再过来了,她让我感到非常紧张,所以我早早就离开了![法]

1943 年 7 月 5 日

[法]康奈尔打电话吵醒了我,她要我 4 点到火车站。但是我没有去。康奈尔像个小女孩一样伤心,喃喃地说:"我要见你,我要你送我。"她又在街上(偷偷摸摸地)打电话给我,我还是拒绝了。她对我说,她认为我不爱她,因为我让她饱受痛苦。但她明白,正是因为我爱她,才不会马虎将就。她非常沮丧地离开了,她正需要这个:要么热烈地爱我,要么就把我忘得一干二净。不读书——也不写作——真正放了一天假。[法]

1943 年 7 月 6 日

[法]一整天我都郁郁寡欢。在这一天里,我经历了所有的悲伤,我现在的感觉,就像是遇到阿莱拉之前那样。放弃她将是疯狂的举动。我封闭了自己的身体,翅膀拖在地上。而我的精神、大脑、肉体和灵魂都在反抗这种举动。在办公室里百无聊赖。在福塞特那边,马吉尔要辞职去写杂志的流行小说。真令人厌恶!这些心胸狭隘的人!

洛拉和罗莎琳德在 8:20 来了。罗莎琳德今晚很亲切,也很友善。洛拉也喜欢我的画,我可以想象罗莎琳德在晚餐时对我的评价——说我比她认识的任何人都更有天赋。是这样吗?我很高兴,但是有些头疼:

1)康奈尔肯定会给我写信——
2)罗莎琳德会来这里住。
3)罗莎琳德这周会来这里吃饭。
4)开始着手拉瓦尔的故事了。
5)和佩吉一起度过了一个小时的美好时光。
是的——也是我的福气。[法]

1943 年 7 月 7 日

[法]还没有来信——我整天问自己该不该给她写信,但这无关骄傲,我只是希望我们能在一起。好吧——我没有写,也不会写。她表现得像个女人,一直在等我。[法]

1943年7月8日

[法]昨晚牙很疼，也许我得再拔一颗。

终于——阿莱拉来了一封信——我颤抖地打开了它！这封信是用铅笔写的——四页，在去汉普顿的火车上写的。她的话语是那么美丽，她的感情是那么细腻而强烈！她仍然爱我，就像一个灵魂爱着另一个灵魂。她永远不会停止爱我——虽然我不能从中得到什么——但她认为这份爱——这份爱值得所有的焦虑和等待的痛苦。哦，真的！我深知这一点！她的信给了我很大的希望。我几乎整个上午都在给她回信，它是我的灵魂粮食！

我有两幅画可能被《家庭与食品》看中了。尼采[1]一定要看看它们。

我在办公室百无聊赖，迫切地等待假期的开始。写了7页拉瓦尔的故事，我觉得写的还不错。今晚和父母一起吃晚饭。我告诉他们我收到了康奈尔寄来的一封长达八页的信，母亲却说，你说得好像她是你的情人！这有什么要紧的？我才不在乎！[法]

1943年7月10日

[法]办公室里没有人——几乎没有人，连休斯都不敢问我在做什么！我一点思路都没有，一件事都没做。[法]

1943年7月11日

[法]我知道明早会收到信，所以我已经疯了！我变得疯狂暴戾，和我六岁——十二岁——十五岁——十七岁——二十岁的时候一样，只是现在理由更充分。我正在读些好书——《圣经》、[夏尔·]佩吉、[朱利安·]格林，还有那些古老的经典书目，我全部的爱都融入其中。在这个世界上，有一种形象、一种美德、一种事业——即追求人的灵性中所蕴含的真理，而我就是这样的人。只有康奈尔能够接受这一点——灵与肉的真理。我觉得这一天让我领悟了很多真理。正是因为这样的日子，我希望这本日记有朝一日能被重读！我让弗吉尼亚摆造型一直摆到1点。画得不错，但我还可以画得更好。她同往常一样毫不领情，但我管她呢？我很快乐，精神粮食也很丰富！[法]

---

1 可能是埃里克·尼采（1908—1998），在瑞士出生的平面设计师和艺术家，曾为《同步画派》杂志撰稿，后来搬到纽约，为《生活》《名利场》和《时尚芭莎》工作。

1943/7/11

在黄昏降临时,我的内心有种轻微的躁动。这几乎不值一提。但这感觉很奇怪,就像无风时,树上却有一片叶子在轻轻颤动一样。

1943 年 7 月 12 日

[法]上午非常痛苦——哪像一个年轻的女孩,倒像一个老哲学家。对于很多事情我都能思路敏捷,领悟透彻。康奈尔没有来信。今天上午我根本无法工作,8月假期前的几个礼拜对我来说如地狱般煎熬!身心都不得安宁,我在12:45步行回家——还是没有信,难以置信!哦,我无法忍受这种沉默!这份孤独!悲惨至极——悲惨的办公室生活!

马乔里·W和D.劳伦斯今晚来了。他们有点奇怪——属于那种不怎么喝酒抽烟的人。我给马乔里和劳伦斯画了肖像,她们认为我是一位优秀的艺术家,将来也会是。[法]

1943/7/12

与自己和解是最困难的,也许这将是我死前最大的成就。

1943 年 7 月 13 日

[法]我欣喜若狂——收到一封信——一封白色窄长的信,躺在邮箱里。我工作很顺利。现在,一切都可以忍受了。买了两张7月15日的票(给罗莎琳德和我自己),这是我们的周年纪念日,但我不会提醒她这件事。她给我打了电话。她现在几乎总是叫我亲爱的,今晚我想她一定很爱我,因为她知道我对她是如此忠诚——按照她要求的方式——我总是在她身边帮助她,比方说,当她搬家的时候!我读了佩吉的书,给康奈尔写了一封长信,信中我谦逊而真诚,我告诉她我卖了些小画——还有佩吉的一条寄语——告诉她这身体和灵魂合在了一起,就像祈祷时双手合十那样。今晚新画了五幅画,非常高兴,其中两幅画得很好,可以寄给《纽约客》。

我的爱不断增长,对自我的另一个灵魂:阿莱拉·康奈尔。[法]

1943 年 7 月 15 日

[法]特克萨斯·E将在8月去得州,这样我们就有时间在一起了。

今晚也画了画,但运气很差。我必须放手了,让我灵魂深处的语言浮现。[法]

1943 年 7 月 16 日

[法] 我还是挺高兴的，特别想和 R. [罗莎琳德] C. 在一起，和她说说话。她已决定不租那套公寓了。（我觉得就租金而言，这公寓是挺难看的。）午夜时分，我在附近散步了一小会儿。月亮又大又圆，天空中一个巨大的圆盘！[法]

1943/7/16

创造力是同性恋的唯一借口，唯一的缓解因素。

1943/7/16

经过一间敞开式车库，闻到橡胶、汽油和压缩空气的香气，看到一排排闪亮、酷黑、动力十足的汽车，这是我最激动人心的一次生理体验。它代表着运动、自由、休闲，摆脱日常生活的种种羁绊。

然而这种种感受多自私啊，就在今晚，我读到一篇美国人在西西里岛登陆的动人报道。有那么一瞬间，我仿佛真的看到了那个年轻美国士兵的尸体，他紧握着拳头，在一艘登陆艇上被烧焦了。所以再讲这段经历，讲这些讨厌的、不可改变的、不可回避的事实是多么平淡啊！

1943 年 7 月 18 日

[法] 哦，上帝啊，有这样一种美好的生活：单身、工作，创造美丽而持久的东西——但我无法忍受这种生活！这是自杀，这是罪过！我必须改变它！我给 R. 画了好几幅画，因为我想做一个木制头像[1]，然后我就生病了。生病是很诱人的——明天——妈妈就会过来照顾我——把我的信和书也一并带来，我还可以写拉瓦尔的故事，现在我已经有了一个很好的大纲。[法]

1943 年 7 月 19 日

[法] 两年前的今天，我在洛拉·P 家里遇到了 R.C.。糟糕的一天——这本该是很开心的一天！主要是因为缺钱——让我很反感，但钱一直就是问题。我想，这周三我

---

1 帕特确实做了这个木制头像。罗莎琳德在 1992 年把它还给了她：" 如果你想知道我为什么要与它分开 [……]，那是因为我正在整理房子。我希望不久的将来，有人会为你写一生的传记，这些你用左手创作出来的东西可能会派上用场。"（罗莎琳德来信，瑞士文学档案馆收藏。）

会去找桑格尔要求加薪。我每周至少应该得到 125 美元，而我只是要求 75 美元而已。（！）罗莎琳德姗姗来迟，先是去了爱德华·梅尔卡思[1]家，他要给她一幅画，发表在《财富》杂志上。他的人物画非常精美。罗莎琳德很安静，几乎对我漠不关心。显然，她不知道今天是我们的周年纪念日。我们俩都很腼腆，自觉无聊，也觉得对方无聊，都想对对方说点什么——但又不敢开口。

我现在的生活总是在原地打转。唯一可以确定的就是必须改变现在的生活——要么加薪，要么换工作。无论如何——空谈是廉价的！我想画画，我想创造各种各样的东西，我一定要做到。今晚和罗莎琳德一起散步的时候——我又一次想到，我们只有彼此可以依赖。我相信这种感觉。［法］

1943 年 7 月 20 日

今天读了朱利安·格林的书。我是多么愚蠢，竟然一直用外语[2]写这本日记——糟糕的是，我都没好好练习英语的语言形式——糟糕的是，我用的语言就只该出现在语法笔记本上才对——我的野心太大，所以我必须将这两种不同的活动嵌套在一起——写日记和学习一门语言。

1943/7/21

我们可以单独创作一些东西来取乐——但一旦它们被卖掉赚了钱，我们又会为它们感到羞耻！为什么会这样？因为人们对"出售的"东西期望过高？也许更有可能是因为我们背叛了这个无辜、温顺、毫无戒心的小生物。

1943/7/21

理想的生活——两星期完美的活动。每个月有两个这样的两星期，每年有十二个这样的月份。十四天里，有十三天我都是白天工作，晚上看书、做梦或者工作。而在第十四天的晚上，我会与一些志趣相投的人在一起，有些有智慧，有些没有。夜晚开始时必然是谈笑风生，结束时定然是酩酊大醉、纵情狂欢，语无伦次方显语言的潜力，醉眼迷蒙方显幻觉与愿景的神奇！

---

1 爱德华·梅尔卡思（1914—1973），美国社会现实主义画家，履历骄人，曾为纽约市最负盛名的酒店之一绘制壁画，并为好友佩吉·古根海姆设计标志性的蝙蝠形太阳镜。1950 年《时代》杂志将他命名为顶尖的新兴艺术家。
2 帕特写下这段话后，马上在下一则日记中转换为法语。

1943 年 7 月 22 日

[法] 依然没有收到阿莱拉的来信——虽然我并不痛苦,但还是有点伤心。最近,我都想不起来她的样子了。从某种意义上说,我亲自扼杀了 5 月曾拥有的那份毫无过错的幸福! 不过阿莱拉回来后,这种幸福感也会再次降临的。事实上,我没有那么多时间去回味那些吻——它们应该是缓慢绵延的。今晚和母亲在一起待了会儿。我已经有半年没给外婆写信了! 我甚至都没有注意到! 我读了一些基督教科学派的书,会让我受益颇多。[法]

1943 年 7 月 23 日

[法] 我在 5:45 到了火车站。在追了十几趟火车后,我几乎热泪盈眶了! ——我发现阿莱拉一个人站在车站的大门前抽烟! 她身穿一条红裙子,拉起了我的手。啊,她是多么美丽! 我们先等特克萨斯——然后一起去布雷沃特,三个人喝了 10 杯酒。康奈尔为我要了一张明晚在她父母家聚会的请柬。来吃饭吧! 这将是非常重要的一顿饭。我为此激动万分! [法]

1943/7/23

在牙医诊所——我转动把手,随之传来的阻力——我的看牙之旅开始了。但是我还没有做好心理建设。要是我能在门外多待五分钟,我就更能淡然处之了。我想到了笑气。朱利安·格林和毕加索吸进笑气后的幻觉会不会比我的,比其他人的更有趣? 但是,怎么会更有趣? 是他们的艺术思想重塑了幻觉吗? 在这之前,他们的幻觉会和大家的一样。又或者,是否存在一种受过教育的潜意识? 是否存在一种充满智慧或艺术性的潜意识? 我深深地反思,死亡来临的时候,我会和别人一样毫无准备。随着体力不断流逝,我仍然用全部的意志力渴望着,再活五分钟,去思考即将经历的事情,再活两分钟,与上帝达成和解,再活一分钟,与她吻别,并祝愿她最终能够与我一同踏入尽善尽美的天国。

1943 年 7 月 24 日

[法] 今天只做了自己想做的事。去看了父母,看了两个展览,然后和母亲去鲍呙里区买了两件衬衫,其中一件米色的丝绸衬衫是我的,2.5 美元。我想把我的名字印在衬衫上。我读了一点书——然后去康奈尔家吃晚饭。康奈尔先生身材高大,有点儿

帅气，有点像克劳德·科茨[1]。最后我看到了阿莱拉——全家人的心肝儿！她被太阳晒成了棕色。特克斯穿了一条黑裙子，看起来很漂亮。她的祖母老态龙钟，非常瘦削，抽烟喝酒样样都沾！她有点严厉，有点凝重，但很有幽默感，是一位称职的祖母。而且，她还懂一点德语。酒是低度酒——康奈尔先生准备的，然后是一顿丰盛的晚餐——尽管我有点儿害羞，但这顿晚餐简直太棒啦。康奈尔非常甜美。然后，她领我上了楼，在那里，她吻了我——我也吻她，舒缓悠长，极尽缠绵，我俩就这样站在她的房间里。我多么爱慕她的嘴唇啊！哦，我们独处了整整五分钟！她还是有点害羞，就像我一样，但她还是尽可能地满足我，我也是！[法]

1943 年 7 月 25 日

[法]糟糕的一天，也是迄今为止，我人生中最难过的一天。11 点吃了早餐，抽了太多烟，喝了太多咖啡。然后我开始画画，但画得都很糟。然后我写了 7½ 页，但写得太快了。5:30 到了父母家，等着阿莱拉和特克萨斯来。然后我们去三皇冠饭店吃了晚饭。我喝得太多，嗓子疼——抽了太多烟的缘故——今天大概有三包吧。总之，我感到浑身难受，痛苦不堪，因为我想说的话都没能说出口。一起去了尼克酒吧，我们站在吧台前，听着音乐。然后，又去菲吉酒吧待了一会儿，又去了她在格罗夫街的公寓，我的喉咙疼得厉害——让我几乎想死！回家后我还写了一两页今天的感受。特克斯说，我们"共同"拥有康奈尔——我确信她什么都知道。（在父母家，谈话就一直围绕同性恋话题。）特克斯上楼后，我与阿莱拉待在一起——我说不出话来，于是很快就回家了。我没能吻她。今晚我触及到了自己灵魂的最深处。[法]

1943/7/25

我自己的工作还没有完成，对多年来供我吃穿的人们我亏欠太多。对我最爱的人，我欠下的是另一份人情。漫长的一生中该流的眼泪都在此刻夺眶而出，但这对我来说毫无意义。没有了爱人的怀抱，就没有生活和真情。也便没有了乐观与成就。没有了健康，也没有未来。

我曾渴望长久地写作，精雕细琢，精益求精，乐此不疲，兢兢业业，无愧于过去的艺术家。灵感就好比动力的巨大圆弧，而动力就是爱，爱的回报。我无法极尽谦卑

---

[1] 克劳德·科茨，帕特的一个舅舅。

地说出所有谦卑的心里话。没有你,我五内俱焚!我痛苦地流着泪,为我的失恋而伤怀。我的爱比我自身更加强大,它筑起堤坝,漫上来把我吞噬。这一夜预示着什么?一栋静悄悄的房子,一个带壁炉的安宁的房间,一个穿着棕色天鹅绒长裙的女人。这预示着什么?——好好工作,健康生活?我才不相信,因为上帝让这一刻太过煎熬,也太过完美了。我的嘴里满是苦楚,我不想吻你。不,我无法控制自己,但爱在控制着我,爱本该是创造性的,现在却毁灭了我。就在这一刻,我已做好全部准备去迎接万能的主。在他无比强大的力量面前,我从未如此无畏,如此自豪,如此谦卑。

1943 年 7 月 26 日

[法] 今天早上我病了——说不出话来——8:30 康奈尔给我打了电话。9:25 我在宾州车站见到了她。我们之间没有太多的话语,但我们在一起度过了美好的时光,而且未来还会有更多美好的时光。最后,她在火车上与我吻别。是的,在这几个月里,我已经忘记为她而感恩——对未来感恩!她就是未来——而我是当下。此时此地,她不在我身边。现在我必须工作了。[法]

1943 年 7 月 28 日

[法] 在过去的几个月里,除了爱阿莱拉,我什么都没做——但这不就是我的全部生活吗?今天早上我下楼去看了三次,还是没有来信!回到家,看着空空如也的信箱,我多么难过!如果她知道的话,她会写信。她必须要做一些不受我控制的事情。我写了 6 页拉瓦尔的故事,写得还不错。我必须始终保持自信。我很高兴,于是给罗尔夫打了电话。他在下一期的《花冠》[1] 上足足有 16 页的版面!拉斐尔·马勒给我打了个电话,他周日晚上会来和我练习外语。[法]

1943 年 7 月 29 日

[法] 我无法和 J.[杰瑞·] 艾伯特共事,去办公楼前面的工厂干活都比跟他共事强。这让我想到,如果我不住在纽约,我就不想搞创作了!一个人在创作之前必须要去对抗一些东西。约瑟夫·哈默给我打了电话,但我想今晚写作——于是我写了六页。这个故事进展得很顺利。朱利安·格林给了我很多灵感,我想给他写信。他现在

---

1 《花冠》是《时尚先生》旗下的一本袖珍流行杂志,在 1936 – 1971 年间发行。

就在这里，在军队里。（！）¹ 意大利战败已成定局。德国继续与盟军作战，实力确实超过意大利。我希望——明天能收到一封信。[法]

1943 年 7 月 31 日

[德] 愉快的早晨，我去银行取了钱，差不多有 250 美元和 250 美元的债券。我去看罗尔夫的时候，他的状态很糟糕。他正在读达利的自传[《萨尔瓦多·达利的秘密生活》]，并且一如既往地认为，除了他之外没有人能够理解这些东西，我明显感到，他想和我吵架。他就像一个女人。上帝把我们两个人放在一起，我倒更像是个男人！8:15 特克斯打电话来。她说她和阿莱拉决定为家里多花些钱，这样冬天的夜晚，她们在家里会更舒适一些。我是如此悲伤，如此深沉的悲伤，一生中少有的悲伤。当十月到来的时候，我就要形单影只了？尽管如此，我还是拼命工作，完成了拉瓦尔的故事。25½ 页的黄色标准纸。写完之后，我感觉好多了。[德]

1943 年 8 月 2 日

[德] 我收到阿莱拉的来信。她上周努力工作——而且乐在其中。在办公室很紧张。6 点，简短地谈了谈我的加薪请求。他们说加到 42.5 美元，让我哑然失笑！我们得再和桑格尔谈谈。他需要我，休斯说，因为我是"健康型"员工。我想还有其他原因——工资没几个，还不给办公室。（我是不是太刻薄了！）今晚粉刷了橱柜，不得已给时代公司的爱丽丝·威廉姆斯写了一封信。我想马上再找一份工作。要是能说"如果你一周不给我 75 美元，我就走人——"然后转身就走，就好了！（**感觉特成熟，特理智！！**）也给阿莱拉写了一封情书。她 8 月 13 日过来！她一定要来。这事意义重大！[德]

1943/8/2

世界上几乎所有人活着就是因为好死不如赖活着。我认为大多数人都没有抱负，也没有目标。爱情和工作是此生和来世两种永恒的财富，而我们大多数人却如此看轻它们！让它们变得平庸、愚蠢和低贱。然而，所有的宗教都告诉我们，死就是重生，对于始终坚信上帝、爱和正义的人来说，来世更令人向往！

1　二战中，在纳粹德国占领法国期间，朱利安·格林从美国发送物资给法国抵抗运动。

1943 年 8 月 3 日

[法] 我不能再在办公室工作了！完全不可能！有时我觉得我连一页都写不出来了！我告诉自己再过三个星期，我就走人了！肯［·贝特尔费尔德］理解，马蒂·史密斯也理解。但其他人不行。5:30 在《时尚》遇见特克斯。还遇见了莫利森，她喜欢我画的匈牙利士兵。她说："求求你了，再画些别的画，拿给《时尚》的利伯曼[1] 看。你真的很会画画！"这样的评价让我很难过！特克斯和我在"谢尔顿角"喝酒。我给她做了晚餐。我们很快乐，也很饿，厨房里充满了爱意——不是肉体之爱，而是爱的氛围！但我那该死的牙疼得厉害。4:30 才睡着。[法]

1943 年 8 月 4 日

[法] 可怕的一天。12:30 我的牙又痛得钻心。必须得拔了它。我受不了了！我很怀念那些像男人一样工作的美好时光——在家里，自力更生，还有——

昨晚，特克斯说阿莱拉属于全世界。这句话非常深刻！和父母在河边待了一会儿。然后回家，妈妈帮我粉刷橱柜。这一整天都很痛苦，但此刻我很高兴。当然又给阿莱拉写信了，但从周一开始就没再收到她的信。特克斯星期五要去得克萨斯州，我得给她一个像样的礼物。[法]

1943 年 8 月 5 日

[法] 现在办公室里的情况好多了。我喜欢埃弗雷特，喜欢每个人，真的。《党派评论》[2] 寄来了，很自豪我也有一份。[法]

1943 年 8 月 6 日

[德] 我在时代公司再次见到威廉姆斯夫人，一无所获。她总带着一副同情的表情看着我，却总是对我摇头。她没有什么工作给我。我（几乎）可以肯定，没有什么工作能让人展示自己，说出自己的想法。我很高兴，晚上有干净的床、有一份报纸，还有牛奶，但我担心自己会不会变得很俗气？[德]

---

1 亚历山大·利伯曼，1943 年《时尚》杂志艺术总监。
2 《党派评论》是 1943 年创办的左翼政治和文学杂志。

1943年8月7日

［德］不问问休斯先生给我加薪的事，我都没法开始工作。先和桑格尔谈，他比休斯职位高。心胸也更宽广。最后，他们把我叫进房间，然后桑格尔说，我给你（！）每周50美元，然后就这么定了。我和休斯喝威士忌，他讲了很多愚蠢的段子，还有他自己对艾略特、沃尔夫、斯坦贝克等人平庸的评论。然后我回家了。我想，父母会很吃惊我加薪了。我比斯坦利多挣5美元！［德］

1943年8月10日

［法］我高兴得没有来由！是因为阿莱拉吗？还是因为我刚涨了薪水？因为办公室里很平静？不管是什么情况，我对目前的工作很满意，也会让这满足的状态尽量持续下去，因为当我不再满足时，我会辞职的。今天粉刷了公寓，晚上和妈妈一起看电影。我们谈了数不清的事情，但都是一句带过，浮皮潦草。和母亲在一起总是这样，随着年龄的增长，只会更糟。与她无关的问题，她从不认真考虑，也不会长时间思考。我现在充满了活力，不知道这个周末会发生什么？我会和她一起睡吗？［法］

1943年8月11日

［德］阿莱拉写来一封情书——哦，我都知道它会说什么！说她星期五5:51来，果不其然！我们星期六晚上会一起度过，我买了《九死一生》的票。之后去了斯皮维酒吧。工作愉快。写了一个关于斯魁伊特家的滑稽故事，简直就是迪士尼故事！我去看牙医，他给我的门牙钻孔。很有必要。今天晚上和妈妈一起干活。墙壁刷得很漂亮。翻阅了一会儿狄更斯的书，心情愉快，因为它让我想起了我的童年。［德］

1943年8月12日

［德］我内心狂喜，但依然笔耕不辍，下笔如有神。一个新的男主角。《冠军》[1]。这都不重要！和妈妈一起找做衣服的布料。妈妈早就知道我把大部分钱花在女人身上了，所以她鼓励我多花点钱在自己身上。S.和M.来了，房子看起来很漂亮！墙最惹眼，蓝绿色的，上面还有伯恩哈德的照片！哦上帝——我很高兴——也很忧郁，应该永远记住这些日子！最美好的时光！［德］

---

1 漫画名。

1943年8月13日

[法]一整天都感到快乐而圆满,尽管我满脑子都是阿莱拉——想的都是见到她的那一刻。好吧——我口袋里揣着20块钱,6点接到了她。我们出奇地放松。她的公寓里没别人。我们就像老朋友一样。我在浴缸里给她擦了肥皂,然后我们一起放了我送给她的小船。太开心了。然后——一起上床,赤身裸体,轻柔的被子盖在我们两个身上——我们柔软的皮肤反复摩擦着彼此,她对我呢喃着"太好了",比任何时候都要甜蜜!她轻盈的手指抚摸着我的嘴唇,我睡着了。——早上,我们一起醒来,再次发现彼此。最后,她先碰了我——我不知道为什么——但一切就在她的手指下发生了。和她在床上就是天堂。美丽而圆满![法]

1943年8月14日

[法]早餐后——我给她买了桃子、香蕉——她写明信片。我记下了所有细节,因为我想重温这一天。去了现代艺术博物馆。有一个关于巴厘岛的展览。阿莱拉4点来的,晚了一个小时!怪事。经历了昨晚之后,真的很奇怪。很冷静,很安宁,我们都感觉很平和。我开始觉得我根本不爱她。只是我也从未拥有过我爱的女人。我爱她。可是今晚,在百老汇散步之后,我们几乎无话可说——我真的太累了,太伤心了,新鞋把我的脚磨得很痛。(因为一双太小的鞋子引发了怎样的局面!)我对她语气很残忍,告诉她她不够爱我。我指责她自私,只会索取,从不给予。凌晨4:45到家。很伤心,第五次想到要放弃她。[法]

1943年8月15日

[法]昨晚,我说了很久以前就应该说的话——她不想改变她的生活。她和特克斯依然住在一起,因为还没遇到比她更好的那个。她没有否认。这让我很愤怒!在这种情况下我还能和人分享她吗?今天我觉得我能做到。我可以快快乐乐地努力工作,从工作中获得大部分快乐——我一贯如此。[法]

[德]我们的结论是我们——两个人——爱自己胜过爱任何人,因此,分开时连接我们的锁链比我们生活在一起时更坚固。我感到无比轻松!她也是。我真的觉得这样我们反而更亲近了。我愉快地在家工作着——怡然自得,12:10,她又给我打电话,我们的谈话充满欢声笑语,充满了爱,我对此很开心。阅读[约翰·威廉·邓恩的]《时间实验》。[德]

1943年8月16日

[德]昨天我忘了说,我得到了一个女人,这还不算,我得到了一个艺术家。阿莱拉是我最想得到的女人,她也这样看待我。我们从对方那里得到了想要的一切。我们都不想失去全部的自我。[德]

1943年8月18日

[法]我对阿莱拉的看法很奇怪。我会一辈子都在寻找更好的东西吗?啊,没有人比她更好了!她是最好的——我能找到的最好的灵魂!丹在父母家,很无聊的一个人。他完全活在当下,而当下却琐碎又微不足道.[法]

1943/8/18

今天晚上,看到一辆停着的车里有两个在接吻的人,非常温柔,对(57)街周围的嘈杂声充耳不闻。很高兴看见这一幕,我祝愿天下的每个人一生都能温柔地生活,就像他们生命中某个必然有过的温柔的时刻一样。

1943年8月20日

[法]1:30到了罗尔夫那里。他对我依然有一丝眷恋。但他讨厌我的故事(拉瓦尔),他的意见是对的。我会重写。[法]

1943年8月21日

[法]星期五——一周前,我安静地睡在阿莱拉旁边。[法][德] 想见阿莱拉,吻她,拥抱她。想和她住在一起。想和她一起恋爱、看世界。想和她一起工作。再读[乔治·弗雷德里克·杨的]《美第奇》。[德]

1943年8月22日

[德]11:45罗尔夫过来了。他喜欢我的壁炉,赞不绝口,还有房内我的各种艺术作品。我们去了中央公园,在湖上划船。罗尔夫很温柔。他3点回了家,我去博物馆看了《被遗忘的村庄》。这周我学到了很多东西。关于我自己的,关于工作的,关于阿莱拉的。[德]

1943年8月23日

[德]没有她的来信。收到了罗莎琳德的一封信,她今天回来了。收到了H.&F.

寄来的支票。而她——音信全无。和丹·戈登[1]一起工作。他是个聪明的艺术家。满脑子只有一个想法——阿莱拉，她让我痛苦不堪。不过，今晚我竟然很开心，因为我一个人在工作。试着驾驭一种全新的风格。这样的生活非常、非常简单，近乎喜悦，不像以前我欲望太多的时候。［德］

1943年8月24日

［德］啊——美妙的一天。7:30邮递员叫醒了我，送来了一个R.R.[2]寄来的包裹。（一匹小小的玻璃马，已经碎了。）还有阿莱拉的一封信！我太高兴了——我洗漱之后，跑回床上看。"啊，帕特，让我们努力保持这份美好吧！有了你的帮助，我可以做到。"我会一直帮助她。

戈登是个酒鬼。从他脸上就看得出来。他对我有一种奇怪的影响：我就像围着大明星克拉克·盖博转的十六岁傻女孩一样。今天下午表现得太傻了。在56街撞上了凯米。我们去了一家酒吧。还有汤姆·柯林斯一家三口，我觉得在我离开的一会儿，他趁机读了我写给阿莱拉的信。我倒不在乎。［德］

1943年8月25日

［德］我回到家，高跟鞋磨得我脚生疼，为别人工作又累又烦——然后我想，要是穿着舒适的鞋子在街上闲逛是多么美好，要是我有属于自己的时间，我的工作就是用字句创造美好的意象——那该多美妙啊，也并非不可实现的。我不应把这当成白日梦，再努力几年甚至几个月，它很快就会实现的。特克斯星期天回来，我们很快就会再聚在一起，我们三个人。为什么？会发生什么？不会发生什么？

为罗莎琳德准备房间。［德］

1943年8月27日

［德］我瘦了很多，很高兴。收到阿莱拉的信。去丹·戈登的办公室探望他。当我们单独在一起时，他说我应该"和他一起去派拉蒙散散步"。那倒没什么，但是——

1　丹·戈登（1902—1970），美国漫画和电影海报艺术家、电影导演。戈登是派拉蒙动画电影公司的第一批导演之一，撰写并导演了几部《大力水手》和《超人》卡通片。后来，在汉娜·巴贝拉动画公司，戈登又推出了多部卡通作品，包括《瑜伽熊》《哈克贝利猎犬》等。

2　帕特在巴纳德的校友，同样在学校编辑部工作。

他对我有一种奇怪的影响。想和他一起喝酒。

本周写了24页。罗莎琳德宿醉后头疼，4点就上床睡觉了！我7点过去，我们喝酒吃饭。她温柔周到，但她说"我闻起来浑身烟味"，所以我不能吻她。送她和她的（暹罗）猫娜塔莎上床睡觉。她筋疲力尽了。

我喜欢一页页翻看讲奇里科[1]的书。[德]

1943年8月29日

[德]银行里有285美元。260美元的债券。今天下午买了各种各样的东西，感觉很独立。我父母9点带着啤酒来的。他们就像我的好朋友。后来，罗尔夫·蒂特根斯打来电话，然后带着一瓶朗姆酒来做客。我们几乎喝光了一整瓶，他滔滔不绝地将我们所有人的怀旧之情娓娓道来。他留宿在这里。当然，他没什么性欲，但他却用手来抚摸我，我呢——同意了——很奇怪的感觉。

接下来的都是诗意。[德]

1943年8月29日

[德]开心但很焦躁。我们在罗莎琳德家一起吃饭。她说："我早就觉得你是个邋遢鬼，但我又觉得你是一个艺术家！""这变化不错。"我回答说。我们喝酒！之后，去公园的湖上划船。罗莎琳德吸引了很多人的注意。她的衣服之类的。我们说话语速很慢，也没有任何思想。酒精真的会损伤智力。让我恶心。

去了我父母家。妈妈和我去散步，她告诉我应该多和小伙子约会！如果我找男人像找女人一样用心，肯定能找到。包括能配得上我的帅哥！还说，我应该找个时间离开这个城市。对——这话有道理。但她了解我和好多男人有过不愉快的经历，这坚定了我的信心，男人就是不如女人好。[德]

1943年8月30日

[本]无所事事，无所事事，无所事事，只管画画。乔尔乔涅——《手淫的维纳斯》[2]。在她身后矗立着纽约的高楼大厦。是夜晚的景象。在办公室很累，现在我又

---

1 乔治·德·奇里科（1888—1978），意大利画家和平面艺术家。他与卡洛·卡拉一起概述了形而上学绘画的理论原则，这是超现实主义最重要的前奏之一。
2 乔尔乔涅的名画《沉睡的维纳斯》，也被称为《德累斯顿的维纳斯》。

不想睡觉。为什么？我想阅读，或者学点东西。我是个艺术家，脑子里有各种灵感。我想每天晚上画一幅画。

6点和特克斯去了谢尔顿家，她在得克萨斯经历丰富——她至少和一个女孩上过床！特克斯说她觉得"离纽约太远了——一切都那么美好和简单"。是的——但身体出轨也还是不必要的，所以这是罪过。对吗？我就做不到。尤其是在康奈尔明显属于我的时候。[德]

1943年8月31日

[德] 8:40 戈德伯格来了。他带来了一瓶（国产）香槟，我们聊了几个小时。他想写一本书。我要每天8小时做研究，每周挣30美元。这让我得以摆脱现在这份工作，但我还会继续为杂志撰稿。尽管如此，今晚很愉快，我恢复了自信。我要么声名鹊起，要么一败涂地。没有中间状态。我是一个非凡的女孩。我非常喜欢这话。在戈德伯格身边，我感觉很轻盈，强壮，被人需要，充满创意——我也确实是！[德]

1943年9月1日

[德] 快乐的一天。工作进展缓慢——悲伤又疲惫。在图书馆看了波萨达[1]的展览。这位墨西哥艺术家影响了奥罗斯科[2]和里维埃拉。第一次为[动漫]电影写故事。非常具有说教性质的东西。杰瑞说我太认真了。呜呜！康奈尔说我身上有她永远缺少的东西：富有创意的想象力。我见过太多比我糟得多的人！[德]

1943年9月3日

[德] 美好又黑暗的日子，但我多么快乐啊！尽管杰瑞没完没了地打断我，我还是在工作时写了10页。5:40和阿莱拉在53街和第五大道交汇处见面。还没走到她跟前，我就看出来她很伤心。她失去了活力，因此觉得自己是个废物。我只好劝她离开特克斯一个人住一段时间。康奈尔说："你我永远——永远不能生活在一起！你知道的，不是吗？""当然！"我说，真心诚意！[德]

---

1 何塞·瓜达卢佩·波萨达（1852—1913），墨西哥雕刻家、插画家和漫画家。
2 何塞·克莱门特·奥罗斯科（1883—1949），墨西哥画家，人们普遍认为他是墨西哥当代绘画之父。

1943年9月4日

[德] 阿莱拉邀请了两个女孩过来，想让特克斯接待她们，但特克斯不肯单独伺候着，所以阿莱拉只好留了下来。结果就是，我像一个不需要任何朋友的艺术家一样独自喝酒、写作！晚上9:30娜塔莎打电话给我。邀请我参加明晚安吉丽卡·德·莫尼科尔家的聚会。罗莎琳德不知道这事，但我希望她明天会来。我——竟然——开心吗？是的，很开心。[德]

1943年9月5日

[德] 画了一小会儿素描。为在安吉丽卡·德·莫尼科尔家的盛大晚会做好准备。她的丈夫是个艺术家——才24岁。晚会非常好。结识了克洛伊——哈蒂·卡内基[1]的模特，非常漂亮，还有贵族头衔。我只记得当时我和她坐在一起，鼻子埋在她干净又柔软的头发里。然后我用手指抚摸着她的嘴唇，她说——"我真的是异性恋，但你改变了我——"4:30回到家！罗莎琳德看起来非常严肃，非常清醒。[德]

1943年9月5日

[法] 今早我像在漫游一样——一路走到72街和约克街。但我觉得脏兮兮的。今早我醒来第一个念头就是克洛伊的头发，还有我没吻过的她的嘴唇。她提议今天下午5点过来。她来的时候我的公寓已经收拾得很完美。我拿出一瓶没开过的朗姆酒。她看起来让人迷醉，她自己也知道。她坐在椅子上，看着我，啜饮着酒，面带微笑。我让她坐在床上，最后我忍不住拥抱了她——她的反应是长长的叹息。她说她也不知道自己想要什么。这简直就是在鼓励我啊。罗尔夫7点来的。和奇安蒂共进晚餐。我的小说就留到明天写完吧。克洛伊高高兴兴地把她的电话号码给了我——然后去参加J.莱维[2]家的晚会了。她不认识巴菲，但她知道她有点虚伪！我很高兴，但今天被浪费掉了——如果我没得到康奈尔，我就浪费了两次。[法]

1943年9月6日

[法] 我整天都在想着克洛伊。

---

1 哈蒂·卡内基（1886－1956），奥地利裔美国时装设计师、企业家。
2 朱利安·莱维（1906－1981），美国艺术商人，其画廊位于57街和麦迪逊大街交汇处，是超现实主义画家、先锋艺术家和20世纪30至40年代的美国摄影的专家。

今晚，严肃认真地完成了拉瓦尔的故事。听了罗尔夫的建议。克洛伊在 7:30 给我打了个电话——相谈甚欢。她假装天真无邪，但当我提出低级的建议时，她又很开心。她是零点来的——比以前更迷人。我满脑子都是我的写作和书，给她看我的照片。最后，我拥抱亲吻了她，那真是太甜蜜了——如此甜蜜——我对她格外温柔体贴，因为她就像一条河——不是因为她漂亮——不是——她也很不适应。她不由自主地发抖。我握住她的手，我能感觉到她在颤抖。她说她不想和任何人上床。她只想要一个人，陪她聊天，陪她长时间散步。但是——终于——在我吻了她五次，细细密密地爱抚她之后，我们抵达了幸福河流的彼岸，她告诉我，我吻她的时候，她已经扬帆海上了。我希望这能给她带来快乐，因为这是我梦想的事。等明天醒来的时候，我可能会认为什么都没有发生。当然，我想到了阿莱拉——我是不是永远做不到对任何人忠诚，只能忠实于自己？今晚是真实的生活，对此我无能为力。［法］

1943 年 9 月 8 日

［德］满脑子都是克洛伊。［德］［法］ 下午 1:00 与康奈尔共进午餐。［法］［德］ 可怜的孩子——伟大的艺术家［德］——［法］有人把她的头发剪成板寸！［法］［德］ 她看起来不太好，没法带她去德尔佩佐。［德］［法］ 我告诉她，所有人都只能忠实于自己。她笃定我在想另一个女人。有点悲哀——我非常像男人，因为美貌对我影响至深。真的，我如同一个非常残忍的人，康奈尔让我感到恶心——今天。没穿长袜——毫无优雅可言——一年以后再读到这些话的时候，我的心也会流泪。 8:30 克洛伊打电话给我。她慢慢地微笑着说话，经常叫我"亲爱的"。9 点罗莎琳德打电话给我。她自然很惊讶，我见过克洛伊。她已经"见到了"纳蒂卡（那个 22 岁的女孩），想带她参加周五的聚会，我会邀请克洛伊。我 10 点打电话给克洛伊，告诉她"我疯狂地爱着你"。不管如何，10 点那一刻这话是真心的。［法］

1943 年 9 月 10 日

［法］买了 T.S.F[1]，又办聚会——我希望和克洛伊在一起——我的钱会越来越少，但我会习惯的。我远不止如此，可以在生活的每个领域随心所欲。［法］

［德］我几乎不能在办公室工作。我太紧张了！准备好面对罗莎琳德，本来她在我

---

[1] 法语 télégraphie/transmission sans fil 的缩写，一种无线电广播设备。

心中是第一位的，但是克洛伊轻轻巧巧地爬上了第一位。罗莎琳德——克洛伊令她双眼放光，她整个晚上都待在她身边。我们乘出租车去萨米家。罗莎琳德坐在座位边上，一直看着克洛伊，但她嫉妒我，因为克洛伊更喜欢我。然后克洛伊想去塞鲁蒂家，但是玛丽·S在那儿。最后罗莎琳德把克洛伊和我推上了出租车。克洛伊想去散散步，于是我们去了第二大道。我悄悄地对她说："你想要什么？""我想和你一起回家。"她回答。我刚从浴室出来，她就脱下衣服，爬上我的床。那感觉太美妙了！超级棒！我躺在床上，她什么也不想要，只想让我抱紧她。她不瘦，都能说是胖了！但她的身体相当紧实！星期六早上自然没去办公室。我们在床上躺到下午1:30！早晨是最美好的！但她不允许我碰她。我给了她一颗成熟的黑橄榄。我们读了我写给她的——"就像奥伯伦分开他那垂挂的浓密枝条寻找泰坦尼娅一样，我将分开你阴郁的毛发森林，饮下你口中隐秘的甘泉"——我周四晚上写的，当时戈德伯格还在房间里（！）。她很喜欢。6点去她那里喝了一杯。莱克西没个性，也算不上是克洛伊的室友。她想让我和她共度夜晚，但我得去见伯恩哈德。［后来］我给克洛伊回电话时，她说她吃了6片安眠药，但托尼在那儿。我很害怕，一个人去了56街和第二大道。和一个工人喝了一杯啤酒——他给我讲了一个关于他女朋友的悲伤故事，然后克洛伊回了电话。托尼邀请我过来。克洛伊躺在床上，半睡半醒。直到托尼走了我才见到她。然后她不停地要我和她上床。1:30我脱下衣服——就在此时莱克西回来了！我光着身子！莱克西笑了——她总是笑，像个傻瓜，一整晚盯着我们俩。但没什么好看的。［德］

1943年9月12日

［德］在她的怀里醒来——床上的她，清晨的她总是如此美丽！我说过这话（她丈夫也这么说）。趁莱克西去洗手间的当儿吻她，太美妙了。床头柜上有一封格茨·范·艾克[1]的信，是用铅笔写的。我把她搂紧时，她说："不要——你让我想要你——充满欲望。"自然而然地，我就觉得自己像个国王——和王后新婚燕尔！"天啊——我几乎整个周末都和你在床上度过！"克洛伊："这算什么！"——

5点和伯恩哈德见面。我觉得她一如既往地喜欢我。没有提克洛伊。没给康奈尔

---

[1] 格茨·范·艾克（1911—1969），在波兰出生的电影演员，在亨利·乔治·克鲁佐特执导的《恐惧的代价》（1953）、弗里茨·朗的《马布斯博士的千眼》（1960）和马丁·里特的《柏林谍影》（1965）中担任主角，享誉国际影坛。

打电话——我提不起兴致来，一想到再要吻她，就感到厌恶。是的，在做爱方面，我真的是反复无常，但我喜欢康奈尔的思想——艺术思想——我仍然爱她的艺术才华，永远不变——但身体上的爱——没兴致了！[德]

1943/9/12

为什么我会私下里担心我失去了自己的根？因为她对我来说只是一种思想的化身，我永远都爱她的思想，但我放弃了对她的爱，对她身体的爱，把肉体的爱、想象的（永远都是想象出来的！）精神的爱，给了另外一位，可她会很快离开我的，比我的香烟散得还快。但对她的记忆不会消失。我在想，我要不要告诉她这些缺乏诗意、令人不快的话呢——就像酒杯里汩汩冒出的泡沫一样。内心很沉重，情绪混乱，前路迷茫。

1943年9月13日

[德] 美妙的一天！我不爱克洛伊——但她让我和阿莱拉得以分手。这也没什么好高兴的，只是这一刻早晚要来，而且来得正是时候。当我最终离开克洛伊时（当她最终离开我时），我不会流一滴眼泪。她很漂亮，我会和她最终在天堂会面。

在办公室里很愉快，好几个故事都得到了称赞。买了[詹姆斯·萨尔·索比[1]的]《早期奇里科》给妈妈做生日礼物，支付了收音机的定金，75美元，这周就会到货。康奈尔打电话来，我6点在温斯洛找到她。她非常低落，看着我，好像她什么都知道了似的。这是个错误，毫无疑问，但我没法面对她，没法拉她的手。

去了父母家，带了一盒糖果和我的书。我们都心满意足地喝了很多红葡萄酒，像孩子般地拆礼物。10:30我睡着了——睡了一个小时！——肯定是喝酒的原因——当我醒来时，竟然以为康奈尔自杀了。这感觉很陌生，很奇怪，好像我服了麻醉剂，好让她可以单独死亡一样。读多恩的书。又画了素描。[德]

1943/9/13

今夜，是什么强大而陌生的力量叫我入睡的？我从来没有在这个时间睡过觉，这比睡觉本身更恐怖。这是大自然的麻醉法。今天看到你时，你我之间除了稀薄的无机的空气外，再无半点瓜葛，我清楚地知道你全明白，我在想，当我睡着的时候，你是

---

[1] 詹姆斯·萨尔·索比（1906—1979），收藏家、作家和策展人。

不是死了？怎么死的？是你自己想死还是上帝决定的？还是随着身体这台奇特而徒劳的机器逐渐停止而死亡？此刻，离午夜还有五分钟，我不敢给你打电话了。也许我梦到了，又忘记你已经死了。

1943 年 9 月 14 日

[德] 遇见凯米两次，5:30 了，我感到很紧张，我们在"鸡尾酒"酒吧喝了一杯。我说，"我要去见全纽约最漂亮的女人！"他开始说了些什么——然后突然停了下来。他可能知道了。我猜想？克洛伊在等我。像每个漂亮女人一样，她喜欢谈论自己。我们快走到 57 街的时候，我邀请她上来喝热牛奶。我为她准备了爱心牛奶。尽管她这星期不喝酒，但还是不知不觉喝了一点朗姆酒。半杯过后，她说"我醉了"。她说着——或者更确切地说，她什么也没说，就把我拉向她——感到她的手在我脖颈上，那感觉就像天堂一样！天哪，太美妙了！我吻了她——比以往更深地吻她。然后她回家，我开始画素描——画得不好——但我不是很富有吗？[德]

1943 年 9 月 15 日

[德] 与利奥·艾萨克斯[1] 谈话，他是个真正的诗人。写了很多诗，痛恨这个丑陋的商业世界。这才是男人！妈妈今晚在这里，我们互相画素描——她给我画了一大幅水粉画，结果还不错。哦，我很高兴——因为我有克洛伊，因为我现在可以重新开始工作了。康奈尔明晚就要来了，但我并不期待。[德]

1943 年 9 月 16 日

[德] 6 点凯米买了两杯酒。他很体贴，男人中少有的品质。为康奈尔的到来收拾房间。我以为今晚会是最糟的，但我努力了，她也努力了，我们倒是玩得很开心。康奈尔知道我对她的感觉。我不想再和她有任何身体上的关系了。这意味着我们爱情的终结，她知道这一点。大自然是多么的聪明和善解人意，总是引领我们走向最美！康奈尔早早就回家了，我 11 点到了［克洛伊和莱克西家］。克洛伊看起来很漂亮，她见到我很高兴。毫无疑问。莱克西睡着了。然后我们轻柔地吻着，克洛伊低喃着我的名字，这一招总能让我热血上涌。每当我想离开的时候，她就把我拉回来。天堂般的感受。然后我关了灯，我们在一起躺了一会儿，只是头靠着头。嘴唇都没相碰，牙齿

---

[1] 利奥·艾萨克斯，桑格尔工场出版社的自由撰稿人。

也没有接触。我吻了她的眼睛、嘴唇、头发、脖子、胸部，还有她的手。我想吻她的身体，她的大腿！回家的时候，我的幸福和兴奋只有诗人才能感受到！[德]

1943/9/16

女人身上的香水味早晚会把我逼疯。正午时分，闻着速记员身上的气味，我心跳加速，她的咖啡杯就在我对面的自助餐桌上。走在街上我感到头晕目眩，一股可怕的力量吸引我追逐前面活泼轻快的女孩、步调缓慢的贵妇，还有四肢光滑修长的黑人。什么都行！谁都行！让我把鼻子埋在她们胸前的衣服里。香水！那午夜的梦幻，那爱的承诺和记忆，爱人的证明和挚爱的徽章。香水！在明亮的阳光下甜蜜而放荡，诱惑着一切感官。

1943/9/16

遐想：在美国，许多离婚案都是民族野心导致的。我们总是在奋斗、争取，而缺乏性趣。这并不是说一旦我们拥有了她，我们就不知道如何把她戏剧化、美化和浪漫化，我们不仅如此，还总是喜新厌旧（新，就是肉体上更有魅力，我们只会花时间去研究这方面），就像我们找工作时总是这山望着那山高一样。

1943 年 9 月 17 日

[德]一周前我和克洛伊第一次上床！多么美妙，多么神圣！我也许——肯定——已经厌倦了她的思想，但她的美却令我百看不厌。她激发我产生美妙、鲜活的想法，她用爱和生命刺激我。尽管如此，我不爱她了，今晚我告诉她了。[德]

1943 年 9 月 17 日

[德][母亲和我]去费尔吉尔画廊，看康斯坦特[1]和塔基斯[2]的展览——非常有趣。我感到孤独，只好去父母家。吃得很痛快，他们又来到我家看我的收音机。收音机太棒了！就在我开始写作的时候，电话铃声大作——是克洛伊，她说："我在家。我想也许你愿意来和我喝一杯。"她已经醉意很浓了，想整晚不睡。我总算把她弄上床的时候，已经过了凌晨 2:30 了。这活儿可真好啊！[德]

---

1 乔治·康斯坦特（1815—1902），希腊裔美国画家、蚀刻画家、版画家。
2 可能是指尼科拉斯·塔基斯（1903—1965），美国表现主义画家。

1943年9月18日

[德]克洛伊忙忙碌碌地为我准备早餐。我们吃了一些火腿,很多水果,每次从对方身边走过,我们都要拥抱亲吻。那是人间极乐!"帕特,我崇拜你!我想我会爱上你的,"克洛伊说,"你不想结婚吗?""想啊——将来吧。""那你会娶我咯?""言之有理。"利维一家——特别是穆里尔——说服了克洛伊和他们一起住!他们住在57街画廊的楼上——但这样克洛伊就没有隐私的空间了。我知道我们的友谊可能不会长久,至少我们在一起的夜晚已经屈指可数了!克洛伊是一个精灵,(首先是)一个已婚的女人,我必须像对待女王一样对待她,我也会一直这样对待她。

5点去康奈尔的社交聚会。来了很多人。查尔斯·米勒,我很快就会再见到他,还有亚历克斯·戈德法布,看着不怎么样。后来又来了很多人——已经1:30了——我睡得太少了。[德]

1943年9月19日

[德]奇怪的一天。利奥·艾萨克斯承认他昨天4—8点之间曾打电话联系过我。他喝醉了。头疼恶心。我们去了51街的拉菲尔餐厅,喝了3杯(!)然后吃饭。"你真漂亮。"他说。是他今年遇到的第一个"新人"。4点在鸡尾酒会上又喝了一杯,结果下午匆匆过去了,醉醺醺的。杰瑞和马丁毫无疑问感觉到了什么,但我不在乎。邀请克洛伊6:15来喝马提尼酒。她走得太早了——不久之后利奥·艾萨克斯来了。我们听了会儿收音机。没什么可说的,我们度过了一个愉快的夜晚,都喝得太多了。他吻了我很多次,也许我本不应该让他这样做。[德]

1943年9月20日

[德]美好的一天——一直在想着利奥·艾萨克斯。我3点去喝咖啡的时候,他从电梯里出来,我们一起下去。毫无疑问,这两天整个办公室都知道我们下午的事了。马蒂和杰瑞这俩老妇人,想知道我们是否一起过夜了。利奥爱上了我(我相信是这样,并没有觉得怎么骄傲——但还是有点开心。),他不肯擦鞋,因为我在鞋上留下了一点擦痕。[他表现得]像个孩子——和我爱上女孩时一样,我很喜欢这个样子。我们喝咖啡时他说:"天哪,你真漂亮!"说这话时,我们在一起就像是一个快乐的秘密,一种私密的状态,即使全世界都站在我们身边围观。

反复思量克洛伊的事,但还是决定今天不给她打电话。罗杰7点过来的。我们在咖啡公社喝酒，吃饭（账单是 11.5 美元！）。现在他躺在我床上打呼噜。我不知道会发生什么，但我不想和他有任何关系。我属于克洛伊，不属于别人。利奥把他所有的诗和出版作品献给了我。我只想独自过一个晚上！[德]

1943 年 9 月 22 日

[德]不错的一天，只是没做多少工作。我想丹和利奥在喝酒，所以中午在城里转了转。当克洛伊穿着黑色西装、戴着白色短项链出现时，当她说我的马提尼酒比穆里尔·利维调得好时，我的心激情澎湃。8 点去我父母家吃晚饭，没想到妈妈注意到我脸上有女性唇膏的印记！"谁亲你了？"然后莞尔一笑，好像我是一个男孩。[德]

1943/9/24

性爱是唯一真正触动我的情感的。仇恨、嫉妒，甚至抽象的忠诚，都永远不会触动我——对自己的忠诚除外。但不管愿不愿意，爱都能触动我。

1943 年 9 月 25 日

[德]在温斯洛酒吧喝了一杯马提尼酒后，我和妈妈一起看了几场展览。她总是那么漂亮。克洛伊没打电话来。我躺在床上焦躁不安。最终——6 点，我在利维家打电话给她。她没去和吉福德·平肖[1]的约会——因为她已经喝了好几杯，想在我家吃饭。我立刻着了魔！我连跑带跳地一蹦老高，跟着收音机唱歌——买了很多食物，根本吃不完。我像丈夫一样，做好了准备工作，7 点打电话给罗莎琳德，手里端着第一杯马提尼。聊起克洛伊，她说："这一定是你第一次和一个不太敏感的人交往。"说克洛伊可能对我有好处，因为她穿着很得体。7:50 克洛伊来了，给我一个拥抱，还吻了我一下。我们喝着酒——听着唱片，然后我准备了一顿丰盛的晚餐，克洛伊很喜欢——玉米、两份羊排。还有奶酪和水果。看着克洛伊啃骨头，多好，多温暖，多可爱！1 点时她已经累了。我很容易就说服她留了下来。然后她脱下裙子，一切就绪！克洛伊又躺在我的床上。认识克洛伊二十天了，和她睡了四次。今晚和她又进了一步，但还不够。[德]

---

[1] 吉福德·平肖（1865－1946），美国早期环境保护倡导者，曾两次担任宾夕法尼亚州州长。

1943年9月26日

[德] 今天写完了这本书[1],太好了!和克洛伊躺在床上。8:30 我起床去面包店买了些奶油蛋卷和牛角面包。排在前面的法国顾客花了好长时间,我可真有耐心啊。我跑回家去跳到床上![德]

1943年9月26日

[德] 6:20——克洛伊邀请我去列维家喝一杯。我不喜欢他们。朱利安像条蛇,穆里尔像只小猪。她的画更是不堪入目。我觉得很紧张,很无语。匆忙回家去找利奥。我们喝了马提尼酒,他近乎粗暴地宣布他爱我。在和克洛伊共度了这些夜晚之后,我的生活变得神采飞扬,绚丽多彩。去了尼克之家,在那里我看到了查理·米勒。去了康奈尔家。康奈尔很友好——至少对我很客气——只是我和以前不一样了。我身上还散发着克洛伊的味道,怎么能一样呢?几个小时前她还在甜蜜地吻我!大约2点到3点回家,我给利奥煮了咖啡,因为他想留宿。4:45 我高高兴兴地上床睡觉。[德]

1943年9月27日

[德] 康奈尔寄来一封信,很悲伤。她说她不想再见到我了,我可能把曾经给她的一切都给了别人。利奥对我的朋友很好奇。昨天睡了 3½ 小时,但感觉很好。很久以来,这是我度过最平凡的一个夜晚。水粉画进步很大。回了父母家,他们越来越爱我,像普通人一样。[德]

1943年9月28日

[德] 把我的小说《理发师拉乌尔》和五份广告词寄给了《家庭与食品》。今天早上妈妈让我大吃一惊:她想让我去墨西哥,但要和利奥一起去!(我想起了和恩斯特·豪瑟度过的周末!)后来我打电话给克洛伊——没什么特别的——但今天晚上,我说我可能去墨西哥,她说——"你要去吗?我和你一起去!"6点和妈妈一起去看牙医,妈妈也拔牙了,有意思。我做了同样可怕又美妙的梦,梦见我是上帝,一切都从我开始,以我结束,只有我一个人明白这个神秘的计划。"书——书——书!"那个边跑边挥拳的身影绕着宇宙边飞边说。[德]

---

[1] "这本书"指的是"这本日记"。帕特在日记 4b 的结尾列出了她的收入和支出,例如"支出:40.00 房租"或者"收入:21 —《比尔·金》,27 —《间谍粉碎者》"。

1943/9/29

大体上讲，我不喜欢男同性恋者，是因为我们意见完全相左。女人才是世界上最令人兴奋、最奇妙的造物，不是男人——男同们大错特错了！

1943 年 10 月 1 日

［德］我一整天神经性消化不良，感到一切无限冗长。这意味着是时候开始一个长期、不断推进的项目了。我的书。没错。

查理·米勒没打电话来，这让我很高兴。他很好，但我没空搭理他。［德］

1943 年 10 月 2 日

［德］看了几场展览之后，我和妈妈到我的住处喝鸡尾酒，在场的还有凯米、康奈尔，最后利奥·艾萨克斯也来了。凯米和妈妈聊得很开心，康奈尔也一样，但当我们单独在一起时，她就严肃起来，老要吻我。我不喜欢这样。利奥留了下来，喝着我的卡尔弗特酒，他可能就是为了这酒来的。但我和他待在一起没多久就会感到无聊，感到我在浪费时间。明天想去看罗尔夫。［德］

1943 年 10 月 3 日

［德］今天是悲惨的一天。克洛伊一整天都没打电话。和［马乔里·］W 散了会儿步，她爱上了大卫·兰多夫[1]。噢，异性恋真好。——对吗？不对！最后，4 点——4 点，安·T[2] 来了，她之前和艾伦·巴特勒一起骑马。我们喝茶配朗姆蛋糕。最后我只好打电话给［克洛伊］。问她想再见我吗？——"随你便啊。"她说，暗示无论怎样她都不在意。我真是受够了。想大醉一场，我们去了萨顿［餐馆］。3½ 杯马提尼酒下肚。我几乎站不直了，打电话给克洛伊。我说她不是我喜欢的类型之类的，说她很烦人！后来的谈话大多不记得了。安和我吃了点东西，在午夜听音乐。也不知道是怎么开始的，结果就是我们上床了，安说弗吉尼亚问："你知道我怎么看帕特吗？——你知道我爱上她要多久吗？大约五分钟。""海史密斯，你太棒了！"她一直待到早上 5:30，这一夜非常温柔美好。我们俩都需要这个。［德］

---

1 大卫·兰多夫（1914 – 2010），美国（纽约塞西莉亚合唱团）合唱指挥，音乐教育家。

2 帕特不久前认识的一个二十五岁的年轻人，在斯克布里纳出版社工作。

1943年10月4日

[德]睡了两个小时,想到了一个小说的好创意[1]。克洛伊答应给我打电话。她肯定是希望听我道歉。我很高兴向她道歉。并不为昨晚发生的事后悔,但这段恋情进展得太快了!打电话给安,她写了一首关于我的诗。她很有头脑,令人耳目一新。阅读沃尔夫,想写一个好故事。这种感觉真好——而且很强烈,[早上]6点到8点我几乎睡不着觉了。[德]

1943/10/4

关于一个自以为是上帝的男人的小说。多好的主题,多好的假设,因为作家也必须相信自己是上帝,就像我一样。是的,已经超过了上帝与我们同在的程度。

1943/10/4

你的唇饮尽我所有的杯,
平底杯,啤酒杯和小盅。
我可以想象在每把椅子上
你的臀部留下的浅浅印迹。
我们用口红、爱和脏脚
给每一张床单洗礼。
短短时间里你拨打过
我的每个电话号码。
你的绿牙刷在橱柜里
我知道永远不会再被打湿。
我早晨的番茄汁,亲爱的,
再不用配沙司酱来饮了。
忘掉这一切,也忘了我吧。
但我会记得(带着情人的颤栗)
人来人往,熙熙攘攘,
黎明时的你总是如此美妙。

---

[1] 接下来的两周,帕特一直在写这个故事,就是下文提到的《三个人》,不过没有留存下来。

1943年10月5日

[德]我一起床就在想克洛伊。必须得给她打电话。"啊，折磨死我了！我日夜喝酒，等等。"克洛伊想再见我，看到她现在的状态，我想再帮帮她。"我们去墨西哥吧！""好，我们走吧。"克洛伊说。和安·T约好共进午餐，她戴着墨镜在斯克里布纳出版社等我。去了德尔佩佐饭店，我很喜欢这个地方，因为先是玛丽亚，然后娜塔莎·H和巴楚也接连来了。但罗莎琳德没来。我们吵吵嚷嚷地聊着各种恋爱话题。安说："我什么时候能再见到你？"好像我是个贵妇人。她和巴菲的朋友彼得有过短暂的交往，我一点也不喜欢她谈论这些昙花一现的爱情的样子。好像我排在下一位似的。今天晚上写作很成功。关于我的小说，它的主题就是朱利安·格林也会佩服的。我希望能写出灵魂本身的神秘感和象征意味。快乐——但主要是因为克洛伊没有生我的气。是啊——我不太喜欢安。[德]

1943年10月6日

[德]我在办公室工作得很好，此时此刻有点非同寻常。但我在那里太紧张了。去了克洛伊家。她调了浓马提尼酒，我们讨论着她的那些男人。她不想再给钱德勒[1]写信。她又不想离婚！但她还想嫁给格茨［·范·艾克］！天啊，她到底想要什么？我告诉了她星期天晚上的事。"你背叛了我！"她说。"你从来都不属于我，何来背叛一说，"我说，"现在我们可以成为好朋友了。""行啊。"她回答。天哪！她是个漂亮的女人，但我一眼就能看穿她，因为我更聪明一些。8:30回家给安打电话。她读了四行写给我的诗，非常精彩。"星期六晚上你要干什么？"——我其实是想问克洛伊在干什么。写完了那个街头男孩的故事——我自己的故事——我觉得有些东西在里面——一些我以前没有写过的东西。[德]

1943/10/7

艺术家衡量自己价值的尺度多么微妙啊。一定是很微妙的。在延长他的创作期时，不能过于自信：只能对自己的诚实有信心，其他方面都不行。一晚上都用来批判某个小错误，或者润色一件作品，而不是从事带来满足的创造性工作，很容易就毁掉带给他欢乐、勇气、快乐和回报的一切。只要一个乱放的废纸篓就行了。手指上有个

---

[1] 钱德勒·S，克洛伊的丈夫。

伤口也行。只有创造新的生命，才能起死回生。

1943 年 10 月 8 日

[德] 今天生病了，这太糟糕了，因为我明天想和克洛伊一起睡。和利奥喝了两杯曼哈顿。他三个月后要去危地马拉。安打电话给我。安告诉艾伦·B[1] 她和一个女孩上过床，艾伦朝她脸上泼了一杯威士忌酸酒！"你这个婊子！"艾伦·B 说。安再也别想见到她了，只好湿淋淋地去坐电梯！写得不多。[德]

1943 年 10 月 9 日

[德] 幸福快乐的一天。工作，然后在德尔佩佐见到了我的父母和克劳德[·科茨]。匆匆回家。终于，她来了。她太漂亮了——黑色西装，黑色帽子，皮草。我们听她喜欢的音乐，《魂断巴黎》《爱你的理由》，还有《假装爱你》，后来我们乘出租车去了第八大道和第五大道，她挽着我的胳膊，看上去那么漂亮，闻起来那么香！我感觉特别——违背我的意愿——像个男人——穿着西装之类的。我们 11:30 去了尼克之家，在那里我终于找到了利奥，把他介绍给克洛伊，我们喝了几分钟。不过，克洛伊疲惫不堪，而利奥还在问我各种各样的问题。克洛伊最终忍不住说她要回家了，就一个人走了。我赶紧追出去，很担心，因为我和她都醉得不成样子。坐出租车——先到 56 街东 353 号，我俩喝了温牛奶加朗姆酒。我把她的衣服脱了。美好的夜晚——一直延续。[德]

1943/10/9

你永远不能碰我，我最亲爱的，我的爱人。永远不能。

1943 年 10 月 10 日

[德] 11:15 我们起床。不幸的是，克洛伊之后给朱利安打了电话，他要求她回家为他准备早餐。"帕特，我很抱歉——"她说。我非常沮丧，恨了朱利安·列维整整二十分钟，甚至打电话告诉他我对他有多生气。他挂断了我的电话。他要是个性更强硬些的话，这就是一种侮辱了。我还从法国糕点店买了面包卷给克洛伊和我吃呢！唉，我失望得像个孩子！

---

1 巴纳德的校友，安·T 的朋友。

读了圣奥古斯丁的《忏悔录》，感觉更像是——什么？——一个没有性欲的男人。打电话给利奥，他在尼克之家。他来了，喝得烂醉，问了我很多问题！他昨晚有一个很大的顿悟。我只好慢慢地、仔细地解释给他听。最后克洛伊打电话来。她喝醉了，我说我听厌了她抱怨宿醉的话。"如果你听厌了，你知道该做什么，"她答道，"再见！"利奥告诉我不要给她回电。他当然会这么说——在整个谈话过程中，他一直想吻我。我太纵容他了。必须停止。直到3：30才上床睡觉。[德]

1943年10月11日

[德]我〔为克洛伊〕写了一首好诗并寄了出去。我的故事写得很好。阅读〔朱利安·〕格林的书。今天我是个诗人。于是整个世界都美丽起来。[德]

1943年10月12日

[德] 6点去我父母家吃晚饭，但是我们得等丹，等他要耗费1个小时15分钟的时间，令我非常反感。匆匆回家，洗了头，这时安·T打来电话。她很快赶了过来，一身冷汗，神情紧张。给她喝了朗姆酒。然后克洛伊打来电话。她刚好在附近，先问我是不是一个人。"是的。"我说，并没意识到她要过来。结果安在读我写给克洛伊的诗时，她走进了房间。陪她一起走了几个街区，以为她有话要说，但什么也没有。没提安，没提我的诗，也没提利奥，什么话都没有——！整个晚上都荒废了，因为除了招待朋友以外，我什么也没干。现在我可以工作了。[德]

1943年10月13日

[德] 可怕的一天。我总是要和这种日子作斗争。周一是我这个星期唯一真正生活与创作的一天。凯米喝醉了，我们在4点喝了两杯，6点又喝了一杯，然后我找到了丹。真有趣，酒吧里只要有两三个牛仔就能把整个地方变成西部！他们人都很好，也很真诚。尤其是"猛男"斯隆。牛仔竞技表演精彩绝伦。模仿罗伊·罗杰斯[1]的样子——天啊！

克洛伊明天要搬去凯·弗兰奇家。（注：利奥大声喊着"一位克洛伊打电话来

---

[1] 罗伊·罗杰斯（1911－1998），美国流行乡村歌手和演员，在1938至1953年出演的众多西部电影中被称为"会唱歌的牛仔"。

了"。这令我啼笑皆非，但他并没有表现出任何外在的情绪。）我告诉克洛伊，我不能大声表达我的爱——只能写进诗歌里。而她却回答，我的诗越读越回味无穷。想到她很多年都不会扔掉这些诗——也许永远都不会。我就非常欣喜。安今天收到了我的诗，她说这首诗非常精彩。但她很可能是爱屋及乌。[德]

1943年10月14日

[德]今天写出了好作品，尽管我头发扁塌，天气阴沉怪异。康奈尔5点过来——让我有点儿苦恼。首先，我对她说了周六晚上的事，还有利奥和我父母的事。（"毫无疑问，他们对此一清二楚。"康奈尔说。）康奈尔在皮纳克希卡[1]有7幅画作，她周三要去乡下。凯米在3点请我喝了杯蛋酒。然后他7点又过来给我带了一本中国爱情故事集。他的话太多了，我对他却渐渐无话可说。继续写我的小说，逐渐成形了，但是进展缓慢。周六会发生什么事呢？我想与克洛伊一起度过。如果不行的话，我就谁也不想见。[德]

1943年10月15日

[德]美好的一天。12:45去了韦克菲尔德看戏剧艺术展览。母亲紧张兮兮的，表现得很怪异。她说我没时间陪亲戚，却有大把时间去陪那个贱人克洛伊！要不是她平时说话没这么荒唐，我早就走了。我会再找机会告诉她，这样的行为不适合。当然都是老调重弹——弗吉尼亚，罗莎琳德，可能吧，记不清了，康奈尔。安·T在8:15打来电话。跟她说了克洛伊的事。然后她问我——这真的让我大吃一惊——我总是朝三暮四吗？也许这就是事实。从新年夜到现在，我已经爱上了三个人：罗莎琳德、康奈尔与克洛伊。但我对罗莎琳德的爱持续了两年之久。而对康奈尔只是一种想法，我仍然爱着她们两个，爱她们的原因也与当初别无二致。还有克洛伊——纯粹是美貌和身体，但所谓的身体是指她像孩子般仰慕别人，纯洁、白皙、美丽、而且早熟，远远超乎她的年龄！

我的小说写得很好，差不多已经可以排版了。我为这个故事感到骄傲，就像对那篇《未知的财富》一样。在这个故事中，我展示了一些自己内心的无知和对存在的一些认识。[德]

---

[1] 皮纳克希卡画廊，也被称为罗斯·弗里德画廊，位于纽约东68街40号，现在是泰特美术馆的一部分。

1943年10月16日

[德] 今天本该是如此美好的一天。和利奥喝酒——喝多了——然后去参观凡·高的展览。给克洛伊打了两次电话，不知怎么的，凯·弗兰奇竟然也跟着不请自来了。她们7:30到了这里。11:30，当我们单独相处［片刻］时，克洛伊温柔地对我说，"我想待在这里，我想让你帮我脱衣服。"我的心怦怦直跳，但是为什么呢？11:30 凯带她回家了。我非常失望，因为如果克洛伊爱我，但凡她有点个性的话，她都会在这里过夜。利奥在12点打来电话。他说，他要过来。非常沮丧——我想，这正是证实男人灵魂的时刻。我想打电话给安——给所有真心爱我的人。利奥来的时候我还在哭。我们一直散步到凌晨3点。上床睡觉，决定下周不再喝那么多酒了。我清楚地知道我永远别想从克洛伊那里获得丝毫满足感。我想要安稳的生活，不需要这么强烈的刺激，需要像男人一样工作。我需要一个女人——一个深沉地、默默爱着我的女人。[德]

1943/10/16

每位艺术家都拥有一个内核——而这个内核永远不会被触及。爱与被爱，均无法碰触。无论你多么爱一个女人，她也永远无法进入那个领域。

1943年10月17日

[德] 我把《三个人》这个短篇写完了。写得很好。安9点过来了，她很喜欢这个故事。她可能会把它卖出去。是的，我很坚强。不需要任何人。克洛伊更不在话下。我有艺术陪伴，唯有我的艺术才是真实的。[德]

1943年10月18日

[德] 美好而古怪的一天。我去52街取［黑胶］唱片的时候碰到了罗莎琳德和安吉丽卡。她们都还酒醉未醒，还邀请我去喝一杯。去了"采蚝人比利"[1]。当时我非常认真。跟她们说了很多克洛伊的事。最后，我还背诵了几行我为克洛伊写的诗。"看来，你做得很好，"她说，"你还能让人发挥出什么更大的价值？"我只是说我根本不需要任何人。

今天下午什么工作也做不下去。我想去看望［克洛伊］。我4点去看她。天啊，是的！我还记得那些日子，每次偶然碰触到她的手时，那种滋味于我而言就是天堂！

---

[1] "采蚝人比利"是20世纪30—40年代纽约最著名的海鲜餐厅之一。

今天下午她就躺在床上，允许我长久用力地吻她！最终，她嘴唇微张，在我身下颤动着，抚摸着我的双颊！天啊，太美妙了！

去了一下《家庭与食品》杂志社，他们想让我给一个故事做插图。他们还买下了我上次寄的五份广告。非常高兴。就在今晚，我打完了小说《三个人》。我想先寄给《时尚芭莎》试试。安打来电话说我是个天才。她已经读了五百遍《银色的丰饶之角》。而特克斯——因为得到了一块六磅重的牛排而兴高采烈。最后是——克洛伊，那个最可爱的姑娘，她在 12:30 打来电话。她傍晚在贝蒂·帕森斯家，和她一起吃了饭。她先是在韦克菲尔德碰到了罗莎琳德，因为那里有个开幕式。随后，R. 就理所当然地邀请克洛伊去喝了酒！在乔凡尼〔餐厅〕。她要是知道我——是我——跟克洛伊睡过六次，她该有多嫉妒啊！〔德〕

1943 年 10 月 19 日

〔德〕又是奇怪的一天。我变得越来越认真，越来越开朗，却又不会过度自满。同时也变老了。我必须尽快写出好作品来，虽然都只是文字，但创意与意图〔却超越了文字〕。工作照常进行，也就是说不太顺利。克洛伊要见我，我 5:40 在托尼餐厅见到了她。她和我喝了三杯代基里酒。我们谈到了罗莎琳德，谈到我过去曾多么爱她——现在又有多爱她，我和她从来没有像现在这样亲密，而我却不再爱她了。这些都是事实，但是当克洛伊说 R. 让她感到厌烦，说她是个大骗子（！）的时候，我非常愤怒。今天，我想到我与 R. 在一起的那一天很快就会到来，因为我真的一直在等待，等待她的美德、她的思想、她的智慧——我的这些价值观依然不减半分。还有很多要学的东西，好在我学东西快。〔德〕

1943 年 10 月 20 日

〔法〕我给克洛伊打了电话。我很想周六晚上去看她，但如果不行的话，我也不会伤心欲绝。我在构思我的插图和小说，我的生活充满了工作。8:30 给罗莎琳德打了电话。我告诉她克洛伊在醉酒后对她的评价，罗莎琳德说："空有一副好看的皮囊！她让我觉得非常乏味。克洛伊没明白，她所爱的两个人——你和贝蒂——都是我最亲密的朋友。"我本不该这么紧张。〔法〕

1943 年 10 月 21 日

〔法〕在办公室很累，每当我累的时候，一切似乎都是无望的。和利奥一起喝咖

1941—1950年：纽约的青春，以及不同的写作方式

啡，克洛伊 5:30 打来电话。周六晚上？——到时候再说！她说。和利奥喝了 4½ 杯马提尼酒，虽然我想要工作的。我不知道自己为什么想喝酒，但是——不管怎样——我很高兴，因为克洛伊给我打电话了。9:40 和罗莎琳德见面——她想见我——尽管利奥想好好享受一晚。他什么都懂，但这又有什么关系呢？"克洛伊爱上你了吗？"罗莎琳德问。"一点也没有。"我回答说。"这话太可笑了。"诸如此类地聊着。我真的很喜欢今晚。［法］

1943 年 10 月 22 日

［德］非常美好，富有成效的一天，因为我近乎睡眠充足。今早写了 7 页。下了一整天的雨。克洛伊得了流感。6 点和利奥喝了两杯马提尼，然后在拉菲尔吃了晚餐。打扫了整个房子，因为克洛伊明晚可能会来。医生到她家出诊，她感觉好些了。［德］

1943/10/22

玛土撒拉[1]啊，总有一天，你会宣布戒掉饮酒和女人。独身一人。

1943 年 10 月 23 日

［德］克洛伊不能在这里过夜，我非常沮丧。她病得更重了。所以我就和利奥去喝了一杯——两杯——然后在汉堡玛丽吃了午饭。我（最近）一直在谈论罗莎琳德，他完全想不起来克洛伊这个人了。下午什么也没做成——真的不能再这样喝酒了！和罗莎琳德在温斯洛酒吧喝了两杯马提尼酒。我带了我的笔记本，于是她翻阅、评论着写给克洛伊、关于克洛伊——关于和女人睡觉的那几篇。最后，她问："这是你的日记吗？""不——这只是笔记。"后来我喝得酩酊大醉，对自己非常厌恶。我发誓下星期再也不喝酒了！我发誓！［德］

1943 年 10 月 24 日

［德］难过、不安的一天。1 点钟时感觉很绝望——和利奥一起去了"鸡尾酒"酒吧。喝了两杯马提尼酒。还吃了汉堡。然后，我向他坦白，我不想因为他觉得爱上了

---

[1] 《圣经》记载的人物，据说他在世上活了 969 年，是最长寿的人，后来成为西方长寿者的代名词。

我，就跟他去墨西哥。他威胁说，谁和我一起去，他就要拧断谁的脖子。喝了两杯马提尼——一杯白兰地，我感觉自己就像凯·博伊尔笔下《周一晚上》里的一个角色。我得好好想想自己的人生。我要找到自我，充实自我。这最终意味着——写作。去了我父母家，他们没有给予我任何影响或是激励。利奥给我带了一只漂亮的大南瓜。只待了一会儿，绅士风度十足。11点克洛伊打来电话，我的心跳如小鹿乱撞！天啊，我非要喝那么多酒，让自己出丑吗？不仅在克洛伊眼中像个傻瓜，还当着罗莎琳德的面！吸烟过多。克洛伊想见见罗尔夫。也许星期二晚上吧。而且她还想找个晚上和我一起雕刻南瓜。[德]

1943年10月25日

[德]外婆周四早上8:30到。我想去车站，但更想在母亲家里见到她。那将是一个幸福的时刻！克洛伊11:20过来，一直待到了2点，在这期间，我们享受了最缠绵、最美妙、最不可思议的热吻！事后她说她疯了，我们都疯了，她是那样倾慕我。打算去看罗莎琳德。她答应了，还叫我"帕齐"。他们（H & F[1]）很喜欢我的插图，可能还会让我再做一个圣诞故事的插图。[德]

1943年10月27日

[德]很开心的一天，但还是很累。必须尝试以下事物：1）获得充足的睡眠 2）让自己的内心安定下来，时不时地做做梦 3）写一本书 4）努力看到这个世界原初真实的一面。听起来是不是很简单，很可笑，很幼稚？伟大的艺术家总是幼稚的。我将立即开始付诸实践。首先是要让我的灵魂平静下来。与罗莎琳德共进午餐。告诉了她克洛伊想要什么，不想要什么，等等。我终于承认，我受一种乖张的力量支配，那就是如果一个女孩开始爱我胜过我爱她，我就会停止爱她。"我们都有过这样的经历。"她悲伤地回答道。有意思。帕特里夏·罗纳根的丈夫韦恩·罗纳根很可能就是凶手，他是同性恋。[2]这是妈妈今天早上说的。这是个非常有趣的案子，因为他们都

---

1 《家庭与食品》杂志的缩写。
2 1943年10月24日，纽约社交名媛兼女继承人帕特里夏·伯顿·罗纳根被发现被勒死在床上。这场谋杀案的审判以她的丈夫韦恩·罗纳根被定罪而告终，引发了媒体和公众的热议。有趣的是，多米尼克·邓恩在2000年7月为《名利场》撰写的《天才罗纳根先生》一文中，曾将罗纳根比作了帕特里夏·海史密斯笔下的汤姆·雷普利。

很富有嘛。玛丽亚和安吉丽卡都认识帕特里夏。罗莎琳德听说，很多"男孩"和"男人"都吓坏了，因为他们不希望自己的名字被公之于众。[德]

1943 年 10 月 28 日

[德]美好的一天。我的工作完成得很好，因为外婆的到来一点也没有让我分心。和杰瑞[·艾伯特]聊了很久，我越来越喜欢他了。外婆看起来并不像我担心的那样虚弱。她们给我们看了很多家庭照片——这些以后都会传给我。尤其是最漂亮的那张：那是妈妈十三四岁时的照片。她宛如一个天使！戈德伯格打来电话。[他将在]1月份去墨西哥，目前正在写两本书。他叫我"帕特"（！），我很尴尬（像个笨蛋），第一次叫他B.Z.。约瑟夫·H来了。他因为在海上违抗命令而被送上军事法庭。我根本不想见他。特克萨斯说韦恩·罗纳根（他刚刚承认谋杀的罪状）参加过米夫林1942年到1943年的社交聚会。这意味着我见过他，但我不记得了。[德]

1943 年 10 月 29 日

[德]与休斯谈论墨西哥的话题。他不想让我走，因为他说，当一个作家离开公司后，他就回不来了。纽约和墨西哥之间的时差太大，等等。今天他向凯米和利奥抛出各种暗示，意思是：如果我去墨西哥，他就会炒了我。（和利奥）聊了太久，时长打破了我每周的平均纪录。我的思绪总是会飘回克洛伊身上。10:30 我打电话给她，她邀请我去过夜。我当然去了，而且行动快如闪电。在她假装睡着时，我先摸了摸她，但并没有试图唤醒她。她完全是干的——真的，而我却春心荡漾。这就是她不能生育的原因吗？性冷淡吗？谁知道呢。格茨凌晨3点从[加利福尼亚]打来电话，[他们]谈了一个小时，而我就坐在另一个房间里。我回来后，她像之前一样热情地吻了我，但一切氛围都消散了。[德]

1943 年 10 月 31 日

[德]克洛伊在1:30给我打了电话——她想马上见到我。她在等格茨发来的电报，但她却不敢打开。她声称自己在凌晨5点跟他分手了。我还是不知道自己该不该相信她。我没去自己与[拉斐尔·]马勒、妈妈和安·T（唯一一个可能知道真相的人）的约会，和克洛伊上床了。电报打断了我们——"唐尼说得对，我永远都不可能无动于衷。也许我们还会生活在一起，我也说不准。我与我的大天使斗争过，但我失败了。我会再给你写一封信的。"格茨。她面无表情——足足有十分钟。然后她开始颤抖，

把屋子里所有的酒都往下灌。她想接着喝酒，最后我们想出办法，我们（她穿着一条裙子，里面什么都没穿）去了珑骥，喝了1½杯半马提尼酒。我们回来就睡觉了。我和她做了爱——她第一次和女人做——并没有天塌地陷——我做得很好——除了让她快乐一会儿外，什么都不重要了。天哪，当我的唇在她全身游走时，我深知，如果我不能表达出我全部的爱，我将不得安宁。所以我竭尽全力让她快乐。有太多的事情需要斟酌考虑。但有一件事是确定的。［时机已经成熟］要写出重要作品。必要的作品。鸿篇巨著。这是我内心深处的梦想。诗歌要往后排。但我的心太满了——今晚尤甚。它不允许自己被清空。［德］

1943年11月1日

［德］我一整天都沉浸在困惑中：我与克洛伊的关系还能持续多久？我的上一个短篇还没写完，现在该怎么办？那墨西哥呢——今晚之前，我以为我必须先获得幸福与安宁（是的，安宁），否则就无法画画或写作了。工作完成得很好。昨天过后，我觉得很奇怪，我的唇还是一样，我的手指还在工作，我的眼睛一如既往。而我却让一个女人感到快乐！今天还是昨天晚上，钱德勒做了阑尾切除手术。克洛伊当然很担心，我却很高兴。读了［朱利安·格林的］《封闭的花园》，乐趣无穷。［德］

1943年11月2日

［德］工作完成得不错，但一整天心神不宁，还抽了［很多］烟。2:30跟克洛伊通了电话，钱德勒的病情恶化了，克洛伊要马上动身去加利福尼亚。"我走了你会更开心的。""我的天啊！你以为我是什么变态吗？"我尖叫着，几乎哭了出来。多么悲伤。多么难受，多么绝望！独自一人喝着朗姆酒，这让我产生了一种奇特而罕见的乐趣。如同一位绅士、一位智者，我带着一小份美味的沙拉去了克洛伊家。看她就那样躺在床上，我娴熟地吻了她。"你快把我逼疯了！"她不停地低语。静谧——沉重——她的吻就好比天堂！［德］

1943年11月3日

［德］快乐的一天——因为墨西哥的行程已经定下来了！我跟休斯谈过了，虽然他不能保证给我发工资，但我想他会尽力的。也就是说，我可以把故事寄回给他。父母平静地接受了这个消息，［他们］相信我在墨西哥一定会斩获成功的。8:30戈德伯格来了。他给了我很多东西！鼓励，等等，总向我强调，我是一位作家。我一定要在墨

西哥写一部小说。不管有没有克洛伊的陪伴——我都要走了！［德］

1943 年 11 月 4 日

［德］告诉克洛伊我要尽快去墨西哥。"那我跟你一起去。"她回答说。我热血沸腾！克洛伊与琪琪·普雷斯顿[1]（一个她在很久以前认识的、颓废堕落的女人）明晚有个约会。我不得不醉醺醺地去剧院看《彼得鲁什卡》。很不耐烦。然后直接去了罗莎琳德家。和罗莎琳德一起喝威士忌，直喝到两点。［德］

1943/11/6

只有独自一人时，才能意识到自己有多悲伤。就像独自一人时才能体会到幸福一样。幸福感是最难得的，也是最神奇的。但对于幸福的人来说，献上再多的祝福也不为过。

1943/11/6

艺术家不能又独居，又和一个女人一起生活。要怎么安排这种生活，我是不太懂。

1943 年 11 月 7 日

［德］克洛伊给我带来了一束花——一朵玫瑰——几朵菊花——我将保存一辈子。她想在棕榈泉待"一个月——也许是三个月"。眼下她不想见她丈夫。琪琪邀请她去同住。这是最新的消息。信息量太大了。［德］

1943 年 11 月 8 日

［德］几乎病了一整天。没有克洛伊的消息。她无疑又改变了计划。她总是朝令夕改，比苏联前线变化还快。正在学习西班牙语——努力学习中。［德］

1943 年 11 月 8 日

［德］美好的一天。穿着软皮鞋去上班，取得了巨大的成功。顺路去密苏里太平洋［铁路］看了看。往返花费 190 美元，我可以在 28 号离开。不过，在和父母谈过之

---

[1] 琪琪·普雷斯顿，婚前名字爱丽丝·格温妮（1898 — 1946），美国社交名媛，与范德比尔特家族和惠特尼家族有远亲关系，也是肯尼亚享乐主义欢乐谷的一名成员。她以美貌、吸毒和滥交而闻名，据说她与英王乔治五世的儿子肯特公爵乔治王子有一个私生子。

后，我决定在 12 月 10 日之后再走。努力工作，感到很兴奋，很满足，很开心。——但我还是想离开这座城市。克洛伊要在棕榈泉待上一周。阅读诗歌。[德]

1943/11/10

在爱情、共情、性欲的滋养下，情绪来得很突然。只需伴侣只言片语的变化就能激发它，就像福塞特漫画一样起伏跌宕。随后意识就会立即掐灭它。

1943 年 11 月 11 日

[德]愉快的一天。我处于一个狂热期，几乎不需要睡眠与食物。克洛伊今天下午搬去琪琪·普雷斯顿家了。待九天——肯定的。虽然我吃了很多，但还是越来越瘦。外婆和妈妈非常好奇我对克洛伊的感情。"为什么？""她能给你什么［好处］？"还有"我想知道这个女孩有什么神奇的本事！"[德]

1943 年 11 月 12 日

[德]12 月 12 日之前买不到火车坐票。没关系。发现了家里的一个秘密：我们都不喜欢外婆。她爱吃醋，话多，乱花钱，对母亲一点也不体贴。看到母亲还在试图理解外婆、改变她、告诉她哪里做错了，我感到很不安。母亲总是在寻找本不存在的东西。

今晚收到了一封阿莱拉的信——信写得很好，说她仍然爱我，等等。我只好立即回复她。今晚，我轻轻松松地开始构思我的小说。这是有益身心的。落笔还得过一段时间呢。[德]

1943/11/12

大多数作家都没有意识到，也不愿意承认，灵感与整个故事发生的场景都源于看得见的东西：一栋房子、一个手提箱或水沟里的一只手套。为什么不直接说出来呢？在迂回的情况下，就很容易追溯发展的轨迹，二者就形成了直接的因果关系。

1943 年 11 月 13 日

[德]和利奥喝了 2 杯马提尼酒。我们俩越来越疏远，在一起越发尴尬和不愉快。他的生活节奏很快，热衷于各种琐碎的事情，但他好像胸无大志，甘于平庸。没有远大梦想，何来伟大的艺术家。

2:45 和妈妈、外婆一起去了马丁·贝克剧院[1]。K. 邓纳姆[2] 的表演惊心动魄，和卡门·阿玛亚的风格截然不同。匆匆回家。需要很多东西，花了我很多钱。买了更多的杜松子酒。每每都是买酒让我囊中羞涩。6:30 克洛伊来了。今晚我本想把她灌醉，但没有成功。她要去琪琪家，她病得很重。克洛伊说，如果她会爱上一个女人，那一定是我。但她更喜欢男人。这种感觉真奇妙——当你的女人夜半离开时，你得有多强烈的欲望啊。这就是我此刻的感受。让人极其抓狂，因为我很想要她。

要做的事太多了——在我离开之前。还在构思我的书。[德]

1943 年 11 月 14 日

[德] 又浪费了这么多时间，但每个周日都是这样的。去父母家吃了早餐，因为没有克洛伊的陪伴，我总是感到很孤独。那可能会让我变成一个懦夫。之后我得陪母亲出去走走，我们匆忙去了最近的酒吧。我们关于外婆无话不谈。必须想点儿什么办法，因为她打算每年夏天都来这儿。这样下去我母亲会变老的，因为她把我们都赶出去喝酒了。

克洛伊打来电话。她担心，如果我们待在一起的时间太长，她会毁了我。我有实力，有能力，有权力，也有超然冷漠的态度来一笑置之。喜忧参半吧，绝对会很忙。[德]

1943 年 11 月 15 日

[德] 订了两个火车的座位。12 月 11 日和 12 日。克洛伊要和我一起去，我已经决定了，因为她自己也没有什么大计划。至少我是个果断的人，她会跟我走的，这次我就是要任性一把了。2 点给她打电话，告诉了她我的做法，她回答说："很好！"去了韦克菲尔德画廊——没见到伯恩哈德，但是罗莎琳德、娜塔莎和卡尔金斯都在那里，她们对我都非常友好。感到很高兴。

杰瑞肯定要在 11 月 26 日上战场。

我银行卡里有 340.26 美元。[德]

---

[1] 位于曼哈顿中城的马丁·贝克剧院于 1924 年 11 月 11 日开业，并于 2003 年更名为艾尔·赫希菲尔德剧院。

[2] 凯瑟琳·邓纳姆（1909－2006），美国舞蹈家、编舞家、人类学家、活动家。1937 年，她成立了全黑人舞蹈团，用他们的表演来抗议种族隔离。她是纽约大都会歌剧院的首批黑人编舞家之一。她的舞蹈学生包括詹姆斯·迪恩和马龙·白兰度。

1943年11月18日

[德]罗莎琳德和贝蒂9:30就过来了。她们一开始很拘谨，但最后克洛伊打电话来：她和琪琪想顺道拜访一下。琪琪很苗条，[德]过时的老古董。[德]克洛伊来的时候已经醉醺醺的了。罗莎琳德非常享受这一切。奶酪和苏格兰威士忌，长久的沉默。琪琪打定主意要带克洛伊一块儿走，但贝蒂·帕森斯不知用了什么法子把她赶出了家门。贝蒂喜欢我的素描和绘画。她还想在她的下一个展览中加入其中的几幅！我与她志趣相投。贝蒂今天晚上非常喜欢我，我也[喜欢]她。莫名地开心——尤其是为我的工作和精彩生活！我想做很多事情。我想成为一个巨人！[德]

1943年11月19日

[德]克洛伊终于决定和我一起去了，我大喜过望。我们今天聊了很久。她每个月有81.5美元的收入。她在墨西哥会是个富婆，但目前手头没有什么现金。我会给她买张单程票。这个我倒不担心，除了也许对自己的漠然有些担心。[德]

1943年11月20日

[法]兴奋却又异常紧张。在与克洛伊共度一晚之后，此刻我完全摆脱了她。现在——在48小时内只睡了7个小时，我想要写作、阅读，做那些从未放弃过的令人平静、陶冶性灵的事情。我浑身是劲儿。当然，工作起来非常困难。我的银行账户里只有165美元，给克洛伊买了票后，只剩下64美元。和凯米一起喝了白兰地，他与我越来越亲近了。夏加尔的展览——太棒了！他可是我以前的最爱。还有塔马约[1]——不太好。凯米6:45来我这里，肯定是来见克洛伊的。他非常殷勤，收拾了厨房，见我已经精疲力尽，还给我做了按摩。然后7:30克洛伊来了。克洛伊有一点儿微醺，但她喜欢凯米，凯米也喜欢她。9点时我们终于可以独处了。克洛伊很贴心，告诉我琪琪想给她毒品。贝蒂说，琪琪周四晚上冲进浴室吃了五颗大药丸。克洛伊还是想去墨西哥。但是琪琪担心克洛伊会离开，她会不惜一切代价让她留在这里。那克洛伊的想法呢？——其实她不来也无所谓。[法]

---

[1] 鲁菲诺·塔马约（1899—1991），墨西哥画家，20世纪中叶活跃于墨西哥和纽约，他的画作主要是受超现实主义影响的具象抽象画。

1943 年 11 月 21 日

[法] 美好的一天——睡到 11:30 才和父母一起吃午饭。我把克洛伊的事情都告诉了他们。母亲没说什么，但肯定很感兴趣。克洛伊第一次认真地谈起了我们的旅行。我指导她如何办理签证。这个小宝贝儿——应该有一个男人来为她做这些事，而我会很乐意效劳。我父母可能会给我 100 美元。我会当作圣诞礼物接受的。去了现代艺术博物馆。非常有启发。浪漫主义的绘画。哦，我想去墨西哥画画！我在这条漫漫长路上走出了几步，最终会回归自我。内心的平静是最重要的。但要实现这一点非常困难——尤其是想到此时此刻，琪琪很可能躺在克洛伊的床上给她嗑药。这让我深感不安。但三周之内——不到三周的时间——她不会形成依赖的。[法]

1943 年 11 月 22 日

[德] 与帕森斯在德尔佩佐共进午餐。自然贝蒂和我聊的主要是克洛伊。她讲述了她与丈夫离婚的悲惨经历[1]。 3:15 克洛伊给我打电话。她情绪低迷、悲伤。想今晚就去墨西哥。

上课时素描画得很差，我也不知道为什么。我必须要依靠写作来重新找回我的自尊。上帝啊，赐予克洛伊力量吧，让她能熬过这两个半星期！[德]

1943 年 11 月 24 日

[法] 11:30 才到办公室，因为我早上得补补觉。我牙疼得厉害，直到早上 6 点才睡着。我到办公室的时候，休斯非常冷漠。杰瑞说，休斯总到我办公室来看我在不在。他认为我大部分时间都不在办公室。2:30 去看了牙医。牙上出现了脓肿，所以我得拔两颗牙。智齿也要拔。克洛伊 1 点给我打了电话。她很严肃，没有丝毫醉意。"我会身败名裂的，但名声又有什么用呢？"我一时语塞。"如果不是为了你，我的爱人，又是为了谁呢？"我也会名誉扫地——丝毫不剩——但这损失是多么伟大而美丽啊！[法]

1943 年 11 月 25 日

[德] 克洛伊非常可爱。我对她的感觉热烈澎湃，但亲吻她时还是觉得害羞。例如，当我主动出击时，她会像情人一样回应我。她担心我会爱上一个墨西哥女孩。

---

1 1919 年，贝蒂嫁给了比她年长十岁的纽约社会名流斯凯勒·利文斯顿·帕森斯，她的家人希望能以这种方式促使她接受一种更为传统的生活方式。他们于 1922 年离婚。

"那我该怎么办呢？"她一边伤感地问，一边又强挤出微笑。[德]

1943 年 11 月 26 日

[法]一想到我们要离开了，我就很开心。我们将一起住在我父母家，这很可能是我最接近蜜月前夜的体验了。我父母也会知道。总有一天，克洛伊醒来后，会若有所思地看着我，自问道："你是谁？"那时我就知道她已然痊愈，不再需要我了。我会尽量掩饰悲伤。利奥继续发表关于克洛伊的无耻言论，若是我对克洛伊更敬重一些，我一定会揍他的！[法]

1943 年 11 月 27 日

[法]痛苦的一天。我已经三个月没有写作了，我没有说谎。我似乎无法做到凝神静气。但我对写作的渴望却与日俱增。而现在的我是不完整的。我把我所有的唱片都装在箱子里给了罗莎琳德。4:15 在她家喝了点朗姆酒，然后去看了伯曼[1]在 J. 列维的展览。朱利安不是很友好，但穆里尔满脸微笑，非常可爱。然后去了韦克菲尔德，我和 R.、贝蒂就像老朋友一样。喝了两杯马提尼，我却在想着克洛伊。与凯米共进晚餐，我喝得酩酊大醉。他很可能已经知道我和克洛伊的一切了。[法]

1943 年 11 月 28 日

[德]努力工作，感觉更幸福了。母亲竟在早上 9:15 打来电话，我还在睡觉。是的，我想过教授一样的生活——安静的时间，喝茶，看书，不同的写作项目、不同的研究。唯一的骚动应该来自于内心。生活本来就够喧嚣纷乱的，只有内心的骚动才有助于工作。

和伯恩哈德在我父母家喝鸡尾酒。她看着外婆的照片。我非常爱伯恩哈德。紧张地与家人共进晚餐。我和外婆话不多，虽然她注意到了，但我也无能为力。月经——提前一周来了。不过，我很亢奋，就像丈夫想要妻子一样想要克洛伊。

构想我的小说。[德]

1943 年 11 月 29 日

[德]外婆明天坐火车离开。太好了！她来的时候，我是多么高兴，多么激动啊。但

---

[1] 尤金·伯曼（1899－1972），生于沙俄的美国画家，画风由新浪漫主义转向超现实主义。

可怕的感觉越来越强烈——我不爱她。我没法爱她。我希望剩下的十天能安静地度过。看看能不能行。我全心全意地想要安静，胜过我对女人的渴望。构思我的小说。[德]

1943 年 11 月 30 日

[德]这是我一生中最艰难、最愤怒的一天。7—8点拔牙。珀尔曼给我喝了三杯苏格兰威士忌。他拔牙的时候，我还没有昏迷。又做了同一个恐怖的梦，梦里克洛伊是全世界、全宇宙唯一的女人，而我对万事万物全知全能，整个世界和历史都是一场表演，供我消遣！是的——相比之下，我感到内疚和软弱——但我完全无能为力。[德]

1943 年 12 月 2 日

[德]糟糕的一天。1:00看了B.医生。打了斑疹伤寒疫苗。非常快。只有半茶匙的量。之后我去了莱凯[1]的展览。水彩画很不错。在汉堡天堂喝了一大杯美味的咖啡。也许就是因为它我很快就病倒了。恶心，头晕，我想我肯定是要死了。我确信医生给我打了过期疫苗，我可能要死了。小孩子可以忍受各种疫苗的副作用，因为他并不知道自己在忍受什么。但我——对疼痛的想象力太丰富——根本忍不了。发烧、头痛。患了斑疹伤寒。[德]

1943 年 12 月 3 日

[德]我拿到了去墨西哥的"通行证"。总领馆的手续非常简单。我想规划我的一生。我想要"来吧，甜蜜的死亡！"那种平和。还要安静的生活，和一个女人？——这一点我不太确定。[德]

1943 年 12 月 4 日

[德]马勒医生来了，带了三件礼物给罗森伯格夫妇。给我带了两双尼龙袜，[赛珍珠的小说]《龙种》和一盒杏仁。还有一幅油画——幸好这幅画体积很小。5点见了罗莎琳德。她对我赞不绝口，说她只把娜塔莎、贝蒂和我当作朋友，还说这将是

---

[1] 詹姆斯·莱凯（1907 − 2001），美国画家，艺术家联盟（受雇于作品进度管理局WPA的艺术家组织）的领导人，组织过米尔顿·艾弗里、马克斯·韦伯和其他WPA的艺术家作品展。在晚年，他自称"抽象印象派"。1942 年和 1943 年，他在费尔吉尔画廊举办画展。

一个孤单的圣诞节，因为我不在这里。8点去了克洛伊家。高烧103.4[1]。托尼·维尔纳说，这种疾病，即西班牙流感，具有高度的传染性和流行性。我没有采取任何预防措施。真奇怪——我又想要克洛伊，又不想要她，我坚信，不管有没有她，我都可以做好我想做的一切。又不安分了。有很多事情要做，浪费了大半天的时间。[德]

1943/12/4

上帝在创造肉体时，表现出了一种下流的幽默感。当我死的时候，我会想到曾经有过的流汗、颤抖、头痛、不成功的做爱、早起时的挣扎，还有笑得岔了气的事，如果我真的有过那样大笑的时候。然后，我将生活在充满纯粹思想与艺术感知的完美净土上。不过，我决不会像大多数人那样讶异，因为我期待已久。然而，我会是最感恩的那个。

1943 年 12 月 5 日

[德]克洛伊的病情有所好转。她的烧退了，还洗了个澡。想出去走走！（和母亲一起）准备了各种书籍、箱子等。无事可做了。我只带了不多的几本书。想了很多有关罗莎琳德的事——昨天她让我心花怒放。我一定是真心爱她的——既然激情过去了——既然爱还在。还在——但我必须首先有所成就。[德]

1943/12/5

我偶然遇见你。我偶然爱上了你，一见钟情。我的爱一年比一年更绚丽，就像好琴越弹越丰美。在最初的日子里，我总是梦想着和你在一起的未来，而现在我只想与你携手，未来并不遥远。现在的我很踏实，没有了醉生梦死、虚幻的刺激，也没有了每一晚每一次重新相遇时考验、揣测的犹疑。我清楚地知道，此刻存在的就是爱，过去的我确实从未体验过它的滋味。

1943 年 12 月 7 日

[德]跟安·T聊天。艾伦·巴特勒三周前在西港自杀了。用的手枪。这一切都要追溯到克洛伊没有给我打电话的那个晚上。于是我第二天晚上喝得酩酊大醉——安留

---

[1] 约为39.6摄氏度。

1941—1950年：纽约的青春，以及不同的写作方式

下来［过夜］，把一切都告诉了艾伦，从那以后她就变了。克洛伊——你真的是让特洛伊陷落的海伦三世！跟罗莎琳德谈过了，她一直都是我的小心肝儿。我的父母非常担心，因为我曾提到，或许有一天我会和罗莎琳德住在一起。"我更希望看到你同丈夫和家人生活在一起。"母亲说。她自然会这么想，但我并不是顺从自然的人。准备好了。走向我的命运。［德］

1943年12月8日

［德］非常紧张。我不知道该怎么放松神经，是不是它会越来越紧绷，直到我死去被埋葬的那一刻为止。6点见了珀尔曼。在49街的"棕榈"餐厅吃了美味的牛排，每块3美元。不过我不想吃太多。我想要慢慢地思考、生活，比较和品味一切——这才是生活的常态。收音机城——那里的电影太无聊了，我很快就耐不住，出去给克洛伊打电话了。无聊到哭是我的日常状况。珀尔曼做了各种坏事——他吻了我，真叫我恶心！［德］

1943年12月9日

［德］像往常一样工作。12:30妈妈来了，见到了杰瑞——他觉得我比妈妈"更漂亮"。这样的蠢话就意味着他一定爱上了我。买了鞋子、包和给普朗曼家人的礼物。最重要的是——克洛伊也拿到了签证。签证官当然都很有礼貌！这再正常不过了！墨西哥见过这样的女人吗？

杰瑞给了我伯恩斯·曼特尔[1]的剧本——附有题词——他真好。我非常爱他——多么奇怪的开始啊（直到两周前才有身体接触！）。［德］

1943年12月11日

［德］**您虔诚地寻找着羸弱和迷途的人——我们步履虚浮，却孜孜不倦地快步——奔向你——奔向你[2]——我们体弱多病——但我们团结一致，感谢上帝——**［德］

1943年12月14日

［德］早上7点到了圣安东尼奥。我得马上找个牙医，9点去看了一个。后来——

---

1 罗伯特·伯恩斯·曼特尔（1873—1948），美国戏剧评论家，创办了戏剧年鉴《最佳戏剧》。
2 出自巴赫的《耶稣，你是我的灵魂》。

牙疼终于平息了。好像过了千万年。[德]

1943年12月14日

[德]依然安静。依然害怕。牙越来越不好了。在我们可怕、荒凉的酒店隔壁吃了早餐，然后去见了牙医。杜贝克医生，他本来是要给我照X光的。"毫无疑问，这是脓肿了。"他说。切了一个大口，流了很多血。我的恐惧依然存在，但我正全力与之斗争。最后，和克洛伊会合——她头疼，根本不能思考别的事情，我们回到酒店，还是一样安静。克洛伊认为我抛弃了她，说我有双重人格。

7:30上了火车。开心多了，因为我的痛苦已经结束，我的牙齿好多了。晚上到了拉雷多。我们穿过大峡谷的时候已经很晚了，凌晨1:30。车外有带棚的马车，车上的人们沉默不语，意味深长地望着对方。向墨西哥官员递交了我们的签证。审查员读了我们的信件，都是[格茨·范·艾克]写给克洛伊的。他不准我的行李通过，因为实在太多了。我本该在拉雷多过夜的，但克洛伊害怕独自去墨西哥，她也怕和我在拉雷多过夜。只好把我的行李寄回纽约，克洛伊答应付邮费。她今晚高兴得几乎歇斯底里。

但明天——[德]

1943年12月15日

[德]——早上的情况总是那么糟糕，一如既往。医生也无能为力。一整天都在看基督教科学的内容，虽然和克洛伊在一起有点不合时宜。她对什么事情都不满，我对她言听计从，却总是难讨她的欢心。[德]

1943年12月16日

[德]穿越墨西哥的长途旅行，从拉雷多到墨西哥——D.F.[1]。村子里可怜的孩子、可怜的妇女卖着各种各样的东西。他们乞讨，非常聪明。克洛伊想把她的钱都给出去，我必须限制她。我更愿意去学习语言和习俗。[德]

1943年12月17日

[德]到达蒙特霍酒店。是克洛伊找的地方。环境宜人。对外国佬来说非常便宜。

---

1 联邦行政区，即墨西哥城。

20美元一天。在这里，我不能按照自己理想的方式写作——这座城市很美妙——也不是很陌生。克洛伊很伤心，我一直说我真的很不舒服，仅此而已。我很害怕，状态很不好。我去拜访了罗森伯格夫妇。他们人很好。罗森伯格卖了两张今晚国家美术宫的音乐会票。我没有自己的换洗衣服。如果我那样对克洛伊的话，她永远也不会原谅我的！也没有书和素描纸。[德]

1943 年 12 月 18 日

[德]第一次——听到 C. 对我破口大骂！6 点喝了两杯龙舌兰鸡尾酒。她说她比我强，说我神经病，说她想马上回加州。还说我是个骗子。"你为什么邀请我到墨西哥来？"真的——太绝情了！[德]

1943/12/20

人生艰难。是的，是的，人生艰难。艰难困苦——一路陪伴到死。

1943 年 12 月 21 日

[德]和吉恩·罗西还有他的朋友卢·米勒晚上很不愉快，我们坐在餐厅喝酒时，他们来接了我们。在餐厅喝了两杯代基里酒，喝得够多了，然后在托尼酒吧又喝了一杯。然后去了西罗俱乐部[1]，老板是佩吉·费尔斯[2]的丈夫布卢门撒尔[3]。俱乐部装扮得非常华丽，而克洛伊也打扮得非常漂亮。但我只穿了件灰色西装，每次穿它我都感到沮丧。不过看到克洛伊这么漂亮，这点儿沮丧又有什么关系呢？卢很严肃，因为他最近刚从战场上回来。后来去了卡萨诺瓦酒吧。克洛伊喝得太多了。一个叫"泰迪·

---

1 西罗俱乐部是瑞弗玛酒店内的一家华贵的歌舞厅，大厅里面装饰着迭戈·里维拉的壁画。在 1948 年关闭。它一直是墨西哥城最豪华的场所之一，吸引了众多腰缠万贯的外籍人士、王室成员、外交官和艺术家。
2 佩吉·费尔斯（1903－1994），曾是齐格菲歌舞剧团的女演员，曾出演过百老汇音乐喜剧，后来与丈夫阿尔弗雷德·布卢门撒尔成为百老汇制片人，他们负责制作的剧目有 1932/1933 年的《空中音乐》等。
3 戏剧推广人阿尔弗雷德·克利夫兰·布卢门撒尔（1885－1957）先是靠房地产发家致富，然后为了逃避美国税务，离开美国前往墨西哥。他的夜总会西罗俱乐部为他的下一场商业冒险——毒品走私——提供了一个庇护所。二战导致了很多传统毒品走私路线被毁，比如通过土耳其的路线，墨西哥刚刚成为毒品集散地。

斯托弗"[1]的人经营着卡萨诺瓦。克洛伊碰到了几个加利福尼亚和好莱坞的朋友。但我什么也没喝，简直无聊至极。[德]

1943 年 12 月 22 日

[德]圣诞节想给克洛伊买只吉娃娃。它就像一个小孩子。离开这座城市，我会很开心的。但我明显意识到，对克洛伊来说，这里将是她旅途中最美好的部分。也许不是。我不能确定。但这座城市让我恶心，这里根本不算是墨西哥！看到了一个很棒的市场。他们卖各种各样的人偶、动物、人像和鸟像，用来做圣诞装饰品。吉恩过来了，非常执着，非常粗鲁，但我不得不说，是克洛伊鼓励他这么做的。他想周四带她去看赛马。去参加平安夜的社交聚会。24 日。克洛伊的很多朋友都会去，我想她也会去的。但是我不想去。[德]

1943 年 12 月 23 日

[法]我们的生活变得越来越混乱。我们当然不会早起，可是 9——10——11——越来越晚。我去了巴雷拉工作的医院。他大约四十岁，非常友好，非常喜欢贝蒂·帕森斯。他不喜欢社交。他建议我们找个房子——也许应该在圣米格尔·阿连德住一周。塔马约就在那里画画。

看着克洛伊打扮了足足一个半小时。为了泰迪·斯托弗。她的主意一会儿一变——但我自得其乐，她也很高兴地离开了。整个晚上都在想我的小说。工作进行得很顺利——尽管我还在这里。但我还是很开心。都半夜了，克洛伊还没回来。我津津有味地读着布莱克和多恩的书。[法]

1943 年 12 月 24 日

[法]昨晚，克洛伊凌晨 5:35 才到家。我们自然在 11 点之后才起床。我们走了 5 个小时，走得我筋疲力尽！我用树枝做了个马槽。这是我自己在 6——8 点做的，非常棒。耶稣的形象比他的母亲和父亲还大。我还做了一只洁白无辜的绵羊，和一个看着这一幕的祈祷天使。绿色的，配上很多我在市场上买的花。这让我很高兴。

---

1 泰迪·斯托弗（1909—1991），瑞士爵士音乐家，摇摆乐队主唱，酒店和俱乐部老板，他把阿卡普尔科从一个小渔村变成了好莱坞电影明星的度假胜地，比如后来与他结婚的海蒂·拉玛就常来此度假。

克洛伊本来要回家和我一起吃晚饭的，但她和吉恩·罗西在一起。她不喜欢他，但他制造了个有趣的竞争境况，让泰迪与他互相眼红。泰迪·斯托弗送了一束兰花。这一切都让我觉得很有趣，因为我总是希望克洛伊能够顺心顺意。现在已是凌晨2点。她说她会早点回来的！我一个人吃着饭，想着纽约正在播放美妙的音乐，想着我的家人，想着罗莎琳德，今晚我给她写了8页纸——告诉她我牙齿的事情，我的烦恼，等等。我非常满足——感谢上帝。马槽就立在我的床边。天使将整夜飞翔。他们的翅膀会抚摸我。愿上帝今晚保佑克洛伊，赐予她安宁。让她知道真理是内在的而不是外在的，精神上的快乐高于一切。教导她无私与爱的意义。给予她一个美好的新年。[法]

1943年12月25日

[德]最悲伤，最美妙的一天。这不是圣诞节。就像其他那些压抑的日子一样，我们一直睡到了11点。丰盛的早餐（8美元），我付了钱，但没有准备礼物——我只给了克洛伊一大块美味的巧克力。她什么都没给我。4:30我们去查普尔特佩克森林公园[1]散步，那里的博物馆已经关闭了，但我遇到了一群友好的士兵。其中一个跟我聊了将近两个小时。当时天气又冷又湿，我们相互打趣取暖。这是唯一让我感觉有圣诞节氛围的事情。泰迪邀请我和克洛伊一起过去。我们三个人相对无言。克洛伊从来都不怎么说话——她只管喝酒。终于吃上晚饭了，但克洛伊不怎么满意：一切本来可以很美好的。一切都是。但现在却难以忍受，有了克洛伊什么都变得难以忍受。

克洛伊和泰迪上了一辆出租车，待了几分钟。我不知道她会不会和他一起过夜，但那是不太可能的。她鼓励男人，却不给他们任何东西，就像她从未给过我任何东西一样。我给她写信时，已经泪流满面，信中写道：她永远不愿也不肯与我分享任何事情，我从她身上并不奢望得到什么，只希望寻得扎根的土壤。她3点回来的。读了我的信——而我羞愧得满脸通红。但对谁羞愧呢？——对谁——为了什么啊？我们玩完了——无话可说。我含着一块我给她的巧克力睡着了。[德]

1943年12月26日

[德]克洛伊和我去了查普尔特佩克森林公园，但我们2:30到的时候博物馆关门

---

1 查普尔特佩克森林公园是墨西哥城中部的一个大型公园。

了。克洛伊精疲力竭，只好打车回酒店。没错！天啊！我不应该记录这样的琐事！我应该忙于工作！为什么我还会提到克洛伊？这太荒谬了，我越早摆脱她，对我就越好，对我想完成的那些事情也越好！[德]

1943 年 12 月 27 日

[德]到处找我从纽约寄过来的行李，还去了帕拉西奥市等地，最终发现——还未送达。午夜时分，我去散步。一个叫赫尔南多·卡马乔的人跟着我，我和他还有他的朋友一起去了卡萨诺瓦，克洛伊和泰迪也在那里。我非常喜欢卡马乔——虽然戴尔·P是我唯一爱的男人，但我们跳舞了（！）——我穿着皮条编织鞋和黑衬衫，我们喝了龙舌兰酒。回家后他吻了我。他很聪明，吻技还不坏。说起克洛伊，他说——"长得很美，但看骨相就很一般了。"他想明天和我一起去骑马。好啊——非常喜欢他！[德]

1943 年 12 月 28 日

[德]正如克洛伊所说——巴雷拉一定是个同性恋。是的——我现在也能感觉到。他的作品中满是普鲁斯特的意识流，《孤独之井》[1]的感觉；他的朋友[2]奥古斯托又回到了他的家里。我想好了要送阿莱拉什么生日礼物：一条写着她名字的银手链。我也要给自己买一条。希望她会喜欢。[德]

1943 年 12 月 29 日

[德]完成这部小说需要做大量的工作，当然，我一整天都在想这个问题。虽然故事的主体内容还没有构思好，但我想我可以用笔记本来完成这部分的工作。是的——上帝——克洛伊简直是作茧自缚！遗憾的是，她永远也不会忘记这件事，在现实生活中，她会在某个小镇上独自过着百无聊赖的生活。又跟我的朋友卡马乔和埃斯帕纳度过了一个晚上。去了一家墨西哥电影院。我的精神很富足——我想翻过这一页。于我而言，幻想一个人的新生活是最快乐的一刻。我们搬进了一个小一点儿的房间。克洛伊只剩下 10 比索了，要撑到 1 月 4 日。我不能总是付两份账单。[德]

---

1 《孤独之井》是英国作家拉德克利夫·霍尔的一部女同性恋浪漫小说，她将同性恋描绘成一种自然的、上帝赋予的状态，并明确呼吁："也该给予我们生存的权利。"

2 原文为西班牙语。

1943年12月30日

[德]去了埃尔霍雷奥[1]，但没有收到信。为此感到难过，闷闷不乐。和巴雷拉谈了谈，他友好地邀请我明天晚上过去。在教堂做弥撒，然后吃自助餐。对此我非常高兴——我现在最爱这个了。[德]

1943/12/30

墨西哥城——它是如此美丽，而美国人却把这里弄得臭气熏天。

1943年12月31日

[德]哈拉帕——哈拉帕——哈拉帕——我喜欢你的名字？你为我准备了什么？已经在这里待了两个星期！花了这么多钱，如果不是知道我很快就能去村里，我会感到焦虑。伯恩哈德说我应该勤奋起来——就是这个原因——为了精神上的满足——我想现在就开始工作！今天坐了二等公共汽车。很好玩，人们都很友好。这样的日子很简朴，我很喜欢。我知道我最厌恶这座城市什么。那就是我缺乏独处的时间。我不能工作——即不能独自做梦，睡觉和做梦都只能是一个人做的事情。

今天没吃饱，9:30和克洛伊喝了一杯龙舌兰酒，差点喝醉。10:45 克洛伊和泰迪离开了。我去了酒馆，在那里找到了埃斯帕纳。又喝了一杯龙舌兰酒。最后终于等来了巴雷拉和奥古斯托。我们去圣菲利普教堂度过了午夜。后来，在大街上，我们拥抱在一起，祝愿彼此新年快乐[2]。巴雷拉的房子——我的天哪，太漂亮了！一张大桌子上放着——热潘趣酒和朗姆酒——奶酪和火腿——都是热气腾腾的——西红柿汤——还有葡萄酒[3]。巴雷拉真是太可爱，太亲切了。巴雷拉和奥古斯托身着图案相同的领带和衬衫，但颜色各不相同。喝完咖啡后，我们开着奥古斯托的车去查普尔特佩克高地——一直待到凌晨4点。这是我度过的最美好的新年夜！是的——有家的感觉！一所房子——生活的地方！这就是我想要的！克洛伊 4:15 回来的。她喝得酩酊大醉，丑陋，疲惫不堪。[德]

1943/12/31

我希望将来能有一个新年，我的心不再四处漂泊。

---

1 埃尔霍雷奥可能是帕特接收来信的餐厅。
2 原文为西班牙语。
3 同上。

1944 年

帕特里夏·海史密斯的第一次海外旅行对她意义重大，她为此专门写了一本日记——题名为《墨西哥日记》，用德语、法语和初级西班牙语写成。旅程的最初忙乱了一阵子，帕特很快就做好了准备，她不仅要离开墨西哥城，而且还要离开克洛伊，希望自己最终能找到写作需要的那种平静与安宁。

帕特继续她的孤身旅行。她来到塔斯科，一个风景如画的殖民地小镇，以其银矿开采和珠宝生产而闻名。她那段旅行的大部分时间都是在高原地带度过的，她整天蜗居在她的出租屋"奇吉塔之家"里，写小说《咔哒一声关上》。小说围绕着格雷戈里——一个在艺术领域天赋异禀却还不能自食其力的少年而展开。他很容易自卑，还时不时表现出对其他男孩的迷恋，最终他闯进了一个奢淫骄纵的年轻人的生活，就像汤姆·雷普利后来设法闯进迪基·格林里夫的生活一样。事实上，帕特自己也把格雷戈里看作是汤姆·雷普利的原型；这个早期角色是她第一次涉足双重人格的广阔文学天地，之前她只在漫画脚本中塑造过这样的形象。

帕特在当画家还是作家之间举棋不定，她给自己制定了严格的工作时间：早上在天光大亮之前作画，晚上用来写作。她写下了很多表达思乡之情的长信，寄给在纽约的母亲和朋友们，还有数百页的日记和笔记，以及尖刻的人物描写，后来都被她写进了那些短篇悲剧小说里，描述那些沉迷于墨西哥异国情调与酒精的异乡人。

5月初，帕特启程回家时，不仅囊空如洗，还因为墨西哥的酷热、酗酒无度和寻找能给予她灵感的女性情人无果而心力交瘁。不过，回程中她在沃斯堡逗留了一阵，去看望她的祖母威利·梅。从5月12日到11月14日，她都没写日记，因为这段日子过得太充实、太开心了，没时间写日记。

回到纽约后，帕特又开始担心——她做漫画创作的自由撰稿人固然很赚钱，但可能不利于她的写作。尽管如此，到年底时，她已经找到了一名固定的文学经纪人，雅克·尚布伦，来帮助她出售短篇小说和正在创作的长篇。

这段时间里，帕特像往常一样同时和几个女人约会。9月底，她与来自费城的富二代女孩纳蒂卡·沃特伯里开始了一段迄今最为稳定且持久的恋情。帕特喜欢纳蒂卡的胆大妄为（她会开飞机）以及她对文学的兴趣（她是西尔维亚·毕奇在巴黎莎士比亚书店[1]的助理），但又不得不接受她有另一个情人的事实——来自费城的富家女弗吉尼亚·肯特·卡瑟伍德，发明家兼制造商亚瑟·阿特沃特·肯特的女儿。这两个女人都将在未来的岁月对她的生活和工作产生重要影响。

1944 年 1 月 1 日

[西] 6 点坐上了公共汽车。克洛伊吻了我好几次。12:30 到了哈拉帕。整个上午都在城里晃荡。很漂亮。[西]

1944 年 1 月 3 日

[法] 精彩的一天——这座城市的一些街道让我欢喜得发晕。我心里的某样东西碎了——这里的人们遵从上帝的旨意生活着。例如，在 11 点钟，我听到一栋房里传来音乐声——是莫扎特——于是我走近窗边驻足聆听，一个老人笑着看了看我。最后，他也停下来，然后——走到我面前祝我新年快乐——"祝你新年快乐，小姐！[2]"

但我的房间很冷。[法]

1944/1/4

语言就像游戏，挑战你的大脑，你和当地人之间展开竞争。你和他一样，和全国人一样，都得遵守同样的规则。你的成功令你小小地兴奋起来，就像在体育比赛中获

---

1 于 1919 年开设在巴黎左岸的独立书店。书店在西尔维亚·毕奇时期被称为巴黎英美文学文化和现代主义中心，"迷失的一代"作家和艺术家纷纷会聚于此。她在自传作品《莎士比亚书店》中记录了当时的盛景。二战中，书店被迫关闭。1951 年，美国人乔治·惠特曼在巴黎圣母院对面开设了另一家独立书店，后发展为巴黎波希米亚文化的中心。20 世纪 60 年代，惠特曼将自己的书店更名为莎士比亚书店。
2 原文为西班牙语。

奖一样。

1944年1月4日

[法] 待在可怕的房间里过了可怕的一天。给克洛伊发了两封电报。第一封问她回不回来，第二封告诉她我会去——明晚就离开这里。"咱们去阿卡普尔科吧。"我写道。她会开心的，我也会——那里很热。[法]

1944年1月6日

[法] 路上很冷。克洛伊不在那里。我又要了我们之前住过的那间房。饥饿，早上冷得要命。给泰迪·S打电话，他知道她的行踪。在塔巴斯科130号的一间公寓。1点过去找她。她没有邀请我搬过去跟她一起住。[法] "你必须承认我们在一起并不太好。"[法] 为什么，在真正了解我的人面前——为什么我总是那么矜持？今晚我爱康奈尔——我一直爱着她的灵魂，但今晚我爱着她——不是因为我终于和克洛伊分手了，也不是因为我很寂寞。而是因为我现在开始明白了真相，开始真正地生活了——还因为我开始出于对写作的热爱而写作了。[法]

1944/1/6

新年愿望——我希望像仆人佩德罗一样有尊严地生活，他是我在哈拉帕遇到的，一个五六十岁的男人，圆圆的脑袋上灰白的头发剪得很短。他身姿笔挺，衬衫下鼓起结实的胸膛，特别爱笑。他很健谈，喜欢亲密地闲聊，想象力丰富。他的手因干活而粗糙，关节粗大，但他问候你时总是骄傲地说："我的手像主人的手一样温暖。"

1944年1月7日

[法] 认识了一个新朋友，"拉里"·H。我想我们会在塔斯科相交甚欢的。很兴奋地到了那儿。公路沿着山景蜿蜒而上，抵达城市前的旷野让人屏息。想到克洛伊——我的心里毫无柔情。感到一阵冲动，想要写信告诉她，等她到了塔斯科也别来见我。她从来不是我的朋友。1点到了目的地。很孤独，但不在乎。我想要孤身一人。[法]

1944年1月8日

[德] 终于——找到了每月45美元房租的房子了，有一个房间、阳台、洗衣房和女

佣（兼厨师）——并不很好——在墨西哥，每周 5 美元就能活下去，但在塔斯科，这样的房子已经很不错了。今天晚上，我开始构思和酝酿，记在［我的］笔记本上。女佣为我准备了洗澡水。这里必须生火才能有热水。指使女佣干活让我感到不舒服，很不自在。买了瓶酒为自己接风，并祝福我的未来。在市场上买了宽松的裤子、长筒袜和腰带——花了 11 比索——还行。这座城市总能听到音乐。晚上，上午，下午。不可思议的是，总是会花很多钱。[德]

1944 年 1 月 9 日

[德] 今天还不错——没收到信——我现在已经习惯了。这里好吃的太多了，如果我不控制一下，我会变胖的。焦急地等待我的打字机送到[1]。我很高兴，准备好工作了。但我想在晚上生个火。发生了这么多事后，我终于想拥有一套属于自己的房子了。那将会是天堂。至少我可以穿宽松便裤——在墨西哥不是随便哪个小城市都能这么穿的[2]。[德]

1944 年 1 月 10 日

我浑身跳蚤，[德]腿上都是红疹子。我太惨了！[德]

1944 年 1 月 11 日

[德] 找到了塔斯科最漂亮的房子并租了下来。还写了 3 页笔记。洗脸池是用蓝色石头做的，光照充足，有趣的窗户，等等。一切都那么美好、明亮又纯洁！走到楼上，能闻到花香。我很幸福，凡事都心想事成。连女佣都有了。安宁平静——没有我不再喜欢的克洛伊了。[德]

1944 年 1 月 14 日

[德] 昨晚下雨的时候，我开始写我的小说。写得不好——今天晚上我又重新开始了。我很高兴。我计划日出时画画和写生。日落之后没有光线时，我就写作。但我每天至少要写五个小时。每天喝七杯咖啡。我可以工作——但只有在我独处时——那时我才会文思泉涌！像从土里掘出黄金。像从地里开采石油。[德]

---

1 因为在边境遇到的行李问题，所以帕特迟迟没有打字机。
2 在墨西哥的外国人数量很庞大，所以墨西哥当地人已经习惯了看到女人穿裤子。

1944/1/15

这里光线那么强,画家们怎么能作画呢?光线很难控制。这里的光线并不特别美,也很无趣。把一切都照得透亮,画就显得很单薄。光线是目标,而绘画应该表现过程。这个国家的特点就是色彩绚烂。颜色要清晰、夸张。强光达不到这样的效果。

1944 年 1 月 17 日

[德]好奇怪的过冬方式啊!如果我"功成名就"——衣食无忧,幸福快乐——就比较容易想象自己在这里幸福地度过我的一生——但是——我的内心永远都会有一种身处异乡的感觉。这是怎么都无法避免的。收到两封信!一封是罗杰·F寄来的,还有一封是利奥·艾萨克斯写的——美好、"睿智"的信。我太高兴了,一定要去买瓶酒。[德]

1944 年 1 月 20 日

[德]昨天给利奥·艾萨克斯写了封长信,航空邮件。我希望他在这儿——怪怪的——也可能不是真心的。这封信会把他带来,何况他本来也想来。他还不知道我在塔斯科了,而且还是一个人,没有克洛伊。他会来的。我很快就会收到电报,说他已经动身了。日安。今天写了很长时间:写小说的"介绍"部分。速度很快,但这样更好。否则我会迷失在大量细节里!我期待着拉里[1]今晚能过来,但她没来。她丈夫可能回来了。希望能收到妈妈的信。为什么没有信呢?为什么?[德]

1944 年 1 月 21 日

[德]妈妈给我来信了!还有 G. 阿尔伯特的信。我坐在帕科酒吧的角落里,喝了两杯加柠檬[2]的龙舌兰酒,研读那些让我开心的信。妈妈写的那封信都是唠叨我的话,但也有一些好听的——乖女儿,宝贝——这些是我在纽约永远听不到的。偶尔睡不好,但咖啡很棒。[德]

1944 年 1 月 25 日

[德]今天5点——来了7封信!奇怪——妈妈的信让我很烦躁——今天晚上都没

---

1 帕特临时的情人。
2 原文为西班牙语。

法工作了。她总是唠叨我，因为她吃的盐都比我走的路多——反反复复地叫我不要酗酒，我得先打扫屋子再开始生活，我的生活充斥着酒精和虚伪。一派胡言！

（3杯龙舌兰酒——毫无快意！）[德]

1944/1/26

写信或写书用的纸张大小是至关重要的。页面的长度、宽度，甚至行与行的间距，都影响着句子的节奏。今天我花了三十分钟选了一个笔记本[1]，我想把我写的抄在上面。走出一个街区后，我又回去要了一本更长、更大的笔记本。他有一本——像普鲁斯特写《追忆似水年华》那样的笔记本。我还在考虑，对话是否会受到10英寸页面宽度的影响？我更喜欢散文——尽情书写、情节起伏、细节完备。我仍然在考虑，但还是选择了那个更小的笔记本。

1944/1/26

在到达塔斯科之前，我从来没有见过墨西哥的村民喝酒。想想都觉得奇怪，平日里，在街上看到的这些面孔和身影，做着普普通通的工作，却也带着城市生活的病毒，那是逼人喝酒的隐藏的毒瘤！奇怪的是，他们头脑简单却也渴望着酒精。星期天，满大街都是醉眼蒙眬的男人，也有老人，在塔斯科的鹅卵石路上摔断了骨头。

1944年1月26日

[德]4点我的行李送到了。很快地写了一个8页的短篇。[德]

1944年1月27日

[德]又写了8页，写得很快，一直到3:30。24小时里写了16页！狂热的希望——不，我确信休斯会买账。它们是两个顶级的创意。[德]

1944/2/2

墨西哥！一定要透过高速行驶的公交车窗往外看，开到最高车速，这样上面的行李才不会掉落，让车停下。当你从墨西哥沿海岸一路向南、向南、再向南时，你一定要去感受干净的风吹到脸上，路标上写着"弯路，三英里长"[2]，告知得太晚了。有

---

1 原文为西班牙语。
2 同上。

时，山丘如同狂奔的象群的背影，有时又像厚厚的长毛毯被随意地扔成一堆。山总是大得超乎想象。路是环山的，如果直线飞过，路程将减少五分之四。远处有两个墨西哥人，穿着白裤子、衬衫，戴着宽边帽，背着装着玉米叶子的麻袋，一起远远地走下坡道。与此相比，二十世纪欧洲那个狭小、喧闹、人口过剩的半岛简直是庸俗和疯狂的。这两个人大智若愚，既为自己感到骄傲，又在自然面前俯下身躯，清楚自己只是芸芸众生中的两个普通人。此时，从路边的房子里传来吉他音乐和温柔的语声，这些音乐家很少喝酒或抽烟，因为他们可以在薄暮中作诗。墨西哥，头顶着蓝天，脚踏在地面。

1944年2月5日

[德] 今天下午写了一个很复杂的场景，满脑子都是各种矛盾和生动的想法，可我竟然去找拉里要答案。我的天啊！为什么要去找她啊？我再也受不了了！毫无诗意——毫无思想——没有灵魂！我恨酒精，尤其是在喝不醉的时候！[德]

1944年2月7日

[德] 今天收到了克洛伊的信。她到这里了，但"情况"不允许她来见我。是男人的情况吧！[德]

1944/2/10

朱利安·格林说得对：人每天穿的衣服和最好的时光只能用一种语言来形容。有些文字，书写时显得生硬，听起来也很刺耳，却能唤起情感，在作者无意识的情况下，创造出优秀的文学作品。

1944/2/10

一个富有想象力、有情结、思想复杂的人，常常需要酒精的作用，才能再次体会到真理、朴素和原初的情感。

1944年2月12日

[德] 我写得很慢。很认真。但我不知道我能否尽力把我的故事讲好。和拉里在酒吧见面——牛排[1]，啤酒——在中餐馆看到三只小猫。我明天可以带走一只！好开

---

1 原文为西班牙语。

心！在帕科酒吧喝了一两杯龙舌兰酒，在那里遇到比尔·斯布莱特灵[1]和几个男同性恋在喝酒。这家伙！下巴很漂亮，很有智慧的一个人。[德]

1944 年 2 月 15 日

[德]美好的一天，因为我收到了康奈尔的一封信。还有两封妈妈写来的信。我坐在广场上读信。康奈尔仍独自一人在哥伦比亚，和特克萨斯度过了一个悲伤的（圣诞节）假期。她的文字读起来那么美妙！"我的爱——帕特——真爱——我将永远爱你——"，诸如此类的话。我的心里充满了希望（希望什么，我不知道），我一回家就给她回了信。[德]

1944/2/17

谈恋爱太费时间了。

1944 年 2 月 18 日

[德]收到 B.Z.G. 的电报。他到墨西哥来了，明天会给我打电话。[德]

1944 年 2 月 23 日

[德]［墨西哥城。］在城市里看到了很多建筑。在预科学校里有很多奥罗兹科的画作，比里维拉的强多了[2]。奥罗兹科表现的是人，里维拉只是［表现］物。B.Z.G.［本-锡安·戈德伯格］（这几天总是握着我的手）终于对我坦白说，他来墨西哥只是为了看我，等等。真让我恶心。给克洛伊打电话——想晚一点去看她——但凌晨 1:30 她还没回家（可我们已经约好了的）。戈德伯格（自己说）已经取得了巨大的成功，可他此行的唯一目的都没达到，即和我更亲密一些。他说我一丁点儿人情味都没有，说我是性冷淡——又说，那种人根本不存在。[德]

---

1 即威廉·斯布莱特灵，是一名美国建筑师。他受前哥伦布时代设计的启发，在塔斯科的银器工作坊里制作珠宝。至今他还被称为"墨西哥银器之父"。他的朋友包括威廉·福克纳和迭戈·里维拉。

2 何塞·奥罗兹科（1883－1949），墨西哥壁画家，主要受象征主义影响，被视为 20 世纪最重要的专研湿壁画的艺术家。迭戈·里维拉（1886－1957），墨西哥画家，20 世纪最负盛名的壁画家之一，促进了墨西哥壁画复兴运动。

1944/2/27

人若没有信仰，就一文不值。信仰的可能是一个女人，一个灵感，一个志向，一个迷信，一个被礼节和自我否定约束的嗜好，但除非他的生活有某种信念指引，某种他有意或无意地信奉的伟大的东西，否则他就和自己的狗一样卑贱。

1944 年 3 月 2 日

〔德〕我准备就绪，开始创作了。不幸的是——我有深重的自卑感！我不知道为什么，估计是和罗莎琳德的矛盾，和康奈尔、巴菲、克洛伊等人连续闹翻累积的结果。我对我的牙感到羞耻，我必须要消除这种羞耻感，而且肯定会的。〔德〕

1944 年 3 月 5 日

〔德〕给妈妈写了信。最近，她的信都很温和，充满爱意，说她想我。〔德〕

1944 年 3 月 7 日

〔德〕寂寞的夜晚，戈德伯格和我。戈德伯格整晚都在关注我——我讨厌他这样。"我们要不要去阿卡普尔科度蜜月？"但我觉得他面目可憎。尤其受不了这些五十岁的老男人的傲慢。〔德〕

1944 年 3 月 8 日

〔德〕早上 5:30 到达阿卡普尔科。〔德〕

1944 年 3 月 9 日

〔德〕游了两次泳。我不可能在海边创作。首先，我得独处，至少得待在我自己的房间里。戈德伯格是写专栏的，那是完全不同的。给克洛伊写信。必须写一篇关于阿卡普尔科的文章。〔德〕

1944/3/9

多么凄凉、绝望、美妙的想法啊：一个人没有爱就无法生活。更绝望的想法是，没有这样的灵感，就无法创造出任何东西！

1944/3/10

无论艺术家最初是在什么样的环境中萌发出艺术创作的想法，他都应该生活和工作。一个艺术家的愿望，无论是要摆脱自己的圈子、社会行为的自由，还是打破自己思维的局限，都永远不应该在现实中实现，只能通过作品在想象中实现。

1944 年 3 月 11 日

［西］今天上午和下午我努力地写作，晚上我们谈起了我的小说。戈德伯格说我没有爱的能力，我只爱我自己。这不是真的。写这部小说才是真正困扰我的事，这意味着我必须把自己从桎梏中解放出来。这里的食物总是固定不变的。鱼、豆子。2 点吃点心。鸡肉。如果我有一根胡萝卜、一根香蕉、一根芹菜，不加盐就好了！我就满足了！我真的很喜欢读《墨西哥历史》这本书。［西］

1944 年 3 月 13 日

［西］我无时无刻不在想阿莱拉，在塔斯科肯定有她给我写的信。戈德伯格假装很孤独，每天晚上 11 点或 12 点左右来我这。今晚他待了 2 个小时。我们谈到了我的小说——谈到了格雷戈里和玛格丽特，她们之间深厚的爱情。事实上，没写玛格丽特这个角色前，我就已经爱上她了。我发现戈德伯格的话很有启发性，他很有耐心地等我爱上他，但这是不可能的。很开心，也很放松，因为我的小说有了进展。［西］

1944 年 3 月 18 日

［西］我今晚真的很累，没法多写了。戈德伯格也是。我希望在他离开之前我能多写出一些来跟他分享，但这是不可能的。我觉得我永远也写不完了，因为我总想重写某一章。

我长了六颗雀斑！［西］

1944 年 3 月 22 日

［塔斯科。］B.Z.G. 的来信，主要讲了我们的友谊。今天早上我准备好乘公共汽车去埃尔纳兰霍，旅行很开心。［之前，］在酒吧里遇见了保罗·库克[1]——身无分文。然后他和一个叫"卡洛斯"的人去了旧矿山，采煤。后来在一家酒吧门口又遇到了保罗——这回有钱了。和他喝了两杯龙舌兰酒，然后一起在维多利亚饭店吃饭。他

---

[1] 帕特在墨西哥时与画家兼作家保罗·库克有过一段恋情。她的短篇小说《广场上》中有一个角色就是以他为原型的。

很讨人喜欢。啊，要是我能和保罗住在一起就好了，我真的很喜欢他。让人气恼的是，"公众"以为——总是以为——一个女人和一个男人接下来还必须在一起过夜。

1944/3/25

夜生活！6点，遗忘的时刻。7点，酒吧里迷幻的时刻。8点，和那位坐在黑暗角落里的女士谈情说爱的时刻，她似乎也在想同样的事情，不是吗？9点，10点，午夜12点。月亮像一艘疲倦的命运之轮，在天空中滚动，照着坐在酒吧里的我。一连几个小时我都坐在那里，看着一个来自芝加哥的商人抓着一个不是他妻子的女人，听着声嘶力竭的墨西哥流浪乐队嘶吼着"哈利斯科"，贪婪地吸收着我已见过千百遍的单调细节，鲸吞着酒水，去感受我已经感受过千百遍的东西。今天上午和下午，我是完整的，精神饱满，工作就是我口中的粮食，为什么我现在就不完整了呢？为什么我永远不完整？答案毫无意义。这个问题是真空，答案填补不了真空。根本的问题，也是唯一的问题，就是为什么我要如此警惕自己的不完整性？

1944年3月29日

[西]我给阿莱拉和妈妈写信。虽然她们两个都是美人，但或许不值得花整个上午写信。我非常伤心。但我一向如此，哪怕在写作顺利的时候。我想念阿莱拉。我想念罗莎琳德，我想要她们两个！在我身边一个人也没有，只有我的猫，这太可怕了！[西]

1944年3月30日

[西]一想到我的生活翻开了新的篇章，我就很开心。未来还很长。我又长跳蚤了。我很努力地写作，写了很多。我昨晚喝得太多，今天必须把昨晚落下的补上，还给罗莎琳德写了一封很感伤的信。每当我工作到深夜，就心灰意冷。我经常感到悲伤和绝望：我思索着我的生活和工作，突然产生了我将一无所成的想法。无药可救。奇迹不会发生的——无论是在我的大脑中，还是出自上帝之口。[西]

1944/3/30

我想写有史以来最悲伤的故事，这个故事让每一个人，从最下层的农民到最顶级的天才，都为之心痛，为之热泪盈眶。我会满含热泪奋笔疾书，这是特洛伊屠城、迦太基灭国或以色列哭墙前都不曾有过的悲哀。它会净化我的大脑和心灵，像一把熨斗来抚慰、净化我，泪水中的盐将净化我的血液。我的身躯痛苦地抽搐，在悲恸中挣扎。这是什么故事？也许是我自己的故事。

1944 年 4 月 1 日

今天上午去露兹小姐家前一直在工作。我跟她约好的。她还没准备好 & 直到 2 点我们才出发去维多利亚那儿，为了追捕一只想象出来的蝎子，她把一瓶墨水和一夸脱牛奶都泼在自己衣服上了。邮局里的邮递员向我招手 & 给了我一封信，是安·T 写的——"我为什么爱你，帕特里夏·海史密斯，这将永远是一个弗洛伊德式的谜。"其余的内容虽然机智，但似乎都前言不搭后语。她逗我开心，奉承我。她聪明绝顶，又独有心机，但她会好好利用她的智慧吗？我不知道。我给她写了一封感谢信——今晚又写了一段溢美之词，因为至少有那么一小会儿，我是爱她的。总的来说，如果我有她的一些特性，她有我的一些特性，我们都会成为更好的作家。

1944/4/2

傍晚时分，我很孤独，黄昏悄然侵入我的房间，那么礼貌，那么巧妙地邀请我去做它独自无法完成的事情。有时候欲望只在我的怀里，它们就像肚子一样饥肠辘辘，渴望着那坚实的怀抱。有时欲望只在我的唇边，我就咬紧牙关拒绝它。有时欲望是另一个幽灵般的我，悲伤地站在我的身旁。夜晚，我躺下，看着月亮绝望地寻找着，重新领悟到那被不断推演的方程式，我的孤独是一，它等于一加一的孤独，再加一乘二的孤独。

1944 年 4 月 3 日

四月是最悲伤的月份[1]——T. S. 艾略特，你在哪儿？为什么这些该死的墨西哥审查员不多花点时间在工作上，少花点时间在吃饭上？我想要我的书。没有它们我就活不下去了。

1944/4/3

我孤独寂寞，渴望着无数的东西。主要是渴望某些人和与某些人交谈吧。今天早

---

[1] 引用的是艾略特的诗《荒原》（1922）的开篇，原文略有不同，是"四月是最残酷的月份"。

上，我第十次挣扎着爬上几乎垂直的山坡，背着我的三个行囊，里面装着打字纸、笔记本、书，身后还跟了一个墨西哥老头，最重的包被他用带子束在额前。我不喜欢这个房子。我坐在乱七八糟的房间里自问，我究竟为什么会在这里。啊，喝酒才符合逻辑，才正常，才是今夜唯一能做的事。别的晚上我会工作，但今晚不行。我想找人说话，找个能懂我的工作的人聊聊，不再边工作边喝酒，然后再投入到工作中。我想见见保罗·库克，我的艺术家朋友，他住在维多利亚酒店。我回家后洗了个澡，穿衣去见他。啊，我们会在酒吧一角坐上几个小时，也许他会陪我一起喝几杯龙舌兰酒，尽管他现在不应该喝酒。而世界又会恢复正常，因为两颗心在酒吧角落里就会很坚强。但是在穿衣服的时候，我忽然觉得好疲惫，穿上上衣，没穿裙子，就停在了那里。我掐灭了香烟。不去了。（观众鼓掌。）再说了，也没有洗澡水。我不想吃饭，都倒掉了，喝了很多咖啡。我听见邻家收音机里的"微笑"节目开始播送。一直工作到深夜，直到筋疲力尽，直到感觉不到孤独、渴望或忧郁。

1944 年 4 月 4 日

真不幸，我付了房租，一群火鸡就在我的窗户外面。它们虽然没进我的房间，但近得如在耳畔——下午我为此写了一个虚构的火鸡故事。结局是血债血偿。努力工作一整天，也做出了我所谓的"商业姿态"——写小说——要想活下去的话，我现在应该每天都以写作或绘画的形式赚钱。不知道什么时候克洛伊能退我钱。过了这么久，我觉得她的行为令人生厌。邀请玛格特·C去帕科酒吧喝一杯；遇到了保罗·库克，他立即就迷上了玛格特。然后托尼热情友好地走了过来+想跟保罗签约，让他给玛格特画肖像。保罗要价200美元。然后，M.C.、保罗和我去了彼得·M家，之后又去维多利亚酒店吃晚饭。他们都是令人愉快又聪明的人。保罗陪我走回家，路上进了帕科酒吧，遇到了牛顿一家，大伙儿一起去了查查拉卡——度过了一个正宗的塔斯科之夜。1:30 我被保罗·库克推着翻过一堵 10 英尺高的墙。

1944 年 4 月 6 日

典型的塔斯科生活。一定是出了什么问题，因为水龙头一直在漏水，只好去中餐馆喝咖啡。回来时遇到了何塞·巴雷戈，他邀请我共进午餐。我们先去帕科酒吧喝了杯啤酒。今天下午写小说。速度实在太慢了，而我又常常遭遇这样的问题：我该如何结束这个故事？还有什么要写的吗？值得为它费心费力吗？但与此同时，幸运的是，我现在停不下来，没法把格雷戈里的故事扔下不管了。这是对我自己的愿望、新发现的乐趣和物质幻灭的一种强化和浪漫行为，我真心相信，物质的幻灭会伴随着一种精神上的觉醒。

1944/4/6

如果我出生在音乐世家，我四岁就会幸福地死去。

1944/4/8

老鼠在我的屋顶上玩起了捉迷藏。昨天它们咬穿了一块屋瓦，碎片掉在了浴室的地板上。今天最悲哀的感觉是我筋疲力尽，都是墨西哥搞的，它还会继续让我如此疲惫。在这里再待上五个月，需要的不仅仅是意志力——而是一种近乎苦修者的热情。

1944 年 4 月 9 日

又是逃避现实的一天——喝了点小酒，交了些朋友。有了点收获：我要在 5 月离开塔斯科去圣米格尔·阿连德。我不敢奢望——也没指望在那里能有像 1943 年那样的伟大复兴——但至少我能远离这里越来越多的酒鬼，远离这腐败的氛围，远离充满敌意的当地人（在某种程度上来说），远离塔斯科与人类意志间的消耗战（不论是想象的还是真实的）。我害怕吗，我得向克洛伊要钱 & 如果她不来，我就得回家了。这简直就是在羞辱我！但这都是我自作自受。

1944 年 4 月 10 日

收到妈妈的信。恩斯特来了，说他依然爱我，就像过去一样；他认为戈德伯格也爱上我了。不幸的是，这一切都让我通体生寒。我必须自己把问题都厘清。保罗总能指出问题所在。听到我说我现在没有对爱的想象时，保罗说："一个艺术家要是为自己设定界限，那他就败了。"他说得很对。这是对我的短篇小说《墨西哥公鸡》的精彩批判。情感不足。激情不足。那我有什么？有某种东西。某种世界上最真诚的东西，但我是否能把它和所有必要的激情结合起来，我说不准。与此同时，我坚信，与最有激情的作家相比我也毫不逊色。

1944 年 4 月 11 日

我 & 保罗在中餐馆吃过饭回到家里 & 他读了我的手稿——看得出来他非常喜

欢。事实上都有点欣喜若狂了。后来喝了朗姆酒，喝完太晚了，他也没法回家了，所以就睡在我家，先是睡在门廊上，然后和我一起睡——我不喜欢这个举动，但他并没有越雷池一步，似乎只是想和我睡在同一张床上，以示友谊。不了解保罗的人都会觉得他老土。

1944年4月12日

复活节收到父母寄来的50美元支票。多好的礼物啊！我觉得挺惭愧的，我甚至没有给他们寄一张卡片。我现在经常收到戈德伯格和母亲的信，问我要不要罐头食品，钱还够不够，用不用雇一个女佣，要不要膳宿费。妈妈问我，要不要回家在新罕布什尔州工作。戈德伯格说，坚持住。孤独，想家，开始憎恨&恐惧墨西哥。我不知道我是否还能再待下去了。我给克洛伊写信要钱。那样感觉好多了。这里的每个人看起来都那么富足，但也都和我一样不满足。在广场遇见了吕齐夫人。她和她丈夫刚刚拌了一次嘴，挺有趣，我把这件事记在我的笔记本上[1]，可能还会写进我正在构思的第二本书里，关于塔斯科——美国人破产时会发生什么——以及他们为什么会衰退。12:30到家，发现有人闯进来了，我的猫咪在树上悲号，保罗躺在我的床上！我气坏了，想把他赶出去，却只是在门廊上搭了张床。

1944年4月14日

在我身上有一种邪恶的东西，让我相信凡我所及，必然会变了味儿，或者一败涂地——我指的是在所有创作领域。没有任何创作会一帆风顺，让人心情舒畅。我想在工作中尽量多增加"游戏"的元素来改变现状。画一些傻事会很有帮助。一整天都没见到保罗。很不寻常。拿到了我的书箱，到伊瓜拉去了，回塔斯科的时候坐了这条路上开过的最糟糕、最肮脏也最叫人恶心的"红色箭矢"［公共汽车］。我的右脚踩在别人脚上，左脚从窗户里伸了出去。车子每次开过路上的坑，我的屁股就被颠进一缸油腻的炖羊肉里。20分钟的路程整整开了1个半小时。还拿到了我的打字机。我的书让我满心喜悦！啦！啦！今晚很高兴，选了荷尔德林还有普鲁斯特的书来读。还有我第一本书的某些片段，其中有些地方文笔精彩，但还需要加以补充。我制订了工作

---

1 吕齐一家的故事出现在海史密斯的短篇小说《汽车》中，最初用英文发表在《无迹可寻：帕特里夏·海史密斯未发表故事集》（纽约，2002）中。故事以悲剧告终，但实际上玛格丽特和她的瑞士丈夫继续在墨西哥生活着。

计划，我不会再浪费这个月剩下的时间了。

1944/4/14

保罗·库克——他讲话比他写作或画画更有魅力。他知道创意作品的戏剧性和艺术性要领。他曾是一名足球运动员，三十二岁时与一位家境殷实的得克萨斯女子结婚。结婚14年后，去年他们离婚了，原因是他的妻子善妒、好猜忌，挑剔批评他酗酒。他总是酗酒，现在到了塔斯科更是毫不节制。去年他企图自杀，开着飞机一头扎入大西洋，但马上就被救了起来。他父亲是一名威尔士医生，母亲是意大利人。他身高约1米9，身材精瘦，蓝眼睛，无论做什么事、怎么装扮，都显得气宇轩昂。因为某种脑部或神经疾病，他从二十七岁开始就换上了一副整齐漂亮的假牙。酒馆老板们都很喜欢他，真心诚意地喜欢。美国政府每月付给他150美元，让他去抓毒贩子。有时他还能抓到人。表面上看，他是一个穷困潦倒的美国画家，在塔斯科沉沦。然而他却做了我认识的其他美国人都没做到的事，让墨西哥人喜欢上了他，我是说他们之间产生了友谊。尽管他身材高大，尽管他有一双蓝眼睛，他们还是很喜欢他。

1944/4/16

在塔斯科，人们喝酒不是为了填补社交间隙，也不是因为4点到6点之间形成了喝酒的惯例，喝酒不是为了让心情转好，而是为了不省人事。在塔斯科，喝酒要喝到脚步不稳，喝到你忘了还有明天，还有未来，忘了今夕何夕，才算尽兴。而当下就已经是过去了。

1944年4月17日

保罗一直在宣扬无性恋、非人格化，实际上却是个最多愁善感的人，在我认识的人中间仅次于我自己。他和我一样，也是二等性取向。我离开的时候他正大发雷霆，要是我很长很长时间都见不到他就好了。

1944年4月18日

今天工作了8个小时。如果能一直保持势头，第一章会很轻松，很吸引读者。有点像卡森·麦卡勒斯。我从塞拉家听说，5点时保罗·库克醉醺醺的，正要惹事。下午，牛顿博士把他送上出租车，但8点时他并不在酒店。不知道他是不是已经进监狱了？塞拉一家说他想给我写个便条，但写得七扭八歪的。他很感情用事，也很孤独，二者结合起来就是一场灾难。

跳蚤、蚂蚁、猫、狗、墨西哥人——他们全都对我虎视眈眈。有的想要钱，有的想要食物，有的想要肉，但个个都想要点什么，这里是他们的地盘，他们说了算。

读东方哲学——让人爱不释手。

1944 年 4 月 22 日

我们将在星期一离开。我在墨西哥认识了太多的人——在塔斯科——尽管你有良好的意愿——甚至意志坚定，但每天看到他们，和他们一起喝酒——社会制度又是如此暧昧和随性——要保持独立和定力根本不可能。我要逃离——是的，但不是自我逃避——而是逃避塔斯科人。

1944 年 4 月 23 日

我决定暂时待在这里。花费更少 & 即将取得突破。公爵夫人喝了很多啤酒，邀请我下周去马德雷山住 3 天。她钱可多了。

1944 年 4 月 24 日

关于我的书 & 小短篇，我想了很多—— & 幸亏有此一举。保罗认为书从第一部分之后就走下坡路了，就是格雷戈里走到房子那里以后。我想，除非整本书都达到第一部分的水准，否则我永远也别想出版了，也不想出版。因此，我必须要彻底地重写一遍。和保罗谈了很久——天哪，他太聪明、太善解人意了 & 他对我的写作帮助太大了！我现在的问题不是酗酒，不是想家，当然也不是懒惰，完全是物质生活条件。今晚和汤姆·G 看了《卡萨布兰卡》，凌晨 1 点的时候我让他吻了我——我不知道原因。

保罗送给我一对尤其漂亮的耳环。

1944 年 4 月 25 日

11:30 搬入马德雷山脉 & 发现公爵夫人和德尔·加托在喝啤酒。人生就是一场豪饮 & 香烟，对神经、良知或使人类产生幸福的那个器官都没有好处。

1944 年 4 月 26 日

想见外婆——非常想她——我想离开了。这个月底就走。由于饮酒过度，无处安家，我失去了自我，有自我时我才会永远不感到无聊或寂寞。

1944 年 4 月 27 日

我给母亲写信说我会在 5 月 4 日回家。谈话变得越发沉闷，每个人都是，当然我也不例外。美国人像饥饿的鲨鱼一样在城里游弋，寻求片刻的陪伴。一旦他们发现了你，就不可能摆脱他们，甚至有点残忍。帕科酒吧是僵尸的聚居地。我的猫是塔斯科最活泼、最正常的动物。

1944 年 4 月 28 日

保罗在——凌晨——2 点到，3:30 才离开。他说他爱我胜过世界上的一切，他当然是想留下，但绝对不可能的。我给罗莎琳德的信写了 11 个开头 & 到第 12 封信才算过得去。我爱她胜过世界上的一切，上帝祝福我吧！我怀疑——我希望——我犹豫要不要继续写下去。我应该更多 & 更好地表达自己。也许我应该写短篇而不是长篇小说。但如果我写的是短篇小说，我又会说我应该写长篇！

1944/4/29

艺术是一座铁石心肠的山峰，我们一次次发起进攻，又一次次被撞回来。我们在岩石上稍作调整，手托着下巴，望着这座山，然后重新振作精神，再次发起进攻。我们先是撞断了鼻子，然后撞破了头，最后伤透了心，但我们确定了这个前进的方向，就不能回头了。最后，我们躺在山下，臣服在地上，在烈日的暴晒下，山不会给肉体一丝丝的荫蔽。假如我们最终功成名就，后代会在我们倒下的地方树起丰碑。

1944 年 5 月 1 日

公爵夫人喝了三杯烈性酒，趁着酒劲再次邀请我！我们星期六出发去墨西哥，在亡灵节之后，又是一件可恶的事。

1944 年 5 月 5 日

闪电啊！弗拉戈纳尔抓住了它的第一只老鼠！我真想立即动身！不过，自从我遇到公爵夫人之后，我的钱包是越来越瘪了 & 自从她遇到我之后，她的钱包也一样瘪了下去。

1944 年 5 月 6 日

饮料像龙舌兰酒一样流动（不像水，因为没有水）。

1944/5/8

　　墨西哥城的蒙特卡洛酒店是一个颇具真实性的地方。因为这里汇聚了形形色色的人——那些有幽默感的人，那些有个性和勇气的人。在蒙特卡洛，总觉得有什么大事要发生。即便没发生，也没关系。每一个角落、每一堵墙、每一层楼都记载着一段历史，因为绝对的尊重，我们不会去质疑它，就像我们不会去质疑一位受人尊敬的勇士一样，管他过去是否声名狼藉，是否弱不禁风，我们只管敬仰，不问出处。

1944年5月11日

　　尼娜给我做了火鸡三明治 & 汤姆 & 保罗也受邀来了，我们打了同一辆出租车 & 去了车站。"你走了以后星星都留在天堂了，帕特。"尼娜快要哭了，她和我吻别的时候好像真的哭了。公交车开动的时候，他们已经都不见了。啊，夜晚乘公交车多么美妙啊，我想、我相信、我知道，万事万物都有可能，因为心灵自由自在，不受束缚，像一个原始的、无所不知、无所不能的东西，游走在抽象和具体、虚幻和现实之间，把它们串成一条奇妙的项链。然后，我相信，我看到我的书和乔伊斯的《一个青年艺术家的画像》分庭抗礼，但决不缺乏独创性，也必定不会屈居二流地位。我吃了一个火鸡三明治，抽了几支骆驼牌香烟，有几个小时我感觉飘然欲仙，至少在精神上是这样。

1944年5月12日

　　[蒙特雷。]今晚写了很多现实——但我的心里还有更多想表达的：诗意、希望、悲伤、孤独、爱情、鼓舞、挫折和无畏——

1944/5/12

　　今天我摸到了一只幼年雄鹿的角，感受到短鹿角上苔藓般的绒毛，手掌顺着它柔软的脖子滑下，而它平静地凝视着太空。它是自由自在、无拘无束的。思想严肃，内心真实，确定无疑。但人类，以及帕特里夏·海史密斯，生来就要烦恼，就像飞蛾扑火一般。

1944/6/7

　　今晚莫名其妙地哭了，哭个没完。莫名其妙的，也许是为了生命的徒劳感吧。今晚我希望我会像桑塔亚纳[1]的孩子一样，因为哭泣而不再是未开化的人。也许有一天，

---

[1] 乔治·桑塔亚纳（1863—1952），西班牙作家、文学评论家和哲学家。

我会变成他老父的样子,因为会笑而不会变傻。但我并不这么想。在我身体老去之前,我就会早早结束生命,在身后留下这张纸条:"我极其厌倦各种丑恶伪装下的妥协。"

1944/6/10

[得克萨斯。]一对夫妇发现有人在自家新铺的水泥人行道上刻了一个脏字,就在家门口。丈夫认为应该置之不理,慢慢就不会那么刺眼了,但是妻子首先坚持要把它用水泥填上,可填上后,字膨胀开来,裂得更深了,于是她苦不堪言。丈夫的冷漠隐藏着某种满足感:他的妻子一向对他的欲望熟视无睹,对他英国人骨子里惊人的、丑陋的、肮脏的、兴奋的掌控欲望无动于衷,所以当她看到这匿名手写的字迹变得怒不可遏时,他很满足。

1944/6/18

注意:快乐的日子会导致思维停滞。在我看来,阅读、写作、绘画也算快乐的时光。在过去这两天的喜悦里,我一个灵感都没有。我还以为这样的日子能带来灵感呢。现在我不知道频繁的干扰是不是有必要啊。

1944/6/22

今天下午,我的一个小表弟不愿好好坐着让我画一幅肖像,我火冒三丈。这幅画像我已经画了好几个小时,险些就失败了。我紧张得连吃饭都吃不下 & 就一直往西走,一直一直往西走,猛然发现自己已经走到了城镇的边缘,眼前是一大片开阔的景象:低低的地平线,轰炸机工厂,油田,农场,远处的房屋,每一处都有很多生命。云端传来声音:"看看这一切,哪个都比你伟大。再想想那幅被毁的画多么微不足道!"但是,唉,这满是生命的宏图也比不上我那一幅画。这是无可辩驳的事实。我是快乐还是痛苦就取决于它。(每当怒不可遏时,"自杀"一词就会在我的脑海里闪现,就像闪电之后必然会打雷一样。)

1944/7/3

在这里,爱情并不陌生。它在吧台前懒散坐着的士兵中间,在女服务员的白眼和嚼着口香糖的下巴中间,在油腻的盘子边缘交配的苍蝇中间,在被扩音器传到每个角落的点唱机粗犷的音乐中间,在靠着老虎机的牧场主松垮的后背上,他喝着温热的贾克斯啤酒,和一个穿着休闲裤的金发妓女说话。爱就在那里,温暖而红润,微笑着。

爱只与大城市正式的餐厅无缘，两个人面对面隔桌而坐，就像两堵砖墙一样，爱只在一个人的心里生长，就像两块砖的缝隙中生长着的娇嫩羞涩的藤蔓。

1944/7/6

　　性交虽然是最完美的事，但并不是永远都那么完美。总会有一方拿对方的缺陷来取乐，于是悲不自胜，如同最后一道防线失守一般。（记于得克萨斯州沃斯堡的午后，醉后之言。）

1944/7/15

　　[纽约。]你一定要一直享受这里的天气。沿着第二大道从61街步行回家，走过十一个美丽的黑暗街区（没有月光，有灯光，有你，有你跳跃的步伐，这就是青春，就在现在！），呼吸着柔和凉爽的夜风，你深情地凝视着酒吧门口的灯光。这一次，你的鞋很舒服。你的脑袋里杂念丛生，其中肯定有你对她最后说的话，还有能否同时爱两三个人的问题，年轻人对迷人夜色的欣赏是很吝啬的，他有了对健康、未来、性能力的意识。深呼吸！你的两肺依然气血十足，你的大腿依然坚实有力，你的小腿仍然很有弹性，你的双脚急于迈出。每一块肌肉都听从指令（可以瞬间绷紧，然后躯体放松），每一个梦想都将成真。

1944/7/29

　　夏雨的余味，透过城市的窗户，从略微潮湿的柏油路、水泥和红砖上升腾上来，是布满尘灰的、干燥的、有机的，含有一种令人作呕的生物气息，那是一群被砍了头的鸡散发出来的气味，羽毛上满是深黑的血渍，快凝固了。

1944/8/5

　　还有什么能比夏日星期天的午后，从街对面的褐石窗中传来的《蝴蝶夫人》咏叹调更凄凉、更忧郁的呢？

1944/8/6

　　这个世纪究竟做了什么伤天害理的事，才会让一个艺术家只有在肺部被烟草灼伤，大脑被咖啡、酒精或毒品刺激得发狂时，才能创作出最好的作品？这是一个可耻的事实，因为这是一个可耻的时代！

1944/9/11

"我当然工作到深夜,"作家怒不可遏地说,"我必须把身体 & 灵魂分开,不是吗?"

1944/9/13

等我们彼此告别的那天[1],让我们到一个安静的咖啡馆喝杯告别酒,听一曲施特劳斯的圆舞曲。(亲爱的,施特劳斯的圆舞曲比你想象的要好得多。)并不是说,施特劳斯的圆舞曲与我们有什么相似之处,而是不知出于什么奇怪的原因,我总觉得我们会在施特劳斯的圆舞曲中相遇,觉得我们相遇的那天就是如此。那天晚上我喝得酩酊大醉,也许真的如此呢。我要用最隆重夸张的动作召来侍者,为自己点一杯双份白兰地,给你点一杯鸡尾酒吧,哦,别忘了,你要听弦乐四重奏乐团(会是个维也纳乐团,可能有点累了)演奏《皇帝圆舞曲》吗,如果他们演奏不了这首曲子,那就换《艺术家的一生》吧,但是一刻钟后,就换成音符断续却意志坚定的《机车圆舞曲》吧,这将是我们的散场曲。它那断续犹豫却又坚定推进的乐句此刻正合适。我们一边梦想着笔直的脊柱、僵硬的手臂、让彼此绝望的爱慕的眼神,一边在众人羡慕的目光中翩翩旋转,一对对舞伴在我们周围转着小圈,就像一群小行星围绕在土星周围。(你如土星般阴郁吗,亲爱的?)所以我要走了,当然会留下付账的钱,也许在最后的乐章结束之前,听到最后一个和弦时,你可以看向桌子对面,那里已经人去杯空,空余下你的完美梦想,你总是那么容易做梦,下一杯鸡尾酒送到时,你会把手中的那杯喝得一干二净,对,连碎冰都不剩,长夜未尽,下一杯鸡尾酒喝到一半时,对面的椅子就会坐上一个远比我更有魅力的人来爱你,你永远不会孤单。

1944/10/20

今夜,雨下得黏腻,不停地落在庭院里,偶尔会发出高亢的噼啪声响,这刺耳的声音,拨动着神经。走在雨中时,人们皱着眉眼,缩着身子,仿佛在躲避一种讨厌的、冰冷的东西。今晚我与雨无关。今夜,我恋爱了,这是我一生中第十六次,第十七次,还是第十八次恋爱(我一直记不清是第几次,也不知该忘记哪一次),我答应过我们要一直相爱到星期天早上(今晚是星期五),你也答应过要一直相爱

---

[1] 无法确定是哪个女人激发了这一篇和下一篇的灵感。

到那时。今晚，我就像一个大冰箱里的鸡蛋一样幸福，世间风云变幻，我很开心我的壳仍然完好无损。可过了今晚，过了明晚——什么？这生活不是很美好吗？不是很美吗？

1944/10/31

犹太人——为什么我总挑他们毛病？我不喜欢他们，就因为他们总能意识到自己是犹太人（没有这种意识人就没法活），也不喜欢他们这种意识各种各样、截然不同、相互矛盾的表现形式。是基督徒使他们产生了自己是犹太人的意识。因此，在某种意义上讲，作为一个基督徒，我必须恨自己。

1944/11/1

恋爱的最初几天，与白日梦作斗争完全没必要。我们必须做白日梦，因为我们周围和内心的一切事物都是全新的。所有我们习以为常，熟视无睹的一切都不再熟悉。椅子、废纸篓、书桌、自己的钢笔、我们了解和（以为自己了解）喜爱的音乐都不再熟悉，而是一种全新的东西，需要我们重新观察和判断。这是一个新的世界，我们像孩子一样看着它。

1944/11/6

同性恋者——究竟是什么病毒导致了永恒的变化？有人说是主动一方的自我意识使然，她会每隔半年就去寻求新的伴侣。这无疑意味着，她已经厌倦了对方。为什么呢？因为同性恋者往往不够浪漫。这是种本末倒置的结论，我也不知道哪里是本，哪里是末。某种对爱情无常的预判定然是从一开始就毒害了我们的思想（心灵），让人畏缩不前，逃避爱情，尽可能不被伤害。

至于我呢，我更喜欢浪漫。我想要那一缕头发，想要那封急切打开、拼命守护的信，想要我永远不会抹去的鞋子上的擦痕，想要那通生死攸关的电话，想要爱人帮了你一个最简单的小忙时会有的甜蜜痛苦。两个人翩翩起舞时，我却心知很快——一会儿，一分钟，甚至三秒以后——就会有人拍拍你的肩膀，把她永远带走。我希望这爱情高入云端，让我的鼻子流血，鼓膜噼啪作响，两肺缺氧。我希望最后的结局是从比珠穆朗玛峰还高的地方坠落，让我心惊胆战，我看着整个世界与我一起沉沦，坠落在一堆废墟上，在死气沉沉的沙漠上，在无名又未知的星球上。

1941—1950年：纽约的青春，以及不同的写作方式

1944/11/13

爱，以及爱的表达，就像人生机器上的润滑油一样。

1944 年 11 月 14 日

[德] N.[1] 在凌晨 4:30 打来电话，问了很多问题——然后在 4:45 过来了。这些和她共度的清晨。我们做了土豆（油炸，我唯一知道的烹饪方法），她也喜欢——炸土豆！后来，经历了几番困难后，也许都是我的想象——我们睡下时已经是早上了。然后玛丽·H和罗莎琳德打电话过来（她没去给我买只猫作为圣诞节礼物，打电话来查问纳蒂卡是否在这里，以及昨晚发生了什么）。纳蒂卡[在这里]待到6点！又浪费了一天——但罗莎琳德说没有浪费时间这一说！和她在一起太甜蜜了，不得不说再见的时候，我们都很依依不舍。莎士比亚的那句老话"临别是如此——"，我终于明白了其中的意义。和往常一样，我们都累坏了！但是想要见露丝·伯恩哈德和阿莱拉·康奈尔。我们在罗曼尼餐厅[2]吃晚餐。纳蒂卡情绪低落，不想说话，但我兴致很高。她需要做一些事情，但她除了一遍又一遍地吻我，实在无事可做，这对我那颗饥渴的心来说简直就是天堂。我在午夜12点送她回家。我想为她找一间没有家具的公寓。那样她就会高兴了。我现在很高兴，但是今天太疯狂了。[德]

1944/11/14

是不是在最不快乐的时候我才能工作？也许这是唯一能欺骗自己的方法，也是唯一能让我创作出作品的方法。你知道的，让我做什么都可以，只要能忘掉自我。

1944 年 11 月 15 日

[德] 纳蒂卡一整天都没有给我打电话。今天晚上坐火车去了费城。我要告诉她一个最重要的消息——我把《女英雄》卖给了《时尚芭莎》——如果她是第一个知道的人，我会很高兴的。但明天在聚会时，我会很自豪地告诉罗莎琳德和纳蒂卡。确信《芭莎》在文学界的声誉比这个国家的其他杂志都强。我该如何表达纳蒂卡对我的重

---

1 纳蒂卡·沃特伯里，帕特的新情人。
2 玛丽亚·曼查德（1885—1961），格林威治村波希米亚文化的重要人物。她的餐馆几经搬迁，但每次都会有一群固定的支持者。她的罗曼尼餐厅尤其受到艺术家们的欢迎——他们总是能在那里得到免费的招待，当然这不是唯一的原因。餐厅的常客、垃圾桶派代表人物约翰·斯隆为她画的肖像如今收藏在惠特尼美术馆。

大意义呢？她是我的救赎，我的生命，快乐的源泉。上帝啊！——求你不要抛弃我——让我和她在一起吧！我很开心——以至于眼中只有我的美丽世界，和我的不断提升——就像现在一样，已经三个星期了！到明天——就是三周了！纳蒂卡——时间好像更慢了。她也在满心期待着。[德]

1944 年 11 月 19 日

[德]独自一人工作了一整天——10 页的漫画。N. 仍然没有打电话来！她的房东太太说她在别处过夜，和一个朋友在一起。我今天很紧张，把她的打字机送到她家，然后独自去散步（很冷），努力说服自己，我很幸福，充分信任她，我会永远和她在一起，永远幸福。[德]

1944 年 11 月 20 日

[德]又一天没见到她！杳无音信！靠着她给予我的力量我还活着，但我必须尽快看到她——再次——拥有她！她想要什么？她在想我吗？应该是吧。[德]

1944 年 11 月 21 日

[德]在《哈珀》杂志社与阿斯韦尔夫人交谈，她很惊讶我没有学过心理学。她想多读读我写的短篇小说。我对这次谈话很满意，高高兴兴地回家等纳蒂卡。但她直到 6 点才打电话来！想和我在朋友家见面。去了那里。她朋友的名字叫弗吉尼亚·卡瑟伍德，"上学时的老朋友"。在她的房间里和她谈了很久。我觉得她对 N. 和我自己了如指掌，我也不反感，因为她喜欢我。我俩回来时，纳蒂卡很嫉妒——金妮先提到的。我笑了，这太没必要了。其他人走后，金妮给我煮了些咖啡，要我留下来，但我想见 N.！2 点金妮打电话来——就在纳蒂卡进来的时候。也许她听到了，但我不知道。[德]

1944 年 11 月 22 日

[德]午夜 12 点她来了，给我带来了这本书，最重要的是，她自己。她留了下来，度过了我们此生最美妙的夜晚！一切都如梦似幻——她睡在我的怀里，在睡梦中轻语："两个人在一起怎么会如此满足？"我太开心了，骄傲又满足，无法入睡，却心满意足。平和，安宁，我们两个人在一起！这天是感恩节[1]。今年我收获太大了。[德]

---

1 感恩节是 11 月 23 日，帕特像往常一样，一直写到午夜过后。

1944/11/24

第一部小说的危险：每一个角色都是自己，于是就产生了过于软弱或生硬的处理，两者都不会产生客观性，客观性是根本，有了它，作者写过的那些作品才算成功。

1944/11/26

感谢上帝带来了工作——这个世界唯一的慰藉。工作，是杀死恶魔"时间"的天赐的凶手。工作，让黑夜来临，让饥饿、疲劳和睡意来临。当时间逝去，工作，甚至能让电话响起。工作滋润了被鞭挞的神经，洗涤了双眸让人得以觉察，治愈了受伤的心灵使之产生爱的能力。亲爱的，你今天早上诅咒我下地狱了吗？你知道今天早上是什么样子吗？我希望你不知道，我就不给你描述了。我只祝你幸福，给你我所有的快乐和美好。

1944/11/26

我渴求的是什么，是怜悯还是月亮？我不知道哪个更容易得到。

1944 年 11 月 27 日

[德]下了一整天雨。信箱里没有信，没有电话。只好在 5:10 打电话给罗莎琳德，今晚不能一个人待着。我们读了会儿字典，但柯克在那儿，所以我不能留下来。回到家，只好工作。[德]

1944 年 11 月 28 日

[德]卡瑟伍德爱上纳蒂卡了。罗莎琳德说的，肯定是真的。4:15——我终于——三天来第一次幸福、安静地趴在床上，拿着钢笔，准备工作的时候，纳蒂卡打来了电话！后来，我们在披萨店美美地吃了一顿晚餐。然后上床。真的是一次比一次更好、更美妙、更享受了。我对她很满意，她对我也是。但她否认收到过我的信。我也不知道怎么回事，我只知道我爱她，她只会毁了我，但我还是爱她。[德]

1944 年 12 月 1 日

[德]啊——感谢上帝，现在不是一年前的今天！美好的一天——但没做多少工作。只不过我看了将近两个小时的书，我很少这样奢侈地阅读。和母亲去梅西买圣诞

礼物。像往常一样，去找纳蒂卡之前，这一天都很无趣。她在凌晨1:30打来电话。她去看了心理医生，告诉他，她所有的朋友都是同性恋。"这不是你成为同性恋的根本原因。"医生回答她。当然不是，但还有什么原因？她今晚要来，期待着。[德]

1944/12/1

低俗与高雅写作：人不可能一天花5个甚至8个小时的时间去认真写些废话，而不因此堕落。堕落的是你的思维习惯，而不是表达习惯：表达习惯是可以改正的，而思维习惯的堕落则关系到一个人的本质或灵魂。我最近读到一些"年轻人写的电影脚本和条漫"。他们通常是大学毕业生，业余时间会阅读经典。换句话说，他们是知道自己在做什么的人。他们也许知道吧。但若干年后，他们就不再梦想着下午能在布伦塔诺书店浏览群书，或者在睡前抽出一个小时来读一点托马斯·布朗爵士的书，也不再暗自庆幸自己还有大学教育的免疫力。思维习惯，那是不受批判影响的梦想的力量，是一个艺术家的创作方式，它已经千疮百孔，像被白蚁咬过一样——定然会轰然倒塌！

1944年12月2日

[德]过于心满意足——周日晚上写作时我产生了这样的恐惧。两个月前，情况正好相反。纳蒂卡教会了我如何放松。现在我感到害怕。纳蒂卡8点钟来了。她满脑子都是她的心理医生的话。医生约她星期三再见，但她还没有"决定"。什么样的决定？她也不知道，就像人永远不知道自己是好是坏一样。8:30在简·鲍尔斯[1]家。晚餐。威士忌太多，咖啡太少。贝蒂很友好，但是N.和我都觉得百无聊赖。鲍尔斯喝得越醉，状态越好。关于战争的话题令人低迷。鲍尔斯解释说，她再也写不出东西了，等等。最后，N.和我在3点离开了。寒风刺骨，我家离这儿更近。8:50才睡着。但是夜晚越来越美好，我们也越来越了解彼此。当我和她在一起时，我得到了时间和金钱都买不到的东西。爱情。幸福。不知道它会持续多久，但拥有了它，我就感到自豪、快乐，如入云端。[德]

---

1 简·鲍尔斯（1917－1973）和她的丈夫保罗（1910－1999）是放荡不羁的典型代表。两人都是作家，同样热爱酒精、旅行和婚外情——两人都是双性恋。在40年代初的一段时间里，这对夫妇曾与卡森·麦卡勒斯、理查德·赖特、本杰明·布里顿和演员吉普赛·罗斯·李等人一起住在米达街7号。

1941—1950 年：纽约的青春，以及不同的写作方式

1944 年 12 月 3 日

[德] 我跟纳蒂卡在一起的时间写得太少了，那些都是我从未有过的时光！就是极乐世界！是天堂！和我一样的人！一个女人！天哪！我们躺在床上聊天。窗户、香烟、牛奶或水、苹果、无花果！尤其是我们给予彼此的那种难以形容的快乐！[德]

1944 年 12 月 6 日

星期五。我不知道最近为什么没写日记。这些日子（我很清楚）是我一生中最美好的岁月。是的，虽然我将来能找到更好的东西，此刻我还年轻——而青春是不会长久的。有时开心，有时悲伤，但即便是不悲不喜，青春总还是重要的。我经常和纳蒂卡在一起。岁月就匆匆而过了。

1944 年 12 月 12 日

[德] 写作，4:30 带着我的书稿去了尚布伦[1]。他非常满意。喜欢小说的剧情梗概，等等。"不出意外，这本书肯定能卖出去。"他也喜欢《咔哒一声关上》这个书名。[德]

1944 年 12 月 13 日

[德] 3:30——我腹部绞痛得厉害，7 年来最严重的一次。无法入睡，只好在早上 5:30 给父母打电话。他们过来了，但没用，他们也帮不上忙，一直等到早上 8 点医生过来。在此期间，我差点死掉。肚子痛得厉害，全身无力！这般折磨不由得让人开始考虑立个临终遗嘱。我想到了我自己，意识到我已经做好准备把我所有的日记、信件和笔记本都留给罗莎琳德。[德]

1944 年 12 月 16 日

[德] 一整天都感到幸福——最近经常有这样的感受，我希望有另一个形容词。[德]

---

[1] 可能是雅克·尚布伦（1906－1976），帕特在 1945 年多次提到他，1946 年底之前，他似乎一直是她的经纪人。他的其他客户包括马维斯·格兰特、斯蒂芬·茨威格、弗朗茨·韦尔弗和阿尔玛·马勒、利昂·费希特万格和萨默塞特·毛姆。

1944年12月18日

[德]我想把纳蒂卡所有的评论都记下来,但它们太私人化了,太温柔,太甜蜜,如此难忘,无与伦比。有一件事:她无法忍受离开我,和红十字会一起去缅甸或巴黎。我这人笨嘴拙舌,总是说错话。做一个女人真的很难,叫人难受,而且危险。[德]

1944年12月20日

[德]为斯坦利的怀表买了一根漂亮的链子——纯金的!30美元。我和妈妈一起买的。他根本没想到,等他看到时,场面一定很温馨。一条旧的法国表链。[德]

1944年12月21日

[德]一直在写漫画脚本,直到N.打电话说她今天下午过来,但她没来。和母亲一起吃饭——我们的关系越来越亲密,毫无疑问,她非常了解我的生活,爱我,理解我。买了一棵圣诞树,对我的小花冠来说太大了。(今天下午,用休斯办公室去年剩下的零碎彩纸做了很多花冠,还有星星和冰柱!)用白色餐巾(纸)做了雪花。我到家时,纳蒂卡刚好打来电话,过来帮我装饰圣诞树。但我们三天没见了,一开始只能拥抱对方,好像三周没见了一样。[德]

1944年12月23日

[德]壁炉架上挂着长袜,装着我要送给纳蒂卡和罗莎琳德的礼物。忙了一整天,尤其是今天晚上,罗莎琳德要来吃晚饭。我给纳蒂卡买了个娃娃头,长相颇似罗莎琳德的前夫。罗莎琳德来的时候,一切都准备就绪了——礼物在壁炉旁显得很华丽。纳蒂卡10点才到,她进门后,首先映入我眼帘的就是[弗吉尼亚·肯特·]C送给她的亮闪闪的金手镯。接着我看到了她放在裙子上的那只猫。一只纯种的暹罗猫,身体大部分是棕色的。我太喜欢了![德]

1944年12月25日

[德]一年前我很痛苦。今天早上,我听着"哈利路亚赞歌"起床,带着猫"凯西太太"一起去了父母家。一切都很美好,早餐,蛋奶酒,礼物。但是N.没从费城打电话过来。忘记号码了?可能是。[德]

1944 年 12 月 26 日

[德] 正常人都会说，这一次一切如我所愿，我现在过着幸福、正常的生活。但我更清楚。我周身洋溢的幸福不会再来的。不，应该说我余生都不会有那样的快乐了。缓慢而有条不紊地写着书。我在 12 月和 1 月的时候总能感到艺术创作的兴奋和喜悦。[这段时间] 我的写作和绘画都达到最好状态。为什么呢？是天气的影响还是星座运势的原因？[德]

1944 年 12 月 28 日

[德] 我工作（写作）时，我的一切都必须是最好的——最好的烟，整洁的衬衫，因为此时的我如同一个沙场上的战士，而敌手却骁勇善战，我有时会败下阵来。[德]

1944 年 12 月 29 日

[德] 为什么每晚总是以"我很幸福"或"不幸福"起头？以前，幸福从来都不是我的目标，连一种特别的快乐都算不上。2 点纳蒂卡打电话来。她回来了——但在金妮·C 家里？她答应过来一趟的，也没来。我不介意。工作吧。如果她和 C. 一起过新年夜怎么办？那对我会是一个沉重打击，我会很难恢复过来。[德]

1944 年 12 月 30 日

[德] 工作。今天早上我给罗莎琳德打了好几次电话，因为她邀请了我和纳蒂卡共进晚餐。她说 [弗吉尼亚·肯特·] 卡瑟伍德肯定会把我逼疯的，说 N. 必须做出选择，等等。后来我想了想，给纳蒂卡写了一封信，彻底断绝了和她的一切关系，也感谢了她所做的一切。我知道她昨晚是和卡瑟伍德一起度过的，比起见我，她更喜欢别的事情。估计是自尊心的缘故，但我不能再忍受了。这场游戏代价太大，得不偿失。不过，我一直握着这封信，直到夜晚来临。[德]

1944 年 12 月 31 日

[德] 这一天发生的事需要比我现有的更多的时间来描述。当我醒来的时候，纳蒂卡就在我身边，我很后悔昨晚邀请她了。今天过得足够开心，比如早餐和之后的素描，等等。但她终究是很冷淡的，她无意和卡瑟伍德断绝关系。所以，今天下午 2 点到 4 点之间，我对她说了所有我想说的狠话。说她和卡瑟伍德交往只是因为她的钱，说她没有勇气和她断绝来往。最后，4:30 她和我一起离开了家，她说她今晚，直到深

夜都会独自度过。奇怪的是,我并不伤心。我自然是想和 N. 一起过夜,但她心情郁闷,什么也不可能给我的。7:30 带着花去了洛拉家。罗莎琳德也在那儿。后来又去了玛雅·曼恩家,一群异性恋者的礼貌聚会,无聊透了。不总是那样,但大部分时间都很无聊。[德]

1945 年

二十四岁生日这天，帕特重新审视了《咔哒一声关上》这部小说。她决定放弃之前创作的300页手稿。她越来越多地用绘画这种创作方式来表达自己。1945年夏天，帕特加入了著名的纽约艺术学生联盟[1]。

即便在不写小说的时候，帕特依然在不知疲倦地写作。她继续靠写漫画脚本的工作谋生，可是战后漫画带给她的收入几近枯竭。1945年，她还写了十几个短篇心理小说，她的经纪人努力帮她把这些作品卖出去，可是好多年都无人问津。

在这段时间里，帕特经常每日两次记长长的笔记和日记，因此这一年的日记长达300页，大多是用德语写的。在笔记中，帕特记录了她对文学、宗教、历史、性、政治和当前写作计划的思考，在日记中，她也努力记下她错综复杂的（爱情）生活：此时，她和纳蒂卡·沃特伯里最初的激情已经消退，她们的幽会变得越来越短暂且可有可无。帕特想在别的恋爱插曲中寻找安慰，却都不大成功。她的前情人阿莱拉·康奈尔在年底时自杀未遂。虽然阿莱拉坚持说此事与帕特无关，但帕特还是觉得自己难辞其咎。

不难理解，这种感情生活的混乱对帕特的心理状态非常不利。她被悲观抑郁笼罩着，又常常会莫名其妙地胆战心惊。这种压力使她连续几个月不来月经，进而又导致了她对怀孕的深度恐惧，因为她确实偶尔会和男人上床。工作生活中的压力成倍增长，她也把自己逼到了身心俱疲的地步。

与过去和将来常见的情况一样，文学为帕特的生活找到一条出路。1945年12月中旬的一天，帕特和刚搬到纽约北部的母亲以及继父在哈得孙河边散步，她忽然

---

[1] 纽约一所知名的独立艺术学校，为学生提供绘画、雕塑、印刷等多种类型的艺术工作坊。

想到了一个点子，写"一对灵魂伴侣"交换谋杀的故事。她开始精心构思情节，这便是她的第一部（完成并出版的）长篇小说——未来的全球畅销书《列车上的陌生人》。

1945年1月2日

[德] 我还活着，还在工作，而且很快乐。我不知道是否已经摆脱了[纳蒂卡]。我并不特别骄傲，我不知道自己算不算勇敢或骄傲。这段经历在我的笔记上有大量记录，这要让N. 知道，她会非常厌恶的。我感觉如何？——巨大的安宁，没有破坏她留下或曾经留下的东西的欲望。不，我并不觉得痛苦。我感觉很自由——不用等电话了。[德]

1945/1/2

听[莫扎特的]《朱庇特交响曲》会使人联想到十七岁的秋天和肉体爱欲的开始。现在听到它，在十几段恋爱之后，在最美好的爱情结束之后，发现它还是和以前一样。是的，又回到了十七岁，因经验[和]智慧的增长而倍感快乐，因十七岁从此变得遥远而倍感快乐。这音乐现在听来还是那么美妙啊！未来也许还有二十七岁、三十七岁、五十七岁可期待，而爱神朱庇特会永远存在。

1945年1月3日

[德] 一整天都很紧张。我不可能始终提前知晓自己的工作状态好不好。今天让我紧张的是B. 帕森斯会来吃晚饭。B. 来的时候很严肃。后来我们的谈话越来越开心，我连饭都不想吃了。阅读以往笔记有感："帕特，你真的是个孤独的人，不是吗？你很早就知道了，人注定要孤独一生。"[德]

1945年1月4日

[德] 没有纳蒂卡的消息。每天我都会更多地想到她，也更理解她，但不能原谅她。我不喜欢那只猫。她的个性——她对我一直漠不关心，嫉妒心太强，老是抱怨。[德]

1945 年 1 月 8 日

[德]康奈尔打电话来,我们聊了很久,她自己也处在想要自杀的边缘,多么令人悲哀的世界啊。努力工作,结果相当不错。我爱她,这需要时间,时间,时间。我会一直爱她,尊敬她,因为我跟她在一起得到的比跟生命中任何人在一起得到的都要多。[德]

1945/1/8

为了以最好的方式生活,生活和做事时始终要有一种不真实的感觉,在最微小的事情中获得戏剧感,仿佛生活在一首诗或一部小说中。郑重其事地设计去最喜欢的餐馆的路线,在书店里浏览的时候,相信自己选的书能够让自己返璞归真或脱胎换骨,体无完肤或重返新生。独自在房间里,你就是但丁、鲁宾孙、路德、耶稣基督、波德莱尔,简而言之,就是你要一直做一个诗人,客观地看待自己,主观地看待外部世界。与这种精神状态相比,失去爱的悲伤是真实和残酷的,无坚不摧。

1945 年 1 月 9 日

[德]我真的不知道这一天的时间是怎么消失的。我起了个大早——无缘无故地。我无法写作、思考、阅读,感到非常沮丧。也许是出于一时的软弱,我打电话到 N. 家里,说我想让她给我打个电话。现在是凌晨 2 点,我的房间寂静无声。[德]

1945/1/12

不知道午餐喝第二杯马提尼酒时是不是人生的巅峰时刻,侍者们殷勤服侍,整个人生、未来和世界都显得美好而辉煌。(至于是否和人在一起、和谁在一起、对方是男是女都无关紧要)。

1945/1/15

宿醉——对死亡的模仿。宿醉是迷人的,无论在身体上还是在精神上,都比前一晚有趣多了。今晚喝个酩酊大醉,明天头脑清醒地醒来!这是我的理想。

1945/1/16

传记体笔记——上午 11:50。 10:50 吃过早餐之后,我几乎什么工作都没做。为什么?因为我的窗外正在慢慢飘着大片的雪花,我院子里的小草坪一角,立着一棵废弃的圣诞树，雪花如魔法一般，给它挂上了白胡子。雪花半掩的树枝上，明暗的对比像是艺术家的铅笔线条。这棵树站在那里，似乎在独自思考，等待着什么，也表现出自身的完整性。我喝了三杯咖啡就醉了。我的茶几上放着一支蜡烛，正午的蜡烛是那么的美丽，窗外的雪泛着灰色的荧光，而远离窗户的房间一侧暗影浮动。亨利·詹姆斯摆在书架上，邀请我暂时忘记我那短暂而琐碎的一天，和他一同进入一个岁月静流的纯净世界，我知道这个世界会净化我，最终不再受任何时间地点的限制。收音机里播放着《巴松管奏鸣曲》，路德维希二世的宫殿。今天早晨，今天一天，我只在期待中感受到潜在的快乐，这比任何物质或任何有形的景象都更令人陶醉。仅仅活着就是一种狂喜。所有的语言都那么苍白无力，当身体的感觉消退时，我变得很紧张，想要喊叫、大笑、在房间里跳来跳去，同时又想安静下来，学习和感受一切！

1945年1月18日

［德］尚布伦打来电话：阿普尔顿［出版社］的林德利喜欢某几章，不喜欢另外几章，还觉得这本书太长了。很明显，他说得对。今晚，我比以往任何时候都更坚定地认为这本书永远不会出版。谁知道，谁又在乎 G. B. S.［萧伯纳］在发表第一个剧本之前已经写了三部小说呢？人永远不要计较时间、工作和血汗！我必须写完这本书，即使没有爱情，没有勇气，也没有——爱人。今天下午 3:30，N. 打来电话。都是些家常话，但她说她之前给我打过一次电话。是的，我相信她打过一次，不过其他的日子呢？但现在已经不重要了，虽然我努力让自己相信我仍然爱着她，但我知道，在这种情况下，我谁都不爱。我的朋友们，明天再说——上帝啊——我今天突然想到，在这八个朋友中，我已经和六个人睡过了。她们都是我最亲密的朋友。［德］

1945/1/18

无用、卑微、无能像幽灵一样萦绕在我的心头，这都是死神的伪装。因为他一召唤——我就前去。但最痛苦的不是爱而不得，而是还未来得及施展拳脚就已告别人世。

1945年1月19日

［德］**重大——决定！！**

我在生日这天做了一个重大决定——这本书我不写了。原因很简单——故事不好，没有魅力可言——它不是我。以后再谈这个问题——现在只做个声明，如果我觉得有责任（写完这本书），我会写完的。但事实并非如此。今天，我将开始新的生活，更快乐更自信的生活。是的，还有纳蒂卡送给我的杯子。[德]

1945年1月21日

想到了康奈尔。但是没有时间去想她（即没有足够强烈的愿望），连想念N.的时间都没有。但只要我爱N.，我就会真心地爱她——否则不会有幸福的。N.很少打电话给我，但每次她打电话来，都会留下过夜。我得重新认识我自己了。我爱琥珀，它也爱我。至少有这样一份爱——一只猫的爱！

1945年1月22日

[德]我就像十九岁时一样快乐。我的大脑是一片空白——生活让我兴奋。[德]

1945年1月24日

[德]尚布伦想把《超级好男人》卖给《纽约客》，正是好时机。[德]

1945/1/24

代替度假：一个人去城里的某个地方，最好是以前没去过的地方，比如大都会歌剧院就可以。和一两个朋友喝几杯马提尼酒，共进晚餐后去看芭蕾舞，感觉是不一样的。一个人去，站在侧边的过道上。向个年轻人抛媚眼，结果在灯光下发现他是同性恋，或者挽着一个头发像精灵似的年轻女人，她被你的眼神所鼓舞，对着帕帕基斯拿银铃的滑稽动作开怀大笑，于是一切都变了味儿。看看管弦乐队的奖杯的金色边缘，倒映着成千上万张迷人的面孔——然而，大多数都是头发灰白或秃顶——想象你自己身处维也纳、巴黎、伦敦，无牵无挂，心如白纸。这个世界和马提尼酒都是我的！令人难以置信的是，等你回到家，高高兴兴地上床睡觉时，这种感觉都还萦绕着。

1945年1月26日

[德]我希望我的生命中有更多的东西——当然是指爱情。N.不想要爱情，很明显，就是这样。明天我该说什么？"你为什么不打电话给我？""你为什么不给我写信？"——我不想问这些问题，但如果我假装不在乎，她也会不高兴。这周读了很多书——就应该一直这样做，但我四年来都没有好好读书。B.Z.[戈德伯格]说阅读是一种习惯，他什么都知道。[德]

1945/1/26

绘画——使人打开心扉，写作会使心灵严防死守，绘画使灵魂自由，从而再次得以展开必要的自由联想。

1945 年 1 月 27 日

［德］只有一件事——R. 说我是她最好的朋友。这话对我来说意义重大，因为实在是来之不易。［德］

1945 年 1 月 28 日

［德］今天一直工作——只工作。什么都做，可能做得太多了。我在艺术中失去的是对自己的信心。很难将二者——自信和某种谦卑及谦虚（毫无疑问都是装的！）结合起来，可做不到这一点，一切进行得都不会顺利。写漫画，做木刻。［德］

1945/1/28

在无尽漫长的一段时间里，追逐一段逻辑上已经结束的爱情，最是难以忍受，因为那种徒劳感挥之不去，理智相信爱情已经结束，而内心仍然拒绝接受。某种自我保护的兽性本能使人开始寻求另一个目标。然后心就生病了，回顾着过往的相遇和相恋，没有预谋，没有警告。啊，永远不要陷入真心的爱情！

1945 年 1 月 30 日

［德］工作和义务，此外一无所获。一事无成——直到晚上 9:45 纳蒂卡来电。（她又想去跳伞了！）［德］

1945/1/31

千万留心：我绝对不能在作品里写我自己或者我对事物的态度。诗歌是另一回事。灵感是另一回事。这是我设定的一项工作原则，一项总体原则。

1945 年 2 月 4 日

［德］依然睡眠不足。纳蒂卡也没有消息。我不是说过这本子［日记］只写她一个人吗？好吧，那就意味着我只能写"没有 N. 的消息"了。工作——我写漫画的时候更努力。工作了好几个小时却没有一点满足感！但我的生活有了一种庄严的仪式感。阅读［亨利·］詹姆斯的作品获得极大的享受。是的，又一本 N. 给我的书。［德］

327

1941—1950年：纽约的青春，以及不同的写作方式

1945年2月8日

[德]以前我还会做晚饭。此时此刻我要说：不值得这样麻烦。写了（三个小时）故事，到下午2:30我乐开了花。但是从下午2:30到凌晨2:30我都和康奈尔在一起。我们喝了很多酒，吃了一顿过于丰盛的晚餐，却没有充分探讨必须告诉彼此的想法。[德]

1945/2/8

人们喝酒的原因很简单——为了证实自己是世界上最重要的人。它赋予人小说中光明、干净的幻想与诗歌中的孤独。这就是神魂颠倒的人想要的一切。（醉酒）

1945年2月12日

[德]（5点）恩斯特来了，和三年前没什么差别。他要在这里待一个月。战地记者的生活根本吸引不了我。他想要我跟他一起回去，或者战后一起去欧洲。他久久地吻我——我不知道为什么没有阻止他。[德]

1945年2月25日

[德]快乐的一天——是的，我可以称之为"快乐"，这个词我通常只对情人使用。R.[露丝] W. 8点钟来的。和她谈话是一件愉快的事。她想要的几乎和我想要的一样——一个真正的家，一所满是熟悉家具、大书桌等东西的房子。我们需要钱，我可能想去英国——她想去美国或者法国，但我们想要的东西是一样的。我对自己的社交生活很不满意。太难了——我喜欢同性恋人群——我不喜欢资产阶级社会，让我感到厌倦。但是选择哪一个呢？[德]

1945年2月28日

[德]我必须承认，读这本日记让我很痛苦——满纸都是纳蒂卡！我认识她的时间是多么短啊！多么甜蜜！多么无忧无虑！——现在她像一头野兽，离我很远，但我看着她的时候她也在凝视我！！——为什么？又为什么不呢？非常焦躁——紧张不安地写着，但速度很快。我太累了——还有点躁郁。[德]

1945/3/4

你认为我想要做爱吗？你认为我像动物一样，每个月、每个星期都要做爱吗？我

想要爱，如果你想要的是性，不要来找我，女人。我可以在任何夜总会和任何妓女做爱！性！——我像逃避魔鬼一样逃避它！头像上的曲线都比爱的经验更容易引发想象。我要的是画家对画笔的爱、作家对语言的爱，作曲家对旋律的爱。爱围绕着一切，拥抱着一切，渗透进一切。

1945年3月5日

[德]我要给尚布伦写的故事完成了。很快我就会知道世界对它的看法。今晚一个人——完全迷茫了，因为工作已经完成，我什么也不想做了。[德]

1945/3/5

这是我从未体验过的奇怪感觉，因为这太不像我自己了：我根本不想做任何事。我刚刚修改完一篇耗时六周完成的短篇小说，今晚就在眼前（只是此时已经过去了一半），我还有另外三个必须要写的短篇。家里有一打杂事要做。我可能会先写一个不费脑力的故事，挣钱养活自己。我怎么也调动不起写作的欲望，而在过去的十年里，这种欲望无时无刻不围绕着我——是的！就连和朋友在一起、在它不该出现的时候都在！

1945年3月7日

[德]7点在弗吉尼亚家。我非常爱她，她也爱我。这是友谊。但我认为，她可以更进一步。我说不准。今天我意识到，如果没有爱、没有女伴，我就会完全迷失，昏昏欲睡。晚上11点之后我就改变了想法！然后我开始想，我缺少的只是合适的工作！我想赚很多钱，但更重要的是，我想写好小说。[德]

1945年3月9日

[德]在父母家吃早餐，他们读了我的故事《他们》，尚布伦刚刚把它还给我。他想马上把它投出去——给L. H. J. [《妇女家庭杂志》] 和G. H. [《家政》]——也许会被拒绝，但他相信这篇小说会对我有好处，他最终会把它卖给H. B. [《时尚芭莎》] 或《魅力》[杂志]。父母很喜欢这个故事——夸我进步了。今晚，我正在写一个新短篇，我还没有想好结局。故事讲的是塔斯科的吕齐一家。我想像H. 詹姆斯那样写小说。他是我的男神！[德]

1945 年 3 月 10 日

［德］纳蒂卡凌晨 2 点打来电话——喝得酩酊大醉。她教训我应该怎样生活。如果我不从我的"象牙塔"里下来，我就写不出任何真实的东西。她大喊着快活的话！"我要给我所有该死的朋友打电话——"［德］

1945/3/10

我爱一周中的每一天，但对它们的爱每天都不一样。我对星期天又爱又怕。它们可以是天堂，也可以是地狱。周一充满希望，令人兴奋。虽然到星期三我通常就已筋疲力尽，只好把它当半个星期天来过，但星期三是愉快的，因为它是一周的中段，意味着星期天很快到来；星期天会勾起朦胧的童年回忆，多数是想象出来的，而不是实际发生的，回忆的都是大脑随机想到的偶然事件。周六意味着午餐喝杯马提尼、看艺术展、下午 5:30 筋疲力尽时小憩一会儿。

1945 年 3 月 12 日

［德］在乔·P 家度过了一个愉快的夜晚。她家有食物饮料，温暖的壁炉，长靠椅，巴赫的《140 号赞美诗》——还需要什么呢？别的我什么都不要了。我们讨论了"象牙塔"问题。"现在你有了价值，"她说，"就不要相信你是在象牙塔里了。"她建议我在红十字会找一份工作干两个月，这样我就可以观察各式各样的人和他们的问题。我非常爱乔。她是这个世界上难得的珍宝。［德］

1945/3/16

当我的身体和精神都处于最佳状态、感到异常乐观奋进的时候，我同时也会有一种感觉，觉得自己可能一瞬间就病得死去活来，然后很快死去。为什么一直有这种挣扎呢？我相信这是自我保护与自我毁灭之间长期的博弈。

1945 年 3 月 20 日

［德］非常沮丧——正常，因为两个人把我的作品打回来了！首先是《侦探》［漫画］的希夫先生，他说我的故事"过时了"；然后是寄给《十七岁》［杂志］的素描，老实说，不是很好。

罗莎琳德和我讨论了纳蒂卡——"妖冶魅惑，却无可救药！"——R. C.
德国快被打败了。［德］

1945年3月21日

[德]二百六十年前的今天是巴赫的生日。还有很多工作要做，但我累了。我总是认为当我累的时候我头脑更清晰，也就是说，我的潜意识指导着我的工作。读了一下《安静的夜晚》[1]——写得很好，我估计能卖出去。六年前我的作品是多么可爱啊！至少我可以写得很简洁——很短！现在我总是担心我写的细节过多。我经常觉得我和这个世界格格不入。[德]

1945/3/26

写给我今晚在第六大道游乐场遇见的那个二十三岁的新西兰人。他陪我走回家，谈起了美国教育。他没有要求上楼。他在院子的阴影里吻了我，口气清新，我说他是个天使，他却执拗地说他和大家一样有坏习惯。明天晚上他动身去英国。这是他在这的最后一个晚上了，我却没有邀请他上楼喝杯咖啡，多聊一聊。为什么没有？——想起那些和他不一样的士兵，想起我明天的工作，与战争相比我的工作都是微不足道的。等我老了，历尽千帆，我就会后悔他在美国的最后一晚没有请他上楼。

1945/3/28

艺术家完成好作品后，他的快乐便无人能比。任何餍足或满意都无法与之相提并论。上帝亲自拜访了艺术家，但对其他人，他只冷眼旁观。

1945/4/11

"女人只是一时的消遣。"[2]

1945年4月12日

[德]总统死了[3]！下午5:40，我从收音机里听到第一条短讯。最初不敢相信——所有人都不信。他在佐治亚州温泉市突然死于脑动脉瘤。举世震惊，到处都在为他的

---

1 《安静的夜晚》大概写于1938—1939年的纽约，讲述了一对爱恨交加的姐妹在疗养院的一个房间里发生的故事。它最初发表在《巴纳德季刊》（1939年秋季刊）。被丰富并修改后的版本，更名为《爱的哭喊》，先后发表在《妇女家庭杂志》（1968年1月）和海史密斯的第一部短篇小说集《十一》（伦敦，1970）上。
2 出自乔治·格什温的爵士乐歌剧《乞丐与荡妇》。
3 富兰克林·德拉诺·罗斯福（1882—1945），1933—1945年任美国总统。

追悼会做大量准备。今晚收音机里只放宗教音乐（我非常喜欢）。四个电台同时播放巴赫！天哪，要是现在是华莱士而不是杜鲁门当总统该多好！工作进行得很顺利。但是——罗斯福死了，世界自然就完全不同了。[德]

1945/4/15

乍看之下，战争似乎是一种比个人更伟大的机器，被卷入其中的人都在自己的个性指引下行事。战争又不同于报复、欲望、仇恨那样势不可挡的情感。战争与人类的灵魂无关，与个体对个体的作用无关。这是最世俗意义上的不真实。它是人类所有创造中最做作的，因为它与个人无关。此刻，我在理查德·斯布鲁斯[1]的信札里读到，他建议将被战争蹂躏的尸体泡在福尔马林里，在博物馆中展出，以减少战争。我认为这是个好主意。

1945/4/16

也许将来会有一个国际社区，一个世界范围的公社制度，让日本生产艺术家和手工艺，让德国培养科学家和医生，让美国提供娱乐和玉米，让法国生产酒和诗歌，让英国推出男装和文学。说真的，想象一下，人们不再彼此怀疑，天下大同的观念在各国开花，利用某些国家的非凡技能为全世界谋求福利，这是人类最幸福的希望之一。这是一种相互依赖，不用担心由于彼此的怀疑或仇恨而忍饥挨饿。疏远已经消失，接下来要解决语言障碍。然后是种族的傲慢与偏见。

1945/4/19

良心，亲爱的良心，我把这些诗句献给你。献给你这个扫兴王，从床上早餐到性爱——甚至大脑你都不放过。从我沉浸在最庄严的音乐中，到我在寒冷的夜晚多冲三十秒的热水澡，凡此种种你都会让我良心不安。一旦我一夕清闲，你就会想方设法地给我变出一些工作来。亲爱的良心呀，你这长着粗壮长臂的家伙，为什么我生来就与你在一起？为什么我如此爱你？

1945/4/21

巴赫豪迈的《F大调第五钢琴协奏曲》被来自法国的一条特别新闻打断了，那条

---

[1] 理查德·斯布鲁斯（1817—1893），英国植物学家、探险家。

新闻说俄国和盟军已经在德累斯顿地区会合[1]。德国被割裂了！世界上最伟大的战斗军队已经突破德国防线，在德累斯顿的街道上相互拥抱！紧接着，巴赫的第二乐章继续进行，极尽高雅，华丽优美！泪水从我的眼中涌出，我也不知道为什么。这种感情就像一阵痉挛，我还没来得及解释，它的震撼就消失了……巴赫穿着及膝短裤和相当破旧的鞋子走在德累斯顿的街道上。然而，他比德国更伟大，因为德国不如上帝。

1945 年 4 月 28 日

〔德〕经过一晚上的虚假报道，真相才传来，德国投降了。经德国党卫军首脑希姆莱证实。无话可说——也许以后再说。今晚画素描，只有当我绘画或素描时，我才会感到快乐和自由。我想成为一名艺术家。〔德〕

1945 年 4 月 29 日

〔德〕突然之间，我想要享受生活，这也许是我内心最渴望的。我想像欧洲人一样——摆脱可怕的金钱斗争！那是这个世纪、这个国家造成的错误！〔德〕

1945 年 5 月 1 日

〔德〕快乐的一天，我做的工作太少，没有足够的动力。希特勒死了，但没人知道他是怎么死的。〔德〕

1945 年 5 月 2 日

〔德〕从昨晚开始，工作好多了。我非常高兴，为什么——我的天，为什么？！因为我在想阿莱拉——是的，我几乎相信我们仍然可以拥有彼此！但我知道，这些都是愚蠢的幻想。她不会相信我的。但这份爱给了我最需要的东西——安全感和希望，让我相信生命还有未来可期，而不是已经在不幸中完结。和父母一起看了有关德国暴行的电影。真是惨不忍睹。观众都沉默着，生者和死者的形象都很可怕。〔德〕

1945 年 5 月 3 日

〔德〕希特勒死了——并非如人们预想的那样壮烈死去。他自杀了。和戈林一起。

1　事实上，美军与苏军是在 1945 年 4 月 25 日在托尔高市旁易北河上一座被战争破坏的桥头实现胜利会师的。

1945 年

·333·

墨索里尼也在这个星期死了。三个人——罗斯福、墨索里尼和希特勒——在两周内先后死去！康奈尔看了我的信有什么想法？她太忙了吗？没空给我打电话？读到了关于德国暴行的报导——（在罗莎琳德家）。整个国家充斥着对德国人的恐惧！还有照片！［德］

1945年5月7日

［德］美好的一天：一开始圣西尔夫人喋喋不休，话太多，恨犹太人，爱共和党（我厌恶的她都喜欢！）。终于摆脱了她，我和父母一起去看了黑斯廷斯的房子。我想我们找到了梦中的房子，我（和他们）将在这里创造很多美好的回忆——会在那里死去吗？扯太远了。［德］

1945年5月8日

［德］今天是欧洲胜利日，但是昨天半个纽约都在庆祝。以肯尼迪的名义来庆祝是一个可怕的错误，他自认为转播这一消息"没有什么错"。他危及了美苏（或苏、英、德）之间的谈判！［德］

1945年5月10日

［德］未能成功打入S.&S.［西蒙&舒斯特出版社］。一个编辑匆匆翻了一下我的稿子，说："我们现在什么都不买——"去了《及时雨》杂志社。多萝西·鲁比切克[1]——犹太人，非常友好，但天啊，对故事真的很挑剔啊！最后在我家——夜晚过得奇糟无比。米奇让我厌烦，爱丽丝·T让我恶心！太可怕了。买了票看电影，《香吻盟》，座位太靠前了，一样得付3美元。朱迪也许很好，但我太了解她，一切就变了味儿。［德］

1945年5月11日

［德］精心做了准备，和雅克［·尚布伦］以及霍尔先生一起去科勒尼[2]共进午餐。他们俩都很亲切。没有小说的任何消息。自然，他们都想知道我的下一步写作计划。"一个剧本，"我说，"但还没有具体的细节。"他们似乎不太感兴趣。（喝了三杯马提尼酒——第一杯和妈妈一起喝的。账单一定比尚布伦卖故事的佣金高多了！）我

---

1 多萝西·鲁比切克，《及时雨》杂志的编辑，是当时跻身漫画行业高层的少数女性之一。
2 科勒尼是纽约一家高端的私人俱乐部。

们主要讨论的是艺术。今晚和罗尔夫·蒂特根斯在一起，度过了一个奇怪而美妙的夜晚。我们对天下的事无所不谈。以后再写。[德]

1945/5/11

发生了什么并不重要，重要的是你怎么想。

1945年5月12日

[德]不太高兴。罗莎琳德3点过来了，她不喜欢我的小说。近来我为自己的无用感到沮丧：三年里没写过任何（好）东西。

——从未对某人忠诚过。那太伤我心了！！

——我一文不值。

（现在我正在听［巴赫的］《你在我身旁》，直入心房。可我的心里空空荡荡的！）[德]

1945年5月17日

[德]漫画越来越难构思了。还有那只猫——有时候我真希望它不是我的！就在今天深夜，我开始写一个短篇，充满了希望。没有标题。[德]

1945/5/17

混乱的无所事事让人一点不得安闲，之后，再次投入工作的感觉真美妙。去死吧，"养精蓄锐"的鬼话！这简直就是幸福到了极点！一个故事中要处理三个角色，于是你就站在了全世界的幸福巅峰，了解了全部的人性（不是一蹴而就，而是循序渐进），上上下下，从里到外，你已经恢复了动力，就像旋转的地球和整个太阳系一样，你获得了心跳。

1945年5月20日

[德]大吵一架——我和大卫（今晚）真的很不愉快。我们七个人围坐在酒吧的桌边，他想吻我。他撩拨我说，我需要被"——"——这是我听过的最恶心的话，还当着一干男男女女的面。鲍勃和我转身就走。[德]

1945/5/22

为动物们感谢上帝！它们从不让自己陷入困境。它们总是对的。它们是一种

335

鼓舞。

1945/5/26

　　5月是狂热的，充满了阳光、绿色和莫扎特的嬉戏曲。鲜嫩的绿色像宝石镶嵌在这座城市灰色的石头中间。我曾经在5月坠入爱河，现在也太稳重了。那时开始太早，现在开始又太迟。奇怪的是，5月是没有性别的。它忙着构建人的内心、框架和书橱，悠闲地做着家务，却忘记了养家糊口的营生。5月是疯狂的能量奔涌进千百条通道，每条通道的尽头都有一朵小小的烛焰，宣告着各自的美丽和成功，所以我就成了一枚流光溢彩的欢乐转轮烟火。我想把自己烧个精光，不计较代价和损失。到了6月，我必须开始休息了，这一阵子疲劳一直在头顶上盘旋不去。

1945年5月30日

　　［德］康奈尔不是一个健谈的人，但当我提出问题，她的应对总是很棒。比如今晚，我们聊起了老问题：要不要男人，要不要厨师？做饭是最难的，尽管这个问题看起来很奇怪。我们需要一个男人来操持我们的生活，这样我们在工作之外就什么也不必做了，可以和朋友共进晚餐，然后回自己房间。在哪能找到这个男人呢？［德］

1945年5月31日

　　［德］快乐——仍然快乐。和妈妈在城里一起散步，看看家具。我们讨论了很长时间的婚姻问题。她说（相当正确）康奈尔和我浪费了大量的时间和精力去建立某种友谊（该去找个男人）。今晚写作了。我喜欢这个故事。［德］

1945年6月2日

　　［德］8:35在GC［中央车站］见了AC［阿莱拉·康奈尔］。旅途漫长，但也有一些美好的时刻。我不知道我是否会像别人一样忘记这次旅行。我认识AC已经三年了，我们一起经历了很多事情。［德］

1945年6月4日

　　［德］整天都在下雨。我们在家里看书和画素描，我很懒！今晚，当我为她掖好被子时，我感到与她很亲密。我想和她上床，我觉得我几乎想要她。最后我们试了试，但我根本做不到！我决定（今年夏天）去纽约参加A.S.L.［艺术学生联盟］。这是我

真正的使命，然而——只是我对自己的疯狂控制让我止步不前了。[德]

1945年6月6日

[德] 好好地谈了谈我的紧张。不管是源自身体上的、性方面的或是精神性的。当然很可能是性方面的，康奈尔建议我和某人发生性关系，因为爱和性是两码事。理论上我懂，但我做不到把我破碎的身体像一块坏表一样送给一个女孩。无法忍受的情形。这话没法对康奈尔讲，尽管我每天都觉得她是我唯一真正爱过的人。[德]

1945年6月8日

[德] 今晚，吃过晚饭，我们在田野里散步，躺在草地上，我们接吻了——终于。命运从未赐给过我们这么好的一个吻。[德]

1945/6/8

我讨厌争论，而且真的抗拒争论，因为争论意味着对某事的看法一成不变。我最极端的争辩是和某些书之间的无声辩论。也只有在作者的立场实在令人难以忍受、站不住脚的时候才会发生。唯一不变的原则，唯一真正有益的、明智的原则，就是幸福的秘诀。如果一个人失去了幸福的秘诀或者基本的乐观，那么他就真的迷失了。

1945年6月9日

[德] 玛丽开车送我们去火车站，我们坐10:15的车从巴斯出发，望着窗外，沉默不语，都有些忧伤，沉浸在各自的心事中。这些火车旅行让人感到既愉快又无聊、既快乐又悲伤。[德]

1945年6月12日

[德] 九点到学校［艺术学生联盟］。这门课没那么好。看到的画对我来说似乎都极其学院派——虽然我知道这些是必须学的，但仍然让我厌恶。[德]

1945年6月16日

[德] 罗莎琳德说："你的画作比你的写作更让我兴奋，你不同意吗？"类似这样的话——然后问我是否想换职业。这是真的。我想成为一名艺术家，但不想当太严肃、对艺术太疯狂的那种——那样我会走下坡路的。我（在人际关系方面）太低能，没法自由地写作。但我似乎可以毫无保留地画画。我知道画画的时候，我就没那么沮丧和紧张了。[德]

1945 年 6 月 19 日

[德]太需要这个了——昨天，乔·萨姆斯塔格[1]说他非常喜欢我的画。"棒极了——这正是我想要的——祝贺你。"他说。我简直心花怒放！在课程学习上取得进步。开心到我（有时）觉得自己像个傻瓜。[德]

1945/6/20

T.S. 今晚醉醺醺地说："永远不要爱上一个艺术家。当他们开始工作的时候，他们好像不认识你一样看着你，冷落你，把你一脚踢开。"

1945/6/20

愿我永远都如现在一样贪婪，

永远——不为财富，不为知识，不为爱情，

如一匹高头大马，只臣服于残忍的主人——艺术，

撒欢狂奔，直到主人让它心碎。

1945 年 6 月 22 日

[德]经过这两周疯狂的体力和精力消耗，我终于筋疲力尽了。当我（没有多少条理或约束地）写作的时候我足够开心，但在画画的时候，我感觉到了前所未有的快乐，就像一个单纯地生活、学习和恋爱的女孩，一个从不知忧郁为何物的女孩，一个从不担心自己的健康或心理发展的女孩。我在恋爱吗？我不知道。我爱 AC，但我并没有和她谈恋爱。如果她知道的话，这种情况无疑会吸引她。[德]

1945/7/1

以供将来参考：如果精神或身体或两者都萎靡不振，遭遇贫乏、沮丧、惰性、挫折，或者是强烈的时间流逝、一去不回的感觉，去读读真正的侦探小说，到郊区坐坐火车，到中央车站站一会儿——任何事情，只要能让你一览无余地领略到芸芸众生的生活、他们一生中无休无止的活动、千变万化的人生结局，命运惊人的错综复杂，一波三折。这一切的一切，即便是再有天分的作家，坐在封闭安静的书房里，也无法想象出来。

---

1 戈登·乔·萨姆斯塔格，画家、壁画家和教师。

1945年7月3日

[德]今天吃完晚饭后，独自去看罗尔夫，然后写了几个小时的小说。参观他的房子是一件很高兴的事。每次参观感觉都不同，就像博物馆一样。博比还制作小图片、油画和其他东西——非常赏心悦目。罗尔夫建议我在绘画中只管去疯狂。"做别人没做过的事"。[德]

1945/7/8

每天花在创造性工作上的实际时间只需要很少的一点点，重要的是，使一天中剩下的时间都服务于这段劳心劳力的时间。

1945/7/18

把你所有的恐惧写成文字，把你的敌人画出来，用散文诗表达，把所有的忧虑、怀疑、仇恨和不安写成散文诗，去打败它们，将之踩在脚下。

1945/7/25

像画家绘画一样写作，对作品的取舍就会有新的认识。记住（并做到），可以在前面写的段落中间插进去一个句子，而不影响节奏，这句子可能是敲门砖，也可能是母细胞，也可能是生命本身，都是后来加上去的，起到画龙点睛的作用。使用句子要像运用色彩一样，时不时就要尽可能宏观地审视一下作品，并把它当作一幅画来体验。这种自身视角的转变会带来一些诗性，是艺术所必需的不真实感。场景必然是分开的画面，但整体的体验应该是类似性高潮的，产生一种看凡·高的《夜间咖啡馆》或马斯登·哈特利的《工人的鞋子》时那种无法言说的喜悦和满足。

1945年8月7日

[德]非常高兴。《时尚芭莎》来了。我的故事[《女英雄》]没有插图，结尾还有一段介绍作者的蠢话，应该删掉。马上寄给了外婆。妈妈打电话过来。非常为你骄傲，她说，但她还没有看过这个故事。我想说的是，直到今天下午我看到杂志在一个陌生人手中——我想他今晚可能会读我的故事——我才有了点感觉。[德]

1945/8/10

我在此发誓，每天花一个小时学习，最好是11点到午夜，每门课花两个月的时间。

到现在，我已经学习了一个星期了。如果上帝允许，我余生至少要每天花这些时间学习。

1945年8月11日

[德] 忙碌——一如既往。我服务的新公司《名汇》杂志社接受了我写的一个故事梗概。3点在博物馆看到两个穿制服的女孩。很靓丽。很出色，留给我们很多想象。可能是同性恋，毫无疑问，只是不知道她们以后还会不会和别的女孩交往。安·T家的社交聚会太差了。一个假装渊博的女子，一个大龄的叫比娅·莉莉的——占据着一张暗色的铺着桌布的桌子。迫使我们大家挤作一堆。大家都闲坐着相互逗趣。我喝了太多杜松子酒，感觉很恶心，凌晨1点走的，去了阿莱拉家。[德]

1945年8月12日

[德] 11:30 阿莱拉来了。我们对战争进行了激烈的争论。人们期待与日本休战，阿莱拉很生气，因为我不生气。对我来说，数百万男女在等待自由的到来是不够的。根本不够。你明白吗？[德]

1945年8月14日

[德] 她对我慷慨陈词，因为我不赞同她对战争的看法！今天很紧张，几乎不能工作。6:30 赫伯特·L来了。很帅，他两个月没穿军装了。不幸的是，和平宣言在晚上7点就传来了！自然（？）接到了阿莱拉打来的电话。赫伯特邀请我们出去吃饭。我们去了皮埃尔酒店，还点了两瓶香槟——阿莱拉是来者不拒，却一毛不拔，还提议向罗斯福致敬干杯。这真让我恶心。后来我跟赫伯特睡了，随心所愿，而且非常享受！阿莱拉试着打了好几次电话，还想上楼到我房间来，但是我们把门铃线切断了。[德]

1945年8月20日

[德] 12点准时到达《时尚芭莎》杂志社。见到了C.斯诺（他的热情从不超过30度），接受了每天8小时（！）每周45美元的工作。心里不满意。我星期四或星期一开始上班。有很多要做的事情。我放唱片的小柜子来了，我花了6个小时（罪孽深重！）才把它装好。但现在我的小小收藏都在里面安家了，我很高兴。[德]

1945/8/21

道德参照系。这五个字概括了我过去的人生目标 & 也许还有我未来的目标！我到哪里去找呢？在英国，在罗马天主教堂，在修道院，在我心里?！啊，是的，要制定自己的关于社会的严格法典！也许这是唯一也是最终的答案。与此同时，只要我们的脚还没踩到梯子上，只要我们这只蝴蝶的翅膀还没被别针和胶水固定在贴着标签的木板上，我们就会挣扎，酗酒，茫然思考，并且永远挣扎。

1945/8/21

面试我的经纪人。这是八月纽约的一个炎热、令人昏昏欲睡的下午，三点。一个人穿着长袖衬衫，衣领敞开，汗流浃背，倦怠、紧张而警觉，就像宿醉过后一样。另一个人的衣服无可挑剔，始终如此，只是他没有穿夹克。他们的双手都光洁发亮，保养得很好，在指关节处有细小的指骨。

"海史密斯小姐，如果你能给这个故事加一个美满的结局，我想我们可以把它卖掉。只要隐约的一点幸福结局就好。这点对商业化的小小让步不会毁了它。只要轻微润色就好。"

"好像有点儿怀孕了一样。"另一个代理慢吞吞地说。

礼貌地笑了笑。我能说什么呢？

"海史密斯小姐，你这样写太糟糕了。写了却不能发表，真是悲哀。"

写了而没发表一点都不悲哀，但我怎么跟他解释呢？我根本就不解释了。我只是坐在那里，时而努力微笑，时而努力控制冲到嘴边的话。我们说的不是同一种语言，我一边想一边走到了阳光下。

1945年8月22日

［德］每个人都建议我写一部长篇小说。我想写！我想写——！！［德］

1945年8月24日

［德］给《时尚芭莎》打电话，告诉斯诺女士我不想要那份工作。我的借口是价钱不合适。我不喜欢出尔反尔，但减少写作的时间就得不偿失了。［德］

1945年8月27日

［德］与《时尚芭莎》开战。真希望是一场闪电战。经过一上午的紧张不安后，12点到了那里。急切地等待着［贝蒂·帕森斯的］电话，因为我得把牙齿送到实验室去。我可以清楚地预见到，这一周一切都不会进展顺利，因为我太贸然行动。斯诺女士让我等了一

.341

个小时。把我支到不同的女人那里。最后，她给了我每周 75 美元，但还是不够。 R. 波图加尔让我写一篇关于荷兰画家 P. 蒙德里安的文章。我不知她会付我多少钱。[德]

1945 年 8 月 31 日

[德]战战兢兢地，我把关于蒙德里安的文章带到《时尚芭莎》——当着韦洛克[1]的面，波图加尔把我可怜的文章抽出来——读了第一页。"精彩的开头！"她说，我五天以来第一次深吸了一口气。[德]

1945 年 9 月 3 日

[德]最后的好日子。我突然想到，母亲会不会在绝望中独自寻找幸福呢？斯坦利越来越难相处了。我想他们已经好几个月没做爱了。这很容易看出来。

我的短篇小说——几个小时的工作成果。逼着妈妈读了赫尔曼·梅尔维尔给一本书写的序言。她读了 50 页，却大骂起了梅尔维尔对家庭不管不顾。——有些东西她永远无法真正理解：艺术家的生活。就像我无法理解一个妻子、一个母亲的生活一样。[德]

1945 年 9 月 5 日

[德]努力工作——太辛苦而无法快乐——（人需要时间来获得快乐——和猫咪玩耍的时间，翻阅书的时间。但我没有这种东西。）[德]

1945/9/8

我想知道为什么我散步时遇到人就想躲开，为什么我看到熟人在我前面的人行道上，即便是最喜欢的熟人，我也只想穿过马路，避免与她打招呼。也许，从根本上说，是因为我内心永恒的虚伪，我从十三岁起就意识到了这一点。因此，我可能会觉得，和别人在一起我总是不自在，而我又憎恶欺骗，天生憎恶它，所以就干脆避免了所有的麻烦。还有，我觉得大多数人际关系都是无关紧要的，因为礼貌用语——有不同层次的礼貌、半礼貌、不太自然的用语——必须层层剥离，一点不剩，你才能接触到那个真实的人。可这也是百年不遇啊！让我有些烦恼的是与人类接触的附加问题。坦率地说，我不想要它。

---

[1] 多萝西·韦洛克·埃德森，《时尚芭莎》的特约编辑。

1945年9月11日

[德] 日本首相东条英机昨天开枪自杀。自杀未遂，活了下来，多亏一名美国士兵输了血给他。将会有一场法庭审判。德国也是，审判各种战争罪行。拼命工作，直到筋疲力尽。不能再这样下去了。首先，代价太高了。但是现在我有很多开销——看牙医（还没有治完！——现在——再一次——我看起来像个女巫！）——交税，还有永远的租金。[德]

1945年9月12日

[德] 未来的读者们，请注意！这些日记应该和我的笔记同时阅读，这样就不会产生我只写琐事俗务的印象了！工作。为母亲的生日做各项准备。没有足够的礼物。不过我有一瓶香槟。[德]

1945年9月13日

[德] 有时我觉得我好像赶不上我的工作和社交生活的节奏了。也许十年后，我读到这些会觉得很好笑。[德]

1945/9/16

疯狂的笔记，泛红的脸。我喜欢恐怖故事，刚上大学时，我至少每六个月写一篇。但我那时就意识到了恐怖故事是我的菜，从某种意义上说，恐怖是我的生长环境，我的专长。我不该尝试写一个恐怖故事吗？（从看不见的、吵嚷的观众席上发出一片赞同的声音。）我喜欢悬念，擅长制造悬念，因为我一点都不担心它。视觉的准确性、从未觉察的自信，这些是必要的条件。好吧，就写一个恐怖的故事。今晚，在乡下，一只飞蛾在我的窗纱上振翅就够了！

1945年9月18日

[德] 有意思——我想买一些可以"催月经"的东西，可是药剂师说如果他有这样的东西，也不许卖，因为这是"违法的"！想象一下——违法的！我的上帝！这是个什么国家！什么民族！要是我在法国或苏联就好了！于是——我打电话给博拉克医生，明天去看他。我不知道我是否怀孕了——多难听的字眼！当我写下这些的时候，我觉得我好像压根没有怀孕！几个月来，我的月经总是晚两周——最后一次量也很少——也许它又要消失了。[德]

1945/9/20

多年来，一次又一次，在我生命最舒适和快乐的时刻，我总会记起自己六岁之前，穿着心爱的背带裤，坐在外婆客厅的煤气炉前，读着晚间的《新闻》或早晨的《星电报》，读着报纸上的连载故事，不时把报纸凑近鼻子，因为它仍然散发着墨香，几乎还有墨汁印刷机的温度。我还记得堂兄丹搓着手进来时，那扇底部镶有护板的薄薄的旧门板发出的声响。那栋房子虽然朴实无华、破烂不堪，处处显出贫穷的痕迹，但总能再收容下一个人，再养得起一张嘴，总能慷慨地再付出一份爱。

1945年9月21日

"托尼牧师"[1]无聊到让人咋舌，后来我看到一个女孩——金发，系着灰色的发带，俄罗斯人的模样。我真的很想再见她。她叫琼。她没有告诉我，但我们定了约会，星期天下午5点在第一大道梅菲尔［餐厅］。

1945年9月23日

[德]5点到了梅菲尔，她5:05到的。一切都很安静！"但我们能有这样的约会真是太好了，对吧？"我禁不住笑了。喝了两杯之后，她承认她和一男一女有过"故事"。我觉得她去"托尼牧师"太频繁了。她真的很孩子气，很可爱的（德国人）。她让我笑得很开心。在路易吉—洛克饭店吃饭。去"托尼牧师"待了一会儿。"我要中介费！"介绍我们认识的梅·B直嚷嚷。后来在那家安静的酒吧又喝了杯香槟鸡尾酒。典型的第一晚见面的情形。在华盛顿公园——我禁不住拥抱和亲吻了她，这时过来六个男人，开始搂我们——特别是琼，她吓得喊着我的名字。我能做什么？我不想被打断鼻子！非常尴尬。回家很晚——没有恋爱，但很快乐。[德]

1945/9/27

显然，要让一个女人或女孩从普通的小资世界走上同性恋之路，几乎不需要什么动力和意志力。她们为什么选择这条路？我必须找到原因。

---

1 "托尼牧师的闹市区"，一个很受女同性恋者欢迎的俱乐部，位于西3街130号。1944年曾因受到道德指控而被查抄，但并没有倒闭。

1945/10/10

有一种不懈的本能,要为自己的思想、所有的思想找到一个焦点。有一种需要,要找一个人去取悦、去满足,仅仅是为得到理解。有一种需要,要找一个人(或一样物)来批评或赞扬自己。简而言之,需要找到另一个自我,和自己颇为相似,或者只有一些有趣的差异。因此,人会坠入爱河。然而,如果能找到一种替代品,那么我们就不必经历从恋爱到失望的爱的消极过程了。因此,人们开始寻找爱的替代品。可以想象,上帝是一种选择。可以想象,考虑到意愿性、必要的奉献和精神性,还可以选择一个死去的英雄,或逝去的朋友。然而,一旦这第二自我建立起来,成为个人崇拜的对象后,那么对爱的需要就被排除了。

1945/10/11

孤独是一种比爱更有趣的情感。一个忠实于孤独的人比任何爱人都更忠诚。

1945/10/15

今晚,R. v. H.[1] 告诉我一个非常有趣的情况。他说,他的两个女儿,一个九岁,一个十四岁,还没有长大成人。她们如饥似渴地阅读漫画书,还不解暗恋的折磨、自我意识和想象的自卑的蚀骨之痛(那种英雄的感觉、那种不顾一切的、终结世界的"我与众不同"的感觉——我的感觉),这些痛苦在他的欧式头脑看来,会培养意志。这曾对我个人产生过重大的影响,因为我完全同意他的观点!我为他感到难过,因为他的愿望是不可能实现的。他希望把两个普普通通的人变得出类拔萃。他希望扩展孩子的觉知,可觉知哪能被扩展呢。他唯一能做的就是知道女儿们不会像他、像我一样受苦而感到欣慰。作为欧洲人,他将此归咎于美国。

1945/10/23

促使我写作的不是良心,因为我是一个作家,只有对这个世界不满才会让我提笔。

---

[1] 雷蒙德·冯·霍夫曼施塔尔(1906—1974),剧作家和诗人雨果·冯·霍夫曼施塔尔之子。1933年与美国大亨约翰·雅各布·"杰克"·阿斯特四世的独生女艾娃·爱丽丝·穆里尔·阿斯特结婚。1939年,雷蒙德与第二任妻子、英国贵族伊丽莎白·佩吉特夫人结婚。

1941—1950 年：纽约的青春，以及不同的写作方式

1945 年 10 月 26 日

[德]与雷蒙德·冯·霍夫曼施塔尔在沃伊辛[1]共进午餐。他是最温文尔雅、最风度翩翩的男人！和他谈话就像去欧洲旅行一样！他关心他朋友的所有问题——尤其是罗莎琳德和我的问题。他说他期待这次约会已经好几天了，等等——但是一点都不谄媚。我们讨论了美国的文化、我的工作、爱情和罗莎琳德。[德]

1945/10/26

决定：永远，永远不要期待平静的情感生活，最重要的是永远不要认为这是写作的必要条件。因此，把情感生活与我的写作分开，与我的生活分开。"情感生活"——道路上永远铺不平坦的砖！

1945/10/29

疲劳＋咖啡＝陶醉和兴奋。

爱＋咖啡＝陶醉和狂喜。

1945 年 10 月 30 日

[德]感谢上帝，我不像 B. Z. G.——没有恋爱就生无可恋。不，还有心灵的种种欢愉。困难在于，一个人不可能日复一日地享受它们——没法独自享受。我过着一种不稳定的生活。倒要看看我能坚持多久。[德]

1945/10/30

要知足，要知足，要知足，要知足。

要克制。要像个欧洲人。也要保持孤立。

1945/10/31

还有三个月我就满二十五岁了。生活像针尖一样压迫着我。我看待事物的态度仿佛都走向了极端。我过于敏感地觉察出细微的愉悦或轻微的不快。在我的周围，忧郁加重成了真正的悲伤，成为一种气场。一丁点儿的任务都让我心力交瘁，所有的生活都失去

---

1 法国餐厅（大约 1912－1969 年），纽约市地标建筑。曾出现在伊恩·弗莱明的 007 小说《钻石恒久远》和菲茨杰拉德的短篇小说《迷茫的十年》中（1939 年发表于《时尚先生》）。

了乐趣。这是英雄孤旅吗?是我过于敏感了吗?不,它们只是镜头扭曲的结果罢了。

1945/10/31

是写一本书来讲一讲纽约不健康的文明,从而让自己能摆脱它;还是干脆远离这一切。不管怎样,都必须逃离这里。

1945/11/5

文明的进程——首先要吃苦,往往是在十七八岁的时候经历爱情的折磨,但这种痛苦是如此卑微而深刻,人们渴望良药。因而他们会求助于诗歌、音乐和书籍。当然,前提是必须要有一定的敏感性。这个过程也许在很久之前就开始了,这种敏感性也一直都在。那么,这种分析思考给我什么样的收获呢?

1945 年 11 月 11 日

[德]我觉得——不,我知道——当我恋爱了,被爱了,或者至少对爱抱有希望的时候,我可以和别人说话,交谈都很得体。现在,多希望眼前是一片沙漠或荒原,我会说出我不想说的一切,痛苦不堪,抽烟。[德]

1945/11/15

抑郁——悲观厌世控制住人的时候,人就会瘫软无力,在我身上,则有二到三个小时不能动弹,通常在大白天的时候——下午1点到6点之间。无法动弹,更不用说思考工作了。甚至都不能对自己的悲观情绪做个总结,因为这样做就意味着要实现某种目标,而整个大脑已经调整为阻止实现目标的模式。

经历了历史上最恐怖的战争之后,各国又在和平会议桌上激烈争论,而被统治阶级则在家中焦急地读着新闻,终于意识到又一场战争白打了。几千年来,一代又一代人都是在打完了一次次的战争后才明白这个道理。不仅如此,他们还失去了自己的儿子、兄弟、丈夫。战争之后,伟大的欧洲已经四分五裂,穷苦潦倒。

1945/11/21

这世界到底怎么了?爱像苍蝇一样死去。

1945 年 11 月 25 日

[德]雷蒙德在午夜来了,留下我独自面对我们谈话中最烦人的结论:作为同性恋

的困难和弊端。比如我穿男人的衣服时感觉更自在，可这不是一个优势，等等。似乎无法在这里写下这次谈话给我留下了怎样的印象。但我不会忘记的。[德]

1945年12月4日

[德]坏消息——H.B.[《时尚芭莎》]的阿斯韦尔女士来信，里边还有退给我的小说。"你的主角需要更多的魅力。"她说。还说这个主题没有新意。这比他们发表的故事好多了！但他们想让你再润色一下。从D.D.[大卫·戴德蒙]那里得知康奈尔已经住院一个星期了。她的胃有问题，而且已经连续五天处于危急状态！上帝啊，现在她已经没有求生的意志了！[德]

1945年12月5日

[德]我极度渴望生活——去看，去学习，于是决定在一月份去旅行。我将独自一人，乘公共汽车——也许去新奥尔良，或者肯塔基、弗吉尼亚、田纳西。这种渴望是七年来我唯一——最自然、最健康的感觉！感谢上帝，我已经不满足于我那小小的同性恋朋友圈！打电话给大卫·戴蒙德询问阿莱拉的近况。是的，她在感恩节后的那个星期天自杀未遂。早上6:30，她和安妮吵架之后，安妮在屋里，她一个人在屋顶上一口气喝了半瓶硝酸。安妮想熬夜喝酒，阿莱拉想上床睡觉。安妮还不让她见任何心爱的人。之后她将被送到她的父母那里。多么悲哀，多没必要！[德]

1945年12月6日

[德]很累——但是仍然努力工作到7点，纳蒂卡准时出现。我总是很高兴她来我家！她的脸很漂亮，她的头发更光滑，像纯金。今晚——我们没有喝醉——也没必要——但我发现了一件我早就知道的事：自从纳蒂卡之后，我就再也没有爱过别人。她是唯一对我有生理吸引力的女人。后来我们躺在床上，听音乐。我们笑得很开心——这对我来说是很新鲜的，也许是因为我现在太胖了——我们的吻是如此的甜蜜，所以她最后留了下来。曾有一次，我差点哭了。不，我再也不会为她哭泣了。[德]

1945/12/9

活在此地，活在此刻。这是真理的两个原则，只有知识分子宣称自己知道了，但他们从未付诸实践。亨利·詹姆斯以此作为他毕生事业的基础，但在个人生活中，却醒悟得太晚了。

1945/12/9

　　这是对20世纪的讽刺——它可能是无限长的——变得越来越像赫胥黎的《美丽新世界》。然而，由于现实和实例的存在，这种讽刺更打动人心：打半小时电话来安排，最后两个人只能见上五分钟；在全国最大的报纸上，一篇关于华盛顿的官员们没有足够的时间去思考的文章；布伦塔诺出版社和斯基伯纳出版社推出的新书名字就叫《如何思考世界和平》《如何阅读》，杜兰特文集的简缩版，经典的删节本等等，数之不尽。此外，尤其重要的是，人们购买劣质商品的目的是在把它们用旧后扔掉，以便用自己可能增加的收入购买更多商品。助理教授的助理每小时只能拿到50美分的工资，比郊区清洁工的工资还低，这让这个年轻的学生很吃惊。他的法语老师表扬了他，告诉他他应该教书，学生回答："我就只能干这个吗？"总之，就是事事都发生了应有的反转。邪恶时代伪装成启蒙时代、种族平等时代，普遍民主时代伪装成普遍理想时代，原子时代也就是反基督教时代，这样的民主和时代，连亲兄弟都相互提防。

　　贪婪统治一切！没必要喊"万岁！"。

1945年12月10日

　　[德]我快乐得像个傻瓜。生活在我面前展开——我是一个冒险家，一个骑士，一个英雄，也许是——堂吉诃德。这一切都是因为我今天见到了N.，虽然只有几分钟，但那几分钟胜过五个晚上。上帝啊，当生命被一个女人照亮时，生命是多么美丽啊！[德]

1945年12月11日

　　[德]工作——一直到4:30我去圣文森特医院见阿莱拉。她躺着，鼻子上插着一根管子，她必须通过这根管子"吃东西"。她看起来又黑又瘦，毫无生气。她母亲起先还在那儿，但很快就走了，好像我们是情人似的。我给她带来了我最好、最新的书——陀思妥耶夫斯基的短篇小说。但她发着烧，读不了书。上帝啊，这么多人都在担心她，她必须休息这么长时间，这是多么悲哀啊！她很惊讶她的朋友们如此关心她。"也许人们终于懂了，"她说，"谁是自己的朋友。"她不知道我已经知道了她企图自杀的事。"不管你做什么，帕特——我永远爱你。"她问我们今年冬天能不能去米诺特。"你过得怎么样？你的感情生活怎么样？"我告诉她，我只有我自己。[德]

1945年12月15日

[德]"亚伦"的故事[1]已经快完成第五或第六稿了。故事更短了，但还不够短。我读了一本关于短篇小说写作的书，以前我通常很讨厌的那种，但我决定我不能再只为自己写作了。[德]

1945年12月20日

[德]我不能否认，我很孤独，因为我没有纳蒂卡的任何消息！上帝，我必须学会对纳蒂卡不抱希望、不设目标、没有（最普通的那种）爱的生活。纳蒂卡，我生命中的秘密、迷思、命运、幸福和悲伤。[德]

1945年12月22日

[德]我又一次写起了我的"亚伦"故事，我必须尽快完成它，好去开始一个新的故事。我想写一部长篇小说，基于两个灵魂伴侣[2]的想法。纳蒂卡怎么可能一句话也不说，就让圣诞节过去了呢？[德]

1945年12月28日

[德]罗尔夫依然如故——我的好朋友！他说啊，说啊，说啊，直到突然发现已经一点半了！我们聊了国家的经济，写作的困难。我们有一些分歧——他喜欢[威廉·]萨洛扬，倒觉得普鲁斯特无聊。我们还聊了地理。他说乔奥·戴维斯觉得我的故事不成熟。还说，我有奇思妙想，但不去深入探索。这些创意需要魔法——一点点创意，再用魔法激活。不幸的是，这就是出版商的思维方式。最近我更想讲故事、描述人、写长篇。我非常喜欢罗尔夫。他比以前放松多了。他也长胖了，很担心自己的体重。我们约定要经常见面。[德]

1945/12/28

留作未来的思考（现在没时间了）：为什么一个人会因自己的外表——衣着光鲜亮丽——而趾高气昂？它有时会影响聪明和愚蠢的人，富人和穷人。

---

1 亚伦的故事在帕特去世后发表在《无迹可寻：帕特里夏·海史密斯未发表故事集》（纽约，2002）中，名为《最强的早晨》。故事的"主人公"是亚伦·本特利，初到一个小城市，就有谣言说他与一个名叫弗雷亚的十岁社会弃儿有着禁忌的关系。
2 这就是她未来的小说《列车上的陌生人》。

1945年，帕特里夏·海史密斯用这张图表对她的爱人们进行比较，并给她们评分。为了保护这些女性的隐私，所有的姓名首字母都被隐去了。

1946年

对于帕特里夏·海史密斯，1946年的工作和生活都变得日益繁忙。在新经纪人玛格特·约翰逊的帮助下，帕特最新的两个短篇小说——《路易莎的门铃》和《世界弹球冠军》——发表在《女性居家伴侣》杂志上。帕特并没有去构思《列车上的陌生人》，她整个夏天都在缅因州肯纳邦克港，写一本后来被她放弃的名为《鸽子降落》的小说。

赫赫有名的卡瑟伍德家族在肯纳邦克港有一座避暑别墅；他们的女儿弗吉尼亚，又叫金妮，是纳蒂卡·沃特伯里的情人——帕特在6月赢得了金妮的芳心，与纳蒂卡从此断交。然而，在金妮确定成为帕特的新欢之前，帕特喜欢上了琼·S，两人一同去新奥尔良游玩。琼既踏实又善良，对帕特来说，她就是纯洁和安稳的化身——虽然有些无聊。后来帕特与金妮发生冲突时，她总是很后悔当初没有安于和琼之间"单纯"的爱。

金妮从家乡的最近一次狂欢中平静下来后，她与帕特找到了一个新的爱好：收集和饲养蜗牛。这位来自费城的富家女，离婚之后被剥夺了孩子的抚养权，在接下来的一年半时间里，她成了（又一个）出了名的花心、痴迷的情人。在两人早期的关系中，帕特和金妮的生活矛盾非常集中，就是帕特的写作（这需要宁静）和爱情生活（所需的刚好相反）之间的主要矛盾。帕特不仅把几个短篇小说献给金妮，还以她为灵感创作了好几个女性形象，从《盐的代价》中的卡罗尔到《伪造的战栗》中的洛蒂。

10月，琼·S自杀未遂后被送往医院。几天之后，阿莱拉·康奈尔因去年自杀未遂的后遗症逝世。这些恋情的戏剧性结局，令帕特第一次考虑要去接受心理治疗。她还想过要和罗尔夫·蒂特根斯结婚，以帮助他取得公民身份，和他共建一个家庭。但最终，她对另一种爱的渴望占了上风——她爱上了金妮，更重要的是，她爱自由和独立的感觉。

1946年1月1日

［德］今天很快乐，就像每年的新年夜一样。身体健康，容光焕发。纳蒂卡打来了电话。我跟她说我们正在开香槟。于是她9点就来了，吃了些东西——然后和罗莎琳德交谈起来，我没怎么参与。她吻了罗莎琳德——我也不介意。我画了很多她们在床上的素描！纳蒂卡和我很早就离开了，到唐人街去纹身。我们在里克斯喝了咖啡（在L线的台阶上愉快地一吻之后！）然后回家，我们在家里喝酒、跳舞、接吻、发誓要相爱到永远。她想和我一起"在乡村"生活。我觉得搬到小城市会更好些。老问题了，我对这方面一无所知。我们还考虑搬到新奥尔良去。我很高兴。要是她能留下该有多好啊，但她有离开的理由。天啊，今晚我们吻了这么多次，到现在我还醉醺醺的！［德］

1946年1月2日

［德］辛苦地写到晚上11:30，我真累坏了。为《魔窗》[1]另写了一个开头——更简单，也更甜蜜。他需要心爱的女人的温柔的吻，这一点他不能否认。（那时的）世界似乎很真实——也就是说，人能看到世界本来的面目。［德］

1946年1月3日

［德］［恩斯特·］豪瑟来了——我们吃了晚饭。他从巴黎给我带来了三本皮革封面的书——一本是拉丁文的，剩下两本是法文的，还有一些弗莱克牌香烟，我很喜欢。要是美国人也喜欢味道更淡一点的烟就好了！豪瑟还和以前一样。我不读他的文章让他很失望——不过没关系。他充满爱意。我不知道之后还会发生什么？我今晚更想见纳蒂卡！但她没有打来电话。［德］

---

[1] 《魔窗》（暂定名为《恐怖荒原》）讲述了一个悲伤、孤独的男人的故事。一天晚上，在他经常光顾的酒吧里，他遇到了一个迷人的女人。他们约定白天在博物馆见面，但是女人却没有赴约。她走了，留下那个男人独自一人。这个故事在帕特逝世后发表在《无迹可寻：帕特里夏·海史密斯未发表故事集》中。

1946年1月7日

[德]独自写作——我（已经）为这个故事想好了名字:《群山之巅》[1]。今晚我还拜访了罗尔夫·蒂特根斯。天啊，我多么爱他啊！他的房间德国风格那样鲜明，充满男子气概，又整洁干净！鲍比的父亲罗伯特·艾萨克森碰巧也来了，他看起来很年轻。一周后，他将和一个只有二十四岁的女人结婚。听这个实际又平凡的堪萨斯州人和罗尔夫讲话，真的很有趣。他不太担心他的儿子，跟我和罗尔夫开着玩笑，临走前还借了10美元。[德]

1946/1/8

在爱情中不快乐的人似乎总记不住别人也体味过这相同的苦痛。从一开始，神情严肃、伤心欲绝的年轻人就感受过这种凄凉，当他被悲伤压垮时，甚至不可能从中获得美感，于是也便失去了最后一丝慰藉。舒伯特在《冬之旅》的第一段写道："冻结的眼泪！我的眼泪明明从一颗热腾的心中涌出，可以融化所有寒冰的泪，怎会如此冰冷。"这位忧郁、心力交瘁的青年在乡间游荡着，不禁令人潸然泪下。

1946年1月9日

[德]故事只往下写了一丁点，一直写到午夜。然后纳蒂卡在半夜12:30打来电话。她过来了，我们聊天、接吻、喝茶，一直闹到5点差一刻！要找到恋爱的时间也不容易，我们不应该漫不经心地度过。我们再一次发誓要彼此相爱——可对这样一个神经质的人来说，这又有什么意义呢？但我想让它刻骨铭心！我已经对自己发过誓了！我见到了玛格特·约翰逊，把《群山之巅》给了她。[德]

1946年1月11日

[德]今天是[阿莱拉·]康奈尔的生日。我下午1点去看她。她看起来状态更差了，尽管她说自己的身体越来越好，但她却只有106磅，每周都得从喉咙里插管一次。她说快要疼死了。听说我又在和纳蒂卡交往了，她既惊讶又好奇。没人知道她什么时候能出院。大概两个月之后吧。我爱今晚[的纳蒂卡]胜过从前所有日子！我对她简直是着了魔！如果我不能和她共度生命里的每一个夜晚，那我宁愿死去！（此刻，）我想如果她或是我离开的话，我的幸福和活下去的理由都将不复存在。终于，她对我的爱有了回应（就像她今晚那样），我幸福感激得快要昏倒了。[德]

---

[1] 1945年，她把这个故事称为《亚伦的故事》，后来改为《黎明之巅》。

1946年1月15日

[德]醒来后我几乎要哭出来，因为我一直睡到了14:30而不是8:30！工作堆积如山。我在列克星敦大道的杂烩餐馆见到了纳蒂卡，和她一起吃了晚饭，她刚见过［弗吉尼亚·］卡瑟伍德，担心她会跟来。但是没有。纳蒂卡从来都没像今晚那样美丽！在电影院里，我坐在她身旁，情难自禁。她讲下流话时，可真让我兴奋！那样的她身上有一股不可思议的魅力。[德]

1946年1月19日

[德]为准备聚会忙了一整天，在第一位客人到来之前我只有半个小时的空闲。到最后，只有M. & A. & 纳蒂卡留下来了，喝得烂醉的纳蒂卡想尽一切办法来折磨我：把香烟在地板上捻灭，把水槽堵住，和玛丽亚搂着脖子互吻，搞得我都恶心了。我和A. 在厨房里，我床上发生的一切都听得一清二楚。我像一个濒死的人一样颤抖着，问A.："她们在干什么？"就好像我们在看一出蹩脚戏一样。最后，她在4:30的时候气冲冲地离开了，我追了上去，不愿我们就这样不欢而散（尽管她在楼上吻了我，还对我说了许多甜言蜜语）。"我爱你，明天我会打电话给你！"她边说边坐进了出租车。她离开了，我希望她是去卡瑟伍德那里，因为她喝得烂醉如泥，都快要吐了。我打扫了房间，从未有过这样沮丧的生日。[德]

1946年1月21日

[德]为什么我还爱着N.？她还和一年前一样：一个电话也不打，伤害我也伤害她自己。现在——外面下起了雨。7点——我一天中最美妙的一段时光，罗尔夫来了。为什么我就不能拥有这样的生活呢？他已经成熟很多了！他是一个天使。难怪鲍比那样崇拜他！[德]

1946年1月22日

[德]罗莎琳德邀请我周六晚上去她家参加鸡尾酒会，但我受不了；要是看到纳蒂卡亲吻玛丽亚，就太煎熬了。不会有人想见到卑微、阴郁的我。[德]

1946/1/30

童年——我们熟悉的场景，记得的一个个瞬间，都封存在记忆的酒缸中，对个人的感受而言，它散发一种独特的风味和芳香，这种感受没法对别人描述，就像对盲人描述颜色一样。也许正因为如此，我们每个人的心中都有一个童年封存的信封，走到哪里都带着，这使我们感到孤独，只要我们活着，这样的孤独便会一直伴随着我们。

355

1946 年 2 月 4 日

[德] 完成了 5½ 的稿子,这是我写的第一本儿童读物[1],它讲的是格雷西的故事。和我最忠诚的朋友罗莎琳德聊过之后,我感到兴奋、平静又快乐,一直以来,她都源源不断地给我以支持。[德]

1946 年 2 月 6 日

[德] 今天去看望康奈尔,她看起来气色好多了。现在她好像有活下去的意愿了!但她只有 44 公斤重。她的手看起来像鸟的爪子一样。她什么事都想知道,于是我给她讲了一些我的派对上发生的趣事,还有我做了一套西装。"噢,帕特,我讨厌看到你和他们在一起!他们哪配得上你!"我怀着对她的爱离开了。[德]

1946/2/6

即使和你在一起的时光不多,幸福的时光少得几乎无法凑成一个礼拜,这又有什么关系呢?你让我比以往任何时候都更加幸福,简直都快要让我幸福至死。而现在,用宝贵的记忆力去重温那些时刻,我重新创造出了你,还有我自己,我知道我已经获得了如此神圣的幸福,我变得更优秀,更伟大,更谦卑,也更自豪。我的一部分将永远活在过去,无论是好是坏。我的一部分将永远崇拜你。(唉,没有。1950/4/27)

1946 年 2 月 9 日

[德] 昨天,我决定给纳蒂卡买一张机票,送给她做情人节的礼物。3 月 10 号,我们将一起乘飞机。[德]

1946 年 2 月 11 日

[德] 现在时机到了——上帝,我哪有一刻不需要 N. 的理解啊?——她对我并不冷淡,但就是提不起一点兴趣。当然,我还是一如既往地渴望她。我给了她我能给的最丰厚的礼物——结果却是懊恼这些礼物会让她对我更加冷漠。[德]

1946 年 2 月 12 日

[德] 整个城市都停摆了。拖船工人罢工。家里没有暖气,等等。餐馆和剧院都关了门。在罗莎琳德家吃午饭。感觉非常愉快。她显然明白我(那天晚上)不想见她的朋友。所以,我用我喜欢的方式拥有了她——独享。[德]

---

1 不幸的是,海史密斯的第一本儿童读物没有被包括在她的文学遗产中。

1946年2月14日

[德]凌晨1:45，刚和N.打过电话，她对情人节只字未提。但我知道她收到了机票。她是个什么样的女孩啊？我想知道，她对我送的机票有什么想法？我们俩谁都不想提这件事！怎么会变成这样！[德]

1946年2月16日

[德]昨天，她说："我收到了你的情人节礼物。这是我见过的最甜蜜的事了。"等等。感谢上帝，她给了我如此之多的赞美！她会不会来呢——？她会来的。我（9:15）去看望马乔里·W，他是我最亲密的四个朋友之一，另外三个是罗尔夫、[露丝·]伯恩哈德、罗莎琳德。在我烦恼苦痛、极度不安的时候，她那样安慰着我！哪怕我能对她说的是那么少！[德]

1946年2月27日

[德]废寝忘食的日子多好啊，我独爱那些日子。和S.W.共进午餐，我觉得他现在都算得上迷人了。他写了一本244页的小说。我觉得它的主题似乎有些模糊，但可能是我对别人的工作不感兴趣的缘故吧。我心生抱歉，但我也改变不了。[德]

1946年3月2日

[德]上午10:45我打电话给N.。躺在床上，我问起她文章的事——"是的，已经写完了！"她愤怒地喊道。"我的裙子呢？在你那儿吗？""还给你！今天就还！"她大喊一声，挂断了电话。天啊，这样粗鲁地挂断电话对她来说已是家常便饭了。现在我真的生气了，很高兴我定然会独自一人去新奥尔良了。[德]

1946年3月4日

[德]我正在构思小说[1]。我想出了一个情节。它太简单了，我几乎不敢称它为情节。读[伊夫林·沃的]《故园风雨后》让我心旷神怡。这是一本用幽默写成的严肃

---

[1] 帕特开始创作她的第二部长篇小说《鸽子降落》，书名转引自她最喜欢的诗人T.S.艾略特的作品。这本手稿写到78页后她停笔放弃。书中讲述了一个年轻的孤儿和她专横的姑姑去墨西哥寻找她们共同暗恋的男人的故事，他是一位英俊却饱受酗酒折磨的雕刻家。姑姑和侄女都希望能挽救他，和他一起开始新的生活，但他在阿卡普尔科海岸的一场风暴中死去。

小说。等到明天再打电话给纳蒂卡。[德]

1946年3月5日

[德]非常愉快地打扮好去见琼［·S］。在巴比松[1]，我们在她的房间里喝马提尼酒，放唱片。我想拥抱她，向她倾诉我的烦恼。她那么甜美、单纯和诚实。我邀请她一起去新奥尔良。"我得想一想。"她说道。星期四之前给我答复。[德]

1946年3月9日

[德]我告诉［理查德·E.］休斯：从现在开始我要减少漫画创作了，心情立刻就变轻松了。"这句话我已不知道听过多少遍了，我才不在乎。"他回答说。琼四点整打电话过来——（认识一个准时的姑娘多令人高兴啊！）6:30她来了：喝了点马提尼酒。我很高兴把琼介绍给妈妈。当然，妈妈也很喜欢她。她离开后，妈妈说："我喜欢她，超过你之前约会的所有女孩。"[德]

1946/3/11

一加一等于二是一种算法。

只是为了算术，而不是用来娱乐。

1946/3/12

新奥尔良，老广场——我们从布鲁萨德饭店出来的时候正在下雨。一切融汇成一幅美轮美奂的画面，雨水顺着有灰色裂缝的墙壁滑落，狭窄的街道在霓虹灯招牌的映射下闪烁着红色、蓝色和黄橙色的光。从餐馆出来，惊见这样的场景，那一瞬间，美得无以言表——在这静谧的瞬间里，耳边响起同伴响亮而单调的声音："绝对啥也干不了了。要是下雨——"

1946年3月16日

[德]琼的飞机晚点两个小时！我自然紧张得像在等待孩子出生一样！我喝了两杯咖啡，抽了几支烟，想象着看到那架飞机有多么美好——小巧又精致——在夜空的云

1　巴比松酒店，位于曼哈顿第63街和列克星敦大道之间，是一家面向年轻女性的高档住宅酒店，男宾不能进入住宿楼层。它的住客包括格蕾丝·凯利、西尔维娅·普拉斯和南希·里根等。

朵中，一轮满月下，缓缓地出现。[德]

1946 年 3 月 19 日

[德] 精彩的一天。我越来越爱琼了——她变得越发美丽——这一天预示着黑夜的来临。沿着密西西比河乘船而下，写生，谈笑，也许在爱河里我们已坠得更深。我们对此只字不谈。[德]

1946 年 3 月 22 日

[德] 也许我很懒惰，但我觉得自己就像国王一样。生活中再没有比和爱人一起环游世界更美好的事情了。[德]

1946 年 3 月 26 日

[德] 昨晚是我们连续共度的第十一个夜晚。琼一直说："上帝啊，明天晚上你不在这里的时候，我该如何熬过去呢？"听到这些话是多么甜蜜啊！我们能不能在机场亲吻对方——那还是一个问题！[德]

1946 年 4 月 5 日

[德] 我们去探望了康奈尔，她的心情稍微好了些，但她还是处在极大的危险之中。四个护士照顾着她。其中一个说，她的胃甚至都没有鸡蛋大。要是咳得厉害，那她可能会死。护士说："如果她能快点走可能倒好些。"天哪，这些话让我心惊胆战！我从没想过阿莱拉会死。这是不可能的。[德]

1946 年 4 月 9 日

[德] 琼试着向我描述她新近的感受，这于我而言弥足珍贵。几乎每天，她都会说："帕特，我无法告诉你我感觉如何——"今晚，我俩在厨房时，她说："你工作时我连睡觉的房间都没有，真是可惜。"这等于是说，她希望我们俩生活在一起。我也非常想。我们那么相爱，一天看不见彼此便令人发狂——煎熬。愿上帝庇佑这份爱。[德]

1946/4/10

绘画总是领先于写作。文学作品中的现代形象于绘画而言是陈腐的。戈雅为左拉的先驱，莫奈是多斯·帕索斯的先驱，德·奇里科预言了加缪的寂寞和孤独。毕加索又预示了什么呢？炸弹、爆炸、没有组织的民众、思想和心灵的贫瘠与混乱。

1946年4月11日

[德]我突然想到，如果我们的关系突然被人发现，那我们就会碰上麻烦了。我想，她家人的意见会像死神一样将我们分离！一想到有什么会把我们分开，就难以承受。今晚，我们都在期待着明天和未来。[德]

1946年4月13日

[德]这简直就是天堂——在我父母家里工作——和他们一同坐在餐桌前，在我的房间里抱着琼！工作一天后，她的存在就有些不真实，宛如一场梦境！今晚——我的上帝，我们再也无法入睡了吗？每天晚上我们都能见到日出！[德]

1946年4月14日

[德]早上7:15，我累坏了，这时妈妈端着咖啡和果汁走进卧室。我自己的——我们的——睡衣凌乱不堪，床上和地板上，丢得到处都是，我们紧紧地依偎在床上。"我不想打扰你们，你俩看起来很惬意。"妈妈说。"昨晚实在太热了。"我说。"是啊，肯定的。"妈妈说道。[德]

1946/4/21

这是一个关于我和所有男人关系的悲剧故事。（船只，不可避免地触礁！）开始很快乐，彼此的喜好 & 厌恶都很一致，共同的话题越来越多，交谈也激情洋溢，丰盛的晚餐，（不吉利地）他不会让我付账，感受到他的善意、力量、友爱，接受贝多芬的《第九交响曲》（否定里尔克 & 叔本华），最后走进绝境，酒进愁肠，那条路变得伤感和乏味，失望和厌倦使人仿佛在座位上坐得太久一般浑身难受。无聊、后悔、永远的失落，那种致命的挫败感又死灰复燃，我几乎要哭出来了！太可悲了！

1946/4/23

世界上没有一个城市能够及得上纽约，它几乎孕育了世界上的一切，它是美妙温床（物质享受）的飘渺幻影，隐士、智者、世界各地的人都躺在上边，伸手够着他们向往的一切——食物、艺术或一个人。

1946年4月24日

[德]我们报名参加了杰斐逊学校的雕塑班。两个月学费要14美元。然后去看望了

康奈尔。琼和康奈尔的会面奇怪地触动了我。琼很放松，像往常一样笑着，康奈尔也跟着笑了起来。我觉得 A.C. 喜欢她。[德]

1946 年 4 月 27 日

[德]一个月前，琼很害怕 N.——也许我那时也是。但现在，她就是她自己而已，一个非常迷人、聪明、危险的女人。我对琼的感觉永远不会像我对她的感觉那样。反之亦然。两种感觉差别很大，我完全倾向于琼。[德]

1946 年 4 月 28 日

[德]工作——之后 7 点去见了罗尔夫·蒂特根斯。和他在一起的每一小时仿佛都能——瞥见未来？我不知道。我不敢想象我可能和琼过这样的生活。我害怕是因为我觉得我没有权利、没有能力，去把一个像她这样自由的人与我紧紧地锁在一起！[德]

1946 年 5 月 10 日

[德]如果有人问我如今的生活最需要什么，我会回答："做梦的时间。"只是与别人（琼）的相处会暴露出我内心的很多弱点来。我是否该忽略这些事实：琼经常缺钱，身上总不备烟，挣钱太少不足以养家——这些与她的价值相比都显得微不足道。但是这些东西让我深深厌恶！我孤独太久了，数年里都是孤身一人。人无法很快转变自己，但我已经进步很大了。[德]

1946/5/10

抑郁使人迷失方向。

1946 年 5 月 14 日

[德]和琼长谈了我们恋爱的情况（一直聊到 5 点！）：首先，这场恋爱没有"让她有足够的收获"。对她来说，这太新鲜，过于陌生了，我不知道她能否忍受。她那奇怪而残忍的哲学观（简直就是屠夫的哲学！），就是当某样东西变得太难受、太尴尬时，就必须把它彻底删除！所以她可能会下定决心把我从她的生活中完全剔除出去！这太可怕了！我想要她——我需要她，但我也需要足够的时间去工作，这是我心之最爱。但在这种情况下，我需要竭尽全力，不惜一切代价去挽留她！[德]

1946 年 5 月 22 日

［德］终于还是独自一人——不过只到 11 点，我就去看望琼了。在巴比松酒店，我穿着琼很喜欢的李维斯牛仔裤。"你（穿李维斯牛仔裤）看起来妙极了！"她说，语气就像是一个心动的女学生。但我很喜欢——她兴奋的样子！在我认识的所有女人中，只有琼让我的人生变得完美！我那么需要她，而以前我从来不需要任何人。

后来——凌晨 1 点——我去见了卡瑟伍德，当然 N. 也在那里。她们在 J. 这里都很开心，尤其是金妮，她让我大笑起来。她的故事太有意思了！"回到正题上来，金妮！"纳蒂卡一遍又一遍地叫道。金妮又礼貌又体贴，人们一定会不由自主地喜欢她。她们开车送我回家。"我想看看你的房间。"金妮说。随后我们上了楼。一切都很好，只是睡觉时已是凌晨 4:30 了。［德］

1946/5/24

让艺术家与资产阶级为伴吧。（托马斯·曼说得太对了，这种对资产阶级的渴望。）他身上的艺术家气质是永远不可磨灭、根深蒂固的。艺术家需要尽其所能地结交一切资产阶级人士。

1946/6/1

孤独是最接近另一重人间天堂的——爱与被爱。

1946 年 6 月 7 日

［德］当我们拖着沉重而疲倦的身体躺在床上时，琼哭了。"我现在就想死！"J. 哭着低声说。我想到了大约两三个月前，我产生的一种奇怪的想法：有一天——我也不知道是什么时候——当我们坐在一条小船里，浮在蓝色的海面上，她一句话也没说，就忽然跳下船去，就因为她很开心。［德］

1946 年 6 月 10 日

［德］我仍然忙于各种事情，但我的生活不知为何有点沉重。而且奇怪的是，我渐渐厌倦了琼。［德］

1946 年 6 月 13 日

［德］今晚和琼、纳蒂卡一起在弗吉尼亚·卡瑟伍德家里。金妮一如既往地彬彬有

礼。我喜欢她,只不过是因为她目标明确。我觉得她们不太喜欢琼。琼有点迟钝,冷静,还不怎么有趣。[德]

1946 年 6 月 14 日

[德] 真让人受伤——N.（对金妮）太虚情假意了。"我不喜欢这样的人,"金妮说,"我喜欢像你这样的人。"[德]

1946 年 6 月 19 日

[德] 读了约瑟夫·康拉德的《青春》。暖人心扉。他是一个哲学家,也是诗人,一个真正的作家！要是我也能不用那么多的血腥和恐怖就写得如此深刻就好了！现在我对生活的把控比以前强多了。房子收拾得干净,一切井然有序。我在写作,挣的钱也足够——也就刚刚好。我有朋友——最重要的是——有一个女人！[德]

1946 年 6 月 20 日

[德] 地狱邪火般的一天。晚上和金妮还有琼在一起。准备了一大盘沙拉,大家都没怎么吃,我喝得酩酊大醉,自己调好马提尼酒后再喝红酒总会醉成这样,不久就到了午夜。琼回去了。金妮假装要离开,却留了下来——大约待了十个小时。每一次都是对方主动与我肢体接触。随后是极其甜蜜的亲吻,拥抱,既危险又可爱,因为可以感受到对方的身体和极大的享受,这在初次接触时因为新鲜而充满吸引力。我仔细地想了想,发现我总能将这些丑陋的行为与我的好奇心和"道德"协调起来。然而我依然为自己深感羞愧。[德]

1946 年 6 月 25 日

[德] 我有什么样的感觉呢？有时我觉得我没有感觉。她们两个我都喜欢,只是方式不同。当我和琼在一起时,我仿佛觉得一切安好。而和金妮共处时——只是肉欲。[德]

1946 年 6 月 27 日

[德] 今晚本来可以一个人过的,却遇见了金妮。昨晚,我正要入睡时,J. 对我说:"你似乎并不那么喜欢性爱。你不感到享受。"老天,叫我如何否认呢？她的身体再也吸引不了我了。[德]

363

1946/6/28

成长过程中悲伤的一面——你逐渐意识到,世界的法则就是最适合自己身体与心灵的方式。橘子酱小时候吃,觉得味苦,现在成了早餐中最可口的调味品。八小时的睡眠确保人们不用担心睡眠问题——不管我们的意愿如何,早晨的时间已被证实最有益于创作。理想会消逝,家庭主妇之外再安排个情人,最是令人愉快、身心健康、精力充沛。承认自己和别人一样平庸和实际,是成熟智慧的开始。

(1947/9/14唉,以上这些都是假话,从橘子酱到情人都是。更高的智慧总是承认没有高于精神的东西。这一段落是荒芜的一年的开始。)

1946 年 6 月 29 日

[德][琼]在我家里。和金妮过了一个星期之后,我几乎快累死了。3点之前我无法入睡。琼多么温柔啊——她总是帮助我,总是那么善良和温柔。我是魔鬼,一文不值,难以忍受。[德]

1946 年 6 月 30 日

[德]我们都想把事情解释清楚,琼想要彻底结束,或至少把情况弄明白。解释起来很困难。我不知道该说什么。没法说自己已经厌倦了,说想要更多时间来独处(干什么呢?)。最后,她独自在街上走远了。那是我见过的最悲伤的画面了。[德]

1946/7/1

草履虫和我

有一点相同,我们都穿梭于

海洋中寻找朋友或敌人

他们会吻我们一次,就放手。

(我们两个只需保证

亲吻后能重回年轻。)

谁在乎接吻是否满足了你?

我们是无拘无束的草履虫!

我们靠假足导航

向每一位过客点头致意,

悄无声息接近你,让你激动,

但流连忘返？草履虫怎么可能！

（我们两人只需保证

亲吻后能重回年轻。）

我们在想，分裂生殖还有什么用？

一次性交便能完成我们的使命。

爱是愚蠢又苦涩的，一如

独特的初吻也是最后一吻。

（我们两个只需保证

亲吻后能重回年轻。）

"再见！"我们呼喊着，彼此欢愉。

接着滑向下一次相遇。

谁能说我们不聪明？

草履虫长生不老。

1946年7月9日

[德]得克萨斯的故事越写越糟。有一种情绪不大对劲。巴不得赶紧把它写完好轻松点！今天中午12:30纳蒂卡来了，她说金妮还在不停地酗酒。每天大概要喝12到15杯。她说金妮早上喝酒前身体在发抖。"G.是一个病恹恹的女人，"纳蒂卡说，"没人留意到这一点。"对纳蒂卡充满爱意。有时她像一个天使，或至少是一个正常人，拥有一个善良友好、善解人意的朋友的所有美德。然后突然间，她又变得一无是处，面目可憎。[德]

1946/7/15

生命的意义仅仅在于意识。别无其它。剩下的便只是刺激罢了。

1946年7月18日

[德] G.每小时都要喝上一点：从漱口水瓶子里倒出掺了水的顺风威士忌。在林荫小路上亲吻她。天啊，我不知道为什么这样做了。也许是同情她。我不知道这会不会毁了我和琼的一切。她们两个我都想要。[德]

1946 年 7 月 23 日

〔德〕当金妮第四十次打电话向我告别时，我说："我想去看看波士顿。"半小时后，一切都安排妥当：4点我和金妮去往波士顿，然后到了她家。〔德〕

1946 年 7 月 25 日

〔缅因州，肯纳邦克港〕〔德〕G. 和她的妈妈很高兴有人在她们家里工作，谋生！上帝，这真搞笑！她妈妈把我捧上了天，因为我在"开辟自己的道路"。她的孩子们都无所事事，一无所成。金妮为我感到十足的骄傲。每一天，我们都更热爱对方。〔德〕

1946/7/25

一直都渴望独自生活——哪怕每天只有半小时也好。这只是因为现实最终会变得索然无味，悲哀压抑，差强人意。在现实生活中拥有奇思幻想是不够的。必须把它固定下来。这不仅仅是虚荣心在作祟。人们担心，若不将成长的节点固定下来，下一次成长的飞跃便不会升得更高。

1946 年 7 月 26 日

〔德〕第二次尝试着写〔《鸽子降落》的〕开头。我想这回这个开头不错。我在挨着我和金妮房间的那间小屋里写作。我早上在她醒来之前写作，或在晚上 11—12—1 点之间写作。金妮需要睡上九个小时。〔德〕

1946 年 7 月 28 日

〔德〕现在我很快乐，因为生活本身成了一座教堂，一种宗教。我骑自行车去肯纳邦克港，回来洗澡写作，当金妮醒来时，我和她一起喝咖啡。我们在海滩上收集蜗牛和石头，把它们与图书馆借来的地质学书籍作比较。简而言之，我们像皇帝一样逍遥。〔德〕

1946 年 8 月 2 日

〔德〕琼昨天晚上过来了。"你和金妮一起去了缅因州吗？"她直视着我的眼睛问道。"没有，金妮开车去的。"说起来倒是很容易。不，我觉得她没起疑心。但如果她知道我爱着另一个女人——我可以说"爱"，因为这就是我的感觉——那么一切就都结束了。这一刻迟早会到来的，但我受不了。〔德〕

1946/8/3

此刻，这世上的一切事物都能让我快乐——感官被刺激起来，使得大脑也沉醉在幸福中，连只言片语都组织不了。不是说我现在除了爱什么都不在乎。我只希望能想出一行字，几个字，哪怕是我独创的一个字，好把这种幸福永远锁住。

1946/8/6

同性恋：性爱情感是他们最痛苦、最脆弱的点。稍有困难——他们就会心生不安、悲观厌世，感到自卑、苦命——其中每一个都可能对他们自己的个性造成毁灭性的伤害。因此，他们不断屈服让步，直至变得软弱，无论是真软弱还是假软弱，他们都战胜了自己的主要性目的——占有和控制。因为一个伴侣，一个未来的伴侣，不会对犹豫或自怜的人动心。无论有多大的力量，他们永远都不会强大。

1946 年 8 月 7 日

[德]很平静，很快乐。我在上午和晚间写作，在下午工作。但在 7 点钟，琼·S 突然过来了。刚开始时她兴高采烈，说有很多话要告诉我。她"主动"开始工作，为旅行挣钱，但我终于坦白了，我不想秋天和她一起去旅行。这肯定伤害了她，她哭了起来。

今年，我找到了一种谋生的方法。我彻底改变了，那为何我的爱情就不可能也有所改变呢？是的，这些笔记应该镶上金框。我从来没有如此开心过。我一直玩——一直玩——玩了好几天，玩我想玩的一切！弹钢琴、写作、阅读、思考！我生活，愿上帝保佑，我恋爱！[德]

1946/8/7

爱：真奇怪，向你最爱的人说再见的永远是你。

1946/8/11

人的灵魂不比花园里的蜗牛更复杂。关键是，花园里的蜗牛也是有灵魂的。

1946/8/15

刚柔并济是圣人的智慧。

1946 年 8 月 16 日

[德]昨天晚上 G. 打电话来的时候——我正着手写一个新故事：《离开地球的

人》。能从写作中抽身出来让我很快乐，但对我来说，这不是一种逃避，而是一种恩赐，一种祝福。我从来都没有这般朝气蓬勃过。我想告诉［金妮］，如果她再不少喝点酒，我就会离她而去。是的，我很快就会告诉她。[德]

1946年8月31日

[德] 描述金妮花了我很长时间。她是那么温润，那么柔和，那么可爱——我的上帝啊，她是多么爱我啊！"你拥有一切——你是我所爱的一切，"她总是说，"我自己一无是处。"[德]

1946/9/1

窗户上灰色的、熏黑的白色纱帘绕在更厚重的窗帘上，下摆在微风中不时摆动。这是鬼魂的颜色。灰色的、长期使用的、自然的，不是白色的。肮脏污秽，无法清洗。

1946年9月3日

[德] 下午5:45，玛格特·J告诉我，《女性居家伴侣》用800美元买下了《路易莎的门铃》[1]。M. 很兴奋，我也是。天啊，这样的消息真让我信心倍增。[德]

1946/9/4

第一杯酒所代表的是一种悲惨的绝望——它不是社交晚会上的饮酒，而是下午三点时喝的那种。对于一个寻求心灵宁静的人来说，这酒不是首选，而是最后的无奈之举。在这之前，我们为了获得安静、平和、爱情和信仰进行了漫长的求索，但均告失败。

1946年9月6日

[德] 去看望康奈尔，她看上去很快就要死了。上帝，那是一张充满恐惧的陌生面孔，以前完全不是这样的。金妮也是——我们告别时，她几乎要晕过去了。今晚我哭了——我说她已经判若两人。我嫉妒酒。因此，虽然没有明说，我还是表明了态

---

[1] 《路易莎的门铃》讲述了一个把工作看作生命的中年妇女的故事，故事的结局没有失望和幻灭，最后，主人公的雇主邀请她去广场大酒店。根据帕特的记录，这个故事1948年刊登在《女性居家伴侣》上。

度——要么选酒，要么选我。她想要的是什么呢？[德]

1946 年 9 月 15 日

[德]上午 9:15，J. 打电话过来，她说："你爱她胜过爱我，是吗？"我只能在电话里解释，我对 G. 更多的是肉体的欲望。我知道 J. 在哭泣，在她挂掉电话之前，有人在敲她的门。[德]

1946 年 9 月 16 日

[德]下午 6:30 安·T 来了，然后是金妮。喝了点马提尼酒。7 点钟，希拉打来电话："琼·S 对你意味着什么？""这个不好回答——""她在佩恩·惠特尼医院。我想她可能企图自杀。"[德]

1946 年 9 月 17 日

[德]我去看望琼。不知道会发生什么。她除了右手腕用剃刀割的几处小伤口外，其他地方安然无恙。（奥黛丽说琼房间一个角落里的睡衣上有血迹。）我给她带来了白色的鲜花。她又问我是否想离开。"我不知道他们为什么把我关在这里。我什么都没做。"她非常紧张，垂头丧气，很消瘦。后来我发现我能见到琼纯属偶然。医生希望我既不要给琼写信，也不要见她。[德]

1946 年 9 月 18 日

[德]每天晚上我都在金妮家吃饭睡觉。我去了花园城和琼的母亲吃午饭。"琼爱上了你，我不知道你是否知道。她就是这么告诉医生的。" S. 太太说。"你影响到她了吗？"她问我。我几乎一度要哭出来了。一切都是那么无望。"琼想要你们两个继续做朋友。但恐怕那是不可能的了。"[德]

1946 年 9 月 22 日

[德]我不往回看。我正在写一本书，每天 8:15 起床。我收到许多出版商的来信，他们想要出版我的"小说"。[德]

1946 年 9 月 28 日

[德]收集蜗牛。（现在）已经有 11 只了。[德]

1946年10月3日

[德]步行去金妮家。她和纳蒂卡待了一整天。喝得烂醉如泥。当我们躺在床上,她告诉我她有话要对我说——我知道:她和 N. 上床了,我猜得没错。"只是因为她太紧张了。"金妮解释说。是的,我理解:纳蒂卡和她之间没有明确的界限。我很伤心。我哭了一会儿。我不想碰她了。[德]

1946年10月4日

[德]独自一人。独自过了一晚,真是谢天谢地。我努力工作,11点就非常累了。11点,阿莱拉死了。这些字眼——让我非常难过。三年前我能想到这些字眼吗?我最亲爱的朋友,你将留下怎样的空洞啊。我哭了几分钟,喝了几杯烈酒——然后继续工作。我不知道这种失落感越到后来便只会愈发强烈。[德]

1946年10月6日

[德]上床时感到难受又伤心。我仿佛看到阿莱拉穿着一件白色的连衣裙,微笑着轻轻地走进房间,张开双臂——告诉我她不再受苦了。[德]

1946/10/6

农夫和诗人为我们提供物质和精神的养料,却是社会中收入最低的一部分人。有时候,写作似乎只有娱乐的价值。顺其自然吧,已经挺好的了。随后,因朋友的去世,你来到葬礼上,你才意识到,神授物质和庇佑这些警句不是我们听到的那样,只是偶尔用用的,它覆盖所有时间,所有地点。

1946/10/6

人有两大敌人,没有武器与之对抗,也无法逃避:死亡和酒精。除了这些不朽的和致命的敌人之外,没有什么人和事能引起我的嫉妒。是的,我嫉妒死亡,它夺去了我的朋友。我嫉妒酒精,它带走了我的爱。

1946年10月13日

[德]晚上越发难熬,因为我记起了关于 A.C. 的一切点滴。我不得不重读她所有的信件。我必须知道(我们之间的)问题出在了哪里,我必须尽量把一切弄清楚。她把我的大部分信都扔掉了。只留下一些早期的,从墨西哥寄来的。她的信我大约有25封。

今晚独自一人。[德]

1946/10/14

你留下了怎样的空虚，虚无渴望更多的虚无。读完了你所有的信，今晚我又有了力量，把它们和我同期的日记相比较，我明白了有些事是不可能的。我们以为那时的自己比实际更成熟、也更智慧。我们却没有足够的智慧去摆脱欲望——而对你我来说，渴望的总是工作、时间、孤独，适合思考和做梦的环境。哦，上帝，怎么会有两个人如此相像！我们紧紧地守着自己的隐私和脾气暴躁的艺术之炉，当炉火选择照耀的时候，温暖了我们两人。我指责你爱得不深，你更爱你自己还有工作。你什么也没有责怪我，尽管这些都是我自己的缺点，我却朝你乱发脾气。而我才是那个一无是处的人。我嫉妒一切，傻傻地嫉妒，是我不够大度，不能理解你可以爱很多人，你爱过的人便会永远爱着他们。今晚让我痛苦的是我读到"我们真的还有好长好长的时间，帕特——"

1946年10月20日

[德]我记不清了。只知道我在写书，没赚到钱，几乎每天晚上都和金妮在一起。[德]

1946/10/23

独自一人喝一杯葡萄酒，和与朋友一起喝两杯马提尼酒时感受一样。眼界却开阔得多。

1946年的10月25日

[德]今天下午，J.打电话来，我告诉她医生的叮嘱，我必须澄清我对她的感情已经变了。我感到琼有点失望。是的，我给她写了太多的信，在信中我对她有所希望，向她做过承诺。现在我害怕她的感情，也许更害怕我感情的脆弱。[德]

1946年10月26日

[德]很难说清我对琼的感觉。我爱她——她很有魅力，身体上也很吸引我，和金妮不一样。但对我来说，琼要"更好"一些。和她在一起，我感到身体健康，活力满满，诚实，坚强。但这些还不够——我知道。[德]

1946 年 11 月 2 日

［德］［她的］医生警告我说，她"还是原来那个女孩"，我必须得（尽快）做出决定。琼好像在做梦一样，她只想看着我，想吻我。是的，我必须吻她才能了解真实情况。还和以前一样，一样的令人兴奋。然后。"我那么爱你，帕特"——我们在 10 点回了家。

突然间，又孤身一人，喝得半醉，更让我惊讶的是，我竟然慢慢走回了家。［德］

1946 年 11 月 4 日

［德］啊呀——有趣的事：上周和罗尔夫一起吃晚饭，我们讨论了结婚的可能性。我没有必须结婚的理由，但他能获得公民身份，还能把他的母亲带过来。（比如，在德国他们连鞋子都穿不上！）有时候，我想要个孩子。但金妮说我无权制造个生命，又不想养它。罗尔夫和我都很害羞，笑了起来。［德］

1946/11/4

我做什么事都没有节制——无论是睡觉、吃饭、工作还是恋爱。意识到这一点的人才能理解我（谁愿意？），但依然不能预测我的言行举止。

1946/11/4

在工作的时候，就会冒出来必须要挣钱、要挣大钱的想法——这种想法与生活和爱情都不协调，令人束手束脚。这种想法绝不能有。对该做的事情要有一个恒定的、始终闪耀的、不会暗淡的目标。

1946/11/5

致 J.S.，是她打破了我心中扭曲的镜像。
世界上的花朵都不及你的爱柔美，
只有你自己。
我含泪写下这些诗句，明天
会最后一次把我带到你身边，永远地诀别。

1946/11/5

A.［阿莱拉］去世一个月后，我去看望 C. 夫人，她说她经常觉得 A."刚刚收拾好行装，去加州旅行了。然后我常常在梦中惊醒。但她走了之后……我还经常替她收拾行囊"。直到昏迷前的最后两天，A. 都认为自己会好起来的。有十天来，医生们走进她的病房，出来时都很惊讶，摇着头，不明白是什么支撑着她活下去。"我想让你为我摆造型，以后我再也不用去找模特了，"A. 在去世前两周对一位医生说，"再过一个月左右，我就要离开这里了。"当医生告诉她妈妈时，他双手掩面说："C. 夫人，我真想哭。"

1946/11/5

有 V.C.[金妮] 和弗吉尼亚·S 在的房间。屋里没有奇思妙想，也没有平淡的现实。V.S. 带着一脸茫然、疲惫和紧张的迫切，面对着生活的运作方式，拿起、熨平、放下，V.C. 像匹小马一样四处腾挪跳跃，仿佛换掉衣橱里一套破旧的睡衣是她这一天中最重要的任务。

屋里的空气是不是太稀薄了？因为她们不学无术，故而一无是处。她们从未听说过弗吉尼亚·伍尔夫（这一点是我跟 V.S. 说她和伍尔夫长得很像时发现的）。她们也没有读过《白鲸》。她们自豪地说，她们的孩子会经济独立，却没有意识到她们将束缚孩子们的手脚，更糟的是，会禁锢孩子们的大脑，把他们都培养成自己空虚的模样。

V.C.，我无法形容你有多可爱，又有多差劲。有些情感比大脑更广博，也比智力更加睿智。所有的生命都在寻求适合自己的一切。

1946 年 11 月 6 日

[德]我去见了琼的医生，医生建议我要么和她断绝一切关系，要么确保琼在接下来的五年里得到幸福。我已决定我们必须分手。所以明天我要去做这件令人伤心的事了。突然间，一切都变得毫无意义，悲伤，不真实，逐渐远去。康奈尔、写小说的困难、与金妮的纠葛——都没什么大不了的，只是神经紧张而已——琼的不幸、我给她造成的痛苦——现在，又无缘无故地和琼分手。有时，人必须把爱情像木棍一样握在手里，然后把它折断。[德]

1946 年 11 月 7 日

[德]2 点——我去见琼。一切都是不公平的。但是——我还是告诉了她。我们站在某人的房间里，拥抱着；亲吻，最后一次亲吻，不在乎是否有人从院子的另一头看

着我们。"我希望我能撑住，帕特——我太爱你了！"起初她不明白，我只好向她解释我们不能再打电话或者写信了。分手时我们都哭了。上帝，为什么？为什么？！这是你给我的唯一的女孩！为什么？我想知道答案。我很快就要去看心理医生了。[德]

1946年11月8日

[德]连日来最悲伤的一天。两点钟的时候，我把"查斯·塞缪尔"马克杯带给了琼。当然，我没有见她。我在杯子里放了一张卡片，感谢她为我做的一切，我把她封存在心里，永远珍藏着。3:30我听说玛格特·J把《世界弹球冠军》[1]卖给了《女性居家伴侣》，800美元。我必须在最后一封信里告诉琼这件事，还有我写那篇故事的时候，和她在一起有多么开心。[德]

1946年11月9日

[德]昨晚我去罗尔夫家庆祝他的生日。晚餐很棒，公寓被装点得很喜庆。罗尔夫很关心我，我想，因为他（后来）送我去金妮家，他语速很快地说道："如果你嫁给我，我可不允许这样的事情发生。"他说。我犹豫了：因为我想要自由。我累极了，但还是和金妮做了爱——天哪，有时候我想，即使到了死神门前，我也要为她再多活一个小时。我去看望了罗莎琳德，接待了洛拉·C。她5点来的，我们简单地讨论了我心里的一些问题：

1）十二年来，我一直想折磨自己。

2）一旦我拥有了一个人，我就不再想要她了。

她会帮我预约心理医生[2]。[德]

1946年11月11日

[德]我有点厌倦了这世界的凄凉、悲伤和我自己深沉的悲哀。当我独自一人时（在傍晚，在深夜）我很坚强。但在午夜喝了两杯马提尼酒之后，我就会哭成一个傻瓜。[德]

---

1 《世界弹球冠军》讲述了一个南方的年轻家庭来到纽约寻求名望和财富的故事，在纽约的第一天经历就让他们清醒了，令他们大失所望。这个故事发表在1947年4月的《女性居家伴侣》上。

2 最后，帕特在1947年3月第一次尝试了心理分析，时间很短，后来从1948年11月开始，她又看了很长时间的心理医生。

1946/11/11

　　痛苦让人游荡在黄昏,纽约的黄昏。一瞬间满心的悲伤,满眼的风情。柔和的蓝灰色天空(灰色会统治一切),黄白红绿的装饰灯挂在蓝灰色的空中,如同圣诞树上的装饰品。因为快到圣诞节了。圣诞节,还有我们爱的那个人!可她不会和我们一起了。她从没有和我们一起过过圣诞节,将来也不会了。她走了,她死了,你对她只剩下回忆,深埋在心里,揣着这些记忆你一直一直走进黄昏里。突然间,一种难以压抑的悲伤涌上心头,在这凄美的黄昏中无以言表!这悲伤如此不可名状、锦绣旖旎、纯粹干净,让人不由感到一种幸福。此去经年,有何处不可游荡呢?走过一幕又一幕的黄昏,亲爱的!

1946 年 11 月 15 日

　　[德]现在我又有两个洞来放蜗牛卵了!共有33只蜗牛了!给了金妮7只。[巴布斯·]B也想要一对!带条纹的非洲品种。[德]

1946 年 11 月 16 日

　　[德]我问埃塞尔·斯特蒂文特女士她觉得我怎么样。斯特蒂文特说:"我觉得你很不错。"她赞扬了我,因为多年来我一直强迫自己每天写作。她说我不需要心理医生,我就是个艺术家。她是对的。W. S. 毛姆也说过同样的话:一个艺术家,一个诗人永远不会真正坠入爱河,女人对此很敏锐。我也一定有这样的通病。[德]

1946 年 12 月 3 日

　　[德]晚上和金妮一起读书。自然,我们吃了一顿漫长又美味的晚餐,所以真正开始读书已经是 9:30 以后了。蜗牛(几乎)是我们最大的乐趣。从早到晚,我们都观察着"保镖"和"迈克",通常可以在植物的叶子上找到它们。这些小家伙整天都在吃东西,一天天长大,我们可以一整个晚上就观察其中一只蜗牛。[德]

1946/12/6

　　对今天的成果不满意。实际上打了八页稿子,这些初稿还算是不错的成果。而且读起来也相当不错。在这些表象下面,到底是什么让我不满呢?是年轻人的焦虑,担心自己(在根本上)没有走上正轨,没有走出自己的道路,担心所有的一切都可能付之东流,还要重走老路。不仅如此,还有一个无法解决的问题(只有时间、年龄才能解决),就是与日俱增的不满,是那种没能令情人满足的痛苦,那种难以抚慰的痛

· 375

苦。我的情人，艺术啊，我爱你。

1946年12月7日

［德］奇怪：我几乎感受不到金妮对我的身体诱惑，只有温柔似水。这让我很烦恼。［德］

1946/12/7

火车旅行——有节奏地摇摆着的用餐者，说着罗曼语的女人们魅力十足，虽然眼角已经遍布鱼尾纹。女同性恋？女同性恋？那些谢顶、干瘦、满脸皱纹但营养良好的男人，进来寻找座位。记者、新闻工作者、《周六晚间邮报》综艺栏目的短篇小说作者们，在工作激情（威士忌、苏打水和香烟）里变得坚忍不拔。

1946/12/8

上午10:30在一位艺术家的房间里。他呷着半杯温热的咖啡，咬了一口三角形的吐司果酱三明治，这是他的第二顿早餐，第一顿之前已经送了上来。他单脚站着，另一只脚几乎和站立的脚形成一个直角，瞥了一眼镜中自己的脸，起初他以为那是一副恐惧的表情，最后发现那只是创作、想象和自暴自弃时的警觉，和遇到危险时的恐惧截然不同。（如果一头狮子走进房间，他可能会像圣杰罗姆一样抚摸它。然而，如果是入侵者敲门，那就另当别论了。）房间里的空气一动不动，寂静无声，有点呛人，甚至有点霉味，但他喜欢这样：这是他不断增加的存在感。

为什么要记录这些珍贵的情感呢？准确来说，正是因为这个时代的艺术家与他周遭的创作环境格格不入，周遭的人们自鸣得意于自己的无知，就好像这世上除了他们童年起就已忘记的一切，外加一门已经学过百遍的科目外，还有什么需要了解的东西似的。莫扎特、莎士比亚、亨利·詹姆斯、毕加索和托马斯·曼都曾这样子然独立。未来的艺术家们永远都会这样子然独立，上午10:30在自己的房间里。

1946/12/18

有时候写作就像在朋友的葬礼上被人看到自己在哭泣。

1946/12/19

激烈的竞争：一个人创作（和产出）的速度是否能赶上他投给纽约的金钱和精力

的消耗速度。

1946 年 12 月 23 日

〔德〕今天上午金妮根本没买什么礼物。下午都用来聊电话了。她怎么能融入圣诞的气氛？〔德〕

1946 年 12 月 24 日

〔德〕今天很忙。写一个故事要花那么多时间！要花四五个星期，除非都像《路易莎的门铃》那么快就写好。我一边为去黑斯廷斯[1]做准备，一边等金妮，等了大约2—4个小时。她一贯如此，就不出现。我只好一杯接一杯喝白兰地，对她说，除非明年她的行为有所改善，不然我无法继续爱她。〔德〕

1946 年 12 月 25 日

〔德〕终于，我长大了：圣诞节对我来说太麻烦了。妈妈给我的新故事以极大的帮助。她确实是我最好的评论家。〔德〕

1946 年 12 月 26 日

〔德〕我想再读一遍我、琼和金妮之间的纠葛。我至今没有重读，连1页都没有。我有点害怕。我还想写写爱情是如何发展和改变的。此时，我一边写，一边就觉得我好像已经结婚了。但我丝毫没有要和她云雨的欲望。事实上，这两个星期是迄今为止最美好的！这些温柔的情感帮助我加深了对她的了解，让我明白我真的爱她。今晚，当我走到她跟前时，我们之间仿佛有一层面纱被掀开了。我感到她的嘴唇从未如此炽热，在床上时我简直无法控制住自己。我爱她爱得疯狂。〔德〕

1946/12/27

男子气概的本质是温柔；女性气质的本质是勇敢。

1946 年 12 月 31 日

〔德〕下午3点，金妮离开了，我和她道别时抒发着对彼此刻骨铭心的爱。我们发誓要彼此思念，在午夜的想念中亲吻对方。我非常爱她。〔德〕

---

1 哈得孙河畔的黑斯廷斯，帕特的父母自1945年末以来一直居住的纽约郊区。

1947 年

这一年的帕特里夏·海史密斯一面如饥似渴地阅读,一面一头扎进社交生活,满满当当的日程表让她连日记和笔记都没时间写了。这一年的许多日记都是事后记录的,大部分仍是用生硬的德语写的。有时她甚至都不记得前一天做过些什么。

在帕特高速行驶的快车道上,弗吉尼亚(金妮)·肯特·卡瑟伍德既是油门,也是刹车。帕特明知道金妮严重酗酒,正无可挽回地走向堕落,但她还是全身心地投入到这段感情中。金妮每一次狂饮作乐后,情绪便会崩溃,帕特都悉心照料她,但这段关系早已过了高潮期,帕特被迫接受金妮还有其他情人的事实,现在她自己也开始了一段段风流韵事。

帕特觉得时间永远不够用,无法满足她无数的欲望,她甚至觉得自己在创意进展方面是滞后的。漫画书的合同——她用磕磕绊绊的德语将之恰当地比喻为"Lebensmittel",直译就是"谋生手段"的意思,但实际上那个词指的是"生活用品"——不久就彻底中断了。在这一年创作的短篇小说中,只有《旋转世界的静止点》卖了出去,买家也不是帕特偏爱的文学杂志。

当帕特终于开始创作《列车上的陌生人》的初稿,她的文学经纪人玛格特·约翰逊向多德-米德出版公司投递了还未完成的手稿。出版商热情地接受了这本书,但他们提出,由于战后出版业所面临的种种挑战,必须压缩文本,所付的稿费也比帕特要求的少。1947 年的倒数第二天,帕特写完了小说中的关键情节。

1947 年 1 月 1 日

[德] 我喝着第一杯马提尼酒,拨了金妮的电话。还在家里准备了些吃的。金妮穿

着一条灰裤子来了，有两道绿色条纹的，神采飞扬，自信满满，轻松自在地在房间里走来走去，谈论着杜邦公司举办的大型宴会。我们打电话给罗莎琳德，受到邀请后，11点就去了。这让我想起了那天晚上，我带琼·S去和她见面。那个时候我也喝醉了，非常急于让R.见见我的爱人。多幼稚的行为啊。[德]

1947年1月2日

[德]为克洛伊和金妮准备了一顿丰盛的晚餐——一份从格里斯地德超市买的牛排——但克洛伊没有来。金妮和我很开心能单独相处。乔·P和她的朋友爱伦·希尔[1]竟然把外婆的水果蛋糕吃掉了一半。两头猪啊！我喜欢把金妮介绍给我的朋友们。不是为了我，而是为了她。[德]

1947年1月6日

[德]奇怪，它（酒精）是如何慢慢侵入大脑的呢。还有紧张、不安，因为一整个星期下来，我都没有过一个安静的晚上！每天早上都有宿醉的感觉。尽管经常失眠，但我[和金妮]做完爱后，感觉就好多了！然后我便拥有了天使的力量！[德]

1947年1月8日

[德]读克尔恺郭尔的书。还有汉娜·阿伦特对存在主义的研究。我觉得她与我的性格相符。我想多研究研究克尔恺郭尔。[德]

1947年1月12日

[德]昨天，我寄了一束花（白色的）到康奈尔家，因为昨天是阿莱拉的生日。花上只附着一张卡片，写着："真诚的，帕特。"

这几天非常兴奋，已经深深地爱上了金妮。我真的爱她。爱情需要什么呢？需要时间去了解彼此吧。如今，当我独自在家面对这黑夜时，我感到孤独极了！和她在一起便意味着我每天可能会失去三个小时（工作和思考，或睡眠的时间）。但她值得我这样做。

我修改了故事，开始重新打字。7点我去散步，到R.那里待了一会儿。我喜欢去找她，和她简单聊聊，谈谈我的小说。R.像个男人，至少比金妮更像！但是当我回家的时候，金妮一脸焦急的样子；四十分钟了！她都快把晚饭做好了！可爱的鸽子

---

1 帕特和她未来的情人爱伦·希尔的第一次邂逅。

啊。我的爱人金妮是只小鸽子!

　　罗莎琳德说《永远不要告诉你的情人》是个很精彩的(不,她说的不是这个词)短篇,说我的写作水平忽然提高了。听她这样说我满心欢喜,因为和金妮在一起我一直自我怀疑。我之前还觉得和琼在一起更好呢。[德]

1947年1月13日

　　[德]早起,努力工作了一上午。在金妮家的日子就像一种在天堂或城堡里的魔法生活。外界无法进入,城墙很厚实。[德]

1947年1月13日

　　[德]7:30 金妮第一个到了,手里拿着鲜花。在聚会的前两个小时里,她不停地告诉我哪些客人看起来孤独落寞。希拉和奥黛丽、乔·P、爱伦·希尔、特克斯、简、梅尔、玛丽亚和安妮特(我到底还是吻了她,没多大热情)、安·K、柯克和罗莎琳德(我很高兴看到她们在一起。她们在浴室里吻了好久,我还以为她们已经和好如初了,但显然不是),还有B.B.。房子很干净,有很多吃的,橄榄、奶酪、薯片、葱。整个晚上我只喝了三杯酒。我惊讶地看到金妮(和希拉等人接吻),所以我先和奥黛丽吻了起来(好甜蜜的感觉!),然后又吻了安妮特,她好奇心很强,我也很喜欢去了解她。我想金妮和其他人都玩得开心极了。我煎了一大盘烤肉。罗莎琳德喝了两杯金妮的顺风威士忌后,就晕得天旋地转了。(金妮的酒都快被喝光了。)[德]

1947年1月23日

　　[德]狂奔,忙乱,下午2:35 金妮离开了。我太紧张了,必须得喝一杯顺风威士忌。在瓦卢瓦饭店匆匆吃过午饭,但我们谁也吃不下去。到了车站,露易丝已经带着行李在那儿等着我们。金妮有一个包厢,我们接吻,仿佛以后再也无法相见! 我塞给她一封信,就此别过。天哪,火车开动时,她的脸贴着窗子,甜美而严肃。从纽瓦克出发,去见玛格特·J,得知《伴侣》退回了短篇小说 N.O.[《新奥尔良》]。M.J.又把它寄给了《家政》。罗尔夫·蒂特根斯来吃晚餐,一个惊喜,非常愉快。我毫无保留地告诉他我有多么爱金妮。现在他知道结婚是不可能的了。[德]

1947/1/27

　　该怎样对待这个时代的贫瘠呢? ——冷嘲热讽,建设性地批评,还是越发充耳不闻？先知可能成为诗人，但无人追随。在四十年代任何一个新年前夜，耶稣要是走在最繁华的42街上，就会被拥挤推搡的人群给挤碎。这是一个充满犹疑的时代，艺术家们在献身艺术和渴望金钱、豪华家具、登喜路牌打火机之间摇摆不定。他坚定地为《新大众》和《党派评论》撰稿，内心却摇摆不定。从他那狂热的、毫无章法的风格就可以看出来，十次中能碰对一次，还是受了毒品、酒精、香烟和他不断紧绷的神经的刺激，在东50街那间酒店的十一楼上，他奋笔疾书，最终还是从那里跳了下去。

1947年1月27日

[西]这些日子，我都轻轻一笔带过——幸福至极、满足至极。我的写作精进多了，我的爱意越发强烈，我对世间万物有了更多的激情，这一切都要归功于金妮。[西]

1947年1月28日

[西]我正准备工作呢，妈妈突然来了——11点—下午1:30，于是一整天什么都没做。我还正有创作欲望呢！她还嫌烦我不够，抱怨我对她不礼貌，诸如此类的。必须得喝点东西才行。喝过后我们都觉得好多了。这是我有生以来头一回牙齿上没有虫洞。医生说，我现在到了一生中牙齿不会再烂掉的时候了。感谢上帝！[西]

1947年1月29日

[西]工作。开始写《轻柔飘飞，阿夫顿夫人》[1]。我觉得忙得不可开交，感受不到一丝闲暇。金妮不在这的时候，我试着去拜访过很多人。我见了哪些人呢？记不清了。我正在读陀思妥耶夫斯基。他给了我巨大的帮助——他的感叹号，他的困惑！他让我表达出了我内心的想法。[西]

1947/1/30

我心里有一个也许是健康的偏好：在创作一个不寻常的故事时，我更喜欢读科学书籍而不是小说。写的故事越不寻常，这种偏好越强烈。我喜欢观察植物和动物，比

---

1 帕特创作的悬疑小说中，最好的几篇都于20世纪60年代首发在《艾勒里·昆恩推理杂志》上，当时帕特已经是享誉世界的小说家了。《阿夫顿夫人，在你绿色的山坡中》是其中的一篇，讲述了一个南方的油滑女子欺骗她的精神科男医生的故事，后又被收录在她的短篇集《蜗牛观察者和其他故事集》（纽约，1970）里。

如雌金鱼浑圆的肚子曲线，精美的鳞片闪闪发光，就像世间难觅的稀有金属，包裹着一个小小的卵巢，是她在这个世界上最珍贵的宝贝。当我心中涌起这样的感觉时，我就知道我已经把生活节奏调整到内心恒定的节奏了，于是我不管三七二十一，也不管周遭的一切，一心享受幸福。

1947 年 1 月 31 日

[德] 和玛格特·J 喝鸡尾酒。跟她谈话时，我自觉能靠写小说谋生。金妮每天都给我打电话。我把自己在纽约的"社交生活"都告诉了家里人。我认为他们相当嫉妒我。把这个秘密写下来我并不开心。还有一点：我鄙视斯坦利，因为他挣不来更多的钱。这种蔑视与我对他真心的尊重和爱完全不同，但我知道它确实存在。写完了阿夫顿女士的故事结局。即便妈妈数落了我一顿，她还是认真地听我念故事。她给我提了些很好的建议。"你的写作进步惊人啊，"她说，"但你的生活对写作是阻碍，不是助力。"[德]

1947/1/31

作家不应该认为自己与众不同，因为这样他会走向绝路。他某一方面的能力日益精进，其实每个人都有这些能力：看见、落笔。只有认识到这个事实，它既微不足道，又需要巨大的勇气去面对，他才能达成心之所向，变成一种媒介、一片玻璃，上帝在这一面，人们在那一面。

1947 年 2 月 6 日

[德] 工作。起得很早，去了白原。一切顺风顺水。现在我在法律上是真正的玛丽·帕特里夏·海史密斯了[1]，不知怎么的，我能更加强烈地感受到这个名字的力量！妈妈带我出去吃午饭。我和她讨论了一些我或许不该提的事——妈妈和我之间的相处，还有她欠我的 100 美元。"她想把你抓在手里。"罗尔夫说，他认为我现在处境危险。一想到妈妈可能根本不算我的朋友，我就觉得可怕！也很难相信。但我知道，如果我真倒霉到了身无分文的地步，只好和他们住在一起，他们会很高兴的。[德]

---

[1] 1946 年 11 月，斯坦利·海史密斯终于完成了必要的手续，收养了他已经长大成人的继女，直到现在她才算正式拥有了她长期以来所用的姓氏。

1947年2月12日

[德]昨晚让娜·C过来拜访，她想试试打字机：不久她就要开始工作了，得会用打字机才行。干了很多家务活。我多么喜欢家里有一个女人啊！此时的我多么快乐，多么满足！她时常看看我，那样认真投入，又如此渴望得到我！我们翻阅了一大堆艺术书籍，午夜时分的一个（小）惊喜悄然而至，"如果我吻你，你会怎么样？"我把她拉到身边。真的很甜蜜。同时我有一丝内疚。[德]

1947年2月18日

[德]晚饭后，我和让娜·C一起去电影院看《挖井人的女儿》。让娜给我一种真实感，这让我十分着迷。让娜和金妮在身边的感觉差异很大。她对我讲了战争年代里她的经历。跟金妮通了电话，她已醉得不成样子，聊得很不愉快。她对我说我们之间差异太大，因为她吃东西口味更淡，说我瞧不起她，因为她不够"聪明"。45分钟后，我感觉非常厌烦——尽管我知道这是我自找的借口，好让J.C.[1]今晚在这过夜合乎情理。[德]

1947/2/19

凌晨1:15，你没来按我的门铃就是你的错。未来的路还长，但良辰美景已不再了。我说，这是你的错。是我的错，你在自己的公寓里说道，因为我也是应你邀请才来的。所以今晚我们各睡各的，而我们要是在一起，孤独就会推迟八小时才来，那纠缠不休、深入骨髓的孤独，比周遭环境的渗透力还强：对于那些希望成为艺术家的人，希望能有所贡献的艺术家们，渗透是必要的，不管是好的还是坏的，都是周遭环境的渗透。但是思想和精神上的软弱一直会想方设法推迟这种恐惧的来临：1947年纽约的渗透力的确令人惊恐。

时钟滴答作响，出租车接二连三地停下，乘客们砰地甩上车门，院子里脚步声哒哒，但都不是你。再见，再见了！我连望着你消失在地平线上的美景都看不到。因为你也未在地平线上出现过，因为你按下的门铃声会像枪响一样吓到我，所以你还是有可能会来的，我从未完全放弃过这样的念头。直至最后，我沉浸在自己创造的美丽幻境中，我相信，你在与不在，给予我的都一样多。我仿佛智力的囚徒，置身于最后一

---

1 让娜·C的缩写。

条战壕里，一条泥泞、黑暗、潮湿、令人生病的战壕。这里滋生着癣病和湿疹，虱子和癌症，这里的人们从未感受过嘴唇的亲吻。

1947/2/22

今晚和马乔里·W进行了一场思想对话。谈到这个时代没有悲剧，只有怜悯，因为我们没有确定的信念，就像希腊人那样。希腊神话的俄狄浦斯王非常清楚自己应该受到惩罚，于是便毫不犹豫地惩罚自己。我们有法律。所有罪行都不会吓到我们。即使怜悯也会遭人质疑，对方值得同情吗？最接近希腊道德体系的是个体的个人准则。即便轻微冒犯内心的尊严，都会带来希腊式的反应。

1947年2月24日

[德]今晚去罗莎琳德家，把我写的故事拿给她看。后来又去了让娜·C家，最后，我留下来在那过夜。我一点也不喜欢这样，我爱的是金妮，这么做（以前做过，以后不会了）是因为我得亲自感受一下那之后的感觉。我不觉得内疚，而且奇怪的是，我和金妮的关系不再像以前那样纯洁了，我却并不因此而难过。[德]

1947年2月25日

[德]我正在为斯坦达德公司写《真实生活》的概要。7:30我到了安吉丽卡家。跟她谈了谈让娜·C和我的事。我这么做不值得，也就是说，让娜·C对我没有太多价值。所以我决定以后不该再见她了。[德]

1947年3月1日

[德]我在写一个短篇，叫《看不到尽头》。昨天妈妈在壁炉边读了——她一口气读完的，这是个好兆头。"这故事很有趣。"她说。随后补了句："你觉得你会一直写这种奇怪的剧情吗？"我向她保证会的，过去两年来我的创作一直都是这个方向。[德]

1947/3/6

我知道二十七岁是我生命中至关重要的一年。（过了极为重要的二十五岁之后，不是每一年都越发重要吗？直到三十岁达到巅峰——折磨的巅峰，未必是行动的巅峰。）我拥有更多的幸福，更强的感受能力，也因此更关心谋生的问题。高潮在逐渐来临。我觉得这两种生活就像一个慢慢变窄的字母 V——命运线，充满创造带来的欢乐、安稳；世界线，潘多拉魔盒带来的贫困挣扎，挣钱、存钱、花钱。

1947/3/8

在性爱、写短篇或长篇时，耐力才是最重要的。创作每个主题都要像在做爱一般。这就是宇宙的大秘密！

1947 年 3 月 14 日

[德]今天把罗洛的故事给了 M.［玛格特］约翰逊。"你一定要写个我肯定能卖出去的故事啊！"回来时心下凄然，感觉与世界脱节了。新奥尔良的故事总会让我想起琼·S——我得把它写得更好才行。很晚才睡，脑子里还想着陀思妥耶夫斯基。[德]

1947 年 3 月 16 日

[德]在附近的一家餐厅（我们这最便宜的餐厅）吃早餐，和 B.［巴布斯］B. 聊了很久，聊富人，聊犹太人及他们如今的社会习俗。提到富人，她就满腔怨愤。我不这样。或许我只是不承认而已？我很高兴——也很自豪——我有这么多犹太人朋友。这说明我爱他们，不带半点虚伪。[德]

1947/3/17

二十六岁的我仍然不确定哪些是幸福的要素。大约十年前，我意识到人们渴望了解事物，"就像铁屑被磁铁吸引一样"。现在，人们反倒困惑了，他们意识到不同的人对同一事物的理解都不同，到底哪一种理解才是对的呢？哪一种又是最正确的呢？人们会受宽和仁厚者吸引，也会喜欢诚实到残酷的人。更糟糕的是，无法在两个爱人之间做出抉择，因为他们都诚实到残酷，只是方式不同。人为什么要追求理解呢？主要不是为了变得宽容，而是为了自我完善。这才是真正的慰藉。但是，依然无法——无法——无法抉择，因为冲动的心（蛮不讲理还是合乎情理地？）拒绝做出抉择。

1947 年 3 月 19 日

[德]（此时此刻）为别人工作的感觉可真美妙！只需坐在打字机前，无需忍受该死的折磨！［恩斯特·］豪瑟向我口述了一篇关于欧洲"铁幕"的文章，三个词三个词地念出来。当然是为了与苏联对抗，欧洲非常需要实行计划经济而不是民主制度。

·385

我们吃了很多巧克力、茶点，等等。3点完工。[德]

1947年3月20日

[德]继续和豪瑟一起工作。为了在金妮回来前写完新奥尔良的故事深夜赶工。我累极了。只睡了三四个小时。但我一如既往地喜欢这种忙碌。我需要这种节奏。[德]

1947年3月25日

[德]各种琐碎的事情。本来金妮今天就该到了——但她又推迟了！对得起我拼命赶工吗！今天我一直诅咒她！[德]

1947/3/25

爱是一种温柔缱绻，如水一般，闪着银光，像今夜落下的春雨，让我的大脑，我的房间，我周遭的一切，我的全世界变成一首幻想曲。窗户开着，寒意使家具吱嘎响动，吓了我一跳！贪婪地寻求安慰无果后，我想起了乔布。或许，我想到了世界上的一切，除了母亲。今晚我将把所有的辩才都用来诅咒自己。上帝啊，我已偏离了幸福之路吗？是我的欲望太多了吗？是我的物欲和贪念吗？我要更加朝不保夕地生活，告诫自己不去在乎吗？我不该过分在意饮食衣物吗？主啊，主啊，我将会虔信无疑！然后将我的心扫得一尘不染，遮在眼前的面纱、蒙尘的镜子将会破碎，我定然会看见并感受到那种喜悦的澄澈。

但今晚，二十六岁的我，在房间里形单影只、孤独落寞、心下凄惶，咬着指甲，听着自己不断加速的心跳声。我的爱人在哪里，我问？我的爱人们都在哪里？我怎么变得这么不纯洁了？

1947年3月28日

[德]还在重写罗洛的故事——现在，故事有了主人公，叫"伯纳德"。有三四个人都批评我写得不好！我正在推翻重写——没有把握。好多了，没错，短多了，但是所有的哲理，让小说更具价值的那些思想——统统都删去了！[德]

1947年3月31日

[德]工作。《昌西鸟鸣》[1]。昨晚都在照料蜗牛。它们确实需要人每天照顾。我想

---

[1] 铃儿叮当漫画公司的一部长条漫画。

把它们交给金妮照管。金妮会在星期二下午 12:55 到。而且——我们会让彼此愉悦，不是吗？肯定的，整整三天我们都不会下床！"听着——把你要用的东西统统带来，明白吗？我可不想让你再回家拿去！"[德]

1947 年 4 月 1 日

[德] 去宾州车站前我练了会儿钢琴。金妮是 2:15 到的。"你好吗，亲爱的？"我吻了吻她的脸颊。几乎说不出话来。到了她的房间里，我们热烈地亲吻。我买了一些东西塞进冰箱，但有点不安，因为没买鲜花！在宾州车站那里，仅剩的几束花，每 12 枝要卖 7.5 美元！今晚，她突然想见别人——我伤心极了——于是我们给 R.C. 和让娜·C 打了电话。让娜·C 和我无话可说。我猜，跟她还有金妮在一起，我应该会不安或紧张，但那段恋情转瞬即逝，毫无意义——我想金妮永远也不会知道这件事。最近，我会把这件事告诉她。晚上——我们终于送走了让娜，感觉美妙极了，在她的拥抱中，几个月来，我第一次感到自己终于放松了下来。我真爱她。[德]

1947 年 4 月 6 日

[德] 起得很早，埋头工作，一直到 11:30 金妮进来。与普伦蒂斯·肯特[1] 在瓦卢瓦共进午餐，就是金妮常去的那家——我们现在相处得非常友好，没有拘束。香槟，芦笋和荷兰酱——我们都很爱吃。[德]

1947 年 4 月 8 日

[德] 就算晚上筋疲力尽了，也必须要和金妮做爱。常常因为我太累了，反而会来得更富有激情。弹了会儿钢琴。换指技巧越来越熟练了。我正在写一个新故事，关于一个愤怒的纽约女人维拉·斯特拉顿——已经写得过长了。去看了电影。[德]

1947 年 4 月 12 日

[德] 在读陀思妥耶夫斯基的书信。真是精彩。很可惜我不能让 G.[2] 也感兴趣。我给了她那么多东西去读——却毫无成效。今晚，她想去见见"人"。于是，在餐馆吃完晚饭后，我们乘车去见特克萨斯·E，玩得很开心。后来我们俩去了苏豪区（的一

---

1 金妮家的一员。
2 金妮的缩写。

家酒吧夜总会），我觉得那儿真是无聊透顶。11:15 到家时，我忍不住哭了。突然我觉得一切好像都那么不顺心。还是老一套：我想待在家里读书，她想去外面游逛。我想她还是找别人去消磨夜晚好了。我必须得说，金妮对此心知肚明。她说，男人和女人相处久了，差异总会消失，他们总能过得幸福，等等。虽然我记不清她的原话了，但那时我明白她说的是对的。我是一个认真的傻瓜。读《P.［巴黎］评论》，一直到 12:30——里面写到卡夫卡和像我这样的人，直到我的内心再次坚强起来，能够重拾快乐。［德］

1947 年 4 月 12 日

［德］工作。然后和金妮一起去公园散步。她不准我穿长裤或雨衣出去。所以我穿了莫卡辛软皮鞋和灰色西装。我觉得很拘谨，但天气很好，我们去看了湖上的船只。各式各样的东西都吃了个遍。写完了短篇（米尔德丽德·斯特拉顿的故事——还没起标题，但是 G. 提议就叫它《纽约，纽约》）。［德］

1947 年 4 月 16 日

［德］工作，1 点整在图书馆和妈妈见面。在科尔蒂尔餐厅吃午饭，喝着马提尼酒，聊了很长时间。我买了双黑鞋，觉得和金妮的那双很像。修理金妮走廊上的门：纳蒂卡用椅子砸坏的！用了石膏板。有点象征意义：我把纳蒂卡毁坏的东西修好。我希望金妮也能得到修复。她的房间很漂亮，黄色的墙壁，窗户敞开着，像一座夏日宫殿那般绚烂耀眼。［德］

1947/4/17

也许，和任何一类人交往都能让我受到启发。如果对方令人厌烦，大脑在发现可以与之隔绝开来的一瞬，立即就会如一只弹起的陶土飞靶般获得解放。相比一个人在孤独与安静的所谓"理想"条件下，这时我的思维更活跃灵敏。

1947/4/17

现代社会不真实感的根源：（不是逛夜总会，而是）干了一整天自己的工作后，黄昏时还要出去找工作，甚至是去预约好的面试。现在我知道 A.C.［阿莱拉·康奈尔］画了一上午的画后，去漫画公司找我时的感受了。一切都是令人难以忍受的乏味和疲惫——让你努力打起的精神、做好的准备、直觉的机敏都在嘴里变了味。提防这些不知疲倦的工作奴！他们是怎么做到的？（你真的想知道吗？）他们什么时候会觉得真实——在早餐桌上，还是与妻子同眠的时候？做园艺时？洗车时？又或者他们属于另一种物种，根本不需要现实？

1947 年 4 月 18 日

［德］工作。看了一些毕加索的画，现在我越来越喜欢了。为什么四年前不喜欢呢？他的素描实在惊世骇俗！上帝啊——如果一个艺术家这般优秀，他的每一个动作，每一次呼吸都是纯粹的美——那他一定会不由自主地贴近上帝。［德］

1947 年 4 月 21 日

［德］在公园大道金妮的美容院烫了头发。花了 17.5 美元。"我会帮你付的。"金妮说，但她忘了。没关系，反正我也没什么钱！我想，至少我得打扮得好看些，金妮看到这样的我一定会高兴的。我已深深地爱上她，无法自拔了——对我来说，这是种全新的感受——只要能让她开心，我也一定会跟着快乐。"你不知道，"她说，"每天我要想你多少次。你让我这样快乐——只因为你真诚，让我可以信赖。"［德］

1947 年 4 月 22 日

［德］叫醒金妮真是一件快乐的事！她穿着套白色的睡衣裤，就像她的皮肤那样柔软！拥抱穿着睡衣的她！每天早晨她躺在床上，散发着温暖和甜蜜的味道！写完了《熊熊烈火》[1]，可以给玛格特交差了。［德］从我动笔写这个短篇到明天就正好两个星期了。和 B.［贝蒂］帕森斯、斯特露莎·利兹、娜塔莎·H[2]，还有西尔维娅和简·鲍尔斯一起吃午饭。她对我写的欧·亨利奖短篇[3]印象深刻，非常希望我能给她打电话。我会打过去的。玛格特也加入了我们——她用奇怪的眼神打量了我整整十分钟。是的，她认识娜塔莎等人。天啊，难道玛格特还不知道我是同性恋吗？［德］

1947 年 4 月 23 日

［德］今天休息。休息天怎么会让人这么敏感呢！我和金妮狂热地做爱——午饭时我们都情难自禁！下午 2:30，我们在（我公寓楼下的）海上佳肴餐厅吃了饭——磨蹭

---

1 这个短篇没有留存下来。
2 娜塔莎·H，简和保罗·鲍尔斯夫妇的朋友。
3 帕特的短篇小说《女英雄》入选 1946 年的欧·亨利短篇小说奖。

了很久才去吃。我们在桌子下面牵着手。女服务员很善解人意。我们点了她爱吃的蒸蛤蜊。最后去看我的家人，一回到家里，金妮就提议来杯马提尼酒。我们交换（亲吻），把车开到一条安静的路上——可又担心会有人来。回到家里，我们一直做爱——7点—7:45！——随后平静地下楼，喝了杯鸡尾酒。金妮一遍遍地告诉我她有多爱我，我让她多么快乐，人人都说自从去年春天以来，她简直像变了一个人似的——这都要归功于我。我最喜欢听别人这么说。我们喝了很多酒，但没有那么醉，谢天谢地。今晚，我真的觉得和金妮融为一体了。[德]

1947年4月27日

[德]2点，琼·S来找我，我们出门散步，在公园里画素描。天啊，当她紧挨着躺在我身边——半睡半醒的模样——我真的克制不了自己！我永远记得在黑斯廷斯的那个晚上，她躺在沙发上，我在写《世界弹球冠军》。她周身流淌着一种宁静、魅惑、美好的光芒——上帝啊。当我有所感觉的时候，我便会手足无措——不知要和她还是G.在一起。这是怎样的坦白啊！[德]

（我一生中最为悲剧性的错误——用亨利·詹姆斯的话来说。琼是独一无二的——对我来说是的。——1947年10月27日）

[德]琼慢慢地呷着啤酒，温柔地看着我。她对我的理解和G.不同。我要是能得到她的而不是G.的理解，就会有更多施展的空间。简而言之，对我来说最重要的是肉体。她们两个都是我的天使——她们爱我，都很诚实，与众不同又了不起。是的，金妮比我年长，我可以从她身上学到更多东西，但有时候，就比如现在，还有接下来的五天里，我对G.几乎毫无感觉，对琼却截然相反。我们在一家中国餐馆吃了饭。在她的巴比松酒店房间里，她要我与她吻别。第二次亲吻更像样些。我对她的爱没有把握，当我吻她时，没有任何的罪恶感。"我希望你能永远紧抱我。"她低声说。这就是我感觉今天漫长且悲伤的原因。周一，当我带着一块焦糖蛋糕回来时，G.已经在家里了。"抱紧我。"她说——与J.S.说这话的时间点正好相同。[德]

1947年4月30日

[德]《作家》杂志的编辑邀请我写一篇文章谈谈"以写作谋生"。我笑了起来。我哪懂怎么谋生？但我心里很受用，愿意为他写点东西。[德]

1947/5/11

　　一个人所犯的错误从来不是不可宽恕、无法原谅的——也许在这该死的十五本笔记中，这是我唯一一次以成年人身份写下的文字。

1947 年 5 月 20 日

　　[德]和简·鲍尔斯共进晚餐。晚饭前——大概喝了 5 杯马提尼酒——她的主意，我都喝恶心了。我表现得傻乎乎的——不想再提这事了。我们俩都烂醉如泥。只有在饭前才好好地聊了一会。"金妮很可怕，又可怕得迷人。"她说。[德]

1947 年 5 月 22 日

　　[德]擦了窗户，让夏天的阳光照射进来。吃了两片金妮的胃药后，大脑开始活跃起来——思路清晰地写《阿夫顿夫人》。我那令人毛骨悚然的故事！于是——读书，睡上 15 分钟，一切都很美妙！在小酒馆里见了金妮。她非常沮丧，沉默，又抱怨个不停。当我们终于开始讨论这段关系时，（尽管我们都很生气）我说，这是我们第一次认真地谈话。怎么才能了解女人的心呢？希拉、奥黛丽和罗尔夫来到了我家，今天晚上就这样被他们毁掉了。最后我们一起去了金妮家，她一路走回去，豪爽地买了顺风威士忌和波旁威士忌。她像个总管一样在街上大步前进，还用报纸敲打斯皮维的招牌。到了她家，有狗，有收音机，有酒。12 点，房子里突然静了下来，只剩下我们两个。她慢慢地转向我，略带悲伤。[德]

1947 年 5 月 23 日

　　[德]9:30，我正准备离开回去工作，金妮来到客厅。她神情紧张。喝了两杯酒后，她躺到床上，依然无法平静下来。突然——上午 10 点——她大喊着要找医生！"我的神经！"她一遍又一遍地叫喊着。我拿了一片镇静剂给她。我真的不知道她到底怎么了。"我的手指抽筋了！"她惊叫着，喘着粗气。她赤身裸体地在公寓里来回走动，我拿着浴袍跟在她身后，浑身颤抖。"我的声音！"突然间她发不出声音了！她的嘴唇深陷，面庞浮肿，表情茫然。场面很可怕，叫人终生难忘。我又递给她一杯酒（她必须得喝，她想要喝）。自始至终，我都在不停地打电话，找雅各布森、埃利斯、特威利格——这些万能的医生最后都没帮上忙。很快我就意识到了，不仅今天我得留下来，而且接下来的几天我也脱不开身了。"我要给你买件新衬衫。"她黏在我身上，小声地说。上帝！后来，她在卧室的椅子上坐了几分钟，半裸着身子，渐渐意

识到自己的手指又能动了，又可以说话了。感谢上帝，我说。

经历过这一切，我希望她是真的感到害怕了，希望她不会忘记今天的事。医生拖到 2 点才来。"酒精中毒引发的神经官能症。"我们一起讨论着。如果她还不想死，那她该做些什么。我们找了个借口向她妈妈解释为何今天她去不了费城。4—5 点，我急忙赶回家，去取打字机。肯特太太打来电话。我不能告诉她金妮手指的事，但她母亲肯定知道这种神经疾病是酗酒引起的。K. 夫人很高兴有我陪着她。现在金妮必须得睡觉，喝点橙汁、牛奶，吃点蔬菜。她非常认真地执行这种新的养生疗法。[德]

1947 年 5 月 28 日

[德] 构思我的长篇小说[1]。J. 鲍尔斯说："不要计划。直接动笔总是要好一些，之后再改写。"我只想要一些确定、成形的思路。忙了一整天，开始创作一个新短篇。打扫了我们的房间，最后到 R.C. 那儿把《阿夫顿夫人》取回来。我们躺在各自的床上，我和金妮聊了很多很多。说到我对她没有信心，和她没有什么共同话题。（更不用说我的性生活得不到满足，要等到她恢复健康，再度充满活力！）这些话我必须得说，必须要弄清楚她是否真心爱我，又或者我只是她的一种慰藉。我知道我累了，身心紧张，也喝多了（对工作有帮助）。金妮骤然暴怒，用拳头打我，我从床上坐起来保护自己，让她再打不着我，她向我喊道：胆小鬼。她当然会了。[德]

1947 年 5 月 31 日

[德]（最近）饮酒过度。家里再也找不出一瓶烈酒了。昨晚我和金妮谈了很久，我后悔自己说过那些话。那是我们最激烈的一次争吵。金妮有病做倚仗，还有她母亲和其他亲朋的爱和关心做后盾，我答应星期三陪她一起去费城。[德]

1947 年 6 月 2 日

[德] 今天去了父母家。昨天还是今天是斯坦利的生日。我们给他买了一件夹克。要是我收到这么棒的礼物就好了。玛格特·约翰逊跟我说，《今日女性》可能会再版《女英雄》，奢华版。和多德-米德出版公司的 [马里昂·] 张伯伦女士聊天，她说个没完——不过我觉得她人很好。这是一个让我有很多感触的夜晚——比如虚荣。我应

---

[1] 帕特开始认真地创作她的第一部长篇小说《列车上的陌生人》，该书 1950 年在纽约出版。

该更温柔些吗？但大多数时候观察她很有意思。11:30到家，心满意足，酩酊大醉。[德]

1947/6/3

说到电话。我尤其讨厌长途电话，即便不需要我来付钱，也还是讨厌。距离令人兴奋，如此神秘，又确实受限于地球的宏大和不发达的航空业。我不想让这距离被电话里的人声无缘无故地消除掉。

1947年6月7日

[德][费城。]金妮每天要睡11个小时，她的血压值是69，所以她觉得一点力气都没有。她仍然住在拐角的房间里，每天晚上11:30她走进我的房间，默默地看着我，问道："你还要读多久呢？"之后我就去她的房间。可是会亲热吗？拉倒吧。尽管我陪着的这个女人让我血脉偾张！[德]

1947/6/7

独自一人产生的自私的假幸福，一次 & 一次地骗了我，让我以为独身会令我幸福圆满。我需要有人狠狠批判我。我永远都不该孤身一人。没有爱情、没有女人的幸福，（在我看来，现在）永远算不上是真正的幸福。我的智识也许令我愉悦，也的确如此。但我的生理功能都不正常了，这还不足以说明问题吗？然而，十多年来，我的另一重人格一直欺骗着我。我一次又一次陶醉在孤独之中，然后才一次 & 一次地醒悟。当然，真正的麻烦一直如影随形，那就是，我总是在经历中寻找绝对和永恒的价值 & 优势，然而经历是转瞬即逝的，本来 & 就该如此。

1947/6/7

这本笔记中最重要的一句话：迄今为止，我的生活一直被冲突、暴力、痛苦、绝望、挣扎和纷扰所影响。现在，又或在不久的将来，我不可能创作出一个完美的艺术作品。我所写的一切（除非极其简短，在幸福的狂喜中写成）一定都是狂躁的，不会让自己满意 & 所以也不能让别人满意，只有少数像我这样绝望的人，才会去读，才会感到满意。我渴望平静，这是我十四岁以来的生活 & 精神追求，是一个清醒自觉的追求。当我在物质上实现了这个目标时，我该拿出我百折不挠的姿态吗？这种平静的缺乏，如同一场严重的干旱，已经成为我精神伪装的一部分。

1941—1950年：纽约的青春，以及不同的写作方式

1947年6月18日

[德]稍微改动了《阿夫顿夫人》的结局。这个故事一定能卖出去。画完了给斯坦利和母亲的两幅素描，放在美术室里。周五晚上我就会再见到金妮了：这是我们相爱的第一个纪念日，也是我的第一个纪念日。上帝啊！真是太棒了！我会给她买鲜花——我们会喝香槟酒。[德]

1947年6月23日

[德]开始写我的长篇小说。万事开头难。我想第一部分要简短些，介绍两个男孩和可能发生的谋杀案。开场白之后，故事将慢慢地、愉快地展开。金妮的抑郁依然如故，越演越烈。[德]

1947/7/1

与P.K.[普伦蒂斯·肯特]的家人[1]共进晚餐——也许有点虚假，但至少是轻松的。房子。起初空荡荡的。然后你就要把自己的个性注入进去。只需要大约三周就能实现。起初，它凄惨又空荡，旋即变得富丽而质朴。路易十五风格的椅子、镀金镜框、奥布松地毯，与贫瘠的白墙和角落形成鲜明对比，没有书，永远都没有书。白色橱柜和带滑道的抽屉充满现代感，与浴室本身很不协调，三个礼拜后，再走进同一间浴室，白色的现代橱柜就开始有了熟悉感。一切都是自我（我！）的伪装。我意识到，咄咄逼人的自信是不安全感和自卑感的体现。不过今晚确实充满了爱的温度。

1947年7月7日

[德]还没能独处。不过——比起在纽约的日子，现在能写出更多东西。可是这里的一切都那样美丽，我可以整日亲吻我的爱人。[德]

1947年7月17日

[德][纽约。]独自一人。金妮每天都打电话来。我从罗尔夫·T那里得知，希拉在她那儿。她们在做什么？我真的不知道。"这一切都散发着出轨的臭味。"R.C.说。[德]

---

1 原文为法语。

1947/7/17

凡人的恐惧，凡人心灵的恐惧：我将终其一生都找不全属于我个人的幸福配方原料的三分之一。孤独，心灵的宁静，感官的兴奋，人，孤独，成功，失败，优势和缺陷，暴食和禁欲，记忆和幻想，变形和现实，相爱和单恋，忠实的和不贞的情人，忠贞和尝鲜，好奇和顺从，所有这些从我的笔尖瞬间流淌出来，完全不用去想怎么写。但每一项什么时候获得，又需要多少呢？我错过了些什么，又有哪些是我不需要的？人必须依照自己苦难的本性去斗争。在二十六岁的时候，我要说让那些意图改造我的精神病医生都见鬼去吧。我现在视而不见的东西，以后依然会视而不见。那些东西只会让我失去原本见到的一切。

1947/7/19

和 R.T.［罗尔夫·蒂特根斯］的对话让我觉得神奇又精彩，我们得出一个结论，这个世界最适合艺术家了。（凌晨 3:15 发问。任何一个想象的世界不都是最适合艺术家的世界吗？天生的艺术家不都是会找到他那颗恼人的不幸的沙粒，把它孕育成自己的珍珠吗？）

1947 年 7 月 22 日

［德］改了 93 页稿子。感觉好极了，第一部分——已经完成。我盼望看到它被白纸黑字地印出来。妈妈早早地来了——总是在我开始工作的时候来。但她也帮我做了很多家务。最后我们聊了很多——她非常喜欢金妮——又喝了好多马提尼酒。晚上 10:30，我兴冲冲地去金妮家，见到 N.［纳蒂卡］和她，很高兴。她们都穿着长裤，从费城旅行回来后一脸疲惫，又显得十分美丽。后来金妮一个人时（N. 回家了！），表情淡漠，摆出一副臭脸对我说："不，不许你和我睡觉！"我在自己的床上躺了几分钟，随后迅速穿好衣服推门离开，金妮叫喊着下楼来！我为什么要忍受她的冷漠？变成熟就是这个意思吗？我真不明白，但也没什么要明白的。我们应该分手，仅此而已。从很多方面来看，这都很让人悲哀。［德］

1947 年 7 月 25 日

［德］到父母家去。忙碌，自在，（瘦了！）去时满怀对周末的憧憬。慢慢地喝了几杯杜松子酒。觉得很愉快。把我的小说给父母看，这让我兴奋不已。［德］

.395

1947 年 7 月 26 日

[德]金妮打电话来的时候，我正在喝马提尼酒。无法否认，听到她的声音我非常高兴。"你爱我吗？""是的，我爱。"我回答。这些天真奇怪。我爱金妮。但一想到我离开后，她就一直和希拉住在西山，我就受不了，也不能不去想这事。要是希拉在我之前离开就好了——但没有——她留下来，一直留了下来。那么金妮还需要我吗？为什么？[德]

1947 年 8 月 3 日

[德]工作是件好事。每当写到布鲁诺[1]出现时，我都非常高兴！我爱他！[德]

1947 年 8 月 11 日

5 点欧文·多德森来到我家[2]。他非常讨人喜欢，刚从雅多回来，讲了各种新闻趣事，我听得很开心。本来想多聊一会儿的，可是做不到啊。

1947/8/20

什么都不放在心上，拒绝悲伤。

1947/8/25

尽情地吃，尽情地喝，只是不碰马提尼酒，兴致勃勃地翻看广告传单，晚上一头栽倒在床，疲惫不堪，情绪激昂，独身一人。

1947 年 8 月 27 日

[德]昨天玛格特·J说她非常喜欢这本小说。"两位母亲个性都很强。"（我对此表示怀疑。）她说我应该马上拿给［马里昂·］张伯伦看看。

我还在写小说。不对，今天只画了漫画。现在我一个人的时候多能干啊！我清洗了墙面，里里外外打扫了一通，把之前一直拖延的家务一并完成了。而且我一点也不觉得孤单。走到 84 街又转身回来，街上那些生命让我如饥似渴！行人，孩子，房子，商店，报纸！上帝！我都能感觉到体内有股力量在涌动——要是我能够一直保持好心情，保持理智就好了。后来罗尔夫到我家来，这回他真的很无趣。他不想撇下鲍

---

[1] 《列车上的陌生人》中的主角之一。
[2] 欧文·多德森，美国黑人诗人和小说家，1947 年居住在雅多艺术驻地。

1947 年

比一个人去墨西哥。还爱着他。一副焦躁不安、落寞孤单的样子。[德]

1947/8/28

　　这些天我的写作方式：（会有人感兴趣吗？）我竭尽全力避免规则的束缚。我在床上写作（床已经铺好，穿戴整齐，却并不得体），周围散放着烟灰缸、香烟、火柴、一杯或热或温的咖啡、吃剩的一块陈面包圈和一碟方糖，面包圈在咖啡里泡过再蘸糖吃。我的姿势尽量接近一个胎儿的模样，还不影响我写作。这是我自己的子宫。

1947/8/30

　　总有一个办法。

1947/8/30

　　等待着灵感：产生的频率和老鼠性高潮的频率一样。

1947 年 9 月 3 日

　　[德]花了一整天把故事打出来。写得很不错！我该把小说取名为《小雨》吗？打电话给《今日女性》的埃莉诺·斯特肯。伯顿·拉斯科的小说专栏将于 1948 年开始，我的小说将在第一期发表[1]。她想下周请我去喝一杯。只剩我一个人。又觉得浑身滚烫。是的，我想金妮了。尤其在我上床的时候。还有偶尔想和她打电话的时候。[德]

1947/9/3

　　给年轻作家的忠告：坐在打字机前，要有敬畏之心和仪式感。（我的头发有没有梳好？我的口红涂得是否合适？最重要的是，我的袖口干净吗？纽扣扣好了吗？）打字机能迅速发现任何不敬之处，会以牙还牙地报复，让你付出双倍的代价，且毫不费力。最重要的是，打字机和你一样机警、敏感，办事效率却比你高得多。毕竟，它昨晚睡得比你好，而且比你更久一些。

1947/9/4

　　第一部长篇小说：庞杂而凌乱，算不上小巧的艺术瑰宝，只能是一个习作，权且

1　目前还不清楚这指的是将在 1948 年 3 月《今日女性》杂志上再刊的短篇小说《女英雄》，还是帕特已经在创作的《旋转世界的静止点》。

1941—1950 年：纽约的青春，以及不同的写作方式

留到乖戾的老年时期再看吧。

1947 年 9 月 4 日

［德］一个人。工作。睡眠时间越来越短——大约 3—4 小时。当我开始感到睡意，一阵突如其来的激动在我的大脑中苏醒，多半是因为想到希拉和我的金妮在一起，于是满脑子都是杀人的想法，最后怎么也睡不着了。［德］

1947/9/7

焦虑如鲠在喉。那是二十世纪纽约的痰，咳不出来。

1947/9/14

第一片宁比泰[1]——当胶囊顺着食道滑下去，我觉得像是在服用慢性毒药。十分钟后：腿部神经传来阵阵刺痛。我睁开眼。我的身体感觉到"沉重"吗？没那么老套。苏格拉底喝下毒芹汁。毒性就从腿部一直传到心脏。我极为警觉。接着我的耳朵开始疼痛。疲倦撕扯着岩石般僵硬的我，疲倦的海潮冲撞着岩石般僵硬的我。然后潮水退去，我翻了个身。我醒了，目光炯炯地眨着眼睛。药力过去了吗？我还活着吗？这太压抑了。别人跟我说不会有问题的，但是现在我绝不会吃第二片了。海潮又涨上来。第二波冲击。现在我很害怕。这药很是凶猛。它会抓住我。它的药力比我强大，会对我步步紧逼，直到逼我就范。它会一直攻城略地，直到将我完全拿下。苏格拉底喝的是毒芹汁。我吃下去的又是什么呢？见鬼，我怎么知道宁比泰是个什么东西？我的耳朵刺痛起来。时钟的声音变微弱了吗？没有。海潮涨了起来，漫过我的头顶，但我并不难受，我也没有睡着。不在乎的感觉与好奇心和恐惧激烈交战，和我再喝一杯马提尼就要醉了却还想买酒的状态一样。我缴械投降。我一败涂地。苏格拉底喝了毒芹汁……六个小时后我醒了过来。觉得自己比往常还要迷糊，但这种感觉很快就消失了。

1947/9/17

为什么与死亡如此相似？虫子为什么在爬？它们在爬，是因为我死去已有两三天。人是爱情的产物，永远不会死亡，在每一段新的恋情中他都会重生，他永远活在

---

[1] 戊巴比妥，在美国又叫宁比泰，1915 年由拜耳公司引进市场，多年来一直是失眠症的处方药，随着被大量滥用和新治疗方法的出现，最终被禁止作为安眠药使用。

上帝这永恒伴侣的爱里。但是，随着尘世中的爱情消亡，每个人也都会死去，两三天后，虫子就会啃噬他的肉体。啊，别妄想着把自己深埋以避开它们！无可逃避。我走在街上，感觉受到了上帝的庇护。我走在街上，如同一具行尸走肉。我感到这具肉体濒临死亡。我不希望自己死于心脏停跳或车祸。我与死神如影随形，他知道我一点也不畏惧。但我还没做好准备。我要完成我的工作，上帝在庇护着我。

1947/9/20

我注定要一副病恹恹的样子吗？求你了上帝，别啊！我想活得长久。有时我觉得这无法实现。有些东西驱使我走向毁灭，但为了能看清真相，它们又必不可少。

1947年9月21日

〔德〕工作。很开心——小说进展顺利。至少在我心里它已经扎下了根。如今，这是唯一能让我高兴的事。我想今天该用红笔标出来，因为罗莎琳德问我愿不愿意和她一起住到乡下去。这是一个好主意。我们对纽约的生活都不满意：要么太孤独，要么太累，太难了。以后会发生什么呢？一年后我的账户上会有多少钱呢？我会在哪里？和谁？然而，当我向罗莎琳德（还有特克斯）倾诉这些烦恼时，她说："哦，过两个月你就会为新女友沉迷了。"等着看吧。〔德〕

1947/9/29

人们说艺术家活在自己的世界里，但实际上他们比普通人活得更外在。当艺术家受到启发或者工作时，他和普通人进入的是同一个世界，但每一次他回归世界时，这实实在在的世界又都呈现不同的风貌。（感谢上帝，不然他会无聊到崩溃的！）艺术家只是不明白，普通人竟能容忍世界一成不变。

1947/9/30

除非它妨碍了你对工作的某种渴望，不然，永远都要随心所欲，我行我素。

1947/10/3

永远不要为了一个角色而烦恼，这和生产的奥秘一样。从最微小的开始，一个角色要么活着，要么死去。然而，就像现实生活一样，一个体弱多病、头发金黄的小生命，可能会长成一个精力旺盛、皮肤黝黑的畜生，或者身强力壮却整天叫父母担心他弱不禁风的婴儿。

1947/10/4

  献词：献给几位女性，没有她们，这本书（随便什么吧）就不可能写出来。上帝！（不是上帝拯救女人！）我热爱她们！没有她们，我什么都不愿意去做，什么事我都做不成！我在世上所做的每一件事某种程度上都是为了女人。我爱恋她们！我需要她们就像我需要音乐，需要绘画一样。为了她们，我愿放弃眼前的一切，这样说还不够。为了她们，我愿意放弃音乐：这才能表达我的心情。

1947 年 10 月 6 日

  [德]感觉身体不太舒服。正在喝黑麦酒——比以前喝得都多。10 点母亲来了。吃午餐。要去见牙医，可我找不出时间。真是见鬼！生活节奏太快了！我在寻找奇遇。和巴布斯·B共进晚餐，波旁酒把她灌得大醉，然后我们去了托儿梅朵[1]，播放着贝多芬，整个餐厅都很欢快。喝了好多杯红酒，接着工作。 12:45，我一个人躺在床上，这时电话铃响了：是玛丽亚和佩吉[2]打来的，她们邀请我去喝一杯。我立刻出发，穿着晚装裤，带上其他该带的东西。佩吉吃了两片安眠药，但还是跟我说了很多话。四个醉醺醺的女人。妈妈见了会说些什么呢！怎么想到这个了！——她们恭维我，夸我的裤子好看，等等。"她们说你也是个聪明人，帕特。"[德]

1947 年 10 月 10 日

  [德]这一周的生活都让牙医给搅乱了。时间少得可怜。每次就诊大约都要 1½ 小时。今天见到利尔［·皮卡德］[3]了——才知道她本来可以和我一起吃晚饭的。昨晚她跟我吻别——我想，我有点爱上你了，她说。发生了很多事，但还没有玛格特和那本书的消息。[马里昂·]张伯伦在哪儿？多德-米德出版公司对我的书又作何评价？[德]

1947/10/13

  不要忘记保持耐心。因为我很有耐心，所以不把它当回事，但我并不总是这么

---

1 第三大道812号的意大利餐厅，49街和50街之间。
2 大概是佩吉·费尔斯。
3 利尔·皮卡德（1899－1994），在德国出生的犹太裔先锋艺术家。

耐心。

1947/10/15

重读旧时笔记随想：它们是一面镜子，映照出一个相当混乱的头脑，凭着坚强的毅力和不倦的好奇心苦苦挣扎，同时四面出击，却从未在一个方向上持之以恒，没能把任何一个主题想透彻。

1947年10月17日

[德]工作。写作速度慢了很多。写了大概270页。金妮打来好几次电话——说我还爱她，她也关心我。"但你不是更喜欢希拉吗？"给她带去鲜花，还帮她擦鞋子，她非常没有礼貌，我说话时她都不听，她放着和希拉一起听过的唱片，根本受不了我的问题："你为什么要折磨自己？"于是——9:30我就回家工作去了。（金妮病得那么重，那么虚弱，带她出去散步简直是要命。）[德]

1947年10月22日

[德]忙碌。和张伯伦女士在米歇尔喝鸡尾酒。她说多德-米德出版公司并不满意这本小说现在的水准。100页的篇幅必须削减到60页。所以——我必须缩减篇幅。起先是张伯伦和我两个人，她要我明白眼下出版业必须要非常谨慎——后来玛格特也来了。玛格特很生气，因为D. M.［多德-米德出版公司］有大把资金。我失望只是因为我需要钱用，不过一旦我删减了篇幅，这部小说的质量就会提高了。[德]

1947/10/23

凌晨4点。我一个人无法活得健康。在夜里，独自一人，睡着又醒来，都快把我搞疯了。我读着格特鲁德·斯泰因的书。吃起东西来像独眼巨人[1]，只有红酒和威士忌才不会让我昏昏欲睡。我没对某人产生朦胧情愫，或非她不可，我只想说，要是我有人陪伴，现在就不会精神错乱了。现在的我已经失去了决定权和判断力，也没什么道德底线。什么事我都做得出来——谋杀，破坏，可耻的性行为。不过，我也会读一读《圣经》。我的生活充满了挫折，就像虚幻神殿前挂的一块布帘。是的，我渴望在

---

1 希腊神话中西西里岛的巨人。

某个地方的一张黑色小桌旁遇见一个美丽的女人，我会亲吻她的手，和她聊一些让她开心的话题。我渴望简化我自己，就像我渴望删掉作品里旁生的枝丫，让艺术走向堕落的题外话。在我的作品里，这个原则必须摆在首位。我喝威士忌来麻醉自己，也后悔它给身体带来的影响——脂肪细胞，大脑退化，尤其是它让我沉溺于对物质的依赖，而让我保持清醒的却是一种精神的无形资产。

1947/10/29

生活选择和你玩一场游戏，如同一只橡皮球，一只在砾石场上柔软的橡皮球。你忍受着它划出的道道伤口、留下的块块疤痕，但没有哪一样是你心甘情愿的。你在这场比赛中陷入被动。你的脸上留下岁月的沧桑，鲜有诗人知晓的生活，不过他们迟早会明白的。你的年龄渐长，阅历累增，生活在你的人生画卷上艰难地留下一笔又一笔，在原本空白的画布上绘出的却是一只平面的眼睛。你穿着睡衣独自在公寓里踱步，脸上透出智慧又饱经沧桑的神情，困惑的你像一个生活的俘虏，就连让你头脑昏沉的酒精都不是你的选择，它是虚假的，是生活在你身上画下的残酷的又一笔，而你连同你狭隘的执念都会否认这一点，醉酒就是对你最后的侮辱。即便是我，在清晨五点半，写下这几行字，被美梦、噩梦、幻境反复纠缠着辗转难眠，我知道我也难逃这相同的命运，因为我疯狂地爱着你，然而我追寻着你，并不被动。当你死去的时候，你会死在那双早已环住你的贪婪的掌中。当你死去的时候，你小小的脸上会带着同样的困惑，变得更睿智，散发出生命的力量，那是懦弱的你所无法承受的。

（致 V.K.C.［弗吉尼亚·肯特·卡瑟伍德］无眠的凌晨 3:30）

1947 年 10 月 29 日

[德] 没有金妮的任何消息。为什么？上帝啊，如果我一直都穿着白衬衫，每个礼拜天都去教堂，还和父母住在一起，那我的人生将会是另一个样子，更好，更美丽，更优秀。最近，我的生活不像平时那样有条理了，这让我很烦。[德]

1947 年 11 月 4 日

[德] 昨晚——非常美妙——和利尔参观了帕森斯画廊海达·斯特恩的展览。我在套装里穿了件高领毛衣，觉得美丽极了（还带着一朵琼送给我的玫瑰花），和任何人交谈都不成问题。[德]

1947年11月4日

[德] 傍晚和 H.S.[1] 闹得很恶心。起初一切都很开心——工作结束后打扮打扮，调一杯马提尼酒——然后——他那些无聊的话——"我搞不懂你。难道你不爱我吗？难道你不是被我吸引了吗？"上帝啊！最后我说，我爱着一个不爱我的人。然后我哭着打电话给妈妈。我决定去黑斯廷斯。我在这里太痛苦，太烦恼。我会带着利尔一起去。她也需要一趟这样的旅行。[德]

1947/11/4

今天的生活充满了不真实感，不情愿地做了一件又一件事，没有明确目的，毫无乐趣可言，没有满足，有必要喝点烈酒，好重新找到自我。自我是一个有益的真实的存在。而现代社会却不是这样。

1947年11月12日

[德] 工作。但速度不够快。因为：

a) 重写场景，第一次写作这些场景时我是那样快乐！

b) 为时间懊悔，因为我现在就想去得克萨斯。

c) 对金妮非常失望。

d) 我需要钱——首先写书就需要钱——而我不得不将大把时间花在《及时雨》[漫画公司]上，他们越来越难伺候了。

另外——我正在读 [安德烈·纪德的]《伪币制造者》。[德]

1947/11/13

我被一种分裂成（你都不认识的）几个人的感觉困扰着。如果我在中年时变成一个危险的精神分裂症患者，我一点也不会感到惊讶。我说真的。在内心的自我——我知道那才是真正的我——和呈现给外部世界的不同面孔之间，差异越来越严重，越来越难以忍受。

1947年11月15日

[德] 昨晚在利尔家过夜。我们躺在床上（两张床上！）一直聊到凌晨3点。过了

---

1 海达·斯特恩（1910—2011），罗马尼亚裔艺术家，和贝蒂·帕森斯合作密切。

很久。她说这么多年来，我是她遇到过的最有趣的人。今天下午继续写《旋转世界的静止点》，然后和利尔一起去了现代艺术博物馆看《战舰波将金号》。我很喜欢和利尔待在一起：她了解我的一切，但在情感上并不依赖我。有什么事这么让我受不了呢？干了这么多工作，我依然囊中羞涩！最近，我经常想，要不是我这样坚强（或是疯狂），几个月前我就该失去理智了。[德]

1947 年 11 月 17 日

[德]继续写《旋转世界的静止点》，完成了！他们想要"过渡更流畅"！这正好是我不想要的！在院子里烧树叶，很喜欢这个过程。[德]

1947 年 11 月 26 日

[德]把 50 页稿子给玛格特送去——一直到 183 页，让她今天在飞去波士顿的路上看。很高兴今晚能庆祝一番！连续工作了五天！今晚先是和佩吉、利尔（罗莎琳德？）喝鸡尾酒，然后和珍妮一起吃晚餐。想让她在这里过夜。有何不可呢？我们并不了解彼此。但这对我们都有好处。那么，为什么不呢？晚饭后不久，当我在放唱片的时候，J. 说："我想要留下来……为什么你不邀请我留下来呢？"她非常有激情，我很喜欢这一点。金妮是那么难相处，和金妮比起来，J. 简直就是天赐的宝贝！！（她说，她的感受是我的五倍。）有趣的小事：特克斯很少用嘴满足她。J. 当时有点难为情。这很自然。"我以前从没有过这么强烈的感受。"她说。我的自尊心瞬间膨胀了 100 倍！吃过早餐，开车去黑斯廷斯看望她的家人。沿着哈得孙河畔驱车前行，一路上心旷神怡，珍妮也一样。传统的饮食。火鸡的味道很棒。我喝了很多酒，说话像个傻瓜一样。离开让娜回来时（她 6 点钟走的），我的下巴上留着唇印。父母看到会怎么想呢？他们喜欢珍妮。[德]

1947/11/26

在醉酒和深度梦魇中可以获得智慧，这有违上帝意旨，也和幸福相悖，但不违背自然。在夜里，我才露出本来面目，既是我自己，又是一台机器，一台直觉准确的机器。在夜里，我可以纯粹地凭直觉工作。夜晚是我的专属时间。在夜里没有人给我打电话。在寂静中，我听到了自己的声音。

1947/12/3

喝酒的冲动和让自己（无论男女，女性尤甚）沉溺于恋爱、失恋和失去自我的冲动是一样的。

1947年12月3日

[德]这一天过得不太好，因为我得写一个大纲。这被迫去赚钱谋生的丑陋交易！总有一天我会摆脱它！彻底摆脱掉！我拥有了珍妮——"拥有"到底是什么意思呢，我不清楚——算是暂时拯救了我。是的，拯救了我。我们非常需要彼此。我对她说："不要试图爱上我。"利尔对我和珍妮都非常感兴趣。"你不觉得无聊吗？"我答道："不。"和我上床的女孩对我来说都是女人，我不想要一个知性的女人。我更重视温暖，更重视真爱，更重视一个洋溢着爱的微笑。奇怪的是——随着珍妮和利尔的到来，随着绘画课的学习，我的朋友圈完全改变了！我喜欢这样的改变。最重要的是，我喜欢看到一个更加快乐的珍妮。她一天比一天快乐，喜形于色。和特克斯分手后她瘦了8磅。今晚她邀请我去她家（喝杯牛奶），真是——太好了，太可爱。如果我是一个想要娶她为妻的男孩子，我会非常享受这个夜晚的。她正是我想要的——一位淑女，一位真正的贵族。[德]

1947年12月5日

[德]这本书进展缓慢。典型的一周：周一和周二，独自一人=20页。周三，和珍妮在一起=4页。周四，和母亲一起=5页。周五——恶心——0页——但今天5点，我开始写一个女孩与司机的短篇小说。我很喜欢这个开头；我需要像T.卡波蒂那样重塑自我。绘画课。有很多男人。我画得越来越好，这是我一个星期里最大的快乐来源。有时我想象自己是一个画家，我的生活将会是什么样子。然而——昨天在达利的画展上，我意识到绘画（对我来说）还不够成熟，不够微妙，不够清晰。而写作都可以实现。钱是越来越难挣了，我写的长篇和短篇都石沉大海，我内心深处的某个地方还不想让故事完结。我已经意识到心里这种讨厌的情绪了。我一直在等待它，现在它现身了。我正在和它搏斗，只身一人。我不想把珍妮牵扯进来。我很反感自己不能接受甜蜜的新欢带来的幸福感。而珍妮——很可能——会爱上我。我可能会爱上她。她有点像琼·S，对我很好，一个值得我为她写诗的人。（奇怪的是，为金妮和纳蒂卡就写不出诗来。不信你就记住我说的话！）[德]

1947/12/5

热烈的激情成了我的焦虑，我作何感想？我对爱情也能有这样的感觉吗？我在自己的房间里来回踱步,手指插进头发里,一刻不停地叫骂着,而我的爱人躺在床上倾听——就像一块手帕,擦去我飞扬的泪水。我的青春如此苦涩,没有人能长生不老,年轻的时光尤为短暂。问题是什么?是我还没有把自己变得足够好,没法过上安枕无忧的生活,没法获得财务自由。我不担心我的写作、绘画或其他方面的工作可能会停滞不前。我不担心我的潜能会被限制。

相反,我的挫折感主要源于我的时间不够用,艺术的学习很漫长,我还必须把宝贵的时间花在我不想参与的游戏上——拿精力和时间去赌钱。我是一个懦夫,可能是,也可能不是,我做不到只要钱还够维持,就放弃一切(包括朋友、爱人、我喜欢的家、娱乐活动,包括休闲、酒和衣服、书籍和音乐会),只为自己工作。但是我已经习惯这一切了,失去它们我不会快乐的。我爱的人也爱着我,只有她的拥抱才能让我找到片刻的安慰。我相信,这几个月是我的生命中最艰难的一段时光。从七月直到现在。超过了我的忍受极限。也许完全是情感上的不安全感,和金钱没有丝毫关系。必须即刻作出改变。否则……(但绝对不自杀。)

1947 年 12 月 11 日

[德]今天各种消息纷至沓来:《旋转世界的静止点》卖给了《今日女性》,800 美元[1]。但是利特尔·布朗现在不想出版那部长篇小说。利尔说这部小说没有传达信念,也没有营造氛围。她说得对。我不停地问自己:为什么没有呢?大纲和第一章都有。接着我遇到金妮,收获了一份爱情。在这之后的日子里,我写得飞快,但如果我慢慢地把所有章节再手写一遍,小说就会比原先好很多。我想找回第一章的温暖和氛围,还有那种舒适感。[德]

1947 年 12 月 12 日

[德]珍妮陪我到中午。我很紧张。即使我已经卖出了一个作品,写了一个能卖出去的短篇,我还是很紧张!非常紧张——我抽了不知多少支烟,还想喝杯酒!我记起母亲曾经说过:"当你非常成功的时候,没有爱,你也不会感到幸福。"是的,还有充满激情的性爱。我犯了一个大错,给金妮写了封信,信里告诉她我的《静止点》

---

[1] 这个故事被更名为《嫉妒的人》,讲的是一个对生活不满意的全职妈妈在纽约的一个游乐场长椅上观察另一个快乐的、和情人在一起的妈妈,直到 1949 年 3 月才在《今日女性》杂志上发表。

（那里面的吻是她给的）卖出去了。[德]

1947 年 12 月 17 日

[德]我本想今天就动笔，但怎么写，什么时候写？去看了《悲悼》[1]——我在美国看过的最好的电影。三个小时的残酷悲剧，但在谋杀和自杀中，人们看见了生命。这就是我想在自己的书里表达的。[德]

1947 年 12 月 19 日

独自工作。也独自过夜。快乐，满足。我又开始手写了——为什么我以前会觉得打字机"更快、更清晰"呢？这是不对的。塔克[2]正快速行动，一步步走向谋杀。

1947/12/25

在小说中，让情绪推动每一个段落，开启每一个章节。我认为只有叙述的感觉往往会让人感到压抑——

1947 年 12 月 26 日

[德]外面在下雪。积雪有 24 英寸。这座城市看起来与往常不同。一切静悄悄的。但在 9 点接到琼·S打来的电话。我真是太高兴了。我一个人，在写作。我给琼画了一张我家的壁炉，上面有小耶稣和她的长袜。还有壁炉里那张她深爱的脸。在家里干了好多活。非常快乐满足。有朋友们和像珍妮这样的人在身边，我感到内心强大又充实！[德]

1947 年 12 月 28 日

[德]一个人在家。又开始写笔记了，金妮在笔记本的第一页上写下"我爱我的爱！"一天写五六张纸的小说，正反面。塔克明天就要杀人了。[德]

1947/12/28

写完第一个虚伪作品后的笔记[3]：当我写完它开始写书的时候，它便腐蚀我的大

---

1 美国著名剧作家尤金·奥尼尔（Eugene O Neill）中期的重要作品之一，1978 年被搬上银幕。也有译作《素娥怨》。
2 塔克之后更名为盖伊·海因斯。
3 帕特在写《去哪儿，夫人?》的时候，打定主意让它"好卖"，但这个短篇直到 1951 年才在《女性居家伴侣》上发表。

脑。我觉得自己的思想都被玷污，变得浑浊了。上帝原谅我把天赋用在丑恶和谎言上吧。求上帝饶恕我。我再不会做这种事了。只有这句誓言才能让我今晚继续工作。如果这个故事彻底失败了，这个惩罚便是最好的结果。Miserere mihi. Dirige me, Domine, sempiterne.[1]

1947 年 12 月 30 日

[德]今天是一个重要的日子：我写完了谋杀的桥段，这是小说的灵魂所在。塔克开了两枪。布鲁诺先生死了！我感觉今天自己也发生了变化。我长大了，成熟了。塔克的谋杀情节对我来说是一项艰巨的任务，必须得完成，这是非常重要的一步。我几乎可以看到岁月在我身上留下的刻痕。我一个人回到家，非常满意，非常快乐。我不想结婚。我有好朋友（大多数都是欧洲犹太人）和女朋友呢？——身边总是有一大帮人，我想要的都有了。还有瓦莱丽·亚当斯、金斯利、利尔、珍妮、琼，她们给我的感觉是，我的作品已经取得了一些成功。这让我感到心下惶恐又如履薄冰。[德]

1947/12/31

凌晨 2:30。我的新年祝辞是：敬所有的恶魔、欲望、激情、贪婪、嫉妒、爱、恨、奇怪的欲望、真真假假的敌人、回忆的大军，我要奋力抵抗它们——愿它们永远让我不得安宁。

---

1 源自拉丁文的中世纪英语，意思是：上帝请垂怜我吧。指引我，主啊，永生的天主啊。

1948 年

帕特与作家简·鲍尔斯及其同事的相识，使她进一步踏入了纽约艺术圈。作曲家亚伦·科普兰、导演杰里·罗宾斯和演员约翰·吉尔古德现在都是帕特的熟人，以后，她还会结识卡森·麦卡勒斯、亚瑟·库斯勒和 W. H. 奥登。帕特进入了文人圈子。1 月中旬，帕特在利奥·勒曼的周日晚间沙龙结识了杜鲁门·卡波蒂。他们一见如故，开始频繁交往。

当帕特表示出需要安静和平的工作环境，同时摆脱严重的金钱困扰时，卡波蒂推荐她申请去雅多艺术驻地住一段时间，在杜鲁门·卡波蒂（他前一年在雅多完成了他的第一部长篇小说《别的声音，别的房间》）、她的朋友罗莎琳德·康斯特布尔和《时尚芭莎》小说版编辑玛丽·露易丝·阿斯韦尔的推荐下，帕特受邀在 1948 年 5 月和 6 月到雅多居住两个月。

雅多是一个位于萨拉托加斯普林斯的艺术家聚居地，由金融家、实业家斯宾塞·特拉斯科和妻子卡特里娜于 1900 年建立。这里曾见证过 20 世纪创意领域的巨匠们，例如列昂纳德·伯恩斯坦、汉娜·阿伦特、密尔顿·艾弗里、西尔维娅·普拉斯、乔纳森·弗兰岑和大卫·福斯特·沃拉斯等。后来帕特将自己的遗产和未来所有版税都指定捐赠给这个艺术家聚居地。

在纽约北部封闭的环境中，帕特的写作进展神速；另一方面，尽管雅多有严格的工作时间和熄灯制度，但帕特还是积习难改：她酗酒、拈花惹草，甚至偷偷溜出去与女友私会。但是，这一段隐居生活对自律的要求还是在她身上留下了印记：她的双语（英语和德语）日记变得更加简洁，在短短六周内，她写完了《列车上的陌生人》的初稿。

和帕特同期在雅多居住的还有黑人犯罪小说家柴斯特·海姆斯、南方哥特式作家弗兰纳里·奥康纳和英国作家马克·布朗代尔。虽然帕特的女同性恋关系一直不断（还和另一个男人有染），马克还是和她保持着时断时续的婚约。为了让自己和帕特都能顺利写完小说（并更好地了解彼此），9月马克在科德角的普罗温斯敦租了一座小屋。但是跟他结婚这件事一直令帕特很感绝望。那些年里，她似乎比二十出头的时候更反感自己的性取向。这可能部分跟她的年龄有关，但她的个人发展也反映了社会的整体趋势：与二战前那种相对自由的氛围相比，战争结束后，同性恋社区出现了倒退。在麦卡锡时代，从20世纪40年代末开始，整个社会都在努力恢复"正常状态"，最终出现了对同性恋者的迫害运动——即所谓的"薰衣草恐慌"，被怀疑是同性恋和被怀疑是共产党人一样严重。

为了"治好"自己的同性恋倾向，帕特在明知徒劳的情况下还一直去看心理医生。具有讽刺意味的是，这段时间的"治疗"间接激发了帕特创作出一部女同性恋主题的浪漫爱情小说。为了支付治疗费用，帕特在圣诞节前去布鲁明戴尔百货公司的玩具部打零工，期间她把一个娃娃卖给了一位新泽西州富商的妻子，E.R.塞恩夫人。帕特一下子就被这个穿着貂裘、优雅精致的金发女人迷住了。那天晚上回家，她就像感染了水痘在发烧一样，狂热地开始写作……

1948年1月1日

［德］痛苦，但是什么原因呢？我起得太晚，没法享受这大好时光。我家明明在乡下有房子，为什么我还总是搬出去住？我很绝望，也不幸福。珍妮没有跟我做爱。［德］

1948年1月2日

［德］工作。写漫画。独自一人。在［埃塞尔·］斯特蒂文特家吃晚餐。她讨厌女人，仰慕男人。她不是很聪明。［德］

1948年1月6日

［德］和珍妮一起看《罪与罚》。很棒的电影：要是我写的谋杀案也发生在故事开头就好了！陀思妥耶夫斯基！我的大师！6点去见了赫伯·L。他还是老样子——我

感觉变友善了一点。他每天写六个小时。10:30 赫伯已经喝得烂醉如泥。他自己说了算，我能做什么？我有点想跟他上床，但他已经醉得不省人事了。真恶心，我在午夜 12:30 打电话给珍妮，她礼貌地邀请我过去。跑到她家，发现门开着，站在她的床边，感觉真好。我和她做爱到凌晨 4 点。[德]

1948 年 1 月 7 日

[德] 9:30 赫伯还没走，我回来的时候他一副很迷糊的样子。真烦人！他还在我家里到处写："帕特在哪里？——我爱你！" 这个白痴，我再也不想见到他了。[德]

1948 年 1 月 8 日

[德] 不断推进。在开始写作之前，在纸上做了大量的笔记。我想，珍妮喜欢布鲁诺的谋杀，不喜欢其余的部分。独自上绘画课，我在读［让-保罗·］萨特的《什么是文学？》，非常欣喜——太棒了——萨特。我有时觉得艺术本身就掌握在我的手中！[德]

1948 年 1 月 9 日

[德] 2 点妈妈来了，什么工作也没做。我喝酒是因为我太痛苦了！珍妮陪了我一夜。我们越来越融洽。这种关系太美妙了，但也很危险。我不想伤害她。给琼·S 发了利尔、珍妮和佩吉的照片。[德]

1948 年 1 月 11 日

[德] 珍妮非常安静。周一晚上还去看了她——10—11 点——她给了我巨大的力量——不知怎么地——让我回来后可以一口气写到凌晨 2 点！不管怎么说——她觉得她需要换个新的朋友圈，要么工作，要么结婚。是的，她需要依靠——一直都是。这就是区别。所以——我是她最后一个女孩。[德]

1948 年 1 月 14 日

[德] 昨晚去见了罗尔夫——虽然我更愿意工作。我起得晚，所以需要工作到很晚。但是罗尔夫——我喜欢他，也知道一个女人有义务向男人求助。很奇怪吗？但这是事实。于是去了一家啤酒屋。非常愉快。我给他读了布鲁诺谋杀的情节，他非常喜欢。我们不厌其烦地讨论着在新墨西哥和新奥尔良的梦想家园，以及未知的未来

1941—1950 年：纽约的青春，以及不同的写作方式

生活。[德]

1948 年 1 月 18 日

[德] 跟罗尔夫、欧文和珍妮去见利奥·勒曼[1]了。和那三个人在一起时，我很害羞，但利奥很有礼貌。与露丝·约克[2]、（《家政》杂志去年刊过的）夏弗纳和利奥聊天，利奥说："这周（把你的第一章）寄给阿斯韦尔夫人。"卡波蒂的书《别的声音，别的房间》今天在《泰晤士报》和《先驱论坛报》上都有评论。《泰晤士报》的评论不太好，《论坛报》的评论让人开心！"将成为我们这个时代最伟大的作家！"威廉姆斯这样表扬他。他只有 23 岁。我发现这是纯粹的诗意。[德]

1948 年 1 月 19 日

[德] 我的生日。去了黑斯廷斯。和老派人物在一起很不错，还有很多小礼物，但都不是我想要的：一台相机或睡衣裤。还有美食。把书的第一章剪下来，让珍妮明天做。她想为我打字。心爱的女孩。妈妈想继续唠叨。在黑斯廷斯，我总是 4 点上床睡觉，8 点起床。斯坦利工作非常努力。直到深夜。我在客厅里画的素描看起来很不错。[德]

1948 年 1 月 20 日

[德] 探望了菲尔斯一家，他们俩都生病了。死亡之屋！今天多德-米德寄来一封长信，说他们不喜欢塔克，更喜欢布鲁诺，我需要把它改成布鲁诺的小说。还说我还"不具备"签合同的资质。丽塔正读给我听时，珍妮来了——她吻了吻我的头——有点失望，但——值得思考。总之——更多的工作。[德]

---

1 利奥·勒曼（1914—1994），公开的同性恋作家、评论家和编辑，为《纽约先驱论坛报》《时尚芭莎》《舞蹈杂志》和《时尚》撰稿。他是纽约社交圈的常客，演员玛琳·黛德丽、女高音玛丽亚·卡拉斯和作家杜鲁门·卡波蒂都是他的密友，他举办的派对也颇具传奇氛围。

2 露丝·兰德肖夫·约克（1904—1966），婚前姓氏为利维，在移民美国前是魏玛共和国波希米亚主义的著名人物。她在柏林的朋友包括贝托尔特·布莱希特、托马斯·曼和阿尔伯特·爱因斯坦，出版商塞缪尔·费舍尔是她的叔叔，奥斯卡·科科施卡为她画了肖像。她曾出演过默片《不死僵尸》（1922），但一到纽约，她就放弃了表演，转向写作，写小说、诗歌和杂志专栏。

1948年1月21日

[德] 玛格特和往常一样，一点也不气馁——她说维京［出版社］的帕特·C对这种类型的小说很感兴趣。周四，我会再给玛格特看。有很多事要做。忙着修改塔克的部分，一直在和利尔讨论这个人物。今天发生了什么？我都不记得了。这记性！人都会老的。[德]

1948年1月23日

[德] 和妈妈一起去利尔家吃晚饭。天太冷了，我在利尔家过了一夜。我现在急需逃离，所以在她家过夜是一种极大的享受。当我在利尔家睡的时候，感觉像变了个人，像个欧洲人。因而重获新生。[德]

1948年1月25日

[德] 去了利奥家——非常愉快。见到了T.卡波蒂[1]。莱纳[2]。还结识了我喜欢的作家刘易斯·霍华德。竟然开始做梦——想到如果我俩结婚会怎样。利尔特别开心。她把这个夜晚比作希特勒出现之前她在柏林的那些日子：知识分子，自由思想家，等等。她还说我们会是第一批消失的人。她说得对。我正在读［路易斯·］亚当关于美国法西斯主义的书。[德]

1948年1月29日

[德] 废纸篓里满是白纸——全部都扔掉了。可是——塔克个性够强吗？维京会怎么说？我很快就会听到消息的。真开心——又回到了大家中间！今晚庆祝！看到沃尔夫冈·海德和R.［罗莎琳德］康斯特布尔带着两条狗，可能是西尔维娅的。每个人都喜气洋洋。利尔喝的是马提尼。我们讨论起了杜鲁门·卡波蒂。R.C.说他总是言之无物，说他只是利奥［·勒曼］、《时尚芭莎》和《时尚》之流心血来潮的产物。珍

---

1 杜鲁门·卡波蒂为帕特申请居住雅多写了一封推荐信。在写给雅多管理者阿斯韦尔夫人的私人信件中，他写道："她真的才华横溢，她的故事展示出不输于任何人的天赋。此外，她是一个迷人的、彬彬有礼的人，我相信你一定会喜欢她的。"帕特在雅多的时候，卡波蒂借住在她的公寓里，完成了他的短篇小说集《黑夜之树》。

2 路易斯·莱纳（1910－2014），德国出生的电影女演员，被许多好莱坞电影人视为第二个葛丽泰·嘉宝。她凭借在1936年的《伟大的齐格菲》和1937年的《大地》中的精彩表演获得了两次奥斯卡奖。

妮留下来过夜。我越来越爱她了，但这对我来说还不够。她爱我，她说。"你想让我爱你吗？""不，"我回答，"你爱我吗？""你知道我爱你。"她说。[德]

1948 年 1 月 31 日

[德] 冷得要命。估计得有零下 12 度。当然，还在呕吐。11:30 才起床。（我们睡着的时候已经 4 点了。）打电话给玛格特——跟她会合一起去见《[女性居家]伴侣》的编辑。他们想买我的上一个短篇，《去哪儿，夫人？》，关于劳斯莱斯司机的。但还得改改，我觉得可以做到。他们要付一千美元。然后我们去见戴维斯先生[1]——洛克菲勒广场 31 号的那个怪人，漫画书和芭蕾舞剧院出版社的编辑。他问我是否想要工作。我的幸运日！今晚和金斯利在一起。我也跟她讲了我对塔克的认识：这个人物很弱，读者根本不在乎他会遇到什么事。[德]

1948 年 2 月 1 日

[德] 我什么都不做。感觉很幸福。下午 3 点，我临时起意去了一趟黑斯廷斯——有这样一个家真是太好了！[德]

1948 年 2 月 2 日

[德] 几个月来我首个真正自由的日子！要是我多给自己一点时间就好了！我会写得更好！[德]

1948 年 2 月 5 日

[德] 昨天和珍妮一起看了田纳西·威廉姆斯的《欲望号街车》[2]，这是我此生看过最好的一部剧。结束时我都快哭了，太完美了。珍妮说："这部剧只应该和爱的人一起看。"后来——回到家，又高兴又满足，一心想着珍妮。快速给她写了一封长信，想给她一些自信。信中说如果我是一个男人（我的许多幻想都是这样开始的：如果我是一个男人——），我会不顾一切地娶她。（"可是你——千万别嫁给一个作家！"）[德]

---

1 布莱文斯·戴维斯（1903—1971），美国戏剧制作人，S. 杜鲁门总统及其家人的密友。1949 年，他成为纽约芭蕾舞剧院（现在的美国芭蕾舞剧院）的总裁。
2 田纳西·威廉姆斯的剧本于 1947 年 12 月 3 日在百老汇上映，由伊利亚·卡赞执导，马龙·白兰度担任主演。

1948/2/9

东河严冬。人们在河边驻足，感受到空间感，感受到一种宽广、势不可挡又不舍昼夜的力量，这对在城市里被困了几周甚至几个月的人来说是一种奇怪又可怕的感觉。河面上星罗棋布的肮脏碎冰，似乎是在纽约能找到的最冰冷、最凄凉、最残忍、最体无完肤的景象。有些厚厚地覆盖着煤尘，被河水冲刷侵蚀得支离破碎，浮在水面之上，显出最悲惨和丑陋的样子。海鸥在一片碎冰上找到了落脚点，耀武扬威地在河中央的碎冰上欢快地叫着——从流动的河水远处传来这样怪异、森然的声音。满眼是灰色。到处是一串串流动的浮冰向后漂移 & 随着不同的水流混乱不堪。

我的爱，你现在在哪里？你在前一个街区还和我在一起！在绝对的沉寂中，一艘拖船冲破冰面开过来，船壳上挂满了黑灰的碎冰，好像挂满了密密麻麻的绳索和卡车轮胎，超过了一艘、两艘、三艘拉煤的驳船。这个穿着拉链裤的小女孩站在我旁边，还有黑人奶妈陪伴着，她看到驶过的拖船尖叫起来，感到莫名的紧张和喜悦。她举起一只大娃娃去看！娃娃的眼睛只有椭圆形的黑洞。爱人啊，你现在在哪里，一年后又在哪里，如果我转身离去，你是否还愿意与我春宵一刻？一年后，你我不会再同床共枕了——尽管我们现在在彼此相爱，尽管我们互相服侍，为彼此牺牲，尽管我们亲手为彼此制作礼物——你还是会离我而去，若我再来时，只有河流仍在原处。

从我书桌旁的窗户望出去，雪落在公寓楼后边逼仄的空地。这片雪的纯洁美丽不会超过一天。在这十五英尺宽的街区上，它被清洁工、儿童和觅食的狗践踏、玷污，零落成泥。在这片雪地上，无数个爱尔兰家庭的晾衣绳纵横交错，纠结缠绕。即使这样的美也被阻隔每家院子的栅栏割裂、阻挡。在两条细长的电缆之间，一只手球被意外卡在了那里，永远定格。挂着晾衣绳的电线杆朝着不同的方向倾斜着，刚劲有力。只有公寓楼的几何形状是真实的。还有它们乱七八糟的突出的消防通道。我必须给窗外的这条巷子拍张照片。就像纽约的微缩图景一样，它与地面上的空间相得益彰，那里只有残破的水泥地。

1948/2/13

陀思妥耶夫斯基的作品中有各种"好"人和"坏"人。这对我很有启发，因为我有同样的倾向。我的每一个全新的灵感都有这些要素。第一本书中是查尔斯和伯纳德[1]。现在是塔克和布鲁诺。我才不在乎技术性问题呢。在每一个个体中都有善良和

---

[1] 她放弃的手稿《咔哒一声关上》。

邪恶并存，因此我的小说主题都是自我的投射。

1948 年 2 月 13 日

[德]我和刘易斯·霍华德见面越来越多了。我更想找利尔或者罗莎琳德。或者，在少有的脆弱时刻，真的挺想见见珍妮。我在读卡夫卡——［马克斯·］布罗德和［保罗·］古德曼[1]。我一直怀疑刘易斯会成为我的丈夫。[德]

1948 年 2 月 14 日

[德]我告诉妈妈我对避孕知识一无所知。（今晚我觉得很女性化。）妈妈说她一直很害怕，因为她在我小时候曾试图伤害我！[2]"你还是到社会上去了解吧，等等。"刘易斯给我的印象是他很年轻。"你应该生下我们的孩子！"他说。[德]

1948/2/15

身体的交感疼痛（或感觉）中心。减轻过度负荷的膀胱的压力会给牙齿传送痛痒的感觉。如果此时是微醺状态（膀胱过度负荷时通常会出现这种情况），那感觉就像是非人的折磨：以生殖器为中心的排尿会对牙齿产生反应，那是人间地狱般的痛苦和不人道的折磨，欲生欲死，狂喜与巨痛，是人类知觉的最低音和最高音。对我来说，肉体自身呈现出一种超然的形而上意义：这个肉体的机器一定是为某种超越它生理功能的东西设计的，为了超越美、有悖美的东西而设计的，内容上没有反映上帝的荣光那么纯粹，也不是自然中最智慧的生命典范。然后，张开的手变得神奇、可怕又古怪，头发成了惊人的现象，言语具有魔力，爱的力量变成了最神圣、最深奥、最伟大的能力，它的美超越了最罕见的蝴蝶最明亮的翅膀，超越了最高最远的山脉的原始威严。

而我始终坚信，这身体超越了被赋予的所有意义，它是人在此生的精神家园，它是谜一样的构造，等待我们去好好开发，如同在异域中全然不同的建筑，等待着勤奋的建筑师到访研究。而且男性和女性的结合，虽然如此复杂，却以最原始的方式在世界各处开花，而对此事的复杂性的认知却只有百分之五，这样的认知比例还不如海平面上露出的冰山一角。

---

1 保罗·古德曼所著的《卡夫卡的祈祷》（纽约，1947）。
2 帕特的母亲可能是指她（她曾在一封未注明日期的信中告知女儿）在怀孕之初曾试图用松节油堕胎（帕特）。

1948年2月17日

[德]从玛格特那儿听说，维京不太喜欢我的小说设计。混乱悄悄潜入我的内心，还有无边的恐惧，下一场战争，而在我的内心是崩溃、失败——和珍妮的关系尤其糟糕，我们知道我们必须快刀斩乱麻：无所建树！[德]

1948/2/17

晚上的我和白天的我之间的裂隙已经很深，包括我写作时的状态。晚上的我思想和想象力都很发达。白天的我依然积极地与世人一起生活和工作，虽然这世界不是我的。我必须把它们合到一起，朝着晚上的我努力。

1948年2月18日

[德]痛苦。我不想见任何人。《［女性居家］伴侣》想要（小说《去哪儿，夫人？》的）更多修改，他们是对的。[德]

1948年2月20日

[德]周三和刘易斯一起散步，在施拉夫特酒吧喝了杯气泡咖啡。他让我快乐多了，这是一个男人的同情心。而且他既强壮又可爱。很罕见的品质。[德]

1948年2月21日

[德]与利尔和戴尔[1]一起去黑斯廷斯。痛苦、失望、沮丧，因为我想工作，因为我真的不想要珍妮，因为刘易斯一直困扰着我。我想改变我的性别。这有可能吗？而且，刘易斯是个犹太人，让我越发觉得不能把自己交给他。但我们有很多共通之处。喝了太多古典鸡尾酒，今晚还哭了。[德]

1948年2月22日

[德]仍然高兴不起来。在读卡夫卡，感到很不安，因为我和他太像了。一切都如此相似！我担心，是因为卡夫卡那么出色，却从未崛起成为一个伟大的艺术家[2]！

---

1 利尔的丈夫。
2 卡夫卡在世时只有少数作品出版。最早发表的作品是《城堡》，1926年在他去世后在德国出版，英文版于1930年在英国和美国出版。1941年的英文版中有托马斯·曼写的敬辞，在20世纪40年代整个英语国家中激起了一股卡夫卡热潮。

[托马斯·]曼更伟大，因为他能表达自己的想法！[德]

1948 年 2 月 23 日

[德] 在黑斯廷斯待到终于感觉好些了。告诉自己我对这本书一点也不失望。但下次再动笔前，我一定在脑海中先搭建一个完整全面的思路。玛格特希望我去新奥尔良之前把新小说的故事大纲给她。更让我举棋不定的是——珍妮——[德]

1948 年 2 月 24 日

[德]——不去 N.O.[1]，我今天才知道。有理由相信我们三个——我妈妈、珍妮和我——会一起开车去那里。琼星期一晚上打电话给我。她星期天（22 日）嫁给了查尔斯。很高兴听到这个消息！[德]

1948/2/24

我现在关心的是我最大的问题。我的根基在我脚下像巨大的石板一样晃动。除非它稳定下来，否则我没法享受日常生活中的小成就和对日常生存状态的满足感——日常生活是我以及每个正常人最大的快乐源泉。

1948/2/24

慰藉，我的心！有了温柔的慰藉，柔软如女子的乳房，我应该穿上铠甲！

1948/2/25

研究骨头。也就是说，当一切多余的都被剥离后，研究存在（生命）的核心。我的困难在于，我是什么样的人？情绪化、暴躁——这些似乎更接近我的本性，没有伍尔夫或詹姆斯那种人的风雅。也许我注意到的风雅只是我逃避生活的一种屏障。

1948 年 2 月 26 日

[德] 从未有过如此疯狂的生活。与此同时，两次试图和刘易斯上床。只是我问"那么，你想去床上吗？"的时候，我都觉得自己恶心，事后感到又累又无聊，受虐情绪开始了。当然没成功。我必须承认，刘易斯是一个有耐心的天使。我很喜欢他。[德]

---

[1] 新奥尔良的缩写。

1948年2月28日

[德]开始动笔写蜗牛的故事[1]。我喜欢它。但我很累。每周两次在博拉克诊所照X光。[德]

1948/2/29

此时此刻我对自己最敏锐的判断是:过去六个月里(还有在那之前,无穷无尽!),我的情绪在每一点上都受到了阻力,我再也无法用狂热的激情来捕捉创作中哪怕最微小的场景,几乎无法表达!这是我二十七年来的心理低谷——1948年2月29日。在今天之前,我至少有一个目标来缓解我的离心焦虑,至少有一个目标在眼前!现在我连最小的决定都做不到,甚至无法设想我未来的生活,因为我还无法判断我一个人能否幸福,或者我是否必须与某人共度余生——如果答案是后者,我必须彻底改变对男性或女性的态度。

左右为难?见鬼去吧。

1948年2月29日

[德]什么?在刘易斯家参加社交活动,非常正式——在利奥家,我撞见了杜鲁门·卡波蒂。他握着我的手,一副很深情的样子。他想看看我的房间。[德]

1948年3月1日

[德]杜鲁门6点来了。他喜欢我的房间。在露易丝[·阿斯韦尔]家吃饭。我很喜欢他。我们回来的时候,珍妮睡在床上[2],气死我了。[德]

1948年3月3日

[德]急急忙忙——赶往黑斯廷斯。我花了两天时间写新(小说的)大纲,今晚我要带着金斯利一起(去黑斯廷斯),和她一起读读看。[德]

1948年3月6日

[德]去见了精神分析学家鲁道夫·洛温斯坦医生——上周一。有生以来第一次,

---

1 《蜗牛观察者》,短篇小说,玛格特·约翰逊徒劳地向各家期刊推介,却总是遭到拒绝和嫌弃。直到1964年,帕特的朋友,时任加州《伽玛》杂志的编辑杰克·马查买下了这篇小说,结果刚一发表,这个杂志社就破产了。
2 原文为法语。

我告诉一个陌生人"我是同性恋"。他听了我的故事。说我的病要花两年时间。有点泄气,但我感觉好多了,就因为我说出来了。杜鲁门开玩笑说:"我14岁的时候告诉我父母,每个人都对女孩感兴趣,但我,T.C.[1],对男孩感兴趣!"他们就随他去了。我不想再去见洛温斯坦了。[德]

1948年3月8日

[德]回到纽约。利尔喜欢那个蜗牛的故事。每次别人说喜欢我的东西时,我都会满心喜悦!都是鸡毛蒜皮的事!我的上帝!我经常想起琼,想起她的丈夫,我曾经爱过、现在依然爱着她的那些迷人之处,他现在一定也知道并爱着吧。但是琼并不爱他。她的信强调了这一点。[德]

1948年3月9日

[德]我和刘易斯一起去散步。我们(终于)吃完饭又回到我这里。我工作了大约两个小时,他在一边睡觉。过去两天里,我写完了这本书的第一章,塔克这个角色换了新名字,叫盖伊·海因斯。我和金妮在一起时写的每一句话都不能保留了,似乎就该这样!天啊——爱情,真是悲哀。但是工作的时候有刘易斯——有他在身边,世界突然变得美好了。他又待了一会儿——这次(第二次了)上床的感觉好一点了,但我还是不想,只是出于必要,不是为了欢愉。我连好奇心都没有了。[德]

1948年3月11日

[德]为杜鲁门准备晚餐。他来的时候罗尔夫和妈妈也在。我们一起喝着酒,妈妈很喜欢他。"那么安静,跟大多数纽约的年轻人都不一样。"她还称赞了他的小说。晚餐很不错——但我觉得对那个美食家来说没什么值得夸耀的。我倒是觉得我应该在这方面努力一下。他付了180美元在这里〔我的公寓〕住两个月。M.〔玛丽〕L.〔露易丝〕阿斯韦尔,M.〔玛格丽特〕杨[2],等等。都是好人,在杜鲁门的坚持下,换上了我的晚装裤。待到很晚——然后去T.特鲁维尔酒吧喝了一杯。我喜欢和小杜鲁门一起出门:他很体贴,也很有名!还很温柔。[德]

---

1 杜鲁门·卡波蒂的首字母缩写。
2 小说家玛格丽特·杨和玛丽·露易丝·阿斯韦尔一样,为帕特申请入住雅多写了推荐信。

1948年3月12日

[德]把［推荐］信寄给雅多。我想申请5—6月。阿斯韦尔夫人、杨、杜鲁门都给我写了推荐信。还有罗莎琳德。病得很重。我很沮丧，我的胃又犯毛病了。我仍然爱着［珍妮］。这是事实。我不后悔，但我很难过。刘易斯睡觉的时候，我工作了一小会儿，然后我突然就感觉好多了，有了和他再试试的勇气。可惜就是感觉无聊透顶！毫无乐趣可言！天啊——多么奇怪啊！世界各地的父母都禁止他们的孩子做这件事，如此丑陋！我试了——真的，直到精疲力竭。看起来我是那么的渺小，而男人是那么的高大。我的意思就是我没兴趣和男人做爱了。[德]

1948年3月13日

[德]尽管如此，今天心情好多了。为卡尔·海泽尔伍德[1]的到来准备了一整天，6:30他到了。卡尔人很好，我们谈了谈他的事情——他告诉我很多他无法跟妻子或母亲说的话。还说男人很脏。卡尔从来没有从性交中得到快乐。上帝！我琢磨着这个想法——我可以轻松地嫁给卡尔，我更喜欢他而不是刘易斯，因为他几乎不会改变我的生活。我可以"爱"他，因为他是如此渴求爱。这是一种逃避。[德]

1948年3月14日

[德]工作。5:30和罗莎琳德见面。喝马提尼酒。她现在有一份很棒的工作：只要读读新书、见见新演员、看看绘画作品等等，然后写点相关的报道。[2]如果她不需要工作的话，这正是她会选择的生活。去看珍妮，因为我喝得酩酊大醉。虽然她要我留下来过夜，我却没这心思。希望那是最后一次。[德]

1948年3月15日

[德]要是动笔之前就知道怎么写书就好了！[德]

1948年3月16日

[德]素描了窗外的风景，正如我在永远离开塔斯科之前也素描了我的房子。有种感觉，我不会再来这里了。把布鲁诺谋杀的桥段寄给了雅多，外加一个短篇。[德]

---

[1] 帕特新近认识的一个年轻人。他们结识的具体情形尚未可知。
[2] 据丹尼尔·贝尔透露，出版业巨头亨利·卢斯任命罗莎琳德·康斯特布尔为内部通讯《罗西的号角》的编辑，为卢斯旗下所有编辑提供应该报道的文化主题。

1948 年 3 月 26 日

　　妈妈吓唬我，说她会放弃自己（在黑斯廷斯）的房子，到这里来住。什么让这一切如此恼人？就是缺钱。她说我没给她应有的鼓励。这背后的因素有很多：1）怨恨 S.［斯坦利］，他理应给她提供更多东西　2）固执己见，认为既然在我要求她离婚的时候，她还去和他住在一起，她就该接受他给的一切　3）孩子气的态度，认为自由画家既然无人资助，那至少不该强迫他为有固定收入的人买单　4）坚信我父母的房子就是他们的银行，比我目前住的还大，我妈妈还老是提醒我这点，说我"有钱"

　　5）我不方便借钱给她的时候还是借了，还没有收利息，结果为了还债，我始终入不敷出，因此心生怨恨　6）反感妈妈总说"你先结账。我们之后再算"，然后从来都不算。

1948/3/29

　　在休斯敦：即使是在"兔子们"[1]经常光顾的廉价啤酒酒馆里，即使那里的顾客一般都是下层人、小职员之类对艺术知之甚少的人，也依然能够瞥见他们在酒馆里话家常，令我心惊，感受到他们彼此间浓浓的友爱、沟通、个性和兴趣，让我喘不过气来。只有在那时才会意识到，性生活激发 & 控制一切。（我自己是一条大河，所有的支流也都只有我。）

1948 年 3 月 30 日

　　［沃斯堡。］外婆 & 我下午 4:15 离开。我把我那本普鲁斯特忘在前廊了，于是读起《大西洋》杂志来，非常有趣。坐火车很愉快，我穿着灰色西装，灰色高领毛衫，扎着王冠腰带，感觉自己穿着得体。我被过道对面那个安静、一副聪明相的女孩吸引住了，她在达拉斯下车。穿着漂亮衣服，有了安全感，我的欲望又蠢蠢欲动了。今晚在沃斯堡，收到一封来自玛格特的信，里边有《去哪儿，夫人？》，被《伴侣》退稿了。瞬间的慌乱、绝望，转瞬又消失了。这间邋遢的房子，比以前更加破败，到了难以置信的程度，在某个地方有无数发丝一样的细根，它们滋养着我在水和空气中形成的主根。

1　指男同性恋者。

1948年3月31日

一天一天过去，我没给任何人打电话。

1948年4月3日

周六租了一台打字机，心情愉快地重新开始写《伴侣》那个短篇的结局。故事在心中荡漾。然而，一天天过去了——我要写的东西在哪里？我感觉到它在心里。我会像数不清的作家一样，某一天感受到命运的驱使，创作出鸿篇巨著吗？但看着他们，我知道我跟他们不一样，我更相信我的强烈情感——我的强烈需求——这一点我在他们身上根本看不到。算命的在 N.O. 对妈妈说的话让我无法释怀："你有一个孩子——一个儿子。不，一个女儿。本该是个男孩，但却是个女孩。"我周围全是快乐、轻松、生活幸福的南方夫妇。求爱是如此容易，两情相悦如此轻松，他们的身体如此幸运。

1948/4/4

再次闯入世界，在人群中，和另两个人一起（他们是像我一样的人吗？）去趟商店成了一次英雄的冒险之旅，一次考验技能和船长的勇气的远航。我这块粘土，被我漫长的孤独塑造成一种特殊的形状，忽然在很多方面被人推推搡搡、指指点点、恶意刺伤、打烂锤扁，再敲打成众人的模样，按照世界的规则敲击成特定的比例。我自己的作品于是也按此比例受人评判。而这才是宝贵的收获：尚未完结的作品不是我自己的全部，我想错了，它们是我自己这个宇宙中的微观世界，（我现在感觉到了）在宇宙中如星云般漂浮着上千个其他的微观世界，几十个太阳系。一个男人能用一部作品表达出他的全部吗？

1948/4/5

晚上，一切都赤裸裸的；我与它们沟通顺畅。（晚上，实际的和抽象的都是赤裸裸的；你可以和它们做爱。）

1948年4月10日

妈妈在9点打电话叫醒我，说我已经被雅多接受了。我又激动又高兴。这下放心了，就像一个士兵，接下来10—12周的生活已经计划好了！我妈妈也很高兴，外婆也很惊喜。外婆在宣传小册中读到关于雅多的全部介绍。她的兴趣范围得有多广啊——

她比自己的后代伟大多了。我一直在想，这个家从她的子女那辈开始就一直子嗣绵延，只除了克劳德。我怀着极大的热情每天读 F. B. 西姆金斯的《南方旧 & 新 1830—1947》直到深夜。我把我的墨西哥短篇小说重新打了一遍。真是好作品，事实如此。也许玛格特能帮个忙。起个什么名字好呢？

1948/4/24

［新奥尔良。］菊苣咖啡，过度疲劳——这些噩梦般的时刻多么完美——一醒来就关上绿色的气窗。去喝点药吧，这是在我自己的战场上发射的最后一发炮弹——（被智慧的弹片猛推着，震惊着，这些都抵不上一夜好眠）——因为我不给她饮爱的琼浆，她也不给我她的爱。啊，生命中的一切都比不上心灵的智慧！凌晨 3:15，我独自一人站在新奥尔良酒店的房间里，身体像波德莱尔一样几不可察地颤抖着。我察觉到本能的力量，也感受到它们的终结，因为我现在很虚弱，受到这样的对待，我的身体与灵魂抗争时没法打持久战。

1948/4/25

同性恋者是一种更高级的人。不可避免的是，他因多了激情和智力，身体和生理力量就相对要少些。他的性爱不是完全被涵盖在人类最高的能力——想象力的范围内吗？危险、不确定性、不完整性、一种强加的，令人厌恶的无常的哲学（这与他的理想始终冲突）一直激励着他，在思想和心灵上做出最大的努力，就好像吸毒或肉搏一样。正是这一点使他在哲学和艺术上富有成效。我应该说，很有创造力，倒并不总是富有成效的。同性恋者的正常水平是每一个普通艺术家必须通过机遇或努力才能达到的水平，这样才能使经历与艺术价值相匹配。

1948/5/8

整个世界都是虚幻的，正如基督的信徒们首先断言的一样。所以，为什么我的父母断言我活得不真实？他们也活在梦里，但我活得更纯粹，活在更纯粹的幻觉中，活在更美丽的梦里。他们的梦想恰好是异性恋世界的梦想，他们生活在不受干扰、没有烦恼的环境中，与他们所爱的人一起买房子住进去，而我却不能。

1948 年 5 月 11—30 日

［萨拉托加。斯普林斯。］该怎么说雅多呢？应该会让我永生难忘。一帮非常沉

闷的家伙，没有什么大人物——马克·布朗代尔[1]还算有趣。鲍勃·怀特、克利福德·赖特[2]、艾琳·奥尔格尔、盖尔·库比克[3]、柴斯特·海姆斯[4]、维维安·科赫·麦克劳德，苏格兰诗人W.S.格雷厄姆，哈罗德·沙佩罗[5] & 妻子、画家斯坦〔利〕·莱文和弗兰纳里·奥康纳[6]。三天没喝酒了，很想喝一点。十天后，那晚喝得烂醉如泥，一辈子没醉成这样过。顺便说一句，我们都在马拉尼斯餐厅吃晚饭。在这里 & 镇上，厨房从车库搬到了前厅。我们都吃得不多。我们成群结队地去酒吧 & 喝得好像我们以前从未喝过鸡尾酒似的。各种酒混着喝——为了刺激——马克很快就醉倒了，他的胡萝卜汤里有胡萝卜须。C.赖特是这里唯一一个同性恋者，我和他透了句实话，然后这话题就打住了。我俩都知道。那又怎么样呢？

我一定喝了五六杯马提尼酒。再加上两杯曼哈顿酒。在吉米酒吧，我和鲍勃 & 克利福德差点醉倒，后者在马拉尼斯餐厅就不行了 & 我们只好三个人把他抬上出租车。在吉米酒吧，我们把他靠在凳子上，结果他摔得像一摊泥。我们把他安顿在出租车座位上，可下车时他却不见了！我 & 鲍勃翻看着他在工作室里的画，看完时，出租车费是7.5美元。司机也在喝酒 & 看画。我们拒绝付费，被一溜烟地送回镇上了，路上还看到克利福德跌跌撞撞地走在联合大道的黑榆树下，他要跋涉2英里步行回家。这一夜成为传奇，因为是"克利福德坠湖之夜"。

[德]柴斯特想在他的房间里吻我。我提过了吗？无关紧要。[德]

这里有六位艺术家。我们每个人都截然不同，但都非常友善。事实上，让我印象最深刻的是我们本质上的相似之处。我昨晚想到，如果我们中的任何人看到一张白色的纸条从门缝下塞进来——在寂静的晨曦中，塞纸条的声音像炸雷一样——我们每个人都会放下手中的工作，跳过去看。抱着什么希望？也许是一个朋友，无奈地做出个人选择，特立独行。随之而来的——个人安全、内心自信、情人。每个艺术家都需

---

1 马克·布朗代尔（1919－1994），英国作家和电视制片人。
2 美国画家克利福德·C.赖特（1919－1999），娶了丹麦著名的女性主义作家艾尔莎·格蕾丝。赖特随后搬到了丹麦，做了一名图书插画家和丹麦皇家歌剧院的设计师。
3 盖尔·汤普森·库比克（1914－1984），美国作曲家。
4 柴斯特·海姆斯（1909－1984），美国黑人犯罪小说家。
5 哈罗德·沙佩罗（1920－2013），美国作曲家，他的妻子是抽象表现主义画家埃斯特·盖勒（1921－2015）。
6 弗兰纳里·奥康纳（1925－1964），佐治亚州萨凡纳的短篇小说作家。

要、都向往这些。即使是已婚的艺术家也都有这些需求。上午。十点的精力太充沛了。这个世界太丰美，不能一口吞下。坐在书桌前，满脑子都飞旋着绘画、写作、林间散步。从四面八方涌来的前尘往事。只有在早上我才会想要喝一杯，将我的能量从115％降至100％。

1948/5/15

请注意是否每个艺术家都是无情的。即使是最温柔的性格也会做出一些让世人觉得不人道的事，一般都是因为他们的创作。有些例子更为明显，其他人可能更隐蔽一些。我知道我的残忍。尽管在哪里，我说不准，因为我总是努力洗清自己身上的邪恶。一般来说就是艺术家的自私。因为他对自己的艺术如此乐此不疲，全身心地付出，所以很难看出自己到底自私在哪里。他就是看到了，也认为这是为了一个伟大的事业而自私。一般来说，无论采取何种形式，他若是没有把自己的全部奉献给全世界或另一个人，那也是一种自我保护性的自私。

[无具体日期]

在雅多待了三周了。仅仅一周后，灵魂就开始渴望自己的堕落。它绝望地试图通过酒精重新建立与他人的联系。一个人永恒的孤独被清晰地勾勒出轮廓，在深绿色的松林中，似乎没有人来过，也永远不会有人来。孤独还生发出欲望，在精神上要与1948年的世界融合在一起，整个世界正在挨饿、打仗、在饥渴痛苦中翻滚挣扎，撕下了所有伤口、嫖娼、尔虞我诈、阴谋诡计的伪装，秘密隐晦地培养起对臭水沟的热爱。我们渴望这些，因为这也是我们的命运，而雅多不给我们。完全腐败的时刻，就在上午十一点或十一点半左右。去小便，洗手，看着浴室的镜子。工作室里的钟清晰可辨。意识到了身体的孤立和禁锢，意识到了身体便是地狱（不仅在这里，在任何地方，只要活着，就会渴望另一具身体，裸露而充满爱的身体，不论男女。）把黑麦酒兑上水，站在窗前暴躁地一口干下半杯，看着干净整齐的床铺，考虑要不要手淫，又恐惧厌恶地放弃了。一个人在房间里大步踱着，就像一个身披枷锁、死不悔改、无可救药的囚犯。这一刻美妙欢愉、灵魂飞升、至高无上，万事遂意，是彻底腐败的一刻。

1948年6月2日

幸福溢满全身。在雅多的二十三天。我的生活明显变得有规律、快乐、健康。

（在过去八年里，自从我和父母一起生活以来，我有过能这样说的时候吗？）没那么明显的变化是，它使我恢复了尊严和自信，它使我能够完成从未完成过的事情，我的灵魂之子，我的小说，由此诞生。

1948 年 6 月 17 日

我一直渴望被原谅。浪漫主义？恋母情结？因为总是渴望被女人原谅，一定是我爱的人的原谅。可我是怎么犯下的罪过呢？今晚——在雅多第一次感到郁闷，主要是因为累积的疲劳。离开珍妮三天了。我和她从周日下午到周二上午都在一起。我的书快写完了。我没法再做出逻辑判断或让想象力驰骋了，感觉像个盲人在写作。在接下来的几天，我的逆反情绪会疯狂反对小说收尾，但我会降服它的。（哪一个才是我？）

如果我不能在雅多这个顶级医院诞下这本书，我还能去哪里？这里没有性爱和听觉刺激。然而今天如此焦躁不安——黯然神伤——我问自己，是否见了珍妮我就会好了。她让我如此幸福。不可思议！不到一年前，我匆匆忙忙前去庆祝我和 G.［金妮］的一周年纪念日。现在强烈的事实和不遂心的局势竟逼得我忘了她。是的，终于忘了，走向湮灭的最后一步！这件事刚完成，我的情感体系就开始接纳另一个人，使她成为其中的一部分！

1948 年 6 月 23 日

［德］下午 6:17，给我的书写上"终结"二字。感觉又累又烦，毫不兴奋。不累的时候，我会突然看到自己书里所有的优美之处。马克很贴心，对我呵护有加。周一他就要离开了。我很想让他到黑斯廷斯来看我。［德］

1948 年 6 月 26 日

一个转折点。和马克去了湖边，和他讨论了很多同性恋的话题。他的宽容令人赞叹。他劝我必须消除这些冲动和情感带来的负罪感。（我难道忘了纪德了？我必须一直努力"改善"自己吗？）回来时我的心态有了很大转变。我对自己的评价高了一些。我把自己向世界打开了一点。

1948/6/30

一定程度的平静对于生活至关重要，可缓解焦虑。我若不相信上帝的力量，就根本无法达到平和，他的力量比人类和整个宇宙都要强大。

1948/7/2

酒吧的吸引力：人们可以随心所欲地想象它。就像可以随意地想象女人一样。酒吧是艺术家的实验室，是逃避者的鸦片馆，是寂寞者的慰藉。（谁又会不寂寞呢？）

1948 年 7 月 5 日

我无法为自己松绑——我就像一根盘绕的弹簧，紧绷好几星期了。四天来，一直想努力放松地工作。现在紧张的是我后脖颈根部。沙佩罗说我身心失调。我渴望月亮。摆脱不掉的疲劳。我一点也不想睡觉。漫无目的地跟着人群进城，寻找着某种能满足我的东西，我也知道这样的夜晚根本找不到爱人的吻。埃姆斯夫人[1] 将我归为（把我算进）"大酒鬼"的行列——还有即将离开的马克、鲍勃、柴斯特。马克把他的书《七点前的雨》寄给我。再次宣布他爱我。我渴望和谁一起逃离去过新生活。马克说可以去新奥尔良北部。可是这样不就更与世隔绝了吗？从根本上说，折磨我的是我对男人本质的不信任。马克非常宽容（而且非常深情），比如，他说他觉得我很有女人味。

1948 年 7 月 16 日

［母亲］对我的过分关心会导致我俩都毁灭。今晚，我们漫步去黑斯廷斯看电影，边喝啤酒边讨论这事，她都快哭了。（还掺杂了太多的伤感，干扰判断。）她说，由于我的无礼 & 缺乏鼓励，我把她的野心 & 工作能力都毁了。我主动提出要离开，但我不会离开的，因为那样结果会更糟。（从 7 月 10 日起，我就住在黑斯廷斯，可能要住一个月。）

1948 年 7 月 20 日

［德］黑斯廷斯的氛围让我难以忍受，我要走了。最可怕的星期天下午，我提醒她我青少年时期有多痛苦，只有 S.［斯坦利］懂我。妈妈只说了一句："你不爱我。我真失败。"然后——我竟无言以对。［德］

1　伊丽莎白·埃姆斯，雅多 1948 年的主管。

1948年7月21日

[德]可能会和马蒂·史密斯工作的 Ace 魔法公司合作。感谢上帝！赫伯特·L打来电话。我们共进晚餐，他在我家过夜。迄今为止最好的一次。上帝啊——也许我能学会爱男人吧。[德]

1948年7月22日

[德]我喝了太多马提尼酒——在莱顿酒吧又喝了两杯。在车里像疯子一样吻着珍妮，到黑斯廷斯时太晚了。珍妮在我这里过夜——我曾发誓再也不会发生这种事了。可我醉得不成样子，很危险，像在雅多一样。[德]

1948年7月23日

[德]在马克前往康涅[狄格州]的肯特之前，和他度过了一个晚上。他留宿一夜——（三夜，三个人！）他抱着我，那么温柔。我很尊敬他。[德]

1948/7/28

冷静客观的评论：在幸福之中，艺术头脑更倾向于把思路简化到实质。只有忧郁的头脑才会混乱、复杂。再一次，我诅咒那些认为艺术家很富裕的人，而事实上他受尽煎熬！但愿我的父母能读到这句话，但他们永远也不会读到的。

1948年8月2日

[德]这些天，我一直在说服珍妮，我们必须分手。这是我答应马克的。她很伤心。但也表示理解。我想她主要是嫉妒。后来我去找了马克。问他能不能和我一起过夜。他答应了。他很温柔，但我俩什么都没做，因此我又被搞得很心烦。[德]

1948/8/5

我一直憧憬着在乡下有一所房子，有我爱的金发妻子，有我爱的孩子，有我爱的土地和树木。我知道这永远不会实现，但也许会部分实现，这（对男人是）诱人的幻象，让我不断前行。我的上帝，我的爱人，永远无法实现！然而我和全人类一样，全身心地爱着，沐浴在爱河里。我心中爱的脉搏在冬天和春天一样强烈地跳动。也就是说，我不是季节性动物。我一直都是上帝的男人。我的力量永不衰竭。在夜晚，我独自一人走在乡间的山路和树林里，如果我想在山路上奔跑，我的双脚会保持完美的平衡，现在只是在保持体力。晚上，我在月光下躺在枕头上。我的爱人不在我身边。我也不在我的爱人身边。啊，然而我的爱与我同在，比以往更纯洁！

1948 年 8 月 6—9 日

[德] 这些日子很重要，因为我在竭尽全力和马克好好相处。他想在春天和我一起去路易斯安那——去生活，去工作。还想娶我，但我想再等等。我不想伤害他，但我真的担心我永远不会爱上他。他星期六的表现让我非常反感——醉态丑陋，毫无魅力可言。我躺在那里的时候一直在想，女孩多美丽、可爱和纯洁啊！于是感到无限悲伤。[德]

1948 年 8 月 14 日

[德] 我爱珍妮。我爱上她了。因为我已经长大了，所以现在这爱表现出不同的形式。我的节奏更加缓慢，态度更认真，确切地说不是更认真，而是真正地一心一意。今天简直是地狱。（下午 2:30）拔了一颗牙。[德]

1948 年 8 月 20 日

[德] 珍妮晚上 11:38 给我打电话。让我喜出望外。J. 和我又和好了。明天我会像寻找阳光一样寻找她。我想要她。我只喜欢女人。昨晚马克说，我想和你共度一生，[即使] 我不得不找妓女上床，你也不得不和别的女人上床。[德]

1948 年 9 月 8 日

[德] 和罗莎琳德见面。每次见她，我都觉得她又无趣了一些，精神上又渺小了一些。面目可憎，言语无趣。但事实如此。我觉得她好像在嫉妒我，因为我写完了我的书。同时，她每周有 125 美元的收入，整天和那些"时髦太太们"四处招摇，却拿不出一本小说去炫耀。祝贺我的话她是说不出口的，非常无礼，只好过后打电话跟我礼貌地道别。我从未感到如此"自由"。一切对我来说都不重要了，比如说，我有多少钱，我十二月做什么。如果我非得工作，那就工作吧。"工作！"扯淡，那有什么好怕的！我不是一直在像赫拉克勒斯[1]一样奔跑吗？如托马斯·沃尔夫所言——不是有成千上万种更简单的谋生方法吗？[德]

---

[1] 古希腊神话中最伟大的英雄，在西方泛指大力士和壮士。

1948年9月10日

普罗温斯敦[1]。[德]我到的时候马克已经喝醉了。安·史密斯来找过我们，我想可能是来看我的。她很有趣——年轻、漂亮、单纯、善解人意。（几天后，）我们想出去走走，马克来了，陪着我们。是的——我觉得自己身处牢狱之中。总是这样无可奈何——总有个男人在身边。[德]

1948年9月26日

[德]我再也受不了了。这无聊，这孤独。于是我走到火车站去查看公交时刻表。我明天就走，我告诉马克。正因为如此，我当然得跟他上床。因为这是最后一次，所以我才有力量去忍受。[德]

1948年10月5日

[德]这些日子过得飞快。马克回来了，我们在他喝醉的时候分手了。我说从生理上我做不到，他咒骂我，说我是骗子，等等，还说这本小说毫无价值，他的话我一字不落地听着，但提醒自己：这对我有帮助。[德]

1948/11/23

B.P.[贝蒂·帕森斯]在市中心的画廊开业。所有的老熟人，我二十一岁那年交的朋友，还有朋友的朋友都来了。岁月使下巴松弛，使金发染上银霜，在一张张脸上打下一样疲惫的烙印。我想到了普鲁斯特，仿佛又看到了《追忆似水年华》最后一章中的盖尔蒙特家族。

1948年11月30日

[德]第一次去看精神科医生：伊娃·克莱茵，M.D.[2]，D.[大卫]戴蒙德推荐的。我很喜欢她——先问了最重要的问题，然后问："你不能给我挤个时间吗？"需要做一个罗夏墨迹测验[3]。当然还需要找工作挣钱来支付这些费用。不过每小时只收

---

1 位于科德角顶端的艺术家聚居地，与艺术家聚集的纽约格林威治村密切相关。
2 医学博士的缩写。
3 罗夏墨迹测验因利用墨渍图版而又被称为墨渍图测验，是非常著名的人格测验，也是少有的投射型人格测试。在临床心理学中使用得非常广泛。通过向被试者呈现十张墨迹图形，让被试者自由地看并说出由此所联想到的东西，然后将这些反应用符号进行分类记录，加以分析，进而对被试者人格的各种特征进行诊断。

15美元。听了她的问题后,我们首先讨论了金妮的事——(就在上周四,我做了一个关于她的奇怪的梦,)还有我的工作——让我担心的就这些。我带着新的幸福感离开了。花钱有什么关系?对我来说这是一条出路。[德]

1948年12月3日

[德]还有更多的蠢任务,写一个差劲的漫画。还在找工作。上帝,太挣扎了!可我好几个月都没有这样开心过!我就要走出困境了。我都快爱上克莱茵夫人了。[德]

1948年12月4日

[德]一直在琢磨我的心理医生。今天早上继续看书。但昨晚睡不着,感到很无聊。去斯特恩公司找工作了。人太多了。所以,犹豫了一阵之后,我终于在布鲁明戴尔百货公司找到了工作。星期一早上——8:45上班,天哪!

我很想打电话给我的父母,告诉他们去死吧!我几乎不再神经衰弱了——就像远离了癌症肿瘤一样![德]

1948年12月6日

[德]第一天在布鲁明戴尔百货公司上班。接受培训,然后去玩具部门上班。非常开心。[德]

1948年12月7日

[德]工作很累。卖娃娃,又丑又贵!然后——下午5点,有人抢了我的生意!这是在跟一群狼共事啊![德]

1948年12月8日

[德]我是今天见到E. R. 塞恩夫人的吗?[1] 我们就那么看着对方——这个长相聪慧的女人!我想送她一张圣诞卡,正在计划往上面写些什么。[德]

---

1 在与凯瑟琳·塞恩的短暂邂逅后,帕特径直回家,好像做梦般狂热地在笔记本上写下了名为《布鲁明戴尔百货公司故事》的梗概,也就是《盐的代价》的雏形:"突发灵感,故事在我的笔下流淌——开头、中间、结尾",两小时就写完了。

1948年12月15日

[德]与妈妈一起午餐。非常愉快,我几乎把克莱茵医生说的一切都告诉了她。她都能明白。他们要把我调到内衣部,但我辞职了。我很高兴地告诉大家,罗德先生说:"我很遗憾你要走了。"我高兴着呢!琢磨着写一本关于布鲁明戴尔的小说。[德]

1948年12月17日

[德]我非常非常高兴。比去年十二月快乐多了!还有——我为什么不能爱上克莱茵夫人呢?她给我的比母亲给的还多,不是吗?[德]

1948年12月23日

[德]病倒了。高烧38.9度。包装了礼物。给马克的是一本地址簿和包裹。我只想见克莱茵夫人!她是这世上唯一能给我正确答案的人!我很害怕,因为我病得那么重,滚烫又虚弱。结果在地铁里晕倒了。经过58—125街的时候。她问我当时在想什么。"死亡,"我回答道,"在那种情况下什么都抓不住。"[德]

1948年12月25日

[德]圣诞节。我没给父母买什么像样的礼物。也没有力气打开我的礼物。可怜的珍妮——我昨晚没法入睡,太折磨她了。发烧,又出了更多的水痘。[德]

1948年12月26日

[德]最糟糕的一天。只好给医生打了电话,因为我的嗓子受不了了。高烧最低40.3度。[德]

1948年12月27日

[德]稍微好一些了。父母把我叫到楼下,壁炉边,就为了批评我,和我吵架。(喉咙痛)说不出话来为自己辩护。真希望我一个人回楼上待着。天哪,多么可怕的人!("你真恶心,诸如此类的话。")看看我们为你做了什么![德]

1948/12/31

别人怎么生活,他们肤浅的人生体验质感如何,我真的不能理解。

1948/12/9 [1]

布鲁明戴尔百货公司的故事

我看到她的一瞬间,她也看到了我,一瞬间,我就爱上了她。一瞬间,我又害怕了,因为我知道她知道我害怕了,知道我爱上了她。尽管这里有七个女孩,我知道,她也知道,她会朝我走来,让我服务她。(因为我们的目光已经胶着在一起好久,她用同样忧郁的态度审视着柜台后边的娃娃,玻璃柜里的娃娃,可她的眼睛却紧盯着我,我也紧盯着她——就好像我俩认识彼此一样。我的五脏六腑翻滚,我的血液涌上头,还没动弹,就已经冒汗了。)

她想要一个洋娃娃的手提箱。她靠在柜台上,漫不经心地指了指。她穿着一件柔软的貂裘,头戴一顶配套的帽子,一头金发,涂了粉,有力而又丰满的嘴唇,那双灰色的眼睛洞察一切,充满智慧,里面蕴藏着那么多饱含智慧的笑意——那么多温柔,因为她的目光洞察秋毫。

我建议她单独购买娃娃的服装,因为我们卖的这些衣服做工不好。她随便买了一个 17.50 美元的鳄鱼皮小箱子,邮寄给她,货到付款。她的名字在我的笔尖下展开,就像一个美妙的秘密,我永远不会忘记。

"你要把橱柜中那个给我吗?它们是有服装的,不是吗?"

"这可比再找一个要容易得多。"我喃喃地说。真希望我说的是:"布鲁明戴尔可不是浪得虚名的。"

我正在写着时,一个主管走过来,告诉我去一趟主管办公室。我的脸越发地红了。我的女士就站在离我不到十英寸的地方!

"别写错了。"她轻轻地提醒我。我全心全意地希望她说的是:"你午餐时间做什么?"因为我听出她的语气里就是这个意思。"你今天午饭时间干什么?"她为什么不问呢?我把她领到货到付款的绿色区域前,很为自己廉价的裙子、粗劣的黑衬衫、丢人的软帮鞋感到窘迫。她站在洋娃娃的服装柜台前。

过了一会儿,我再去看时,她已经回来了。她买了个洋娃娃,仍然看着我,我弯腰再次写她的名字,假装我没记住的样子,我听到她用我期待的语调说着我期待的话,虽然略有不同:"你中午时间在这儿都做什么?"

---

[1] 这篇手稿收录在帕特的第 18 本笔记本中,是《卡罗尔》(又名《盐的代价》)的初稿。

这是一个模棱两可的问题，我有些犹豫时，又听到："你今天午饭时间干什么？"她双眼向下看着玻璃柜台。

"我去哪儿都行。"我轻声回答，心急如焚，生怕亨德森小姐在看我们。

"我在第五十九街出口等你好吗？"她抬起头来，朝我飞快地笑了一下，又用低沉的声音说，"我们可以一起吃点东西。"

一上午，我的手指就循着娃娃扭曲的长长的、细微的线条来回摩挲，给客人展示娃娃时极为耐心，脑子却极不灵光。我双手冰冷、颤抖，难受地尽可能化好妆。

"你叫什么名字？"我们走上人行道时，她愉快地笑了。

"莉塞特·弗雷耶。"不，我在这里工作的时间不长。我一个人住在六十五街。我父母都死了。我十八岁，刚高中毕业。我没告诉她这是所孤儿院高中，也没告诉她佩内洛普修女的事。我一直很崇拜她，时常想起这个美丽而悲伤的年轻修女，她那张苍白的脸，平静的灰色眼睛，还有尖尖的下巴。因为从今天早上起，塞恩夫人已经把佩内洛普修女远远地甩在了身后。我们走到朗尚，塞恩夫人建议我也喝一杯她点的那种古典鸡尾酒。然后又喝了一杯。我盯着她的口红：它放在一个金盒子里——我知道，是真金的，像珠宝一样——形状像一个长箱子，有带子还有金属角。我看着盒子隆起部分之间的暗处，仿佛里边为我藏着一个秘密，她说：

"你业余时间喜欢做什么？"

我要不要告诉她我最喜欢做梦？说我织小篮子的衬垫，有时素描，经常慢慢地散步很久，很喜欢读书，但我最喜欢的还是坐在窗前做梦，无论做什么都会发梦，甚至在布鲁明戴尔的柜台后面也一样？但我知道我不必告诉她。她知道。我喜欢她的酒喝下肚后的热度，但还是像她一样吞下去，口感可怕、难以下咽、很冲，真不容易。

"你是一个漂亮的女孩。"侍者离开后她说，桌上摆着两个热气腾腾的餐盘，水煮蛋和菠菜，有黄油的味道。

她好像在说一个洋娃娃，那么随意地告诉我我很漂亮。"我觉得你艳光四射。"我借着酒劲儿回答，不在乎它听起来如何。因为我知道她懂我的意思。我们吃着饭，我那种关于完美感觉的幻想，那种不知始于何时，却时不时隐约提醒我的幻想，此时变成了一个明确的愿望：我想躺在床上，有热牛奶端来。我要她给我端来热牛奶！我觉得这话已经到了嘴边，因为酒意我把舌头咬了，但我知道这话我永远说不出口。躺在床上。是的，还是她的床！她的！有点病了，（病得很难受！）病得没法正常工作了，被放上床，端来热牛奶——

"你怎么一个人住?"她聪明地、温柔地问,我不自觉地讲起了我的人生故事。

但没讲繁琐的细节!六句话讲完,带着幽默,好像这一切还不如我读过的故事重要!我让她露出了笑脸。我看见她注意到我的指甲——剪短、精致、干净,但没享受过美甲师的呵护,我的淡粉色人造丝衬衫,平凡的小运动手表。(真无聊!我想。)

〔我估计她的年龄是35岁,令人兴奋的35岁。我已经想到她丈夫一定很幸福了。〕

"你星期六做什么?"

"我休息,"我笑着说,"你做什么呢?"

(你为什么喝酒?如果人们知道答案的话,就不会有酗酒的人了。)

"休息。你愿意来看我吗?"

我必须走了。直到星期六,我都活在完全不可能的希望之中,盼望着她能回来买些别的玩具,或者再来找我。我工作很糟糕,但很快乐,耐心无穷无尽。

星期六早上十点半,她开车到六十五街和第三大道街口来接我。我怀疑她没来我家找我,是因为她不想让我看到她看到了我家的丑陋,让我难堪。我们开车去了新泽西的里奇菲尔德。林肯隧道最是令人兴奋。我希望——我希望它能塌下来,砸死我们,我们的尸体一起被拖出来,我比喝了两杯古典鸡尾酒的时候更疯狂了。

"除了女佣,没人在家。"她说,我们下了车,走上房子前面半圆形状的碎石路。

她带我参观了一下房子——浴室、厨房——好像我要和她一起住在那儿似的,可奇怪的是,她好像并不觉得我会住在那里。

"我的卧室。"她说,我们站在门口,房间里有印花棉布装饰坐椅、绿色的木家具、梳妆台上不知何故有一大片很醒目的红色,明明没有阳光照进来,却看起来到处阳光明媚,还有傍晚时分浅色清凉的阴影。床是双人床。房间里边那个黑木柜子上有几把军用刷子。我的目光扫视一圈搜寻男主人的照片,没找到。

"你有孩子吗?"

"没有。"她叹了口气,碰了碰她卷曲的棕色短发,弯了弯好看的聪明的红嘴唇。"我没有。你要喝可口可乐吗?"她打开了大厅里的一个柜门,传来了小冰箱微弱的嗡嗡声。整个房子都没有声音,只有我们弄出来的动静。

我们走在草地上,花园里,她似乎对这些东西毫无感情,很快午餐时间到了——在厨房里吃的冷餐,不喝酒。现在喝酒多傻啊!我是多么着迷啊?!

"你想干什么?"

"我很高兴。"我回答。当她又问我商店工作的事时,我给她讲了一个我已经精心准备好的趣事。

她放下午餐,拿个大玻璃杯倒了一杯酒。午饭后,她又喝了一杯。她把我带到客厅,坚持要我弹钢琴,随便什么都行,然后心不在焉地听着,而我却全神贯注地弹了一小段莫扎特,有一年多没弹过了。

"你累吗?"问的不是现在,而是长期状态。

"是的。"

然后,她走近我,用她美妙的手抚摸我——静脉有点凸出,柔韧,强壮,红色的指甲——吻我,首先在前额,慢慢地增加力道,然后——轻柔地——落在唇上。"跟我来。"

她把我带到她的房间,命令我脱掉衣服。"你可以睡在我旁边。"她说,然后把我放在床上,好像我是个孩子,穿着她的一件旧睡衣。

"对不起,我别的房间没有床。"她说,我立刻感觉到她生过一个孩子,后来又失去了,可我知道我永远也不能问她。

"你多大了?"

"十八岁。"听起来多老啊!真丢脸!比八十一岁还老!

"你想要什么?"她把我抱在怀里问道。她挨着我坐在床上。我欣喜若狂,无法回答。我别无所求!现在连热牛奶都好像奢靡浪费、荒谬的过分要求了!"你想要什么!"

"别无他求。"我低声说。

她的躁动令我非常不安。她站起来,坐下,又站起来,走开,点了根烟。烟味不知怎的让我笑了。我喜欢香烟,喜欢看她抽烟。

"你想喝点什么?"

我知道她指的是水。我是从她眼中和声音中的温柔知道的,好像我是个生病的孩子。然后我说:

"热牛奶。"

然后躺下,紧张又放松,充满期待,我的舌头在嘴里顶着,等她再次出现。她拾级而上,回来了,端着托盘,里边有我的一杯热牛奶。她说,她把它煮沸了,所以上面有沫子,很抱歉。但我喜欢,因为我知道她会这么做。然后她问了三个问题,问我的现在、我的幸福、还有商店,我没控制住,一股脑地把我憎恨的一切、我的孤独都告诉了她,最后我哭得不可抑制,等我控制住情绪时,已经开始担心她丈夫会回家了,因为天已经黑了。

她当然明白,我俩没说一句话,示意对方得赶紧离开。她没开车送我回家,而是把我送上火车,我一点也不介意。我怎能忍受她晚上独自一人开车回来呢?漫长周末如何度过?我又渴望回商店工作了,这是我唯一见她的希望。那个周末我每时每刻都在想她!我的世界围着她转。失去她就失去了世界。然后我一直渴望的就变成了:与我无关的东西。宽阔平坦的街道、商品柜台、匆忙的人流、在我自己房间的水槽里打碎的牛奶瓶、我的床,都变得不真实、压抑,无关痛痒。

她又来了。她又邀请我去她家,又改变了主意,提议我们去大都会博物馆,又改了主意,开着车,抽着烟,上了亨德里克哈德逊公园路。然后,抽泣起来——我小心地没刨根问底,假装我没注意到,递给她一张纸巾——她送我回了家。没有她我独自开始过周末。泪眼迷蒙中,她的车在街角消失了,我上了楼,钱包里还装着我买来要送给她的小礼物——裸体娃娃,留着长发。(圣诞结束?富有的女人,带着让自己伤心的大礼物的女孩。)

注意:那女人始终保持不变。我可以设想一整本书,发生在七楼玩具部的各种人际关系。中间穿插着小火车发出的嚓嚓嚓嚓嚓的声音,烟囱里喷着蓝烟,绕着U形轨道转啊转,穿过隧道,永远拉着它的原木和迷你煤炭,哪也去不了。

女工一直吃到自己便秘为止。

"H小姐,"主管略带恐惧地说,"你不是准备收工了吧?我们还有客人,现在还有一刻钟才到六点。"

嚓嚓嚓嚓嚓——火车还在动呢!

"你有撒尿的娃娃吗?"

注意:她近距离地观察着皮箱的四角、质地、颜色,心痒难耐地想从里边拿出点东西来。

一个女人为娃娃找到了毛毯,因而得意洋洋,认真地讨论着在下一个柜台要买的娃娃防雪服。

洋娃娃服装柜台的那个同性恋女孩说,"啊,看看我的小朋友吧。"指着男拳击娃娃。

"但没人买男娃娃的,"我说,"没人喜欢。"

1948年

"我喜欢。"她宣布。

长筒袜撞碎在压路机的角上,两个压路滚筒很丢人,宽宽的,是一天中的滞销货。

就那么几个人有时间,又与我想法一样,我喜欢和他们一起购物,从一个柜台绕到另一个柜台。

乒乓球跳啊跳啊,落进了设计好的计分板上的三个洞中的一个里。叮当,嘭,叮当,机械鼓手挥舞着牙签大小的鼓槌。

严肃认真的主管,是所有人中最可笑、最悲哀的一个。他们扣眼上别着破损、脏污的布艺康乃馨。然而,即便是在那两位刚来两周的小伙子身上,也可以看到未来主管的潜质,看着他们发展是个很可怕的过程。某个可怜的女售货员收银时出了一个大错,但年轻的身材矮小的主管没有表现出任何镇定、幽默、同情、赏罚分明的态度,只有最冷酷的那种——冷淡地漠视同为人类的浑身冒汗的女售货员的各种情绪——他打开收银机,拿铅笔在白色收银记录上勾出错误,像个医疗专家似的好整以暇地戳着病人的内脏。

一匹涂成薰衣草色、绘着星星的快乐的马咧嘴笑着,从一根支柱上跃起——为了谁?谁有时间去看它。还有人在这些柜台间徜徉,沉醉在这玩具世界里吗?(最悲哀的是买洋娃娃的伤心人。那些耐心地、绝望地、凄凉地把五美元钞票放在柜台上,然后匆忙离开此地的人。)(最幸福的是那些自豪的年轻母亲,一个漂亮的金发女孩说着"我的两个女儿——四岁的还知道一点怎么爱护东西,可两岁的那个!——")最幸福的是那些年轻夫妇——我见过三四对——他们一起来为他们三岁的孩子买第一个重要的洋娃娃,他们有着共同的幸福,他们分享着她在圣诞早晨的快乐。

年轻的主管,咧嘴笑的年轻人,怎么那么高兴,金色头发,戴着小丑眼镜,她告诉我们必须卖掉那只价值24美元的破手提箱,因为明天它就要降价了,如果不卖掉,部门将损失3美元。她正在朝主管的位子上爬。总有一天她一周能挣45美元!(女孩们低声说——"别让她听到,告诉那个女人那些娃娃在地下室。")

一脸得意的意大利女孩,洛戈里斯·凯,下嘴唇很迷人。傲慢无礼的高中毕业生。

商业监狱里的玩具世界。俘虏的梦想。扑扇翅膀的鸟儿。被奴役的孩子。(哦,还有为玩具部里这个牵线木偶服务的人,他们辛苦劳作、沉闷单调!)着魔了、被逼疯了的人体模特!被奴役的梦想。还有那些腐败的玩具,廉价、俗丽。无可救药。

·439

倦怠！对青春永远的背叛！童年，被俘虏、被囚禁在价签后面。在方形柜台后面散放着给小画家们的劣质水彩画和成套黏土模型，一个中年店员站在那里，让一只痛脚歇会儿，然后再换另一只脚，脸上满是煎熬。

休假日对布鲁明戴尔有利：哪有时间放假48小时，哪有时间换个布景。有时间只能睡觉。

1949年

1月初,帕特的水痘好了,去父母在纽约哈得孙河畔黑斯廷斯的家中休养。帕特的母亲没有给她药物治疗,而是采取了基督教科学派的疗法,可想而知,效果不佳。帕特回到城里后,与伊娃·克莱茵医生重新开始的心理治疗也同样徒劳无功;克莱茵医生无法帮助帕特调和她想结婚又厌恶与男人上床的矛盾,只能建议她不要急着做决定。不过,在4月,帕特还是正式跟马克·布朗代尔订婚了。在哈珀&兄弟出版社表示想购买她的处女作《列车上的陌生人》后,帕特与男友马克·布朗代尔开香槟庆祝,帕特正式接受了他的求婚,甚至定好了结婚日期。

在失败的心理治疗和不明智的订婚之间,帕特剩下的唯一选择就是逃离,尽可能快、尽可能远地逃到欧洲去。帕特临时起意,用画漫画的收入买了一张玛丽皇后号的船票,于6月4日启程前往英国。帕特与欧洲早有联系,从高中同学到格林威治村的欧洲移民,以及那些邀请她去大西洋彼岸参观的朋友。

在伦敦,她爱上了凯瑟琳·哈米尔·科恩——一个美国女孩,曾是一名齐格菲歌舞团女郎[1],后成为精神病学家,嫁给了帕特的伦敦出版商丹尼斯·科恩。不过,直到帕特6月下旬前往巴黎,两人之间并未有太多进展。在那里,她每天四处游览,参观卢浮宫,在拉丁区的"眼镜蛇"等臭名昭著的地方消磨夜晚。尽管有这些消遣,她还是思念在美国的爱人。帕特接着前往马赛,去拜访她妈妈的一位法国笔友,漫画家"让诺"·大卫(并与其调情),接着去了戛纳;在那里偶遇了前女友纳蒂卡·沃特伯里,陪她一起去了圣特罗佩。

---

[1] 弗洛伦兹·齐格菲(1867—1932),美国戏剧制作人,年轻时是杂耍节目中表演的艺人。1893年到百老汇发展,1907年创办了以美女盛装演出大型歌舞著称的齐格菲歌舞团,赢得"歌舞大王"的称号。

1941—1950 年：纽约的青春，以及不同的写作方式

之后帕特去了罗马，她特别讨厌那里，最后终于在那不勒斯与凯瑟琳会合，此前两人的通信日益频繁；她们一起游览了阿马尔菲海岸，在西西里和卡普里之间流连，两人坠入情网。凯瑟琳后来被召回伦敦，帕特也准备回家了。

回到纽约后，她焦急地等待着凯瑟琳的消息，却杳无音讯，帕特转而诉诸她一贯分散注意力的方式：写作。她对《列车上的陌生人》做了最后的润色，该书将于明年3月出版。帕特兑现了一半的战争债券，然后去为圣诞购物，兴高采烈地计划和朋友伊丽莎白·莱恩一起去新奥尔良旅行，就像她的爱情小说《盐的代价》中的两位女主角一样。

1949 年 1 月 6 日

[德] 晚上9:30 马克来了。度过了我们最美好的夜晚之一。讨论了我的书，马克说有几页让他很羡慕，很多部分都精彩绝伦。这可能是我这几周来听到的最好的消息了。[德]

1949 年 1 月 16 日

[德] 克莱茵夫人说我还太年轻，才二十八岁。（已婚的人都那么幸福吗？）[德]

1949/1/19

作家将自己投射在作品的人物身上，同时也将自己的价值观投射进去。这个时代没有什么值得记住的小说英雄，心理学家诊断出普遍的负疚情结，是非常正确的。

1949 年 1 月 27 日

[德] 我的小说写到第195页。马克说我过度用功了。这是真的。但我改变不了。见了伊娃·克莱茵［医生］——今天取得了重大进展。[德]

1949/1/30

如果知道我明天就要死去，我会怀着多么热切的心情，去走访我住的街区里那些普通的石头出租房，看看这些年来我有点看不惯的街上的孩子们，好好欣赏一下那些家庭中的细节，喜欢上爱尔兰人生硬的表情。

1949年2月6日

[德]马克给了我一个"作家协会"的会员资格（作为我第二个生日礼物）。自从认识了马克，我要做的事比以前多多了。（比方说）想要修改《阿夫顿夫人》。马克非常喜欢这一篇。我今晚独自工作，小说下周就能完成。[德]

1949年2月27日

[德]11点珍妮来了。[我们]和狄奥妮[1]一起去奈亚看卡森·麦卡勒斯[2]。珍妮真是乏味。我突然觉得不用努力工作，远离了梦想、计划等等，感觉很自由。卡森热情好客，我们待了大约4个小时。[她的丈夫]里夫斯、母亲[维拉]、妹妹玛格丽塔·史密斯。卡森反复说我"身材很好"。我们喝可乐和雪利酒。[德]

1949/2/28

把我孤独的感官享受还给我。在这十八个月里，我走过千山万水。我听到人们朝我喊叫，指引我翻山越岭，跨越重洋，到我不想去的地方，到我厌倦了的地方。我们会带你找到自我，他们喊道，但我一刻也不相信他们。我只知道我必须走。我很清楚，他们会把我送回别人那里，然后得意地喊道："去吧！"可也许我根本就不该认识那个人，也就不会把我们两个人都害了。但我找回了孤独时的感官享受，他们永远别想拿走，我现在知道了。像尤利西斯一样，我很疲倦（但我妻子一直很忠诚），晚上坐在那里，我一开始也不知道该说些什么。然而，文字的海洋，我孤独的海洋又轻轻地摇晃着我，休息一会儿后，我就又知道哪里可以浸泡，哪里可以饮下，哪里可以无视那绿色的洋流。

1949年3月3日

第24次看[伊娃·克莱茵]医生。伊娃说，我对母亲恨之入骨、怨之入骨。因此我的内疚感驱使我去找女孩，一种过度补偿。她断言，我真的恨女人 & 爱男人，却又与男人决裂，等等。第一次，听着这些简单直白的话，我和母亲之间混乱的关系开始清晰起来。我现在不想见到她，对她的情感混合了轻蔑、同情、羞耻。而现在——在过去的两周里，我和狄奥妮、安、珍妮一起"再现"了我母亲对我的态

---

1 狄奥妮是帕特刚刚遇到的新恋爱目标。
2 麦卡勒斯家在纽约的奈亚，离纽约市半小时车程。

度——那种一会儿爱一会儿抛弃的模式，最简单的残酷 & 缺乏同情心。

1949 年 3 月 4 日

今晚有三个女孩我可以打电话叫来，和我一起过夜。我给其中一个打了电话——有点晚了。但关键是，我不在乎来的是哪一个。我工作了一整天，晚上不能再工作了。我有了些变化，不过我最近的工作也发生了一些变化——有了更多的热情，即使在漫画中、在《生活》杂志的照片中，甚至在什穆[1]中，都有不俗的表现。不用说，马克特别光火，因为我在罗莎琳德家。因为不管有意还是无意，反正他知道，她总会让我对他产生反感。"我怀疑他配不上你。"她表明态度。

1949/3/14

在某个夜晚，爱人让你失望，不肯见你，不肯好言好语，不肯原谅你，于是瞬间，你就陷入了忧郁和悲伤之中难以自拔。一小时后，或者第二天早上，这件事似乎不那么重要了，但这是错觉。爱情本身已经在那失望的瞬间死去。爱情总是背着你悄然死去。后来，过了几周，在空虚中，你起初搞不懂发生了什么，为什么会这样？什么时候发生的？更远处的藤蔓上，茎已经断了。

1949 年 3 月 16 日

伊娃把我的饮酒量降到最低，自信地说我总是很压抑。这还不够。没来月经。已经迟到了 13 天，马克向我保证我完全不用担心。

1949 年 3 月 27 日

心理医生［伊娃·克莱茵博士］。指责我在她面前还表现出一副"好"女孩模样。应该让我的攻击性显露出来，我却不肯。愉快的晚上，为马克做饭 & 看电影。他为钱发愁，已经给四所大学写了信，求一份秋季教师的工作。如果我们能去杜兰［大学］该多好啊，因为在 N.O. 要什么有什么。但我仍然犹豫不决，会做关于婚姻的噩梦。

1949 年 3 月 28 日

这个周末到现在都没有马克的消息，虽然没什么不对劲。哦，这种性关系对女人

---

[1] 连环漫画《莱尔·阿布纳》里的一个人物。

真不公平！我睡觉都会心神不安，老是担心我可能怀孕，而马克却根本不知道我的感受。

1949 年 3 月 29 日

忐忑不安，地址搞错了，结果我酒后采集的尿液标本今天中午被送到了 60 号街的加菲尔德 & 加纳的官僚实验室。他们立即就敲我 10 美元竹杠。（谁会事后交 10 美元，就为了得一个简单的"否"——或一个可怕的"是"呢？）今晚我不得安眠了。

1949 年 3 月 30 日

一上午努力工作，苦不堪言。给安［·S］& 我买了一些啤酒，一起喝酒庆祝我的阴性［怀孕］测试结果。真神奇，世界在一瞬间就能变得那么美好！虽然马克后来打电话过来说他有点失望，因为我们本来可以早点结婚的。安想今年春天和我一起去欧洲。我倒是希望她别去，因为我想和罗莎琳德在一起，或者独自一人。

1949 年 3 月 31 日

玛格特汇报说，讲酗酒的那个短篇需要大幅删减。这场写作游戏永远没有完结！啊，要写一个第一稿就不用改了的短篇或一本书！还有医生，医生！现在这个全科医生，他要给我套上子宫帽。对我来说，那是妓女的标志，虽然我明白妓女根本不戴它们。我写信给罗莎琳德。我每天早上吃她的蒂普雷红草莓蜜饯，省着吃，梦见和她在一起。但现在，我不想只做梦了。昨天晚上，巴布斯 & 比尔的共产主义观点很幼稚，两人相当荒谬。马克对这种事情很有智慧，一语就道破了她们思维的错误——即她们根本没有独立思考。余下的人是一群狂热分子。实际上，在我看来，他们就是要在各地分裂真正的自由派人士。

1949 年 4 月 4 日

和公爵夫人喝鸡尾酒，显然她喝龙舌兰酒已经上了瘾。庸俗、粗鲁、自私、物质主义横行——这一切都那么狰狞和压抑。圣瑞吉斯酒店的服务员们点头哈腰的。我心里颇觉羞愧。好高兴可以独自回家工作。10 天来的第一个自由的夜晚。

1949 年 4 月 9 日

跟马克闹别扭，因为我喜欢独处——今晚我打算去见安或狄奥妮，最后决定去找狄奥妮。马克昨天晚上 7:30 打来电话，在伊娃之后，谢天谢地，我们终于解决了关于我的"时间"的这场拉锯战。我不想显得很可笑，但我真的不能忍受每周 6 个晚上跟他见面，被他拖着四处逛我不想去的地方。

1949 年 4 月 10 日

唉，《纽约客》不喜欢我的酒鬼故事。"话题太阴暗了——两个人都变成了酒鬼。"理查森·伍德夫人说。与马克一起聊天、拼图。今晚我们决定正式"订婚"。马克甚至想给我买个戒指！

1949 年 4 月 12 日

晚上和安在一起的时候，我又喝得酩酊大醉。（为什么她不上些开胃菜呢？）在布列塔尼又丢人了。在那里我只有一次是清醒的。一遍遍责怪自己喝多了。和安一起共度良宵。

1949 年 4 月 16 日

我必须工作的事似乎没有给狄奥妮留下什么印象。马克今晚来吃晚餐。唉，狄奥妮、工作、没有休息搞得我疲惫不堪，他还在这儿过夜。套子宫帽让人恶心，我相信我最终会习惯的。我们看了利亚姆·奥弗莱厄蒂和 J.-L.［让-路易斯］·巴劳尔特合著的《清教徒》。还见到了保罗·莫纳什[1]。当我感到疲惫时，就像今晚一样，所有的东西都变得扭曲了，我一退再退。我想独处，我讨厌马克、保罗和所有人。我必须与伊娃说说这事。

1949/4/19

这种渴望永远不会停止吗？向着不可企及的目标努力，永远不会气馁吗？当我筋疲力尽、用痛苦赎罪、缺乏动力而放弃时，我也祈求并努力过，但我渐渐意识到动力就是生命本身。

1949 年 4 月 23 日

这些天我尤其讨厌马克——他在这里的时候除了看书什么都不做，而我却忙着放唱片，准备饮料，盯着烤箱里的肉 & 菜，同时，准备晚餐，洗碗，整理床铺（还有

---

[1] 保罗·莫纳什（1917－2003），美国作家和编剧、电影制片人，艾美奖得主。

恶心的子宫帽),早上准备早餐。他特别不敏感,完全意识不到,浴室里的人不希望门外有人坐在桌边等着。这些和其他千头万绪都使我消化不良,抵消了平时的收获。周四早上伊娃说我的病是怨恨。

1949 年 4 月 29 日

S. & S.[西蒙 & 舒斯特出版社]拒绝了我的书,尽管他们都对它赞赏有加,而且都像玛格特一样说我应该不难找到出版商。现在书投给了哈珀[1],但克诺夫也很感兴趣。已经重写了几页。玛格特不在乎我是否把这几页放进去再投稿;我深信它们可能会使这本书的品位 & 风格大不相同。

1949/4/29

不管怎么说,有没有哪种变态比艺术更偏离"健康生活"的?

1949 年 5 月 1 日

睡了 4 小时后起床,与安一起吃早餐。安穿着牛仔裤和大夹克衫时显得更迷人,更年轻。我幻想着和她一起生活,过一段波希米亚式的生活,我被束缚惯了,自己过不了这样的放荡生活。

1949/5/1

在这一切的背后,是一种感觉,这一切都将改变。不同的生活,不同的环境,一些更持久的东西将在不久的将来产生。(同性恋者比大多数美国人更像是生活在未来)。

1949 年 5 月 7 日

我还是很高兴,对今晚莱恩夫人[2]的派对满怀期待。派对就是场闹剧,因为亲爱的马克认为有两个男孩在向他示好。我拿了外套就走了。真希望我当时留下来,或者骂他一顿——哪一个都行,因为我回到家的时候,压抑的愤怒令我一句话也说不出来。

---

1 应该是哈珀 & 兄弟出版社,但帕特习惯用"哈珀",下文同。
2 伊丽莎白·莱恩,英国时尚设计师和画家,移居美国。她为海蒂·卡内基设计了系列作品。

1949 年 5 月 8 日

和安在康涅狄格。为昨晚的事闷闷不乐。"你最好决定你到底爱谁，"安说，"因为你浪费了很多宝贵的时间……时间一去不复返。"我觉得她指的是我在工作上没有成就，我的年纪，等等，这一切都让我很受打击。而且，我没法爱上任何人，觉得自己真的失去了什么。然而，只需要和狄奥妮共进一顿午餐（甚至画一幅好画），一起开怀大笑，就能让我感觉快乐起来，我知道我现在就很快乐，比以往更享受现在的生活。因此我能够忍受很多——连要和马克一起离开也能忍受了。可实际上，周六晚上的事让我放弃了这个想法。我可不想受这限制。

1949 年 5 月 18 日

第 45 次看 [克莱茵] 医生——与古特海尔 [医生] 讨论了我的病情，他针对同性恋者的疗法时间短、更严格。当然，他强烈建议我不要改变。但他也禁止酗酒者、同性恋者、吸毒患者在治疗期间"放纵"。伊娃听说我见了古特海尔之后，大发雷霆，典型的犹太人风格。我是本着诚实和科学进步的心理提起这事的。她说，深入分析和缓慢治疗（虽然她自称是介于弗洛伊德 & 霍妮[1]之间，但实际上她是正统的弗洛伊德派，抵制古特海尔）是我唯一的疗法，她建议我咨询 20 位分析师，她会提供名单给我，除非他们都同意她的疗法，否则就给我退钱（！）我们讨论了整体的进展情况。她说，

1）对人的基本不适应

2）对性的基本不适应

从最早的肛门施虐期开始。

1949 年 5 月 18 日

买了一张"玛丽皇后"的票，6 月 4 日的！

1949 年 5 月 19 日

欧洲慢慢走进我的心，无疑是朋友、压力的缘故。每个人都对我那么好，那里有

---

[1] 卡伦·霍妮（1885－1952），医学博士，德裔美国心理学家和精神病学家，精神分析学说中新弗洛伊德主义的主要代表人物。霍妮是社会心理学的最早的倡导者之一，她相信用社会心理学说明人格的发展比弗洛伊德性的概念更适当。

那么多朋友要拜访!

1949 年 5 月 20 日

　　阴沉、平淡的一天,直到玛格特通知我,哈珀想要出版我的书!一切都发生得太突然了!在经历了这几个月的辛苦、枯燥之后,这本书和欧洲都成为现实了。于是我请马克过来吃饭。他带来了香槟。然后我们决定在圣诞节结婚。这——绝对——是我生命中的三个高潮!为我的好运达到圆满——今晚月经也来了,四个多月来的第一次。我想知道今天是不是也是罗莎琳德的生日?反正是我的!

1949 年 5 月 23 日

　　我的书被接受,对我的自尊心大有裨益。不再羞于面对别人,等等。妈妈来了,马克也来喝酒。他觉得她很"怪",几乎不相信她是我妈妈。"听起来很老套,但你身上有一种教养,她没有。"马克说道,这确实让我很惊讶。

1949 年 5 月 24 日

　　第 47 次[去看克莱茵医生]。起航前最后一次诊疗。我告诉她出书 & 月经的事,但她觉得这两件事都不重要。一般性的鼓励和辅导,告诉我不要在感情上与人纠缠(她说,我并不像她以为的那样超然)。也不要对别人有任何期待,这样我就不会失望。(我很生气,因为离开之前必须付清这份账单。)

1949 年 5 月 28 日

　　与马克参加的派对特别失败。唉,本来应该呼朋唤友的晚上,现在好无聊啊,因为我无法适应这种异性恋的社交场合。宁可待在家里和他下棋。另一方面,我最近对和他结婚的想法也不觉得特别无望了。我不知道这是不是因为我马上就要旅行,可以逃避的原因。

1949 年 6 月 1 日

　　紧张。与哈珀的琼·卡恩[1] 共进午餐。一切都很顺利,我相信我们都挺喜欢对方。非常优秀的处女作,诸如此类的话,她还说它可能(也可能不)非常火。在午餐

1　这一时期,低俗出版社和"优质"杂志与书籍出版社开始向彼此的领域进军。著名的哈珀 & 兄弟出版公司委托资深编辑琼·卡恩负责管理哈珀悬疑小说部的工作。

会上，我认为《他者》可能是个好题目，事实上，是迄今为止最好的题目。

1949 年 6 月 2 日

繁文缛节。租公寓。《纽约时报》有什么结果！人们整天打电话！和罗尔夫 & 马克在黑斯廷斯，带着一大堆东西。非常美好而无聊的夜晚。马克 & 我边喝啤酒边聊。如果我们要在 9 月或 12 月结婚的话，我该如何变得更好（更热情）。我们没完没了地聊着，把每一个点都细细地琢磨，然后再琢磨！

1949 年 6 月 4 日

因为伊娃，我坐的是经济舱而不是头等舱。现在我很厌恶她——更确切地说，是后悔花了那么多钱，而且我不打算再去找她看病了。罗莎琳德、马克和妈妈为我送行。短暂的告别，因为船舱并不吸引人（D 等舱！），女王号立刻启航了。我在甲板上再也看不到他们了。谁和我在一起时间最多？安。我想她今天正在思念我吧。船上一切都乱糟糟的。一天就会迷路几十次。饭菜扔给你，然后又被抢走。经济舱里谁都没有吸引力，因此我们被有效地隔绝开来，不会和另外两个人交朋友。

1949 年 6 月 6 日

每晚都蜂拥去看电影。哪里都一样拥挤，没有足够的空间。尤其是在喝茶的时候，如果不使用猪抢食的战术，就什么也得不到。我开始写漫画（脚本）了——非常成功。给《及时雨》写了六页。我的船舱里特别拥挤，两个苏格兰女人（都是好人）和一个来自伊利诺斯州的势利女人，我们都不喜欢她。

1949/6/7

我对大脑中被叫作灵魂的那部分非常好奇，心理学（否认灵魂存在）既找不到它，也无法帮助或安抚它，更不用说赶走它。我很好奇灵魂的不满，那是人永远得不到满足的部分，它永远是另一回事，不一定更好，而是另一回事，不一定更丰富、更舒适甚至更幸福，就是另一回事。我接下来要写的就是这个。

1949 年 6 月 9 日

今晚 3 点在瑟堡、11 点在南安普顿靠岸，提前要做很多的准备工作。唉，我知道真相了——我不想改变。我预见到结婚、生子、做饭、在我无意微笑时微笑（我反对的根本不是微笑的快乐，而是所有的虚伪和爱的缺失），一起旅行、度假、工作、看电影、一起睡觉。主要是最后一项击垮了我——有时我觉得我一切都懂，一切都已经以某种方式经历过，于是我决定，这不是我要的。

1949 年 6 月 11 日

从南安普顿到伦敦，坐头等车厢非常愉快，丹尼斯［·科恩］&［他的妻子］凯瑟琳都来滑铁卢车站接我。丹尼斯开着劳斯莱斯。他们的家是一栋漂亮的房子——一只暹罗猫，一顿美味的午餐，还有雷司令白葡萄酒。凯瑟琳很迷人！

1949/6/13

白兰地的温暖就像母亲的爱。

1949 年 6 月 17 日

和凯瑟琳一起去斯特拉福德[1]。可怜的凯瑟琳——她向我倾诉了她的心事，我相信都是关于丹尼斯的。她有钱可以挥霍，但激情——她有满怀的激情，却无处可以付出。在艾冯［酒店］匆匆吃了一顿晚餐，然后去看了《奥赛罗》，戴安娜·温尼亚德饰演苔丝狄蒙娜，约翰·斯莱特饰演埃古，杰弗里·蒂尔饰演奥赛罗。多么精彩的演出，多么美丽的小镇。谢幕后去了戴安娜·温尼亚德的化妆间。然后又去了她在艾冯酒店的套间。她很迷人，对我们很好。一个盛大的派对，步行回家时已经伸手不见五指了。谢天谢地，我穿着那套漂亮的棕色套装，自我感觉很好，戴安娜也很喜欢。

1949 年 6 月 20 日

伦敦。我越来越依靠药物才能保持创造力。这是阶段性的吗，是错误的（暂时是错误的）吗，这是一个大问题。安几乎每天都给我写信，今天寄来的信最糟糕。"你为什么给我写信。如果你爱我，我们就该住在一起，这是毫无疑问的。已经快一年了……我不想再保持这种浅尝辄止的关系了。"收到了马克的第一封信。相当冷淡，其他方面都还好。我对他充满柔情。但哪个才是我的选择？？？极度疲劳。我越来越瘦。

1949/6/20

必须有暴力才能满足我，因此写剧情 & 悬疑小说。这些是我的原则。

---

[1] 莎士比亚的出生地，成为著名的旅游景点，被称作"莎士比亚小镇"。

· 451

1949年6月22日

今天终于做了一个重大的决定。不可能再考虑嫁给马克——这是一种亵渎。我更喜欢安。但到目前为止，我还不能完全相信自己的情感，相信自己足够爱她。也许——很快——就会搞清楚的。但我知道嫁给马克只会伤害马克和我自己。正如凯瑟琳所说，这是不够的。

1949/6/23

我离性欲有多远啊。越来越远，越来越远。

1949年6月25日

昨晚。蒙特卡洛芭蕾舞团的门票。今早爬上了圣保罗的山顶，一次恐怖的冒险行为。这是伦敦的最高点！下午，我参观了威斯敏斯特大教堂、诗人之角——我发现自己踩在查尔斯·狄更斯和威廉·萨克雷的坟墓上！美丽的亨利八世小教堂，天主教圣徒的名字都被新教信徒抹去了。凯瑟琳戴着灰色的丝绸围巾和粉色的羔皮手套，真漂亮。演出间隙我们喝了酒，我们俩都喜欢芭蕾舞《梦游者》。很新的舞剧。晚饭吃得很晚——之后聊了很久。

在房间里向 K. 道晚安时，我向她要了一杯牛奶。她虽然很累，但还是跑去拿。然后仰起脸等着我来吻。我把她抱进怀里，一瞬间我俩都松了口气，好像我们已经等这一刻很久了。我不想过度解读这短短的几分钟。我想要细细品味那些小细节。她让我吻了她的嘴唇两次。"我从没想过会和你吻别。""为什么呢？"她问。"因为那种事永远都不会发生呗，现在我不想让你走。"但我们还是放开了对方，这就是遗憾。

1949年6月26日

早起去维多利亚［车站］赶金箭号火车。今晚的巴黎真可恨。莱恩夫人走了，没留口信，没有朋友，没有法币。在加莱海峡［酒店］，被两个女人借了1500法郎。从巴黎北站直接到了罗莎琳德住的圣父酒店，但是已经客满了。于是又回到加莱海峡。一间很小的房间，没有水，没有窗户！但是在街上我遇到了瓦莱丽·A，和她一起吃饭。我们喝得相当酣畅，然后回到我在加莱海峡酒店顶层的地牢。

［无具体日期］

巴黎。四处充斥着大胆、杂乱、肮脏、壮丽、冷漠、好奇、有趣、悲哀、沉默、欢笑、清醒、清醒、永远的清醒。塞纳河——巴黎的胸脯、鲜血和梦境，明镜般的水面，引以为自豪，被煤炭驳船激起层层涟漪，站在倾斜的石岸边的男孩们甩出的鱼线激起水波荡漾。

[无具体日期]

我多么怀念与凯瑟琳的长谈。在我脑海里翻腾着种种思绪。她是多么迷人的女人啊。还有那遗憾。不公。男性形象不需要环境：无处不在。丹尼斯不会爱她。她还依然充满生机。多么值得崇拜。她是件优美的乐器！她会唱什么歌！她能让她的情人感到无比自豪！我来到巴黎，想着在我离开前一天晚上她给我的奇怪的吻，她紧紧地抱着我，不让我走。为什么呢？为什么呢？为什么我不大胆一点？有多少年没有人吻过她了——羞怯的吻，却是一个真实的吻——就像我那天晚上那样？我真想整晚把她搂在怀里，给她一种被爱和被渴望的感觉，因为这种感觉比行动更重要。

1949 年 7 月 4 日

美国运通公司寄来五封信。多么鼓舞士气啊！马克、安、母亲、玛格特各一封。世界又恢复正常了，我又有了牵挂。但大多数时候，脑子里像塞满了棉絮。没有思路清晰的愉快时刻，一刻也没有。

1949 年 7 月 11 日

今天和艾伦·坦尼斯科一起度过，去了埃菲尔铁塔、艺术（现代）博物馆，然后穿着白色西装 & 打电话给纳蒂卡 [·沃特伯里]。我一下子又喜欢上她了——她比以前更坦率、更体贴。喝了酒，然后去圣雅克之夜吃晚餐，贝亚恩酱汁烤里脊牛排。（但我点了安茹的桃红葡萄酒后很感自责。）去了"眼镜蛇"——够无聊的。有人请我们坐下来喝香槟，但我们离开了。去了蒙帕纳斯的"右岸"，去找护身符店，关门了。皮加勒广场的其他地方。跳舞，一群女孩，其中一个（可能是妓女）穿着黑色的衣服，我亲吻了她的脖子。和纳蒂卡跳了好几支舞。出来时天光大亮，早上 5 点 & 乘出租车（300 法郎）到伏尔泰码头，我们在那里一直待到天光大亮。纳蒂卡——萨莫色雷斯岛的胜利女神[1]。

---

1 萨莫色雷斯岛的胜利女神，世界上最著名的雕塑之一，被收藏在卢浮宫。它描绘的是希腊女神尼克，据说她能带来胜利和和平。

1949年7月13日

一个人能有多痛苦？法国火车是最不舒服的地方——煤烟、噪音、闷热、没有水、没有食物——我疲劳至极，浑身脏兮兮的，甚至没去过厕所。就这样，晚上8点到达马赛，让诺带着兰花和母亲装裱过的封面来接我。他把我带回家，那是米尼弗斯街19号一间很普通的公寓。[他的母亲]莉莉，十分迷人！我洗了个澡，洗掉巴黎一层层污垢和正午的烟灰！一切都迷人起来——让诺和预想的一样，更胖了，两鬓灰白，但有真正的美国人的朝气。我们驱车前往夜总会——喝香槟 & 跳舞。我想到了身在戛纳的纳蒂卡。

1949/7/16

她睡得多么像个孩子。

巴黎午后的光线

使我们的床活色生香，

为她伸展的棕色双腿的绒毛镀上一层金色，

为她团成一团的白色衬裙镀上一层银光。

我亲吻她赤裸的脚。

她睡得多么像个孩子，

我像个小偷一样，匍匐

在她揉皱的白色衬裙下面，

在她紧紧锁住我的金棕双腿之间，

献给 N.W.[1] 就像小熊的手臂一样。

1949/7/17

英美作家非常适合和法国人一起生活一段时间。他们会使盎格鲁-撒克逊人回归物质的东西，回归到身体上来，回归到某种实用的、清晰的人际关系上来，而在盎格鲁-撒克逊人那里，人际关系充满了礼仪和矜持。从玛丽皇后号的甲板上看到第一艘法国船时，第一眼瞥见法国人、第一次听到法国人的声音，有个奇怪的想法：他们就像聪明至极、狡猾至极的动物。就像一个智力超群的人关注生存的动物性方面一样。

---

[1] 纳蒂卡·沃特伯里的缩写。

不知怎么的，有了这么个可怕的想法，有趣的想法。

1949 年 7 月 18 日

我给马克写了信——终于——斩断了一切关系，告诉他，我肯定不能嫁给他了。

1949 年 7 月 20 日

在戛纳的前几个小时相当舒适。在街上遇见了露丝·约克。我们喝了咖啡——聊了起来。她对欧洲的看法是多么随意——好像整个欧洲都是她家后院，或是她在法国乡下的老宅子。她下午 5 点去了巴黎，而我则悲惨地穿着新的番茄色泳衣去游泳。

1949 年 7 月 21 日

与下榻在拉博卡的纳蒂卡进行了长时间的谈判，为了让她来圣特罗佩。最后我们下午 4 点出发。在圣拉斐尔游泳，然后乘坐巴士（最后一班）去圣特罗佩。一切都很完美——绝对完美——晚上 8 点，一个孤独的小镇，孤独 & 可爱。拉着纳蒂卡，我只是喊了一声"莱恩！"，她就下来 & 欢迎我们，给我们找了间旅馆房间，邀请我们在一个满眼是常春藤 & 绿树的地方喝酒吃饭。

1949 年 7 月 23 日

在圣特罗佩又待了一天。而晚上——第二次发现（就像我在巴黎一样）：凡事都只有一次机会。一个晚上是最好的，第一个总是最好的。

1949/7/29

二十八岁时第一次去欧洲：它再次拓宽了一个人的兴趣，使人变得像十七岁时那样多姿多彩。这逐渐的封闭！我讨厌它。正如 S.[塞缪尔] 约翰逊所说，封闭是从十九岁开始逐渐增加的。

1949 年 8 月 12 日

还在马赛。周四，玛格特寄来了英国的合同[1]。看起来很不错——我在上面签了字——然后寄到了伦敦。让诺对此也很佩服。

---

[1] 大概是英国克雷瑟特出版社的出版商丹尼斯·科恩给她签的《列车上的陌生人》的合同。

1949 年 8 月 16 日

出发去意大利，很伤心，也很害怕。送花给莉莉，慢慢与她家人一一道别——非常不舍。让诺开车送我去尼斯，正好赶上大巴，还有时间喝了一杯白兰地。已经是意大利大巴了。在热那亚过夜。和往常一样，钱、行李、出租车和酒店都是令人痛苦的经历。太讨厌夜间到达了，语言不通，还背着沉重的行李！

1949 年 8 月 17 日

米兰是繁华热闹的。今晚在大教堂附近吃完饭后，被一个意大利男人搭讪了。（男人不管年轻还是年长，都那么鲁莽，真是的，真是的！）他人还不错，金发碧眼，是个工程师。托尼奥·加诺西尼，蓝眼睛，那种外表强壮，实际上聪明 & 有文化的银行家类型。是在剧院的表演间歇遇到的 & 邀请我去看剩下的部分——一出反共产主义的现代戏剧。托尼奥邀请我明天一起去吃午饭。

1949 年 8 月 18 日

和托尼奥在一起非常开心。我们说法语。午饭后，他劝我今晚留下，明天再去威尼斯，这样他就可以陪我了。我们 7:30 出发——真的很开心，在夜里乘车，11:30 到达 V. [威尼斯]，没有旅馆房间。我们检查了所有的东西 & 坐出租船沿大运河到圣马可教堂附近的酒店，然后吃了晚饭。托尼奥最有风度，从来没有一丝轻佻，酒店不错。威尼斯十分壮观美丽。

1949 年 8 月 19 日

威尼斯——丽都岛——有那么多博物馆可看，我不想游泳。圣马可教堂是镶嵌画的杰作。都是金色、蓝色和摩尔式的风格。托尼奥 & 我在 7:30 前往博洛尼亚，我们在那里分手，他要回米兰。9 月 7 日他还要去西西里岛的巴勒莫，邀请我 & 凯瑟琳也去。我突然觉得好孤独，一个人坐火车去博洛尼亚。我在想是否每个人都这么孤独？

1949 年 8 月 20 日

中午时分前往佛罗伦萨。我真的爱佛罗伦萨。晚上买了个随身用品手提包，这样我就可以在车站检查东西了。还找到了一家人们热议的、我以前从未找到的意大利餐馆——便宜、好吃，十分快乐，店主家里每个人都参与工作，还考虑到美国人上厕所的需求，比如放了一份报纸。

1949年8月21日

打算赶1:30（中午）的火车去罗马。我的一个遗憾——乌菲兹美术馆的参观太仓促了。一个又一个令人惊艳的展厅 & 我却始终在看表！晚上7:00抵达罗马。糟糕的开始，悲惨的结束。一切都不对劲。娜塔莉亚[1]不在家。终于找到了博洛尼亚酒店，可我在火车上认识的人（他说他会在那里）却不在那里。一个人吃了饭。满城都是小巷子——天哪，多老旧啊！他们什么时候才会觉得小巷太旧了，需要重建啊？显然，在罗马没这可能。一群小男孩眼里闪着邪气，慢慢走近，突然就往你脚边扔一坨屎。晚饭后我坐在一家咖啡馆里——每个人都会在吃完饭后换个地方喝咖啡，就像法国人坐在路边的自助餐厅一样——我的小说，我所有的邮件，都等不及明天早上处理了。

1949年8月22日

除了马克之外，每个人都有来信。一张支票——28美元（！），还有我银行寄来的400美元。现在只剩下154美元了。+500美元的战争债券。唉，我的起起落落似乎不是用我自己的成就，而是用别人对我的评价来衡量的。我必须学会彻底转变我的衡量体系。埃塞尔·斯特蒂文特的信非常绝妙，我会把它保存起来的。一个非作家的真正作家，就是她！（可能她也在写作）。她祝贺我的书找到了这么大的出版社，特别祝贺我的新小说——布鲁明戴尔的故事[2]，以及我对它的感受的表达，第三是祝贺我和马克分手。说他这本书对我来说似乎太稚嫩了，建议我嫁给一个要求不那么高的成熟男人（我想嫁给一个80岁的老人，也许，很有钱！）。我的书，在凯瑟琳那里正接受X光检查呢。我换了一家酒店，可惜是个愚蠢的决定。罗马酒店，靠近车站，老板是个特别棒的老饕，让我终生难忘。吃饱喝足，半醉半醒，我后来觉得，这酒店房间就像个洞窟，没有服务，没有热水，光线很暗，每天要800（里拉），就为了节省230里拉，我觉得自己像个白痴！[3]

1949年8月23日

罗马——一个肮脏的城市。所有的男人都在手淫什么的，用白痴一样的眼神盯着

---

[1] 娜塔莉亚，她的母亲是一名编辑，后来为意大利出版社 bompiani 购下了《列车上的陌生人》的版权。

[2] 帕特的"布鲁明戴尔的故事"后来被写成了长篇小说《盐的代价》（纽约，1952）。

[3] 1美元在1949年折合600里拉。

我。昨晚给 K.［凯瑟琳·科恩］发了电报 & 她昨晚 6 点给我打了电话。想和我一起去那不勒斯。突然间狂喜——和一个会说英语的朋友好好约会——梦想中的人啊——我买了白兰地，穿了从佛罗伦萨买的毛衣。我太幸运了。虽然背痛（？）胃痛，但当我独自躺在房间里，我觉得自己像个神，不愿去想也不敢去想在罗马会发生什么事，一旦病倒就无力出门了。终于出来吃了一份牛排 & 没吃别的东西。2 天来只吃了 2 个煎蛋饼。亲爱的日记，原谅这些食物的细节吧，但它们也许会成为生活的点滴。凯瑟琳星期五和我会合。在那以前，我在罗马度日如年，所以我讨厌罗马。

1949/8/23

男人的情感问题是普遍的，包括对妇女的消极和积极的反应及其原因。但是，一个拉丁男人，因身为拉丁族人而享有优越感，可以把生活安排成他自以为超级满足的样子。在美国，一个男人，作为占主导地位的性别，从一开始就失败了，他做不到自我满足，因此加倍痛苦，于是他就去看心理医生。但心理医生也有同样的毛病。

1949 年 8 月 24 日

痛苦的研究。昨天太痛苦了，以至于变得很好笑。到处都"关门"了。没看几座博物馆就该离开了。今晚——下午 3 点——出发去那不勒斯。很高兴能离开罗马。

1949 年 8 月 26 日

我喜欢那不勒斯——干净、有序、有趣的港口城市。城里有成千上万的美国水手。昨晚和凯瑟琳打过电话了。她周二之前来不了。我为此非常沮丧。但我想，我会靠工作振作起来的。我有很多事要做。这些天晚上睡不好觉。无疑因为我脑子里有很多事——凯瑟琳，船票，想家，等等。我已是强弩之末，真的受够了。天哪，我太渴望回家了！我不喜欢意大利，也不喜欢法国——我真的受不了这肮脏污秽，吃着饭时就突然看到流鼻涕的婴儿（或母亲怀里露出的婴儿的屁股），在最好的餐厅都时有发生。

1949/8/27

从长远来看，我将拥有最好的。不是指有家有孩子，甚至不是一样永久的东西，（生活中或艺术中什么是永久的？除了自己的心跳，还有什么是永久的？）而是说最好的东西会受我吸引。为此，我真诚地感谢上帝。

1949年8月29日

本想去庞贝看看，但K.［凯瑟琳］的一个没接成的电话让我一直紧张地（昨晚没睡）盯着电话——而电话再也没有响过。今天晚上发来电报，说她要推迟到下星期六才能来！整整一个多月啊！但人的耐心是可以无限延长的。

1949年8月31日

欢天喜地：搞到了9月20日从那不勒斯出发的埃克塞特游轮之旅！我得把支票换成现金了。我觉得我的短篇《了不起的纸牌屋》[1]构思顺畅，我梦想——不为别的——在我的长篇小说之后出一本短篇小说集，有蜗牛的故事、酒鬼的故事，和其他几个短篇。当然还有这个。也许，我从来没有像在那不勒斯这些安静、寂寞的日子里那样快乐过。这是一种比雅多更深刻的幸福，虽然不那么令人兴奋。这是我有生以来第一次喜欢上自己。我不希望有任何改变。哪个哲学家能说出比这更伟大的话来？哪位诗人能比我更幸福？

当然，是我周围的陌生异域，把我逼进了自己的内心。但这就排除了我对自己满意的原因。也许只是因为我快乐，这对真正的好人来说，永远是最好的标准。我很幸福。我觉得我还能长寿。我接受并热爱人类在有生之年对自己和地球上的人类负起的重任。我也相信爱。有了这些原则，我怎会不充满爱。（正如我的导师克尔恺郭尔所说，一个人必须永远爱下去，无论是否得到爱的回报。因此，人必须永远、不可避免地、真正幸福）。

我从来没有觉得自己这么成熟，这么有智慧。事实并非如此。只是我现在独自生活，如果我不是这么迷茫、这么不坚定，我可能从六岁起就独自生活了。我觉得在未来的五年里，我可能看起来会更加成熟。我恋爱了，恋爱了，恋爱了！在马赛时，我想过一点，想过要不要做让诺的妻子，因为他真的很认真地求婚。我之所以能思考这个问题，一定是因为它的异国环境，新的语言、国家、亲戚、风俗的外在魅力——美丽的法国里维埃拉。真奇怪，我有时是多么肤浅。

1949年9月3日

终于，电话铃响了，凯瑟琳在楼下的大厅里。他们告诉她，我已经不在这里了。

---

[1] 《了不起的纸牌屋》讲的是一个艺术专家专门收藏赝品，因从未失手过而成为传奇。

我下去找她——她上来时——她从我身后走近——喝了一些难喝的意大利白兰地，在我的房间里聊了很多，然后在附近吃午餐。

1949 年 9 月 5 日

和 K. 一起走在街上，说着英语，多美妙啊，不再一个人，徘徊着，孤孤单单，不去关注，无人倾听，无人理睬，不被需要。男人局促不安地盯着你。这个国家人人都盯着别人看。阅读、写作、工作，都幸福地停止了。这是完美的假期，最后我爱上了我的同伴，一心只希望令凯瑟琳欢喜。

1949/9/7

在接吻的快乐和做爱的快乐之间，只不过是一个渐变的层次。两个女孩意外一吻的惊喜和性行为导致的新生命之间，也只是一个渐变等级罢了。因此，吻是不能被轻视的。除主观判断外，不能用任何标准来评判。男人会用能否生孩子来判断他的性行为是否快乐吗？如果能生孩子，他就会觉得更快乐，更有意义吗？

1949 年 9 月 8 日

我想拥抱和亲吻凯瑟琳。心里很郁闷——为了什么？我没有爱上她，只是害怕在感情上会有什么不自然的表现。总是害怕？总是害怕——不是怕会冒犯她——而是害怕被拒绝而受伤害。也许，和她在一起，我只会想到我的缺点，头发不整齐，牙齿不健康，鞋子不干净等等。我们今晚出发去巴勒莫，船真漂亮。突然间，我们俩都像小猫一样哼哼起来，感慨于干净的环境，良好的服务，最重要的是离开了那不勒斯，未来可期。K. 会陪着我，直到我离开，然后她回鹿特丹，最后回到伦敦，在那里——可怕的一切等待着她——

1949 年 9 月 12 日

躺在床上休息，连游泳都不想去。我的胃很不舒服，却还总是饿。我变瘦了，对纯粹的感情越来越狂热，这是肉体无法承受的，太丰富了。太多了，太多了，无法消化，无法吸收到自己体内。K. 对我有一点爱意。而我对她，只有我自己知道，爱得没那么热烈。她令人愉悦。我也受宠若惊。蜜月一定就是这样的。一个人的存在是为了活得像画一样。6 点，给我们端咖啡的服务员冲我们微笑。天气很好，天色也很暗。晚饭前，我们沿着海边散步，棕榈树，沙滩小屋，手牵手。哦，新鲜的事物总是如此秀色可餐!

1949 年 9 月 15 日

坐火车去锡拉库萨,最美好的一天。海滨的异乡人酒店。雇了一个出租车司机带我们去地下墓穴——在那里,一个痴呆的小修士带我们参观了早期基督徒的藏身之处,堆满骨头的墓穴、回廊。而我和 K. 一有机会就拥抱、亲吻。

1949 年 9 月 20 日

我本该出海的日子。我们跑着去坐九点去卡普里的船。两个小时的旅行很愉快。K. 非常兴奋,在栏杆边沉默不语。我太无聊,太害怕了,不敢游过满是海胆的水域。真是丢人现眼。我第一次去卡普里,属于我的一天 & 海水真让我受不了! K. 非常体贴 & 大部分时间都陪着我。因为我们这些天爱意渐浓——恋爱中的人在最初的日子里总是喜欢和对方在一起。看得见的——看不见的!

1949 年 9 月 21 日

和 K. 一起去蓝洞,小船多且混乱,所以肯定有 50% 的光线被遮住了。真是可惜了。坐上了 4:10 的公交车回那不勒斯。然后是离别。还要赶路。葡萄。和凯瑟琳吃了最后一顿晚餐,我穿着我第一天和她见面的晚上就想穿的白色西装。我们在第一次吃午餐的有藤蔓阳台的餐厅用餐——这无所谓。K. 经常抱着我,认真地看着我的脸,亲吻我的嘴唇。她希望我再说些什么呢?(我什么也没说。)她什么也不期盼。但是我呢?做个计划——K. 想要计划吗?我知道是我不想要。K. 会比较宽容,但我却说不出口:我明年要到伦敦来,我们要一起生活。不,我不知道我想要什么。在纽约,我非常平静时,只会考虑短暂的恋情——都是胡来的。然而我希望能有一段时间(及时)来明确我的欲望。我渴望写作,并梦想着它能像蜘蛛网一样轻易地编织出来。现在我知道我为什么要写日记了。我要把这条线一直织到现在,那样我才感到平静。我很爱分析自己,试图找出自己这样 & 那样做的背后原因。就像在身后丢下干豌豆帮我回溯走过的历程,在黑暗中指点一条直线一样,没有日记我没法分析自己。

1949/9/24

卡普里。从广场上看,教堂层层叠叠的黑 & 白穹顶就像一个平面的舞台布景。坐在小桌旁的中年妇女,直直地凝视前方,带着一种茫然的警觉,她们那双明亮的、

1941—1950 年：纽约的青春，以及不同的写作方式

吃得过饱的、阅历无数的眼睛像闪闪发光的宝石，丰富得令人恐惧，几乎让人无法与之对视。

1949 年 9 月 24 日

热那亚。整个上午都在确定路易莎·C 号的事。下午 5 点离港。这艘船上有蟑螂——但只有一点点。比玛丽皇后号的经济舱条件好多了 & 这艘船的乘客整体上要友善多了。我很满足。

1949 年 9 月 25 日

整个旅程可能要 18 天。在马赛不会靠岸。可能先到费城。

1949 年 10 月 1 日

枯燥乏味又山峦起伏的西班牙海岸，昨天和今天一整天都映入眼帘，不过昨天看到的可能是岛屿。重写 & 重打了我的书的最后一章，把隧道爆炸 & 救援和结局浓缩到两页半。也许是我懒了，也许是厌倦了。也许我以后还会觉得不够好。我希望不会。我害怕在纽约头几个星期的忙碌。人们需要一个妻子来处理这些琐事。（奇怪的是，妻子也需要一个丈夫来处理这些，都是迫不得已。）我们会在凌晨 3 点经过直布罗陀，整艘船的人都会起来。

1949 年 10 月 2 日

K. 在这长时间的沉默中有没有想我？我知道她会的。我们之间有一种奇怪的心灵感应，我俩之间。我开始创作小说《坦塔洛斯的辩论》[1]。（语言）轻松、流畅地一挥而就，写了 7 页还是 8 页，一般来说，以后就不需要怎么改了。自然，我今天非常高兴，是离开凯瑟琳后最开心的一次。

1949 年 10 月 5 日

《坦塔洛斯》第 28 页。一旦特芮丝遇到卡罗尔后，我也不清楚会具体发生什么。但会是做爱嬉闹吧，就像我一样。所有的一切都是我自己对事物的反应——只有在极端的情况下，一些拓展会更接近我主人公的态度。今晚海面波涛汹涌，起伏很大。一直到凌晨 2 点才睡着。

---

[1] 后来改名为《盐的代价》。

1949年10月9日

从未感觉过如此文思泉涌——各种写作形式都是。灵感喷涌而出。我想在最短的时间内把这本书写出来，甚至不会停下去赚点钱。如果在接下来的半年里，我除了《坦塔洛斯》外还能再写出一些短篇小说就好了！半年内出三本书——那意义就重大了。唯一的灾难是锡拉库萨陌生人温泉酒店的镜子碎了。我愿意用几块手指甲去换那块镜子的[1]。凯瑟琳——凯瑟琳——我不敢写信告诉她我爱她，我想和她一起住在伦敦——这些话我都想告诉她。

1949/10/10

看到船的索具映衬着天空。复杂的几何图形，菱形、平行线、三角形和漩涡的交点，日夜都在迅速地穿梭运动。夜晚，在平静的海面上，在深蓝色的天空下，桅杆的残桩一动不动，由斜拉的绳索支撑着，平衡得如此完美。此时，根本无法相信船在移动。人们肯定以为是出了问题。

1949/10/11

清晨起床前的思考：突然明白了一切的原因，全凭直觉。

1949年10月15日

在费城靠岸。从黎明开始在特拉华河上航行。当然，没有人迎接我。非常欣喜地在费城登上火车，晚上7点到达纽约。

1949年10月19日

马克昨天打电话来，让我很意外。今晚我们喝酒吃饭，他说他对我的感情没变，说结婚"可以推迟两年，甚至更长时间，但你还是我想共度余生的人"。马克留下来过夜，想讨好我，但也太降低身段了。

1949/10/21

关于疯子：他们只是想找到一个现实。很难找到一个存在的现实，不可能找到。最伟大的哲学家也未能找到一个令人满意的现实，也解释不出为什么找不到。比如

---

[1] 当时女性对自己的指甲十分珍视，如果指甲裂开了，她们会认为自己不够注重外表，也不够女性化。

说，在气态下，这个世界是完全不同的，就现实性而言，它比所谓的正常世界更加让人信服。也许，根本就没有现实，只是书写了一套权宜的举止、行动和反应系统，人们就以此来生活了。也就是说，大多数人都是这样生活的，就像大多数豌豆从上面的中心点掉下来时，会掉进盒子中间一样。

1949 年 10 月 22 日

和马克约会。在勒莫阿尔吃晚饭——吃得不好——之后去看电影。他留下过夜。我十分疲惫，然后——（事实上，除非我喝醉了）他在我的床上死沉死沉的。天啊，我想要凯瑟琳和我同床共枕！我相信她。我喜欢她比我年长，我觉得她既漂亮又聪明。我又收到她的一封信。我得说，比起前一封信，越发深情，也越吞吞吐吐了。

1949/10/24

在纽约，悖论的土壤是很肥沃的——没有别的土壤。我意识到了常识和实用性的必要的调和作用。我意识到，在我认为最感满足的气候环境中，比如英国的山村，或意大利的乡下，仅凭这些就足够了。然而，主客观的选择似乎和饮食一样毫无逻辑可言。也许，人们只应该靠蔬菜和奶酪、新鲜的水和面包生活，是的，但喝葡萄酒和吃鹅肝酱也不意味着死亡。

1949 年 10 月 24 日

这一天让我彻底爱上了 K.。完全承认、彻底相信这一点后，是怎样的幸福啊！未来突然变得开阔起来，展现出完整的金粉色地平线。在金妮之后，我还没这么开心过。9 点珍妮来访。最后，我吻了她，在她家里[1]——（不然她为什么约我来？）尽管她已经和一个 35 岁的傻瓜订婚了，但我很确定她会召之即来。重新征服、自负（和邪恶）的念头是我今晚和明天的行动根源。

1949 年的 10 月 28 日

和珍妮在家共进晚餐。她太固执了。随她吧。不会让我吃不到葡萄说葡萄酸。也许她真的希望如此。她很善良，大方，是个好朋友。我不想失去她，除非是动武或偷盗，否则不会的。

---

[1] 原文为法语。

1949/11/1

二十八岁。如果我不知道酒为何物，不知道它的社会地位、用途和它的邪恶，我会为它神魂颠倒的。（我应该会尝一下，就像我在南方尝胡桃派一样。）我应该会用它来评判人的潜力和成就之间的差距而尊敬它。因为每个人的潜力都大于他的成就。这既是他作为上帝之子的祝福，也是他作为人猿之子的累赘。

1949年11月3日

去年12月，我跑去看心理医生，请求他重新改造我，我很清楚我的身体无法再承受像金妮那样的灾难。我没有被改造，但学会了不再恋爱来避免打击。我感觉开始好转，与各类人之间的隔阂逐渐减少。今年9月，确切的说是10月，我开始意识到，我可以再次恋爱，甚至以为自己已经恋爱了。现在（就在今天）面对可能的失败，我迅速丢盔卸甲，落荒而逃。如果接下来的几周里我会遭遇失望，我心里明白，我会努力掐灭任何可以叫作爱情的微弱火苗。简而言之，我一定和去年12月的时候一样没有勇气。然而，在这种情况下，还能老老实实地讲勇气吗？为什么要讲勇气呢！我知道那难以忍受的痛苦。有些折磨是人无法忍受的。当然有些折磨——也许只有这一种折磨——对我来说再也无法忍受了。

1949年11月5日

时间大踏步后退。迈伦·桑夫特非常和蔼可亲，在他家里[1]。戈尔·维达尔[2]。在小酒馆里吃了顿普通的晚餐。那是一群神经质的人，我太累了，跟他们相处得并不好。我发誓下次一定加倍努力。

1949年11月6日

今天把我的《瞬间和永恒》基本都打出来了。我只能说，我会看到它的出版的。马克今天早上想到了一个书名。《列车上的陌生人》。我非常喜欢 & 希望他们也喜欢。上帝保佑他。他帮助我这么多。我非常感激。

---

[1] 原文为法语。
[2] 戈尔·维达尔（1925 — 2012），公开的美国双性恋小说家。在这次会面近四十年后，帕特和他又开始通信，主要是谈论政治。

1941—1950 年：纽约的青春，以及不同的写作方式

1949 年 11 月 9 日

我隐约感到内疚。我想是隐隐约约的。我应该写《爱情是件可怕的事》[1]还是再写一个商业恐怖故事？还是我应该继续写长篇小说？我必须在这个冬天，或者说是现在，集中全部精力披荆斩棘。没有理由等待，哪怕是一个星期。我对"社会生活"或对女朋友没有丝毫的渴望——她会消耗掉我的时间和我那点钱。而那点钱很快也会成为问题。我不想把写书的战线拉得太长。我必须快速出击，像开枪一样，一口气打完子弹。油漆工明天上午来给地板上清漆，然后我就可以了结这事了。我好想要宁静——生活的宁静。总是觉得它离我只有"一周的距离"。奇怪的是，我感到一种心灵的宁静（在没有收入的情况下）。我把凯瑟琳当成了一种宗教。

1949 年 11 月 11 日

与哈珀的人共进午餐。琼·卡恩 & 年轻编辑希恩先生，他说他非常喜欢我的书，认为它很精彩。（之后和莱恩夫人聊天，她说希恩参与进来后，对这本书大加赞赏，完全不知道她认识我。）卡恩：坚决反对出短篇小说集。但会允许我完成《坦塔洛斯》，不许拿给外人看。也可以预付一些钱。要去找麦卡勒斯等人读《陌生人》，在书封套上写推荐语。

1949 年 11 月 13 日

下午 6 点我写完了短篇 & 读给家里人听，他们说这故事神经过敏，算得上堕落了。没人照顾我的心理感受。他们又开始攻击我的症状。"帕特，你为什么老是执着于这些事情？不要这样。"（还别这样！）狗屁！我告诉妈妈马克的事，说我对男人有几乎无法克服的抗拒，"嗯……"她皱起眉头，"你看，我不明白为什么，帕特。是什么原因导致的呢？"（！）

---

[1] 帕特尝试把《爱情是件可怕的事》卖给《纽约客》，但最终在 1968 年以《准备飞翔的鸟们》为名，刊载在《艾勒里·昆恩推理杂志》上。这个小说讲的是复仇和身份被窃取的故事，或者更确切地说，讲的是一个男人等待着女人的情书，而女人永远也不会写给他。他确信这封信寄错了人，于是趁邻居不在的时候撬开了邻居的邮箱。在里面，他找到了一封对邻居苦恋的人的来信，并回了一封信。他假扮成邻居，安排与女方见面。他走过去，向她道歉，然后离开她，她感到非常失望，而他却自怜自艾。

1949年11月14日

愉快的一天。买了李维斯牛仔裤（现在要5.50美元）。然后开始写故事。9:30去拜访了罗莎琳德，贝蒂·帕森斯也在。贝蒂和我有相似的灵魂。

1949年11月15日

用黄纸打了20页《爱情是件可怕的事》。我喜欢它。但下午3点我开始烦躁不安。这个故事讲的就是K.和我自己。想必我的父母也一定评论过吧。上个周末，我对同性恋的问题太直言不讳了。一定要找个折中的办法。他们为什么不找个时间直接问我。"你觉得女人怎么样？"我妈问我。"我更信任她们。但你看，我从来没有和任何女人生活在一起。我是那种疏远的类型——永远都是。"

1949年11月19日

去看了罗尔夫，他还因为黄疸病卧床呢。可怜的家伙。7点去见马克。我跟他提起他的哥哥亚丁。"我长得像他吗？""有点像。"还是让他的心理医生来告诉他吧，他被我吸引是由于同性恋，这我一直都知道。在毫无感情地讨论了一晚上之后，当他要求留下，我非常反感。当他碰我的时候，任何地方，我都无法忍受。

1949年11月23日

感恩节早晨：凌晨2:45。没有凯瑟琳的信。她不爱我。我曾有过机会，但我错过了。（这句话会被刻在我的墓碑上吗？）此时此刻，我最想要的就只是她的一句话。一个新词。不能永远重读同一封信啊。我病了，饿坏了，不能老吃同样的东西活啊。希望。未来永远不会到来，因为根本就没有创造未来。就是说，我没有创造未来。我必须告诉她，我爱她。我想要她，我是她的。我只想和她在一起。我必须问问她，她也想要吗。

1949/11/23

不断地掂量着"如果这——如果那"。例如，如果我的经验现在就被关闭，在性爱，情感（不是智力）方面，而是世俗、实际的方面，我觉得我已有的也够用了。我已经把一个小时延伸到了永恒。这一切都在我之中。我只需要提取出来就行。我已经好几个月没去海边了，但我也没有被关禁闭。然而我知道，当我写下这篇文章的时候，一个星期后，我就会谴责它贫瘠、颓废、简直是愚蠢。谢天谢地，我不是一个人，甚至没有像梅尔维尔那样一心一意地崇拜智力和灵魂！因为梅尔维尔成了疯子，而我不会。在黑斯廷斯的这个下午，我在阳光、空气和烟草中，耙着树叶。我全心全意地爱着我的爱情。因此，我感觉到，我知道，我并不完全是半小时前那个自负的人，沉浸在梅尔维尔的《皮埃尔》中，以完全投入的迷恋追随他灵魂的变幻莫测。因此，我知道我永远不会疯掉。这也是我在这个感恩节要感谢的事情之一。

1949 年 11 月 26 日

凯瑟琳又来了一封信。两周来的第一封，不过值得等待。它改变了一切。她想念我。信写得非常亲密。我这辈子从没这么开心过。我真的得每天休息一会儿，免得我可笑地过度兴奋而死。倒不是说我很兴奋，我很平静，安详，我的注意力很集中。但我很幸运，我知道。这些年来的所有压抑、牺牲、幻灭、挫折都变得很珍贵，没有它们，又怎么能衡量出我此时的极度幸福。罗莎琳德说："独处的时候，你总是最快乐的，是吧？""是的——身体上也许是。""那么你觉得现在是在独处吗？""是的。"

1949 年 11 月 26 日

莱恩告诉我，哈珀的希恩深受我的书［《列车上的陌生人》］的"同性恋主题"和题材的吸引。我大吃一惊，有点不安。今晚感觉很好，喝了一杯马提尼，穿着我的细条纹西装去市区。我喜欢直发。凌晨 4 点上床睡觉时，我的疲倦让我恐惧，感觉很危险。当然，我总是担心自己会猝死。

1949/11/29

无论一个人对于信仰、生活和写作有多么大的激情，他的激情每周平均净值能有多少天？大约一天。他的健康必须是完美的，这在健康准则中根本没有提到：食物、睡眠、运动。房子必须干净，或者还算干净。不能有任何社交活动来折磨心灵。他必须在情感上有安全感，或者有情感目标。（所有的目标都一样难以实现。）

1949 年 12 月 5 日

把《海洛薇兹》[1]送去［给了玛格特］& 得知《伴侣》&《今日女性》都拒绝了《瞬间和永恒》。当然，这就意味着不会很快见到 K.。渐渐陷入几个月来最深的抑

---

[1] 《海洛薇兹和她的影子》是一篇短篇小说，已经遗失。

郁——主要出现在项目、短篇 & 长篇之间的间隙，在这间隙中，我突然活了过来，开始意识到我周围的世界。目前在经济上和情感上，我的世界是最不如意的。

1949 年 12 月 8 日

我看了一晚上的笔记本。真正的宝库！我做出了详尽的《坦塔洛斯》的写作计划。我相信会很顺利的。我千万不能太随性，这就够了！今晚我很高兴。如果明天我还没有收到 K. 的信，那就是第十四天了？我会很失望，很难过，但不会不高兴。因为对信仰和信任的背叛就是《坦塔洛斯》的主题。明天我希望能再写一遍。

1949 年 12 月 10 日

工作。和珍妮的约会非常愉快。她带我去了一家糟糕的餐馆，还带我去看了一场英语电影。今天晚上就不太妙了。我觉得和她的关系很疏远，真的，因为《坦塔洛斯》的缘故比平时更疏远了。这个故事写得多顺利啊。我多么庆幸我终于没有——如利尔所说——把我最好的主题材料移植到虚假的男女关系上而毁了它！在欧洲，她说，《爱情是件可怕的事》作为两个女人之间的爱情故事就会发表，会是篇极好的——超棒的作品！——就像我的《女英雄》一样。"但是这些狗东西！"利尔说。利尔很喜欢我。我们又恢复了以前的关系。我希望没有什么事情能改变它。

1949/12/12

我想我对任何一臂以外的人都不会信任的。这——有据可考——使我比过去三四年更加幸福和满足。

1949/12/12

不知道我拒绝基督教，是否——多半是——因为很明显，基督教的理想在人间不能实现？在我自己的生活中，还有那么多东西显然是无法实现的——我渴望看到工作中的卓越表现、厘清我的情感生活，我想让它们得到解决。因此，我信仰的宗教必须是可以实现的。当然，宗教的喜悦总是高于我们所能企及的程度。那是很值得期待的。

1949 年 12 月 13 日

妈妈来吃早饭了。我和她畅谈《坦塔洛斯》的故事，但没谈爱情那部分。R.［罗莎琳德］C. 借着派对这件事大做文章，明显是要借机批判我挑选客人的眼光。但在这件事上我坚决反对她的独断。《坦塔洛斯》写得非常顺手。

1949 年 12 月 14 日

与玛格特共进午餐。她建议我不要接受哈珀出版社的预付款，这样她就能争取到更好的条件——天哪！今天是我第一个真正的假期。而且，莱恩 & 我商量好下周一起去新奥尔良。

1949 年 12 月 15 日

聚会的日子。我什么都没喝。开头有点困难，后来就一切顺利。莱恩最喜欢特克斯。罗莎琳德指责莱恩 & 利尔同宗同族——意思是都是中欧人，利尔还以为说她们都是犹太人。乱七八糟的无法记述。西尔维娅要见我。大家对我交口称赞。但我不想再见到她。"卑劣无耻。"我说。"不完全是。" R. 说，说她的钱就挺好！该死的罗莎琳德真是个势利小人！

是的——今天早上收到凯瑟琳写来的一封精彩的信，它照亮了整个白天，也照亮了夜晚。她让我觉得自己像个圣人、天使和诗人。难怪大家今晚都喜欢我，难怪大家都玩得很开心。

1949 年 12 月 20 日

昨天给马克带了礼物。一个小马提尼调酒机。唉，在新奥尔良旅游之后，我恐怕得重新开始写漫画脚本了。我希望能邀请莱恩到得克萨斯州来，和丹或克劳德一起接待她。妈妈来了。我对这次旅行非常兴奋。自然是因为特芮丝和卡罗尔做了同样的事[1]。我要睁大眼睛，敞开心扉。我必须感受一切，爱一切，倾听一切。昨天读了保罗·鲍尔斯的《遮蔽的天空》。有着萨特式的沉闷。

1949 年 12 月 22 日

在丰盛的早餐后，出发晚了，我担心我们不能在圣诞节前赶到得克萨斯。马纳萨斯[2]战役遗址，我外公的两个兄弟被杀的地方。马纳萨斯，对莱恩来说毫无意义，但

---

[1] 《坦塔洛斯》（又名《盐的代价》）的主人公特芮丝和卡罗尔。
[2] 弗吉尼亚州马纳萨斯，在该市附近发生了两场重要的战役，在南方各州被称为马纳萨斯第一和第二战役，在北方则被称为布尔朗第一和第二战役，因附近的一条小河布尔朗而得名。

对我来说意义重大。

1949 年 12 月 23 日

莱恩惊讶地发现已经星期五了，我想在这之后我们得快一点了。今晚赶到诺克斯维尔下榻。我试着选了最好的餐馆——来些开胃的东西——感谢上帝，她和我一样喜欢停下来喝咖啡——但南方并不总是好的。

1949 年 12 月 24 日

我们开了一整夜的车。阿肯色州噩梦般的咖啡馆。我们一路奔向得克萨斯州边境。莱恩让我感觉很欣喜，比如她让我注意自己的仪态。我总是被文明人所吸引。

1949 年 12 月 25 日

困意很浓时开车危险。莱恩唱着歌让自己保持清醒。我们打了两次盹，终于在上午 10:50 进入达拉斯。然后去沃斯堡。克劳德 & 新婚妻子欢迎我们。新婚妻子多琳穿着衬裙，让我大惑不解。我按照丹的指示，穿着李维斯牛仔服。让我的褐色西装见鬼去吧。我们在福塞特公寓和克劳德、埃德、外婆、一堆妻子等人见面，然后随他们去了丹家。晚饭吃得多，酒水喝得少，周围坐着的人也很沉闷，很乏味。他们都是从哪里来的？戴着眼镜的女人，坐在沙发上，什么也不说，既不喝酒，也不抽烟，等待着大餐上桌：火鸡、蔓越莓酱、土豆、豌豆、肉汁。弗洛琳[1] 的大餐真了不起。丹以极佳的身材迷倒了莱恩，和她展开了得州式的餐桌对话：胡子的缺点，就是会弄湿弄脏。所有的女人都吓得尖叫 & 喜爱不已。我本以为家人可能会对莱恩多说几句。我都忘了他们是如此自顾自的。狗屁。他们才不关心欧洲的事情。而莱恩却对得州的东西很着迷。我们太困了，没有留下来看丹的电影。和丹妮一起踢足球。骑了巴特，没用马鞍。

1949 年 12 月 26 日

和莱恩在外婆家吃午饭。又吃了火鸡，喝了蛋酒。我父亲过来了。他还不错，跟莱恩聊起了采尔马特 & 马特洪峰的巨峰。至少他对一些一般事物是感兴趣的。莱恩喜欢这里的一切。她很善解人意。她让我放轻松——就像昨天一样，我在抵达沃斯堡

---

1 弗洛琳·科茨，表哥丹的妻子。

之前就开始坐立不安。我知道她很独立，无论发生什么都不会让她产生一丝烦乱。

1949 年 12 月 27 日

这些日子过得像在圣特罗佩，证明重要的是旅伴，不是风景。

1949 年 12 月 29 日

我们和外婆吃完早餐后离开沃斯堡。9:30 到休斯敦时，我们已经人困马乏。

1949 年 12 月 30 日

这一天非常愉悦。我们俩合拍得如同一体。我们开车去了巴吞鲁日——一个沉闷的小镇。莱恩与奥珀卢萨斯附近的一个法裔咖啡馆老板交谈。我听不懂他的话，但莱恩听得很明白。她希望能在新奥尔良找到法国人——我们得加快速度到那里——但我不太乐观。

1949 年 12 月 31 日

N.O. 的良好开端。我们大约上午 11:30 到的，镇上人声鼎沸，一片混乱，因为 1 月 2 日糖杯赛[1]的俄克拉何马-杜兰的橄榄球赛。莱恩都看花了眼。我觉得跟她之间很和谐，大多数时候如此。然后我在 6 点买了鸡尾酒开胃小菜。赶在盛大的新年庆祝活动之前。全城的人都醉了 & 我醉得最厉害。在图雅克吃晚饭时太晚了，（去了法国之后）我现在意识到这是新奥尔良唯一一家真正的法国人的餐馆。我们去了布鲁萨德。吃了洛克菲勒牡蛎和鲳参鱼。[法]莱恩微醺的时候很有魅力。[法]莱恩说虽然醉得不轻，但完全在控制之中，我们走在街上，她握着我的手。当我喝醉时，她经常取笑我，或者告诉我注意脚下，尽管我并没有脚步蹒跚。

蹒跚，写错了。

---

1 美国大学生橄榄球赛，自 1935 年 1 月 1 日起每年在新奥尔良举办。

1950 年

和朋友伊丽莎白·莱恩度假旅行过后，帕特回到了她在曼哈顿东 56 街 353 号的公寓，继续修改她的第二部长篇小说《盐的代价》。这一整年她都在写这本书，艰苦异常，身心俱疲。"我选择了怎样的生活？"无论在生活还是写作中，帕特里夏·海史密斯都反复这样质问自己。

在小说里，特芮丝和卡罗尔展开了一段全美之旅，以追求她们的禁忌之爱。在初期的手稿中，这段感情很快戏剧性地收尾了。事实上，在麦卡锡时代，同性恋情的故事要想通过审查并最终出版，就必须是这样的结局。直到 1958 年，美国邮政署有权打开任何他们认为含有"淫秽、下流及/或猥亵"内容的杂志和邮件。他们还获准记录这些出版物收件人的名单。然而，在第二稿中，帕特为自己的主人公描绘了一个共同生活的未来前景，以小说的大团圆结局公然对抗社会政治的规范。

在出版的问题上，帕特面临着一个严峻的抉择：在职业生涯的现阶段，出版一部以同性恋爱情故事为主题的小说，是否会有损她在出版商和读者心中树立起的心理惊悚小说作家的形象？她采纳了经济人的建议，决定用假名出版《盐的代价》。帕特无从预见，小说的美国平装版就卖到了一百多万册，读者们纷纷给她写信，因为她笔下的故事，他们终于也开始大胆期望自己的圆满结局了。直到四十年后，帕特才冒险用真名重版了这部作品，将其更名为《卡罗尔》；此举事实上公开宣布了她的同性恋性取向。"这本书还没问世之前，"帕特在前言中写道，"美国小说中的男同性恋或女同性恋者必须为自己的离经叛道付出代价，不是割腕、跳水自杀，就是变成异性恋（据说如此），或者坠入孤独、悲惨而且与世隔绝这种等同于地狱的沮丧境地。"

这本书的主题与帕特的心紧密贴合，难怪她的生活与这本小说之间有那么多相似之处。特芮丝这个人物就是作者年轻版的变体，与 1949 年的帕特一样，她在小说的开

1941—1950 年：纽约的青春，以及不同的写作方式

头也有一个未婚夫。主人公卡罗尔和帕特当下与之热恋的凯瑟琳·哈米尔·科恩及旧情人弗吉尼亚·肯特·卡瑟伍德都有相似之处。这本书的灵感来自于 E. R. 塞恩夫人，此时的帕特依然对她难以忘怀。在布鲁明戴尔百货公司与她短暂邂逅之后，为了能再次见到她，帕特竟然前往新泽西州去寻找塞恩夫人的家。

帕特在小说中为自己创造了她渴望的生活，但现实的持久幸福却离她远去。目前她与凯瑟琳的关系还仅限于书信往来，彼此没有太多的承诺——凯瑟琳无意抛下她的丈夫和舒适的生活，和比自己小很多的作家重新开始。但帕特依然计划着尽快去伦敦探望她。

实现这一梦想似乎没有什么阻碍，至少在金钱上不成问题。3 月 15 日，《列车上的陌生人》终于由哈珀 & 兄弟出版社出版了。帕特的第一部小说一夜之间大获成功，受到读者和评论界的一致好评，电影版权也瞬间售出——卖给了大导演希区柯克，备受瞩目！无数次分分合合后，帕特终于结束了与未婚夫马克的婚约，却在当天收到了凯瑟琳的分手信。帕特备受伤害和羞辱，搬到了纽约北部的塔里敦，住进了她第二部小说的背景世界。她感到与自己笔下的人物如此相像，一时间心情愉快，即使形单影只也无妨。有一段时间她恢复了与马克和安·S 的三角恋情，马克后来把这一段往事写进了他的小说《选择》中。直到 10 月帕特完成了《盐的代价》，才终于和马克彻底分手。

❦

1950 年 1 月 1 日

今天早上心情很糟。但吃过早餐后去了奥杜邦公园，这一天就完美愉悦起来，再次提醒我在新奥尔良是没法心情不愉快的。公园里的动物非常有趣，我们俩情绪都很高涨。我和莱恩一起到处找有趣的小酒馆，可谓心满意足了。今晚在圣查尔斯又多喝了几杯鸡尾酒，然后去了图雅克。我虽然是主张一夫多妻制的，但时不时地却常常想象自己和她厮守的样子。晚餐时我们买了一些上好的葡萄酒。莱恩很高兴。然后又去了拉菲特[1]。两三个钢琴酒吧。今晚没喝醉。

---

[1] 拉菲特咖啡店，20 世纪 40 年代开业，位于一座建于 1772 年的法式村舍风格的建筑中，在 20 世纪 50 年代初成为同性恋汇集的场所。

1950年1月8日

漫长的旅途，终于到了纽约。我很高兴能回家，虽然冰寒彻骨。在泽西，汽油用光时，我只能冒着严寒步行1英里去取油。莱恩家里没有她期待的热菜热饭等着她，但她非常热情好客，忙里忙外地收拾东西，而我冲了个澡，喝着马提尼酒，放起了唱片。和她一起的生活令人心花怒放。我喜欢的不是那种奢华，而是她的态度。她甚至开车送我回家。

1950年11月9日

[《列车上的陌生人》的]校样到了。整本书。我今天校订了一半，打算对整本书做两次修订。大约得有330页。囊中羞涩令我很压抑。没有凯瑟琳的来信。该死的。

1950/1/10

孤独。没有一个神秘的访客，连疾病都不到访。一个人的状态得看她最近在做什么，下一步做什么，能不能做到。这与"心烦意乱"无关。我是说，孤独只能与心理节奏有关。当然，心烦意乱不会让人孤独。我尊重孤独：孤独是苦行、骄傲、难以触摸的，只不过得看触摸它的是什么。而忧郁就可以被烦乱快速触摸到。因为它更像是一种逻辑。（我也可以想象自己有一天会写下跟今天截然相反的想法。）

1950/1/10

听《美国》[1]时的随笔。从海洋到波光粼粼的海洋。我开车经过的许多小镇。小房子的二楼有许多明亮的窗户，年轻女孩站在窗前梳着她们的金发。被某些人当成家的房子。那些房间被某些人称为自己的房间，令人无法忘怀。也许他们会在那些房间里度过一生。还有那个窗前挂着红十字的阴凉的窗户，每天清晨在去沃斯堡高中的路上我都会路过那里。他们吃的面包，打来电话的男朋友，去汉堡店时开的车，孩子们从大学回家的夏天的夜晚，定下的婚约。生下的孩子也会永远过着同样简单的生活。然而总还是孤独，这种得不到满足的渴望始终潜伏在平静的表面之下，有时深埋于心，有时浮出表面。不满的女孩还没有力量或者勇气逃离。她梦想有更好的、与众不同的、带来挑战并耗尽她内心激荡着的热望的东西，那是她遇到的男人、她去购物的

---

1 《美丽的美国》，是美国最著名的爱国歌曲之一。

服装店、让她做梦的电影，甚至吃的食物都无法满足的东西。

1950年1月12日

［法］与琼［·卡恩］在金角餐厅午餐。七杯马提尼酒。这里一杯，午餐时五杯。"有一件事我必须说出来。我和你在一起总是很开心。"琼说。我几乎醉了。去哈珀送校样，然后又喝了一杯。琼很漂亮。［法］

1950年1月13日

［法］倒霉。我欠政府122美元，我不会还的。玛格特说，我至少要在漫画业干好几个月才行。好吧，我就干吧。至少我今天早上没有宿醉。安［·S］来看我。她今年夏天不去欧洲了。安太瘦了，没以前那么有魅力。天啊，我到底想要几个女人？这些天和珍妮什么也没有发生。她好冷淡啊！我又不是机器！［法］

1950年1月15日

［法］该死的，我为什么喝这么多？实际上我很清楚为什么——所以才让自己喝多的。我只有我的工作。而现在连工作也没有了。上帝啊，为什么？［法］

1950年1月19日

［法］我的生日。29岁。工作——我本以为漫画会很刺激。但不幸的是，情况并非如此。不过，工资毫无疑问是激动人心的。但故事嘛——！今晚和家人在一起。马提尼酒、醉人的法国葡萄酒和礼物。花了20多美元买一把麦金托什雨伞。今晚无法入睡。我想到了莱恩——她满足了我的好奇心，仅此而已。在一起生活了三周后，这种情况不正常吗？我也在思考我的人生。我现在应该写作了。我没法解释我在漫画公司打工的这两个月。为什么要打工？我已经不再年轻了。［法］

1950/1/25

教育。我们应该如何看待接受正式教育，尤其是大学教育的那些年。对于善于反思的人来说，这是他最后一次记住，世界是有意义的，世界还会继续有意义。这是唯一一次他被灌输和关心的一切真正与生活有关。难怪他很开心！难怪每一天都像是英雄的冒险！难怪他晚上都不想上床睡觉！

1950年1月26日

[法]我跟马克说了再见。他很英俊,明天就要去洛杉矶了。他问:"你改变主意了吗,帕特?"他想回来后再试一次。我也一样。只要涉及到女人就会进入死胡同。也许,在内心深处,我想和马克再试一次,因为他满足了我的自尊心。而且我很崇拜他。[法]

1950/1/26

精神错乱。当一个人隐约感觉到精神错乱时,错乱并不是以荒谬、纷乱的想法呈现,更像是关于一个人的信息的整体结构都错位了。就好像整个世界的地壳都轻微滑动,很容易就可以想象某一天南极跑到北极的位置上了。

1950/1/29

挫败之后永远不要忘记(我怎么可能忘记)力量尚在。那是创造的、集魔鬼—天使于一体的、苦乐参半的力量,如果实情揭晓,欢乐的力量尚在,而我却不能在半夜离家去见她。

1950年2月1日

因此,我从生命中走过,靠某种毒品为生。

1950/2/2

文学中的现实主义真的让我感到厌倦和压抑——尤其是奥哈拉[1],甚至连斯坦贝克也算在内。我想要一个全新的世界。画家们正在变革。作家为什么不行?我不是指罗伯特·内森[2]那种精灵式的幻想。我是说一个新的世界,它既不是现实主义的,同时又充满魅力,内容丰富,还要有艺术性,朴素、永恒、如梦似幻,就如同最美的远古洞穴壁画一样。

1950/2/2

我要写一首沉默的诗。

---

1 很可能是指约翰·奥哈拉(1905—1970),他的短篇小说自1928年起出现在《纽约客》上,他的第一部成功小说《相约萨马拉》得到了欧内斯特·海明威的赞许。

2 罗伯特·内森(1894—1985),F.S.菲茨杰拉德和雷·布拉德伯里最喜欢的作家,他最成功的作品是1940年的奇幻小说《珍妮的肖像》。

我要写一首小小的黑色方块诗,

关于沉默,献给你。

透过有栅栏的窗户,我要写

一首关于风景的诗。

一首聋子听的音乐的诗。

一首我和你做爱时你的微笑的诗,

两度映在镜子里的微笑。

因为我两次为你迷醉,为你痴狂,

同样地,映在镜子里,平面的,没有血色。

映在镜子里,又两度消失。

但我的头脑充满活力,

一头撞进镜子里,

满腔爱意,鲜血淋漓,

就像一个恋人

和情人纵身跳崖坠入海底。

1950 年 2 月 9 日

玛格特喜欢《坦塔洛斯》。我还能再说什么呢?我又一次活了过来。我爱上了凯瑟琳。我是一位作家,在意大利货轮上。我是一个天使,一个魔鬼,一个天才。我不能再与莱恩有任何瓜葛了,她不愿与我同床共枕,那我就接受吧。(她真是个白痴!)我爱凯瑟琳。我的眼睛看向星星和更远的地方。我的精神在银河中和深海中徜徉。我的呼吸在即将到来的春风中。我的丰饶在干燥、富有生机的种子中,等待播种。我以我的爱滋养,远超任何盛宴!我的生活框架就是我的工作框架。荣耀归于主![1]

1950 年 2 月 15 日

[法] 晚上和马克在一起。他星期一动身去普利茅斯。要去两个月。再一次——他提出还是想娶我。他邀请我在 4 月或 5 月和他一起去欧洲。"我想去欧洲。"我说——

---

[1] 原文为拉丁语。

"但是想和我一起去吗？"他问。[法]

1950/2/27

我过去和现在的整个生活模式都围绕着同一件事：她拒绝了我。在二十九岁的这一把年纪，我唯一能为自己说的就是，我能面对了。我能勇敢面对。我能活下去。我甚至能反击了。它不会再把我打倒，更不要说击垮我了。事实上，我已经学会了先去拒绝。重要的是要多加训练。我跛脚拄着拐杖，没有受过训练。啊，一切都那么毫无意义！一切又那么意义重大！再一次，与爱道别。永别了[1]。但是不——上帝不会和你同在，不会是你。但还是再见吧。上帝知道，我多仰慕你。

1950年3月11日

工作。漫画的进展真困难啊！尤其是那些沉闷的爱情故事。我坐在这里，我备受煎熬，漫无目的，牙龈发炎，事业上原地踏步，画地为牢！收到纳蒂卡的明信片。（！）她和简·鲍尔斯在巴黎，明年夏天要去北非。你干吗不一块过来呢，她问。6:30公爵夫人醉醺醺地来到我的派对上，滔滔不绝地称赞我，足足讲了三分钟，尴尬得要命，直到她的陪同者走过来带她去吃饭。我将邀请她参加星期五的聚会。

1950年3月12日

困难重重的日子——主要是因为我没有短期目标。不可能赚到足够的钱，夏天重回欧洲了（因此对自己的愚蠢产生负罪感和自责）。跟凯瑟琳的关系依然不明朗。这也是因为我缺钱，也就没有能力。不该如此的，我一清二楚，但我却任由它发展至此。我是否会和马克在一起——这个夏天很可能会的。但去哪里呢？跟他结婚还是不结？也不是个让人开心的前景。我与罗莎琳德的友谊继续恶化。我一直在以热情回报她的冷漠，以真诚回报她的欺骗，这么做也是在折磨我自己吧？莱恩说她是一个势利小人，一个骗子。天啊——我对G.[格雷厄姆]格林的《19个故事》钦佩得五体投地！

1950年3月17日

1:15广播[采访]。还很早，我读着《纽约客》努力保持镇定。《列车上的陌生

---

[1] 原文为法语。

人》有一篇很棒的评论,文末写着"强烈推荐"。称布鲁诺"是个古怪得讨人喜欢的年轻人,你听过的各种心理问题他都有"。广播采访是在一个舒适的小房间里进行的,一点也不可怕。

帮沃尔特 & 珍妮在莱恩家准备派对[1]。鱼子酱、各种酒、杏仁、糕点、羊腿 & 火腿。

来宾:玛乔丽·汤普森、金斯利、罗莎琳德 & 克劳德、迪克·希恩、琼·卡恩、"芝论"[《芝加哥论坛报》]的巴布科克(喝醉了 & 人很好)、《假日》的托尼·罗宾斯,男同性恋 & 很有魅力,还有公爵夫人——不是 H. 卡内基。上午 9:30 朱娜·巴恩斯打电话给我。她本来要来的,但是背部扭伤来不了了。我想我得罪了利奥·勒曼,因为我没有给他寄我的新书——他没来。大家都认为这次聚会非常成功。珍妮似乎很烦躁,所以我就小心翼翼地帮着打扫。我还以为管家是客人呢——还请他去喝一杯。

1950 年 3 月 22 日

玛格特说有一个 4000 美元的电影竞标,被她拒绝了。本地人的竞标。好莱坞还没有时间参与。玛格特没指望能超过 10000 美元,除非有两家公司投标。但无论如何,很快就会有结果了,看起来,今年夏天似乎可以去欧洲了,如果我还想去的话。

1950 年 3 月 24 日

我不喜欢自己这种烦乱的生活状态——内心不平和、不稳定,思想不集中。我期待着凯瑟琳 & 哈珀的来信。更期待好莱坞的消息,它也会在一定程度上改变我的生活。

1950 年 3 月 28 日

莱恩告诉马克我需要的是一个"让我感觉像是个女人"的男人。她一贯的新锐风格,弗洛伊德滚一边去吧,还有过往的历史。帕特不是同性恋,莱恩说。她搞错了。晚上和马克在一起。我和他在一起更轻松,但心里很抗拒,我能感觉到。要是凯瑟琳好好地给我写信呢?我设想现在与马克一起共度 2 个月,我开始创作我的书,然后收

---

[1] 1950 年 3 月 15 日庆祝《列车上的陌生人》出版的聚会。

到电影版权费，去欧洲，我希望是和凯瑟琳一起。如果我要做我想做的事情，那就是凯瑟琳＆欧洲，而不是（想要快乐的话）和马克一起待两个月。感觉像个女人？他让我感觉他就是个男变态，海军里的水手，学校里的下流小男孩。他一向对我的需求一无所知。

1950/4/2

重读所有笔记后的按语——只是浏览一下而已，谁会有可能读到它们呢？——（金斯利有一些品味，至少和我1950年的品味相近，能够筛选出哪些是以前写的，哪些是最近写的）[1]。

只感叹于笔记中兴趣的广泛，在各个方向都很努力的可怕劲头。难过于笔记中千篇一律的压抑笔调和对忧伤的偏爱。只有极少数时候会被其中的睿智和诗意所打动。但有时会为偶然的真知灼见所折服。有些东西可以用在文学创作中。

我把日记写成了一种自己也不懂的语言训练，里边充满了个人的畅所欲言。我遭受了太多的磕磕绊绊、延误耽搁、停滞不前和挫折打击，都因为我的自我意识太强，沉湎于忧郁之中。但是我必须说：过分悲情的时代已经过去了。青春期的寂寞（不合群）已经过去。所以现在，漂浮在寂寞的灰色海洋上的忧郁，拨云见日，看见了海岸的景色。我有了朋友。不仅如此，我还有了生活，知道怎样随时随地走进生活。过去如此扑朔迷离又错综复杂的事物，例如婚姻和性别，现在已经变了。它们已经被撕开了一角。实际上是变得有些可爱了。

我必须让一切都流动起来。让它越涨越高，直至它变成一股无法忍受的力量，只有通过酒精和纵欲把身体弄得精疲力竭才能打垮它。简言之——正如我从青春期就高调宣扬的那样——我必须学会在工作中找到生活，生活在工作的兴奋、艰难、快乐和收获中。因为我还有另一条漫漫长路要走，我还没能找到另一个意气相投的人，正是这意气相投才让一切流动起来。到目前为止，我也只是学会了躲开那些阻止我发展的人。

1950年4月3日

玛格特把书以6000美元＋1500美元的价格卖给了希区柯克，接下来的6—9个月

---

1 有很长一段时间，帕特有意让金斯利（格洛丽亚·凯特·金斯利·斯卡特波尔）担任她死后的文学遗嘱执行人，编辑她的文学遗作。

用来拍摄，不知道在不在好莱坞。与莱恩一起疯狂庆祝（没去和珍妮的约会）。然后在凌晨3点给安打电话 & 被她哄骗着邀请她过来了。真差劲，我估计这是最后一次了。

1950年4月4日

6点去黑斯廷斯的时候已经疲惫不堪。闲话连篇，好几周来第一次去。家人为我 & 卖出的电影版权感到自豪。我主动提出帮他们还清抵押贷款 & 利息——巨额债务。我母亲起初高声拒绝，后来接受了一点。

1950年4月7日

我歇斯底里，因为莱恩让我等了她一个小时。我感冒 & 发烧，但这只是个小小的借口。关键是，又陷进了这种模式。关键是，我现在有机会摆脱它了（用一点钱），还有我被囚禁的灵魂（被囚禁得如此可怜，动物保护协会[1] 要是知道的话，早几年就把我砍头了，而上帝他老人家肯定也在懊悔，有可能是深深地懊悔，怎么制造出这么一个生物来，或者怎么允许这么一个生物存在呢）。做一只乡村小溪里的昆虫怎么样？因为附近有天敌，它出生后只能活30秒。我觉得这样的生物都比我更幸福。不管怎么说，今晚又醉又清醒，我觉得自己的虚伪正在接近尾声。我作为一个伪君子活得太久了。我口袋里靠诚实劳动挣来的钱大声抗议着。我哭什么？我的灵魂又在渴求什么？凯瑟琳。（这是等莱恩45分钟，加上38.9度高烧，加上夜总会糟糕的晚餐 + 3½ 杯马提尼酒 + 一阵痛哭的结果。）

1950年4月10日

琼·卡恩上周发来精彩的书评。我抄了一份 & 连同卖出电影版权的消息一并寄给了丹尼斯。还没告诉凯瑟琳希区柯克的事。珍妮来家里吃饭。我煞费苦心地招待她——我的努力得到了回报。我们俩都非常非常开心。

1950年4月12日，

我厌倦了纽约 & 这里激烈的社会竞争。探望利尔。她告诉我（提醒我）我对马克一点都不关心，我根本不应该这样对待他，虚伪。说对了，只要凯瑟琳一句话，我

---

[1] ASPCA，美国防止虐待动物协会。

就会立刻起航。

1950 年 4 月 15 日

罗莎琳德 & 我去现代艺术博物馆看意大利电影，我俩中途就退场了（我们都承认更喜欢"喧闹"，不喜欢优雅聚会），然后去了 B. 帕森斯家的聚会，又去了格林威治村，那里一如既往地脏乱，让人动容。

1950 年 4 月 17 日

我背负着比凯瑟琳更沉重的苦难。信是今天（4 月 13 日星期四写的）到的，我想不是好消息。眼下她被各种各样的事务压得喘不过气来。"我必须学会独行，"她写道，"然后我才能成为对自己或他人有用的人。"还说她希望能随时见到我。除了朋友究竟还剩下什么？马克今天也收到了我的拒绝信。因此，我们俩在同一天都受到了严厉的惩罚。

1950 年 4 月 19 日

这痛苦的五个月去哪了？都随着马提尼酒、夜半的咖啡、白天睡觉、看漫画和眼泪浪费掉了。

1950/4/19

要想在爱情中成功，唯一明智的方法——把自己的渴望降到最低。这是一个多么酸楚的季节啊！

1950 年 4 月 20 日

［杰弗逊港。[1]］一个接一个的不便。没有汽油。父母中午离开后，我蜷缩在火炉旁读格林的《走私船》，度过了这个寒冷的雨天。写得太精彩了。伊丽莎白真像凯瑟琳。安德鲁斯和我最懦弱、最优柔寡断的时候一样。（我的懦弱，全在于犹豫不决。）最后我哭了。真正的眼泪，小时候为《大卫·科波菲尔》流下的眼泪，现在是因为我长大了，这些人也长大了。

---

1 帕特离开了纽约市区几个星期，先是去了长岛杰弗逊港的一个小屋，之后又去了塔里敦的一座城堡酒店。

1950/5/3

希罗多德说，某些色雷斯部落为每一个新生的婴儿举办一个哭泣的仪式，为他一生中将不得不遭受的病痛。他们用欢笑埋葬一个人。对现代人来说，这只是一种仪式，毫无道理，但现代人不妨敞开一些情感的渠道。现代人在恐惧的麻痹中生活着，把他百分之九十的精力和他的大部分视野都压抑、隐藏起来，连他自己都看不到。第一个春日来临时，他走在大街上，不能挥舞着双臂，快乐地跳跃。在办公室里，他不敢表现出怀疑，不敢表现自我扩张的过多野心，更不用说表现恐惧了，以免丢了饭碗。

原始人的生活虽然充斥着种种仪式和看似极度野蛮的法律与习俗，但他们更自由。他们的生活更接近诗意，他们读不懂诗歌，却可以诗意地表达。最重要的是，他们的生活更贴近自己的情感。受过教育的现代人反倒不如原始人有那么多的自我发展。原始人对自己有更好的认知，因此更接近神性，更有创造力。我在谈论的是什么样的人？我知道受过教育的人很少，屈指可数，而芸芸众生都是奴隶。但我所说的是普通人，农民、散兵游勇、手工匠人、面包师和鞋匠。他们可能没有激情澎湃过，也可能有过。他们也许以为是丘比特带来了降雨，而不是冷空气遇热产生的，他们这么想，对他们的情绪和幸福感更有好处。他们害怕什么？只有神，真的，即使他们生病倒下了，也只敬畏神。同样，神使他们成为更好的社会人。

现代人的恐惧是什么？他甚至都不清楚。他恐惧的是：经济没有保障——战争——原子弹——老年——（肉体的）死亡——癌症——肺结核——以及十年后，这个世界，他的世界，可能就毁灭了这一事实——更真实的恐惧是，他个人对此无能为力。有史以来，人类第一次对拯救自己完全无能为力！他甚至不能跑到沙漠里躲起来。在哪儿都会被原子弹找到的。而制造原子弹的就是他自己！挫败感的根源啊！

人们告诉他要读书。他的孩子们上公立学校，在那里人们告诉孩子要读莎士比亚、兰姆、华兹华斯、托尔斯泰，告诉他们毕业后也要继续读书。那是他们最不愿意做的事。要把他们培养成什么，隐士吗？他们必须融入这个世界，加入到那些不善表达、瘫软无力的芸芸众生中去，对于拯救自己，甚至保护现有的一切都袖手旁观。

1950 年 5 月 3 日

啊，生活可以是美好的。写完了第九章。111 页。下一章正在酝酿中。象征意义表现得很好。我把凌乱的便签钉在书桌旁。我可以一整天都不和这里的任何人说话，也许只有取邮件除外。

1950年5月4日

　　我正在写一本很痛苦的小说。如同记录我自己的出生一样。每天写8页纸，有时候会很煎熬。但是，到目前为止，总的来说，每晚写完之后我会很开心。

1950/5/4

　　精神分析学家把陀思妥耶夫斯基的赌博行为解释为性释放，真是胡说八道。陀思妥耶夫斯基想毁灭自己，想体验自己的毁灭。灵魂的净化！陀思妥耶夫斯基知道。在触到谷底之后才会飞升高空！触到谷底，实际上，只是为了了解谷底是什么。我对这一切一清二楚，我能感觉到，我也这么做的。

1950年5月5日

　　收到凯瑟琳的一封信。让人喜悦的信。非常棒。她喜欢我的明信片和信，祝贺我卖出了电影版权。"你既不是讨厌鬼，也不是娱乐消遣，而是一个我觉得非常亲密的人……"收到马克的批判信，说我紧紧抓住自己恶心幼稚的恶疾不放，就像一个小女孩紧紧握着洋娃娃一样，信的结尾是"我们结婚吧"。

1950/5/5

　　拥有一座房子，就是一种止步，我还不能这样停下来。

1950/5/6

　　这情景不会再现了（有些事情我知道，我在二十一岁和二十三岁时就知道，因为年龄的差异，同样的感觉是不可复制的），五月宜人的夜晚，天空中有绵羊形状的云朵，附近有城堡，暮色四合，一切都黑魆魆的、宏伟庞大，我将在这里独自工作。朋友们都要驾车离开了。这一切都很怡人，我欢迎它，我不害怕，只是当人们出门上车，或者晚上十点以后某个人或大家都去找买报纸的地方时，爱就随着他们离开了；一同离开的还有人声、肉体的触感，某种事物，某种微不足道的小事，在逐渐消失。不，这情景不会再现了，听着汽车呜呜地开进夜色中，我站在黑暗的车道上，点燃一支烟安慰自己。我凝视着一个不同的世界，一个我更喜欢的世界。我不相信生活，但朋友和爱人一直都有。至少，人们总能记住恋人过去的模样，实际上他们也是这样记住朋友的。因为我会把想象中的优点和能力投射到朋友身上，我也会把这些投射到爱人身上。二者都是我自己创造出来的。而男人确实是凭幻觉去爱的。

1950/5/7

是自由把人给搞糊涂了。我不是在提倡极权主义。但是一个作家必须学会让自己成为极权主义者，他是自己唯一的主宰，并且知道，在对个人准则进行适当调整之后，他还可以自由地改变原则和惯例。

1950 年 5 月 8 日

今晚非常开心。没理由不开心啊！这将是我最好的作品，最杰出的作品，我相信，比《女英雄》还好。啊，但愿有一天能不再来月经！

1950 年 5 月 10 日

这本书我写得很谨慎，不像第一本时那样莽撞、毫无章法。原以为星期一就已经破除了障碍，其实还没有。这本书要做的压缩和筛选工作总是劳心劳力的。人有多少种，作家就有多少种。也许更多。

1950 年 5 月 12 日

非常愉快。写了 7 页，正常进度。今晚给家人读了一段。前几章——冗长、拉杂，人物刻画无力。其他章节——高超得多，但我不能把它们读给家人听，我有点害怕告诉他们 T. 爱上了一个女人！因为第一本书的成功，家里人都兴致盎然，满怀崇敬，不过听我这么读，他们肯定没什么真正的兴趣！

1950 年 5 月 14 日

我开始读《尤利西斯》，但对小说食不知味。我相信人的大脑里一次只能容纳一组虚构人物，一个家庭。

1950 年 5 月 15 日

我最快乐的时光从来不是与人度过的。不知道我是否只是梦想着将来有一天和爱人在一起的幸福生活。不知道我对它的渴望是不是很肤浅，就像我偶尔想要一栋自己的房子一样。啊，可我还不愿意放弃对爱人的梦想。放弃它将会是极不情愿的。我贪婪地想要过多种多样的生活，根源就在于此。在我死前，我会变成很多不同的人。只有独处时才能经常改变。别人会怎么想呢!

1950/5/17

写作于我,当然是不能过、无法过的那种生活的替代。对我来说,生命的全部就是寻找一种根本不存在的饮食平衡。对我是这样。唉,我都二十九岁了,对自己发明的最理想的生活,却连五天都忍受不了。

1950 年 5 月 23 日

我突然信心爆棚,给埃塞尔[·斯特蒂文特]看了第六章——卡罗尔出现了,她接到了特芮丝。"但这就是爱!"埃塞尔只读了开头半页就惊呼道。我承认大致是这样的,但在后来的讨论中,我说 T. 有的是一种小女生的迷恋,想要一种回归母胎的关系,埃塞尔说,这一点在牛奶那一节里得到了诠释,而不是在她们会面的那个场景。"那是性的觉醒。你真是才华横溢啊……是的,太迷人了。这本书才是重拳出击!这是部非常优秀的作品,帕特。"

1950 年 5 月 25 日

决定放弃住在这座城堡,于是中午不辞劳苦地把我所有的东西搬了出来。斯坦利帮了我大忙,把我送到了黑斯廷斯,不过他没时间送我去纽约了。斯坦利必须不停地、快速地工作赚钱。我知道他们这几年来一直是勉力维持。而且他们不再年轻了。很快就会有结果。而现在——现在我有 6000 美元——母亲说我赚钱"太容易了"——又来了。实际上是在提醒我,大部分孩子都帮助父母维持生计。的确,可他俩都有收入啊。而且,实际上,如果孩子备受艺术狂暴的折磨,也很少会帮助父母。我确实憎恨这一切。

1950/5/27

在 1950 年 5 月 27 日这一天,令我开心的是,意识到最愉快的、最有趣的,同时也最深刻的写作方式,对我来说也是最好的写作方式。当我担心焦虑、重新调整时,就总是失败,总是写不好。

1950/5/28

我刚刚听到一首特别好听的流行歌曲,叫《星期天我们去教堂吧》(我们会在路上遇到一个朋友）[1]。他们在路上会遇到一个朋友。下星期六晚上，小伙子要去打劫一家糖果店，女孩要和逼着自己堕胎的男人上床。两人将在一年后结婚，生下五个小天主教徒。他们将投票支持天主教参议员，抵制最好的艺术家和作家。他们会让儿子参加下一场战争，让无名的士兵成为下一场世界超级战争的炮灰。他们会阻止人们在他们的街区停车，当他们穿着泳衣出现在公共海滩上，会让我们都倒足了胃口。因为参与竞争，他们会备受尊敬。但他们不会名垂青史。

1950 年 5 月 30 日

工作顺利。阳光明媚的一天。利尔 & 戴尔来吃晚餐。今天是假日。他们带来了香槟——我们玩得很开心。后来，我独自去了村里的小马厩客栈。兜里揣着 3 美元。如今我自信满满，兴致高昂，对我的书很有把握。

1950 年 5 月 31 日

去了沃纳梅克商店[2] 参加豪华女士休闲购物之旅 & 拿了些地图用来写卡罗尔 & 特芮丝的旅行。我现在彻底融入了她们的生活，我甚至不能考虑谈恋爱（我也爱上了卡罗尔），除了海史密斯的笔记外，什么都读不进去。一定是可怕的自大狂！

1950 年 6 月 1 日

今天的写作枯燥到无法忍受，原因很简单，我太健康了。吃完一顿健康的早餐后，早上 9 点我的灵感就不来了。

1950 年 6 月 4 日

步行去医院探望利尔——陪同我的是昨晚见了马克之后，在爱尔兰酒吧遇到的那个年轻人。（顺便说一句，马克 & 我都同意在这个夏末结婚。）有趣的是——（无聊得让人受不了的）山姆突然说："哦，我是在新泽西州的里奇菲尔德长大的。"我的心猛地一跳。"你知道默里大街吗？"我问。我问他是否认识叫塞恩的人。（她的名字。）他说哪天下午带我去。唉，要是我见到她，我的书就要毁了！我应该克制自己！

---

[1] 玛格丽特·惠丁的《我们（下星期天早晨）去教堂》，描绘了歌手想象与爱人一同去教堂的场景。帕特则用一种完全不同的思路重构了这个故事。

[2] 约翰·沃纳梅克百货公司是美国最早的百货连锁店之一。

1950/6/6

今天我疯狂地爱上了卡罗尔。除了日复一日地把我力量的锋芒投入到对她的创作中，不会再有更好的事情可做了。晚上，筋疲力尽。我想和她一生厮守，日日夜夜。我对她的爱至死不渝。我怎么可能不忠实于她？

1950 年 6 月 11 日

这本书现在必须要迅速而悲惨地结尾了。上星期拜访了霍利斯·阿尔伯特，他现在是《纽约客》的编辑。他说《纽约客》对我的作品非常感兴趣。如果我能写些短篇小说，或许他们就能刊。

1950 年 6 月 12 日

我工作得很顺利，身体感觉太好了。下午 5 点一时冲动去了黑斯廷斯，因为这个原因：我要把自己沉浸在我讨厌的环境里，那种被抛弃的心绪中，我即将在书中写到这些。妈妈变得越来越神经质了——天哪！她从不思考，只会张开嘴大叫！我喝了太多皇室香槟，没怎么吃东西。告诉妈妈，马克 & 我要结婚了。"我很高兴。我想要个外孙。""我可没那个勇气。""我会很丢脸的。你什么毛病啊？"

1950/6/12

突然间，小说创作变成了一个小游戏（虽然我越来越明白，一部小说就足以吸走我全部的力量，使我的整个大脑不堪重负），游戏的主要目的是取悦、娱乐、压缩自己的素材，而最终的作品只是从宏大素材上切下的一小块碎片，打磨得光滑玲珑。即便到了五十岁，看到书架上有十五本我写的书，这感觉也还是一样的。

1950 年 6 月 13 日

昨晚无法入睡。凌晨 4 点我想出了书的结局——继续发展着。多么快乐和解脱！

1950 年 6 月 14 日

下午 7:00。提议和 S. 睡一觉——顺嘴就说出来了。"行吧，什么时候？——快说啊。""也许吧。"S. 说。在附近的爱尔兰酒吧狂欢。我是如此欢欣鼓舞，却又如此难过悲哀。我知道我写了一本好书，好到什么程度我还不知道。就是这样。

1950 年 6 月 14 日

卡罗尔开始拒绝了。天啊，这个故事简直就是按着我的模子刻画出来的！悲剧、眼泪、无尽无用的痛楚！我去和马克喝了杯酒。今晚很超然、不真实的感觉。

1950 年 6 月 15 日

写了更多，我已经非常接近尾声了，极其自然地收尾——似乎确实如此。一切都在发展之中，没有总结，没有理性思考，没有收口。但我感觉疲惫不堪。每天晚上都会因为鼻塞惊醒，早上大脑一片空白，必须喝浓咖啡才行。

1950/6/16

（写完第二部长篇小说的前一天）

我很晚才学会写作。学习生活的艺术就更晚了。我回到家，碰巧读到了艾米莉·狄金森，又一次想起了这个可怜的女人（也是才华横溢的诗人）昙花一现的爱情的命运——想到她对爱情的理解，她给世界和自己带来的美。我说，那是在说我。我还记得我十八岁时的日记。我想到，那些事是不可改变的。女人就要按价付钱，不能多给。这是生活的艺术，或者说是人生最重要的法则。

1950 年 6 月 16 日

给 R.［罗莎琳德］C. 看了我书中的弃权书，还有她们见面的第四章。真奇怪，R.C. 总是给我施加负面影响！可是我又想，她是多么希望这些都是她写的啊，我知道这是无法控制的嫉妒。"这里有你通常的悬念……我觉得她在这段没什么魅力……这个女孩很邋遢，不是吗？……这工作量肯定很大……这么老掉牙的话，我才不会那样挑逗呢，要出洋相的。"和利尔说的多不一样！

这星期我又有点犯老毛病了。我极度疲惫，神经衰弱，渴望今晚有个朋友能和我一醉解千愁。同时还有：神经衰弱引起的愤世嫉俗，有趣吧。对我来说，很容易就把世界颠倒过来看了。

1950 年 6 月 20 日

夏天开始了。一个时代结束了——凯瑟琳，我的书，还有许多许多理想。

1950年6月24日

　　医生给了我一些安眠药。让我放松下来入眠。这种疲惫就像是我体内的实物，一种我无能为力的疾病。现在我有钱了——干吗不去度假胜地，带上个女孩，游历一圈，再甩了她？由此可见，人在情感上是自由的。我对女人如饥似渴——这欲望渗透进梦境和清醒的时间。然而，我又累又悲观。

1950/6/28

　　感谢上帝。荣耀归于上帝，我今天又写完了一本书。上帝是我的全部力量和灵感的源泉。我所有的勇气和毅力都属于上帝和耶稣。我刚巧参加完第四大道的一个痛苦的聚会。主人是个一穷二白、面目可憎的画家。今晚，他穿着件脏兮兮的白西服，留着脏兮兮的指甲，客人也都一样脏兮兮的，他说："这个世界上没有绝对的东西。如果有，那这世界就要停滞了。"但我从心底感觉到了这一点，因此在聚会上不愿意说出来。我感到了十字架巨大的意义。出现了两个相反的方向。在我们被启示的那一刻，两个对立面同时显现，让我们看到唯一、绝对的真理。

1950年6月30日

　　今天，感觉很奇怪——我像小说里的杀人犯一样，登上了开往新泽西州里奇伍德的火车。火车把我摇得像是要散架了。她［E. R. 塞恩夫人］坐过这同一班火车吗？（我表示怀疑。她会自己开车。）我不得不喝了两杯黑麦酒，才去坐92路公交车前往默里大街，坐错车了。我问司机方向，突然间，我感到惊慌失措、毛骨悚然，我听到全车人都在喊"默里大街？"——然后所有人都给我指路！默里大街是一条相对较小的岔路，通向戈德温大道一侧的茂密树林。左边有一幢大楼，右边是一栋安静、漂亮的大房子，门前停着两辆车，女人们坐在门廊上聊天。门牌号是345——我继续往前走，看到隔壁的门牌上写着——39，我觉得号码排序方向不对，因为她的门牌号是315。再说这条街是居民区，没有人行道，我显得很突兀。我不敢再走近了，沿着林荫道往前走，树木越来越密，最尽头的那栋房子可能是她家（我根本看不到！），她可能就在草坪或门廊上，我要是这么快就停下来，未免太对不起自己了。我走上了反向的大街，那条街根本不叫默里。（因为不是反而感觉更安全了。）当我回到戈德温大道时，一辆浅绿色的汽车从默里大街开了出来，开车的女人戴着墨镜、留着金色短发，独自一人，我想是穿着一件浅蓝色或浅绿色短袖连衣裙。她瞥了我一眼吗？哦，

1941—1950 年：纽约的青春，以及不同的写作方式

时间，你真奇怪！我的心跳急促起来，但不是狂跳。她的头发被风吹得四散开来。上帝啊，我还记得一年半以前那两三分钟的邂逅。里奇伍德太远了！我什么时候才能在纽约再见到她？我要哪天晚上跟踪她去参加聚会，去找她吗？求求你，上帝，她才懒得去查我的名字。（就在圣诞卡的背面。[1]）当然这种事我绝不会告诉 M.B.［马克·布朗代尔］先生的！

1950/7/1

我对杀人犯的心理很感兴趣，也对对立面、善与恶的驱动力（抑制与毁灭）感兴趣。一个小小的背叛，如何就能使一类人变成另一类人，如何能使一个强大的心灵和身体的全部力量转向谋杀或毁灭！简直太迷人了！

而这么做主要还是为了娱乐。或许义无反顾的爱被撞得头破血流时也会变成恨啊！因为我昨天去找那个女人的家时，那种怪异的感觉就非常贴近谋杀。1948 年 12 月，我与她邂逅的片刻，让我几乎爱上了她。谋杀是一种做爱，一种占有。（稍稍注意一下，这不是出自恋爱的对象吗？）为了趁其不备抓住她，我的手直接扼住了她的喉咙（我其实更想吻的），就好像我拍了张照片一样，让她在瞬间变得冰冷僵硬，像座雕像。昨天，无论我走到哪里，在火车上、公共汽车上、人行道上，人们都好奇地盯着我看。我想，都写在我脸上了吗？但我非常冷静自持。确实，看到我要找的女人的姿态，我真该畏缩退却的。

1950 年 7 月 6 日

罗莎琳德恨我入骨。说我是个独居的怪人。她和我再也不会像原来那样了。我坐船离开时泪流不止。我讨厌的不是她今天早上突然爆发的情绪，而是我自己经过这么多年，经历了所有可怕的幻灭——还如此执着于我的女神和我的爱。

1950 年 7 月 12 日

在 R.C. 家里，凌晨 1:30。我平静地告诉她我再也受不了了。她太势利了，她在各方面都表现出对我的憎恨。我刚说完，她就爆发出一长串无理的指责和怨毒的污蔑，太多了，都记不下来。但我的眼泪已经流干了。我平静地接受了这一切。我走

---

[1] 1948 年在布鲁明戴尔百货公司与 E.R. 塞恩夫人短暂邂逅之后，帕特给她寄了一张圣诞卡。

时，R.C. 说我肯定会去酒吧再勾搭个人。别的妓女。我回家睡觉，平静地接受了这段十年的友谊山崩地裂、触目惊心的结局。

1950/7/17

女人比男人强。女人比男人成熟几千年。

1950/7/21

晚上。我梦见地震，大地震动，窗户倾斜，而房子却一动不动！半梦半醒——差不多全醒了！——我在床上坐起来，梦在脑海里挥之不去，大脑东摇西晃的，像地震中的房子一样。我喊出了某人的名字，因为我不知道我在谁的床上，或者在谁的家里。我看到、听到自己喊着，知道我是在半梦半醒之间，而且这种临界的状态很恐怖！我走进厨房，想弄点热水和牛奶喝，但我的大脑却抓着梦境不放，就好像远古怪物笨拙的手一样。远古怪物就是我自己。我狼吞虎咽地嚼着一块啃过的排骨，我其实并不想吃，就又把它放下了。地动山摇，我甚至怀疑地心引力了。我突然变成了另一个人，一个我不认识的人。（不过，我知道我生活在一亿年前。）

1950/7/22

因为内心对父母单纯的爱 & 恨交织，所以我今天完全沉浸在从自然到哲学各方面的思想含混之中。由此，我才能创造、发现、发明、证明和揭示。因此，生活——生活包含的所有、所有、所有东西都是虚构的，建立在可能截然不同的基础上，然而这一切又都是真实的！这些我要去做、去发现的事，也都会是真的。（有时我估计，这最终会把我逼疯的。有时，我能感觉到它已经有苗头了。可话又说回来，我一直知道"疯子"并不是真的疯了。我亲爱的哲学家们，这疯狂超越了唯我论、唯心论，还有存在论！我就是我的论点活生生的永久证明：正如我十二岁时的惊人之语，我是一个男孩，活在女孩的身体里。）

1950/8/11

得克萨斯州：我要书写你，因为以前从未有人写过。李维斯牛仔裤、二手车、石油大亨、点唱机里歌颂的女人（红头发、慵懒、穿着棉布家居服），她们肯定忠诚又真实（天啊，她们在干什么？）。（二手车）永远属于我，我们永远不分离——但这里到处都有稚嫩单纯的傻学生，人人都大腿精瘦，女孩们金发碧眼，冰箱里的食物都很新鲜，城镇外边天高地阔，下周还有牛仔竞技表演，绝对可以肯定牛仔们身材健硕、长腿结实、内心纯净。女人都操着南方口音，但不是那种迷茫的南方口音，柔和而不软弱。她们也像小伙子的身心一样纯净。点唱机的歌曲，虽然呜咽惆怅，但呜咽只是因为我们尚未写出诗篇。得克萨斯州——生于斯长于斯的人们对你坚信不疑。那里有美丽、安静的公寓，还有美丽的女孩，激励着男人驾驶轰炸机飞往德国、苏联和朝鲜。

绵延流长，送给得克萨斯。绵延流长！

1950/8/13

每一种艺术，每一种好的艺术的秘密，都是爱。爱是如此令人愉悦，我惊诧于竟然还有糟糕的艺术家。但我自己却没有爱，深感内疚！哦，我的康奈尔！

1950 年 8 月 17 日

超级好消息——那个司机的短篇卖出了 1150 美元！玛格特 & 我都很高兴。[法] 说真的——我必须马上开始写书了。我梦到这样的标题——《望日者》《回声——》，等等。[法] 我知道是什么导致了人心的冷漠——即如今普遍的幻灭。根本原因就是第一次和第二次世界大战白打了。联合国这个和平机构现在根本无法维护和平。南美洲、法国、土耳其，没有一个国家派出军队阻止朝鲜的局势。

1950 年 9 月 6 日

订阅了一项英国剪报服务。我的书 10 月出版[1]。 8:30 马克来了。他厌倦了他那富有的完美女友，又想娶我——语不惊人死不休！——这次绝对是要友好相处了。好像要给我拴上细细松松的链子一样。事实上他不想再要异性恋婚姻了。他说，他的头脑一直不清晰。但她们都爱他，如果从长远来看。有点道理。我们会像简 & 保罗·B[鲍尔斯]那样。我觉得我可以接受。它根本不会影响到我梦寐以求的今冬伦敦之旅——或者任何人或事。希区柯克在科德角普罗温斯敦发来电报，但是我没有回来见他。他好像要把对网球的疯狂发泄在我的书里[2]，显然他已经在森林山开始拍摄了。

---

1 《列车上的陌生人》的英国首版（伦敦，1950）。
2 希区柯克把《列车上的陌生人》中的角色建筑师盖伊·海恩斯改成了网球明星。

1950年9月22日

我还算是幸福吧。但还不算是生活，我活着的全部支撑就是：在不久的将来，生活会更快乐、更值得、更美好。当然，这一切都与情感满足交织在一起。如果凯瑟琳不存在，我应该会考虑在纽约生活。但我现在也明白了，没有人比凯瑟琳影响我更深，没有人能像她那样深深扎根于我。

1950/9/22

我的书在收尾了，再有两星期就能完成改写：这可不是作者奋笔疾书的模样。此时此刻，书店里正好堆满了为同性恋辩解和道歉的小册子，讲的都是他们粗犷坚毅的男主角，他们因厌恶异性恋而痛苦挣扎，竭力摆脱束缚他们的可怕枷锁，而在最后一幕中，他们挚爱的主角却无端被杀害了，这样设计是为了防止正统教派的某个人会鄙视主角们继续同居。正统教派的人虽然已经被反复灌输并最终接受了同性恋，可没几天就觉得不是味儿了。我写的是一个女人的故事，她软弱是因为整个社会的软弱，与变态无关。这也是一个渴望母爱的女孩的故事，孤儿院的人工养育无论多么科学，都比不上父母的爱。这只是一个故事，可能已经发生了，没有什么隐秘的目的。

1950年9月26日

我为什么要努力写一本无疑会毁掉我的书呢？今天，我至少忙着打了十二个小时的字，费尽心力地改写完十页。

1950年10月12日

心情很愤怒。在第二大道上狂走着。下午4点来月经了！5月底或6月以来的第一次。也或许是因为我今天写完了书。今天写作非常顺手，结局是特芮丝没和卡罗尔一起回去——而是拒绝了她，最后仍旧孤身一人。会给 M.J. 看这两个版本，她肯定会喜欢 T. & C.[1] 一起回去的"大团圆"结局。整个晚上喝得烂醉如泥！不省人事，什么都不知道了。包括钱包里的钱都花光了。凌晨3点莱恩总算把我送上了出租车。

1950年10月14日

［亚瑟·］库斯勒不知道我的书有电影版权费。"那你为什么还需要我的赞助？"

---

1 特芮丝和卡罗尔的首字母缩写。

他想把我介绍给《党派评论》那帮人。他还算是彬彬有礼。前提是我得管好自己的酒量。

1950 年 10 月 16 日

　　今晚和库斯勒共进晚餐。西蒙饭店。他建议我立即请个打字员，打好的小说看起来会"更体面"，然后给他一份读读。我真的不想让他读，因为他不会喜欢的。我对我的书有点沮丧，害怕出版日的到来。但当我和别人详细讨论的时候，我还是很乐观的。人们告诉我说，报纸每星期三次提到"我的名字"。库斯勒回来了，我们试着上床。一个痛苦、毫无快乐可言的插曲。写下来都觉得可笑又惭愧——他提议我们躺在一起什么也不做，当然他又做不到。提到男人，我就会产生一种自我折磨的情绪。而且总会想起我曾和自己喜欢又渴望的女人躺在这张床上，我非常爱她们，不想惹恼她们，也不想破坏以后和她们在一起的快乐。因此，敌意、受虐狂、自怨自艾、自卑（使我觉得自己不称职，与世界格格不入，我有一半是有缺陷的）所有这些共同作用，让我在凌晨 4 点哭了起来，5 点时孤身一人。库斯勒，一如既往地高效，决定放弃和我的性生活。他说，他不知道同性恋是如此根深蒂固。

1950 年 10 月 17 日

　　一整天都拿来做杂事、打扫房间、看医生、吃饭和喝鸡尾酒。和莱恩在梅费尔喝了三杯杜松子酒，然后我们——我——痛苦地向她哭诉库斯勒和我的书的事——我感觉是浪费时间写了一些没人愿意读的东西，等等。也许真相是，一想到它要付梓了，我就无法忍受。

1950 年 10 月 18 日

　　沃尔特 & 我讨论了我的书。我告诉他我不介意把它搁置五年。他突然表示同意，说希恩告诉过他——"我很高兴帕特能写这样的主题，因为这是她真正了解的，但对于她的职业生涯来说，我认为是非常糟糕的。"又要被贴标签。我已经被贴了悬疑故事作家的标签！

1950 年 10 月 19 日

　　原来重大新闻就是这个——我要去劝劝玛格特·J，这本书不应该现在出版。毫无疑问，她会反驳的。每个人都会的。但这是我的事业，我的生活。

1950/10/20

现在，现在，现在，我爱上了我的书——同一天，我决定不出版它了，并非永久搁置。接下来几个星期里我将继续努力，打磨它、完善它。我现在将以一种不同以往的方式爱它。这种爱是无止境的，无私利的，忘我的，甚至没有人情味的。

1950年10月21日

玛格特汇报说［法国出版社］卡尔曼-列维在巴黎购买了《陌生人》的版权。那是库斯勒的出版商＆他当然要邀功。可玛格特说以前出版社就问过她。200美元，加首印5000册7％的版税，我估计。钱就放在那儿吧。

1950/10/23

当然，所有的麻烦都是由我现在内心的挣扎造成的，是要追随我自己受伤深重的本性，还是向我周围的世界、向其他人借几根拐杖。作为一个艺术家，我可以而且应该只遵循我自己的本性。然而，我又纠结于要不要在本性之外挂上拐杖，不知道是否可行。就是这个原因，导致我现在变得自私自利。我宁愿快速寻找，快点完成整个过程。但它没法速战速决。也正是因为这个原因，库斯勒说我"生活在我的精神水平以下"，正因如此，我在寻求别人的建议，感觉因为我让别人控制了我的情感表达（缺乏情感表达），我也必须接受他们对我整个精神活动的控制。

1950年10月27日

和莱恩在一起。看了一场福兰[1]画展，午饭吃得很晚。由于一些复杂的心理原因，我很紧张，下午6点喝了3杯马提尼酒，心情很好，很平静，后来——晚上在斯皮维酒吧——喝得太多了。凌晨3点莱恩走的时候我就崩溃了。我私心想跟她回家——最后打了一个电话给她，一点意义都没有，只是很伤心地告诉她我认为我们不应该再见面了，因为我爱她，这个决定对我来说特别困难，难以接受，等等。3:45打车回家。我为自己的放纵和破坏行为感到羞愧——我好像无法控制自己一样。我可以将之归因于疲劳，但不完全是这个原因。如此浪费时间和金钱甚是可悲。——我觉得我的道德已经沦落到了村里那些废物的道德水准，这些人我认识、见识了一辈子，却

---

[1] 让·路易·福兰（1852—1931），法国画家和著名的漫画家。他是诗人亚瑟·兰波和保罗·魏尔伦的密友。

从未想到有一天我会像他们一样。凌晨 4:10 打电话给安·史密斯，她来了。我告诉她我已经烂醉如泥。而实际上，我在 5:15 上床睡觉时很清醒——基本没有宿醉。

1950 年 10 月 29 日

玛格特看完了我的书。"我很高兴，帕特。"但我觉得她好像不太热情。"你觉得换个笔名出版怎么样？"她问。我不介意。暂时地，部分躲过了羞辱。我们必须获得几位"独立读者"的评论。我又喝醉了，比起酒精，更主要是因为情绪放松和明显的神经疲劳。但这些天来我很认真地在考虑对酒精中毒的治疗措施。势在必行。

1950 年 10 月 30 日

库斯勒打来电话。他刚写完书。我们去了火鸡镇餐厅，我请他喝酒。非常愉快。4 杯马提尼酒，我又多喝了几杯，因为内疚，我整个晚上都很清醒。狂妄自大，我告诉库斯勒。他在特拉华河买了一座岛，邀请我下星期来创作。他很慷慨，很冲动，我们彼此做伴很愉快。和库斯勒在外面一直待到 4:15，他继续喝酒 & 兴致很高。他一直靠安非他命撑着写完了小说的最后一个细节。他想让［普特南家族出版公司的］吉姆·普特南读读我的书。希望他在读完之后能放下对我的同性恋标签的评判。

1950/11/2

累得不能工作时，我躺在沙发上边喝啤酒边读库斯勒的《与死亡的对话》。想到我拖沓写就的短篇小说还不错，很可能会畅销，就有了些许的满足感，内疚（刚完成小说的第二稿，因为上周很懒惰）也渐渐平息。对我来说，过去九个月最显著的特点是：我远离了宗教，远离了过去对神秘启示的自我反省。这点不能完全用社交频繁和孤独减少来解释，还要考虑国际环境，以及个人对周遭人事的更深融入。这是一个战争的时代 & 焦虑恐惧和冲突迭起的时代，一个社会主义对抗资本主义的时代。

1950 年 11 月 14 日

近来又到了崩溃的边缘。鸡毛蒜皮的小事也会让我沮丧到想要自杀。和莱恩之间的关系缠夹不清，愚蠢乏味。我相信我已经疯魔。我很清楚我应该做什么，去"过更幸福的生活，诸如此类"。可是我做不到也不愿去做，明知我选的是一条死路——死前还要遭遇不幸、挫折、压抑，而最糟糕的是自卑。

1950/11/14

在过去一年里：我远离了曾庇护和美化我的青春的神秘主义，也远离了《圣经》——尤其是在这个危难时刻——它们不再是一种慰藉和所有力量的源泉。我仍然有抑郁症。明明顺风顺水，只要一个挫折，不管有多小，都会把我击倒。神经过敏：抑郁的主要来源是情绪的逆转或抗拒。作为一个作家，我感到一种混乱和颓废的感觉弥漫在我的时代。无论哪个时代，能够在写作上取得最大成就的都是那些能够认清混乱的人。生命的发展轨迹无可预测，它们在哪里交汇是没有定数和保证的。每个人心中都有自己的道德，就像一个信封，就像一个小世界。

1950/11/14

恐怕我在这世上永无宁息，因为我要一直远离宁息。给我下的绳套，无论走到哪里都松松地缠绕在脚边，让我无法脱身。

1950年12月3日

连续三个晚上见到玛格特。她的车轱辘话说得无聊透顶，很以自我为中心，但上帝啊，她也忍受了我的毛病，她已经很伟大了。贝莎·C星期一来了——我们在沙发上一直喝到很晚，喝得太多了。后来，我慢慢地对贝莎［·C］小姐产生了奇妙的、越来越强烈的欲望。我爱她的身体。纯粹是绝妙的巧合，她跟着我走进黑暗的房间，和我一起躺在床上。（玛格特睡在客厅里。）我几乎都忘了——唉，我几乎忘记了那种超越一切快乐的快乐，那种超越一切财富、乐趣、发现的欢乐，那种取悦女人的愉悦。我确实让贝莎很满足。她躺在那里，靠近床脚一侧，颇似雷诺阿画笔下的一个女人，黑暗中，她的身体，她的头和头发——突然便超越了欧洲、艺术、雷诺阿。玛格特说贝莎是个胸部丰满、身材像沙漏的女人，那一刻她是属于我的，可是我觉得所有女人、那个女人、任何女人、全部女性都离我而去，所有的障碍都消失了。她有着俄罗斯—犹太式的神秘，忧郁，头脑中有狡诈的天性，同时又有仙女的机智，但不幸的是，她马上就要进行一个大手术了。那天晚上是星期二。星期三，她脑出血了——不是我的错——星期六她住进了医院。可惜我要去欧洲了，生活啊，计划总是不如变化快。

1950/12/17

世界总动员[1]。一切的边缘都在崩塌,明年旅居欧洲的计划也功亏一篑了。连续工作,中间休息一天,读了一本与今天的世界背道而驰的书,到了晚上,想起略显失败的婚约。夜幕降临。收音机播放德彪西的《儿童的角落》。如今,人都须得有爱人,我迂腐地想着,然后立即试探自己是否还有必要的热情。我给我最喜欢的朋友打电话——不是我的爱人,本来可能成为我的爱人的那人正躺在医院里——但没有人接。我今晚想看个电影。我明天工作,我和无数人一样,也许多些孤独,多些渴望,多些激烈,多些热情,多些沮丧。啊,一小时后她[贝莎]会说什么?啊,一个月后我会在哪里?我们的关系又会怎样?亲爱的,至少给我一个示意让我记住。难道所有的女人都只会是镜中花,只为回忆?我永远都无缘认识你吗?无缘了解你喜欢玫瑰还是菊花?或者会不会在茶里加牛奶?所有的女人都只是象征吗?

1950 年 12 月 19 日

昨晚给玛格特做了牛排,今天晚上她邀我和她共进晚餐。她总是喝酒过多,吃饭太少,最后我们睡在她的公寓里。

1950 年 12 月 20 日

上周写信给马克,问了他的书的情况,还有要给我的 50 美元。他的书《选择》里有我 & 他令人捧腹的卧室一幕,是真实的我和我的公寓。总的来说,从玛格特那里回来,我感觉比以前放松了很多,就像换了一个人。不那么刻板了——刻板当然是因为那个焦虑的孩子努力在他周围建立一个稳定的环境——而且我内心再次洋溢着爱意,对贝莎的爱意。我多么希望我能未卜先知啊。我对她那么渴望,会去追她 & 要她吗?因为我觉得我能得到她。我会在欧洲待多久? K.[凯瑟琳]是别指望了——唉。她永远不会放弃她现有的一切或想要的一切。面对现实吧。说到欧洲——玛格特肯定希望这本书[《盐的代价》]是以化名出版。不过,她说它可能会很畅销。哈珀可能会接受它。但我相信玛格特会把它夺回来交给科沃德-麦肯出版社。那样的话,我就可以去欧洲了 & 剩下的事交给她处理就好——权当我死了一样——但是在 1 月 30 日之前,我还不能离开。当然我还在寻找我的卡罗尔——新泽西州里奇伍德的

---

[1] 指 1950 年 12 月 16 日杜鲁门总统宣布全国进入紧急状态。

E.R. 塞恩夫人。我在布鲁明戴尔百货公司附近找寻她，不过我觉得她更可能经常去萨克斯购物。

1950 年 12 月 21 日

战争：我们在朝鲜又输了。英国人想要绥靖。联合国做不到。HST［哈里·杜鲁门］宣布全国进入紧急状态。冻结物价，还有工资。D. D. 艾森豪威尔启程前往欧洲去做欧洲军队统帅。这样的形势下，我要想去英国就得耍点花招了，因为很快就会有限制。

每个人都期待着立即开战，联合国将被赶出朝鲜——期待苏联横扫德国 & 法国。我经常打电话询问贝莎的情况。也许明天我可以去看望她，顺路去取莱恩为我做的那件浅色麝鼠皮衬里的新大衣，再去兑现剩下的 250 美元的战争债券。美元汇率是 0.55 并持续走低！丹尼斯［·科恩］将在一月份出版我的书，建议我去露个脸，但我去不了。法国已经寄来了和卡尔曼-列维出版社［《列车上的陌生人》］的合同。意大利有两家报价，丹麦有一家。我的事业——也许还挺顺的。但我觉得，我必须马上用我自己的名字再写一本书。还有，我该怎么跟家人说呢？告诉他们，说它是匿名出版的？明年秋天上市的时候，我就当没看见吧，不告诉他们算了。就说它推迟出版了。他们买了房车 & 卖掉了房子。卖了 15000 美元。他们 1 月 22 日离开。1 月 19 日——还来得及在那里庆祝我的 30 岁生日。我会很高兴的。

但是，最近抑郁的时候越来越多——比如星期天晚上，我和玛格特约好了她又没来，我终于在晚上去医院看望了贝莎。我想——如果 B. 出院了会想要什么。如果她想要我，我离开对她有什么好处？这一切在心里格外亲密 & 沉重，还有笼罩着整个世界的战争阴云。亲近——却又那么遥远——越发遥不可及。我像个将死的士兵一样，害怕这可能是我们在一起的第一个，也是最后一个晚上。"那可不一定。"玛格特兴致高昂地说。哦，玛格特，亲爱的！我告诉她，如果我们真的睡在一起，那一定是在她家。让你们俩都睡在我家，是我的荣幸，她说。上帝保佑她。

下一步我该写些什么，我在这本日记里可以好好想想。哦，比以往都更确定的是，我人生的第二十九年，见证了我很多蜕变的第三年，我总是在第三年发生改变。变化会来的。我对生活的热爱与日俱增。我的恢复能力是惊人地迅速和灵活。我想写一部惊悚小说，一部真正令人震惊的心理惊悚故事。我能做得游刃有余。

1950年12月30日

和莱恩在村里度过了一个美好的夜晚后，我觉得有点不舒服，凌晨3:30我从家里给玛格特打了电话，声音清晰洪亮地宣布我爱上了贝莎。接下来说了什么，我都不记得了。本来打算今晚去见凯·G的，因为我昨晚和她在一起，就在我这儿，绝对令人惊艳、美好，但我不能再这样了。此外，还有一种罪恶感，老担心玛格特会知道。

1950年12月31日

很疲惫。下午2点，在59街的B.C.家里约会，然后心情愉快地去玛格特家，因为贝莎要去。可我却喝得酩酊大醉。一开始，在玛格特的厨房里，我还满眼含泪地和B.好好聊着，告诉她欧洲无关紧要，重要的是我竟要离开她那么久。她说："我要和马乔里搬到一起住，你介意吗？因为我不介意。"短暂的晕眩后，到莱恩家已经过了晚上9:30。早上8点回家，很高兴看到床。被B.、眼泪、挫折、绝望和莫名的希冀搞得精神倦怠。

1951—1962年

往返于美国和欧洲之间

1951年

刚满三十岁的帕特里夏·海史密斯，觅得新欢，事业有成，可谓志得意满，于是开启了长达两年多的第二次欧洲之旅。与1949年她第一次造访欧洲大陆不同，这次她并没有刻意规划行程，主要是拜访朋友和一些工作联系人。她所到之处都在她的日记中有所体现，在法国时她就改成法语书写，而后越过边境到了德国，她又会用大段的德语书写。

她的小说《列车上的陌生人》由哈珀＆兄弟出版公司出版，她用这本书的预付款支付旅行费用，四处漫游。不过，不久后她骨子里对贫穷持续的恐惧感又回来了，她开始写游记、短篇小说和广播剧，卖给出版商、杂志社和广播公司。她利用她在意大利和德国的人脉，四处寻找有兴趣购买她第一部小说版权的出版商。

帕特里夏于2月抵达巴黎，由此展开她的旅行。大多数时间，陪伴她的是已公开出柜的《纽约客》记者珍妮特·弗兰纳（"热内"）和她的情人娜塔莉亚·达内西·默里，后者是意大利蒙达多利出版社的编辑，还有文学经纪人詹妮·布拉德利，这位传奇人物后来成了帕特在欧洲的经纪人。

帕特从巴黎飞往伦敦。彼时《列车上的陌生人》的英国版刚刚问世，由凯瑟琳·哈米尔·科恩的丈夫丹尼斯经营的克雷瑟特出版社出版。自从1949年帕特与凯瑟琳一见钟情后，帕特就始终对凯瑟琳一往情深，但事情并没有如她所想的进行。凯瑟琳冷漠而又近乎敌对的态度惹得帕特分外恼火。这段恋情是帕特第二部小说《盐的代价》的部分灵感来源，可当她把手稿交给凯瑟琳时，对方却表现得无动于衷，根本没推荐给她的丈夫出版。

帕特无休无眠。她着魔似的修改小说，并开始构思下一本书，恰当地取名为《不眠之夜》（后来更名为《雅各的梯子之路》）。这本书主要讲述了两个男人杰拉尔德和奥斯卡之间的亲密关系，其中一人被派往朝鲜，估计是在朝鲜战争中服役，而这场战争将一直持续到 1953 年（是帕特少有的提及当时的全球事件和政治的作品）。除了最后几页以外，这本手稿已经全部丢失了；最后，奥斯卡自杀了，把他的全部财产留给了杰拉尔德。

心灰意冷又毫无自信的帕特逃也似的奔向巴黎，然后去了马赛和罗马。尽管第二部小说令她心烦意乱，帕特的处女作仍然取得了巨大成功：七月，阿尔弗雷德·希区柯克改编的同名电影《列车上的陌生人》在美国各大影院首映，小说本身也获得著名的埃德加·爱伦·坡奖，提名最佳处女作奖。

帕特前往那不勒斯、卡普里、佛罗伦萨和威尼斯时，与佩吉·古根海姆和萨默塞特·毛姆不期而遇。在因斯布鲁克旅行后，她在慕尼黑遇到了犹太作家沃尔夫冈·希尔德斯海默，他对她一见倾心。两人在斯塔恩伯格湖上度过了许多时光，还一起去了曼海姆、法兰克福和奥登瓦尔德山。

当帕特在纽约的文学经纪人玛格特·约翰逊告诉她，哈珀 & 兄弟出版公司不愿出版《盐的代价》时，帕特并不特别惊讶。仅仅三个星期后，科沃德-麦肯——纽约的 G.P. 普特南家族出版公司旗下出版社——从天而降，挽救了这个项目。

帕特的老朋友乔·P 也在慕尼黑，介绍帕特认识了大她六岁的犹太社会学家爱伦·布卢门撒尔·希尔。爱伦成为了帕特的新欢，这段感情里有着强烈的吸引力和憎恶感。在她余下的欧洲之旅中，帕特没有提及所到之处的见闻：断壁残垣，生灵涂炭，定量配给和重建工作。她的日记和笔记的内容只是她的写作与个人生活的战场。

1951 年 1 月 6 日

我一直在忙着写书。就算现在，我也得再重读一遍，1 月底去欧洲之前，每个 24 小时都得争分夺秒。噢，我写了一本书，结局美满，等我找到了命中注定的那个人结局又会怎样？等我从欧洲回来——我不觉得我会永远定居在那里——我想要一栋房子，里边有我爱的女人。

1951 年 1 月 23 日

玛格特汇报说，哈珀的琼·K 觉得这本书动人心弦。她必须再读两遍。琼·K 比平时更热情，想要再读一遍 & 略微提一些修改意见。

1951年1月25日

今天下午喝酒的时候，我和玛格特、瑞德、E. 休姆就笔名问题进行了磋商。也许会用克莱尔·摩根[1]吧。因此，我去见凯迟到了，她竟然就在楼下[2]等着——太不像话了。必须和凯断了关系。等我走后，这事不仅——后果极其恶劣——会让玛格特反感，还让我觉得自己很饥渴。我不在乎她。更在意希拉！写信给莱恩 & 告诉她我要坐飞机走。法国航空公司。

1951年1月27日

安把我的书［《盐的代价》的手稿］带回来了，满是溢美之词。比第一稿好多了。甚至连小人物都鲜活起来，等等。真是太可惜了，这本书不能像第一本那样署真名！今晚独自在家。紧张不安：再过七天，我就该走了。也在等待创作的才思泉涌。上帝啊，下一个神秘而未知的创作冲动从何而来？那颗飞出太空的流星，无影无形却凌厉刚猛地撞击我心的流星在哪里？

1951年2月1日

我把我最旧的那条李维斯牛仔裤交给［希拉］保管，直到我从欧洲回来。后来我们打电话给玛格特，她邀请我们过去喝一杯睡前酒。晚餐后带女友去喝酒的最佳场所就是玛格特家。最后我们在迪基的公寓楼上两层过了夜。希拉说她那天晚上没有地方睡觉。可笑的借口，但上帝祝福她。生活中最快乐的时刻莫过于边唱歌边洗澡，旁边房间里有个可爱的女孩在床上等着你。上午11点到哈珀出版社见琼·卡恩。她想在三月拿到手稿，秋季出版。得在伦敦挑灯夜战了。

1951年2月2日

和斯坦利共进午餐。在海船烧烤店。我们谈到了人类的意志。还有母亲的怪癖。今晚和B.［贝莎］在一起，我尽了最大的努力——而且很成功，给了她一个体面的夜晚和晚餐。B. 对我很是轻蔑，好像我连给她提鞋都不配。B.C. 这种女人有着旧时情人的大家风范，现在的人都比不上。B. 听着意大利作曲家斯卡拉蒂，皱眉道——

---

1 克莱尔·摩根确实完成了《盐的代价》首次出版时所用的笔名。直到1990年，小说才以海史密斯本人的名义出版。

2 原文为法语。

"哦，这让我想起了我年轻时的样子……"她吻着我，带着仿佛初夜的热情和嘲弄。

1951 年 2 月 4 日

一整天打包行李 & 打扫房子。下午 6 点和玛格特共进晚餐。我想今晚见希拉——最后一个晚上——但她在弗农山上学习。我喝了杜松子酒，醉得一塌糊涂。玛格特扶我上床睡觉：浑身倦怠，灰心失望。哦，该死的——S. 是那么完美，但在你最需要的时候她又在哪里？

1951 年 2 月 5 日

仓促启程。罗莎琳德带了长袜让我交给她妈妈。送行的有安·S、妈妈 & 背痛不能开车的斯坦利。因为昨晚哭过了，我的眼睛看起来很丑。还有轻微的宿醉。妈妈还是一贯地无能。上帝啊，比如说，她不会开车，更别提开飞机了。玛格特说她和我之间有着天壤之别。肯定是哪里出了错，玛格特说。我妈妈两分钟内能闪现五个念头。今天早上在机场候机时，我们之间有明显的敌对情绪。中午 12 点从国际机场起飞，直飞巴黎，19000 英尺的航程——飞行 11 小时。巴黎时间早上 5∶15 我到达巴黎。莱恩还以为我上午 9 点到呢。

1951/2/6

早上 5∶15。我们在巴黎上空盘旋，几乎漆黑一片，飞机缓慢下降。越过灰色机翼的边缘我看到下面的第一片灯火，然后隔了好几分钟才出现第二片、第四片、第七片灯火。突然之间，华灯闪烁，奥利机场的跑道上出现了长长的一排灯光。飞机着陆时比我们在空中经历的几次颠簸还要轻柔，仿佛随随便便就降落在了法国。开往巴黎的公交车嘎嘎作响，颠簸着，车里只有我们四个人。当我们进入城市街道时，我看到左右两边的咖啡馆窗户都亮着灯。现在是早上六点。一个女人在擦桌子，一个工人站在柜台前啜饮咖啡。一家灯光璀璨的酒吧正准备打烊。巴黎的气氛是如此浓烈，人们想到巴黎，都会感到喉头哽咽。哪里还能找到这样的灯光——模糊而柔和，衬托着黑色的建筑，特有的柔和的黄光很有个性，是某位画家惯用的黄色。公共汽车掠过十字路口，跨过一座桥。一个骑自行车的工人从我们旁边的街道拐了进来。我们在一个大公交总站停下来，那里只有少数几个人。我去喝了杯咖啡，用我的骆驼烟换了高卢蓝烟。然后舒舒服服地在柜台上读着《晨报》。现在给我朋友打电话还为时过早，但七点差一刻时我不能再等了。这不是我期待的热烈欢迎。飞机早了四个小时。每次到达巴黎的经历都不那么美妙。

卢浮宫：第二天。天气很冷，一看到萨莫色雷斯的胜利女神，又是一阵流遍全身的寒意。蒙娜丽莎正前方的地板上有一个非常温暖的通风口，但也有一个导游团聚集在照片周围，显然不到一个小时是不会走的。欧洲教会美国人要有无限的耐心。他以为干净的东西总是脏兮兮的。他跋涉了几个街区去找一个博物馆，却发现那里关门了。匆匆忙忙地吃完晚饭准时去看戏，却发现法国观众和法国演员自己随便就迟到半个小时。你要么气炸了，要么变得无限耐心。

1951年2月7日

昨晚我打电话给凯瑟琳。她 & D.［丹尼斯］在玩纸牌，K. 赢了2英镑。她听起来兴致很高，我也这样告诉她了。和 K. 的电话花了将近两千[1]的话费。昨晚也是，和娜塔莉亚·M［娜塔莉亚·达内西·默里[2]］& 珍妮特·弗兰纳共进晚餐 & 喝鸡尾酒，她是 L.［伊丽莎白·莱恩］& 我在大陆酒店认识的——一个很冷的地方，有点像广场酒店。在鲁克饭店午餐——一家位于《时尚花园》[3]附近的美食餐馆，沃格尔一家[4]就在那里工作。露丝·约克现在在德国。

1951年2月8日

我精疲力竭。下雨了。和布拉德利夫人[5]约好6点见面，我步行去了那里，似乎怎么也走不到头，才终于到了（在圣路易斯岛的）贝塔尼码头。她很亲切，有点耳背，送给我象牙香皂 & 一块毛巾，对这两份祝福，我非常感激。

---

1 1950年1美元折合将近400法郎。
2 娜塔莉亚·达内西·默里是珍妮特·弗兰纳的伴侣，她把《列车上的陌生人》手稿送到了意大利的邦皮亚尼，她妈妈在那里做编辑。
3 吕西安·沃格尔与人共同创办的女性时尚月刊。
4 吕西安·沃格尔和他的妻子珂赛特（原名布鲁恩霍夫）是 VU 的创始人，这是法国第一本报道纳粹集中营的杂志。
5 詹妮·布拉德利（1886—1983），国际知名的文学经纪人，为贫困的詹姆斯·乔伊斯提供资助甚至写字台。在两次世界大战期间，她和丈夫、小说家威廉·布拉德利是巴黎和纽约的作家和出版商之间的主要联络人。他们在圣路易斯岛的家是一个文学沙龙，这里的常客有詹姆斯·乔伊斯、格特鲁德·斯坦因、F. 斯科特·菲茨杰拉德和其他著名作家。

1951年2月10日

今晚——和莱恩一起去了卡罗勒酒吧，香榭丽舍大街的一个假女同夜总会，莱恩告诉我这是佩吉·费尔斯最常造访的地方。看了"巴黎世家"时装秀的最后一部分。满场都是穿着华丽晚礼服的美丽少女。仅仅是出于礼貌——莱恩大概购买了价值35万法郎的裙装——很普通的两件衣服，然后转手就把它们送给能在美国穿的人。

1951年2月12日

在"双偶咖啡馆"遇见了基奥先生。他不知道我是他妻子[1]的熟人，所以只好把她叫来。我向她转述了对她的《双扇门》的评论，她似乎并不在意，正该如此。她才27岁，就已经写了两本书 & 第三本也在收尾。他在《巴黎时尚》杂志工作。

1951年2月14日

紧急关头被莱恩拉去见人。与杰曼[·博蒙特][2]在圣克劳德共进午餐。她一如既往地疯狂，和她在一起是一种快乐。莱恩整个下午都在疯狂赶路，拼命催我。天啊，我真不明白她这个年纪怎么能受得了，当然她不喝酒。经过一年多的等待，我再过几小时就能见到凯瑟琳了。在诺斯霍特[3]与两名记者见面。他们拍了几张照片。聊了《陌生人》，等等。然后到了肯辛顿，我在那里给凯瑟琳打了电话。我觉得K.瘦了，她说只是脸上瘦了。我看得出来，她已经不再是我在那不勒斯机场挥手告别的那个满面含春、眉眼带笑的人。我预见到这次旅行，从第一眼见面开始就可能不会成功。我到伦敦来，并不是想恢复我们至少私下里的关系。K.周身散发的阴郁冷淡真的伤了我的心。

1951年2月16日

有了巴黎的体验，[伦敦的]空气，如我所愿，让人心旷神怡。只是老在下雨——下雨——下雨。

---

1 富兰克林·德拉诺·罗斯福的孙女，最初是一名芭蕾舞演员。1950年，帕特为西奥多拉·罗斯福·基奥的处女作《梅格》写了一篇热情洋溢的评论。

2 这位小说家兼评论家是第一位获得著名雷诺多文学奖的女性，她的处女作小说《陷阱》的灵感来自科莱特（她在《晨报》的老板）和弗吉尼亚·伍尔夫（她翻译了她的日记）。

3 伦敦西部机场，在希思罗建设期间用于商业航线。

1951 年 2 月 18 日

今天下午与 K.［凯瑟琳］和 D.［丹尼斯］去了维多利亚 & 阿尔伯特博物馆。但是发烧让我阵阵发冷。那张大床——躺在上边仰视着床盖上浅浮雕刻画的先皇历史——足以让敏感的年轻后代们个个心理阳痿。回家睡觉。这回是真病了——高烧 39.4 度。

1951 年 2 月 19 日

卧床一天。迫切需要休息，于是感激而欣喜地享受这一刻。玛格特 & 凯·G 给我寄来了 D. 基尔加伦专栏中的一句话，说"纽约名流们"都担心得要命，因为惊悚小说作家 P.H. 很快就会在匿名小说里提到他们——妈妈全文引用了这句话。愚蠢、错误，M.J. 说。不知道它是从哪儿传出来的[1]。

安德烈·纪德昨晚在巴黎去世。就在几天前，莱恩还说我应该提高我的法语水平，这样当我遇到他时，我就不会像个白痴了——真心碎。

1951 年 2 月 24 日

日子在闲散中度过。有了下一部小说的思路——上星期五晚上我辗转反侧时生发的。《不眠之夜》[2]。也许又是一本颓废小说，但如果我不关心世事的话，我才是真的颓废、盲目。我用一条线把我感兴趣的所有 20 世纪人物串起来，暂时还没有灵感来激活他们。这次会有的。

1951 年 2 月 25 日

我很沮丧——因为 K. 今天读完了我的手稿，估计是不喜欢。也就是说，她不够喜欢，不会像上次一样把它推荐给丹尼斯。她说，我现在已经烦扰缠身了，所以她不

---

1 有流言称帕特用假名写了一本女同性恋爱情小说。到 1959 年，当帕特遇到她未来的情人玛丽简·米克时，这个流言已经成为公开的秘密。"她在外界眼中是帕特里夏·海史密斯，《列车上的陌生人》的作者，这本书在 1951 年被改编成一部阿尔弗雷德·希区柯克的惊悚片。但在 L's［格林威治村的一家女同性恋酒吧］里，帕特因她的匿名小说《盐的代价》而受到尊敬……"（玛丽简·米克.《海史密斯：20 世纪 50 年代的罗曼史》，旧金山：克莱斯出版社，2003：1.）

2 帕特开始写新小说《不眠之夜》，后来她把这本书更名为《雅各的梯子之路》。这本小说至今未出版，大部分已失传。

会再说什么。没有对我的写作发表评论。"嗯,从工作角度上讲——不,我不喜欢——"(当我问她这本和第一本相比如何时)也许整个主题都令她厌恶。也许她认为我是在无事生非。我渴望得到 D. C.[1] 的意见,但我还是想先把它改完美了再说。他们今晚出去了。我承认我很郁闷。作为一个人,作为一个作家——现在我觉得自己和 K. 的关系失败了。

1951 年 2 月 28 日

遇见了玛丽亚[2],最后我们在匈牙利恰尔达饭店吃了饭。我们乘坐国王路公交车来到皮卡迪利大街,在一家酒吧里最后喝一杯。然后我们给 B. 贝尔莫尔打了电话,在国王陛下站接上她。她带我们去了楼下的酒吧,前几晚我们没找到这里。我整个晚上都沉迷于玛丽亚。我们乘出租车把 B. 送走了,玛丽亚邀请我喝咖啡,当然,我就留下来过夜了,这一夜非常尽兴。我确实觉得她喜欢我,一点点的喜欢,毕竟她住在这里,我住在大洋彼岸,这种情况下她是理智的。

1951 年 3 月 1 日

10:30 到家,我觉得 K. 不知道我整晚都在外面,虽然我也说不准。我们的关系现在就是这么疏远(以前在美国,我经常给她写信,那时多亲近啊!),我也懒得理她是否知道我和玛丽亚共度了一个晚上。哈泽尔·罗杰斯上午 11:30 来采访。我穿着牛仔裤,再次谈起了雅多。要不是为了雅多,我会接受采访吗?有点无聊。丹尼斯说他已经跟书商签了 1500 本书的合同,这很好,还要在报纸上再宣传宣传。克雷瑟特印刷厂一开始印了 3000 册。再版又要 3000 册,这在财务上有点冒险。这里的纸张短缺也是一个严重的缺点。

1951 年 3 月 2 日

工作。和玛丽亚一起吃饭。玛丽亚是一个让人期待与之共度良宵的人,我把这话告诉了她。我们度过了一个美好的夜晚——洗了个澡,一个热水袋,那种幸福是任何东西都无法比拟的。"永远不要离开我,"玛丽亚搂着我说,然后我们脱了衣服,"今生今世我只会对你一个人说,永远不要离开我。"我记不清原话了,这就是生活,就

---

1 丹尼斯·科恩的首字母缩写。
2 玛丽亚是罗莎琳德·康斯特布尔的旧情人。

是这样——它的意义对我来说超过在伦敦听到的一切。我是不是很神经质？我们早上也做爱了。

1951年3月4日

这本书我快"过完"一遍了。在萨沃伊吃晚饭。太贵了。我看得直皱眉 & 有负罪感。K. 很少微笑，只有在必要的场合才会表现得和蔼可亲。昨天收到了哈珀的［《盐的代价》］合同 & 我签了。750美元。

1951年3月7日

日子过得很慢，我的写作和工作状态都不好。与雷蒙德·冯·霍夫曼斯塔尔共进午餐，他总能令我精神振奋，真的是"精神"的振奋。他建议我住在英国。更确切地说，同意我的想法。迷人的2层楼房子，不错的马提尼酒 & 一餐美酒佳肴。有娇妻，有书卷，有只暹罗猫。我的精神振奋喜悦，梦想着自己也拥有这一切。

1951年3月12日

美好的日子，适合换换心情。带玛丽亚去雄鸡馆吃饭。她很累，裙子外面没穿外套，我以为她只有格子裙呢。玛丽亚说，我对她来说太年轻了，她永远不会跟女人住在一起。我只是问她，如果我在伦敦租一套公寓，她会有什么感受。当然，我想和她住在一起。但我不想逼她表态。"我会和你一起去美国，和罗莎琳德就不会。"

第二天早上，无限缱绻后，我们躺在床上，我问："你知道你昨晚说了什么吗？""嗯，"她说，好像她清楚我在说什么似的，她确实清楚，"我也会的。"一句话让黑夜光明普照。让平凡人生无上快乐。为此我很崇拜她。

1951年3月13日

立即上了火车——这一辆——紧张感消失了。我变成了一个无名小卒，想象力奔向各个角落。一切都赏心悦目。我独自一人，寂寂无名，孑然一身。5点左右到达索尔兹伯里。从火车站走到大教堂没几步路，小镇太小了。一个美丽、宁静、纤尘不染的回廊——或者是大教堂的外围墙——围绕着古老的教堂，年代久远得难以计数，留下了绿色和黄褐色斑驳的痕迹。11世纪骑士的坟墓是宏伟的雕塑，他们仰卧在墓中，沉睡着，贵族骑士的头顶只有一块青石板和一条贯穿前额眉眼的伤口。我被深深触动了，由衷地钦佩他们。当我俯瞰教堂时，唱诗班的男孩们都集合起来，但我并没有留下听完他们的合唱。声音从中殿里传出来，听起来仿佛仙音飘渺。我出来的时候，当然还在下雨，我朝着火车站方向走去。在一家男孩服装店逗留了一会儿，花11.6镑买了一条黑&白羊毛围巾。然后蹦蹦跳跳地向车站跑去。

1951年3月16日

不得不在7:20突然飞往巴黎——从肯辛顿出发。昨天和我联系的那个法国女孩告诉我，我有足够的时间可以今天5点前去取票——其实没有。所以我只好与凯瑟琳不辞而别。有时候，我在想，当我情绪低落的时候，一个人在欧洲漫游怎么能生存下来呢。但是这种低落仅限于今晚——是年龄悄然增长这一客观事实的共同作用：毕竟，这是我第三次来巴黎了。我已经习惯了。

1951年3月19日

在一片混乱中突然平静下来。离开伦敦后我感觉好多了，精神方面好多了。我在那里多么沮丧&压抑啊!

1951年3月25日

安静地工作。把小说拿到珍妮特·F[弗兰纳]的酒店去写——这周末大家都不在。感觉非常满足&自觉比这里大多数的美国人都优秀。

1951年3月27日

收到罗尔夫[·蒂特根斯]、凯瑟琳、娜塔莉亚（非常热情）&安·S的来信。N.M.[1]欢迎我来罗马，说邦皮亚尼的合同已经搞定了。凯瑟琳来信："你的来访令你如此痛苦，我将永远深感遗憾。曾几何时，这个家让你欣然前往……"这让我很伤心——这是一个可怕的结——永远也无法改变了。

1951年3月28日

和路易斯·斯特纳[2]一起走到皮加勒广场——他是摄影师，无聊的人，28岁。在画廊里喝光了一整瓶香槟。娱乐&锻炼，在那里散散步，如今对我来说，把我的书写好写完是最重要的。

---

1 娜塔莉亚·默里的首字母缩写。
2 路易斯·斯特纳（1922－2016），美国著名摄影师，以纽约和巴黎生活摄影闻名。

1951年3月31日

又开始工作了。昨天非常紧张（这些悲鸣乐团！）我们今晚去了圣吉纳维芙山。与 N.［纳蒂卡］& M.［玛丽亚］跳舞 & 我们用电话簿玩接吻游戏。开心又刺激，但也毫无益处。玛丽亚是个迷人的酒鬼。

1951/4/3

国外的宜居状态，很像逃避带来的常见止痛效果，尤其对酒鬼的胃口。看看 E. A.。看看我自己，在巴黎的一个酒店房间里心满意足，我已经在此快乐地工作了两个星期。有收入确保内心（还有外在的！）有安全感，还有比这更好的生活吗？永远逃避下去，加上换了朋友，再加上富有成效甚至冒险的生活的假象，还有远离家乡：谁也不了解我们，永远也别想真正知道我们过得有多好或有多坏。当然，流浪的成分足以安抚我们天生的不安和时代的恐慌。

1951年4月5日

［法］和让诺的约会，被我取消了，因为我想和 N. & M. 去塞德斯。之后，我们（M. & N. & 我）沿着街道边走边唱。终于到了蒙马特区，找了个酒馆，纳蒂卡请了几个妓女来喝洋葱汤。让诺怎么样了？我可真不好意思。［法］

1951年4月7日

［法］几乎病倒了——旅行，任何一种旅行，都会让我便秘或腹泻，脚痛，头痛。（我的眼睛一直肿着。）我很累。浑身脏兮兮的。人必须始终保持礼貌，现在我真做不到。［法］

1951年4月8日

身体都要垮掉了。除了暴饮暴食，还能做什么？啊，沿着山路奔跑，午餐就吃一个梨，喝一杯牛奶！我可不想当路易十四。

1951年4月8日

里昂——供应早餐的是一位可爱的老太太，她优雅的法国风度是游客们从未领教过的，特别亲切。无处不在的优雅精致，没有一处方便实用，餐碟[1]下都有餐巾纸，

---

1 原文为法语。

却只能放在膝盖上。我赶上了 2:40 去马赛的火车。莉莉在那边接我。她多可爱啊。让诺没来车站。（我猜他有点生气了。）房子散发着一股古老家族[1]的气味——陈设保养得很好，却让人爱不释手。

1951 年 4 月 17 日

睡了两个小时 & 我赶上 6:05 从马赛开来的火车。一路经过戛纳、瑞昂莱潘、尼斯，美不胜收。到罗马时是 11:30——午夜 & 娜塔莉亚［·达内西·默里］来接我。她真好！！我们喝了咖啡，然后我在火车站附近的地中海酒店睡了一觉。

1951 年 4 月 18 日

和娜塔莉亚在她家[2]共进午餐。美好的早晨。我偶尔能够活得很舒展，感觉很开朗，没有任何目的 & 不为任何人。然后我会感觉很幸福，或者说比平时更幸福。

1951 年 4 月 19 日

伊丽莎白公主 & 菲利普［王子］回来了，仪式就在今晚、街对面。交通完全瘫痪了 & 大家都很生气 & 不知所措。我打算为沃斯堡的《星电报》写几篇旅游日记，看他们要不要。美国新闻：《陌生人》获得埃德加奖[3]提名，4 月 27 日颁奖。获得提名奖的还有其他 5 本男人写的书。参观了西班牙广场边上的济慈 & 雪莱纪念堂。非常感人。促使我写了一首诗纪念济慈的死。

1951 年 4 月 22 日

早早起来，准时去见 N.［娜塔莉亚］默里。我们开车到那不勒斯 & 赶上了 4:30 的船去卡普里。船虽然是新的，却一下子让我想起了凯瑟琳！我们在一起的 24 小时做了多少事啊！游泳，广场上的马提尼酒，蓝洞——几百个景点和画面把人带回到那些时刻！

1951 年 4 月 25 日

回到罗马。身体一直需要放松，还是没有做到。该认真思考一下了。我要计划一

---

1 原文为法语。
2 同上。
3 指埃德加·爱伦·坡奖，又名美国推理作家协会奖。

下之后的行程。

1951年4月28日

收到玛格特的信。信中附了一封推理小说作家协会秘书的来信，通知我没有得到埃德加奖。[托马斯·沃尔什的]《曼哈顿的噩梦》赢了。玛格特写道，哈珀一直在拖延这本书[《盐的代价》]的合同，让我有些焦虑。珍妮特[·弗兰纳]下午离开了。和她比起来，我觉得自己就是个笨蛋——根据我的乖僻本性，她一走，我马上就好了（各方面都开朗起来），而她要是还在，我的一举一动都要让她开心（我不是说我在情感上多在乎）！

1951/4/30

罗马的街道：英俊高大的男人，两个骑兵，脚蹬帅气的黑靴子，穿着紫色或紫红色条纹裤子，双条纹，手持短马鞭。那个可怜的、几乎赤脚的女人匆匆走过，满是窟窿的披肩里还裹着个孩子。这是一个男人的国家。罗马的酒店：奇特的原始野人纠缠着酒店里单身的女人，都是些哭哭啼啼、好人家堕落的风尘女子。短胖的手，软软的身体，椭圆形的脸，又长又胖，温柔的棕色眼睛。惯于动手动脚。当他要你凌晨1点到他家时，他才不会听你拒绝的借口。一贯的"就来半个小时——"。他身边还有另一个矮胖的单身汉。粗略一看：一个孤独、严肃、自卑的摄影师。切萨雷：一个五秒就能让自己消失在人堆里的人。身材矮小，胆小怯懦，渐渐秃顶，却是个真正的好人，一个好摄影师。罗马的夜晚：月光照着灰白的教堂尖塔。泛着月光，美不胜收。它就是它，一座月光下的罗马教堂。

1951/4/30

当大脑与情绪和平共处的时候，就应该一大清早起床，带着昨夜的梦境如一缕缕残魂开始写作（创作），等你对别人吐出第一个字眼，一切就都烟消云散了。

1951年5月2日

独自去了蒂沃利。我不太喜欢埃斯泰别墅，赶不上罗马皇帝哈德良的别墅。在蒂沃利遇到了一个快乐的单身汉，他的梦想是在得克萨斯拥有一个牧场。可惜他明天要回美国一个星期。我要是嫁人的话，就该嫁给这种男人：一个普通的单身汉，45岁，技术上聪明过人，但不浪漫，一个真正的美国人。

1951/5/4

　　罗马：两点之间最短的距离从来都不是一条直线。人们总是描绘出一条弧线。罗马的街道就是这样铺的，雕像就是这样雕的：这是罗马的品格。或者更确切地说，是意大利人的品格。

1951 年 5 月 5 日

　　妈妈来信，告诉我她多么为我骄傲。我眼前浮现出她站在一群咯咯叫的佛罗里达母鸡中间的画面，她拿着印着我的照片和大幅《陌生人》报道的报纸，还有刚刚刊出的电影杂志上的剧本给人看。她会傻傻地说："照顾好你自己，你知道，你不光是你一个人的。"不过，我今天晚上确实给她写信了。给她寄了张支票——因为这该死的保险又得交了。

1951/5/5

　　心脏能自我修复多少次？六次，七次，八次？二十次？三十年来我已经活过五六回了。这是一个心理的过程，大脑像身体一样也有年龄。大脑的寿命大约是一千年。心靠希望和信心滋养。忧郁和绝望是它的催命符。但必须心如死灰才能脱胎换骨。

1951/5/5

　　音调变化——每种语言的问句都有不同的音调变化。意大利人、英国人、纽约人、得克萨斯人。我还没听过德国人日常的语调，但我想他们提问时会是平铺直叙的。

1951/5/6

　　在罗马的蜉蝣之念：我这三十年的人生饱经沧桑。在美国，就在一个月前，我还觉得我阅历太浅。我有过大喜大悲，走过千山万水，有过斐然成就。总而言之，我不认为命运亏待了我。

1951 年 5 月 6 日

　　在阳光下快乐地工作。跟西比尔·贝德福德[1] & 她的圆脸朋友伊芙琳·凯斯定了约会。也许会很愉快，虽然西比尔很难相处（英国人的特质很明显），但汤米·彼

1　西比尔·贝德福德（1911－2006），德国出生的英国记者和作家。

得·汤普金斯[1]和他的英国妻子来了。只有艾德·安德罗维克是个普通人,偶然到访的。我们计划星期三一起开车去佛罗伦萨。

1951 年 5 月 7 日

娜塔莉亚的母亲埃斯特·达内西终于拿下了 [《列车上的陌生人》] 邦皮亚尼出版社的合同!完成了对我的故事的整理。天啊,我可以写作,但写完后,我需要一个编辑!今晚和格兰特 & 美丽的戴德丽在一起。玛格塔酒馆。我们喝了很多酒 & 我给了她我的瓦洛里斯项链。可以挑逗她一下,我知道,但我没有。还是把格兰特带回了家。结果比我预想的好,但到了早上,我却感到不舒服、羞愧 & 感觉不自然。

1951 年 5 月 10 日

前往佛罗伦萨。在雨中抵达。贝尔吉耶里酒店——房间很小,没有热水,但我很满足。我一个人在佛罗伦萨。

1951 年 5 月 12 日

坐夜班火车去威尼斯。

1951 年 5 月 13 日

我的房间视野很棒。我画了一幅素描。卢伊听不见门铃响!

1951 年 5 月 15 日

终于卢伊打来了电话。很高兴见到他们。露丝·约克在卢伊家,邀请我去睡觉。她有一只猫。在欧洲有朋友多好啊!卢伊是一个天使,但是露丝总挖苦我——就像康斯特布尔一样。

1951/5/15

面对未知的未来,年龄不是最可怕的。可怕的是我们自己的过去,都抛在脑后,不再被了解。

---

[1] 可能是指彼得·汤普金斯(1919—2007),美国记者、畅销书作家,二战期间在意大利卧底的特工。

1951年5月17日

在去卡普里的路上,我的牙洞填充物掉了,只好去看牙医。这就是我的生活,我的命运,我的地狱。卢伊 & 露丝很温柔 & 有同情心,情况不算太糟,在哈利酒吧喝了一杯,穿着邋遢的脏衣服,感觉很优雅。与佩吉·古根海姆[1]喝鸡尾酒,萨默塞特·毛姆也在场。矮个,口吃,极有礼貌。我们没有谈写作。晚上和里诺在一起,里诺不想发生性关系,只是含泪发誓永远爱我!

1951年5月18日

我们乘卢伊的大公务车前往奥地利。出租车是停在码头的贡多拉船,我们在那里上船。

1951年5月20日

我们到了多比亚科,就此和卢伊道别。这是一座意大利—德国边界小镇。提洛尔山区。旅馆很干净 & 德国氛围。露丝 & 我赶上了去因斯布鲁克的火车。我们大约下午6点到达那里。我们看到一个集市上农民在跳舞。我吃香肠、啤酒 & 纽伦堡姜饼[2],结果病了。

1951年5月21日

今天上午到了慕尼黑。我一下子就喜欢上了这里。早上6点,我在车站的一家大餐馆里狼吞虎咽地吃早餐。小旅店建在改建大楼的顶上三层。慕尼黑到处是被炸毁的建筑,触目惊心。露丝对我要买车很感兴趣。但她这人太讨厌——到哪儿都一样。

1951年5月24日

拜访乔[3]——又遇见了沃尔夫[冈·希尔德斯海默],他邀请我去[施塔恩贝格湖畔的]阿姆巴赫。[德] 他非常好客,幽默风趣,特别会煮咖啡。和他谈论人生——我只和康奈尔、利尔、罗尔夫这类人这样谈过。[德]

---

1 佩吉·古根海姆于1947年从纽约搬回威尼斯。从1951年开始,古根海姆在夏季向公众开放了她的家——韦尼耶·莱昂尼宫和艺术收藏品。

2 原文为德语。

3 帕特20世纪40年代在纽约的老朋友乔·P。

1951年5月30日

[德]还在工作,非常顺利。再过几天,就要去沃尔夫家过周末。我非常喜欢他。他慷慨、聪明、风趣,各方面都很好。真奇怪,我喜欢他胜过马克。哈珀还未就我的第二部小说[《盐的代价》]做出决定——我为此非常紧张。和厄休拉[1]共进午餐和晚餐。她总是很友善,我们相约明天再见面。我变化很快。变老了,变智慧了,还有很多方面。[德]

1951年6月5日

今天罗尔夫寄来的信让我慌了神。他似乎已经处在自杀的边缘。我立刻给他写信——竭力安抚。但是这种德国人的悲观厌世和负面消极太难对付了!我觉得自己很神经质(有些东西正在酝酿),买了斯坦伯格[烈酒]&和厄休拉大喝了一场。

1951/6/6

[德]慕尼黑。[德]凌晨3:30。窗外是最苍白的蓝白色。我今晚睡不着觉。一个女人正在远处的角落里慢慢地遛一只白狗。她是熬夜到此时还是起得过早?这算晚上还是白天?鸟儿在叽叽喳喳地叫。它们要等多久才能分享我的早餐?我第一次认真看了看我的旅店房间墙上的图画。一组男人、女人的剪影,基座上站着一只公鸡。毕德麦雅时期[2]的风格,由蕾丝碎片和黑色纸张制成。我感觉自己和睡在对面几条街外的朋友们隔绝开来,就好像我或他们死了,被移到了另一个星球一样。这就是德国。在没有语言的寂静中,这里也可能是俄亥俄州、南弗吉尼亚州或英格兰。

1951年6月6日

今天被哈珀拒绝了。去了凯旋门,去见露丝&拿到了玛格特、在巴黎的珍妮特·W、在英国的凯瑟琳、韦伯斯特夫人寄来的信。哈珀说编委对这本书没什么热情,我可能出不了这本书,因为我太过贴近主题,"处理方法不够成熟"。玛格特的评论:她肯定琼·K[卡恩]就是在浪费我们的时间,这么个结果竟然用了6个星期才告诉我们。她肯定是弗兰克·麦格雷戈&坎菲尔德不让出这本书。她已经把手稿

---

1 一个德国公主,是露丝·约克的朋友。
2 指德意志邦联诸国从1815年至1848年的历史时期,现多指文化史上的中产阶级艺术时期。

寄给了科沃德-麦肯[1]。她的信是 5 月 22 日写的。她一直在往罗马写信！我一点也没觉得沮丧，我现在觉得精神很好！今天早上把《在博尼家的派对》寄给了玛格特。计划写另一个短篇，还有广播故事，随笔。在考虑买辆车。还要我的银行寄来 1000 美元。够胆大妄为的了。算不算是积极反应？因为从逻辑上说我没有理由沮丧。

1951 年 6 月 14 日

去奥登沃尔德——一辆小火车通往沃尔夫知道的那个神奇的乡村。食物不错。蜜月般的气氛。沃尔夫说他希望我能爱上他，不过他很聪明，知道我不会的。

1951 年 6 月 15 日

雪莉酒和杜松子酒。我在写我的蜗牛故事。

1951 年 6 月 23 日

经过一番交涉，终于通过哈皮·格洛克纳介绍，找到了一辆宝马车，我花了 1800 马克买下它。红色座椅，4 座，以前是演员威尔弗里德·塞弗斯[2]的座驾。

1951 年 6 月 24 日

沃尔夫邀请了厄休拉 & 我这个周末去阿姆巴赫。我星期五到的，与阿尔弗雷德·内文·杜蒙特[3]一起，这个英俊的年轻人是伦巴赫的孙子，沃尔夫认识他。他态度很暧昧，有点自负。带我参观了他在斯塔恩伯格的家，非常谦逊，可是他那种猎艳高手的气度对我一点没有吸引力，大多数女人都不会喜欢。他劝我留宿，但我不为所动，带着打字机，赶晚班公交去了阿姆巴赫。

1951 年 6 月 25 日

一回到慕尼黑，就接到好消息，科沃德-麦肯接受了我的书［《盐的代价》］，并褒奖有加。即将有 500 美元入账。

---

[1] 纽约出版社科沃德-麦肯就是普特南家族出版公司的出版社。
[2] 1951 年，威尔弗里德·塞弗斯在慕尼黑剧院待了一段时间后，转而去好莱坞发展。他在美国战争片《黎明前的决定》中扮演了一个角色。
[3] 阿尔弗雷德·弗朗茨·奥古斯特·内文·杜蒙特（1927 — 2015），德国出版商，画家弗朗茨·冯·伦巴赫的侄子。

1951年6月30日

在我这里[1]和厄休拉&杰克［·马查］[2]喝鸡尾酒。本来是要和J. M.[3]一起吃饭的，可是厄休拉花言巧语地骗我也邀请了她。结果她喝得酩酊大醉（她喝酒很贪杯），陪着我们，然后走出了凯旋门。杰克和我又去了艺术之家跳舞。还喝了咖啡。我喜欢这个传统的美式夜晚，换换口味。

1951年7月3日

跟警察[4]、车牌照继续艰苦斗争着，从一个部门到另一个部门辗转不停，困难重重。我不是注册公民。所以什么都做不成。要是我是一个美国执业公民就好了，一切就可以轻而易举地做到，但是我必须通过德国驾校拿到驾照。

1951年7月4日

今晚我觉得自己胖了，老了，我听到了自己的心声，觉得自己不久于人世。我吓了一跳，很难入睡。我独自一人，一具肉体，终有一天会休止，死去，然后被埋葬。这样想着。这念头太可怕了。挥之不去。三十岁——真是个转折点。我记得娜塔莉亚在卡普里说过："三十岁？你要到三十岁才开始生活。"今晚。我的电影在美国上映，我记得是的。

1951年7月11日

9:30起床，一直工作到8点——然后又用打字机打字——全部重新打一遍。希望不会消亡，我的毅力也不会消失，感谢上帝。

1951年7月12日

在村子里问了问租房的事，终于问到了些东西。今晚在阿姆巴赫，我听说可以在比比切勒租到房间。每天2.50德国马克！太高兴了。

1951年7月13日

在杰克家过夜。7点起床出门，打劫了他的雀巢咖啡、香烟和酒，2瓶戈登金

---

1 原文为法语。
2 帕特在美国认识的一位美国记者兼作家，几天前在慕尼黑偶然相遇。
3 杰克·马查的首字母缩写。
4 原文为德语。

酒。去沃尔夫拉特肖森驾校晚了一个小时，我步行回了阿姆巴赫。到处是磨难，办驾照还有体力上的折磨。接下来还要折腾到霍尔茨豪森去再签个字，然后去沃尔夫拉特肖森再签个名，把这些都拿给教练福尔曼，他给出个什么证明，拿到警察局，最后交两张照片和这些文件。恰好，我正在读一本名为《德国无药可救了吗？》的书，作者叫布里科纳。偏执综合征，军事的长篇大论，等等。德国人集体表现得像个偏执狂。这说明一个问题。毫无疑问，德国人的性情令全世界费解。这在精神分析学家来看就不难解释了。

1951 年 7 月 14 日

今晚在韦德金德家[1]举行盛大的夏日狂欢，我觉得很无聊。德国人喜欢搂着脖子激烈跳舞。沃尔夫说，自从开战以来，丈夫和妻子的行为都更加淫乱。凌晨 3:30 到家。

1951/7/14

我始终拒绝认为自己是幸运的，就像我年轻时拒绝认为自己不幸一样。（在巴伐利亚参加一个德国派对后有感。）

在我身上每隔一段时间就会表现出来同样的美国式的厌倦。同样的苦恼。同样的境遇，同样的不幸，永远无法补救。凌晨三点的黑暗中，我步履蹒跚地走回家。妈妈曾说过，总有一天你在世上的成功会在人言中化为乌有。不会是这样的，因为我会提前交出一切。时间快到了，但我已经交出去了。即使不被接受，我也无可损失。命运开始青睐我，我不再漂浮在奔流不息的青春潮水上。我变老变丑了。精神的部分却在日臻完美。（它永远达不到完美，会有遗憾的。因为找到你的女人后才可能是完美的。）我也永远达不到在意志、财务、世俗方面的强大。我量过身高。是 5 英尺 6.5 英寸[2]，不可能再长高了。今年是我赚钱最多的时期。让一些人很震惊，我无意于此。他们也有让我震惊的地方，但主要是——我羡慕我遇到的每一个人，因为他们不

---

[1] 可能是帕梅拉·韦德金德（1906－1986）在阿姆巴赫的家，她是作家弗兰克·韦德金德和德国女演员兼歌手蒂莉·纽斯的女儿，蒂莉·纽斯也是司汤达和马塞尔·帕尼奥尔的文学翻译家。她和艾瑞卡与克劳斯·曼一同长大，在 20 世纪 20 年代与克劳斯订婚。

[2] 约 172 厘米。

仅被爱，还有自己爱的人。负面情绪如雨后春笋般又冒出来了。我将用我所有的正能量、所有的天赋、所有积极、慷慨和自我放纵的姿态与之斗争。

1951/7/19

独身的危险。灾难性的危险。他只为自己而活，必须自我鞭策，自我激励，超越自我。太难了，所以很不人道，为心爱的人工作就太容易了。爱是如此容易。

1951 年 7 月 22 日

突然之间，我就衰老了：不经常锻炼，不经常写日记。承担起买车的责任，对什么都提不起热情，不注意自己的饮食，不知道自己有多少钱。对命运有无限耐心。哦，这些都是好事！——不要坠入爱河，要耐心，耐心，耐心。总之，要乐观。都是年龄大了的缘故。

1951 年 7 月 23 日

我想把我的书题名为《巨人的脚步》，但玛格特说"不够震撼"。哦，见鬼。这本书很快就会完成了，我就可以考虑下一部写什么了。下一个会短得多。把《陌生人》的手稿留在了乔根街的派珀出版社，然后去拜访海伦娜。有种奇怪的预感，只要我努力，她就会被我搞到手。但我已经厌倦了逻辑辩证。即使现在我真的坠入爱河，那也是一个反复思量的逻辑过程，就像慢慢走路而不是展翅翱翔。

1951/7/26

托马斯·沃尔夫经常被犹太女人吸引。我细数所有的朋友，其中犹太人总是比非犹太人更慷慨，没有一个非犹太人比得上他们。也许这是一种神经质的慷慨，他们无论如何也不想被认为是小气。但这就足够了。这种天性非常可靠，因此也就很真实。在这个时代，还有什么冲动或性格特征能像神经质一样让我们如此放心地依靠呢？

1951/7/27

我想我应该认真分析一下我和我父亲［伯纳德·普朗格曼］的关系。肯定有一些了不起的内容。我把它深埋在完全中立的态度下，埋在十英尺厚的冰冷灰烬下，像路基一样阴暗。当然，也要对他进行心理分析。

1951年7月27日

被牙痛困扰 & 我担心还是人造冠的问题。上帝帮帮我，别再是它。还有——与心理有关——财务困扰。在德国，一千美元像冰在阳光下一样已经化没了。我拿着细齿梳子把我的小说仔细筛查一遍，整页整页地重新打字，只为了加上一句话，这样能从整体上增加小说的分析性或反思性。上帝啊——这是一本多么难写的书啊！就像是在严刑逼供，而不是文字的自然流淌。

1951年7月28日

非常不安。很难维系我想要的社会关系。还有语言，等等。和罗尔夫一起散步、游泳。他待我一贯礼貌，仅此而已。不过经过了这么长时间，他自然也被多情的欲望所困扰。（和玛丽亚在伦敦度过那些美好的早晨，已经是很久以前的事了！我向她致意，向她问候！）也因为，这种脑力劳动已经结束了。（很快，我将投入到另一本书中。也许就不会有爱情的插曲了。）

1951/7/28

金妮——时间完全相同，也是在一本书的创作和完成阶段——我必须再写写"金妮"。我们对彼此实在是知之甚少啊。金妮和我——是两个截然不同的人，虽不是天人永隔，却也老死不相往来。（她哪里会知道，今晚在德国，我坐在这里，正思念着她！）1948我在得克萨斯州写作时受尽肉体欲望的折磨，此时几乎都消失了，那就是种毫无意义的渴望。她是一个阶段，一个时代，一个世界的终结[1]。她不仅仅是一个人，她还是一段时间，一段生活，金妮是我生命中的一段华彩。因为她在我心中的地位永远所向无敌。这个想法会让爱人欣慰吧，时间总会带来新的恋人，使旧情人黯然失色，悄然退场，而这在金妮身上永远不会发生。她和我的青春一样永远值得珍藏。

1951年8月1日

我的车技进步很大。最差的将是考试的口语关。

1951/8/2

阿尔弗雷德［·内文·杜蒙特］的表姐。沃尔夫从开着的窗户看见她走进房间，

---

[1] 原文为德语。

就去跟她打招呼。她身材高挑，面带微笑，棕色短发。一见到她，我就想起了金妮，我就失了神。同样在浓眉上方下陷的额头。短鼻子甚至有着同样的弧度（虽然金妮的鼻梁断了），同样干净饱满的嘴唇，我一看到就想热情地去吻，而我知道不可以，所以我的第一反应就是，我决不能再见这个女孩。我本想在晚饭后就离开，但我不想以后整天自怨自艾，于是就一直待到最后，游了泳，又多喝了几杯樱桃酒。她感知到我有多想和她做爱吗？我想到了作家菲茨杰拉德，径直走到心爱的塞尔达跟前，千万次地希望我也能这样。哦，我的主啊，那么我为什么而工作，我有什么收获？只是能给这样一个女孩献上我的美国香烟，用我的钱为她买杯烈酒啊。来到德国，遇见了她，知道她早晚会结婚，有一天会和一个德国青年上床，而在这男人眼中她和其他众多女孩没有什么特别的不同，别的女孩可以给他生孩子，她也会给他生孩子。对我来说，她是如此美丽，是特洛伊的海伦。对别人来说呢？也许只是吸引人而已。有多少别人？

1951/8/3

我想在这部书中打破所有"小说"的规则。我对小说只有两个标准：它背后一定要有明确的思想，准确而清晰；它必须要有可读性，这样读者每次拿起来都放不下。我只知道要把第二个标准定得比第一个高。

1951 年 8 月 5 日

由于牙痛，几乎彻夜无眠。天哪，得拔掉两颗！上帝啊，生活有时——但即使这样也不会影响到我如今高昂的精神状态。这是一种哲学品质——摆脱对物质的迷恋。今晚努力完成了《凯旋门上的桂冠》。会很好看。

1951 年 8 月 8 日

我 & 塞西尔、泰莎在杰克酒吧喝杜松子酒，喝光了一整瓶。泰莎眼中浮泛着爱意，深情地凝视着我，可真是一个奇妙的夜晚。泰莎 & 我们所有人都开心地喝多了。塞西尔愉快地邀请我和泰莎到他在哈拉彻的家里过夜。他的家是一座豪宅，舒适怡人，泰莎洗着热水澡，像个快乐的孩子。随着怦怦的心跳声，我们越靠越近，塞西尔说他得安排我们俩住在一起。在车里愉快地牵着手，很容易继续发展下去。我们满怀激情地做爱——她毫无顾忌，尽管她说我是她的第一个女人。（她没有理由撒谎，但我怀疑是假的。）她喜欢我是因为我"纤细苗条"。她咬着我的嘴唇，她丰满、强壮、直率，很容易激起情欲。但我们都有点累（或紧张），无法达到高潮。讽刺！——因为最近没有性生活，我一直在有意识地把自己累到崩溃（我已经筋疲力尽），当性生活突然来临时，我却无能为力了！

1951 年 8 月 10 日

写了七封信——包括给派珀［出版社］的一封长信，信中有我第二部和第三部小说的梗概。顺便给了我灵感，我想到了第二本书的名字：《盐的代价》。我喜欢这个名字，就这么定了下来。

1951 年 8 月 10 日

接到了利尔·皮卡德的来信，让人欢欣鼓舞，她接到我在德国写的那封充满爱意的信以后，与我彻底和解了。她信里讲了我的电影在"海滩"影院上映时的趣闻。和沃尔夫共进晚餐，海阔天空地聊着，还谈到我们计划一起写的情色书籍，兴奋刺激。要在法国出版英文版，由巴黎方尖碑出版社[1]出版。

1951 年 8 月 11 日

我的书结束了，可以打包了。收拾好带去慕尼黑的旅行箱 & 决定放弃德国驾照。写信。喝酒。我一直在想泰莎，想到明天的见面就兴奋。当我提到慕尼黑冒险时，沃尔夫问我是不是和她睡过了，我承认了。他说这事对我有好处，让我更快乐，并希望他也有"好事"发生！阿姆巴赫有一半的女人都给他留着床呢！我从来没像最后这几天这么（危险地）朝气蓬勃。以这样的节奏是活不长的，可转念又一想，菲茨杰拉德 & 沃尔夫一辈子都这么过的（平均寿命 40 岁左右！）。我满脑子都是想法、抱负，总的来说，正处于自己力量的巅峰。至于情感生活，艺术家都不想要受拘束或既定的人生。我不妨面对它。

1951/8/15

慕尼黑——晚上，我走到杰克家，就在五个街区外，经过一个美丽的隐约是六边形的公园，波塞特广场，柳条低垂，月亮低低地挂在柳枝间或路灯光晕中：就像灯光

---

[1] 不幸的是，沃尔夫冈·希尔德斯海默和帕特里夏·海史密斯的合作出书计划并未实现。

打在女人头发上，露出丝丝缕缕金色的光芒，细细长长，美丽的鲜绿。我抬头望着那轮圆月，在青黑色的云层后面缓行——我的心是年轻的。我感觉到所有的才能都在激荡。我生机勃勃！（啊，这次旅行！）

1951年8月17日

慕尼黑对我来说算不上幸运，尽管我在这里很开心，在阿姆巴赫也是。但每一项工作似乎都注定要失败，如果派珀退稿——那将是真正的打击。

1951年8月20日

乔［·P］非常镇定，她那种别人模仿不来的和蔼模样，就好像刚经历过一场风流韵事一样（结局多糟糕无所谓），学会了如何享受生活中的感官之乐，幸福过，并且我知道她依然幸福着。我的八卦之心翻腾着（好奇是很客观的，不是主观的，不是吗？）——我能真的爱她吗？我的目标不再是我过去喜欢的虚无的东西。难道我就不会改变，爱上更简单、更可靠、更朴素的人吗？我真心认为我会的。乔 & 我去了卡斯巴赫。美餐一顿。乔对爱伦·希尔只字不提，只说了句"她不跟我说话，但我和她说话——"。

我让乔留下来陪我，没直说，她留下了，慢慢地，但毫不犹豫。如果乔愿意说的话——因为我很好奇她是否有了人，她是否很饥渴（她可能是的），或者她有多喜欢我。"你还没准备好接受我。"我躺在她大腿上时，她喃喃地说。乔还是老样子。我们度过了一个美好的夜晚。乔太棒了。像我恋爱时（比如和金妮！）一样热烈，强壮、整洁、性感的双手。

1951年8月22日

不得不搬家。在司机的帮助下搬去了乔家。一间豪华的酒店式公寓，有热水、床，还有美好的一天。找工作，然后6:30去意大利之家见乔，那里是时髦人和种族歧视者扎堆的地方。去剧院。和乔一起看谷克多的《打字机》，然后在胜利花园喝了一碗汤。这就是我在大学里梦想过的那种夜晚（和生活）——F.斯科特·菲茨杰拉德式的：欧洲、女孩、金钱、休闲、轿车。十二年过去了，现在我也有过类似的一夜了。乔骨子里那么严肃，不会幻想，我们话不投机。但我们有肉体上的交流。

1951/8/25

作家为什么喝酒：他们必须在写作中无数次地改变自己的身份。这很累，但喝酒会让他们自动变换身份。他们一会儿是国王，一会儿又是杀人犯，一会儿是疲惫的业余艺术家，一会儿是满含激情却被抛弃的情人；其他人其实更喜欢一直待在同一个身份里、同一个界面上。（在人类所有错综复杂的心理问题中，这是艺术家最难理解的。）

1951年8月29日

乔又建议我："干吗不打电话给爱伦？"于是我打了电话。我们约好星期天10点开车去兜风。爱伦小心地问我是否更喜欢洛可可风格而不是巴罗克风格的城堡。

1951/8/31

关于情节：一个男人要达到什么目的？他想要什么？或他的目标是什么？给儿子留下比他父亲留给他的更好的生意？为了衣食无忧？早早就纵情声色犬马？为了赢得美人心？当科学家扬名立万？当作家？当音乐喜剧歌手？环游世界？（不，这个就算了。）当个哲学家来认识世界？在我的书中，随着岁月的流逝，在时间的磨砺中，大多数人都已经忘记了他们最初的抱负，那锋利刺人的棱角和夺人心魄的色彩已经被磨没了。他们的雄心壮志就像失去的旧爱，在喝着酒、聊着天时猛然刺痛，让他们木讷地四处张望，迟钝地认出来。"那是我的。"他们看到一张曾经和自己上过床的女孩照片时猛然意识到："她曾经是我的！"勾画一个人的人生目标，看它们如何消失、被遗忘，这就是《不眠之夜》的逻辑线索。先引导读者前行，就像梦想带着人物前进一样。之后简单的生活接手了一切。

1951年9月2日

10点和爱伦见面。我们开车去了泰根湖，喝了咖啡&葡萄酒，然后午餐——直到这时才不闷热黏腻了。她个子矮小，一副雷厉风行的样子，打扮得体，精明，相当不幽默，很有礼貌。结论：吸引力一般。我们在杰克家停了下来，他邀请我们去喝一杯。我换上宽松便裤，气气杰克&让我自己舒服点。愉快的鸡尾酒时间，我们讨论工作的时候，爱伦邀请我去见她的朋友，但我更喜欢待在泰莎那里喝马提尼酒&问爱伦她能不能回来，或者我一会儿去找她。在安家里，泰莎管安叫"毫无恶意的赫伯特"。她们出去买杜松子酒了——&一小时都没回来，我就想去找她们。这时，爱伦打来电话，要来接我。她来的时候，我有点气喘吁吁的，躺在泰莎性感的肩膀上，为了逗泰莎开心，我又是倒立又做后空翻，累得精疲力竭。

1951年9月4日

去了艺术之家——从未[德]化过这么浓的妆[德]。显然我的潜意识知道原因。在一个我没去过的酒吧的一个角落里找到爱伦 & 艾伦。艾伦，一个友好的中年男同性恋，人特别好。我们讲了一些有趣的故事（爱伦的阴郁越发刺激了我）。然后喝得醉醺醺的，不清醒了，回到爱伦家找点东西，然后去阿拉伯餐厅吃饭，她深恶痛绝：空荡荡的，一支吓人的三人东方乐队，还有一只飞来飞去的鹦鹉，咬着我的食指。爱伦 & 我在所有的话题上都会争论或产生误解。也许我太紧绷了，不知道我们相爱了。不管怎样，我们真的坠入了爱河。我们回到她的公寓去听诗歌 & 优美的音乐节目。我让她和我一起坐在沙发上，我握着她的手，感觉像金妮，她的身体也像，很快她就邀我上床。问我想留下还是想回家？我留下来了。啊，她太像金妮了。今晚只有妙不可言——金妮和她之间再没有别人——

1951年9月5日

爱伦做了件美好 & 出人意料的事，让我挺吃惊的。她一整天没去办公室。早餐吃得很开心，她穿着一件光滑的长袍，大多数时间我们都躺在沙发上，一句话也不说，充满快乐。我觉得已经认识了她至少6个月，而且热烈地爱着她。我们开车去泰根湖，吃了午饭，躺在湖边的草地上晒太阳。这就是欧洲该有的样子，只是很少有人发现。而且，我还发现了一份爱。我们去看望了她母亲，她在一个疗养院里养病，然后我们回了慕尼黑，我在她家[1]做了晚餐。喝香槟。聊我过去的故事。上床。"我深爱着你，"她说，"我和你差别很大。你觉得这个重要吗？"我说，"我喜欢差异。"她奇妙地将两种气质融于一身——当我们独处时她热情似火，起来工作时又冷漠如冰。

1951/9/8

感觉：今天早上醒来的时候，大概有十分钟，我什么也不记得了。突然间，我的记忆又回来了，就像一股电流在我体内释放，一瞬间将我困在某个远离地球的空间，然后我又颤抖着回到地球上。我担心自己是不是太小题大做了，可能会让她担心。啊，仁慈的上帝！啊，美丽的世界！啊，走在街上，我内心如此开阔。我高昂起头，

---

1 原文为法语。

所有人都是我的兄弟。（我内心诗人和哲学家的部分对我的傻气颇不赞同，但我今天感觉生机勃勃，心胸更开阔了。）怎么可能呢？她不是像仙女之王泰坦尼亚一样中了邪，爱上了驴子吧？我一次又一次地想象，经过两天的分离，我一看到她，就把她拉进怀里，想象那种甜蜜的痛苦与快乐，那种触摸带来的震撼，那种奇迹。我不是青涩少年，从未体尝过爱情——有过两次经验的。但我也不是成熟老练到毫无知觉，就好像从来没有发生过一样，为什么会是这样？怎么可能？什么造成的？它会被带走吗？啊，也许这爱情不会永存，但至少让它多停留几个月吧。我不喜欢解释。这不是理智可以解释的东西。到目前为止，我们的思想都还没开始交流呢。也许她是个数学家。也许我是个鞋匠。但我们彼此拥有时，便也拥有了彼此的智力和意志。难怪我时不时会感到既害怕又高兴。雷神索尔把一束束闪电放到我手里，我和她的手里。所以很难轻盈又大胆地前行。我记得她的脸，这是坏兆头吗？她的手臂像花瓣一样为我展开，我像蜜蜂一样被困在其间。我怀疑我是不是在用自己的意志力和自己的快乐感染她，把她催眠了。万一我松了手，她不会醒来吗？在彼此心里还有很多、很多事情要了解。她的心会是一片绿树成荫的田野吗？我的心上有一些奇怪的房子，这里曾有一个家被烧毁，我希望我不会给她太多的荒原和灰烬。我的心里有许多大河和小溪，蓝色的、灰色的和绿色的。总有一天我们会在对方的土地上迷失自己。我们将忘记哪片土地是谁的。

1951 年 9 月 8 日

今天非常高兴。给爱伦买了糖果。整天都在想她。我坠入爱河，但感觉很可怕，因为我以为我再也不会恋爱了，因为在我看来那是不成熟的表现。几天前，爱伦让我和她一起去威尼斯——或者我任选一个地方——她从星期五开始有两周休假。天啊，这一切发生得太快了。我们彼此完全信任，于是突然之间我到了欧洲，于是我待在慕尼黑，于是我要留在欧洲。我睡不好，体重不断下降。当然，和她在一起时睡眠特别好。

1951 年 9 月 9 日

昨天写信给妈妈。我现在每两周才写一次信。我终于长大了。爱伦一大早 5 点就打电话来，而不是 7 点——我还迷糊着呢，这样的惊人逆转让我大吃一惊。我手忙脚乱地穿上衣服，因为她想在 15 分钟内来接我。最后我们在意大利咖啡馆吃了饭，我喝得太多了。紧张的压力。生活是如此艰难——（即使面对我们所爱的人）现实远比故事里的更面目狰狞。

1951年9月17日

[威尼斯。] 今天（早上购物之后）中午在哈利酒吧。人声鼎沸，但超级轻松愉快。爱伦喝了两杯美式咖啡，一个小时都情绪高昂，令人愉快。她一直都更喜欢小吃而非正餐。哈利酒吧里满是美国人化妆的、冷硬的、世故的、皱起的、愉快的、疲惫的面孔！在人群中，爱伦显得那么老于世故——只因为她来过威尼斯上千次了，她了解这些欧洲人的面孔和聚会地点，一眼就能判断出谁是个好情人、谁不是。我常常嫉妒她以前的女友，甚至是男友。在她的生命中有一个叫赫伯特的家伙，她21岁时倾心爱慕的第一个男人，却没能嫁给他。她嫁给了法国人让。今晚我什么也不记得了。和佩吉·古根海姆喝鸡尾酒、辛巴达，其他客人看着也像要吐了。佩吉困倦乏力，完全没听进去我的电影的事。

1951年9月21日

[切尔诺比奥，科莫湖。] 充满激情的早晨。埃斯泰别墅（科莫湖畔的酒店）对面的围巾店。给妈妈买了一条。这些天我花钱毫不在乎，并不是说我有钱，而是我迄今为止从未显露过我的这一面，爱伦觉得这样的我很迷人：不切实际、慷慨大方、天马行空、诗情画意、充满幻想、孩子气。那我就表现一二给她看吧。因此接下来的几周就要捉襟见肘了。

1951年9月22日

我们开车去了阿斯科纳。这是一个安静的湖村，却到处都是游客，还有穿着休闲裤的迷人的意大利和瑞士女人。我们喜欢卖甜酒的咖啡馆。在卢加诺午餐，喝了我的第一杯咖啡。我买了本《伴侣》（花了0.65元！）《去哪儿，夫人？》是第一个故事。还登了电影的消息，宣传做得不错。

1951/9/23

阿斯科纳——蛇展。走在卡普里式的狭窄街道上，单纯得如同小渔村的街道，我看到一处亮着灯，门口挂着个招牌：展览[1]。入场费是每人二十法郎。好多玻璃缸，

1　原文为意大利语。

灯光下有蜥蜴、蛇，一男一女极不和谐的搭配，管理着这个地方。男人很强壮，像巴伐利亚人，女人可能是一个女同性恋，大约50岁，黑眼睛很是锐利，头发灰白，剪得很短，穿着一件破旧的人造丝衬衫，她性别体征不明显的身体有些阴柔之气，但说明不了什么。那个男人跟我谈起蛇。我问起躺在沙土上的那个干瘪的蛋。蜥蜴们把自己埋在沙里。在非洲蛇的玻璃柜里，有一条细长的绿蛇，像一根棍子似的在树枝间伸着、攀爬着，静止时像一根警棍，滑动时呈明亮的淡绿色。[德] "是的，那绿色小蛇消化可快了。"[德] 一个巴伐利亚男人对他五岁的听众说。两名来自德国或瑞士的妇女无动于衷地看着另一条同样不超过一英寸宽的蛇，看它先吞下一只活青蛙的头，青蛙腿消失时有点噎着了，然后青蛙的脚也被吞了下去。我喜欢的青蛇来自印度。看着它我仿佛听到了音乐，感觉到丛林慢吞吞、不变的节奏，有种想去的欲望。在下一个笼子里，一条蛇正在吃它脱落的皮，女人想要阻止，不停地拉它。

1951年9月24日

又是一天无所事事，连书都没怎么看。我们喝咖啡，逛商店和书店，打盹，做爱。

1951年9月27日

我们动身去苏黎世，天空依然阴云密布。是下雨了。圣戈特哈德山口最令我兴奋和激动。就像我小时候那些无尽的洞穴[1]一样。苏黎世非常刻板、世俗、富裕。爱伦在这里的商店疯狂购物。今晚我们一掷千金在五星级鲍尔奥拉克酒店入住。我对奢侈的生活有点够了。

1951/9/27

圣戈特哈德山口。沿着公路一路向上爬，石头山峰越来越高，一条条白色奔流的小溪点缀其间，那是阿尔卑斯山纯净清澈的水。天在下雨，也许今年的雨水比往年多，光线使草地变得翠绿，然后像画家的水粉画一样平缓地过渡到深绿色，房子周围有整齐的棕色木制围栏。道路开始七扭八弯。有些山云雾缭绕。汽车在二挡、一挡、二挡之间来回切换，嗡嗡作响。这条路在山口成了铺得很好的坚硬灰砖路。拿破仑曾带着战马、军队弹药车行军至此。路边又有标牌提醒大家这里是军事要塞。第一个防

1　弗吉尼亚州新市场的一处旅游景点，有大量的溶洞。

御工事出现了。(圣哥塔德从未有过军队布防,因为瑞士自从建了防御工事后就从未发生过战争。但是依然布了雷区,我的朋友说,瞬间就能爆炸。)岩石是灰色的、褐色的,道路是长长的环山路,一层接一层地向上爬,陡峭得像在爬楼梯一样。很快我们就几乎不能说话了,耳朵里咔咔作响,堵住了。我坐在汽车座椅的边缘。有一种莫名其妙的极度兴奋——兴奋于这里的高度、历史、空间和大自然的平静冷漠,允许人类用道路征服它,再不辞劳苦地一路攀爬,惊奇赞叹,头晕目眩。我们不断爬升——向上32英里时,我们就到达了顶峰。海拔2400米。我们已经置身云海之中。山顶是18世纪僧侣建造的修道院。一个由水坝筑起的大湖,前面立着纪念1928年一个意大利飞行员的战争纪念碑[1],两只老鹰从山岩上飞起,下边的那只正好挡住碑文。寒冷的雨。我们已经看不见四周的群山,仿佛我们孤零零地站在山峰上,悬在半空中,有点害怕,就像从另一边开始下山的汽车一样小心翼翼。由于某些工程原因,这里的路没有铺,我们必须放慢速度 &. 下山的岩石泛着绿色,褐色的泥土上点缀着锈色的苔藓、草,还有一些雏菊。牛在路边吃草,项圈上有漂亮的大扣子。我们经过十五头正在放牧的奶牛,它们走得非常稳,沉重的牛铃——用锡、铜或铸铁做的,铸造精美,雕刻着图案,铃声悠扬,那节奏听起来像苏格兰风笛,像几十种乐器在打着拍子合奏。强壮的灰褐色奶牛后背湿漉漉的。一只颤抖的小牧羊犬被拴着走在主人身边。汽车在雾中缓缓前行,只能看到前方10英尺的地方。几个弯道处的篱笆被撞倒了。人们到了这里会不会惊慌失措,忘了打方向盘?下山路没完没了。一直通往安德马特。安德马特之前是霍斯潘塔尔:一个干净整洁的滑雪地小村子。从狭窄的街道两旁狭窄的房子之间望去,能瞥见远处绿色山峦的长方形绝壁,半山腰上一座棕色屋顶的房子,一棵树,一片天。现在箭头指向另一个方向:去圣哥塔德,去圣戈特哈德,指引车辆向上行,司机从我们身边开过时都一脸惊恐。雾和雨像黑夜一样可怕。我不会忘记山上到处都是的碉堡,方形的防御工事门,随时准备开火。

[苏黎世。]令人难以置信地干净整洁,除了康涅狄格州的某些繁华小镇外,我从未见过这样的景象。当我们进入斯塔特米特区时,湖就在我们右边。湖水变窄,汇入穿过城市的河道。班霍夫大街是最时髦的街道。美国车,保养很好的电车,车上的

---

[1] 其实是纪念瑞士飞行员阿德里安·弋伊斯的纪念碑,他在1927年因视线受阻而坠机。

每个人都衣着考究，没有人衣着寒酸。全新的轿车每天早上都要清洗。主街。石头建筑看起来非常坚固，窗户装饰繁复。纺车上展示着织出的羊毛材料，模特架子上有黑色丝绸裙子、毛衣、皮制品、鞋子。走马观花地看着象征资产阶级的体面和清高的一切。街上没有一丝纸屑。利马特运河沿线的树木，穿行于桥上的有轨电车，那一座座朴实的桥仿佛就是街道的延续。然而在这背后，是垂柳成荫的鹅卵石铺就的老街，如同旧时的英格兰、法国或德国。啤酒屋的窗口满是鲜花，到处都是圆形的石头喷泉，喷泉里有一个小小的人形雕像，刻有诉说苏黎世辉煌的题词。

我们已经预订了一个酒店房间，但是明天的，因为酒店已经客满，所以瑞士老板完全不关心我们明天是否回来，或者今晚是否还有其他地方可以去，打电话给另一家酒店预订房间，要收我们20美分。鲍尔奥拉克酒店不允许我们把车停在院子里，尽管那里还有其他几辆车。前台后面那个长着长长的大龅牙的男人——大块头，深蓝色西装，典型的瑞士生意人——对一位美国客人讲英语。旅馆房间里有可以从床上打开门锁的电钮。精选咖啡馆，在一个小广场的角落里，挂着白色窗帘，是一栋现代建筑。我走进去，爬楼梯到二楼。这是一个知识分子的咖啡馆，瑞士民众中最邋遢的学生群体，在这里喝咖啡，看报纸。还有穿着未熨烫的裤子的男人。他们如今高举什么火炬？除了哈维的血液循环理论[1]，他们还相信什么？

1951年9月30日

打包准备离开。我非常犹豫不决，自觉无用武之地，还隐约有种负罪感，因为我在这里没有履行社会义务。我不会真正满足，除非我像橡皮筋一样被拉扯。只有掌握更多的社交礼仪，我才能放下美国人这种必须做点什么的习惯。我正准备去萨尔茨堡工作。

1951年10月2日

［慕尼黑。］今晚在麦格劳兵营看了希区柯克的电影《陌生人》。总的来说我很高兴，尤其满意布鲁诺这个角色，和书里一样，他把电影支撑了起来。我错过了开场的5分钟，因为爱伦 & 我迟到了。杰克·M站在那里——爱伦早已严格指示我，她无论在哪儿都不会和杰克 & 泰莎一起吃饭的——因为他们社会地位太低。接下来是

---

[1] 英国医生哈维（1578—1657）研究发现，在人体生理学中，血液的运动规律占有重要的地位，对它的正确认识有助于进一步了解人体的其他机能。

我生命中最棘手的时刻，电影结束后杰克想陪我们。爱伦一点也不支持我，她用眼神指责我想一个人去和杰克 & 泰莎吃饭，还有别的事也让我反感，真是不可理喻。最后，杰克自己和我俩去了黑森林饭店，结果是皆大欢喜。可是那次经历让我紧张得消化不良，浑身冒汗，完全不知所措，脑子里一片空白。爱伦竟然能如此令人厌恶，尤其是她的声音——我在杰克面前感到羞耻，他也许是个无产阶级，但他依然是个真正的男子汉。"一出问题，你就开始酗酒。"爱伦指责我。（错怪我了——如果真有人逼我酗酒的话，那就是她！）

1951 年 10 月 3 日

乔说："爱伦天生就老气横秋。总有一天你会彻底厌倦了转身离开的——因为不值得。每个人都会这么做。"我向乔讲述了我们的旅行。总的来说，我是故意给她一种印象，爱伦 & 我很快就不会在一起了。我必须回去工作，等等，不能在慕尼黑或爱伦附近工作。爱伦对此很满意。

1951/10/4

心中的悲秋，古老的悲剧，泪水，痛苦的回声，以及在哭泣中大声呼喊的空洞回声。我一直盯着她看，直到我不再认识她，也忘记了她的名字，只认得她的外形、骨骼和眼窝的阴影，然后我开始画画，收音机里播放着肖邦的练习曲。噢，我的钢笔画画得多漂亮啊！秋天即刻出现，夜的暗影不断升起，告诉我，有一天你将不再和你爱的她在一起，而你画画的手、你的才华、你的欲望、你的勇气、你的无私、你画画时的幸福，这些都将永远伴随着你，即使你已年逾古稀、牙齿落尽、贫穷孤独，但是她呢？她正在灯光下——我能听到她的呼吸——她会消失，更糟的是，几乎被遗忘。悲痛的和声在我心中吟唱，我紧紧追随着遥远的戏剧，泪水夺眶而出。

1951 年 10 月 5 日

收拾行李去萨尔茨堡，下午 4:30 出发。非常高兴。和乔一起吃午饭。非常紧张。她想给爱伦一只硬毛腊肠犬，以代替她的爱。

1951/10/7

萨尔茨堡——早上 8 点，从旅馆的窗户望出去，看到灰蒙蒙的一片。深山的秋雾薄薄地笼罩着小镇，遮住了黑色的屋顶和塔楼，使远处的石头城堡和宫殿变得苍白如鬼魅。通往堡垒的方向直线望去，最少能看到四座尖顶塔楼——一座带钟，一座顶着金色球顶，一座状似针尖，一座是厚重的泰罗利亚尖顶风格，在乡下都演变成洋葱头或双洋葱头尖顶了。远处，堡垒坐落在山顶，长长的，灰色的，有一排小百叶窗。树木从它的侧面一直延伸到城市里。再远处，烟雾缭绕的蓝山几乎看不见。从下面的广场上传来两匹马的蹄声，一辆马车走进视野。喷泉上有白色大理石马，精致的栏杆环绕着整个水池，滴水声清晰可闻。水果商人正在打开手推车，摆放着苹果、葡萄、土豆、桃子，还有奥地利人放在汤里的一种不知名的长根。此时，太阳短暂地照耀着，首先照在教堂塔楼的金色球顶上，沿着一个黑色屋顶的屋脊，照在一片青葱的森林上；然后又消失了。

1951 年 10 月 20 日

　　今天早上我们一直赖在床上。我们为什么要起床？吃完早饭我们又回到床上。我们是人间最幸福的人。但我们都不在人间了，这些天我们都在天堂。我肯定不在，连爱伦都感觉到飞升天堂了。我们谈到了性格——她说她猜不透我的性格。或许她的意思是，我多么不合逻辑。她说，不知道我是如何在这个世界上独自生存的。我猜她是说，我记不住数字，我好像什么人都相信。说完，她喝了一杯杜松子酒，起床穿衣准备吃饭了。后来，我们去弗洛拉喝白兰地，继续聊天。她说：上个星期她一直很担心，因为她认为她只是我的过客。现在她不这么认为了。她怎么会这么想？我从来没有这么爱过任何人，包括金妮在内。（终于走出来了！）她拿来了玛格特的来信：科沃德-麦肯出版社喜欢我的书！我真高兴！销售总监也喜欢，这很重要。偶尔，我会想插进去一个段落。也许还可以插进去。该死的——这书越写越长。瑞典还寄给我一张 200 美元的支票［给《列车上的陌生人》］。总的来说，目前我的财务状况比我预想的要好。

1951 年 10 月 22 日

　　我们有鲜花、收音机、书籍——我们有寂静与和平，有当下，最重要的是还有未来。（我还有月经。）早上 7:15 和爱伦一起吃早餐。看到她要走，感到很沮丧。当她离开时，我就进入了另一个世界。爱伦昨晚说："你和我是一个奇妙的组合。我知道。我一直知道。"（我们两个截然相反，走向两个极端。阳刚和阴柔也体现在完不同的方面。）她就像一个装满玉兰花瓣的碗，柔软洁白，光亮又朦胧，温柔又甜美，我沉溺其间，但也能呼吸。当我和她做爱的时候我让她沉醉。她说："你是我见过——听过——读过的最好的情人。"……还说："我不知道你会这么说。我已经想好了。"这周她高兴多了。这是最好的一周。

1951 年 10 月 25 日

今晚是我多年来最满足的时候。我想要的一切都有了。我与自己和平相处。老实说，算起来，我已经有六个多月没这么开心了——这还不算其他的各个时期。该死的月经还在继续——第五天——一整天都没有，下午 5 点突然来了，像水龙头一样。太吓人了。

1951 年 10 月 26 日

爱伦的信。很漂亮，一页上写了很多。（我想起罗莎琳德的信——顿觉羞耻。我那时真没有眼光。）"……知道每时每刻我都爱你，永远不会改变。"一生一世。写[《不眠之夜》]的笔记，写了满满一页黄纸，有人物和各章节的概要。但不会按照"章节"来写。不用引号，也不加散文式的描写和背景介绍。每个人都会有自己的风格，这可能需要实验。

她 7:15 来的。我们俩都还有点紧张，但好多了。她在的时候，我就要这种感觉。我们吃晚饭，读邮件——安·S写信来说她从祖母那里继承了 30000 美元。我们讨论财务问题——爱伦一刻不停地想着这些问题——她说，"你不知道吗？我知道我有多少财产。我可没那么蠢"。这意味着她是个不理财的艺术家。更多的时候她会说："我爱你。我真的很崇拜你。你正是我想要的。"

1951 年 10 月 30 日

今早悠闲地开始写《不眠[之夜]》。写到第六页。我很满意。但目前还看不出来什么。风格可能会改变。我可以很自然地写出打动人心的、容易理解的文字，困难在于怎么让它具有可读性。祈求上帝让困难消失吧，有您的帮助会成功的。

我渴望得到玛格特的消息。感觉如今很依赖她。今天晚上很沮丧。我想知道为什么——因为一本新书的开头总是不可避免地堕落吗？每一本书没写之前都是完美的。

1951年11月5日

累了。希区柯克在找新素材，如果我有什么新奇的想法要告诉他，他会付钱请我去伦敦。

1951/11/15

一个人住，绝对地独居。无聊是不会发生的。也没有通常意义上的孤独。只是紧张、节奏和韵律感没有了——这就够了。生活变成了一张松弛的帆。就我个人而言，我并不很擅长规避孤独中的疯狂（如果疯狂要在孤独中出现的话）。我原以为我会的。也许我对细节考虑太多了。对于寂寞孤独的人来说，这就像热爱自由和广阔的开放空间一样糟糕。

1951年11月27日

审判之日。一整天都在紧张地工作。爱伦今晚精疲力竭，又一次把我打发回家了。哪怕和她只躺一会儿也好。我是如此缺乏安全感，不被宠爱时就感觉很受伤，太荒谬了。今晚聊起了危险的话题，讨论我有多不自爱、多自私等等。使劲拉开我们之间唯一的裂缝，走向最终的分手。我像站在深渊的边缘般浑身颤抖，同时又提出立即分手，使出浑身解数来使我俩前途惨淡、鸿沟日深。

1951/11/30

爱人之间的这种激烈争吵，这种武装冲突，一方按兵不动，静等对方求和，另一方却说什么也不肯退一步海阔天空：两个相爱的人隔着深渊凝视着对方，就像交战的两支军队一般不知所措。（这废话连篇！这小心翼翼！这不切实际，这自私自利，这冷酷无情！）我受不了！宁可孤独到死，也不要这样！我受不了了，我宁愿无聊寂寞，都比这野蛮强。

1951年12月1日

我对腊肠犬有一种奇怪的嫉妒，因为它也爱上了爱伦，表现出同样的缺乏安全感，需要不断的安慰。她不坐在旁边，它就不吃东西。它霸占着床的一边。今晚我们看完《白痴》回来，它快把房间拆了，衣架全推翻在地，把我给爱伦做的漂亮的圣诞礼物包装撕了个粉碎，还在地板上拉屎。我气疯了，如果它敢撕我的手稿，我肯定会把它掐死的，非得让它见血不可。它毁了我们今晚的计划。

1951/12/4

如果每一个写书的人都能有理想的写作环境，世界文学将会有多大的飞跃啊——一个安静的房间、规律的生活、没有焦虑。作者的要求是如此简单，然而现代社会中最难得到的就是隐私，代价也最高。也许一千本书中没有一本是在理想条件下，也就是说，在作家的最佳状态下写出来的。世界上到处都是点灯熬油、在嘈杂难受的房间角落里写作的作家，还不得不停笔去打工，只有那些胸中燃烧着强烈信念的作家才能成功。鉴于这个时代作家的心理缺陷，适者生存的残酷法则也不完全公平。

1951年12月10日

爱伦气急败坏地离开了，因为没睡觉 & 我开罐装牛奶时笨手笨脚的。（我一向笨手笨脚 & 爱伦从来不会错过任何骂我的机会。）

1951/12/20

我有一个品质，深不可测——忘恩负义。忘记得意义深远，忘记得情真意切，所以对我自己极为不利。我不记得我过去的任何成就，也不可能从我的美德和天分中汲取道德力量。休息一天，我就能忘记那个爱我的人和我爱的人，连写过的好句子都能忘了。

1951年12月24日

12:45 杰克来了。感冒了。今晚我们用香槟庆祝圣诞节——萨尔茨堡送来的新白衬衫——被爱伦剪了。因为杰克感冒，气氛有点沉闷 & 后来大家都沉默了。爱伦的自动铅笔弹簧断了——而我被太多的礼物淹没。我不确定爱伦会喜欢这枚戒指并戴上它。她说它需要做旧处理。我发誓我一定会补偿她的——给她买条项链吧。

晚饭后我很不舒服——爱伦坐在床上教训我总是心不在焉，说我老不回答她 & 让她觉得我就像不在身边一样，等等。她觉得我太自行其是了，确实如此 & 萨尔茨堡的工作持续的时间比我预想的要长得多。这本书写了两个月，而实际上不应该超过六个星期。爱伦的慷慨陈词让我觉得只是幌子，后边还有更严重的指责等着呢——在她面前，我很难为自己辩护——因为我独自写作，显然就是自私的、自利的，对谁都没有好处。今晚的高潮是我 12:45 从午夜弥撒回来，很晚上床睡觉时把她吵醒了。（我饿了，睡不着觉，但这不是重点。）她声色俱厉地指责我，自打我们认识开始我每天晚上都这样做，然后宣布我们必须立即分手。最后还说，在慕尼黑，我必须把她当作一个普通的朋友来对待，因为我太迷恋她了。

1951 年 12 月 25 日

最不像圣诞节的圣诞节。爱伦起得很早 & 打着手电筒离开了。我感觉很凄凉；懊悔没有让她的圣诞节更快乐，更加懊悔除了星期五晚上，我们最近在床上除了（为我）对她睡眠的生理需求麻木、冷漠而争吵、道歉、指责外，再没做过什么。她说自从 9 月见到我以来，她一直失眠。就像形成了固定模式一样，我又犯了习惯性错误，我心烦意乱，陷入怀疑、自卑、懊悔、失望——沮丧的泥潭中，告诉她，在慕尼黑，我恐怕再怎么好心都做不到更好 & 不如我留在萨尔茨堡吧，对我们俩都更安全。这是昨晚的事。爱伦非要我来。

1951 年 12 月 26 日

商店又关门了。今天写了一个 9 页的短篇小说自娱自乐——讲的是一个男人扮演自己失踪的儿子的故事。但我对这个房间、这种生存状态、这种孤独，感到极度厌倦。大脑的交流区域已经生锈了。毫无疑问，这就是问题所在。此刻，我最好地印证了那句老话：只工作 & 不玩耍……[1]

爱伦给了我很多——很好的——东西——一件灰色灯芯绒衬衫、一个粉盒、长筒袜、一对装在皮盒子里的酒杯、一件漂亮的像《小勋爵方特勒罗伊》中提到的白色丝质女式衬衫。商店关门时，这个小镇对我的吸引力远不如墓地。我一个人在楼下吃饭，什么也没有，了无生趣。

1951 年 12 月 31 日

平庸的一天。我仍然不开心——因为爱伦 & 我的关系，睡眠很差，一个人。我从来用不着求人和我上床 & 也没这个打算。她没意识到吗？今晚我爆发了 & 提到了昨晚喝酒时说的那句话。她先说："对不起。"然后又说我在小题大做。我只是告诉她，她一定是习惯了对德国下属颐指气使。她连一只狗的尊严都没给我。我们在剧院看了［戈特霍尔德·埃夫莱姆·莱辛[2]的］《米娜·冯·巴恩海姆》，制作精良，塞弗

---

[1] 一句英语谚语，下半句是聪明孩子也变傻。

[2] 戈特霍尔德·埃夫莱姆·莱辛（1729 – 1781），德国启蒙运动时期最重要的作家和文艺理论家之一，他的剧作和理论著作对后世德语文学的发展产生了极其重要的影响。

斯也去了。穿着晚礼服去的。我还是气得发抖 & 强忍泪水。这一切给我们的关系造成了多大的鸿沟，即使补上了，也是永远的痛处。妈妈寄来两张便条 & 冷燕麦水果蛋糕，深受爱伦的喜爱。美丽的蛋糕盒子让我分外思乡。去参加了盛大的新年派对。我和心爱的人一起度过的第一个新年，现在却毁于彼此的压抑、防卫等等。毫无疑问，我们都已厌倦。凌晨2:30回家。

1952年

从很多方面来看，1952年对帕特都是艰难的一年：她找不到内在（或外在）的平静，无法专注于工作；著作的版权费勉强能够维持她的生计。然而，最令她心烦的是，她对恋人爱伦·布卢门撒尔·希尔的感情变化像坐过山车一样大起大落。二人的关系持续恶化，变得剑拔弩张，她们无端地相互指责，生活步调也不一致，重要的是，她们的需求完全不同。生活通常繁琐忙碌，两个女人在欧洲到处旅行，穿梭于法国、慕尼黑、意大利和瑞士之间，很少在一个地方能停留超过几周的时间。

年初，帕特仍然住在慕尼黑施瓦宾街区爱伦附近的一家普通酒店里。她们做爱、争吵、再和好，你离开我，我再离开你，可两人都无法完全放手。爱伦有一条硬毛腊肠狗叫亨利，这条狗——以及帕特的酗酒——令两人渐生嫌隙。1月中旬，二人开着爱伦的小菲亚特车前往巴黎，参加《列车上的陌生人》的法译本首发仪式。帕特被无数的采访请求、热情的书评和赞誉所包围，评论家们把她与她的文学偶像陀思妥耶夫斯基相提并论。卡尔曼-列维成了她在法国的出版社，在她的余生中，一直与这家出版社保持着彼此信赖的伙伴关系。

1952年5月，《盐的代价》一书由科沃德-麦肯出版社在纽约出版，署名为克莱尔·摩根。继精装版发布之后，平装版权也马上卖出，从而缓解了一些财务压力。然而，在她的日记中，作家自卑地说，她收到的6500美元，是平庸的写作所得的可观费用。

同时，在不太理想的情况下，帕特正在竭尽所能完成她的第三本小说，《不眠之夜》。帕特的两位美国出版商——科沃德-麦肯和哈珀＆兄弟——都拒绝了这份命运多舛的手稿。一年的工作付之东流。

为了弥补这一重大的财务亏空并勉强维持生计，帕特又开始写短篇小说，但她在纽约的经纪人却很难找到任何出版商，这让她忧心不已。她写了一些游记，包括她和爱伦从巴黎到蔚蓝海岸的夏季公路旅行纪事，以及她深秋时节独自一人在佛罗伦萨的巴托里尼旅店——一个破旧的旅馆——的记录；这些作品充满了情景喜剧的特点，读者根本想不到作者的财务困境和不幸的爱情生活。与《读者文摘》的合作计划失败了，应阿尔弗雷德·希区柯克要求写的故事构思也惨遭滑铁卢。

帕特并不气馁，开始构思她的第四部小说《被激怒的男子》（后更名为《犯错者》）。故事讲述一个男人想模仿在报纸上读到的谋杀悬案，谋杀他嫌弃的妻子，这位受害者与爱伦离奇相似。但是，由于帕特缺乏灵感，爱伦又不能忍受打字机噼啪的声响，因此这本小说的创作毫无进展。

她与爱伦间的冷漠伤情也影响了另外两篇先后创作的短篇小说《人类最好的朋友》和《归来者》。第一篇讲述的是一个男人想要自杀，以逃避他的德国牧羊犬轻蔑的目光，那是一只比主人强得多的动物。第二篇描述了一对夫妻关系的逐渐恶化；故事背景设定在慕尼黑，谈到了战后德国依然普遍的反犹主义，《归来者》是海史密斯作品中罕见的具有当代历史政治背景的故事。

到了10月底，帕特再也无法忍受与爱伦的新一轮心理战，独自逃往佛罗伦萨。终于能够独处的她却立即开始思念爱伦，痛恨自己的浮躁，想念母亲，思念祖国美国。

在波西塔诺的一天早晨，帕特走到酒店房间的阳台上，发现远处有一个穿着短裤和凉鞋的男人在海滩上散步，肩上搭着毛巾。他似乎陷入了沉思，周身散发着一股神秘而迷人的魅力。她再也没见过这个男人，但就是这几分钟的时间，让他成为举世闻名的小说反英雄人物汤姆·雷普利的原型，最终助力帕特里夏·海史密斯取得了文学上的突破。帕特在日记或任何笔记本中都没有记录这个时刻。直到1990年在一篇关于"雷普利"系列小说创作的文章中才首次披露这一细节。

———◇———

1952年1月1日

比德斯坦［膳宿公寓］[1] 还没准备好，就暂住在爱伦家里。带着爱伦的狗亨利散

---

[1] 一家民宿，提供一张床和早餐，就在施瓦宾街区的一个公园——英国花园附近。

步到了英国花园 & 赶上了冰雹 & 暴风雪——太可怕了。

1952 年 1 月 5 日

今天中午和爱伦一起开车去格蒙德和她妈妈吃午饭，席间非常愉快。我们遭遇了暴风雪，汽车在爬坡时失去了控制。我已经下车了。爱伦下车的时候，我 & 另外两个人只得紧紧拉住车子让它停下来。另一辆车撞到了——价值 600 马克的——左车门，亨利吓坏了。这次出行太可怕了，我们坐火车 & 又坐出租车，到家时已经晚上 6 点了。连爱伦都建议喝一杯烈酒。我们喝了马提尼酒——然后上床睡觉了。这倒很令人愉快。我也在这里过了一夜。不幸的是，爱伦不能睡窄床 & 必须去另一个房间。

1952 年 1 月 6 日

杰克［·马查］打来电话——爱伦和我一起在比德斯坦。他邀请我们今天下午过去——听唱片。我们高高兴兴地带着亨利（真是不小心）乘坐 22 路巴士去了。喝了几杯很棒的马提尼——回家 & 给爱伦做了一杯薄荷白兰地，冲一冲她浑身的无产阶级气息。我对这样的人更包容，因为我认为他们总比没有信仰强，毕竟在慕尼黑这里什么信仰都没有。

1952 年 1 月 7 日

我很厌烦 & 不知道这个月能否完成我的书［《不眠之夜》］。听说爱伦的意大利语派上了用场 & IRO[1] 会换种形式继续保留。她太急于找新工作了，我肯定要是有工作机会的话，马略卡岛计划就泡汤了。所幸不会那么快就有的。不管怎么说，我一如既往地在厨房里施暴：色拉油溅到桌布上，一股子洋葱烧焦的味道——我做洋葱，100 次里有 99 次会是这结果，爱伦对此深恶痛绝。我在饭桌上喂狗。她也不喜欢我来基茨比赫尔穿着夹克衫，她明显是想在这里把我打扮成一个蠢蛋。我（总是）竭尽我在德国的经济能力带东西过来——糖果、油、坚果饼干，我还能做什么呢？我今晚离开了，一刻也不能再待了。我愤怒至极。而且很累。

---

[1] 联合国的国际难民组织，成立于二战后，一直运营到 1952 年，后来被联合国难民事务高级委员会（UNHCR）取代。

1952年1月8日

　　冷静下来后，给E.写了一张便条。此外，我不能忍受她如此尖锐 & 不断的批评。她上午带着我的行李箱过来了。她认为一个拥抱就可以治愈一切。她并不完全了解我。所有这些怨恨——永远都会是这样，一直到最后分手——不是因为它本身，而是因为爱伦的非凡才能，她擅长刺耳、野蛮、不人道的语言，这些话非常残忍、尖刻，一说出口就产生伤人的效果。她的情绪，甚至感情（除了冷淡的礼貌外）很少表露出来。她保存着我的信件。在本可以柔情似水的方面，她表现的都是残酷。完全没有真正的温暖，在社交场合从没有表现过任何热情好客和对人类的弱点、愚蠢、冲动、信任、狭隘和虔诚的同情——简而言之，凡是人类精神强大 & 软弱导致的错误，她都不原谅，恰恰是这些错误才使人成为人，使个体具有人性。尽管今天搞得很尴尬，爱伦还是想跟杰克 & 我一起吃饭。我支支吾吾地不给她明确答复，激怒了爱伦。我说杰克 & 我想讨论文学的事情，不想让她在场。

1952年1月10日

　　星期五晚上，乔邀请爱伦 & 我去她家喝几瓶酒。爱伦从头到尾都只吃点心，我喝了4杯马提尼，几乎没有醉意 & 听着音乐。爱伦想继续待着，我觉得我该走了。我走了，去了杰克家，发现他不在，然后去了利奥波德斯特 & 被一个叫鲍里斯的人带走，带到了西格斯花园，我在那里喝咖啡 & 跳舞。凌晨12:45回来，完全清醒，却发现爱伦在我床上泫然欲泣！她突然变得非常温柔，给我擦鞋，说她以为我掉到伊萨尔〔河〕里了。

1952年1月16日

　　各种混乱——只要爱伦在职业道路上遇到一丝颠簸，马上就会天塌地陷。现在，库尔特、克拉丽莎有工作了。乔·P估计也有了。爱伦目前还一无所获。这种压抑和不确定感让爱伦一下子默不作声了，然后就用尖酸恶毒的话向我发泄，要是我询问她工作的事，她就会不耐烦地打发我，"这有什么难理解的吗？我还以为你智商很高呢！"天啊，要是爱伦能把自己的问题放下一会儿就好了！那么她 & 我 & 我们周围所有的人得多幸福啊。她的聪明才智一半都用来琢磨自己比周围的所有人都高明之处，从她的司机到杜鲁门总统，一网打尽。

1952 年 1 月 17 日

昨天收到了玛格特的信。《陌生人》在瑞典的连载权只带来了 40 美元的收益！昨天晚上——和爱伦聊了很久，她想知道我具体有多少存款，我没有告诉她，也许是出于傻傻的自尊——& 如果我变成了穷光蛋，我也不会继续待下去了。我更愿意去美国，在那里可以找工作。对她来说，这是背叛。我们有不同的经济认知。我太清楚麦克道威尔的作家们[1]是如何靠别人生活的 & 我可不想像他们一样。我知道，要想长期留在欧洲，小说的销售额必须比目前的高。我仍然很乐观。我可以预见未来两年的发展——但爱伦现在就要答复。收到了一封母亲的来信。他们买了一栋房子，虾粉色的，位于[沃思堡]西松街 56 号。杰克·M 打来电话，告诉我故事线索不足，人物间互动不够。[让诺的妈妈]莉莉寄来一张可爱的卡片，说《陌生人》"很深刻"。她读了两遍！

1952 年 1 月 18 日

发烧 & 低烧 37.8 度。阅读收到的书。杰克 & 爱伦在黑森林吃晚餐，爱伦努力表现得正常 & 友善。但并不让人愉快。她不愿进入我非常单纯、平凡的友谊世界，这对她的智力来说可能太简单了。因此，麻烦总是在酝酿中。

1952 年 1 月 19 日

今天我三十一岁了。和圣诞节一样无声无息地度过。爱伦中午去苏黎世了，留下亨利 & 我，我还有点病恹恹的。我照看店面 & 读读书。这样过生日也不错。

1952 年 1 月 22 日

爱伦想让我去见人，却不让我单独见他们，也不让我和她一起见人，怎么样她都不满意。结果是，我觉得我现在不可能交到朋友，只能留住我现有的朋友！

1952 年 1 月 25 日

和杰克一起看电影。谷克多。然后去喝了马提尼 & 去了艺术之家［的狂欢节舞

1　1907 年，作曲家爱德华·麦克道尔和他的妻子玛丽安在新罕布什尔州彼得伯勒建立了一个艺术家的聚居区。著名的居民包括亚伦·科普兰、李奥纳多·伯恩斯坦、桑顿·怀尔德、爱丽丝·沃克、迈克尔·夏邦、爱丽丝·西伯德和乔纳森·弗兰岑。

会]。爱伦也受到了邀请（J. 一直都邀请她）& 她琢磨来琢磨去，又不去了。狂欢节[1]的好处是——粗犷又美好的乐趣 & 穿着狂野装束的德国人非常需要的放纵。回家已经是深夜了，发现爱伦像往常一样醒着 & 等我（凌晨 3 点！）。她唯一表现出十分温柔的时候，就是她认为我已经与别人跑了或打算私奔，或者她看到我被别人吸引的时候。

1952 年 1 月 27 日

写完《不眠之夜》的最后几页 & 非常艰难，作品质量差，因为怨恨 & 因为我都不好意思用她的客厅工作。杰克星期六晚上在喝马提尼酒的时候说："我只是希望她不要改变你太多，帕特。你有你的个性。" E. 也不是你妈妈，等等。

1952 年 1 月 29 日

前往巴黎。上午还有宿醉，杰克在工作时间 11 点打电话来，要给我带一个小粉盒。在我离开前的最后几天里，他对我的感情深了起来，他非常感激 & 很令人感动。爱伦说一直和他住在一起，对他 & 他和我之间通电话都很厌烦。不管这一切是否纯粹出于嫉妒——我恐怕她 & 我的朋友之间会一直如此。

1952 年 1 月 31 日

法国塞尚酒店是巴黎男人带情妇过夜的餐厅酒店。天气很冷。我们在一家小餐厅度过了一个愉快的夜晚。9:10 就上床了！我从来没有因为不能开车而感到如此内疚 & 爱伦时刻提醒我是一个没用的乘客，她包揽下所有的工作 & 责任，我甚至连路线图都看不懂等等。天哪，我多么渴望有一个快乐的旅伴！

1952 年 2 月 1 日

11:30 到了巴黎！这座城市挤满了汽车。我们在圣宝莱酒店下榻。纳蒂卡［·沃特伯里］和玛丽亚在罗马。我和珍妮特［·弗兰纳］通了电话，约好共进晚餐。依爱伦看来——一个重要的老太太，精神抖擞，就是记性不好 & 已经有老态龙钟的迹象了。她还特意批评了她竟然以为 IRO[2] 是个美国组织，其实是联合国的。我们在珍妮

---

1 原文为德语。
2 联合国国际难民组织（International Refugee Organization）的缩写。

特最喜欢的右岸酒馆吃饭。我邀请了她。巴黎的第一晚很美好，很幸运。爱伦很愉快。

1952年2月2日

上午11点打电话给莱恩。她穿着宽松便裤，12点突然出现在了花神咖啡馆[1]，她本来是要去跳蚤市场的。爱伦听完我的推荐，看到她本人很失望。我看得出来，只要是我特别喜欢的人，E. 都会特别反感。莱恩买了一间公寓，现在她算是真正的巴黎居民了，比以往更幸福，更放荡不羁了。爱伦认为她新认识的朋友相当可怕，莱恩和布朗克斯区的犹太人差不多，和杰克·马查一样，她说我这类朋友太多了。我只知道晚上从来都是由 E. 的情绪支配的——从来都是瞧不上眼 & 累着了 & 吓着了。我想一个人单独见莱恩 & 却发现爱伦根本不允许。

1952年2月3日

这次期待已久的旅行就这样变得支离破碎，因为 E. 说我有朋友在这里，所以总"占上风"，可哪次没邀请她呢。只有今夜还稍稍好些。我们的生活方式简直是南辕北辙。

1952年2月3日

5点的时候见到了卡尔曼-列维的人（M. 罗伯特）。他给我看了12篇（很好的）评论，一些纯属胡说八道。但都是好评。请我一同去吃晚饭，晚点再喝一杯。6点在里尔街5号埃斯特［·墨菲］·亚瑟[2]家。这是一幢漂亮的转租公寓，富丽堂皇。埃斯特比平常更有趣。我们度过了一段美好的鸡尾酒时光，愉快地道别了。我送给她一盆红花。爱伦 & 我吵架——一直吵到我们走进亚历山大酒吧见到 M. 罗伯特 & 一个小姑娘才停。那是一个很讨人喜欢的红头发姑娘，她真的读过我的书！他们安排了明天的新闻采访——之后送我回了家。

---

1 巴黎最古老的咖啡馆之一，光顾的客人中有非常著名的哲学家和作家，如乔治·巴塔依、罗伯特·德斯诺斯、雷蒙德·凯诺、巴勃罗·毕加索和尤金·尤奈斯库。自1994年以来，由弗雷德里克·贝格贝德创办的赛马花神奖每年都会在花神咖啡馆颁发。

2 纽约社会名流、知识分子埃斯特·墨菲（1897—1962）和帕特一样，是珍妮特·弗兰纳的朋友。

1952年2月4日

我给［詹妮·］布拉德利打了电话。晚上6点和她见了面。布拉德利非常迷人。海阔天空地谈着，就是没谈我的书。我已经看到了：*L'Inconnu du Nord-Express*[1]，书的封套很漂亮 & 翻译也很好。度过了一个非常愉快的夜晚，就我们两个。

1952年2月7日

11点接受了新闻采访（在剧院里）。我的回答很坦白，把爱伦吓坏了。我本该说我喜欢这个国家，觉得这里的人的道德很高尚，等等。结果我却说，我在坐车时觉得法国人很没礼貌 & 还说我喜欢纪德，因为他的宗教态度。记者是个天主教徒，年轻知识分子都是这样。见鬼去吧。爱伦说她很累，说她想待在家里或去看电影……莱恩7点打电话来，我和她约好8点单独见面。当然，E. 又对我大发雷霆。莱恩带我去了圆顶餐厅，莫妮克常去的地方，里边挤满了同性恋年轻人 & 普通的波希米亚人。莱恩喜欢这些。爱伦说她一身反传统气息，肯定是和女人上床 & 爱伦和我都无法解释为什么莱恩从来没和我上过床。

1952年2月8日

今天早上很饿，然而我们的计划是要在出发前去小酒馆里吃一顿真正的早餐，结果在严肃的忙乱 & 旅行的冷漠中落空了。从始至终，都没有对旅程中发生的小意外有过会心的微笑，也没有片刻休息能来点突发奇想或欣赏一下乡村美景。只顾赶路！我们刚刚到了里昂，我就冷不丁遇到了杰曼 & 她丈夫。我们和他们一起吃饭。狗也优先于所有的人类。如果那条狗得不到该死的牛奶，那代价就大了。而且，晚餐时我要给他我一半的牛排，对我来说这是一天中最好的一顿。（不像莱恩，爱伦中午不会停车吃饭的！）所以我有时会恨这条狗：尤其是在它脏兮兮、迷迷糊糊 & 不听使唤地上床挤在我俩中间的时候。

1952年2月9日

7点到了卡涅，筋疲力尽 & 浑身脏兮兮的。在里维埃拉，雪地靴 & 所有衣物都穿上了。离开慕尼黑好几周了，我们第一次见到了日出，欣喜若狂！我想到了一个构思，写一篇关于一对夫妇去旅行的故事，他们选择用艰苦的方式去做每件事，选择乏

---

1 法语版的《列车上的陌生人》。

味的景点，糟糕的酒店 & 开不舒服的车旅行，带着爱搞破坏的大狗[1]。也欣赏了乡村风光。我们到了卡纳德酒店，E. 说，凯瑟琳的照片（放在我的蓝色皮箱里）就是在这个阳台上拍摄的。这里就像个法国的塔斯科。

1952 年 2 月 10 日

前往尼斯。这是一种漫长的恐惧。只是晚上反常地越过越好 & 我们俩都从未和其他人一起度过如此美好的夜晚。

1952 年 2 月 16 日

去巴塞罗那。精疲力尽。我们受不了再开着菲亚特旅行了。我们的关系日益恶化。我最明显的感觉是怨恨。她也是。我什么活儿也不干。她的个性阻碍了我的风格，碾压着我。只要我提出什么建议，并付诸行动，那么她就会有充分的理由反对它 & 我们就做不成。奇怪的是（我以为）我们的关系与斯坦利 & 母亲的关系有一拼：由于年轻，他把她看作母亲，致使他对我有着恋母情结式的怨恨，把我看作一个孩子、入侵者和竞争对手。我对狗的怨恨也是出于同样的原因。结果——可能出现一种近似瘫痪的惰性和丧失雄性的依赖感，最终使斯坦利丧失了自信，摧毁了他所有的追求 & 野心。我觉得爱伦不尊重我是个作家。但我认识到了这一点，就不会朝着 S. 的方向继续发展。但是这些天整日都在精神交战，就像莫比·迪克[2]在水下横冲直撞！——我忍不住要把我的头脑 & 眼睛所能感受到的那一部分立即写下来。

1952 年 2 月 17 日

[马略卡的]帕尔马冷得要命，我在码头等着车运下来时着了凉。这个岛非常漂亮、干净、崭新、有序、单纯。我喜欢大教堂。我在与寒冷、时间、距离和现实的战斗中感到虚弱而疲惫。

1952 年 2 月 18 日

我不想交际，渴望独自一人。受够了太多的旅行——暂时来说是这样。千变万化

---

[1] 帕特将要写一个初稿，起名为《车轮上的地狱》。
[2] 美国小说家赫尔曼·梅尔维尔（1819－1891）1851 年发表的海洋题材长篇小说《白鲸》中的鲸鱼名字。

的观点导致了千变万化的思想。而且，我渴望友人来信。

1952年2月19日

我还是觉得不太舒服。酒店的饮食充裕 & 美味。酒太甜了。民众身无分文。

1952年2月20日

报纸上仍然满是［乔治］国王的死讯。能在这里买到一份英国或美国报纸真是幸甚至哉。没有可读的东西，我们很快就会离开。我现在还没有这个本事——每一个已婚人士的必备技能——有别人在场依然能在酒店房间里工作。今晚在艾尔派提奥餐厅用餐——38比索。爱伦利用这个欢庆的场合吵架，那架势连犀牛都会消化不良的。说我自私、懒惰、对她漠不关心、利用她、认为她感兴趣的一切都无关紧要，像个已婚20年 & 确信完成了征服任务的男人一样。［这只］狗破坏了我们的夜晚、早晨、晚餐，让旅行变得不舒服 & 一直让我觉得有碍观瞻。就在两天前她还说，她仍然愿意把这条狗赶走——在卡涅附近——我不愿意自私到要她这么做。（是不是有点像我妈妈把S.赶走的时候 & 我的心情也没有好转？怨恨的根源是最难消除的！）但我也意识到，如果我更温柔、更友善、更慷慨的话，幸福离我真是近在咫尺。而我说是狗妨碍了我的幸福。啊！潜意识玩的愚蠢的游戏！

1952/2/25

酒店生活——做一个消防员也比接这些邀约吃饭的电话强，因为一次铃响和下一次之间没那么多焦虑。你在酒吧里遇到几个人，喝第二杯马提尼酒时焦虑就变成了刺耳的笑声。三天后，你就像个酒鬼一样堕落了，满怀喜悦地用整个上午购物，在阳光下坐一个半小时，或者坐在当地的广场咖啡馆里，或席地而坐，只是渴望着阳光；吃一顿单调乏味的英式午餐，然后半个下午像游魂一般度过，很多想法都只是想法，从未实现。我的木勺，我祖父的刀，我的圣奥古斯丁的书，晚饭后我在窗前余晖中的画作，我鲜活的想法银光闪亮，鲜活如一尾鱼，如今都去了哪里？让我早上六点从床上跳起来的结实肌肉去了哪里？走到开着的窗边，我便会溺死在沐浴了一整夜的凉爽空气中。

1952年2月26日

前往西班牙的索勒，在阿尔库迪亚——岛上唯一一个迷人的小镇。玛格特、马查、金斯利的来信让我重归于世界，对我来说，这很愉快。《盐的代价》将于五月出版。

1952 年 2 月 29 日

闲散，阳光明媚，像往常一样，一天又一天地重复着同样的事情 & 让我很高兴。比如，早晨我独自一人在酒店房间里画素描，E. 在楼下晒太阳。我的画技渐长。像马蒂斯一样，同一事物，我必须画很多次——一张脸或一个场景——才能熟悉真正架构的几条基本线条。

1952 年 3 月 2 日

和比辛格夫妇[1]去帕尔马游艇俱乐部，维尼弗雷德在阳光下喝了两杯马提尼酒就醉了。亨利被喝止，爱伦生气了，非要我回家。我很不耐烦，这狗被宠坏了。"我永远不会忘记这件事。"E. 狠狠地对我说，意指我的不绅士行为。如果我们之间的情况好转，我也不会把这些小事演变成野蛮表现了。我们回家，洗完澡 & 上床睡觉，因为这几天我们非常相爱。

1952 年 3 月 3 日

这些日子令我困惑，因为我不习惯只是生活。把我从孤独中拉出来 & 我就再也没有创意了。我渴望有创意——尽管我对生活 & 事务太过满足而无法拥有新的想法，也许是因为我不再需要制造幻想或想象。我只想发财 & 成名！要的不多吧？刚读完格雷厄姆·格林的《婚外情的终结》。非常令人失望，空有如此美丽的写作技巧，但写不出爱，倒像是一个叫马克·布朗代尔的粗鲁混蛋写的。一个人写得超棒 & 没有灵魂，那只能是偶发事件。E. 在 7 点喝了一杯干马提尼，是个喜庆的日子。然后她告诉我，我们的关系举步维艰，因为我们几乎没有共同的兴趣。她认为我作为一个女性（即愚蠢的）知识分子，不适合从事理论或抽象的工作。但是，我和她的关系肯定是在改善。她的这种生活方式。要是长此以往，我会被逼疯的。我只希望当我们生活在一起的时候，我能有足够的独处时间，否则我无法正常工作，即使是在不写作的

---

[1] 卡尔和维尼弗雷德·比辛格夫妇。卡尔·比辛格在 20 世纪 40 年代是《时尚芭莎》的摄影师，也是一位政治活动家，是帕特在曼哈顿的邻居，也是帕特参加的素描班的组织者。

时期。我很想再写一部希区柯克的惊悚片[1]。还想给 E. 买一件貂皮夹克。她连件外衣也不想要。

1952 年 3 月 12 日

巴塞罗那。E. 绊倒了 & 扭伤了脚踝。今晚不得不让一位医生给她打上石膏。我们去了卡尔曼·阿玛亚那里。一直待到 1 点 10 分。很自然，氛围很好。E. 对此很是冷淡。

1952 年 3 月 14 日

2 点到马赛 & 很快就给莉莉打了电话。想在下午去她家拜访，但 E. 逼我答应 6 点之后再见他们。为此，我忍不住要怨恨她，这真是一种痛苦的情感。6:30 我和莉莉去了辛特拉酒吧。我很拘束。我们在坎帕吃过饭——莉莉肯定觉得吃得不好。然后把莉莉送到福凯酒吧。E. 回家了 & 我去酒吧找莉莉。不知道是谁说：[法] 我相信她是一个把自己的意志强加于每个人的女人……当你说"是"而她说"不是"时，那就是"不是"，不是吗？是的，就是这样。让诺、M·波廷先生和西尔维娅到了福凯酒吧，[法] 她们毫不客气地拿爱伦对我的控制取笑我。

1952 年 3 月 15 日

我们从马赛出发。下午 5 点到了戛纳。在这种情况下，不管我做了多少努力，我都没法对爱伦友好，因为我知道我们很快就会在同一屋檐下。老天为证，我一点都不想和她同床共枕。你的伴侣要友好，这是最起码的！！！我们在安格特雷酒店下榻。即使我建议看完电影去喝咖啡，生活也依然是面目可憎的。因为如果我找不到咖啡馆，那我就又成了奴隶主，逼着她开车满城找！

1952 年 3 月 17 日

我们今天上午搬到卡涅。今天下午我俩最后一次讨论。爱伦说我和人有不正常的关系，所有人，我的朋友，等等。她泪流满面地主动提出，既然她已经开车送我到了自己想去的地方，她要走了。于是我就说，虽然罗马有我非常珍惜的朋友，但我无论如何也不想去罗马。结果我就把自己逼入了绝境。我不开心。

---

1 应希区柯克的请求，帕特 1951 年写了好几个电影故事梗概，但显然都没有被采用。

1952 年 3 月 19 日

无尽的烦恼。我在考虑离开，但又懦弱畏缩。渴望写信给玛格特，四处搜寻生计，因为我将失去我安身立命的东西[1]。

1952 年 3 月 20 日

今晚写了一首非常苦闷的诗。哲学产生一种苦涩的精华，能滋润我毫无营养的寡淡雨露，驱动我灵魂的引擎，灵魂里再容不下仇恨、痛苦和你。总共四节。我的天性对此奋起反抗。它触动了比个人的痛苦更深沉的地方。她一心想要的，是改变我与他人以及世界的关系。

1952 年 3 月 21 日

收到了莱恩的信，信里说，你朋友的思想很扭曲。她自以为比别人都强，所以她什么都看不上。你是艺术家还是小资产阶级？爱伦仔仔细细地盘问我信里面写了什么。

1952 年 3 月 22 日

气氛变得难以忍受。在这种否定对立的氛围中没法写作。接着写书［《不眠之夜》］，写到奥斯卡的自杀，写得很不顺手，没法全身心投入。找到了一本名为《婚姻之爱》的书，作者是［玛丽·卡迈克尔·］斯托普斯[2]，1918 年的经典之作。引人入胜，我读得爱不释手，爱伦也是，非常有趣。男人都应该跟敏感的女人做爱。阻止这暴行弥漫世界吧！我对于自己的容忍底线非常坚决。写了一张纸条说要把亨利吃掉——因为她一心计划着要和它睡在一起，我不来的时候，还要把那个混蛋舒服地安排在她的床上！我说这冲突伤了我的心，意指亨利。瞬间就产生了良好效果。今晚吉米酒吧开业。我继续谈判，我没客气——要么接受，要么我走——战绩越来越好。结

---

1 原文为"我的 23 篇已岌岌可危"。可能是指《圣经·旧约·诗篇》的第 23 篇，其中写道："耶和华是我的牧者，我必不至缺乏。他使我躺卧在青草地上，领我在可安歇的水边；他使我的灵魂苏醒，为自己的名引导我走义路。我虽然行过死荫的幽谷，也不怕遭害，因为你与我同在；你的杖，你的竿，都安慰我。"

2 玛丽·卡迈克尔·斯托普斯（1880－1958），英国节制生育的提倡者。《婚姻之爱》主张已婚妇女有权利享受性快感，指导她们如何享受性爱，让妇女们懂得并最终主宰自己的身体，并握有是否怀孕的决定权。

论：每周揍你老婆一遍。她们好这口。今晚我们睡在一起，两周来的第一次。

1952/3/26

酒鬼作家——当他不得不面对人和嘈杂、嚣张、平淡的世界时，他就喝酒。他工作时非常清醒，因为需要更为敏锐的嗅觉，才能认清那些人和动机。

1952年3月27日

读［欧文·］肖的《烦恼的空气》。时髦的作品，旨在吸引沃尔夫的书迷、菲茨杰拉德的书迷——啊，但他缺乏诗意。为了创作文学——人们必须逃离——时不时地——不在乎会逃到哪里。杰克［·马查］说我的第3本书不够集中，这话在我心中挥之不去。除了打字没什么可做的。我既想又不想让爱伦读它。她会是个好评论家。但我能接受吗？

1952年3月30日

打完了第84页！还不错。爱伦非常不安，想找个有趣的咖啡馆坐坐，这里没有，一个也没有，尼斯也没有。我看她根本没法再忍两个星期这种死气沉沉的氛围。我们出去喝了酒。我对过去这5天非常满意。需要危机 & 克服危机才能获得满足。

1952年3月31日

爱伦在尼斯遇见了佩吉［V.］，下午两点带她过来。她还带来了《盐的代价》——封面很是赏心悦目，但我担心内容很可怕 & 我现在看到了我以前太盲目而看不到的东西：这不是一本好书。需要很长时间才能让人们把它渐渐淡忘。

1952年4月3日

工作顺利。但打字的噪音让爱伦抓狂。我们永远不会完全合拍。我想我们都把对方从极端中拉了回来，很好。从本质上说，我的生活对她而言太安静和太自我了。我很满意没有外来干扰。（因此那狗才让我生气：为什么要虚伪？如果是个和它一样性格的人，我也同样不会喜欢。它唯一的活动就是破坏，唯一的快乐就是噪音和折腾。）

1952年4月12日

和丹尼斯一起去了卡涅的伊薇特秘密酒吧。一个"狂欢之夜"，但没遇到有趣的人。我们拜访了丹尼斯认识的一位美国画家。瓦洛尼奇，或者瓦威洛尼奇，人不错，住处很整洁，一只叫汉尼拔的猫。他红酒有点喝多了，（给我）讲了墨西哥的特佩因特狗[1]的趣事。爱伦觉得无聊 & 自然提议早点离开。特别是这家伙说话时老加一些粗话来逗乐，让爱伦忍无可忍。1点回到家，一副凶神恶煞的样子。

1952 年 4 月 14 日

沿着海岸线前往佛罗伦萨，地貌平坦而丑陋，有浅滩和浅水，却盖满了夏季海滩别墅、度假区咖啡馆、酒店等等。夏天估计特别受意大利人欢迎。爱伦陶醉在意大利的氛围中。在比萨吃午饭。比萨斜塔很漂亮，这是我第一次亲眼看见。

1952 年 4 月 16 日

玛格特说，班塔姆出版社已经支付6500美元购买《盐的代价》平装本的版权。因此，我一年有3000美元的收入，剩下的将被科沃德-麦肯投入到广告中。爱伦对此很高兴。我也偷偷地心里喜悦。口袋书出版社目前的出价超过了好莱坞的一般买家，并声称将吸引那些尚未开发的读者——未开发的意思是品味一般的读者，他们还是喜欢"现实主义"。

1952 年 4 月 19 日

在街上闲逛，参观了圣吉米尼亚诺。正在读索尔·贝娄。我喜欢他——全心全意地喜欢。《受害人》。

1952 年 4 月 20 日

布兰奇·舍伍德在这里。只是还无缘与他们相约。美国人习惯于搭伴开车旅游，这种同性恋—神经质的习惯，对爱伦来说，是一个神秘的现象。前往菲耶索莱。

1952/4/20

［胚芽。[2]］用精神上的挑剔唠叨谋杀。女人唠叨丈夫直到把他逼得自杀，他把自杀做得像是被谋杀了。他把毒药放进她的抽屉里，上面有她的指纹。

---

1 并非真是狗而是一种大型啮齿类动物，低地天竺鼠。
2 原文为德语。是海史密斯关于一个短篇小说的想法。

1952年4月22日

　　[佛罗伦萨。] 我们讨论要不要租60000里拉的斯特罗齐诺宫——装潢真的很精致，可哪有临时住所这么个价钱的！看起来倒像是西特韦尔一家[1]写小诗的地方。当然，今天我什么也没写，我到酒店房间里看了看，虽然生活很忙碌，还是去酒吧 & 咖啡馆坐了坐，都很符合爱伦的品味。

1952年4月24日

　　和斯特罗斯 [住家] 签了2个月的合同，400000里拉和优先购买权。我发现这里光秃秃的，尽管街道很豪华，邻近还有郁金香庄园。看到了提蒂·马齐尔，爱伦在当地的老朋友 & 库齐奥·马拉帕特[2]的前女友。她很迷人。给我们讲了斯特罗斯夫人 & 她76岁的丈夫的趣事，就在两个月前他用狗链将自己吊死在浴室天花板上。他的情妇以前就住在我们的小房子里，说得言之凿凿的！

1952/5/4

　　没有任何人类活动比艺术更能在脸上留下印记，并塑造出更美丽、更自然的线条。那些面孔，老画家、雕刻家和作家——！把它们与美国老商人贪婪、恐惧的面孔比一比吧！

1952年5月4日

　　我们去了维奇奥桥 & 我给爱伦买了她一直想要的那种金手链，一条素款链子，上边有小圆扣。才60美元。让她非常开心，感谢上帝。

1952年5月6日

　　昨天收到了卡尔曼-列维寄来的[对《列车上的陌生人》]的评论。只是2篇华而不实的文章。把我和陀思妥耶夫斯基比较之类的。写得虽然很差，但还是让我特别开心。

1952/5/7

　　这些严肃的人，这些追求享乐的人，他们严肃认真地对待自己的娱乐活动和审美环境，比艺术家对待自己的作品和创作过程还认真，在他们面前，艺术家的创作过程

1　诗人伊迪丝·西特韦尔（1887—1964）和她的兄弟们。
2　意大利外交官、作家、电影制片人库齐奥·马拉帕特（1898—1957）。

也开始萎缩，原因很奇葩，因为他们对快乐的追求是如此的商业化。一旦他们拥有了一切——舒适的咖啡馆、购物中心、高效的女佣、花园、阳光，那么生活就不再是放松，而变成了购物、修缮、计划，心急火燎地计划下一个夏日假期：简而言之，放松、娱乐的元素就离开了艺术家的身侧，他再也找不到自己该有的节奏了。写作带来的身心愉悦消失在一个遥远的奇妙世界。和往常一样，这里面的悖论让我着迷。

1952 年 5 月 8 日

我越来越多地怀念起琼·S，觉得离开她去找金妮是我犯过的最大的错误，无论是在感情还是在我的事业方面都是。无疑，每个人生活中都有过类似的事情。这就是为什么今生不会完全是天堂。也不完全是地狱，就因为这些被夺走的快乐，即使代价如此昂贵。

1952 年 5 月 11 日

下午 5 点前往日内瓦。那里的感觉非常像苏黎世，只是更大一些，物价更贵，也更正式。

1952 年 5 月 12 日

我有很多小说创意。一整天爱伦都在四处乱跑，我一个人感觉很满足。

1952 年 5 月 13 日

爱伦暂时停止了找工作。她昨天四处碰壁，晚上 8 点就招架不住了。我们坐在咖啡馆里，考虑怎么处理这辆车，它才跑了 28000 公里就抛锚了。我坐在咖啡馆里感觉很无聊、很不安，还不如去看博物馆呢。我渴望回到佛罗伦萨，重新开始工作，但又感到内疚，因为爱伦不喜欢那座房子，在那里百无聊赖。连工作都有负罪感！

1952 年 5 月 16 日

上午去了波托菲诺。我认出了戈登·盖斯凯尔的船"女猎手"号，向他打招呼。他 39 岁，留着胡子，是美国冒险小说作家。他邀请我们上船一起午餐，爱伦想留下来，我不想。那个男人的腿毛让我很反感 & 我宁愿不要在那里吃午饭！爱伦出去遛狗的时候（狗焦躁地咬着锚绳，差点咬断），戈登问我是否有空和他一起走，问我愿不愿意在这样的船上工作。他其实想要个性伙伴，一个女人。4:30 时，我们和他去游泳——然后爱伦 & 我回到住地，从未有过的爱意缱绻，在晚饭前做爱——终于吃了顿像样的晚餐——晚上没有别的事情做，因为爱伦痛恨酒吧、酒精，她甚至晚饭后连咖啡都不喝。只有今晚她喝了酒，使她显得分外多情，因为这一夜突然变得美妙起来，抹去了一切龃龉和所有的问题。

1952 年 5 月 21 日

［佛罗伦萨。］我一点一点地努力工作。争吵使我浑身颤抖，痛苦不堪，完全失去了创造力。工作的大部分以后还得重做。把我的书献给爱伦？永远都别想！她在用最有效的方式破坏我的写作——就差把手稿烧掉了。

1952 年 5 月 24 日

休息一天。为了让爱伦开心。但我也已经精疲力尽了，不是因为工作，而是因为要排除万难才能工作。昨天晚上，爱伦在南天竹餐厅因为"我让她过的日子"哭了。实际上，是因为她担心自己找不到工作，还有她长期的（上帝啊，多久了？）残忍情结，结果都发泄到我身上了。

1952 年 5 月 25 日

我写了一页。想要好好斟酌一下，没想明白。相互怨恨的气氛连树上的花朵都受毒害。午餐，打扫卫生，下午 4 点去看芭蕾舞。［斯特拉文斯基的］《火鸟》让我想起了琼·S。我记得上次和她一起吃午饭的那天，她把它放到留声机上，放了出来。前奏笨重、阴沉。后来，在爱克赛西奥酒店的鸡尾酒会上，爱伦长篇大论地自说自话，说我明知道不对，还接受艺术上的平庸，大错特错了。这类话题根本引不起我参与讨论的兴致。如果我在写这个，我就不会像她这样判断。但她大多数时候生活在一种消极、轻蔑的情绪中，而我在那种情绪中根本没法创作（我当时说的是"存在"）。我不知道，我们之间持续不断的战争是一种可以容忍的状态、一种命运，还是我们最终会不可避免地走向分手？我从未经历过这种情况，所以我想"开开眼"。我总是向往对自己"身心有益"的东西。我不知道这地狱般的煎熬最终是否会有教益、激人奋进和有利于身心。我只知道，今天下午听到《火鸟》的时候，我想起了琼，明白了我放弃她，无论是艺术创作上，还是个人情感上都是当初（或一生中）的错误。她的艺术结晶永远不会产生。但我至少应该写完《陌生人》，因为我当时已经有了创意。和她一起的短短时间里，我写了两个很好的短篇小说。我那时已经攀上了星星的边缘，我就该顺势前行。我的羽翼，不管多宽阔，都会在她的天空下舒展，我的上帝，我终于明白了。

1952 年 5 月 26 日

给爱伦送行，把雨衣给她，谢天谢地，及时穿上了。火车启动时，爱伦变得很伤感，很深情，而我却一点也不。她不知道我们的关系已经破裂到无法挽回的地步了吗？ 在提蒂家[1]和她单独共进午餐。令我吃惊的是，她没有任何铺垫，就直接谈起我的问题，说："你不能让她这么干扰你的情绪，否则你没法工作……没人喜欢爱伦。真的，没人喜欢她。她一直都没有朋友。大家都喜欢你，但没人喜欢她。"听到她深切的同情 & 理解，我差点哭出声来。提蒂建议我要强硬起来。"你比她强大。她就是需要一个强大的人来收拾她。"回家后，我对生活和爱的感受都更强烈了，比和爱伦刚在一起的时候还强烈。我下定决心：和爱伦在一起我要做我自己，不再为她而改变。她爱接受不接受。但我不会再任人摆布了。我并不担心自己抛弃她——只是不想伤害她。我现在开始可怜她了，我不能再自怨自艾了！

1952 年 5 月 28 日

今天收到了爱伦的信。信中满怀深情，说没有我她活不下去。但是没有她我能活得更好。工作有了一些改善。今 & 明重写两幕。

1952 年 5 月 30 日

8:03 杰克来了。和他在南天竹吃饭 & 边喝咖啡边天南海北地聊着。他要去罗马和麦克·斯特恩[2]谈回美国后在福塞特工作的事。我们打车回了家——1000 里拉！——杰克睡在我的房间。有个人造访很快乐，很喜悦。

1952 年 5 月 31 日

和杰克在城里闲逛，去了爱克塞西奥酒店，还有许多酒吧，后来在提蒂·马齐尔家和 13 个人共进午餐。爱德华多非常有魅力，招待了我们马提尼酒——鲁扎提[3]、玛丽·福斯特·O.康泰莎·阿伦斯等等，我状态不错，玩得很开心。杰克也是。

---

1 原文为法语。
2 麦克·斯特恩（1910 — 2009），美国探险家、记者。1943 年，他被派往意大利担任通讯员，此后他在那里待了五十年，根据自己的经历创作了《异国无天真》。
3 可能是意大利画家艾曼纽尔·鲁扎提。他也是一名导演，两度提名奥斯卡最佳短篇奖。

1952年6月2日

爱伦在车站兴奋地向我打招呼，说她以为我根本不会来呢，问我爱她吗？说她下定决心，如果我愿意"再接受她"，她会像天使那样对我。我这人善良，乐观（可能要拔掉一颗大牙就把我吓坏了！），但我怀疑她对我的好不会超过24小时，因为爱伦要改变的正是她的本性！

1952年6月5日

我的书只剩一个场景要写——最后一个。即便如此，当爱伦陷入暴虐的情绪时，我还是慌了——我坐在这里苦熬了这么多个小时，就是要集中精力写作，如果没有争吵和愤怒，哪会这么艰难呢！而且一如既往地，急于离开这里的是爱伦自己，什么时候离开竟要取决于我什么时候完成写作！我原以为，甚至希望，她会去卡普里。我觉得这就是渐行渐远吧。我无法想象夏天结束时我们还会在一起。

1952/6/6

在我的计划中——生活变得或宝贵或廉价。我应该为某人跳下悬崖。（生命重于泰山。）或者我应该继续放荡不羁地生活。（生命轻如鸿毛。）对凯瑟琳，我应该多去挑战，多付出。

1952年6月8日

完成了结局。懒散度日。

1952年6月12日

上帝赐予了我一个新的灵感。

1952年6月13日

R. 蒂特根斯6点按了门铃，留下来吃晚饭。他很快就要回美国了。气色非常好。他在罗马逗留期间，糊里糊涂地就撬走了鲍比·I的男朋友吉姆·梅里尔。我们在玛丽亚诺维拉广场喝咖啡。他问我和爱伦相处得怎么样。就那样呗，就那样，我说。"我能感觉到。她相当好战的。"

1952年6月16日

昨晚很晚了，爱伦睡不着，就吃了维罗纳安眠药。今天上午就演了一出自杀的戏码来给我添堵——她整个上午就半死不活地晃来晃去——明显是很享受安眠药的催眠效果。然后她承认她昨天在我听《第九交响曲》的时候读了我的日记。读了所有关于提蒂（背叛）的部分，却没看我们逐渐增加的怨恨。我想让她读，好让她了解我们目前的困境。爱伦却因为我跟别人谈论她，还有提蒂的谎话，气愤不已。一派谎言，爱伦说。爱伦一心只想把提蒂痛斥一顿。我恳求她不要——无非是日记里的蠢话！然而，我给她看的日记并非全盘失败——我们都没有。真相只能使一个人更强大——或者使事情一败涂地。爱伦出乎意料地接受了这一切。

1952 年 6 月 22 日

杂事。工作了一上午，也是 MS［《不眠之夜》］最后的工作，准备明天寄往美国。午饭后，我突然看到——满怀希望地翻看《信天翁生活诗句集》时——一首名为《雅各的梯子之路》的诗。这是弗朗西斯·汤普森[1]的一首诗，讲的是梯子从查令十字街上天堂的故事。我要用它，肯定是为了讽刺[2]。

1952 年 6 月 23 日

情绪高昂。把手稿寄出去了。1.9 千克重。我昨天写信告诉玛格特，如果科沃德-麦肯不喜欢，就把它拿给哈珀出版社。我希望既然我坚持把《盐》给科沃德-麦肯——可能成功——我就能拿回第三本书的权利，交给哈珀。接下来会怎么样？唯一的奇迹——就是科沃德-麦肯不喜欢这本书。我们在下午 3:30 离开佛罗伦萨前往佩鲁贾——一个美丽的小镇，到处都是古老柔和的石头建筑，就像莎士比亚的舞台布景。一路走到后头的小巷，那里遍布的小餐馆像是森林里的点点光线。我们的旅馆房间很漂亮。我心情很好，却一点也不想做爱，实际上对爱伦也不太友好。

1952 年 6 月 25 日

昨天 3:30 到达罗马，亨利跳进了英国酒店门前的喷泉里，真是太热了。我们的酒店房间又热又吵，毫无美感，所以爱伦决定离开。国际剧院本周给我寄来了罗马名人的名字，但我已经筋疲力尽，不想动弹了，可悲的是，对于他们来说，这又是资金

---

1 弗朗西斯·汤普森（1859—1907），英国诗人，神秘主义者。他最有名的诗是《天堂的猎犬》。
2 "雅各的梯子"出自《圣经·旧约·创世记》，雅各在梦中见到一把梯子立在地上，梯子的头顶着天，有神的使者在梯上来去。

匮乏的一年——格兰特·考德[1]已经将每两周 20 美元减到了每个字 5 美分。这事让我这几天都很沮丧，已经很久没挣到钱了，虽然已经工作到筋疲力尽，但收入依旧很少。

1952 年 6 月 26 日

打电话给鲍比·艾萨克森 & 吉姆·梅里尔 & 去了他们的公寓——特别像罗尔夫·蒂特根斯的装饰风格。朴素。两个男孩都很友好。（我也不介意一个人住在罗马！）从福密欧到波西塔诺。波西塔诺比我想象的要大。爱伦认识这里最大一家膳食公寓的老板——多伊奥。听到一个惊人的消息，爱伦的前夫吉恩·范·格尔德过几天就要来了！他们两个都 16 年没来过这里了！我们住在海边多伊奥的嘈杂的公寓里。爱伦抱怨着——所以我们毫无疑问要搬走的。

1952 年 6 月 27 日

读麦卡勒斯的《心是孤独的猎手》，写得真美——重新发现了她。她的短篇小说也一样——这个集子里有 3 部长篇 & 一些短篇。我太累了，我怀疑自己除了喝多了葡萄酒之外还有贫血 & 我决定戒酒，或者大幅度减少喝酒。

1952 年 6 月 29 日

女佣把我们的 2 张床合成一张双人床，好充分利用唯一的一顶蚊帐，这将极大地改善我们的关系。当我们一起睡在床上时，好像产生了某种化学反应，我们应该永远睡在一起——因为这是我们拥有的最强大的东西之一。像这样的日子，我觉得我们可以继续下去，我可以和她一起生活，同时继续写作，写出我最好的作品——但其他时候我却强烈抵触。所以实际上，即使是现在，我也不知道我有时是不是在自欺欺人，表现得像个懦夫。

1952 年 7 月 1 日

热浪持续上升。薄雾浓云低低地压着 & 就在村子上边，令一切朦朦胧胧。却没有一丝冷空气产生降雨。从未见过这样的天空。

---

[1] 格兰特·考德（1896 — 1974），演员、舞者、作家。

1952 年 7 月 3 日

开始写德国牧羊犬巴尔德尔[1]的故事，牧羊犬比他的主人更高尚，为了远离它，主人最终自杀。

1952 年 7 月 4 日

晚上9点，远处传来一声焰火响。约翰·斯坦贝克今天晚上在酒店餐厅和安·卡纳汉 & 卡里诺共进晚餐，但我没有见到他，也不知道有吃饭这件事。我也在构思第四部长篇——讲的是一个模仿谋杀的故事[2]。一个简洁的典范，有好角色、幽默和对不幸婚姻的绝望的悲剧，我将挖掘我内心最痛苦的方面去创作。

1952 年 7 月 7 日

前往萨勒诺，然后是帕斯图姆——一个小村庄，这里有三座希腊神庙（多利斯风格建筑），矗立在海边的低矮悬崖上。它们呈明亮的棕褐色，被水侵蚀，周围的地面相当平坦，目前挖掘工作正在进行，露出一座颇似庞贝的城市，只是没有依然竖立的城墙。很幸运买到了一个小小的希腊头像，质地是红砖瓦，3.5英寸高。还有一两个小瓷片底座——有一个是油灯底座。爱伦坐在巨型（周长三英尺）石柱的阴影里，我在似火的骄阳下四处漫步，在挖掘现场走动，早上挖掘出来的土还是湿润的。现在是工人们午休的时间。永远也不会忘记这次旅行，第一次站在一座希腊神庙之中。

1952 年 7 月 9 日

见到了纽约 & 费城的画家沃尔特·史丹普菲，我听说过他，但认不出他的作品[3]。非常和蔼可亲，整体来说，是康斯特布尔那一类人。爱伦说11月要去纽约，可能会租利尔·皮卡德的房间，然后在圣达菲过冬。但与此同时，托尔斯泰基金会[4]的工作也可能会批下来。不是在巴黎，就是在慕尼黑，或者贝鲁特。

---

1 《人类最好的朋友》，一个短篇小说，在帕特逝世之后发表在《无迹可寻：帕特里夏·海史密斯未发表故事集》（纽约，2002）。
2 帕特的下一部长篇小说《犯错者》（纽约，1954）。
3 美国画家沃尔特·史丹普菲（1914－1970）的浪漫主义风格在他的时代很是与众不同，获得了极大的成功，惠特尼博物馆和现代艺术博物馆都购买了他的作品。
4 托尔斯泰基金会是托尔斯泰的小女儿亚历山德拉于1939年在巴黎成立的，目的是为东欧移民在美国定居筹集资金。

1952年7月11日

和沃尔特在我们酒店的露台上喝鸡尾酒。我们(是我)喝多了,去拜访了库尔特·C,他是爱伦的老朋友、小儿麻痹症患者、同性恋。他的画风很像康奈尔。我们放着《吻我,凯特》和《红男绿女》的音乐,因为我没和男主人先说话(多说话),爱伦就觉得这音乐粗野得无法置信。但话说回来,不管我喜欢什么,她都会抨击的。我的举止、我的不修边幅、我的心不在焉、我的悲观厌世、我的热情不足——我的过度殷勤,或者我的意兴阑珊——不管你怎么表现——都没个好。

1952年7月12日

阅读计划就是煎熬,因为爱伦很早就回来了,要安静 & 黑暗,一遍一遍地告诉我,在认识我的10个月里,她没有睡过一晚好觉。现在我关着门在浴室看书,感觉闷热难耐。

1952年7月15日

颇不平常的快乐日子。沃尔特、奥尔多 & 维拉(意大利夫妇)7点来喝鸡尾酒。后来,我和沃尔特一起走到海边去喝杯咖啡。爱伦认为我迷恋上他了 & 应该试试看 & 嫁给他——理想的人选——画家、富有、年龄合适等等。

1952年7月18日

只要我们睡在一起,爱伦就变得非常热情,一切都很顺心顺意。然后,连小矛盾都能化解了,我甚至可以想象未来幸福的岁月;唯一的美中不足就是我们身上的现实印记。

1952年7月19日

沃尔特来我们家里[1]喝酒,和我们共进晚餐,努力说服我们不要离开,他说如果我们不在这儿,他也不会再待下去了。他肯定是在夸张。他的孩子们无人管教,他急需找个妻子。我沉迷于嫁给他的幻想。我挺喜欢他的,当然不是生理上的。他超级欣赏德加,不喜欢凡·高。知道罗马所有咖啡馆里的社会八卦。爱伦认为他是她见过的最见多识广的美国人。爱伦总是盘问我:我想去伊斯基亚吗?威尼斯呢?阿斯科纳

---

1 原文为法语。

呢？我（有点））想去伊斯基亚，只是去看看，也想和 W. H. 奥登[1] 谈谈。

1952 年 7 月 23 日

月经。它关系重大。我们像一对老处女一样生活在一起。

1952/7/23

你知道他们怎么说懒惰的人——说他们实际上是最有野心的人，他们不努力是因为害怕无法实现他们的远大理想。嗯——我沮丧的时候就是这样。这是因为我所信仰的一切事物，美好和美丽、自然和真实的事物——当我看到它们有点暗淡，或当虚假和丑陋、琐碎和平庸像山前的乌云一样遮住它们时，我就感到沮丧。我根本不是在自寻烦恼——恰恰相反！

1952 年 7 月 28 日

乘慢船去伊斯基亚。中午下雨了 & 我们待在旅馆房间里喝酒。就要搬走了，真好！坐公共汽车去了福尼奥，去拜访 W. H. 奥登，他光着脚，由年轻的意大利娘娘腔照料着。我们只谈论金钱，奥登把谈话的每一个话题都引向财务方面。当我大胆地谈论起罗尔夫时，他兴奋了起来。我们谈到了美国的图书出版和电影价格。最后，他去了福尼奥的裁缝店，做了一件燕尾服，可以省 2/3 的钱。福尼奥简陋得令人瞠目，但那里住的人都很好 & 对于一个作家来说，这将是非常愉快的。和爱伦一起生活了将近一年之后，我再也无法想象波希米亚式的生活了。当我的怨恨达到顶点的时候，我想象着我独自能够取得的成就，和她一起，连想都想不到。这么想也许很荒唐。事实胜于雄辩，我再也无法复制 1951 年 10 月开始写第 3 部小说时的高标准、自豪、自信 & 乐观了，因为那时我们才热恋 3 个星期。我们再也回不去了。剩下的只有漫长、窒息的死亡。

1952 年 7 月 29 日

上午去那不勒斯 & 卡普里，与此同时，法鲁克离开埃及[2] & 抵达了那不勒斯。他

---

1 韦斯顿·休·奥登（1907—1973），英国诗人。1939 年，他移居美国，成为美国公民，同时保留了英国公民身份。1947 年，他的诗歌《焦虑的年代》获得了普利策诗歌奖，"焦虑的年代"后来成为了被广泛引用的现代的代名词。

2 法鲁克从埃及出发：1952 年 7 月 23 日，埃及国王法鲁克被兵不血刃的政变推翻，被迫退位，流亡意大利，他年幼的儿子福阿德二世继位。

的游艇法拉德·埃尔·比哈尔就泊在卡普里港。爱伦很高兴。她本来就想来这里的。她想要的总能实现。

1952年8月2日

牙痛 & 全身都有要死的感觉。雪上加霜的是我俩之间那种家庭女教师陪着无可救药的脏兮兮的白痴孩子的气氛。我怯生生地问她是否介意我们多等一天娜塔莉亚[·默里·达内西],因为她的女仆说她明天就要到了。她同意了。

1952年8月3日

娜塔莉亚没来,我们7:30就在广场上焦急地望着,直到最后一批船都到港了。每天下午5点左右,我都会突然疲惫不堪、头晕目眩。爱伦对此很不耐烦,我就尽量不提这事。只不过她总是告诉我我脸色发青。

1952年8月4日

到那不勒斯,然后中午之前到了波西塔诺,我在那里收到了邮件。收到了玛格特的三封信,都是好消息,突然间世界都变得明亮了!英国科尔基图书公司以200英镑买下了《陌生人》的[平装本]版权。特蕾莎·海登[1]正在做《盐》的剧本改编。玛格特喜欢第3部小说。"非常感动。你在这本书中展现出真正的成熟。人物刻画非常出色。"她主要反对的是结尾杰拉尔德的谋杀。我会把结尾改成他走进太空。留给戈德贝克[2]审阅。

1952年8月6日,

[罗马。]在书店里看到了塞尔吉奥·阿米德伊[3] & 我们和他 & 鲁迪·S一起吃饭,就像过去在罗马那样。大家都很开心。阿米德伊也陷入了同样的轻微困惑之中,接的任务毫无进展,就只是在餐馆里长篇大论。而且他还付了账。

---

1 特蕾莎·海登经营着克里斯托弗街上的杜丽斯剧院。海登写了《盐的代价》的电影剧本,名为《冬天的旅程》,把卡罗尔改成了卡尔。
2 大概是塞西尔·戈德贝克,他是科沃德-麦肯的副总裁,负责《盐的代价》的平装本的出版,后来又编辑了《犯错者》和《天才雷普利》。
3 塞尔吉奥·阿米德伊(1904—1981),作家和制片人,曾与罗伯特·罗西里尼和维托里奥·德·西卡等导演合作过。他创作了《罗马,不设防的城市》的剧本,获得了奥斯卡奖提名。

1952年8月9日

今天下午去看牙医。他在牙洞里放了一剂药，来镇静三叉神经。感谢上帝。昨天在维亚雷吉奥，我的胳膊和腿上起了大片疹子，像蚊子咬的大红包，我吓得快要晕倒了——越发引起了爱伦强烈的蔑视——我去看了医生，说是服用阿司匹林导致的，给我开了另一种止痛剂，没有效果，所以我这一晚上过得生不如死。这和琼以前对待我的方式有天壤之别啊！我也没指望被宠溺或被服侍。但这世界上还有一种东西叫同情和幽默感。今晚是10天来第一次没有牙疼。

1952年8月14日

娜塔莉亚通过玛格特寄来一封信，说邦皮亚尼出50000里拉的高价，要在米兰的一家女性杂志上连载《陌生人》。不知道玛格特是否会接受，但我想她别无选择。瑞典只出价40美元 & 我们也接受了。

1952年8月15日

[阿斯科纳。]盛大的圣母升天节。晚上和朋友乘船去洛迦诺看河灯。绚丽的烟花表演，是我见过最好的。空中的章鱼、五彩斑斓的虎莲，烟花此起彼伏地炸开，火星如雨般落下——就像站在火山下一样。

1952年8月22日

爱伦今晚回来，她在巴黎托尔斯泰基金会得到了工作，期限至少6个月。她认为白俄罗斯人还不如 D.P.[1] 好像乔·P也得到了这份工作 & 因为薪水太低拒绝了。E. 决定对我好一些。因找到工作而兴致颇高。完全的大反转，我可不想卷进去。

1952年8月24日

下雨。我喜欢独处 & 在这所小房子里是一种难得的乐趣。我和弗兰相处得很好，她那灵动的思维让我很开心。我们咯咯地笑着，喝着茶，在她周围总是围着一群来旅游的荷兰女孩，她就是我的补药——简单、自然、普通的人。她想让我冬天回来，独自在那间小房子里写作。我挺向往的。

---

[1] 流浪汉（displaced persons）的缩写。

1952/8/26

　　灵魂——诗人、哲学家和神学家花了一生的时间试图找出它到底是什么，在何处。这是人类想象力虚构出来的。人类想象出来的，就像某人想象出来的漂泊的荷兰幽灵船一样。寻找它有什么用处呢？

1952 年 8 月 27 日

　　我想写信给莱恩，告诉她我要到巴黎来，但又羞于告诉她我和爱伦在一起，羞于告诉她我们在一起仍然不幸福，但依然在一起。所以我干脆不写了。

1952 年 9 月 2 日

　　［慕尼黑。］今天上午见到了迈克·斯特恩 & 与他共进午餐。他带来大量关于美国图书市场的信息。他的书《异国无天真》将于 11 月由兰登书屋出版。好莱坞还出价 65000 美元请他出演自己的意大利生活。和他谈话很刺激 & 我们相谈甚欢，杰克·M 总是很高兴我给每个人留下了"该死的好印象"。事实上，我很高兴能和愉快的人在一起，换换心情。我想我的喜悦溢于言表，每个人都喜欢自己被人欣赏。

1952 年 9 月 4 日

　　爱伦直言不讳地说，她会付我去巴黎的交通费 & "如果你愿意把我自己留在那里也行。"但如果同样的话从我嘴里说出来，她就会屈尊安慰我。换句话说，我若离开，将会给她带来和佛罗伦萨安眠药一样的创伤。去斯特拉斯堡，颇为顺利。宜人的黄昏，在老城区和大教堂散步，大教堂有一扇壮丽 & 略不规则的玫瑰花窗。

1952 年 9 月 5 日

　　下午 6 点到了巴黎。我没有打电话给任何人，这次谨慎地独自出游。爱伦精神状态很好 & 我向上帝祷告，希望她继续好下去，虽然我知道我只要给朋友打个电话或者见一次面，它就会消失。

1952 年 9 月 7 日

　　去布伦［森林］& 我打电话给莱恩，因为她想去，但是 E. 说"我们一整天都甩不掉她了！"世界上所有讨厌的人加一起都及不上——爱伦！——她还指望我经历了漫长的六个月之后，还愿意 99％的时间都和她一起待在巴黎呢！

1952年9月10日

莱恩6点过来喝了一杯。她喜欢这条狗（最近它除了嫉妒，还总是无缘无故地攻击我），爱伦说要把它杀了或关起来。此外，我们找公寓的时候，必须把它藏起来。半夜2:30爱伦叫醒了我，真要命。我并没有生气，只是话冲口而出，很快就演变成一场大声、烦人的争吵，爱伦向我挥舞着她那无力的拳头，我们的叫声无疑穿过酒店两侧的墙壁，传到了旁边美国人的耳朵里。我们肯定吵了一个钟头——丢脸、无用的、毫无意义的争吵。就因为爱伦非逼着我说在巴黎要出去多少个晚上。杰克的预言完全应验了。莱恩问我怎么受得了。这比结婚还糟糕。

1952年9月12日

重新打了狗的故事 & 再次寄给了玛格特。我正在焦急地等待科沃德-麦肯［关于《雅各的梯子之路》］的消息。

1952年9月13日

写了一点——飞碟的——故事。安静的一天。

1952年9月23日

美好的一天。工作。在蒙大拿酒吧遇见了基奥夫妇，两人都很热情友好。我马上就会向布拉德利推荐西奥多拉。她的第三部长篇《街曲》出版了。在英国获得了好评。

1952/9/23

热恋初期因沉醉而生的糟糕诗歌。

1952年9月29日

给玛格特·约翰逊写了一封情绪非常失控的信，问她：如果我继续留在欧洲，挣这么少的钱，与美国的编辑们越来越脱节，这样合理吗？明智吗？（近一个月以后才能收到她的回信。）

1952年9月30日

工作。和布拉德利共进午餐，我很高兴。她非常喜欢这本书。（我想她今天刚读完。）总之她喜欢我。她对某些美国作家如卡波蒂、威廉姆斯和他们的圈子的真正价值有着惊人的把握。

1952 年 10 月 1 日

我们搬到了大学街 83 号。大箱子 & 各种东西，一整天都忙碌不堪。兰贝夫人一会儿进来一趟，估计以后还会这样。爱伦在蒙塔莱姆伯特［酒店］声明，如果我每周出去 2 次以上，或者不给她"更多的关心"，她就不会和我住在一起。

1952 年 10 月 6 日

今天收到消息，科沃德-麦肯干脆地拒绝了《［雅各的梯子］J.L. 之路》，说它"太老套了……3 个主人公都没有发展，就像一战后写的东西一样"。这丝毫没让我泄气，事实上，我很高兴。我写信给哈珀的琼·卡恩，说我已经告诉 M.J. 哈珀是我的首选。

1952 年 10 月 10 日

玛格特的来信。与葡萄牙签订了《陌生人》合同，获得 1300 美元的版税，包括明年春天《盐》在班塔姆口袋书出版社出版的 1000 美元的保证金。

1952 年 10 月 11 日

整日都在努力工作，今晚完成了这本书，包括要在美国进行的更正内容。

1952 年 10 月 12 日

地狱、噩梦般的一天。和爱伦在一起，我的星期天不再是"休息日"。我不能放松、画画、休闲，或做任何我需要的事。此外，下午 X[1]，只为了息事宁人。她依然认为，那是连接我们的纽带。我才不会那么想。也许是男性的想法，也许是堕落，我不知道。

1952 年 10 月 15 日

继续写德国的故事，引进了更多"情节"。

1952 年 10 月 16 日

一下午都用来准备鸡尾酒会。有七个朋友没有来——珍妮特、埃斯特 & K.，还有基奥一家。罗森塔尔夫妇[2]虽然很腼腆，但也很可爱。我和他们谈了翻译的事——

---

1 表示做爱。
2 让·罗森塔尔是海史密斯的法语译者。

她给他的翻译改错,都不用看原著——他们很善意地要帮我在巴黎附近找个写作的地方。布拉德利夫人是天使,人很聪明,向卡尔曼-列维大力推荐我的书,卡尔曼也来了,带着他的匈牙利红发女伴伊迪丝·博伊。莱恩喝了2杯马提尼酒,就变得和爱伦一样擅长搬弄是非。来客还有恩里科·富基加摩尼和珀尔尼科夫。但我认为这次聚会有一半是失败的。我与莱恩共进晚餐 & 爱伦与恩里科共进晚餐。

1952年10月18日

和莱恩、莫妮克一起去了黑人舞会[1],最后感觉无聊透顶。而且,我睡眠不足,因为我和爱伦经常吵架到凌晨3—4点 & 8点就得起床。

1952年10月20日

工作,完成德国故事 & 等到明天再重新看一遍。我努力把它写成一部很好的纪实文学作品,朝《纽约客》看齐。布拉德利说,扣除佣金后,《陌生人》也有75000法郎的版税收入。给《读者文摘》写了故事概要。

1952年10月21日

又过了一遍德国故事,整个下午都在做最后的改进。《归来者》[2]。爱伦今天晚上突然闯进来,说要喝一杯,然后直截了当地问我是想和她分手,还是只想离开去写作。我不想伤害她,因此没有断然说出我们分开都会更幸福的话。她要去慕尼黑4天,让我在这段时间里做决定。"我觉得你很矛盾——因此你才迟迟下不了决心。"我母亲的来信使事情变得更复杂了,她想过来 & 看看我,前提是她能住在我们巴黎的公寓里。我倒是很想让她来。但不会因此而推迟意大利之行。爱伦抗议说,如果我走了,她不会一个人待在巴黎。她说,她从来没那样想过。所以一切都悬而未决。我有

---

1 黑人舞会,实际上是布洛梅舞会(布洛梅街33号),在20世纪20年代末所谓的"疯狂的年代",这里曾激发了无数艺术家——约瑟芬·贝克、欧内斯特·海明威、基基·德·蒙帕纳斯、曼·雷、F.斯科特·菲茨杰拉德、琼·米罗、罗伯特·德斯诺斯——的灵感。20世纪50年代常来的还有蒙德里安、基斯·范东根、雅克·普雷维特、朱丽叶·格雷科、让-保罗·萨特、西蒙娜·德·波伏瓦、弗朗西斯·皮卡比娅,1952年还有埃利奥特·埃尔维特。1954年,雅克·贝克在这里拍摄他的电影《金钱不要碰》(让·加宾和珍妮·莫罗主演)。

2 这个短篇讲的是一个女人逃离她不幸福的婚姻。帕特去世后才收录在《无迹可寻》这部短篇集里出版。

暂时分开的想法——但我知道（尽管她已经好几天像天使一样对我，非常深情，一直说她会为我做任何事），只要我表达一个与她意见相左的想法，或者经常见一些朋友，过去的恐惧就会再次浮现。因此，如果我既有智慧又有勇气，我就该分手，即便是"抛弃"我们共有的一切，那一点点，也在所不惜。

1952 年 10 月 22 日

送别了爱伦去慕尼黑。一整天都独自阅读和计划关于模仿谋杀的悬疑小说[1]。

1952 年 10 月 23 日

制订了更多计划。某一点过后就难了，我更喜欢把事情"写"在纸上，然后才能进一步地想象。这是不明智的。布拉德利打电话说她非常非常喜欢我的短篇小说，想把其中的六篇寄给法国杂志，有些杂志发表英语作品。她特别喜欢《爱情是件可怕的事》，还有《凯旋门》《邻家男人》《人类最好的朋友》《飞碟》广告，我会把昨天寄给玛格特的《归来者》寄给她。玛格特说起要跟短篇小说编辑们开个研讨会，会很有收获的，但不值得我为此回趟国。她觉得待在佛罗伦萨是个好主意，还说我和 E. 的关系已经闹得人仰马翻了。但上述种种就是鼓励我留在欧洲。在财务方面也是明智之举。只是我有点想家，有点像飞翔太久的飞机，没有燃料，缺乏保养了。安·S 邀请我去她家，还有贝蒂。她真太好了！和让诺一起去了哈利酒吧。一个沉闷的、醉醺醺的美国人云集的地方，还有一架破旧的钢琴。

1952/10/24

我很富有，我很幸运，我很美丽，很有魅力，我会活得长长久久！而且，我是对的！它决定了其他的一切！今晚我遇到了一个模特。她在华盛顿广场南部有一个摄影棚——很壮观的摄影棚，她为 A.C.［阿莱拉·康奈尔］做过模特。丽塔是一个单纯、诚实、老练、天真、大方、头脑清晰、思维简单的女人。而她的心、她的品味、她的理想、她的真实是属于莫扎特、亨利·米勒、兰波一类的，这使她与那些雇佣她做模特的人们惺惺相惜。她是他们中的一员，她了解他们，她就像他们一样。像美丽的音乐，像她绘声绘色描述的希腊天空一样，她让艺术家耳目一新，她提醒他（如果他像我现在一样需要提醒）记住自己是人。她理所当然地认为我也是人。自从

---

[1] 《犯错者》。

认识康奈尔以来，今晚是我一生中最快乐的夜晚。今晚从巴黎向康奈尔致敬，致意！

1952 年 10 月 25 日

再一次开始工作。月经。7:45 让·罗森塔尔 & 妻子到了。带我去吃晚饭，然后一起去了玫瑰红[1]。非常高雅的演出，设计聪明 & 流畅。肯定花了他们一大笔钱。让非常严肃。他的妻子很迷人。他们一定很幸福。

1952/10/25

写给一位要来欧洲的美国朋友：你希望发现欧洲充满艺术气息。（首先你说的这个词是什么意思？是说它现在有创意，自由，活跃？欧洲不是这样的。欧洲的艺术气息体现在古老的建筑中和几个现代画家、音乐家身上，它的艺术是美国意义上的波希米亚式的，是普通个体日常随心所欲创作的自由。）但美国的艺术界充斥的是年轻人，略有些古怪的画家或作家，他们在 22 岁大学毕业后，就奋不顾身地带着年轻的妻子来到乡下，不管是康涅狄格州、亚利桑那州还是缅因州，穿着牛仔裤，抚养着健康的孩子，渐渐花光所有的钱，把最后一美元也花在莫扎特、辛德米特和巴托克的音乐专辑上。在美国，你会发现人们对音乐的欣赏比欧洲人更广泛，也更深入，实际上是超过了世界各地的人。当你来到欧洲，你会发现这里的人们——不是你想象中的那么艺术、大胆、潇洒——胆小、拘束、愤世嫉俗，最重要的是，他们有些厌倦。在他们的绘画和建筑中，你会看到他们做过的一切，你会欣然承认美国还不能与之匹敌。但你肯定也会越来越为美国感到骄傲，因为她平庸的画家，这些穿着牛仔裤的年轻人，他们的思想是自由的、宽阔的，艺术家的心灵本该如此。欧洲的心脏已经失血过多。也没有"新"艺术家的心脏这种东西。艺术家是一个古老的生物。有点像基督。他是个流浪者。他既不像欧洲艺术家那样郑重、嘲讽、严肃地——但又总是一副防贼的表情——追求自己的艺术，也不像圣日耳曼那些无所事事的无政府主义者那样，只会产出毫无意义的粗鲁行为，没有娱乐价值的破坏行为。真正的艺术家们不会过度关注他们所处时代的社会问题。他们关注的是自己，从那千万年来从未改变、也永远不会改变的民族的胚芽中创作。

---

[1] 导演尼科斯·帕帕塔基斯在 1947 年开办的传奇夜总会，位于巴黎圣日耳曼德佩区，曾吸引了大批名流。

1952年10月26日

工作。然后4点和埃丝特·亚瑟在双偶咖啡馆[1]喝一杯。她建议如果我有一点点想回家的话，就回去待一年。再次将我狠狠地推向了那个方向——梦回得克萨斯、佛罗里达、纽约——浪子的回归。在漫长的等待之后，我终于在荣军院见到了爱伦。柔情缱绻。一切都好得太多，多亏了上周心态平和，我可能会留在巴黎。我写信给妈妈，如果她真打算来，就给我发个电报——因此，我可以保留公寓。爱伦甚至答应她会容忍猫！

1952年10月27日

给TM[2]写信，无限期推迟，主要是因为《读者文摘》高度认可我写的那不勒斯意大利餐馆老板的故事梗概。雷尼上午打电话来 & 我下午跟他见了面。非常鼓舞人心。1200美元提高到2000美元！上帝啊——12页就这个价格！也给妈妈写了信。

1952/10/28

感到沮丧时，真正令人沮丧的是，你的想法和平淡的展开方向（全都通往各种细小的死胡同）是如此普通。我意识到，比我笨得多的人也会产生同样的想法。最糟糕的是，他们也会有同样的情绪！一个人在犹豫不决和欲望矛盾的旧刑场上被撕个粉碎，就像一只狗在逃跑的松鼠和吓瘫了的兔子之间犹豫不决，结果一无所获！

1952年10月29日

与布拉德利共进午餐——文明。我打翻了一个水杯。她仍然欣赏我所有的故事，包括《归来者》。她想让我下周和她一起去看戏。她对作家和作家的生活有着深刻的理解，这是斯特蒂文特之后我第一次遇到这样的人。我们有了一个新女佣——蕾妮——她很出色，使生活变得轻松很多。事实上，我突然相当快乐。我现在渴望有一只猫。也许星期天我们能找到一只。我们还有老鼠。

---

[1] 作为花神咖啡馆的竞争对手，双偶咖啡馆是战后许多知识分子——包括萨特、波伏瓦、加缪、海明威、詹姆斯·乔伊斯、波特·布莱希特、茱莉亚·恰尔德、詹姆斯·鲍德温和柴斯特·海姆斯——经常光顾的地方。1933年以后，双偶咖啡馆文学奖一直颁发给法国小说，获奖者包括雷蒙德·凯诺、罗兰·托波尔、弗朗索瓦·威尔冈和斯特凡·奥德吉。

[2] 指代不明。

1951—1962 年：往返于美国和欧洲之间

1952 年 10 月 30 日

满怀希望地给 N.Y. 和雷尼都寄了一份给《读者文摘》写的稿子。阅读——马塞尔·普鲁斯特的信札。我现在就等着玛格特 & 哈珀的消息了。公寓越来越舒适。在经历了所有公开和私下的争吵之后，我开始愿意留在这里。但我认为不适合在这里写书。爱伦拿到了 PX 卡[1] 很开心，带了很多罐头回家。

1952 年 11 月 4 日

艾森豪威尔当选了美国总统——对我来说是一个真正的惊喜。而且还是压倒性胜利。法国人说，英国的报界很冷静，虽然老《先驱论坛报》的报道里满是庆祝和喜悦之情。现在的世界一团糟。越来越多的理由让人不想回去。顺利完成了我的故事。13 页。莱恩在楼下打了个电话，现在她被禁止进入我家门，因为爱伦说她粗鲁且不够热情。我们在莫尼克家吃饭，然后和莫尼克一起去了中转站[2]。如同回到过去的快乐时光，一直玩到凌晨 4:30。

1952 年 11 月 6 日

良好的工作。安静的一天。晚上看美国电影，不太好。然后 E. 开始盘问我，要给谁打电话（我要打电话给瓦利，把约会推迟一小时，因为爱伦的一个装腔作势的朋友 7 点也要来），整件事都被问了出来，爱伦就炸锅了。先是训斥我只要和她住在一起，就应该、必须遵守阶级差异，不然的话——然后带着愤怒、嫌恶、恶心的表情上床睡觉了——啊，苦啊！苦啊！她想在床上跟我亲热。我打了她，没办法，得把她推开啊。天哪，我真心认为她疯了。我离开家时，依然觉得自己有性命之忧。她问我为什么留下来。我说我也问了自己同样的问题。是为了《读者文摘》& 我妈妈吧。"怎么，为了让老太太来巴黎时少花些钱？"这是人说的话吗。听了这话，我再也不会让我妈妈来了！

1952 年 11 月 7 日

完成了短篇小说的打字工作。我们准备前往日内瓦。我宁愿住在这里。但我也疯

---

[1] 美国陆军和空军交换服务公司（AAFES，也称为 PX）是美国陆军和空军在世界各地设置的零售商。这张卡及其福利只提供给军事人员及其家属。
[2] 巴黎夜总会，始建于 1945 年，是古巴黑人音乐和拉美音乐爱好者最喜欢的场所。

了，老是做些我不想做的事情。今晚和莫妮克 & 莱恩约会。后来去了中转站。凌晨 2 点回到家 & 又对爱伦说我不想和她一起去日内瓦。锁上了我的房门 & 当我醒来的时候……

1952 年 11 月 8 日

9 点钟，她走了，梳妆台的一角放着一个咖啡杯。我决定离开。我立刻打电话给让诺。11 点见到了他。用他的工作室的缺点是，他 & S. 会一个月里有 5 天要用它 & 到时我只得搬到他母亲那里去。最后我选择了佛罗伦萨。12:15，我和布拉德利夫人见面，得到了她的帮助。回家 & 吃了午饭，然后去了荣军院 & 打电话给提蒂，告诉她我星期三到达佛罗伦萨。我买了机票。今晚见到了让诺 & 女友。晚餐在我家[1] 吃的。吃得很好。然后我们去了"眼镜蛇"——我穿着我最好的裤子——和几个女孩跳舞 & 邀请我喜欢的女孩跳舞时自然是被拒绝了。西尔维亚想和我谈恋爱。她没有吸引力 & 我也没有心情。

1952/11/9

致 E.H. 你好，再见。

我今日作别，一如初见你时

声音相当错愕，

脸上一丝惊异。

虽然你我之间早已清晰确定，

上帝知道，再无一丝疑惑。

足以产生

纯粹的恨，

足以温暖

最冷漠的爱人，但不是我。

实实在在，足以让船沉没，

这是个双关语，

足以压垮比我

---

1 原文为法语。

坚定强大的个性。
你不觉得我苦苦支撑得很好吗?
但也无需问你。
你以为你凡事都对,
我什么都错。
所以我要走了。
去一个属于我的地方。

1952 年 11 月 11 日

爱伦直到 10:30 才回来。我们理智地谈了几个小时。然后她就歇斯底里起来,说要自杀,等等。我尽力安慰她。她想圣诞节和我约会。我一点也不想。我能和你定个在威尼斯共度圣诞前夜的约会吗?我问。因为她说我是她第一个也是最后一个想上床的人。

1952 年 11 月 12 日

早上,我们俩都一脸痛苦。我们在荣军院车站凄凉地分手了,握了一下手,贴了一下脸颊——也许过 3—4 个星期你就会改变主意,她说。但在路上,我却感到越来越自由,越来越美好。一个男人在车从米兰往下开时把他的午餐分我一些。飞越阿尔卑斯山的景观壮美而秀丽。6:20 打电话给提蒂——受到了热烈欢迎,她约我 10 点见面。我的房间很冷。但我很乐观。

1952 年 11 月 13 日

我担心爱伦发来可怕的电报。

1952 年 11 月 17 日

没有邮件。尤其没有收到爱伦的。这让我感到疯狂。

1952 年 11 月 19 日

孤独。压抑至极。几乎落泪。我没有知交、没有帮助,没有工作。

1952 年 11 月 21 日

很心烦。在下午 3 点给爱伦打电话,但无法接通。凌晨 2 点,突然从床上起来,给巴黎打电话。爱伦说——"我知道你爱我。我给你写了一封很长的信。我试着预订了 12 月 25 日的船票。你能等到那时候吗？你说的所有话我都会照做。我们可以去圣达菲或者你喜欢的任何地方。"我只问她近来好不好。她说"我很好"——她的声音非常清晰，电话中用的是英语。我说我会和她回家。然后我就久久不能入睡。但我突然很快乐——爱是一种奇怪的神经病。这是爱吗？这肯定是性。也许我就需要她这挑剔、刺耳的人在身旁。我躺在床上想，我的主人公[1] 肯定也是这种感觉，他满怀仇恨杀死了他的妻子，却发现她对他来说是如此重要。

1952 年 11 月 22 日

收拾行李 & 搬到巴托里尼［旅店］——D. H. 劳伦斯和很多名人的避难所，迷宫般的阴暗石头走廊、台阶、地牢般的卫生间、石板，还有凄凉、空洞的房间，只有监狱用的毯子。沉闷，但也许有助于精神自律。我也没心思去管这些了。

1952 年 11 月 25 日

收到电报，说的里雅斯特[2] 的工作已经准备给爱伦了。问我行吗？我发电报说可以，可是今天晚上我又陷入可怕的抑郁之中——像得了病似的。我得了思乡病。我应该回去了。可我没有足够的旅费。

1952 年 11 月 27 日

这个美国人的感恩节没有火鸡。连续几周以来第一个阳光灿烂的日子。一直在下雨，亚诺河都涨水了。书的构思在不断展开。在结构上和《陌生人》很像，但故事内容上不一样。但这是我自己思想的结构。

1952/11/30

"由某某夫人转交"。我总是"由某某夫人转交"的那个。或"某某先生转交"。我从来没有过家。我从纽约流浪到巴黎、伦敦、威尼斯、慕尼黑、萨尔茨堡和罗马，没有真正的地址。我的信蒙上帝和某某先生或夫人的恩典送来。也许有一天，

---

1 《犯错者》的主人公沃尔特。
2 的里雅斯特，亚得里亚海上的港口城市，1954 年正式并入意大利版图。它是一个多民族的城市，因为它曾被两个不同的国家（美国和英国）解放。它被各种语言和方言分裂。当帕特和爱伦在这里定居时，这座城市仍由英国和美国军队控制。

我会有一座用石头建造的房子，一座有名字的房子——湖边的汉利，河畔的贝德福德，西山或者干脆就叫阳光谷。诸如此类。所以即使信封上没有我自己的名字，我也会收到，因为我，只有我会住在那里。但这些却无法弥补多年来我在美国运通办公室前排着队苦苦等待，从［巴黎］歌剧院门前的美国运通办公室辗转到［伦敦］干草市场，从那不勒斯到慕尼黑。永远无法弥补那些悲惨、忧郁、屈辱的早晨，满怀希望地等信而去，心灰意冷地空手而归。有数百万的美国人像我一样，品尝过殖民帝国的苦涩。英国军队留下了他们的战友情。法国人喝过他们的酒。美国殖民官员们在那里得到了薪水，甚至还找了老婆。但是孤独的美国人有什么？常常连和某某夫人建立友谊的机会都没有。或是连佛罗伦萨的膳宿公寓的臭味都闻不起，连给女佣的小费都没有就离开了。（实际上是欠账后被轰出去的。）他们在地球上四处游荡，如同孤立的原子，需要某某夫人转交。直到那美好的一天，他们从那不勒斯、瑟堡、热那亚出发，自豪地给出他们的新地址：东六十三街或某条街的某某号。但还是要某某小姐转交。当他们到了美国，他们忘记了他们想要的石头房子。他们东坐坐，西走走，奔波着，梦想着住在膳宿公寓，梦想着能快点回来。他们渴望意大利岩石林立的蓝色海滩，渴望佛罗伦萨柔和的色彩，渴望巴黎的夜店。很快（一攒够钱）他们就走了。有了新地址：巴黎美国运通转交。巴黎卡彭蒂埃夫人转交。罗马某某先生 & 夫人转交。帕尔玛马略卡岛游艇俱乐部转交。流浪的原子，永远在独自寻找，永远孤独。谁能与他们相配，谁能成为他们的伴侣？他们彼此厌恶，比任何欧洲人都更讨厌游客，也不希望共产党人到来。他们是穿梭机。是原子。是流浪者。无家可归的，没有地址的，美国的候鸟。

1952 年 12 月 2 日

3 点突然收到电报说爱伦 12 月 5 日会到日内瓦，要我带着所有的行李去那里见她。在那里是留是走还是未知的。我打电报回复好的，我会去的。在佛罗伦萨第一次写作顺利。

1952/12/3

成为理想的自己真的很难——文明优雅，始终镇定，随时适应变化，在人生最敏感、最聪明、最浪漫、最经典的巅峰时刻能顺应变化。刮风下雨或筋疲力尽却没钱打车时，或者要去美国时，精神就会产生这样基本的、迫切的需求。真的很难做到。

1952年12月5日

离开了佛罗伦萨的所有好朋友我很难过。上午10:40乘火车——3点到达米兰，没赶上2:45去日内瓦的火车。我给爱伦买了一件毛衣 & 尝试积极地消磨5个小时的时光。凌晨1:30到达日内瓦——天寒地冻——2点到达罗西酒店。爱伦还在睡觉，晚上9:30还去接过我。XX，都很棒。但我是她汹涌大海上的软木塞，随她四处漂流。

1952年12月5日

[爱伦]突然接到了的里雅斯特的工作通知，美国就成了泡影。我很失望。爱伦毫无顾忌地劝我，说反正我也没钱回美国，她说得倒是容易。7:30飞往巴黎。一想到未来的一切，我就心力交瘁。妈妈已经很沮丧了，还要告诉她我不会过去了。妈妈说，奥兰多的生意依然不景气，她要去坦帕。一辈子都降低艺术追求，把自己定位在商业模式上，结果却发现那样也无力支撑晚年生活，得多么凄凉啊！28度的气温让人感觉舒爽。

1952年12月7日

休息了一天。给爱伦看了埃文的信[1]，最大的一笔预付款——写本同性恋小说。我开始构思这本书，因为写悬疑小说需要一个更为自由的心境，我现在没有。XX等等。

1952年12月9日

与布拉德利共进午餐。与布拉德利简要讨论了要不要换经纪人的事情。她还说，玛格特在寄送文本时"不再走正常程序"。走捷径、付小费、价格更高。玛格特并没有花大力气催哈珀的书稿。爱伦经常说，一年多了，她连一个短篇都没卖出去。

1952年12月13日

收到了利尔[·皮卡德]的信。同情我，说爱伦是个自私的婊子加巫婆，刻薄，清楚自己想要什么，不惜一切代价也要得到。不幸的是现在她想要我。

---

1 显然这家平装书出版商（可能是通过经纪人玛格特·约翰逊联系的）给了帕特一大笔预付款，邀她再写一本女同性恋的爱情小说（继《盐的代价》之后）。暂定名称是《分手》，但在帕特写了三章后拒绝了这部小说。

1952 年 12 月 14 日

工作。重写了第一章。去波南斯基家喝开胃酒。她说我走后，爱伦遭遇了"道德的崩溃"。这让 E. 很尴尬。

1952 年 12 月 15 日

对一切都感沮丧。主要是非常不满眼前排山倒海的（愚蠢的）工作，而得到认可或出版却遥遥无期。

1952 年 12 月 16 日

昨晚勉强完成了第一章的重写 & 爱伦评论说，书中的性内容太少，不足以满足大众的消费市场。

1952 年 12 月 17 日

我的笔记："疯狂如影随形：孤立和半失败。"人们必须求助于宗教信仰或酗酒，这两种情况都比孤身奋战更强大。

1952/12/17

摩尼·斯皮尔伯——卡尔曼-列维出版社的首席读者。一见面就说："我希望我让你来这里能告诉你一些好话，比我要说的好听点。"接着就把我的书批得体无完肤——我哑口无言。这么一大本书到底要说明什么。各种各样的挫折，我说。在法国，基本没人知道挫折这个词，它只有法律意义。"我现在就可以告诉你——我知道，我从来没有错过——你的书在法国卖不出去，不会有任何读者，也就能得到两三个评论，而那些糟糕的……你的人物都很可笑，恕我直言，你比我更清楚（露出狡诈的样子）他们为什么……他们是靠抽搐而不是性格塑造出来的。"值得庆幸的是，他问我是否拿了预付款，必须写这本书？我告诉他我什么也没拿，我写书就因为我想写，仅此而已。他的房子光秃秃的，装修简单，是典型知识分子的家。墙上挂着瓦格斯的现代画，小方茶几上放着日本桌垫。他一边喝茶一边抽着高卢烟，什么也不吃。还有一个错误——他提醒我，花神咖啡馆 & 双偶咖啡馆都不代表真正的巴黎！我想说有别人喜欢这本书，M. 斯皮尔伯就反驳说，事实上，你说的那些人从不读书。他什么都知道。

1952年12月24日

去布拉德利的香槟鸡尾酒会——有20多个严肃的法国人，还有米娜·克尔斯坦·柯蒂斯[1]，我和她讨论了经纪人M.约翰逊的事。她很了解她，说在纽约，没有比她更好的经纪人了。米娜在史密斯学院教玛格特英语。说她是玛格特最后的文学良知。我们给布拉德利留了2个手提箱，她很乐意接受。前几天寄了新年贺卡——一张给伦敦的A.库斯勒。今晚——与爱伦单独在家[2]享用一顿精美可口的晚餐。然后拆礼物，我在米兰满怀希望给爱伦买的毛衣太大了！

1952年12月25日

早上8点在黑暗中出发。圣诞节——全法国都醒了 & 到面包店 & 乳品店里采买。我们一路艰难行车，终于在晚上到达了巴勒。到达德雷克奈吉酒店。爱伦特别想好好享受她的假期。我会尽我最大的努力 & 一定会实现的。我们必须看得更长远 & 再长远一些。昨天收到了妈妈的来信，讲述了他们这个月 & 此前在佛罗里达州奥兰多度过的艰难时光。大萧条在大选后开始了 & 他们像往常一样"等了太久"才熬过来。S.反应迟钝，我母亲不到灾难降临到她头上不会面对现实 & 已经太晚了。于是：他们去了迈阿密，那个破败的地方 & 她在那里找了个不怎么样的时尚业工作，明知不会长久。我可以轻松预见到他们在60岁时破产的样子，离现在不远了。然后会怎样？又一出商业艺术家的《推销员之死》传奇故事。对我来说是无法接受的——人间惨剧。我该怎么办？见招拆招吗？除此之外，我还能拿它怎么办呢？

---

1 米娜·克尔斯坦·柯蒂斯，普鲁斯特研究学者，在史密斯学院曾任玛格特·约翰逊的老师。
2 原文为法语。

1953 年

1953 年，帕特里夏·海史密斯的生活重心逐渐移回美国，这一年她与爱伦·布卢门撒尔·希尔渐行渐远。她也慢慢找回了最适合自己的创作体裁——惊悚小说——使她得以在文学出版界获得一席之地。

1953 年，美国正处于参议员约瑟夫·麦卡锡的恐怖统治之下。帕特为自己的祖国感到羞愧，更为自己身无分文地回到这个国家感到羞愧，除了一部长篇和屈指可数的几篇短篇小说，她拿不出什么可以代表自己的东西。她对家人隐瞒了自己创作第二部小说《盐的代价》时使用了化名。

与第 11 本日记相比，帕特的第 12 本日记相对较薄。很多内容都是事后写的，一直到 9 月初，她都用英语写作，回到沃斯堡后——也许是出于对爱伦的思念——她才开始改用意大利语，一种新的"秘密语言"。

年初，爱伦和帕特还计划留在她们位于的里雅斯特中心的公寓里，因为爱伦在那里找到了新工作。不过，爱伦是个有独立经济来源的女人，不到四个月她就辞去了工作，而帕特却什么活儿都干。她申请了一个教市政府雇员英语的职位，创作了一些短篇小说，构思着文章的新颖主题。为了获得 5000 美元的预付款，帕特还在写另一本"同志作品"，她认为这本书比前一部更真实、更有趣，处处都更好。同时，帕特觉得自己迟钝、没有灵感，还有爱伦不停地干扰她。为了改善关系，两人从热那亚乘船到直布罗陀，然后去西班牙南部游历，希望换个环境能有所帮助。5 月，她们穿过大西洋，前往纽约。帕特在航行中满脑子想的都是她正在创作的心理惊悚故事《被激怒的男子》（后来更名为《犯错者》）；她于 1952 年 11 月底在佛罗伦萨完成了初稿，但由于缺少灵感而将其搁置。

爱伦去圣达菲看望她的母亲时，帕特在纽约租了一个房间。在欧洲待了两年半后，帕特竭力想在纽约出版界重新站稳脚跟，她自觉失败，身无分文，希望渺茫。她向老朋友寻求安慰，其中包括摄影师罗尔夫·蒂特根斯，在他们第一次约会后，经过这么多年，她意外地与他共度了一晚。当爱伦从圣达菲回来后，她当着帕特的面服下安眠药企图自杀，差点丧命。帕特逃离了这座城市，一头扎进金发女演员琳恩·罗斯的怀抱，这段恋情短暂而热烈。帕特毅然重新改写的新小说就是献给她的。

爱伦回到欧洲，帕特接受了表姐米莉·阿尔福德的邀请，回到了沃斯堡。在沃斯堡，她感觉很好；她经常骑马，继续酗酒，整日与打字机为伍。在这股狂热的创作激情中，帕特在 1953 年 12 月底完成了《犯错者》。书中三十多岁的主角沃尔特·斯塔克豪斯与作者几乎同龄，也和她一样失意。乍看之下，他的生活很成功：他在曼哈顿有自己的律师事务所，在长岛有一栋房子，妻子收入颇丰。可是他依然感觉孤单，他用想象力来对抗平庸的生活，却又为此所累。

1953 年 1 月 1 日

新年伊始，××不断。我希望一直不停。昨晚很疯狂 & 神圣，用最简单最深奥的意义去理解那些话。

1953 年 1 月 3 日

去圣莫里茨的计划。爱伦时而无聊，时而烦躁，时而想离开，主要是因为我整天在打字。

1953 年 1 月 4 日

工作时三心二意。完成了对前 2 章的大幅删减。越改越好。遗憾的是，这本书没有长时间酝酿，但仓促写作也是一种很好的锻炼。

1953 年 1 月 5 日

工作停滞不前，因为爱伦无法忍受我打字。于是我无事可做了。耐心全失。我只能在思想上忍受，逻辑上真的做不到。一封邮件也没有。玛格特，我希望她过得开心。

1953 年 1 月 7 日

早上 8 点，我们在地狱般的黑暗中出发，急急忙忙地赶到卢加诺，我们在那里下车 & 赶上了上午 10 点开往圣莫里茨的巴士，沿山路平缓地开了数公里后，下午 3:15 到达。这个地区很美！西尔斯［-玛丽亚］村，尼采就是在这里写下了《查拉图斯特拉》。圣莫里茨是一个军事风格的村庄，高耸的酒店悬挂着瑞士和英国的旗帜，积雪覆盖的街道上满是比基茨比尔更别致 & 更大的商店。我们决定住在库尔姆［酒店］。这里几乎空无一人，很拘谨，很闷。我在晚餐时穿了无袖的裙子，结果感冒了。但除此之外，这个晚上非常非常愉快。

1953 年 1 月 9 日

中午去查塔尼拉，晒太阳，野餐。到处是快乐的英国滑雪客。因为刮风 & 下雪，爬到山顶的目标是不可能实现的了：热红酒 & 维也纳音乐。

1953 年 1 月 11 日

早上 9:40 乘车从圣莫里茨到卢加诺。卢加诺的车很漂亮。很高兴能再来。4:30 到了米兰。爱伦如今要去上班了，所以情绪逐渐好起来，可能会让我单独待几天。

1953 年 1 月 12 日

早上 9 点去领事馆续签护照，得知在威尼斯也可以续签。于是我们就早早动身了。威尼斯冷得可怕，却阳光明媚。

1953 年 1 月 13 日

6:30 我打电话给佩吉·古根海姆到哈里［酒吧］喝鸡尾酒。她带着 3 只狗 & 一个男同性恋出现了。从北卡罗来纳州来的小詹姆斯·门罗·莫恩[1]。爱伦因为她有趣的工作颇受欢迎。我在哈里酒吧和一个叫玛丽·奥利弗的人 & 她的朋友乔迪聊了起来——乔迪是一个红头发的烦人的国际流浪汉。是简·鲍尔斯的朋友的类型。两人都是同性恋，穿裤子。佩吉有些紧张，但非常和蔼可亲。

1953 年 1 月 14 日

在车站和爱伦分别，很难过。她开着一辆菲亚特离开了。我回到家 & 之后一直

---

[1] 小詹姆斯·门罗·莫恩（1928－2019），美国艺术家。

到晚上工作都很顺手。不过詹姆斯·M. M. 邀请我去哈利酒吧喝了一大杯啤酒。他很乐意带我参观公寓，虽然这里的公寓很少。

1953 年 1 月 15 日

6:30 见到了詹姆斯，然后去了那 2 个男孩的家，理查德·佩奇-史密斯和画家乔治，他们要去卡普里开酒吧。理查德钢琴弹得很好，因为他给布里克托普[1]伴奏。俩小伙子都认识我，因为 1951 年我在卡普里去过莫德·巴塞尔曼的派对。然后走了很长一段路回家，在我最喜欢的小餐馆里独自吃晚饭，有一个意大利名人正在那里朗诵诗歌。大部分是男人。有人请我喝了一杯上好的葡萄酒——每天都有老主顾光顾老地方。之后去喝咖啡，我在露娜酒店遇到两个陌生人，他们邀请我去喝白兰地。玛丽·奥利弗也在那里，已经喝了 20 杯——朗姆酒。她把瓶里剩下的酒一股脑儿倒进一瓶可乐里——硬要我们大家继续喝白兰地——然后滔滔不绝地讲起她的朋友乔迪·麦克莱恩多年来是如何"资助"保罗和简·鲍尔斯的。"乔迪在他俩身上肯定投了一百万美元了。"他们明天还要去的里雅斯特，会带来一些乐趣的。爱伦 8 点打来电话。找到了一间公寓，宽敞 & 昂贵 & 浪漫。

1953 年 1 月 17 日

[的里雅斯特。]看了两套公寓，选了在卢卡迪家的斯图帕里奇路 22 号的那套。太大了，每月 90000 里拉，还有半天的用人服务。但我们别无选择。宾馆会更贵，爱伦说如果没有我，她会在宾馆一直住到春天。我收到了信——但没有玛格特的。的里雅斯特是一个阴郁、阳刚、实用的城市——我想象着一个城市就在这里发展起来。很想知道乔伊斯曾住在哪里。

1953 年 1 月 18 日

今晚，与玛丽·奥利弗 & 乔迪·麦克莱恩一起喝鸡尾酒。乔迪付了巨额账单。她还照顾过简·鲍尔斯一段时间——就是和简妮一起去北非的那个满头灰发的老姑娘。我听说简妮现在在纽约。（我希望我也在。）

---

[1] 布里克托普，原名艾达·比阿特丽丝·奎恩·维多利亚·露易丝·弗吉尼亚·史密斯（1894－1984），美国歌手、舞蹈家，在巴黎开了一家夜总会。

1953年1月19日

我的生日，谁在乎呢？今早我们搬家了。很难想象要在这里住上一年，几个月都无法想象。我不是很高兴——感觉很不安，还不知道［关于《雅各的梯子之路》］哈珀说了些什么。

1953年1月20日

爱伦的生日。我知道要做张什么样的贺卡，哎，可是一点也没心思去做。在这样的氛围中，艺术的、温暖的、外向的情感能欣欣向荣吗？根本就不是我的节奏！哦，我的上帝——身体的化学反应应该被禁止！谈话时，爱伦反复讲那天有人如何称赞她的头脑！这至少要比在佛罗伦萨时强一些，那时我在创作好作品，刚刚得知有3000美元的进项，而爱伦没有工作 & 内心感到自卑。她比我恶毒得多，尽管我并不否认恶意无处不在。

1953年1月22日

迄今为止最愉快的工作日。写完了全书第三章（给埃文出版社的同性恋小说）。它过于简单了——但可能正对他们胃口呢。我认为比《盐［的代价］》更好 & 更有趣，尽管算不上非常高超的写作。但我必须诚实。否则，我无法继续进行下去。

1953年1月23日

我无法想象——今年不去美国了。在我到的里雅斯特的时候，收到了一封妈妈的信，满纸颓丧。她在琢磨去得克萨斯州寻求"情感上的帮助"。我写了一封鼓励她的信，但信中不无坦诚地提醒她，她是不到最后关头不肯面对现实的。斯坦利也来信了，很贴心，他非常喜欢那本意大利的笔记本，担心我回去他们不能为我提供落脚处。现在，他们往返于迈阿密 & 奥兰多之间；母亲说，如果情况不好转，"除了搞艺术外，还可以干点别的"。我很理解他们正经历的一切。《推销员之死》的故事又重演了一遍，他们不幸在多年前选择了这个游戏，游戏规则非常残酷。唉，我预见他们不会有所改善——尽管斯坦利很乐观，并向妈妈保证她的恐惧"被严重夸大了"。现在，我可怜的妈妈甚至羞于回得克萨斯看看，因为她需要一个新包，又没有冬装 & 到了那儿处处都得花钱。这让我更加悲情满满，我自己都没有意识到 & 这是我最近抑郁的主要原因。要是他俩中的一个为了获得保险而自杀，我真的不会感到惊讶——我相信那个人一定是斯坦利。多可怕的想法啊。外婆的头脑更好用，所以她要清醒得多！妈妈常说除非她有什么改变，哪怕是换个地方也好，否则她"会生病的"。这是一个死亡咒语。祈祷是无用的，鼓励他们振作也没用：我相信他们都感到了年龄增长带来的阻碍、相较艺术同行的自卑，等等。我回了封航空邮件。估计下一封信的内容会更糟。要完全实事求是地看待这个问题。

1953年1月27日

工作。哈珀的信终于到了，令我非常失望的是，他们不喜欢这本书——显然一点也不喜欢。"现在你想我怎么办？"玛格特问。他们说写得太庞杂，没有新的想法或新的表达方式，最恶心的是，他们还表示很遗憾。琼·卡恩写道，这"不是帕特的水准"。显然，是我错了——如果全世界都在异口同声地反对我。我给玛格特写了信，告诉她我会把书重读一遍 & 告诉她下一步该怎么做。与此同时，他们想要一个悬疑故事（格里·罗兹。《今日家庭》，一本新杂志）。我要为广播公司写一个悬疑故事《无辜的证人》[1]。《巴纳德［季刊］》要印一本选集 & 问我要一些已经出版的短篇小说。拿到了我的新棕色灯芯绒夹克。意大利剪裁的。

1953年1月31日

各种杂事。今晚和卢卡迪夫人一起去看歌剧。回来后发现一个惊喜，在厨房的餐桌上摆着香槟晚餐，儒斯蒂纳准备的——香肠 & 蛋糕。约兰达的女儿弗兰基下来了。我们睡得很晚——直到爱伦把我们身下的烟灰缸和杯子都拿走了，简单粗暴地结束了晚宴。

1953年2月12日

阅读第3本书。发现它没有结局——也许应该大幅度删减。我写信告诉玛格特：如果她心意已决，就这么原封不动地投稿吧。到这个程度我也很难再删减了，我倒希望，出版商们不都和哈珀感想一致。把几个短篇寄给了《口音》。《人类最好的朋友》。还有《爱是一种［可怕的东西］》。我意识到，这是冷酷无情的生活。几乎每天早晨都会恶语相向——这样开始每一天真可怕。我躺在床上看书，一直听她骂完，她走了，我才可以开始我完全不同的一天，享受表面的和平与秩序。今晚参加了的里雅斯特大学斯坦尼斯劳斯·乔伊斯教授（英语系教授）关于［他哥哥詹姆斯·乔伊斯的］《都柏林人》的讲座。我觉得他非常有趣，与詹姆斯就像白天和黑夜一样截然不

---

[1] 帕特为一家德国广播公司写的一个剧本。

同。我渴望给美国的更多熟人写信，希望能收到一封信。我觉得非常孤独、迷茫、死气沉沉。给［沃斯堡］《星电报》写信，问他们是否需要一篇关于流浪者营地的文章，我今天走访了那里。秘书利普斯基夫人带我参观他们居住的隔间时，我看到一片狼藉。

1953年2月14日

玛格特来信。玛格特"比起《盐的代价》，更喜欢《分手》里的女孩"。已经寄给了埃文出版社。但我现在很低迷，觉得自己是个三流作家。1946年那段振翅高飞的日子哪儿去了？那个春天——天哪，我犯了多大的错误啊！从金妮开始。今天是情人节。它在不知不觉中过去了。

1953/2/14

我1953年的墓志铭：此处埋葬的是一个错失所有机会的人。

1953年2月15日

布拉季风昨晚来了。把我们封在屋里一整天。今天晚上，大厅屋顶的一块玻璃天窗被吹飞了，2扇百叶窗也毁了，我们约来喝茶的客人都不能来了！迄今为止最糟糕的季风。

1953/2/19

我必须开始一种全新的生活；这些话等同于：我要自杀了。

1953/2/19

现在我再也找不到什么美的东西让我愉悦了，但我对美的思考还在，那是我永远的快乐。的里雅斯特——在这儿我是一棵干渴的树。我有很多根，需要大量丰富的水源。我渴望铺着草坪的人行道，还有白色的窗台，阳光洒在象牙色的钢琴键上，有烟囱的红砖房，十月的落叶等着人们收起焚烧。

1953年2月24日

我仍然思乡成疾。我想回得克萨斯州。这些日子没有书信、没有爱伦、没有钱——很难熬。现在，因为我想回家，爱伦指责我"让她对的里雅斯特很失望"。这些天来我感觉，如果我回去了，我就不会回来了，还回来干吗？

1953年2月28日

早上4:10起床，坐6点开往威尼斯的火车，一路上困倦地读着［塞缪尔·］霍芬斯坦的《赞美［一无所有的］诗》。8:30相当戏剧性地到达威尼斯。看到一个非常迷人的小男孩庄严地等着8:20在R.R.车站中转的快车，膝盖上放着书包，两只小脚交叉着，一张忧郁而严肃的脸，聪明伶俐，才这么小，就这般心事重重&睿智聪明，有点可怕。他的太阳穴上有一道小小的疮疤，露在飞行员帽旁边。他谁也不看，上车，在阿卡德米亚下了车。不知道是什么样的父母让他如此忧郁？我在露娜酒店一间黑暗的房间里找到了爱伦，她的早餐盘就在床边。我拥抱了她，令我感到非常高兴和惊讶的是，她回应了我。我们长达一个月的纷争就这样烟消云散了！这个周末过得如梦似幻——让我喜出望外。

1953年3月1日

悠闲的一天。我们沐浴着阳光&我沿着叹息桥散步，人们都准备好去看马戏。巨大的秋千旋转一整圈，底部始终与地面平行。爱伦的再入境许可被驳回了——我们不知道原因。也许跟我有关，也许是制定了新法，或者就是出了错。她妈妈已经好几个星期没写信了&爱伦肯定她已经死了。

1953年3月2日

求职。有一个小学英语教师的职位空缺，但我没什么教学经验，所以拿不准。但如果我得到这份工作，那就是每周45美元，这对我来说是一笔财富。写好了一个的里雅斯特-布鲁塞尔难民的短篇，寄给玛格特。我有几个写作计划，但都没太认真想，好多东西要写。我现在需要很多东西——主要还是鼓励，需要经纪人来给我鼓舞士气。

1953年3月3日

爱伦从星期六开始有了显著的变化。现在我唯一的麻烦是怎么赚钱——因为我对工作的想法发生了奇怪的转变，我有时根本不在乎是否又多写了一行，是否因此多赚了钱或没赚到钱。前路黯淡、灰心沮丧时，一个人不可能始终一往无前。现在看来，爱伦可能永远无法再进入美国了。她的母亲安好。她一直在等待律师的消息。根据新的《麦卡伦外国人法案》[1]，再入境许可只能续签一年，而不是像爱伦以前那样一签

---

[1] 《移民和国籍法》（又称《麦卡伦-沃尔特法案》）是1952年以来美国的一项联邦法律，旨在规范美国的外来移民。

七年。她可能很快就要彻底搬回瑞士了。又给玛格特写信,再三问她书怎么样了。都过去 8 个月了,她就不能花 15 分钟写信告诉我(还有她的看法)吗!

1953 年 3 月 5 日

昨天去了本地的 AFN[美国部队网络]电台。他们想要我的作品样本,所以寄去了慕尼黑悬疑剧[1]。各种事情纷至沓来。

1953 年 3 月 7 日

和爱伦一起去乌迪内。我很紧张。婚姻关系根本算不上关系。爱伦的阉割情结会让接下来的两周分外难熬。乌迪内有一个美丽而杂乱的广场,广场上有很多雕像、超大的教堂 & 行政大楼,全都挤在一起,这是画家喜欢的景观。但是天气很冷。

1953 年 3 月 11 日

39 页。不管是谁写,情节都无关紧要。写作的乐趣和艺术在于如何拿捏情节。中午尝试了一下。可是"继续死局",我注意到——我根本没法在床上或任何地方接近爱伦。如果我想和她说话,她就说她太忙,太累了。

1953 年 3 月 13 日

安妮·S写了一封慰问信,讲了一些令人宽慰的话题,她说最致命的错误就是真正爱上自己的伴侣,还有她和贝蒂在一起心满意足。"周围有很多漂亮的女孩呢。"安提醒我,其实她不用这样的。

1953 年 3 月 17 日

爱伦一句话也听不进去,并且一点也不理解我。我说:不该老是对彼此说这种话。夫妻之间也不会这样……他们也不会一个月只在一起睡两次(近来就是这种状态,如果我幸运的话,还得看她是否愿意)。人的自尊,任何人的自尊,都经不起不断地贬低。我颤抖,哭泣,抽烟,弄得自己精神崩溃——实在是没道理,因为我不需要留下来——上帝知道,如果我在纽约,我是不会挺到现在的。我的牙齿让我提心吊胆,经济状况也面临危机。我有点害怕,踏过千山万水而来,却一无所获,还要重新开始新的生活,但这正是我应该做的。(每次想跟爱伦解释一个问题时,她就会反问

---

1 可能是指帕特为电台写的悬疑故事《无辜的证人》。

我 & 一脸怨恨，你为什么不回去找金妮？）

1953 年 3 月 19 日

阳光灿烂的早晨，长时间散步，喂鸽子。回到家，好好地写完第一部分。90 页。然后去了我喜欢的巴拉莱卡酒吧。俄罗斯 D.P. 娱乐场所。塞恩 & 朋友莱德表现得像两个混蛋，后者自己调酒喝！但他答应给我弄一张非法的 PX 卡。

1953 年 3 月 22 日

重读（同性恋的）书，几乎不需要修改。啊，一定要找准方向，一定要多写，为了亲爱的钱包！有时，这样做似乎挺好，有时，却会对自己深恶痛绝，竟然能这样想，把本该写好作品的大好年华都挥霍掉了。会有种自我弃绝的感觉，怨恨在血液中沸腾。

1953 年 3 月 23 日

我放弃了与爱伦继续 X 的可能，不无苦涩。我们去美国之前——4 月 20 日——的这些天度日如年。

1953 年 3 月 26 日

梦幻般的日子。爱伦决定复活节时过去。我也是。由于我资金不足，她还试图劝阻我。她不能理解那是我的家。

1953 年 3 月 27 日

昨晚真是场面失控——因为我说她必须认识到我们已经结束了，关系这么糟糕还要继续下去，那真是疯了。我说，咱们走时分开坐船吧。她喝了酒，哭哭啼啼，我静静地喝酒，为她难过。当然后来听了恩里科的歌剧，还是以 X 结束了战斗。

1953 年 3 月 31 日

工作。写到 80 页。安 [·S] 寄来一封非常贴心的信，让我在 6 月 1 日之后陪她继续留在火岛[1]上。还说她和贝蒂的 X 已经走到了尽头。而 A.[2] 也有外遇，走到最后也没什么可后悔的。一封绝妙的信。

---

1 美国度假胜地汉普顿斯附近的岛屿。
2 安（Ann）的缩写。

1953/4/5

　　[拉文那[1]。]圣维塔利：公元 550 年。这是我见过的最美丽的教堂，它美轮美奂、比例协调 & 装饰富丽，绝不亚于圣彼得大教堂、圣马可大教堂和圣保罗教堂，看到它真是赏心悦目。小小的圆形教堂，随处可见的大理石，就像心理测试的图像一样，对称地分布在环绕主穹顶的柱子上。大画廊后面还有小画廊，一个挨一个通向远方，就像传说中天堂里堆满宝藏的无尽的房间，等待着我们。在通往壁龛的拱门上，我看到了最惊人的基督，像法国雕刻家鲁奥的基督一样严峻而丑陋，不过在那双充满悲哀、黑暗、疲惫、责备、愤慨、威胁又相当柔弱的双眼周围有更多的阴影。朝向他的门徒有劳伦提斯、保卢斯、约翰努斯、马库斯、伊波利图斯、维塔利斯等，所有这些都是马赛克的。

1953 年 4 月 5 日

　　回家真好。我们最后一次乘坐高级的小 Topolino[2] 车，刚刚把它以 500 美元的价格卖给了一位美国大兵。现在爱伦并不缺钱。

1953 年 4 月 6 日

　　想和爱伦一起到城外去，但毫无疑问，她拒绝了。我打电话给汤姆 & 拿着班卓琴，我们去了巴拉莱卡，跳舞，喝葡萄酒、格拉巴酒、咖啡、啤酒，非常尽兴。在他家吃炒鸡蛋。不出所料，爱伦醒后，没好气地板着脸，一副受伤的样子，对我凌晨 2 点才回来颇为震惊。唉，我玩得太开心了，让她很不爽。

1953/4/12

　　如今当诗人比小说家更容易。诗人可以创作出健康朴素的散文；小说家必须在一种哲学的框架内写作，如今的小说家都能够建立这种哲学框架吗？甚至他能不能以尊敬、神秘、自豪、热情和喜悦来书写自己都是个问题。精神分析学家们撕开了他的灵魂，每个人都看了一眼，从此再没有人对作家挖心掏肺献出的瑰宝感兴趣了，不管背景有多迷人。

1　意大利东北部海港。
2　意大利语，意思是小老鼠，既指米老鼠，又指菲亚特 500。

1953年4月14日

工作。写一个FBI的侦探故事《盲人捉迷藏》[1]。

1953年4月18日

玛格特来信。她说等口袋书[即《分手》]完成后，我就有钱随心所欲了。

1953年4月19日

晚上8点从的里雅斯特出发，离别时很悲伤。

1953年4月20日

热那亚的早晨。科伦坡酒店，一个可爱的房间。我告诉爱伦，她肯定觉得我是疯了才会继续和她住在一起。她问："你喜欢我吗？""怎么会呢？"所以，她拒绝和我同吃同睡 & 我独自在港口的一个小巷里吃了一顿低调的海鲜汤。因此，我们在真正欧洲土地上的最后一夜就是我们痛苦关系的缩影。

1953年4月24日

[直布罗陀。]酒店位置很高，距市区½英里，海港和左边非洲群山的景色尽收眼底。（我们身后的那座石山，据说是几只猿猴的栖息地。）我非常喜欢这个小镇——一条主街，堆满了杂七杂八的东西 & 英国和西班牙遗留下来的痕迹。在酒店里有一对奇怪的夫妇——肯特先生和太太，女方是我见过的最畸形 & 最丑陋的可怜虫——唇上长胡须 & 天生驼背，双腿瘫痪，还耳聋，头发染成金色的大波浪，看起来像戴着假发，大约55岁。我得调开视线看着桌子（另一张桌子，谢天谢地）才不至于作呕。肯特先生大约40岁，面色红润，不无魅力，对她这么殷勤，肯定藏着某种负罪感。他们的护照证实他们已经结婚。他看起来就像一个被雇来的小白脸，为了一生衣食无忧出卖了自己的自由。真想问问他她的故事。

谁敢呢？

1953/4/27

下西班牙。从直布罗陀到阿尔赫西拉斯，渡船上载满了走私者，这是我见过最粗鲁、最野蛮的一群人。二十个男人和十五个女人，他们疯狂地把在直布罗陀买的东西

---

1 一个短篇小说，已经失传。

重新分装在肮脏的帆布袋、纸板箱里,不知道依据什么分类系统,非常复杂,整个旅程他们都在忙活:上面摆面包,下面是香烟、蜂蜜、佩克弗兰饼干、阿华田和巧克力华夫饼。她们把口袋塞得鼓鼓的,橡胶靴里也装满东西,连路都几乎不能走了,不知道她们想骗过谁。有一个女人把一包烟绑在手帕里,系在十字架项链的后面,然后藏在后背的衣服下面。我听说他们会偷偷塞钱给警察,但我没有亲眼看到。阿尔赫西拉斯到塞维利亚的土地上,人烟稀少,到处都是大大小小的猪、鸡、山羊和马。

1953年5月6日

直布罗陀从来没有像下午4点这样好看——今天过了西班牙,那个不文明的国家!而洛克宾馆,有超好的毛巾!还有茶!太舒服了!

1953年5月7日

5点起床去赶船。上了船一切都非常时髦 & 干净 & 热情好客。我们搬到了一个豪华的4人舱,因为二等舱几乎是空的。今晚有个鸡尾酒会。E.喝了香槟,我喝了3杯马提尼酒。看了《小飞侠》,我觉得很好看。迪士尼的最新电影。

1953年5月11日

生活平静无波。我试着深入构思那本悬疑小说——♯5。还不是很明晰。

1953年5月13日

1点准时靠岸——从长岛西边长长的海峡进入曼哈顿,看着它在大雾中慢慢变得清晰可辨,非常令人惊喜。然后太阳出来了。我在码头上搜寻着安·S,却找不到她。她在2:20打来电话,说我之前告诉她不要来码头。不管怎样,她5:30来温斯洛陪我喝了一杯。爱伦也来了,然后是玛格特,她见到我真的很开心——愉悦的时刻,喝了3杯马提尼酒。

1953年5月14日

购物——只买了一双芭蕾平底鞋,结果现在穿着脚很痛。到玛格特家去参加一个晚会,品尝玛格特最拿手的菜肴,看电视,然后回顾了一下我两年多来的作品。和往常一样,编辑们似乎都想出版我的作品,都称赞我的文笔,甚至提出给我一些情节让我来写!将要与[麦肯的编辑]戈德贝克(他可能会出版我的第三本书,以悬疑见长的)、李·史瑞佛、《科利尔》杂志的现任编辑埃莉诺·斯蒂伯恩共进午餐。应该会住一个月，所以我肯定不会浪费时间。但这里的家很脏，最糟的是，到处都是东西，我几乎没有任何空间。利尔一点都没收拾，没法住——而且房间自然也容不下两个人。哎，还有爱伦在我的地盘上那种眼眶含泪、心神不定的样子，她说随时都要离开。她让我去圣达菲，住上个把月，然后也许再去墨西哥的圣米格尔·阿连德。我一会儿说好，一会儿又说不行。

1953 年 5 月 16 日

　　我们重新安排了房间 & 和戴尔进行了长时间认真的谈话，他同意让我住 2 个月 & 如果我想走，到时候就可以离开。爱伦认为我写完埃文的书后就会想离开。（然后她想让我去圣达菲住一个月。）给了戴尔 150 美元的支票，2 个月的住宿费用。我在各家银行就剩大约 750 美元！玛格特可以从今年班塔姆口袋书出版社付给《盐的代价》的 2300 美元中预支 1150 美元。也许我会接受。看样子总算能住上戴尔的房子了。偶然间，我得知自己有一篇文章发表在《新苏黎世报》上。是我在阿斯科纳写的《魅力苏黎世》，爱伦翻译的。我感到非常自豪！

　　今晚和戴尔 & 爱伦在家里温馨地做饭。我讨厌爱伦对食物漫不经心、浑不在意的样子（只知道吃）。不过毕竟——比起美国大多数同性恋女孩的俗不可耐，这件小事也不值得愤恨了。如果美国把我送回爱伦的怀抱，那真够怪的。更让我压抑沮丧的是——看到一堆堆乏味无知的女孩坐在美国的酒吧里——专搞同性恋。

1953 年 5 月 17 日

　　虚度光阴，做梦梦到写作 & 读周日的厚报纸。爱伦和吉姆·多布罗切克共进午餐——她和这个画家在佛罗伦萨时住在一起。我想，为了护照，她都愿意嫁给他。然而，这就意味着，永远要悬着一颗心，因为在接下来的调查中，他们既不会还她清白，也不会解雇她。做英国人，至少不会被调查。报纸的每一页都是麦卡锡的传声筒 & 本周英国工党领袖［克莱门特·］艾德礼[1]痛斥他 & 麦卡锡要求道歉 & 威胁要缩减资金。我相信艾德礼会坚持住不道歉。爱伦变得不可理喻，疯狂失控，因为我没法精确判断出我们要走多少个街区。她像个泼妇一样责备我 & 说她不会再往前走一步。于是我恨起她来。

1　克莱门特·理查·艾德礼（1883－1967），1945 年接替丘吉尔任英国首相。

1953 年 5 月 19 日

在这儿和罗尔夫共进午餐。非常愉快。他告诉我，他不想再去意大利见我，因为有爱伦在，他永远无法单独见到我 & 他担心她会完全支配我。在办公大楼的顶层见到了玛格特。和克里姆一起喝鸡尾酒，然后在巴黎-布莱斯特饭店吃了晚饭。他长胖了。一个不错的人。在格林威治村，我在哈德逊街一家破旧的啤酒屋里见到了迪伦·托马斯[1]。珀尔·卡辛[2]正在撩拨他——很晚回家 & 喝多了。

1953 年 5 月 22 日

度过了一个安静、有益的夜晚，这是几星期以来第一次独处，思考着那本悬疑小说，这本书正在慢慢成形，几乎可以下笔了。回忆起当初写《陌生人》的时候，除了中心思想外，毫无计划，现在想来真让我震惊。随着自身的成长，我真的开始构思了，所以有些内容就得重写。但对我来说，写任何一本书，最主要的却是动力、热情和叙事的冲动。这些我正计划写的书中也有。

1953/5/22

一个情人的祈祷：请让我们明白我们有力量伤害彼此，因此要尽可能避免。

1953 年 5 月 23 日

今天是第二天。在写一个失败者的短篇小说[3]。罗尔夫来之前和晚饭后都 X 了。E. 今天表现得像个天使。罗尔夫 10 点打电话给我 & 我出发去 [长岛的] 蝗虫谷。午夜时分喝了咖啡馆的浓缩咖啡 & 薄荷酒。我希望能与爱伦分享。我渴望能有一栋房子，和她住在一起，生活相当富足，一天天安静工作。

1953 年 5 月 24 日

美好的一天，被奶牛叫醒。今晚在罗尔夫家吃了牛排——这是他最渴望的——他的两个年轻朋友吃晚饭时来访 & 留宿了。奇怪的是，我竟然半心半意地撩拨罗尔

---

1 迪伦·托马斯（1914—1953），英国威尔士作家和诗人。同年下半年去世。
2 珀尔·卡辛（1922—2011），曾是迪伦·托马斯的情人，作家、编辑，曾为《时尚芭莎》、《纽约客》和《党派评论》等杂志工作。
3 短篇小说《生来失败》，作者当时觉得自己太失败了，所以试图给主人公一个圆满的结局。

夫，后来他把我拉上了床。我觉得和他在一起，好像他是一个女孩，或是一个心地无邪的男人，他也确实是这样。虽然不太成功，但仍然是最像样的一次了，我至少觉得很愉快。在我的道德体系中，我丝毫不觉得这是对爱伦的不忠。

1953 年 5 月 25 日

非常不舒服，要么是咖啡闹的，要么是昨晚罗尔夫闹的，直到下午和爱伦 X 才好起来。今晚沃尔特·里默给了我《陋巷春光》的好票。第一排。闹哄哄的，但我喜欢。今晚很满足。这个周末，罗尔夫说他觉得也许我们可以真的做爱。这样的生活啊……我四处碰壁。但我对爱伦的肉体是真的痴迷，那是天堂的感觉，不会轻易舍弃的。

1953 年 5 月 26 日

和埃文公司的人约定周三讨论口袋书［《分手》］的问题。戈德贝克不想再要同性恋作品了，于是"放了我们一马"，玛格特说。回家准备中式晚餐，这是爱伦在此的最后一餐。我们本来打算去某个安静的地方听钢琴演奏，但未能做到。我喜欢和她一起度过这最后的时光。然后到此为止。一想到她明天就要离开这里，我就哭了，至少比我在佛罗伦萨离开她的时间长一倍。

1953 年 5 月 27 日

12:15 爱伦坐出租车走了：去了中央车站 & 离别时我哭了，但她走后我没有哭。

1953 年 5 月 28 日

安·T 心情很好，但她一定步履维艰：两年的心理分析，还是去不了欧洲，因为没钱。同性恋惯常的悲惨境地，落进了自己设的陷阱中，情感上分外孤独。

1953 年 5 月 29 日

和贝蒂·帕森斯在我家共进午餐，她很好。告诉我卡森·麦卡勒斯疯狂地爱上了凯瑟琳［·科恩］，在伦敦逗留了 3 个月，要 K. 和她同居。我估计 K. 是被吸引了，但不会有暧昧关系的。B.P. 当然更喜欢我的涂鸦 & 抽象画。她是喜欢涂鸦的那一类。

1953 年 6 月 1 日

我写了 9 页新的的里雅斯特故事。我很喜欢这个故事，但很可能卖不出去。我这样做只是为了让自己在家乡不发疯，这里所有的商人都忽视我，好像我被集体抵制了一样。我现在应该在为埃文的订单奋笔疾书 & 却任由日子一天天过去，我很焦躁。

1953 年 6 月 2 日

工作。与罗莎琳德·C 共进午餐。我们度过了一段愉快的时光，享用着马提尼酒 & 汉堡包 & 闲聊着我们的女朋友：克劳德 & 爱伦，俩人真的很相似。连长相都很相似。盼望着快点再见到 R.[1]。去玛格特家看电视上的加冕仪式[2]。4:30 & 10:00 重播。仪式很华美，是我在电视上看过最重要的节目。玛格特为我做了饭。像往常一样，我又熬夜了，但没怎么喝酒。

1953 年 6 月 3 日

与查斯[查尔斯]·拜恩 & 汉纳先生共进午餐，讨论埃文的事情。无穷无尽的闪烁其词 & 模棱两可。他们关心的是这本书的道德变化，还对我的写作速度挑三拣四（却不承认这正是他们希望的），我有种不祥的预感，他们是在为圆滑地拒绝我做准备。但是玛格特仍然认为，我会拿下合同的 & 拜恩不是说了嘛："哦，我们肯定想要这本书！"因此，它寄托着——我过去 6 个月的希望，以及未来与爱伦共同生活的强烈愿望。现在，他们要我写一纸声明，写明是"出版商"要求我干这 & 那，这对他们来说很重要。玛格特提醒拜恩，有人出价 5000 美元给我。这一切让我极度紧张不安，我不停抽烟 & 拒绝了周末去乡下的诱人邀请，因为我无论如何都无法放松下来。我极不情愿告诉爱伦这些，只想告诉她我要有 5000 美元的收入和我要来了！窗户下面从早到晚钻铆钉的声音让我发狂！

1953 年 6 月 4 日

为埃文写了一页声明 & 拿给玛格特，她说，再不济我也能收到已经写完的稿件的报酬。因此，我们都已经预见到了可怕的结果。然后工作。不太顺利。成功或失败的传染性好大啊！这些日子是我职业生涯中黑暗倒霉的顶点。其实，自从我认识了爱伦，就没有发生过什么好事。但我完全没有把爱伦和这个联系起来。（她不像琼·S 那样事事乐观，但我还是喜欢爱伦。她教会了我很多东西。如今我已经不抱什么幻想

---

1 罗莎琳德的首字母缩写。
2 英国女王伊丽莎白二世的加冕典礼在电视上的直播。

了。就算有可能，我也不觉得自己想换个女友。）

1953 年 6 月 6 日

爱伦写信来说，她喜欢圣达菲，认为我也会喜欢的 & 正在那里找工作。就是说——她心急如焚地想了解埃文的情况，她今天就会知道。

1953 年 6 月 8 日

累了。写了 1½ 页的小说 [《犯错者》]，刚开始写，为了纯粹的快乐 & 写长篇作品时才有的那种安全感。我很难过 & 惭愧，现在没有收入。

1953 年 6 月 10 日

安和我一起回来了，所以我睡眠严重不足。毫无意义 & 我以后再不会这么干了。

1953 年 6 月 12 日

虽然很紧张，但工作很有成效。上帝啊，写作真不是一种健康的消遣！破坏睡眠、健康、神经。R.［罗莎琳德］C. 不喜欢《归来者》，但会把《盲人捉迷藏》拿给《记者》杂志看。她说这是我的冒险。可我认为目前在美国这么做并非不可能。

1953 年 6 月 13 日

累了。走路到图书馆，去找本法律书，为了书中的沃尔特［·斯塔克豪斯］。下雨了。真是一个令人沮丧的日子，我会尽量积极生活的。我小说中的二号人物折磨着无辜的沃尔特，这个人物在我的脑海中就像一开始的布鲁诺一样还没有成形 & 我希望他也能顺利出现。看到杰克［·马查］，在我这里喝酒 & 在村里吃饭。杰克还是老样子。因为他的相貌，我不能到处问他。有趣的是，记者们都知道，25 岁的美国陆军妇女队队长凯·桑莫斯比是艾森豪威尔将军在欧洲的情妇 & 马查认为麦卡锡可能会以此来威胁他。

1953 年 6 月 14 日

写我的书——（悬疑小说）。我正处于抑郁的边缘，和 1948—1949 年冬天的抑郁症一样严重。是因为玛格特（她不为我工作）、爱伦——我怀疑她 & 我们不停改换的住处——可能是任何地方。没有什么是永恒的。

603

1953 年 6 月 15 日

啊，感觉糟透了，周一早上要工作 & 感觉自己无权这么想。没钱的恐惧又一次使我浑身无力。我觉得我应该找份工作。但那比破产还让我讨厌。近来，我阴郁的心里总是挥之不去这个想法——我得了失败综合征，即使我晚上睡不着觉，我也能平静地接受，这是我倒霉命运中的一部分，仅此而已。

1953 年 6 月 16 日

罗森伯格夫妇很快就要因原子弹间谍罪而接受电刑 & 全国上下都在抗议，有些是出于人道主义，有些则是认为这么做会危及我们的国际声誉。可是现如今它还能降低到哪里去呢，我就看不明白了，毕竟眼下美国的焚书行动大肆流行[1]。D. 哈密特的《瘦男人》、霍华德·法斯特和兰斯顿·休斯的作品都被全国图书馆扔出来了。

1953 年 6 月 17 日

5 点，非常愉快地邀请了金斯利，和她谈论写作的事。她同父异母的妹妹是著名的电影演员多萝西·金斯利。去西 10 街 28 号吉姆·梅里尔的鸡尾酒会，简·鲍尔斯也在。她看上去更丰满了，上了岁数，其他方面还是老样子——还算友好。吉姆穿了一件浅薰衣草色衬衫，看上去很可爱。在场的还有奥利弗·史密斯、约翰尼·迈尔斯、哈利·福特 & 妻子等。蒂特根斯没有被邀请。和琴·P & 两个家伙去了利斯剧院，现在的经理是特蕾泽·海登，就是她把《盐的代价》的画面处理做得（明显）很失败。她 & 我没走，一起吃了晚饭。我们相互吸引，很有趣，但估计不会有什么结果。她养了一只 11 岁的猫 & 在华盛顿街有一套漂亮的工作室，月租 13.75 美元。

1953/6/18

在一个几乎无眠的夜晚，我做了一个奇怪的梦：我和凯瑟琳［·科恩］以及一个

---

[1] 麦卡锡小组委员会从 1953 年 4 月开始，对美国驻欧洲外交机构进行调查，后又对其图书馆进行审查，美国多地发生了禁书和焚书事件。在麦卡锡的指示下，大量图书被请出了美国海外图书馆（比如柏林的美国国家图书馆。达希尔·哈米特和赫尔曼·梅尔维尔都上了黑名单，还有兰斯顿·休斯的诗歌和霍华德·法斯特的《公民汤姆·潘恩》也榜上有名。反对这种审查制度的抗议者谈起"焚书"时，都会把它与 20 年前纳粹德国的焚书行为联系起来。

裸体女孩在一个封闭的房间里。我们意图活活烧死这个女孩。我们把她放进一个小小的木制浴缸，里面还放着一尊我祖母伸出双臂的木制小雕像。我不得不把整个浴缸抬起来，先点燃它下面的纸。K. 开始趴在我的肩膀上哭泣，我提醒她："别忘了，那个女孩让我们对她这样做的！"但在那一瞬间，我看到赤裸女孩的嘴唇在动，她的头痛苦地转动着，试图避开火焰的热量。看到她的痛苦，一阵恐怖流遍全身。片刻过后，裸体女孩干脆站了起来，止住了哭声，走出浴缸，除了几处被烧焦以外，没有受伤：火已经熄灭了。想到那个女孩会告发我们的所作所为，我有种负罪感，虽然她面无表情地看着我们时，脸上没有任何恨意。然后我就醒了。随后我有一种感觉，浴缸里的女孩可能代表了我自己，因为梦中最后的她和我有点像。这样的话，我有了双重身份：受害者和凶手。一个可怕的、逼真的梦。

1953 年 6 月 24 日

和塞西尔·戈德贝克吃午饭——我非常喜欢他——迄今为止最喜欢的编辑。他都没看我的悬疑小说就出价 1000 美元。

1953 年 6 月 25 日

上午收到电报，说爱伦今晚乘飞机抵达。晚上谈话时，爱伦看起来晒得黑黑的，很紧张，对我一点也不亲密。

1953 年 6 月 27 日

火岛。我已经和贝蒂商量好了——和爱伦一起接受她的邀请，去娜塔莉亚·默里家做客。我们 2 点到达，5 点见到了琴·P。琴自始至终平和自持。但今晚，爱伦在门廊上扯掉了我的法国衬衫，不让我去参加克里斯·D家的深夜聚会，我很想去。后半夜我都是在琴家里过的。

1953 年 6 月 29 日

工作。我和爱伦争吵，说我真心想离开她，但这话她根本听不进去。

1953 年 7 月 1 日

中午回家，路上吃了些葡萄干。热得像个火炉 & 可恨的气动钻机没完没了地钻着。爱伦和我争论得面红耳赤，谁也说服不了谁。与戈德贝克私下交流，他始终向我保证玛格特是我能找到的最好的代理人。他觉得她没有什么大的缺点。其他人就像工厂＆你不产出就淘汰你。5点回到爱伦那里。声嘶力竭地争吵到7:30，我把玻璃杯砸在地上，强调我想分手不是说着玩的。她是花样用尽了，从做爱到酗酒、到哭天抹泪，再到开空头支票，说一切都顺着我，无所不用其极。她威胁要吃弗罗拿［安眠药］＆非要和我一起喝2杯马提尼酒，一口倒进嘴里像喝水一样。我说你愿意吃佛罗拿就吃吧。我离开她家的时候，她正往嘴里塞8颗药丸。"我很爱你"是我关门时听到的最后一句话。她光着身子坐在床上。她刚刚写了遗嘱，把所有钱都留给了我＆还说等我拿到了就给乔5000元。还说我是世界上最好的人，因为我今晚和她待了这么久。到金斯利＆拉斯［·斯卡特波尔］家拜访，之前为爱伦取消了她与吉姆·多布罗切克在五兄弟酒馆的约会。他们无情地（＆愚蠢地）诋毁我的第三部小说[1]：这是一部赎罪的小说，我把所有的消极态度都一吐为快，以后再也写不出这么正向的小说了。K.[2]几乎一句话也没说；难能可贵。我直到凌晨2点才回家＆发现爱伦昏迷了——灌咖啡＆凉毛巾都不好用。打电话给琴，然后是弗里德医院。一个叫皮耶里希的医生（?）来了＆给她洗胃，无济于事。只好报警了，然后我凌晨4:30送她去了贝尔维尤［医院］。打字机上有张便条，被警察拿走了："亲爱的帕特：我20年前就该这么做了。这跟你、跟任何人都无关——"在细雨中去了琴家。一直睡到8:30——然后马上去了医院。她没有任何变化。

1953年7月2日

和医生待了一个小时左右，回答了关于她的健康问题。太好了。医生说她有一半概率能活下来。晚上11点开车去医院看爱伦，没有变化。我筋疲力尽。她母亲早上9点从圣达菲乘飞机来了。

1953年7月3日

9点在医院和吉姆碰头。他整晚都在街上走。喝早晨的咖啡时告诉我，爱伦在他到这儿来的时候（当时她和乔住在一起）对他很不好，在码头拦住他＆说："永远别跟人说我是犹太人！"之前我都不知道她是彻头彻尾的犹太人，属于前希特勒时期在柏林

---

1 遗失的小说《雅各的梯子之路》，帕特一边为她的下一部小说《犯错者》做笔记一边写了这部小说。
2 金斯利的首字母缩写。

的德国犹太知识分子群体,紧张,复杂,脆弱。中午和琴·P一起开爱伦的车去F.I.[火岛]。理想的天气&人际关系&出去散散心,快乐无边。我正在逃离地狱。

1953年7月4日

强迫自己去工作,有点怀疑爱伦此时已死。6点从达菲家给吉姆[·多布罗切克]打电话&听说她昨天——今天一早醒过来了。悬着的心放下了——晚上9:30我还找茬和一个深夜来访的女孩打了起来——不幸战败,被琴·P救了。自然又喝了很多酒。

1953年7月7日

带着猫搬到了25街&很满意。但这几天我很痛苦,唯恐爱伦恨我&不想让我见她。还是那个方向不明的拉力——不知是走向安全,还是走向毁灭。

1953年7月9日

在耶鲁俱乐部与戈德贝克共进午餐——告诉他我的婚姻问题&以及我正在开始新的生活。他是那种可以倾诉的人,比我的父母更让人信赖。

1953年7月15日

杂事。约会。足够让总统夫人都筋疲力尽了。今天晚上我在西11街267½号见到了琳恩·罗斯,她是安·S的前女友——&多丽丝的室友。——

1953年7月16日

搬家,在工作室打包。爱伦打电话来——差点哭了——我主动提出要去找她。她接受了,我就坐飞机去了。千万别低估了这情况——我把她抱在怀里45分钟。她不知道自己的感受。被动,多愁善感,当然这个时期也很脆弱。

1953年7月22日

《罗马假日》试映。我全程泪流不止。罗马(以及世界上)每一个美丽的地方都会让我想起爱伦。光着脚走回家,的里雅斯特的鞋子不仅伤了我的脚。

1953年7月27日

去见爱伦。她有一间公寓,在[格林威治村的]大学公寓1号。

1953 年 7 月 30 日

下午 3 点去看望爱伦。尽力帮她布置好公寓，她的公寓很迷人 & 当然很时髦。我倾囊给她买了——马略卡岛 & 的里雅斯特的水彩画，镶了画框。

1953/8/3

应该有金戒指、手表、漂亮的项链、美丽的书籍，还有画作，过一段时间就送给欣赏它们的朋友，而朋友又会再送给别人。礼物滋养着心灵，要礼尚往来。它们应该取代宗教圣像，因为它们象征的人类之爱是以仁慈的上帝之名表达的。

1953 年 8 月 4 日

逛家具店，无聊到想哭 & 家具都过于昂贵。爱伦说服我可以"做些安排——"，也就是我们同居。她想让我回来。就这么简单。

1953 年 8 月 5 日

对爱伦的感情举棋不定，这无疑妨碍了我：是接受我喜欢她的那部分——闲暇、她和文明。还是强硬起来 & 保护好自己？

1953 年 8 月 7 日

写作。更加顺利。我很不开心——完全是因为我犹豫不决。我和琴在一起不开心。与爱伦的事情还没有定。如果决定了，我就会采取行动。我没法做决定。所以我像所有美国人一样开始酗酒。

1953 年 8 月 8 日

琳恩［·罗斯］偶然来访。我觉得她很迷人。

1953 年 8 月 13 日

比尔·汉纳[1]家的鸡尾酒会，他没有邀请琴。我溜出来 & 给爱伦打电话。在 59 街一个陌生人的公寓门口见到她 & 开车去［大学］公寓 1 号，第一次在那里过夜，琴不知道。今天下午——琳恩来拜访，让我很紧张。

---

[1] 可能是威廉·邓拜·"比尔"·汉纳（1910－2001），美国动画师，代表作品《猫和老鼠》。

1953年8月14日

把爱伦的自杀 & 她的性格写进[《犯错者》]书里,我觉得很不安 & 当然也太个人化了。放慢开头的速度。也许无可救药了。

1953年8月18日

琳恩12点打来电话。她随时都想喝马提尼酒 & 我也是。我们去了爱伦家,我有钥匙。躺在床上。仅此而已。雀巢咖啡 & 豆子 & 度过了3个小时。

1953/8/18

奇怪的是,在一生中最有趣的时期,人们从不写日记。有些事情,即使是作家也无法(在当时)用文字把它们记录下来。会缩手缩脚,不敢落笔。这是多大的损失啊!就像自然界中许多无法容忍的、显然无意识的损失一样,因为人们想当然地以为自然界的一切都取之不尽用之不竭。连体验都是用不完的,但有时体验却很难寻觅——也就是说,迟钝的时刻——比激动人心的时刻更难获得。而日记的价值就体现在这激动人心的时刻,此时人们"也许"已经畏缩了,不敢写下自己的弱点、奇思妙想、思想变化、懦弱行为、可耻的敌意以及一个个说或没说的小谎言,而这一切才构成了一个人真正的品格。

1953/8/18

我从来没有想过生活是轻松的。也许这是个错误。我没有幽默感,也不曾有过无忧无虑的时光可以怀念。一直勇往直前。而现在这颗螺丝每天都拧得更紧。换个比喻,我就像个战士,战斗日益激烈,而我的面部表情,就像一个优秀士兵一样,没有变化,一切的一切,包括转败为胜、更多的失望都不会让我惊讶。一个优秀士兵在任何时候都不会感到惊讶,不管状况好坏。

1953年8月19日

米莉[1]来了。由于总机的恶婆娘,没能把她带到爱伦家。打电话给琳恩,她正在和多丽丝约会。喝了很多马提尼酒、晚饭 & 我们不礼貌地把米莉支走 & 乘出租车去了莱尼家。到了那儿,琳恩——从莎拉·H那里——轻易地拿到了钥匙,我知道她是

---

[1] 米莉·阿尔福德,帕特的三表姐。

早有预谋：床上铺了干净的床单 & 和琳恩一起度过了一个完美的梦幻般的夜晚 & 一整晚。西 11 街 266 号——五楼。我爱琳恩——

1953 年 8 月 21 日

爱伦今天中午从 P 镇［普罗温斯敦］打来电话。我给她寄了一封信，周一到的，告诉她我已经和琴·P"谈过了"，把我们的关系确定为纯精神友谊。琴同意了，但她很伤心。电话里［爱伦］听起来很开心。她爱我，坚信"我们可以安排好我们的生活"。

1953 年 8 月 22 日

写得更顺手了。下午 4 点和琳恩的约会突然大获成功。今晚在莎拉家更甚。我们 & 梅尔 & 琴打弹子球时，我费劲地从莎拉手里把钥匙骗了出来，然后就像出膛的子弹一样飞奔出去 & 跑去了西 11 街 266 号。之前已经给琳恩打过电话了——她借口"要散步"离开了多丽丝家。我对琳恩说，她不想跟我做爱——也不必——她一心只想着回家。未卜先知，她说 & 她神魂颠倒——

1953 年 8 月 23 日

真不幸，琳恩把莎拉的钥匙放在她信箱里，被多丽丝发现了 & 她把钥匙随处乱扔。莎拉星期天下午 3 点回来时进不去屋了。周一，琳恩看到猫在阳光下玩钥匙，这才找了回来！ 什么日子啊！[1] 今天写得很好——4 页——去拜访了刚搬进 35 街的琳恩。琳恩自然是一个人在家，擦地板，喝杜松子酒 & 我们在地板上做爱。喝醉了 & 放唱片听。然后乘出租车到 11 号街 & 上床睡了 20 分钟，而莎拉 & 另一个人实际上就在客厅里。这就是琳恩——一个快活的意大利人，愿上帝保佑她。

1953 年 8 月 24 日

晚餐在爱伦家吃的。合理约会。她刚从普罗温斯敦回来。晒得黑黑的 & 漂亮极了。但是我刚和琳恩度过了一个温柔缱绻 & 筋疲力尽的下午 & 今晚是没什么兴致了。琳恩很完美 & 使我的人生变得完整。

1953 年 8 月 28 日

前往普罗温斯敦。与爱伦在一起多么美好 & 疯狂得难以自拔。我们在商业街的

---

1 原文为法语。

北端找到了她住的那栋房子。这就是爱伦对我占有欲的最高体现：她爱慕我 & 对我情有独钟 & 等不及我的信或我本人到来就租了房子。给琳恩买了一张"我们是天造地设的一对"的卡片——爱伦勃然大怒，逼我发誓不会寄出去。

1953 年 8 月 31 日

寻找螃蟹 & 贻贝，E. 都不吃。每天 X & 非常快意。啊，恶习难改！人们是多么容易忘记该爱的人啊——因为在这一点上，要做出任何不变的约定是如此困难（而且一旦得到了又会转瞬即逝）。我没有忘记琳恩，却又对爱伦很满意，暂时而言。

1953/9/3

一个艺术家总是会喝酒，即使在他快乐的时候（即工作顺利以及和爱人在一起的时候），因为他总会想起上周看到的那个女人，或者远在十万八千里之外的那个女人，和她在一起他可能会更快乐，或者同样快乐。如果他没有想到这些，他就不会是一个充满想象力的艺术家。

1953/9/4

了解欧洲的意义：就是坐在美国自家附近的餐厅里，向服务员夸赞食物，得到的是他心不在焉的点头或根本不予理会，因为你可能不会再来光顾，反之，他就更不在乎了。这比那不勒斯桑塔露琪亚的鱼的味道更能唤起对欧洲的记忆！啊，我还记得佛罗伦萨卡米洛餐厅的温柔年轻的金发女服务员！还有在阿诺河对岸，南迪诺餐厅里那个忙碌、肯干的秃头服务员，他总是非常关心我是否吃到了我喜欢的搭配沙拉[1]的面包。两年后，或者五年后，或者更久，等我回去的时候，他们一定会记得我的！我记得佛罗伦萨沉闷的雨从未像巴黎的雨那样浇灭生活的乐趣。巴黎在冬天沉郁阴冷，到了春天就会从灰暗中骤然破茧而出。而佛罗伦萨始终如故——托纳布奥尼大街上，满是优雅、骄傲、刚毅，在马焦大街的尽头和那些细如蛛丝的小巷里，同样充满骄傲、勤奋和希望，朝气蓬勃。德国的服务员可能不记得我了。他们过分专注于浑浑噩噩的个人命运，无法享受顾客的满意之情。但我懂得德国深绿的森林，还有耐心的有轨电车司机，对他们来说，准时到达停靠站是个人荣誉的问题，是他们作为一个人精神高度的衡量标准——不管有轨电车多破旧多过时，都理当按时到达。

---

1 原文为意大利语。

1951—1962 年：往返于美国和欧洲之间

1953 年 9 月 15 日

[意] 我一整天都和琳恩在一起——我们见到了吉尼克斯和安·M。这是我们不该见的两个人，在多丽丝家里，不能让他们知道我们在一起度过了一个星期。然后就暴露了——我很高兴，然后想爱伦可以滚了。我爱上琳恩了。毫无疑问。[意]

1953 年 9 月 17 日

[意] 与科沃德-麦肯出版社签了《盐》和一个还没取标题的悬疑小说的合同。琳恩 4 点来了，喝了我昨晚买的香槟。我不太喜欢，但是琳恩喜欢。[意]

1953 年 9 月 21 日

[意] 紧张。匆忙。琳恩在 1:30 打来电话——2:30 她来了，和我们一起去纽瓦克机场。和她单独在一起只待了半个小时——我说我爱你——她也说了，但我不相信。疲倦，悲伤——10:30 到了沃斯堡——我很难受——克劳德酒店[1]——舒适又可怕，就像沃斯堡的一切。[意]

1953 年 9 月 22 日

[意] 和家人一起吃早餐。在胡德咖啡馆喝完啤酒后就回去工作了。琳恩打来电话，我告诉她："在这个房间听到你的声音太好了！"我想知道你是否安全，她说。很认真地想回去工作。[意]

1953 年 9 月 23 日

[意] 在米莉家过夜，第一次。[意]

1953/9/24

对我来说，唯一的解决办法也许就是对每次感情都轻松对待，在回忆中享受我曾经拥有的，而不是我没有和不可能拥有的。如果不这样做，我觉得我会在四十五岁之前自杀。事实上，比我蠢的人采取的都是这种态度，但这是再自然不过了，就像一种天然的自我保护措施。因此，拈花惹草、感情不忠、朝秦暮楚固然非常可恶——但大多数的纽约职业人士都是这样的。

1　帕特舅舅克劳德·科茨开的客舍。

1953年9月28日

［意］克劳德中午来吃午饭了。他说那个房间要收我110美元——就是他昨天给我看的那个房间。我还以为舅舅会给我一个好价钱——但是没有！我对整个家族都很失望！下午和《星电报》的记者见面。拍了张照片——琳恩又打电话来，说她离开了多丽丝——我得看到了才能相信。她想让我去纽霍普镇。［意］

1953/9/28

［阿莱拉·］康奈尔——艺术家为什么经常自杀？因为他比别人更强烈地看到和渴望他无法拥有的东西——幸福的家、孩子、钢琴、阳光普照的草坪以及未来可期的令人满意的工作，年年如此。艺术家无法下定决心。这位艺术家是半个同性恋。他在难驯的伴侣和顺从的伴侣之间左右为难。我想到的是康奈尔，想到她童年时格桑花似的青葱世界，想到她青春期连续的、扭曲的、教育带来的枯萎荒芜。她爱得太强烈，爱得太贪心，但最重要的是她爱得太强烈。她敞开心扉，生活就像一捆刺刀、枪械，充满误解，爱得南辕北辙，最后直击她的内心。她因为紧张而身体疲惫，以至于神志不清，精神失常。她在三十岁的时候意识到，能够画出一幅美丽的图画，并不能填补丈夫或情人、孩子，以及居家的、普普通通的平静的空白。在筋疲力尽的时刻，她像一个受难的印度教徒一样，以为自己瞥见了真相，于是她喝下了硝酸。这个故事的前四分之三真的非常美丽。即使是最后一部分，其精神方面的必然性也是美丽的。这个故事应该能写250页。

1953年9月30日

［意］米莉来过夜。［意］

1953年10月2日

［意］几乎每天都能收到《盐的代价》的读者来信。［意］

1953/10/3

L.R.［琳恩·罗斯］我永远忘不了在纽约那天她的眼睛，盯着坐在沙发上的我。浅褐色的瞳仁、黑黑的睫毛，还有她那张年轻的精灵般的脸，冲我微笑着。我会杀了那个伤害她的人。如果她被杀了，我会上天入地寻找杀害她的凶手，然后赤手空拳打死他。情节合理的话，为死去的爱人报仇，可以说是世界上最富戏剧性的故事。

1953/10/7

马鞍咖啡馆——沃斯堡"北侧畜牧场"最好 & 最受欢迎的咖啡店 & 晚上 11 点后给醉醺醺的牛仔提供咖啡 & 饮食。大约有二三十个满身灰尘、看起来邋里邋遢的牛仔，其中包括五个女人，精疲力竭、懒散的，或者说是旧时那种护夫大妈型的女人。一个叫雷德·麦克布莱德的老男孩，在纽约的扬基体育场骑着马参加了第一次马术比赛，他告诉我什么是小炒牛肉。他坏笑着低声说："就是小牛的那个。"当我开始使用点唱机时，一个穿着干净西班牙长裤的狡黠的年轻人塞进去一枚硬币，让我随便听。西部的总体水平较低——在被美化成黄金西部之后，这一水平更令人沮丧。我旁边的卡车司机提出了猥琐的过夜的建议。另一个牛仔，喝得酩酊大醉，控制不住自己的眼球，色眯眯地东瞅西瞧。一个 40 岁的男人，穿着一条帅气的蓝色长裤，说什么也不离开，必须要用金属棍赶他才行——虽然我明白他只是在抗议他的车被偷了。一个身材魁梧、头戴黑色斯特森毡帽、身穿李维斯的墨西哥裔牛仔倚坐在柜台前的凳子上。迟早所有的男人都会做出迫不及待的样子来。我和一个女人在那里。

1953/10/7

西部乡村音乐：这些叫嚣中带着错误的自信，坚信他们听起来很悦耳，他们在传递着重要的信息——这就是让我着迷和震惊的地方！"挂掉电话。"汽车、电视、电话、冰箱和洗衣机经常在这些歌曲中出现——无论快乐或悲伤，这都是我们这个时代残酷和物质化的象征。他们很少提到天气、得克萨斯的田野或自然界中任何美丽或悲惨的事物。收音机广告："收音机或电视开始出毛病时，不要将它丢出窗外。只需拨打财富 5 - 888，万能的收音机 & 电视机维修，800 S. 詹宁斯。""我说，大奖啤酒。我说的是大——奖。"

1953 年 10 月 9 日

［意］爱伦动身去欧洲。［意］

1953 年 10 月 10 日

［意］琳恩的第一封信——说她爱我，但现在的情况糟糕透顶——为什么？因为我想让米莉今晚过来，但是丹来了——从休斯敦过来的。爱伦的来信。她说她一直在想

我，等我准备好了，她也会——在欧洲，或者随便哪里都行，怎么都行——写作顺利——我感受到爱的时候总是这样。[意]

1953/10/12

得克萨斯——各种干扰，生活在表层、感官的世界，我不得不上床假装在努力入睡，这样才能思考我正在写的书。

1953 年 10 月 18 日

[意]米莉告诉我她很爱我，我和琳恩在一起不会永远幸福的。说得都对。我不知道我是否应该留在得州，因为我在纽约和琳恩见面太少，总是越来越少。我只能在纽霍普和琳恩待一周。[意]

1953 年 11 月 7 日

[意]我完成了初稿！下午 3:30。我伤心，疲惫，思念琳恩。[意]

1953 年 11 月 9 日

[意]我读了书的¾。我不停地问自己，这本是不是不如《陌生人》那样好，因为我没法像那时那么平静地看待它。我给它取名为《犯错者》，没叫《致命的纯真》。我在字典里找到了这个词："C'est plus qu'un crime, C'est une faute。"[1] 沃尔特真是个大错特错的人！[意]

1953 年 11 月 11 日

[意]难以下笔——晚上总有音乐、电视。我们开着电视吃饭！可怕又难以置信！[意]

1953 年 11 月 20 日

[意]妈妈越来越严肃了，我觉得。[意]

1953 年 11 月 26 日

感恩节。[意] 在家喝了很多马提尼酒，之后才动身去丹家，已经来了 16 个家

---

1 法语，意思是"比犯罪还糟，是愚蠢的大错"。

人，连艾德·科茨都从休斯敦赶来了！和丹，还有丹一直害怕的阿帕卢萨马[1]一起玩得很开心。[意]

1953年11月29日

[意]我思考着——我努力思考着。今年——我一直不孤单，这对我没有帮助。我想去萨尔茨堡，或者意大利的一个小城市，在图书馆附近，独自一人，构思一个新的故事，写一本悬疑小说。爱伦在不在罗马也没关系，因为我可能没有钱住在罗马。爱伦。琴。琳恩。米莉——在萨尔茨堡就一个人也没有了。我会过于孤独，但是——[意]

1953年12月18日

[意]疲倦。2点又去看牙医了。我在"磨牙根"的恐惧中失去了意识。[意]

1953年12月19日

[意]我喝得太多了——酒是个神奇的伴侣——喝了½瓶杜松子酒。[意]

1953年12月20日

[意]一天没工作。和米莉一起——打高尔夫球——然后去达拉斯吃午饭，就只有我们两个人，一家3美元随便吃的餐厅，包括葡萄酒——还都是油炸食品。典型的得克萨斯！服务员也都一副忙乱的样子——这里没有审美可言！我们需要创造机会在一起，有时还得被迫撒谎。米莉总是建议我待在得克萨斯，在这儿我工作的效率更高，等等。她说得对，但这里的政治、对黑人的虐待，都让我恶心。[意]

1953/12/20

我听到女孩们在洗澡的时候唱歌，然后才走进来和我上床。

1953年12月23日

[意]今天我写完了长篇小说[《犯错者》]。十天前，我完全沉浸在书中，就为了给故事一个强有力的结局。今天，我收笔在312页——结尾非常好。现在我有时间买礼物了，虽然我没有钱。[意]

---

1 西部骑术非常有名的一种马匹品种。

1953年12月24日

[意]5点我们拆礼物——一起拆的。有一些是爱伦从阿斯科纳寄来的。还有一封电报：我所有的爱，亲爱的。下午5:30从洛迦诺发来的。今晚和家人一起度过。[意]

1954 年

1954年初，帕特里夏·海史密斯与琳恩·罗斯重修旧好，两人短暂地搬到格林威治村同居。3月底，琳恩决定离开帕特，回到她的前女友身边，这时帕特开始起草《一段漫长的时光》，先后用了好几个临时标题（《追寻邪恶》《惊险男孩》《生意是我的乐趣》），最终定名为《天才雷普利》。帕特陶醉于写作这个故事给她带来的快乐，她形容敲出这些句子是"倾泻而出"。不到6个月就完成了初稿。

这一年，帕特从她周遭的世界中逐渐抽身：5月中旬，她离开了充满活力、艺术气息浓厚的曼哈顿，到伯克郡自我放逐，搬到马萨诸塞州田园诗般的莱诺克斯，专心致志地创作新书。由于囊中羞涩，她找到了一间廉价的小房间，后来又搬到当地殡仪馆员的出租屋。这一时期，她停止了原来密集写日记的习惯，很长一段时间不再提笔。长期以来，她用日记写下自己生命、爱情与失落的每一个细节，在笔记本中记下她的哲学观察和对创作过程的深刻洞察，二者互为补充。1954年5月12日，她欣喜地记下一篇关于《天才雷普利》的日记，这成了她第12本日记的最后一页，此后，帕特有七年没再写过日记。因此，我们只能从她笔记本上的记录——以前只用于写作计划——推断出帕特的生活轨迹。

她没有过多说明为什么中断日记，只有一个显而易见的原因：爱伦又回到了她的生活里，而帕特又一次发现她在偷看自己的日记。9月，两人去圣达菲旅行。住在同一个屋檐下，她们又故态复萌，争吵不休。日后帕特在重温这一段笔记本上的内容时，称新墨西哥州的这一段为"l'enfer"（地狱）。

帕特还没打开行李，就又一头扎进了新书的创作，这个故事最初的灵感来自亨利·詹姆斯的小说《奉使记》。她后来将书中的（非正统）主角[1]描述为她的另一个

---

1 原文为"反英雄"（anti-hero），常见于美国文艺作品中具有反派缺点但又具有英雄气质的角色形象。

自我：汤姆·雷普利，一个迷人、谦逊，却又潜在心理变态的旅居欧洲的美国年轻人。为了塑造雷普利这个人物，帕特在她的笔记本上认真地回顾了美国人的特点，更确切地说，是做一名旅居欧洲的美国人意味着什么。她逐渐意识到，最吸引她的是那些精神不正常和有犯罪倾向的人，他们启发她创作出最佳的角色。帕特后来在她的惊悚小说写作指南《悬疑小说的构思与写作》（1996）中回忆道，"我常常感到是雷普利在写作，而我只需要打字即可"。

那年秋天，除了构思《天才雷普利》的情节发展外，帕特的笔记本上还记录了一部新小说《马槽里的狗》（后来改名为《深水》）的初步构思。这个故事探讨了性吸引、拒绝与和解的主题。主人公维克多和梅琳达有一段复杂的现代婚姻，在这段婚姻中，相互的痴迷不可避免地导致了相互的毁灭。

12月，帕特和爱伦带着爱伦的新宠物狗蒂娜（一只法国贵宾犬），开着爱伦的车南下，经得州的埃尔帕索前往墨西哥的阿卡普尔科。出发前，帕特给外婆威利·梅寄去一份完成的"汤姆·雷普利"手稿副本。一年后，即1955年12月，该书由纽约的科沃德-麦肯出版社出版。

1954年1月1日

[意]最后几天。去看望我的父母。我想这也是我最后一次见到外婆——最亲爱的人[1]。我将于1月4日出发。[意]

1954年1月3日

[意]今晚我给在纽约的琳恩发了一封电报，告诉她我周一早上到，但如果她不愿意接我，就不要来机场。两点又改了主意，让她到机场。没法和米莉交谈，她很累，但很真诚、认真、随和——温柔——这都是米莉的特质。[意]

1954年1月4日

[意]当我到达拉瓜迪亚时，收到琳恩的留言，让我去她家。先去了琴家，然后去

---

1 这确实是帕特最后一次见到她的外婆。一年后，威利·梅·科茨在1955年2月5日去世，当时帕特正在第二次墨西哥之行的路上。

.619

喝马提尼酒，4 点到琳恩那里上床——喝一瓶杜松子酒。今天晚上和安·S 共进晚餐。我喝了 7 杯马提尼酒，两杯葡萄酒。[意]

1954 年 1 月 5—7 日

[意] 睡了 8 个小时。今天早上我感觉容光焕发。琴家里地方不够大。[意]

1954 年 1 月 9 日

[意] 整天都与米莉在一起。看艺术展。贝蒂·帕森斯、罗森伯格等等。很愉快。7 点去玛格特家，我打电话叫米莉也来吃晚饭。一见钟情！在玛格特身边——她们整晚都在跳舞。[意]

1954 年 1 月 13 日

[意] 昨天——或者前天——我带着行李箱和打字机去了琳恩家。现在我和她住在 36 街。[意]

1954 年 1 月 16 日

[意] 工作。即使周日也在校订《犯错者》。筋疲力尽，琴给了我一片地塞米松[1]。[意]

1954 年 1 月 18 日

[意] 今天我又待在琳恩家。多丽丝已经去斯内登码头的格特鲁德家[2]三个星期了。琳恩告诉她，她宁愿一个人待在家里。真是个笑话！琳恩不可能一个人待着，一个小时都不能。我很高兴![意]

1954 年 1 月 20 日

[意] 在安·S 家吃了午餐。非常愉快，就像在欧洲一样，这几个下午似乎无事可做，我们幸运地见了很多诗人和艺术家。安对琳恩和我的情况持乐观态度。[意]

---

1 地塞米松，一种药品，结合了抗抑郁疲劳的苯丙胺和镇静药物巴比妥，能抑制食欲，提升情绪。

2 斯内登码头在纽约州北部的帕利塞兹。格特鲁德·梅西（1904－1983），百老汇制片人、美国国家剧院导演。她也是演员兼作家凯瑟琳·康奈尔的情人。

1954年1月22日

［意］中午与玛格特和戈德贝克在米歇尔餐厅共进午餐。一直吃到下午6点！完成整本书，所有细小的修改。之后——我到111街转了一会儿，买了一些东西带到琳恩那儿去。［意］

1954年1月25日

［意］多丽丝和琳恩每天都会聊天。一般情况下，L.会在办公室给D.打电话[1]。今晚D.、L.和格特在琳恩家开了个会，没什么要紧的。多丽丝留在了格特家。［意］

1954年2月2日

［意］在琴家喝鸡尾酒。安·S已经开始为我画像了。那些平静的日子。［意］

1954/2/2

同性恋——从一开始就相互怀疑：不要否认它的存在，它确实存在。或许除了最开始，十八岁的时候。但从30岁往后，相互怀疑就存在了。爱永远不会走一条笔直、坚定、快速的道路，奔向对方，日复一日地愈加强烈。两个人在床上的关系改善了，我们在家中的氛围也更加轻松了，但即使在这种情况下，也隐藏着危机，她现在已经逐渐"站稳脚跟"了，可能过几天就不再需要我了。这是因为我们怀疑，这样的关系无论怎样都只是建立在需要、自私的基础上。而现在我们的关系才建立30天，刚刚承认我们彼此相爱。

我对各种类型的性格都很好奇。我讨厌悍妇-母亲的类型。E.H.［爱伦·希尔］算是这一型，虽然她自成一格。多丽丝·S和J.A.[2]都是这一型，当问题开始出现时，她们都表现出同样的无端嫉妒，用同样的方式去打击、伤害、羞辱伴侣。因此，D.&J.（甚至包括E.）指责她们的伴侣行为卑鄙，是有种不道德的感觉的。（因为她们会和朋友一起讨论自己的情感关系。）当然，这种人也会选择特定的伴侣，更年轻的女孩，在一段时间内忍受着她们的唯我独尊：一种母女关系。年轻女孩们要想摆脱这种关系，并在以后的恋爱中建立起成人伙伴关系得多难啊。

---

1 琳恩和多丽丝的首字母缩写。
2 朱迪丝·A，安的旧情人。

1951—1962年：往返于美国和欧洲之间

1954年2月5日

[意]我要搬到11街去了。[意]

1954年2月6日

[意]今天晚上和米莉一起回家。（琳恩和安·S在一起。）我们在老宅餐厅一起吃晚饭。后来去了现场秀，琳恩对我很好，安和米莉相处融洽，她们竟然双双离开了！[意]

1954年2月9日

[意]我仍然一直都在想克莱尔·摩根[1]的新小说。[意]

1954/2/26

夜间的敲门声。一片寂静。一开始敲三下，然后停顿一下，马上又是一阵敲门声，小心翼翼，却又疯狂，因为这声音里有一种努力保持礼貌的恐怖，同时又有一种不达目的不罢休的恐怖，还有背后彻底的疯狂。而此时你突然想起，门没上锁……

1954年3月16日

去年[意]——没一件事说得通。我的态度是"再喝一杯"。今年也没一件事说得通[意]，但只要决定活下去，就必须一直努力做"正确的事情"。去年，我没有努力。我挥霍钱财，毫无理智。最糟糕的是，我知道自己在做什么。如果我身无分文，或是欠债入狱，那才叫活该呢。我工作很努力，比我认识的许多人都努力，也于事无补。因为我太轻率、太无礼了，对自己都很虚伪。

1954/3/28

一个像意大利波西塔诺的查斯［查尔斯］·雷德克利夫（或有点像西班牙帕尔马的大卫）一样的角色[2]。一个年轻的美国人，半同性恋者，一个冷漠的画家，从家里得到一些钱，但不多。对走私团伙来说，他是一个理想的人选，看似无害、毫不起眼、长着一张大众脸，可以用来与线人交接，运送炙手可热的物品（我能想象他用意大利装橘子的板条箱随随便便运走上百台德国相机，而意大利人还以为他扛着那些劣

---

1 出版《盐的代价》时使用的化名。
2 帕特笔记中第一次提到她最著名的作品《天才雷普利》（纽约，1955）。

质画作"又在搬家")。这个粗心大意、无忧无虑的年轻人越陷越深(他能够与男人 & 女人恋爱),在辛普伦隧道冒险后,保护了他喜欢的女孩,也保护了自己,证明他是个英雄而非懦夫。

他有点小聪明,也有点混球,本质上有着非常强烈的自我保护意识。彬彬有礼的绅士风度让他不至于轻易投机取巧和暴躁易怒。起初,他是那种纯良无害、有人喜欢、有人排斥的年轻人,后来就成了一个杀人犯,以杀人为乐。他结交了有组织犯罪的团伙,成为他对人施加惩罚的一种手段。(和政党有相似之处。)随着故事的发展,他可以净化自己,直至成为真正的英雄,甚至变得大公无私。他有分析的能力去理解这一切。对此无能为力,直到面临选择的那一刻,他的选择(好 & 坏都要)让人看到他的本质,使他选择放弃过去的所作所为。(为了我自己的需要,必须对目前的走私状况做大量调研。)就像布鲁诺一样,他一定不能太古怪——只在必要的时候冒充一下,来获得信息或帮助自己紧急脱身就好。啊,我眼前出现了他的样子,穿着短裤在马略卡岛帕尔马的海滩上自娱自乐,在阳光下微笑。他的名字应该叫克利福德,或者大卫,或者马修。

1954/3/31

人们忘记了或甚至都不知道欧洲所经受的暴力。欧洲不仅是一座博物馆,更是那些比我们更懂得暴力和生活的人们的栖息地。

1954/4/2

我的人生没有什么道德可言——一点也没有——除了:"站起来,接受它。"其余的都是情绪。

1954/4/4

之后的周末。她[琳恩·罗斯]走了,房子里到处都有她的痕迹。早上我做了一丁点"建设性"的事情,可到了中午我就不想再做了。我做这些是为了谁呢?我希望能写出一首诗,把它从我的身体里释放出来(我的苦恼、失望,而不是她,因为失望是暂时的,而她仍然在这里,永远永远)。也许这首诗会慢慢出现在脑海里。我不想见任何人。谁能分担我的悲伤?我也不想逃避它。(这样一个词语,逃避!)我开始狂热地阅读。政治科学是一大乐趣。人会变得疯狂,变得对政治科学过度热情,孤身一人时,却想着那个女孩独自伤怀。我渴望工作——这是我最好的鸦片,是我唯一的麻醉剂——但我今天连工作也做不了，因为休息一天（周日），我才能在接下来的一周更好地工作。不知道在周日自杀的人中，是否有许多人因为同样的原因而无所事事？有些日子就是难熬。多半是星期天。

1954/4/7

琳恩——她应该知道，生活——通常是在欧洲的真实生活——有着温柔和暴力的两种极端；为了活下去，并且与人相处，按照那种略带枯燥、中规中矩的方式生活需要付出极大的努力。她认识的暴力都仅仅来源于戏剧。这些美国孩子哪里知道，眼前和他们一起喝茶的贵妇人，如果是个欧洲人，也许曾无数次遭到俄国士兵的强奸，她成功地将之"消化"在自己的经历里，继续生活下去——毫无怨言，事实上，她的人生因此变得更加丰饶。

1954/4/10

只要有美丽的女人存在，谁还能真的抑郁？我所说的美丽，同时是指（今晚的思考非常深入）她们还必须具备一点美德。

1954/4/16

L. P. [利尔·皮卡德] 谈谋杀。如果有一个满意的性发泄途径，就不会有人去谋杀了。这一点，很显然，我在不知不觉中已经写进了布鲁诺和金梅尔[1]的角色里。

1954/4/22

绝望。什么东西控制了我。真的很神奇。如此坚强、自信而乐观（即使已经疲惫到笑不出来了），我猛然想到，我是不是已经疯了。我聚精会神、饶有兴趣地听着电台的新闻广播，证明我没疯。（我在得克萨斯州更疯狂，备受折磨，很多与我个人没有直接联系的不公竟让我倍感痛苦：黑人歧视、音乐匮乏、唯一的信息来源报纸也满纸偏见，以及我周围的无知和平庸。）此时此刻，我无家可归，苦不堪言；家财——零落，情场失意，然而更糟糕的是，我的爱情并没有完全消失：她还在逗引我的心绪。我的下巴因牙齿感染而肿胀，还有其他许多身体上的疾病，都让我想到了死亡——这最后的胜利者。然而令人讶异的是内心的稳固。这一次我没有想到上帝。

---

[1] 布鲁诺和金梅尔是《列车上的陌生人》和《犯错者》两本书中的人物。

1954/4/22

我对人类的任何怜悯都是针对精神失常者和罪犯的怜悯。（因此我的任何作品中，他们总是最优秀的角色。）对于正常人和平庸者呢？他们不需要帮助。他们让我厌烦。

1954/4/22

今天有人告诉我，狂躁抑郁症是为数不多的先天性精神病之一。因此，几乎不可能治愈。

1954/5/2

我一生中最挚爱的三个女人，也是我所有恋爱中"伤我最深"的三个女人。J. S.、G. C. 以及 E. H.，现在又要加上 L. R.[1]。

1954/5/5

神经质的人：当好几个人与他恋爱或爱上他时，他最快乐。越多越好，就像银行里的钱。这种情况造成的最终混乱，最后必须做出的抉择，丝毫不使他烦恼。因为他从来没有想过这个问题。

1954/5/8

哦，1954年明媚的春天啊！爱的回报是冷漠，努力工作的回馈是健康不佳。就我个人而言，我变得有点古怪了。世界上的一切对我来说都没有意义。有太多的失望、不合逻辑、痛苦和丑陋。我爱的人是一个自愿的囚徒，就在几英里外。她也爱我。哦，1954年明媚而壮丽的春天！

1954 年 5 月 12 日

经历了这一切之后——我很高兴。愉快地写我的新书《一段漫长的时光》[2]。我从未感到如此自信——也许只对从未出版的第三本书有过这种感觉。这本书中的语句如流水般倾泻而出。这是一种美妙的感觉。一旦某个词出错，我会立刻意识到并进行

---

[1] 即琼·S，金妮·凯瑟伍德，爱伦·希尔和琳恩·罗斯。
[2] 《一段漫长的时光》是小说《天才雷普利》（纽约，1955）众多临时标题中的第一个。

改正。目前整体可读性很强。（44页）

1954/5/26

　　酗酒之于作家：他带着这神奇的天赋四处游荡。这是唯一确定的东西，比任何银行都强大。他可以随时坐下来，只要心态稍稍平和，就能写出万里挑一的漂亮作品来。所以他会在酒精里消耗一个又一个下午。天赋就在那里，不会凭空消失。没错，只是别的东西会悄然来临：死亡。

1954/5/28

　　故意逃避安宁，没有安宁，我无法做任何事情……

1954/6/1

　　在异性恋者中，结婚很艰难，而离婚相当容易。在同性恋者中，结婚非常容易，但离婚却痛苦不堪，挥之不去。它可以持续多年。

1954/6/13

　　斯托克布里奇小镇[1]。即使是最古老的房屋也都很逼仄，就像人们的灵魂一样。可怜的墨菲太太住在一栋窄小的两层楼房里，后面还有一条车道和一个车库。（在车库里，她儿子给自己收拾了一个房间，只为了周末放学回家时能在这里抽支烟，他父亲强烈反对他抽烟。）墨菲太太以每周15美元的价格出租房间，含早餐（丰富的早餐：加水很多的橙汁 & 葡萄柚汁、一碗煮水果、一丁点燕麦粥、一个煮鸡蛋、烤面包片，还有全镇最难喝的咖啡）。

　　墨菲太太会在房客租期结束时，近乎胆怯地告知对方的账单金额。"你觉得这样可以吗？"她如此温雅，当她颤颤巍巍地把钱放入手提包时，总会禁不住哀叹自己关节炎、打针之类的高昂价格。她骨感的新英格兰面孔尽管苍白，看着却狭窄、阴郁，她的蓝眼睛色泽很淡，据说她相当迫切地留住租客，但她的自我怜悯让人们感到很不舒服，于是很快就离开了。她的丈夫是个友好且腿脚健壮的人，殷勤地把租客的行李箱搬到他们的房间里。这些房间阴冷而整洁，都很小，仿佛屋子的原主人很少在里面

---

[1] 帕特夏天离开了小镇。像许多美国作家一样，她隐退到（用她的话说）马萨诸塞州西部的"田园伯克郡"。她一开始从斯托克布里奇的一位好心的老太太手里租下了一个廉价的小房间，就在莱诺克斯附近。

生活似的。当然，对普通人来说，属于你的卧室狭窄逼仄，会导致精神上的狭隘，也会最终导致行动的局限。我猜是因为寒冷的冬天才必须建很小的房间。

1954/6/14

有些女人明明很爱对方的某些品质，却偏要对此抱怨不停。这是一种强迫症。

1954/6/27

艺术家的梦想就是梦见自己很快乐，还能在快乐中创作出他最好的作品。不幸的事实是，艺术有时是在不快乐的基础上开花结果的。十七岁时朦胧地意识到这一点是一回事，三十岁时悲喜交加地体验到这一点又是另一回事。

1954/6/28

哪个国家的历史上没有让人羞愧的暴行？说得直白一点，不人道的行为。西班牙人对新大陆的印第安人的屠杀，美国人对印第安红种人的屠杀，以及现在对黑人的种族歧视。法国——曾经有过殖民地。俄国。德国。只有个人才能骄傲地仰起头说，我不应该这样做。所有国家的每个人。我指的是缺乏平等，不平等的存在是压倒性的。而最终的结果，不可避免，那就是世界公民的平等身份，不分国籍。在1954年，没有一个人可以为自己的国籍感到自豪。不，即使是像以色列这样最年轻的国家也不会！一个国家，就像一个孩子，降生在这个世界时，没有罪恶，洁白如雪。但它只要活上一年，甚至一周，就会因贪婪和自私而罪孽深重。各国人民之间的整体流动应该更加自由，这样他们就可以更自由地选择自己的政府国家（直到世界国家形成为止）。将会有大批人民拥向瑞士、俄国和英国。美国：我很快就会离开。我的本性不会允许我与霸主结盟，当然也不能与第二罗马帝国结盟。邪恶的美国帝国。

1954/7/1

我的情感生活——盲目、没完没了、坦率、无可救药，就像一株植物把树冠伸向光明——而那光明是镜子里反射出来的，不会对它有任何益处。

1954/7/3

我一直在恋爱——和那些值得爱和不配得到爱的人（不配得到任何人的爱，不一定是我的爱）——我现在不知道这是一种付出还是一种索取？过去，这很明显是一种索取，因为我只需要情感就可以了。现在我已经成长了一些，两者就兼而有之了：我索取或得到的，无非是一种内心的感觉。现在，我没有任何收获，比我在任何良好的友谊中得到的都少。所以我的结论是，感谢上帝，付出也成了其中的一部分，现在我坚持不懈，是因为我还可以付出。我认为，这些例子证明我过去不仅无力接受，也无力付出。例如：A.K.[1] 在病态中苟延残喘，在她忧郁的深渊中，除了催生《列车上的陌生人》的思路外，没有任何价值。

1954/7/3

我用各种兴奋剂来维持自己的生活：书籍、写作和阅读、梦想、希望、填字游戏、友情的感伤、真实的友情，还有就是生活琐事。如果我放松下来，成为一个正常的人，我会无法忍受我的生活。不过，我的生活中还有很多事情可以做，我选择了这些（夏天在马萨诸塞州租一个房子，独处，靠近我喜欢的女孩又无法触碰，我想和她生活在一起，却永远无法实现）。在这个夏天，我还可以做许多其他事情。

1954/7/7

如果要我说这三十三年的人生里印象最深的是什么——根本不是痛苦的性生活带来的悲惨命运，差得太远了。是我们这一代人良善的徒劳（其实从 1900 年以后就可以看到它的发展趋势了）。当然，我指的是国际政治，以及其他社会内部的例子，包括人类的倒行逆施，更有甚者，残暴者必然会战无不胜。我指的当然不是隔壁在医院做义工的好太太。我也不是在贬低她。我只是在探讨更宏大的事情！最终，我将以谦逊的态度将我书中"美好"的一面描绘成全然的徒劳，由被动变为主动，最终演变为邪恶。自 1954 年后，良善很容易发展成为邪恶。

1954/7/9

有关同性恋，最伟大、最真实的书，描写的都是那些明明格格不入，却还将就在一起的人。

---

[1] 这里的首字母缩写有好几个可能指代的对象。帕特还在第 8 本日记一篇没有日期的记录中提到过"A."，其中简要地记录了小说的大纲："想到 A. 过去是如何生活的——她的生活——还有她们的相聚，她们的别离。"这里的 A. 可能是她过去的情人安妮·K。1946 年初，在她创作这部作品的初期，她两次在第 7 本日记中提到"安妮·K 的故事"，说它"让我尴尬不已，因为我脱身的姿态如此糟糕"。

1954/7/11

最近在美国，我到处都能听到："我对政治不感兴趣。""总是老一套，我又能做些什么呢？"或者，"关掉收音机！这新闻广播真压抑！"这就是美国当权者提倡并且在悄悄推行的公众心理态度。如果美国公众能够得到关于危地马拉社会状况的正确报道，如果美国联合果品公司的策略被彻底曝光，那么，危地马拉的"暴动"就会有趣多了[1]。美国各地应该成立研讨俱乐部，以揭露事件发生的背后力量。例如，盟国要求承认中国，背后隐藏的就是贸易的需求。就像现在，我们的对话视野局限，千篇一律。但是，只要有人想创办这种俱乐部，就会被视为共产主义者而遭到镇压——也许镇压者就是他第一个想招募的人呢。继续沉睡吧，美国。失去的太阳终将升起——从东方。当听到广播中引用一位苏联人的说法时，我发现（在这个国家待了十四个月后）我接受了大众的态度："这不可能是真的，太离谱、太荒唐了，所以为什么要听呢？"如果我已经是这样了，那么这里的155000000人呢，都已经成为思想控制的受害者了？然而，从1936年到1939年，恰恰只有苏联人对西班牙内战做出了正确的解释，解释了每个国家行为的背后理由。除了他们的解释之外，其他解释都不合理。盟国为此付出的努力是如此苍白[2]。

1954/7/20

认真对待生活、轻松对待生活——这仅仅是一些文字。它们并不意味着任何最终的行动。就我个人而言，如果我不认真对待生活，我根本无法接受生活。它促成了我的幸福，也促成了我的不幸。如果我不认真对待生活，我也许多年前就自杀了，虽然这听起来很奇怪。

1954/7/27

郁郁寡欢总比糊里糊涂好。

---

1 联合果品公司是由美国在加勒比海地区的九个香蕉公司于1899年合并而成的一个跨国垄断公司，在危地马拉拥有极大的特权，以此获取巨额利润。1950年，哈科沃·阿本斯当选为总统后，逐渐取消了美国联合果品公司的垄断优势，引起美国政府的无理干涉。1954年6月，美国政府策动推翻危地马拉的民选政府，扶植亲美政权上台。

2 《伊迪丝日记》几个字就写在这则笔记旁边的空白处。还有很多类似的例子证明，即使过了几十年，帕特还会重读她的笔记，以获取新作品的灵感。她的长篇小说《伊迪丝日记》于1977年问世。

1954/7/30

哪怕是生活中普通的困难，也要拿出比平常更多的精力去应对，否则就会不堪重负。软弱扭曲了困难的程度。想想那诸多精神上的弱者和半弱者，他们之所以遭受重创、无人问津，就是因为他们没有反击。再想想那些为数不多的英雄、病弱者，他们奋力反击，想方设法让自己快乐起来并将某些东西传递给他人。莫扎特、海伦·凯勒、舒伯特、陀思妥耶夫斯基，还有荷马。这些都是全人类中真正伟大的人。今晚我想到了 L. R. [琳恩·罗斯]，她让我承受了这样一个短暂的精神挫折。她是我人际关系中所有失败和失望的缩影，并且此后的人际关系可能都会受到失望的困扰。在我们开始之前，她身上就已经有了失败的影子。而我仿佛紧抓住她不放，最大程度地探索、感受着，在痛苦中学习我所看到的一切。好吧，尽管经历了痛苦、专横、破坏性的思维混乱，尽管无法集中精力，尽管每天都在消耗自己的能量，但或许我还是学会了一些东西。我学会了更加珍爱她不能给我的一切。心灵上的宁静，那是我写作时的根基。当我知道我从她那里得不到任何爱的回馈，得不到她任何爱的付出时，她让我知道了如何去爱和付出。她让我看到精神和身体的美好是多么壮丽又可怕的景象。她这么一个小小的女子，却让我领悟了这么多。

1954/9/9

圣达菲——西部。它像一块新大陆在特克索拉破土而出，仿佛从一个国度穿越到另一个。广告牌、咖啡馆和加油站都消失不见了。大地变得广袤空旷，就像造物的那天一样。宽阔、平坦、碧蓝相间的平原，远处是一座座偶得的小山，还有一片绵延低矮的台地，顶部比地平线还要平直。这里的日落宏伟壮观，相比之下，其他地方的日落都显得微不足道。天空中挂着一缕粉色云朵，迤逦几百里。下方有一片开阔的蓝色正在缓缓升起。西部是由一双慷慨的手所创造的。望着前方，我觉得自己看到了半个世界，它的空旷是如此令人赞叹、如此美丽、如此宏大。我竟想不出一句话向同伴表达我的感受。右侧的河谷如刀削一般，如同小型的大峡谷，却又大得足以放下一栋摩天大楼。边缘因腐蚀而变得圆整，但断面本身却显得极为狂暴粗糙，仿佛很久以前的某一天突然下陷一样。黄色的草丛，棕褐色的泥土，红色的土地，一片片苦熬着的绿地。这些色彩既柔和又艳丽。大地似乎在说："看啊！快看啊！我就在这里。一如以往。一如以后。"参天、伟岸，又略带挑衅。在这里，美丽的是土地本身，而不是那些容易腐烂的树木。

1954/9/13

哲学家永远不会做出决策。所以哲学也永远不会得出结论。这几乎是对哲学科学的一个权威描述。这是一门最令人不安的科学。哲学唯一的好处是它所给予的道德力量，这是因为哲学一直老老实实地与人类那些未解决的问题撕扯着，那是从人类开始思考到死亡都在折磨着他们的问题。大多数人对这些问题视而不见。哲学是一种游戏，就像单人纸牌接龙游戏，从纸牌中去掉一张牌，这样就永远无法把所有的牌出手而"赢"了。

1954/9/14

同性恋之间的关系与想象（可能是什么样的情感，我要假装它是什么样）密不可分，所以在一段恋情结束后，他们不可能像异性恋者那样干净利落地做个了断。同性恋者还会继续自欺欺人好几个月，面对他一清二楚的真相，面对未来会如何的真相（事实上，他非常了解自己的性格 & 情人的性格），他又说，要不是因为这样那样的琐事，我们本来可以幸福地生活下去。因此，他在痛苦的白日梦中自欺欺人，梦想有朝一日他们之间又会和好如初。难怪忧郁症一直不好！从一开始就抱有太多幻想！可怕的事实是，同性恋者在哲学上、诗意上和理想上的看法都是正确的。只有精神病医生才会像对待化学公式一样认为人类一目了然。一次又一次，人类都不会按照预测或霍伊尔理论[1]行事。于是乎，同性恋者的幻想和一厢情愿都得到了证实。因为他们幻想的主题与他们本身一样的神经质。

1954/9/21

哦，那些奇思妙想的人，那些天马行空的人，他们总是一往情深，却从未得到回应，仅仅是被留意，被当做谈资，接受了他们的鲜花和献礼而已！就像贝多芬、纪德，歌德也算吧，所有这些生性冲动的人，都会本能地想把自己想象力的火箭的尾巴拴在地球上，然后飞向纯粹的太空。这样的人只有不间断地恋爱，才有可能生活下去。是否得到回应并不重要。这是他们创造力的必要条件，当然也是他们的幸福、他们的生存的必要条件。

---

[1] 弗雷德·霍伊尔爵士（1915－2001），英国天文学家，提出了著名的宇宙稳态理论。

我和她[1]躺在一起看星空。我对星空非常感兴趣，中国人观测到的北斗七星正以惊人的速度四处飞散。即便如此，到我去世之时，它们也不会比今天更分散。好吧，有了她，也就无所谓了，我知道，我和她，再过三十年或者更短的时间，就会老去、死去。这并不重要，因为我和她一起发现了一些我从不知道的东西。那就像一个秘密，一个生活的秘密。那是平静，一种核心的东西，超越了生与死、存与亡。那也是一种幸福的东西，因为它是真实的、永恒的，甚至比那些星星更恒久。我希望我的这种说辞可以被原谅，因为我们人类无论如何都无法完全理解永恒这个词。和她在一起，我心中的美感比去希腊或卢浮宫找到的美感还多。和她在一起，我体会到了比阅读柏拉图、萨福、亚里士多德或阿尔弗雷德·怀特黑德[2]更多的快乐（这就是幸福）。（柏拉图！你说我应该拥有的一切。我都已经拥有了！）她的身体在我的双手之间！她的嘴唇慢慢向我靠近。还有我们结束时，奥维德[3]，那悲伤的等待。

1954/9/24

"唉，请你友善点，这要求很过分吗？"

"你要求的不是这个。"

"就是这个。它是一切的基础！"

"你要我爱你所有的朋友——"

"我没有。只请你给他们一个机会。笑一笑又不花钱——"

"你说的比唱的还好听。"

"亲爱的，我很爱你——我不指望你喜欢所有人，或者希望再见到他们。但我希望每个人都能喜欢你。"

"我不这么想。你也不应该这么想。"

"你怎么就不明白呢。你是我妻子。我希望每个人都觉得你迷人、友好、深情、优雅，有着我对女人爱慕和钦佩的一切品质。"

"我为什么要对每个人都深情？"

"你故意挑那个词吧。"

---

1 "她"大概是指爱伦·希尔，她在那年夏天从欧洲回来，重新回到了帕特的生活中，并邀请帕特在9月初和她一起去新墨西哥州的圣达菲。
2 阿尔弗雷德·怀特黑德（1861－1947），英国数学家、哲学家，"过程哲学"的创始人。
3 奥维德（前43－约17），古罗马诗人。

(《不可能的访谈》[1]，第一集)

1954/10/1

幸福，对我来说，就是一种空想——在最幸福的时刻，躺在床上，喝着咖啡，也许还看着星期天的报纸，我都能随时想象自己陷入忧郁和绝望。这也是我真正得出的必然结论：生存就是在无意识中去掉消极和悲观的思想。我是说，要想生存下去的话，必须这么做。这适用于每个人。本质上，在生活的表象之下，我们都是自杀者。

1954/10/1

我曾经预言我要做的事情，终于在这本书中实现了（汤姆·雷普利），即邪恶真正战胜了善良，并为此欢欣鼓舞。我也会让读者欢欣鼓舞的。因此，潜意识总是领先于意识，或者说现实，就像在梦中一样不可控制。

1954/10/16

关于我自己选择的伴侣的不情不愿，和由此产生的我对自己的贬低。我相信这种自我贬低多半是出于我的恶念，例如，在我八岁左右的时候，就有了谋杀继父的念头。还有，后来我意识到同性恋是个禁忌，我六岁还是八岁的时候就意识到我不敢说出我的爱，当然，这一点还造成我长大后在社会生活中始终怀有罪恶感。很不幸，这一点被深埋于心，因为在我的意识中，我丝毫不以同性恋为耻，如果我是正常人，并且同样富有想象力，我可能觉得同性恋很有趣，并希望自己也经历一番。为挣钱拼命干活（二十几岁的时候，我独自谋生），最近开始大手大脚 & 没有节制。这几年对食物的态度也是如此。什么都节省，活得像只老鼠。自我贬低。青春期吃得太少，主要是为了引起父母的关注，也是为了个人性向自我惩罚。

1954/10/30

当一个人睡着后，会展现出真正的自我。这一点与性非常相似。而事实上，质朴的孩子会在早上勃起，只因为甜蜜、温暖、孤独的床带给他们的身体感受。

---

1 《名利场》杂志在 20 世纪 30 年代的一个专栏，为两位名人设计的虚拟对谈。

1954/11/2

如果这个世界对你来说没有多大意义，喝两杯酒之后（我甚至不建议喝三杯），它就会稍稍多些意义，真的有了意义。这也许是不幸的，但却是不争的事实。从道德乃至美学的角度看是不幸的，从宗教的角度也是如此，但从哲学的角度看并非不幸。哲学家万岁！他们安静又清醒，始终清楚这个世界的问题，并因此与之搏斗。世界的问题，这可不是一个可以随便使用的词。一定有什么意义。世界的问题一般可以简单地定义为个人和集体的贪婪或卑鄙的目的，导致无辜的人遭受痛苦和伤害。就是这些弱小无辜的人才会喝酒，父神啊，你若真的还有怜悯之心，就可怜可怜他们吧，伟大的主啊！

1954/11/19

如果我要用语言来赞扬爱伦·希尔，我最想说的是，在打破餐盘和给狗洗澡的间隙，我经常与她进行有趣而有价值的对话。这里的打破餐盘不是暴力行为，只是一场家庭意外。在牙医诊所等待的时间里，伴着（我的）牙疼，我们就美国目前的发展趋势探讨了美国的命运。我与别的女人不会谈论这些。顺便说一句，即便是她牙疼她也会谈论这些。然而，正是她具有挑战性的思想常常令人恼火，她的观点并不总有道理，这才激发了这些对话。

1954/11/19

经过一年半的时间，我终于认可了自己新的漂泊、浪费的习惯。一年半以来，我根本不在乎钱或存钱。不是政府就是牙医收走了我挣的钱。怨恨是没有用的，我也不怨恨。我觉得自己快乐，自由，有活力！如果我富有的朋友开晚会，因为酒太贵而不愿意买，我会为他买的（即使我不参加晚宴）。在这个世界上，抛洒快乐的方式有很多。

1954/12/14

如果将打印一本书所需的手指的力量全都集中到一拳，很可能会把帝国大厦打穿个洞。

1954/12/27

华雷斯城——看了一天的空旷沙漠，走了一天城镇的十字路口，我们来到了埃尔

1954 年

帕索——一个被吹嘘的得克萨斯城市，不由让人想起那些无关紧要却又让人发狂的好莱坞电影预告片，如《埃及王》《阿波罗巨像》等等。他们引导你穿过几个小山丘上人工开凿的裂口，这样你看到的埃尔帕索就像海市蜃楼一样，尘土飞扬，两座摩天大楼刻意选址，酒店的招牌与天空相映成趣，最右侧有几个冒着烟的高烟囱，仿佛是一个商业艺术家放在那里的，有意呈现一个商业城市的定位。这条道路要通过一条众多汽车旅馆旁的可怕边道——（"西部人"旅馆——一盏傻乎乎的牛仔霓虹灯向你招手，招呼你进去享受电视、空调和其他可怕的东西，这些对于牧场或真正的西部人来说都很陌生。）

边境：眼前突兀地出现一座吊桥似的建筑，壮观的美国警卫站，站外有一名身穿制服的警卫斜靠在车窗旁，索要 12 美分。就这些吗？不可能吧。但确实就这些。你们现在已经进入了墨西哥，伙计们。车辆在大桥上被分开（一队是已经获得通行证的常客，一队是像我们这样的新旅客，要在游客卡上盖个不重要的新标记）。工作人员拿走了我们的游客卡（我朋友的游客卡和我的完全不同），过程耗时多了一倍，还把两张卡搞混了，把我的车辆证明给了她。到下一个办事处还得再改回来。一个身材矮小、胡子拉碴的墨西哥人，会说一点英语，拿着我的登记卡不见了，再次出现时，又敷衍地检查了我的行李，然后提醒我是否愿意给他点什么，因为他不是为政府工作……我们开车离开。来到了混乱的华雷斯城，这座城市结合了直布罗陀、阿尔赫西拉斯和拉雷多的卑劣特征。酒馆、赌彩、咖啡馆、歌舞厅（但很少有旅馆）都霓虹闪烁地向你袭来。这是继巴黎以后我见过的最糟糕的交通状况。营养不良的马匹拉着几近空座的马车，穿凉鞋的墨西哥人——古老的惊人的贫穷，新墨西哥，这里有中等富裕的人，也有穷得可怕的人。我们终于在圣安东尼奥酒店安顿下来——两人一天 42 比索，带浴室，偷偷把狗带了进去，服务员和老板不答应，经过几轮电话炮轰后，他们都决定不管这事了——房间很小，浴室也很小，有淋浴。但这里很干净，即使卫浴都是 1925 年的设施，也算得上奢侈了。

1954 年 12 月 27 日

从华雷斯城到伊达尔戈·德尔帕拉尔。又是一条极其笔直的道路——随着地势的起伏，地平线时而在前方，时而在身后。即使是在加利福尼亚和科罗拉多之间，我也从未见过这样的路。我们醒来时，发现华雷斯城已被大雪覆盖了，气象部门报告，可能有六英寸厚，但实际上是三英寸。这一定相当不寻常，因为所有的墨西哥人都缩在

· 635

毯子里，走在街上时，脸和耳朵都用围巾裹得严严实实的。

我在阿乌哈达镇停下来——这里被描写成最黑暗的小镇，买了四个橘子和三根香蕉，都不是什么好水果，花了两比索——十六美分。与我们见过的一切相比，奇瓦瓦州堪称壮美优雅。这个名副其实的小匹兹堡，有许多冒着浓烟的采矿工厂，有一家名为维多利亚的时髦酒店，他们不允许携带宠物狗，也不知道墨西哥联邦城有哪家酒店允许携带宠物狗。在这里购买两杯加牛奶的美式咖啡需要花两比索，但配有白色桌布和真正的餐巾纸。

我们在下午4:30到达了伊达尔戈·德尔帕拉尔，我很喜欢那里。（8点离开华雷斯城）。先走过一段曲折的道路——然后到达一个美丽的小镇——典型的墨西哥小镇——四周群山环绕，小溪流经此处，穿过小镇的深谷，露出大片民居的后院：看起来很像佛罗伦萨。还有一座建于1710年的饱经风霜的粉色大教堂。里面空荡荡的，唯一的装饰是一块镀金镶板。大教堂旁边是广场——广场上有一个带灯光的演奏台，台上没有人，四周都是长凳。（大教堂周围也有长椅，是失去亲人的人捐赠的。）我买了一瓶龙舌兰酒，5比索50分——不到50美分，整整一夸脱。

1954年12月29日

墨西哥城——这座城市沿着公共步道发展起来，与之相比，华雷斯城-马德罗现在就是个廉价的购物区，日日夜夜，车水马龙，人声鼎沸。商店和店铺不再午休关门了。桑伯恩店提供紧急服务，从晚上九点到早上七点营业，服务速度慢，服务员态度冷漠。打了半个小时的电话，大华酒店是我们找到的唯一可以携带宠物狗的酒店。

1954年12月31日

晚上8点，酒店门童喝得醉醺醺的，关于要不要把汽车停在酒店门前的问题，我们和他聊得甚是可笑，直到我们醒悟过来，门童喝醉了还在值班，却要求我们把车钥匙给他，让他帮我们把车开进车库。为了得知用餐时间，我们打电话问酒店的服务时间。对方惊讶地回答说："晚餐要七十五比索，夫人。"好像在说，你不会傻到付那么多钱吃饭吧？

1955—1956年

在帕特里夏·海史密斯直到1954年初的日记和笔记中，读者得以大致重见她个人生活中的各个关键时期。自1955年起，她的日记数量减少，把大部分记录都写在了笔记里——笔记的重心都是关于写作——以防她的情人爱伦·希尔窥探。两人最终在1955年分手了，但帕特直到1961年才重新开始写日记。

1955年夏天，帕特的笔记多是关于她在墨西哥旅行的所到之处和她在那里遇到的人。3月，她开始集中构思她的"墨西哥长篇小说"，书名暂定为《马槽里的狗》。和汤姆·雷普利一样，男主角起初似乎是一个讨喜的罪犯，一个拒绝性生活却又去观察宠物蜗牛交配的"家庭妇男"（当时还没有这个说法）。后来书更名为《深水》，两年后出版，这是帕特（继《犯错者》之后的）第二部婚姻惊悚小说，她把与爱伦·希尔的爱情故事写进了小说里。她们爱恨交织的关系如今确实走向了终点。这对情人分手后，帕特搬回了她在东56街的公寓，在那里她完成了《深水》的初稿。

1955年12月，《天才雷普利》由科沃德-麦肯出版社出版。这本书广受好评，次年被美国推理作家协会提名埃德加·爱伦·坡奖[1]。尽管帕特事业上再度平步青云，在1956年初的那段时间里，她却觉得心灰意冷。三十五岁的她突然感觉自己垂垂老矣，油尽灯枯，身如浮萍——仅仅是靠自律和工作维持情绪稳定的假象。美国文学评论界对《天才雷普利》的赞誉如潮水般涌来，却难以支撑她的信心。整个春天，帕特的笔记本里只有人生无常、宗教和酒精。

2月初，一个成员为十几岁的小流氓团伙从防火通道闯入了她的公寓，这件事令她惊恐不安，也自然而然地促使她动笔写下了《野蛮人》。小说中，一群年轻的窃贼

---

[1] 美国最具权威的推理小说奖，由美国推理作家协会（MWA）创立于1946年。

入室抢劫,其中一个被虚构的受害者抓住,用石头殴打致死。写完这个短篇小说后,海史密斯便心满意足地离开了市区,搬到北部城郊,带着两只猫和宠物蜗牛搬进了新欢——撰稿人多丽丝·S的家。

帕特在纽约斯奈登码头(现帕利塞兹)远郊的小村庄安顿下来,这里是艺术家和名人的聚居地,她加入了当地的长老会教堂唱诗班,也重新开始写作。帕特开始设计一部充满哲思的推理小说的情节和人物:《生者的游戏》,灵感主要来自她对索伦·克尔恺郭尔的阅读。她的笔记中基本没有提到她尚未完成的《深水》。不久,《生者的游戏》的创作就停滞了,11月,帕特开始了她本年度第三个长篇的创作,后来在接受作家兼评论家弗朗西斯·温德姆的采访时,她透露这是一本"仿伏尔泰"的政治讽刺小说。书中,一个年轻人奉王室之令到世界各地去颂扬他的帝国家乡。这本帕特计划取名为《信口雌黄》的书从未得到出版。

1955/2/1

我想,对每一个男人来说,青春的敏感便是他私下里梦寐以求的东西。二十二岁甚至二十五岁的那些时光,他(傲慢到不敢掂量自己的斤两,不敢审视自己的内心)深夜护送丑女人回家,他对爱人的道德败坏理所当然地感到愤怒又骄傲,他第一次踏上英国和法国的土地,莎士比亚最理想化的诗歌在心中鼓荡,带来全新的感受——这些时光让传说中完美的天堂也显得衰败滞重。如今,只有回想青春年少时闪亮的骑士梦想,才能让人昂首挺胸,才会明白当年的自己有着和今天一样的血肉与心灵。但事实并非如此。我真希望自己不信这一套,只是过去的心智和现在的自己已经不一样了(除了某些暴力的情感记忆),一如身体的细胞过了七年后也发生了变化一样。理想、行为模式、信念,这些当年曾支配过我们做下重要决策的东西,无论它们的影响是多么微弱,如今也都被时光一扫而空了。在道德层面,残存的都是那些在童年时期被极端恐惧培养起来的道德。我们中很少有人受到过这种极端恐惧的威胁或感受过这种极端恐惧。另有一些人,更勇敢的人,他们会凭借智慧和真正道德的力量,彻底摆脱童年的模式。他们冒天下之大不韪,会被骂作道德败坏、毫无灵魂的下流坏。

1955/2/3

猫是除了人类之外最高级、最敏感的动物。难怪那么多喜欢动物的人都最钟爱猫呢。

1955/2/13

据说，爱一个人比爱"每个人"——全人类更容易。事实并非如此——不幸的是，对于个人幸福来说——事实恰恰相反。

1955/2/14

我写作的主要原因，我心知肚明。无论我多么想通过旅行或别的什么方式让生活变得有趣起来，我还是会时不时地感到无聊。每当我无聊到无法忍受，我就会在脑海中再勾勒出一个故事。故事的节奏可以快速推进，而我的生活却不能；故事可以有一个合理的，甚至是完美的结局，而生活不能。虚构的结局总会在某种程度上让人满意，而我的个人生活却永不可能实现这一点。不是醉心于文字。而是彻底的白日梦，为做梦而做梦。

1955/3/5

如果人们真的因情感而牵扯在一起，那么他们通常就不会再有趣、机智或轻松了。这时就需要出现一个陌生人，和一段短暂的外遇。

1955/3/21

氛围是这本书的关键[1]。围绕所有角色，塑造一种仇恨、滑稽可笑的闹气的氛围，但偶尔也能上升到英雄的和悲剧的高度。神圣的婚姻就会变成这样！流言抨击、诽谤的冷枪、一拥而上的袭击，还有消磨意志的你来我往。得抽空打个盹儿，就像拳击手抓紧时间喘息一样，趁对手倒地倒计时，靠在绳栏上赶紧放松，但他们知道，倒计时也只有九个数。

1955/3/27

嫉妒。和仇恨一样，是一种消极的、毫无用处的情绪。嫉妒从未激励过诗人写出一首好诗，或让画家画出一幅好画。我觉得自己很奇怪，没有嫉妒这种情绪。我从怀

---

[1] 帕特指的是她正在写的新书《深水》（纽约，1957）。

疑（如果得到证实）迅速发展到仇恨，就此我就放下了这件事。只有当对象和情境涉及你所爱的人时，它才会挥之不去。但起码在我身上，它并不表现为嫉妒，而是一种无望的、对爱而不得的人的苦苦贪恋。

1955/3/30

　　一本书的创作从萌芽的想法开始。你一天目光呆滞地盯着前方两个小时，或是四五个小时，而情节上的进展似乎只有一英寸。大脑会有意识地拒绝天马行空，就像人会有意识地拒绝从尼亚加拉大瀑布的悬崖边迈步向前一样。然后在更为放松、无意识的时间里，就真的有了进展。一步迈下了绝壁。取得了很大的新进展。情节在推进。角色稳定下来。潜意识总是值得信赖的。只要全神贯注两三个小时，身心放松，精力充沛，这本书就会自行生发。

1955/4/6

　　我反对用禁欲的方式来贬低肉体和灵魂！我想探讨一下性压抑带来的疾病。没有女人的男人和没有男人的女人同样糟糕，同样是病态的（尽管在这两者之间，女人通常好一些；这样的女人充其量只能算是半个人，所以无所谓）。在这种违背自然的禁欲中，邪恶的东西就会出现，像一潭死水里的奇特害虫：幻想与仇恨，以及把邪恶的动机都当成是仁慈和友好行为的可恶倾向。

1955/4/7

　　等你——一种可怕的、惊人的平静。我无视的暴风雨在哪里？在我身上的某个地方。今晚我一直在读陀思妥耶夫斯基的一段尤其情绪化的文字。也许这就是原因吧。动荡的事物能让我静下心来。就像你一样，你是如此狂野，让我变得温顺、迟缓，有耐心，事实上，还有善解人意。躁动的心非常适合《李尔王》，汹涌的情绪就像遭遇碎石路时急停的汽车轮胎骤然爆发。大门的晃动听起来像是有人在开门、关门，但因为你，我思绪万千，期待着你随时会打开那扇门。从凌晨12:30一直等到凌晨3点。我也不介意。从哲学的角度来说，还有一个更重要的原因，让我这些天开心至此。我不再为失望左右了。以前我说过这一点，但我要用醒目的大字再说一遍，如果一个人经常失望，或者经常预感到失望，那么失望的刺痛和伤害的力量就会削弱。对我来说，失望已经失去了它原来的意义。如果这对我还有什么意义的话，那应该就是小小的惊喜吧。讲求逻辑的朋友们会问我，我是不是说失望的对象对我已经没有意义了。

相反，就因为对方对我来说意义重大，我才会不再感到"失望"。

1955/4/7

（战争）过去十年了，美国报纸仍在谈论德国人工作成瘾的问题。不幸的是，事实确实如此。德国人从未学会如何享受生活，也永远学不会。这些人很危险，其他国家无需分析就会意识到这一点。就我个人而言，我对此深表遗憾，我对此强烈谴责，但人的本性有什么好谴责的呢？德国人在世界上，就像乌鸦和毒蜘蛛一样，像地球上更无害的物种一样，完成自己的使命。过分谴责他们与我的人生观是背道而驰的。

1955/4/27

阿卡普尔科[1]——一个灯光闪耀的海湾。那里有我少年时的记忆，带阳台和台阶的老式旅店，靠近狭长的木制码头，现在已经被顶级的"竹林餐厅"所替代，变得面目全非，哪怕是普鲁斯特这样的人也认不出来了。夜晚的灯光：大多像平躺的星星，中间点缀着明亮的朱红色灯光。红色和绿色的光影映在水面上，明亮而柔和，淡雅却又绚烂，在水面上显得颇为油亮。还有一栋尚未完工的巨大建筑，从侧面看，就像一个鸡蛋盒的框子，可以一眼就看透。这是要建成另一座星级酒店，还是容纳很多偷窥狂的小屋？但是那里偷窥狂很少，真的。那里气氛很暧昧，却又带着拉丁式的坦诚，让所有的变态无处遁形。是谁第一个想到了心理变态？反正不是我。1955年4月，这里的大型旅馆不超过五家，也可能是六家，大约十家小型旅馆，其中八家主要服务于墨西哥中产阶级，两家为不那么富有的美国人服务。要登上这里大片的丘陵，必须用低挡开车。路面虽没有鹅卵石，却布满了最难行走的硕大坑洞，有12英寸深，像水泡爆裂后一样凹陷，找不出明显的原因，遍布整个路面。拉盖尔拉达——山上一家庸俗而又精致的酒店。凌乱的酒吧里，收音电唱机播放着柔和的钢琴音乐。葡萄藤蔓生，背面是一个游泳池，由一个娘娘腔的墨西哥人经营。我听说现在有28000人住在这里。市场更大、更有条理（不是基于美国家庭主妇的看法），但依然到处都是苍蝇。阿卡普尔科已经拥有了大城市可怕、残忍的孤独感。大群大群的人在路上——永远都在维修——拿着锄头凿水泥路或人行道，旁边是一座光秃秃的岩石丘陵。

---

[1] 墨西哥港口城市，是墨西哥著名的海滨旅游城市之一。

1955/4/30

与一个没有完全爱上、没有无条件彻底爱上的人生活在一起，就会有令人烦恼的不快。啊，内心纠缠的质问，那个挑战式的惊叹："我当然不是命里注定非和她共度余生！我才不信我命中注定要过这样的生活！"让诚实的人和诚实的艺术家（一个多余的名词！）感到恼火的是，如果他是人，善良的人，那么世界——他的世界，将不可避免地经由他并不完全信任的人的目光来看，那个人身上的不完美（无非是不诚实），他已经数百次地试图纠正和为其辩解，但始终无果。被一个扭曲和狡诈的人束缚，被情感束缚，就像被迫余生都戴着一副扭曲的眼镜一样。对一个艺术家来说，这是难以忍受的命运！即使单纯地看看这世界，也很难形成正确的视角！

1955/5/4

阿卡普尔科的鸟儿们——从清晨，断断续续，直到深夜。它们一定在什么地方午睡过，就像这里的人一样。

"漂亮妞——漂亮妞——漂亮妞！"一只叫道。

"我们走——我们走——我们走！"

"有钱妞！有钱妞！有钱妞！"

"干坏事，干坏事，干坏事！"

它们的叫声大多是三连音。要是看到一只这样的鸟——在棕榈叶和椰子香蕉叶子间很难看到它们——会发现它们都瘦瘦小小的，有羽冠，机警、敏锐，毛色是亮橙色、亮蓝红色相间或黄色。另一种最爱制造噪音的是壁虎，它从黄昏开始就趴在天花板上。"咔——咔——咔！"它叫道，也许是在吸引雌性吧，听起来就像车夫对马发出前进指令的咯咯声。或者像谁在相当严厉地谴责，"啧——啧——啧！"，考虑到蜥蜴（包括尾巴）的身长只有六七英寸，这声音算相当响亮的。壁虎的颜色就像加了牛奶的茶，它们的眼睛像头上点的乌黑的圆点。它们有吸盘作用的手指和脚趾尖看起来像手指和脚趾末端的圆形节瘤。它们的尾巴逐渐变细，最后成了一个点。它们从不群居，似乎也不介意在一个僻静的角落里坐上几个小时。鸟儿们叫着："怪蟾蜍！怪蟾蜍！怪蟾蜍！"还是这只鸟，告诉女伴各种各样的东西，以引起它的兴趣和好奇心来找它。

1955/5/6

我信运气。我很迷信。不是说在房子里打伞这种老旧的迷信。我迷信的是心态的影响，即便是代理人、普通人或你面对的各种因素实际上还无法确定或理解这种（成功或失败）心态。因此，我对我周围的人和物很迷信，而这些人和物又转而造就了我的心态。如果照此行事，那真是很强的迷信，我深受其害。

1955/5/10

关于 i 上的点。除了给它贴上尽责、一丝不苟、恪尽职守的标签外，还有很多可以谈的。它出现在奇怪的地方，奇怪的人群之中。在波希米亚的无神论者中可以找到它，而在学者和小资产阶级当中往往会被遗漏。当我死时，我的手心里要不要文上："资产阶级？"因为我一丝不苟地在 i 上加点，而当 t 和 h 连在一起的时候，我却一直懒得在 t 上加横线？我的点正好点在 i 上。上帝在天堂里，布朗宁先生在他应该待的地方，在满是灰尘的图书馆书架上休息。我像往常一样孤独寂寞（只是有了差劲的伴侣更显孤独），所以这个世界一切如常。我爱的女孩想要我，我也想要她。这才是最重要的，而不只是身体上的接近。

1955/5/19

与仆人的对话：阿卡普尔科：11 点时，我问邮件什么时候送来，我得到的答复是 12 点左右。1 点钟时我进来，发现没有邮件，为了确认，我问：今天没有邮件吗？

不，小姐，邮件 4 点左右来。

哦，一天来两次？

不。一天一次。

你告诉我是 12 点左右。

是的，但是 4 点左右送来。

你是说，是 4 点，不是 12 点？

是，小姐，4 点。

总是这样吗？

不是，小姐。今天的邮件 4 点左右送来。（他开始笑了。）

你是说今天是个特别的日子？

不，小姐，不是特别的日子。

那么——你怎么知道它是 4 点来呢？

因为。

1955/5/19

三十五岁之前，我们都很不快乐，因为我们把物质放在首位：我赚了多少钱（为什么我赚不到更多钱，如果我再努力一点呢，但大多数人都赚不到）。怎么经营一段感情：要是我再等一段时间，我再试着努力争取她，她肯定会嫁给我，或者，希拉不适合做我的妻子；我是怎么陷进去的？我必须脱身才行。到了三十五岁，有两件事变得很清晰了：1）你没有勇气在感情生活方面采取主动，要么主动但失败了，也许是因为你想要的女孩不会嫁给你，又或者她嫁给了你，结果她不是你命中注定的那个人；2）你赚不到，也没能力赚更多钱，于是放弃了，认为这是一种徒劳。到了中年，初入中年，幸福的人决定把自己的价值寄托在对智识的追求上，过高尚的生活，追求人类的一切美德。这至少是比较容易实现的（可是出于对金钱的需求，这实现并不完美）。最幸福的是老年人，他会嘲笑这两种努力的虚荣和不可实现。

1955/5/26

问题——建立一个像雅典那样波斯时代的中等规模国家，建立同样的政府形式，并通过类似的教育，灌输类似的对公共福利的责任感——看看按人均计算，是否会出现同样数量的"伟人"。

1955/5/27

我认为有一种罪行很卑鄙，我绝不会写它，那就是抢劫[1]。对我来说，它比谋杀还要可恨。对于我非理性的观点，我有一个合理的解释：除了贪婪外，抢劫是不受激情和其他动机驱使的。抢劫的典型，最理想的设定，就是一个人在牢房里醉得不省人事，他的祖传戒指被他堕落的狱友偷走了。这枚戒指虽然价值不大，但在情感上，对那个醉汉意义重大。另一方面，谋杀（如果不是抢劫时顺带发生的！）至少有一些感情色彩。它是有感情或合理的原因的，无论这理由在法庭上多么站不住脚。谋杀是一种具有男子气概的行为。只有狗和狼才会去抢劫。

1955/6/9

鄙视写信的人包括：1）不成熟、怯懦或懒惰的人，他们没有勇气用几句话来表

---

[1] 尽管帕特言辞激烈，她还是在 1956 年的《野蛮人》中写到了这个主题，这是一篇略带自传性质的短篇小说（《蜗牛观察者和其他故事集》，伦敦，1970）。

述自己的真实想法、思想和感情　2）那些在文学上自命不凡的人，他们不愿匆匆写就一封可能比不上塞维尼夫人那样的信[1]。显然，在这两者之间，大多数人属于前者。

1955/6/12

日记：我想到，诚实的日记才会让人保持正确的道德观。谁愿意把自己的自我放纵用白纸黑字写下来，哪怕只有他一个人看？这是我的经验之谈。我差不多一年前就不写日记了——我有充分的理由，我知道有人正在读我的日记（E.B.H.，唉）。不写日记的第二个缺点就是没有了把事件转录成文字带来的净化作用。没有了自我分析——不管这分析多么微不足道，总会在写成文字时突显出来。

1955/6/12

塔斯科，教堂的钟声。不洪亮，不沉闷，只是深沉到庄严，恰到好处的精确和模糊，让人快活，又不叫人吃惊，温柔地融入塔斯科亘古不变的房屋的柔和景观中。圣普里斯卡的钟，从来都不准时。差几分钟到七点，还有傍晚八点前一刻钟，它们会无缘无故地隆隆响起，纵情敲击，仿佛敲钟人正在取乐，或是想提醒镇上的人圣普里斯卡的存在。广场上没人会注意的。这些钟棒极了——两座大钟，两个塔楼各有一座，上面还有两座小钟。我觉得他们只敲小的钟，因为我从来没见大钟动过。昨晚驴叫个不停。我在想是不是有头驴要生了，但不可能持续这么久啊。一开始是一种大鹅似的叫声，嘎嘎的，就像在用曲柄往上拉一个桶，逐渐升级成极度痛苦的"咿——咿——嗷，咿——咿——嗷！"，然后减弱到一连串悲伤、呜咽的"哼——哼——哼——"，好像这头驴子的生命已经走到了尽头。

1955/6/13

典型的白日梦——梦里，我孤身一人，一个素不相识的人来找我，批评我，指出我没有忠于自己的理想，或没能实现理想；让我泪水涟涟，精神彻底崩溃，让我觉得我的一生毫无价值，倘若没出生就好了。

---

[1] 法国书信作家塞维尼侯爵夫人（1626－1696）的信，现存一千多封，被认为是法国文学的经典之作。

1955/6/26

抱怨。一个人生命的鸡零狗碎，破灭的梦想。那烦躁的声音，那瓦解了男人生命根基的声音，正是他曾经爱过的女人的嗓音。那音调、那乐器，一度在美妙而神秘的胜利之歌中响起。现在却是鸡飞狗跳，是来自地狱的一声紧似一声的令人发狂的鼓声。

1955/7/3

成熟到来时，像一块慢慢塌陷的蛋糕，包裹着一个人，钳住他的胳膊，钳住他的腿，使他难以行走。成熟让人看到一片新的风景，说："好吧，这不坏，也不好——但我不知道该做些什么改变。"成熟让你对一切都留有余地，让你原谅一些错误的事（因为其他成熟的人都会这样做），让你变得过于理智，不再轻易尝试困难的事情。它使你凡事都几乎不再尝试，因为你已经看到别人能把事情做得更好。最糟糕的是，成熟摧毁了自我，让你变得和其他人一样。当然，除非你有智慧，愿意做一个怪人。另一方面，成熟使你看到了事物的诸多侧面和根源（这定然是一种真理的形式），以至于你无法做出直接的回应——包括那些值得直接回应的事情。

1955/7/3

月亮花园里，肥厚的热带树叶颤动着，喜悦令它们油亮亮的。温暖的海水侵入空气。我不再是用肺呼吸的人类，我用鳃呼吸，透过毛孔呼吸。心灵发出柔和的喉音，那是狂喜的声音。一颗芒果在高潮时摇摇晃晃地掉了下来。扑通一声！海浪笑着卷起，笑着，拍打着沙滩。而甜美的小沙粒也在翻滚着。夜间疯狂巡逻的海鸟沿着海岸线和海滩吱吱喳喳地走来。"欧！欧！啾啾！今晚有什么不对劲吗？"一只芒果落了下来（其中一只鸟儿发现了），叶子高兴得油光光的，但今晚的海滩上没有什么不对劲。月亮生生不息地运转，闪烁着、滚动着、研磨着、滑动着。月亮运行正常。在无边的寂静中，鸟儿飞了起来，展开翅膀，张开嘴，喊道："欧！欧！今晚和其他夜晚没什么不同！欧！欧！有人知道时间吗？""欧！欧！沙滩上有一只垂死的海星！"空气中弥漫着栀子花和芒果花的芬芳。"欧！欧！谁能帮我找到一条鱼？"

1955/7/7

普埃布拉[1]——干净的一面。整洁的街道两侧，有粉色的带阳台的房屋，偶尔也有美丽却布满灰尘的、被岁月侵蚀了的教堂或民房的外墙，镶有弯曲的石柱、雕刻着一簇簇石葡萄的灰黑色斑驳的柱顶装饰。这座被誉为美洲最好的大教堂，如今已经不再瑰丽，就只是大而已。人们第一眼看到的是这些天主教堂的外部，而内部很是令人失望！就像欧洲一样。里面都是金箔，巨大而平庸的圣克里斯托弗画像或圣水（不管从哪里）降临奇迹的画作。施舍箱都挂着锁，一个戴头巾的女人走了过来，告诉我要遮住头。（夫人，我可以不蒙头，但我也不会从你的施舍箱里偷东西。）许许多多的忏悔室，任君挑选。大多数都从前面敞开，让牧师坐，有些把白餐巾钉在护栏上，还有牧师常用的折叠屏风。啊，这凄凉的小楼梯蜿蜒通向上边凄凉的小讲坛，那里传出这般凄凉的话！在后面的一排长椅上，两名青年男女正一起热切地讨论着什么。瓜达卢佩要塞，正是著名的五月五日战役（1862年）墨西哥战胜法国的地方。不收门票，狗在马克西米利安、萨拉戈萨的画像之间欢快嬉闹，还有法国洛伦塞兹伯爵的狂言：懦弱的墨西哥人尽在他的掌控之中[2]。

1955/7/8

奥卡夏——美国人可以租住的房屋短缺。公寓，不租给你，而这个小镇又如此迷人！人们的社会生活都集中在索卡洛中央广场的山谷酒店咖啡馆周围，像极了巴黎的路边咖啡馆。留着大胡子的年轻人喝着饮之不尽的啤酒，一对来自得州边境小镇的中年夫妇，在奥卡夏很受欢迎，他们晚上常打桥牌。一个50岁的美国退休老头，衣衫褴褛，过度热情了，他自己买生活用品，住在带家具的公寓里——是为数不多的租给美国人的公寓。

奥卡夏以东35英里。路况很好，到了密特拉的村子就不行了。一场200年未遇的大雨冲毁了桥。最后，一个直径六英尺、天知道有多深的水坑让我们望而却步。我们向村民打听有没有另一条路。没有别的路可走，但有一道围城工事，同样崎岖不平，

---

1 墨西哥历史名城，位于墨西哥中部的普埃布拉州，建于1531年，是一座典型的西班牙风格的城市。
2 马克西米利安，即墨西哥末代皇帝马西米连诺一世（1832－1867），原为奥地利大公，受拿破仑三世的怂恿，接受了墨西哥皇位。1862年，洛伦塞兹伯爵领导的法国军队和萨拉戈萨将军领导的墨西哥军队在普埃布拉交战，法国战败。

成对的牛神秘地自己往家走。有拖着车辆横木、公鸡、鹅，缠着长围巾、穿着奥卡夏半身裙的单身妇女。小男孩的数量总是比小女孩多。路边有八英尺高的仙人掌被用作篱笆，隔断出荒芜的房屋前院。密特拉遗址，类似于阿尔班山遗址，但没那么分散，在阳光的照射下，沿着檐壁的设计更清晰可辨。曲曲折折，类似于万字型，重复的传统花纹图案。两个没有顶棚的长方形庭院，长20英尺，宽6英尺。墓穴一半在地下，可以通过隧道进入，过低矮的门洞时要手 & 脚并用才行。密特拉坐落在几座小山丘上，由分散的金字塔形"庙宇"组成，半英里外的大山丘上有一座堡垒遗址。天主教会在萨波特克的一座寺庙的遗址上建了一所教堂，现在除了构成底座的一排水平的褐色砖外，遗址的其余部分已不复存在。

[无具体日期]

库埃纳瓦卡[1]——第五朵花酒店。历尽千辛万苦到这，小镇一端是通往阿卡普尔科的公路。你站在它面前，连组成它名字的又细又长的字母都难以辨认。这里曾经是一个私人住宅，这个舒适宽敞的小酒店有草坪 & 游泳池。只有五六个仆人，需要提箱子时，看门人就充当行李员，但大多数人来这里都会住上几周。价格适中，每天60—70比索，提供三餐，但酒店里空荡荡的，因为知道它的人寥寥无几。只有几对美国中上阶层的中年夫妇——他们人都很好，是那种你愿意和他们一起小酌几杯的人。酒店管理员卡门，是个西班牙难民，毫无疑问是个共产主义者，对佛朗哥恨之入骨[2]，未婚，高个子，灰白头发，很有魅力，性格开朗，50来岁。她是这里的开心果，待人一贯友好，尽量满足每个人心血来潮的愿望。在她的教名纪念日[3]，每个人都送给她一份小礼物，她在主餐厅举办了一个鸡尾酒会。

1955/7/11

如果不是得到了社会的认可，宗教，也会像其他毫无根据的信仰一样，导致精神错乱。偏执就是这样一种信仰，虽然不被社会所认可（然而在一些原始的南海部落，

1　库埃纳瓦卡位于墨西哥中南部，距离首都墨西哥城85公里，为莫雷洛斯州首府。
2　弗朗西斯科·佛朗哥（1892－1975），自1939年开始到去世独裁统治西班牙长达30多年。
3　基督教的特殊节日，依照基督教日历，基督教的圣徒有单独的纪念日，在这一天，与圣徒同名的人也会摆宴庆祝。

偏执是生存之道，不经常表现出偏执的人会被排斥的）。因此，我们得出了一个有用的推论：这是有组织的伪装。伪装，就是渴望不可企及的事情，明知无法实现，却心怀渴望，因为这么做对渴望本身有益——这应该是新的宗教。决定渴望的那一刻是多么幸福啊！因此，卡图卢斯[1]，是个艺术家，他失去了莱斯比亚，却写出伟大的诗歌，他想着，如果我能写得完美，她就会爱我，回到我身边。我不能失败。所以，他没有失败，至少诗写得很好。

1955/7/12

杀死被害人的念头变成了一个惊人的发现，多年的压抑全部释放出来。故事的寓意［《深水》］——压抑的情绪会导致什么：精神分裂。同时还展示出已婚人士习惯性的忠诚。

1955/8/21

我越来越想写计划好的关于父母和我的小说。《推销员之死》的主题，只不过换了职业，换了时代——对我来说，要悲惨得多，因为我的志向更高。在这本书里，我的父母将成为作家，越来越庸俗，而我将成为画家。纯粹的、无言的行文，那些文字——完全靠色彩和个性而存在。故事取自我六岁的时候。

1955/8/22

一个真正的、活生生的作家，被囚禁！而这个世界上比你更珍贵的东西比比皆是。欧洲和意大利斜塔，醉酒大笑的夜晚，和别人共枕的夜晚。给我全世界的金山银山，我也不会拿我肮脏的灵魂换你光鲜的贫瘠。我不会拿我眼中邪恶变形的世界来交换。我不会拿我嘲笑的东西换你嘲笑的东西，也不会拿我痛哭失去的东西换你无动于衷的一切。我宁可做一个精神分裂症患者，整天对着打字机疯狂地起伏分裂，坚守自己的信仰，而不是听从你的教导。

1955/8/22

嗯，这就是美国。它就是最新的、最优雅的、最亮丽的、最浓淡相宜的、节奏最

---

[1] 卡图卢斯（约前 84 —前 54），古罗马诗人，他的抒情诗被认为是古罗马最经典的抒情诗。他的诗中反复提到对一个叫作莱斯比亚的女子的爱恋，其身份无法确认。

1951—1962年：往返于美国和欧洲之间

快的、最孤注一掷的！呀吼！

1955/9/28

　　她那贞洁的吻留不住我。

　　哦！哦！哦！哦！

　　她拥抱我的臂膀也一样。

　　哦！哦！哦！哦！

　　虽然我知道她已告诉我

　　她会爱我终生，

　　她将永远是我的妻子。

　　哦！哦！哦！哦！

　　我想要更有力的臂膀拥抱我，

　　疯狂的拥抱和魔鬼之吻。

　　牙齿咬着我的嘴唇，咬伤了我，

　　无法持久去爱的女孩们。

　　哦！哦！哦！哦！

　　我和他们一样疯了，寻找着

　　一张泼妇的脸，她只会停留一个星期。

　　那种精致的折磨终有一天会杀了我。

1955/11/9

　　［纽约。］赫拉克勒斯的第八项任务[1]。如果你能租得起一套冷水公寓[2]，你就能租得起萨顿庄园。我的房租是每月40美元，数目自然是不大的。我的想法就是用最少的钱租一套房子，这样我去旅行时，就可以把门一锁，舒舒服服地转身就走。刚开始租房的那个9月，我手头没有多少钱。我想150美元就够了——一个朋友给了我一张几乎全新的床，我得买一个书架，几把椅子，窗帘，一两张便宜的地毯，就这些了。但我发现我没有冰箱，房东也不打算给我配一个。我的房东是个唯利是图的混

1　希腊神话中，大力神赫拉克勒斯为获得自由、回归故乡，共完成了国王交给他的十二项"不可能"完成的任务，其中第八项是驯服食人马群。
2　只供应冷水，没有热水或中央供暖的公寓。

蛋。他是一个意大利人，我就不提他的名字了，虽然我喜欢意大利和意大利人，我也想说他是个好人，但我不能。乔是个矮胖的年轻人，衣着俗艳，三十二岁，看上去像四十二岁，嘴里永远叼着一支雪茄——短短的一截，湿漉漉的、没有点燃、令人作呕的雪茄。他那粗鲁宽大的嘴唇就像一道不会愈合的伤口，贯穿在他那张苍白、不健康的泛着铁青的脸上。你永远也别想在办公室找到他。在我寻找——确切说是等待——这间公寓的时候，我给他打了十次电话，只有一次他在，来见他十几次，都是事先约好的，每次都不在，第二大道上的小办公室锁得严严实实的。有一次，他打电话给我："给你找了一套公寓。星期一上午11点左右来吧。"我到了那里，但是乔正在和两个年轻人谈话。他们站在他的办公室里，一脸沮丧。

"不行，我已经租出去了。"乔对他们说。

"可是你答应租给我们的——"

"而且，"另一个插话道，"我们是租客啊！我们还住在这里呢。"

"你们拿不到租约的。"乔冷冷地提醒他们，把帽子扣到前额上。乔从不摘下帽子。电话搁在他的肩上。他还在和电话那头的另一个人断断续续地交谈着。这就是乔的办公室里一贯的气氛：你永远无法得到他一心一意的关注。当他对你说话，而现场没有别人时，他最擅长模棱两可地回答。"是啊。好吧，我看看我能做什么。现在我给那地方安上了自己的锁和钥匙。"（"但是，有人排在我前面吗？"你急切地问。）"我先看一看。没有，没有人在你前面。"乔高傲地笑着回答。从他的回答和微笑，你无从知晓到底有没有人排在你之前。但你很快就会明白一件事：乔没有列清单，没有什么先来后到和公平可言；比如说，他把公寓租给那些他看着顺眼的人，或者他认为不会跑到房屋管理处举报他收取高额租金的人。我租下的那套公寓每月要价40美元，其实只值28美元，以前的房客付的是23美元。由于某些莫名其妙的原因，冷水公寓价格飙升，每个人都想要一套——每一个收入不稳定的艺术家和作家，每个有抱负的小主管，他们的收入不稳定，还想把钱花在更重要的事情上，比如衣服、食物、娱乐和剧院。几乎每个二十八岁的年轻人，不管他的职业是什么，都想要一间冷水公寓。他说他会装修的——他就拼命努力，赔上身体，还有可能赔上全部财产，才能装修好。

1955/11/15

N. W. [纳蒂卡·沃特伯里]。她可能会在三十八岁时不顾一切地结婚，这段婚姻不会持续太久，但如果能持续两年（或者她的年纪变化）就能为她独特的个性增添几分从容和自信，而这正是她迫切需要的。她在智力和理想主义方面远超于常人。她会思考，会提出质疑，而我们大多数人不会，大多数人的生活水平更接近动物。她身上这种追问和怀疑的态度（以及随之而来的优柔寡断）是我最欣赏的，也将使我永远爱她。这是文明的必要条件，是人类脱离地球兽性生物进化成人的重大要素。无论发生什么，无论生活的打击如何逼迫她就范，她永远都不会做卑鄙的事。她就是莎士比亚称之为天使的那类人。

1955/12/14

啊，A——（在笔记本里，我会一直用 A 来称呼她[1]）想弄清楚为什么我们过去和未来永远都无法相处。在与朋友的一次谈话中，我发现，是因为我们有同样的悲观情绪，相同的程度，相同的表现。在其他各方面，我们都是互补的，志趣相投。但我无法想象自己会和另一个悲观主义者相处。在情人身上，我总是在寻找乐观的、外向的性情。这在最深层的意义上弥补了我的不足。

1955/12/15

今年 2 月至 4 月的过分放肆，在 9 月至 12 月自然找补回来了。（在写完一本相当不错的书后，在找到一个伴侣后的）傲慢，紧跟着就是谦卑——这需要花很长时间才能发现和识别——那是一种说不清道不明的沮丧，但它与任何事情都没有多大联系。我继续与平庸之辈为伍，热烈欢迎那些讨厌鬼、酒鬼、弱智、胸无大志者和卑鄙小人。"从 2 月到 4 月，我都不是我自己。"我在 4 月底的时候这样想过——甚至在这样的状态还没结束时就意识到了。我常常想，我现在很反常。我注定要这样生活吗？在冷水公寓里，大部分时间都很冷，我都羞于邀请我比较正式的朋友（但不是我最好的朋友）来做客。而且也不真实。当你被那些理论定义为理想的事物、态度、人所包围时，在一个静止的状态中寻找你的"自我"是没有用的。活着的自我总是在处于变化之中。我们只能对彼此说我们"惯常说的"话。在静态中永远不会找到自我，永远不会一蹴而就。分析一下令人心安。

---

[1] "A"是帕特给爱伦·希尔的新代号。

1956/1/3

为自己的罪过、错误和弱点找一个正当的理由——就是在夜深人静，希望独处时所希求的一切。你在书海中搜索——（并未找到具体的解决办法或理由。）最后，你终于找到了一个人类的想法，这是努力进行分类、比较、整合后得到的出色成果，这是对所有人类的辩护。然后独自一人时，并未得到宽慰的你会为能够参与那纯人类的思考运动而突感欢欣鼓舞。你终于成为人类的一员，这是成为人的唯一方式。思考，是唯一的通行证。

1956/1/4

"我把这本笔记献给酒精，它有着迷人的伪装和可人的形式，感谢它令情绪高涨，感谢它撕裂黑暗，拉上现实的帷幕，使人能够看到想象力的深度和广度，感谢它减轻痛苦的力量，给需要者以勇气的力量。酒精是雌雄同体，有着恋爱中少女的诱惑与温柔，有着用强壮的右臂护卫朋友的巨人的刚健和勇敢。"

1956/1/5

还有什么比重拾恶习更令人快乐呢？还有什么比品尝发誓永远戒掉的威士忌更大的乐趣呢？最神圣的快乐莫过于回到那个曾经被判为对我们有害的女人身边，投入她的怀抱，完全屈服于她的种种邪恶。自我毁灭就是如此快乐！这是亘古不变的真理，让人感到一种深深的亲和力！啊，破坏神啊！啊，冥王啊！啊，司夜女神啊！

1956/1/6

圣诞节真的变成某种让人快乐的节日了吗？当然，在钱的作用下，自然而然地让美国人的生活变得轻松多了。起初，购物是件麻烦事，因为要送礼物，要给亲朋好友买东西，然后"圣诞精神"就感染了你——在 12 月 20 日左右。什么是"圣诞精神"？在这一切的背后，是半神话的假象，我们比一年中任何时候都更善良、快乐、慷慨——事实上，比真实的自己更慷慨。某种程度上，这是一种表演形式。我们都知道这是一时的，不会长久。于是就想：在这个圣诞节，让我们给自己一个比别人更好的名声吧，要无比快乐、慷慨、善良、正派、正直（在地铁里伸出援手，让座！）。接受邀请，发出邀约。我们变成了热情好客的旋风，做饮品、洗杯子、做饭、购物，自觉已经化身为洗碗机、厨师、艾尔莎·麦克斯韦尔[1]的多功能合体。宿醉很快被遗忘，淹没在另一场从中午就开始的酒精洪流中。整个城市都疯了，最后，连最自律的人也不工作了。终于，圣诞节的精神——肆意给予、索取、饮酒——渗透到每个人的房间里。在美国，不幸的是，快乐很大程度上源于物质的极大丰富，而非严肃的道德或宗教体验，欧洲大部分国家都是如此。凄凉的新教教堂装点着金色饰品——为数不多的冷杉树枝和蜡烛，朴素地代表了每家每户圣诞树下堆积如山的礼物，餐桌上种类繁多的美味佳肴，多得谁都没法全部尝完。圣诞节已经走到了穷途末路——美国商业繁荣的崇拜。在后世，当历史几近消失时，人们可能就会把圣诞节视为过去美国商店和百货公司的集体庆祝活动，仅此而已。圣诞节是他们的大节日，大喜事，让我们面对现实吧。

1956/1/10

再过几天我就三十五岁了，一方面我感受到自己作为一个成人，一个独立的个体，并为此由衷地喜悦；另一方面，我也同样意识到死亡在我身后步步紧逼——奇怪的是，我也乐在其中。所以，感受着这两样东西，成熟和死亡，我大喊"万岁！"。

1956/1/13

抑郁症的可怕就在于，它带来一种麻木懈怠、万念俱灰的感觉。在家里，独自一人，什么书也不想看，知道喝酒不好（良心的劝诫），又坚决不想去看电影。电话可能会响。但同样地，麻烦就在于此，我们一个熟人都不想见。我们的挚友——哪好意思把我们的痛苦转嫁到他们身上。一般的朋友——又太没意思了！你就想干脆死了算了。既不想死，也不想活，直到抑郁结束。

1956/1/28

抑郁。我希望它有一个更可怕、更直观的名字。我的生活、我的活动都变得毫无意义，没有目标，至少没有可实现的目标。我可以学习意大利语，但我能学好吗？如果我今晚构思一个短篇小说，开始动笔，能卖得出去吗？我如今所有的目标都必然、

---

[1] 艾尔莎·麦克斯韦尔（1883—1963），作家和八卦专栏作家，以能为顶级客户组织专业派对而闻名。

可怕地和金钱扯上关系。我能感觉到抓住我的那只手在松动。就像在深渊之上掐住我的那只手泄了力道一样。抑郁发生在我和E.［爱伦］吵架之后，幸亏我不信她的话，否则我会倍感孤独无援。不过，我还有朋友，这真是莫大的慰藉，让我深感自豪。但不巧的是，这个周六晚上我不想一个人待着，而他们都很忙。这种无目的性最终会把我搞垮——或许吧。我知道一种重要的抵制办法，就是为别人做事，大事小事都可以。但是，唉，可惜，这并不能根除我的抑郁。我觉得我不应该得这种病，但我的理智告诉我，人的病都是罪有应得、都是自找的。令人欣慰的是，还有精神科医生来帮助像我这样的人，而且比我严重的病例他们见多了！

1956/1/29

问[1]：你信上帝吗？

答：不信，但我经常假装相信，因为这样我会更快乐。但无论是假装还是快乐，都不会持续很久。

问：假装相信上帝和真的相信上帝有什么区别？

答：幸运的是，只有细微的区别。当被追问时，有多少人会说，他们真的相信，因为他们确信上帝真实存在并控制着宇宙和他们的生活呢？极少数人，还有另一些人，没头没脑，毫不存疑，他们根本没法用言语来证实自己。对大多数人来说，承认自己假装相信上帝只是权宜之计，会更显诚实，而假信和真信之间这条小沟壑，他们在心里早就跳过去了，不会对他们造成任何困扰。我偶然使用了克尔恺郭尔用过的动词，"跳过去"。信仰是一种跳跃，跳进深渊之类的，信仰、信任、不疑，也就是说，永远不要用任何逻辑的、物质的举证标准来评判宗教信仰，这和假装信仰到底有什么区别呢？无非就是你决定要假装，仅此而已。

1956/3/20

人要学会的最难的真理就是，真理是一种妥协。

1956/3/20

如果说"认为我的工作进展顺利就是在诅咒自己"，就等于是说，"我对自己的

---

[1] 这段对话几乎一字不差地出现在帕特开始构思的下一部长篇小说《生者的游戏》中（纽约，1958）。

评价很低。我是担心，但更羞于自吹自擂，或者说我根本就羞于生活，羞于承认对很多接触过的人来说，我也许是有魅力或有吸引力的"。

1956/3/25

人文主义的道德观与弗洛伊德。在弗洛伊德之前的约瑟夫·康拉德身上表现得淋漓尽致。《岛上流民》的结尾，老人对年轻流民的言语是毁灭性的。"我不认为你是邪恶身体里的邪恶灵魂。你不过是我的一个错误，我的耻辱。"他还说他不知道这个年轻人是从哪里来的——虽然事实是他在这个孩子十二岁时捡到了他，这个被遗弃的、瑟瑟发抖的孩子，他知道他的童年定然有些遭遇。弗洛伊德会把这算作年轻人自我放纵、失德行为的借口。最后，他浪费了一次又一次的机会，在一次又一次的考验中失败，康拉德直接将他打入地狱。

弗洛伊德假说的意思是：

1）他无法控制自己。

2）可以把责任推卸给别人。

3）了解了这一点，可以帮助他克服弱点——通过分析。

问题是，一般案例在第三步完成一半之前就停止了。

康拉德的道德观认为：

1）任何人，只要是自私自利地以牺牲他人为代价来寻求个人的快乐和幸福，那他就是恶人，应该受到惩罚。

2）但是，无论背景如何，生而为人，只要他能坚守自己与生俱来的高尚原则，他就有希望。（陀思妥耶夫斯基也有此意，无论背景如何：通过忏悔，通过不懈努力，总能得到救赎）。

3）每个人都有责任充分地活出人生的尊严，对命运给他安排的任何经历都不退缩。

不难看出，弗洛伊德的观念让人类变得更脆弱、更卑鄙、更胆小，从本质上说也更自私。然而，如果弗洛伊德的"治疗"对所有病例都有效，那就会是另一番景象。那么弗洛伊德的理想对象就会变成：心理上健康的个体，值得信赖，快乐，勇敢。

弗洛伊德前的旧式道德，在许多方面对个人来说很难实行。它是棍棒、父母管束和公众舆论，与内心中无敌的恶魔和弱点之间的一场较量。它呼唤人类的尊严，而这种尊严在个人身上可能从未被唤醒过。它暗含着一种社会背景，有良知，有道德教育，也许在记忆的一个黑暗角落里，曾有那样一个或多个人代表着有是非道德评判的超我。也许这些东西永远不会吸引人。

旧式的人类道德观对作家更具吸引力，一方面使他摆脱了芜杂的心理分析术语，另一方面使他摆脱了一整套的分析和治疗，这些他心知肚明。旧式的道德对英雄人物有吸引力，每个作家都知道，几乎已成定律，在他写的每一个人物身上都有体现，无论那个人物多么恶毒。

希腊人认为，道德秩序是世界的客观事实。傲慢就必然会遭到狄刻[1]的惩罚。善是美好的，是值得期待的，因为它能产生人类的福祉。希腊人的观念是最干净、最崇高的愿景。一个罪人只是不明智，才会招致惩罚，这是对自己的不公。他们很少说类似"他的灵魂是邪恶的"这样的话！

1956/3/28

我陷入与自己的混战中，习惯性地陷入相关及不相关的事情的乱麻中，这些问题永远不会得到解决，它就像我自己房间里的气味一样是我的特点。一本激动人心的书、独饮的三杯两盏、一段麻烦的爱情都能让我心乱如麻。它是由不定性的、不甘心的自我组成的。

1956/4/13

恋爱是一件多么劳心劳力的事[2]。要完全意识到自己所爱的人的存在，这太难了。这是头脑或心灵不能承受之重吗？它太甜蜜，太神奇了。它让人震撼，就像被电击中一样。随时随地，都会想起第一次的拥抱，每一次见面都会想起——仅仅是记忆就承载着所有现实的力量。同样的神经再次被那股狂喜冲击。承受不住了。神经变得伤痕累累。人病倒了，洋溢着满满的幸福。

1956/5/7

（D.S.）

这就是噩梦阴影下的爱情。

暗示着不朽

---

1 希腊神话中的正义女神，也有女同性恋者的意思。
2 帕特的生命中出现了新欢，广告作家多丽丝·S，下文中的D.S.就是她的缩写。

（你自己也说这爱会在我们死后留存）

在你的蔑视和我的死亡的

噩梦恐惧下，它黯然失色。

我对死亡的恐惧有很多形式！

这是奥伯龙[1]的森林，奥伯龙，

随着深沉而空洞的巴松音符跃动着，

树叶间充满了柔和的

光芒——你的嘴唇

在我的唇下轻启。无声的音乐

在我的血液中颤抖，我醉了。

恐惧而又疯狂。

你也害怕吗？

（也许我们的共同点真的太少了！）

我等待着石头从天而降，桥梁

在我的脚下断裂。

我等待着你的不满将我送上断头台。

为什么你评判的时间总是比爱更多？

质疑总比享受更多？

这些辩护是为了什么呢？

但夜晚是寂静的。

不眠之夜充满了噩梦[2]。

谁能听到我的哭声？

如同我们血管里的音乐一样静默。

1956/5/29

我亲爱的上帝，你就是真理和诚实，教我面对痛苦和失望时要有宽容、耐心和勇气。严格教导我，因为我执拗又绝望，总有一天，我会掐住你的喉咙，撕开气管和动

---

1 中世纪传说中的仙王，仙后泰坦尼亚之夫。在莎士比亚的《仲夏夜之梦》中登场时，住在森林里。

2 原文为法语。

脉，尽管我会为此下地狱。但我已经知晓了天堂的滋味。你有勇气让我见识见识地狱吗？

1956/6/8

爱你的女孩眼中有信任。这是世界上最美丽的东西。它比钢铁更坚硬，比誓言更有力，比担心和恐怖更剧烈，比死亡更强大。它能让懦夫变得勇敢。它是他抵御一切敌人的盾牌。它是他精力和勇气的源泉。在面对丑恶、谎言、失望时，他会记起它，然后突然间——突然——他就获得了重生、焕然一新，他会把整个世界，还有天堂都紧紧握在手里。

1956/6/10

美国的讽刺小说［《信口雌黄》］，四十年后，与苏联的一场战争以僵持告终（两国各投下一颗原子弹，分别摧毁了苏联的阿尔汉格尔和美国的波士顿）。下一场战争，美国注定要失败的，原因就是它没有信仰了。苏联及其伟大的盟友，中国和印度，凭借朴素、善意、轻松的新面貌（甚至在1956年也是新的）和人民具有感染力的喜悦热情，已不知不觉地、巧妙地打破了偏见和以往不计后果的敌意。此外，苏联现在的生活水平与美国相当——在某些方面甚至更高！它还把这一标准推广到所有的联盟国家。在美国，讽刺作家几十年来一直在揭穿电视广告的高产量和推销哲学。是他们——而不是敌方的特工——给美国人的士气造成了致命的一击。

1956/6/25

大山，你好吗？

我将在你怀中死去。

云朵，裹着我的尸身吧！

高山湖泊，无论多么寒冷。

做我墓碑上的霉菌吧！

姑娘们的佛罗伦萨，

美女云集的罗马，

你应该是

我最后的家。

大胆无畏的

澳大利亚！你且留着吧，

我这辈子没时间了。

我没时间了，

我没时间了！

没时间去犯罪

或是撒个小谎。

今天一整天我都想死。

我想哭。

我哭了。

我在纽约，

你在哪里？这重要吗？

不要花时间回答这个问题。

我没时间，你有吗？

我没有时间去欺诈。

我没有时间来完成欺诈。

这是我的一生。

我也永远没法走完它了。

我多希望！我多希望！我多希望！

1956/7/5

现代电视。普通人需要它的慰藉：一切都会好起来的。弗雷德·艾伦[1]在《走向消亡的枯燥工作》中谈到这个主题，说得很好。

他说，广播的音响效果使每个人都能根据自己的想象力，体验表演者希望唤起的一幕幕场景。而广告大亨们把电视看作是一个更快、更容易（因此也更受欢迎）的媒介，能让他们卖出更多的垃圾。艾伦：电视夺走了普通人最后的人类属性——想象力。

1956/7/13

生活——生存——与人相处——甚至与己倾心相处——都是和解的问题。这已经

---

[1] 弗雷德·艾伦（原名约翰·弗洛伦斯·沙利文，1894—1956），美国男演员、喜剧演员和知名电台主持人。

是老生常谈了。但其中的智慧（或愚蠢）取决于你为了什么退让，还有你和解时的幽默感、超然或诚恳度。它是世界上最重要也最困难的艺术。它是为那些选择独自幸福的人准备的。并不一定适合艺术家，尽管他们也不得不学会退让（例如，向脾气暴躁的女房东打招呼时；他们是不是总得妥协呢？并不）。你必须要么出于本能地知道何时作出多少妥协，要么必须有一个知识体系来解决这个问题。你的一生都在妥协，学会一笑置之，还要有美好的坚定信念，即绝不能妥协到自己的底线；又或者，你得态度坚定且立场明确，说清楚，我不会妥协到让自己进监狱的地步。但是有时候，人就该去坐牢，宁愿去坐牢。这真是二十世纪美国竞争的死循环。

1956/7/13

我知道为什么拜伦说睡眠是死亡的姐妹——其他诗人也这么说。与其说是浪漫，不如说是生理上的。你见过你心爱的女孩的睡相吗？不是简单地睡着，而是在你读书的时候，她自己睡着了。和死亡一样可怕。

1956/7/31

对我来说，和别人生活在一起，就会有失去对生活的激情的危险。有了权衡轻重的判断力，很多事物就自然而然地被平均化了、劝慰住了、一笑忘却了。我不想要这权衡，我只想要我自己的判断。后者经历了四个月才实现。跟 A. 在一起时，这个问题并未出现，因为她很多时候都使我处于愤怒和仇恨的状态，我能掌控的只有自己的所有热情和我自己的判断。而此刻，我尤其厌倦了对物质的追求，无论是支票、新家具、"省时省力"的新家电，还是家里的新宠物。

1956/8/13

感觉差劲？沮丧？失败？仿佛此刻所做的一切都是徒劳？你要做的就是下定决心体验快乐。享受穿着该洗的牛仔裤时汗津津、脏兮兮的感觉。不要去想你的存款——和微薄的收入。如果可能，就搞一杯马提尼酒。但只喝一杯。吸支烟享受一下。还有凉了的半杯咖啡。做一个完美主义者。真正摆脱繁复琐细的手稿拼写修改，反正也出版不了。微笑——发自内心地！

1956/10/20

如果苏联能废除战争——我指的是世界大战，那就太讽刺了。苏联是一个（甚至比美国还)"热爱和平"的国家,是因为它意识到了战争的开销,知道自己负担不起战争。和平、宣传、转变人们的思想——这些都是苏联的武器。比子弹有效多了! 成本低多了! 效果持久多了! 我们西方人还在吹嘘自己的军事装备,扬言要进行军事报复时,苏联却一声不响地笼络了一个又一个国家,不断地进行着劝导和收编,散布着对西方的仇恨。需要一代人才能消除苏联对东德年轻人的影响。不过,也许永远都没法消除。也许踏入西欧国家的那一步只是漫漫宣传战的开始,他们永远不会撤退,会占领整个地球!

1956/10/21

我的工作麻烦不断。我的写作、创作主题,不允许我表达爱,而我又必须表达爱。好像我只能通过画画做到这一点了。一个朋友建议我去看心理医生。有什么用呢? 除了像我现在这样写作和绘画并行外,没有别的办法。偶尔,我想到一个小说的灵感,就必须把它写在纸上。是因为它立意新颖或令人激动,而不是因为有什么信息或者情感,让那个我非要写出来分享给别人。当该说的都说了,该写的都写了,最后的评语(至少是我的)却不过如此? 我一生都摆脱不了我的神经官能症。我将努力培养起耐心、节制,用我不健全的性格尽可能地去爱。但我喜欢和我的神经官能症共度此生,并尽量发挥它们的作用。

1956/10/30

我有个想法,想去罗马和巴黎住上一年,写一部小说(真实到每一个细节),写那里的年轻作家、画家和业余爱好者与世界其他地方的关系。这种思想的小说不是创作出来的。这不是那种意义上的小说,更像是一部半纪实文学,是意大利作家[库尔齐奥·]马拉巴特那种激情的风格。这里面既有绝望,也有希望。不是每一种生活都是唯一的生活,或者是唯一的选择。有多少人就有多少种生活,而每个人自己也有许多选择! 因此,我要驳斥弗洛伊德和马克思,向克尔恺郭尔和雅斯贝尔斯[1]致敬。

1956/11/14

可悲之人,在斧头的边缘,

---

[1] 卡尔·西奥多·雅斯贝尔斯(1883—1969),德国存在主义哲学家、神学家、精神病学家。

我向你们致敬，永垂不朽的英雄们！

荣耀属于热爱生活的我们！

荣耀属于不在意

政客看法的我们。

今晚我要赞美埃斯特别墅的无用之美，

还有那些我已登顶的纯属个人的高峰。

一一列举会显得太自私，甚至多余，

因为别人也已登顶，我不是最糟的那个。

我学会了爱，也许那才是最高的山峰。

没有安全措施，没有降落伞。

但是你会融入昆虫、飞鸟、花草之中，

它们在夏末死去。

了无遗憾地死去，在那死亡的瞬间。

死亡是真实的，确实的，千真万确的，

可又有谁在乎呢？

在丑陋万象中，我看到了美丽，

值得赞扬的是，我没有提醒任何人注意，

毕竟这是个没有人愿意被美耽搁的时代。

爱情万岁！美丽万岁！[1]

1956/11/23

[法]一个梦。我在两张沙发上用两张床单铺一张床。他们说我不用睡在那里。我松了一口气。躺在床上，我发现旁边是妈妈和继父。妈妈对我说："我有话要告诉你。我要把你赶出去。"我吃了一惊，但还是下了床。妈妈强调说："你看，我爱斯坦利。"我绝望地回答："可是，妈妈，我毫不怀疑你爱斯坦利！"我想哭。她说得好像我妨碍了他们的关系。我离开那个房间，进了另一个房间，发现床底下燃着几支蜡烛，把床底都烧着了。我尖叫着："天哪！如果这附近再发生意外，这房子会变成什么样？"我把蜡烛掐灭了。在房间的一个角落里，我看到一些小小的植物（跟我种的

---

1 原文为意大利语。

很像，但更漂亮些）和一场可怕的打斗：一只十二厘米高的猩猩，正在猛击一只毫无防御能力的小乌龟。我很反感，就打了它们一巴掌，把它们分开。我看到乌龟的肩膀上又露出了一个脑袋，笨拙而恐惧地四下张望。我醒了。（昨晚，我听到一个不可思议的故事，一个20岁的年轻女孩因为背部疼痛做了手术。结果发现她体内有一个小孩，一个男孩，他们说——这个年轻女孩一定是双胞胎中的一个。）

我和妈妈的那一幕让我想起了这个星期在E.［爱伦］家度过的那个夜晚。她接受了我，但又拒绝了我——她不想再当我的恋人了——我们没谈论此事，但也没有必要。（记：醒来后，我摸到了D.——有她在真好。）[法]

1956/11/27

我虚度的光阴。不仅仅是为了身体康复（这次是治牙），也是为了加速对日复一日、在我眼皮底下的生存状态的厌倦过程，这正是促使我写作（工作）的根本原因。

1956/11/27

E. B. H.。她 & 他们这种人，读着报纸或快速而寡淡地聊天——哲学、历史、政治、社会学、心理学——匆忙消化之后再吐出来。他们缺乏思想的广度和胸襟，所以难以形成独立的体系，如果真的有了一个想法，不管多么微不足道，他们都会好好培养，再把它展示给朋友，就像骄傲的母亲显摆她纤弱的红脸婴儿一样。他们写不出什么东西来，我不羡慕他们。他们从来不懂如何在想象世界中自由驰骋。他们就像渔夫一样，翻来覆去地看他们的网是怎样织成的，却从来没有捉到过一条鱼，也没有兴趣去捕鱼。他们勤奋的回报少得可怜，就是自以为懂得了别人不知道的（课本上的）知识，因而高人一等。他们的脸终有一天会呈现出他们内心那副乏味、惊恐、冷漠的样子，无法露出温柔的微笑，因为他们的心扉无法打开。他们对别人报以微笑，或者赠送礼物，都要经过大量的分析，看这个人是否值得，看自己能否给予那么多。

1957—1958 年

1957 年初，帕特里夏·海史密斯再次前往墨西哥，这次是和多丽丝·S一起。她们一起走过的地点——墨西哥城、韦拉克鲁斯和阿卡普尔科，都被她写进了第六部长篇小说《生者的游戏》。帕特不仅在笔记本上详述了这些地点的相关细节，还配上了素描和鲜艳的水彩画。除了想象，帕特的生活几近黯淡无光，于是她在生活和工作两方面都沉浸于浪漫的幻想之中。这一时期，帕特的笔记读起来就像日记一样。

1957 年 3 月，她的犯罪小说《完美的不在场证明》在《艾勒里·昆恩推理杂志》上刊载——她的短篇小说主要都在此发表，同时帕特和多丽丝回到了斯奈登码头的家，去墨西哥度假后她们的恋情就降了温。为了让她的世界不至于崩塌，也为了忍受与多丽丝无休止的冲突与和解，帕特转向了宗教，加入了帕利塞兹的一个小长老会教堂的唱诗班。

7 月，帕特告诉她的编辑琼·卡恩，她还差 12 页就要完成《生者的游戏》初稿。然而，卡恩对手稿大加批评，要求大量修改，包括重写一个结局——这就意味着，还要再设计一个谋杀犯。小说经过四次修改，一直到 1958 年春天才写完，在此期间。她和多丽丝合写了一本儿童读物——《熊猫米兰达站在阳台上》。这次合作非但没有修复二人的关系，反而加速了它的破裂。帕特变得越来越孤僻，在二人居住、工作的由谷仓改建的逼仄空间中她倍感压抑，只能靠想象力去逃离驰骋了。

1958 年的夏天，帕特无可救药地爱上了玛丽·罗宁，但玛丽已与另一个女人定了终身，她成了帕特下一本书的灵感来源。这部作品讲述了一个名叫大卫·凯尔西的药剂师，为了赢回嫁作他人妇的真爱，不惜付出一切代价，并确信自己能够"扭转局势"。

6 月中旬到 9 月中旬，帕特为这部新的长篇小说——《这甜蜜的忧伤》——设计好了每一个场景，之后只需在读者眼前组装成型。自 1958 年 10 月起，帕特再也没有提到这份手稿，这可能是因为她和多丽丝在 9 月搬到了纽约的斯帕奇尔。这对情侣在 12 月初结束了她们的恋情，帕特搬进了格拉姆西公园欧文广场 75 号的一间带家具的公寓里，紧挨着皮特酒馆。此时，她梦想已久的与玛丽的恋情，似乎终于变成了现实。

1957/1/15

考虑到现在我身边全是傻瓜，所以我会死在傻瓜中间，临终之际身边围着一群傻瓜，不明白我在说什么。也许，人在三十五岁时会被这种奇怪的想法所困扰——在这个特殊时期，在艾森豪威尔第二任政府执政的第一个月里，傻瓜自有一种让人在生活的方方面面都不安的本事。这些天我与谁共眠？弗朗茨·卡夫卡。

1957/1/18

1951 年以来，我的问题日益严重：（用理斯曼的话说）我本是内心导向型的人（雄心勃勃、理想主义、自我激励、记日记），现在却变成了他者导向型[1]；这违背了我的本性，至少是我三十岁之前的本性。其表现（激怒了我内心导向型的那一面）为花钱如流水、放纵自己沉迷酒色、吸烟、不锻炼（身体）、不写日记，也许还有对人和艺术中的平庸过于迁就（这有其好的一面，很难做出判断），对自己的工作（偶尔）懒惰，我的小说主题视野整体下降。是时候做点什么了。尽可能在我的内心和他者之间做些改变。

1957/1/18

一个梦。我梦见父母 & 我在一个大房子里举行了一场盛大的聚会。琼·K［卡恩］也在那里，还有杰瓦·C。她俩轮流说"过来，帕特"，然后叫我到浴室或壁橱里，亲吻我的嘴唇。我极度愉悦，都拿不定主意选哪一个了。（D. 不在场。）我很少做春梦，我一定是有强大的意志力。D. 说她会做一些春梦，梦总是与男人有关，可

---

[1] 大卫·理斯曼（1909 — 2002），美国社会学家。在他里程碑式的畅销书《孤独的人群：美国人性格变化的研究》（1950）中，他区分了三种类型的人：传统导向型、内心导向型和他者导向型。

她的日常生活（与性无关）中总少不了女性人物。

1957/2/16

爱情与婚姻截然不同，它允许人真正地"永浴爱河"。它是破坏性的、干扰性的，而且毫无意义，只对艺术家例外。恋爱就是要飞上云霄。重要的是永远不要让自己的性欲或床笫之欢来指挥你的生活。讽刺的是，恋爱只对艺术家才是重要的，而孤独也只对他才是重要的。此外，艺术家可以独自面对死亡，就像他面对生命一样。生活给了他充足的准备。死亡是瞬间的终结，即刻的遗忘，如同出生的瞬间。和夜晚入睡的体验一样。我辈之人的诅咒！再见，我的兄弟！有些事情，比如绘画、诗歌、小说、爱情、祈祷，都必须独自完成。让我单独待着吧。 不许犯我[1]。

1957/2/20

我的生活秩序。当然，这必须是内部秩序。我在阿卡普尔科的阳台上画一幅风景速写，将眼前混乱的景色尽收眼底。当我从写作中抽身，驾车穿过这些松散、杂乱的街道时，我的眼前就仿佛隔了一层纱。然而我第一次真正看清楚了一切。面纱也阻隔在我和我应该爱的人之间。对此我虽不喜欢，但也无能为力。与我相爱或生活在一起的人也有此感。具体是谁并不重要。

1957/3/3

人类对谎言的本能渴求造就了人类的轻信。

1957/3/6

坐在一间光线充足的牢房里，没有窗户，只有顶部开了一扇对着天空（不过，没有鸟儿飞过）。然后绘画。画出你记忆中的人、花、房子、水、船和风景。不必要看到美丽的画面和场景，也能画出来。我讨厌真实的画面。也许我活得太久了，一直幻想着我希望与之共度此生的人。有了那个人，我却感到困惑和实实在在的沮丧！四天前参观韦拉克鲁斯，是我旧模式下的一种享受：匆匆一瞥，三个小时左右（其中两个小时都在对一个贪婪的小官员愤怒咆哮），就需要动用我所有的想象力。我想写写这座城市，这样我就能拥有它，封存在记忆里，深深地陶醉其中。

1　原文为拉丁语。

1957/3/7

你没注意到吗？一本非虚构类的书，不管什么主题，什么内容，都比虚构小说要吸引人得多。一本关于旅游的烂书——"然后我们把婴儿送走，把狗送到狗舍——"谁会在乎小劳伦斯是梅布尔·劳伦斯的三表弟，谁又会在乎梅布尔·劳伦斯嫁给了亚历山大的第二个（偶有谣传说是私生子）儿子菲利普。任何内容，哪怕是奥运会的记录，都比自我沉浸、天马行空在那从未有过的虚幻世界中要好！

1957/3/7

韦拉克鲁斯。也许从我 22 岁那年见到哈拉帕开始，就再也没有哪个小镇能如此吸引我了。从我短暂的观察开始，我的想象还在继续——我可以把故事设定在这里。我可以把它写得比真实的还好。虚构小说不就是这样吗？我在狂欢节的游行中见到了它。同性恋男孩们，没戴面具，可以看到他们妆容淡雅的面庞。一个男扮女装的人穿着黑色短裙，粉嘟嘟的脸颊，一副下流的"你敢来吗"的放肆眼神，噘着嘴，还把舌头伸了出来。狂欢节的历史非常血腥，人们被海盗烧杀劫掠，饿殍遍野。（显然附近城镇没有提供任何援助。）1825 年，西班牙人占领的最后一个据点，圣胡安·德·乌卢阿岛，西班牙人用大炮轰炸这座城市，把它炸成了齑粉。他们曾有过比美国十三个殖民地还要苍白乏味、孤立无援和勇敢反抗的历史。想到许多生活在那里的家庭都是这些勇往无前的"第一家庭"的后代，这叫人热血澎湃，他们现在与墨西哥任何家庭的生活都不一样。拉巴罗齐亚是一家铺着瓷砖、黑白相间的狭长咖啡馆，花一比索就能喝到香醇的意式咖啡，还有白色的桌子（有些铺着桌布）、冰淇淋座椅和人行道。门廊下的桌子边——大多是男人，扯着嗓子谈生意。然而，在狂欢节的晚上，这里也会有几个女人。对面是教堂，灰色的，朴素的，用扶壁支撑着。隔壁街对面是另一家咖啡馆，里面坐着一个古怪的人：一个瘦弱憔悴的男人，让人联想到法国艺术家让·谷克多。这个男人穿着昂贵的衣服，一条伤疤从嘴角一直延伸到下巴 & 脖子。每个人都奉承他。摄影师围在周围，呵斥人们退后。他和一个四十来岁的漂亮女人在一起，她自己也是个名人。这个女人戴着黑色面具（没穿戏服），走进一家酒吧，不知为什么，就引起了全场的轰动。整条街上挤满了同性恋男孩，都是墨西哥人，一个特别熟练的女性模仿者[1]，面颊粉红，戴着［20 世纪］20 年代的帽子，蹬着高跟鞋，黑

---

1 指专门扮演女性名人的演员。

色裙子凸显出颀长的身材，他向人群抛媚眼 & 淫荡地伸出舌头。另有些人只是坐在桌边，穿着休闲运动服，不戴面具，能更好地看到心仪的景象。

1957/3/29

鸟绘图系列。彩色漫画：锤状头的酒贩子鸟；三尾的荡妇鸟；大喙牧师鸟；灵动的长袍鸟；单翼的手风琴鸟；滑翔的八度音鸟；石子喉结的颤音鸟；普通的坚果鸟；吸蛋的女牛仔鸟；披头散发的黄发鸟；黏人的沙滩鸟。

1957/3/30

说到底，比起美国人，我更钦佩欧洲人的共同美德（慷慨、开明等），而且很明显，既然我是根据我所有的爱和喜好行事，我最终也会这样的。

1957/4/26

英语填字游戏是酒精的替代品。二者都是种逃避，都使人忘却眼前的事物，呈现出另一个画面。二者都割断了人们与世界的联系，让精神（心灵）随波逐流，去寻找美好的彼岸。填字游戏对知识分子来说速度更快并且更加愉快，而且不会导致令人不快的宿醉。一篇文章曾赞美英语填字游戏给人带来的快乐、微小的胜利感、欢笑和疯狂的脑力激战。在你的桌上放一张，作家、广告人、各种有创意的人都可以。45 秒内给自己来个精神淋浴！解决一道五个字母的填字题，然后心情大好！

1957/5/19

由于氢弹等原因，书籍甚至比大理石雕像更容易腐烂。狄更斯那一代的作家是不可能想到这种灭绝的。每个作家都认为，能读一点他的作品（绝非平庸之作）的人必将代代绵延。而今，每个作家都能预见到自己和读者被彻底消灭。书可能留存，但它有放射性。不要碰它。

1957/5/20

我在走钢索，好几条钢索。

1957/5/24

是的，可以有一个理想的共产主义国家。但只要世界上还有贫穷地区，只要还有人自以为比别人更聪明、要去践踏别人，这就不可能实现。这无非是耶稣的教导的另一种说法而已。也许 20 世纪那些（金钱上的）特权阶级在聚敛财物的时候，甚至是非法攫取的时候，就已经在潜意识里意识到了这一点。也许基督也会给他们一切的。他们希望一切都好。如果真有地狱，愿上帝给了他们吧。

1957/7/15

关于灵魂的思考。它是什么？是良心、野心、身心的敏感度、被唤起和未被唤起的理想（我故意选择非精神分析的术语）的结合，共同作用产生了一种力量和不可触及的内心本质——不可触及的意思是精神分析无法触及。我曾听一些分析师谈到"心灵中最后不可触及、无法达到的部分"。这就是灵魂。

1957/8/27

今晚与 D.（单方面地）讨论 X 和它达到完美的不可能性。她表示同意，同意当对方已经尽了最大的努力，而且做得很好，却还把他称为"罪人"很差劲。然而，她没有进一步评论。我的思维并不超前。我有一种沮丧的感觉，即使我可以活到八十岁，我仍然没有进步。并不是说我无法在各处获得碎片化的想法——

1957/8/29

听到一些十九世纪的烂音乐。它的问题和低劣的画、书、诗等东西是一样的，是作者的自觉意识和他明显的用心创作。当你自觉地去创作，就像填写所得税表格一样，这个作品就应该被销毁，不应允许它占用地球上的空间。

1957/9/15

看了电视上一个被拍摄的展览——半小时长，深受震撼。内容是创作中的毕加索以及他的绘画和素描。从他七岁时画的裸体画来看，他已经达到了大多数艺术家二十岁，甚至三十岁的高度。不，这是无法比拟的。他十五岁时画的父母肖像更能说明问题。那尊真人大小（更大的）人与羊主题的雕像，现存于当代艺术博物馆，是在一天内完成的。毕加索画壁画时，大多从不在墙上预先画草图。真是一个伟大的艺术家，像艺术家应该做的那样游戏。遗憾的是，小说不能以这种游戏的态度来完成，我尤其崇拜这种生活乐趣与创造力的结合。但是对于作家来说，唉，这永远不会发生。

1957/9/29

论精力集中。（可能是写给《作家》的[1]）。精力集中，小事一桩。但有多少年轻作家能做到呢？它不是一台新的打字机，不是椅子上的一个坐垫，甚至不是播放的或刺激或舒缓的音乐。对大多数人来说，这是一种隐私的保证。你没法告诉别人如何写小说，以及写小说有哪些基本要素。你只能判断出它们是否存在。隐私。这在现代社会是很昂贵的东西。有多少年轻作家给过自己机会？喜欢独处被嘲讽为怪癖。然而无论是在乡村小屋小住，还是每天六小时绝对安静的生活，短时间内的产出都远远超过独处带来的麻烦。认真对待自己。给自己定个作息表。一旦你独自一人，就随意地放松、行事。静静地站一会儿，享受那种新奇的感觉，知道自己是完全孤独的，不会被电话铃声、婴儿的啼哭、老板的命令、配偶的抱怨牢骚所打扰。隐私是昂贵的。也许它会让别人付出代价。享受它。但不要有了隐私就感到内疚。把它当作是你应得的。让自己沉浸在任何可能有助于你写作的事物中。例如，创作的高潮可能持续一个星期，一个月，三个月，这时，你可能不想写私人信件。那就不要写。私人信件会夺走你的一些东西，一些创作的精力。还有一种可能是，你没法读别人的小说，不管它多么启发灵感，不管你多么钦佩作者并想要效仿他。拿出几天来读一本小说，意味着你满脑子都是一种情感氛围，和角色丰富的一整台戏。当你在写一本书的时候，你脑子里要有你自己的情绪和你自己的角色丰富的一台戏。你已经容不下另一个舞台了。

我在这里根据事实提出的建议，并不期待所有人都能接受。这些是我的经验。我唯一能肯定的是写小说时阅读小说的问题。只有精神上的巨人或怪物，才能一边支撑起自己的虚构世界进行创作，同时还能负担别人的虚构世界。作家真正的工作是在离开打字机的地方完成的。在构思小说时，思想不能混杂。非虚构类读物可以是一种消遣和放松，比如历史和传记。这是因为小说的创作太缥缈，难以确定，作家必须像我一样，围绕它写一大堆琐碎的细节、建议、方法思路，当然这并不一定适用于每个人。

我知道，《作家》杂志的读者中，有许多是有志向的青年作家，他们可能还没有看到作品出版的希望。我们所有在这里写信给你的人只能说：“从我们的经验中选择

---

[1] 尽管这段特别的文字最终并没有被收入《悬疑小说的策划与写作》中，但这是帕特第一次为《作家》杂志撰写自传式研讨报告。1966年，本文由同一家出版社集结成书出版。

适合你的，尽可能用上吧。唯一需要的是天分、才能、勇气、恒心和对艺术的尊重，实际上是一种疯狂的坚持，它可以克服挫折、贫穷、批评、沮丧，一飞冲天。"在这篇文章中，我想要告诉年轻作家们如何消除挫折的明显根源。许多人可能不知道自己的写作出了什么问题。许多人从来没有意识到隐私这样的平常琐事。因为它不平常，也不琐碎。如果要写一本与我们的时代有关的小说，可以谈谈［20世纪］30年代的信仰缺失，我们随意而又冷静地逐步粉碎各种理想。人类需要的是理想，虽然他们的理想是物质的，但也具有博爱的美德。理想提升了全人类。我们升华了人类，弱化了教会、祖国和爱国主义的影响，只有在战争时期，才会匆匆提起爱国主义这件事。最终也不会奏效。最好是废除基督，在底特律建立一个机器上帝。最好还是直面我们文明的丑恶嘴脸。（当然，这"最好"不是对我，而是对美国20世纪的文明说的，如果它还想延续下去的话。）

1957/9/30

科林·威尔逊的《局外人》。这是种阅读的喜悦，因为我觉得在它的主题中有我所知道或需要知道的一切——自然、是意识、自我以及命运之谜，这是我从十七岁开始就一直为之着迷的主题，那时的我已经不再自问为什么我与众不同，而是探寻有何不同。这本书触及了我思想最晦暗的深处（情感深处），青春期的我过得就像凡·高和剧作家T.E.劳伦斯一样，禁食、锻炼、事事都要尝试，只想"能够自我掌控"。今天我午睡醒来，突然想到德国对犹太人施加的暴行，产生一种奇怪的感觉，觉得这种事根本没发生，这是不可能的——然后——心里知道它是真实发生过的——这才发现最能说会道的说书人也难以描绘出它的可怕、残忍。还有——想象一下那些虚构的人物。他人生活的吸引力，其复杂性、不确定性、防御性等等。除了他们礼貌、友好的外表，其他的我什么都不知道。我处于一种被恐吓后的停顿状态，就像一个刚被鞭打的人——或者骄傲过后保持低调的人。我以为在1955年9月我已经达到了极限！这次更糟，因为有一个漂亮女孩的存在，我想要她，也得到了她，她依然爱我。可是这一年的失败使我几乎失去了爱的能力，失去了爱的权利。我知道这很荒谬。但是情感并不总是服从于逻辑。

1957/10/2

总有一天，你得对地球上所有的人说见鬼去吧。当你尽了最大的努力和某人一起生活，搞得自己遍体鳞伤，仅仅因为这世上其他的人都这么做，那么就说再见吧。

1957/10/12

这个时代被伟大的前人——埃斯库罗斯、莎士比亚、济慈、托尔斯泰、陀思妥耶夫斯基，甚至海明威——麻痹了。似乎只有诗人能突破它，比如迪伦·托马斯。这些人毫不在乎，只走自己的路。

1957/10/12

谁不会遭到自我奴役的反抗？
是的，让我们客观地看待它，
就像看待防腐处理过的标本一样。
可那就是你啊，在图钉下扭动。
你那被他们嘲笑的青春在哪里？
你的男人气概和女人气质在哪里？
都集中在性器官上了？
那你跟动物也没什么两样。
你知道你从此解放了自己
已经很久了。可是——
我们来一杯奶油浓汤， 再来一杯[1]。
让我们忘记吧，直到入殓师的到来。
上帝啊，我匍匐在地下铁的淤泥里，
在地铁轨道之间，胡言乱语，满口流涎，
趁现在还来得及："我热爱生活。
我爱过女人，也给她们写过诗。
现在我为我的一生乞求你！我乞求
你承认我曾活过一遭。
啊，我记得很多事，东河边的
散步，爬上山顶，寻找石头，

---

[1] 原文为法语。

全速冲下危险的山坡，
还有对任何新事物——一个新朋友或河里的
一具新尸体，那茫然的、神秘的、微笑的、狂热表情。
简而言之，做人所需要的全部
我都有。上帝啊，我胡言乱语，
我曾经活过啊。 一个人。[1]
我诚挚友爱，热情交友
也会偶像崇拜，
但还有一些判断力。
上帝啊，救救我的灵魂吧！
我不再相信地狱了！
上帝啊，救救我信仰的小小正义核心吧！"

1957/10/22

非虚构作家如果要写小说，为什么几乎无一例外地写不好呢：他们过于习惯用自觉意识写作了。小说主要不是用自觉意识来写的。它有三分之二是情感的，非理智的，只有大约三分之一是有意识和理智的。

1957/10/31

为什么在阅读的时候，有时脑海中会出现旧时的场景，童年的记忆，没有具体情感内容，和正在阅读的散文毫无关联呢？这对我来说最是神秘。很多次，我回过头去看那篇文章，想要找到触发联想的单词或短语。结果终是徒劳。

1957/11/15

类比的恐怖。阅读赫伯特·卢西[2]关于欧洲秩序的传承的文章。他将殖民地历史与公元前300年欧洲的希腊化进行了比较，让人感觉世界上重要的历史时刻和行动就那么多。最后也许只有一个！（我之前就对原子与太阳系的相似性颇感震惊。）这很可怕（我不知道为什么可怕；一种原始的恐惧），因为它接近了事物的核心，死亡、生

---

[1] 原文为德语。
[2] 赫伯特·卢西（1918—2002），瑞士著名历史学家和通讯记者。

命、灵魂。上帝被排除在外。我不会跑过去，把我无法解释的东西一股脑向他倾诉。秘密就藏在这些无法解释的事物里。让我们保存它，珍惜它。总有一天，我们会把它们条分缕析看个清楚，就像对原子一样。二十七岁时，我在《列车上的陌生人》中写道，也许上帝和魔鬼正绕着每一个原子手拉手跳舞，这也算是接近了真理吧，同一个真理。人类只是胡扯些形而上学的思想，就把它和人类伟大的发现联系在一起，没有什么逻辑动机，没有什么智慧在里边，就像一个头脑简单的探险家把他的国旗插到一个新发现的大陆上一样，那陆地实际上不属于任何人，而属于全人类。

1957/12/10

在美国的知识分子和杰出人物身上，可以看到那种特有的傲慢，那种"让大众都见鬼去吧"的可悲态度。最明显的就是F.L.赖特和罗伯特·弗罗斯特[1]，虽然后者天性善良。他们似乎在说，他们独自经历了一场艰苦卓绝的漫长战役，逆流而上，如果现在他们受到尊敬和追捧，那也不过是他们应得的。事实上，他们多占了一些荣誉，多谢了，他们每个人都表现出一副硬邦邦的、刻板的庄严相。这一点在伊戈尔·斯特拉文斯基[2]身上一点也不明显，尽管他成为美国公民好一段时间了。（谷克多证明）在欧洲，知识分子在其整个艺术生涯中更有一种参与感，不管同时代的人有多少，他们都与之共同努力。

1957/12/31

梦是一件多么让人愉快的事啊！在我之前有多少人这样说过！人类普遍的快乐。昨晚，我梦见我是一个艺术学校的学生，尽管我在梦里和现实中一样年龄，表现得很好，创作也很丰富，奇怪的是，与我平时做梦时的心情相反，我很快乐，因为每个人都喜欢我。当我离开大楼时，许多人叫着我的名字，跟我打招呼、聊天。我回去看多丽丝是否还在那里，因为她也在那里学习。我想我找不到她了。醒来时，我感到神清

---

[1] 弗兰克·劳埃德·赖特（1867－1959），20世纪上半叶最有影响的建筑师之一，相信建筑的设计应该达到人类与环境之间的和谐，有一套他称之为"有机建筑"的哲学。赖特对现代建筑有很大的影响，还是一名作家和教育家。罗伯特·弗罗斯特（1847－1963），20世纪最受欢迎的美国诗人之一。

[2] 伊戈尔·斯特拉文斯基（1882－1971），生于俄罗斯圣彼得堡，美籍俄国作曲家、指挥家和钢琴家，西方现代派音乐的重要人物。1939年开始定居美国，从事指挥和创作活动。

气爽，仿佛我已经过了好几周这种愉快、惬意的生活，过着我年轻时常常梦想（就是我想要）的生活。

<hr>

1958/1/3

我花了几个月的时间（将近两年）摆脱长期以来卡在青春期至成熟的中间状态，此时，脑中竟然出现了些惊人的、可怕的想法。就是说那状态到底是什么，我只有个模糊的概念，但我很清楚，我花了很多时间一个人独处。我清楚地知道，我从意气风发坠落到低迷沮丧，并因此最终写出了我迄今为止最好的作品，这可能是因为1956年3月之前我就写了这么一部作品。如果我的新书《生者的游戏》受到好评，那么按照世俗的观点我就可以放宽心了，但我自己却不这么认为。我在这个记事本上做的笔记没有其他记事本那么多，原因很简单，我独处的时间少了。因此，这件对我来说意义重大的事情就归结为一个简单的现实情况。我现在的房子不够两个人住，尤其其中一人还是作家（甚至两个都是）。不，有意思的是我为什么要忍受。这难道不是资产阶级那种健康的、传统的、舒适的、有序的伪装下更进一步、更严重的放纵吗？对我来说，这根本不是伪装，我对它一直深恶痛绝。也许归根结底，是我已经受够了，也许是因为它糟蹋了我上一本书的心血。我是在努力自救。像纪德一样，我只有通过改变，才能生存，也才能成长，这是一种挑战，我必须去适应它，当然这会让我苦恼，在这个过程中我可能会失去一只眼睛或一条腿，但最终结果是有益的。然而，如果一个人因此失去了自己的灵魂，那么平静和秩序对他又有何益处呢？[1]

1958年1月5日

[法]我在和自己玩游戏。我越厌恶自己，就越想逃避自己。我在逃避什么——是逃避自己，还是逃避他人设置的牢狱——这个问题一点也不重要。他们不懂我。这是我自己的牢狱。令我感到厌恶的是，我明明知道明天会和今天一样，这就是我现在的生活，却还自得其乐。我在和与我想法不同的人玩游戏。我喜欢意外、强盗、骗子、

---

[1] 帕特引用了《圣经·新约·马可福音》第8章第36节（"人就是赚得全世界，赔上自己的灵魂，有甚么益处呢？"）或《圣经·新约·马太福音》第16章第26节（"人若赚得全世界，赔上自己的生命，有甚么益处呢？"）

新情况带来的惊喜。经历了这些之后，我希望再次一个人安安静静地工作、写作，轻松自在。我玩游戏，就是想知道这恶心的生活能让我多厌恶。我只为一件事恐惧：我在离开之前会变得非常愤怒和暴力。我想永远保持冷静和自持。我厌恶暴力。[法]

1958/1/16

狗。它们会对你产生瞬间的吸引力，但不能持久。猫更接近自然，有着显而易见的卑鄙自私。猫最终不会让你失望，因为你事先就很清楚它的行为方式。狗诱使你相信它的英勇，就像我们对朋友那样，结果他们有时让我们失望。当狗让人失望的时候，我们并不介意。人类之所以相信狗的美好，只是因为狗很爱他们。

1958/1/20

停摆的日子，我以前也有过短暂的原地踏步，但没有一次像这回这样漫长而深刻。生命诗行的中断停摆。我知道，只有在闲暇时才能产生艺术和真正的灵感，我也信任自己性情中的躁动不安，因此我安心地等待着上帝的点拨。大自然是一种灵感。生命的短暂也是。

1958/1/24

乡村（农村）的麻烦——几乎没有，除了不能经常邀请朋友到家里来。这已经成了一个大问题。到了晚上，我们也无法冲出家门，散散步，去街角的里克咖啡馆喝杯咖啡，或者去乔酒吧喝杯啤酒，这些都无伤大雅，但见一见那些永远不会再见的、或丑陋、或迷人的陌生人，这会带来神奇的心理变化。

1958/1/24

关于婚姻的两点注意事项。这真是一门艺术，并非所有走入婚姻殿堂的人都知道。我认为，关于婚姻不为人知的事实是，一个人受到的侮辱越多，他就越能学会忍受。或者，得知自己的伴侣对她以前的伴侣不忠而伤害对方时，你往往也会以同样的方式对待他（或她）。而是一个结论，如果你的伴侣是善良的，认真的，值得信赖的，那么你就不太可能出轨。如果有了出轨的愿望或决定时，更愿意同伴侣讨论和坦然承认。（我认为没有什么比两个人明知对方不忠还继续同居更让人无法忍受的了。）

1958/1/28

斯奈登码头。我们家有一个华丽的壁炉。5 英尺宽，专家告诉我，它后部的倾斜角度正适合散发热量。现在木头还是湿的，但经过两个小时不离不弃的挣扎，火就燃起来了，发出迷人的声响，就好像在火焰中心有一窝小鸟，刚刚得到鸟妈妈带来的很多虫子一样叽叽喳喳。今天早上我独自在家，思考着短篇小说（苯胺[1]）的细节，想知道哈珀的 J. K. [琼·卡恩] 对《生者的游戏》[2] 的看法。悠闲地想着，我该拿一本真正的日记怎么办，是记些私人内容，像下边那篇一样，还是大多记录非隐私的东西，比如这一篇？我还想偶尔在里面画些画。为什么我对此听之任之呢？因为我想把我最好的一面都写在这样的记事本里。我无法想象日记里只有私人内容。那根本不值得写。于是就这样没动。只有它，还有楼上一本特漂亮的本子，等着我画画，真的很想去旅行。

1958/1/28

濒死的那一刻，（几乎）每个人都害怕。也许不是害怕面对上帝或任何法官，或者痛苦，或者未知的、无形的恐惧，甚至不是害怕进入一种不同的、可能很难受的精神状态。而是瞬时的顿悟，就像癫痫病人突然发病的那一刻一样，一瞬间我们明白了前尘往事，颠覆了我们一生苦苦追求的所有真理，或者始终忽视的各种结论。也许我们害怕的就是可能知道真相。

1958/2/2

关于宗教和毒品的相似性。关于这个问题已经有过许多文章。但从"人性"的角度，我的感觉更强烈：人都渴望一种超越智识经验的信仰，这是一种天性，没有它，人就不是完整的。所以他也离不开包括酒精在内的毒品。酒精是一种体验，而不是消除体验的手段。因此，如果没有教会的禁酒警告，我们应该多来些酗酒的预言家。（当我说到酒精的强大时，我决不是指它能让人昏迷不醒。）我说的是情感上的联

---

[1] 苯胺，一种主要用于合成材料生产的有机化合物。它有一种明显的臭鱼味。
[2] 2 月 5 日，帕特将收到她的编辑琼·卡恩写的一封长达 5 页的信，陈述了她认为《生者的游戏》暂不能出版的原因。帕特只好把这部小说修改了四遍。在《悬疑小说的策划与写作》中，她承认这是她的次要作品之一，并认为侦探小说不是她的强项。

系。与其说是意识的强化（常有人这么说），不如说是意识的改变，每个人都有权利去体验，都渴望体验，也可以通过到国外旅行或再次坠入爱河来获得。

1958/2/11

伊迪丝·华顿的《欢乐之家》。她描写的爱情场景能神奇地引起共鸣！足可匹敌[她的]《伊桑·弗罗姆》，远比海明威的直奔纯粹性爱要高超得多！

1958/3/13

L.L.[1]告诉我说，在上次战争中，人们发现更有想象力的人反而能成为最好的战斗机飞行员，因为他们在地面上就已想过可能发生在自己身上最坏的情况了。

1958/3/13

对音乐家来说，音乐无疑是大千世界中一个独立的世界。我觉得它一定比作家的世界更与众不同。作家是不能长期与世隔绝的。在（关于音乐家）这一点上我可能完全错了。但是我羡慕他们生活中的美，即使在静默中也能听到的美。此时此刻，我忘记了手头的工作。在给人带来快乐的职业中，我把音乐放在第一位，其次是绘画，然后是舞蹈——最后才是我自己的职业。我想每个人都会把自己的放在最后。人自私自利的天性。

1958/3/15

让·杜图尔的《早上五点》。一本令人愉快的书，理由很平常，书就是令人愉快的；我同意这个观点。它符合我（目前）的人生观，即所有"严肃"的事情实际上都是——一场徒劳的游戏。他的原话。这不仅是我当前的人生观，还会持续下去。即使没有原子弹，这也是我的态度，但我必须说，原子弹强化了这一点。想想莎士比亚、柏拉图、达·芬奇，甚至爱因斯坦，从地球上消失得无影无踪。我们还这么努力工作干什么？让我们及时行乐吧，也过过享乐主义的生活。没必要喝得酩酊大醉，像那些最终会引爆炸弹的人一样发疯。

1958/3/19

就像《卡拉马佐夫兄弟》里的某个人说的：如果我得救了，而其他人都不能得

1　此处指代不详。

救，那又有什么用呢？或者，如果让无辜的孩子遭受痛苦死去，上帝在哪里？真的，在哪里。尽管我年岁和智慧渐长，但我还是会一直叩问这些问题。

1958/3/22

知识分子的友谊："他们的友谊是一种智力的麻痹。"

1958/5/1

我宁愿和奶牛一起生活，也不愿意和泼妇待在一起，就像我现在这样。

1958/5/8

是的，我得离开你了。但我或许能留给你一些思考——关于生活是什么——以及生活的意义。

1958/5/10

今晚我遭到控诉，说我嫉妒得无可救药。表现在虐待一只狗、很多朋友*，以及她心爱的猫。这一点我无法忍受，也许是因为这可能是真相吧。从心理上讲，我很可能犯了我最厌恶的毛病。同样道理，我也无法面对。

* 只是有点冷淡，没什么特别的。还有很多次例外，当时我特别喜欢她那些朋友。

1958/5/17

我是否比大多数人更容易"受伤"。在这个简单的词语背后隐藏着许多阴霾。我首先想到的是骄傲。在英语中，它的含义有歧义。我不在乎自我放纵；因此我会过度或者过分骄傲，成了毛病。我可能在某些方面太过自傲了，而在另一些方面又自觉不足。我不愿"忍受"某些事情，做出某些妥协（有人告诉我这种妥协是婚姻所必需的），我还要补充一点，我已经三十七岁了，我知道我永远不会为自己这种古怪的、可能过分的骄傲感到后悔。

1958/6/3

婚姻：或者说是忍受蠢话的艺术。我害怕的不是争吵，而是和解。这是（昨天的）老调重弹，"我说的是你说了，等等"，当所有爱的兴趣和目标都全然消失时，你内心就会有一种纠缠不休的、恼人的冲动，就想继续辩解、自我开脱、解释明白。

可怕的是，都不能逃到另一个房间去！这让我每天都耽于幻想！幻想与一个有魅力的朋友做爱，而这个朋友又不存在；更靠谱的是，寄希望于写书、写短篇小说。这些至少是令人愉快的，对身心无害，因为它们不占用时间，而且是无声的，因为无法用语言讲给别人听。

1958/6/13

  D. 的想法[1]。一个人为了某种目的创造了另一个身份，成了另一个人，在某些时刻过着另一个人的生活。后来，出现了必须除掉这个人的理由，他就在思想上除掉了他。各种情况都表明那人是被谋杀的，于是我们的主角陷入了困境，因为在"犯罪"现场发现了他的指纹。

1958/7/8

  我总能痛苦地感受到我拥有的一切与我看到的事物之间有多么大的落差。乡下一所黑洞洞的房子里有一扇很吸引人的窗户，房子上有尖顶，又高又窄，淡黄色的窗帘透出一种暖色调。我的第一个念头是：我不住在那儿。第二个则是：我永远也不会住在那儿。可悲的是，这种感受适用于一切人、风景、经历。这只是一种自卑的表现。我的贫穷已经成了一种病，不幸的心病。啊，大海啊，雨水啊，爱情啊——虽然我暂时没有行动，但我是你谦卑顺从的仆人！

1958/7/23

  对我来说，"争夺"情人或所爱的人是匪夷所思的。人们要么被你吸引、留下来，要么不被吸引。我不相信可以通过耍诡计、偷人，或者类似的手段把人留住。对我来说，这会抹杀很多很多浪漫的情节，我甚至无法想象，更别提写出来了。

1958/7/30

  自古以来，浪漫激情的秘方中就少不了一味药剂——分离。为爱神欢呼！为腺体、记忆和条件反射欢呼！甜蜜的心灵感应万岁，它就像床一样舒服地服侍着我。说来奇怪，我甚至都不愿意和她上床。我愿意和她在一起，单独相处，一天一夜——只是因为

---

[1] 帕特的情人 D. 给了她新书的创意，促成了《这甜蜜的忧伤》（纽约，1960）。5月27日，她还为一本"历史谋杀小说"写下了"可能很重要"的笔记，但这本小说从未完成。

这是第一步，第一个条件，连这我都做不到。为了我的同名人[1]，为了她的缘故，我今天感觉青春洋溢，仿佛又回到了十七岁。世界蒙上了一层炫目的薄纱，我的心像小鹿般乱撞。我梦见我把嘴唇压在她的手心。就像一名披挂出征的骑士，在他的护心镜处挂上爱人的肖像，好像增加了一层保护。昨晚我吻了她的脖子、她的头发、她的嘴唇，她的身体紧贴着我。可能这种事再也不会发生了。"那只是一场梦，"我说，"是我梦寐以求却永远也得不到的。""我靠梦想生活。"她回答说。她知道这一切，不用我告诉她。"我知道，"她说，"我知道！"还说："这和我想象的一样。简直就是梦想成真。"

1958/7/30

当我独自思考的时候，她让我快乐。我们和 300000000 人共沐月光。但我知道，当我望月的时候，她正在思念我，我的心思就像个中国农民一样淳朴，自己的所思所感可能都无法用笔传递出来。我想说，她将会是我爱的最后一个女人，我坚信不疑。爱是一种理念，谁都可以成为爱的代表。　晚上好[2]，玛丽亚。

[无具体日期]

（尽管你微笑，我也不会后悔，

当这甜蜜的忧伤跑完全程，

留下我一个人干瘪死亡。）

1958/7/31

这甜蜜的忧伤来去匆匆。我想绘制它的全程，只为获得绘制的乐趣，而不是为了回忆——除非，它能像一首好诗，在未来的岁月里令我重温这些情感的欢乐。这甜蜜的忧伤——我中午躺在床上，半梦半醒，痛并快乐着，天大地大，我却寸步难行，因为我必须再多了解一点，才敢试着稍微强烈一点地感受我的情感。我知道她也在书写这样的感受。比分离更残酷的是，我们甚至不能给对方写信！

1958/8/4

有多少思念，我想告诉她，却没能开口！也许能博她会心一笑——或者让她更快

1　帕特的名字是玛丽。这是她第一次暗示新恋人玛丽·罗宁。
2　原文为意大利语。

乐一点。就让我们尽可能延续这份愚蠢的快乐吧，虽然你我都很悲观，也许还是会走下去的。无论如何，时间不会背叛我，或许也不会背叛她。彼此之间的亲密也不会消失，我想给她写封二十页的长信，满满当当的一沓，然后在我们单独相处的某个时候某个地方交给她，但那会是什么时候呢？我记得她的话音和笑声。与任何人的声音都不同，与别人的声音没有任何相似性。没有谁像她那样。她还很耐心。一种怎样的美德啊！

1958/8/12

这孤独的爱情，没有任何肉欲的成分！这就像我和我的下一本书——《这甜蜜的忧伤》之间的爱情故事。我要和我的爱人，我的书独处。

1958/8/14

一段同性恋关系最好的模式就是婚外情，最好是分开，不要住在一起。爱情是一种想法，一场梦。爱情是要珍惜的，做梦和想象会让它变得更加美丽。这样还避免了冲突、尴尬、内疚，也避免了个性的融合，要知道这种融合只能达到一定程度，然后就会过度饱和，演变成别的东西。同性之间并没有足够的差异来维持男女之间那种健康的紧张不安和误会摩擦。然而，同性恋者总是满怀希望地投入爱情，因为他们还没有意识到那一切严重的问题和无数的细枝末节，他们在自己的爱情中很快就要体会到了，这使他们继续投入情感——甚至是"健康"。到四十岁或在那之前，他们终于开始祈祷了："啊，上帝，到这个女孩为止吧！"

1958/8/16

这是什么爱啊！
时时刻刻，
你用钢铁的手，把我
拉向你的唇边。
这甜蜜的束缚，
这钢铁的牢笼，太过坚硬，
让我触摸不到你！
你我亲密接触后，谁又能依然存活？
然而我说的是心灵的接触，在孤独中，
我们的肉体会更体贴，

融化所有的不安。

傻傻的小溪会奔流入海。

1958/8/29

我爱朋友。对我来说，他们是生活给予我的最愉快和最珍贵的礼物。于我而言，突破阻碍是一件赏心乐事——我确信，我有阻碍，而且比大多数人都多一些。

1958/9/29

看到一幅场景，一张奇怪的光亮透明的照片，有着强烈的立体效果：一个穿着马戏团紧身裤的男人坐在地板上，摆出一种经典的帝王姿势，周围环绕着柳条家具，一面倾斜的盾牌，一条铜链。照片很光亮，就像澄澈平静的水面。不知现实在哪里终结，摄影在哪里开始？有种感觉，只要我能一直拿着它做分析，就能找出画中隐藏的某个秘密的真相。然而，和其他自我生发的画面一样，谜团并不在于画面本身，而在于人们为什么会想到这样的画面。为什么是马戏团演员，为什么是柳条家具，以及为什么是光亮的？

1958/10/8

阅读词典真是一种享受啊！是我知道的唯一一本真切而诚实的书。

1958/10/29

致新欢，但愿她是最后一个

现在的你——仅用一个眼神和一个偷吻

就彻底改变了我的生活。

已经四个月了，你让夏天更加甜蜜。

给秋天镀上一层金色，仿佛要举行加冕，

好几个月了，你让我也变得美好了一点。

天啊，明天我们单独见面的时候，会有长久的吻，

求你保护好自己，而你的手，

（是我梦寐以求的）会掠过我的双眼，

你的香水和你的肉体太过迷人，

是我内心完美的景象。

天啊，你不要靠得太近也不要改变

我自己创造的奇迹，用最致命的熟悉感，

这头发，这眼睛，这手和脚，

太美了，不适合散步。

（抒情诗的悲剧女神，请你也不要告诉我，

恋爱的时光不属于你，

只有当爱已逝，你才会被呼唤。

还有记载干瘪葡萄的时刻。）

1958/11/5

昨天她叫了我两次"亲爱的"，可以说是三个月来的第一次。选举日。我被选为亲爱的。是周四的事吗——到现在已经五天了。还是因为我的两封信？我们对彼此的存在都有不同寻常的感动。第六感吧。这些天我多想游荡，多想邀请我的灵魂啊！我的书［《这甜蜜的忧伤》］写完了一半，耗时 5½ 周。如果没有她，这本书就完全不一样了。

1958/11/5

写书的时候很累。对我来说，总有一个自然的休止，我不需要考虑什么时候休息几天，自然会决定一切。但是一个人的个性是多么可怕。就好像外表被撕掉了，只能看到和感受到下面丑陋的、锯齿状的边缘和背景，这就是本来的我。演出现在还没有开始，只能看到积满灰尘、肮脏的舞台设备。一切都不熟悉，一点也不熟悉。我害怕自己内心的深渊，既暗又深，毫无用处地在那里等待着一个无辜的受害者掉下去。我不禁想，这难道不是我的灵魂，我内心最深处的本质（我很清楚它就是），我试图通过我的意识与之接触的一切吗？然后我在墓地里看到的墓碑就不再令人恐惧，也无法再唤起人们的崇敬。看到自己的内心，发现它就像月亮般冷酷，这是件恐怖的事，但当你意识到并承认这才是事实，而不是那个诗意的表象——你才能更好地面对死亡。

1958/11/9

速写日记。每天一个字、一个想法或多个想法。只有理解画家作品的人，才能理解他所说的话。黄色和黑色的日子。复杂的日子和简单的日子。相爱的日子，幸福的日子。一本真正的私人日记。能读懂的人也不可能是淫荡的小偷。

1958/11/9

我知道她认为我夸大其词。除了傻瓜,谁会将自己的灵魂交到外人手中呢?她还不知道,这样也好。剧烈的爱,过了某一点之后,就不合适了,会使人害怕和排斥。说来也怪,她和我一样浪漫,一样疯狂。分离让爱繁茂!它就像植物需要的肥沃土壤、水和阳光。

1958/11/9

放弃其他所有。

1958/11/9(凌晨4:30)

活泼的快板

种族、火!

抓住我的爱!

给我打上她的烙印。

永久的烙印。

1958/11/9

为什么死亡近在咫尺,

他的脸出现在你的脸旁?

我以前从未见过他。

在你之前我从未爱过。

1958/11/27

到四十岁的时候,已经累积起与音乐、色彩、声音、品味、语言的诸多联系,因此可以想见平淡的生活将变得难以忍受。贝多芬的每一首奏鸣曲都会带来一场噩梦。女人身上的每一种气味都让人流泪和颤抖。

1958/12/7

心态平和。谁想要"幸福"?爱得到回报,出版商给我的支票,都会让我感到满足。它们能暂时缓解焦虑,不管是真实的还是想象的。我像一条船,随时会有漏水的危险,我东奔西跑,想把漏洞堵住。因此,满足就是,我不想要的东西别来,而不是得到什么。

1958/12/21

在城里待了一个月。给我印象最深、最能慰藉我的是，我发现每个人都有和我一样的焦虑、烦躁、麻烦、困难和恐惧。其中很多都与城市生活息息相关。但他们根本的恐惧与城市无关。这是普遍存在的。

1958/12/29

女人——敏感而聪慧的女人——有一种让我无法抗拒的耐心。她们的沉默和含蓄引起别人的注意。每当我遇到，我就完全屈服了；并不总是表现在行动上，而是表现在内心的态度上。也许，耐心是我最喜欢的女人的美德。其次是镇静。它们互有重叠。

1958/12/30

M.[玛丽·罗宁]我亲爱的。你是天真与智慧、[以及]实用性或常识的最奇妙的结合。我从没见过类似的结合体。它使我着迷，使我愉快。她还不够年长，不够智慧。但也许她总是善于观察，而且过目不忘。我一直关注事物的细节，不太留意人。在这里，我谈谈她这个人吧。她有十六岁少女的冲动，也许更慷慨，更坦率。她没有十六岁少女（和许多成年人）的恐惧、胆怯与自私。她天真浪漫。怎么能在所有的幻灭之后还保有这样的情怀呢？还是她没怎么经历过幻灭？也许她不曾像我一样一遍又一遍地重复犯错。

1958/12/30

不必问一个犯罪小说作家是否有任何犯罪倾向。他每写一本书，就在不断延续着小骗局、谎言和犯罪。每一本书都是一场盛大的化装舞会，是一场娱乐外表掩饰下的可耻骗局。

1958/12/31

为什么圣-桑的[1]《第二钢琴协奏曲》比他的其他作品都出色？可能是因为他刚和他的厨娘或女仆产生了恋情吧。

---

1 夏尔·卡米尔·圣-桑（1835—1921），浪漫主义时期法国著名钢琴、管风琴演奏家，亦是一位多产的作曲家。

1959—1960 年

帕特里夏·海史密斯这两年的笔记读来颇为令人费解，幸亏还有其他关于其个人生活及写作的信息来源。"玛丽"这个名字在笔记中随处可见——有玛丽·罗宁、母亲玛丽，自 1960 年起，笔记中又多了一个 M.，玛丽简·米克。与此同时，帕特始终尽力兼顾好各种接踵而至的工作。

1959 年初，帕特又陷入每逢新年伊始都会出现的抑郁之中。这一年她三十八岁了，自觉时日无多。完成《这甜蜜的忧伤》的第二稿后，她心力交瘁，在 2 月把稿子交给了编辑琼·卡恩。琼很喜欢第二稿，但还是要求帕特进行通篇修改（对帕特的前一本书她也提出同样的要求），致使美国的初版发行一直推迟到了 1960 年春。

1958 年末，因为预付金谈判不力的问题，帕特终止了和玛格特·约翰逊的代理关系，后者不再负责处理帕特的出版合同。帕特里夏·沙特尔现在成了帕特的经纪人（1970 年结婚后，她改姓为沙特尔·迈勒），在此后的二十年里，她帮助帕特处理各项事务。帕特并没在笔记中记录这一重大事件，也没记录她的欧洲经纪人詹妮·布拉德利费尽心力帮她卖出了《天才雷普利》电影版权的事。这部电影上映时定名为《怒海沉尸》，由阿兰·德龙饰演汤姆·雷普利。

3 月，帕特和玛丽·罗宁分手了，后者始终没有离开她自己的伴侣。那年夏天，帕特去得克萨斯看望父母，很可能还穿越边境去墨西哥短途旅行过。返回纽约的那晚，帕特在一家酒吧里遇到了作家玛丽简·米克。玛丽简比她小六岁，她用不同的笔名为低俗杂志撰写犯罪小说和女同性恋爱情小说。她和帕特在夏末有过一段恋情，在笔记本中，帕特略过了这个细节。

9 月下旬，帕特带着母亲玛丽去欧洲参加巡回签售，她母亲刚从严重的抑郁中恢复过来。玛丽一离开欧洲，帕特便与她的前任情人多丽丝途经萨尔茨堡去雅典旅行。整个巡回签售和 1960 年间，帕特写了大量的爱情诗，起先是为了纪念玛丽·罗宁，然而，不久后，1960 年 2 月，帕特回到纽约，与玛丽简·米克再续情缘，诗歌的主题也随即发生了改变。8 月底，帕特和玛丽简带着六只猫搬到宾州巴克斯郡新希望镇郊外的一户农庄里，那里是富有的同性恋者和波希米亚人的港湾，多萝西·帕克和亚瑟·库斯勒就在此地居住。这所房子坐落在一片广阔的土地上，一棵棵苹果树点缀其间，房屋宽敞无比，帕特和玛丽简各自拥有一间自己的工作室。

玛丽简在回忆录《海史密斯：20 世纪 50 年代的罗曼史》（2003）中写到，不久，两人的工作均陷入停滞。帕特为了创作悲喜剧小说《一月的两张面孔》可谓呕心沥血。直到 1964 年，她才完成了这部书稿——结果竟成了她写作生涯中被退稿次数最多的一部。

1959/1/1

我的河流，你流进我的身体。
裹挟着红沙和鹅卵石
将我拖住。
水流清澈，漫过我的身体，
阳光照在你的水面。
水波之下，就让我微笑着溺毙吧。

1959/1/1

独居。同样会感受到与人一起生活时的恐惧和焦虑，基本上担心的是同样的东西，担心会精神失常，甚至担心没人爱我或者需要我。独自生活只会让心中的恐惧有增无减。也许更适合艺术家。人生过于苦短，艺途修远无边。

1959/1/3

爱恋着某人，而对方却另有所属，于是便有了一种独特的孤独和悲哀。无论我们如何为之辩解、作出何种解释、给出什么理由，这么做都是错的。爱慕她、关心她，甚至是献上满满的爱也还是不够的。(这种情形我在 C. & 圣达菲[1] 时都见过, 现在轮到我自己陷入这同样的境地了。)然而, 这种悲伤是很难化解的, 因为我们无法准确地描述或给出一个解决办法, 对我来说, 这种悲伤往往会暴露出真相。因此, 客观地说, 我也不在意了。

1959/1/13

在我们共度的时光中, 今天是最快乐的日子, 我预见到我们分别时令我痛不欲生的窒息感。我会穿着一件黑外套, 蜷缩在一堵光秃秃的墙边, 泪水滴滴落进握紧的拳头, 而你会和某人远远地观望着。你也会用拳头抵住嘴唇, 你会流泪, 但你能克制住自己。你知道我心如死灰, 但是——很有可能——我的身体还会继续活下去。所以你不会来找我。你只会在之后但愿自己来了, 那想法只会维持一刻。

1959/1/19

难道不是某种暴力, 让所有的同性恋关系都走向了终结吗?

1959/1/28

我对生活已经完全绝望了。尽管我睡眠充足, 留给自己大把时间, 每天的工作进度都"令人满意", 并在夜里因此而自得, 可这一切都没用。我的生活令人绝望。已是命悬一线。我不希望用按部就班的生活来掩盖真相, 就像那些军人, 纵然握有生杀大权, 却还要掩饰他们无法自食其力的事实一样。此刻, 有两件事情对我至关重要: 一是显然毫无希望的爱情, 可能会影响我的一生(这是心理因素所致, 而不是那个女孩真的值得, 现在我也不完全清楚); 第二, 我的工作的停顿, 这一点至关重要。我刚过了三十八岁生日, 这无疑也是一个因素。我离生命的终点越来越近, 所以, 我必须充分利用这所剩无几的时间。

1959/1/31

上一篇——当我写下"我的生命"悬于一线时, 我指的是自己的斗志日渐消磨。但生命和斗志在我的词典里几乎是一个意思。

---

[1] 此处指代尚不清楚。

1959/1/31

独自生活。有些时候，只有我和我的思想在一起，我会快乐好一阵子。要是和别人同住，这就几乎没有可能。（永远都不可能。）

1959/2/5

那个聋哑女孩。她二十二岁，很美，是法国人那种肤色苍白、棕发女郎的美。她有两个孩子，都是男孩，其中一个的照片夹在她的钱包里，和她像极了。她的一双黑眼睛里闪动着强烈的生命活力和光芒。有些人能说会道，但表情木讷，而她的脸庞却最能传情。她的秘诀就是用夸张的表情来与对方交流。她用表情取代了很多语言。她身高5英尺6英寸[1]，尽管并不特别苗条或像男孩子那般修长，但穿起宽松长裤来非常好看。只有手边放着铅笔和纸的时候，她才会感到自在，我从没见过哪个人写字那样快，同时字迹还如此清晰。她是一个乐于助人的姑娘：当我在一家酒吧里第二次和她见面时，她就用胳膊搂住我，想把我介绍给她在场的朋友们（个个都毫无表情）。她叫珍·D，住在查尔斯路68号。没有电话，她就写信给我。她和一个男人同居了四年，一直没有结婚。很显然，那个男人是她两个儿子的父亲。（我没有细问。）和她做爱会是一件很愉快的事。一页纸写完时，甚至还没写满，她便抓起纸来，揉成一团，扔进烟灰缸里，拍掉手上的灰尘。一气呵成。

1959/2/7

作家之间的友谊。是时代让我们变得如此争强好胜吗？作家很少有同为作家的朋友，这是有原因的。他们的自负各有不同，且都以自我为中心，根本无法融洽相处。他们会针锋相对，好像在对彼此说，我的情感不比你的差，如同小男孩向对方炫耀自己的肌肉，或大声吹嘘自己的父亲。尤其是我最近遇到的J.G.V.，第一次见面我就对他颇为喜爱。他刚失恋，三句话不离前任，同时他的笑洋溢着对抱得下一个爱人的乐观和信心。我不介意这种坦率的流露，如果适度的话，我甚至很欣赏和尊重它。和他在一起，他仿佛总会把自己写的什么诗硬塞到人们鼻子底下，说："读一读吧！欣赏我蓬勃的生命气息！我对生命的挚爱！"

---

[1] 约为1米67。

1959/2/7

对我来说，很难搞清楚该原谅人们的（还有我自己的）哪些恶习。什么情况下该表明态度，最后指出行为的不端，并由此判断这人或那人不再值得我或任何人的爱和友谊。欧洲人比美国人强，他们从小就培养起明确的道德观——至少与美国人相比是这样。我相信人只有遭遇过个人生活的混乱、失败和羞辱才会懂得辨识真理和真性情，这对我真是难上加难。该在什么时候失去耐心？什么时候不再相信人性本善呢？生活的全部艺术就在于此。因为这是一门艺术，而不是科学，所以永远都不会有人去制定规则。正是基于这个原因，人与人才会各不相同。正因为这种灵活性才让我饱受折磨。

1959/2/10

在错误的人面前（感情上是错误的）我喝过了头，一时冲动，把酒一杯杯往肚子里灌，弄得我像个傻子一样被人瞧不起。我早就意识到这一点，但我不知道这是条铁打的戒律。一想到喝酒还有如此哲理的一面，可真快意啊！

1959/2/11

要过一种自律、独处、禁欲的生活，我并不觉得有什么困难，但我不喜欢这种品行端正的感觉，这样的生活，哪怕只过两天我都会受不了。就像我痛恨"高尚的人格"一样，我也痛恨这种道德感，在我眼里，它很愚蠢。人生已经走到了今天这个节点，还提醒自己——我之所以表现高尚，只是为了更好地践行艺术——有什么用，艺术绝不是为美德服务的。

1959/2/15

狂躁。我身边没有那么多女孩、杜松子酒和时间让我挥霍。我刚刚写完一本书[《这甜蜜的忧伤》]，基本算是完成了。经历了一段时间几近阳痿的生活后（是性冷淡吗？——再拿些冰出来），现在，我都想一天做十次爱了。让我惊讶的是，女孩们是怎么达到高潮的！

1959/2/18

这本书写到今天，我真的累了。对这么一件满怀情感的事情，我却如此厌倦，多么令人遗憾啊。我一直在看手稿，专心致志太久了，没有片刻休息。我一点也不担心它最后成功（或令人满意）与否，但我现在就是不想停下来，可又必须得歇一歇了。大脑（无论谁的大脑）思考某个主题、某个想法过久之后，到末了都会罢工。在最困难、最不开心的日子里，无论是停下来休息还是继续工作都需要强大的意志力。我身心俱疲，更糟糕的是，我对给了我创作灵感的女孩竟然失去了信心。她什么也没做。是我自己的错，完全是我的反复无常导致了我和她之间的嫌隙。我正在考验她，也在考验我自己，这是生活和时间强加给我的。这与我的书没有任何关系，又恰好给我的写作带来了很多困难。

1959/2/18

命运在对的时间把对的那本书交到我手中，这是多么让人震惊啊。我刚读完［马克·］斯洛宁写的陀思妥耶夫斯基传记。一段愉快的阅读体验。《陀思妥耶夫斯基的三段爱情》。没有关于他妻子和女儿的支离破碎的日记。他丰富的性生活远超我的想象，甚至到他六十岁去世时都没停止！但最有趣的是费奥多尔和圣伯夫[1]的不幸命运，他们都爱上了自己挚友的爱人或妻子，他们愿意——甚至强烈地渴望——成为那个人真正的朋友。然而，无论怎么看，他们都不可能成为真正的朋友，我关心的不是"真正"这个词，而是可能发生的风流韵事。它们深深地吸引着我，这种来自魔鬼的诱惑，这诱惑会令人在世俗眼中、在自己眼中，名誉扫地。陀思妥耶夫斯基愿意被世人贬损、诅咒和唾弃，来换取最美妙的情感。我也愿意。

1959/2/23

同时爱上两个人。这太不成熟，太让人沮丧了！如此沉溺于爱情。

1959/3/8

"垮掉的一代"[2]——只不过是极度渴望交流。交流是爱的姊妹。要想获得幸福，它不可或缺。类似耶稣基督或其他要传播信息的人就不需要人类的爱，独身一人

---

1 费奥多尔是陀思妥耶夫斯基的名字。查尔斯-奥古斯丁·圣伯夫（1804—1869）是他那个时代法国最重要的文学评论家之一。他与维克多·雨果及其妻子阿黛尔·富歇关系密切，据说圣伯夫与富歇有婚外情。
2 "垮掉的一代"以杰克·凯鲁亚克和其他成员为代表，是于20世纪40年代末开始出现的亚文化运动。该运动的标志是对性和使用毒品的自由立场、热爱爵士乐、（伪）理智主义和反物质主义。

便已足矣。

1959/3/18

这些天我总笑个没完。因为生活和真正的严肃即将降临。在这里，我无法严肃起来或表现得傻里傻气。我并不后悔这般大笑，也没有什么好贬低的——鄙视欢笑，本身就是一个滑稽的念头。有时是干笑，一星期后想起时会感到后悔。今晚想起莎士比亚说过，世界是一个舞台，我嘲笑自己。从宏观层面上看，一个人大笑时，恰是他最悲哀、最真实的时刻。艺术家认真起来后，他便忙着去制造一颗极小的珍珠，不再关注自身的完满了。

1959/4/5

隔壁的那对恋人。他二十五岁，她二十二岁，他们将在一周后结婚。他说起话来滔滔不绝，声音洪亮，自信满满，而她满脸崇拜地咯咯笑着，柔声细语。受此启发，他也开始跟着柔声细语起来，只是声音更低沉。我惊讶于他们怎么那么像我的小院子里飞来飞去的那群鸽子。"咕咕咕"，他们一遍又一遍地，用这没有文字的声音，互诉着永恒的爱。再一次证明了人类与地球上的飞禽走兽的相似性。

1959/4/14

有时即使是一流的画家，也会让我觉得太过注重作品的装饰性。作家也关注修饰，但相比之下要少得多。无论篇幅多么短，他都很少放眼作品的全景，并且一以贯之，达到"预期的效果"。不定什么地方就能看出作家忘记了自我。但画家却能在瞬间作出判断，目标始终清晰，直到实现自己想要的效果。

1959/4/23

为小花儿赞美一声吧。

它令我开心舒畅，

教会我恒久忍耐，

它们温柔地生长，

在我肝肠寸断地走进房间之时，

绽放平和的花容。

1959/4/27

在爱情中，犯过的错和脱口而出的话，最是触动心灵，让人与众不同。当人们正襟危坐、品行端正时，大家都一个模样。当她微醺之时，不管对不对我发火，我总会聆听并记下她的话。可怕的字眼、惊人的想法，常常是些温柔的话语，每每听到便会让我泪盈于睫，再回想时，又会泪流满面。

1959/5/8

画了一会儿油画之后：我体会到了艺术与工艺、偶然与目的之间奇妙的互动，这是我在写作时永远也无法体会到的。两者缺一不可。世界上从来不缺平庸的艺术家，他们只囿于其中的一个方面，也许永远都无法将两者适度地融合。能做到这一点便能成为伟大的艺术家。思维在艺术和偶然中发挥作用。技艺都只借由手的运动表现出来。

1959/5/8

约翰·韦恩[1]在为美国听众朗诵自己的诗歌。在收音机里，为我朗诵。他那首《伊瑟利少校之歌》让我深受感动，就是这个士兵在日本的两座城市投放了两颗原子弹[2]。后来，他不断地做噩梦，梦里他喊道："放了他们！"他的妻子因此感到非常不安。政府每月给他270美元养老金。他没有去兑现支票，开始做起小偷小摸的行当。后来他被关押进了沃斯堡的监狱。这首诗的最后几小节非常震撼。他坐牢不是因为噩梦，而是因为小偷小摸。他们把他的退休金给了被偷的店主们，说这钱是我们所有人的良心。他们给了这位少校一张叠好的纸，趁他睡觉时放在他身边，不是官方的文书，只是用铅笔写下的几个字："伊瑟利，我们收到了你的信息。"我的眼泪瞬间夺眶而出，听众（虽然看不到他们的脸）掌声雷动，经久不息。我想写一本反战题材的书。但仅凭这样一首诗歌就开始写作是不现实的。我感到人们心中的空虚、茫然，就像一团游移不定的云，等待着最强劲的风把它吹向指南针上的某一点。这一次是吹向了战争（肯定会有叹息、无奈、咒骂，但是狂热分子，那些盲目的年轻人，他们将永远占多数），或者吹向和平以及永不发动战争的坚定决心。后者最是需要勇气。最开

---

[1] 约翰·巴林顿·韦恩（1925—1994），英国小说家、诗人、记者和评论家。
[2] 飞行员克劳德·伊瑟利实际上并没有驾驶这两架运送炸弹到广岛和长崎的飞机——他的任务是侦察天气——但战后他确实深感愧疚。

始时，少数几个勇士将不得不忍受来自朋友和同胞们的鄙视，兴许还会坐牢。但是一定要扩大英雄的阵营！一个正直的作家应该心怀这样的目标。如今，世界正需要诚实的作家。

1959/5/24

今天去了守护神舞厅。门票 2.5 美元一张，不限男女，一个脾气暴躁、穿着廉价燕尾服的男人在门口收门票。里面是一个舞厅，吧台在左侧，只占一小块区域，用围栏隔开，里面摆着几张桌子，老年人、残疾人和富人的最低消费都是 2 美元。晚上 11 点，舞蹈表演正式开始。接着，狂野的娱乐项目渐次登场：三个半裸的女孩，穿着鲜红的开衩连衣裙；一个妖娆的男独舞者穿着黑色紧身裤，裤子前裆绑着粗重的棕色皮绳，紧身上衣。我的巴黎朋友说他看起来像一个家具搬运工。大部分观众——一对对二十八岁左右的夫妇，一些头发花白的商人，没有喝醉，只是很喜欢跳舞，和那些廉价的金发小美女。一个高个子女孩和一个矮得出奇的男人在跳舞。圣热尔曼·德·普雷区的那种女孩，和或普通或强悍的美国男人跳舞。我的法国朋友迷上了一个面无表情的黑发女人，她穿着灰色超短裙，深色长筒袜，一头黑直发修剪成被风吹乱的发型。我朋友觉得，和她相比，她旁边的男人显得很乏味。稍微喝了点杜松子酒和苏格兰威士忌。在这儿，喝酒不是重点。在舞蹈中才能感到一种真正的狂热，切实的狂欢之乐。一对对舞者合作表演完成后便各自散开，表演起独舞，看到这，人们便会相信一种新的经典（虽然是 1959 年的）芭蕾舞就此诞生。

1959/5/29

焦虑已成为我的一种习惯，一种常态。我养了两只猫，已经好些天了，对它们了如指掌，很快还会养那只黑猫，只要它还活着[1]。然而，每当我看着它们时，心里都会产生一丝恐惧：我想象着亲眼看到它们被汽车撞飞，从窗户边坠落，想吞下一根骨头却被噎死。所有这些统统没有必要。然而，这一切都有可能发生，它们属于生活的一部分。也可能会发生在我身上。总有一天，像这样的事情会让我遇上。但我为什么要盼着它们发生呢？也许是因为我把别处引发的焦虑情绪投射到了猫身上。潜意识中，我在担心 M. 和我身上的责任，还有我对 R.[2] 的愧疚。我刚才和 BA 吃晚饭。她

---

[1] 海史密斯把她的第十部长篇小说《玻璃牢房》（1964）献给了她的黑猫"蜘蛛"。
[2] R. 是玛丽的前女友，玛丽为帕特跟她分手。

用平静的口吻说，R. 也许（真的！）很开心能摆脱 M. 呢，我为什么要在乎 R. 的感受呢？因为我怀疑自己不靠谱。为什么会这样呢？这是一条无穷无尽的因果链，最终回到无意识中，那些小小的羞耻感还是埋藏起来为好。

1959/6/1

作家喝酒的原因显而易见。写作也没有什么理性可言。

1959/6/2

从创作角度而言，我正经历着一段特殊时期。没有什么短篇小说的灵感，所以也就不去尝试写短篇了，没有灵感，写出来的也必是败笔。我常常在想，是不是和 M. 取得了如此进展导致的？未来的不确定性——如果最后 M. 告诉我，她没有勇气离开 R. 去选择和我同居，我可能会觉得失望，应该对小说创作有益。现在的我真的太过幸福了吗？写完《这甜蜜的忧伤》后，我的体力透支了吗？我只是在等，看会不会有杂志买下它，看哈珀是否真的没有更多修改要求了？愧疚还没有生根，我希望它不会。为什么不在创作下一部小说之前，来上一段悠长而安静的插曲呢？天晓得，要想立马再写出一部书，绞尽脑汁想出一个主题来，都是白费力气。（我有一些主题，只是没有合适的小说或故事来表现。）

1959/6/2

有时候，我真希望自己把这些都记录下来。这些小小的（到目前为止都不重要的）起起落落；那些隐约怀疑的时候；几近争吵的时刻——她误会我时，以为我在逼她选择——要么她马上离开 R.，要么我立马和 B. 在一起（这件事发生在三月初的一个下午），M. 随即瘫倒在地，整个人被彻底打垮了，像是一下子老了十五岁。她一言不发，坐在那里呆呆地盯着地板，连手也不让我碰一下。最后我开口道："你一定知道，我更喜欢的是你。"她神情忧郁地提议我们要不要去旅行一趟。我把马克·克洛斯店里买来的钱包给她。过了一会儿，我翻看她的包，只是想再看看这礼物是不是不够让她欢心，结果看到她刚给我的一张自己的快照，她又拿了回去。我又把那张照片翻出来，等她从浴室里出来时，责问她为什么要这样。如今，R. 去犹他州已经两个多月了，这期间她经常热情地说她爱我。周日晚上，她的一个男性朋友与我们吃过饭后回她的公寓取些东西，她想出了一个能把我留下来的理由，让我觉得很好笑——（我装出一副着急的样子，好像也要赶快离开。）"我要让你帮我干点活，帕特。我得把那堆插画上的橡胶泥清除掉。"说这话时，她的语气那样严肃、那样坚定，我都要忍不住笑出声来。她是个天才，能迅速地撒一个小谎来圆场，让所有的猜疑都烟消云散。她能以闪电般的速度撒个谎，跟说真话似的。

1959/6/8

在我的一生中，我多多少少一直都在为爱情和金钱而奋斗——有足够多的钱才能让我放下焦虑。如今，这两样我俱已拥有，只是爱情问题还没有完全解决。现在已经没有什么可烦恼的了，也没有什么需要为之努力的了，除了要写出一本更好的、与之前不同的书来。但非常奇怪的是，现在的我却沦为了自己意识的囚徒；而此前，我一直认为是自己有意的努力阻碍了我的潜意识和创造力的发挥。现在，我脑海里还没有什么重要的想法值得动笔。于是，我就什么也不写。

1959/6/11

每天早上，在 M. 的公寓里感到的这种疲惫和焦虑，是一种无意识的、表明我们最后无法走到一起的预感吗？最近，总会有些可怕的、（有可能）致命的失败的预感。R. 让她一写完书就去犹他州。M. 说她已经迫不及待要去拉斯维加斯赌博了。现在，她每天都沉浸在这样的情绪里。逃离。不接受变化——也许吧。我担心一旦她们一道出去，R. 很容易就会让她做出承诺。提前警告 M.，这事是不是就不会发生了？让我同样感到为难的是，在这个关头，我还得按部就班地生活。M. 已经习惯生活中有我了——换句话说，相处了八个月后，大约有四个月过着某种程度上不为人知的生活，现在我们之间的爱情之火已渐渐熄灭。我还没和她计划好，也许我该和她计划一下，这样她到了犹他州后就不至于那么茫然了。我们至少得谈一谈。只是想让她告诉我，她想和我一起生活，我也想——这样跟 R. 一说就足够了。

1959/6/16

回到长岛阿斯托利亚[1]。我来到一片空地上，看到有一个穿着体面、一看就是意大利裔的男人也在注视着这块地方，二十五年前，我就在这儿玩耍。我在想，他是否是我那时的玩伴？要不是熟悉这片土地，他为何要来这里呢？又或者他可能在盘算着

---

[1] 从 1930 年到 1933 年，帕特和她的家人住在皇后区的阿斯托利亚，最初住在东河附近的 21 街 1919 号，后来搬到了第 28 街。

把它买下来？地面上散落着许多罐头——但一眼看过去，都是些长得很高的绿草，还有一些十岁孩童用手挖出来的壕沟。壕沟和隧道。汗水、恐惧、梦想——所有这些都一定与我成年后的生活相互关联。油箱。网球场。柏油路。身后是谦和有礼的意大利男女青年。不要忘记这儿的一草一木。这里的一切都能勾起回忆。

1959/6/21

比较动物学[1]会把对自然的赞美贬得一文不值。我们喜欢雨天，喜欢阳光，喜欢海洋，喜欢季节的更替，因为我们是经历了这些条件，和这些自然现象一起生存下来的动物。而"不喜欢"自然环境的那些物种，如今在地球上已经灭绝了。

1959/7/6

恋爱中的人或真正坠入爱河的人都无法再控制住自己。这个道理也许只有我不知道。在爱情中，一会儿亲近，一会儿疏远，别人的一个字、一个意外就搞得你想哭，情绪完全崩溃，那对我真是陌生的感觉。

1959/9/28

我的母亲今年六十四岁，我的祖母岁数更大一点，看到她们越来越相像，我就害怕极了。她们都精神恍惚，唠唠叨叨，吹起牛来又可笑又无耻！我母亲似乎早就进入了老年。我自然会想到，再过二十五年，我也会步她们的后尘。为什么自我意识会允许自己堕落到这般凄凉的境地呢？我在想，是不是我把自己看得太重要了，连我自己都没有意识到？最后，这些人都开始把自己平凡的生活拿出来夸耀，她们的自我意识最终不再要求她们在职业上取得成就了。

1959/9/28

昨夜做了一个梦，梦到七年前我来巴黎的第一个晚上。梦里我是个男人，正往一张白色的餐巾上咳出淡紫色的血迹。一个医生站在我的身后说："你知道，那血的颜色表示你已命不久矣。"我把他的话当真了，一阵恐惧袭上心头，但还在努力编造一个借口，一直辩解说这血色不算致命。我最近跟紫色的关联包括：我在伦敦给 K.［凯瑟琳·科恩］买的矢车菊的颜色，有时她的眼睛就是这个颜色，以及她穿的那条印花

---

[1] 通过与其他物种的比较，来理解某种生物的习性和演变过程的研究方法。

连衣裙的（紫）颜色。

1959/10/16

加来海峡旅馆[1]。楼梯弯弯曲曲，铺着红地毯，沿楼梯一路走下，看到楼下那间房的门外放着两双鞋。一双男鞋，一双女鞋。门又小又窄，里面的房间肯定也好不到哪去。晚上，他们回房后就开始吵，可能都已经睡在双人床上了，嘴里还一刻不停，早上9点我出门时，看到那两双鞋还摆在门口，并排放着，有点破旧，厚着脸皮等主人来擦，那一对男女很快便准备好迎接新的一天，又一个争执不休的夜晚。

1959/10/16

精神失常是昏厥的一种表现。像躁郁症这样周期性发病的疾病尤其如此。是自然保护大脑和神经远离过于痛苦的现实的方式。从我对母亲的观察来看，她抑郁症发作时虽然可怜，却理智得多。她的"巅峰"期肯定是过了，她变得目中无人，唠唠叨叨，动不动就要把别人呼来喝去，发表自己的意见，等等。还表现出一种滑稽的自信。

1959/10/21

今天送母亲坐上了去罗马的飞机，这一别，天知道什么时候才会再次见面。很高兴我又是一个人了，恢复自由的感觉可真好。M. 答应过要来希腊找我：她不会来了，过去那种冒险和孤独的感觉又在召唤我。今天，我依然孑然一身，独自出发，独自在这间孤独的旅馆小房间里，夜晚看河景，还有独自就餐的那家餐馆的灯光。就从这些场景中流淌出我的故事、小说，还有我对生活的感觉。

1959/10/26

恋爱中大部分的热情、刺激感和危机感——换句话说，很大程度上让爱情焕发勃勃生机的东西——正是人在恋爱时，自我意识的不稳定状态。我能应付吗？他或她会接受我吗？会爱我吗？如果会，有多么爱我呢？又会爱我多久呢？一直会吗？大部分的问题都是一场卑鄙的赌博，赌注都压自我意识会获胜（神经质的人则相反）。

---

[1] 帕特当时正在欧洲巡回签售，她先到了巴黎。她妈妈刚从严重的抑郁中恢复过来，陪她一起去了欧洲。

1959/11/5

　　在巴比松[1]，我发现一匹小蓝马

　　躺在排水沟里。

　　我说："也许我们会给彼此带来好运。

　　你会给我带来好运吗？

　　给我捎来玛丽从巴黎寄来的信吧，

　　你就可以和她生活在一起。"

　　我给它取名为好运。

　　但巴黎音讯全无。

　　我说："你真是一匹倒霉的马。

　　我有心把你扔掉。"

　　可我转念一想，大不了我们一起倒霉呗。

　　然而，最后，我收到了一封来信，

　　于是我在想，这算幸运还是不算呢？

　　我说："你可以到玛丽那里去了。"

　　这算是幸运吗？

　　这是我的幸运吗？

1959/11/19

　　世界上所有的痛苦都源自富人对穷人的冷漠。不管是低微的收入，还是个人的不幸——如果有朋友或陌生人对他们的处境表示关心，那他们面对困难时就会轻松多了。有了这些关心，那世上的人们就不再痛苦，不再怨天，不再尤人，不再相互攻击。不再闹革命了。

1959/11/20

　　我陪母亲在欧洲旅行的第一个月，无论什么事都搅得我心烦意乱，说起来我已经

---

[1] 巴黎南部枫丹白露森林中的一个小村庄，以19世纪中期回归自然的画派而闻名（包括让·弗朗索瓦·米勒、卡米耶·克罗和泰奥多尔·卢梭等人）。几年后，帕特（和她的另一个自我汤姆·雷普利）将住在附近。在她欧洲巡回签售的这个阶段，帕特非常想念旧情人玛丽·罗宁，她希望之后能在希腊与她见面。

很久没这样了。仅仅如此，倒也没什么。从性格类型上讲，我们是智力的两个极端，还有长期的暗里争斗——再扯上家里的男性成员——那就要另当别论了。这个被动、阴柔的女人诡计多端，行事总是自私自利，自己竟然还不知道。她的无意识状态比她的有意识状态更聪明。她的所作所为，用她的时代和环境盛行的肮脏、狭隘，本质上病态、讨好的道德标准来衡量都是正确的。当一切事与愿违的时候，这些人变态地享受着现实生活里的悲剧和被迫害、被上帝单独选出来受苦的感觉。

1959/11/29

很显然，1960年1月回到纽约后，我要么与情感生活一刀两断，要么就把它好好厘清。我再也不能像过去五个月那样，过这种游移不定、模糊暧昧的感情生活了，毫无意趣可言。去一趟欧洲，用客观的眼光来审视自己的生活——这给我带来很大的收获。年纪越大，知道得反而越少。这是在给我当头一棒吗？那样的话，我不会再信任年纪了。人的见识应该缓慢稳定地增长吗？那我不会再信任见识了，我爱更快速地成长。我想，我注定要成为他们眼中的病态之人，我自己眼中的良善之人了。而我认为这样很好。管他呢，爱我的人总能找到我。其他的人我一律都不该去理睬。我想补充一句，我已经不爱那些爱我的人了（已经不爱了——这还用说嘛），说这些话都是多余的，且深刻的。

不是迷倒众生的女孩，就不要来爱我，

我虚位以待。

老年时我会是最逗趣的笑柄，

如果我不是一个无可救药的老古板。

1959/12/7—8

这些天我在巴黎经历了不为人知的痛苦，我觉得这是一件好事，因为这种痛苦每个人都会碰上。（我并不是说它们永远都会如影随形！）哪怕仅有一丝希望与活力，人都会紧紧抓牢——仅够拾起人行道上一片枯叶的力量。（从情感上来讲，没有什么比你不了解真相，所爱的人不将实情透露于你更可悲的事了。我不想——几周后再重读这段话时——因为这种悲伤的笔调而让它的意思产生曲解。）

1959/12/8

从某种意义上说，当人老了——或超过三十岁，精神和情感上的困苦就越发难以忍受。于是，他明白了什么是不幸，当他想起自己已渡过多少难关之后，总会觉得满心骄傲，相信自己依然能胜任——但如果遭遇前所未有的困难——那么，他才会不幸地了解坠入绝望深渊的危险，以及那里所有的恐怖。

1959/12/15

生活如果没有规划，那么，素描或水彩画也没什么设计可言。

1959/12/26

做了好几段梦。1）晚上11:30我在M.的公寓里　2）场景直接跳转——和R.在一起——情话绵绵。我穿着睡衣（在RR站里）蹑手蹑脚地穿过房间，对自己的睡衣裤很难为情，走回家去，身边有个女孩陪着，她告诉我M.暗恋着我。我知道这人是K.（M.和K.一起去了剧院，直到晚上11:30才回来。）　3）M.一言不发，我的猫她一直帮忙养着。"我今天把它的食盘给扔了。"她一脸苦相。我估计她很讨厌这只猫，又不想直接开口让我把它领走。他们有两只大白猫，一只穿着灰色高领毛衣的小黑猫。M.不在家时，我去她那儿把黑猫接走。突然我汗毛倒竖，听到有人按了门铃，紧接着是钥匙插在锁孔里的声音：M.&R.正准备进屋。而我就在她家里，甚至连衣服都没穿好。我急急忙忙把衣服套上——她们进来时，我躲到了最里面的角落里　4）罗尔夫·蒂特根斯从饭店餐桌上打来电话，帮忙救火。他救了一个女人，把她从窗口拉了上来。那个女人满心感激，累得脱了力。他如英雄般凯旋，穿着李维斯牛仔裤，坐下来进餐。

1959/12/30

雅典。一个杂乱、土黄、灰扑扑的地方，建筑都很矮小，连办公大楼都感觉不结实，就像只有外墙一样。街道上无时无刻不人群拥挤，车流不断。我曾在书上看过，这儿只有一百万居民，他们似乎一下子全都拥到街上来了。到处都有卖气球的小贩，还有一些在贩卖廉价的钱夹、不知真假的珠宝和机器加工的衣服。雅典给我的第一印象就是这里的人不如墨西哥人文明。在一些公共场所——比如铁路售票处，大约有12还是15个人挤在一起（她们就没打算排队），D.[1]有两次都被里面的女人挤到一边。第三次被推到一边的时候，售票处后头的两个职员，外加人堆里的几个男人都站出来

---

[1] 帕特邀请多丽丝·S陪同她前往萨尔茨堡、雅典和克里特岛。

为她打抱不平。最重要的是，这儿弥漫着一种氛围，如果不是贫穷的话，那就是破败。

1960/1/1

目前，我最需要处理的是我之前谈到过的生存问题，单纯活下去所带来的难题。并非顺应世界或社会而活，而仅仅是活着，到处旅游，随心所欲。这个观点论证起来可就长了，我当然不想这么做，也不想随意、轻松地一笔带过——因为这是一个极其严肃的问题，大多数人都在回避，不愿面对。如同蛇发女怪美杜莎：没有人能直视她的脸。

1960/1/17

从雅典飞往科孚岛。大部分时间都在陆地、山脉和海洋上空。要说风景，这次旅途实属最佳。白雪覆盖山顶，与山坡和丘陵地带的松树和灌木丛的深绿色、棕色融为一体。浑浊的浅流不知从山上哪一处忽地冒了出来，没能形成三角洲，直接汇入了蓝色的海洋；它们留下茶色的杂质淤积，像新的长筒丝袜，一直延伸到亚得里亚海中。从高空俯视，这些沙洲的边缘整齐但色块混杂，有的呈淡绿色、有的呈淡褐色，看上去就像是素描里的阴影。飞机是架双引擎飞机，没有很好地密封加压。我的耳朵开始疼了起来——下降的时候更是疼得厉害，额头和脸颊都感到强烈的刺痛。希腊人的行李箱都是用硬纸板和人造皮革做的，运送过程中就散了架。把手都脱落了，好几个都要用绳子扎起来。当晚到了罗马，我发现其中一个把手又掉了下来。再见了，希腊，除非我的旅伴能让我永远保持开心的状态，否则我再也不来了。我发现这趟旅行实际上非常无趣和压抑。更别提一趟下来还贵得离谱。与公职人员或酒店员工的每一次打交道都像一场噩梦。出租车，搬运工，简直就是希腊人和美国人之间的小型战争。

1960/2/11

"落在我的唇上如同焦渴的夏天。"那就再见了，多丽丝，欢迎欣赏我的悲伤失望，使我眼中流出热情的泪水，还有那些探索我内心深处的黑鸟。我不明白为什么我必须得活下去。

1960/2/12

　　要是那天我吻你的时候你动一动，

　　如同我亲别的女人那样，动一动嘴唇，

　　我就不会像现在这般爱你。

　　但你一动不动，我还以为你已经停止了呼吸。

　　一尊雕塑、一幅画、死亡、生命、睡眠和我生命的核心。

　　我全部的灵魂都渴求那种平静。

　　我们最后一吻，你一清二楚

　　如何不费吹灰之力地锁住我。

　　亲爱的，甜蜜的回忆会化作恐怖啊。

　　时间的轨迹留在你身后，

　　它越拖越长，越拖越细，像一张蜘蛛的网

　　让人忆起最后一吻和其中的诡计，

　　或者忆起——忆起吧——

　　我们唇齿交缠低喃着

　　那句没用的，"我爱你。"

1960/2/24

　　他们说，牛津大学废除了拉丁语，很快剑桥大学也会如法炮制。太好了，20世纪的学生再也不用死记这些虚拟语气，那是阅读拉丁文必备的知识。希腊语和拉丁语的基本词汇不到一个月就都能掌握——了不起的记忆，但是半年或一年后必须重温一遍。没有这些词汇，就无法用自己的母语（英语）去欣赏那些最杰出的作家的文字。掌握每一门语言都需要六七年，与此相比，一个月是微不足道的。这是一个（在十岁时）拒绝学法语或德语的人的经验之谈，她学了拉丁语后才开始学习法语和德语，因为拉丁语才算英语，所以要想知书达理就得这么做。

1960/2/24

　　潜在的酗酒者拒绝成为酒鬼。看看烈酒对清漆的腐蚀！一个朋友大声疾呼。看看盐把蜗牛害成什么样了，他回答。但我喜欢盐，它也是一样必需品。

1960/2/26

——这个上交所得税的季节让我打心眼里烦啊——还必须都记录下来。我唯一对钱感兴趣的时候就是我没钱的时候。

1960/2/29

我觉得,剧作家的创作手法都本末倒置。他们迷恋的是主题,而不是塑造人物,更不是某个戏剧性的事件或人物的内核。也许剧本就该这么写。我创作小说时与此不同。

1960/3/1

玛丽·罗宁对我来说是另一个世界。我爱她就是出于这个原因。也许我没必要把这点告诉许多朋友,但他们(或随便谁)都不重要。我爱她,因为她彻底改变了我的想法。她改变了我的世界。她改变了我的一切,除了我的过去。

1960/3/8

跟法律打擦边球、全靠阴谋诡计谋生的人,让我开心!

1960/3/9

不知为何,尽管他们竭力地想与她做爱,但是艺术这个善变好妒的小情妇却不来了——她拒绝那些年轻时对她不屑一顾、看都不看一眼,到了中年又跑过来追求她的人。

1960/3/18

人会如何看待自己——这才是生活和心理健康的全部意义。

1960/3/19

二十岁时酒精走进我的生活。我常常在想,酒精是否真的改变了什么,我是不是终究不会放弃年轻时认真追求的梦想。如果没有酒,现在我的公寓里会不会有一架钢琴?会不会擅长编织?会不会把二十岁时发誓要读的书都读完了?可问题是,这些事我一件都没做,我需要和现在的自己继续相处下去。再往远了说,如果没有酒,我可能会嫁给一个呆头呆脑的叫罗杰的家伙,过着所谓的正常人的生活。正常的生活也常常充斥着无聊、暴力、离婚、不幸,对孩子来说也是不幸,虽然我不会有孩子的。

1960/5/3

美国比我知道的几个国家都更加现实：每个人，几乎每个人都不得不挣钱养活自己，在家里刷碗、洗衣服，未婚的高中生怀孕，在最意想不到的地方有最意想不到的人实施街头暴力，道德嘲讽肆意蔓延。然而，作为这个国家的一份子，我们最不可能允许这样现实的电影上映，或这样的书发行。

1960/5/17

三十九岁了。罕见地未能做到全心投入。所以，生活只会变得越来越难，而不会越来越安逸。我独自在家里待了两晚才把这件事情想明白。自从1959年3月至4月以来，这种事已经不常发生了。哦，为此我要变得更好！向前进，向上游！过去整整一年里（感谢上帝，仅有一年，但感觉像是很久了），我一直在避免独身一人。令我悲哀的是，我没有迎合任何人，没有和任何人建立稳固的关系。人们幸灾乐祸地对我的缺点和先天的心理缺陷指指点点，还要给我讲一番大道理："你永远都不会进步，永远都不会改变。面对现实吧。"说这话时还面带微笑。既然我也没几年可活了，也许是时候该回到那片港湾，我的阁楼去了。

1960/5/31

我对这本书中"年老的女性"主人公越来越感兴趣了[1]。我找不到一个合适的地方安排特芮丝登场——除非我让卡罗尔出来厮混。因此——很可能我得塑造全新的角色。神奇的惺惺相惜，青春和恋爱的潜在悲剧，这一切都值得好好探索，令我着迷。青春既残酷又脆弱。有时相当自私，有时又无私得不可思议。

1960/6/7

《圣经》中可能有几件事是真的，比如那些已足够富有的人还会收获更多馈赠。

1960/6/8

幸福。只是一种精神状态，是生与死的区别。它只是一颗飘飞的、蓬松的蒲公英

---

[1] 有一段时间，帕特曾考虑写第二部半自传体的同性恋小说，再次启用《盐的代价》或《卡罗尔》中的人物，写进这本《女孩们的书》，但59页之后她就停笔了。

种子。一会儿，你拥有它，一会儿，它又不属于你，再过一会儿，它又回到你的身边。不，它再也不会回来了。

1960/6/10

推墙时力气有点使过了头。我需要后退几步，仔细估量它们到底有多结实，还得再想想有何妙计，好让我一跃而过或者攀爬过去。正是后一种心态产生了诗意。

1960/7/3

我喜欢农民阶级能得到公众认可的国家，比如意大利、墨西哥。每一个贵族的根基中都有农民性，这也就成为这个国家的个性。美国就缺乏这种公认的农民阶级，导致这个国家的人极度乏味、无差别、无个性。我们都是半个农民，都努力奋斗，都坐立不安，都牢骚满腹。美国也只有地理环境才称得上美丽了。

1960/7/5

在曼哈顿的床上梦见一片林地：

我的姑娘，我的女人，我在乡下的妻子。

她为我打鸡蛋，铺床被，

还为我梳头——她就爱这样。

桌上摆了鲜花，她耳后

头发间也别着鲜花。柴火和细枝，

苹果和无花果，咚咚咚的

脚步声在周一早晨的木地板上作响。

周二也是这样。

没有电话，没有客人，只有我们自己的世界。

工作，做爱，还有今天谁来做饭？

我们所有的努力，都是为了要比一比

谁能让对方愉悦至极。

1960/7/11

这本书的 104 页[1]。担心是致命的，我老是在想有哪些东西我可以且应该放到小说里，可想这些都没有用，还会让人停滞不前——不过，幸运的是，之后总能补救。在不工作的时候，所有这些思虑都是一种逆流。向前，天啊，大步冲向前！

1960/7/13

只要身体好一点（稍微好一点），就没有什么抑郁症是治不好的，读一本书，写一封信，重新捡起我们曾经的信念，都可以解决抑郁的问题。在我真正需要的时候，为什么就把这些忘得一干二净了呢？在这之前，我已经把这句话写了不下二十遍了，但我总还是一次又一次地忘掉。世界对我常常是崭新的，但也常常让我体会到新的绝望。

1960/7/14

对我而言，诚实通常是最糟糕的处世之道。

1960/7/24

谁会关心一个作家的死活，

除非他获得了诺贝尔奖？

1960/8/19

对于艺术家，根本就不存在什么抑郁，他只是回归了自我。自我是一面放大镜，它害羞、虚荣、自私、思路清晰，人永远不该拿起来照。当你有时在半途中，在创作两本书的间隙，或者在度假时看到它，就会毛骨悚然。人陷入这种抑郁，（除了哭泣）还会追问一些没有答案的问题，总是在感叹自己多么差劲，没能实现年轻时的抱负和诺言！可更糟糕的是（我早该注意到的）我发现，我连那个本该爱我的人都无法依赖！在这样软弱的时刻，我绝不能任情感外露。未来的某天，这个弱点会被拿出来攻击我，像一块早该烧掉的血迹斑斑的旧绷带——今晚就烧。让那一个又一个沮丧的夜晚永远封存在我心底吧。

---

[1] 帕特正在对《一月的两张面孔》做最后的修改。她的经纪人安·卡森和哈珀与罗出版社的编辑琼·卡恩都拒绝出版这本书，最终双日出版社在 1964 年将其出版。

爱人之间能敞开心扉交谈而不用担心遭到对方报复，这样的一对会婚姻美满吗？这世间的仁慈和宽恕都到哪里去了？还有朋友们。——在与死神真正搏斗的瞬间，产生了自杀的念头。（一个接一个地，他们好像都不在家。）电话无人接听。即使接通了，你的腼腆和骄傲也不允许你失声痛哭。况且对方还未必是我们要找的朋友，不是三个密友之一。但最后我们还想挣扎着活下去：这是一块小小的浮木，溺水者抓住的那片碎木板。多让人同情，多有人情味，多么高尚——有什么比交流更神圣呢？自杀的人知道交流的神奇力量。（今晚一切的导火索就是我看了 1944 年的日记，那时我二十三岁，一个很不成熟、迟钝、自私的年纪。这些日记统统都该丢进火炉里去。）

1960/8/19

没有她英俊的丈夫陪在身边，安妮·C 看上去非常难过。到我的鸡尾酒会上时明显已经喝过几杯，但实际上两杯酒就能让她发疯。她直接坐到了 R. T.［罗尔夫·蒂特根斯］身边，一眼看去，房间里属他最有阳刚之气。片刻过后，她就请他到隔壁她的家里去。（喝过酒后，醉意渐浓，这样谈了一个小时后，他不得不站起身来告辞。）晚上 10 点，一个平日里毫不起眼的人下楼来参加酒会，她咧着嘴笑，一连喝了三杯苏格兰威士忌。她跟别人说，她和罗尔夫正风流着。后来她又问我，觉得他这个人怎么样。她还告诉别人，他说她是世界上最性感的女子。她的眼睛下面皱纹横生，眼袋明显。这太令人悲哀了——这个女人真的该找一个男人结婚！她在贝尔维尤医院兼职做秘书。

1960/8/23

（我总结出了一条重要的经验：就算脑海里事先没有构思出十分明确的情节，我还是能写出书来，但如果不确定自己想要表达什么的话，那就没法继续下去了。我觉得，这是任何艺术创作的第一定律。）

1960/10/11

维瓦尔第的《夏天》。音乐中有种危险、愤怒和悲伤的东西——与同主题的其它作品中那种浓厚的自然满足感截然不同。如同大自然在诉说："我对自己的命运和这个高潮不满意，乐曲到了这个部分就该结束的。没有足够的雨水滋润我。不知什么鬼东西缠住了我的根，还有一根藤蔓差点把我勒死——我，这座森林里最挺拔的参天大树。我的种子散播四方——但都找不到一处适合生长的地方。这就是生活的意义吗？"

1960/10/14

对作家来说，在与老朋友或陌生人见面时，他会展现不一样的个性和面孔。他展现的始终都是他性格的一个方面，或许他恰好今天心情不错，转天心情又变糟了。

1960/10/14

写作中又遇到了一个小难关，我都忘了过去曾遇到过比这更难克服，更令人沮丧的困难了。我走进自己的新房间，这儿真的太适合写作了，我又转念一想——幸运的是我会记住——四年后，我会感叹这儿的环境和氛围有多棒，简直就是为写作而量身打造的。

1960/10/21

小说讲述的是当今美国蔓延的奇怪的失败主义思潮——它也席卷了整个西方世界。只要一个国家不是新兴国家，或没在革命之中，都会出现这样的思潮。它散发出一种奇特、怪异的氛围——从心理层面来看——相当直白——仿佛有一把巨斧即将掉落，把我们所有人的脑袋瞬间砍落在地。

部分原因在于，我们觉得自己活该受此惩罚。我们如今的富裕很大程度上来自对他人的剥削，而世界上大多数的民族都很贫穷，比如，在我们有生之年，他们永远都无从得知使用洗衣机的喜悦。至于需要采取什么措施来弥补这一切，我并不太关心。人们必将会看到一切军备和军费开支，武器，船只，飞机——都将从这个世界上彻底消失。人一定知道，也一定会亲眼见证整个、整个世界都为之欢欣鼓舞的盛况。但我感兴趣的只是这种失败主义在个人身上的滋长，以及它如今在整个国家的表现。当然，它首先会在美国盛行，而且，最有意思的是，它会显得很不协调，因为这个国家的富裕、舒适，建立在拓荒的理想之上。

1960/11/7

许多作家，尤其是年轻作家，认为自己能把"万事万物"都写进一本书里。他们考虑的是人类的意识（那个神秘之物！）、情感、氛围，世间存在的一切。当他们开始写书时，便会意识到有多少东西必须得舍弃，一件艺术作品要想有一点点用处，都必须痛苦地专攻一门。每本书中，他们只能表达出预想中的一小部分。

.711

1960/11/7

没什么意义,也没什么目标
除了这日子的美丽,
这天赐的善良。

1960/11/10

非得两个人才能吵起来吗?一句轻柔的回答能化解怒火吗?不见得。更有可能是,音乐有迷住凶残的野兽的力量。

1960/11/19

让我感到遗憾的是,我不得不假装对自己极为满意,才能换取心里的一丝安宁与平衡。说实话,我对自己一点也不满意。

1960/11/26

每到周日早晨,我就才思泉涌,
我前途无量,啊,有好多事情等着我做呢,
多少妙文等我书写!
精美行文在纸间流淌,我要爱每一张脸
理解他们——当然,不费吹灰之力就能洞悉一切。
我将成为大作家,受人敬重,得万千男人倾慕。
一切的美好终结在星期一,我的手
提笔写下第一个笨拙、尝试的字。

1960/12/16

笔名取为克莱尔·摩根[1]。每个故事都可能从长者和年轻人的视角来展开。每一个故事都要写一个全新的开头 & 结局。
 1. 爱伦的故事里,圣达菲那一段情节。(+她善于投机取巧,双性恋)

---

[1] 帕特打算用新的手法书写《女孩们的书》,出版时用笔名克莱尔·摩根。她放弃了使用《盐的代价》的角色的想法,根据现实生活中的前任情人和熟人来创造新的角色。

2. M. R. 和 R. B. 的情况[1]。

3. 海伦·M & 我自己。有关年轻人如何出人意料地把一手牌打输。

4. M. J. 和 M. L. L. 的情况。

5. 过客——MAM 和她的某某们。

6. R. C. 愚蠢地毁掉了我们之间的关系！幸运的话，可以写出很丰富的背景。

7. R. S. 和 H. M. 是两个纯真的姑娘，爱吵架，两个神经病碰到了一起。

8. 三十五岁到四十岁时，遇到一些给自己带来启发的人，这种影响可能会一直持续。

（不过以上都是很笼统的。原来是想写得更具体些，老年—青年人的故事，老年女性占主体。）

1960/12/18

当你祈求缪斯女神时，她没有降临。一整天里你都在绞尽脑汁，想把事情做好，最后身心俱疲，准备睡觉时她来了——于是你就睡不着了。当你的爱情破灭时，她会来到你身边。她抚摸着你，触碰你的肩膀，于是你便会明白自己其实并不孤独。

1960/12/31

神经质，就是没有理性，如同玩偶盒里突然弹出的小人，看起来最讲道理的女人会骤然发难。怎么解决呢？外交官来都没有用。得需要一个魔术师再配上一个炼金术士。你保持沉默，后果很严重，劝解的话也会引起轩然大波。无能为力。它就是海里的一块礁石。船触礁后撞出一个洞来。奇怪的是，这些船后来还依然能漂在水面上。不敢说话，说了也白说的一方，会永远记住这种伤害。[法] 那恐怖的十字架，那恐怖的真相，我花了很长时间才弄明白：人们喜欢争吵，争吵是一件很自然的事。[法] 写到此处，我明白这话不对。好像经验和生活已经把我洗脑了，我就该去相信它是真理，是唯一的真理。然而，除非我嗑了药头脑不清晰，否则我永远不会相信恋爱与争吵是天然共生的。解决办法应该很简单。有些人从小就习惯想说什么就说什么，而且从来也不需要为此做什么解释。他们自己都记不得说过什么了。如果就是如此，一切也还好。但奇怪的是，许多人偏偏什么都记得，却不后悔，不道歉，不做解释，也不

---

1 玛丽·罗宁和她的另一个情人。

努力把错误纠正过来。不是说她们不知道自己伤害了别人，而是她们（也许是因为她们后来才成了女同性恋）认为自己的伴侣就应该像没事人一样继续生活，尽管伤口还未愈合。"这就是我的本事，"她们似乎在说，"看啊，永远永远，只要你还相信，还爱我——还相信你爱我。"

1960/12/31

这些话异常残酷。这根本就不是婚姻。没有人试图去理解对方，只有怒发冲冠地相互攻击，就像他们是彼此一生的天敌。这是同性恋最恐怖的情况。啊，哎！——同性恋婚姻中就不能也有——那些婚礼誓词——死生相依吗。天啊，我发烧虚弱时，额头上轻触的那只手在哪里？（唉——我还记得在的里雅斯特的话："没有理由让你遭受这样的痛苦。"）

1961—1962 年

1961 年，帕特丽夏·海史密斯四十岁，她的又一段恋情眼看就要走向终点，她将与情人玛丽简·米克分手。帕特在工作中寻找慰藉，但她的身边是不会长期空缺的。在纽霍普，黛西·温斯顿给了她不少安慰，但 1962 年 7 月，她再一次踏上欧洲之旅时，帕特遇见了她的一生所爱——卡罗琳，对她一见倾心，彻底沦陷。

1961 年初，帕特在笔记本中详细记录了和玛丽简之间日渐频繁的争执——帕特的酗酒、玛丽简的善妒和抱怨，都使问题更加激化——还有对同性恋问题的反思。最终两人在 4 月分手。帕特继续留在纽霍普，在那里，她用不到十个月的时间，写下了自己最著名的小说之一《猫头鹰的哭泣》。关于这部作品，她从未在任何一本笔记中有所提及。在这本书中，帕特把玛丽简·米克描绘成一个善妒、失败的画家，笔名倒有不少，最后被人捅死。（1962 年，玛丽简报复帕特，写了一本书，名叫《亲密的受害者》，书中和帕特生父同姓的角色被杀了。这个叫哈维·普朗格曼的角色，和帕特一样都有列清单的强迫症，也爱在英文中夹杂大量的德语单词。）

和玛丽简分手后没多久，帕特就和黛西·温斯顿展开了一段新恋情，黛西三十八岁，在纽霍普当一名女服务员。这期间帕特为当地报纸《巴克斯郡的生活》写书评，为《艾勒里·昆恩推理杂志》写了好几篇故事，其中有一篇叫《水龟》，讲述一个小男孩谋杀了他的母亲，因为她把他最喜欢的宠物水龟做成了菜。虽然帕特和黛西的恋情只维持了一年，但两人仍然成了终生的挚友，帕特还将《猫头鹰的哭泣》这部作品题献给了黛西。

1962 年，帕特回到欧洲，于 5 月中旬抵达巴黎，宣传自己刚由卡尔曼-列维出版社出版的新作《一月的两张面孔》。随后她又去撒丁岛、卡普里岛旅行，最后一站是波西塔诺，她和旧情人爱伦·希尔在那儿租了一间房子，然后立马又开始重演整日争吵的老戏码。两人一起游览了罗马，之后帕特独自前往威尼斯，她1967年的小说《转身离开的人》就是以威尼斯为背景。然而，她似乎无法停止自己的感情生活，7月底，她到达伦敦，疯狂爱上了一位加拿大侨民卡罗琳·贝斯特曼。卡罗琳是个已婚女人，还有一个小孩。

之后，帕特回到纽霍普，从9月起，她着手创作下一部小说。但工作进行得并不顺利，因为帕特老在痴想着卡罗琳。几个月前，哈珀&罗出版社再次拒绝了帕特的《一月的两张面孔》。在这部失败的作品之后产生的空虚中，帕特四处搜寻各种素材。她有了一个新的故事梗概，主人公成了命案的嫌疑人，他有杀人的动机，但他没有杀人。故事是受一名与帕特通信的囚犯的启发；她还在一名刑事律师的陪同下参观了附近的一所监狱，进行实地考察。

9月，帕特回到巴黎，这次有卡罗琳同行，帕特决定不能再让她离开自己的生活了。11月，帕特带上她的猫"蜘蛛"，跨越了大西洋，只为能与卡罗琳离得更近。

1961/1/10

对于"生命"，我们永远都无法超越已知的内容了解更多。数个世纪以来，一批又一批哲学家、艺术家和作家不停追问那些永恒无解的疑问，尽力破解谜团。对作家来说——他总是陷入这些问题之中，无法自拔，他满怀着真正、坚定的希望，要让我们对意识、生命及其意义有更深入的认识。可他唯一能做到的就是展现生活的原貌，其余的他也就只能努力追求了。通过讲述别人的故事，我们了解了他人。心理学和精神病学是两门新兴学科，都很特殊，因为它们虽然是研究大脑的，也顺带研究了人的种种渴望，可它们并未带领我们一步步揭开这个谜团，那是所有普通人和艺术家共同的困惑。答案会是临死时只有死者能听到的一句简短的话吗？会不会生命中的一切都毫无意义，就像田野里的雏菊？雏菊是美丽的花朵，还是杂草，取决于从哪个角度去看。

1961/1/23

绘画。现在我觉得越简化越好。最好用马蒂斯的风格，虽然他根本算不上我最爱的画家。我沉迷于油画中用到的素描手法——还有基本原理，好像有点过于沉迷了，我才意识到。我不喜欢用厚重的颜料来构建形式，更倾向于使用线条元素。

1961/3/3

那个极度神经质的人就是我。"地下室人"[1]。我才懒得管读者对我的一般看法，或者把我当成哪个讨人喜欢的角色。

1961/3/10

和异性恋相比，同性恋更容易被别人爱的表白所勾引和讨好。"我爱你，我想要你。"这句话百分百能俘获同性恋者的心，屡试不爽。很遗憾，他们的自我意识太弱，心和大脑很容易就被动摇。

1961/3/14

啊，悲伤、不幸的可怕泥沼。找不到哪个词可用来形容。恐怕只有"无能"，但这个可怕的拉丁词也是如此不准确啊。双手被捆住，双耳被塞住，双眼已盲。最糟糕的，是这种徒劳、绝望的感觉。今晚我并不绝望，可进展却如此缓慢。不过，比起昨晚要强很多了！今天快挂电话时，最后那几句话让我感觉好亲切，虽然语气并不善。诗人们写的爱的力量的诗句都有什么来着？我现在就需要。我相信爱的力量。（我相信两人相爱时的力量，而不是单方的力量。）我把写好的前十六页重读了一遍，发现比我预想的效果要好[2]。令人振奋，几乎可以和她［玛丽简］今天那些温柔情话相比了，不过还是略逊一筹。还要多久才行啊？我要诅咒上周四晚上的那个傻瓜，竟劝她相信了我会害她！事情由此变得一发不可收拾。我在寻找中间缺少的那一个环节。她为什么要明目张胆地诽谤我，惩罚我呢？她脆弱又过于敏感的自我心理，和她的盲点以及残忍之间是什么样的关系呢？我一定要弄清其中原委——总有一天，这件事我也会豁然开朗的，希望将来我能智慧地处理感情问题——长袖善舞吧。

1961/3/16

今晚，我支棱着耳朵，开着门，等着和解。她一进门，不到半分钟，我就知道了。她面带微笑，羞涩地让我帮她把车重新停好。随后，我坐下来读她的信（6页纸），我俩都倒了点酒。（我问了她［让不让］才喝酒，因为我算是在戒酒。）"我们

---

1 指俄国作家陀思妥耶夫斯基创作的长篇小说《地下室手记》的主人公。
2 不清楚帕特指的是哪本书。可能是她1月开始写的自传（写了69页后就放弃了），暂定名为《女孩们的书》或《第一人称小说》，也可能是她的下一部小说《猫头鹰的哭泣》。

在庆祝"——差不多就是这种气氛。她在那封长信中提议我们给彼此更多的隐私空间（评价了纽霍普那群一直在窥探我们的生活、找刺激的人），她还提议我们住在不同的房子里。其中有四页纸，话语含蓄。"我爱你，但是——"她不想让我在朋友面前谈论她。（她说得有道理；但我和别人谈起她时，主要都是夸她；朋友们面前，我总是说我爱她——朋友是指刘易斯夫妇，但他们算不上亲密的朋友，只有佩吉［·刘易斯］让我觉得亲近。）她还举出珍妮特［·弗兰纳］和娜塔莉亚［·达内西·默里］的关系为例。好吧，这封信我会一直留着。再读一遍，字里行间透出一股冷淡，不过本质上还是很有希望的。这里边，这背后有太多的东西，无法用语言表述。还有自我意识——她比我更害怕，为她自己害怕，不是为我。她"怕"我喝酒。我怕她的雷霆震怒。不管怎么说，在卡特维尔饭店吃过晚餐后，做爱，春宵一刻啊，周五的早晨也一样享受。她醉意上头，告诉我她翻看了我关于爱伦·希尔的日记。（还把日记的时间全都搞混了，真让人发狂！）她的原话大体是："很明显，你爱爱伦，想要她，日记中的你很有人情味。我爱这样的你。所以，你为什么还要在背地里说她坏话呢？"她可能没有意识到，恋爱中，一切都是会变的。

1961/3/19

那件事依然让我心烦意乱，和 M. 再谈谈？我还是开不了口。她自己突然来了这么一出，我就有权尽快搬［出去］，搬到一间更大的房子。她不愿意再提起，我就更有理由了——她不想听我说非常赞同她的想法，我只好搬出去，肯定要搬，别人怎么看都无所谓。我说："我也想按照常规方式生活。我可不想显得像个不负责任的怪人，但现在我给别人留下的印象可能就是如此。我也没有办法。"

1961/3/21

对于这样的变化，我悲观的、吹毛求疵的天性就开始害怕，从此我们将难免分手。现在我们唯一的保障就是绝不可能有"另一个女孩"走进我们的生活或我们的内心——或直接上床。但（周日下午）我看到了她专横的一面，因为她从某种意义上讲已经取得了胜利，甩了我，却依然把我拿捏在手里。也许是我太不了解这种算筹了吧。而且我的理想就是要与所爱的人朝夕相伴。然而现在，我明白了，在同一屋檐下生活，我们会有太多摩擦，无法和平相处。要是这个办法行得通的话，我一定心满意足，不会再发愁了——换句话说，要是我们能不乱发脾气，尽可能绕过所有能产生分歧的事件，这些也许别人都能克服，我俩却会因此而决裂。这些天我常常表示后悔，导致我想和她讨论问题时，她都无法心平气和地跟我说话。她对我张牙舞爪，就像一只在打盹时被吵醒的猫。但这些天我也想看到这一切好的方面，看到承诺的部分。现在每天晚上，她都想来见我。即使这样，也不能太过火。我们都需要私人空间。这一次，我不想再让她冲我发作说："我受够你了！我再次请你出去！"

1961/3/22

这些天，一切瞬息万变。今天中午 12 点，她打电话给我，说她不该对我大吼大叫，但没过几秒，又叫嚷着说她大吼就对了，我就不该在餐桌上喝那（两杯）酒。4 点她打电话来时，情绪完全不同：她在多伊尔斯顿买了一只小狗，还接受了我的邀请，要来我家和费雷夫妇[1]共进晚餐。费雷夫妇离开后，我对 M.J. 提出我们应该向彼此道歉，不要继续互相侮辱了，不然一切就真的无法挽回了。M.J. 转身跑开了。她边跑上楼梯边说："你喝醉了，我不想又和你吵，帕特。"我们没有睡在同一间房里。暴风雨是今天早上来的。我们从没吵得这么凶过。我一直在为自己辩解，M.J. 的攻击刻毒至极。比如，她指责我前一天晚上期期艾艾，说我的住房实在是最差的。我从来没把这事放在心上过！今天早上她又冲我喊道："你是真的小气，找个体面点的住处都不肯。整个夏天你就窝在那儿吧。"她还说："你就剩那么点理智了，还能辩解什么，你的脑子里全是酒精。你根本配不上玛丽简·米克。给我滚吧，帕特，因为你就是个普通的酒鬼。"我反击道，抓住这酒鬼吧。你也就配得上这个。

1961/3/23

今天早上她说的谎，让我头一次觉得她精神出了问题。昨晚我在锤架上换用另一把锤子时，她明明问过我："你想用锤子打我吗，帕特？"我说："当然不会。"今天她却矢口否认。我把锤子挂回架子上，她又怪我电话欠费了，而我还主动去交了。这些都很重要，因为，我的工作给了我信心。这是第一次，我对她说，从今往后，我不会再接受你的谎言和夸张了。她定然受了震动。我否认她今早编排我的谎话。中午，她收到了我的信，其中既没有侮辱她，也没有丝毫恳求的意味。我直接把话挑明：1）照理来说，我是应少喝点酒；2）同样，她也必须控制好自己的脾气，不然，追求

---

[1] 贝蒂和艾尔·费雷夫妇，住在纽霍普，是帕特一直很喜欢的朋友。

我的女孩子还有一大堆。今晚的问题出在：她对我的侮辱太过分了。很多时候，我都忍着没做声，我以为自己什么都能忍得下去。但恐怕我的忍耐还是有限度的。如果她不向我诚恳地道歉，给我一个未来的承诺，我们的关系就该到此结束。对于我的要求——她说："怨恨像一把明亮的火炬在你心中熊熊燃烧。"

1961/4/3

恋爱初期的吵架与和好的模式（无论什么小吵小闹），会贯穿整个恋爱过程，或许会越来越严重，越来越难以忍受。我和 M.J. 就是这样。从一开始就磕磕绊绊。整个人像是被洗脑了。两个从事同一行业的人会互相较劲。一方发了疯似的要胜过对方；而另一方则不计代价地要留住对方，同时扪心自问："为什么我还在纠缠下去？我一点也不傻，我必须得抽身而出。"但怎样才算是"抽身而出"呢？和另一个人恋爱就会变得不一样了吗？在异性恋关系中——所有的婚姻咨询师和心理学家都会说，两个人最好不要放弃，努力再磨合磨合。

1961/4/3

每天都在有意识地保持清醒，烦躁的时候外表保持冷静，努力使微笑显得自然——尽管有时确实发自内心。努力让自己看起来和别人一样——从不焦虑，从不慌张，从不怀疑，从不忧郁。

1961/5/14

同性恋者喜欢有彼此的陪伴，并不是因为双方都偏离了社会规范，而是因为她们深知彼此都经历过同样的苦难，同样的考验，同样的忧郁沮丧——相遇即说明彼此都活了下来。不在的那些要么已经自杀，要么已经妥协，或决定妥协，或愿意妥协了。同性恋间的友谊或了解看起来很肤浅，也许就是肤浅，但那条根本的纽带始终将她们彼此维系：她们情同手足，因为都经历过同样的苦难。无论位高权重还是平凡低微、无论聪明过人还是糊涂蠢笨，你都属于这个大家庭中的一份子。

1961/5/29

生命的意义是什么？是徒劳，是绝望，让哲学家们百思不得其解，身心俱疲。如果我够幸运的话，当黑暗来临，五感一个一个消失时，我的身边还有几个知心朋友陪伴。我认为这就是生活的真谛。这和你有了孩子，种族和家庭得以延续是一个道理。

其实，生活无非就是希望与别人保持联系。尽管人们常常误以为性的影响最最深远，但其实友谊才是最长久、影响最深刻的。性能给人带来愉悦，表面上，它似乎改变了情感结构，但实际上并非如此。

1961/6/1

花了两个小时翻看十六年前的那些日记。我的生活就是一部难以置信的错误史。该做的事没做，不该做的却做了。面对它并不愉快，当我意识到我还是那副老样子时，更觉得郁闷，还一边犯错一边努力套用着过去的经验。我该怎么办呢？远离那些虐待狂。当有情绪时不要表现出来。做每件事都要小心翼翼，时刻以拯救自己为目标。但这些方法对我来说统统没用。我没躲开他们，不用张口就把感受展露无遗。我做事从来都不小心，所以，在感情中我也别想自我拯救了。

1961/6/1

[海特尔·维拉·罗伯斯[1]的音乐。在他的音乐中，我听见了亚马孙森林深处的绿意盎然，五彩斑斓的鸟儿，爱情、生命和死亡的美丽与悲剧。这是种没有国界的音乐，像一幅没有边界、没有画框的画，但画面中央的那抹朱红却分外美丽。它洋溢着自由的延展和喜悦，也透露着死亡的气息。热恋中的女人也从未唱出过这样的音符。

1961/6/16

[波西塔诺。][2] 同性恋故事，第一部分：被爱的女孩拒绝。最理想的就是 N.W. 类型、C.S. 类型和 R.C. 类型。第二部分。折磨人的类型。比如 M.J.M. 那样的女孩，M.R. 类型的人可以缓和一些，到现在还没有出现。第三部分：J.S. 这一类爱我而我不能接受的女孩。这都可以写成三部曲了。但这与我的生活不符，因为我的生活是有先后顺序的。

1961/6/18

麻疹（德语词）[3]。几分钟内就起了一大片疹子。之前就出现紧张的症状，昨

---

1 海特尔·维拉·罗伯斯（1887－1959），巴西著名作曲家。
2 意大利南部阿玛尔菲海岸小镇。
3 帕特的第二部长篇《盐的代价》得益于她的水痘，于是帕特就认为疾病对她的写作有益。

天，还开始怕光。腹部、背部和上臂处特别严重。晚上发烧，但不严重。出门必须戴上墨镜，心里才会舒坦很多。去了趟医院，一点心理安慰都没有，医生很无礼，什么药也没开，几乎一句建议都没给，除了让我远离怀孕三个月的妇女。因为麻疹会对胎儿产生致命的影响，母亲倒没多大关系。多喝水；别着凉，身上痒得不得了，多涂些玉米淀粉在皮肤上，减少皮肤瘙痒。晚上浑身难受，睡一个小时，抓挠、醒着两个小时。和以前一样，发烧真的能激发我的想象力，想到［《一月的两张面孔》］该怎么结尾了。脸颊只是泛红，没有一粒疹子。脖子上的腺体一阵阵发疼。耳朵和鼻子很痛，似乎都肿起来了。据说这样的症状要持续三天。我写这篇日记时，已经过了三十六个小时，真希望我已经度过半程了。第二天晚上，疹子几乎全消失了。手臂上的疹子是最后消退的。（这次出麻疹，和毒橡树的毒很像！）太阳下山时，我又发烧了，不过很快就退烧了。我差不多休息了两天，现在浑身是劲。

1961/6/20

世界还是那个世界。变化的是你自己。走出所有抑郁！但愿如此啊！

1961/6/21

喝酒时，身边需要有个人或者得有许多人听你讲话，无论如何，起码得有一个。而有时候，连一个听你倾诉的人都没有。喝酒就变得索然无味。

1961/6/22

当我的生活中到处是凶恶的、张牙舞爪的、凶残的恶魔，当我的大脑疲于应付，当我觉得一切都毫无意义——这时我就非常爱玩英语填字游戏，它有着疯狂的清醒。游戏中虽然有各种疯狂的双关语，但又回到了逻辑的、公平的世界。

1961/7/3

问题的关键在哪里？我们能让彼此更加快乐吗，哪怕只有片刻的欢愉？

1961 年 7 月 7 日

纽霍普。把痛苦写下来，痛苦会不会就有点不一样了？会的。还可以画在画布上，或用音符来表达。这不仅仅是将痛苦表达出来，还使痛苦发生了变化，变得更加清晰，从某种意义上说是控制了痛苦。最重要的是，痛苦变了。不管怎样，今晚的我不觉得痛苦。只有我创作的小说人物还处在煎熬之中。今晚我给一位朋友打去电话，她之前就一直有点苦恼。什么是心理健康呢？像这样的行为，有规律地生活——最重要的，是善待他人，任何时候，从不间断。有时，非得等到身体疲惫，体力不支，我才能变得心平气和。即便如此，我要是想不起来曾经做过什么好事，就还是不会感到满足。睡眠是最甜的药膏，一觉醒来，恢复了想象力，恢复了判断力，看到了真相，不仅让我重焕生机，还能让我积极乐观，满怀希望，否则生活哪堪忍受。我正在写一本小说，上周日完成了初稿，一共263页——

1961 年 7 月 8 日

还是老样子。星期五。写得又多又好。和佩吉·刘易斯一起喝酒，她邀请我吃晚饭，但我没有接受。每天写点东西对自己有帮助吗？答案是肯定的。除了习惯，没有什么能让我生活下去，也许对每个人都是如此。

"蜘蛛"捉住了一只半大的兔子。小黛西吃饭狼吞虎咽的。

1961/7/7

随意地观察。从十二岁或之前就认定自己是男性的同性恋女孩，到了臀围增大、胸部产生赘肉的中年，才懒得去保持苗条或者敏捷。这是因为她不喜欢成为成熟女人，也不以自己是女性为傲。

1961 年 7 月 9 日

今天在家里过得很逍遥，写写信，想想书里的情节，任思绪自由流淌，这已经成了我生活中必不可少的一部分。得有更多悲剧—神经质的元素，这对我来说是唯一的真理。今晚我受到了外部影响的干扰，还有对书的大改动，我知道怎么改，也会改——大概在7月底就能全部改好。

1961/8/8

字字都是心血，

行行透着伤痛

（因此我给你的是痛苦和快乐），

你金色的身体熔化在我心上，

你的身影枯萎在我的身体内，

你就是我金色的小护身符!

看着你微笑的双眼中黑色的火焰,

我发誓,

我保证让自己快乐起来。

我发誓要把你护在手心,

致 D. W. [黛西·温斯顿][1] "黑金的小宝石"。

1961/8/31

好的作品会从笔尖自然流淌。

1961/10/27

要知足啊,让自己学会满足,懂得满足——在我心里,这一条最为重要。沾沾自喜可能会招致麻烦,但抵不上你写出更多、更好的作品,也会给别人带来一丝幸福。

1961/11/3

世界上有那么多的女孩,我们都该像小鸟一样幸福、快乐。

1961/11/26

一个周末

L. R. [琳恩·罗斯]

上周还是一片紫色

如今已经变得火红。

天空更加宽广。

我窗外的小溪,

落下细窄的瀑布——

溪水变成了瀑布,

还是同一股水流,

---

[1] 这是帕特在笔记中第一次提到她的新欢,黛西·温斯顿,她是纽霍普的一个服务员。

受阻后，不停翻滚

倾泻下美丽的弧度？

我希望这窗外的风景，

这些不结果的美丽的树，

那呼啸而过的列车，

当你我伫立观望时，

能够永远定格在此，

直到永远，直到永远。

你的手，你的眼捕捉到了——

我不要这清泉，

我什么都不想要。

1961/12/12

有一种命运，有一种欲望——叫堕落。没有什么事、什么人、什么哲学、什么医生能救得了一个注定要自我毁灭的人，但在这毁灭中，他才能找到答案。

1961/12/12

搬进一所房子，住进去，逐渐置办好一切，知道这将是你住过、装修过的最后一个房子，会一直住到生命的终点，这种感觉一定很陌生[1]。

1962/1/1

要想保持心理健康，我有一个小诀窍。专给头脑简单的人。秘诀就在于无论我们做什么，都要看到自己的进步。哪怕没有什么长进，也必须找出一两点来。我外婆的人生观就是这样豁达，她也确实不断进步着，这并不是胡诌的，她只关注、只考虑自己前进了多少，从不理会挫折和失望，还有失败的事实。客观地思考问题是人的一项特权和义务。我们是否快乐取决于我们选择看到什么。

---

[1] 这时，帕特一定是搬出了她和玛丽简·米克共同的住处，住进了同村的一个临时居所。

1962/2/3

　　艺术——创作——和酒精可谓异曲同工。它们改变世界，直到世界能忍受它们为止。如果作家或画家创作进展顺利，他们就无需喝酒或服用其他致幻类的麻醉品。同样的，真正的艺术家若不能快乐或顺利地创作，或者根本无法创作时，他们就会选择喝酒或服用麻醉品。

1962/2/3

　　我的个性中非常重要的一面是，在孩童和青少年时期，我并不心胸开阔、自由奔放、天真无邪、容易受骗……我虽然天真，这一点毫无疑问，但我很封闭、很保守。直到三十岁，我才开始真正地生活。成年后，我结交了许多朋友，通过友谊不断成长。我依然在不断成长中——打开自己，接受别人，宽容，以及由此产生的对他人的情感和关怀。三十岁左右，说到底，我还是像一座冰川或石头那样冷漠。我想我是在"保护"自己。当然与我必须严严实实地藏起自己最重要的情感欲望脱不了干系。这是每个受良心谴责的年轻的同性恋者的悲剧，他们不仅要遮掩自己的恋爱对象，还要隐藏起他的人性和心灵天然的温暖。但就像我身上的每一个缺点一样——我不会说我很难过或心生遗憾。这是因为——怨天尤人又有什么用呢？总有一天，筑起的水坝会决堤，一泻千里。

1962/5/3

　　西奥多拉·克罗伯的《以希》[1]。为什么我更喜欢纪实小说而不是虚构的故事呢？我渴望真相，这个印第安人的故事背后的恐怖真相令我感到羞愧、愤怒和沮丧，不禁流下泪来。记得八岁那年，我在沃斯堡的第六沃德小学上学。每周我们都有一节图书馆阅读课。我读到印第安人住在圆锥形帐篷里，他们会制作弓箭和干肉饼。一整个星期，我都在想着这本书，迫不及待地想坐到那把无背椅子上——深色的、温驯的大木墩——翻到我上次看到的那一页，接着读下去，探索那群早在我出生之前就生活在这同一片土地上的人们。

---

[1] 西奥多拉·克罗伯 1973 年出版的小说，全名为《以希：最后一个印第安人》，讲述的是北加州雅娜印第安原始部落最后一个人以希的一生。西奥多拉的丈夫阿尔弗莱德·克罗伯在加州大学的人类学博物馆遇到了以希，并与她共事。西奥多拉的故事便是以丈夫的笔记为基础进行的创作。

1962 年 5 月 15 日

巴黎。夜晚的街道似乎更加阴暗。人们都神色紧张，蕾妮[1]说，听说两个男人因为车辆轻微碰撞就大打出手，双双丧命。这是巴黎特有的无聊。不工作时我总觉得不满足，无所事事果真会让我变成傻瓜，这就是美国的功利主义对我的影响；我不喜欢这一点。我没法简单地活着。我喜欢简简单单地活着的心态，但每次不超过一分钟，我就会厌倦了。我倒希望看看这次旅行能不能改善一下这种可悲的状况，不再焦虑，以前（我总觉得）某种情况引发的焦虑让我又紧张又害羞，比如牙疼和缺钱。

1962 年 5 月 21 日

多丽丝盘问我黛西［·温斯顿］的事。我跟她说，我更喜欢一个人住在纽霍普。

1962/5/23

今天在接受《法兰西晚报》的维兰小姐采访时，我给她看了这本书，告诉她我喜欢读动物的故事。她问我为什么。我说，在一个充满焦虑的时代，不断面临战争的威胁，我喜欢读动物的书，因为它们始终如一，忠于自己的本性，故而美丽又纯洁。

1962 年 5 月 24 日

在荣军院花了 381［新法郎］买了张去卡利亚里的机票。之后，和多丽丝在双偶咖啡馆吃了一顿漫长而愉快的午餐，喝了杯白兰地 & 咖啡。我们在下午 4 点分别。7 点和珍妮特·弗兰纳吃晚餐，在大陆酒吧喝了 2½ 杯马提尼酒。她看起来气色很好，我发现她比以前热情多了。

1962 年 5 月 26 日

预订了 31 号去那不勒斯的船票。E.［爱伦·希尔］满肚子都是本地人多落后的趣闻轶事。他们的思维习惯 & 行为习惯。都是代代相传的，数世纪的压迫的结果。我们开车来到了海滩，这里不能游泳。

---

[1] 蕾妮·罗森塔尔是琴·罗森塔尔的妻子，两人一起为法国的卡尔曼-列维出版社和拉丰出版社翻译了帕特的许多小说。

1962 年 5 月 31 日

船终于在 5 点启航了。我们得到了一间二等舱船室，原本住在里边的一位女士换了房间——我们很幸运啊。晚餐普普通通，有三道菜。我没有带任何东西来读，只有思绪在我脑海里纷飞。我永远爱船如初。

1962 年 6 月 1 日

开往波西塔诺的车很挤。爱伦的房子很是迷人，有两层，一楼和二楼都有入口。她又翻出旧账来，说我遇到黛西后，就"残忍地把她甩到一边"。只有感情用事的人才会这么说。总之，就是我对她很不公平。最后，我也念叨起她的事：圣塔菲、墨西哥、《深水》、自杀威胁等等，她肯定都想回避的话题。[法] 我还没提她在 [19]54 年偷看我日记的事呢，致使我放弃自己保持了 19 年的记日记的习惯——直到现在我才捡起来。[法] 我认为，长期投入了感情的人才会被打击，也才会发起反击。以牙还牙，就是这么回事。我倒希望她能把我们对彼此的攻击和对彼此的善意放到天平上称一称。我想最后一定是平衡的。

1962 年 6 月 3 日

[波西塔诺。]我画了两幅画。E. 更喜欢黑 & 白的那幅。今晚去艾德娜家[1]吃饭。艾德娜家里满是精美的油画和家具。

1962/6/5

每把枪都该被销毁。如今已是 20 世纪了。

1962 年 6 月 7 日

艾德娜想要我的（第 3 幅）波西塔诺黑 & 白画 & 也许能卖掉——1 万或 1.7 万里拉。今天我又画了一幅。打字机的问题又来了。E. 受不了打字的声音。这让我想起了在塔斯科写《深水》的时候。打字机是她的，她真想偷偷藏起来不让我用。

1962/6/8

今天做了一个决定，从今往后，不与任何人住在一起（共用一个房子）。之所以下此决心，是因为被人指手画脚，让我很不舒服。我就有这样的本事，总能碰上这样

---

1 艾德娜·路易斯是佩吉·路易斯的婆婆，在波西塔诺开了一所艺术学校。

的人。另一个原因在于，过去的一段段交往不是让我精神崩溃，就是让我身无分文，一想到还要再坠入这样的深渊，再千辛万苦从中挣扎出来，我就沮丧至极。我已经到了这个年纪，再也没有那股勇气了。

1962/6/26

罗马。对于美国人来说，欧洲，特别是欧洲的酒店给人带来种种不便，与其说他们思想守旧，还不如说他们是一群施虐狂，对世界充满厌恶。除了邪恶的阴谋家，还有谁能设计或制作出这样的衣架，挂钩长十四英寸，衣架宽十英寸呢？甚至挂一件夹克衫都能拖到衣橱底板上，像是挂在稻草人身上一样，松垮地垂下。在这类酒店中，浴室的水箱往往位于浴缸的前半部，伸出来太长，都很难够到下面的水龙头。马桶紧挨着浴缸，腿都没地方放。放卫生纸的纸巾盒就直接放在马桶后面，或者挂在对面墙上，够都够不着，里面压根就没有纸。门上有三个锁孔，需要用三把钥匙同时转动才能打开。难道十八世纪的人都长了三只手？

1962/7/6

让自己"走动起来"，从中发现美好的品德——动手做一些日常小事，精力充沛地去完成——只要这样，我就能克服神经症中最为明显的症状（还有障碍）。确切地说，我有很多方面的神经质。畏缩，还有非常佛教徒式地排斥和蔑视运动，走动起来反倒会让我丧失行动能力。这一点在度假时最为明显，因为埋头工作、打理房子才是我最有意义的（也是唯一有意义的）目标，度假时都不能做了。去取机票真是痛苦啊。

1962年7月7日

威廉·福克纳于昨天因心力衰竭在密西西比州牛津市去世。意大利的报业罢工，只有《每日电讯报》上刊登了这则新闻。

1962/7/7

旅行的经历逼迫着我活过来，我并不想要这样。我不喜欢思绪无意识的流动被打断，意识到："我还活着，还在挣扎，但愿只是精神上的，我竭力想保住我在队伍中的位置，却被一个胖胖的阿布鲁奇来的女人挤了出去。"我就站在那儿，任她把我挤开，想着刚才我应该怎么反击。另一方面，边走边欣赏这座城市，给我带来极致的视觉享受。某些威尼斯建筑有粉红色和黄色的灯光。说白了，我就不喜欢喧闹的人群。这一点越来越明显了。我想这多半是我没有兄弟姐妹的缘故。

1962/7/8

最真的爱和最伟大的爱，是那些最需要爱的人得到的爱。他们最渴望爱，却又无以为报。

1962/7/12

［巴黎。］拉雪兹神父公墓。墓地看守人给我的地图上唯一吸引我的是奥斯卡·王尔德的墓。乔治·比才、巴尔扎克、阿尔弗雷德·缪塞也长眠于此。这块墓地位于巴黎东部（往丁香门方向），面积巨大，有多条公路从墓地穿过。奥斯卡·王尔德的墓地在89e区，位于中北部，我走了将近一英里才到。（岁月侵蚀的）一个个发黑的长方形墓室，大多数都有三角形的墓顶石，我来到了奥斯卡的墓碑前——一块巨大的近乎正方形的矩形花岗岩，上面有一个埃及人像，戴着头巾，横向飞行。在花岗岩的正面只用大写字母刻着他的名字。背面是那些伟大的诗句，也是他一生的写照：

异乡异人泪，

余哀为残瓮，

悼者身孑然，

悲歌长久远。

1962 年 7 月 20 日

［伦敦。］10点，到了比林斯盖特，参观了煤炭交易所，城市和公会学校举办的艺术展览，还看了约翰·索恩爵士博物馆里的收藏品。随后和卡米拉·巴特菲尔德见了一面。和她一直待到7点，晚饭后贝斯特曼夫妇来找我喝酒。卡罗琳·贝斯特曼[1]非常有魅力，兴致勃勃的——她喝完酒后，脸上浮现一抹红晕，行事作风很英派，但实际上，她是个法裔加拿大人。她对我真的很友好，周一我们很可能去洛德球场看板球比赛。可惜明天卡米拉要到乡下看望她结识的第一个朋友戴安娜，要去一个礼拜。她和我的处境差不多，她和女朋友麦琪一起住在洛杉矶。卡米拉想和她分手，但不知道怎样分手才能不伤害她。

---

1 这是第一次提到这个已婚女人，她是帕特一生中的最爱。

1962/7/23

"伯灵顿拱廊街在皮卡迪利那一侧的尽头，"
她说，"我会等你，我会等你。
早上十点半。
十点是到不了的，除非我穿着睡衣出门。"
"好吧，那我就穿着搬运工的衣服去找你。
看着你，就好像——"
"就好像我有什么东西要搬。"
"伯灵顿拱廊街在皮卡迪利那一侧的尽头，"
"再见。""再见。"
她今晚有空。我们今晚都有空。
啊，这就是战术！

1962/7/26

我要为你用小诗
串一串项链。一首连一首，
串在一根短暂的时光上，
一根回忆时光的细线，
细数这几天的回忆，
恒久地记在项链之上。

1962 年 8 月 1 日

汉普顿皇宫——然后下午 4:30，去卡罗琳家，和她丈夫、儿子一起吃晚餐——黄昏时打网球，看到了今年第一批落叶。

1962/8/1

为展现你的风雅，
我该为你画像，
那个夜晚。那个夜晚
我本该转身离去，

或者拜倒在地。我爱上了你，
就在见到你的一瞬间。

1962/8/4

我从 24 街拐上第三大道，路过 68 街我的高中母校，在古董店里走走看看，偶尔买上几件，这样，我的生活是不是有了一丝好转？生活确实好了起来，因为产生了一个错误的希望。这希望是被误导的，不真实的——但也挺好，因为它足以慰藉我了。我不会再欺骗自己。这只是个错觉。那些日子里，我以为每一条信息都可以派上用场，所以把它们全都记录了下来。那些日子里，我以为每一段恋爱都能走到最后。现在看来，那些日子像田园诗般美好。紧接着，生活就动荡起来，危机四起。我本以为我现在过的这种生活算是很保守的了，安安静静的，没有什么危险。其实现在才是风险、危机、焦虑的开始。现在，我要正面迎击生活的铁面和雪亮的刀锋。现在才是危险的时刻，我已无路可退，命运的尖刀已抵住了我的喉咙。现在，我不再抱有什么幻想，我知道幻想就是危船上的压舱物或多余的负担：必须丢进海里。我多余的负担——这不是双关语——我现在没心情开玩笑——就是永恒的爱情，我永远都无法放下。说它永恒，多少带着点嘲弄的意味。爱是会变的，但对爱情的渴望永不改变，或者说只要我还活着，我就需要爱情。当我离开这个世界时，就让别人接替我高举爱情的火炬吧！一定会后继有人的！

1962/8/25

伦敦——大本钟的钟声响起，缓慢而庄严。（我将心甘情愿为女王而死。）街上混杂着古伦敦口音、伦敦东区口音和牛津口音。就在那深处。在那一片灰茫之中。在大雾和阴天之中。而卡罗琳是一只麻雀，我见过一次，觉得似曾相识，因为它曾两次落在我窗外的棕色篱笆上。两次照面，一次很恍惚，第二次立即认了出来。她的手腕有些浑圆，手腕上方戴了一只窄窄的深色手环，戴的位置比平常更高一些。她的双颊时而绯红，时而白净。棕色的眼睛直视着我。我最不愿用棕色来描述她眼睛的颜色。乳黄色、粉色，甚至白色——什么才是温暖的颜色呢？她穿着一件淡米色的毛衣，一条花呢裙。一顶灰色的帽子，就像鸟的羽毛一样，不过肯定不是鸟羽。我还记得她的笑声。坐在从格林威治起航的船上，她终于开口说了句："我好冷。"当然，也没有什么不出格的办法来取暖，我俩都一本正经的。

1962年9月3日

今天过得不错，因为我睡得很饱，还睡了个午觉。大部分时间都在构思故事情节，我希望莫里斯·埃文斯[1]会喜欢这部小说。

1962年9月4日

卡罗琳的来信让我高兴了一整天，让我又有了动力，开始忙碌起来。她的前三页文字写得很随意——紧接着，她写道："请尽快来信，我感觉自己就像被人摘掉了氧气瓶——"因为她已经有一周没有收到我的信了。我真的爱她，经常会想起第一次见到她时，她身穿白衣散步的模样——刹那间我就被击中了，内心溃不成军。不知道还要多久才能再见到她。我要付出多少努力才能讨得她的欢心？但付出什么都是甜蜜的。我很满意我们现在的进展。但不能经常给她写信让我很痛苦——或者，唉，没法把我想写的写给她。

1962年9月5日

经过无数的内心交战，终于还是在今早5:05，伦敦时间上午10:05分给卡罗琳打了电话。她真的让我鬼迷心窍，我希望她和我一样，为这通电话感到欣喜。这次冲动的电话不仅让我感到别扭，而且现在我也不能如愿给她写信了。真该仰天狂笑才对。但我们喜欢和她谈话的每一秒。除了没聊到大本钟外，我们无话不谈。最后我说："一天愉快。""会的——现在开始——"

1962年9月6日

一觉睡到中午，一想到卡罗琳，我一整天都欢欣鼓舞。昨晚她说："这真是最奢侈的享受啊。"我真的爱她，想到上午10点的伦敦沐浴在阳光中，听着听筒那头卡罗琳漫不经心地聊天，好像我就住在她隔壁的街区一样，这感觉很奇妙。我告诉她，我刚把一个很久以前的故事[2]卖给了《故事》杂志，所以，我决定好好庆祝一番。

---

[1] 莫里斯·埃文斯（1901－1989），英国演员和电影制片人。他在戏剧舞台上声名鹊起，他表演的莎士比亚还赢得了美国电视观众的喜爱。他也出演了《人猿星球》等电影。帕特为埃文斯写了一个剧本大纲《桥上的自杀》，但没有结果。

[2] 帕特1949年写的短篇小说《了不起的纸牌屋》。

1962/9/6

我逆着时间生长。童年的我忧郁悲伤、非常成熟，青春期时活得像个中年人，现在人到中年又青涩起来，连头发也从黑色变成了棕色，颜色越来越浅。

1962年9月8日

没有收到卡罗琳的信。今晚去了奥德特餐厅，只喝了点奶油土豆浓汤，但味道真不错。不过，我还是喝醉了。后来，我们去"即刻伦敦"接着喝酒。我得说，我真的好开心，好快乐。

1962/9/10

致年轻的作家们：你们认为像我这样年长的作家声名斐然，与众不同。其实，我们和其他作家都一样，根本就没有什么不同，只是工作时更努力而已。

1962年9月12日

我给C.写了一封长信，字迹凌乱，主要是抱怨我现在"无法"再写信给她了。一语双关。我相信她能明白。你有什么好的办法吗？我问道，意思是能不能找个可以帮她收信的朋友。我恐怕她身边找不到这样的人。就算能找到，她又该如何向对方解释我们的这种关系呢？可从她的女性关系来看，我怀疑她之前和女性朋友有过恋爱关系。也许没有实质的出轨。那我就无从知晓了。

1962年9月13日

今天，让我惊喜快乐的是C.又寄了一封信来，是她周一写的——那是一周以前，她来月经的时候，天空正下着雨——她写道："我心中有股强烈的欲望，想要一直与你保持联系。"还有——"当我空腹灌了不知道多少杯杜松子酒时——那让我什么话都想跟你倾诉，比如，我们什么时候才能再见一面，转念一想，你也从未离开，这想法又显得没什么意义了——"我对你的爱——卡罗琳——那个疯狂的C！有了C就足矣。一想到未来要担负的责任，我就整天焦虑，不过，情况已经有所好转了。每天最少写五封信或"邮件"，我还干了一些家务活，但每一样都没完全做好就放在一边了。

1962/9/16

我小心翼翼地培养着让自己快乐的艺术——它确实是一门艺术，因为现在对我来说快乐都是人为的。它就像一株受伤的植物，我必须一滴一滴地浇灌，防止再弄伤它。我轻手轻脚地走进它的房间。它也维系着我的生命。有一个问题我不能问自己——尽管我还是问了——那就是，接下来的无数个星期，数也数不清，我该怎样生活和工作才能熬过去啊？我为她得了相思病，我必须鼓起仅有的一丝勇气，坚定每一份决心，才能独自走下去。我还要给自己打气，必须好好记住，走出这些可怕的黑暗山谷和深渊后，才能偶尔看到壮阔绝美的风景。我曾经有过这样的经历，没错，但那时的山谷远不及现在的这般幽长、阴暗、深不见底。

（我依然得说，上述这些话是多么正确，现在依然如此。——1969/8/30）

（唉——过了差不多十二年后，依然正确。——1974/7/14）

1962年9月19日

卡米拉劝我慢慢来，在纽霍普方圆50英里内找个合适的人。我回复说，她的建议不错，我会竭力保持理智。我为《B.C.[巴克斯郡]的生活》写了一篇书评，评论[雷切尔·卡森的]《寂静的春天》。我开始写电视脚本时，内心惶恐不安，但我会尽力的。昨天康妮·史密斯来信，谈到哥伦比亚广播公司要出6000美元，请"知名悬疑作家"来写时长一小时的脚本。我真希望明天能收到C.的来信。她那烦人的丈夫明天就要出门了。

1962年9月22日

卡罗琳最近的一封信让我最为震惊。"为什么1962年7月的天空没有丝毫迹象，"她写道，"没有一座雕像哭泣——来提醒我霹雳就要在天空炸裂——我喜欢霹雳——几乎都碰不到打雷的场景。"她盼望编出个借口，好让自己必须来到加拿大——（就像我为巴黎之行谋划时一样），如果这都不算作一封情书，那我真不知道什么样的才是。这一切都令我震撼不已，我必须得延长工作时间，固定且规律，否则情况就会变得更糟。好吧，现在的我不只是坠入了爱河，而早已是万劫不复了。

1962年9月24日

美好的一天。工作效率更高了。现在我对这电视脚本很感兴趣，今天至少写了有14页。卡米拉说——"我确信，C.被你深深地吸引了，而且她丝毫不（在意？）女同性恋这件事——但不清楚的是，如果事态变得现实起来，她还会走多远呢？"

1962/9/25

我想要失足

跌入你的怀抱。

1962/9/26

我的爱意从眼神中流淌出来，

你也同样如此，

我向你致意，又一次跌跌撞撞，结结巴巴。

我笨拙地问候你，你会原谅

我所有的愚蠢和出丑。

我在你的拥抱中死去。

1962 年 9 月 29 日

今天 C. 在来信中写道："你想过用隐形墨水吗？"这算什么问题啊！偌大个伦敦，难道她就想不到一个可以替她收信的地址吗？很难想象她没有办法。然而，她连一个地址都不给我，生生地阻拦了我，封住了我的笔！！！

1962 年 9 月 30 日

C. 准备在 11 月去巴黎待一周，可能会住在朋友家里。我说我可能会过去，听得出她很高兴。聊了约 15 分钟。我跟她说我给她写的信会在周四到喜市。我的信她都留着。其中大部分［她丈夫］都看过了。唉。

1962 年 10 月 6 日

和基普斯［雷切尔·基普尼斯］一起去莫里斯·埃文斯家吃晚饭。他们昨晚看过脚本了。还需要加工，精简一些，润色一下——就这一类的话——但这些建议能给我带来莫大的帮助。最有趣的是，《陷阱》[1] 又要演出了 & 我说我要去看时，莫尔斯兴奋地建议让我做他的非官方发言人。版权现在是免费的。他想把它搬上纽约和伦敦的舞台。于是我又多了一项任务——更不用说我 & 罗伯特·托马斯还有可能最终合作

---

[1] 可能是指《一个人的陷阱》，这是法国作家兼导演罗伯特·托马斯 1960 年的一部剧作。从在巴黎的首映开始就经久不衰，很快就要被搬上世界各地的舞台。希区柯克拿下了它的电影版权。帕特可能很想与人合作完成它的英文剧本。

呢。这对于我和 C. 目前的状况来说可真是太好了。这样，我就有理由去伦敦了。

1962 年 10 月 7 日

卡罗琳的两封信真让人满心欢喜。"亲爱的，亲爱的，你可真是个奇迹。我的心，我的一切都已经属于你。"［她的丈夫，］唉，对此怀恨在心——C. 是这么说的——一切都变得危险起来。但好消息是，11 月 12 日她能来巴黎，一直到 15 号之前她都不必跟 S. 待在一起——可真是太好不过了——"所以，至少还有几天的时间我们可以独处，任何人都不会知道。"

1962 年 10 月 10 日

从法国传来一个坏消息。今年预期入账的 8000 美元可能泡汤了，因为他们不一定会拍摄英语版的电影。[1] 但我给卡罗琳写信时告诉她，我的巴黎计划没有变动。

1962 年 10 月 12 日

终于收到卡米拉的来信了——她很冷淡，用近乎讥讽的语气谈到我和 C. 的处境。"到巴黎去吧——把它发泄出来……"

1962 年 10 月 14 日

也许，C. 对我来说过于浪漫了。

1962 年 10 月 17 日

这些天满脑子都是卡罗琳寄来的一封封优美的情书——我仿佛置身于一片异国的丛林。信里满是异国情调，只不过用的是英语。

1962 年 10 月 19 日

工作。进展得不太顺利。收到 C. 的来信。写得太缠绵了。"你说你从来没这么深爱过一个人，这是你的心里话吗？我希望你是认真的。因为我也从未这样过。"当命运带给我这样的情书，我又怎能因为工作中的一点儿霉运就捶胸顿足呢？

---

[1] 很有可能指的是《犯错者》的电影版本，该书已经在 1963 年被改编成了法国电影《凶手》。

1962 年 10 月 23 日

收到 C. 的两封信。对［自己的丈夫］她的措辞很是骇人。"他内心十分恐怖……非常虚伪。"另一封信里，她说他就是"火炉旁的爱丽丝"。另一封信中又说："他就像胶水一样黏人——"只要一提到他，用的都是——贬义词。今天我给她写信时提到了这一点。拭目以待吧。有可能［她的丈夫］是个受虐狂——嗯，有可能？！我很好奇他们是否睡在一张床上[1]。男人怎能忍受得了？"天哪，我有多么爱你！吓坏我了。" C. 写道，"不要提接吻或者上床，否则我就要疯掉。"

1962 年 10 月 24 日

我猜测——局势捉摸不定——尤其是今天，战争的危险似乎近在咫尺。还有，［C. 的丈夫］也可能决定一起来巴黎。那我也只好取消这趟行程。我已经在信中告诉了 C. 这事。眼下我们都身处困境——也许无论选择哪条路——仍然可能遭遇变故。

1962 年 10 月 29 日

今天 C. 的来信让我心碎，她说纽霍普好像到处都是女同性恋，让她很是不安。今天下午，我费了九牛二虎之力在信里向她解释：a）纽霍普没有女同性恋，b）佩吉［·刘易斯］肯定不是女同性恋，c）这里不存在女同团体，d）她不用担心会失去我。最后一点是因为她说："我真害怕会失去你。"我从来没有读过——更不用说收到过——比这更浓情似火的信了。"我可不想要斯温伯恩那样伤感苦涩的感情。[2] 我要你真实地站在面前。"

1962 年 10 月 31 日

等待来信。C. 寄来两封情书。之后喝了两杯酒，我告诉帕特［·沙特尔］[3] 我和

---

1 帕特后来在此处加了一句："是的，睡在一起。"
2 维多利亚时代的作家阿尔杰农·查尔斯·斯温伯恩（1837—1909）在他早期惊人的作品中，写过诸如施虐受虐、对死亡的渴望、女同性恋幻想和反基督教态度等主题。
3 帕特的新经纪人帕特里夏·沙特尔，是纽约阿普尔顿-世纪-克罗夫茨出版社的主编，后来加盟了康斯坦斯·史密斯联合文学经纪公司。康斯坦斯·史密斯公司与麦金托什 & 奥蒂斯公司合并后，沙特尔被任命为新机构的总裁。除了帕特里夏·海史密斯，沙特尔还是玛丽·希金斯·克拉克和诺亚·戈登等作家的经纪人。

她的伦敦情事。帕特很体贴，对我说，你现在依然能继续工作，真挺神奇。显然，现在的局面无法持续下去了。我向沙特尔（和我自己）保证，我会尽我所能解决好这些问题。

1962年11月1日

回纽霍普的家里，已是晚上9:30了——紧赶慢赶还是错过了希区柯克的片子的前半场，因为我找不到达菲家了。帕特说希区柯克把《这甜蜜的忧伤》拍得非常精彩。[1] 但着实有些夸张。

1962年11月4日

昨晚没睡好。但今天干了很多家务，心情舒畅，最重要的是，《监狱》[2]这部小说的创作思路在我脑海里越发清晰，让今天的我又重获新生；应该这么说，自1962年4月完成《一月［的两张面孔］》以来，这是我第一次感到自己活着。

1962年11月8日

又收到几张旅行支票，现在我手头共有1040美元了。没有C.的来信，她说从今以后，再也不会给我写信了。（我不相信。）上一封信中她向我描述了奥尔德伯勒[3]。那儿的人很有意思，冬天风很大。我希望能在那里有一座房子。一切的一切都取决于这17天里我们相处得如何！太重要了！她写道："11月26号那天，我要在红色沙发上吻你——有何不可呢？"对我们来说，确实是可与不可的选项。我喜欢她的来信："我可能会非常非常害羞。那感觉真好。"是啊。她不需要担心。

1962年11月12日

[巴黎。] 欣喜若狂的一天，什么也没做，只是慢悠悠地去买了些杜松子酒、橘子——还有一些矢车菊。5:10我到了北站——喝了杯咖啡——卡罗琳的火车在下午

---

1 帕特的小说《这甜蜜的忧伤》（纽约，1960）1962年被改编成《希区柯克长篇故事集》中的一集，名为《安娜贝尔》。
2 这是首次提到帕特的新书计划《玻璃牢房》（纽约，1964）。
3 奥尔德伯勒是萨福克郡的一个村庄，在伦敦东北大约90英里处，卡罗琳和她的丈夫似乎在那里有一个周末度假屋。帕特将于1963年搬到那里，先是住在国王街27号，然后买下萨福克郡厄尔索哈姆伯爵区的"桥"农舍，卡罗琳可以在周末去那里看望她。

5:50准点到达——19号进站口。她走在人群最后头,脚步很慢很慢,我还没有看到她,她就先发现了我。她抓住我的手,竟然瘫倒在我身上。顿时,我感到浑身僵硬。打不到出租车——随后,她抓住我的手,情况好了一些。无论哪个方面她都完美无瑕!在拉法廷［和霍诺琳］餐厅吃饭,真是一个错误的选择,因为价格贵得离谱,但是沿着热尔曼街一路散步回来,很舒适——"我能在哪个门口吻你吗?""别管什么门口了。"我们手牵着手,后来——我发现自己掉了一只耳环。在双偶咖啡馆喝白兰地[1]——莫非是在弗洛拉掉的吗?——美妙的夜晚,我们几乎一夜都没合眼。

1962年11月14日

又是很晚才出门,因为C.喜欢洗澡,至少要45分钟。我们在C.去过的金蜗牛餐厅吃了顿美味佳肴,之后我们买了票去看《维克多》。喝了一瓶有烟熏味的葡萄酒——接着烤了一会儿火——两人渐渐聊了起来。就像C.说的那样,我们这些下笔如有神的人,面对面时却相当沉默。7点,我们上床,本打算9点起来去看电影,结果被我们忘得一干二净。我们都没有出门吃晚饭,而是一整晚都在睡觉还有做爱——差不多就是这样。我爱她。今天早上她对我说:"我从来没有这样爱过一个人。我知道我不该说出口,不过我还是要说给你听。"

1962年11月16日

她很清楚自己有多迷人 & 在我的怀抱里熔化,如同被锻冶之神伏尔甘熔化在我怀里一样。我可以和她愉快地做爱,一整夜都不停歇,因为我从来没有真正满足过。第二天我们早早醒来,又和她享受了两次身体的欢愉。昨天一整晚——她都完美无瑕——今天也是。也许对我还很害羞吧,毕竟我月经刚过。静观其变吧。我一定能克服的。(后来批注:是我的错。我总是比她还害羞。)之后,我回到加莱海峡［酒店］,换了身衣服,去找拉丰出版社——的J.［琴］罗森塔尔。我和拉丰谈了谈——他们凡事都没有说绝,也许——有可能——会比去伽利玛出版社强多了,伽利玛出版社会反复商谈,把我的精力耗尽。罗伯特·拉丰,他说,并不想把我从那家合作很好的出版社手中抢走,但我赶紧向他表明,我的税收［版权税］申报表上收入实在是少得可怜。

---

[1] 原文为法语。

1962年11月22日

C. 说她"又坠入那个黑暗深渊"中了。我说,不要这样匆忙地下结论,不要担心。我说:"你的意思是你不再喜欢我了?"她没有予以否认。她说她和我之间的那条纽带已经断了。这话太可怕了,我还以为我们能继续相处下去。"我已经和你失去联系了。"她嘴里不停地重复着。我害怕我们就这样彻底结束了,因为 C. 跟我说该来的总会来的。她和[她的朋友]S. 单独去吃午饭了,我去给她买了瓶迪奥之韵香水,订了一张周日下午1点飞往伦敦的机票。我回到酒店,约好和C. 在1:30——2点见面,我特别焦急,给多丽丝打了通电话。C. 直到3:15才到——她看起来容光焕发,又恢复了自信。来的时候,她已经喝过两杯杜松子酒 & 一瓶葡萄酒。她和 S. 的讨论至关重要,能减轻她的负罪感。

1962年11月23日

她有多投入啊!"哦,亲爱的,我爱你。"她说 & 今天早上开着灯,躺在被子里,我热泪盈眶。中午12:21,她在巴黎北站坐上火车,就在快要开动时,她也热泪盈眶了。"周一见。"[1]她说。我们匆忙拍了两张照片,可能都洗不出来。这些胶卷我会带回美国。现在——我们之间有一条纽带,将我们牢牢连在一起。我对此确信无疑 & 她也一样。

1962年11月25日

2:45(伦敦时间)我到了旅馆。房间相当舒适,有点维多利亚式的风格——收到卡罗琳的信,写得漂亮极了,她在船上向别人要了一张纸写给我的。[她丈夫]又开始满腹怀疑起来 & C. 非常想告诉他真相,好开解他,因为这事他已经开始产生轻微的忧郁,很受困扰。我真搞不懂她为什么要这样。我让她先别急,求她再等几天。唉,如果他知道 C. 和我的关系,可能会提起诉讼,也许他有这样的打算。C. 不得不面临这道坎,很棘手。[她的丈夫]可能会接受那点赔偿金,但他并不满意。不出几天,他就会估算好诉讼的费用 & 一定会做出决定的。

1962年11月27日

C. 在9:05打电话给我——我在10:45到了宾馆。我心里难受,脸色差极了,行

---

1 原文为法语。

李之前就已经收拾好了，都存放在宾馆大厅里。后来，不知怎么地，C. 在卧室里说："我们两个都躺到床上去吧。"接下来我们就躺在床上了，她的心情特别舒畅。她微笑着——"我想大笑出来啊！"她说道。我们躺在她母亲的床上。有着很漂亮的床柱、床头和床脚。我们在床上拖到最后一刻，才依依不舍地离开去航空总站。

1962 年 12 月 2 日

9 点才起床，到欧洲后头一次这么晚。10 点，我从佩吉家拿到了《一月［的两张面孔］》，开始边读边修改稿子（79 页）。"每当我想到你（我永远想你）"，她写道，她就会感到莫大的喜悦，就会万分感激。我像她一样向上帝祈祷，希望这一切都别出岔子。说实话，根本不会出岔子，除非我辜负了她的信任——可我知道，即使是卡米拉掀起腥风血雨也无法让我们的关系破裂。除非我又找了一个女孩，但绝不可能，我绝无此意——也没那本事。我在读一些关于监狱的书——一共四本。我好想念她的吻——虽然我已经无数次吻过她，我还是觉得不够。

1962 年 12 月 3 日

收到 C. 的两封信。周四那天她生病了。所以她就为自己辩解，说自己心情沮丧，想告诉［她丈夫］（这人还在唠唠叨叨）这样的"双重生活"让她难以应付，都是因为她病体欠安。这些当然都是事实，不过问题依旧存在：我知道她想向他坦白。现在——我们必须让他有个心理准备，她写道，至少要提前一个月告诉他在波西塔诺的事。给她的信中，我写了我对家庭还有财产的向往 & 可靠的情感依托对我来说比这两者都更为重要。1952—1956 年，那几年里我的生活多么肮脏污秽、混乱不堪，爱伦、林恩、琴·P 和多丽丝——我把这些全都告诉了 C.。

1962/12/5

美丽、完美、完整——所有这些都已实现，亲眼目睹。向左再迈一步，就是下一个领域，死亡。我无意继续揽胜，再去感受和体验什么了。其他任何东西都会把我降低到植物种属。我见识了极致的美，亲爱的男孩们，比我——或者说实话，比任何人——期待的或者以世俗的赎金强求的世俗的善行都更加美好。快乐已夺去我的生命，它将我改变、将我转化。事实上我属于你，我便无权也无力结束自己的生命。我是一只醉酒的蜜蜂，跌跌撞撞飞入你的家中。你可以鼓足勇气，打开窗户把我赶走；或者不小心踩到了我。请放心，我不会感到疼痛。半睡半醒时分，我感觉到你优雅的红棕色头发贴着我的脸庞，垂落到我的眼睑，我感觉到唇上你温暖的气息。那些时刻，我在生死之间起落，重获新生，又期待着死亡，知道我在这个尘世或来生不再有任何恐惧。在船的尾波中，在飞机舱门外的蓝色虚无中——我将无所畏惧，我亲爱的。我把你奉为我的宝贝，我今生永远的爱，唯一的爱。我将生命奉献给你的吻，你的唇。

1962年12月6日

今天（巴黎——伦敦行的）照片洗出来了。一张C.在门前台阶上的照片，我把它放大了。她在巴黎的那张笑得好开心啊！那张我也应该放大。今天我都快爱上相机了。今天收到了一张471美元的支票——这个季节陆续收到支票。

1962年12月7日

我又读了一遍巴黎之后她寄来的四封信（其中三封是和她见面之后写的），字里行间真情流淌——不像我的信，总是警觉、小心，生怕自己出丑，或是把她吓着。她不会像我那样担心。"过去，现在和未来，我全部的爱，亲爱的。""如此完美的十一天，如此完美的开始——开启我们的未来"（或许她的原话更精彩）。我不能再这样下去了，我干脆就尽力收拾起混乱的行囊&再去到她身边吧。我想写一个短篇故事&把那本监狱小说的开头落到纸上。但如果没有她，再怎么挣扎想要继续活下去，都是徒劳的。在过去的41年中，我从未对别人说过或写过这样的话。我［和她的丈夫］和卡罗琳，在人生的那个阶段，当幸福不再无望时，竟各有各的理由，这真是件可悲的事（也许不久就会显现出来）。我相信我的爱的理由。当危机（如果有的话）来临时，我不会只顾着自己或动不动就和别人争论。但我也不会那么高尚，自动消失。夸张地说，我们都处在一种战斗的情绪中，这可能不好，但至少是真诚的。

1962年12月9日

今天万事不顺。我必须重拾学生时代严格的学习习惯，现在每天练习意大利语½小时或一小时，每周6天每天5小时的写作，再练一会儿钢琴。不然我就要疯掉了。我必须正视没有卡罗琳的生活，而我无法做到。"我承认：我不能没有你。"她说这句话时更果断，也更常说。这是我有生以来第一次真正相信有人爱我。

1962年12月11日

今天我通知了女房东，她说很遗憾失去了我这样的好租客。我没有收到爱伦·H

的来信。C. 让我害了相思病。

1962 年 12 月 12 日

现在，我给她写的这些便条显然很危险，我把它们折起来，夹在给卡尔顿·希尔的信里。正如我三天前对她说的那样，［她的丈夫］快要忍无可忍了。今天星期二，她会在喜市收到四五封邮件，还包括这些照片。我在信里写道，我感觉六个月内就必须得告诉［他］了。与此同时，随它去吧。这事可真是讽刺、愚蠢——又虚伪，一方面为了些严格意义上的社会原因，必须要保持虚伪，另一方面社会结构最初是建立在情感基础上的，人又必须将真实情感隐藏起来。（社会道德最初是建立在忠诚之上的。）

1962 年 12 月 12 日

奇妙的一天。首先——写了几封商业信函。德国出版社购买了《深水》的版权，法国想要把《相机结局》改编成电视剧[1]。慢慢地，我开始意识到，开始敢于相信 C. 在巴黎跟我说过的那句："我是你的。"还有其他的那些话。甚至，我有勇气把这句话写下来，对我来说就是一件很不寻常的事。我已经学会了小心谨慎。但今天我在给她的信中写道："你是我所爱的最后一个人。之前我从未对任何人说过这句话。"

1962 年 12 月 14 日

我今天感觉非常好——我可以肯定，主要是因为吃得很好。我把那篇故事重新打了 15 页，除了标题外都已完工。今天收到了罗尔夫和爱伦·希尔的信，爱伦建议我不要放弃这座房子，因此我要求女房东允许我把房子转租给别人，让我大为吃惊的是她同意了。这本监狱小说在情感上已经慢慢成型了，这样要比编排情节更好，或者一样好。

1962 年 12 月 16 日

必须用工作来抵消今天感到的这种不快和孤独，不然我就要发疯了。晚上 10:45，我刚刚给 C. 写了一封信谈论这个问题，问她对"传统习俗"有什么看法——

---

[1] 根据帕特的笔记，1960 年，这篇短篇惊悚小说以《相机结局》为名发表在美国的《大都会》杂志上，1972 年再版，更名为《相机恶魔》，发表在《艾勒里·昆恩推理杂志》上。

我没有加引号。我从未给她写过一封如此重要的信,这个最重要的问题她永远也不会回答我。我提醒她在巴黎发生的那件事,它在暗示什么&她用那样的方式与我断绝联系,但最后我得到的回答却是:"我已经和你失去联系了。该来的总会来的。"我说我希望这种事以后不要再发生,我还说我对她的家庭状况一点也不厌烦或急躁,只是想知道,她认为什么样的(外在)生活方式才能让她活得快乐。也许周四前她还收不到信——唉,耽误我多少时间!但我将多么期待她的答复。今天过得真糟心!心情沮丧,我可以努力换一种心情,就像船只通过重新调整风帆来改变航向。今天一天,我感受到了喜悦,还有对C.浓烈的爱,还感受到可能会失去这份爱和她此时缺席(这个措辞!)的忧郁。这样的一天,哪怕是一个比我更坚强的人都会累到精疲力竭。不过,能在这里写下这一切,给了我莫大的安慰。

1962年12月19日

　　上午10点到多伊尔斯敦[1]:很宽敞,像纽约州的新型监狱,有炮塔,但里面干净,很现代。长廊禁止游客进入。囚犯们在走廊里自由走动,他们的牢房没有上锁。

1962年12月23日

　　昨天收到了一个小包裹,里面有妈妈和斯坦利寄来的两件礼物。他们给我寄来了基斯家的一篮水果,还有一个水果蛋糕。我还把《爱是一种可怕的东西》做了些修改,重新打出来。共13页,打的时候垫了复写纸。我的[圣诞]树很漂亮。但我终究还是想要卡罗琳。其余还有什么是重要的?剩下的就是乏味的形式,我不得不慢慢挨过。

1962年12月28日

　　我今天到底做了些什么?反正没收到C.的来信。我把[短篇小说]《汽车》拿出来看了一遍。

1962/12/28

　　在沮丧的时候,记住——你想要的一切都能得到。工作、度假、一件新外套等等。世界因此而变得完美。当然,我一写下这句话就想起了C.——但不知为何,我也

---

[1] 这是个监狱,帕特去走访,为正在创作的小说《玻璃牢房》做调研。

相信这句话是对的。

1962 年 12 月 30 日

　　暴风雨大作，还下着雪。今晚零度 & 我觉得这是巴克斯［郡］迄今为止最糟糕的天气。我把《汽车》的稿子打印完毕，用吸尘器打扫房子，擦光银器，也干了不少其他的事，甚至都没有出门买份报纸，不然，现在家里就会有张《问询报》或《公告报》，读过《泰晤士报》后这些报纸都很没意思。我盼望明天能收到信。伦敦机场今天关闭，因为他们那里的大风加雪更加严重。这些地方都是零下 10 度。独自一人，期待着明天还有新年前夜。怀特河现在零下 40 度！

1962 年 12 月 31 日

　　收到 C. 的三封信，她很快乐，也很累（因为圣诞节）& 告诉我她被两条猎犬拖来拽去地满伦敦跑。她让我放心，如果［她丈夫］反对她经常与我见面，她就要立场"坚定"。她想让我 7 月到伦敦来，去考文特花园看莫斯科大剧院芭蕾舞团的表演。

1963—1966年

英格兰，定居的诱惑

1963—1964 年

1963 年初，帕特里夏·海史密斯志得意满，收拾好在纽霍普的房子，准备搬去欧洲。多年来帕特一直为钱发愁，但金钱的困扰在狂热的爱情面前变得不值一提，她再次坠入爱河，这一次的对象是卡罗琳·贝斯特曼。等待着她的是一段时间的情绪动荡。

2 月中旬，帕特的船停靠在葡萄牙的里斯本。从那里，她继续前往与爱伦·希尔在波西塔诺租的房子，租期一年，她在波西塔诺报名参加了美术班，大部分精力都放在画画上。帕特都已经做好了独自生活的心理准备，一心等着卡罗琳来跟自己会合，所以就埋头创作她的"监狱小说"《玻璃牢房》。3 月初，她收到了来自伦敦的求救信号：卡罗琳的精神陷入崩溃，一边是家庭责任，一边是对帕特的爱，让她饱受煎熬。经历了这一波折，这对恋人终于找到机会在意大利相聚，共度了一个月的时光。但最终卡罗琳必须回到家人身边；这时，她的丈夫已经发现了她们的恋情。这是帕特一生中第一次，也是唯一一次真的打算自杀。

接下来的四年，两人一直维持着这种令人痛苦的关系，也许用"心在一处，却分隔两地"来描述最为贴切。一些细节可在《玻璃牢房》中的黑兹尔·卡特身上找到影子。她既是妻子又是母亲，两种爱情让她身陷矛盾。不过，故事在达到戏剧性的高潮之后，至少还有一个幸福美满的结局。夏末，帕特和卡罗琳去萨福克郡北海边的小镇奥尔德堡共度假期。

10 月初，帕特将这本监狱小说的初稿寄到纽约。编辑琼·卡恩拒绝了这部《玻璃牢房》，一如拒绝她之前的小说《一月的两张面孔》，帕特发现自己找不到一家美国出版商愿意发行自己的作品。更糟的是，过去一年多里，她都没有写过——更不用说卖出——一部短篇小说了。12 月，帕特从罗马回来，在奥尔德堡租了间房子隐居。

1963—1966 年：英格兰，定居的诱惑

新年前夜，帕特迎来了一丝曙光，有消息传来，美国双日出版社购买了《一月的两张面孔》的版权。好运一直延续到新的一年：伦敦的威廉·海涅曼出版社发行了《一月的两张面孔》，获得了英国推理作家协会颁发的银匕首奖。

1964 年春天，帕特在英国的厄尔索哈姆买下一座 18 世纪的农舍，此地距离奥尔德堡约 30 分钟车程。大部分时间，她都过着隐士般的生活，陪伴她的只有宠物猫和蜗牛（有许多次，她把这些蜗牛偷偷藏在胸罩里，混过英国和法国海关的检查）。周末，卡罗琳会来访。然而，表象可能会蒙蔽双眼，因为帕特在新家结交了不少朋友，包括作家罗纳德·布莱斯和詹姆斯·汉密尔顿·帕特森。5 月初，帕特开始着手创作自己的第十一部小说，构思仅仅用了四个星期，小说的暂定名也很轻快，叫《黎明的云雀》。但实际上，情节和另一些构思的发端最早出现在她 1963 年 5 月的笔记中。帕特在 9 月完成了初稿，之后她返回美国，收拾剩余的个人物品并寄往英国。帕特还与双日出版社的编辑拉里·阿什米德见了一面。拉里认为这部新手稿将会"大卖"。帕特的英国出版商威廉·海涅曼也很喜欢这本书，并于 1965 年初出版了这部小说——如今名为《暂停仁慈》。

1963/1/4

在格林尼治下船

下船时，你拉着我的手

如刀刃划过，瞬间，温柔，万劫不复地

我爱上了你。

你四指紧紧一握——

我无言喘息的一瞬，

一切就注定了。

1963/1/19

——想象自己永远都不会发疯，真令人开心。我一直把事情想得很糟糕。所以现实中的一切都比不上我的想象糟，也无法令我吃惊。我在炫耀什么呢？幸运的基因，写作的头三年顺风顺水。也许这一切还有待证实，但我还是充满信心。吹起来吧，笛

手们！我爱上了这世界上最美妙的女人。有人来拯救我了。十年或二十年后再来看我吧，拭目以待。

1963/2/22

里斯本。港口略微有点脏，杂乱无序。我朝内陆方向走了约三个街区，然后再右转才到了"中心地带"。一群约十岁的小女孩在乞讨，光着脚，赤着腿，破衣烂衫。她们的小腿上能看到粉红色的血管——是静脉曲张的前兆？还是因为这个冬天太冷了？人行道旁的铁栅栏上方开着金雀花，我摘了几朵，插在雨衣的扣孔里。下起雨来，稍后停了，天放晴了，随后又下起雨。下午4点。我乘有轨电车到光环街。逛了珠宝店、熟食店、咖啡馆，买了条30美元的金链，用美国运通支票付的款。然后我走进一家吧台式咖啡馆，可以坐着，也可以站在吧台前喝，我点了杯浓缩咖啡，很香醇。路过报刊亭，看到里面摆着我的《生者的游戏》。见到一个可爱的小男孩，表情非常严肃，向周围路人散发粉红色的传单，宣传今晚一家夜总会的民俗表演。他穿着灯笼裤，白色长袜过膝，上身是一件红色背心。铁路终点站的建筑是拜占庭式的风格，拱形的门廊，外面立着些国王和英雄的古老雕像，车站内部很现代。在我看来，这里比任何地方都更像西班牙。出租车都是清一色的梅赛德斯-奔驰。大多数人看起来很富裕。蜿蜒的街道通往一座纪念碑。大柱子上是一个骑着高头大马的人。

码头那边矗立着约瑟夫一世变绿的铜像——或青铜像——骑在马背上。周围都是大停车场。

1963/2/23

——歇斯底里时，要记住你嘲笑的社会一定是真实存在的。

1963年3月1日

［波西塔诺。］家里是不是看起来更舒服了？我想是的。今天是整理家务的第三天，差不多都布置好了，至少我已经把打字机搬到一张桌子上了，房间里有两张桌子，都一副摇摇欲坠的样子，刚开始我觉得一点都不结实，恐怕撑不住打字机的重量。（晚上8点）开始写一个短篇小说，写了12行，在这之前，我去了里斯波利医生那里一趟，让他帮忙看看我的感冒和咳嗽，现在我又完全恢复了。他给我注射了维生素C。我刚一坐下准备吃饭，灯就突然灭了。今晚天气这么冷，感觉快要下雪了，过一会儿，我就去楼下睡觉。一个人安安静静的，我很高兴。

1963/3/1

卡罗琳与我书信往来，我们聊了又聊。一天中几乎每时每刻我们都想让对方知道自己在做什么、在想什么。那才是真正的关怀、爱与沟通，想成为一体的渴望。

1963年3月2日

下午2:30，蒙特大街那侧的玻璃门被大风刮上了。今天干冷北风来袭。身体非常不舒服，没法写作，祸不单行，医生还说我的喉咙已经发红。在咪咪家里和一群另类的年轻人喝酒。太可怕了。他们一支接一支地抽烟，而且好像没什么自尊心——我真正了解过的年轻人中没有一个像他们那样。今天收到一封C.的信。我对她的爱浸透灵魂。每当我觉得她无法战胜自己时，她便用行动证明。我爱她——危险地——用尽一生一世。

1963/3/3

知足是一门艺术，是唯一必要的艺术。其余的艺术都可有可无。纯粹起装饰作用。这听起来可能有些自相矛盾。什么样的艺术家会感到心满意足？我只谈我的个人感受。（这样的人生，大多数人都觉得不满意，也没有称心如意的可能），没有某种程度的满足感，恐怕我连一部作品都创作不出来。我连想都不敢去想。娱乐消遣和责任义务让我进入到一个不同的境界，这里与创造力或创造艺术的欲望无关。

1963年3月7日

收到[C.的丈夫]和C.的信——[她丈夫的]信令我很安心，C.的信里看不出她有一丝好转。6:30接到了他们两人的电报，让我给他们打电话，晚上8点，我打了过去。通话结果是，周日我要去伦敦。我和[她丈夫]——C.——[她丈夫]谈了谈——对方付费电话。她从周二就开始看精神科医生了。他们一致认为我能给她鼓舞，那我就去吧。

1963年3月8日

帕特·沙特尔给我捎来了好消息，海涅曼出版社将出版《一月的两张面孔》。有趣的是，这本小说被拒稿和被采纳的消息都是在蒙特大街15号接到的。

1963年3月9日

杂七杂八的事做起来没完没了。今晚我把"蜘蛛"的窝收拾了一番，还给它备了些肝脏，和里斯波利夫人聊了聊［我外出时］帮我喂"蜘蛛"的事。好像再也找不到宁静或者时间去工作了。这部监狱小说在我的脑海里已成形，但怎样才能把它写出来呢？

1963年3月10日

飞往伦敦只需2小时10分钟，沿途景色非常漂亮。我准点到达，下午6点打电话给卡罗琳。今晚一切都（相当）顺利。我们爱着对方（我想她可能都忘了有这回事），不过她需要出去透透气，别老想着自己的病。这些天，她对自己、精神科医生 &［丈夫］已经坦露得够多了。我住在楼上的空房间里。

1963年3月11日

C. 陷入了很深的忧郁 & 几乎都下不了床。行动非常迟缓。昨晚她花了不少力气（做了一顿很可口的晚餐），消耗了她太多精力。我睡得很不好。夜里又出了一身汗 & 被冻醒了。

1963年3月12日

C. 的状态变得好多了。昨天她真是费了很大力气告诉我，她的危机，她的"精神崩溃"，都是因为她第一次感受到什么是"真正的婚姻，真正的情感依托"，那个人指的是我。我的到来给了她很大的安慰，所以我的到来对她来说很重要。今天她说："咱俩上床吧。我觉得对你也许有好处。"于是我们就上了床，什么家务也没做，可家务能载入史册吗？她在床上真是个尤物，胃口太大，令我很是吃惊——我担心会出什么差错，担心一切都来得快去得也快。我从未遇到过像她一样的女人。太对我的胃口了。

我真觉得一切都会地老天荒的。但我自己也还没有好好消化这个事实。C. 要好好解决她的婚姻问题，我要好好解决我的孤独 & 工作问题。正如我对她说的，我们必须接受眼前的现实，还要继续相爱，只是我们一年里可能有三个月以上的时间见不到对方。我又重读了一遍《一月》，几乎没做什么改动。

1963年3月15日

出发的日子。早上9:40——打不到车。飞机起飞时（法国快帆客机）C. 非常紧张，但在飞机上坐了 45 分钟后，（喝了一杯杜松子鸡尾酒）她可以往窗外看了。我坐在舷窗边。简直心花怒放，能和她在一起，帮她克服恐惧，幸福到欣喜若狂。她今天真是有了很大长进，在圣卢西亚大酒店乘电梯也不感到害怕。从酒店房间放眼望去，那不勒斯风景秀丽——海湾尽收眼底。

1963 年 3 月 22 日

从 MWA［美国推理作家协会］有消息传来，说《水龟》将在 4 月 19 日举行的阿斯特晚宴上获得某一奖项。我跟帕特·S 说了这件事 & 问她能不能替我参加。如果不行，我就去问问琼·卡恩。

1963 年 4 月 7 日

吃了一个煮鸡蛋，十足悠闲地吃了顿早餐，10:30 我们乘出租车前往那不勒斯。C. 对画廊的事放心不下——但不会有什么大问题的。如果给她安排点事情做，比如说去吃饭，她就不会担心那么多了。我们在 4 点多抵达罗马，去往康多提宾馆，房间宽敞，浴室很大，但不是设计豪华的类型。7 点和爱伦喝了几杯鸡尾酒。她还是老样子，说起话来没完没了，让我很烦，很尴尬。

1963 年 4 月 11 日

今天早上我们俩都非常开心，我感到神清气爽。我们喝了几杯杜松子酒才有劲去收拾行李。下午 1 点，她必须得赶到机场航站楼，所以她来不及吃午饭了，不过她可以在飞机上用餐，飞机下午 2:25 起飞。看着她的飞机起飞后，我坐上巴士回罗马。有两件好事：她离开时心情很好，很真实，她想让我 7 月去奥尔德堡，也就是住在她家里[1]，我说我忙得快累死了。到时候看情况吧。

1963 年 4 月 17 日

梳理了一下那本监狱小说的素材。一定会再度迸发灵感的。我一定要把这部小说写出来，最近这几个月的奔波加上这个主题本身难度很大，都导致了灵感的滞塞。

1963/4/19

麦卡锡主义在延续。有权有势的男人都心惊胆战：他们既害怕身败名裂，又害怕

---

1 卡罗琳和她丈夫的度假屋。

丢了饭碗。他们由于畏惧没有奋起反抗。颇似希特勒那时的情形。那些男人害怕死亡——而不仅仅是丢掉工作和地位。问题在于没有人予以还击，直到一切都太迟了。美国就快要出现这种危机了。就是这两种恐惧，仅此而已。每个国家都会产生这样的恐惧吗？希特勒恨犹太人，美国恨共产党。这两个例子中，仇恨都是人为煽动的，就像将癌症病毒注射到人体内一样。这种病毒曾侵袭过我们国家，如今，就像德国人体内的病毒一样，都还没有消失。

1963/4/21

以前我是靠什么活下去的，我是如何生活的？我知道有其他的爱支撑着我，但没有哪一种爱让我得到这样全身心的满足——她的一言一行——生活里怎么能缺了她，没有她的日子简直是度日如年。现在，我需要拿出全部的耐心，尽一切努力。如果不能和她在一起，一切就都毫无意义。问题是怎样才能让自己完全麻木，才能接受不能和她在一起的现实。没有了她真是毫无意义，连想出个合乎逻辑的句子来谈论它都很困难。

1963年4月22日

今天心情好多了，因为工作状态好了。今天我的小说看起来也好多了——还有一大堆艰苦的工作摆在眼前，但故事变得鲜活起来，这比什么都重要。我还以为这本书已经夭折了。今晚又是我一个人，慢慢地我又恢复了活力。沉浸在爱情中让我快乐且自信——有此就已足够。她这般伟大，连我的生命都不再属于我自己，生存还是毁灭都已不由我掌控。我将生命完全交到她手中。

1963/4/24

——目前，在波西塔诺的生活（非常平静）。与那种神经时刻紧绷的生活截然相反。只要每次能有几天或几周的时间让我感受到幸福就行，或者起码要让我觉得满足——对我而言，这是我生命里不可或缺的，因为"生活"真实地摆在眼前，即使在我的想象中，或是我最狂野的梦想里，生活也从未让我感受过恬静如意。

1963/4/25

——每天1:10左右，我就会等信等得心急如焚。信大约在1:20送到。所以，1:10以后我就没法工作了，靠缝缝纽扣或整理房间来打发这段时间。最后，我开始准备午餐,虽然信没到我是吃不下东西的,到 1:50 一切平息。在意大利,信总是晚点。就像是治愈不了的疾病,人必须要学会适应。

1963/4/25

——上帝,就像自然一样,对人间的疾苦漠不关心。我的表现好与不好,上帝全不在意。

1963 年 4 月 27 日

现在,我已经步入了生命的一个阶段,我希望所写的主题比我迄今的经历更宏大。这句话听起来显得浮夸,但我只是想说,现在我的创作节奏一定要与作品的主题 & 与我想表达的复杂思想 & 情感保持一致。这一点对我来说是很困难的,因为从表面看来,我不得不放慢写作速度。其实也不见得。无论如何,我真的感到快乐,这种快乐超乎我的想象。我这般幸福源自卡罗琳对我的爱,我相信这份爱会经久绵长(因为她这样说过)。如果她愿意继续爱我,我定然会继续爱她。那本监狱小说,套用一句法国的俗语——我还没有理出头绪来。监狱那部分很难写,但绝对难不倒我。反倒是我在故事里要交待的东西太多,让我的思绪乱成一团。

1963 年 5 月 1 日

写到第 88 页。今天是假期。写作状态很好 & 非常开心。抑郁笼罩着我,真的很可怕,让我惊恐不安。这是由许多原因导致的:如果我和卡罗琳之间出了什么问题,我甚至都想过自杀(之所以没这么做,是想到这样会让她多难过啊)。我的支气管炎不见好转,咳嗽时胸口痛得厉害。小说写起来还未能做到自然流淌,反复修改这 104 页的稿子,就像所有的修理工作那样令人沉闷 & 泄气。当然,我已人到中年,到了晚上,眼睛也越来越看不清楚。所有这些——再加上和卡罗琳永远只能聚少离多的彻底绝望。

1963/5/1

我的生命到此终结。这个终结既悲怆又有幸福的意义。然而,即便死亡是悲剧,也是一种幸福的、英勇的悲剧。我很快乐,这是从未有过的感受,表面的快乐也不及我内心的喜悦,是她激起了我内心的波澜,让我又重新找回了自我,她打开了我的内心深处,同样我也会去探索她的心灵深处。我们就像两块碰撞后碎开的石头——把自己奉献给对方。除了她，我别无所求。

1963年5月2日

今天也收到了特克斯的信，我的信她还没有收到。这段时间她一直都在开我的车（2个半月了），我有点生气，因为她都未经我的许可。我跟她说宾州警方正在寻找这辆车。MWA［美国推理作家协会］奖，我只得了二等奖。一个乌鸦卷轴。金奖得主是一个叫《科兹摩》的故事。

1963/5/4

我爱的不是女人，而是女人这个概念。正是这个原因让我看起来（或有时真的）很善变。但我决心去做的事情，爱与被爱，在任何时候都很难实现，原因众说纷纭。所以，老实说，我不承认自己是个善变的人。我此生，只要一个女人。

1963/5/9

快乐的夜晚，似乎一切都完美，美妙至极，或至少是越来越美妙。其他的晚上，什么事情都好像只做了一半，一团乱麻，无聊透顶——都不尽如人意。我喜欢埋头"苦"干，仔细盯着磨盘，严苛地评估每一天的工作。只有这样我才能感到快乐，对自己满意。这话我绝不会告诉任何人。听起来很自以为是。

1963/5/9

——在20世纪中期的作品中，只有那些讲述文明和时代症结所在的才称得上是伟大的著作吗？眼下，大多数人都对此类书最感兴趣。是因为弗洛伊德，还是美国人的自我怀疑精神？我才不信这样的书是当今时代或未来最伟大的作品呢。磨刀霍霍并不能产生艺术作品。

1963年5月15日

这些天基本上就是靠肉酱配意大利面撑过来的！昨天，我的小说写到了170页。菲［菲利普·卡特］[1]刚刚出狱。我觉得我在这里"卡住了"，因为（我认为）这本书的剩余情节还没有确切想好。其实原因不在于此：是我还没有想清楚菲的精神状态。不过，整个下午我都在琢磨情节。

---

1 帕特正在创作的小说《玻璃牢房》的主人公。

1963—1966年：英格兰，定居的诱惑

1963年5月16日

和昨天一样，一直下雨。我给埃塞尔·斯特蒂文特写了信，告诉她我现在的生活——经济上的困难，汽车&住房，各种麻烦！真是长篇控诉啊！这样没法让自己振作起来——除非我全身心地投入工作。要是利尔·皮卡德在这儿就好了。我们可以畅谈、大笑。我正在画一幅小画，画的是一个男人在为一只巨大的暹罗猫开门。

1963年5月22日

我今天有点宿醉，写了7页。我必须清醒过来才能继续写。伦敦文学界对《猫头鹰［的哭泣］》的评论平平无奇，对我一点用处也没有。该歇一歇了——不过，爱伦或者利尔还要过一个星期才来。这儿没有我需要的那种消遣——一部好电影，一个好朋友，音乐。最近实在是太紧张了——这样的状态已经有一个月了，我再也撑不下去了。好在，有一个美丽动人的女人爱着我。一切都会好起来的。这世上一切的一切，我都不用担心！

1963/5/24

——写书时——我常常会忘记创作其他小说时的焦虑！现在，写到207页了——我感到焦虑——出现了四天的停滞不前和自我怀疑，太可怕了。原因有两个：过去五周的工作强度太大，其次是我弄不清楚这本书的主题是什么了。我只是举棋不定，是先搁笔两个星期，还是该用意志力把自己再拉回正轨，我很少这样做。无论如何，我今天都要试试第二种办法。

1963年5月29日

下午1:30利尔·皮卡德到了。我去汽车站接她。利尔住在布卡酒店，我的步伐对她的高血压来说有点过快了。她要在这里待一个月&为此带了900美元，然后再去巴黎待两周。所以她明天就想开始工作，要用我的打字机，我乐意之至。［德］ 上午给她用。［德］因此，和她的假期就不算是假期了。这样也挺好。我必须回到以前的工作习惯中去，晒晒太阳&翻翻法语词典。说到底，我也只有在努力工作、期待着收到C.的来信时，才会快乐。这就是我生活的全部&很不错。

1963年6月3日

C.那里传来了好消息。《新政治家》最近一期刊载了一篇对我的不错的评论，C.

给我寄来了。桦榭出版集团将会购买《犯错者》《深水》和《天才雷普利》的版权。[1] 每本600美元。唉，玛格特·J［约翰逊］也要分走很多钱。[2] 可这个消息还是让我很振奋。今天我是没有心情工作了。教皇［约翰二十三世］于下午6点左右去世。对此，我不发表任何评论。

1963年6月4日

我一整天都在思考帕斯卡尔的《思想录》和我的故事情节，毫无进展，直到晚上11:45，我才突然想到——菲［菲利普·卡特］应该表现得再失控一点，这样才符合他的性格。这是一个临界点，之后什么事情都有可能发生。这几天必须要陪着利尔游玩，她想去卡普里岛&帕埃斯图姆——我只想去帕埃斯图姆，但我必须得高高兴兴地抽出几天时间来陪她。我很想在去英国之前就把初稿写完。

1963年6月8日

我又"思考"了一番我的小说，但一个字也写不出来。爱伦和利尔的出现（我应该对她们更热情一点）也于事无补，但最主要的是，我"担心"进度太快。再过两周，要是她们还没走的话，我就能把初稿完成了。《新政治家》杂志寄来了，弗朗西斯·温德姆[3]的文章写得漂亮极了，是我读到的最好的综述。还有两栏——卡尔曼-列维出版社的《生者的游戏》，棕色的精装本，书皮的护封看起来很廉价。

1963/6/18

看到一篇纪德作品的英文书评——关于他一直以来对暴力的兴趣，说这"毫无疑问"与他的同性恋倾向息息相关。真是这样吗？我们很容易就能想到那些对暴力不感兴趣的同性恋（在纪德看来，暴力是人类的"必需品"）。在这一点上，我只能认为同性恋倾向——或者更确切地说，是社会严厉打压所有的同性恋者，这是一种被压抑的力量。看到某个蠢男人抚摸着一个你自己也想爱抚的女孩，可真让人抓狂。

---

1 1953年，亨利·菲利帕奇和盖伊·舒勒在法国市场推出了美国西蒙&舒斯特出版社的"口袋书"改编版。一经问世，立即畅销。
2 帕特的前经纪人玛格特·约翰逊负责关于这些合同的谈判，因此有权获得一定比例的版税。
3 弗朗西斯·盖伊·珀西·温德姆（1924－2017），英国作家、记者。

1963—1966年：英格兰，定居的诱惑

1963年6月19日

利尔说我全身"淌的不是血，是酒精"，她对我的侮辱越来越恶毒，好让我不再喝酒。

1963年6月20日

写了7页，写到305页了——帕特·沙特尔来信说［她所在的文学代理公司］C.S.［康斯坦斯·史密斯］联合公司已经与东41街18号的麦金托什&奥蒂斯公司合并了。她的语气显得非常高兴。她买下了康妮的股份&将会成为董事"&诸如此类的"。帕特说有人要购买《猫头鹰［的哭泣］》的英语电影版权，但还不确定。如果谈成，会有22500美元的收入，或者15500美元。

1963年6月21日

每次书快写完时都一蹶不振，很难过，写不完。今天写到312页。预计周一完稿。

1963年6月27日

4:30完成了这部小说——341页。我没有庆祝——但我觉得很快乐——老成、智慧，还有点善良。

1963/7/1

诗歌中有种赤裸裸的东西，如此令人敬畏的冒险——每一种艺术都是如此。今天我要把自己的三幅画送到美术馆去拍卖。我内心多么忐忑啊。然而，如果没有这种烦人的进取心，我也就一事无成了。我把手稿寄给出版商时也是如此。只是这回就跟找新房子和搬家一样，特别痛苦。

1963年7月3日

无法入睡。能按计划来到伦敦真是太好了，C. 穿着睡袍来开门！我们坐在餐厅的饭桌前，我喝了杯杜松子酒，她喝了咖啡，接着睡了个午觉——然后午餐，吃了羊排。我们把猫都带上，开车去了奥尔德堡。仿佛美梦成真。收到了爱伦·希尔的信——特克斯收到挂号信后，把我的车还回了迈耶。我写了封信给爱伦，让她把我的东西好好收起来。

1963/7/14

奥尔德堡。四处的氛围和室内装饰风格，我权且叫它1910年或爱德华时代风格，因为想不起来更准确的年代了。实际上，我也说不清这算什么——仿詹姆斯一世时期的室内陈设，颇不入流，劣质的东方地毯，房间摆设很是杂乱。去过意大利后，就会深感这里太缺少绿色植物和鲜花。海滨很荒凉，只有整齐的房子，每座房子前都砌有齐胸高的水泥墙或砖墙，中间留出一条笔直的走道。上了几级台阶，进入门厅，里面挂着萨福克地图或印刷的特纳风景画。楼梯铺了地毯。一切都很干净。一位年轻的母亲推着婴儿车里的孩子一起晒太阳，或者把孩子放在门前步道的毯子上。即便是7月中旬，海滩上的风也着实太猛烈 & 太寒冷了，脚下有页岩——相当尖利，其中很大一部分是燧石。一排排圆木垂直地立在水中，与海岸形成直角，逐渐没入海中，组成防波堤，最高的有五英尺，大多数约有三英尺高。海是很深的灰绿色。地平线上能看到油轮，大多向南开往伦敦。主街，即商业街，两边店铺林立。起码有三家肉铺、一家药店、一家邮局、一家银行、几家蔬果店和一家叫卢浮宫的店面——男女老少的服装都卖，我花65美元买了块羊皮地毯。奥尔德堡银禧音乐厅很小，每年6月本杰明·布里顿在此举办音乐节。到了夏天，居民们把房子和公寓租出去，能赚一大笔钱。条条道路都直通乡村，满眼湿润的绿色，路都是双车道的，两旁长满六英尺高的长草。树木看起来像弗拉戈纳尔笔下的素描，低矮的树枝缠绕着树干。只有一家烟草店卖菲利普·莫里斯［牌香烟］。

1963年7月23日

C.觉得我在慢慢疏远她，很难过——其实并非如此。也许是月经前兆吧——她说我很久没画过画了，于是我又开始拿起画笔。她对这些事情最为敏感。实际上，我是想到了时光飞逝，想到未来等待我的是一天天无聊的工作，支撑着我走下去的只有工作，没有亲吻、美食，周围再也看不到她的脸庞和身影。

1963年7月28日

在罗马过冬会是最佳选择——只是手头的钱还不足以让我考虑买房。说到钱——我决定除了写书外，每月再创作一篇短篇小说。情节是我最大的资本 & 我必须好好利用。这些我都和C.讨论过了，没有谁能像她那样有耐心。如果我在罗马有间公寓的话，她就会来找我。

1963—1966 年：英格兰，定居的诱惑

1963 年 8 月 5 日

［波西塔诺。］读了 50 页的《囚徒》，比我预想的还要喜欢。8 月 31 日之前，我应该能润色完准备重新打字了。

1963/8/8

女性没有像男性一样进化。她们不仅依然保守，而且还很原始。她们往往只给与她们息息相关的人提供食物和帮助。这种态度会给文明的进步带来毁灭性的灾难。如今，她们还成了摔跤、拳击这样的原始运动的坚定支持者。男性如今都搞不清她们真正想要什么。其实，她们（最）想要的是嫁人生子。她们很早就采取行动，并实现了这一愿望。可之后她们为何还要抱怨呢？是女性自己想要工作的，她们想看看在这个经济社会中自己适合什么样的工作，或者适不适合去工作。这种情形，她们二十一岁拿到大学文凭时就该预见到的，还有什么好抱怨的呢。如果她们愿意，可以让她们重回学校修个更高的学位，否则就什么也别抱怨。如果女性愿意付出大部分的时间和精力，值得别人信赖，那么她们就能找到工作，如今的工作就需要这样的付出。如果夏天，女性要休假（很长一段时间），和自己的孩子们去度假，那么就只能分派给她无关紧要的工作。她没有权利要求更好的。女性还没有接受这样一个事实，一边是家庭和家人，另一边是家外让她们劳神费力的工作或职业，她们做不到两头兼顾——除非她们请得起仆人，这样的女性少之又少。只有卓越非凡的女性才能在照看孩子、做饭、照顾丈夫之余，挤出仅有的时间，做到心无旁骛，成为一名好作家或画家，或取得其他成就。唉，1963 年，女性不停地抱怨自己的命运，她们比以往任何时候都显得更幼稚和无能。

1963 年 8 月 13 日

八月节[1]的这两天，非常嘈杂 & 一片混乱，今天的噪音尤其大。"蜘蛛"太了不起了 & 在这样混乱的交火声中竟然捉到了几只蜥蜴。

1963/8/18

如果我在二十岁那年

---

[1] 8 月 15 日，以天主教为主的意大利庆祝圣母升天，大多数公司、商店和工厂都要停业休暑假，直到 9 月中旬。

看到你十六岁时的照片，

"这个女孩将属于我，

就是我的命中注定，永不更改"，

我定然会止住青春的眼泪，

惊叹于这个奇迹，超过

我在《圣经》里读过的所有奇迹。

我想知道我会如何等待

（毫无疑问，我对你坚定不移）

命运让我们在二十一年后相遇？

二十岁开始等待半生，还是一生！

我会想，"多么奇妙的等待！"

照片中的你，一头飘逸的黑发，

年轻，冷静傲慢的眼神，

嘴唇中有克制的好奇，

还有未说出口的诺言，甚至连你也无从知晓。

我会等待着，不到处寻找你吗？

这种超自然的预言根本不会发生的。

我在青春中摸索前行，

事实上，我从没见过你十六岁时的照片，

直到二十一年过后。

如今，我多年积攒的勇气

已与二十一岁时大不相同了。

1963 年 8 月 21 日

经过一番思考，我决定必须得开工了，把监狱书稿打出来，于是就这样做了。准备边打字边删减，因为目前约有 320 页。坎塔尼向我"提议"，到了冬天，增加供暖、客房清洁和午餐服务。她需要有人租她的屋子。她还没给我报价。我写信跟爱伦说了这件事。我拿不定主意，因为我在罗马有间公寓的话，C. 可能就会在 11 月或 2 月来找我，可话又说回来，如果我们把钱省下来去买房可能会更好。这些选择方案我都写在信里了。

1963—1966年：英格兰，定居的诱惑

1963/8/21

对男人来说，战争带来痛苦，可能还会招致死亡。这正是他们所追求的，女性有分娩之苦的受虐倾向，男性则从战争之痛中获得喜悦。在男性与女性中，受虐狂（和施虐狂）的数量几乎相当。我很热衷于此项研究，因为这是战争的根源之一。战争是男人的一种心理疾病。我们本该一直专注于治愈这种疾病，但我们一直等到制造出更具毁灭性的炸弹，（已为时过晚）才开始对这种精神疾病日益忧心起来。

1963年8月21日

通过爱伦 & 住房代理机构找到了一间公寓，位于韦基亚雷利街38号——靠近[罗马]的圣天使城堡。一室，带阳台。

1963/9/21

——醉汉的思绪飘忽，走向自己。他是为自己的观众才去喝酒的。因此，如果有人提出（或模仿）那个具有挑战性的问题："你一个人喝酒吗？"那他真的是一点都不懂酒徒。

1963年10月18日

由于睡眠不足，一个月下来神经渐渐衰弱。老罗马俱乐部和狩猎俱乐部的大门开开关关，一直要响到凌晨3点，有时还会更晚。我把手稿全打出来了 & 取名为《玻璃牢房》，10月3日那天我把这188页稿件以航空邮件的方式寄给了帕特［·沙特尔］，应该很快就能收到哈珀出版社的消息。写了个短篇故事，叫《桥上的自杀》，还给莫里斯·埃文斯写了3页的剧本大纲（《复仇》）——他要我写的，想拍个低成本电影。

1963年9月，E. Q.（《艾勒里·昆恩推理杂志》）推出《艾勒里·昆恩悬疑作品合集》，将《水龟》收录其中，再版发行，给了我25美元，此外，我没有任何收入。这些天下来，我已经到了极限，夜里三番四次被吵醒，弄得我神经衰弱。今天我在意大利《信使报》上登了则广告，准备把这个房间转租给别人——如果我说老实话，在这里要到凌晨4点才能入睡，7点钟外面又人车喧哗，房子就很难租出去了。昨晚凌晨5点，隔壁家买的砖头送来了。折腾了一个小时。我多后悔离开了我亲爱的波西塔诺，那里的生活如此宁静，开销也很低。

1963年10月23日

　　周三。把一些纸箱收拾妥当。我希望10月31日或11月1日能出发去伦敦。睡了一觉，感觉好多了。10月21日星期一，收到哈珀出版社［琼·卡恩］的来信，说我的前188页书稿节奏缓慢，人物性格模糊不清，他们必须要看完剩下的稿子才能决定是否与我签合同。我很失望，但精神上也解脱了。我是乐天派。生活还要继续。我花的钱比挣的多，生活似乎就是这样。法国的1400美元预计很快会寄来，《列车上的陌生人》的口袋书最近在法国卖了4万［册］。

1963年10月26日

　　我依然被忧郁笼罩。这一年诸事不顺，经济方面，只有海涅曼买下了《一月的两张面孔》。过去15个月里，我一部作品都没有卖出去。我垂头丧气也不奇怪吧？希望永远存在，但有时，体力却不是无限的。

1963年12月1日

　　糟糕而忙碌的11月刚刚过去。《玻璃牢房》即刻遭到了哈珀出版社的拒稿，恩德斯出版社可能不会考虑购买《盐的代价》——总之，我的财务状况很不稳定，再加上我的"行为不端"（对此，我并不觉得有什么可内疚的），极大地动摇了C. &我的关系。11月9日，我买了辆白色大众车——投了4210英镑的保险。我正与海涅曼忙着《一月的两张面孔》的校样工作。11月中旬，我见了B.［布莱恩］格兰维尔一家，和他们喝了茶。目前，他在做美国《小姐&假期》杂志的销售，业绩很不错。同时，过去16个月里，我一部作品都没有卖出去，我的自信心跌入谷底。哈珀出版社说这部监狱小说里满是自怨自艾，卡特的人物塑造很失败。这些天，我开始觉得写日记不算傻事。我遇到了人生中的一大危机。这些焦虑的日子（C. 说我和7月度假时差别很大）使她&我看到了彼此在性格、世界观、理想&目标上的巨大差异。我们承认这些差异。我对她说，这些差异要么给我们力量，要么让我们各奔东西。至少，我在这里（奥尔德堡）的房子租期只到复活节，还有1月7日签订的免责条款。

1963/12/3

　　——奥尔德堡。纸袋疯狂地翻卷着，像车灯前受惊的猫和狗一样飞窜。到了晚上，分辨不清听到的是风声还是海浪声，很不幸，风是我的敌人，因为无论我在做什么，它总要与我作对——开门或关门时，走到街角时，一边把围巾从脸上拿开，好让我能视物，一边还要紧紧抓着包裹。有天晚上，海浪有十英尺高，一浪又一浪撞击着海滩，风从东北方向刮来：我听说西北风更可怕，"巨浪滔天"，连地毯都神秘地鼓起来。很难想象有人会选择独自在这里过冬。

1963 年 12 月 14 日

杰克·马查来信说他非常喜欢这个蜗牛的故事[《蜗牛观察者》]，2月份将会出版。太好了！在《伽玛》上发表。今天气温降到0度——我大部分时间都在堵各种漏洞和裂缝——前门 & 厨房门。一起床就有20件事让我忙得不可开交。都是些无聊、重复的日常劳动——把它们写进日记更觉无聊。我希望这些艰难而美好的日子能帮我做好准备，迎接对《玻璃牢房》的又一次打击，这是我的奇怪的思维方式。我到现在都没想到什么具有颠覆性的思路来修改它。

1963/12/18

有时，在这些孤独的夜晚，我尝到了死亡的滋味。
每过一天，我的生命就少了一日。
无需赘言！
在我离世前，我会和她共度一段时光，
仅仅是生活。
所有的早晨都疯狂忙乱，
大脑过于清醒，无法做出
创造艺术的疯狂决定。
到了下午，做完家务，我已力竭，
再次面对自己，还有那个狂热的自我。
接着开始工作。我像地里的蚯蚓一样工作，
像白蚁挖隧道、架桥梁一样努力。
我为我无缘得见的未来而工作。
这就是我的生活。
再过五年，两年，一年，
我会再次咬牙切齿（牙齿早已被咬碎），
诅咒我一直不承认的命运和生命模式吗？

或者我该称之为我的愚蠢？

除了傻瓜，谁会选择一条如此艰难的道路？

五年或一年后，

我会像一棵常青的栎树般长大。

幸福在我体内滋长，我便成了幸福，

是她发誓要永远爱我的缘故吗？

我在纸上和自己争辩。

有时，我觉得自己就像是，

纸。

单薄，易碎，易燃，可以撕毁。

无足轻重。

1963年12月30日

一天都在做家务 & 写信。刚好在圣诞节前收到帕特·沙特尔的信——如果我把《一月的两张面孔》删减32页，双日出版社就准备买下版权。EQMM买下了《谁是疯子？》那一篇，于是我——从见到C.开始——17个月来的霉运就此破除。

1964/1/2

乡下，一个安静的房间。

床边，一支燃烧的蜡烛。

我们的枕头上，一片温暖的黄光。

此情此景，连维亚尔看了也会爱上，

这里有我对美丽的所有期望，

对整个世界，

陌生的河流，城市，森林的期望，

还有大街——比如巴黎的那条大道，

我们第一次当众接吻的地方。

亲爱的，让我们不要小瞧

这盏魔法灯笼，照着我们乡下的房间，

我们的床边，燃烧着一支蜡烛。

1964 年 1 月 3 日

工作了一整天，颇有成效——《一月的两张面孔》，这本书三年前就该完成的。做了删减等工作。黛西·温斯顿从阿姆斯特丹发来电报，说她明天到。我很高兴黛西拿到了斯图尔特的家庭文件[1]。

1964/3/15

致蜘蛛

亲爱的猫，我为你写下这些诗行，

你黄色的眼睛永远都不会去读。

你对我的爱中包含着信任，

你胜过了我，充分诠释了

生命如同一张精致的网，

细细的蛛丝抛向太空——

我们走在上边，勇敢的、活着的

你和我，不知道蛛丝能否承受我们的重量。

但你我依然要照走不误。

我在一根细丝上，与你渐行渐远，

你爱得专一，爱得忠诚

却被抛弃了。

1964 年 3 月 22 日

做了很多税务方面的咨询后，我决定在 3 月 28 日去巴黎。P. S. [《盐的代价》] 的版权费迟迟没有寄来，会影响我购买厄尔索哈姆区的桥舍[2]，C. 也很喜欢这个地方。今天收到母亲的信，手写了长达 29 页，发了疯一样对我猛烈攻击，把陈年烂账全翻出来，就像一个满腹怨气的老妇人没事干了似的。我应该已经习惯了，但心里还

---

1 帕特的外祖母的家庭文件，可能是黛西·温斯顿从帕特在纽霍普的家中找到的。
2 一间农舍，名叫"桥"。

是很难过。

1964年3月25日

收到母亲的信，过了36个小时我才稍许平静下来，很遗憾这件事给我带来这么大困扰，但被人叫作骗子，总还是不开心的。正如我对 C. 说过的，她不愿直面事实时，就会用这种方式把它"抹去"。一切都源于此，另外，她还有一种怪异的性嫉妒心理——就好像我是个男人。她渴望得到我的关注，我的热爱等等，因此她非常嫉妒我身边的女性。今天沿着海滩多走了些路，天气真是好多了！不去想钱的事，哪怕只是一会儿，也好。

1964/4/1

巴黎。复活节。我住在雅各布街，栗子树［宾馆］。我住在五楼，从窗户里可以看到圣日耳曼德佩教堂的塔尖。晚上7点教堂的钟敲响三下。显然，每小时都会敲响。下面院子里的栗树长得很高，最近被修剪过。窗外的景象很常见：天窗，一个个灰色倾斜的铁皮屋顶，一扇破烂的三角形山墙窗，窗台上放着一个花盆，这窗子在屋子里看会很温馨的，可我知道有人住在那里，一屋子的世俗财物。我的房间干净崭新，但墙壁薄得像纸一样。隔壁是一个公共洗手间，很多人进进出出。给我讲讲旧金山吧？一个男性的声音，带着浓浓的口音，他边说边走进女洗手间。

1964/6/2

生活，追求，穿行在
互不关联的事物中。
我喘不过气来，
被迫长期生活在
凝滞的大气层中。
我的爱人在这里漫步，自由地呼吸。
她是鸟，我是鱼，
又或者她是鱼，我是鸟，
总之，我们呼吸着不同的养分。
当我在地板上打字时，
就连地心引力都与我作对。

是房子颠倒了吗？是的。

所有的白都成了黑，

黑白颠倒。

我足够强大，有资本来嘲笑它。

它是嘲弄的对象，是大号背心，

是生活本身。只有像我这样的傻瓜

才把它当成正经事。

1964 年 7 月 1 日

在桥舍住了 2 个月又 10 天，我一直在写一本以萨福克郡为背景的小说[1]。写到 151 页——C. 这周可能会来，她想过来，但在伦敦的各项责任义务让她脱不开身——我见了一些消防员，我叫他们"魅惑女妖"。如果她找到一个消防员，那可真是出了虎穴又入狼窝。6 月 3—15 日，在伦敦帮人照看猫，把斯图尔特的家庭文件打了出来，现在在校对。

1964/8/4

我的爱人，不要畏缩，

不然，我也会跟着畏缩。

1964 年 9 月 3 日

这几周的生活有些混乱，在这期间，我发现我只有一个人待在家里时才能工作。我认为眼下的困难和 C. 一点关系都没有，完全是我个人的原因。六天以来（算上 C. 来之前已经有 10 天了），今天是我第一次独自一人，头一天干了点像样的活儿，感觉到我在掌控这本书，而不是沦为它的奴隶。修改了 256 页——很多内容都很潦草，没有认真思考。

1964 年 9 月 4 日

今天过得非常棒，写了 15 页——现在到 250 页了。可能明天就会完稿。从精神

---

[1] 帕特的小说《黎明的云雀》（暂定书名）将于次年在美国出版，更名为《讲故事的人》（纽约，1965），在英国以《暂停仁慈》为名出版（伦敦，1965）。

状态上讲——（一切的一切不都是精神问题？）危机就要来临了。我痛恨我需要她时她却不在身边——很少能和她在一起，我都不习惯工作时有她在身边了。工作，和她在一起，应该是一件习以为常的事情——不该是这样陌生的、烈酒上头一般的感觉。现在她觉得，有她在身边我没法工作，肯定如此。并非她想的那么简单。今晚我有些沮丧，唯一让我快乐的是这本书就快完成了——我希望，它会是简单而不失趣味的。

1964/9/4

给她带来最大力量的（也最令她兴奋的）记忆，是童年的经历和氛围。那种氛围给她安全感。结果就是她开始逃避，不再积极地拥抱生活。她喜欢的歌剧大部分属于传统类别。莫扎特和施特劳斯的歌剧她看了一遍又一遍，卡拉斯也总是唱着她最喜欢的老歌。谈到书时，她聊的都是童年读过的——《小熊维尼》——这本书在英国家喻户晓，她正是出于这个原因才从法国搬到英国居住的。（而不是她很晚才掌握了法语的缘故。）即便是这样的逃避，也能给内心注入强大的力量，但环境啊，日常生活啊，稍有变动——比如，铺床的方式一变化，她内心的力量就会动摇。她害怕坐飞机，拼命地小声祈祷也无法给她任何力量。最近她怀疑我不爱她了，她的信心产生了动摇，究其原因，是我先动摇了，因为我发现她明显[法] 缺乏勇气[法]——坐飞机、平常生活，以及任何威胁到她现状的东西她都躲避。当我为了和她在一起，冒了这么大的风险，做出这么大的改变，她的怯懦让我觉得面目可憎，自私又愚蠢——当然，她没有爱心。她爱我，但她更爱安稳的生活。一直以来我都认为，勇敢是女性不可或缺的品质（对男性来说则是温柔），所以她的表现让我感觉她的形象似乎在我面前崩塌。我无法用语言来表达这一切，也不能看着她的形象越发崩坏。我喜欢淳朴、忠诚，甚至喜欢女性特有的按部就班生活的样子——可是没有勇气多令人沮丧，我又能如之奈何呢？我要和"安全感"比比孰轻孰重吗，我知道她会选择"安全感"的。动物园笼中的狐狸有安全感，但这不是狐狸该过的生活。

1964年9月8日

驾照考试第二次不及格。这一次"失误"是因为考官不允许考生把手或手指放在轮辐上。换挡——我换得很好；我不知道怎样才能把车开得更好。我肯定给一个普通考生连续三次不及格一定挺光彩的，他们考虑的是交通事故率高，但交通事故的原因是道路危险，而不是驾驶员的问题。

1964 年 9 月 10 日

蜗牛今天都干了，只有两只还在动。明天驾照考试。我已经尽力把公路法规背下来了，因为考官们特别注意细节。我觉得德国的考试不会这么难[1]。

1964 年 9 月 10 日

说真的，我并不期待这个周末的到来。[C. 的丈夫]也在为自己而战，他悄无声息，含沙射影，寸步不离地横在我们中间。

1964/11/8

英格兰。在这里住了一年，惩戒方面给我留下的印象仍然最深。美国在这方面很宽松，和这里一比就是孩子们的天堂。烟酒价格与平均工资非常不匹配，还大言不惭地说这也是惩戒措施。你真的需要这瓶酒、那包烟吗？不，你就是一个堕落的、放纵的、不健康的懒虫，高昂的售价是对你上瘾的公正的惩罚。看完电影后想喝杯啤酒，惩罚就是错过了末班车；你要花七先令才能到家；车费到了晚上会上涨。（你点啤酒的时候，酒保也告知你很快就要关门了。）在纽约，白天或晚上，任何时候都能找到吃饭或喝酒的地方。地铁也从不停运，只是车速会慢些。星期天，在每个街区的熟食店里，想吃什么都能买到。至少，英国人的管制措施让我心生怨恨。很激进，很幼稚。

1964/12/15

我的自信不会持续超过二十四小时。

1964/12/16

"悬疑"笔记（《作家》[2]）。

现在和未来的悬疑作家们：请记住你并不孤独。陀思妥耶夫斯基、威尔基·柯林斯、亨利·詹姆斯、埃德加·爱伦·坡……各个文学领域都有雇佣文人。有雇佣记者，也有天才记者。努力成为天才吧。毕竟，无论天才与否，都要付出百分之九十的

---

[1] 帕特 1951 年在慕尼黑上了驾驶课，但在她通过驾驶考试前不久放弃了。
[2] 帕特开始为《作家》杂志写《悬疑小说的构思与写作》的稿子了。

努力，百分之九十这一标准是为自己设定的，另外百分之十是看不懂、学不来、达不到、毁不掉的，这就叫天赋。如果没有天赋——对戏剧性的洞察力，将其挥洒在纸上供读者享受的热情——就算废寝忘食，也无法摘得桂冠，作品付梓的可能都没有。你有天赋吗？你喜欢讲故事，稀罕看到你的听众如痴如醉的模样吗？那就好。每个周末你都应该练习讲故事给你的朋友听，然后——如果你喜欢——那么拿出纸笔，开始写作吧。天赋当然是一种神奇的东西，但讲故事也同样有股神奇的力量。你能让听众欲罢不能吗？如果你特别害羞，向朋友们讲个故事都不好意思，你能把故事好好地写在信里吗？谁能说得清写作是怎么一回事？它很神奇，别人教不了你。但写作的本质就是叙述者从写作或讲述中获得的身心愉悦。

1964/12/19

——疯狂的爱才会延续到永远；只有这种爱才算真正的爱。

1964/12/26

凭你对我的爱

（还有我对你的爱，

一段肝胆俱裂的经历！）

你把我像山岩般敲开。

我周身遍布裂纹、孔洞、

凸起、凹陷、虬结，

甚至布满深渊。难怪

有时我看着你

感觉自己是个怪物，

动作举止也粗暴起来。

难怪我会一边亲吻你的双脚

一边想象残忍地折磨你。

我会让你笑，让你哭

来展示我有多强大，

因为相较之下，你对我的影响

非比寻常，让我无地自容。

这样分析是不准确的，
但有一半是对的。
而你则是另一半，
仍是未解之谜，
那另一半的比例
才使他们保持了平衡，
于是既没有吻脚也没有折磨。
但相信奇迹的你
应该不会对这些奇迹惊诧不已。

1964/12/28
　　有时我提醒自己，有一只相当聪明的小老鼠，它想方设法从压在它身上的沙堆中挖出一条路。沙堆便是我的大脑，那只老鼠便是我，不管用什么比喻，道理都是一个。

1965—1966 年

帕特里夏·海史密斯与卡罗琳·贝斯特曼一度浓情蜜意，如今即将惨淡收场。三年来，帕特一直试图说服卡罗琳表个态，但都失败了；于是，帕特开始更加频繁地旅行，奔波忙碌，但走到哪里她都笔耕不辍。卡罗琳很少去萨福克郡的桥舍看望她，那座小房子在冬天变得冰冷死寂。

1965 年初，帕特用砍柴火、做书架、做小桌和写作来抵御严寒。她为那些心怀抱负的作家们写了一本手册《悬疑小说的构思与写作》，将于次年 1 月出版，其中给出了大量个人的切身感悟。帕特还反复思考了一系列主题——从耶稣基督、自杀到宗教和单相思——并将它们写进了她的下一部小说《转身离开的人》中。这是一本没有死亡的惊悚小说，故事背景设定在威尼斯。

5 月初，玛丽·海史密斯来访。她的到来是一场灾难，此后母女的关系便一落千丈，以至最终决裂。玛丽来访的同期，英国 BBC 广播公司邀请帕特来执笔电视惊悚剧《地下室》的剧本，定于 9 月播出。这次合作促成了后期的更多编剧项目，其中有一部宗教电视剧本《复活的德瓦特》，这部电视剧最终没有拍摄，但其主要情节被帕特用在了她的第二部雷普利小说中。这本小说的创作灵感来自画家阿莱拉·康奈尔，她是帕特二十多岁在纽约恣意生活时的女友，深受帕特的敬爱，自杀未遂后死于并发症。

玛丽离开后，帕特和卡罗琳去了威尼斯，可惜这次度假并非预想的那般轻松惬意。帕特越是索求亲密，卡罗琳就越发疏远。为弥补情感上的不满，帕特开始画画，为《转身离开的人》做实地背景调查，然后一个人去欧洲旅行，寻找老朋友们的安慰。

写完《转身离开的人》后，帕特和纽约的旧友、画家兼时装设计师伊丽莎白·莱恩去了突尼斯的哈马迈特度假。帕特有时会记下她对北非极差的印象，写进给《新政治家》杂志的游记和她的下一部小说《伪造的战栗》中。

9月，帕特到法国南部游历。她和电影导演拉乌尔·列维[1]见了面，后者希望她能帮他写《深水》的剧本。

帕特回到巴黎，在她们昔日的爱的城市，最后一次尝试挽救她和卡罗琳的关系，她提议二人在伦敦一起生活，遭到了卡罗琳的拒绝。10月，两人分手，帕特深受打击，一直到年底都完全无法写作。

1965/2/1

人死的时候少有力气尖叫，不然的话，我想会有更多人在死时尖叫的。

1965/2/10

在英格兰过冬

我又一次畏缩了，我的心

说不出的烦闷和沮丧，

因为这单调。因此，我拒绝

说——任何话。闭嘴。

继而我又感到苦恼。

天啊，盆栽植物可以停止生长。

在冬天，蜗牛冬眠，

树会褪去美丽外衣，静静矗立，

但在这极寒的国度里，我能做些什么呢？

这里逼着我也变得单调，

我却无法忍受千篇一律？

人类做不到静静矗立。

---

[1] 拉乌尔·J. 列维（1922 — 1966），法国—比利时作家、电影导演和制片人，因碧姬·芭铎主演的电影而被人们铭记。列维希望与海史密斯就《深水》的电影脚本进行合作。这个项目在他自杀后就被弃置了。

我的穿衣与气候同步。

最温暖的衣服，日复一日，

所以衣服是一样的，

日复一日。它侵入了

我的梦中，使梦也静止了，

我因此怒不可遏。

单调和忧郁使我的爱和意志沉寂，

这几天我都没变过花样

甚至失去了幼儿的乐趣——

吹肥皂泡和用手指画画。

但我是个创造者，如今

就像困在山洞里的老鼠。

而灰色的大海不断漫进，

英格兰，

我要创造，在创造中

拯救我自己。

1965/3/23

我在电视上看了一部关于佛罗里达老人的纪录片。在养老院里，人们处于衰老的最后阶段。像孩子一样喃喃自语，用手指拨弄着杯子里最后的几滴茶。一个年轻的护士——她是个坦率、单纯、坚强和善良的人——她说他们从不伤害彼此，但会伤害自己，拔自己的头发，拔自己的指甲。有一些人需要喂食。他们瞪大的眼睛不再察看世界。采访中，有一个人站在护士和记者的旁边，护士拍了拍她放在护栏上的手。太恐怖了。

1965/4/9

模糊得恰到好处：一些孩子的存在问题；有些孩子（比如我）的出生纯属意外，当然不是为了继承父亲的事业或王位而生的。这孩子必须创造价值（通常是严苛意义上的价值，尤其如果他生来就不富有），这样才不会变成懦弱的小虾米。他必须建立自己的价值观。也可以是享乐、放纵，没有这些，他就不完整。此外，这与道德判断无关。

1965/4/23

烧煤取暖很符合英国人的性格，为了这一点温暖和舒适，就必须忍受房间被煤烟略微熏黑，还要每天清理壁炉，这意味着要双膝着地，双手乌黑，还要抬着煤渣去垃圾桶倾倒。这里绝没有奢侈，一切都要节俭。你也就配这待遇。

1965/5/17

威尼斯——我在凌晨3点到达了马可波罗，得乘大型摩托快艇才能到圣马可。一船沉默的英国人和惊讶不已的斯堪的纳维亚人前往圣地。摩托艇速度很快，偶尔还会演奏爵士乐。

1965/5/18

多云，下午5点下了一场舒爽的毛毛细雨，非常短暂。到了晚上，每隔二十分钟，雨就瓢泼而下，海浪也会发出轰鸣。晚上9点，天色很黑，我从扎特雷出来散步，穿过阿卡德米亚桥，走过莫罗西尼营地、斯蒂凡诺街教区，来到里亚尔托。远处的街道一片漆黑。里亚尔托酒店，与我第一次来这里相比，好像在世界上已经地位不凡了。从麦西亚走到圣马可，从那里就不可能沿着码头走到阿卡德米亚里，因为那里是酒店后部，海滨都归酒店所有。我在一个空荡荡的小酒吧里，吃了一份吐司（150里拉），喝了一杯白葡萄酒（40里拉），之后又绕回去，穿过毛里齐奥街回到桥上。瑟谷索家庭旅馆：百叶窗是绿色的，打开后可折叠。窗户很高，落地窗。一只怀孕的浅灰色的猫睡在一楼的平台上。11点的时候，我从21号房被挪到了28号房（确切说，是我自己挪的房间，因为是我自己抬着皮箱，等等），依然没有窗景。之前有人告诉我，至少下午2点前就可以搬到45号房，可是2:30时，45号房间的那个人似乎病了，没法挪窝。最后到了5点他才搬走，我打了无数个电话，才确认房间已经准备好了。我又自己挪了房间，唯一的酒店门童只顾在大厅里看电视。房间里没有烟灰缸，只有一个玻璃杯，没有足够的（8个）衣架。门上全是手印。墙上光秃秃的，没有挂画。好像所有的房间都是两张单人床。但45号房是可以看到景色的，和1962年我在低楼层住的那间一样，就是那之后的两周，我遇见了C.，她明天就要来了。我为她的手链买了一把小钥匙，黄金的。还买了明信片和橘子。

1965/5/23

托尔切洛。船从新基金会出发，收费120里拉，在布拉诺、慕拉诺短暂靠岸，最后通过木桩夹道的狭窄地带到达托尔切洛。船上没有咖啡。服务员穿着干净的白色夹克。之后，我们走进教堂（100里拉），里边有镶嵌画，一条狗拖着皮带到处乱跑。教堂里有一尊美丽的圣处女高像，脑袋很小，供在一个黄金镶嵌的椭圆形壁龛里。后来，我们遭到四个流氓的骚扰，他们从小路上走过来，干扰我绘画，对我的朋友动手动脚，但我觉得这是她擅长应对的事，我不行，我已经试过了，根本不知道如何对付他们，不管他们是绅士还是流氓。那只猫生了几只小猫，也许是三只，装在一个木头盒子里，养在瑟谷索家庭旅馆后面的厕所里。那个老搬运工指给我看的。

1965/5/26

贡多拉船夫绕过拐角处就会叫着"噢——噢——哦"或"哈——噢哦"。从瑟谷索运河出发的贡多拉船，船头有一盏小小的白光，可以在两分钟内穿过（朱代卡）运河。美国和英国的货船每30分钟经过这条运河。烟囱上都绘着威尼斯之狮。金黄衬着蓝色。圣乔治——

1965/6/16

在青春期，世界就像一片树木葱郁的森林。对自己的兴趣很是迷茫。十三四岁时，我疯狂地迷上了大海。我差点就离家出走了——我是怎么解决一切的？唉，至今也没解决啊。

1965/6/23

宗教：主要是负罪感的巨大发泄途径；而不是为了接收任何事物。因此，有了教育和慈善的帮助，人类不再需要感到自己被邪恶的情感所控制，片刻都不行，这对人类来说应该是非常重要的。邪恶的情感固然不可避免，尤其是在年轻人当中，但显然已经变得无足轻重，永远也不可能成为支配力量了。

1965/8/2

爱情，恋爱的状态，是人类关系中唯一无法用逻辑解释的东西。一旦故事中出现了麻烦，令人费解时，只要告诉我们他或她或他们恋爱了，我们就立刻心领神会，"哦！原来如此。"明显的不协调在于——那种异质的因素。

1965/8/5

和已婚女人的恋情。你可能认为自己能够暂时满足于和她短暂的相处——也许这是真的。但没有人会满足于在情感上屈居第二位,就算能与人完全平等地共享她,就算她说对你的爱胜过对他的爱,"我对他不过是履行职责而已",你还是不会满足的。事实仍然不会改变:责任产生习惯,习惯又会催生感情。能每天早上细心地为某个人准备早餐,却不关心他的情绪,这种人不存在吧。因此,最合理的解释就是,嫉妒和怨恨破坏了彼此的关系。此外,还常常会怀疑:"只是责任?证明给我看!"因为与配偶在一起生活更轻松、更慵懒、更安全。懦弱和懒惰是对所爱之人的可怕打击。(还有贪吃和虚荣。)

1965/8/5

艺术——所有的艺术,无论是谁在搞——都是在勇往直前地挑战不可能的事。失败是必然的,要么一败涂地,要么部分折戟。最重要的是这份无私的勇气。这是人与动物之间的差别之一,也许是最大的差别,因为艺术成果毫无用处,凭空而来,天马行空——百无一用,直到有志同道合的人接受。这就已经很神秘了。创造和接纳的快乐是其他的快乐无法比拟的。

1965/8/9

与新相识:在谈话的那一刻,我忽然意识到他与我有着截然不同的道德观和世界观,就像我们之间突然裂开了一道峡谷。我们可以改变谈话方向,找个话题过渡到别的内容。但这一认知一直潜伏在心底。多年以后,它还会浮出水面,使我们处处呈现分歧,虽然我们仍是朋友。

1965/8/11

那不勒斯——翁贝托餐厅。在马尔蒂里广场的一条狭窄的街道上。从卡波迪蒙特博物馆——那里的保安特别热心,非要领我们看彩陶——坐公共汽车过来。翁贝托的蛤蜊和贻贝,蘸满蒜蓉、黄油和面包屑,要 400 里拉。相当现代的室内装潢——一张户外餐厅画,背景是微微冒烟的维苏威火山。餐厅中央陈列着水族馆。我记得 1949 年的翁贝托餐厅没这么气派。

1965/8/19

做了一个梦，梦见琳恩［·罗斯］躺在我怀里，她的身体苗条、结实。我说"天啊，抱着你的感觉真好"，然后我就被自己的话弄醒了。我是十二年前遇到她的。那是我最好的也是最现实的恋爱，很不理智。我想她可能会觉得我太严肃了，或者太胖了，这么恶心的一个词有时竟会用到我身上。1961年11月23日，她来我这里过生日，主动留下来住了两个晚上（这让我很高兴），还有第三天晚上——经过我温和的劝说。那天早上下雪了。大自然洒下纯洁的祝福！我希望我们永远不能出门。她是那么温柔、无力，缺少保护。紧张而又无望。我爱她。有魔力的女孩！我的——心？我的心当然属于你。仅仅是见到你，我就不能自拔了，然后变得坚强。

1965/8/27

妓女至少会承认自己的身份，不会去搞什么婚姻闹剧，不像许多女人，与其说她们爱丈夫，还不如说她们爱丈夫和仆从前呼后拥——有时丈夫甚至要退居第二。

1965/9/1

人会产生一种错误的想法，以为自己已经完成了奋斗，或者已经实现了目标——比如可以退休了，或买了房子。不满就是从这时开始的。人是永远不会满足的。任何房子，任何地方都不会是他最后的欲望。人活着，只有一个接一个的目标能让他快乐。

1965/9/2

也许有必要时不时地走进人群，这样可以看清自己真正的水准——不是真正的、最终的水准，而是粗略的、大致判断的水准。我大部分时间都是独自一人，那时我会觉得自己的水准变得相当低。

1965/9/7

乘坐"瓦伦西亚"号从帕尔马到巴塞罗那，头等舱，过夜。我们晚上10点起航，刚起航就遇到了大浪。根本没法在吧台点咖啡或茴香酒。要是英国人，估计会因为幽闭恐惧和温热而发疯，所幸我不是英国人，我以前遇到过这种情况。我的舱位是D43。船在不停地抖动，不像是正常的航行产生的抖动。是发动机出了毛病，跟海上风浪无关。

1965/9/12

马略卡岛的德亚。在詹姆餐厅，我看到罗伯特·格雷夫斯[1]穿着邋遢的牛仔裤，脖子上故意系着一条红方巾。他现在的情妇是个黑美人，一个墨西哥裔美国女孩，也许激情有余，漂亮不足。他带着她和他的妻子一起去海滩。他有一种自视甚高且洋洋自得的架势。见他还不如见见艾伦·西利托[2]呢。

1965/11/16

要是基督能有一个黑人信徒就好了！

1965/12/5

我最喜欢在下午 4:30 左右工作，这时我开始有些疲惫，但心里知道还有三页就要完成每天的工作量了。周遭的世界可能会崩塌——有过那么几次——但是工作依然不变，不受外界触动，虽然艰苦、实在，但浑然自在。

1965/12/14

每个人的爱和恨的力量始终一样强大，或多或少吧。唯一的变化是情绪的对象。似乎每个人都需要恨一些东西（或人，或民族）。搞清楚恨的是什么很重要。爱的危害就小了，除非它（爱的对象）遭到社会的反对。

1965/12/23

我梦见自己坐在琳恩身边，她怀有 5 个月的身孕。她的情人夹住了她体内的什么东西，流出了水。奇怪的是，她对怀孕毫不在意，还是她男朋友告诉她，她才意识到。我说："我很难过，因为我希望它是我们的——我希望我们有一个孩子。"她只是微微一笑。

再这样下去也是枉然，很明显，我渴望有人爱，也渴望有人爱我，至少在纽约有时还能实现。（在梦里，不远处，纽约的天际线依然清晰可辨。）最近经历的痛苦不堪的批判和无人理解导致了这些梦。我已经（再次）达到这样的地步，宁愿忘记我应该

---

1 罗伯特·冯·兰克·格雷夫斯（1895 — 1985），作家和诗人，1929 年起住在马略卡岛，母亲是德国人，父亲是爱尔兰诗人阿尔弗雷德·珀塞瓦尔·格雷夫斯。
2 艾伦·西利托（1928 — 2010），英国作家，以长篇小说《长跑运动员的孤独》而闻名。他通常被归为所谓的"愤怒青年"这个 20 世纪 50 年代的英国作家群体。

爱的人的存在。想想看，如果她现在许愿，让我在见不到她的这漫长的几个星期里"想念"她，那这愿望可是够残忍的。

1966/1/4

在英国乡下睡觉。我认识的大多数人都对此颇为欣喜，他们都一个人睡觉。睡觉前几个小时，他们就满心期待地谈着睡觉这事，第二天会告诉你那感觉有多美妙，有热水瓶，有书——让人不禁发问，就这些吗？

1966/1/13

美德的回报

是孤独。

苦干的回报

是高税收。

如果美德就是美德的回报

它便是身体和精神上的病态。

1966/1/15

其实，这个世界本身比我们一直追求的那些人要有趣得多。如果这些人是书，都不会被印出来。

1966/2/5

一段恋情走到尽头，一个人就反过来变成了宗教。想要分手的一方会在对方身上挑毛病，想象他到处是缺点，还不顾事实坚信自己的判断；就像有宗教信仰的人一样，在事实面前，他们只相信自己想要相信的一切。当然，情人也一样。

1966/2/5

爱情（多情的或浪漫的爱）只不过是一种或多种形式的自我体现。我们要做的是将自我意识交给爱的接受者。重要的是，对象必须如我所说——只是接受者。爱是付出，这份礼物不应该指望回报。

1966/2/13

残酷主要是由于缺乏想象力导致的。也有回击某人或某事的因素在里边，但不如前者重要。

1966/3/1

生活的本质是迎接挑战，虽然也不太清楚如何迎接挑战。

1966/4/20

美国——它好的方面是如此地好，坏的方面是如此地坏。现在，我没法住在那里，因为我个人对这些坏的方面感到分外羞耻。我有时会想住在圣达菲。那儿的气候非常适合我。然而，美国仍然无处不在，没法屏蔽掉。如果要在美国生活，新奥尔良也算一个选择。但是，在那里只能隐居，享受过去的新奥尔良的一切，而且主要靠想象生活。

1966/5/26

在任何创造性工作中，如果停下来考虑它有什么价值或者用了多少时间，那么所有工作的快乐就会烟消云散。

1966/5/27

每次都比期待差一点点，只有这样才能驱走创造这种行为的恐怖。

1966/6/24

非洲——低长的地平线上都是一层和两层的建筑，偶尔有一个烟囱。港口水很浅。我们靠岸时驶进了绿色的水域，散发着恶臭。黑人坐在那里用手钓线钓鱼。有些人戴着红色的土耳其毡帽。在码头等待游客的人群中很多人都穿着长袍。排队等着给护照盖章的人群拥挤不堪，实际上没人排队。没人要去排队。轿车的文件填个没完。因为我的朋友［伊丽莎白·莱恩］说车内坐垫丢了，吵得面红耳赤（人家告诉她，她的保险只承保汽车本身，不包括车内的东西；车表面也有两个凹痕）。我们没有得到最后一份文件，没法离开港口，只好开车回到海边去找。在突尼斯，有些汽车见到红灯会停，有些就不停。这里的人主要是阿拉伯人，有一些法国人，很少有黑人。

1966/6/30

哈马迈特——从突尼斯东南沿海边前行 61 公里。一个真正的阿拉伯村庄，两家餐馆，一家药店，一个"青年中心"，以前是天主教教堂，现在看起来像一个咖啡馆（很多咖啡馆看起来像市政厅或宾果游戏厅，里边有小桌子）。我们走进当地居民区。这里有阿拉伯宫廷式的通道，白色拱门，街道是土路，但都相当干净。许多妇女都怀着孕。我们吃饭的餐厅里没有女人。

1966/7/7

哈马迈特——我们本以为那五个人能给我们一点点帮助——结果全都让人大失所望。他们记下名字和电话号码，答应得好好的，然后就到此为止。他们信奉的神一定很奇怪。

1966/7/13

非洲——[法]一个思考的好地方。在这里，你会感觉自己像赤裸裸地独自靠在一堵白墙上。问题变得简化，方向变得清晰。是因为这片土地与欧洲大相径庭，这里的人民与我们截然不同吗？我知道我永远不会在这里安家，永远不会定居在这里，这片土地向南向西绵延一千多英里。非洲就是在睡梦中也不会为了娱乐游客翻个身。它就像一个硕大的、肥胖的、半睡半醒的女人，躺在舒适的床上——赤身裸体，对任何人的到来都无动于衷。到了晚上，会有几只百无聊赖、声音嘶哑的蝗虫冒出来；遥远的地方传来拴着的狗的叫声，风车在吱扭扭地转，空荡荡的酒店大堂里人声响亮。[法]

1966/7/19

在非洲哈马迈特海滨公园酒店的清晨。早餐预约在 9:30，一直等到 10:20 才送来，因为那几个阿拉伯少年已经超负荷工作了。早上，除了早餐要将就——没有咖啡，在这样的高温下是醒不来的——还必须立即去找水管工，因为前一天晚上，厨房新铺的水泥下面有一根管子爆裂了。水管工回复说他没有接口圈，没法连接两根水管，但还是祝愿两根管子能保持连接。现在从水槽向下的管道旁边有一个小喷泉。如果这个管道工被别人给拉走了，他就要先去解决别人的活。我们昨天给了他 200 米利姆[1]，感谢他干的破烂活儿，今天又给了他 100 米利姆。11:30 清洁工倒是来了，顺便

1　突尼斯货币。

说一句，他只受过擦地板的培训，铺床、洗碗、倒烟灰缸全都不会。到了中午，我要是允许自己放纵情绪的话，可能已经精神崩溃了。（一只甲虫刚从天花板掉到我的笔记本上。）邮件本该在 11 点送到，但另一个官方说法是下午 1 点。统共 300 码的距离，本该 11 点送到的邮件"有可能迟到最长 12 个小时"。

1966/7/24

写给《政治家》杂志的文章。到达突尼斯的码头——炎热，检查护照的部门大门紧闭……第一眼看到突尼斯——尘土飞扬、酷热难当、混乱不堪，侍者要我们把汽车收纳箱里所有的东西都拿出来，随后那本米其林的突尼斯地图就不见了，在突尼斯根本买不到……巴黎咖啡馆。永恒的茉莉花。蓝白小镇。一群群年轻人整天坐在咖啡馆里，上午 11 点就下班了。年轻的酋长想要以巴黎的价格把房子租给我们，每天 80 第纳尔——每月约 160 美元 & 还只能在咖啡馆找到他。海滨公园酒店——懒惰的法国经理默克塔——永远堆着一副毫无意义的笑脸。第一个起床，最后一个睡觉。晚上在哈马迈特的和风中展开复仇。[法] 一个穿短裤的男人在门口推了一个黑影，[法] 然后在咖啡馆外面的长椅上坐下。那个黑影阴森森地在附近打转，有点醉了。两个男人来劝他离开。他向海边和堡垒旁的阿拉伯村庄走去，但依然逡巡着，一直在那儿逗留了十五分钟左右。旅游部主管这周末来了，没人想让他看到一个酒鬼。一个月来我在突尼斯只见过三个酒鬼。

1966/8/3

今天彻底自暴自弃。没有邮件。此刻一只非洲小猫坐在我的胸口，被我的笔迷住了，我敢说，在它出生的七个星期里，它没见过几支笔，但我以前最喜欢的那支一个月前在这里丢了，或是被偷了。每天早晨就像徒手推大山一样。大山是不会移动的，但是人们必须努力履行自己的职责，否则就会疯掉。履行职责没有什么错，真的，只是我很害怕，一点也提不起兴趣（我对发疯反倒更感兴趣），但至少，我确信，如果没有有序的生活，无论写作还是绘画，我都不会有什么收获的。这里——一切都倦怠得令人毛骨悚然，气候——衬衫敞开，没扣扣子——到处都是得过且过。这一切是怎么开始的？一旦来到这里，在这么热的沙漠上行走，你就知道失败在向你招手。与整个大陆对抗是愚蠢的。

1966/9/15

写了一个"鬼"故事（《尤马宝宝》），应该会让主人公和读者都感到压抑的，但我发现压抑的是我自己。[1] 这个故事以一种奇怪的方式对我产生了预期的效果，但这种效果在作品中还不够明显。这是创作者作为观众或读者的感受。我把故事讲得更明确些，就不再压抑了，只是没有了我平时写完东西后的欢欣和大笑，令我吃惊的是，我的愉快心情有时会吓到读者。

1966/11/3

在我一生中最低迷、最恐怖的时刻（此生也许有十次），莫扎特没有为我止痛，却给了我希望——只是他没有治愈的力量。世上根本没有治愈的药方。但这些莫扎特都知道。我，或者我们，在此时此地受苦受难，而他常常是在最大的苦难中创作音乐。这就是我最敬仰的，也只有这种精神才能给我前进的勇气。在一个痛苦的星期六早晨，我在浴室里用晶体管收音机听着《第24号钢琴协奏曲》，我感到的快乐（显然！）难以用语言表达出来。刚才我还很痛苦。但有了莫扎特的勇气，我可以直面雄狮了。巴赫可以帮我度过小危机。莫扎特适用于重大危机。

1966/11/20

堕胎完全是女性的事，跟教会无关。这首先是女性的事，其次才是孩子未来的赡养者的事——因为有时女性可以自己抚养孩子。反堕胎的教会对公共福祉做过的最有害、最讨厌的事，就是强迫生育，而后又拒绝照顾母亲、抚养孩子的全部或大部分责任。在反堕胎的教会中，相比男性，女性才是他们更有力的支持者——这是人性或社会学的一大讽刺。

1966/11/21

毒鼠碱口红。

1966/12/11

［哥本哈根。］下午6点在黑暗中抵达。一个非常萧疏的城镇，到处都是蓝色的灯光。在机场和城市之间的整洁、贫困的私人住宅，比英国房子更多了点"荷兰"的

---

[1] 《尤马宝宝》是帕特在卡罗琳·贝斯特曼的建议下写的一个鬼故事。帕特觉得这个故事很压抑，后来就重写了一个；第二个版本更有趣一些，名为《空鸟舍》，发表在1969年1月发行的《艾勒里·昆恩推理杂志》上。后被收录在短篇小说集《蜗牛观察者和其他故事集》（纽约，1970）中。

味道。伯杰·施密斯先生[1]——蓄着胡子，四十八岁模样，带着端庄的金发妻子，到机场来接我。我们开车去帝国酒店，这是一家位于商业区的商务型酒店，很体面，几乎称得上豪华了。在那里吃的饭。这里的人看起来比英国人更干净，金发更多，更有吸引力。饭前一定要吃熏鲑鱼或蘸各种酱汁的鲑鱼。然后，在酒店的酒吧喝了一杯。教堂等地方的铜塔都是浅绿色的。整个场景与有轨电车、轨道、巨幅广告 & 商店招牌交织在一起。

1966/12/27

我尊重疯子，我自己也变得疯狂，这才能从舒缓的好音乐中获益无穷。我在洋洋自得中写下这句话。

1966/12/27

注定失败的事业最吸引有艺术气质的人，也吸引了少数选择住在英国的外国人。与室内的潮湿作战，还与自己的健康抗争，注定是一场必败之战。这就像一幅画或一本书，永远不如在开始创作之前的想法美妙。

---

[1] 她的丹麦出版商，图文出版社。

1967—1980年

回到法国

1967—1969年

与卡罗琳·贝斯特曼的分手让帕特里夏·海史密斯感到分外迷茫，如坠虚空。面对痛苦，她只能埋头工作，并意外找到了三年前停笔的"日记本15"。帕特搬到英国只是为了卡罗琳，因此现在再留下来已经没有意义了；1967年初，帕特别无他法，只好逃离了这个让她遭受情感痛苦的地方。在法国图尔附近的蒙巴松国际电影节上，帕特受邀担任短片评委，她听从朋友伊丽莎白·莱恩的建议，在电影节结束后到附近租了一所房子。9月，两个女人在塞纳河畔萨莫瓦一起买了一栋房子，这个主意最终带来了灾难性的后果，导致她们二十年的友谊在法庭对峙中结束，帕特跌入了人生的谷底。

从职业角度来说，帕特此时是有理由乐观的：她的经纪人正在谈一个利润丰厚的合同，把《转身离开的人》改编为电影（虽然这部电影从未问世），帕特的财务状况第一次得到了长期保障。在德语市场，她脱离了汉堡的罗沃尔特出版社和口袋本的图书市场，转向苏黎世的第欧根尼出版社，后者将以精装形式出版她的作品，成功将其定位为文学小说推向市场。此外，《伪造的战栗》甫一出版，就得到评论界的如潮好评，使帕特在美国从纯类型文学作家一跃成为公认的文学天才。

然而，帕特在乡下倍感孤寂，她越来越觉得与法国的环境格格不入——1968年年中，当她搬到蒙马丘这个小农庄时，这种感觉越发强烈了。她结识了二十六岁的英国记者玛德琳·哈姆斯沃斯后，便紧抓住她不放，从这段短暂的恋情中寻求情感的支撑。4月，为了亲近玛德琳，她飞往伦敦。在玛德琳结束了她们的关系后，帕特又停止了1968年1月才恢复的日记。

5月6日，帕特返回巴黎，巴黎学生的示威游行正如火如荼。面对街头抗议和大规模罢工，帕特在自我放逐中越发感觉疏离。也许正是这种孤立无援的感觉使帕特将法国定为她的新书《地下雷普利》的背景，把她虚构的第二自我汤姆·雷普利安置在自己家附近的别墅里。她为他设定了一个妻子，长相与她最近的暗恋对象杰奎很像，还把雷普利设定为一个国际艺术造假团伙的头目，存在飘忽不定。

1969年2月，帕特的经纪人与双日出版社签下一本短篇小说集的合约，这是帕特长期以来的梦想。《蜗牛观察者和其他故事集》（1970）共包含11篇短篇小说，都是纯文学作品，而非悬疑小说；有些甚至带有几分幽默的趣味，许多都是帕特在发表长篇处女作之前写的，是当年这个初出茅庐的作家练手的作品。

经历了无数次情感的幻灭之后，帕特对情人的评论变得越来越刻薄、挑剔和尖刻。8月，《地下雷普利》的终稿润色完成，读着这本书，帕特得到了短暂的快乐时光。在日记中，她承认自己非常喜欢这本书。她把这本书献给她的邻居阿涅斯和乔治·巴伊尔斯基，这对波兰农民夫妇是她在法国真正喜欢相处的少数几个人之一。

❦

1967/1/2

今天听说拉乌尔·J. 列维在圣特罗佩的除夕夜开枪自杀了。唉，我从来都不喜欢他，显然他也不喜欢自己。他的最后一部电影《叛逃者》很不受欢迎。他强烈的不幸福感表现在他无力或不愿与这个项目的参与者进行交流，他大概是在最后关头才参与这个项目的——我也是参与者之一。

1967/1/15

既然不再记日记了，我想我应该趁早把事情记下来，不然就都忘了。自打搬进这座房子后，一年又一年的都混成了一片，年年都没什么区别。到1967年4月和5月，我在桥舍就住满三年了。1965年5月，我去了威尼斯十天，这是我十九个月来第一次休假，结果却被BBC的（《地下室》——或《潜行者》）截稿日搞得很灰暗，为此他们还硬塞给我一台便携式打字机。C.［卡罗琳］还算开朗明快，对我也算和蔼。我兴致勃勃地画了很多画，好几幅还不错。（佩吉·古根海姆很冷淡——不认识我了？打电话时，也不请我去喝一杯，也不接受我邀请她去哈里［酒吧］。）后来——C. 说："威尼斯之行本来可以更好的。"但是怎么做呢？为什么？她从不把话说清楚。她心理有问题，疑病缠身，总是想象各种情绪，然后缩回到自己思想深处的某个神秘角落里，指望着别人猜出她的痛苦根源。

从［19］65年10月到［19］66年3月，我以威尼斯为背景，写了《转身离开的人》。在写整个初稿的过程中，我几乎一次也没见到C.，自然也没和她睡过。最黑暗的日子——我扛过去了。当她不停地唠叨我的酗酒问题时，我在下午6点喝了第一杯，然后去找奥德医生要镇静安眠药。如果没有C.这般怪异地对待我，我根本不需要镇静剂和贪杯。

2月，C.头朝下从厨房楼梯上摔下来！哈！哈！——这般凄凉的文字也该换换口味，来点笑声吧，拜托！她还没完全恢复（并非好很多了），1966年2月25日或26日，她在伦敦和我共进午餐，当时我问她是否愿意卖掉房子，我要不要在伦敦买一套公寓，或者她是否愿意和我一起租，或者买？我得到的不是一个回答，而是滔滔不绝的控诉，说我性格有多不稳定！声音很大，令侍者们侧目，她边说边快速吃掉盘子里的每一块食物。那天下午，我高高兴兴地和意大利领事馆办公室通了电话（一个愉快的声音！），独自回家时越发高兴了。

1966年3月7日，我去了巴黎，因为他们在那里出版了《玻璃牢房》。很高兴见到［伊丽莎白·］莱恩。然后我写了《克拉夫林基［迷踪］》[1]，给澳大利亚写了一个儿童版的蜗牛故事，后来被拒稿了。6月，我去巴黎和莱恩会合，一起去了突尼斯。在这段时间里我给C.写了几封信，告诉她我爱她，但再也受不了她这么胡言乱语了。C.1966年8月5日到巴黎与我会合——但在最初的几天里，她都处在"孤僻"的情绪中。我们在那里待了五天，她提前一天就走了。回到伦敦后，按照事先安排，我去了她家，她却开车把我送到农舍去，那里有堆积如山的邮件等着我，我花了十三天才处理完所有的邮件。

本质上说——C.想永远延续她和我的虐待狂关系。这不是一种关系——因为没有交流，没有快乐可言。但是，正如读者将看到的那样，我想，她不愿意断开联系。但在1966年10月我跟她绝交了。

1967/1/16

我写了一篇名为《尤马宝宝》的"鬼故事"，搭了一个很重的厨房架子，做了两张小桌子——［1966年］9月初收到了［詹妮·］布拉德利发来的电报，说拉乌尔·

---

[1] 收在《蜗牛观察者和其他故事集》当中。

1967—1980年：回到法国

列维想和我合写《深水》的电影剧本。为此我在9月22日去了尼斯——他想把故事设定在那里：旺斯的圣特罗佩。陪同我的是伊莎贝尔·庞萨，也是一名导演。在那里待了五天，我见到了安妮·D.[杜汶]考德威尔和两个芭芭拉——克-塞默和罗伊特[1]。突尼斯之旅让我睡眠不足，那儿热浪滚滚，耗尽了人的气力，回来后我仍然很累，连画一幅像样的画都提不起劲来。一方面，莱恩和我一起吃午饭；我们在同一个大房间里住了好几个星期，我没法好好工作，除非独自一人。一回到家，我就开始工作，用了整整三个星期的痛苦时间才完成列维先生要的东西。我出现了各种神经病症状：害怕失败，痛苦的疲惫，再加上无法入睡或好好进食。10月20日我才恢复正常状态，11月14日完成了剧本，那时列维先生去纽约已经一个月了。他从来没有签过合同，也没有给我任何报酬，我只知道他对前44页非常满意。12月31日，他在圣特罗佩开枪自杀。布拉德利夫人现在正在为我打官司，可她本有大把时间去要他签合同或者要些报酬的。

11月17日收到电报，说邀请我为《大都会》杂志缩写《转身离开的人》，酬劳是4500美元——（交完代理费之后。）截稿日是圣诞节前。我在12月14日完成了。12月6—8日，我受图文出版社邀请去了丹麦（《玻璃牢房》和《[一月的]两张面孔》），见到了伯杰·施密斯和古德伦·拉什——记者招待会进行得很顺利——我的演讲不太好，让我进一步陷入忧郁之中。10月14日（我得去[萨福克郡的]斯托马基特做演讲）C.和我吃了最后一餐，表现出极度不适应：她上床5—10分钟后我上床了，她起身下床，我感受到她一贯的沉默怨怼，把她的包拿到隔壁房间。她没有回来，盖着一张粉色毯子——我后来才看到——睡在了隔壁单人床上。早上我告诉她我已经受够了她随时发火，分手吧，她下午4点就走了。

11月23日，我切除了左脸颊的皮脂腺囊肿，这毛病已经有十年了。因此，今年秋天——到现在——一直是繁重的工作、打字、出席公众场合的紧张——而且一直孤独，情感意义上的孤独。这是我一生中最糟糕的时刻，因为四年的恋情，我没想过要结束它——但现在已经算不上恋情了。两次做爱之间要相隔三个月之久。我从来没有

---

[1] 芭芭拉·克-塞默（1905－1993），英国人像摄影师。作为伦敦波希米亚社区的常客，她与20世纪20、30年代的许多咖啡公社成员有着密切的联系。芭芭拉·罗伊特是她的生活伴侣。帕特在她的朋友安妮·杜汶·考德威尔离尼斯不远的家"海上的卡涅"遇到了这"两个芭芭拉"。

厌弃过她，也没有对她的求爱表现过愤怒。黛西·温斯顿 12 月 15—29 日到访。上帝派来的天使啊。她让我振作起来——但我对她的身体没有感觉。可能是我现在最好的朋友了。六个月来，我母亲总写些让我反感和烦乱不安的信——只是为了再给我添堵。

1967/1/23

　　巴黎——德拉帕斯酒店——拉斯帕伊大道 225 号。11 号房间。带着白色圆点的纱丽窗帘，高窗，我知道是马赛风格。凌晨 2 点。楼上有人开始给他（或她）房间的洗脸盆放水，此时我躺在床上，便看到了这个典型的景象，窗户（在仓库一样的建筑上）被红白相间的窗帘包围着。今晚我和朋友 L.［莱恩］一直在讨论，要么现在就做些有意义的事，要么根本不做。这是针对我们暂停创作活动的现状而言，也许不能完全归咎于现在是 1 月，缺乏维生素 D。今晚得知，我的经纪人［詹妮·］布拉德利心脏病发作。我知道她从星期六起就在安提布。

1967/1/25

　　都兰地区图尔-蒙巴松[1]。从巴黎出发，一路上看到农田、带菜园子的简陋房屋，还有许多运河、磨坊、灌溉沟渠，处处都遍布着苔藓，穿过这些农舍周围的松林。黑白花的奶牛。我想念图尔的"接待员"，等了 25 分钟才坐上去蒙巴松的郊区火车。还得再等列车员一次次摇旗让其他火车分轨，最后我给宾馆打电话，他们派车把我接去的。

1967/1/28

　　我的美国经纪人［帕特·沙特尔］最近对我的平装书为什么不在美国销售评论道：他们说书写得"太微妙了"，或者"书中没有一个讨人喜欢的角色"。也许是因为我谁都不喜欢。我最后的书可能会是写动物的。我了解美国的情况，也没什么后悔的。一个人不可能什么都要。如果美国喜欢我，法国和英国就不会喜欢我了，斯堪的纳维亚也不会。

1967/2/4

　　为《作家》杂志写的文章。

---

[1] 帕特应邀为法国都兰区蒙巴松的一个国际电影节做评委。

也许要写困在不同年龄段的感受吧。我的问题——想在四十六岁左右超越以往所做的一切。没有人想重复自己。伴随着这一点，还有各种合理化的解释，出现了一种暂时性瘫痪。我在休息，是因为我需要它。我正在积攒力量。挥霍精力是愚蠢的。公开露面和演讲具有破坏性。这个发现令人悲哀，因为写作本是一种交流形式，作家都喜欢交流——因此，为什么不能在演讲中敞开心灵和思想呢？唉，现实并非总像在浴室里的单人成功排练一样令人兴奋。些微胆怯都会导致致命的失败。还有电视采访。隔着咖啡桌喝着啤酒或者咖啡，这样的采访是不是更轻松？他们后期剪切掉了什么？当一个作家畅所欲言、愉快幸福地侃侃而谈，那么热心地支持采访者完成他颇显困难的工作——他是不是在自取灭亡啊？

我不知道——可是某些东西已经被打碎，扭曲，毁掉了。是对自己的评价吗？我不知道。我只知道，需要数周的时间才能恢复，就像遭遇了车祸一样，会有休克、肋骨断裂或脑震荡。迪伦·托马斯[1]在他两次美国之行时，就被那令人发指的超负荷演讲日程给压垮了。当然，说他毁于酗酒和香烟更简单——酗酒是造成他身体垮掉的直接原因。但据那些了解他的人说，他是那种在人群中会感觉不安的人。他喝酒就是为了让自己更加放松。但问题并没有这样简单。作家和诗人不应该在公共场合过多泄露自己的内心——但托马斯就恰好泄露了这部分，比如他常在公共场合朗诵自己私下创作的诗歌。而在接受采访时，任何作家都会袒露自己的写作习惯和写作方法，因为被问到这些时，他不想显得太小气。

其结果就跟某种大脑疾病一般，摧毁他的创造力和思想。我认为，J. D. 塞林格不接受采访、不发表演讲是正确的。

1967/2/24

我的梦大部分是在做恢复性的工作。它们收拾烂摊子。真是一种福气啊！它们也为焦虑做好准备，让我看到一个比现实更糟的情况。

1967/3/12

准备卖掉一所房子［桥舍］——这是我曾寄予了很大希望的房子。这件事影响很坏——也许和堕胎一样——消极的情绪会把人拖垮（我呢，总是感到疲惫和沮丧），

---

[1] 迪伦·托马斯（1914－1953），威尔士诗人，曾三度前往美国，后在纽约病逝。

然后你才会意识到具体是怎么回事，开始调整情绪——这个过程总要人为操作，就像服用阿司匹林来治头痛一样。即使是独处的时候，也要假装或者摆出一副庄严的样子，来保持斗志。慢慢来。别慌张。向前看，乐观点。我知道，这样做会从中得到一些好处，但那不是真实的生活，不是真正地活着。活着就是要张开双臂接受悲伤，就像敞开心怀迎接幸福一样。

1967/3/24

生存法则：

1. 一本正经地思考。也就是说，要正式、礼貌、严肃，如果可能的话，要表现得比实际更神圣。碾压势利小人。

2. 要相信自己在不断进步。

3. 尽量把家务留给别人来做。

4. 要相信你已经选择了最好的生活地点。要知足。

5. 尽可能多休息一点，也就是说，别等到精疲力尽再休息。

6. 只要有机会就尽可能多吃一些。也要充分享受阳光。

7. 要相信你在时间和精力允许的情况下，已经创造了奇迹。

8. 准备好对诽谤者做出愉快且礼貌的回击。

9. 要像运动员一样，训练自己在承受压力之后学会放松。

10. 焦虑的原因：

1）内疚。

2）感觉对自己的个人生活和事业做出了错误的决定。

3）疲劳——会导致焦虑，因为你回头看时会发现自己原来是可以省下气力的。就我而言，疲劳总是因为干家务活，从不在于工作。

4）也许还有嫉妒，不过目前没什么人让我羡慕。

1967/3/24

我走在前头，后面跟着我的时钟。

1967/3/26

［法国布列塔尼地区的］莫莱——一个令人愉快的小镇，有一座蕾妮·安妮的府

邸[1]（不对外开放），有着16世纪的砖木结构外墙。还有一个博物馆展出青铜时代工具、埃及石棺、各种现代绘画——有克劳德·莫奈、二十八岁的普鲁斯特肖像。茶馆里卖法式薄饼——奶酪或者火腿馅儿的。这儿的人都聪明、友好——比雷恩的人强。罗斯科夫——位于27公里外的海边。对面就是巴茨岛。我们吃过最好的一顿饭，每人15新法币，五道菜。蓝蓟酒店。到处是金发碧眼的布列塔尼面孔。有一些旅游景点，但大体都是真材实料。一如既往地，法式糕点店看起来就如同（新鲜出炉的）艺术博物馆。

1967/3/26

牛津大学毕业生联合会——应该马上组建起来。牛津大学的毕业生都是天生的一对儿，我相信如果双方都是男人，他们就会知道如何相处了。牛津大学的毕业生能够胜任的是坐在扶手椅里读读报纸。他们各方面都不能自理，找对象时就不该把问题转嫁给非牛津大学的毕业生，无论男性还是女性。

1967/3/31

奥斯陆。霓虹闪烁的脏乱小镇，很像哥本哈根。主街上有议会大厦、王宫（是黄奶油色的白金汉宫）。到处都是大窗户。供暖过剩。正餐在下午4点或5点之间，中午或1点左右也可以吃点什么。今晚8点我受邀到一个人家里，因此估计晚餐是在9点。这里的人脸部都轮廓分明，皱纹横生。适合雕刻。人们说挪威人、瑞典人、丹麦人应该合成一个国家。有一个男人，带着一只男性木偶——阿里德·费尔德伯格[2]。非常幽默。他在格伦代尔［出版社］发表演讲。他也去吃饭了。可真能喝。出租车司机看他的电视节目，认识他。讽刺作品。

戈登·赫尔姆巴克[3]——有点像弗雷德里克·马奇[4]。三十八岁，超级有书卷气，他知道托马斯·曼的妻子有偷窃癖。他宁愿跟人讨论福特·马多克斯·福特，也不愿打理手头的生意。已婚，我在格伦代尔遇到的四十岁以下的人都这样。

1　此处提到的这所房子是莫莱的安妮公爵夫人宅邸，人们都说，安妮·德·布列塔尼16世纪曾在此居住。
2　阿里德·费尔德伯格（1912—1987），挪威作家、幽默作家、电视主持人。
3　戈登·赫尔姆巴克（1928—2018），挪威散文家、小说家，格伦代尔出版社外国文学编辑。
4　弗雷德里克·马奇（1897—1975），美国奥斯卡获奖演员，20世纪30年代至40年代好莱坞巨星之一。

主人家的路面上有雪。走路有些困难。他们有一只八个月大的爱尔兰猎犬，红毛，总是被拴起来。它很迷人，今晚的话题主要就是谈它，因为我不赞成［把狗］拴起来，费尔德伯格也不赞成。

1967/4/13

下午小睡了一个小时，做了个美梦。我躺在一块向下倾斜的草坡上，和一个女孩在一起——不知怎么的，这个女孩总是琳恩［·罗斯］的模样。我有一份报纸——报纸的顶端开出了新鲜的、真正的金银花。我告诉琳恩怎么找到里面的花蜜。看到一个房间里至少有六个年轻人，个个都心情很好。一个坐在长躺椅上的人文着黑色的文身，也许适合穿游泳衣，其他地方还文着粉色的玫瑰和一个头饰。做了一个美梦，睡了一个好觉，写了一天的好作品。我常常想起琳恩，那是我生命中的快乐，曾经我也是她生命中的快乐。

1967/4/24

这个时代通讯的发达使我们对人类的未来更加悲观。曾经那么天真地希望世人都能过上更好的生活，如今这想法都被证明是愚蠢的。这是这个时代——从 1920 年至今——以及以后——真正的悲剧。

1967/4/26

四十八小时的牙龈肿痛，我以为是敏感牙齿上的脓肿。一夜之间它就缩小了 90%，不再疼痛了。我的第一个想法是把我最珍视的活的财产——猫［萨米］拿去献祭。原始的宗教祭天仪式。第二天晚上，我没有了对牙疼的恐惧，但非常担心，我好像听到楼下有人入室盗窃，我穿上睡袍，下了楼。当发觉自己不再有健康和生命可以失去的时候，人是多么勇敢啊。毫无疑问，曼在《魔山》中说过类似的话。罪犯们接受可能致命的实验也是因为类似的勇气。然而，在这里，人们并没有失去生活的希望——他们往往没有被判死刑。他们很久以前就失去了自尊，也就是斗志，最终某个女人就对他们得出了这般结论。

1967/4/28

萨福克的伊普斯维奇。这个小镇的房屋都是优雅的狄更斯时代建筑。我喜欢看这里的独栋房子，一楼的窗户都很矮，说明卧室很狭窄——在冬天很冷。一栋栋房子上极其怪异的装饰，哪怕与惨不忍睹的眼镜店招牌出现在同一栋建筑上，唤起的情感效果都不减半分。但整个城市的景象却令人沮丧。到处都该有超市啊，合作商店之类的，还应该有一个塞恩斯伯里超市，伍尔沃斯廉价品商店，布茨日用品商店，因为人太多了。我一直在想是什么使他们的生活真正充满活力，让他们感到高兴？下午5点，年轻的秘书（女孩）和骑自行车回家的男人们，都从没有行人、没有车辆的路上冒了出来：汽车必须等人。也许答案一直没变：家庭生活、偷情、纯粹的性，让人们继续下去，让他们保持快乐。我看到人们走在伊普斯维奇这样的城市的人行道上时，就有种冲动，想去问问："你的工作是什么？你的抱负是什么？"如果他们有抱负，也许就不会留在那里了？然而，在伊普斯维奇当一名学者——假如还有学者的话，写一本关于任何主题的伟大著作，还是很有可能的。

1967/4/29

所有情绪中最强烈的是不公正感。小孩子都能感觉到。与饥饿、做爱和睡眠的欲望不同，不公正感会持续发酵，无法安抚，更没法迅速忘记。它始终不会消失——可能是人类婴儿能够感受到的许多发达的、理性的人类情感之一。人类的婴儿六个月大时，就可以看出差别来了。婴儿与小狗或小猫的需求截然不同。

不公正是抽象的。

1967/5/7

出发前忧郁、消极的日子。过去两个星期我谁都支使不动，租车代理、法国领事馆、搬家工人，还有汽车保险公司，昨天我的挡泥板还被人撞了个凹痕。我忧郁的主要原因是我不积极地工作（写作），更别提绘画了。我希望我是在奔向更好的人生。要想快乐，必须有计划，艰苦奋斗，充满挑战的计划。

（啊，可爱的乐天派！你那时真容易上当！1969/1/6）

1967/5/21

为《读者文摘》写的蜗牛文章。宠物和蜗牛身上的新事物[1]。

1）养蜗牛的独特乐趣——它们默默无闻，对食物的需求不高，它们具有装饰性，它们奇怪的交配方式——

---

[1] 帕特至今未发表的文章。

2）——因此我养它们是因为……生产宝宝。相较于英国，它们在美国无法成熟。

3）它们爬上鱼缸的玻璃时发出（猫头鹰的？）叫声。

4）极大地刺激了想象力。短篇小说。

5）能够轻松地旅行。我在法国旅馆向人要半片莴苣，不要调料，被当成了疯子。

6）我那只爱嫉妒的猫很嫉妒它们。

7）文学中的蜗牛——巴特莱特的文学作品——得出结论，它是一种最能适应环境的动物，能够经受苦难，抵御敌人，大量繁衍后代，千百万年都没有改变，而人类却发生了惊人的变化。其中对繁殖能力的描述尤其具有真实的价值。请看事实，它们对伴侣很忠诚。可以越过剃须刀的边缘，在它们漠不关心的孩子身上缓慢滑过，而不会伤害它们。

1967/7/21

如果一个人先天就有强烈的负罪感，就不需要基督教了——基督教主要是要让那些相当天真的、异教徒一样质朴的人们产生负罪感，因为他们以前从未想过负罪感，没有负罪感，他们会更快乐。这就好像是说，我们所有人都是一样的。无神论者和虔诚教徒。就是说，每个人都需要一定的负罪感。这是人类为智慧付出的代价。人类比神更有智慧，而且冥冥之中就知道这一点，于是对自己凌驾于众神之上产生负罪感，所以才会否认这一点。

1967/7/26

我最老的蜗牛今天死了，或者像加缪会说的，昨天就死了。1964年9月下旬出生，1967年7月25日死亡。它从英国到了美国，然后又回到英国，去过五六次巴黎，还去过马略卡岛和突尼斯。因为土壤太湿，它自己的那一批卵都是畸形的，它长大后，产了大约五百个卵。它那一批八十个卵中我救活了六个。她的壳也是畸形的，硬邦邦的，像一片病态的指甲。我养过的活得最久的蜗牛。

1967/8/28

在"设计情节"时有一个奇怪的发现，作为一种动机——作为一种以假乱真的推动力，金钱与爱具有同样的价值，像欲望、野心、狂热一样真实。这个人物什么时候、怎样得到的金钱？是在他家吗？这些问题几乎和简·奥斯汀的小说主题一样枯燥和沉闷。然而她的小说却毫不乏味。金钱、地位——应该和人物头发的颜色一样不重要，然而在她笔下，它们却为小说定位，推动情节发展。当然，一切都归因于道德问题。我更感兴趣的是一个人剥离了所有传统价值观后，他的道德如何。只剩下他独自面对自己的良心——连个能指导他或者影响他的邻居都没有。

1967/10/24

令人惊讶的是，有那么多世界"领袖"表现出偏执倾向——还把类似的恐惧灌输给了周围的人。从古罗马人到斯大林。在一些家庭中也可以看到（科茨家人就是，万岁！）。偏执狂还喜欢专横跋扈。专横者需要追随者，部分是因为大多数人宁愿被动接受别人的指令，也不愿采取主动；另一部分是因为大多数人宁愿避免争执，所以见到暴君或恶霸就选择臣服。

1967/11/1

为什么美国人不往梵蒂冈投些炸弹呢？看看他们在节育问题上迟迟不做决定，造成了人类怎样的苦难和贫困吧。但是没人去炸他们，炸弹都投在了无辜的农民身上。我提议为教皇干杯[1]。"祝您永远怀孕！每次都违规分娩，最好是六胞胎！愿您的阴道被撕成碎片！愿您牙齿脱落！愿您因贫血卧床不起！愿您不断怀孕，直到永恒！你不觉得这些分娩的痛苦很美妙吗？痛苦将永远继续下去。上帝是永生！"二十五年前，罗尔夫·蒂特根斯说，我们现在生活在中世纪。当时我才二十一岁，满怀希望，根本不能深刻理解他的话。

1967/11/11

规律地、略有建设性地做一些小事，这非常有必要，如此才能熬过此生。它也给人某种满足感，甚至愉悦感。然后来了一个人——我好像认识很多人——他说："你做错了！你在浪费时间！你这样一点效率都没有！"然后我说："哦，对不起！"（没有具体原因。）然后就想方设法改变，结果痛苦不堪。（这是我内心中一种严重的、制造不幸的毛病，每次该为自己出头的时候，我从来没有站出来。我吸引暴君就像毛绒布料招灰一样。每次向暴君屈服，都感觉像对勒索者屈服了一样。）

---

[1] 1968年，教皇保罗六世（1897 — 1978）将在他的通谕《人的生命》（*Humanae vitae*）中重申天主教关于避孕的传统立场。

1967/12/5

我不懂生活。目标和快乐是一回事吗？应该忙些什么？该如何度过一生？

1967/12/11

我们现在所承受的压力应该和过去一样，没什么了不起的，但今天高质量的信息服务却把压力放大了（显得很真实）。地球另一边正在发生什么，我们全都知道——真实的程度有所不同。一个诚实聪明的人怎么能忍受这一切呢？

1967/12/12

[塞纳河畔萨莫瓦。] 库布森街 20 号。在任何一个房子里，我在精神方面都不曾感到如此不安，现在（由于寒冷和各种持续不断的麻烦）身体也很不舒服。L.[莱恩] 让我觉得这个房子不是一半归我所有，我的东西都是肮脏的，我天生就缺乏条理，无可救药。这一定是她的目标，并且她成功实现了。我讨厌那个花园，一点都喜欢不起来。使用任何"公共"房间，比如客厅和厨房，我都会浑身不自在。有一天，把这些写进一本书或一个短篇小说里会很有趣，因为一个人对房子的感觉挺重要的——对要在房子里工作的人尤甚。尤其对拥有土地和房子的人而言，哪怕只占有一半。

1967/12/14

现在彻底退出是唯一的选择——除非，努力形成一个"第三方"或独立的政党，最好是从社会的角度来看。美国人要是这样做，真会让人很压抑，因为似乎大多数人都被洗脑了，都在惯常的渠道投票，经常就会与他们的利益相悖。但也许这条路并非无可挽回——十五年后，经历了嘲笑和失败之后，鼓吹和平的嬉皮士们终将赢得胜利。除了经济上的抵制，没有什么能令人印象深刻。只有这样才能阻止战争，才能实现社会正义。

1967 年 12 月 14 日

[法] 从一个火坑跳进另一个火坑。完成了《伪造的战栗》[1] 的剧本，现在在润色，重新打印了某几页，争取 1 月底把它寄到美国和英国。[法] 我等着黛西·W[温

---

[1] 这个故事讲述了在靠近地中海的一个突尼斯小村庄，一名美国游客写了一个关于三角恋的剧本，盼望着情人的消息。在一个漆黑的夜晚，一位拜访者闯了进来，作家把打字机砸向他。很快，他的生活和道德基础就开始动摇了。

斯顿］一起过圣诞节，我想她是18号到吧。郑重声明，我仍然爱着琳恩，而且会永远爱她。

❀

1968年1月2日

莱恩要来了，带着她的家具，这让我很焦虑。我害怕她的傲慢和不友好——但实际上我也不知道该期待些什么。她可能会表现得很友好——谁知道呢？我对《伪造的战栗》很满意，明天就开始重新打字。但是今晚11点，我在写给罗莎琳德·康斯特布尔的信中讲述了我在这里的忧虑。温度大约是15摄氏度，因为我无法封死客厅的壁炉或为天花板做保温处理。物价似乎一天比一天高，事实上，今天超市里的牛奶和其他商品真的都涨价了。这里有几家商店我不能再去了，因为他们故意多收我钱——也就是说，当我痛苦地质疑商品价格，而没有别人在店里见证这一切！几天前我梦见了琳恩。我昨天写信给安［·S］——提到琳恩是我一生的挚爱，可惜我的爱都白白浪费了。不知道会不会有什么结果？然而，我的态度并非满怀希望，因为希望是相当荒谬的，我的态度是接受命运和事实，珍惜我曾拥有的一切，和我现在拥有的一切。许多人都曾有过一场轰轰烈烈的爱情吗？是否他们过早地和一个人结了婚，慢慢地他们认识到某种"满足"，更重要的是，有了孩子，然而孩子并不是恋爱的神奇之处，尽管这么说可能毫无根据。

今晚，我徒劳地翻找着1953年初遇琳恩时的日记（4月？3月？我想可能是5月），没找到。但我找到了一首非常喜欢的诗（估计是9月写的）。和往常一样，我惊骇于过往日记中的满纸平庸。但从［1967年］11月到1968年1月这个难忘的冬天，住在塞纳河畔萨莫瓦，我却遭受了非比寻常的"成年人"或"商人"性质的挫败感，与爱情无关。我在英国的房子和公司还没有搞定，占用了1.8万美元，估计我已经损失了14%。莱恩又摆出她一贯的"我一点也不在乎"的态度，从10月起就由我一个人付我俩的账单了——这几天连个她的圣诞祝福都没收到——她倒是从巴黎写信来，说她在等她的家具（从美国运来），估计只要天气允许，她就会带着家具来这里了。我不知道谁会愿意读这样的信，换句话说，谁都懒得读。但这是我努力撑过的最动荡的岁月——或者说最动荡的岁月之一。

这里的日常支出高得吓人，一旦莱恩回来，家里可能就会充满敌意，住不下去了

（她让我在厨房里很不舒服，但吃饭又很必要），而催促工人干活对我来说是很陌生的事情，往往毫无结果，又让我很是失望。我现在生活中唯一顺利的是我的新书[1]。我对这本书很有信心，充满期望。

1968 年 1 月 6 日

罗马的尤金·沃尔特传来个好消息。穆里尔·斯帕克养着［我的猫］"蜘蛛"，"蜘蛛"和穆里尔待了 13 天，显然相处得不错。所以我的五个问题中的一个解决了。亲爱的"蜘蛛"独自乘公共汽车从波西塔诺到罗马。[2] 我希望我能为它多做些事，不光是把一本书［《玻璃牢房》］献给它。我已经告诉尤金，万一它生病了——我在这里，不仅可以把它带来这里，还可以为此付钱，确保"蜘蛛"能过得舒服。

莱恩昨天下午 2 点到的。有一点懊悔，因为她"整个冬天都没管我"，尽管她知道那正是我想要的。

1968 年 1 月 11 日

今晚（现在是凌晨 2 点）我找到（大约是）1950 年 10 月 20 日的日记，令我心潮起伏。那时我在和库斯勒约会，还和莱恩热恋着。那天我和她去了黑斯廷斯，在唐人街吃饭，我和 A.K. 还有路易斯·菲舍尔在村里共进午餐。写日记真好——至少对我来说是这样，因为我需要一种连续感——但也不该写这么多垃圾！

妈妈昨天寄来一封信。就在圣诞节前，斯坦利退休了。所有的家务——据妈妈说——都落在她身上，S. 下午 6 点就穿起了睡衣。她打理园子、帮他送礼物、写卡片等等。

1968 年 1 月 18 日

昨天罗莎琳德的来信给了我极大的鼓舞——她总是那么理智和快乐，真是神奇。她认为我"把自己埋在了乡下"。

1968 年 1 月 23 日

帕特·沙特尔把《爱情是件可怕的事》（现在更名为《振翅欲飞的鸟群》）卖给

---

[1] 即后来出版的《地下雷普利》。
[2] 帕特一搬到萨福克，就只好把她的猫"蜘蛛"留在了罗马，后来被另一位作家穆里尔·斯帕克收养了。

了《艾勒里·昆恩推理杂志》，现在看来，当那些通俗杂志拒绝我的故事时，这里是我最后的选择。她还把《尤马宝宝》也卖给了他们——两个故事的钱都还没付。1967年6月以来，我一直靠[伦敦]哥伦比亚影业的钱（26000美元）生活，并用它在塞纳河畔萨莫瓦买下了这所房子。我的英国会计把剩下的钱都寄给了我，所以我经常觉得自己是地球上少有的几个人之一，能a）及时回信b）周六和周日工作。昨晚我给琳恩·罗斯写了一封短信，我不指望她能答复。她已经和别人长期同居了。但我问候了她，告诉她我的近况&问她今年是否愿意来法国一趟。

1968/1/26

再有四天就完成《伪造的战栗》的打字工作了，我担心它的主题不够宏大，担心它没有我希望的那么"伟大"。

1968/2/8

民主和基督教。在经济萧条时期，二者似乎都经历了类似的灾难——低劣、平庸、粗糙、庸俗事物的大量涌入。美国发生了什么？这灾难铺天盖地而来，事关生死存亡，难道仅仅说明，由于这个国家是多民族、多种族的，阶级体系就有存在的必要吗？（高）生活水平决非不可实现，但总有些人要剥削别人。正如一本时下的法国杂志所说，美国真正的问题是其根深蒂固的种族主义。鉴于教育水准不尽如人意、举国上下无知的泛滥，种族主义的结束简直遥遥无期。

1968年2月9日

我有时会想着多请些朋友来家里，有时又很憎恶这个想法，更想一个人待着——当我心态积极的时候，我一个人可以做成很多事，我知道这样我就已经很满足了。（但如果我多见见人会不会更好？）从感情上讲，我现在很习惯于排斥这个想法，这样拒绝很荒谬。

我现在甚至开始琢磨要不要在纽约待一年——至少有两个（显而易见的）理由，一是再次充分了解美国，二是换换生活环境，结交些新女孩。我恐怕没法接受得克萨斯。[1] 在那儿住48小时是我能忍受的极限了。那里对我来说就意味着压抑。我一直对那里的改革创新感兴趣，但纽约的改革创新也不少。就在现在——颇具戏剧效果——

---

1 帕特家不仅舅舅、表兄弟都住在得克萨斯，就连她的父母现在也搬回了那儿。

纽约正在举行为期 8 天的环卫工人大罢工，大雨夹雪，老鼠横行。金妮在哪里？——没有她——《盐的代价》根本写不出来。

1968/2/10

今晚读了一个小时的《盐的代价》。强烈地感受到纽约的活色生香——我在乡下生活了近 12 年，其感受很是震撼。书里有一种机敏——我希望我现在还有，我担心《伪造的战栗》中缺失了这种机敏——它只有部分源于青春（我写这本书的时候二十八岁），部分源于城市生活。那种活泼的生机（我的个人感受）无疑是一种财富。它始于 1956 年 6 月，我和 D.［多丽斯］在斯奈登码头开启"乡村生活"的时候。只是那时还不像在纽霍普的生活那么避世。接着去了波西塔诺（1963 年）和厄尔索哈姆区（1964—1966 年）。也许我做得太过火了。也许疗伤的办法是多去巴黎几趟，多参加社交活动。我懒得从这些乡村到城市去。我是真的懒得动弹，我还是承认了吧。与其去城里看电影，我更愿意构思一本书来消磨时光，诸如此类的吧。我以后得多督促自己点了。

1968 年 2 月 23 日

今天下午 4 点，听说《伪造的战栗》得到了双日出版社的认可，我悬着的心终于放下了。事实上，帕特·S 要价 3000 美元，而不是通常的 1500 美元——而且这本书不会进入"犯罪俱乐部"系列，而是作为一本独立的小说出版。看来我还要花四天的时间来加工它。我通知了［詹妮·］布拉德利和罗莎琳德·C（我想把这本书献给她们）。

1968/2/23

需要两面镜子才能照出自己正确的形象。

1968/2/27

如果我是瞎子，我肯定已经结婚了。毫无疑问。

1968 年 2 月 28 日

美好快乐的一天。我时不时会度过这样的一天。看来星期五我能见到娜塔莉·萨洛特[1]。通过卡尔曼［-列维］介绍的——布拉德利夫人喜欢我的书（特别是书中的人

---

[1] 娜塔莉·萨洛特（1900－1999，原名娜塔莉·切尔尼亚克），法国女演员、小说家和理论家，有俄罗斯血统。

物，她说得对），星期五我会跟着卡尔曼去见她。我感觉心花怒放。我是不是得了肺结核？我的猫很漂亮。我的房子卖了（唉，真可惜）。我的书稿被接受了。六个月来困扰我的五个问题中有三个解决了。有什么理由不开心呢？

1968/3/17

不时给我带来这般困扰的紧张和焦虑，是因为我对自己缓慢而稳定的做事方式失去了信心，那是我以往一贯的做事风格。只要我按部就班、心绪平静地工作，我总能有所建树。我不能一下子掌握别人工作的节奏，有时还觉得那样速度会更快，其实完全没必要。这就像一对舞者跳舞的节奏完全不一样，怎么看都不和谐。浪费在这上边的精力不可估量。怎样纠正呢？建立自信会有帮助。为什么别人不在乎我的节奏呢？——事实上我并没有把我的节奏强加给他们。也许他们也没想把节奏强加给我吧。

1968 年 3 月 17 日

自从玛德琳·哈姆斯沃斯[1]来访，已经过去两个星期了。从那以后我就一直惦记着她。她会为《女王》杂志[2]写一篇关于我的文章，也会参与《卫报》的一篇综合文章的撰写。她在 3 月 2 日星期六 12:33 到达，那天我的车发动不起来，所以她只好坐出租车来。在广场上吃了午饭。她一直在问问题。那天晚上我们上了床。她也是个严肃的、理想主义的、实际的人。可笑的是，她崇拜我——再加上一些酒精的作用——所以我才有了勇气尝试。我把她搞定了。她是不习惯和女人做爱的，但为我破了个例。从那以后，她和我就开始热烈地书信往来。与此同时，在过去的两周里，我在巴黎和这里接受了她更多的采访，可能有七次。因为这些采访，我的"节奏"全都紊乱了。必须放慢脚步，可当人们要求更高的生产效率时，放慢脚步是很难的。

1968/3/26

这一天对我来说度日如年。从星期五早上起就没有玛德琳·哈姆斯沃斯的信了。我只想说，爱上一个像她这样的女孩，和她做爱，就像征服一个大陆，或者至少是取

---

[1] 一个年轻的英国记者，帕特与她有过一年的恋情。
[2] 《女王》杂志是 20 世纪 50 年代末伦敦纨绔子弟圈最受欢迎的杂志，在 1968 年被英国《时尚芭莎》收归旗下。

悦一个国家。莫名其妙地，就如此重要，如此重要。

1968/6/5

全法大罢工[1]。五天倒也没什么——只不过最糟糕的是不通邮了。接着，汽油的短缺也悄然加剧。开始在巴黎步行。人们去巴黎，是因为那里至少有电话可以打。在巴黎，雅基家的电话响个不停，其余时间都有人在用。家里的年轻人，喝着我每天买的威士忌，叽叽喳喳地说个不停。如果[总理乔治·]蓬皮杜或[总统查尔斯·]戴高乐总统发表了演讲，屋子里的人就热烈讨论，（我）就必须好好读读第二天的报纸，才能知道他说了什么。

我去巴黎也是为了躲避莱恩。她现在已经占用了客厅和花园。如果我的牙齿像十天前那样脓肿的话，也许就可以表达我的痛苦了。她通过她的律师告知我，拒绝付给我一半房款——所以我用电报从美国提取了2万美元，巴黎这边还没有确认收到。

大约七天前，有两个晚上，圣路易斯岛上设立了一个急救站。我看到了很多血淋淋的人，瓦斯爆炸事件。雅基非要晚上10:30上街，结果直到凌晨1:30才回来。她说，中了氯醛的毒，好一通大惊小怪的。其实一点儿都不严重。我遗憾地说她真没用。我烦透了法国人的唠唠叨叨。我见过的人里只有萨莫瓦的伊冯·A夫人、这里的巴西莱·R和他的家人还算不错。还有住在圣路易斯街55号的让·诺埃尔，雅基把一个房间租给他住。他大约二十三岁，金发碧眼，同性恋，魅力十足，是个画家，慷慨大方，彬彬有礼，个子不高。他也警告我要提防雅基。她向我借了500新法郎。我怀疑能不能要回来了，我欠她大约100法郎的电话费。

我在蒙马丘的新房子离艾格尼斯[·巴利斯基][2]父亲的房子5公里远。如果人们都不付账还整天打电话的话，我可不希望有电话。与此同时，莱恩来了这里（塞纳河畔萨莫瓦）憋着一股滔天怒气，时刻准备着——已在爆发的边缘了——一看到我进厨房就向我扔东西。今天早上9:30，她大步流星地冲到我住的这边来，威胁说要在我家里洗个澡。一场噩梦。不能置信。

今天我写了剧本的前八页。这是一个多月来我第一次工作。这个月，正如我今晚

---

1 和美国、德国一样，法国在1968年也经历了一阵广泛的社会骚乱。学生抗议之后，紧接着展开了一场为期一周的总罢工，史称"五月风暴"。

2 艾格尼斯和乔治·巴利斯基是两个农场工人，是帕特在蒙马丘的邻居，他们住在附近的一辆拖车里。

写给玛德琳的信中所说,已经浪费了,没有任何产出,还搞得我精疲力尽。我写了五封信。一封写给母亲,一封写给玛德琳(自从5月6日见面之后,我就再也没有收到她的信了!!!),还写给[A. M.]希思[代理公司]和帕特·沙特尔,告诉她我这里的困难处境。为了让这个疯狂的世界更加圆满,罗伯特·肯尼迪今天凌晨头部中了两枪,他刚赢得了加州的总统初选。刺客名叫希尔汗·希尔汗——约旦的阿拉伯人。如果肯尼迪能活下来,他的双腿也保不住了,也许还会失明。[1] 洛杉矶——我在6月6日凌晨1点写下这篇日记——他仍然没有脱离危险,美国的政治选举活动已经停止。那名刺客二十三岁。这个世界似乎疯了。朋友不再是朋友。我讨厌这里狗咬狗的气氛。还能做些什么?帮个忙或者做件善事——或者给可敬的人送个小礼物——比如A. 夫人或巴西莱·R。

1968年6月15日

(在巴黎停留了4天后)昨天回来,带着2万新法郎现金,7万元的支票,可是一切并没有实质性的改善。把3本书(平装本)的合同航空邮寄给帕特·沙特尔。亲爱的萨米在新房的第一天要独自度过了。她有英国人的特点——喜欢雨。我希望她能理解我的出行——我会向她解释,我就外出几个小时。

1968/6/18

时至今日,我才突然意识到,莱恩一直都在谋划这个:得到一座大房子,只支付一半的钱。去年11月,在美国,她带回来很多家具,把起居室装满了,明知道我也要用那个房间放我的灯、地毯、椅子等。我的床、地毯,她用了几个月(六个月),如今连句感谢的话都没有,就随随便便扔在了我这边的房子里。

1968年6月24日

[蒙马丘。] 星期二。没有电话。没有冰箱。木匠预约星期四到。电工星期五来。这里没有插座。每个房间都需要粉刷。厕所的水流个不停。两天前我给玛德琳写信,说我手里有的是法郎——多了8700法郎。然后就被公证人拿走了6000法郎。[2] 不过,今天开始头脑清醒了,因为我不必把房子收拾得井井有条再开始工作。

---

1 罗伯特·肯尼迪在1968年6月5日凌晨12:15遇刺,第二天死亡。
2 帕特在蒙马丘买了房子,需要公证人才能签合同。

1968年6月27日

今天上午——又累，又泄气——我想也许该另找一处房子，没这么多活要做的地方。我甚至取消了木匠、电工的预约——一个小时后又重新预约了。收到了玛德琳极其冷淡的来信（6月25日），她似乎没收到上周三我从萨莫瓦发的电报，告知她"明天搬家"。显然 M. 还不知道蒙马丘 77 号是我唯一的住处。与这里的生活相比，萨莫瓦就是一潭死水。我写信给我妈妈、雅基、尤金·沃尔特。"蜘蛛"住在一座宫殿里，有一个四百码见方的舞厅，它和穆里尔·斯帕克经常玩"魔毯舞"的游戏，它坐在一小块波斯地毯上，她拉着它到处走！唉，我的视力因为阅读而迅速恶化——从我近来的笔迹就能看出来。

1968年7月14日

我觉得自己毫无章法，这也许是两年来第三次了，我必须拿出我全部的管理本事来。一步一步来。我还有别的什么座右铭吗？我的衣物需要大清洗，房子需要铺设水管、暖气系统，还要整体粉刷。我却把时间浪费在写这些上，就因为我是个作家。我收到去苏黎世的邀请，参加第欧根尼出版社 10 月 12 日为作家、评论家、新闻界举办的"舞会"[1]。

1968/7/17

我似乎像动物一样，不由自主地因过度拥挤的感觉，或是过度拥挤的事实而痛苦。在一条通常很安静的乡间小路上突然塞进来四辆车就会让我很恼火。（让我恼火的还有越来越多要回复和携带的文件——自然是由于人口过剩，还要确保每个人都得到应有的回报。）不快还来自思想。你没法忘记这样一个事实：人口数量不断增加，最终必然会导致某种后果——一场愚蠢的、玩命的内部战争，由彼此反感导致的。我对目前西方的节育方法完全没有信心。我写下这一切，是因为我的感受决定了我要住在——一个只有 160 名居民的小镇上——相应的这里必然会有很多不便之处，比如没有垃圾处理设施、图书馆和肉铺。晚上也没有伴儿。但对我来说，牺牲掉这些来换取自己的活动空间的感觉是值得的。

---

1 在这个舞会上，帕特将会遇见埃里克·安伯勒和弗里德里希·迪伦马特等作家，以及意大利电影人费德里科·费里尼。

1967—1980年：回到法国

1968/7/29

我从十六岁起就喜欢教堂音乐，自己也不知道为什么，因为我不是一个信徒。是音乐中的宿命论和无可奈何打动了我。所有优秀的教堂音乐——莫扎特的《安魂曲》等，以及（大部分）无名作曲家——都有一种与人类命运真正和解的感觉。对来世的希望也许只是一个梦，却是一个美梦。如果明知道孩子们的人生会重蹈自己的覆辙，谁还能有信心建立家庭呢？我明白是天性在驱动着人们创造家庭，享受生儿育女的幸福和乐趣。但从哲学意义上讲，我不明白。

1968/8/7

很明显，我坠入的不是爱河，而是纠缠某人的需要。过去，我能够做到这一点，而不发生任何身体上的关系——只是举个例子证明观点而已。也许过去失败的一个重要根源就是我总期待一段肉体上的关系。我早已忘记我和 R. C.［罗莎琳德·康斯特布尔］之间那种相当理想化的、有益身心的态度或关系，大约是在 1941 年到 1943 年之间吧。

1968 年 8 月 31 日

从 8 月 22—31 日我无休无眠地写着《睡眠终止时》[1]，这是我给这部剧起的名字。［马丁·］蒂克纳[2] 很满意。我还得把它扩写到 24 或 30 页，这是相当大的工作量。罗尔夫·T 听着还像往常一样处在自杀的边缘。我邀请他来我家——他可能 2 月来。今晚是我几个月来第一个读书的夜晚，所以我才写下这篇日记——没有人会读到。我完全偏离了自己的轨道，房子装修已经拖延了 15 或 16 个月。8 月也荒废了，荒废在萨莫瓦房子的法律程序上——据说厄尔索哈姆爵区的房子被卖掉了，但我还没有收到钱。

1968/12/12

孤独地生活，偶尔感到沮丧。很多困难都是因为身边没有那么一个人，让你为她梳洗打扮——精心着装，展露欢颜。难就难在身边明明没有这么一个人，没有一面镜子，还要保持住自己的斗志。我住在一个很小的法国村庄里，这里不仅没有说英语的

---

1 在她的文件档案里找不到这个剧本。
2 马丁·蒂克纳（1941—1992），英国剧院经理。

人，而且没有一个"像我一样"的人，他们都是农场工人、泥瓦匠、家庭主妇。我受到了不公平的对待——我自己的过错，因为我太礼貌周到了——还把带到法国的五分之四的钱都投了进去。这情形真是让人痛苦。让人郁闷。我哪有时间沉迷于此，因为这种情绪对创造性工作来说是致命的，而我的新小说已经创作到第121页了［未来的《地下雷普利》］，已经进入到创作的第三周了。我想，世界上只有极少数人能过这样"孤独"的生活。一个法国女人，雅基，我对她寄予了很大的希望，希望她作为朋友能给我以精神上的支持，结果她爽约了七次，留下我独自忍受黑暗的冬夜。

1968/12/16

杰奎琳·肯尼迪——美国人很生气，因为她竟然和希腊船王奥纳西斯上了床。道德败坏只是隐藏在背景中——但却形成了一个相当坚实的背景。杰奎琳的品行一贯如此。肯尼迪也有钱。她喜欢权力和金钱。我觉得应该看到事情光明的一面——虽然那光明也还是很暗淡。美国的男男女女都希望杰奎琳身上有一种理想的光辉，因为她的第一任丈夫是个典范，就想象着她也是个典范。殊不知只要是与权力、社会地位和金钱挂钩的东西，女人们都会趋之若鹜的。如果她们出轨是为了性的快乐，也就没那么糟糕了，但是为性结婚的比例会很低。

1968/12/19

我和萨米的圣诞节有什么愿望呢？让我至少卧病在床五天，有人伺候我。我就看书、睡觉、吃饭、做笔记，萨米会打呼噜、睡觉、吃我盘子里的东西。它在慢慢学着喜欢我盘子里的炒鸡蛋，尽管它本来不喜欢鸡蛋。

1968/12/28

1962年11月（初），当我开始享受为生存而生存——便成了我生命终结的开始。

1969/1/1

精神崩溃，或者叫神经衰弱，得有人在旁边看着，才会发作。会情绪多变，食欲不振，但主要是日常生活的紊乱——这种紊乱是由于个人原因还是外部因素造成的，这一点很重要。最后，你会不惜一切代价去争取睡眠，结果反而黑白颠倒。最重要的是，对诗人来说很不幸，这是一种生理现象，可以通过吃药或强制喂食来解决。最重要的是，很不幸，它会导致艺术创作上毫无进展，就像这支我正在写字用的漂亮的笔，得倒着拿，才能使墨水流出来。我的天啊！我们想要的无非就是流畅而已！现在只有精子还在流动吗？我们还需要墨水，浇灌随处可见的干涸的心田。

1969/1/2

玛德琳·哈姆斯沃斯对任何事情都缺乏热情，很奇怪。当然，我对她的血统和经历有了深入的了解后，就能理解她身上的这一点。但就从理论上讲，在一个二十七岁的人身上发现这样的性格，我觉得很奇怪。我倒希望她内心隐藏着一团火。

1969/1/6

（J. V. [雅基]）

在一起

为什么不纵情享受这些无眠的夜晚呢？
我和你在一起的时间太少了，
即使在此刻这样的想象中，也很短暂。闲暇，
在追求闲暇的一生当中，
类似失眠带来的闲暇并不常有。
闲暇是不存在的。它只是一种希望，一种幻觉，
就像爱情。我不需要这个词。说得够多了。
这是一个电话时代，却传递不出真正的信息，
写信的时代，虽然承诺过，却始终杳无音信。
就像那个答应要来却不曾出现的朋友，
不管你多需要她。这些失望对于
等待的人，并不致命。
那么，既然现在是虚假承诺的时代，
为什么不找一段完全虚假的爱，
由想象创造出来的爱呢？有什么区别？

是什么支撑着街上的男男女女,

让他们看起来那么坚强,

走来走去,谈笑风生?

是什么支撑着他们?同样的虚假吗?

1969/1/7

到底有没有可能享受生存的每一天?享受头脑清醒的愉悦——这意味着在日常生活中享受快乐,以此为荣,相信自己家里的某个角落是美丽的,让人赏心悦目,不仅自己,连陌生人都交口称赞。如果这种事要每天发生,从不间断,那对我来说就只能意味着放缓速度,彻底地改变。这就是幸福,我害怕它。就像从太空舱走进稀薄的大气中一样。

1969/2/12

那又怎样?她[母亲]激励我写诗。有多少女人激励过我?我真切地意识到过去和母亲的经历成了我的枷锁。背叛。忽视。你不断地寻找这些。这就是命运。它可以人为地纠正过来,但情感上总还是不尽如人意。这就好比脊柱弯曲,得一直戴着背带来矫正一样。背带沉重又乏味,无聊又丑陋,还不如就任由脊柱弯曲地走路,偶尔痛上一点好呢。至少可以把肉体敞开,呼吸纯净的空气。

1969/2/15

在爱情中,由于不合逻辑的理由,人们会违背所有的逻辑,把对方打造成一个完全不同的人。当然,这是不知不觉中做出的故意行为,目的就是通过拒绝挚爱或者临时对象的方式,给自己一个机会反击父母,就是他们造成的这一切。从精神病学来说就是小小的棋胜一筹:一旦明白了这一点,你就不会再重复这种模式了。如果你重复了这种模式,至少你也提前有了心理学的预警和准备。我不认为心理学会打破整个模式——除非出现了一个人,一个让你可以把一切和盘托出的人,一个实际上与你这么多年来一直使用的模式完全不同的人。

1969/2/23

今晚有两段简短的笔记:我对非道德的,或积极犯罪的人有种亲和力,或者用多丽丝的(荣格主义)分析师评判琳恩·罗斯的那句华丽言辞说:"她不具备人格养成的品质。"雅基·V也没有。她童年起步没那么早。也许性格里就没有这个品质。诚实、勤奋——这种难得的品质，我和所有的好农民都有，我们能够连续好几个小时工作，却不一定能看到工作的成果，当然也不会立即得到任何赞扬和回报。对雅基这样的人来说现在培养太晚了。但我爱她，因为我了解她，而这个世界上我了解的女人很少。

第二段笔记：有关四十岁以后的自卑感，或者简单来说就是焦虑。感觉自己应该做得更好；感觉应该用早期作品的才华或独创性来评判一个人。这是个多可笑、多不幸的毛病啊——因为四十岁以后呈现给世界的，是不一样的东西。是更好的"艺术"。事实上——是更多的想象力。

1969/5/1

伦敦——20切舍姆酒店。我对面房间的信箱投递口上伸出来一堆粗糙的报纸。我住在七楼67号房，报纸已经放了好几天了，边儿都卷了，从这家瑞士酒店糟糕的服务来看，估计对面房间里没有人住。一天傍晚，我把那些报纸——总共五天的报纸——从投递口抽了出来，不到三十秒，就有人来敲门。一个肮脏、变态的，大约55至60岁的美国女人站在门口说："你胆敢把我的报纸拿走，总共四个月的报纸啊，你有什么权利。""我确实没有。"我回答，然后把报纸递给她。报纸上的日期是1969年3月5日。我问意大利管家到底是怎么回事。"她早上把报纸放外边，晚上再把它们收进来。"晚上5—8点报纸就不见了，但我在午夜写这篇笔记时，报纸又回来了。"看你还敢再犯！"她告诉我。

1969/5/4

布莱顿——海豚在水族馆里表演。芭芭拉·史翠珊在［英］皇阁里拍电影。黛西·W&我在王子码头玩了老虎机，最后肯定输了，但我们玩得很开心。

1969/5/27

我的赌博、我的恶习、我的诱惑、我的邪恶，都是为了一个不太诚实的女人。很明显，我不能没有她。在家里，我咒骂着，告诫自己（但从不发誓要离开她），我分析这段感情和她这个人，可我还是会回到她身边。我的写作也一样，是走向邪恶的诱惑。我绝对不认为自己是"好人"。我谨慎、小气、容易被冒犯。然而，黛西、罗莎琳德——最了解我的好朋友——却指出，我很容易受骗，而且对人品的判断差到可悲的地步。

1969/6/2

今天我意识到我的复写纸多到一辈子都用不完——三大盒。这是我多年来最沮丧的想法。我真想扔掉一盒，这样我就不会有那么多复写纸，一辈子也用不完了……

1969/6/5

我有一个可悲的习惯，就是无法从过去的成就中获得安慰或鼓舞。这话我在这些年的笔记本上不知换了多少种方式，说了多少遍！这个想法出现在今晚，凌晨3点，第2本雷普利写到第197页时——满脑浆糊。一本比我预想的更复杂的书。

1969/6/9

武村[1]77号——唯一的肉铺不欢迎我，因为我很少给自己买肉，只给猫买脾脏和猪肝。令我惊讶的是，他们居然还记得我——我大约十天才去一次。他们不太友好地记住了我，因为我不在那里多花钱。

1969/6/14

充满希望，创造未来。我一直靠希望而活。在我的社会里，这就足够了，因为它意味着为了未来努力工作、取得成就，未来转瞬就成为现在。在1958年，我以为我停顿下来了。现在1969年这个时刻更重要，我却无法面对。必须要重新评估。财富的困惑摆在我面前。就算我身体虚弱、身无分文，我也会这么说的。我指的是人生的财富——我该怎么说呢？美丽的绿色地平线，蔚蓝的天空，它们都是我的未来。我爱它们。我期待着。

1969/6/18

已经几个月了？埋头苦干。大概二十个月了吧。失望，伤害，眼泪，甚至孤独，现在又有了些新的东西，还有一些全新的东西，即一种被敌人包围的感觉。我讨厌这种感觉。所有这一切使我感到抑郁，注意力不集中，这是我以前从未感过的。唉，撤出来会很缓慢。我尽力了。我倒希望我能一跃而出。这就像从泥沼中往外爬一样，污泥已经没过了大腿。我希望污泥现在只到我的膝盖。我写这封信是因为我（今天听说）父亲病得很重。有四件事让我犹豫不决——包括我正在写的小说。我自己选的朋友都是些卑鄙的人，连一本剪报或两三本书都不寄（还）给我。粗鲁、不诚实、不可

---

[1] 武村是距离蒙马丘约3英里的一个村子。

1967—1980 年：回到法国

信、失望——这是我在法国整整两年的命运。

我不想回头看。我想向前看。我甚至不想看现在。

1969/6/23

回首过去的五年——事实上只是一瞥，得到的教训是，要独处。任何亲密关系的想法都是虚构的，就像我写的所有故事一样。

1969/7/14

一个人可以隐藏爱，但不能假装爱。

1969/7/16

如果我凌晨 3 点在看词典的时候流了几滴眼泪——流泪，是因为想到了自己的事情——我清楚自己此时的状况。一切都有条不紊。眼泪其实是个好主意。这不像是二十八岁时的样子，也许满怀自怨自艾，还不承认，最重要的是缺乏经验。

1969/7/18

萨尔茨堡。这架飞机名叫"约翰·施特劳斯"，机舱里有施特劳斯的肖像画。[1] 70 分钟的航程。机场大巴忘了收我 10 先令的车费。在公共汽车站打车去格特雷德巷 265 号。格特雷德巷是一条单向［街道］，到处都是游客 & 垮掉的一代。入住金色赫西酒店，20 号客房，没有浴室，但更衣室很漂亮，穿过一道矮门——里边有 2 个衣柜、镜子 & 梳妆台、一扇窗户 & 可站立的空间。萨尔茨堡的兰兹橱窗展示很是寒酸 & 无趣，还大言不惭地吹嘘着"原创"。（这里很热，雷普利在这里没有任何意义。）[2] 托马塞利咖啡馆——绿色 & 白色遮阳篷 & 路边的桌子。许多当地妇女穿着奥地利人的绿色紧身胸衣和白色衬衫，等等。

1969/7/19

从医院广场——去格斯特滕特——去艾格勒（咖啡馆）。步行去米拉贝尔城堡。

---

[1] 无法确认帕特指的是约翰·施特劳斯一世还是二世。父亲（1804－1849）和儿子（1825－1899）都是奥地利最著名的作曲家。
[2] 帕特一如既往地将享乐与工作结合在一起，一边在阿尔普巴赫拜访老朋友亚瑟·库斯勒，一边为她的第二部雷普利小说做调研，部分场景就设定在萨尔茨堡。

从一览无遗的花园望过去，可以看到霍亨萨尔茨堡的美丽景色。红花（冬天的小小的方形树篱？）字母组合般的设计。木偶戏院，有《魔笛》。我今晚去看。

1969/7/20

探月太空船继续沿轨道航行。我希望明天晚上（7月20日）和亚瑟［·库斯勒］一起看。我想唯一能抓住这一伟大时刻的就是沃纳·冯·布劳恩[1]。宇航员只是训练有素的飞行员。

1969/7/20

我见过一些人，无论你如何想象，他们都没有灵魂——如果"灵魂"是一种充满希望的东西，超越了动物的东西。可以说有些人有堕落的灵魂，也许，还有堕落的思想，一心一意要实现邪恶的目的。我不相信一个意外怀上的孩子，一个没人要的、遭人恨的、从小就被训练着去贪污、盗窃、欺诈的人，身上会迸发出神圣的火花。神圣的火花，就像任何火花一样，可以一脚踩灭。

1969/7/29

我对寒冷、孤独、饥饿和牙痛的忍耐力比较强，但我不能忍受噪音、高温、被打扰或有人在身边。

1969/8/21

与隔壁小鸡的游戏。我从给猫的鸡胸肉上撕了两块肥肉扔出去。霎时间，三四十只鸡蜂拥而上，一只抢到了一块，像足球运动员一样飞奔起来，身后有六只紧追不舍。肥肉被一只更小的鸡抢走，随后它又被一只大个儿的鸡撞到一边——这些鸡没有一只能安静地停下来吃上一口。十分钟后——这游戏就呈现出人生的况味——最强大的抢到肉，跑啊，跑啊，根本停不下来享受它。

1969/9/16

今天——狩猎季节已经开放了四十八小时——猎人们射杀了阿涅斯［·巴伊尔斯基］的一对鸽子——它们生养的两只小鸽子成了孤儿。阿涅斯那只母鸽子被养了九年

---

[1] 1969年7月20日的第一次载人登月是德国工程师沃纳·冯·布劳恩（1912—1977）最伟大的成就，他1955年成为美国公民。

了，它经常飞进屋里吃饭，阿涅斯在小溪边洗衣服的时候，它常常落在她的肩膀上。

1969/9/17

法国女人生气的时候一定会挪动些什么。通常不是家具。通常是人。你舒舒服服地躺在床上，她就过来说，你必须挪到别的房间、别的床上去。因为怕她继续吼叫，你就去了，于是就给了她一种大权在握感。

如果她是客人，发了怒，又不能挪动女主人时，她就挪动她自己，问："下一班去巴黎的火车什么时候开？"要是别人平静地帮她查信息，又把她送上火车，她就更气恼了。

1969/10/16

第三个蜗牛故事[1]。原子弹落下后，所有的生命都被摧毁了，只剩下蜗牛，它们能缩进壳里，没吃没喝也活了好几个月。有些蜗牛的壳（也包括蜗牛）已经被辐射摧毁了，但仍有足够的蜗牛存活下来。它们费力地在炸毁的地表下挖掘，想找到一个安全的地方产卵。它们到处寻找哪里有新鲜的空气。这需要时间。它们很聪明，能在最偏僻的角落找到食物和草，在这些地方，由于风带来了种子，又由于风吹散了恶浊的灰尘，万物开始复苏。核辐射使它们的繁殖变慢了，但从另一个角度看，蜗牛现在没有敌人了。它们在短时间内大量繁殖。有的长出两个头，有的长着两个壳。有的变成巨型蜗牛，有的永远也长不大。有些开始食肉，你吃我我吃你。另一些则变得异常聪明——它们成为领袖靠的是以身作则，而不是靠沟通或者控制别人。它们知道去哪里找食物。一百年后，蜗牛遍布整个地球，繁衍生息。它们以最有生命力的植物为食——再没有鸟类或鱼类存在了。

1969/11/9

糟糕的一天。巴黎。我的车在下午1点到8点之间在蒙特的停车场被偷了。律师给我送来2000法郎的账单，说接我这个案子真的是在做慈善了，他之所以收这么低的价格，纯粹是因为我是布拉德利夫人的朋友（客户）。他甚至还提起了拉乌尔·列维

---

[1] 《第三只蜗牛的故事》写于《蜗牛观察者》（1948）和《克拉夫林基迷踪》（写于1965年至1966年，最初是在1967年6月17日的《星期六晚邮报》上刊登，名字为《蜗牛》）之后。

的败绩，说他压低了《深水》版权的价格，其实明摆着是那本书的版权到期了。他是偏执狂吗？不完全是。我钦佩偷我车的贼，因为偷一辆明显方向盘在右侧还挂着英国牌照的车是需要勇气的，而且他们还有一个额外的收获，一个包装好的手提包，我给妈妈买的圣诞节礼物。

祝愿法国人和他们的天主教会，他们的慈善、诚实，尤其是他们的沙文主义万岁。世界上实在找不出哪个国家这么自大，这么毫无理性可言。

1969/11/10

在法国的生活。就像监狱，唯一的不同是，这里的情况会变——变得更糟，而在监狱里，讨厌的情况通常不会改变，也不会越来越让人灰心，当然申请缓刑或假释失败是另一回事。

1969/11/11

被排斥。被排斥始于我十四岁在纽约时，一般都是因为种族宗教的原因。现在我四十八岁，在法国因为同样的理由感到被排斥，多奇怪啊。在这里，就像在纽约，我既不是拉丁人，也不是天主教徒，更不是犹太人。我实际上狂热地追求经济利益——是的，我喜欢挣钱，存起来，攒着。但是法国人对钱的态度却是简单粗暴、不经大脑的：抓住钱，不问出处。就好像钱被送到眼前——就像一条活蹦乱跳的鱼——要像一只饥饿的海豹一样一把抓住它。我感到很格格不入。和我青春期时一样。我没有伴侣。如果我坠入爱河，我得把它藏好。在法国我找不到美丽和尊重。我看不到开放、快乐或慷慨。人们生活得好像随时提防着会被骗一样。在这样一个国家里，没有真正的爱——因为爱希望挺立于世，不需要各种盾牌的保护。

1969/11/17

生活中仅有的那些美丽事物就像飞行一样——轻盈地扇动着白色的翅膀。它们不会随年龄变化，还保留着你七岁时见到的模样——四十七岁时依然如故。（更何况我那时也没那么在意世人对我的感情生活的褒贬。那时，它还没有被一遍遍塞回到抽屉里，所以还没有那么灰扑扑、脏兮兮的，也没有那么瘫软无力。）

1969/12/30

实际上我是在 1970 年 1 月 5 日写的这篇日记。萨米 12 月 11/12 日骤然离世，两周来，我被打击得完全没有了勇气。1967年以来的打击接连不断，这是最后一个。这种悲哀是无法和那些好心的朋友分享的——也许悲伤都没法分享。萨米和所有的猫一样，都是不可能被人拥有的，但我是它生命中唯一的人，它当然也是我唯一的伴儿。在一个到处是猪和面目可憎的人的乡村里，我特别欣赏它的美丽。我很喜欢它的要求。有时候它选择睡在我的床上，有时不睡，与天气无关。

我不知道它的死因。12月12日星期五上午10点，它被发现时还没有僵硬，前天晚上它看起来还很正常，很开心。开心吗？我永远也不知道。我到伦敦去了27天。只有我真正了解萨米和它的情绪。在这个友好热情的国家，这是最后的一击，我将毫无眷恋地离开。唯一令我难过的是我的萨米长眠在这里。它应该被埋葬在英国。

1969/12/30

没有正式的葬礼，

只是一次打击，一次缺席。

孤独时，死亡突然变得真实起来。

在房子里转来转去，

那件灵活、温暖的埃及艺术品，

傲慢地，要喝我的咖啡奶油，

或者只是要求我的关注。

我短途旅行回家时你格外傲慢

几个小时都不会看我一眼。

我眼中唯一美丽的东西，

唯一能让我觉得

世上还有一个比法国

更文明、更温柔的地方，让我觉得

对那不曾拥有也无法拥有的你的哀悼

无法与人分享。没有公开地

举行一场家庭葬礼。

我很遗憾你被埋葬在异国他乡。

1970—1972年

整个1969年底和1970年新年，帕特里夏·海史密斯都沉浸在她的猫萨米之死的悲痛中。她在蒙马丘本来就过得很不愉快，这一沉重打击促使她开始考虑要不要回到美国永久定居，那年春天她回了一趟国，之后就放弃了回国定居的计划，部分原因是她对尼克松政府很不满。1970年底，她搬到了蒙特库尔的卢昂运河边上的一所房子里，离蒙马丘只有几英里远。她在新家感觉好些了，但抑郁的暗流始终挥之不去，时不时还有躁狂发作。

数年后，回忆让帕特的蒙特库尔时光蒙上了一层怀旧之情。然而，她的笔记本记录的却是不一样的故事：一条一目都言语尖刻，流露出深切的孤独和迷茫，以及刻薄的偏见。她猛烈抨击天主教徒、犹太人、美国和她的邻居，批判全法国人民，特别是法国的官僚机构。相较之下，她的日记中没有什么重要的信息：帕特1969年起的日记写得潦草敷衍，第16本日记中几乎没有任何内容。1970年和1971年分别只写了两页，1972年没有任何记录，整本日记大部分都是绘画。画与画之间是漫长的沉默。

帕特与母亲的关系在她的1970年的得州之行后坠入历史最低点："我的医生说，如果你再多待3天，我就死定了。"玛丽·海史密斯在给女儿的信中说。帕特给继父写了很多长信，信中说母亲"推卸责任、借故推辞、傲慢自大、愚蠢蒙昧"。斯坦利·海史密斯于1970年11月去世。他死后，帕特和玛丽持续通信，恶语相向，同时都下定决心——这不是第一次了——完全断绝联系。

1972年，帕特出版了小说《一条狗的赎金》，她把这本书献给她的生父杰伊·伯纳德·普朗格曼，使母女关系越发恶化。1970年6月，帕特完成了《地下雷普利》的最终修订，并于当年年底出版，之后她开始写这本偷狗的书。开始创作后的一个月内，她就打出了250多页；她的大学朋友凯特·金斯利·斯卡特波尔帮她做了关键性的调研，包括纽约警察局日常工作的诸多细节。

由于需要优先处理新房装修和搬家事宜，帕特的写作进程被耽搁了。当她最终离开蒙马丘时，她感到如释重负，暗地里乐观起来。她的新邻居、记者戴斯蒙德和玛丽·瑞恩是她的朋友。"我希望借此使自己摆脱这种隐居的生活。"她在给萨福克的朋友罗纳德·布莱斯的信中写道。

1971年8月，帕特打完了《一条狗的赎金》的最终手稿，还有一部新的雷普利小说的构思已经完成。1972年2月，她开始创作《雷普利游戏》，短短两周就完成了140页。大约在同一时间，帕特开始策划《动物爱好者凶杀记》一书，这是继《蜗牛观察者》之后的第二部短篇小说集，在英国出版时更名为《十一》，由格雷厄姆·格林作序。在帕特看来，动物无疑是更高级的生命形式，出于感激，她在每一个故事中都让动物占据优势。

1970/1/5

这几天，我一会儿（因感到被他人虐待而）悲悲切切，一会儿又咄咄逼人地仇恨某人。这就是疯狂和偏执。我心里有一些结没有解开，这些症结都与别人牵扯不清——有些人迟钝，有些人奸诈。也许所有人都和我有同样的问题吧？我不知道。我只知道，如果有一天我可以宣布问题都解决了、都抹除了，我会欢欣鼓舞的。但我不喜欢自己血管里流淌的疯狂。

这些都是"当家男人"的问题，因为我坚信，如果是一对已婚夫妇的问题的话，丈夫会比妻子更操心，因为人们都指望男人去解决问题。难怪男人都比妻子死得早一点。现在是凌晨3:30。我躺在床上看书，我的猫死后，第一个月我痛苦难熬，多希望能在别处找到一些安慰啊。我知道，无论是在友谊中，还是在工作成就中，都找不到的，因为两者我都不缺，而且我拒绝了明天的晚餐邀请。我一直在（通过工作）努力把握自己内心给予的慰藉和安全感。向外求索——找个人来陪伴——似乎是一种逃避——可我还是写了不计其数的信。

显然我很固执己见。但哪个作家不是呢？我常犯的毛病——近来——是我过于自责了。我不停地告诉自己我做得还不够，我工作的速度还不够快，我可以做得更好。（了解我的人可能都不这么想。）唉，对我来说真的很难，不知道什么时候该鞭策自己，什么时候该说"感谢上帝（或命运），我已经尽力了"——或者说我一向做得挺好。这可怕的动力到底是什么？让我如此痛苦。（必须得找到一个）唯一的慰藉就是，还有人也备受折磨，也在凌晨时分奋笔疾书，写下同样的话。

1970/1/12

我很早就学会了生活在蚀骨锥心的仇恨当中。也学会了压抑我更积极乐观的情绪。因此，在我的青春期，从我读到的那些普通人或一般人的病例来看，我对自己的控制一反常态，比大多数人都严格。很奇怪。有些青少年在十九岁或二十岁时就会爆发，然后遇到各种麻烦。其他人——唉——

1970 年 1 月 17 日

12 月 13—14 日回来，发现我的萨米于 12 月 11—12 日无缘无故地去世了。在我生活的环境中再也找不到一个文明的生物，我自此开始了一段艰难的岁月。12 月 24 日我艰难地重新开始工作，现在已经签下了与美国出版社和卡尔曼-列维的合同。我的生活发生了转变，我要在 2 月 3 日去美国，在切尔西酒店[1]住到 2 月 15 日，然后和罗莎琳德·康斯特布尔一起去圣达菲——在那里待一个月，带着打字机。此刻，我在法国面临着三场战役，太乏味了，难以形容。我正在读克里斯托弗·伊舍伍德的《走访一生》，读起来很愉快。事实上，我现在很迷茫，很沮丧，很气馁——但奇怪的是，我挣钱却越来越多，而贫穷是大多数人不幸的根源。我正好相反。我现在愤世嫉俗，却又财源滚滚（至少是远离了财务焦虑），孤独，沮丧，对未来的感情纠葛、恋爱不抱任何乐观心态。这些我都不想要。不过，我倒很想见见纽约女演员安妮·米查姆[2]。亚历克斯·佐吉的某个熟人认识她——她的室友。我为什么要写下这事？因为

---

1 切尔西酒店位于西 23 街 222 号，是各种传奇汇集的地方。安迪·沃霍尔和保罗·莫里西 1966 年在那里拍摄了实验电影《切尔西女孩》，由尼科主演。罗伯特·梅普雷索普和帕蒂·史密斯曾在这里合住一个房间。威廉·巴勒斯在这里写下了《裸体午餐》。迪伦·托马斯正是从切尔西"出海去死"的。莱昂纳德·科恩在那里和阿尼斯·乔普林出轨，又把这件事写进了《切尔西 2 号酒店》。阿瑟·米勒和玛丽莲·梦露离婚后搬进了切尔西酒店，一住就是六年，说那里"没有吸尘器，没有规矩，没有羞耻感"。

2 帕特在一本杂志上看到了安妮·米查姆的照片，并请她的朋友亚历克斯·佐吉（1929－2007）介绍自己与她认识。亚历克斯是美国研究法国文学的教授、契诃夫作品的翻译家、美食评论家、天文学家和电影演员。米查姆和帕特从没见过面。

能让我感到舒服些。因为在我死后，如果有人翻看这本笔记，会觉得太无聊、太多琐事了。格雷厄姆·格林为我的短篇小说集《蜗牛观察者》写了一篇500字的引言，这本书将于今年夏天在伦敦和纽约同时推出。我的猫死了，依然是我心头大痛——我没有恢复过来，我要尽快把这所房子处理掉。

1970/1/24

有可能爱上一个精神贫乏的人，或腰缠万贯的人。这些都无关紧要。这两种情况都可能导致同样的灾难。我之所以想到这一点，是因为今天采访我的人问了我一些奇怪的问题。看他们提问的方式总好像作家对自己的写作是胸有成竹的。我对自己的写作主题就没有多加考虑过。这么写让我很尴尬。今天伦敦《卫报》的文章再次证实了这一点。从陀思妥耶夫斯基到梅尔维尔，再到贝娄、凯斯特勒、海史密斯，受害者都与凶手有着千丝万缕的联系。与这些名人齐名，让我很高兴。

1970/1/25

我目前遇到的官僚问题主要是我的受虐倾向导致的。在1970年1月26日星期一凌晨3点，把这句话写到纸上，令人非常欣慰。

1970/1/26

到了知命之年：政治理想主义就都消失了！二三十岁时，抵制那些讨厌的国家（比如当年的西班牙，现在的希腊）是有道理的。眼下我和R. C.［罗莎琳德·康斯特布尔］在考虑1971年坐夏季游轮去希腊。

1970/1/30

回想过去的三四年，想起我在英格兰的宁静乐园，特别温馨甜蜜的回忆——相信那时我是快乐和平静的。那一时期的照片几乎令我震惊。在过去的两年零八个月里——现在看来那么漫长——生活只有挣扎、困难和不公。我现在在法国看不到任何改善，这才是真正的问题。我甚至不喜欢这里的食物。然而，我却开始写这篇日记来讨论快乐。是的，衰老的悠闲乐趣。但也是一种乐趣啊——没错。我必须找到一些快乐——现在——否则我还没来得及解脱就已经疯掉了。

1970/1/30

今天，我要脱帽向卡夫卡致敬。我匍匐在地。我在床上哭了一小会儿。我花了一天时间与官僚作风斗争，结果失败了。而且，他们还是像往常一样给我开了税单。钱不重要。重要的是被浪费的时间，看到三四十岁的男人满足于他们琐碎的工作、奸诈的职业、凌驾于老实人之上，真让人气闷。这是官僚政策的力量，是他们上头的某个人的权力，他们说他们都要听他的。等他们死了，上帝就干翻他们。反正他们的上帝已经准备好钱来买他们一次了，他们还能继续赚点钱。

1970/2/10

如果你打开柜门，会掉出来五个人。纽约。亲密无间。孤独。美女。都是美人，只是太多了。

1970/3/8

近乎恐慌的局面结束了。在得克萨斯，我几乎没法工作，总是担心电话铃响，担心我母亲会闯进来。修改雷普利[1]的最后期限是3月31日——非常考验智力的修改。我担心自己会毁了它。没再发生什么事，只有更细致的盘问。来得克萨斯就是场噩梦。那些嘲弄，我母亲愚蠢、蹩脚的嘲弄，我永远不会忘记。她的听力越来越不济，还不肯承认。我想她会比我继父活得长，然后呢？她会乱花钱，她的钱终会花完的。想到我得照顾她，我就不寒而栗，因为我无法忍受和她住在同一个屋檐下。

1970/3/9

[圣达菲。]街上应该开门的咖啡馆都没开。人和车都很慢，很有礼貌。玛丽·路易斯·阿斯韦尔也住在这里，我二十三岁时写的《女英雄》就是她为《时尚芭莎》买下的。她和艾格妮丝·西姆斯[2]住在一所非常漂亮的房子里，养了几只伊比赞猎犬。快乐的克雷布斯、艾莉森还在这里。这是一个汽车城，一个超市只接受支票的城市。圣达菲很快就会与一座卫星城比邻——到处是游民、嬉皮士，一处人口爆炸的产物。我只能说，呸！

---

1 《地下雷普利》1970年由海曼涅（伦敦）出版社出版。
2 艾格妮丝·西姆斯（1910 — 1990），画家、雕塑家，从新墨西哥史前文物中汲取艺术灵感。

1967—1980年：回到法国

1970/3/9

得克萨斯。唉，我遇到了很多老人。都靠着不知来源的或继承来的钱过活。所有人都喜欢开双缸汽车，但实际上汽车天生该有几个汽缸呢？他们都爱看差劲的电视剧，耳熟能详的都是我见过的——或听过的最不入流的演员。在药店和超市里，女人的声音听起来都惊人地相似，不仅口音一致，而且都是一样的大嗓门。所有五十岁以上的妇女都穿着黄色或绿色的"休闲裤"，头上戴着围巾，穿着滑稽的夹克，拎着草编的手袋，戴着角质镜框的眼镜——说话也都一个模样。很多人住在非常邋遢的房子里，脏兮兮的，到处扔着旧报纸。其他人又整洁得一尘不染，他们的家就像酒店连锁房间一样。没有处在两种状态之间的人。高效率的工薪阶层很整洁。退休的人一团糟。

1970/3/23

我母亲有躁郁症，继父有帕金森症 & 连车都不该开。我的肖像——被母亲反复吹嘘——挂在客厅的壁炉上，她常背着我向她的朋友夸我，可是当着我的面，她却一再打击我。有一次，她堵在门口，我要过去时，还被她揍了。她好像总想在继父面前骂我愚蠢，但在她的朋友面前正好相反。她也不告诉我两个电话号码中哪个最可能在下午3点找到丹，又在斯坦利面前说我连丹的名字都找不到。还有一次，我说车库的灯开了一整晚，可是厨房里有三个开关 & 她命令我自己"弄清楚"哪个开关是关车库灯的，好像这是什么智商测试一样。在黑人问题上，我发现我遇到的各种人都噤口不言。妈妈 & 继父家里的电视一直开着，声音很轻 & 母亲牢骚满腹。继父需要休息、定时吃饭、家里整洁，可一样都得不到满足。他体重135磅，本该有170磅的，不过谢天谢地，他周六周日得去陪他继父，老人家坚持要他陪着。他的家凌乱不堪——壁橱、抽屉、厨房架子、冰箱，都没有整理，想要什么都找不到。我受不了，就在家里四处转悠，想干些"大活儿"把这个地方清理一下，通常我的努力都会遭到母亲的阻拦。她总想开拓新的、整洁的领域，好再弄个乱七八糟。他们在阿肯色州买了6000美元的房产，现在抵押贷款还清了，又想在亚利桑那州再买地，斯坦利不同意。但如果他两年后死了呢？谁能监管她用钱呢？

1970/3/27

帕利塞兹。纽约。P.[波利·]卡梅隆[1]的房子是一幢有尖顶的3层楼房，深红

---

[1] 帕特的美国朋友，住在纽约帕利塞兹，为哈珀与罗出版社出版的帕特小说设计过一些封面。

色，有阳台，在格特家附近的树林里。我看了四套房子，其中有三套要出租。每月275美元到300美元，没有家具。两间在皮尔蒙特，那里至少可以看到一个潮汐河口，水面上有鸭子游弋。我以前住的谷仓被烧毁了，当时都没人住在里边。真遗憾。只剩下烟囱还矗立着。两年前的事了。但离纽约很近的房子价格是多少呢。今天，一整天都在西区转悠，我被那些长相粗俗、说话粗俗的无产阶级搞得郁闷不堪，不知道自己还能不能再忍受这一切。

1970/3/27

在40街等公共汽车。曼哈顿汽车总站。我看到一个女孩，十九岁，长得非常像J.［琼］S. 1947年时的模样，可能是她的女儿——同样的头发 & 眼睛，日耳曼人的大手，脸要窄一点。我有点震惊。也可能是个男孩。从这里可以去好多地方。

1970/4/30

精神病患者会让人感觉悲哀和恼怒。我的意思是，如果这个人好诽谤人、好斗、充满怨恨、爱诬陷人，那么他的家人 & 朋友实在很难继续保持耐心。病人有一身难缠的气力，一心要与人争斗，事实上，他比周围那些照顾病人的人都更有精力。(R. T.［罗尔夫·蒂特根斯］)[1]

1970/5/15

我在童年和青少年时期的情绪、激情和凶残的冲动一样强烈，不得不被压抑。

1970/5/15

要不要雇用一位黑人、女性、坦承自己是共产主义者的教授，美国现在举棋不定。雇一位支持共产主义的教授，如果她的论战观点时不时地渗透出来，应该很有趣 & 也很刺激。信奉基督教的教授就没人会回避。基督本质上是个共产主义者。没有人会害怕美国人开始实施耶稣宣讲的东西。为什么会害怕共产主义者或共产主义者的说教呢？说到分享财富时，美国工人握紧了手中的薪水，盯着即将到来的灿烂前景——退休享受退休金，而不是升入天国。

---

[1] 罗尔夫·蒂特根斯与帕特持续了三十年的友谊，在1970年纽约的一场激烈争吵中结束了。

1970/5/15

可以想象，如果剧痛难忍，我就会自杀。然而，精神上的痛苦，尽管很强烈，到目前为止却还是可以忍受的，而且还很有趣，但身体上的痛苦不是。

1970/5/22

如果我预见不到一个短篇或长篇小说的结尾，就没必要开始了。

1970/5/22

很容易理解为什么小说家晚年会转向寓言——那是他一生创作的精简和浓缩。年轻人的优点是精力充沛和注意细节，细节通常会引人莞尔。深刻的思考后来才会形成。看看狄更斯你就知道了。

1970/5/23

把生活的幸福 & 满足都寄托在孩子身上，倒是令人欣慰；意识到他们也会犯同样的错误，就不那么令人欣慰了。

1970/6/1

中年的痛苦源于你有了均衡看待事物的能力。我说的主要是工作，确切说是工作的价值。二十岁的时候，也许要花费大量的精力——也许会精疲力尽——却能开出献给爱人的花来。

1970/8/7

该死的苍蝇。整整三个星期挥之不去。今天下了十天来的第一场雨，苍蝇更厉害了。"去他妈的！"我说，它们围着我的头发嗡嗡作响，也许一边疾飞一边在我头发里产卵呢。它们到底为什么这样自杀式地俯冲进我茂密的头发里呢？——为了避免吸引苍蝇，我每两天洗一次头，所以头发根本没有怪味。一只苍蝇做了"新型自杀式"炸弹后，在废纸篓里即将死去。本地的一个法国农民每天就着苍蝇喝汤，因为他实在是懒得把苍蝇从汤碗边上刮去，真可怕。每天早上，在水槽 & 沥水篮边都能用纸撮起来十四五只死苍蝇。恶心吧？这里的牛棚一样恶心。这种情形是可以改善的。如果全体村民都立即锄掉荨麻，园子里的情形也是可以改善的。1940 年，如果全法国人民立即同心协力、奋勇反击，希特勒本是可以被拦住的。

1970/8/10

　　从你的死亡中寻找快乐，

　　找到你年纪轻轻，身体健康，

　　就已经死去的原因，

　　心中毫无怨恨地想象

　　虫子在攻击你、食用你，

　　还有你尖尖的白牙

　　最后只剩下它没被吃掉，

　　写到此处，它必然已深埋入土了——

　　或许这就是智慧。

1970年8月16—17日

　　我梦见我的猫"蜘蛛"（现在穆里尔·斯帕克帮我照看着）被一辆汽车撞了，几乎被拦腰撞成两截。它跑来跑去，一点也不疼，我看到它腰上缠着个项圈。太血腥了。我说："我要把项圈取下来。"然后它倒地，断成两截。

1970/8/17

　　修改前258页。经历一本书的发展过程是很痛苦的[1]——因为在落笔之前，我还没有把这本书的情节全部想明白。我所有的书基本上都是这样写出来的。至少现在我知道它能写成一本书了，而过去的一个月里我一直拿不准。

1970/9/9

　　宗教是一种幻觉，对某些人来说是一种支撑的力量。但每个人都需要某种幻觉，才能有必要的勇气活下去。奇怪的是，人类这种动物就是这样的——完全靠幻觉支撑，同时又能意识到这是一种幻觉。我的幻觉是我取得了进步。为工作而工作是有价值的，这也是一种幻觉。支撑愚蠢的人的也是这种幻觉。

---

[1] 《一条狗的赎金》是一部长篇小说，讲的是有人绑架了一条狗，写"勒索信"索要赎金。帕特好几个月都定不下来采用哪个情节。直到12月才定下了小说的结局和罪犯的命运。

1970/11/2

苏黎世——海鸥整天在城市上空滑翔。它们是怎么找到回家的路的？它们每晚都睡在同一个巢里吗？还是在繁殖季节过后就每晚都睡在不同的地方？

1970/12/20

我母亲是那种先放一枪然后纳闷的人，不明白为什么有些鸟被杀了，有些鸟受伤了，其余的都吓飞了。"为什么鸟儿不回来呢？"我回来了好几次，每次都遭受同样的惊吓。

1970/12/20

美国。建筑工人（美国农民血统）就算不是为美国东海岸的知识分子有钱有闲阶级服务，也是为白手起家的百万富翁工作——建筑工人和勤劳的无产阶级是激进的左翼团体无法理解的。胡萝卜离他们的眼睛太近了，他们看不到别的东西了，三英寸以外都看不到。

1971/1/2

死亡。关于 S. H.［斯坦利·海史密斯］的电报说："S. 已于 11 月去世……"这肯定是真的，但即使收到了两三封告知此事的家书，他的死依然显得那么不真实。其实他的死对我来说并不很意外，因为七个月前，S. 在 4 月就已经看着不太好了。

1971/1/15

做了一个梦，梦见我杀了两个人（第一个是麦琪·E［特克斯］，第二个不认识），把她们的尸体藏在一个大垃圾堆上，没有掩埋。我意识到自己杀了两个人，感到非常震惊，非常真切的羞耻、内疚和疯狂的感觉。我在公共场合自言自语了几句，心想如果警察一直盘问我，一定会撬开我的嘴。谋杀是无可挽回 & 不能原谅的行为，永远地改变了我的生活。这是我第一次梦见谋杀。显然是潜意识在竭力让我心里产生内疚和焦虑。

1971/2/10

一个成熟的女人必须回顾的一件压抑的事情是,当男人们不断向她逼近——甚至上了床,她都一直带着平淡的微笑——直到不快的感觉,或者难闻的气味,使笑容一扫而去。成熟男人和年轻男人都以为,让他们高兴的事能让所有女人高兴,这乏味的想法真是滑天下之大稽。

1971/2/11

美国人的团结或任何形式的团结都能令一些人产生活着的感觉。就因为听到门铃或电话响了,或者从某处传来了可怕的噪音,某种类型的人就感觉自己更有活力了。有一种方法可以消灭这种人:把他们关在舒适、与世隔绝的地方,只给他们书桌、写作和阅读材料,他们会发疯的。

1971/2/20

主人公(或女主人公)患了头痛病(可能是肿瘤),或者从医生处得知了噩耗,过了一两天,他遇到一个陌生人。这个陌生人不是死神,但主人公认为他是。因此,他的态度充满了恐惧、尊敬和蔑视。

1971/2/27

上述想法在某种程度上影响了第三本雷普利[1] 的故事。我今天开始落笔。给一个男人灌输他即将死亡的想法,而其实他并没有真的濒临死亡。把个大活人和"死神"联系起来,是另一个点子。

1971/3/19

欣赏汽车的一个理由是:它摧毁的人比战争更多。

1971 年 4 月 16 日

4 月 3 日从伦敦回来,4 月 20—23 日还须再去伦敦见我的会计 & 届时将住在芭芭拉家里。

我的小说[《一条狗的赎金》]还没写完,(主要是)因为缺少纽约警察局的专业

---

[1] 在《雷普利游戏》(1974)中,汤姆·雷普利制造谣言,说乔纳森这个人只有几个月可活了,以此来操纵他去杀人。

信息,多亏了金斯利,3月15日终于拿到了需要的信息——我希望不再需要更多了。

我的猫叫小淘气,去年8月15日出生的,现在8个月了,聪明又多情。多加一句:我住在玛丽 & 戴斯蒙德·瑞恩夫妇的隔壁,我比在蒙马丘时快乐多了——距离这里才18公里。

1971/4/16

对上帝的尊重,打个比方,和对现代电力的尊重一样。(人类)给每一种力量都起了名。电的力量更实在。把哪一个放在神坛上都不对。但是过去的人还崇拜雨或者猫呢。

1971年4月17日

短暂的胜利:干了一天的家务,很有成就感,感觉自己又恢复了正常。修整了园子 & 修理了客人损坏的两件物品。我希望在9月之前不要来客人,不要休假,然后我可能就去维也纳。小淘气很适应她的新猫门。

收到了BBC伦敦分部的特里斯特拉姆·鲍威尔[1]的信。问我能不能给一个法国城堡抢劫团伙的纪录片写个脚本。我希望在伦敦与他会面。

1971/4/27

人类需要土地来种植动物的食物(上帝如果俯瞰人世,就会知道,不是它们跳起来小口小口吃的那种食物),于是它们的食物在百尺高的实验室里越种越多。必须种越来越多的食物,因为要养越来越多的动物,才能养活越来越多的人。因此,在某种程度上,动物和人是你吃我吃你的。动物吃掉人类的精神遗产——土地,人吃自己的远亲——动物。但是人和动物同样都被囚禁在20世纪。

这不仅是一个人口过剩的故事,也是一个生命哲学的故事——生命本身在某种程度上是"值得"被限制的。限制数量是有好处的。数量越大,快乐就越少。否则就会到处是人吃人的现象。现在,动物们都住在一层一层的笼子里,双脚永远踏不到土地上。很快,人类也将如此,在500层的高楼里生老病死,在外星观测者眼中,地球将呈现出一副怒发冲冠的模样,因为到处是冲天的高楼——那是真正的生存机器。这是动物时代。接下来就会是码头时代了。人有多大胆,码头就会建在多远的海中央。这

---

[1] 特里斯特拉姆·鲍威尔(1940—),英国电影和戏剧导演、制片人、电影编剧。

个码头时代会是另外一个故事——额外空间的蜗牛故事。

1971/5/6

今天的消息：自信就是一切。是一切吗？是的，就是一切。

1971/5/14

如果我能学会对自己所做的事情有一点自豪感和成就感，我会快乐得多——尤其是现在做家务这事（这个新房子我已经住了六个月了）。但是客房看起来还不够漂亮，也没完工——或者说是不吸引人。花园里仍有30%的地方乱七八糟。有些灯泡还没配上灯罩。乱就乱吧。这就是我的生活方式。我不满的部分是因为我正艰难地给手头的书收尾。没有其他解决办法，只有我一贯的信条：每天为了工作而工作。永远不要停下来看结果。结果会自然呈现的。

1971/5/17

年轻人坠入爱河时，是爱上了自己——沉迷于自己的感受，我觉得这话说得太对了。上了年纪的人不会"坠入"爱河，但依然充满好奇心（尽管他或她可能经历过风雨），可能也会迷醉于某人面容的姣好，但与年轻貌美无关。你会体会到真正的快乐，甚至是一种需要，要向对方表白，好让对方更快乐。年轻人很少会产生这样的想法。当然你也会感受到，再没有多少机会与人亲密接触了。

1971/6/5

作为一个小说家，我要说——我不妨在此大胆宣布——字典是我读过的最有趣的书。

1971/6/5

说到专注，这对写小说或任何一种艺术创作都非常重要，还有一种专注，是专注于人类的过去，也许可以追溯到公元前4000年——但追溯到乔叟肯定是没问题的：他给予了我们一个永恒的框架，让我们可以生活在其中，以此来衡量自己当下的所作所为。真是个快乐的想法。也许这就是教育的意义。我希望每个人都这么想。我可真可笑。但这是一种多么轻松愉快的思考方式啊，简单说就是对历史的自觉意识，是正确看待事物的方式。

从竞争的意义上讲，商人之间，甚至包括知识分子之间，总是有争斗。（纵观历史，）如今已经是雷达和远程枪炮的时代，我们依然还在街头斗殴——在文盲当中——在这普及教育的时代。天哪，民众是多么刚强难化啊！

1971/7/15

远离家乡。在异国他乡感受到某种程度的"失落感"，这既非不可理喻，也非不可接受。如果我能活到七十岁，我就等到那时再回墨西哥的瓦哈卡，那里的人们热情、温顺，我永远不会彻底了解他们的传统和家庭习惯。重要的是我们双方都友善以待、关系融洽，至少我们都朝这个方向努力。还有哪里？奥地利倒是很漂亮，但我听（A.K.[亚瑟·库斯勒]）说这个国家的人基本上都不太友好，老是疑神疑鬼，冷漠冷静。意大利呢？就是个乡村——但很无聊。未来20年里，如果教会的影响能逐渐减少的话，风气将会大大改善。

1971/7/20

再过一百年，人们读到数百万人在印度或南美洲被杀害时，连眼皮都不会眨一下，一美元都不会捐出去帮助他们。（一百年吗？三十年就够了。）

1971/8/15

有一种情况——也许只有这一种——会逼我杀人：家庭生活；亲密无间。我会愤怒地挥出一拳，可能会杀死一个两岁到八岁的孩子。八岁以上的要打两拳。据我观察，成年人与家里孩子相处得来的，基本上都加入了孩子的行列，也就是说，家里到处指印斑驳、一片狼藉，随时被孩子打断才是主要模式。家里男人能离开家去工作、去逃避，一定是心花怒放啊。

1971/8/18

听说《读者文摘》可能会印一个"浓缩版"的《列车上的陌生人》——大概有一个浓汤块儿那么大：也许有一天科学能造出可食用的书，与阅读对大脑的挑战相比，这可要轻松得多了。然后我们就会看到宇航员先把一个小方块扔到嘴里，再去穿宇航服，奔向某个行星。"他们刚刚吞下的是《安娜·卡列尼娜》。为一天的工作提供良好的精神鼓舞。"

1971/9/11

梦想已经成为现实的替代品。我的梦想至少更有趣。

1971/9/12

令小人物和大人物都烦恼的是,他们很难将自己的情绪与月亮的圆缺、海潮的力量、死亡的必然性等事物协调起来。每个人都觉得自己很渺小,而问题却有着排山倒海的力量,撼动着他。真不合逻辑。

1971/10/17

与人相处后,就会出现这种奇特的、分外的、难受的疲惫——才和他们待了三十二个小时。是因为虚伪吗?我不是特别虚伪。是我内心的紧张导致的。

1971/10/20

L. P. [利尔·皮卡德]给我写信讲了她在纽约"艺术界"的压抑遭遇。我肯定她会是第一个说这是"正常"的人。在过去的12年里,她自己一直蔑视艺术。奇怪的是,艺术这个词和上帝一样,只是影响后果会更大,没人愿意承认罢了。奇怪的是,艺术和上帝一样纯洁。同样奇怪的是,二者都无法得到令每个人都满意的定义。但是每一个珍惜真与美、在乎正直的人,被嘲笑时都会莫名地感到悲伤。

1971/10/20

维也纳——第一眼是一个杂乱无章的小镇,建筑都是黑色、灰色或脏兮兮的颜色。即使在白天,主色调也是深灰色。这里正在修建一条地铁,我听说要花上10年的时间。德国人主动请缨,保证在3年内完成,美国人则是2年,但奥地利人宁愿借此在10年内保持高就业率。这里三十五岁以上的人大部分超重。年轻人又苗条又白皙,都长着精致的雕塑一般的鼻子、下巴、眼睛,不过好景不长,因为周围健壮的人肯定是他们的父母。他们在电车上推推搡搡,我觉得比法国人还差劲。

我住在T. G. [特鲁迪·吉尔][1]和她丈夫的家里,在约翰·施特劳斯街4号。T.的绘画风格非常热烈,塑造出人像自由的色调。至于她的画作嘛,我认为它们的风格

---

[1] 帕特的朋友特鲁迪·吉尔在纽约跟随乔治·格罗兹、马克斯·贝克曼等知名画家学习。她出生于维也纳,后来嫁给了一名外交官。

并不统一（或者说我还没有看到它们朝统一的方向发展）。她自己（我是1961年认识她的，但之后几乎没怎么见过面）对女佣非常紧张。她的紧张真是浪费精力；如同开车没有方向。我也有上述毛病：精力用错方向了。对健康非常有害，而且看着也不体面。

T. 想改革世界，却又不是马克思主义者，但她非常关心美元兑奥地利元的汇率，刚刚从25跌至24——涉及到她在美国的收入。我倒想问问她问题的关键：你愿意放弃所有的钱（只保留足够基本生活需要的钱），把你的艺术才能全部、自觉地用来造福世界上不那么富裕的人吗？

言及至此，我想在这里声明，我是不会那么做的。不仅仅是因为我五十岁了，精力不足，而且我认为我有权享受自己的工作和才能带来的闲暇和乐趣。但还有一个原因是，我对不努力的人越来越没耐心了，他们愚蠢地拒绝外界给予的忠告——更不用说金钱、监管、节育等形式的帮助了。

也许，如果我出生在一个更有特权的阶级，出于罪恶感和帮助他人的真诚愿望，我会在二十一岁就放弃所有的一切。

1971/10/24

在这个温暖的星期天，下午2:30从歌剧院出发开始第二次跟团旅游。大约22人乘坐一辆奥国巴士，导游是一个黝黑的高个子年轻人，他是维也纳大学的学生，可以用德语和英语交流。好几次驶过多瑙河，还有运河——"多瑙河的天然手臂"，还有一个"湖"，维也纳人都在湖里扬帆和游泳。海利根施塔特，1802年贝多芬在那里写下了他的"遗嘱"，好像就是那时意识到自己已经聋了，或者就要聋了。这是一幢迷人的浅黄色二层小楼，二楼的窗户很小，屋顶很尖。上面爬满了常春藤。在卡尔斯堡山顶停留35分钟，我很高兴在那里买到了香烟和火柴（从昨天中午开始就没有了），还喝了两杯海利格白葡萄酒。忙乱的——不对，是忙碌的服务员用牙叼着账单，双手端着香肠和瓶装啤酒托盘。每个人看起来都很健壮，点两根香肠当下午茶点。格林津——左边有缓坡的小山和葡萄园。一栋栋迷人的房子至少都有300年的历史，还有提供葡萄酒的客栈——离维也纳都很近，可以乘坐38路公交车。

维也纳风情——老式的，拉丁-意大利的气息非常浓郁——体现在说德语的人身上挺奇怪的。洛可可式和巴罗克式的庄严建筑——非常凝重——鹤立鸡群于沉闷方正的20世纪办公楼和市政住房中间。后来我看到一个建筑，采用红色石料，四五层楼高，绵延了1公里长，以拱门连接，很明显，可以穿过拱门走完这个三边形的建筑。今天，旅行团在奥古斯丁教堂停留了很长时间——教堂内部特别无聊，处处都很压抑，我就到外面抽烟去了。

[无具体日期]

20世纪60年代的"艺术作品"在艺术的长河中没有真正的背景、意义或地位。以创意为名去突破并不会引人注意。现代纽约艺术界的问题在于，艺术家们都被拴在一起，过度猜忌，过于在意别人的创作。每一个艺术家都应该走自己的路（尽管可能会前路暗淡），如果他在森林里找不到路，孤独地死去呢——那就只好认命了。

具体来说：艺术家要在模特身上作画，不要在纸上画模特，就是个双关语的笑话，毫无意义。是对艺术家职业的一次侮辱。它会让人发笑，然后让人沮丧——和酗酒是一样的效果。当然，艺术家们不会为这些笑话所动——但这些笑话会给公众带来什么影响呢？文森特·凡·高孤独寂寞地画着，他是怎么回事？他有一个兄弟，可以写信谈心，他弟弟虽然不是艺术家，但富有同情心。这就足够了，有这样一个人就行：妻子，情人，或朋友。

1971/10/24

母亲告诉我，她第一次看到我[亲生]父亲，在一幅挂在某个沃思堡摄影师橱窗的照片里，然后（莫名其妙地）就去结识他了。我突然想到，本质上，我更喜欢那些主动接近我的人，而不是那些我得努力接近的人。我的意思是，对于那些首先接近我的人，我的情感依恋会持续更长时间。

1971/11/2

格雷斯/卢昂的邮局职员。如果有人当众犯了错，小矮胖就会很高兴，他可以搬出自己的"法律"，游戏规则总是偏向他一边的。这种人都激不起别人对他的反抗。他们也就能当当点球大战中的护卫——就像有人为了躲开当胸一脚，拽过来挡在身前的椅子一样。

1971/11/29

帮助"不发达"国家、提供大量难民援助等想法真是个好主意，非常符合民主和人道的原则。但是需要援助的人数实在惊人，似乎已经失控了，与日俱增。现在孟加拉难民达到六七百万。于是人道思想开始退缩了，然后就变得麻木了。这个问题被政府接手，他们拨款之巨超乎了人们的想象。最后，人道思想的那部分（动人、善良的一部分）拒绝再往下想，或干脆不想了。个人道德和善心就消失了。

1971/12/16

人的脸在镜子里看起来更好看，只是因为我们已经习惯这样看它了——与现实相反的镜像。照片就会让人吃惊不小。这听起来很健康（假设我有这一反应，大多数人也都会如此吧，只是我也不确定），因为这意味着对于自己这张没法改变的脸，你在试着用最好的角度、最乐观的态度去看。

1972/1/13

天主教会对信徒最大的伤害就是剥夺了他们的良知。有良知是人的权利。每个人生来都有良知，但有可能被剥夺。

1972/4/4

工作是生活中唯一重要或快乐的事情。当人停下来细思自己做过的事情时，麻烦就开始了。

1972/7/14—15

眼下我过着平凡的生活，但有人提到我在1945年犯了谋杀罪。这没让我感到不安吗？在我的梦里，我是犯了谋杀罪——但我不知道杀的是谁。事实上，1945年对我来说是努力工作、休养生息的一年，在这一年里，情感方面没发生什么重要的事。这是我第二次梦到谋杀，第一次是1968年末或1969年初。有趣的是（或者没趣的是）这个令人不安的梦发生的时期，我特别活跃、快乐，工作也很顺利。

1972/8/5

写日记的人——如果他们诚实地记录下自己的行为，至少说明他们并不感到羞耻。当然，有些写日记的人可能只是执着于自身。有些人不愿意在日记里回顾过去，也从来没打算回头——看日记。但是，坚持写日记的人一定有某种自尊自爱的品质。

也许他不打算重新翻阅，但别人会啊，就算日记是用密码写的也没用。

1972/8/12—13

心情日记——有点狂躁，写了9页的故事（真好）。胃口很大。精力充沛 & 起得很早。

1972/8/16

老样子，神经紧张，适合工作和想象。半弦月。就八月而言，今天真凉爽。

1972/8/17

每个国家，在某种意义上讲，都是一个陷阱。无论是英国、正迅速变得和澳大利亚一样的美国还是法国，每一个国家都有自己固步自封的方面。个体最终只能像个间谍一样生活，不管你愿不愿意，都成了造反派。唯一能摆脱这种状况的是已婚的年轻人，他们一心一意地生养孩子，不知何故，对他们来说，这本身就是个死胡同。

1972/8/20

过去几天里我的身体在缓慢衰退，今天（星期天）跌到谷底，晚上 7:30，我小睡了一会儿后，想接着工作，忽然感到一阵头晕眼花。可能是因为在园子里干了近 3 个小时的活。左手的手指仍然发炎。从昨天开始天气冷了很多。

1972/8/22

特别累——但心态很积极。满月。[《雷普利游戏》] 写到第 239 页，两起谋杀案的中间。

1972/8/23

社会主义意味着绩效制度无用武之地了。他们不再致力于增进信任、公共设施的社会化，等等，也都是好事。也许问题就出在，有些人喜欢更多的奢侈和享受，如果他们觉得靠自己的聪明才智挣到了足够的钱——那就享受呗！

1972/8/29

很累，有点灰心 & 沮丧。没有精力——我希望好好睡一个晚上能恢复过来。距离上次狂躁发作已经过去了 13 天。昨晚开了个晚宴。今天我都没想写作，这对我来说很不寻常。我现在必须得把这本书收尾了，而且要漂亮地收尾。

1972/8/31

我的法国房子就像我的生活和身体。花园代表着工作，非常艰苦的工作，永远达不到完美，永远没完没了，我发现一年中几乎没有一天我能说，"一切看起来都很漂亮"。

1972/9/4

8月30日。星期一和之后的星期五，我收到了母亲的来信，信中她怒不可遏，因为得州有人发表了《一条狗的赎金》的评论文章，而我把这本书献给了我的［亲生］父亲。收到这些疯狂&绝望的信后两三天，我就开始抑郁症发作。今天9月4日了，我还没缓过来，只能靠老办法恢复：工作，大笑，音乐。

1972/9/7

有趣的是，艺术和建筑学校都要求学生模仿以前的大师，即画他们的作品。从中可以看出手对绘画、雕塑（甚）或建筑艺术的影响有多大。对于学写作的学生来说，就没有模仿以前的大师的要求——如果有的话，那就是吧。让学生们抄写亨利·詹姆斯或《圣经》的一整章，也不是个坏主意。影响是潜移默化地渗透的，非常微妙。零纪元时的罗马人，让男孩们直接接触贺拉斯和维吉尔的诗歌，就是这个意思。

1972/9/7

我真希望我能去杂货店买些罐装的笑话。它们就像罐头汤一样滋养人。

1972/9/17

9月17日，刚刚走出"抑郁"，这次比上次更严重。猫在交配（两次沉闷的巴黎之旅），我母亲又来信了，告诉我不用理会她的生日（她忘记过我的生日，但永远不会忘记自己的），温厚的水管工高蒂尔砸了四天的房子；罗比干的壁橱木工活很是扰人，就快完工了，巴纳德的女校友们批判我是种族主义者，我今天做了答复。最重要的是，我对家里的一应事务实在是应付不来，事实上，我已经放弃写作至少两个星期了。

1972/9/30

连着几天都很难受。米莉（和弗林特）24—28日来做客。我觉得精疲力尽，心绪不宁，神经紧张。今晚我去了格雷斯教堂听吉他音乐会。亚历山大·拉戈亚[1]——连好都算不上——这改变了我的想法。收到 RC 的来信，问我为什么住在这里，这个问题几句话回答不清。当初之所以做这个决定：想在这里快乐起来（我千方百计要让自己快乐），不行的话就搬到别的地方去。RC 认为我太孤独了。然而幸福总是源自内心。她这话显然说得不对。

1972/10/19

恋爱是很累人的。光是想一想都觉得累。

1972/11/25

有一种火焰，你只是看不见它的光。

1972/11/27

美国的贪婪：如果美国更多地推行社会主义，就不会有这么多的贪婪了。如果一个人在五十五岁时患上了肺结核或癌症，那他肯定不想在六十岁时变成穷人。但这就是美国的现状。许多美国人非常努力地工作，才取得现在的成就，所以他们不愿意让那些显然没努力的人来分一杯羹。

1972/12/6

这些天沉迷于陀思妥耶夫斯基，没什么好羞愧的，但想到要告诉我的会计师我还需要一些钱，我就感觉很羞愧，因为我得解释，我已经把⅓的薪水借给了三个人，至今无法收回。然而，如果生活不是这么讽刺的话，我还得去适应一种新的现实。

1972/12/6

反复出现的梦：我手里拿着沉重的东西，拖得我失去平衡，掉进了深渊。

1972/12/15

喝酒不应该是出于自怨自艾，而应该出于自尊自豪的强烈渴望。如果每个人都这么想——就不会有人因为酗酒而一蹶不振了。

---

[1] 亚历山大·拉戈亚（1929 – 1999），古典吉他演奏家。

1972/12/15

——我生活在虚空中

如履薄冰。

一切都是虚幻。

只有薄冰真实,

但转瞬即消融。

一切都安住在思想里。

所以我的翅膀

或者我的土地

会和我一同消逝。

没什么可以

传给别人。

反正,我也不建议这样做。

1973—1976 年

在法国生活了六年,帕特里夏·海史密斯对这里依然没有家的感觉。她在蒙特库尔有花园、有猫,却依然无法感到满足。她仍爱着自己的前女友卡罗琳·贝斯特曼,但这份爱并不能让她幸福;她想不到下一部作品要写什么;她也担心母亲每况愈下的身体状况,尽管她们之间分歧频频。

1973 年初,帕特将修改好的《雷普利游戏》初稿重新打了一遍,然后手头就没有东西可写了。她随即陷入了一个陌生的状态:无所事事。帕特是个工作狂,这种毫无计划的日子让她很是困扰,根本无法放松下来。她靠打理园子、绘画、做木工活来打发时间。和以往一样,她的日程表排得满满的,采访一场接一场,还有很多商务活动,不少都要去国外。这几年里,帕特多次前往伦敦以及德国、瑞士、斯堪的纳维亚和美国。

1973 年春天,帕特翻出了她 1969 年开始写的短篇小说集《厌女症故事集》。其中每个短篇都描写了一个遭遇不幸的女主人公,不过她们也都是自食其果。从帕特之前的笔记中对女性的描写就可以看出,她并不认同自己是一个女人。

1973 年到 1974 年间,她还为《动物爱好者凶杀记》写了几个短篇。20 世纪 70 年代以来,帕特的出版商一直在等着出版她的短篇小说集。她自高中起就开始了短篇小说的写作,但之前大多刊登在杂志上。1975 年,第欧根尼出版社首先发行了《厌女症故事集》的德文译本,比英文原版还早两年。

卡罗琳·贝斯特曼的丈夫于 1973 年去世,帕特从中看到了转机。她们在伦敦和蒙特库尔多次见面,直到帕特对和解不再抱有任何希望。1974 年底,玛丽恩·阿布达拉姆走进帕特的生活,两人开启了一段长达四年的恋情。玛丽恩一心想要见到帕特,甚至不惜对她说谎,谎称自己是代表法语版《大都会》杂志来采访她的。帕特将下一部长篇小说《伊迪丝日记》献给了玛丽恩。这部小说讲述了一个整日写日记的女人，借此躲进一个幻想世界，而渐渐与现实脱节。小说表现出帕特对美国郊区家庭主妇生活的鄙夷，她认为她们没有自由、没有变化。伊迪丝的许多极端政治观点都来源于她过去多年的笔记。

1974年秋天，帕特去得州看望玛丽·海史密斯。看到母亲风烛残年、房子年久失修，她非常震惊。之后不到一年，玛丽就因为抽烟不小心把房子烧了，只好转到一家养老机构——此时，距离帕特的生父杰伊·伯纳德·普朗格曼去世不过几个月。

1973/2/19

得了流感后的想法。几乎所有躺在床上安然离世的人，死状都相同，心情也都一样——除非由于服药变得昏沉。精力慢慢衰退，心生绝望。很少听到有人谈论自己对死亡的恐惧，或对死亡的某种"抗争"。已经没那么多精力了。睿智的人也许会比普通人多一份理性的思考，可是思考也需要精力，我怀疑在生命的最后时刻，还能不能产生什么有价值的思考。从本质上说，知识分子死时，和普通农民没多大区别。

1973/5/14

结婚是避免与男人上床的最简单的办法。

1973/6/7

女人——她们自以为操控着别人。实际上，她们仍旧是木偶，从不独处，一独处就会不满，始终都在寻找一个主人、一个伴侣、一个真正能给她们下达命令或指示方向的人。

1973/6/7

音乐证明了一个事实：生活不是真实的。使人生活下去的快乐和坚忍源自你认识到生活不是由现实构成的——还有就是，知道了这一点也无需焦虑。

1973/6/27

欢快，沮丧，欢快——全都发生在同一天。对于我喜欢的人，我不敢宣誓效忠。

卡罗琳自由了[1]，如果我和她复合，她不会再遭受青春期时也许常有的歧视了：那是一种没有安全感的精于世故。我很迷茫，主要是因为目前没有一个明确的工作计划。正如他们说的那样，处于两本书之间的空档期，已经有三个出版商准备付印《雷普利游戏》了[2]。两星期之后我要去汉堡。

1973/6/28

那个公证人。内穆尔镇[3]上的那个，脑满肠肥的放高利贷的家伙，就知道吓唬那些来找他签文件的卑微的农民。这些农民都穿着自己最好的衣服，或许他们极其吝啬，但比他要诚实多了。有一天，我要把这个混蛋写进短篇小说里去。比如——一个法国人，绝望了——对法国的文件手续恨之入骨，却又对它无能为力——他想杀了这家伙，而命运抢先一步动了手。

1973/7/1

空闲。打发空闲时间真难。连我都觉得难，从8号还是12号开始，我就无所事事了。手头是有一些事情要做的，没错，但它们不能给人带来满足感。什么才能让人感到满足呢？说来也怪，是日复一日地朝着力不能及的目标前进。可能，当你拖着疲惫的身体上床睡觉时会说"今天干得真不错！"，但同时你也意识到最终的目标永远都不可能实现。

1973/7/2

R.C.告诉我，N.W.［纳蒂卡·沃特伯里］1月在加利福尼亚把脖子摔断了——酒后驾驶——现在已经康复。汽车和割草机都毁了。既然我无心以后重温此事，为什么还要把它写下来呢？愚蠢地想要保持思路的有序——无用的努力。

1973/7/6

我把三个文件都清理掉了——25年前写的一些故事。C.［卡罗琳］昨天打来电话。告诉我下午1点，卢克，那只猫在屋前被撞死了。C. 对发生的一切反应很迟钝；

---

1 卡罗琳的丈夫已经去世。
2 这三家出版商分别是海涅曼出版社（英国）、双日出版社（美国）和第欧根尼出版社（瑞士，面向德语市场）。
3 蒙特库尔附近的一个小镇。

手上全是湿疹，她说，她父亲去世后，她母亲就出现了这样的症状。很谦卑。个性在激烈交战。以往，她自信到了傲慢和无情的地步。如今，她要面对死亡、孤独和湿疹。我写给她的信里表达了同情，都是发自肺腑的。我从来不在乎展示自己的情绪——现在，我不再流露情绪了，但在某种意义上，我今天这样做仅仅是出于善意。

1973/7/11

一边是截止日期，一边是迸发灵感的大脑，正在殊死交战。大脑寸步不让。我被夹在中间，一天一夜下来，筋疲力尽。我向两边苦苦祈求。一道铁墙隔在它们中间！我无法越过。我不知道该对外部世界说些什么。

1973/7/14

今天下午去绳索街，买了件渔民和屠夫穿的那种蓝白相间的衬衫。汉堡周围都是奢华的住宅区——阿尔托纳、布兰肯内泽——有历史悠久的松树、草坪、结实的房子。绳索街长达1英里，有肮脏的脱衣舞表演、毒品酒吧、色情书店、情趣用品。离码头很近，有一些码头（红砖砌成的仓库）经历了轰炸仍保存完好。

1973/7/16

晚上A.U.家[1]举办聚会。开胃菜，潘趣酒上浮着草莓。晒得发烫的露台上，有八九个人都坐在椅背竖直的沙滩椅上。他们都说德语。想挪挪位置都不是件轻松的事。我们围成一圈坐着。刚开始谁也不多说话。后来，有两个已婚男人滔滔不绝地说了起来，他们想成为"领袖"，成为这群人里最聪明的才俊。在法国偶尔也能看到这样的人。

1973/7/19

（柏林。）C.仍在试着与一切和解。7月3日，L.［猫咪卢克］的死，会（或者按照惯例，不会）令她不可避免地发作一番。医生让她减肥。所以，她有事可做了，可以自我规划，以自己为中心。此时此刻，她不放过任何一个攻击我、批判我的机会，也许这是好事。然而，我更相信她会重拾青春期时的价值观和习惯，热心交际，参加各种舞会；也就是说，谨言慎行个一年左右，她便会结婚。

---

[1] 帕特正在德国进行新书《一条狗的赎金》的巡回宣传，在汉堡期间，她和与自己长期合作的德语译者安妮·乌德住在一起。工作上，两人密切合作。

1973/7/19

柏林：库丹大街上，商店招牌、广告牌、小吃店的霓虹灯耀眼璀璨。朝着威廉姆大帝纪念堂的方向——商店变得高档起来。字母、标志看得人眼花缭乱，很难看清建筑物或街道叫什么名字。我昨天下午5点就到了这里——腹泻得很厉害——今天去了动物园，下午花了15马克，游览了东德。

护照被反复检查，检查的人还记下了我的护照号码，一遍遍地问我"你带了多少马克"。这是为了阻止东德的黑市交易。在查理检查站[1]，至少耽搁了25分钟，天知道那个穿灰绿色衣服的警察在搞什么鬼。

柏林墙就在眼前，约11英尺高的灰色水泥墙。周围是一些平淡无奇的小水泥屋，每间里面都有公务人员。我们缓缓走过一座座破败的平房，今天房上都插着旗帜，因为明天要庆祝什么青年节。东德这边挂的当然是德国国旗，旗上加了一圈麦穗环绕，还有锤子和圆规——代表的含义显而易见。东德女导游说菩提树大道"曾是德国最美丽的街道"。许多宫殿、英国和瑞士的大使馆都被改建成了"人民文化部"、"工人组织"，供他们健身和娱乐。我觉得［东德的］路人时不时就会盯着我们的巴士看。他们的衣服明显没那么鲜艳，轿车也不那么新，这种差异真的很明显。我们参观了佩加蒙博物馆——阿比西尼亚废墟，这些都是原址，不是重建的仿制品。去了古代东方博物馆，还有伊斯兰文化博物馆，也在这里。我不知道晚上该干些什么——比如看电影，我就没兴致。今晚我也许会去坐公交车。必须得到外面探索一番。但我想，22号星期六我会去法国，比原计划提前一天。

动物园里——猩猩几乎一动不动，呆头呆脑的，穗状的红发看起来需要好好打理一下。它们扎堆坐在10英尺高的木梁上，盯着人看，手臂悬在空中。猴子们似乎都快到繁殖的季节了。它们有一下没一下地嚼着橘子。酷似暹罗猫的美洲狮愠怒地盯着铁丝笼外奔跑的小孩，我敢肯定它会跳将出来，粗野地一爪拍出，血溅当场——那血它才不屑去喝。

1973/7/20

柏林——夏洛腾堡宫是一座相当漂亮的［城堡］。从正面看，它确实给人宫殿加

---

[1] 位于弗里德里希大街和茨玛大街交界处的美军检查站，在曾经的东西柏林分界线上，来往的人都必须在此接受检查。

住宅的感觉。里面挂满油画，都是皇室成员的肖像画，大多都很肥胖，是［安东尼·］华托[1]——一位杰出而著名的画家——创作的浮世绘，还有［雅克-路易·］大卫[2]的画作《拿破仑翻越阿尔卑斯山》，惊世之作，画技精湛，他在马缰绳上签了好几次大卫的名字。这幅画作的顺利完成，一定让他兴奋了好几个月吧。

1973/7/23

不要再向 C. 提起任何事，也许这样最好。这个月月初，我问她："一年半来，你一直想结束这段关系，你是有意还是无意的呢？"她就是不给我明确答复。我突然止住，不再残忍地追问下去。

1973/7/27

动物园里，动物们将角色颠倒过来——捕猎人被关进了笼子，被迫当着游客的面排便、做爱，游客们笑着、指着、盯着他们。要么就根本不做爱。整个晚上，灯光大亮，公园都在营业。

1973/7/30

我的临终遗言会是："一切都在意料之中。"自史前时代起，人类的历史就一再重演。

1973/7/30

过去五年里，我察觉到自己不喜欢一个人去旅行了。主要是因为没有了年轻时的那股好奇心，那个时候，我在陌生的异国街道上搜寻着，即使那些城镇平平无奇，我也会去一探究竟，只是因为它是一次新的体验。但随着年龄增长，人要处理的事情越来越复杂，这些是人主要的负担——房子的所有权、财务问题、代理、承担的义务。

1973/8/5

勇气的大小要看你对灾难的想象有多深广。如果人什么也不想就冲向危险，那他就是傻瓜（尤其是他还失败了）。想象出每一种后果却依然勇往直前，这样的人才是最有勇气的。

1　安东尼·华托（1684－1721），法国洛可可派画家。
2　雅克-路易·大卫（1748－1825），法国新古典主义画家，以历史题材绘画而闻名。

1973/8/14

至少我母亲去世时会坚信自己是对的。很少有人能得到这样的满足。

1973/8/16

英国广播公司要制作一个时长1小时的节目,我给他们写了个8页的故事梗概,结果身体累到了极限。和流感后的委顿没多少区别,拿B.[布丽吉德]布罗菲[1]的话说,就是死神冰凉的手已经搭在肩上。死神,你快要来了吗?

1973/9/9

康拉德·艾肯[2]最近去世了,他说"也许根本没有答案——一切都没有意义"。这句话对我很是触动,我甚至相信他说的是对的,然而我们必须面对的只有生活和经历。如果说这些东西毫无意义,就是认为它们"毫无价值"。不幸的是,除了生活与经历之外,我们再没有什么需要应付或者赋予意义的了。

1973/10/20

在伦敦待了五天后,慢慢变得无事可做,又过了五天:我知道独处时,人可以很快乐(比平时更快乐)。我总是做家务打发时间,回复邮件,每一样我都用心去做。早上4点到6点,我醒着,想着C.,试着分析她的动机,真的被我发现了。不过,她永远都不会承认,因此,这分析只是我的个人练习而已。C.现在没有了缓冲状态。我已经陷在这段感情里11年了,如果我不能耐心再等上1年,那我就是个傻子。但在巴黎的时候,恩斯特·豪瑟的话让我心神不宁——库斯勒也说过:"她不过是个家庭小主妇罢了。"谁——之后——知道她的金主在哪里,谁会来养她,哪个男人会看着更体面。

1973/11/16

小孩子干的淘气事。他们总能整出一堆事来——在房子里每个地方,例如:

1) 在楼梯最上面的台阶拉一根绳子,好把大人绊倒。

2) 一旦母亲把绳子拿走,就把溜冰鞋放在楼梯上。

---

[1] 作家兼活动家布丽吉德·布罗菲(1929—1995)仰慕帕特,后来两人成为了朋友。
[2] 康拉德·波特·艾肯(1889—1973),美国小说家和诗人。

3）偷偷纵火，好让别人来背这个黑锅。

4）把药柜中的药片"移花接木"：安眠药片放进阿司匹林的药瓶里。粉红色的泻药放进冰箱里的抗生素药瓶。

5）把灭鼠药或跳蚤药放入厨房的面粉罐里。

6）把阁楼活板门的支杆锯断，活板门虽然关着，人一脚踏上去，就会掉到下面的台阶上，甚至掉到下面的梯子上。

7）夏天：他们用放大镜聚焦在干树叶上，或者最好从什么地方再找来几块油乎乎的破布。起火一般都会归因于这些东西的自燃。

8）研究园艺棚里那些防霉产品。他们会把无色的毒药倒进杜松子酒中。

1973/11/16

苏黎世——为了第欧根尼出版社，11月7—11日在欧罗巴酒店待了四天，酒店位于杜弗尔特拉斯大街4号。酒店体面、干净 & 舒适。格德·哈夫曼斯[1]和莉莉-安·博克[2]来机场接我，他们带来了（丹尼尔[3]送的）一瓶威士忌给我，因为酒店里不提供酒。住在这里的还有作家沃尔特·理查兹[4]和他的妻子玛丽——她很迷人——我想洛里奥特[5]也来了。酒店房间：一张双人床，水果盘，一束人造花，漂亮极了，像是从花盆里长出来的一样。夜间熨衣机看着就像中世纪的刑具：你把裤子放进去，关上门，把温度电钮转到需要的温度。在拉米斯特拉斯街上的克隆尼哈尔餐厅吃过很多次午餐和晚餐——这家餐厅很大，我们用菜单点餐，詹姆斯·乔伊斯之前常常在这里吃饭。当初招待他的女服务员艾玛现在只在这里做兼职。挂着米罗、布拉克的油画。现在吃一顿饭要花很多钱（以前很便宜），菜上得也慢，但品质一流。吃了冰冻果子露，喝了樱桃白兰地。丹尼尔曾在这里款待过30个人，摆上两大桌。

瑞士电视台——11月9号，最让人痛苦的经历。前一天晚上：在总福豪斯迈森酒

---

[1] 格德·哈夫曼斯是当时第欧根尼出版社的主编。

[2] 莉莉-安·博克是当时第欧根尼出版社的首席新闻官。

[3] 丹尼尔·基尔，第欧根尼出版社的创始人。

[4] 沃尔特·E. 理查兹（1927－1980），德国作家，化学博士。他还翻译过英语文学作品，包括F. 斯科特·菲茨杰拉德和梭罗的作品，以及帕特里夏·海史密斯的《厌女症故事集》。

[5] 洛里奥特是维克·冯·布洛（1923－2011）的艺名，他是德国最著名的幽默作家之一。

店，朗诵会 8 点开始。我用德语 & 英语朗读了（一整篇）《蜗牛观察者》[1]。然后就没我什么事了，有 1000 多人在场，有电视，有红 & 白葡萄酒，我给很多人签了名。丹尼尔邀请我们去他家，凌晨 4 点才结束，然后我又请（艺术家）琴姆尼克[2] & 理查兹来我房间里喝几杯。11 月 11 号星期天回到家，一直很兴奋，结果到了晚上就开始恶心，夜里就病了 & 早上拉肚子，还抽筋。三四天才安定下来，好好恢复精力。我也很焦虑，等着伦敦的体检预约，随时等待着。

在苏黎世时，我和伊丽莎白·吉尔伯特一起吃午餐（她丈夫［罗伯特·吉尔伯特］为《维西斯罗塞尔》[3] 的音乐创作了歌词）。她很有魅力，也有礼貌，她蔑视那些算不上真正艺术家的作家，让我想起了布拉德利夫人。她依然在翻译叶芝的作品。

1973/11/25

伟大的美国小说——将会写到人们对美国希望的背离。时至今日，美国的伟大依然在于其理想主义不灭。我们的国家向所有民族和所有种族敞开大门——他们或曾心怀希望，或依然充满希望。美国正在成长，变得更加愤世嫉俗。然而，总的来说，它还不至于此。美国始终需要一位理想主义的领袖——即使那样会显得很天真——比如乔治·华盛顿（戈尔·维达尔说他很羞赧）、伍德罗·威尔逊、J.F. 肯尼迪——F.D. 罗斯福——做事精明但心怀理想。对美国来说，这是必须的要素。而明眼人都能看出来，尼克松恰恰相反，美国为此一直糟心不已，让人不由自主地想要呕吐。

1973/11/25

虐待现象并没有消失，还很活跃，唉，简直是繁荣。它还有些别名：复仇，以牙还牙，讨回公道。施暴者并没有就此罢休。他们已经尝到了血腥的味道。以我的经验来看，女性的报复心理更强，张嘴就开炮，玩弄着那些依然竭力爱着她们的人——因为这些追求者需要爱。有报复心的人呢——我认为，她们根本不需要爱，多奇怪啊。果真如此吗？她们需要的是操控别人的权力，需要有人爱她们，或者需要她们。

---

[1] 帕特的短篇小说集《蜗牛观察者和其他故事集》中的同名短篇小说（纽约，1970）。
[2] 莱纳·琴姆尼克（1930 — 2021），巴伐利亚诗人、插画家、画家、童书作家。
[3] 轻歌剧《维西斯罗塞尔》，中间穿插舞蹈，拉尔夫·贝纳茨基 1930 年的作品。

·853

1973/12/2

［伦敦。］去温坡街看心脏科专家。他的办公室布置得像银行家的一样。他询问了我的年龄 & 家族病史（家族没有病史）。做了心脏检查，他先用听诊器，然后是六个小的橡胶吸力柱，每个吸柱上都连有管子。检测结果显示心脏没有问题。测了股动脉的脉搏。心怦怦乱跳。结果显示没有什么问题。我应该把烟彻底戒了，否则走路一快，小腿肌肉就会疼。

1973/12/3

所有的写作不都是源于某种怨恨吗？没有多少作品是在满心欢喜的心境下创作出来的。

1973/12/12

我要牢记，生活是没有意义的。所有的抑郁，以及由此带来的失败，都是因为你在努力寻找意义，却始终无法找到（甚至都看不清生活的意义）。

1973/12/17

理想的假期是什么样的？到一个完全陌生的地方，什么也不做，连观光都不去。这种心境的达成着实是一门艺术。

1973/12/17

C. 走后已经十天了，她离开后的三天里，我心情极度低落，浑身乏力。我又一次问她，1966 年，她是不是专门针对我——有时我问得很具体。"我不记得了。"她答道，和尼克松一样。现在回想起来，那时，我晚上不住在伦敦索哈姆伯爵区的那个房子里，就是希望她别那么兴师问罪的样子。早在 1963 年 2 月她就开始充满敌意了，故意把我俩的事泄露给她丈夫。她（只是？）想要一个幸福的大家庭。她有没有赞赏我比以前懂得休息了？唉，1964—1965 年我不得不拼命工作。更不用说谁（年龄在五岁以上的）都能把我们俩分开了。她 12 月 10 号说我对她是又爱又恨。确实如此。她把她的睡衣还给了我（她从罗马把它们带了过来），说她想把这件衣服丢了。铁了心的样子。她说"你扼杀了我的爱"，却坚决不承认她冤枉过我两三件很严重的事情：性传染病那回事，首先，这个病不是由"性交"引起的——［她儿子］和我没有在背地里嘲笑她。那件事是［她儿子］自说自话，说什么他喜欢木工和绘画（全是假的！），因为那时他才十四岁，想说假话好让我替代他的父亲。可太滑稽了！算是一种幸运吧，今晚我感觉"好一点"时写下了这些文字。右手累得要命，于是改用左手。在她离开的那一天和之后的日子里，我感到一切都走向了死亡，看着她矢口否认所有的事实、过往和波折，似乎已经没什么不可忍受的了，其实她什么都记得。我觉得这就是懦弱和逃避。我一直不明白的是，她为什么总喜欢把我列在她的社交名单上。至少6天前，我并不希望自己在她的榜上有名。那时的疲惫和沮丧和1966年10月与她分手时一模一样。

1973/12/22—23

去图卢兹。[C. 的丈夫] 浪费了他生命中最好的（也是仅剩的）年华，竭力阻挠我们俩。他在索哈姆伯爵区奥尔德伯勒，一个又一个周末地耗着，一心只等着吃下一顿饭时把我和卡罗琳分开。那本书他永远也完不成了，除了[一个] 提纲外，连第一章都没有完成。我值得一个人去耗尽毕生的心血吗？我不认为这是一种褒奖。我深感遗憾。他的任务完成了，但这任务多没有价值，多消极啊。

―⚜―

1974/1/20

洛特[1]——丘陵起伏，其中有令人意想不到的平缓山谷，甚至还有峡谷。12月的土地看起来很干燥，遍地是金雀花和黄白色的石头，房子多是用这种石头建造的。在卡奥尔市附近，有一眼泉水可看，处在城市的贫困区，人们用它来灌溉。一个小瀑布，下方是一个"池塘"，大约有20英尺深，30英尺见方。在卡奥尔的一条林荫大道两侧，精致的商店沿街排开。香水店，一个特别棒的熟食店，也有五金店。超市里放着流行乐，震耳欲聋，里面就有一个咖啡馆（兼酒吧），还有很多来自各个国家的好东西，比枫丹白露的还要多。大片的土地都空着，不适合耕种。石头太多了。草地在缓坡上。一群猪在找松露。当地人（罗克斯家族）都说方言，对着动物说。城镇的名字：卡纳克-鲁菲亚克。索泽。卢泽克。（朗格多克省。）

---

[1] 1973年的圣诞节与1974年初的几周，帕特与她的密友查尔斯·拉蒂默以及他的伴侣、著名钢琴家米歇尔·布洛克（1973—2003）在法国西南部的洛特地区一起度假。拉蒂默此前曾为帕特的英国出版商海尼曼出版社工作。

1974/1/26

去枫丹白露的一家综合性诊所。1月18日上午,9点到9:30,下午4:30拔牙。我9点到了那儿,攥着一大堆单子,里面还有我是否在晚上小便的信息。我身体没有任何残疾。过了上午10点,康复室里就静不下来了,因为有两个西班牙母亲带着两个很小的孩子在隔壁房间等着什么。唠唠叨叨,没完没了。换房间是不可能的了(我问过了)。我只想打个盹儿,太缺觉了,而且——我还不能吃东西,甚至连水都不能喝,烟也不能抽。该死的,我偷偷摸摸地抽了烟,喝了几小口酒。在手术室里看到奥皮康医生那张熟悉的面孔,可真是太好了。麻醉师给我的左臂注射了麻醉剂。我被固定住了。头顶上有一盏圆形灯,里面亮着一圈一圈的小灯。接着打了第二针,30秒过后——我就失去了知觉。1小时后,我在一个陌生的房间里醒来,我无法吸入足够的空气。我像百日咳患者那样喘着气,按下呼叫铃,然后站起身来,跟跟跄跄地走到门口,把门打开,大叫着"救命!救命!"。谢天谢地,两个护士立刻赶来,她们没有理会我喊的"氧气!",而是叫我放松下来。她们抓住我的手腕把我按倒,当然我对她们半信半疑,因为她们是护士,也许有25%的氧气吸进来了。这样的状况持续了1分钟左右。

1974/2/28

我靠自己的收入可以过活。我只希望我的朋友们都能如此。

1974/3/4

刚才情绪很糟糕。像有什么东西在催促着我。我需要放个假吗?也许,我该去度假,但得做好准备,而不是把一切都扔下不管了。我不断追求着悠闲的生活,仿佛她是个仙女,我想象出来的仙女,居住在山林间。

1974/4/1

若不是基督的含义模糊不清,他根本就没有立锥之地。

1974/4/30

4月9日前后写的关于玛丽·沙利文的笔记,她于4月19日在纽约去世。你为什么任由天主教毁了你的健康和思想?天主教会给了你什么回报?你不记得了吗,我曾经写过,自我折磨和天生的、固有的负罪感,就是基督教(包括新教)对人的钳制?

3月25日左右，玛丽和R.M.[1]一道来我这里，从纽约起飞的那天起，她就开始喝酒（在戒酒7个月之后）。罗斯和我只好把家里的酒都藏起来，可即便如此，也还是阻止不了她。玛丽的手提包里总有小瓶的白兰地。在纽约的时候，医生就反复告诫过她，因为她的肝硬化猛烈发作过。73岁了，她是在故意自杀。她在这儿反复提到教堂，可她从来就没有去过——无论是格雷斯大教堂还是内穆尔教堂都没去过。早上6点，她就下楼来找东西喝，到了10点，我发现她在客厅的沙发上睡着了。我建议她们去巴黎玩几天，玛丽就情绪激动，好像我要把她们从家里撵出去一样。罗斯和我——非常紧张，凌晨2点，我们在厨房里有说有笑，临睡前喝杯酒，保持头脑清醒。她最后的日子是在巴黎度过的，那时我在家里。R.M.告诉我，玛丽酒喝得少了，情况好转了些。4月25日我收到R.M.的电报，说M.S.已经去世了。我后来得知，她的姐姐波莉散步回来&发现她死在公寓里。

1974/5/4

安格斯·威尔逊[2]——我和他的生活背景如此不同，却同样关注人们为了生存而戴上的面具。正如威尔逊所说，这些是真实的表象。没有它们——人们就会崩溃。因此，独居的人，由于几乎不与社会接触，也没有理由伪装自己去讨生活，也许最（能）接近自己本真的模样。

1974/5/12

整个人类（其中的知识分子群体）都太紧张了。因此，出现了一种倒退的运动，倒退到更简单的、没那么多机械的生活。或者嬉皮士运动。仍然存在两个问题：有太多的人际关系要应付；还有对奢侈生活的荒谬向往，还有——还有——没人向往休闲，因为几乎没有人知道该怎么放松。这是一场有趣的革命；是知识分子与广大农民的对阵。然而，双方的分歧特别滑稽。知识分子想要回归简朴，农民想要的是机器和奢侈的生活。

1974/6/2—13

这件事有多少种结局？同样的怨恨，同样的受害者心理又会重复多少遍？我在

---

[1] 罗斯·M，那时是帕特的老友玛丽·沙利文的情人，1941年，她们俩有过一段短暂的恋情。
[2] 安格斯·威尔逊爵士（1913－1991），英国小说家、短篇小说作家和传记作家。他和帕特一样住在萨福克郡。

1个月内第2次去到伦敦时，C. 从各条战线上全面撤退了。在过去十年中，那条"在公众面前做样子"的可笑战线彻底垮掉了。我胜出，是因为我说起她丈夫寸步不离地浪费了多少时间啊，就为了拆散我们。C. 说："婚姻和风流没什么关系。"那么，为何配偶不远离这种风流韵事，并给它以应有的鄙夷呢？如果 C. 把爱情 & 婚姻放在两个不同的层面上，那她所谓的"爱情 & 战争中一切都是公平的"论调就站不住脚了。

1974/6/18

这些情感上的不幸，这些执迷不悟，实际上都是死胡同。如果可以，我想甩掉它们。可话又说回来，它们难道不是性格、个性中的一部分吗？如果人没有这些情感，那他就不是原来的自己了。归根结底，大脑中有一部分是人无法干涉的——即便是心理医生也做不到，他的话病人只会左耳朵进，右耳朵出。遇到这样的感情，就只能与它妥协，承认它是不可改变的——否则，人就会在情感的挣扎中撕心裂肺。除了将就着保留这些情感，别人还有什么办法吗？难道大多数人都不做梦吗？唉，大多数人都不做梦。

1974/6/23

昨晚广播里在讨论人类的"方向"问题，挺蠢的，方向到底是什么？近三千年来，哲学家都没有找到答案，也没能说出个子丑寅卯来。人类真正的发展方向应该是朝着游戏、发现、发明前进。不可轻易地对这些事情做任何道德上的评判。对游戏和发明的强烈欲望与健康和热情紧密相连。如果缺少这两样原始的动力，生命就和沙滩上的鹅卵石一样没有价值和意义了。事实上，连鹅卵石都不如。

1974/6/26

怨恨仍在心头蔓延。从某种程度上说，我是在浪费时间。我满心都是悲伤、怨恨，有时还有愤怒。然而，我得出了结论，它（恋爱）是一种情感，我只能接受并面对这个事实。当然，此刻，我的怨恨都变得更强烈了，因为我已经有一个月没有工作（写作）了。

1974/6/28

维姆·文德斯[1]（德国制片人，居住在慕尼黑）和奥地利作家彼得·汉德克[2]来我家做客。两人都是30岁左右，我想，身高大约183。维姆起初沉默寡言，作沉思状。嘴唇发红，他说，是因为低血压。饭后我们没喝咖啡，喝了点酒。最后，谈到《雷普利游戏》的一些细节时，他打开了话匣子，说小说变成了乔纳森的故事，因为死亡正在逼近，而且书中动作性很强。

彼得有一张女孩般温柔的脸。不过，他的身体可能更有女人味。他喜欢龙舌兰酒。他与妻子分手了，女儿的监护权归他，女儿阿米娜今年5岁，住在巴黎。他一年工作2个月。他说，在德国，作家没有找经纪人的传统，作家与社会是"分离"的。这是事实；美国也一样。在我看来，他的脸让人觉得太软弱无力了。我们在"过客"餐厅用餐。在我家里吃了些树莓，拍了些快照。维姆说他认识的一个漫画家自杀了，他认为原因是这个人作为一名艺术家，对自己太过失望，因为他只是个漫画家而已。

彼得说："随便拿起你的任何一本书开始阅读时，我都会觉得你热爱生活，你想要活下去。"（听他这么说，感觉真好！）他们给我带来了一个精致的球，下面有一个基座——直径约2英寸，黑色、清透，是让娜·莫罗[3]送我的礼物。彼得没有经纪人。德国反对经纪人，他说。"我的出版商就是我的经纪人。"我震惊得无以言表！

1974/7/1

安徒生旅行（住酒店）时总会带着一根绳子。那么，问题来了：他要把这根绳子系在什么地方呢？也许是绑在一个女仆身上，硬把她拽到一扇几乎关上的窗户边？但是——估计那时的床腿都是向外弯的，可以用来系绳子。

---

1 恩斯特·威廉（"维姆"）·文德斯（1945— ），德国电影导演和摄影师，在20世纪80年代因其电影《得州巴黎》和《柏林苍穹下》而声名大噪。
2 1975年1月1日，彼得·汉德克（1942— ）为《明镜》杂志写了一篇题为《帕特里夏·海史密斯的私人世界大战》的文章，巩固了帕特在德语文坛的地位。2019年，他获得了诺贝尔文学奖。
3 帕特最近和法国新浪潮的著名电影明星让娜·莫罗（1928—2017）成了朋友。

1974/7/3

怨气还在滋长,尽管已没那么强烈,为短篇小说《你[必须]忍受的东西》[1]做了些笔记,创作也许会让一切好起来。"休假"31天 & 干了很多园艺活,我的身体状态也很好。画了些水彩画 & 干了些木工活。昨天 & 今天,伦敦 & 苏黎世传来消息,让我振奋起来。两家出版社都非常喜欢这些动物的故事,有意愿将它出版——伦敦出版社会赶在《厌女症故事集》[2]之前出版。

1974年7月4日

今天我大半天都在写CB的"优点"和"缺点",也没得出什么重要的结论,晚上9:15,她给我打来电话,聊了大约20分钟。"我在意的是自己是否被别人喜欢,而不是被别人爱。"这次谈话让我挺开心的。C.说:"我喜欢逗我开心的人。"又是老一套。

三十二天的"休假"。我的头脑和身体里满是创作的想法,每一个都与C.有着千丝万缕的联系。今晚我对她说:"你一定知道我爱你——历经这么多年。"

再过不到两周,就满十二年了。人有几个十二年可以活?

1974/7/4

给《作家》杂志写的一篇文章。讲的是写作的潜在空间,教人不要受限于老套的西部故事、犯罪题材,或者性小说。让你的想象力自由驰骋。做做白日梦。换换口味,给自己放个假,"浪费"几个小时,写一些你不指望能卖出去的东西。写作,只为写作的乐趣。比如,写写厌女症——和蟑螂的故事[3]——写着写着,就找到了整本动物故事书的主旨了。

我们生活在一个过度专业化的时代。你是一个电工,一个股票经纪人,或者一个律师,你就只能做这个。作家借助于他的想象,可以化身成一名水手、一位家庭主妇、一个青少年、一家酒吧的老板,而且必须这样做。你写的是什么,你就要去做什

---

1 该故事刊登于《艾勒里·昆恩推理杂志》1976年3月刊上,后来以书的形式出版,书名是《风中慢游》(伦敦,1979)。

2 《厌女症故事集》最早的版本是沃尔特·E.理查兹的德文译本,插图作者罗兰·托普尔,第欧根尼出版社出版(苏黎世,1975)。该书的英文原版于1977年由伦敦海涅曼出版社出版。

3 《一只可敬的蟑螂的笔记》最早发表于《动物爱好者凶杀记》这本书中。

么。做白日梦：（我发现）有必要去做一些无关的事情，一些不费心劳神的事，比如打理花园、编织（如果很简单的话！）、擦擦银器、熨熨衣服。不要刻意去思考：专注和想象无法兼得。童话故事、魔幻故事、灵异事件，所有这些都是想象的种子生根发芽的土壤。接下来就是自律的话题了。是不是已经听了太多要坚持不懈、要每天练笔，不想写也要逼着自己写的话？换个思路，逼着自己去做白日梦怎么样？如果你做成了，哪怕只做了2分钟，也要把它看成是成功的一日积累。让你的大脑透透气。不要再绞尽脑汁，冥思苦想。想想查尔斯·道奇森牧师[1]的经典作品，大多是他乘小船沿溪漂流时的奇思妙想。

1974/7/7

谈一谈自杀——W. W.［维姆·文德斯］说过有一个他认识的人自杀了，因为他觉得自己的艺术作品（与杰出的艺术家相比）"很差劲"。他可能是这样想的：一切乐事实际上都是痛苦的。于是，大脑就直接越过了那条边界线、那个中间地带，于是生活中的一切都变成了悲剧和痛苦。阿尔瓦雷斯[2]给出了那么多自杀的理由（唯独没提那个由来已久的明显理由——博取关注，让别人铭记在心——结果往往以失败告终）：自杀是渴望去见死去的父亲（西尔维娅·普拉斯）；自杀是自己权力 & 独立的宣言（对此我并不完全理解）；为自己的人生做一次合适的宏大谢幕——充满戏剧色彩，死得有尊严。这一点我也不完全理解。即使是罗马贵族也需要点刺激。才不会在身体最强健或仕途最辉煌时选择自杀。

1974/7/16

孤独。一年中，也许只有那么一次我觉得"孤独"。这是需要调节的问题，（最好是和朋友）聊上2分钟就够了。从这个意义上说，人是不该远离人群的。他们能助你恢复平衡的心态。

---

1 查尔斯·道奇森（1832—1898），他更广为人知的名字是刘易斯·卡罗尔，《爱丽丝梦游仙境》的作者。
2 阿尔·阿尔瓦雷斯（1929—2019），英国诗人、作家和评论家，著有研究自杀的专著《野蛮之神》。他和西尔维娅·普拉斯的友谊使他的这部作品获得了更多的关注，后者的自杀在当时震动一时。

1974/7/21

整个艺术世界都是幻觉。今天我产生了一种惊心的感觉：我能继续前行完全是靠幻觉——从我当下所做的事情（而非过去的经历）中获得快乐和满足。毫无疑问，我说的不是什么新鲜事。从遇到 C. 的那天起，已经有 12 年 & 1 天了。过去 7 年里，是什么在支撑着我？

1974/7/22

休息了 7 周（5 周）的感想：没有什么事情与我们的想象一致。放松休闲并不能解决生活中的小问题。因此，就连基督教科学派的信徒也要一些可以依靠的东西。都是精神层面的东西。内在的东西。外在的整洁并不那么重要，只起一点辅助作用。而活动是一种掩饰。

1974/8/5

到了最后的紧要关头，死亡就不那么严肃了。

1974/9/30

沃斯堡，在城市和韦瑟福德之间的那条路上都是购物中心。韦瑟福德有点新英格兰风情。我表哥［丹·科茨］认识这条街上的每个人。

他家里不放音乐，墙上没有（艺术家的）画作。但这儿充盈着一种快乐、健康的生活气息。不谈政治，不去思考——生活怡然自得。

第一次去我母亲家的时候，真把我惊到了。电视机（我想）还像以往一样兀自播放着。我不得不从窗户爬进卧室，然后打开门让丹进来。地板上的报纸堆得有 8—10 英寸厚，两顶假发、电话簿、信件、烟头、烟灰缸。"都是火灾隐患。"丹说。之后（跟隔壁的人说了一声，我们还会回来）我们出了门，回来得有点晚。母亲不想让我动水槽里那堆脏兮兮的盘子，但我还是把它们洗了，丹带她出去喝咖啡，空气中弥漫着不变的敌意。

真是令人绝望。她不会同意我扔掉任何一张报纸。要打扫这个地方得花上两个星期。太多的脏盘子、厨房餐具，我洗好的几个盘子都没地方放。顺便提一句，水槽的情况很有意思，底部积着一层绿色的黏液，散发着恶臭——一处干净的地方都没有，看起来根本不可能擦干净。让我恐惧的是这种疯狂，我知道情况只会变得更糟。她不好好吃饭。食物烂在冰箱里，什么吃的都用蜡纸包着，熏肉都腐烂了。养的一只狗得了疥癣。我表哥的态度最好——真正关心她，又不愁眉苦脸的。我们找了一位律师，拿到一份委托书，但律师说最好是随她去吧。我担心她会缺钱——她在支票上签了两次字，但有时会忘了寄出去。

1974/10/23

纽约。在罗斯家。门卫是一个黑人，叫兰迪，戴着遮阳帽，嘴里叼着雪茄。他从下午4点开始值班，一直到午夜。必须得自己带把钥匙，才能从大前门进来。有天我在上午10:30出门，出去时他放了一个胖女人进来，4分钟后我回来了，发现电梯里到处都是尿，直到下午5点都没人清扫，而且越来越浑浊。公寓楼大厅里的家具不见了，一张沙发被划破；桌子被人偷走了……是街上的孩子们干的。现在人们都乘公共汽车，不怎么坐地铁了。苏活区是艺术中心，位于休斯敦街南面，那里有高耸的公寓楼、彩色油画，画廊和住宅。鲍勃·戈特利布[1]：大约三十八岁，开始谢顶，穿着蓝色牛仔布的西式衬衫。他不抽烟；午餐从不在外面吃，因为会损害他的健康。他的办公室在兰登书屋大厦21层，在纽约第五大道 & 59街交汇处。里面很宽敞，但是空气不流通，有点闷。B.G.说，如果他们每年多付16000美元，那么他们就能在下午6—7点多享受1个小时的新鲜空气。结果，清洁女工在浑浊的空气里工作。许多员工一直工作到7点。估计上午11:30那会儿，我呼吸的空气是新鲜的。

简街在第八—九大道的西面，非常漂亮。家家房前都种了很多绿色植物。多样化——在纽约，这一点是毫无疑问的。你从最美妙的艺术区，被一把推到了人性最丑陋的地方。这座城市满是对神经的刺激，所有的刺激基本都是对神经的刺激。40年来，这个地方有变化吗？当然有。从第六大道（现在人们非叫它美洲大道不可）向第8街看去，它就像是一个垃圾场，一个贫民窟。真是可惜啊！我记得当年这里商店琳琅满目，整条街灯光璀璨。那些毁了它的人——懒汉、小偷、妓女、扒手、破坏者——都作何感想？唉，他们为什么要在乎呢？唯一的解决办法就是安排24小时值班的门卫和保安。这是毫无意义地浪费人力啊！

---

[1] 罗伯特·戈特利布（1931— ），美国作家、编辑和出版商。他曾任西蒙 & 舒斯特出版社、阿尔弗雷德·A.克诺普夫出版社和《纽约客》杂志的主编。帕特在西蒙 & 舒斯特出版了五本书之后，转而与克诺普夫出版社合作，罗伯特因而成为了帕特的编辑。

1974/12/1

艾瑞克·弗洛姆[1]大胆宣布，如果一个人不能从另一个人那里得到他渴求的爱，那么他就会虐待对方。一个直白的例子就是1960年的MJM［玛丽简·米克］，还有1969年的［伊丽莎白·莱恩］。同样奇怪的是，这些人都（通过下作的手段）紧抓着那个受害者不放。

1975/1/31

用你的眼神来为我祝颂，递给我一杯杜松子酒。

1975/2/4

理发师米利特给我讲了那个园丁的故事，他来我家干过两次活。他住在街角那栋特别漂亮的黄色房子里。我知道他妻子生病了，从医院回来，他得照顾她。他们好像有一个二十二岁的独生女，学业出类拔萃，人太胖了，正在吃药减肥，她与村里的一个波兰小伙相爱。他们的感情出了些问题，某个周一，女孩在这儿附近通往德沃特的路上点燃了自己的车，她被送往医院，周三就死了，死因是把车内燃烧的塑料吸入了肺中。

1975/3/12

反常的是，随着教育的普及，人反而越来越愚蠢了。人们没有和土地、自然和谐相处，反倒离它们越来越远，还不及我们没受过什么教育的祖先呢。现在的我们读着药品说明书吃药——连个实实在在的嗝儿都不敢打。

1975/3/12

爱斯基摩雕塑：矮矮胖胖的小人像——主要是让人触摸的。有种温暖的、肉乎乎的感觉。

---

[1] 艾瑞克·弗洛姆（1900－1980），美国人本主义哲学家和精神分析心理学家，著有《爱的艺术》等。

1975/3/31

看雨滴激起的涟漪

在我窗外的池塘中

我会记住你

即将到来的死亡让我困扰。

(写给 M. A.)[1]

1975/4/15

有时人有必要和自己较量一番。因此,我通过写小说来历练自己。一个朋友总做噩梦。这最终成为她力量的证明。

这是一种延迟满足。

1975/6/6

接受采访让自己蒙受了极大的侮辱。有趣的是,它一点一点地将你吞噬。接近一个月的时间里,我都在接受采访,包括电视访问,事后我自然也不会去看。也许,做了七次采访。每次中途休息结束后,我都感觉像要躺回到牙医的诊椅上一样。我也明白,有时,采访者一定和我一样感到无聊和痛苦。我现在觉得心力交瘁,甚至连一篇像样的短篇小说——一个简单的故事——都写不了!我答应过要写的。为什么生活会这么可怕?这么悲惨?这么折磨人?

1975/6/10

天亮了,我已死去

在前一天晚上,

早晨7点,阳光洒在

我熟识的那些树上。

绿色绽放,深绿色的树荫

让位于残忍、温和的阳光。

啊,埃及!西西里岛!墨西哥!

我花园里的那些树

---

[1] 帕特第一次提到自己的新女友玛丽恩·阿布达拉姆。

没有为我流泪，

在我死后的那个早晨。

它们的根依旧干渴，

树木在无风的黎明中静静站立，

视而不见，漠不关心，

这些我熟识的树木

我照料过的树木。[1]

1975/7/18

[堤契诺州] 阿斯科纳——新开的精品店，外墙都是白色、奶油色。唯一没变的是红色的鹅卵石街道——随处可见。人们穿着蓝色牛仔裤，酒吧餐厅的前门敞开着，（有时）听到人们说德语，而意大利方言居多。EBH [爱伦·布卢门撒尔·希尔] 住在卡拉里昂，离洛迦诺7公里远。这是个小村庄，[在] 峡谷的边缘，树木茂密，那儿的人说意大利语，家家都大门紧锁。这个地方距意大利边境7英里。常有劫匪出没。

今天我在阿斯科纳买了一个旅行钟和一块手表。大概花了380—400瑞士法郎。大家好像都不在乎钱似的。也许每个人都很紧张？爱伦担心，明年10月弄不好她的家就会被那些流匪占了。她那幅 [马克斯·] 佩希斯坦 [的画] 已经被他们偷走了。我可不想住在这样的村子里——楼上楼下都得上锁。

1975/8/6

也许——今天这个日子值得记住。8月6日，我母亲不小心把她住的房子点着了——香烟未熄所致。房子被烧得面目全非。多亏了丹，现在，我母亲住在炉边小屋（怀特赛特门路）。他在8月9日给我写信，告诉我他已经将我母亲安置妥当了。我担心她一周以后会出现休克反应（我在8月17日的信中写道）。她所有的衣服都没了，钢琴、素描 & 油画、我的大学文凭统统都没了，也许还有我一直想要回来的表 & 表链。丹说，丹尼[2]和妻子朱迪正在废墟里细细搜索——他会尽力翻找，看有没

---

[1] 这首诗出现在帕特的下一部长篇小说《伊迪丝日记》中，1995年3月在她的追悼会上，这首诗被印出来分发给宾客。
[2] 丹尼·科茨是帕特表哥丹的儿子。

有什么能够拿来卖的。我预测在接下来的几个月里，我母亲会需要镇静剂——还有医生。

1975/9/21

洛伊恩贝格（荷尔斯泰因）。山间的一家青年旅社。瑞士英语教师协会大会。到场的大约有120人。迈克尔·弗莱恩[1]从伦敦过来参会。他身材高大、瘦削，面带微笑，金发稀疏。房间的设计很有现代感，每间房里都有两本《圣经》。可以买到啤酒和葡萄酒，但其它东西就买不着了。瓦格纳先生是旅社的老板，算得上是瑞士民主程序的坚定践行者，屁大点事儿，他都要举手表决。教学法——或多或少——都在每个人身上展现出来。

来自约克郡的斯坦利·米德尔顿[2]，是我遇到的第三位作家，他很高大，肚子有些大，脸庞红润，有一种农民的朴实气息。他凭借《假日》一书与别人共同获得了布克奖。（经过激烈讨论）我们被分成三组。第一天是周一，相当累人。我谈了谈《玻璃牢房》的灵感来源和遇到的困难。上午开了一个会，至少有20个人（挤在房间里），下午开了两个。他们讨论了［书中的主人公］卡特在杀死沙利文之后的罪责（道德）问题。每个人的英语都十分了得，而且大多数坚持用英语交流，即使面对同事，也是如此。除了英语，他们还用方言交谈，很少有人用标准德语讲话。

1975/10/2

两个老实人第一次见面时彼此都感到尴尬。

1975/10/31

做梦——玛丽恩和我在整理我住的房子里的东西。M. 告诉我"这两个行李箱靠得太近了"。为了好看嘛。我有个想法，设三台打字机，都没几个按键，一台用来打拒绝信，一台用来打接受函，一台告诉对方正在考虑中，还要讨论。水。客厅地板的中间冒出了一个大池塘，里面有两个像麝鼠一样的动物，它们使劲地低头去喝水。我花了几秒钟才反应过来，它们喜欢水。我往池塘里加了些水，它们快乐地嬉戏跳跃起

---

1 迈克尔·弗莱恩（1933— ），英国记者、专栏作家、剧作家、小说家。
2 英国小说家斯坦利·米德尔顿（1919－2009）与纳丁·戈迪默一起获得了1974年的布克奖。

来。我对 M. 说："我们的房子里就有一个游泳池！"我正在修墙，墙下是幽深的峡谷、水和岩石。她让我动作快一点，好给她讲一讲打字机的事情。我只好爬上去，琢磨着让她把我从上边拉过去，又一想，如果她踩滑了，我就会摔成重伤，于是决定还是自己爬上去吧。我醒来时，嘴里还在说着——"如果你踩滑了。"

1975/11/11

在瑞士待了五天，见了大概 75 个人，结果——我没那么腼腆怕人了。也许是因为意识到别人也一样痛苦吧。至少我有所收获。而且，这收获对我来说相当重要。真的让我更快乐了。

1975/11/22

"正常"这个词应该是指依照某种"规则"的意思。不应该是指大多数人的行为。

1976/1/3

城市，生活。羞怯，每个人都在衰老，担心失败，担心的或许只是最微不足道的琐事——乘火车短途旅行。（随着年龄增长）人会意识到朋友们的脆弱，这就是现实。我们熟悉的面孔和表情多了一层新的含义。人应该变得更善良，对别人的努力更加包容——假设别人都在努力！但大多数人确实如此。在巴黎，或任何一座城市，人们来来往往，都和我一样表情痛苦，仿佛他们的鞋子磨脚，但我的鞋子很少磨脚。我们穿行在被电线毁容了的建筑中间，用于工作的办公大楼曾是宏伟的私人豪宅，现在门框周围爬满了电线，墙裙附近鼓着插座。

1976/1/22

一种奇怪的、可怕的混合物，
既有温柔，又有恐惧，
还有保护的欲望，
和自我保护的需要。
每个人都会有同样的感觉吗？

1976/3/10

为什么教会——或者说大多数教会——对性都持反对态度？因为他们意识到，性比宗教更加强大。因此，他们唾弃性，尽可能贬低它，说耶稣的母亲是处女——连他母亲的母亲也是！这是基督教会的又一个灾难性的弥天大错。他们应该认识到，性和宗教互有关联，都是神秘的，事实上，它们可以相辅相成，相互助力。和以往一样，（罗马）教会，伙同那些被误导的狂热分子，规定性交只能有一个目的，那就是生育，把一切搞得前所未有地腌臜、世俗。

1976/3/13

M.C.H.，我的母亲。自1975年8月7日或8日起，她就一直住在沃斯堡的炉边小屋，那个收容老弱病残的养老院。总而言之，她已经精神失常了。丹最近告诉我，她已经无法和人正常打电话沟通（耳朵不好使了？）。养老院把她固定在一个供成人坐的高脚椅上（多久？就吃饭的时候吗？），否则她就会到处走动，动别人的假牙，或者见到橙汁就喝，不管是谁的杯子。不过，对于家里人来说，她倒是很有娱乐性的。有时，她能认出丹和［他的妻子］弗洛琳，有时又认不出来了；有时，她以为自己在巴黎，还问丹和他的妻子，你们怎么都来了？住养老院每个月要花400多美元，但丹为她预存了16000美元，这做法百利而无一害——她总是要动用本金的，得慢慢省着花。每20天，她要打针来稀释血液，这样，血液才能更好地供给大脑。提到母亲，我连"大脑"这个词都不想写，因为我相信她那里只有一个神经节。我之前在这本笔记中写过，她至死都相信自己永远是对的，而别人永远是错的。现在，她经常念叨自己的母亲，说她做了一桌美味佳肴之类的，还说起家里的一个孩子。显然，从未提起过我和斯坦利。［杰瓦·］克拉里克从纽约写信给她，她从不回复。1975年8月6日或8日，她烧掉了自己的房子，这事似乎对她打击很大，让她完全躲进了幻想的世界。这样一来，发生的那些事就不会造成那么大的伤害了，只要她不承认，那些事就没发生过。我希望永远都不要再见到她 & 希望我有勇气不去参加她的葬礼。现在她满嘴没一句实话：今天说一个人轻率、傲慢、说脏话，第二天又说人家像羊羔一样谦恭。

米莉·阿尔福德让我"原谅"她，我已经向她解释过了，没有必要去原谅一个疯子。以前她没疯的时候，只是自私到了极点，任性放纵，残忍对待别人——我父亲、我、斯坦利——的感受。我对米莉说，我现在宁愿和她保持距离，因为自1958年以来，我就一直害怕她，比如，她会写信来侮辱我、干扰我。她的精神真正出问题是在 1959—1960 年间，那时她的症状非常明显——当时我以为她得的是躁狂抑郁症。她变成这样会不会只是因为动脉栓塞？大脑没有足够的供氧？还是很多老人都得注射血液稀释剂吗？

1976/6/3

［戴斯蒙德·瑞恩的］天主教葬礼，在弗罗蒙维尔教堂举行。大约有 30 人到场。大儿子带着那位遗孀先行进入教堂，后面跟着他们的近亲。尸体躺在棺材里，上面盖着紫色的长袍，脚朝向我们。牧师穿着白色长袍、戴着紫色十字架，让我们坐下又站起四次，然后要求我们低下头，他用法语宣读着死亡是认识上帝的途径之类的话。管风琴的音乐响起，一个瘦弱、难看的女高音用法语唱着，也许歌里还夹杂着拉丁语。（有 4 个）抬棺人，他们穿着闪亮的灰色西装，肩上系着长长的皮带——但在他们走到过道上之前，每个到场的人都必须晃动一个棒状的洒水器一样的东西（牧师、长子等人先摇）——摇完后递给下一个人，接到洒水器的人将水洒在棺材顶部，虚画出十字架的形状。传到我这里时，里面已经没水了。那 4 个人将棺材抬到教堂院子里，墓地已经挖好了，棺材隐没在墓穴中。家人把鲜花 & 小花束扔进墓里。两个精瘦的掘墓人在一旁看着，看起来不像法国人，倒让我想起了莎士比亚。其中一个脸庞瘦削、一脸沧桑——他可以扮演斯塔巴克[1]。牧师简短地说了几句。大儿子塞巴斯蒂安在坟墓边上朗读着塞缪尔·贝克特的《终局》——这段文字的结尾是坚定的"幸福！"的呐喊。玛丽［·瑞恩］邀请我们所有人去她家吃点东西。我们笑着谈论那个女高音。

1976/6/19

存在的本质是一个问题："你对自己有何评价？"或者是你对此的回答。可以称之为对自己的满意度。这满意度便是幸与不幸之间的差异——还有更糟糕的：犹豫不决，不够果断，没有自知。最后这种算是半不幸。

1976/7/4

法国。青少年中出现一种新青年风格——"有趣的沉默"。1968 年时，青少年们

---

[1] 美国作家赫尔曼·梅尔维尔小说《白鲸》中的大副。

如水壶冒气，时刻喷出最新的革命术语，不经大脑，只为吸引异性的注意。如今，年轻小伙子们若有所思，在酷暑中光着上身坐在那里，思索着命运、责任和男子气概。

1976/8/9

爱是一种奋不顾身。

是一样必需品。

我真的了解你吗？

不完全是。

但我绝对需要你。

1976/9/1

第四部雷普利小说的第一条笔记。

1976/9/21

柏林。参加了一个星期的艺术节。为期一个月，从9月2日一直到10月[1]。看纽约的多重引力有氧舞蹈团表演。用英语表演。在大剧院里演出。人们坐在木制的露天看台座位上。这部剧讲的是人生到头来终是一场空。左边的（或右边的）那个房间是吸烟室。都是漂亮的金发女孩。别人告诉我，柏林这座城市只有一副空壳，里面住着大量老人，靠养老金维持生活。柏林制造的灯泡里绕了很多股线圈，像是旧时的灯泡。第二天晚上。在一家叫罗米·哈格[2]的夜总会舞厅——凌晨1:35，异装癖表演（原定于凌晨1点开始）。在此之前的1个小时里，我看着金色的球灯不停旋转，昏昏欲睡——在震耳欲聋的音乐声中，球灯就像是一个地球或某种赌博的转盘一样，在舞者的头顶打转。多是穿着蓝色牛仔裤的年轻人，但其中也有一些年长的夫妇——体面的已婚人士。"柏林的空气——空气——空气——香味——香味——香味"[3]。

---

[1] 柏林国际艺术节，那一年出席的人还包括威廉·巴勒斯、苏珊·桑塔格、艾伦·金斯堡、特里莎·布朗。

[2] 1974年，前马戏团艺术家、富有传奇色彩的异装癖罗米·哈格（1948— ）在柏林辛贝格区开了一家夜总会"在罗米·哈格家"，吸引了许多名人，如乌多·林登伯格、齐齐·让迈尔、布莱恩·费里、弗莱迪·墨丘利、卢·里德、米克·贾格尔以及为罗米·哈格搬到柏林的大卫·鲍伊。

[3] 《这是柏林的空气》是一部轻歌剧中的歌曲，于1904年发行。

我睡觉的时候已是凌晨3点多了——L.P.［利尔·皮卡德］"怒火"中烧也搞得我很累。她现在属于"左翼"激进分子。突然间，我就不能骂共产主义者是混蛋了。她说我是种族主义者，法西斯主义者。我不跟她吵，我跟她说你说得都对。（我感觉不太对劲，因为我的心怦怦直跳，就像在和别人打架 & 我厌恶争吵。）她的血压很高，不高才怪呢！一切都属于艺术的世界，艺术世界——和从前一样，其间多是垃圾，但利尔似乎不加判断地照单全收。

餐厅里：邻桌的老太太们在谈论老年生活，说医生不会让她们的母亲死的。都是为了钱，钱。下午6点，L.P.回到酒店后（指手画脚了一整天），她又开始了，我礼貌地告诉她，如果再像昨晚那样，我拒绝和她过夜。实际上，我更想和安妮·乌德一起去黑森林！比如，我跟利尔说，我很恼火，文德斯的电影剧本[1]把汤姆·雷普利写成了一个流氓——至少把他写得太普通了。利尔显然不同意"流氓"这个词。我问："你是不是觉得流氓根本不存在？"她回答说："不存在。是社会把他们变成流氓的。"

1976/9/22

坐轻轨从东柏林的夏洛滕堡出发，去弗里德里希大街。所有火车都在陆上穿行。行政人员穿着警察—士兵一样的灰绿色制服，一脸不悦（或厌烦）。我们递上护照，等了5分钟，不让抽烟，拿到一张白色的卡片填写，然后听到我们7位数的护照号码 & 从两个金发女郎那里要回了护照。接下来，我们必须换价值6.5西德马克的东德货币——这钱最后我也没花出去，都拿来买回程的轻轨车票了，因为商店已经停止供应午餐。我沿着弗里德里希大街走了一圈又回来，恨不得马上就离开。人们的衣服比3年前好看了。"工人快餐店"都是些靠墙的小摊位，啤酒、法兰克福香肠、酸菜、土豆，交钱就可以拿走。皮革店都很惨淡。不过也可能是因为我没去那条最繁华的街。街道两旁，深灰色的住宅长长地排开，并非所有房子都摆着花盆。从外表来看，我觉得这里的人更粗俗，更结实，更像工人阶级。车票：80芬尼。我的钢笔不负众望地断在红色雨衣的口袋里。到站的人，主要是西柏林人，都大包小裹地提着食物和行李箱。入境时，旅客钱包里的现金查得很严 & 还要记在白卡上，但出境时没人管。

---

1 维姆·文德斯1977年改编了《雷普利游戏》，拍成了一部新黑色电影《美国朋友》。

1976/9/22

艾伦·金斯堡朗颂了一首《讲座，阅读，电影》。他读得很好，抑扬顿挫，声音洪亮。

开头是对1945年的老套的解读，认为这个时代对同性恋很包容——这样说来，金斯堡的思想比希腊时代落后了2400年。他既反对资本主义，又反对共产主义。那么，他属于哪一个阵营？

1976/9/23

坐汽车在［柏林］奥林匹克体育场周围参观，里边都是14岁的少年队，在为下一届奥运会练习接力赛。希特勒建造了这座体育场 & 至今没有太大变化。魔鬼山[1]在1公里外，已炸成了废墟，如今用作滑雪橇场地。有很多小路、车道，孩子们用遥控器控制着滑翔机模型。周围都是树林，适合夜里藏身。又往前开了一大段，到了格林尼克桥，湖的正中央恰好落在东德 & 西德的分界线上。西柏林这一侧，桥的两边都立着一个标牌：给这座桥取名为"团结之桥"的人也修了柏林墙，拉起带刺的铁丝网，建立了死亡地带，阻止了两地的统一。这座桥有时还是交换间谍的地方，间谍们和警卫铐在一起，在桥中间会面。柏林有4000名间谍，也就是说，每1000人中就有一个。

让人想不明白的是：西柏林要在东柏林处理污水 & 得向苏联人付钱才能使用柏林自己建的污水处理厂。从东德打电话到西德，电话费更高，就像打到另一个国家一样；但反过来就没这个问题。苏联对东西德态度不一样，但并不妨碍它从欧洲共同市场中获利。东西德签署条约时，不使用更具约束力的语言，也"能"产生效果（更加顺畅方便），例如国会不得制定法律来限制言论自由。森林很美丽，有松树和橡树，还有许多黑白树皮的桦树。

1976/9/23

苏珊·桑塔格的开场白有点长，她说自己不属于任何一个作家团体，也不想加入。然后介绍了遭到犹太人 & 巴勒斯坦人抵制的以色列电影。她读了一个讲中国之行的短篇小说，写在她去中国之前——可能有30页，里边有趣的童年活动 & 关于父

---

[1] 柏林战后的碎石瓦砾被堆成了许多小山，这是其中一个。

母的内容让小说厚重起来。

1976/11/22

自信，如同鸟儿，向身侧飞逝，转眼就不见了，连它的模样都很难想起来，提醒我就连体力都是一种思想态度。原因吗？无趣的问题。多个项目齐头并进，没法一次集中完成一项。目前，生活有三个方面让我感到茫然。它已经不再是赌博，而是一种黑暗，充满忧郁、徒劳的阴影。

1976/11/28

神不干涉现今的宗教冲突，这就向人类证明了，他们是在自欺欺人。

1976/12/1

那么，要忍耐吗？那就是要抹杀对一天成绩的全部自豪感和满足。对我来说太难了。

1976/12/24

法国。用仇恨这个词来形容法国的氛围最为贴切。年轻人没有工作，感觉很不幸。税务调查员在凌晨4点突击闯入人们家里（还带着枪支）。那个被指控欠下45000法郎的女人自杀了。然而，如果每个人都能正常缴税的话，那还要增值税干嘛。这一切都源于人们"花钱，这个要买，那个也要买"的态度。美国的年轻人没钱买光盘、衣服、摩托车——于是他们就去抢劫老人。法国人把什么都偷运到瑞士。他们是在害怕货币贬值、税收还是什么？（从人的外貌、生活方式，就可以大致估算出他的交税额度。）

一切都很压抑，到处都是，不仅仅在法国，而是整个西方，尤其是在这个礼敬基督的平安夜！大卡车从采石场里进进出出，早已打破了蒙特库尔的宁静。1978年就要交双重税了。

偶尔会有片刻的安宁。这是我唯一的快乐。

1977—1980年

《伊迪丝日记》于1977年出版。在下一部作品中,帕特里夏·海史密斯重新拾起她最喜欢的角色汤姆·雷普利,创作"雷普利"系列作品的第四部。她考虑把部分故事背景设在分裂的柏林,还数次前往那里实地考察。在其中一次旅行中,她遇到了二十五岁的女演员兼服装设计师塔贝亚·布卢门谢因。帕特受邀担任1978年2月举办的柏林电影节的评委,她恰好想找机会再见布卢门谢因一面,此行可谓一举两得。彼时,帕特和玛丽恩·阿布达拉姆还是恋人,可帕特由塔贝亚带着领略了一番西柏林的同性恋亚文化之后,她就完全拜倒在这位前卫的电影明星的石榴裙下了。4月,两人如约在伦敦再度欢聚——但塔贝亚无法按计划前往法国。8月,她给住在蒙特库尔的帕特写信,言明她不会爱一个人超过4周,无一例外。帕特的心灵遭受重创,于是,她向新认识的法国朋友莫妮克·巴菲特寻求慰藉。莫妮克是一名年轻的英语教师,她们在夏末有过一段浪漫的恋情,这是帕特的最后一次恋爱。

莫妮克对帕特和她的写作产生了积极的影响,近几个月来的情感风波使《跟踪雷普利》的创作一再拖延,眼下她终于完成了这本书的收尾工作。她在11月完成初稿,于1979年4月交付了终稿,并将这本书题献给了莫妮克。这部新雷普利小说还没出版,帕特的第四本短篇小说集《风中慢游》已率先于1979年上市,收录的主要是1969至1976年间的作品。

1979年,因为法国的所得税征收比率太高,帕特开始考虑在瑞士购买一栋房子,并且长时间在法国以外生活。1980年3月,法国财政局的官员竟闯入她在蒙特库尔的房子进行突击搜查,这一意外让她出离愤怒了。然而,在离开法国之前,她得先解决自己严重的健康危机。1月,她的鼻子反复大出血,住进了内穆尔的医院接受治疗;5月,她又不得不在伦敦接受搭桥手术,恢复右腿的血液循环——多年来,由于吸烟导致的血管收缩，她的小腿一直经受着慢性疼痛的折磨。然而，有一点已经毋庸置疑：一旦帕特恢复健康，她离开法国的时候也就到了。

1977/1/31

如果人的一生都是工作，准备工作，勤奋工作，始终朝着某个目标不懈追求，像学生求取文凭那样，实现了目标——哪怕是完成90%的目标，也不免感到迷茫。然后做什么？目的何在？是想挣钱吗？不是。消遣？不是。出名？也不是。实际上，就为了一种摸不着看不见的出类拔萃。十七岁或十九岁时，写出一篇完美，或者近乎完美的短篇小说时，也会有同样的感觉。

1977/2/15

到达机场，开启了维也纳之行——机场不算太大，不是那种千篇一律的模样，让你一瞬间以为自己身在巴黎或者伦敦的机场。而且，维也纳人还送玫瑰花！今天是情人节，几个穿着空姐制服的女孩正在分发用蜡纸包装的鲜花——每一捧里有五朵长茎玫瑰——男女乘客都送。今天早上在从法国出发时，连卖玫瑰花的都没有。出租车司机普遍都有的疑心病在维也纳也不例外，我听着司机说话，料想他会比法国的司机更古怪一些，有更多奇怪的念头。请不要吸烟，他解释道，他的胃有毛病。我从他的话里得知，他的胃里有两个开放性伤口。胃溃疡吧？他说，他连医生都没说。不想做任何手术。我的朋友 T.［特鲁迪·吉尔］带了一盒巧克力和俄罗斯伏特加酒，在宾馆里等着给我来个维也纳式的接风。布里斯托尔酒店（始建于1900年，可能还要更早）有舒适的防风外门，长毛绒地毯，老式的黄铜扶手和栏杆。房间的镶板上有灰粉色的布艺装饰品，与窗帘的粉色相同，还有超大躺椅、壁炉和壁炉架。

1977/2/15

格拉本。这里以前是一条护城河。1679年，瘟疫过后，成了一片墓地，纪念利奥波德一世[1]的纪念碑匆匆忙忙地立起来，上有天使举着他的皇冠，纪念碑总高大约

---

[1] 利奥波德一世（1790－1865），出生于德国，1831年成为比利时第一位国王。

3.5 英尺，上面一个人物挨一个人物，立在球状的石头上，活像长在树干底部的蘑菇丛。1710 年左右的巴罗克风格。"救赎者迪奥·菲力奥"。一个人物抱着鲁特琴，神情恍惚，而旁边的那个正要投掷长矛，观众的心情随着雕像而变化。特拉赫特的骄傲[1]。男性的小头饰。拉贝咖啡馆在米歇尔广场附近。现代感的指示牌很差劲，沿着红色箭头往前走，看到两扇打开的门，第二扇是老式的半圆形，走入其间，仿佛来到了 19 世纪，报纸夹在报纸架上，大理石桌面，周一上午，商人们安安静静地喝着咖啡，读着报纸。但有一桌坐着三个女人，另外两张桌旁各有一个女人，这表明我进来的时候，正赶上当地妓院喝咖啡的休息时间。她们正在谈论当地警察对违章停车的粗暴行为。一个染了金发的女人单独坐在一桌 & 似乎很生气，没有加入她们的谈话。圆形衣帽架。洛登普兰克是镇上最好的 [商店]。米歇尔广场。外部装饰着古老的涡漩形图案。售卖绿色特拉赫特夹克的地方十分热闹，2300 奥地利先令一件。这件绿色的衣服制作精良，绿色的皮领子，牛角扣，前面用银链子连接夹克左右衣襟，搭配一条百褶裙。我喜欢这种民族服装中蕴含的自豪感。（在一场有关大国沙文主义或反德的复杂谈话中）如果有人说希特勒是奥地利人，就会有人回应："但是希特勒只有在德国才能发动战争，因为奥地利人根本就不好战。"

尽管每个人似乎都有那么一点点势利眼，但每个人都在不遗余力地指出别人有多势利，自己则截然相反。这类说辞被不厌其烦地传扬！据说，外交使团中的一个人说："别坐那张桌子，他只是个二等秘书！我们这一桌有一位大使。"——顺带一提，我把 C.D. 翻译成"著名的傻瓜"（Crétin Distingué）[2]，这个笑话引来高声喝彩。

维也纳。似乎永远也走不到尽头，街道都破破烂烂，现代建筑千篇一律，走了 1 公里之后，才会看到一座美丽的教堂，皮亚里斯特教堂，干净整洁，纤尘不染，教堂的前面是个漂亮宽阔的庭院，院子中间立着优雅的柱子，将场地一分为二，柱子的顶部饰有金角。教堂旁边是皮亚里斯特地窖，似乎是真的地窖。这里有齐特拉琴奏出的音乐，散发出地窖特有的隐约的陈腐气息，这里就是地窖，原本就是教堂的一部分。用餐时，白色的餐巾一团一团的，看上去像被人用过一样，但其实没有，只是样式随意而已，这里的一切都给人这种感觉。

---

1 特拉赫特和下文的洛登普兰克都是指奥地利传统服饰。
2 帕特开了个玩笑，把 C.D. 的缩写翻译成了"著名的傻瓜"，其实它是外交使团（Corps Diplomatique）的意思。

1977/2/16

地下挖掘施工：下午6点——三个男人正在挖掘一个约18英尺深、12英尺宽、16英尺长的坑洞，用的就是普通的锤子，吸引了一个路人和我。卡尔斯广场的工程十分浩大，要建成世界上最大的地铁站。我路过时，他们正准备除去一棵树的根部保护层，这景象真是让人愉快，充满希望。树的根球直径有8英尺，有四五个人显然是在讨论该怎么做——树洞已经挖好了，到处都是新挖出来的土堆，将来某一天——也许是1982年——这里会建成一座漂亮的广场。这里的建筑物能言善辩，一座座雕像口若悬河，不禁令人想到人类的语言，想到人类交流的渴望和能力。维也纳依然在与世界交流着，尽管（来自世界各地的）老一代欧洲人都认为这座城市已经"半死不活"。

1977/8/17

在前往巴黎 & 苏黎世的火车上遇到一个美国男孩。年龄在十九到二十岁之间，身材高大 & 体格修长。穿着蓝色牛仔裤，热情地与每个人说话，有爱尔兰口音，说话声调一直没什么变化，我推断他是个冒牌货。检查护照的（法国）官员告诉他，他的身份证不是"有笑（效）的"。我让他把身份证给我看看。这个男孩是个美国大兵，在斯图加特"工作"（他是这么说的）。

"哼，他只不过是个小破镇里出来的家伙！"男孩和我说起那个瑞士海关检查员！他先前说过："我效力于世界上最大的机构之一。真的！"

他的雇主是美国政府。我觉得他在装腔作势。我为什么这么说？因为无论从外貌还是从行为举止来看，他都愚蠢至极。在军队里，也许他是连队里的小丑？这个角色能让他的军旅生涯轻松些吗？他说："我现在的工作是保卫德国，对抗苏联人——在边境。新型枪炮。"一想到他手扣扳机就让人不寒而栗。男孩说兜里必须有5000马克才能进巴登巴登赌场，还要给门卫1000马克的小费！"哎，真的！"［一个来自］苏黎世的男人无意中听到他这么说，笑着摇摇头。他不停地胡说八道，听得人们惊诧不已。这个男孩以后说不定会去杀人。

1977/10/28

既然人类已经变得如此令人厌恶，数量庞大，愚蠢至极，那为何不喝酒抽烟来逃避一下呢？至少可以暂时远离真相啊？

1977/10/29

由于自来水管道用水等原因，拉斯维加斯的地基正在下沉。如果整个堕落之城，连同其中的妓女、酒吧和赌场一并沉入沙漠，那也算是个很好的结局了。他们的排泄物会把沙漠浸湿，但是没法冲到更远的地方去，因为土地下沉，水管现在都向下倾斜了。

1977/11/17

为了纪念与乌尔莱克、塔贝亚、沃尔特于1977年11月17日在柏林相遇

弗兰克酒店——凌晨5:30！

[特级]没错！从电梯窗子向外瞥了一眼。有一个黑色的打火机留在我酒店房间的桌子上，2月末把打火机还给了T.[1]。

1977/12/12

明天我必须得去找个法警来，因为泥水匠的老婆跑了，他就把我房子里没干完的活撂下了。隔壁住了一个酒鬼，结了婚还与别的女人通奸，还总偷我买来准备送给穷人的柴火。当地人接受——不，是要求——现金收入，以此逃避所得税，导致纳税人的负担越来越沉重。这是一个快乐、幸福的圣诞节——虽然许多人圣诞前夜都去了教堂，我还是很高兴基督不在这里，不在他们的心中或是灵魂里——我知道原因何在。耶稣也知道。

1978/2/1

既然斗志指的是"人如何评价自己"，那么遇到真正无法解决的问题时，人就很难保持斗志：所得税、家务活。我发现一切都荒诞不经。我按惯例每小时付给会计师65美元和75美元。为何（将近）两年之后，我的合法住所还没有确定下来？还有泥

---

[1] 帕特把这条笔记记在"贝尔的老苏格兰威士忌"酒瓶标签上，酒是"特级"酒，写下来是为了纪念这个夜晚，她在柏林与德国先锋电影人乌尔莱克·奥汀格（1942— ）、一个叫沃尔特的人、女演员塔贝亚·布卢门谢因相识，塔贝亚很快与她坠入爱河。帕特把这个标签妥善保存在第34本笔记中。

水匠——他们真是大忙人，无论付多少钱，他们都没时间给你干活。为了这点破事，我干吗放下两个星期的工作啊？因为我做事没有条理，意识到这一点后，我更没有斗志了！然而，就是有那么些疯子对自己自视甚高，高得离谱，所以也许我还没有失去一切。

1978/3/13

——一周年纪念日。

献给塔贝亚。在柏林。待一周。

她的最爱

（水族馆。三杯啤酒——

在我房间里。榛子和——

毛巾上的一个血橙。

再见，再见，

在我们的房间里。

与你同行，仿佛你是

圣处女，穿过一条走廊，

去找电梯。

下楼，圣处女在侧，

感觉很滑稽。

笑是一种自我保护。

看着你走到左边，

出了门，离我而去，

诗意由此开始，还有回忆，

你对我说的每句话，

还有什么？

1978/3/22

柏林。许多酒吧里都能看到伪装和幽默的元素。人们晚上外出带着两套衣服。我指的是，除了他们穿着的那一套外，又带了一套。我认为这正反映了这个城市本身的不真实感。这个城市需要人工维护，所以面临着被遗弃的危险，事实如此，意识到这些之后，人就会变得紧张不安，充满活力。就好像已经到了整个世界（不是一个世界）的末日，个人生命的终结。然而，出人意料的是，人在对待自己的行为和态度方面，可能反倒会加强对自己的保护、对健康的关注。其余的便是对这些柏林人亲眼所见的一切的嘲弄了。从康德大街拐上莱布尼茨街 12 号，就是埃克斯·巴克斯酒吧，全天候营业，但有时又毫无预兆地停业。博世纳啤酒口感极佳。吃的东西有很多。[服务员] 盖伊·克尔纳。我永远忘不了这里，忘不了它如何将我的心从周围那些无趣的中产阶级中解救出来。塔贝亚把我击倒，将我的心狠狠摔到地上！和她一起欢笑，一起喝啤酒——现在，我此生想要的似乎就是这两样了。

很遗憾我没有把这十三天里发生的事记成日记。不过，也无非是我周一或者周三去没去埃克斯·巴克斯酒吧的事。我想至少去了三次，具体哪一天去的并不重要。在"倒一杯"酒吧[1]，有个身体健壮的女汉子戳了戳我的肋骨，说我根本算不上柔弱——意思是我的身体还算可以——然后把（她给我买的）伏特加酒倒在了地上！她的女朋友静静坐在旁边的凳子上。我也会记得柏林动物园，那里有鳄鱼，塔贝亚靠在栏杆上，在我左边，凝视着下方打斗激烈的池塘。她说，它们把彼此都咬伤了。没错。鲜血触目惊心。柏林一行之后的 14 天里，我一直连轴转地工作，塔贝亚写的信不能给予我力量，何况我到家 8 天以后，她才给我寄来一封信。我强迫症似的反复播放柏林歌曲怀旧唱片，依然无法抒怀。我从皇宫酒店房间里拿来的蓝白相间的浴室防滑垫，标有 1973 年的字样，也无法令我抒怀。

1978/4/3

荒谬或可笑的东西成了真理，成了现实，这实在可怕。正因如此，我们许多人都如履薄冰。什么东西如同薄冰呢？总之，事态的严重使我们暴露无遗，但并没有给出我们要的所有答案。

1978/4/4

伦敦。克里斯托弗·佩蒂特，*Time Out* 杂志的记者，二十八岁左右，是我喜欢的为数不多的记者之一！他第二天要去柏林，所以我托他帮忙把字典转交给 T.。他说："去东柏林参观，算不上文化冲击。"他一说完，我就告诉他，这是我一周以来

---

[1] 柏林最古老的女同性恋酒吧，位于辛伯格。

听到的最有趣的一句话。伦敦街头的人看起来确实很邋遢，很寒酸，甚至都没有洗漱打理。只有皮卡迪利大街附近残存了些时髦的痕迹。辛普森餐厅。甚至连高档时尚的摄政街也开始给人一种牛津购物街的感觉了。

1978年4月4日

哈珀[1]的希拉·"黑尔"打来电话。她想听听我怎么评价划破国家美术馆里〔尼古拉斯·〕普桑画作的那人的心理

请致电 892 96 36（告诉她，"见鬼去吧"）[2]

1978年4月9日

献给T.的诗，不是写于马背上

我爱上的不是血与肉，

而是一幅画面：水手帽，

搭在女水手的右肩上，

那困惑而略带严肃的眼神。

那时，你在想些什么？

有一首流行歌曲叫《洋娃娃》。

不能超越它吗？

你的形象不断变化，我的情感也随之起伏。

这趟航行比《X夫人》[3]的旅程更加陌生。

我不知道自己明天会在哪里，

因为我肯定从未到过这里，

从未到过这些海域！从未！

我试着想象你睡觉时的画面。

1　这里不清楚是《时尚芭莎》还是哈珀出版社。

2　帕特在伦敦朋友的家中暂住时，朋友写下来的留言，她把它夹在笔记本里，上面又打了些字作为补充："芭芭拉·凯-塞默写的便条，伦敦，1978年4月4日，关于采访者的一段话。"巴罗克时期画家尼古拉斯·普桑的《金牛犊的崇拜》刚刚被一个男人用刀子划破，此人成功逃脱了。

3　海盗题材电影《X夫人——绝对的统治者》（1978）由乌尔莱克·奥汀格拍摄，塔贝亚·布卢门谢因主演，这部电影被视作同性恋电影史上的里程碑之作。

我见过你醒着——还有走路时的样子!

真是难以置信。

正因如此,我看到你就会闭上眼睛。

如果我伸手去碰你,也许你就会破碎,

或者消散,就像一场梦,越努力越想不起来。

我不想破坏有你的画面。

我想把你留在我的脑海中。

1978 年 4 月 11 日

有种奇怪的冲动或欲望,

上周,一周之内有过两次,

想跳进最近的

深海,

溺毙。

我并不是想

向谁证明什么。

也不是在胁迫谁。

我会带着笑容死去。

1978 年 4 月 26 日

送给 T. 的水手箱

还有一些水手用的东西。

我一直都想给你。

这箱子没什么用处,装着幻想,

或者装些发夹。

是给蓝色水手的。

但我认为这迷恋[1]

---

[1] 原文这几处为德语,化用了《蓝色水手的迷恋》(1975)。这是乌尔莱克·奥汀格的另一部电影,由同性恋艺术家罗萨·冯·布劳恩海姆和塔贝亚·布卢门谢因主演,后者一人分饰多角,分别扮演海妖、夏威夷女孩和幼鸟。

是属于帕特的。

4月30日于柏林　4月29日于伦敦

1978/4/28

关于性：性交或者禁欲会影响到人的情感，而我的性欲则被禁得太久。此处，我谈的不是道德，而是个人的情感。

1978/4/29

人有大脑，但大多数人却不会加以运用。

1978/4/30

这世界上掌控不了生活或者无力应对的人比比皆是。他们不就是最理想化的那群人吗？其余的人可能有毅力。永远不要对自己说："我做不到。"永远不要打紧急求救电话。就在家里把自己的问题解决了。

[无具体日期]

你的吻让我充满恐惧——
我们在"伦敦人的骄傲"[1]里大笑。
真是让人难过，我伤害了你的感情，
那个周二的晚上，我们共处的第三个夜晚。
我永远不会忘记，你穿着雨衣，
站在客厅里，望着地板。
你说："我来这里一趟很不容易。"
我曾问过，你是否在游戏人间。
你没有。你就站在我面前。
还是那个星期二晚上，
你说了六次"是的"。
非常感谢你，你也会这样说。
我的热情和你一样高涨。

1　伦敦皮卡迪利广场附近的酒吧。

但我心中依然耿耿于怀。

那是恐惧。

1978/5/31

当人陷入爱河时，精力的潮落和潮起——高潮？——是很吓人的。一条消息、一则讯息就能让持续数日的紧张情绪突然得到释放——随即困意袭来，接着就睡着了。可笑的竟然是身体的反应，而且是实实在在的。T. 和我在伦敦机场见了面，到了公寓后，（也许不到）半个小时，我们就倒在沙发上睡着了。至少睡了有半个小时，我们俩都睡了！之前在法国时，我整个人都是紧绷的，这种状况起码持续了好几天，48 小时前确认了她会来，我的这根弦才稍稍放松了些。接着，我又紧张起来。我想，她也有同样的感受，这着实让我惊讶不已。我比她要在乎得多得多。

1978 年 6 月 2 日

我意识到，我所知道的所有悲伤

都来自于"渴求"，

想得到自己无法拥有的东西。

我明白这种渴望很愚蠢。

但对于一个艺术家，一个满怀激情的人来说，

放下渴望，

太难了。

如果我想要快乐——

放下希望，

太难了。

不让自己获得

这种完全属于精神的，甚至理想化的快乐，

太难了。

什么道德准则，什么哲学

会禁止

这无影无踪的东西呢？

1978/6/3

　　睡眠，金发美人，睡眠，

　　有你在身边，最是美妙。

　　紧张过后，

　　这难以置信的平静。

　　我不敢相信！

　　但我记得你和我

　　同时醒来。

　　终于，只剩下我们两个人。

　　一年了——是吧？——

　　我们都没牵过手，

　　刚刚见了面，

　　就在伦敦的沙发上睡着了！

　　我喜欢，因为它有趣。

　　我喜欢，因为它真实。

　　你和我，睡着了。

1978年6月4日

　　我为什么要怀疑？我为什么要用怀疑来折磨自己？

1978/6/17

　　女孩永远都只是一个想法。正如歌德所说，"永恒的女性"[1]，但只有想法才能影响人类。

1978/6/20

　　今天比昨天要好得多。

　　而前天的状态比大前天

　　要狼狈得多！

　　当我该死的全部斗志都系于一线，

---

[1] 歌德《浮士德》第二部中的最后一句：永恒的女性，领我们飞升。

这一天我还敢作何记录？

1978/6/22

"享乐"这种事——我真不知道该怎么做，即使只是两三天都做不到，更不用说六个礼拜了。想着那么长时间我都害怕。一个晚上，还行。

1978/7/15

去别人家里做客是不错，但要我和一家人住在一起可不行。

1978/11/29

杰瑞米·索普案刚刚爆出，斯科特流下了眼泪以示自己的德行[1]。不知怎地，此事的公之于众和民众的津津乐道，竟比以色列的[梅纳赫姆·]贝京[2]还有趣。我回顾他的过往寻找真相，发现他就是以色列的末路。这两个故事本质上无甚区别，都有喜剧效果。同样逗乐的是，我注意到这周的新闻里有这样一条：英国的妓女们要求知道自己顾客的名字，这些女士们的别国同行也提出同样的要求。

1979/1/2

以色列的犹太人意识到自己不想要和平了，还是他们在自欺欺人呢？（后补：眼下，他们中只有一部分人在自欺欺人。唉，大多数人是不想要和平了。）

1979/1/9

法国人一坐到方向盘后边或者恐慌性抢购时就全都变成了女人。如果他们长得漂亮些，或许还可以忍受。

---

1 杰瑞米·索普，英国政治家，他的朋友诺曼·斯科特声称与他发生过性关系——此案发生时，同性恋在英国仍然属于非法行为。斯科特后来遭到索普的朋友用枪威胁，他的狗中弹死亡。这段恋情始于1976年，但该案开庭审理却是在1979年。不清楚海史密斯在这里指的是什么。
2 1977年，颇受争议的分裂派政治家梅纳赫姆·贝京当选以色列总理，帕特对此颇为憎恶，以至于她禁止自己的作品在以色列继续发行。

1979/2/11

怎样让自己变得痛苦：拿自己和别人——可能不存在的人——做比较，别人能做得更好、更快。如何让自己快乐：告诉自己我干得不错，哪怕事实不是这样；告诉自己我心情愉快，办事高效，虽然你并非如此。

1979/4/9

现实本身从来都不重要，你怎样看待现实才是唯一重要的事。

1979/6/17

每个人都活（或死，我指的是自杀）在一个框架之内，是他的父母，或他所处的社会，或他自己设定的框架。创造自己的模式的人会显得特立独行，但他们必须得非常强大不可。最近，我看到很多人倒了下去。

1979年6月12—18日

慕尼黑。贝德斯汀酒店位于施瓦宾区克菲尔街18号。哈拉赫伯爵夫人是这里的女老板。

从酒店出来，便走进一片浓荫之下，颇似英国切尔西风格的时装店鳞次栉比，英式的路灯。没过多久，我就找到了一个非常小的酒吧，如果里面坐上12个人，就会很挤——客人也正是这个数。里面有一台自动点唱机。一个穿着白衣服的矮胖女人在吧台后面服务。T.［塔贝亚］B. 是在两天之后到的。一如既往地挺拔，活泼。过去六个星期里，她过得异常艰辛，但还是长胖了一些（和13个月前我初见她时相比）。周五，下午4点。我们去看了《玻璃牢房》[1] 的电影，塔贝亚已经看过了。影片中的卡特（·菲利普）被人用电脑录音要挟，要么承认他是杀害大卫的凶手，要么杀死高维尔。布里吉特·福斯的表演很没有感觉。大卫的扮演者胡子拉碴，根本就不是熨贴的绅士形象。

T. 冷漠而冷静。我感到失望，也许是我睁开了双眼的缘故。T. 不仅对别人的感受毫不在乎（我以为是她还年轻），也许还很强硬！但是——我相信——这事我做得对，这些事我都没有做错。

---

[1] 这里指的是由汉斯·W. 盖森德费尔执导的电影，改编自海史密斯的《玻璃牢房》，于1978年上映，该片获得了奥斯卡最佳外语片奖的提名。

我对她很有礼貌——也许比平时还要殷切！——周日下午，我对她说："下午自己去和你的慕尼黑朋友们玩吧。"我在旅馆里睡觉，有时思考，有时做梦。T. 和我住了四个晚上，最后两晚她的态度更加冷淡，与伦敦时的她判若两人。T. 总是提起柏林的迪斯科舞厅和那些一夜情。她在布达佩斯的工作从 6 月 18 日延到了 8 月，所以，"我过来找你了。"T. 说。我很乐于为她付宾馆费用 & 还给她买了一块手表：表盘是黑色的，不带数字。她很喜欢表带！在玛丽安广场买的。495 马克。

安内蒂[1] 主动承担 T. 每个月的房租，还说我来柏林的时候可以住在这儿。T. 未置一词——我也不好说什么。我从没想过 T. 会希望我来柏林。迪斯科舞厅真的不适合我！跳到早上 6 点。如今，对我来说，T. 是另一个世界的人。我说我已经爱了她 18 个月——她不予置评，连一个淡淡的愉悦的笑容也没有。面无表情。T. 自己出去了。（我能接受她的野心。我不知道 U. O. 是否厌倦了和她之间的一夜情，还有不同的时区？）"你现在也在洗手间里做爱吗？"（我指的是酒吧的洗手间。）"哪里都做。"她答道。我清楚地记得她在 1978 年 8 月 10 日给我的信中说道："我这人就这样，爱一个人不会超过 4 周。"（也许只是"性关系"而已。）

也许我的病已经好了。从慕尼黑飞回来，一路上都很困惑，我知道我必须做出调整，换一个角度来重新看待 T.。今天是 6 月 21 日，正好是一年中白昼最长的一天。

1979/9/15

凭借意志力，我们也可以体验毒品、酒精等让大脑产生的各种感觉。举个最简单的例子——某些音乐，你可以清晰地回想起每个音符，产生一种身历其境的感觉。

1979/11/24

预备课程：所有学校都应该给十岁左右的孩子早早开设一门课程，关于人生的各种问题，目的是让他们学会辨识这些问题。要努力帮助孩子们分析问题，即学会面对问题。嫉妒、自尊心受伤，等等——从十二岁起，那么多令人心碎和不安的状况就会相继出现。有太多成年人弄不清自己遇到的是什么问题，或是不敢面对这些问题。我

---

[1] 塔贝亚在慕尼黑的一个朋友，显然也是她的资助人。

觉得孩子们会非常喜欢这样的课，哪怕每周只上1小时。它可以防止许多自杀事件。讲课时，应该用一些虚构的故事。孩子们很快就能辨别出来。

1979/12/8

现在，很多人的善良和好意都受到阻挠。我们从未感受过如此强烈的需要，却又明显无能为力。因此便产生了不安的感觉、充满戒心、痛苦，通过嘲讽别人来保护自己。这完全违背了人的天性。比如，电视节目激发人们的同情心，同时也激发了人们嗜血的欲望，但节目结束时又快速切断了这两种情感的源头。这两种情感相互矛盾，就像是算术题结果为零一样。电视让人们颓然无力，这是国家喜闻乐见的。

1979/12/16

在青年期，有那么一小段时间，男性也会成为女性的性目标。那么人们计较的是什么呢？是女人们希望自己作为性目标的时间更长吗？对两性来说，很容易就开始抵制对方。

1979/12/21

作家爱的是什么，为什么爱，作家自己很难用语言表达出来，正如他无法解释为什么会爱上一个在朋友看来一无是处的女人。这个谜团，作家也不想解释。这是一份美好而珍贵的礼物。我并不害怕自己多愁善感。

1979/12/21

与女孩打交道有两条规则。对于女人，一条都不适用，两条一并用上，也不奏效：

1）弄清楚女人想要什么。可能只需要一分钟，也可能需要好几个月。

2）立即妥协。

1980/1/2

所得税；法国国库："你写这本书的时候身在哪里？"回答："我接受天主教会对艺术创造的态度。你肯定也是吧？生命从受孕的那一刻开始，至于这本书，我当时正在坐莫扎特快车，位于巴黎和维也纳之间，突然想到了整个情节。写作时我在法国、德国，甚至还有美国。但你一定不会否认灵感的诞生就是生命的开始吧。否认便是一种罪恶，相当于堕胎。"

1980/1/15

内穆尔医院。凌晨 2 点，我因流鼻血入院，在接下来的 5 天里，每隔 2 小时左右就会鼻血喷涌。完全没法睡觉或吃饭。让大脑放空，刻意不去想任何事，静观事态发展，也挺有趣。一切都在稳步发展，既不快也不慢，就像从 3.2 千米高空的飞机上往下俯瞰。有那么一会儿，我看到打字机上有句子一句一句地冒出来。我很想念 T.，也许是因为她的生活那么快乐，与我温暖鲜艳的汩汩血流形成强烈的反差，那是我的生命正哗哗地流进肾形盘里。我想出了一部吸血鬼德古拉电影的开头，然后强迫自己集中精力为它编一个中段和结局——三分钟就想好了。我有一种感觉，好像注意力不停地被分散，如同漂浮在拼布床单上，如果我不停地想啊想，拼布上的图案就都成了我正想着的迷人事物。我感觉好多了，终于可以入睡，我梦见自己走下台阶，[朝一个]特拉法尔加那样的广场走去。所有的排水沟都水波汹涌，人们大叫着："有只水獭！快看！"那是一个漆黑的夜晚，大约午夜。我把我的小皮箱放在出租车停靠站旁边的路灯下。我还没到跟前就看见有人偷了皮箱。箱子里有一份手稿和我正在写的笔记本。我又震惊又痛苦，对街上的一个女人说了些什么。我正朝着皮箱被偷的地方走。然后我就醒了，大声说："也许都是梦！一切都是梦！"

死亡。两天两夜都濒于死亡边缘，让人气愤。我失去的比得到的要多。我想到了家里打字机滚筒上夹着的纸，上边有我 1979 年的美国收入，我想这可真是时候——两处都在流血[1]。流到油尽灯枯，精神上饱受折磨，脉搏狂跳不止，完全不听护士的要求平静下来，不断地泵出越来越多的血。护士把硬塑料管从我的喉咙插进去，捅进我的鼻子，导管上挂着止血棉条。导管用胶带粘在我的右脸颊上。这让我产生恶心的感觉，堵住了部分呼吸，我只好完全用嘴呼吸，整整 5 天。每 3 个小时我就得按铃呼叫护士更换止血棉条。"啊——呀——呀！"她们说，向医生报告时还要加上一句"极其凶险——"。我猜她们是不是觉得我要死了。

第三四天的时候，我开始害怕自己要死了，请求护士把我房间的门开着。护士不愿意，因为这血腥场面会把孩子们吓坏的。倒霉！我很生气，也很羞愧，因为我很害

---

[1] 欧洲人戏称"赋税"为"为国家流血"，帕特在这里开了个双关语的玩笑。

怕孤独地死去，虽然我一直都知道，不管怎样，死亡都是一种个人行为。我暗下决心，下次我一定做好心理准备。打了吗啡就容易多了，就像麻药或安眠药一样。我想在临终前找人说话，跟人说："请陪我待一会儿吧——我要走了。"也许这是一种生命力或友爱的表现。

最后听到的是："快看。血从她眼睛里流出来了！你看到了吗？"

1980/2/3

傻傻地死去要容易得多，

死得多少有点突然，没有背景音乐，

没有回想起恩加丁的圣诞节，

或者巴赫的《圣马太》，

没有回想起四年的快乐和痛苦，

爱得轰轰烈烈，分手黯然神伤。

还不如一夜情干净利落，

像公路上的灯光一闪而过，

一样快乐甜蜜，没有痛苦折磨，

也无刻骨的记忆。

昨天的巧克力蛋糕消失了，

还没吃完。家里最好的立体声音响，

明年夏天去阿尔加维度假的承诺，

还有那个

在酒吧工作的女孩的面庞，

她答应下周六和我约会。

写到这儿，我想到了苏联的萨哈罗夫[1]，那个五十八岁的老人，准备好赴死了，这个勇敢的人，他想到的是千千万万了解他的人。他有勇气将千千万万人的生命置于自己之上，只是他的言论可能会使他遭受酷刑。

---

[1] 安德烈·德米特里耶维奇·萨哈罗夫（1921—1989），苏联核物理学家，人权倡导者，1975年获得诺贝尔和平奖。他于1980年1月因抗议苏联1979年干预阿富汗而被捕，1986年被赦免。

1980/2/24

最近有些淡淡的抑郁，原因我早就料到了。最近我都生活在现实的层面上。这不适合我。我只有在做白日梦，或写小说的时候，才会感到快乐和安心。不幸的是，眼下离开这个现实的层面是危险和不明智的。

1980/4/5

关掉电视，远离全家人。

1980/5/9

我不可能一天一天地过下去，而不做自我审视——至少要有所警省。我做得怎么样了？我今天计划要完成什么来着？还有，令人苦恼的是别人怎么看我，这就是为什么采访如此可恶，如此无聊。我没有必要被别人怎么看我的问题所左右。因此，考虑这些只会破坏我的情绪。内心的满足是另一回事。有没有宏伟目标不是重点。重点是，每日里是否积极行事，做得少也没关系。闲散和空梦——它们带给我快乐，足以满足我说的一切。这与新教徒的职业道德截然不同。

1980/5/9

斗志——不同的人都是如何保持斗志的？那些从不在乎斗志，却也活着的人呢？有些人从不在乎有没有斗志，什么事都不在乎。

1980/5/29

菲茨罗伊-那菲尔德护理信托公司，位于布莱恩斯顿广场，我5月21日至6月1日一直住在这里。髂动脉搭桥术，在右腹股沟，从右大腿切除静脉用作桥路。今天是5月29日，我舒服自在地走动 & 爬楼梯的时候，便能理解为什么有些闲得没事干的人那么沉迷于手术，急着做手术了。

1980/6/29

不是女人或女孩的问题；该了解和责怪的是你自己。

1980/7/7

性的奇怪之处在于，它至关重要，同时又微不足道。

1980/7/10

第二次精神崩溃。"如果你被敌意和愤恨的情绪所左右，你的生活怎么可能健康？"放弃一切，只保留救生圈。但从宏观上看，那也是马后炮。首先要慢慢地放弃唯一重要的东西——工作。这太残酷了，这是唯一能导致精神崩溃的原因。精神崩溃就如同举起白旗宣告战败一样。

1980/8/24

恋爱：你明知道这是幻想，是被理想化的，却把它和现实混在一起（毫无疑问，恋爱对象是真实存在的，因为可以触摸到她的身体），结果产生了一种类似于醉酒的精神状态。接着又生出"爱人爱上的是自己"的状态。看来，最好就是爱上一个我们无法触摸也无法深刻了解的人。人们爱上的总是一种观念或理想。这些都与性欲无关。从某种意义上说，被某人吸引或对她的仰慕，能与和她做爱的欲望关联上，真够令人惊奇的。

1980/9/13

爱是分享——思想？爱是勇气？两者都有。爱是有勇气面对伤害。爱是坦然而诚实，丝毫也不隐瞒。真爱便是一次又一次地被伤害，还依然不放弃。也许爱最重要的便是勇气，还有胸怀。

1980年11月

一个艺术家把他的作品
用古老的方式
镶嵌在一起，
讲述他的人生故事。
起先他并不知道，
他离去时，他的自画像
就此完成，并永远定格。

1981—1995年

在瑞士的暮年

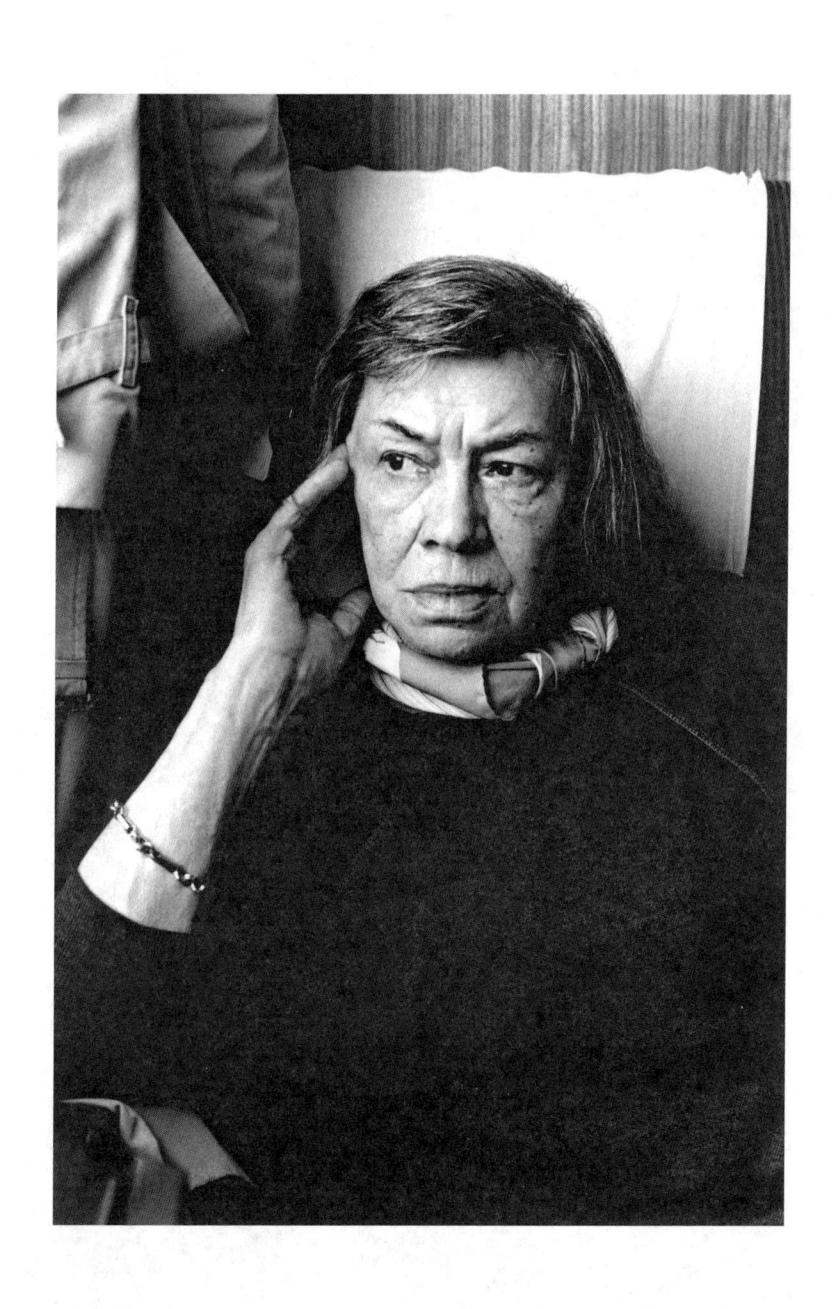

1981—1985 年

作为一名在法国生活的美国公民，为避免被双重征税，帕特里夏·海史密斯在1981年决定移居瑞士。自1967年起，她加入了由创始人丹尼尔·基尔掌舵的第欧根尼出版社，后者同时在全球范围内代理她的图书版权。第欧根尼也成了她的文学事业的归宿。在爱伦·希尔的推荐下，帕特在堤契诺马基亚山谷区的一个小村庄买了一栋房子，开始逐步搬迁，之后的几年里，她一直往返于蒙特库尔和新住地奥里根诺之间。这是个错误的决定：房子又暗又不舒服，尤其是在冬天。此外，随着她离开蒙特库尔的时间越来越长，帕特不得不结束了与莫妮克·巴菲特的恋情。

帕特在笔记中捎带提过这些细节。1981年，她开始写编号17的最后一本日记，其后一直持续了10年。她的日记变得简短，有时只包含几个关键词；1982年至1986年间，她再度完全停笔。她仍然写笔记，但主要用来构思小说的创作，而不是记录她的个人生活。帕特一如既往地为工作四处奔波，但她从不放低对自己创作的期待。

1981年1月，帕特在印第安纳州（大部分时间都在看宗教电视节目）、沃斯堡和洛杉矶进行了一次为期数周的旅行，萌生了写一本关于美国基督教原教旨主义者的小说的想法。《有人敲门》的故事背景设定在一座虚构的小镇，查默斯顿，以印第安纳州布卢明顿市为原型，她的好朋友查尔斯·拉蒂默就住在那里。小说于1983年在欧洲出版，那时帕特已经开始忙于三本新书——两部短篇小说集，以及她的下一部长篇小说《寻迹街头》（1986）。小说中的男男女女都为主人公埃尔西痴狂。这是帕特第一次在她的惊悚小说中公然塑造同性恋的角色，此前真实的生活与笔下的世界从未打过照面。

尽管帕特已经在欧洲生活了20年，她的大多数短篇和长篇小说仍然以美国为背景，《有人敲门》也不例外。然而，正是在她的祖国，她还得为自己作品的出版而费力劳心。美国兰登旗下的道布尔戴出版社的编辑拉里·阿什米德拒绝了《有人敲门》

这本书，奥托·彭茨勒[1]二话没说就接受了这本小说，并于1985年出版。彭茨勒图书已经在1979年出版了《风中慢游》，之后还为她出版了四部短篇小说集。

1983年和1985年，帕特的两部短篇小说集《高尔夫球场上的美人鱼》和《天灾与人祸故事集》相继在伦敦问世。后者是她的第七部短篇小说集，收录的作品写于20世纪80年代初，当时全世界关注的焦点是冷战、核威胁和环境破坏。帕特个人的不幸与那个年代的悲观情绪决定了这部短篇小说集的基调。

1980年1月9日

［纽约。］见过杰夫·罗斯后，和拉里·阿什米德共进午餐。4本雷普利，《天才雷普利》的版权问题？企鹅出版社——布鲁明戴尔百货公司，买睡衣 & T恤。

1981/1/10

纽约。乘公交车从肯尼迪机场去"地铁"，4美元。地铁（快车）候车室的警察非常友好，乐于助人。这条新地铁线路设置了几个让人惊喜又便利的站点，比如运河街站、西四街和华盛顿广场站、42街 & 第六大道站，我在这一站下了车，走进一个又脏又旧的普通地铁站，爬了三段肮脏的楼梯，走进零下8度的严寒中。

纽约现在也蒙上了一层古铜色。有种古老的感觉。甚至——我在美伦酒店浴室百叶窗的色泽都变得黯淡了，拉绳和线圈也是同样。

汉华实业［信托］[2]的出纳员不愿意兑现250美元的美国旅行支票 & 我只好到7楼去要授权。楼上的人好像认识我。

1981/1/14

和琼·戴夫斯[3]午餐，她是第欧根尼的代理人，在东54街的"欢乐90年代"餐

---

[1] 奥托·彭茨勒，纽约著名的悬疑小说专卖书店"神秘书店"的老板，还创办了另外两家出版公司——奥托·彭茨勒图书和安乐椅神探图书馆。
[2] 美国最大的银行之一，现在是摩根大通银行的一部分。
[3] 琼·戴夫斯（原名莉泽洛特·戴维森，1919－1997），极具影响力的文学代理人，代理过数位诺贝尔奖得主，包括伊莱亚斯·卡内蒂、赫尔曼·黑塞和奈莉·萨克丝。

馆。很愉快。她是柏林人。上午我在布鲁克斯兄弟[1]买了条19.50美元的白色府绸紧身呢绒裤。周三小酌。下午和亚历克斯·佐伊在阿冈昆酒吧喝酒。然后回家睡觉，第二天一早要去印第安纳波利斯见查尔斯·拉蒂默——下午4点我就到了那里。

1981/1/16

印第安纳州，布卢明顿。一个地势平坦、建筑低矮的城市，有40000名学生和20000人口。电视宗教节目：左边是一位和蔼可亲、精心打扮的四十岁女人，中间是控制台，右边是"嘉宾"：小胡子，胖乎乎的，自称是一名精神科医生。他曾在医院里三次濒临死亡，但他呼唤耶稣时，耶稣回应了他。他把"躺着"说成了"瘫着"，使得他的话越发滑稽。管风琴抽抽噎噎。一个镜头照到观众（当然是有色人种）齐声鼓掌。屏幕上不断显示着带有区号的电话号码。

我不由想起了我在纽约午夜看电视时的感觉：这些人都很疯狂，微笑着，说着他们自己都不相信的话，只是为了给一些产品做广告。他们出卖过自己的灵魂吗，或者他们曾经有过灵魂吗？他们丢掉了曾经可能有过的一点点智慧。

1981/1/17

在印第安纳波利斯看电视。专注于《新约》；捐款给我们的新教堂。上帝就在你身边。广播节目：拯救那只迷途的羔羊。

1981/1/19

角落里的修鞋店。"便宜，又快，又好。"C. L.［查尔斯·拉蒂默］说。也卖东西。我买了一双黑色的雪地靴，很遗憾不是真皮的，原本要17.50美元，折到了5.95美元。这个小小的方形店铺里有着1930年的氛围。这一切都太无聊了！一成不变！为了安全、舒适和空间，我们付出了沉重的代价。我很欣慰，我在欧洲的生活既"生动有趣又丰富多彩"，人们都说欧洲的生活比这个中西部城市的更艰苦、更昂贵，也更孤独——但其实不是那样。

---

1 美国最古老的服装品牌，成立于1818年，同时也是第一个出售男士成衣（之前都是量身定制），第一个向国际出口服装的美国品牌。

1981/1/24

　　1月的得州。同样平坦干燥的草原，现在布满了两车道和四车道的公路。明天的气温是21度，从各种私家和公共散热器，或墙上的通风口里还在流出大股热气。没有人对美国经济做整体评论，更不用说世界经济了。人们更关注细节，比如某建筑的外墙装饰十年前是不是这样。

1981/3/18

　　记者：我更喜欢妓女，她们只卖身体，不卖灵魂。

1981/4/8

　　优柔寡断是痛苦的主要来源，它折磨人类比其他任何动物都多，它也是大大小小的恋爱的痛苦之源。痛苦源自左右摇摆，举棋不定，但是，唉，受害者都没有意识到，一旦决定了自己的态度，痛苦几乎可以完全消失！

1981/6/25

　　李斯特的《匈牙利狂想曲2》特别适宜于下面这段对话：

　　"然后我把他踢下楼梯，之后他又把我踢上楼梯！我不知道该怎么办，而且我还丢了一只鞋。"

　　终于——我忍无可忍。我告诉他们，再不滚蛋，我就报警，结果——星球大战！"哎呀呀！啦啦啦！"真的是"哎呀呀！啦啦啦"！我从没见过这种高跟鞋满天飞、人仰马翻的场景！真是欢腾热闹啊，我很好，没事，亲爱的。"

　　纽约公寓生活。

1981/7/30

　　朋克音乐。很遗憾，这个世界需要更多他们反对或嘲笑的东西：传统、仪式、忠诚，以及做对社会有益的事情。把纽约的华盛顿广场变成一个猪圈算什么成就吗？

1981/8/12

　　英国王室。他们（在婚礼上[1]）提醒我们，端庄的举止、高尚的品德虽是虚无缥缈的，但——也是显而易见的。王室努力成为美德的化身，美德固然不可触摸，却是

---

[1] 1981年7月29日，查尔斯王子和戴安娜·斯宾塞王妃的婚礼。

众望所归；人们甚至对此如饥似渴，如同缺少维生素时的迫切需要。难怪富人和穷人都喜欢表现这无双品行的短暂一幕。

1981/8/20

任何人想要保持神智健全，都必须以某种方式祈祷。祈祷可能只是仪式性的，一种日常生活或工作的方式。但依然是一种仪式，是人们唯一能把握的东西。必须赋予它意义和价值。

1981/9/26

最好是从小，比如说十岁，就认识到，这个世界上80%的人都是虚伪的。这可能会避免以后的精神崩溃。然而，大多数人并没有意识到这种虚伪，倒是打小就开始随波逐流了。大多数人需要的只是自我的满足，可能是婚姻美满、事业有成、爱情顺利或收入颇丰，不一而足。大抵其中某一项的失意就能引发精神崩溃。因此必须具有相当的智慧才能认识到这种虚伪。

1981/10/16

玛姬[1]死了。乳腺癌扩散到淋巴。时年六十四岁。丰满、温柔、头发稀少。她接受了化疗和X光检查，导致脱发和消化不良。我在［19］81年1月遇见她。我［再］去布卢明顿时，她于10月14/15日去世了。故事是以C.L.的视角展开的，讲给他家的客人听。C.&M.［查尔斯和米歇尔］几乎是她仅有的朋友。不包括丹尼斯，他是一个同性恋，玛姬不喜欢他的新男友，所以断了跟丹尼斯的往来。

上周日晚上，C.和我去玛姬家喝酒，她打扮一新，颇为自己3寸长的头发而自豪，那是她"自己的东西"。她订了一张去加利福尼亚的机票。

周二晚上C.&M.去探望她。星期一我们都没劝她待在家里，别去理她大学食堂经理的工作！周三下午，C.给她打电话，然后把清汤和苹果酱给她送了过去。她还在沙发上，他扶着她，好歹让她喝了一点。45分钟后C.又去了一趟。他给医院打了电话，救护车几分钟后就到了。

"你是谁？"

---

[1] 海史密斯的长篇小说《有人敲门》（伦敦，1983）中的人物诺玛·科尔，是以查尔斯·拉蒂默的邻居玛姬为原型创作的。

"我只是个邻居。"C. 说，后来他很自责，怪自己没说是她的"朋友"。

根本找不到医生，因为她的医生是足球队的队医，通常都在大学体育馆里！周四中午，C. 打电话到医院，得知玛姬于周三晚上 9:15 去世了。她是爱尔兰人。还有 6 个月就满 65 岁，能拿退休金了，老说要去爱尔兰。

1981/11/24

法国圣诞卡片——圣母马利亚看起来像一个假人。至少约瑟夫看起来像那么回事，该发生的都发生了。

1981/12/8

女人之所以"神秘"，是因为人们（主要是男人）对女人的解读，也因为多数社会中，女人，无论老幼，都是性对象，是人类的屎盆子。我刚听说当代有一个原始部落，丈夫和妻子是分开住的。婚后，丈夫要花好几周的时间学习咒语和魔法，"保护"自己不受妻子伤害。

1981/12/15

波兰。当社会结构变得虚伪、腐朽的时候，生活就异常艰难。今天是周三，也是一个悲哀的日子，团结暂时被击败了[1]。也许最可悲的是里根总统没有站出来说话。

1982/1/24

计算机现在被用来"控制生育"。每天早上，一个由电池驱动的小装置会告诉女人她们的体温。据说，这种做法得到了教皇的批准。奇怪的是，当今时代不得不强迫人性远离过去的道德法则！

1982/1/26

卡夫卡。他的一个重要主题就是把我也身在其中的生活戏剧化。在晚上和周末写

---

[1] 1981 年 12 月 13 日至 1983 年 7 月 22 日期间，波兰政府实施了军事管制，以应对团结工会运动日益扩大的影响。

作对他来说一定是一种解脱。遗憾的是,我现在的写作主题与官僚主义毫无关系。也许我的救赎也将是根据当下的痛苦来创作一个短篇。我清楚地知道——除了进入想象,创造另一个世界之外,这世上没有任何慰藉或救赎可言。现在的世界与我而言就是地狱,像一座监狱,尽管此刻我的房子窗明几净。

1982/3/31

每天早上,送到门口的牛奶和报纸不被人偷走,这个社会算失去活力了吗?

1982/5/20

1982 年这一年犹太人的态度。连德国人都没有像这个种族一样的行为举止。反犹太主义。他们声称不喜欢反犹太主义,并且极力抵制,然而他们着实需要它,不管有意无意,他们都意识到这种需要。如果没有它,1982 年会是什么局面?多亏了希特勒,他们才能博得每个人的同情和慈悲,更重要的是,还可以给批评者扣上"反犹太"的帽子。在我们这个时代,没有比以色列总理梅纳赫姆·贝京更大的反犹太分子了,他是犹太人最大的敌人。回顾历史,什么时候出现过一个国家(美国)在财政和军事上资助另一个年轻的国家,而按种族划分,对方人民都算不上资助国中的主要民族?谁又何曾见过哪个国家,自己刚刚摆脱种族歧视,就开始偏袒一方去发动战争,为之争夺更多的土地,实行种族歧视呢?

1982/5/20

瑞士人——确切说是居住在这里的外国人:在我看来,他们特别注意社交上的蔑视,或者他们以为的蔑视。其他人则更直言不讳,在 EBH[爱伦·布卢门撒尔·希尔]质问我的那晚好好教训了她一顿。

吉塞拉·安德什——普鲁士人,大部分时间只说德语。自打她儿子今年年初过世,紧接着她丈夫阿尔弗雷德[1]也去世之后,她对人就总是冷淡刻薄。但这种资产阶级的行为在英国就无迹可寻——就是在汉堡的安妮·乌德身上也找不到。每个人都知道别人的底细,就好像那里是个小镇,藏不住秘密一样。

---

[1] 阿尔弗雷德·安德什(1914 — 1980)被认为是德国战后文学最有影响力的作家之一。从 1958 年起,他和妻子吉塞拉·安德什就住在堤契诺的贝尔佐纳。

1982/7/2

恋爱中人和工于心计之人。恋爱中人坠入爱河，付出真情。工于心计之人游戏人间。在这类人中，通常女人漂亮，男人英俊，至少他们自以为如此，于是战斗就十拿九稳了，因为自信创造了他们想要的效果。

1982/10/11

创作以女性为主角的作品。在我看来，女人往往失去了本色，成为环境和社会的产物。男人就算面临同样的处境，他通常也会有野心和目标，并努力去实现它们，因此他至少是一个更积极主动的人。

1982/11/25

一种游戏，"浩劫"。多少人数都可以玩。每个人都发一张牌，玩家化身为中国、英国、美国、法国等等。下一张牌是核力量，然后是常规陆军、空军、海军。（最好各国自己起名字，因为军事力量是和人口联系在一起的。）下一张牌决定核打击或常规攻击的力量。在桌子的中心一定有一张不同于现实的世界地图。玩家可以握住第一轮核攻击力量，不出牌。赢家可以在最后时刻摧毁一切，可能会赢——除非对手有一张"直接命中"牌，给予对手的重要基地致命一击。舰船、士兵、炸弹都可以做成桌子中央棋盘上的微型模型。凝固汽油弹。除草剂。一些牌上会写"一个月"——意思是在橙剂[1]区域挨饿。

1982/12/7

世界上所有的人民，如果每天都能吃上面包，就会从中尝到不公的苦味。

1983/1/1

现在美国的大牌作家，比如斯坦利·埃尔金、冯内古特（畅销书作家），都把小说写成了魔幻作品，经常使用"操"这样的词。似乎他们已经不再相信人性（积极和乐观的部分），而选择震慑读者，逗笑读者，或者带读者进入另一个或是过去、或是

---

[1] 橙剂，一种落叶除草剂，美国在越战期间用作化学武器。

未来的世界。人们会认为，与过去相比，当下的社会有更多的生活方式可供选择。其中很多生活方式非常有趣，大多数"为社会所认同"，或者至少被社会容忍。在我看来，如此大规模转向幻想（多丽丝·莱辛，外太空系列小说）显示出作家会在1980—2000年间，对人类生存感到冷漠或绝望。似乎这些作家不再愿意书写英雄，来对抗残存的习俗和社会结构了，一个英雄——或二十个英雄——都提不起作家的兴趣了。

1983/1/9

爱。学会面对它。要说，我不求回报。有爱（在我心中）就够了，即使我们相隔千里。这样说够吗，或者诚恳吗？至少，这种态度每次可以让人感到片刻的幸福。有趣的是，你可以看看这幸福感会持续多久，能持续多久，以此检验它是否是一种幻觉。既然人们认为爱情本身就是一种幻觉——或许采取上述态度是恰当的。以上做法还可以免受痛苦。

T.［塔贝亚］说："但对我来说，爱并不愚蠢，因为它给了我活下去的勇气。"这是否意味着她对未来抱有希望或期待，或者这种状态本身就足够了呢？

1983/1/9

进一步来说。士气和勇气是一种态度，这话有一部分是骗人的（如果你反复思量并下定决心的话），顶多也就是试验性质的。年轻的时候，人们依靠身体——和精神向前冲的力量前进。年老时，就必须找到一种态度，才能让你继续向前。

1983/1/10

我站在一艘大型远洋班轮的栏杆边——黑色的船，黑色的海。我独自一人。只有一根圆的、银色的粗栏杆伸在外面，把我拦腰拖住（我才不会掉到海里去）。如果我试着向旁边移动，尝试爬上甲板，我就有掉下去的危险，因为我的脚是悬空的。然后我就醒了。这是第——几个焦虑梦境了？

1983/1/14

有野心的男人必须经常恋爱，确实如此。女孩的实际情况并不重要，重要的是男人对她的想象。因此，他们是否上床并不重要，男人是否了解她更不重要，这两件事都可能让人失望。就像阿图尔·鲁宾斯坦[1]说的："如果你遇到一个头脑空空的金发美女，就娶她吧！享受一下生活！"

1983/3/1

陀思妥耶夫斯基。《地下室手记》[2]。书中明显地表达了作者对女性的态度。事实上，这本书讲的就是这个。两性对费奥多尔来说是不同的，事实也的确如此。首先，F.D. 似乎习惯于根据女性的社会地位来评价她。然后——按照控制还是被控制来划分？在现实生活中，他爱上了一位波兰女演员，但从未与之结婚。（这对我来说是最容易想象的！）后来他选择了比较安静又务实的安娜，并结了婚。到这为止，F.D. 好像与所有男人一样。那怎么又成了施虐狂，霸道成性呢？刹那间，他又会切换到反面，成为女人的奴隶。他是否像许多男人一样，宁愿相信自己无法了解女人，因此偷偷相信女性的神秘力量呢？

1983/3/9

［胚芽。］怀表——或者叫那位绅士的怀表。

事情是这样的，我十二岁时从祖父那里买了块淡褐色的表，花了 12 美元，那是我修剪 24 次草坪挣的钱，每次 50 美分。那两块草坪，中间隔着一条笔直的水泥路，两侧草坪上各有一棵大核桃树。这款名为汉密尔顿的表，表盘背面是金色的，有涡纹装饰，在铰链处可以打开。内里可以看到很多当铺编号，细细密密地刻着，有的字迹清晰可辨，有的得用放大镜才能看清楚。漂亮的金色表盘刻了三个首字母，我不记得是什么了。这是一块机械表，发条上有沟槽，白色的表盘上用罗马数字标记时间。它走得很准。一个十二岁的女孩戴这样的表不太安全，十三岁时我把它交给了我的继父保管。（奇怪的是，当时我正讨厌他呢。）然后——他就用上了我的表，还很喜欢。我二十一岁时，每周赚 19 美元，我买了一条法国金表链来配这只表，花了 30 美元，我记得是从 59 街和第二大道交汇处的一家小珠宝店买的。那是 1942 年 12 月，这根表链花光了我当时所有的积蓄。我记得，我继父戴这块表时大多不带链子，但表链被小心地保存在家里。1942 年 6 月，我大学毕业后搬走，有了自己的公寓。

很多年了——将近一生的时光——1970 年，我的家人已经搬到了得克萨斯州，我

---

1 阿图尔·鲁宾斯坦（1887－1982），波兰犹太裔美国钢琴演奏家。
2 《地下室手记》是陀思妥耶夫斯基 1864 年的一部长篇小说。

终于见到了这块表。但我没有看见那根链子，也没有想到要求看一看。1970年11月，我继父去世后，我问母亲是否可以把那块汉密尔顿表给我。因为从我继父那里，我什么也没有得到，既没有钱，也没有纪念品，我想这不算是一个不合理的请求。我母亲先是说"当然可以了"，之后却没有把表给我。那时我住在法国。我原想把它寄到纽约，那儿的一个朋友来法国时可以顺路带给我，最后无果而终。1974年在得克萨斯州——在那前后的几年里，我母亲变得越来越糊涂，她写信给我说她已经决定"继承"这块表，因为她是我继父的遗孀。然后她又改变了决定，说我可以得到那块表。1974年，我短暂地探望母亲期间（和表哥丹一起，待了1个小时），我问她能不能把表给我——她说她找不到那块表了，也可能是她不能给我。那时房子里乱七八糟的。

从［19］70年至［19］74年之间，关于那块表，上演了一场旷日持久的猫捉老鼠游戏。我妈妈用那块表当诱饵，让我一直给她写信——为了某些事。然而，我必须终止写信，1971年我曾给继父写了3封长信，其中2封我有复印件，解释了为什么不希望和我母亲通信。这个表的故事完美地说明了母亲对我的嫉妒、恶意、暧昧、游移不定等复杂的感情。

1983/6/1

瑞士生活（1年半后）。在我看来，由于缺乏阳光，人们受到了很大影响。这导致山谷里的人在冬天只能自给自足。盛行的宗教（新教）崇尚个人成就和正直品格。这可能会导致个人的偏执、冷漠，他们的严肃甚至会达到抑郁的程度。我个人喜欢"民主"的感觉，比如——乱扔垃圾是一种罪恶，因为（这不是法律或罚款）没有人会喜欢看到三明治包装纸和散乱的垃圾。最重要的是，我突然意识到这里的人有多严肃。

1年前在这里，我经历了生命中一些最黑暗的时刻，每次15分钟，我感觉自己掉入了一个陷阱，相当不舒服。当时，我想起了蒙特库尔和那里的阳光，让我终生难以忘怀。然后我还想起1980年3月10日的海关侵犯，我知道我不想生活在这样一个国家，认为每个人都有欺诈的倾向，或者认为如果可以逃脱惩罚，每个人都会成为骗子。

我恰好喜欢平静的生活，因为我内心深处很紧张。尼采不也喜欢瑞士吗？他确实在这里待过一段时间。

1981—1995年：在瑞士的暮年

1983/8/11

我羡慕那些还有剩余精力跳舞的人！

1983/8/14

女人的鞋子。它们是用来看的——穿上你就好像什么都做不了，甚至路都走不好了。仅次于日本或中国的缠足。穿这种鞋子都是为了刺激性欲。女人们喜欢迷倒众生。

1983/9/18

巴塞罗那。从飞机上往下看，景色很美：一片棕黄、平坦的城镇，四周是蔚蓝的大海（9月阳光明媚的一天），就像一张老式的平面地图。人们会想到扬帆启航的哥伦布。豪尔赫·赫拉尔德[1]和他的朋友拉里来迎接我们：字谜出版社。他们陪同我们乘坐一架有两个螺旋桨的飞机到圣塞瓦斯蒂安，飞机飞得很低；窗外是绵延几英里的山脉，呈现出深绿色和灰色，显然不是用来耕种的。多浪费土地啊！村庄很少，而且相隔很远。有人提醒我说［圣塞瓦斯蒂安］是个温泉旅游胜地。比我想象的要大得多，老区就建在水边，街道太窄，无法行车。餐馆很昂贵。人们在这里购买第二处房产。穿着都很考究。天气很热。第二天我注意到朱利安·西蒙斯[2]在大厅！我忘记他也被邀请了。本应是开酒会的地方却开起了"新闻发布会"，真叫人意外。电视台记者问的问题非常愚蠢："为什么我决定写侦探小说？"圣塞瓦斯蒂安只有一个穿红毛衣的西班牙年轻人问了一些精彩的电视问题。普拉多博物馆：我去过两次。第一次，我走到二楼去见主任，他热情地跟我打招呼，并让我在他办公室的大任务簿上签名。然后，他的女秘书陪我（还有玛丽安[3]）去了委拉斯开兹[4]的展厅。人民很满意社会主

---

1 豪尔赫·赫拉尔德·格劳（1936— ）于1969年创立了字谜出版社，是海史密斯的西班牙出版商。

2 海史密斯在1964年已经见过英国犯罪小说作家和文学评论家朱利安·西蒙斯（1912—1994），当时他是英国犯罪小说作家协会的评委会成员。

3 玛丽安·利根斯托弗-弗里奇是第欧根尼出版社外国版权部的总监，曾陪同海史密斯两次公开造访西班牙，前来参加圣塞瓦斯蒂安电影节。帕特应邀作为贵宾观看了雷内·克莱芒根据《天才雷普利》改编的《怒海沉尸》（1960）。

4 《宫女》是西班牙巴罗克画家迭戈·罗德里格斯·德·席尔瓦·委拉斯开兹（1599—1660）在普拉多博物馆最著名的展品之一。

义政府的进一步开放，但害怕发生军事政变。

[无具体日期]

  马德里：论文作者。我们约好了某天下午 4 点见面，因为中午和十个人吃饭，直到 2:30 才开始，所以我当然迟到了，但我给酒店留了口信。这些写论文的学生想从我的作品中总结出一个有条理的知识点来，当我告诉他们我的想法时，我感到他们很失望，因为我的想法和写作过程都无法溯源。我给她的书签了名，顺便称赞了她的笔，结果她坚持要送给我。我现在就是用这支笔在写，红黄相间，像小丑一样。朱利安·西蒙斯：精心准备了在圣塞瓦斯蒂安对达希尔·哈米特[1]的点评。13 个男人，加上我，包括山姆·富勒[2]，抽着雪茄，侃侃而谈，像一群老派的左翼怪人。他的妻子陪着他，德国人，进步人士，三十岁。我的书在最近的书展上卖得最好，因此得到了一块木制牌匾，上面是用金属刻制的巴斯克地图。

1983/10/31

  万圣节前夜，我想起了整整 50 年前，当时我住在沃思堡，十二岁，太"嫩"了，我十四岁的同学没有邀请我去参加聚会。我住在外婆家，无事可做，也无从庆祝；于是，我深夜出去散步，找到一辆停在漆黑街道上的车，卸掉轮胎的打气孔帽。我感觉自己做得特别隐秘。我没有把轮胎里的气放掉，虽然我知道要怎么放。

  唉，十二岁到十三岁，我一生中最悲惨的一年。

1983/11/30

  与 GKK［金斯利］共进午餐。在西区——一家很不错的"酒吧"，叫"州"。然后在市中心的第九大道（？）坐公交车，来到"一成不变的"混乱的西区。古老的石头墙面，上面是住宅，破烂的水果 & 蔬菜商店。沿着 44、43 街向东走。满是灰尘的一家老商店，真是难以置信，卖旧电影海报，门面狭窄，指示牌上写着此处按铃。谁会买这种东西？附近一座褐色砂石的房子，在肮脏的窗户上挂着"空房"的牌子，连旅馆都是这副模样。这是小偷藏身的好地方。两个黑女人。其中一个把未喝完的纸杯扔在人行道上，哗啦一声！——淡棕色的美式咖啡流了出来，杯子滚进了排水沟。

---

1 塞缪尔·达希尔·哈米特（1894 - 1961），20 世纪初美国著名悬疑小说作家。
2 山姆·富勒（1912 - 1997），美国演员、编剧、小说家和导演。

1983/12/20

勇气是个梦。因此，必须坚持到底，而不是醒来。

———◊———

1984/2/1

真神奇，在纽约之行（11月25日—12月12日）之前，我曾无数次想象自己瘫倒在曼哈顿街头，因为体力不支而无法赴约。出发前我就病了。但在纽约，我的体能却保持得相当正常。

1984/3/4

梦境——妈妈像麦克白夫人那样杀气腾腾，砍下了T.［塔贝亚］B.的头，对我说："你得帮我把尸体处理掉。"我吓呆了，一动也不能动，一句话也说不出来。妈妈把整个头颅涂满了透明蜡。我不知道头和身体是怎么处理的。

1984/3/24

酒精和可卡因的对比，后者据说是一种相当于两杯双份意式浓咖啡的兴奋剂。倒是挺想看看哪些好作家吸食可卡因。酗酒者倒是都很有名——坡、斯科特·菲茨杰拉德、福克纳、斯坦贝克。作家们是不是更喜欢半梦半醒时做梦，而不是受外物刺激向外发泄？

1984/3/16

我的猫啊！我的晴雨表！

1984/3/16

我最严重的、爆发最频繁的抑郁都源自对自己过于严苛。我本可以做得更好；我办事效率还可以更高，等等。当然，我最郁闷的时刻，都是由于某种原因，外部的原因，我好几天不能工作。现实才是最无聊的。

1984/4/30

瑞士（或任何地方）的老年人都在竭力延长自己的寿命。他们的心思都在这上头，改善饮食，使劲享受剩下的生命。

1984/9/30

[莫扎特的]《D小调幻想曲 K.397》是我十三岁到十七岁时在万班克街楼上的公寓里经常听的钢琴曲。

1984 年 10 月 5 日

伊斯坦布尔。从机场乘出租车，行驶约 30 公里就来到了干燥的空旷陆地，往右就能瞥见大海——宽阔的大陆曲线，令人着迷。

1985/3/12

越南战争。也许在美国历史上，年轻的美国士兵们第一次意识到战争是一门生意：让你去作战你就要去；与看不见的敌人作战；你在作战，而美国并没有动用"全部力量"。与此同时，还必须培养起对敌人的生命价值一反常态的蔑视，否则就没法继续战斗下去。

1985/4/18

伦敦——脑电图。大约 45 分钟。10—20 个电极？在头皮、前额、脸颊、手腕各贴一个。请睁开和闭上眼睛。然后张大嘴巴，深呼吸 3 分钟。电极上贴着一个圆盘，连在病人肩膀附近的底座上。黑色、红色、绿色等电线。测量完毕后，在患者头皮上做标记——涂上胶水，然后在某些部位涂上凝胶连接电流。检查结果——打印在一张 16 英寸宽的长纸上，自动折叠着落进篮子里。这张有 14 条曲线图的纸看起来就像一张乐谱。从头到尾 CB [卡罗琳] 的脸都涨红着，没接电线之前就红了，可是中午时，她的脸色还是苍白的。

1985/5/8

唯一能让人感到快乐和活着的事儿，就是去追求那些你无法得到的东西。

1985/5/28

关于 MCH［玛丽·科茨·海史密斯］——大脑中的疯狂因子取代了理智因子，因为她无法面对这样的现实：她在职业、婚姻生活和抚养孩子方面都是失败的。退回到女性的堡垒中，随后就会产生女性的无助。她利用 S.H.[1] 直到他死去，现在她在经济上又来依靠 D.［丹］和我，可是她已经神志不清，意识不到这一切了。无论如何，她在精神错乱时是安全的，在家乡得克萨斯的土地上是安全的；家庭成员中有个侄子，很会献殷勤，这也很安全。在她疯狂看电视和做梦时更是安全舒适的。我听说她偶尔会怒斥护士或病友。她一辈子都是这样对待她最好的朋友的。大脑中理智的部分缩了回去，受伤的自尊退回来保护自己。如果身旁的家人（S.H.）同情她，纵容她，她就会装疯卖傻，并且越来越严重，直到完全疯掉。如果没有我，我母亲不会变得半疯癫。

1985/8/23

美国农耕的问题。农场和所有农具都要拍卖。在报纸上，一位妇女说："当我看到旧铁锹被卖掉——"啊，是的，如果我看到我的萨福克耙子（中等大小，适合妇女使用）因为贫困［而被拍卖掉］，我也会不知所措的。铁锹象征自尊，而不仅仅是一种工具。没有了它，也就没有了生活，与进步和幸福有关的一切也就没有了。

---

[1] 斯坦利·海史密斯的缩写。

1986—1988 年

1986 年 4 月，伦敦，帕特里夏·海史密斯的医生在她的肺部发现了一个肿瘤，为她紧急进行外科手术，切除肿瘤。在伦敦休养几个星期后，帕特于 5 月初返回瑞士。在 7 月的后续检查中，一切危机都解除了：手术很成功，她的整体检查结果良好。最后，帕特决定离开奥里根诺黑暗的老房子，在那儿她从来没有家的感觉。她有一搭没一搭地想着回法国，甚至在 8 月去了蒙特库尔，想买一栋房子，但没能如愿。两个月前，也就是同年 6 月，她卖掉了自己的旧房，马上就后悔了。

帕特最终选择留在堤契诺，但搬到了一个新的地方。朋友们告诉她森托瓦利区特格纳有一块待售的土地；1986 年末，她去看了这块地，次年 4 月买下了它，并聘请了一名建筑师设计和建造了一座"坚固的房子"，海史密斯之家。在盖房子、众多旅行计划和持续的健康问题之间，写作占据了帕特最少的精力。这是她有生以来第一次减轻了工作压力，尽管她仍在构思另一部雷普利系列的作品。自 1951 年以来，她通常每两年就出版一本新书——甚至更多，如今她的出书间隔变得更长了。

移居瑞士并没有带来预想的经济收益，为了避免双重征税，帕特考虑申请瑞士国籍。然而，她仍然以极大的热忱关注着祖国的社会和政治发展，并不断提出批评。有一段时间，帕特尤其不满于美国对以色列的政策；她甚至把《有人敲门》这本书题献给"巴勒斯坦领导人及其人民，致敬他们为重获家园而进行斗争的勇气"。 1987 年巴勒斯坦大起义之后[1]，她开始更加密切地关注中东的冲突。恰好，帕特最具政治色彩的作品，《天灾与人祸故事集》，同年由伦敦的布卢姆斯伯里出版社出版。帕特借

---

[1] 1987 年 12 月 9 日，一辆犹太人的卡车闯入加沙地区"加伯利亚难民营"，故意轧死 4 名巴勒斯坦人。加沙的巴勒斯坦人采取了一系列的抗议活动，展开与以色列当局持续数年的对抗。

此放弃了与海涅曼出版社的合作。在过去的二十年里，她在英国出版的所有书都是由海涅曼出版社负责的，最后一本是《寻迹街头》(1986)。对于海涅曼的宣传方式，帕特不再感到满意。

在公开场合，帕特依然炙手可热，频繁露面。她的日记——她在1987年恢复了记录——满是颁奖典礼、演讲、书展和采访的内容。帕特还前往柏林、巴黎、伦敦和西班牙等地旅行，这对她的健康造成了损害。1988年8月，她去摩洛哥的丹吉尔做了一次私人旅行，探望她的老朋友巴菲·约翰逊和巴菲的邻居保罗·鲍尔斯，保罗也是她在纽约的老相识。这段时间的许多经历和印象都被她融入了汤姆·雷普利系列的最后一部，《水魅雷普利》。

1986/3/15

表哥丹报告说，过去一年里我母亲一直躺在床上，有时坐起来，认不出他来，也不与人交谈。完全没有生或死的意愿。护士们只是每天把盛着食物的托盘放到她的膝盖上。我猜她需要的是便盆。这是什么样的结局？自1974年秋天起，她就一直在那里！她脑子里在想什么？模糊的梦，清晰的记忆？纯粹的困倦（对我们大多数人来说是一种愉快的感觉）？完全没有意愿的生活是怎样的？仅仅是被动地"存在"——真的没有将来的概念，也不考虑谁在为一切买单。

1986/6/21

[胚芽。] 著名作家患了病，康复了，却疑惑地发现自己的作品销量陡增，被编进文选，改编成广播剧、电视剧和系列连载。好像全世界都以为他死了似的。现在一切都还算愉快。总比像海明威[1]那样读到自己的讣告要好。

1986/8/3

除了耐心，我们还能祈求什么呢？

---

[1] 海明威曾两次读到自己的讣告。20世纪50年代，他和第四任妻子玛丽在非洲，两次飞机失事都幸存下来。

1986/8/30

1986年4月5日。我的医生是约翰·巴顿，住在哈利街，3月31日复活节（星期一）我打电话给CB，她紧急预约了4月1日星期二的会诊。周三英格伯格·莫利奇[1]开车送我到苏黎世机场，周四预约了巴顿（再次）拍X光片，周五进入布朗普顿［医院］做活检。在我（住院一晚）准备离开的时候，巴顿冲了过来，让我"坐下"，目光躲闪了一瞬，"我们认为应该把它取出来，希望你能同意"。

不管是否取出来，这听起来都像是给我判了死刑，因为我从未听说有人能活下来，即使活下来也活不了多久。我当然得同意了，他们带我走进一个房间，里边有五个人，其中一个是马蒂亚斯·帕维斯先生，他为玛格丽特公主做了（几乎）同样的手术。3:20，我躺在一个高台上，帕维斯用强壮的手指尖按住我的脖子根，我记得我穿着衣服，但这已经不重要了。此时，罗兰·甘特[2]来接我了，他已经听说了这个坏消息。我们出去到他的车上，喝着加啤威士忌。他告诉我，德威尔·尤恩[3]也做了这个手术，恢复得很好，现在还活着，都十年了。这当然令人振奋。我们开车去［卡罗琳］家里。她平静地接受了这个消息，后来我怀疑医院事先给她打过电话，但当时我不那么认为。

毕竟，从1985年12月起，我就一直感觉很不舒服。圣诞节，我得了重感冒＆尽管打了抗流感疫苗，我整个1月还是一直苦于肠道流感，身体很虚弱。然后我还得去伦敦出差。刚从伦敦回来，我就得了支气管炎，因为我在铲车上的积雪时，只穿了条牛仔裤，里边没穿厚衣服。［到］P.D.N.医生那里开抗生素。他让我一个星期后回去复诊，建议我做X光检查，"因为你抽烟"。2月下旬的这次X光检查结果显示右上肺叶有一个斑点（右肺有3个肺叶）。于是在洛迦诺医院又拍了更多的X光片，经历了漫长的等待，最后，用针吸做了活组织检查，结果还没出来——我就得去法国6天，和卡尔曼-列维出版社商讨《寻迹街头》这本书。在法国期间，我对生意伙伴和朋友只字不提我的这些烦恼和忧虑。EBH说："不要把时间浪费在洛迦诺医院；去伦敦吧。"于是4月2日我给C.B.打了电话。然后，4月10日——手术——4月17日我就出院了。一条至少有14英寸长的伤疤，沿着第五根肋骨，一直延伸到右胸下

---

[1] 帕特在奥里根诺的邻居，一名前歌剧演员。
[2] 帕特的英国出版商威廉·海涅曼出版社的主编。
[3] 威廉·海涅曼出版社的前任主席。

面。5月1日回家，在伦敦待了31天。CB冷静得很，这无疑是最明智的态度。薇薇安·德·贝尔纳迪[1]是个宝藏，3月下旬那些焦虑不安的日子里，一切都"没有定论"的时候，我无法安睡或工作，她说："你知道我家有一个客房，你不需要事先电话通知，只管来就行。"她送鲜花到医院，丹尼尔·基尔、海涅曼也送了，外加豪华的食品篮；还有金斯利送的香槟！对我来说——恢复体力的过程相当缓慢。巴顿医生说午饭后要休息一小时。很好的主意！

内心的恐惧得用千言万语来描述。就好像死亡突然来到你面前，而你却感觉不到任何痛苦，还在用平静的声音跟朋友 & 医生说话。

7月12日。上午10:30帕维斯先生和巴顿医生在布朗普顿医院给我做X光检查。他们让我在小隔间里等了十多分钟，我都快把包里带的一小瓶酒喝完了。我穿好衣服，出来，在候诊室找到CB，我们穿过马路到了弗里斯别墅区，帕维斯的诊室就在那里。现在X光片就高高地挂在墙上，后面还有光透过来（我想）。帕维斯用平静的声音说，"完美"，这是一个我从未指望会听到的词。就像是死里逃生一样。

1986/11/15

永恒的激励之词。二十岁时，对激励的话的感觉是不一样的。因为你年轻有为（学习成绩优异，有性伴侣，刚刚踏上艺术之路之类的）。这种情况一直持续到四十岁，这时快乐的屏幕上出现了不和谐的光点，尽管非常微弱。几光年后，人们开始以这样或那样的方式对你说"你不行了"。到了六十岁，你必须不断地、有意识地不断（或开始）给自己打气，否则就会抑郁。我想到数百万人到曼哈顿去碰运气（但美国也有其他残酷的竞争市场）。许多人已经不在那里了，因为他们得寻找更便宜的租金或仅仅是一份工作。很多人的命运危在旦夕，我对这些人感兴趣，因为他们是自己给自己打气。

1986/11/23

艺术家遇到任何一种个人困境，都会把困境搞得更糟。就像每一件艺术作品都有夸张或卡通的成分一样。

---

[1] 美国教育家薇薇安·德·贝尔纳迪研究唐氏综合征儿童。帕特通过她的朋友爱伦·希尔与她取得了联系，就短篇小说《纽扣》向她请教。后来，帕特任命薇薇安为她的遗产执行人，还有弗里达·萨默和丹尼尔·基尔。

1987 年 1 月 16 日

又去了弗里斯别墅区 11 号，又听到帕维斯先生和巴顿医生说"非常好"，巴顿医生在新年获得了荣誉头衔。他是女王的医生。与 1986 年 7 月 11 日的复查（X 光检查之前）相比，这一次我更有信心。

1987 年 4 月 15 日

星期一。我已经买下了特格纳地块，2100 平方米，从官方角度看，我拥有 1400 平方米。抵押贷款。让我惊讶的是，在 4 年的沉默之后，今天收到了塔贝亚·B 的来信。她的健康状况很糟（？），不得不放弃埃尔德曼街的公寓，唉。现在和"沃尔夫"一起住在柏林的库尔费尔斯滕街。寄来的照片［中］，她看起来瘦了。

1987/4/23

论用人工手段维持生命的道德问题[1]。人工呼吸器和用勺喂饭、换尿布有什么区别？一个是机器；一个是人工服务。差别在于年龄，或者身体状况，需要铁肺的人可能没有未来。需要喂饭和换尿布的宝宝才有未来。老年人也需要用勺喂饭和换尿布，但却没有未来，他们只是需要日复一日地被喂饭和换尿布。如果躺在床上的人无法够到（甚至看不见）放在附近的食物，那么喂食之类的行为算不算"人工维持生命的手段"呢？

1987/7/24

很长一段时间都无法忍受贝多芬的交响曲，《第六交响曲》最好，但还是没法听。我更喜欢弦乐四重奏，斯克里亚宾、德沃夏克、斯美塔那[2]。

---

1 这个话题明显与她母亲的健康有关，帕特在短篇小说《看不到尽头》中探讨了这个问题，该故事发表在《天灾与人祸故事集》（1987）中。
2 亚历山大·尼古拉耶维奇·斯克里亚宾（1871－1915），俄国作曲家、钢琴家。安东·利奥波德·德沃夏克（1841－1904），19 世纪世界重要的作曲家之一，捷克民族乐派的主要代表人物。贝德里赫·斯美塔那（1824－1884），捷克作曲家、钢琴家和指挥家，捷克古典音乐的奠基人。

1987/8/1

毒品

悦耳的字眼。魔法,

异世界,身居的

乐土,

有人想到可卡因,

其他人想到莫扎特。

我想到斯克里亚宾的乐句

被随手扔掉,

一副艺术家做派。

毒品。在纽约,

哦,天哪,不想有下次!

公开的警笛声,

疯狂的青少年盯着你,

好像要杀了你一样

为了10块钱,他们就会杀人,

如果你就在旁边,又没人看到

在基韦斯特的斯托克岛,

警察看见了,望一望,袖手旁观。

守法公民看见

十三岁的孩子为10美元出卖身体,

10美元买一块毒品糖丸,

就在警察眼皮底下交易。

吓坏了的守法公民心想:

警察在追查大毒枭吗?

也许吧,但为什么不同时管管这些呢?

这些孩子,错过了学校,爱情和美好,

贫穷饥饿,却催促着

陌生人快些高潮,再

把那10美元塞进另一个陌生人手里。

轻微吓到的守法公民

边看边想:"我是不是错过了什么?"

事情就这么简单吗?

毒品,对一些人来说就是香烟的云雾

是熟悉的温暖和舌尖、喉头

苏格兰威士忌(或杜松子酒)的味道。

落后的,优雅的,危险的,文明的,

全都包容。我们伴随着这些毒品长大。

我们不会为了得到它而偷窃或出卖自己。

这些人怎么了?

问这样的问题,是我老了,狭隘了?

放上斯卡拉蒂的磁带,

让我们忘掉毒品和偷盗,

房主震惊于最心爱的书的失窃,

车主们引以为自豪的车载音响——

唉,丢了就是丢了,哭也没用。

不是吗?

听听斯卡拉蒂和斯特拉文斯基的音乐吧,

趁机器还在,放放音乐。

在音乐的麻醉下,暂时忘掉

你寡不敌众。

1987/8/24

我的猫,夏洛特,三岁零三个月,表现出指示的天赋。它从楼上花园,默默地指着走到我4米开外的陌生男人;还有,那扇拉着百叶的小窗子,本该是关着的,却打开了,它在楼下门廊上指给我看。它有许多狗的(有用)特质,对公平与否有强烈的意识。

1987年9月13日

[柏林。]我的朗诵会定在7月8日,地点是赫贝尔剧院,那地方很漂亮,很古

老,也很有名,有两个露台。维姆·文德斯原本是要为我开场的(朗读《神秘的墓地》[1]),但他的父亲在西德生病了,要做脾脏手术——或者胆囊手术,所以 W. W. 来到我住的史蒂根伯格酒店,在楼下和我短暂会面,非常有礼貌。见过克里斯塔·梅克尔[2]至少两次了,塔贝亚·B 也是。T. 不想谈她怎么失去的家具、公寓 & 显然还有工作(!)。她称一个叫"弗雷迪"的人为伴侣;二十三岁,T. B. 说她是个毒贩,我吓坏了!她穿着黑色朋克套装,男鞋,两只耳朵后面都系着黑色丝带。

1987 年 9 月 15 日

一定要常请清洁工来!昨天她在卧室地毯上发现了我的金戒指。我还以为我把它忘在多维尔[3]房间的电话旁了。让我长舒了一口气——那是 1953 年 1 月 19 日,E. B. H.[4] 在的里雅斯特给我的戒指。

我想成为瑞士公民。S. H. 奥科什肯[5]把托姆斯公司搞得一团糟,让我越发坚定了这个想法。诺贝尔说我申请公民身份后,必须在同一所房子内住满一年。如果我必须在奥里根诺待那么久,那就太可怜了,但若是我买下它,就肯定没问题了。而在夏天,它是真的很凉爽,不幸中的万幸!

1987 年 10 月 1 日

我慢慢地习惯了有一些空闲的日子,生活也变得更好——排练我的"朗读",这也许是第 4 次了。明天 11 点鲁迪·贝茨沙特[6]来讨论财务问题。我已经准备好成为瑞士公民,以逃避美国旷日持久 & 毫无意义的税收。我希望再也不回去生活了。一想到新闻报道——现在叫作"快报",我就感到沮丧。现在的感觉是我一周 7 天地把 155 美元(大约)扔出窗外,一部分交税,一部分给我母亲。税是最讨厌的。

---

1 一个短篇故事,开始写于 1983 年,标题为《癌症》,收集在《天灾与人祸故事集》中。
2 克里斯塔·梅克尔,记者、小说家。她曾在 1977 年为一家德国电视台采访过海史密斯。
3 法国海滨旅游城市,以诺曼底最优美的海岸闻名。
4 帕特的旧情人爱伦·布卢门撒尔·希尔的缩写。
5 塞缪尔·奥科什肯,帕特 20 世纪 70 年代和 80 年代在巴黎的税务律师和会计师。
6 鲁道夫·C. 贝茨沙特(1930—2015),丹尼尔·基尔的商业伙伴,第欧根尼的共同出版商,直到他去世。

1987年10月12日

山顶下了第一场雪,薄薄的 & 粉状。雨已经下了5天5夜了。

1987年10月18日

去多伦多。20日在海滨读书剧院朗读。加拿大人很友好 & 乐于助人。我会朗读(经过反复练习)《寻迹街头》的4—8页。同一晚还有另外两个家伙。安排很充实。

1987年10月21日

上午10点出发前往尼亚加拉湖。威廉·特雷弗[1]跟我打了个招呼,于是我们就在旅途中相识了。我坐在一辆大轿车的后座上,旁边是他的妻子简。在威尔斯亲王(爱德华八世)酒店愉快地享用午餐。然后去瀑布——乘缆车,再乘小船,"雾中的少女"。大家都穿了蓝色雨衣。我猜,要在加拿大待3天吧。遇到了玛格丽特·阿特伍德[2],她打电话到我住的酒店 & 请我喝茶。还与希拉·韦格勒在皇家安大略(国家历史)博物馆共进午餐 & 开车游览城市。10月23日星期五的航班飞往纽约,在那里,大西洋月刊出版社[3]安排了司机接我。

1987年10月23日

纽约。贝蒂 & 玛戈特·托梅斯非常和蔼可亲。住在漂亮的古老公寓里,养了两只猫,布吕迈尔 & 弗里克,跑来跑去。周三,玛戈特·T出现在曼哈顿西区恩迪科特书店,G.[加里]菲克特乔恩[4]和安妮·伊丽莎白·苏特[5]也来了。活动进行得很

---

1. 威廉·特雷弗(威廉·特雷弗·考克斯,1928 — 2016),爱尔兰小说家、短篇故事作家和剧作家。
2. 玛格丽特·阿特伍德(1939 —   ),加拿大作家和诗人,因她的小说《使女的故事》(1985)而闻名,帕特在法国《世界报》上发表过评论。
3. 1985年至1988年,奥托·彭茨勒在他旗下的悬疑小说出版社出版了5本帕特的书,之后帕特转投了大西洋月刊出版社。
4. 帕特在大西洋月刊出版社的新编辑是加里·菲克特乔恩,她与这家出版社从1986年合作到1990年。之后,帕特和他一起转到了克诺普夫旗下,他在1990 — 2019年期间担任编辑和副总裁。
5. 安妮·伊丽莎白·苏特是第欧根尼的国际版权部主管,她于20世纪80年代初搬到纽约,开了一家文学经纪公司,叫作哥谭艺术文学公司,该公司从20世纪80年代中期开始在美国担任第欧根尼的代理。

顺利，读者带来很多书让我签名。有一个叫"马里奥"的菲律宾人有很多我的书！接着和苏特一起吃晚饭。她在联合广场的西区有好几栋办公楼 & 让她很自豪。设计公司都共享办公区域。

1987 年 11 月[1]

10 月 29 日去伦敦，像往常一样，在希思罗机场搭乘出租车让人失望，司机不知道怎么去 NW8[2]，却假装知道。计价器上显示 21 英镑，而 CB 说 15 英镑就够了。

11 月 1 日开始。在布鲁姆斯伯里每天约有三次采访。都在办公室。除了一天下午在 BBC 演播室做电视采访。这是"封面故事"给《天灾 & 人祸故事集》做的节目。然后，和乔纳森·肯特[3]在 CB 家参加了一个酒会。

1987 年 11 月

终于！过了个周末后（在 CB 那过了 1 & ½ 天），11 月 8 日回了家。我得了重感冒 & 轻微的支气管炎，11 月 15 日 GKK［金斯利］要来苏黎世。

1987 年 11 月 15 日

GKK 顺利到达。我们一起讨论了银行、股票，只是泛泛而谈 & 我希望她知道在我的书桌和房间的哪里可以找到文件。

1987 年 11 月

这里的圣诞节真的很安静，客厅里拉了两根绳子，上面挂了很多卡片。CB 说她和往常一样喜欢社交。我为《纽约时报》杂志写了一篇 12½ 页的关于绿茵公墓[4]的文章，定名为《［绿茵］——倾听死者的心声》——在这篇文章中，我对比了华丽的墓地与火葬场沉默的骨灰盒。骨灰安置处。真是一个不同凡响的墓地！

---

1 这一则和下一则日记都是帕特在回到法国以后才写的。
2 英国邮政编码是由字母及数字混用组成的编码，表示一个区域。
3 乔纳森·肯特（1949— ），英国演员、导演，是帕特继阿兰·德龙后最喜欢的雷普利扮演者。
4 绿茵公墓是全美第一处近郊公墓，位于布鲁克林，也是美国的历史地标景点。《纽约时报》派来陪伴帕特的研究员菲利斯·纳吉很快就成了她的朋友，后来为《卡罗尔》写了电影剧本，2015 年由托德·海因斯拍成电影，主演是凯特·布兰切特和鲁妮·玛拉。

1987/12/25

如何处理尸体——在法国。法国奥利机场，无人认领的包裹20分钟后被销毁。被拉走算是最好的结局。怎么销毁？扔水里吗？必须查明白。

尸体可以切成四五块，包裹起来，放进行李袋里。

1988年1月15日

我这个月的空闲时间都消耗在应付诺贝尔律师给的遗产和税务方面的指示、建议上了。他想当然地认为我希望成为瑞士人，其实不然。这太耗时了，真烦人。

1988/2/8

我想起了T.［塔贝亚］，从［19］78到［19］82年，我心心念念都是她，现在已经不常想起了。她是不是像一个朋友说的那样，太"强大"了？怪诞吗？在服装设计上要出天价，却没有兑现承诺？不管怎么说，她现在靠政府救济生活，居无定所。不知道她脑子里在想什么。她阅读广泛，画一些妆容怪诞的女性面孔和身体的素描。整天看电视。从不计划人生。三十六岁的她似乎已经被淘汰了，一败涂地。我猜她在柏林也没有什么人际交往。

在绝望中，极端主义引起了我的兴趣。她曾经100%相信自己。这让人联想到一只疯狂飞舞的蛾子，在电灯泡周围飞来飞去——据说电灯泡会对一些昆虫产生化学吸引力——在她全盛时期，就做这个！二十八岁时，她获得了由西德内政部颁发的服装设计奖。多么辉煌的开始！然后呢？傲慢自大？从［19］79年到［19］83年秋天（我猜想），她一个人住在柏林的公寓里，过得还不错。我觉得这么年轻就遭遇事业悲剧是不正常的。这与杜鲁门·卡波蒂有一些相似之处，他的《应许的祈祷》中伤了他的追随者[1]，于是在50年代后期（他五十多岁时）遭遇了滑铁卢。

---

1 杜鲁门·卡波蒂的《应许的祈祷》，对那个时代的上流社会（和下流社会）进行了不加掩饰的描绘，在他死后于1986年出版。有很多章节最初在《时尚先生》上连载，其中的描写直指他的许多朋友、熟人和赞助人，令人震惊。

1988年2月28日

昨天和英格伯格一起看了特格纳的房子。我想象着我会把"餐厅"作为第二个工作室，放两张桌子，设个书架来存放文件。房间看起来都不大。下周盖屋顶——不管怎样都要用水泥。休息几天（又来了？！）去整理文件、收拾地窖、砍柴火。我必须从停滞的（精神）状态中解脱出来，因为我还有外在的任务。1）3月31日为在德国阿斯科纳举办的古德伦·穆勒[1]艺术展致开幕词。2）4月中旬前往巴黎，为卡尔曼-列维写作大赛冠军颁奖[2]。阿兰［·欧尔曼］对参赛选手并不满意！现在加沙地带 & 西岸的暴动已经持续到第9周，这让我越来越不安，我花了很多时间写信，希望能有助于和平，减少死亡。目前已有72名巴勒斯坦人身亡。

右拇指得了关节炎，真让我闹心。可喜的是左手没问题。

1988/2/29

EBH——永远在考验人们对她的爱。我翻看了1953年1月我（在的里雅斯特）写的日记，真的痛彻心扉——足以让我顾影自怜，而我并没有。我身无分文、思念朋友、担心上一本书的命运——一定是《盐的代价》——这有什么好担心的！——那段日子里，我在日记中写道，我发现她完全没有"女性的同情心和温柔"！当晚我睡在客厅的沙发上，第二天又为自己"哭红的双眼"感到羞愧。［19］88年，EBH又故伎重演——考验起她的朋友们，直到他们都受不了了——纷纷离开。

1988年3月10日

我与纸张的战争还在继续。就该把它们都扔出去！然而，在我不工作的"业余时间"读读小说，绝对是一种幸福。我写的一篇关于西默农传记的评论在巴黎的《解放报》发表了[3]，西班牙的《国家报》和《墨水瓶》都想要[4]。这么受欢迎真好。维特拉

---

1 古德伦·穆勒-波希曼（1924－2007）是帕特在堤契诺的一个朋友，是阿斯科纳一所艺术学校的画家和平面艺术家。

2 卡尔曼-列维为新手作家举办了一场写作比赛，邀请海史密斯担任评委会成员，并以（出版商出版的手稿）作者的名字命名该奖项。

3 海史密斯为帕特里克·马汉姆的西默农传记《那人不是麦格里特》（伦敦，1988）撰写的评论文章。

4 《墨水瓶》是第欧根尼出版社旗下的一本学术期刊。

拍摄的大幅照片登在德国的《明镜周刊》上，上周登在《新苏黎世报》上[1]。很受欢迎。我坐在那里，穿着布鲁克斯兄弟男装的红色马甲，黑&白照片。我未来在特格纳的房子：红砖砌成的墙已建好。[托比亚斯·]阿曼[2]认为在6月底可以完工。面积够大。1400平米。

1988年3月27日

上周为了赶法国电视节目的截止日，搞得我很焦心&周二/周三整日接受《纽约时报》琼·杜邦的采访。她住在高速公路边上的拉皮内达膳食公寓-比萨店，那里的人很友善。

诺贝尔博士建议我尽快加入瑞士籍。看来我应该尽可能多捐钱——然后把一些钱存在基金会里。我打算为雅多存一些，这是一项艰巨的任务！！！我在特格纳的房子封顶了，开始有点样子了。现在是红砖。不算太大。星期六我和英格伯格&西尔维亚一起去的。这个星期天，我种大丽花的时候做了很多运动。种得早了。必须尽量每天都这么运动。

1988/3/27

AFN[3] 新闻，如果我醒得早，经常会在早上8:30调到这个频道："知道吗，孩子们正在吸蓝色汽油挥发油，他们把它灌进纸袋和塑料袋里吸。孩子们是在寻开心，可这是有生命危险的。赶紧告诉你的孩子！"

1988年5月11日

4月16日至20日，我在巴黎。在A.欧尔曼夫妇家共进晚餐。一天晚上见到了荷兰小说家塞斯·诺特博姆。两个晚上都遇到了乔[西亚内]·萨维尼奥[4]，但我没怎

---

1 瑞士家居设计公司维特拉（Vitra）为庆祝公司成立50周年，邀请了一些社会名流拍摄宣传照。帕特的照片是坐在一张伊姆斯椅上拍的。
2 托比亚斯·阿曼（1944— ），瑞士建筑师。1988年，海史密斯搬进了阿曼根据她的要求在特格纳建造的房子。
3 美军广播电视网。
4 乔西亚内·萨维尼奥（1951— ），法国作家、记者，1991—2005年在《世界报》做《书的世界》主编。前一年萨维尼奥请海史密斯写过玛格丽特·阿特伍德的《使女的故事》的评论。

么和她聊天＆应该多聊聊的。她很喜欢我＆我的作品。"那是一种狂热。"阿兰说。依然没有写作，我觉得还需要休息。我整理了文件＆还有很多要整理的。我寄了20000［新法郎］到内穆尔医院，之前我在那里治疗流鼻血；还给雅多寄了1100美元——他们也给我回了一封感谢信。《天灾》（法语版）在畅销书榜上排名第五。在最初的两个月里，在德语区就卖出了1.3万—1.5万本。巴黎：书展。我（4月18日下午）站在《电视综评》［杂志］展区，宣布冠军《婴儿骨》（小说）和亚军，不是我期待的那篇。冠军作品将由卡尔曼-列维印刷出版；亚军会被《电视综评》连载。这个奖项叫作海史密斯悬疑文学奖，可我读到的所有手稿都是推理小说。我到家2天后还觉得累。9月22日去汉堡之前我不用出门了，最近至少已经谢绝了2次邀请。

1988年7月17日

现在伦敦是六月下旬。星期六晚上11:30到凌晨2:30播出一档有趣的开放式结尾的电视节目《天黑后》。［关于］发生谋杀案家庭的善后。

7月15日左右，我给法国的《新观察家》周刊［寄了］一篇短篇小说《远离地狱的漫漫长路》[1]。7月11日与马里奥·阿多夫[2]＆沃尔夫·鲍尔[3]、特里·温德斯共进晚餐，他们都想买《犯错者》[4]。尽管如此，3天后我还是选择了约翰·哈迪[5]＆D.基尔也同意了。

1988年7月27日

给丹三世写了封信，我很担心，因为一直没有他的消息。收到巴菲·约翰逊的来信，她会在8月14日前往摩洛哥北部的丹吉尔，为期2—3周。她和她的律师似乎在77街的联排别墅（也可能是格林街102号）一事上产生了误会，她对生意不感兴趣。

---

1 《远离地狱的漫漫长路》是一部帕特向堤契诺的新家致敬的黑色作品，最初以法语发表在《新观察家》周刊（7月29日至8月4日）的《夏季黑色系列》中，名为《被诅咒的路易吉的漫漫长路》。

2 马里奥·阿多夫（1930— ），德国戏剧、电影和电视演员，小说家，有声读物朗读者。

3 沃尔夫·鲍尔（1950— ），德国电影和电视制片人。

4 《犯错者》已在1963年被法国公司改编成电影《杀手》。直到近30年后，它的美国版《一种谋杀》才在2016年上映。

5 美国电影制片人。

巴菲想让我去丹吉尔，也许会吧。

1988年8月3日

我终于买到了8月17日去丹吉尔的机票，回程不定。好消息是，[约旦]国王侯赛因已经把约旦河西岸的领导权交给巴解组织[1]。犹太人肯定会再次"拒绝"交易，等等，但世界会拭目以待。时机很好。总统候选人应该表表态——&也可能因为害怕"撤资"而不表明态度。

1988/8/17

直布罗陀山是右侧一座低矮的山，深灰色。遗憾的是，下午6点在丹吉尔机场降落时，出现了薄雾。城市的前端向外延伸。飞机飞过波纹状的绿色乡村。这座城市就像散落在斜坡上的白色小盒子；或者至少一部分是这样的。飞机着陆后滑行了10分钟。在出示护照处等待时间很长，很热。我用100瑞士法郎换了541.80迪拉姆，乘出租车去市里。令我吃惊的是，我的朋友巴菲不在家。我去了"保罗家"，楼上的公寓：保罗·B[鲍尔斯][2]在床上用托盘吃饭，他非常热情地欢迎我。他说B经常记不得日子。

公寓楼——5层或4层，保罗在最顶层。很实用，"自从法国人离开后"就不那么一尘不染了，这句话我后来反复听到。然后巴菲回来了——上瑜伽课去了。她的公寓比P的公寓采光好得多，墙壁是新刷的白色。清新的微风是一种享受！

1988/8/18

雷切尔·莫亚尔[3]经营专栏书店［&出版社］[4]，他出生于丹吉尔，45岁左右，

---

1 巴勒斯坦解放组织，1964年5月在耶路撒冷成立。1974年10月在第7次阿拉伯首脑会议上被确认为巴人民的唯一合法代表。

2 帕特写了一篇丹吉尔的游记文章，《丹吉斯—廷吉斯—丹吉尔—坦贾；民间一周》，《世界报》发表时定名为《丹吉尔的鲍尔斯速写》。据帕特说，自从纽约的那段日子之后，她和保罗就再没见过面。

3 雷切尔·莫亚尔（1933—2020），1996年获得艺术和文学骑士勋章，是第一个获此殊荣的摩洛哥犹太人。

4 专栏书店是一个文化热点，让·热内、保罗·鲍尔斯、穆罕默德·乔克里、玛格丽特·尤瑟纳尔、杰克·凯鲁亚克和塞缪尔·贝克特都是这里的常客。在摩洛哥脱离法国独立之前，该书店一直隶属于巴黎出版商伽利马。后来，它由皮埃尔·贝尔热经营了一段时间，他是著名服装设计师伊夫·圣·罗兰的合伙人，自己也曾是一名书商。

犹太人，非常热情友好，邀请B.和我去阿西拉参加文化部长的晚宴。在这之前，我终于在明萨酒店的酒吧里喝了两杯啤酒，旁边是游泳池，非常漂亮，树木葱郁，周围鲜花盛开，还有桌椅。一个叫帕特里克·马丁的人走过来，我给他的法语版《天灾》签了名。他邀请我们第二天下午6点喝一杯。

B.已经8个月没有付房租了，她故意的，因为房东想要涨租金。B.续租的莫里斯·格罗瑟[1]的公寓，电话仍然在格罗瑟的名下。对于布拉克来说，能从微风浮动的窗口眺望麦地那，也叫作老城，是一种乐趣——它看起来就像水平的克利作品[2]——大小不同的白色正方形房子，里面有小正方形的黑色窗户，视野最高处是一个看起来像水塔的东西。绿色植物很少，我都能数得出树木或树丛的数量：十二棵。一棵是巨大的冷杉，另一棵是巨大的棕榈树。只有儿童和青少年显得活泼。其他人都放慢了节奏，以度过高温天气。宴会在某人的院子里进行，有饮料、葡萄酒、苏格兰威士忌等等。除了少数例外，男人们都穿着非正式服装，各种颜色的短袖衬衫，蓝色牛仔裤。这是一个画家和记者的聚会。

1988/8/19

阿兰·C和芭芭拉·赫顿[3]的房子——建于30年代。我们驱车前往丹吉尔湾（帕特里克·马丁开的车），下车后&步行到俯瞰海湾&大海的护墙处。可以看到西班牙，直布罗陀西部的阿尔赫西拉斯（许多丹吉尔人在那里有小公寓）。可以清楚地看到，两个海角中的一个优美地蜿蜒着，一艘白色的船，看起来像一艘豪华的客轮，停泊在那里，旁边还停着帆船——数量不多。

赫顿之家：阿拉伯宫殿式风格，曲折的回廊和房间，楼下专门用于接待客人。蓝色和白色为主。"墙壁"由正方形的白色石头组成，每块大约6英寸×6英寸，用金银丝手工雕刻，每一块都是一样的。据说有1000个工人同时在这里工作。A.C.带B.&我四处转转，去楼上看了卧室，家具突然变成了美式风格。每间卧室都有一个私人露

---

1 可能是美国画家、艺术评论家、作曲家维吉尔·汤普森的长期伴侣莫里斯·格罗瑟（1903—1986）。

2 保罗·克利（1879—1940），瑞士艺术家，后期擅长分解平面几何、色块面分割的画风。

3 芭芭拉·伍尔沃斯·赫顿（1912—1979），美国百货商店女继承人。她结过七次婚。与第三任丈夫加里·格兰特离婚后，她搬到了丹吉尔。

台。从花园再往上走几步就是游泳池了（M. 舍瓦利耶说，三级高台阶是用来放盛放食物的餐具的），池底铺着蓝色的瓷砖，上边镶嵌着蓝色的首字母 B.H.，透水可见。房子是围绕着一棵老树建的，这棵树的树枝像胳膊肘一样伸出来，其中一根碰到了房子。赫顿的住宅在麦地那。唉，就在离前门 5 米远的地方，有一家嘈杂的咖啡馆，男人们坐在那里喝茶 & 软饮料。另一边是一座清真寺，巨大的淡绿色圆顶，每天 4 次大声祷告，第一次是从凌晨 3 点半或 4 点开始的。晚上的犬吠让我有点烦心。出了麦地那，陆地的尽头是一座灯塔。

1988/8/20

13 点 15 分，和雷切尔在海湾的游艇俱乐部享用午餐。西班牙和更远处的直布罗陀依稀可见。在水边很舒服，人们穿着泳衣吃午餐。又去了一次赫顿之家附近的卡士巴（堡垒）。约克城堡，现在归两个人所有，其中一个是服装设计师[1]。一辆来自巴黎的车停在前面。这里曾经是一座堡垒。它俯瞰着丹吉尔港口。

1988/8/21

感受并适应这里的节奏需要三天时间。很舒适 & 没有压力。前 2 天可能很烦人，迟缓且混乱。

1988/8/29

回家后写的：拉哈法，又叫洞穴，在海边，一家茶咖啡馆，拱廊，在那里你可以抽烟，躺在垫子上，无人打扰。沿着石阶往下走，小心脚下。鲁比酒吧鲁比和烧烤。至少我能在这喝啤酒。葡萄酒或啤酒。T 恤衫上写着：疯狂；寻欢作乐（穿在昏昏欲睡的男人身上）。

1988 年 9 月 22—24 日

23 号在汉堡，克丽斯塔·麦克尔，还有古德伦·穆勒 & 安妮·乌德参加了我和安吉拉·温克勒[2]在"工厂"举办的朗读活动。朗读：我用英语，A. 温克勒用德

---

1 约克城堡由葡萄牙人在 16 世纪建造，有垛口防卫城墙，坐落在丹吉尔的海滩边缘上。1951 年，伊夫·维达尔成为它的主人，将其改造为一座现代的奢华营业场所。
2 安吉拉·温克勒（1944— ），德国舞台剧和电影女演员，因主演《丧失荣誉的卡塔琳娜·布卢姆》（1975）和《伊迪丝日记》（1983）而闻名。

语 & 读不同的故事。《厌女症［小故事］》，然后是《悬疑［小说的构思与写作］》中的4页。

保罗·鲍尔斯的知名度越来越高了！！德国重新发行了他的三本书。《浓缩咖啡》［杂志］九月刊登了一篇很长 & 优秀的文章，附了照片。他看起来很帅。还有我（在斯帕特尔角）给他拍的4张照片——我的得意之作。

1988年11月

在10月4日之前保罗给我写了两次信，说巴菲的支气管炎复发了，还说她从纽约来信说她银行里只有500美元 & 不知道怎么活下去。我真不敢相信，因为巴菲在曼哈顿有两栋楼[1]。

1988/11/9

［胚芽。］小故事。人类养的猫在主人临终前几天开始躲避他。这使他更容易死去。狗可能会恋着不走。甚至留在主人坟前。

---

[1] 巴菲在1943年买下了东58街235的一幢楼。除了自住外，她还把房子的一楼租给过田纳西·威廉斯和他的伴侣弗兰克·梅洛。

1989—1993年

帕特里夏·海史密斯在瑞士特格纳城堡般的家中度过了生命的最后几年，她把房子设计成了马蹄形，可以看到美丽的山景。在这段时间里，帕特鲜少透露自己的情况：她的日记和笔记中仅有零散的个人细节。她越来越多地在事件发生几个月后才把它们记录下来。1992年9月，七十出头的帕特写完了她的第17本日记，之后再没有动笔。她把大部分的创作精力径直投入到写作中去。

1989年5月，帕特开始创作"雷普利"系列的第五本，《水魅雷普利》，也是该系列的最后一部。在这部作品中，长久以来似乎都能逍遥法外的汤姆·雷普利，陷入了危在旦夕的境地。一年后，几乎是在同一天，她完成了初稿。然而，在雷普利回归之前，先是第欧根尼，然后是布卢姆斯伯里出版社，重版了她的同性恋爱情故事《盐的代价》，并将其更名为《卡罗尔》。尽管起初并不情愿，最终帕特还是同意了首次用真名出版这部作品。此举等同于一篇文学的"出柜"宣言。

玛丽·科茨·海史密斯于1991年3月去世，还差几天就到她九十五岁生日了。帕特和母亲最后一次见面大约是在1989年，当时她去得克萨斯看望表哥丹。她在笔记中没有直接提到这件事。在接下来的12月，她开始构思《地铁》，这是她1987年的短篇小说《看不到尽头》的续集。读者轻易就能从中看出她对母亲的讽刺性描写，过去15年里，她的母亲一直住在养老院，随着衰老越发糊涂。帕特没去参加她的葬礼。相反，她在为《水魅雷普利》做最后的润色，此书于1991年秋天同时发行了英语版和德语版。

评论界对最后的"雷普利"褒贬不一，但必须承认帕特的才华完全超越了犯罪小说写作。自从《伊迪丝日记》出版以来，她赢得了美国和欧洲文学评论界的齐声喝彩。1990年，她被授予法国艺术文化勋位，她甚至被提名1991年的诺贝尔文学奖。

1992年3月，帕特开始着手创作她的最后一部小说《小写g：一曲夏日田园诗》，后于1995年出版。这是一部掺杂了惊悚情节和爱情故事的作品，故事发生在苏黎世一家桌球酒吧，顾客大部分是同性恋者。帕特又一次让所有人感到惊讶——这本书的最后一个词是"幸福"。

不过，当时帕特的健康状况正在迅速恶化，她只好委托朋友弗里达·萨默[1]为此书做了大量的实地研究，但病情没有阻止她多次前往伦敦、巴黎和德国旅行；1992年秋，她最后一次去了加拿大和美国。1993年3月，帕特完成了《小写g》的初稿，余下的半年时间都花在了治疗上。帕特自己没有透露这些细节。

在写了50余年的日记和笔记之后，帕特在10月写下了她的最后一篇日记——那一年她只记录了两篇。她说自己宁愿选择突然死亡："这样，死亡就更像生命，不可预测。"

1989年1月30日

[1988年] 12月13日，我搬到了特格纳。彼得·休伯[2]帮了大忙。还有很多东西要收拾！我为《世界报》写了500字关于搬家主题的文章。[3] 英格伯格［·莫利奇］始终很热情，为我缝制客厅的（黄色）窗帘。我思考着"雷普利"的第5本。不再写一本，我是不会快乐的。

1989/2/15—17

［米兰。］我在曼宁酒店，大众公园旁边。非常繁忙的地区，灰扑扑的，熙熙攘攘，有轨电车在卡沃广场穿行，报摊，书摊。一个意大利司机开车送我和一个来自邦皮亚尼［出版社］的女编辑。每天接受四次采访，但都在酒店沙龙，靠近酒吧，可以点咖啡或啤酒。报纸、杂志——第一天只有一个摄影师 & 我为这次采访穿着"巴勒

---

[1] 帕特的苏黎世朋友，1975年在巴塞尔附近的荷尔斯坦因举行的一次教师会议上，她和她在特格纳的邻居彼得·休伯结识了这位朋友。

[2] 海史密斯在特格纳的朋友和邻居。

[3] 这篇文章《暹罗猫的哀号。惊悚小说明星作家有时也不得不搬家》，于1989年1月7日发表于《世界报》。

斯坦解放组织"的毛衣[1]。在12次采访中，我可能表达了4次美国人对以色列在加沙 & 约旦河西岸暴行的真实看法。

1989/3/4

"旧书"。香水名。气味保证能吸引 & 留住知性男人。

1989年5月7日

草绿了，所有的灌木都长得很好，小西［小猫西蒙］的日子时好时坏 & 它从来没有上过这里的露台，我站在上边，不想去想它。我已经为《世界报》又写了2篇文章，为第欧根尼即将出版的《盐［的代价］》［更名为《卡罗尔》］作序。这些工作还是不足以让我满意。弗里达又来了，她非常热心地帮我整理书架。

1989/5/12

俄国作曲家拉赫玛尼诺夫《第3钢琴协奏曲》。悠扬婉转，震撼人心。不像2号那么悲伤。汤姆［·雷普利］会喜欢3号。

1989年5月28日

我开始创作雷普利的书 &（下午5点时）写了4页。向日葵已经打了支柱。只有6棵，大约8英寸高。

1989年8月6日

今年6月，我去了两次伦敦，第一次是为保罗·乔伊斯去参加了几分钟维姆·文德斯的节目，第二次是为万普电影公司的12个短篇的事。[2] 在巴黎住了一晚，之后又在卡迪夫住了一晚。安东尼·帕金斯[3]做了开场白和结束语。多米尼克·布尔乔亚人

---

1 帕特将把她正在创作的《水魅雷普利》一书献给那些在库尔德起义中的死难者和重伤者，献给那些在世界各地反抗压迫的人，那些挺身而出不仅参与斗争，而且要流血牺牲的人。

2 帕特的12个短篇小说（包括《在黑天使的照看下》《清算的日子》《奇怪的自杀》和《猫牵扯的东西》）被改编成电视剧，由巴黎的万普影业、英国的十字弓和HTV联合制作。

3 安东尼·帕金斯（1932－1992），美国演员，最著名的角色是在阿尔弗雷德·希区柯克的《惊魂记》中饰演的杀人犯诺曼·贝茨。

真好。星期一上午我们在的时候，她只好陪着帕金斯一起上法庭。据他说，他给自己订了 2 支印度大麻烟，送到他住的天使酒店，结果却被那里住着的另一个也叫帕金斯的人收到了 & 报了案，他被罚了 200 英镑才脱身。那个星期一我们乘出租车去的 CB 家。

1989 年 9 月 18 日

9 月 21 日我要去纽约，进行为期 14 天的旅行。很想去得克萨斯 & 看看丹 & 弗洛琳，但是没有他们的消息，我 2 周前的去信也没有回复。特格纳的房子给了我很大压力，还要和［建筑师托比亚斯·］阿曼还有银行沟通，真让我受不了。土地本身就很难处理，全是沙子 & 石头。需要大量翻土、腐殖土、草。2 天前 C.B. 打电话来说老猫欧曼死了——周六上午，死于肺肿瘤，喘不过气。15 岁。西蒙也到了这个年龄。它很瘦，我给它喂维生素以保持体力。

我很想恢复工作，一天至少写 4 个小时，但现在还做不到。待阿曼的工作完成后，如果清洁工每周多来一个小时，那就行了。否则我会生病的。现在的生活不正常，工作一直拖延着。可悲 & 混乱。我会带着门宁格的《人与自我的冲突》上飞机。我以前可能读过，但他的作品常读常新，给人信心。他对精神健康的态度有点像基督教科学派。10 月 7 日我会从美国回来，中午前抵达。

1989 年 11 月 7 日

15 天的旅行很顺利。一切都很愉快。P. 休伯住在默里山东酒店，后来我也搬了过去。在彩虹厅里，和安妮贝丝·苏特一起为他过生日（他的提议），大家愉快地跳舞 & 音乐很棒。得克萨斯更好。我不请自来，待了 5 天 & 时间过得飞快。J. W. 斯托克[1]住在大约不到 2 英里的地方 & 似乎是最近的朋友 & 邻居：一心一意地训练狗，外加 3 匹小马，还没有钉蹄铁的。看到丹三世 & 他贤惠的妻子弗洛琳的生活，很有趣。我有时间就工作 & 尽量保持士气。丹表哥现在状态很不好，他觉得一年前的刀口演变成了疝气，该做手术了。外科医生在他肚脐上方做了 4 英寸的垂直切口，以清洁伤口 & 丹没有戴塑料护腰，这本来有助于伤口的正常愈合。现在，伤口鼓了

---

[1] J. W. 斯托克（1927—　），国际马戏演员、套圈高手、牛仔竞技表演家。他在 1980 年的西部浪漫爱情片《野马比利》中扮演克林特·伊斯特伍德的替身，并于 2010 年入选职业牛仔竞技名人堂。帕特的表哥丹也是一名牛仔竞技表演员。

出来,像小足球一样,太吓人了。

1989 年 12 月 24 日

过去两周,终于下了 15 英寸的雨。我试着坐下来继续写第五本"雷普利",现在已经写了 59 页。还不确定情节发展如何 & 它会自己水到渠成。英奇今天给我带了好吃的葡萄干甜蛋糕。她要为奥里根诺所有人亲手烤 12 个[发酵]蛋糕。阿曼带着美味的饼干过来了 & 我给了他一瓶第欧根尼批次的葡萄酒。[1] 我必须让生活丰富起来,比如绘画 & 木工。最近几天的大新闻是:罗马尼亚推翻齐奥塞斯库政权[2],造成 12000 平民死亡。坦克轰炸、士兵枪击手无寸铁的民众。巴拿马:6 天前美国入侵。[3]

1990 年 2 月 17 日

2 月 15 日,星期四,小西由于肾衰竭不得不被安乐死。它之前一直吃得很少,到最后几乎什么都不吃。古德伦·穆勒陪我一起去了洛迦诺的年轻兽医那里。注射了两针 & 小西走得很平静,甚至都没有抽搐一下。这周六,我继续写"雷普利"小说。按照我的建议,朋友们下午都不给我打电话,让我真正得会儿空。3 月 4 日我必须动身去巴黎参加第 5 届国际艺术节,要被杰克·朗[4] 授予艺术文化勋章。我必须在巴黎待到 3 月 8 日——因为有 12 个短篇要拍成电视剧。然后我想去伦敦。

1990/4/21

《奥斯卡·王尔德传》,理查德·埃尔曼著。毫无疑问,反复阅读奥斯卡的故事是一种乐趣、慰藉和二十世纪的灵魂净化。从中我们看到了民众的狭隘和恶毒,他们看着一个敏感的人受苦,看到他被打落尘埃,获得一种残忍的快感。他的故事使我想起了基督,一个善良的人,没有恶意,胸怀增强人类意识、提高生命喜悦的远见卓

---

1 某一批次的葡萄酒指用某种特殊调配方式酿制的精品。
2 12 月 25 日,独裁者尼古拉·齐奥塞斯库(1918—1989)和他的妻子埃琳娜因罗马尼亚革命而被处决。
3 1989 年 12 月 20 日,美国入侵巴拿马。
4 杰克·朗,弗朗索瓦·密特朗总统政府的法国文化部长。

识。他们都被同时代的人误解。深受嫉妒之苦，人们心怀深深的嫉妒，在他们活着的时候嘲笑他们，恨不得他们早点死。

1990/5/20

奥斯卡和博西[1]。当他们在一起的时候，奥斯卡的工作非常顺利，而且异常专注。他写了《不可儿戏》和另一个剧本，而博西不停干扰他，花他的钱，同时却也活跃了奥斯卡的生活。后来在巴黎，奥斯卡一个人时，也能有所创意，但已经没有了当年的活力和热情。这让人想起普鲁斯特的一句话："重回祸水红颜的怀抱，是世上最令人心满意足的事情。"

艺术并不总是有益身心的，再说了，为什么要有益身心呢？

1990 年 9 月 6 日

阿兰·奥尔曼于 3 月 28 日至 29 日在睡梦中去世。29 日他的合作伙伴让·艾蒂安·科恩·塞特[2]打电话告诉我。我送了一大束花。葬礼定在星期一，在拉雪兹［公墓］，这是一个家族墓地，由犹太教士主持。我原以为犹太人都希望在同一天下葬呢。约格有点失落，去了葡萄牙 2 个儿子那里。与此同时，《卡罗尔》（《盐的代价》）在德国畅销书排行榜上排名第 4，我为此接受了采访。

5 月 27 日，我完成了《水魅雷普利》的初稿。我是在去年 5 月 28 日开始写的，中断了无数次！不过，今年的圣诞节和复活节，倒是写作的大好时机。

1990 年 10 月 27 日

6 月下旬，在完成"雷普利"初稿后，我去了伦敦。卡罗琳狠批［我的］胃口（我住在她家）[3]。虽然我的 2 次采访和 2 次拍照都不在她家里，但我想她也很反感《卡罗尔》的宣传。不愉快的气氛。我的体力太弱了，连辛普森[4]都没去，这说明了一些问题。

1　阿尔弗雷德·布鲁斯·道格拉斯勋爵（1870—1945），英国作家兼翻译家，是奥斯卡·王尔德的情人，直到 1895 年王尔德被捕，声名狼藉。

2　让·艾蒂安·科恩·塞特，1985 年卡尔曼-列维出版社的出版商。

3　帕特的很多朋友和访客都谈到她对食物兴趣缺缺——尤其在生命最后阶段，她几乎只靠花生酱维持生命。

4　斯特兰德大街上的辛普森餐厅，伦敦最古老最著名的餐厅之一。

1990年10月28日

下了一整天的雨。在伦敦，我去见了斯图尔特·克拉克医生，他接替约翰·巴顿医生成为我的主治医师。他是瘦高个，对胆固醇相当随意。断言我健康状况很好。（！）我只好要求做了个胸部X光检查，防微杜渐。9月我听说格雷厄姆·格林从圣诞节起就一直病得很重 & 全靠输血维持。他可能和女儿住在［瑞士］韦威，但我没有他们的地址。

1990年10月31日

万圣节前夕——这里很安静！孩子们有一周的"亡灵节"假期。

1990年11月25日

我发现了［安德鲁·劳埃德·］韦伯为《歌剧魅影》创作的美妙音乐。我被迷住了。现在，我一边洗完盘子一边听着肖斯塔科维奇的交响乐。

1990年12月10日

本周末堤契诺迎来了百年一遇的暴雪——英格伯格·莫利奇今天被雪封在家里了。我这里好多了，气温升高了10度左右。昨天 & 今天扫雪机都来清理了斯派克·豪斯和我家之间的道路。我必须写信给CB，解释在6月经历的这种似曾相识的感觉。当然，［19］65年5月在英国，我也有这种被排挤到一边的强烈感觉，直到［19］66年10月我才摆脱出来——C. 那时的原话却是她"报仇雪恨了"。现在我有房子 & 猫等我回家，而［19］66年的时候我一无所有。而且"友谊"哪像你一腔热血的爱恋那样伤人。

伦敦的消息：布卢姆斯伯里喜欢《水魅雷普利》，包括书名。利兹·考尔德[1] 打电话通知我。我还寄给她第欧根尼出版的精装本《关于帕特里夏·海史密斯》[2]（为了好玩），尽管她不懂德语。现在——休息，在家度假。像往常一样努力，让一切井然有序。

1990/12/13

"看不到尽头"的状况还在持续，我的母亲之所以还没死，是因为她相当于已经

---

[1] 帕特在布卢姆斯伯里出版社的出版商。

[2] 第欧根尼出版社在1980年出版的一本作品，包括格雷厄姆·格林和彼得·汉德克等人对她的推荐。

死了 11 年了。(脑死亡。声音、音乐、阅读、看电视、与来访者交谈的乐趣都没有了。这还不算死吗？)在这种情况下维持一个人的生命——是对个人的侮辱——不是一种恩惠。这是国家的负担，政府支付 45%，也是我的负担，我支付 55%——多年了，遥遥无期。

1991 年 1 月 14 日

继续惬意地休息，但今晚是布什限定萨达姆·侯赛因退出科威特[1]的最后期限。萨达姆发誓他会死战到底。美国有将近 50 万的人、战船、飞机，德国 & 英国出兵倒不多。布什很虚伪，耀武扬威地唱高调。巴解组织站在萨达姆一边，谁又会责备他们呢？(犹太人，当然了。)保罗·B 写道，明天摩洛哥将举行大罢工，如果以色列人入侵，情况会更糟。

1991 年 1 月 15 日

我写信给贝蒂娜·伯奇[2]，她给我写了很多声情并茂的信，讲了伯利兹的事，还有她从珊瑚泥里能种出些什么来。

1991 年 1 月 21 日

1 月 16 日至 17 日(星期三至星期四)，美国及其盟国开始轰炸伊拉克机场，战争爆发。现在还在继续，每天都在升级。萨达姆·侯赛因能用飞毛腿导弹进攻以色列，全世界都担心以色列会参战——导致埃及 & 叙利亚抛弃盟军，尽管他们承诺过不会放弃。

1 月 20 日晚上看了《遮蔽的天空》[3] & 感觉拍得相当成功。实地取景 & 在尼日尔 & 阿尔及利亚。美丽的骆驼。昨晚 [玛丽简·] 米克从 L.I. [长岛] 给我打电话，

---

1 在萨达姆·侯赛因的领导下，伊拉克于 1990 年 8 月 2 日入侵科威特，企图吞并它。1991 年 1 月 16 日，根据联合国决议，美国及其盟友开始了军事干预。

2 1983 年 6 月，美国学者、书评家和传记作家贝蒂娜·伯奇(1950—)第一次拜访帕特，写了一篇关于她的专题文章。两人成为了朋友，此后一直保持着定期通信。

3 1990 年，贝托鲁奇根据保罗·鲍尔斯的书(1949)改编的电影。

告诉我波莉途经美国时给我写了信，因为她认为我"非常有名"。

1991年1月23日

19日周六过生日——收到电话 & 鲜花。电报。我仍然会写感谢信。阿姆斯特丹阿贝德斯出版社的西奥·桑特罗普[1] 送来鲜花。基尔夫妇送了我一盒可爱的油画颜料，安娜选的，她给我写了一张友好的便条。我打算今天跟古德伦·M.P. 上一次［绘画］课。

1991/2/1

昨天，奈亚德出版社寄来了《盐》，作者写的是我，但序却是旧的！我给他们写了信，今天给玛丽安·L打了电话。我们及时把新版寄给了她，她很是震惊。

1991/2/9

［画了］一些画。我当然不满足。寒冷又下雪。

1991年2月12日

晚上7点朱丽叶打来电话，说9号星期六玛丽［·瑞恩］被发现死在花园里。（我猜是尼茨一家[2]发现的。）朱丽叶说，她吃了安眠药，还喝了"一杯酒"。葬礼在下周六举行，内穆尔 & 蒙特库尔之间的教堂，是D.R.［戴斯蒙德·瑞恩］长眠的地方。我打电话给B. 斯凯尔顿[3]，她也刚刚听说。我又给B.S. 打了一遍电话，说我还是不去了。人们担心机场会有炸弹——我倒不太担心，但内心很挣扎要不要出于礼貌去一趟。我会送花 & 写信给朱丽叶和尼茨。（不知道塞巴斯蒂安会不会出现？！）芭芭拉·S确定这起死亡是有意为之。天气很冷。她睡着了，冻僵了。去年8月在我家，她"摔倒"两次，说明她俩有着相同的目的，都是故意为之。

---

1 西奥·桑特罗普（1931－2017），荷兰作家，1972年至1991年是阿贝德斯伯出版社的出版商。
2 帕特和瑞安一家在蒙特库尔的邻居。
3 芭芭拉·斯凯尔顿（1916－1996），英国小说家和社会名流。她曾是埃及国王法鲁克的情妇，之后先是嫁给了评论家西里尔·康诺利，后又与出版商乔治·魏登菲尔德结婚，接着住到巴黎的法兰西岛，成了帕特的邻居。

1991年2月12日

显然，萨达姆今天拒绝了苏联（戈尔比）从科威特撤军的要求，也延迟了巴以会谈的提议。所以，地面战争就要开始了。

1991年3月2日

GKK说她4月初可能会来看我。我想去罗马。GKK对CB的专制很有先见之明——在我的书里，专制和残忍互为表里。

1991年3月8日

收到恩斯特·豪瑟的消息，说他会在罗马待到4月10日。这是怎样的运气啊？我通知了GKK。雨下了三天，明天还要下。我感冒了——很不寻常。我吃了阿斯匹林 & 小睡片刻，幻想这样的组合能产生奇迹。我写了3½页的评论，关于穆里尔·斯帕克的《东河温床》[1]，寄给了安妮·乌德。

1991年3月17日

3月13日早上3:30丹打电话告诉我，我母亲刚刚去世——当地时间晚上8:30。我想，只是逝去而已。我说我不去参加葬礼，我以前就说过。估计只有科茨一家会到，因为她活得比所有朋友都长 & 今年9月就要满95岁了。

1991年4月12日

上周很艰难，周三G.［格雷厄姆］格林去世，周四马克斯·弗里施[2]去世。周三《世界周报》［苏黎世］打电话给我，要求我写一篇关于G.G.的500字文章，我写出来了！今天犹太人表示，不管美国怎么说，他们将继续在约旦河西岸 & 加沙地带建造房屋。布什去钓鱼了。全世界都在筹集资金来养活美国在以色列（约旦河西岸等地）、伊拉克造成的穷人——瑞士也参与进来，举办了一个大型电视筹款节目。

1991/6/5

人向上帝祈祷就是自言自语。事情明明很简单，为什么要弄得这么复杂呢？

---

1 安妮翻译了这篇文章，发表在德语报纸《世界报》上。
2 马克斯·弗里施（1911—1991）被誉为瑞士20世纪最重要的作家和剧作家，仅次于弗里德里希·迪伦马特。

1991年5月11日

夏洛特七岁了。母亲节。通过［维克多·冯·］毕罗弄到2张拜罗伊特[1]的票 & 今天我尝试为英格伯格·莫利奇争取第三张票。查尔斯·拉蒂默拿到票很满意。昨天，I. M.[2] & 我去洛迦诺购物——两条黑色的百褶裙，我这条自然是为了拜罗伊特！

1991年6月13日

5月13日玛丽安［·弗里茨奇·利根托弗］的儿子出生——弗雷德里克·塞缪尔。她说她熬了2个小时才生下来。我为她感到很高兴，她现在至少要在家待2年。［而且］在家办公。6月2日，我说服莫利奇接受我的邀请去拜罗伊特。V. 毕罗在歌剧路1号的高德纳安克酒店给我们留了3间房。莫利奇的票要等我们到了那里再去碰运气。我期待下周会来的新大众高尔夫车：白色。昨天以前，我一直在努力画画，非常难为情。我想拿出2幅作品给G. 穆勒看，然后要求再上2小时的课。

1991/6/19

苦恼源于个人对形势的判断。

1991年6月26日

今天上午10点古德伦·穆勒来给我上"一课"。她拒绝收钱——60马克，她连30都不收！她最喜欢我父亲指着火车残骸的那张画。

1991/7/6

夏天的困惑。忙碌的人是无法忍受自由时间的。整个世界似乎都不对了。以至于开始审视自己的生存状态、意识知觉和活下去的意义——如果有意义的话，这太可怕了。继续活下去，就因为别人都这样？与闲暇对抗，比噩梦还糟糕。

---

1 拜罗伊特侯爵歌剧院被公认为欧洲最美的巴罗克式剧院，兴建于1745年与1750年之间。

2 英格伯格·莫利奇的缩写。

1991/8/1

拜罗伊特。在看《女武神》[1]的下午，第一次幕间休息期间，与沃尔夫冈·瓦格纳[2]及其妻子在售票处附近的房间喝茶。W. W. 兴致很高，他妻子的英语说得比他好。我替 I.［英格伯格］M. 打听票的事。我们现在也弄不懂怎么回事，总之就是我又拿到了 2 张《齐格弗里德》&《诸神的黄昏》的票给 I. M. & 还不肯收钱！（每张票值 180 德国马克。）城镇：中产阶级，食物仅限于烤肠、德国泡菜、啤酒和非常昂贵的弗兰肯葡萄酒——在餐馆 & 酒吧卖 6 马克一杯（顶多四分之一升）。吃饭不值得花力气找地方，到处都是一样的。

表演。现代服饰 & 场景，仿佛经过了一场艰苦的战争。女武神走上一个白色的金属架子，向雾中凝望，看是否所有人都安全抵达。一切最终都显得缓慢 & 冗长，因为这是一个未删减的版本。似乎有很多反反复复的争论。而且演出过程中，人们总是扑到地板上，或者跪着唱歌，跪着爬。齐格弗里德从树上拔出屠龙神剑"诺顿"，与布伦希尔德共度良宵时，表演非常性感。人们喝酒睡觉，但不吃东西[3]。

1991 年 11 月 15 日

9 月下旬。在伦敦，为布卢姆斯伯里出版社的《水魅雷普利》进行了为期一周的高强度工作，在 3 家书店签售。我住在弗里斯街的黑兹利特酒店。老式酒店 & 交通便利，位于布卢姆斯伯里和格劳乔俱乐部之间，大部分采访都是在俱乐部进行的。布卢姆斯伯里出版社为我支付机票和酒店费用，当然给我的任务也顶得上这些费用，甚至离开的那天早上我还在工作，最终完成了所有"奢华版"的签名，售价 32 英镑（伦敦限量版）。几乎没有时间休整，9 天之后我就要动身去德国了。GKK 在法兰克福接我。（在伦敦时，我没有给 CB 打电话，走后给她写了封信。）法兰克福 2 天，汉堡 2 天，柏林 2 天。

---

1 瓦格纳根据北欧神话改编创作了大型音乐剧《尼伯龙根的指环》，1874 年完成，共分四部，《女武神》是第二部，《齐格弗里德》和《诸神的黄昏》是第三部和第四部。

2 沃尔夫冈·瓦格纳（1919—2010），德国歌剧导演，理查德·瓦格纳的侄子，与他的兄弟维兰德·瓦格纳共同担任拜罗伊特戏剧节的第一任联合导演，1966 年维兰德去世后成为唯一的导演。

3 拜罗伊特音乐节自 1876 年起上演理查德·瓦格纳的歌剧，是备受关注的年度文化盛典，帕特在这里描述的是最著名的《尼伯龙根的指环》的演出。

1991 年 11 月 23 日

本来想邀请 GKK 的，但 D. 基尔非常好心地付了钱，包括酒店和机票。汉堡是最漂亮的。我们乘船从斯特里克桥到处女堤一路观光。在柏林时，与克里斯蒂娜·鲁特[1]、GKK 和瓦尔特·布希在 A. 莫内韦格 & 克劳斯·K 家共进晚餐。

和她［GKK］一起工作了一个周末，11 月 20 日和弗里达·萨默一起去苏黎世 & 见了 B.G. 博士［律师］。她建议我捐出特格纳作为各地作家、艺术家的"基金会"。这也许能免除我死后 48% 的地产税；尚在犹豫。我写信给 SHO［律师］，问能不能也让我免了美国的税？

—∞—

1992 年 1 月 9 日

我本来希望在 12 月 31 日前写完这"几页"。但是没有。几天前产生了一种悲凉的想法，我觉得应该（理应）在死前烧掉我所有的日记[2]。我读到，爱德华的儿子布雷特·韦斯顿有一天当着几个朋友的面，烧掉了他所有的底片，说从此以后再不会有人利用他的高超技术 & 良苦用心来使用他的底片了。我的目的是阻止无聊的好奇心。12 月 13 日，我举行了一个派对——大约 9 到 10 个人到场，古德伦·穆勒带来了波林·克雷伊——住在阿斯科纳的英国画家。维维安·德·贝尔纳迪也来了，她认为这个晚会非常成功。I. 洛森、I. 莫里奇也来了。

1992/1/12

新年伊始有了一个无聊的想法：我厌倦了思考我自己和自己的问题（过去一年我的问题都没有得到解决，这尤其让我厌倦）。我身边的人不够多。我必须改变这种状况！安静的圣诞节。来自玛丽简·米克的 3 本书。收到很多卡片 & 我也有一批要寄。我给伦敦打了电话（& 写了信），1 月 14 日启程，预约 1 月 15 日和杰奥·汉密尔顿医生见面，去检查左动脉阻塞情况。我不知道该期待什么 & 希望不用做搭桥手术。

---

1 克里斯蒂娜·鲁特，第欧根尼的公关主管。
2 最终帕特放弃了这个决定，转而把她的日记归为身后文学遗产的一部分，在 1993 年一并交给了第欧根尼出版社。

1992/2/8

1月14日至23日的伦敦传奇。我第一次见汉密尔顿[医生]，就立刻喜欢上了他。他看起来不到四十岁，苏格兰口音。反对手术；做了外部检查后，他说最好是学会忍受疼痛。这太压抑了，因为在过去的2个月里疼痛愈发严重，我走上一个半街区，疼痛就开始出现。上午11:45出发前往海沃德画廊，去看图卢兹-罗特列克展 & 我在那里遇到了杰拉尔丁·库克[1]。爬上高塔要经过很多台阶，使我的左腿疼得厉害。杰拉尔丁是个可爱的人。我们喝了2杯可口的淡啤酒，然后在展会上被喧闹的印度音乐（2个或3个表演者）略微破坏了心情，这音乐本来是为了娱乐大家的。罗特列克的展览规模很大。印刷品上有圆形或方形的印章（通常是在劣质纸或描图纸上），宣示着对这幅画——素描—水彩—油画—粉彩（全部混合一起！）的所有权，这样就没有小偷能偷走它，因为破坏印章会损毁作品。1月19日下午4点，希瑟举行了一个茶会。乔纳森·肯特来了——他现在是阿尔梅达剧院的经理。琳达[·拉德纳]——另外七个人；鸡蛋沙拉三明治。鲁珀特也来了。6:30利兹·考尔德来接我去她家吃晚饭，我想是在汉普斯特德。她有一只叫乔恩的鹦鹉——大概三十八岁，淡绿色。

周一我在手术台上躺了2个小时，手术花了35分钟。普拉茨先生做的检查，他的右手拿着一根看起来像筷子的东西，也许是一个用来把绳子放进去的漏斗。通过右腹股沟脉横穿至左边，然后沿大腿至膝盖方向向下至中部。"多拍几张，谢谢！"普拉茨说了三遍。随着造影剂的注入，臀部下方开始发热。唯一感到不舒服的时候快结束了，我的左小腿好像被使劲挤压着。汉密尔顿先生报告左肱骨动脉从1毫米扩张到6毫米。太让我佩服了，效果立竿见影。"是啊，你真幸运。"下周五我做最后一次检查时，汉密尔顿先生说。

1992/5/7

2天前玛琳·黛德丽在（巴黎）去世，享年九十岁。4天前，弗朗西斯·培根也去世了，享年八十二岁。4月27日我（被载着）去了位于日内瓦附近的罗尔，彼得·乌斯蒂诺夫[2]的家。他很亲切 & 友好，妻子海伦穿得非常正式——但也同样友好。此行是为德国《时尚》采访而来。客厅里乱七八糟地堆着杂志、信件。美好的油画让我

---

1 杰拉尔丁·库克，为标题出版社和企鹅出版社的版权管理员，后来成为一名文学代理人。
2 彼得·乌斯蒂诺夫，英国男演员，大侦探波罗的扮演者，下文的P.U.是他名字的缩写。

难以忘怀。他母亲画的七岁的 P.U.，还有她的一任丈夫。如果没有另外 2 人在场的话，P.U. & 我是不会找不到话题的。然后彼得的葡萄牙仆人开车送我到日内瓦（西戈涅酒店）& 我和玛丽莲·斯考登[1] 共进晚餐。

1992/5/22

写了 92 页的新书 & 不满意。节奏慢，无重点。

1992/5/23

又一天没写作（第 2 天了），我重新构思我的书《小写 g》。情节很有趣。同样的问题一直存在，3 项法律事务——我的遗嘱，我的房子——必须要安排好，以免我在睡梦中死去，留下未竟事宜。我告诉自己，我一天比一天长进了，能够在调动大脑进行创作的时候，不去想这些未解决的问题。我地产上干涸的峡谷（已经填平了）现在赏心悦目，有宝蓝色的矢车菊，许多盛开的罂粟，还有些黄色的花。必须要小心鸟草[2]。

1992/6/20

阅读菲利斯·纳吉在伦敦的抨击同性恋剧本的第 2 天 & 我很想知道观众的反应！上了法庭。今天整理好了 31 页《心照不宣》的修改稿，准备寄给 Ph. N. & 星期一寄吧。她已经同意把它改编成戏剧：剩下的事儿她来做。克里斯蒂娜·勒泰提高了我们对金钱的期望。今天给贝蒂·M 打电话，她告诉我琳恩·罗斯三四周前去世了。肺气肿。她在一家养老院——仍然和 S. 在一起！——过了 36 年！中间又有多少风流韵事？！

1992/9/2

这本小小的日记本即将写完了。这里的夏天很热。一周前迈阿密刮起了飓风。布什在下滑，克林顿 & 多尔在上升。8 月 17—19 日让娜·莫罗[3] 来访，荣幸之至！彼得·休伯下来给我们做晚饭，住了 2 晚。我想买一个传真机，让娜也说我应该有一

---

1 玛丽莲·斯考登，帕特的会计、朋友，生前见的最后一个人。
2 蓼属蓼科的一种植物。
3 让娜·莫罗，法国著名女影星。

台。我的《嘉宝》（和《绿茵公墓》）被 FAZ[1] 买下，为了这篇文章，他们会去拍摄嘉宝收藏的水彩画。10月1—9日我去美国纽约市，9号见黛西。然后是得克萨斯，6天，再去多伦多 & ½小时朗读 & 逗留8天。克诺普夫出版社和安妮贝丝·苏特对《柯克斯书评》& 《出版人周刊》上《水魅雷普利》获得的好评感到满意。

1992/9/3

（第欧根尼的）这2本《歌德诗集》给人带来一种愉悦。如此有吸引力！也得给让娜买一本。她说她"几乎"会说德语。给 D. W. 寄了一张五千多美元的支票——比给我母亲和丹要强，他们并不那么需要它。

1992/10/10—13

［得克萨斯。］如今，在箱形峡谷的房子是我与家人唯一的联系。什么都没变，只是沙发下面的字典挪到了沙发的另一端。我只好手 & 脚并用地去够，再退出来。最令人伤心的是丹三世，得了帕金森症 & 不肯吃药，因为这种药让他恶心；这是大家都知道的事儿，但患者最好妥协，这样其他人就省心了：例如，他现在没法自己剪指甲，我试着帮他剪，却剪到了他的第3根手指，吓得我慌了神——他抖得太厉害了。此外，他也不尝试寻找合适的助听器了。只有一只眼睛看得见，所以他不应该开车，但他还是在附近开。这真的是把他的烂摊子都甩给了妻子弗洛琳。

政治观点：全家（丹四世 & 弗洛琳）都是保守派 & 支持布什。在加拿大和得克萨斯，我也尽量收听所有的政治辩论，而谈到［罗斯·］佩罗，D. & F.[2] 会直接退席，不是因为蔑视他，而是因为睡眠更重要。

1992/11/23

再读［F. S. 菲茨杰拉德的］《人间天堂》（毫无疑问需要反复阅读），我颇为叹服，这本是上个月在纽约买的。对于一个二十三岁的年轻人——我猜也，因为这本书出版时他二十四岁——这本书起到了如此巨大的警世作用。书里还有很多诗歌——很糟糕，但很流畅，丁尼生的影响很明显。我想知道，是因为他掌握不了喜剧的色彩，普林斯顿开除了他，还是他自己放弃了学业？可惜，他并没有从教育中汲取多少力

---

1 《法兰克福汇报》。
2 丹和弗洛琳的缩写。

量——倒把海明威当作了导师！真遗憾！他的散文中散发着诗意的奇思妙想，尤其是关于爱情的主题——比他写的诗好多了。

1992/11/27

去得克萨斯时——某种东西不见了：是欧洲，是整个世界不见了[1]。

1992/12/1

艾滋病。现在在印度很猖獗。奇怪的是，今天我听说，艾滋病会杀死数百万人，从而让人类在地球上可以多活几个世纪！因为没有节育措施的性交，人类不断繁衍，正在走向饥饿、死亡和灭绝。在此之前，"发达"国家的士兵已经习惯于在边境轰炸 & 扫射入侵的大军了。

1992/12/31

关于 CB 的最后一笔。她害怕坐飞机，害怕死亡，因为她相信有来世。她非常聪明，我上次见到她时，她对我说，她知道她不仅"不是个好人"，还是个骗子，接连骗了她的男友们、丈夫、儿子和我——同时还在公众面前保持着如此光鲜的外表。难怪她在起飞和降落前都要在胸前画十字。难怪她有一点小病（心跳过快，心动过速），就会害怕，就得打电话让邻居来陪她——以防这就要死了。

1993/6/26

为什么我无法解开艺术与毒品的谜题？我的想法是，艺术是那些热爱它的人的毒品——从经典到流行。因此，谁还需要鸦片之类的东西呢？我试着从肉体的参与——渴望全身心投入、渴望失去自我的角度来思考。还是不能使我满意。热爱艺术并不意味着人要失去知觉。最基本的前提——甚至是事实——就是所有的人都渴望宗教、音乐、名画能帮助他们超越自我。同样，有些毒品也能达到这种超越自我的效果。但我不是说它的破坏性，恰恰相反。也许，根源在于艺术需要真正的参与，欣赏 & 崇拜艺术。不是被动的而是主动的。服用毒品失去意识是被动的、轻松的，与进一步认识

---

[1] 帕特此时可能又在考虑回得克萨斯定居，但她显然更喜欢欧洲的氛围。

自我、人类或意识没有多大关系。

1993/10/6

　　有些僧侣——是加尔都西会[1]教士吧？——睡在棺材里，显然是在为死亡做准备，日日夜夜都在思考这个问题。我更喜欢死亡惊喜的成分！生活一切照旧，然后死亡可能会突然到来，可能会让你病上两周再来。在这一点上，死亡更像生命，不可预测。

---

[1] 天主教隐修院修会之一，又称苦修会。因创始于法国加尔都西山而得名。

1993—1995 年

1993 年 10 月是帕特里夏·海史密斯笔记中最后一次连贯的记录。虽然她启用了一个新的笔记本和一本新日记，还在笔记本的封面上亲手写下"第三十八本，特格纳"——但里面却是空的，18 号日记本也只包含了她 1994 年 11 月最后一次巴黎之行的几个关键词。她记下了与第欧根尼的法国次代理人玛丽·克林，以及卡尔曼-列维出版社的新编辑帕特里斯·霍夫曼的会面。她还记录了几次采访信息，与几个老朋友的会面，包括让娜·莫罗。这标志着帕特里夏·海史密斯一生记录的终章。

她原来的文学遗产就已数量巨大——22 部长篇小说和许多短篇小说集，现在又增加了她的笔记和日记。她的书被改编成数十部电影，包括最著名的《天才雷普利》。尽管她生前在欧洲更受欢迎，近年来美国也兴起了一股改编她的作品的热潮，最突出的是安东尼·明格拉版的《天才雷普利》（马特·达蒙、裘德·洛、格温妮丝·帕特洛和凯特·布兰切特主演）、托德·海因斯版的《卡罗尔》，以海史密斯的朋友菲利斯·纳吉的剧本《盐的代价》为蓝本（凯特·布兰切特和鲁尼·玛拉主演），以及艾德里安·林恩版的《深水》，与她的小说同名（本·阿弗莱克和安娜·德·阿玛斯主演）。

格雷厄姆·格林称她为"忧郁诗人"，彼得·汉特克觉得自己"受到了一位真正伟大作家的庇佑"。在此，我们只想补充一点，她预见到了今天充斥我们生活的许多文化和性别议题，而我们正在慢慢赶上帕特的眼界。她以自己的笔模糊了善与恶、天真与罪过、同情与仇恨之间的界限，使读者直面自己内心最阴郁、最幽暗的深渊，既令人畏惧，又令人钦佩。一路走来，她的作品受到读者和评论界的交口称赞，她以自己的成功出色地驳斥了历史偏见。悬疑小说，这一长期为人看轻的类别，终于被接纳为严肃文学的一员。

1993年，第欧根尼出版社取得了她全部作品的全球代理权；帕特还亲自委托第欧根尼的出版商丹尼尔·基尔将她的文学遗产移交给位于伯尔尼的瑞士文学档案馆（帕特里夏·海史密斯的文稿是那里被查阅次数最多的档案之一）。基尔还被任命为她的文学遗产执行人。1994年，帕特给了雅多好几笔大额捐款；她还把自己的资产以及图书和电影版权的版税留给了这个艺术家聚居地。毕竟，在职业生涯的早期，她就是在那里完成了处女作《列车上的陌生人》。

当她开始需要家庭护理，依靠专车服务接送去看医生时，丹尼尔·基尔给了她很大的帮助。最终，在1994年，他安排一名新近失业的音乐经纪人布鲁诺·萨格尔居家陪护帕特，在最后的6个月里，萨格尔成了帕特的得力助手。1995年2月初，帕特请几位朋友把她送到洛迦诺的医院。2月4日，她死于肺癌和贫血。

帕特死后，丹尼尔·基尔和编辑安娜·冯·普兰塔在她位于特格纳家中的一个衣柜里找到一些文件夹，其中装着一些未发表的短篇小说，以及帕特的日记和笔记。在第34号笔记本中，他们发现了一首诗，在3月11日于特格纳举行的追悼会上读给众人分享，她的朋友和出版商从欧洲各地赶来向她告别。

为乐观和勇气干杯！
为勇往直前干杯！
为向上的人献上桂冠！

（第34本笔记，《干杯》，1979）

帕特·海史密斯的社会大学：国际女性密友圈[1]

琼·申卡

在帕特里夏·海史密斯的美国梦行将结束时，她早已摆脱了西得克萨斯州"奶牛之乡"的出身，成为炙手可热的大作家。她的身份和阶层的转变与一个复杂的国际上流社会女性群体有着密不可分的关系，这些女性都才华横溢、声名显赫、恣意张扬，且都是女同性恋者。在20世纪40年代及以后的岁月中，她们的影响力延伸到帕特生活与工作的方方面面。

那时的帕特是一个颇具魅力、偶尔激进、天资过人的大学三年级学生，对女性的电话号码有着照相机式的记忆，心中怀有两个明确的奋斗目标：纽约富人区和欧洲。直到她成名以前，帕特对此类夹杂性欲的友谊持随遇而安的态度。而很多人也很乐于跟她交往。

在帕特展开第一个成功的社交之夏前还有一段序幕：她冷静地结束了自己的第一段感情，对象是1个月前她在酒吧里结识的一位年长的爱尔兰流亡人士，"有趣的"玛丽·沙利文，她经营着华尔道夫酒店的书店。玛丽·沙利文带帕特参加了格林威治村的同性恋聚会，此前，年轻却早熟的帕特已经是美国杰出摄影师（和发明家）贝伦尼斯·阿博特与她的情人、艺术评论家和历史学家伊丽莎白·麦考斯兰主持的定期聚会的座上宾（参与者大多是女性），频繁出入于她们在商业街50号4楼的两套式公寓。

帕特正是在与玛丽·沙利文一起参加的阿博特家的聚会上，第一次见到了旅居美国的德国摄影师露丝·伯恩哈德。露丝在1927年移居纽约，虽是一名商业摄

---

[1] 原文为"international daisy chain"，表面释义为"雏菊花链"，也可表示一系列相互联接的事物，此处指帕特与之交往密切的女同性恋圈子。

影师，如今她的创作却已然涉足高雅艺术的领域，贝伦尼斯·阿博特赞誉她为"最佳裸女摄影师"。露丝和帕特的友谊迅速升温，发展成一段浪漫的友谊，一如帕特以后的数段友情，短暂地进入一种类似恋爱的状态，直到帕特另结新欢，陷入一段三角恋情之中。这次故事的另一位主人公是德国男同性恋摄影师罗尔夫·蒂特根斯。露丝很清楚，帕特"有很多关系"，有很多"恋情"。"帕特，"她说，"是一个非常有魅力的人，一个相当漂亮的女人，人们都会被她吸引。"1948年，露丝为帕特拍摄了一幅经典的、踌躇满志的肖像照片——一位二十七岁的作家面对未来"深思"、庄重、超越时空的形象。并且她很确定自己会拍到帕特裸体的形象。

露丝·伯恩哈德比帕特年长十五岁，她继续和帕特见面，喝咖啡、聊天、相互慰藉：她们一起去参加画廊开幕式，乘坐地铁去哈莱姆区，一样痴迷于弗拉门戈女演员兼歌手卡门·阿玛亚。卡门以男性造型示人，在和姐姐一起演出的传奇弗拉门戈表演中扮演"男性"角色[1]。

在帕特去世三年前，她把自己当年令人难以置信的社交活动总结为：一个二十岁的年轻人在曼哈顿"碰碰运气"——后来她一再使用这个短语，描述1941年夏天自己与一连串名媛淑女的相识。首先她经人介绍认识了珍妮特·弗兰纳，"两周内就认识了20来个［别的］有趣的人，其中很多我现在还有联系……"[2]。

1942年，帕特从巴纳德学院毕业，没有工作，自惭形秽，但实际上，她那一连串曲折迂回的关系使她早已提前一年进入了社会大学。战争致使一大批年长、有成就的女性（她们中有相当一部分是女同性恋者）从欧洲流亡到纽约，是她们教养了帕特：这一关系密切的国际上流社会女性圈子，成员个个聪慧过人、事业有成、生活富裕、时间自由，有些还出身特权阶级。

在这些刚从巴黎来到纽约的女性中，有珍妮特·弗兰纳（自1925年起担任《纽约客》杂志驻巴黎记者）和画家巴菲·约翰逊（曾在巴黎与弗朗西斯科·皮萨罗一起学习绘画，住在著名女高音歌唱家玛丽·加登的家中）。和其他四处旅行的女性友人

---

[1] 帕特被阿玛亚迷住了，在她的第一部未出版的长篇小说《咔哒一声关上》中，她还设计让艺术少年格雷戈里·布利克去卡内基音乐厅看她的演出。
[2] 帕特1991年12月22日写给贝蒂娜·伯奇（Bettina Berch）的信。

一样,她们也参加过娜塔莉·克利福德·巴尼的传奇沙龙[1](弗兰纳还是常客),每周五傍晚在雅各布街 20 号,有文学朗读、戏剧表演和精美茶点,以及格特鲁德·斯泰因策划的、每周六晚在弗勒吕街 27 号举行的现代主义艺术、文学和音乐展览。

———— ◆ ————

帕特对这些比自己年长的女人授以真心,还把其中一些带上了床。她用难以辨认的细小字迹在本子上日复一日地记录下她们的一言一行。

珍妮特·弗兰纳汲取着巴黎风尚的养分,以其无与伦比的文笔源源不断地滋养美国《纽约客》的读者们长达五十年之久,她以热内为笔名,书写了将近七百封诙谐机智、洞见透彻的"巴黎来信"。多年来,弗兰纳和她的情人、编辑兼播音员娜塔莉亚·达内西·默里邀请帕特到她们位于樱桃林的避暑别墅,欣赏她写给彼此的书信,四处宣传她的作品,慷慨地帮她在意大利和法国推介、翻译,还帮助她签合同。帕特很可能就是通过在巴黎的弗兰纳结识了评论家兼小说家杰梅茵·博蒙特(1890—1983)。杰梅茵是科莱特的宠儿,和弗兰纳一样,也是娜塔莉·巴尼沙龙的常客。博蒙特属于最早(也是最富洞见的)一批给予帕特作品好评的法国评论家。很可能是珍妮特·弗兰纳在巴黎介绍帕特认识了巴尼沙龙的另一位常客,个性张扬、富有的古巴裔美国诗人和传记作家梅塞德斯·德·阿科斯塔(1892—1968),她又介绍帕特认识了更多人,收到不同的晚宴邀请,还让她在巴黎伏尔泰码头的公寓

---

[1] 巴尼沙龙,是巴黎 20 世纪最具颠覆性的文学聚会(尽管也带有中上层阶级和上流社会的特质),举办了六十年,不仅招待所有伟大的男性现代主义作家,还招募、吸引了所有现代主义风格的女性颠覆者,为她们提供了展示才华的场所。其中包括:娜塔莉·克利福德·巴尼,蕾妮·薇薇安,科莱特,克莱蒙特-托纳雷公爵夫人伊丽莎白·德·格拉蒙,罗曼·布鲁克斯,伊莎多拉·邓肯,艾达·鲁宾斯坦,格特鲁德·斯坦,爱丽丝·B. 托克拉斯,露西·德拉吕-马尔德吕斯,梅塞德斯·德·阿科斯塔,珍妮特·斯卡德,西比尔·贝德福德,埃斯特·墨菲,雷德克里夫·霍尔,特鲁布里奇夫人尤娜,贝蒂娜·贝热里,朱娜·巴恩斯,玛丽·罗兰珊,米娜·卢瓦,玛格丽特·尤瑟纳尔,珍妮特·弗兰纳,伊丽莎白·艾尔·德·拉诺,多萝西·艾恩·王尔德。

居住[1]。

但给帕特介绍了最好的、持续为她提供"帮助"的朋友的，是艺术家巴菲·约翰逊。巴菲人脉广、慷慨大方、社交能力强，她给帕特介绍的很多朋友，在以后的数十年里，对帕特在职业、艺术和情感方面都产生了重大影响。巴菲在1941年的一次聚会上认识了帕特，她发现帕特（当年每个人都这么觉得）"魅力无穷，光彩夺目，精力充沛"。巴菲说，帕特"示爱时很大胆"，"一点也不温柔"，但"清楚自己想要什么"，她们很快就成了情人。巴菲交友甚广，四处交际，她让帕特使用她在东58街的住宅，还带她认识了更多的纽约人，如时髦的抒情诗人、才子约翰·拉·图什（帕特对拉·图什的妻子更感兴趣，她是一个女同性恋，有着显赫的银行家和投资人背景），画家弗朗茨·莱格（"简直太棒了"，帕特热烈赞美他），建筑师弗雷德里克·基斯勒，女继承人、艺术慈善家、画廊老板佩吉·古根海姆（佩吉·古根海姆展出了巴菲的画作，还把帕特介绍给了萨默塞特·毛姆）[2]，以及很多重要人物。这些都是巴菲的朋友，帕特都不认识，当时她还只是巴纳德学院的大三学生，在社交应酬中却显示出惊人的自信。

在遇见帕特两周后，巴菲受邀参加一个朋友的聚会，女主人的丈夫是《财富》杂志的主编。她知道这对她的新女大学生情人来说可能是"千载难逢的"场合，于是带着帕特一同前往——帕特，巴菲说，立刻就融入了聚会宾客当中。依照巴菲对当晚事件的描述，巴菲在和朋友的热切交谈中一抬头，发现房间已经空了，帕特"连晚安都没说"就和亨利·卢斯的杂志编辑们一起离开了聚会[3]。

罗莎琳德·康斯特布尔就是其中一个编辑，她是一位老于世故的英国文艺记者，

---

1 按照爱丽丝·B. 托克拉斯的说法，德·阿科斯塔之所以出名，主要是因为她"和20世纪最重要的三位女性上过床"。其中两位是大明星玛琳·黛德丽和葛丽泰·嘉宝；第三位有可能是演员伊娃·列·高丽安和舞蹈家伊莎多拉·邓肯中的一个。

2 1943年，古根海姆在自己新开的西57街前卫画廊"本世纪艺术"筹办了惊世骇俗的"31位女性"展，邀请巴菲·约翰逊参加。其他参展的还有朱娜·巴恩斯，伊丽莎白·艾尔·德·拉诺，艾尔莎·冯·弗雷塔格-洛林霍芬，吉普赛·罗斯·李，多萝西娅·坦宁，莱昂诺尔·菲尼，弗里达·卡罗，梅雷特·奥本海姆和路易斯·内威尔森。巴菲创作的那幅题为《海上午餐》，是一幅海景画，画中有两个女人紧紧抓住一艘失事的船。

3 帕特对此事的回忆与巴菲不同。她说聚会只有四个人，没提到她或任何人提前离场。

在往后的十年里，她成了帕特日记、笔记和情感生活的重心。罗莎琳德有淡金色的头发，冷漠的浅色眼睛，渊博的知识背景，以及对所有艺术趋势的敏锐洞察力。她长期受雇于《财富》杂志，在杂志出版界有着巨大的影响力，这一点对帕特产生了巨大的吸引力。西比尔·贝德福德（1911—2006），20世纪40年代末在罗马遇见了帕特，说她"当时有点野"。贝德福德和罗莎琳德一样是国际上流社会女性中的一员，她非常了解康斯特布尔。贝德福德在其优美的回忆录《流沙》中写道，康斯特布尔是"《生活》/《时代》公司的一道亮色，勤奋，刻苦"。罗莎琳德也酗酒，比帕特大十四岁。她负责编辑卢斯公司的内部通讯《罗西的号角》，这本通讯的唯一目的是提醒卢斯编辑们应该报道的文化主题。

帕特在她们认识的第二天就给罗莎琳德打了电话，在帕特的猛烈攻势和罗莎琳德的深情款待下，一段漫长而复杂的友谊由此展开。帕特无法忍受继续睡在海史密斯夫妇的客厅沙发上，晚上都在罗莎琳德的客房过夜（帕特总是在比自己年长的女朋友家的客房过夜，有时还会和她们上床——有时还和她们的情人上床，比如和她长期合作、努力工作的经纪人玛格特·约翰逊的情人）。罗莎琳德走到哪里都带着帕特，当然也为帕特介绍了《时尚芭莎》的文学编辑，玛丽·路易丝·阿斯韦尔。1948年，正是在玛丽和罗莎琳德的共同推荐下，帕特才得以入住雅多艺术区，并在《时尚芭莎》上发表了她精彩的短篇小说《女英雄》（被巴纳德学院的文学杂志以"太令人不安"为由拒绝了）[1]。罗莎琳德和帕特长时间地牵手漫步，午饭时就开始喝酒，一直喝到很晚，偶尔帕特喝多了会坐在罗莎琳德的大腿上。这些浪漫举动滋养着她们的爱情，这也是帕特年轻时追求的那种温柔缱绻的爱情；而年长女人的性欲追求隐藏在艺术和专业指导的薄纱之下。她们之间有所有恋爱的沉醉，但永远也不会有肉体的接触。

罗莎琳德把帕特介绍给了自己颇有影响力的情人、画家贝蒂·帕森斯[2]。帕森斯在艺术领域极具冒险精神，帕特喜欢在她主导的韦克菲尔德画廊消磨时光。帕森斯向帕特要了一份她的文章《女同性恋的灵魂会安息吗？》——帕特似乎认为她的灵魂

---

[1] 阿斯韦尔夫人和情人艾格尼斯·西姆斯在新墨西哥安度晚年，她和帕特始终通过各处的女同性恋圈子保持联络。

[2] 贝蒂·帕森斯以自己的名字命名的画廊于1946年在东57街15号开业，是抽象表现主义艺术的中心。1947年，佩吉·古根海姆关闭了"本世纪艺术"画廊后，它是唯一一家愿意展出杰克逊·波洛克等艺术家的作品的画廊。帕森斯一直经营着这家画廊，直到1982年去世。

可能不会安息——帕特邀请帕森斯来家里吃饭，看她的画。贝蒂·帕森斯（作为罗莎琳德·康斯特布尔的情人）又给了帕特一个机会，让她成为一段三角恋情的第三边。

通过罗莎琳德，帕特结识了当年的齐格菲歌舞女郎、如今颇具影响力的百老汇制片人佩吉·费尔斯。佩吉是路易丝·布鲁克斯的挚友，她有过三次婚姻，曾嫁给巨富制片人A.C.布卢门撒尔，但这些都不妨碍她和女人的风流韵事。她在火岛上建造了第一家游艇俱乐部兼酒店，"寻求冒险"的帕特开始每天去探望她，后来逐渐演变为深夜造访，让罗莎琳德嫉妒不已。

和巴菲·约翰逊一样，罗莎琳德·康斯特布尔也为帕特的艺术事业牵线搭桥，提供机会。1944年，在罗莎琳德举办的一次聚会上，帕特第一次遇到弗吉尼亚·肯特·卡瑟伍德[1]，这位美丽、诙谐的费城社会名流和女继承人成为帕特一生的缪斯，她们的爱情在1946年几经动荡——不是一次，而是两次三角恋爱[2]，然后进入了一段不同寻常的漫长而专注的关系。在这四年里，如同抽吸血液一般，帕特·海史密斯将金妮·卡瑟伍德的过往生活和语言风格（以及她与金妮的爱情的完美版）汲取出来，写进了她唯一风格独特的长篇小说中。

这部作品就是1952年出版的《盐的代价》。帕特用笔名出版了这本书，把它献给了她编造的三个人，她在这本书出版之前离开了美国，将近四十年一直拒绝承认自己的作者身份。帕特利用拓展的隐喻，将《盐的代价》中的两名成功女性，以及改变她们一生的爱情，与一个充满暴力、危险和伤害的冰冷世界联系在一起，而这，才是真正的海史密斯国度的语言。

---

[1] 金妮·卡瑟伍德严重酗酒，相比之下，帕特年轻时的酒量看起来就一点也不过分了。其实是非常过分的，但在20世纪40年代，每个人都大量喝酒的年代，需要更敏锐的眼光，而不是随意地欣赏（或冷漠地好奇），才能从帕特在曼哈顿的每一个夜晚，看到她诱惑的行为、酗酒过度、快速求爱、迅速抽身背后，是她内心穿越火焰发出的信号。

[2] 纳蒂卡·沃特伯里，美国贵族的女儿，她自己开私人飞机，在巴黎资助西尔维亚·比奇的莎士比亚书店。她与帕特在一起时还有一个情人，金妮，而帕特后来又爱上了金妮。希拉·沃德是一位来自西海岸的女继承人（不可思议的是，她是靠鸟粪发家的），也是一名摄影师，她最终和金妮住在了西南方，但在那之前她和帕特短暂地在一起过，当时帕特和金妮还在交往。在爱情中，三角形总是帕特最喜欢的几何图形。

帕特 20 世纪 40 年代在纽约结识的这群女性朋友和情人，如同动力十足、协同驱动的引擎一样持续转动，在《盐的代价》的每一个隐蔽角落发挥着影响。她们的离婚、韵事、家庭和其他社会牺牲，如同银行抢劫案中不敢熄火的逃逸汽车一样，在帕特最不"海史密斯"（也最接近真实的自我）的小说的背景中发出持续的嗡鸣。

致　谢

我很幸运能够与帕特里夏·海史密斯本人结识。世人更熟悉她拒人千里的表象，而我还熟悉她温和柔软的一面。无论作为一个人，还是一名作家，帕特都是迷人而复杂的，她留给我们 8000 页手写的日记与笔记，记录下她的生活和创作进展的点点滴滴，这些她生前只与少数几个人分享过——即使在那时，她也总是有所保留。

这本书不应被当作一本自传来读。写作自传的过程，必然是在回溯过去，往往经过精心编辑，从某一特定的视角再现往事，而帕特的日记与笔记记录的则是一段仍在进行的当下的人生。不过，它们就像两面镜子，从不同的角度反映出她的生活和工作的相互影响。

如何处理这长达 8000 页的宏大素材，并将其浓缩成一卷呢？在新冠疫情期间，在家办公成为常态，该怎样照旧进行这项工作呢？

诚然无人能够单枪匹马地完成此事——也就是说，这部作品背后是一个杰出团队多年的努力。

感谢伊娜·兰纳特和芭芭拉·罗勒分别对帕特手写的日记与笔记进行了严格仔细地转录。帕特最亲密的大学朋友，格洛丽亚·凯特·金斯利·斯卡特波尔将这些转写版与手稿一一对照，做了必要的修改，还添加了大量注释。作为帕特一生的知己和同时代的人，格洛丽亚·凯特·金斯利·斯卡特波尔的这些注释展示出无与伦比的洞察力和敏感度。

"需要两面镜子才能照出自己正确的形象。"（第 29 本笔记，1968/2/23）日记与笔记都不可能作为独立作品出版。我尤其要感谢海史密斯的遗产执行人丹尼尔·基尔，他支持我们以一种合适的方式来一并呈现帕特生活的这两面镜子；也要感谢他的儿子、第欧根尼掌舵人菲利普·基尔，他不仅信任我，还给予了我完成这个项目所需的时间、财力和物力支持。科琳·查波尼埃、格德·哈伦伯格和保罗·英格达伊在整个项目过程中担任了核心角色：科琳·查波尼埃和我做了合并日记与笔记的初步实验，后来我和格德·哈伦伯格设计了新的结构模型，得以充分展示两者各自的特点，同时呈现帕特的生活、爱情和工作的状态，以及周遭的世界。保罗·英格达伊与我合编了海史密斯30卷的作品集，这是我第一次尝试回顾和重新评估"作品背后的作品"。

瑞士文学档案馆的菲利帕·伯顿、卢西恩·施韦里、斯蒂芬妮·库德雷-莫鲁、乌利希·韦伯和卢卡斯·德特维勒为我们浏览馆藏的帕特里夏·海史密斯文件提供了专家指导。伊娜·兰纳特整理的帕特个人生活和文学作品的详细时间线，以及日记和笔记中的引文，是一个不可或缺的资源，我们按图索骥，去探索海史密斯宇宙时便有了方向感。

我们犹豫了很长一段时间，要不要在这个版本里收入帕特早年的日记，因为这些日记大多是用外语写的。在此，我要衷心感谢各位译者：伊丽莎白·劳费尔（德语）、苏菲·迪威尔诺瓦（德语、法语）、诺亚·哈利（西班牙语）和霍普·坎贝尔·古斯塔夫森（意大利语）。他们用高超的译笔，将这些日记篇目译回帕特的母语，没有他们，帕特里夏·海史密斯早年的日记就难以得见天日了。感谢我的同事克劳迪娅·雷内尔和西尔维娅·扎诺韦洛，她们把帕特最弱的语言——西班牙语和意大利语日记做了标准化处理，好让诺亚·哈利和霍普·坎贝尔·古斯塔夫森将这些篇目翻译成英语。

我的编辑"梦之队"，卡蒂·赫茨希、弗里德里克·科尔、玛丽·黑塞和马里恩·赫特尔，机警敏锐、热情高涨、坚持不懈、全力以赴。他们按照我们建立的结构模板，编纂、压缩了帕特里夏·海史密斯50多年的日记和笔记。每章前面的导言由我（1941—1969）和弗里德里克·科尔（1970—1993）撰写，再由伊丽莎白·劳费尔译成英语。除了格洛丽亚·凯特·金斯利·斯卡特波尔所做的注释外，还有我和弗里德里克·科尔做的注释，由伊丽莎白·劳费尔和苏菲·迪威尔诺瓦翻译，苏菲还翻译了附录中的文本。感谢彼得·特姆尔创建了索引。在最后的冲刺阶段，弗里德里克·科尔是最我值得信赖的副手。

非常感谢第欧根尼出版社的苏珊娜·鲍克内希特、克劳迪娅·雷内尔、安德烈·吕施和卡林·施皮尔曼，他们一直与我们的全球出版合作伙伴保持着顺畅的沟通。出版人菲利普·克尔与设计师科比·贝内兹里、卡斯滕·施瓦布帮助确定了本书的版式、装帧和整体设计。感谢夏洛特·兰平为此项目所做的大量准备工作。苏珊娜·鲍克内希特和苏珊娜·冯·列杰布尔为本书提供了法律咨询。特别感谢第欧根尼驻奥地利的出版代表贝蒂娜·瓦格纳，她在紧急关头进行了实地考察，在疫情的重重禁令下，查找出帕特当年在维也纳走过的路线。

最后，还要隆重感谢纽约利弗莱特出版社的编辑罗伯特·韦尔和吉娜·亚昆塔，以及文字编辑戴夫·科尔，本书的出版得益于他们在每一个环节的重要贡献，他们编辑的英文版本也颇具匠心。

衷心感谢所有人，
安娜·冯·普兰塔

海史密斯生活和创作大事年表

1921 年 1 月 19 日 玛丽·帕特里夏·普朗格曼出生于得克萨斯州,沃斯堡。父亲杰伊·伯纳德·普朗格曼和母亲玛丽·科茨在她出生前不久离异。父母都是自由撰稿的平面设计师。

1924 年 玛丽·科茨与另一位平面设计师斯坦利·海史密斯结婚,斯坦利成为帕特里夏的继父。

1927 年 海史密斯一家人搬到纽约,帕特里夏在学校里使用海史密斯的姓氏;然而,她的继父直到 1946 年才正式承认她为继女。帕特的童年辗转于纽约和沃斯堡之间,大部分时间由外婆照顾。

1934—1937 年 帕特就读于纽约的朱莉娅·里奇曼中学。她在高中校报《蓝鸟》上发表了第一篇短篇小说。

1938—1942 年 帕特就读于纽约哥伦比亚大学的巴纳德学院,主修英国文学(辅修古希腊语和动物学)。获得文学学士学位。

1942 年以后 帕特靠写漫画脚本为生,利用业余时间写作。她经常旅行,先去了墨西哥,后来又去了欧洲。

1948—1949 年 帕特入住纽约萨拉托加斯普林斯的雅多艺术家聚居地,得以完成长篇小说《列车上的陌生人》。她开始接受心理治疗,以期"治愈"自己的同性恋,同意和雅多的同期艺术家马克·布朗代尔订婚,但后来又取消了婚约。

1950 年 帕特的第一部长篇小说《列车上的陌生人》出版了。阿尔弗雷德·希区柯克将之改编为电影——这是帕特第一部被著名导演改编的作品,后续改编过她小说的导演还有雷内·克莱芒(《怒海沉尸》,1959 年)、克劳德·奥坦特-拉拉(《杀人犯》，1963 年）、安东尼·明格拉（《天才雷普利》，1999 年）和托德·海因斯（《卡罗尔》，2015 年）——使帕特一夜成名。

1951—1953 年 帕特开始了为期两年的环游欧洲（英国、意大利、法国、西班牙、瑞士、德国、奥地利）之行。1952 年，她用克莱尔的笔名出版了第二本书《盐的代价》（后来改名为《卡罗尔》）。这是一个结局美好的女同性恋爱情故事，在当时实属罕见，因此成为女同性恋界的标志性书籍。

1955 年 《天才雷普利》出版。从这一年起，海史密斯就每两三年出版一部新长篇小说，包括后续的四部雷普利小说。她必须不断地寻找新的出版商，也常被迫对作品大肆改动。此外，她的许多短篇小说也相继发表，先是在杂志上，后来又结集出版。

1964 年 帕特数次长期旅居欧洲后，为了亲近她的情人卡罗琳搬到了英国。卡罗琳在英国萨福克郡的厄尔索哈姆买了一栋房子，住在那里。

1967—1968 年 帕特移居法国，先是在枫丹白露，后又搬到塞纳河畔萨莫瓦，最后住到大巴黎地区的蒙马丘，位于巴黎东南大约 50 英里处。

1969 年 海史密斯的第十三部长篇小说《伪造的战栗》出版，这部小说以她的突尼斯之行的经历为故事原型。格雷厄姆·格林和文学评论家们都称赞这是她迄今为止最好的作品。

1970 年 帕特搬到蒙马丘附近的蒙特库尔。

1980 年 由于血液循环问题做了几次手术。

1982 年 几次与法国税务机关发生争执，之后，海史密斯搬到了瑞士堤契诺的奥里根诺。

1986 年 肺癌手术。帕特暂时戒烟。

1988 年 帕特搬进了堤契诺市特格纳的一所房子，建筑师托比亚斯·阿曼根据帕特的要求设计了这所房子。

1995 年 2 月 4 日 帕特里夏·海史密斯在洛迦诺医院逝世，死于癌症和血液病。她把自己的财产留给了雅多艺术家区，那个曾帮助她完成第一部长篇小说的地方。位于伯尔尼的瑞士文学档案馆于 1996 年得到她的文学遗产。

语种说明

"练习我不懂的语言"

帕特的日记原文使用英语、法语、德语、西班牙语和意大利语写成——有时会同时混用这几种语言。使用这些语言时，她会在语法、习惯用法和句法上向母语倾斜，有时会在无意间产生一种有趣的效果。帕特经常突然从一种语言转换到另一种语言，有时甚至在一句话中同时使用两种语言。

Habe Flohen. Tengo Pulges. I have many fleas, und eine purpurrote Bespreckllung auf meinen Beinen. Ich bin elend!

（1944年1月10日）

她的非英语笔记都是很容易理解的——只要读者对英语和各个语种都有基本的掌握；只需快速地在心里译回英语，大部分内容就一目了然了。因为她通常只是逐字地把英语译成外语。"打电话（to phone）"被她译成法语的"phoner"，其实法语里根本没有这个词，译成德语时变成了"phonieren"，德语中倒是有这个词，但不是"打电话"的意思，而是"发音"的意思。同样，高领毛衣（turtleneck sweater）在德语中变成了 Schildkrötenhalssweater（意思是"龟领毛衣"），其实德语中表示套头衫的词汇没那么形象，一般就简单地叫"翻领毛衣"而已。只要一个词在她的目标语言中有多个对应词，帕特就总会选择错误的那一个。

法语

在众多外语中，法语是帕特早期日记中最常出现的语言。有趣的是，从1967年到1981年，她在法国生活了近20年，却几乎没有使用过这种语言。在20世纪40年代，这种语言常常是她写作浪漫故事时的首选，她经常使用的几个错词，使她的作品让人忍俊不禁：例如，法语单词 gai 很像中世纪英语"gay"的用法，意思是"快活的或微醺的"，跟性取向无关。动词 baiser 的意思是"操"，而不是帕特想说的"吻"；还有一个 dormir，意思是"睡觉"，不是"跟某人睡觉"，所以应该用的是 coucher。

Va.［Virginia］m'a phone à 7.30.h. Je l'ai rencontré chez Rocco Restaurant à 9h. avec Jack un gai garçon—et Curtis et Jean—deux gaies filles. Sommes allés au Jumble Shop, etc. Des Bièrs et martinis et je suis ivre maintenant. Mais Va m'a baisé！！［i］Je l'ai baisé—deux—trois—quatre—cinq fois dans le salon des femmes au Jumble—et aussi même sur le trottoir！！Le trottoir! Jack est très doux, et Va. voudrait dormir avec lui—mais d'abords elle voudrait faire un voyage avec moi quelque fin de semaine. Elle m'aime. Elle m'aimera toujours. Elle mè l'a dit, et ses actions le confirment.

（1941年1月11日）

德语

帕特的"父语"（她的生父是德国人）是她日记中第二常见的外语。她用创造力弥补自己词汇方面的不足，比如当她把自己描述成一个没有性别的人时，她用的词是 ein Ohnegeschlecht；而根据上下文，帕特应该使用 ungeschlectlich（"无性"的意思）。同样，她在使用谚语时，也会按照英语的语法结构逐字翻译，还要时不时提请读者注意它们：Als wir in Englisch sagen, das Spiel ist nicht der Kerze würdig.—"As we say in English, the game is not worth the candle"（1944年12月30日）。

帕特总是喜欢引用那些古老的引文，这让她的德语读起来特别奇怪，常见的例子包括，约翰·沃尔夫冈·冯·歌德、弗里德里希·席勒、约翰·塞巴斯蒂安·巴赫的赞美诗。例如，帕特的"灵魂的羊儿"（Seelenschafe，帕特自己造的词）在"灵魂草地"（Seelenweide）上吃草，就选自巴赫同名的清唱剧 BWV 497。

> Ich bin ganz verrückt mit diesen Abenden ohne Ruhe, ohne Einsamkeit, worauf meine Seeleschafe weiden. Mein Herz ist so voll, es bricht in zwei, und die schöne Kleinodien und Phantasien sind wie Giftung in meinen Adern.
>
> （1942 年 10 月 28 日）

西班牙语

帕特 1944 年第一次出国，到邻国墨西哥旅游，行前开始学习西班牙语，但她的词汇量仍然很有限。到了墨西哥，她显然在靠听说继续学习，因为没有掌握正确拼写，所以记录中夹杂着西语化的法语单词，三种过去时态和虚拟语气随意使用，或者完全凭她那不可靠的本能引导。例如，incapable 虽然和英语的字母序列一样，实际意思却是"无法阉割"，而 yo quite las cadenas（"我去掉枷锁"），在西班牙语中并不使用这样的隐喻。

> *He trabajado muy duro, esta mañana, tarde, y hablabamos de mi novella esta noche. Goldberg dice que yo soy incapable de amar, que yo soy enamorido de mi misma. Es falsa. Mi grande problema es de escribir esta novella, así que yo quite las cadenas que me lian.*
>
> （1944 年 3 月 11 日）

意大利语

帕特用简单却错误很多的意大利语写作，很容易理解。英语、法语和西班牙语都混杂使用。帕特的意大利语基础词汇与她的 passato remoto（文学作品的过去时）产生了奇妙的反应，提升了整体的感觉。然而，passato remoto 在意大利南部有时是用在口语中的。帕特又犯了老毛病，把常用词汇直接译成她正在使用的外语——这次是意大利语。例如，法语短语"见鬼去吧"（英语中应该是"go to the devil"）变成了 puo andare al diablo。同样，法语短语"毫无疑问"被译成意大利语 senza alcuna duta。

  Restai con Lynn tutto il giorno—Vedemmo Jiynx con Ann M. Precisamente le due che noi non devremmo avere veduto, a casa di Doris，qui non devrebbe sapere che noi abbiamo passato questa settimana insieme. Dopo Showspot—Sono molto felice e penso che Ellen puo andare al diablo. Sono inamorata di Lynn. Senza alcuna duta.

（1953 年 9 月 15 日）

日记编纂说明

帕特的 38 本笔记本外表都一模一样：从她 1938 年在巴纳德学院上大一开始，直到去世，她都只用哥伦比亚大学的螺旋笔记本来记笔记。她经常让她的朋友格洛丽亚·凯特·金斯利·斯卡特波尔往欧洲再多寄几个本子过来："问题是我现在还需要 3 个笔记本，这些螺旋笔记本——长 7 英寸，宽 8.25 英寸，淡绿色纸张，封面上印有哥伦比亚的字样……"（帕特给格洛丽亚的信，1973 年 7 月 9 日）——"你知道我对统一性有多执着"（帕特给格洛丽亚的信，1944 年 5 月 12 日）。同样的，帕特的日记本样式也很统一，但厚薄不一，来源也有所不同。不同于她的手稿的命运，无论是搬家还是往来的奔波，日记或笔记一本都没有丢失。她经常回过头来翻阅这些记录，边看边修改和完善，记录下自己修改的日期，如此这般，她与自己展开了一场长达数十年的对话。她在高中时（1935—1938）写过一些日记式的笔记，后来也把它们抄录进第 9 本笔记中。每次旅行时，帕特都会把正写着的笔记本和日记本带上，其余的都托付给自己最亲密的朋友保管。

帕特的第一本笔记标志着她作家生涯的开始，当时她还是十八岁的大一新生，缺乏经验，不知道还要记上日期和时间。但同时，她编辑第一本笔记时下的功夫——对不同内容分门别类，不断把写完的文字归到对应的类别中——已经显露出专业的水准了。

在笔记本的封面上，帕特会在指定的地址栏中写下她目前的家庭住址（有时不止一个）和旅行目的地。在毕业年份（"＿＿＿＿届"）的那一栏中，她或对自己评价一番，或记录下写作这本笔记期间大致的心理状态；例如，第 24 本笔记的时间跨度为 1955 年到 1958 年，她在封面上这样写道："外表和内心越发平庸。"从第 17 本笔记开始，她把萦绕于脑海中的人物、话题和作品一一列出。在这一本的封面上，她写道：

"1. 康奈尔"（指艺术家阿莱拉·康奈尔），"2. 一个永恒主题的笔记"（N. O. E. P. S.，她的性取向），"3. 小说笔记"（泛指所有小说，也指"第二部小说"，1948 年时还没有明确的形式）。在封底的内页上，帕特记下其他作家的语录，还有自己想到的写作项目的标题。

随着时间的发展，笔记的分类和架构变得更加清晰：个人细节；旅游写作；宽泛地评论某一格言；文学和政治话题的探讨；对个人状况的普遍观察；对艺术、写作和绘画的洞见；个人传记式评论和注释（在她不写日记的时期这一点尤为突出）；正在创作的小说或短篇故事集相关的情景；名言语录；日后还增加了修辞和梦境两大类别。帕特写笔记时非常认真，常常翻阅笔记寻找灵感，对有些笔记大加赞赏，对另一些则完全弃之不用。它们是一座文学宝库，当需要填充一部小说的细节时，她便会埋头翻阅，寻觅挖掘。帕特的每一本笔记，除了最后一本，大约都持续两年左右。而日记本的时间跨度则差别很大。

帕特的日记与笔记写作在她二十岁以后的十年内数量最大，内容最为丰富，超过她余生四十五年的记录。仅关于《盐的代价》和《列车上的陌生人》的记录就有 1200 多页，全部是手写的。笔记的记录更为流畅细致，而日记更像是"我自言自语的场所"（第 10 本日记，1950 年 12 月 21 日）。

起初，她试图将两者严格区分开来。起初，它们都有各自的用途，一个用于记录个人生活，另一个用作工作笔记，但在她生命的某些阶段，两者的界限变得模糊。艺术和生活不可能总是那么泾渭分明。帕特写作《盐的代价》期间，日记和笔记开始真正相互融合，因为这本书中掺杂的个体经验远远超越了写作本身。"这部小说写得多么顺畅啊！幸亏我最后［……］没把它写成男女关系的故事，很庆幸这么好的题材没有被我毁掉！"许多关键内容，帕特并没有记在笔记本中，而是记在了日记里。几乎每一天的日记、每一个日期下面都会提到："我现在彻底融入了她们［小说中的人物］的生活，我甚至不能考虑谈恋爱。（我也爱上了卡罗尔）……"（第 10 本日记，1950 年 5 月 31 日）《盐的代价》映射出帕特的一个愿望，她想要去拥抱一种无需掩饰的生存方式，但她（还）不敢。书中的主人公一定引起了她强烈的共鸣，因为她一边计划嫁给某个男人，一边又与同性恋爱，始终在两种选择间摇摆不定："天哪，这个故事简直就是按着我的模子刻画出来的！悲剧、眼泪、无尽无用的痛楚！"（第 10 本日记，1950 年 6 月 14 日）

帕特曾短暂地将生活与艺术、日记与笔记融合起来，并为此颇为陶醉，之后，她冷静下来，又回到原来的将二者分开记录的习惯。

第11、12本日记的主要内容是帕特的第二次欧洲旅行。据说，正是因为希尔的偷窥行为使帕特彻底不再记日记了。如果有什么想法，她也一般用简单几句话记在笔记里。自打情人失信之后，帕特的记录就变得公私夹杂，日期也频频出错。笔记本中出现大段大段的个人情绪，夹杂着狂乱的日记，可以看出作者在自我反思，却无法让读者获知她这一时期的生活全貌。

不知出于什么原因，第12本日记写到第136页，在1954年2月9日那一天终止。直到1961年7月，帕特和玛丽简·米克分手之后，她才开始动笔写下一本日记，因为玛丽简也会偷看帕特的笔记[1]。

还有一本日记被称为《旅行日记》，写于1962年，记录了帕特和爱伦在意大利旅居两个月的生活，以及帕特的下一个心爱之人，卡罗琳·贝斯特曼。从1963年开始，帕特恢复了写日记的习惯，在她与这位已婚女子的四年恋爱期间，以及二人的恋爱关系破裂之后，她都没有中断记录，一直到1971年（写完了第15、16本日记）。然后她停笔长达10年，开始第17本日记时已是1981年。之后不久她又停笔，1987年才又重新开始记录，一直到1992年。她的最后一本日记，第18本日记（1984）只有寥寥数语，记录了她的最后一次巴黎之旅。

---

[1] 见玛丽简·米克所著《海史密斯：20世纪50年代的罗曼史》。

commit suicide together, unbeknownst to the others. But the man intends to kill the girl himself, and claim whatever proceeds may be. The quiet boy falls in love with the girl, and the man manipulates them so the young man will be angry. Then to his surprise the young man murders the girl, and he is found at the unusual moment standing near the corpse. (i.e. her husband!) Who has done it? And it might be the girl killed herself to blame it on the husband, knowing his schemes against her.

The husband would of course claim the girl first killed herself, would confess their plot. Oddly, it would be true. Meanwhile, the boy flees, and the police are after him, for it looks like murder.

Texas: I shall write about it as it has never been written about before. The Lewis, the second hand cars, the oil millionaires, the jukebox songs of women (redheaded, clatterily, in cotton housedresses) who must be loyal and true (my God, what are they doing?) Always be mine, that we never will part — (the second hand car) but mostly the clean young unicotomed lungs, the lean thighs the blond girls, the fresh food in the refrigerator, the sense of space just beyond the town limits, the rodeo next week, and the absolute certainty that the young men's bodies are in perfect condition, the legs spare and hard, and the spirit, too, clean. The women's voices southern but not deeply southern, soft without being weak. They are clean like the bodies and minds of the young men. The juke box songs, though whining and sentimental, are only whining because we have not yet developed our poetry.

Texas — Green fields, millionaires without thoughts, innocent still as they were in a warm schoolroom, in a brown desk. Texas — with the faith of the people who were born there, living there still. The beautiful, quiet, flat homes, the beautiful girls who inspire the men who drive bombers over Germany, Russia and Korea. Infinite is the word for Texas. Infinite!

书目索引

帕特里夏·海史密斯著作的完整书目不在本书的主题范围内。位于瑞士伯尔尼的瑞士文学档案馆设有帕特里夏·海史密斯的研究网站（http：//eaD. nb. admin. ch/html/html），能够帮助感兴趣的读者了解当下海史密斯经典作品以外的更广阔的内容。

在与保罗·英格达伊共同编辑的海史密斯长篇小说和短篇小说的完整版本《长篇与短篇小说全集》(*Werkausgabe der Romane und Stories*)（苏黎世：第欧根尼出版社，2002—2006年）中，我不仅查阅了她的十八本日记（1940/41—1994）和三十八本笔记（1937—1994），还查阅了她许多未出版作品的手稿，其中有一百多篇至今不为人知的短篇小说和散文（其中许多曾在各种女性杂志上发表，后来又在《艾勒里·昆恩推理杂志》上再版），当然还有她写给朋友和编辑的信札；所有这些材料现在都可以再次奉献给读者了。

以下作品是本书的其中一些主要来源。以下列出了它们在美国首次出版的详细情况。

小说

《列车上的陌生人》(纽约：哈珀 & 兄弟出版社，1950年)。

《盐的代价》（署名：克莱尔·摩根；纽约：科沃德-麦肯出版社，1952年)。

《犯错者》(纽约：科沃德-麦肯出版社，1954年)。

《天才雷普利》(纽约：科沃德-麦肯出版社，1955年)。

《深水》(纽约：哈珀 & 兄弟出版社，1957年)。

《生者的游戏》(纽约：哈珀 & 兄弟出版社，1958年)。

《这甜蜜的忧伤》(纽约：哈珀＆兄弟出版社，1960年)。

《猫头鹰的哭泣》(纽约：哈珀与罗出版公司，1962年)。

《一月的两张面孔》(纽约：双日出版社，1964年)。

《玻璃牢房》(纽约：双日出版社，1964年)。

《讲故事的人》(英国书名：《暂停仁慈》；纽约：双日出版社，1965年)。

《转身离开的人》(纽约：双日出版社，1967年)。

《伪造的战栗》(纽约：双日出版社，1969年)。

《地下雷普利》(纽约：双日出版社，1970年)。

《一条狗的赎金》(纽约：克诺普夫，1972年)。

《雷普利游戏》(纽约：克诺普夫，1974年)。

《伊迪丝日记》(纽约：西蒙与舒斯特出版社，1977年)。

《雷普利追随者》(纽约：利平科特与克罗威尔，1980年)。

《有人敲门》(纽约：奥托·彭茨勒出版社，1985年)。

《寻迹街头》(纽约：大西洋月刊出版社，1987年)。

《水魅雷普利》(纽约：克诺普夫出版社，1992年)。

《小写g：一曲夏日田园诗》(纽约：W. W. 诺顿公司，2004年)。

短篇小说集

《蜗牛观察者和其他故事集》(英国版书名：《十一》；纽约：双日出版社，1970年)。

《动物爱好者凶杀记》(纽约：奥托·彭茨勒出版社，1986年)。

《厌女症小故事》(纽约：奥托·彭茨勒出版社，1986年)。

《随风慢游》(纽约：奥托·彭茨勒出版社，1979年)。

《黑房子》(纽约：奥托·彭茨勒出版社，1988年)。

《高尔夫球场上的美人鱼》(纽约：奥托·彭茨勒出版社，1988年)。

《天灾与人祸故事集》(纽约：大西洋月刊出版社，1987年)。

《帕特里夏·海史密斯短篇小说选集》(纽约：W. W. 诺顿公司，2001年)。

《无迹可寻：帕特里夏·海史密斯未发表故事集》(纽约：W. W. 诺顿公司，2002年)。

非虚构作品

《悬疑小说的构思与写作》(波士顿：作家出版社，1966年)。

儿童文学

《熊猫米兰达站在阳台上》(多丽丝·桑德斯著，帕特里夏·海史密斯插图；纽约：科沃德-麦肯出版社，1958年)。

参考书目

所有书目年份均为本书引用的版本，并非首版时间。

Abbott, Berenice. *Aperture Masters of Photography*. Introduction and commentary by Julia Van Haaften. New York: Aperture Foundation, 2015.

Baldwin, Nell. *Henry Ford and the Jews: The Mass Production of Hate*. New York: Public Affairs, 2003.

Barnes, Djuna. *Nightwood*. London: Faber and Faber (Faber Modern Classics), 2015.

Bedford, Sybille. *A Visit to Don Otavio: A Mexican Journey*. New York: New York Review of Books Classics, 2016.

Berg, A. Scott. *Lindbergh*. New York: G. P. Putnam's Sons, 1998.

Bérubé, Allan, *Coming Out Under Fire: The History of Gay Men and Women in World War II*. Chapel Hill: University of North Carolina Press, 2010.

Bradbury, Malcolm (ed.). *The Atlas of Literature*. London: De Agostini Editions, 1996.

Brandel, Marc. *The Choice*. London: Eyre & Spottiswoode, 1952.

Broyard, Anatole. *Kafka Was the Rage. A Greenwich Village Memoir*. New York: Vintage, 1997.

Cavigelli, Franz, Fritz Senn, and Anna von Planta. *Patricia Highsmith: Leben und Werk*. Zurich: Diogenes, 1996.

Chabon, Michael. *The Amazing Adventures of Kavalier & Klay*. London: HarperCollins, New English Edition, 2008.

Dictionnaire des cultures Gays et Lesbiennes. Sous la direction de Didier Eribon. Paris: Larousse, 2003.

Dillon, Millicent. *A Little Original Sin : The Life & ~ Work of Jane Bowles*. New York: Holt, Rinehart & Winston, 1981.

Dostoyevsky, Fyodor. *Crime and Punishment*. Translated and edited by Michael R. Katz. New York: W. W. Norton, 2019.

——. *Notes from Underground*. Translated and edited by Michael R. Katz. New York: W. W. Norton, 2000.

Faderman, Lillian. *The Gay Revolution : The Story of the Struggle*. New York: Simon & Schuster, 2015.

——. *Odd Girls and Twilight Lovers : A History of Lesbian Life in 20th. Century America*. New York: Columbia University Press, 1991.

Flanner, Janet. *Darlinghissima : Letters to a Friend*. Edited by Natalia Dancsi Murray. New York: Random House, 1985.

Gide, Andre. *The Counterfeiters*. Translated by Dorothy Bussy. Penguin Books (Twentieth Century Classics), 1990.

Gronowicz, Antoni. *Garbo. Her Story*: London: Penguin Books, 1990.

Guggenheim, Peggy. *Out of This Century. Confessions of an Art Addict*. New York: André Deutsch, 2005.

Hall, Lee. *Betty Parsons. Artist, Dealer, Collector*. New York: Harry N. Abrams, 1991.

Harrison, Russell. *Patricia Highsmith* (United States Author Series). New York: Twayne, 1997.

Hughes, Dorothy B. *In a Lonely Place*. New York: Feminist Press, 2003.

James, Henry. *The Ambassadors*. Edited and with an introduction by Adrian Poole. London: Penguin (Penguin Classics), 2008.

Jones, Gerard. *Men of Tomorrow : Geeks, Gangsters, and the Birth of the Comic Book*. New York: Arrow, 2006.

Kafka, Franz. *In the Penal Colony*. Translation by Ian Johnston. https://www.kafka-online.info/in-the-penal-colony.html.

——. *The Metamorphosis*. Translated by Susan Bernofsky. New York: W. W. Norton, 2014.

Katz, Jonathan Ned. *The Invention of Heterosexuality*. Chicago: University of Chicago Press, 2007.

Köhn, Eckhardt. *Rolf Tietgens —Poet with a Camera*. Zell-Unterentersbach: Die Graue Edition, 2011.

Koestler, Arthur. *Darkness at Noon*. London: Vintage Classics, 1994.

Lerman, Leo. *The Grand Surprise: The Journals of Leo Lerman*. Edited by Stephen Pascal. New York: Alfred A. Knopf, 2007.

Maclaren-Ross, Julian. *Memoirs of the Forties*. London: Abacus, 1991.

Marcus, Eric. *Making History: The Struggle for Gay and Lesbian Equal Rights* 1945 - 1990. *An Oral History*. New York: Harper Perennial 1992.

Kaiser, Charles. *The Gay Metropolis. The Landmark History of Gay Life in America*. New York: Grove Press, 1997, 2019.

Meaker, Marijane. *Highsmith. A Romance of the 1950s*. San Francisco: Cleis, 2003.

Menninger, Karl. *The Human Mind*. New York, London: Alfred A. Knopf, 1930.

Newton, Esther. *Cherry Grove, Fire Island: Sitty Years in America Fist Gay and Lesbian Town*. Durham, NC: Duke University Press, 2014.

Packer, Vin [Marijane Meaker]. *Intimate Victims*. New York: Manor Books, 1963

Palmen, Connie. *Die Sünde der Fran: Über Marilyn Monroe, Marguerite Duras, Jane Bowles und Patricia Highsmith*. Zurich: Diogenes, 2018.

Plimpton, George. *Truman Capote: In Which Various Friends, Enemies, Acquaintances, and Detractors Recall His Turbulent Career*. New York: Nan A. Talese, 1997.

Poe, Edgar Allan. *Complete Stories and Poems*. New York: Viking, 2011.

Powell, Dawn. *The Locusts Have No King*. Souch Royalton, VT: Steerforth Press, 1998.

Schenkar, Joan M. *The Talented Miss Highsmith*. New York: St. Martin's Press/ Picador, 2009.

Schulman, Robert. *Romany Marie, the Queen of Greenwich Village*. Louis-ville, KY: Butler Books, 2006.

Spark, Muriel. *A Far Cry from Kensington*. New York: New Directions, 1988.

Van Haaften, Julia. *Berenice Abbott. A Life in Photography*. New York: W. W. Norton, 2018.

Wetzsteon, Ross. *Republic of Dreams. Greenwich Village: The American Bohemia*, 1910–1960. New York: Simon & Schuster, 2002.

Wineapple, Brenda. *Genêt: A Biography of Janet Flanner*. Lincoln: University of Nebraska Press, 1992.

Wilson, Andrew. *Beautiful Shadow*. London: Bloomsbury, 2003.

Wolf, Charlotte, M. D. *Love Between Women*. London: Duckworth, 1971.

Yronwode, Catherine, and Trina Robbins. *Women and the Comics*. Forestville, CA: Eclipse Books, 1985.

电影作品年表

- *Strangers on a Train*, Alfred Hitchcock, 1951
- *A Plein Soleil* (*Purple Noon*, after *The Talented Mr. Ripley*), René Clément, 1960
- *Le meurtrier* (*Enough Rope*, after *The Blunderer*), Claude Autant-Lara, 1963
- *Once You Kiss a Stranger* (*Strangers on a Train*), Robert Sparr, 1969
- *Der amerikanische Freund* (*The American Friend*, after *Ripley's Game*), Wim Wenders, 1977
- *Dites-lui que je l'aime* (*This Sweet Sickness*), Claude Miller, 1977
- *Die gläserne Zelle* (*The Glass Cell*), Hans Geissendörfer, 1978
- *Armchair Thriller* (TV Series based on *A Dog's Ransom*, 6 episodes), 1978
- *Eaux profondes* (*Deep Water*), Michel Deville, 1981
- *Ediths Tagebuch* (*Edith's Diary*), Hans Werner Geissendörfer, 1983
- *Tiefe Wasser* (*Deep Water*), Franz Peter Wirth, 1983
- *Die zwei Gesichter des Januars* (*The Two Faces of January*), Wolfgang Storch, 1986
- *Le Cri du hibou* (*The Cry of the Owl*), Claude Chabrol, 1987
- *Hukanie sovy* (*The Cry of the Owl*), Vido Hornák 1988
- *Something You Have to Live With*, John Berry, 1989
- *La ferme du malheur* (*The Day of Reckoning*), Samuel Fuller, 1989
- *Der Geschichtenerzähler* (after *A Suspension of Mercy*), Rainer Boldt, 1989

- *Les Cadavres exquis de Patricia Highsmith* (*Chillers*, TV series)
    - *Pour le restant de leurs jours* (*"Old Folks at Home"*), Peter Kassovitz, 1990
    - *L'Épouvantail* (*"Slowly, Slowly in the Wind"*), Maroun Bagdadi, 1990
    - *Puzzle* (*"Blow It"*), Maurice Dugowson, 1990
    - *La ferme du Malheur* (*"The Day of Reckoning"*), Samuel Fuller, 1990
    - *A Curious Suicide*, Robert Bierman, 1990
    - *L'Amateur de Frissons* (*" The Thrill Seeker "*), Roger Andrieux, Mai Zetterling, 1990
    - *Legitime defense* (*"Something You Have to Live With"*), John Berry, 1990
    - *La Proie du chat* (*"Something the Cat Dragged In"*), Nessa Hyams, 1992
    - *Sincères condoléances* (*"Under a Dark Angel's Eye"*), Nick Lewin, 1992
    - *Passions partagées* (*"A Bird Poised to Fly"*), Damian Harris, 1992
    - Le Jardin des disparus (after *"The Stuff of Madness"*), Mai Zetterling, 1992
- *Trip nach Tunis* (after *The Tremor of Forgery*), Peter Goedel, 1993
- *Petits contes misògins* (*Little Tales of Misogyny*), Pere Sagristà, 1995
- *Once You Meet a Stranger* (after *Strangers on a Train*), Tommy Lee Wallace, 1996
- *La rançon du chien* (*A Dog's Ransom*), Peter Kassovitz, 1996
- *The Talented Mr. Ripley*, Anthony Minghella, 1999
- *The Terrapin*, *Regis Trigano*, 2001
- *Ripley's Game*, Liliana Cavani, 2002
- *Ripley Under Ground*, Roger Spottiswoode, 2005
- *The Cry of the Owl*, Jamie Thraves, 2009
- *A Mighty Nice Man*, Jonathan Dee, 2014
- *The Two Faces of January*, Hossein Amini, 2014
- *Carol* (*The Price of Salt*), Todd Haynes, 2015
- *Kind of Murder* (after *The Blunderer*), Andy Goddard, 2016

图片权利

第 5 页：罗尔夫·蒂特根斯／©第欧根尼出版社，苏黎世。第 351 页：爱人图表复本。瑞士文学档案馆，帕特里夏·海斯密斯文件档案，伯尔尼。第欧根尼出版社，苏黎世。

第 503 页：©露丝·伯恩哈德／普林斯顿大学托管委员会。

第 747 页：基石／图片联盟／全球图片新闻照片。

第 789 页：©第欧根尼出版社，苏黎世。

第 895 页：©乌尔夫·安德森／赫尔顿档案馆／Getty Images。

第 970—971 页：海史密斯 19 号笔记本中 1950/8/11 复本。瑞士文学档案馆，帕特里夏·海斯密斯文件档案，伯尔尼。摄影：西蒙·施密特／NB